KB260348

국역 석주유고 하

안동독립운동기념관 자료총서 ❶
한국학술진흥재단 기초학문육성지원사업
안동대학교 안동문화연구소

국역 石洲遺稿 하

초판1쇄 인쇄 2008년 8월 11일
초판1쇄 발행 2008년 8월 20일

연구책임자 김희곤
공동연구원 강구율 김윤규
역   자 김명균 김승균 오덕훈 이성호 정의우
교 열 자 권경열 권영대 이동환 이정섭 장재한
해제 · 교열(역사) 김기승
보조연구원 강윤정 박선응

편집 발행 : 안동독립운동기념관장 김희곤
            760-833 경북 안동시 임하면 천전리 240
            전화 : 054-823-1555
            팩스 : 054-823-1550
            homepage : www.815andong.or.kr

제작 판매 : 경인문화사 대표 한정희
            121-050 서울특별시 마포구 마포동 324-3
            전화 : 02-718-4831
            팩스 : 02-703-9711
            e-mail : kyunginp@chol.com
            homepage : 한국학서적.kr / www.kyunginp.co.kr

값 38,000원
ISBN 978-89-499-0576-1 94810
ISBN 978-89-499-0574-7 94810(세트)

※잘못된 책은 바꾸어 드립니다
※저자와의 협의하에 인지는 생략합니다

이 저서는 2005~2006년 정부(교육과학기술부)의 재원으로 한국학술진흥재단의 지원을 받아 수행된
연구물을(KRF-2005-078-AS0012) 기초로 출판되었습니다.

안동독립운동기념관 자료총서 **❶**
한국학술진흥재단 기초학문육성지원사업
안동대학교 안동문화연구소

국역 石洲遺稿 하

안동독립운동기념관 편

景仁文化社

목 차 ....

권6 읍혈록泣血錄 하下 ◦ ◦ 292

후집 ◦ ◦ 369

목 차 ·· 상권

간 행 사
일러두기
화 보

해제 ·· 1

권1 ·· 13

권2 ◦ ◦ 207

권3 ◦ ◦ 323

권4 ◦ ◦ 411

권5 ◦ ◦ 505

권 6

巻之六

□ 잡저 雜著

▫ 유청량산록· 임오년　遊淸凉山錄

　선성宣城(예안의 옛이름)의 북쪽, 봉성鳳城(봉화)의 남쪽에 산이 있으니, 전체의 모습은 개골산과 비슷하고, 산허리 이상은 주왕산과 닮았으되 조격調格이 그보다 낫다. 가장 높아 겨룰 수 없는 곳은 모두 12봉우리가 되는데, 돌 기운이 맑고 시원하여 더위가 감히 근접할 수가 없다. 그러므로 이름하여 청량산이라 한다.

　내(저자가 거사라고 자칭하였다)가 임오년(고종 19, 1882년) 3월에 노둔한 말을 채찍질하고 병든 종에게 명하여 장차 이 산을 유람하려 하였는데, 족조 근백根伯씨가 함께 하였다.

　18일[甲辰]에 출발하였다. 하루가 걸려 동교東橋에 이르니 매우 피로하였다. 마부가 꿇어앉아 "선생의 몸이 편찮으신데 길이 험하여 오르지 못할까 두렵습니다."라고 한다. 내가 빙그레 웃으며 말하기를, "옛사람은 지도를 쓰다듬고도 병이 나았다 하는데, 하물며 진짜 산을 오르는 것이니 더 말할 나위가 있겠는가? 내 마땅히 이 밤이 지나지 않아서 나으리라."라고 하였다. 다음날 병이 과연 다 나았다. 말을 채찍질하여 10여 리를 나아가 부라浮羅에서 잠깐 쉬고 시사단試士壇에 이르렀다. 시사단은 곧 정조가 설치하고 상국 채번암蔡樊庵(번암은 채제공의 호)이 그 사적을 기록하였는데, 비석이 풍화되지 않아[不頑] 읽을 만하다.

　작은 배를 불러 강을 건넌 후 도산서원으로 들어갔다. 유건 도포를 갖추어 입고 알묘를 마친 다음, 완락재玩樂齋와 암서헌巖栖軒을 삼가 둘러보았다. 청려장·매화분·선기옥형璿璣玉衡과 투호에는 수택手澤이 아직 남았고, 방안에 들어가니 초연愀然히 마치 담소 소리를 듣는 것 같았다. 진도문進道門을 나서니 운영대·탁청담·천연대·반타석 등을 구경하며 감상할 만한 곳[娛目怡神者]이 손꼽을 수 없이 많다. 그러나 막 청량산 유람을 기록하다 보니 다른 것에 대해서는 적을 겨를이 없다.

　동쪽으로 열 걸음쯤 강을 내려다보는 곳에 집이 하나 있는데, 지금 상주가 된 척숙戚叔 이정우李正佑의 거처이다. 집 서쪽 돌머리에 말을 매고 들어가 손을 잡고 한 차례 애통한 심정을 나누었다.

　다시 강을 따라 한 마장쯤 가니 층암의 돌비탈이 나오고 급류가 물가에 콸콸 부딪치며 흘러간다. 마부가 지팡이를 들어 앞을 가리키며 말하기를, "길이 험하니 말에서 내려야겠습니다."라고 한다. 걸어서 노을을 헤치고 하계霞溪(하동)로 들어가니, 석양이 금방 기울고 노을이 이미 동구에 잠기어 있다. 이광초李廣初1)의 집 문을 두드리니, 광초가 닭실[酉山]에 가서 아직 돌아오지 않았다. 대개 이 앞서 광초와 더불어 이 약속(함께 청량산을 유람하기로 약속하였던 듯하다)을 해두었기 때문인데, 지금 마침 길이 엇갈리게[燕鴻] 되니 매우 아쉽고 안타깝다.

저녁 후에 척숙 정우씨와 여러 벗들이 하나둘씩 모인다. 등불을 밝히고 차를 마시며 자리를 좁혀 앉아 고금의 일에 대하여 담소를 나누자니 밤이 이미 깊은 줄도 모르겠다. 사람들이 흩어진 후 잠을 자는데 신선산 맑은 꿈이 이미 12봉 꼭대기에 둘렀다.

21일[丁未]. 가랑비가 올 기미가 있다. 마부와 말을 돌려보내고 여장을 꾸린 후 신들메를 매었다[縱履]. 장차 산을 향하여 출발하려 하는데, 만류하는 사람이 있어 말하기를, "여러 친구들이 쓸데없는 잡사에 매여[冗魔] 같이 갈 사람이 없고, 같이 갈 사람이 없으면 흥이 나지 않는 법일세. 더구나 이 산은 예로부터 흐린 날이 많았네. 비록 맑은 날이라 하더라도 혹 조망하는 데 장애가 있을까 하는 터에 오늘은 구름이 끼고 날이 음습하니 지척 간도 분간하기 어려울 걸세."라고 한다. 내가 일러 말하기를, "아하, 사영운謝靈運이 화산華山을 유람할 때 함께 간 사람이 누구였던가? 그 시에 이르기를, '생각이 담박하니 물욕이 절로 가벼워지고, 마음이 상쾌하니 천리天理에 어긋남 없구나.'라 하였네. 명산을 유람하려는 자는 오직 생각을 담박히 하고 마음을 상쾌하게 할 따름이니, 어찌 떼지어 몰려다니겠는가? 어리석도다. 또 내가 듣건대 형산衡山의 구름은 한자韓子(한유韓愈)를 위하여 걷히었다 하니, 청량산의 구름이 유독 나를 위해서만은 걷히지 않는단 법이 있는가?"라고 하였다. 그러나 제지하는 사람이 억지로 말려 하루를 유숙하게 되었다. 등불 아래서 어린 동자를 시켜 어부사漁父辭 1절을 부르게 하였다. 이 가사는 이농암李聾巖(농암은 이현보李賢輔의 호號)께서 지은 것이다. 아이의 목소리가 부드럽고도 묘하여 들을 만하였다.

이튿날 아침 출발할 때, 이존구李存求 성부性夫와 이중시李中時 성가聖可가 함께 떠나고, 양진암養眞菴 주인 이돈가李敦可는 술을 따르며 권한다.

당현唐峴에 이르러 동쪽을 바라보니, 은은한 안개 가운데 산봉우리가 희미하게 드러난다. 언뜻 밝게 보였다가 언뜻 가려지니 바라보는 사람으로 하여금 구름인가 안개인가 의심케 한다. 10여 리쯤에서 미천彌川을 지나는데 붉은 벼랑 푸른 절벽에 초목이 어리비친다. 초가집

---

1) 광초는 이중업李中業의 자字이다.

대여섯 호가 서있는데, 사립은 비스듬히 혹은 열리고 혹은 닫혔다. 동행을 돌아보며 이르기를, "살아서 밝은 시절을 만나지 못하여 우리 학문을 펼 길이 없다면 이런 널찍하고 한가한 곳에서 나무열매를 따먹고 석간수를 마시며 몸을 마쳐도 좋겠네."라고 하였다.

상류쯤에서 너럭바위를 만나니 넓이가 50~60명이 앉을 만하다. 가부좌를 틀고 둘러앉아 한참 동안 경치를 평하다가 동쪽으로 꺾어 돌아 경암景巖을 지났다. 뇌연雷淵에 이르니, 강 중간에 흰 돌이 반은 솟고 반은 물에 잠겼는데, 빛이 모두 밝고 깨끗해 속진에 물들지 않은 듯하다. 높은 곳에서 세차게 흐르는 여울이 바위를 치고 휘감아 돈다. 강을 따라 4~5리 남면에 펼쳐지는 모습이 모두 물외의 기이한 경치이다. 전현들이 유람할 때 반드시 이를 두고 지은 시가 많을 것이나, 동행들도 눈여겨 본 적이 없는 듯 자세히 아는 이가 없으니 아쉽다. 진로로 접어들어 오로봉五老峯을 넘으니, 고산孤山의 섬을 끼고 월명담月明潭을 내려다보며 한 점 푸른 산이 우뚝 솟아 열 길 절벽이 되었다. 그 끝자락은 비쭉비쭉한 산기슭이요, 강물이 암반을 따라 흘러가다가 돌며 고이어 소沼가 되는데, 맑게 얼비치는 모습이 마치 취옥쟁반에 기름을 담아놓은 듯하다. 바위 꼭대기, 울창하게 푸른 솔이 굽이져 서린 곳에 철쭉 두어 떨기가 뒤엉킨 나무가지 사이로 몰래 빠져나와 싱그런 푸른 바탕에 선명한 붉은 빛이 절묘한 조화로 강물에 비쳐 있다. 바위 위에 수운대水雲臺라고 새겨져 있고, 대 위에는 옛날에 퇴계선생께서 손수 쓰신 「동유록同遊錄」과 절구絶句 한 수가 있어 대개 명승고적이라 할 만하나, 벗겨지고 떨어진 이끼 속에 희미하여 분간할 수가 없다.

고산정은 강 건너편 언덕 위에 있으나, 물이 깊어 건널 수 없다. 안타깝게 오래도록 앉았노라니[2] 홀연 낭랑히 시 읊는 소리가 나뭇잎 사이로 들려온다. 깜짝 놀라 돌아보니, 근백根伯씨가 이미 표연히 정자 위에 있다. 성부性夫가 큰소리로 부르니 그 소리가 사방 절벽에 들어가 울린다. 내가 웃으며 "절벽 위에 그대가 있는가? 무슨 소리가 꼭 자네 소리만 같아." 하니 성부 또한 웃는다. 연고淵皐의 조씨 집에 들어가서 점심을 먹고 동북으로 한 마장 쯤 가니 구름 낀 산이 마치 기다리고 있었던 듯하고, 조수鳥獸도 경동하지 않는 듯하다.[3] 낮게 읊조리며 천천히 걷노라니 소연瀟然히 속세를 벗어난 듯한 감흥이 일어난다. 푸른 계곡을 다 지나니 인적이 전혀 닿지 않은 듯, 다만 보이는 것은 백로 뿐, 물가의 모래톱에 외발로 서서 사람이 가까이 가도 날아가지 않는다.

---

2) 안타깝게 오래도록 앉았노라니 : 퇴계의 시 「고산석벽孤山石壁」의 결구이다.
3) 구름 낀 … 않는 듯하다 : 공치규孔稚圭의 「북산이문北山移文」의 점화.

작은 객점에 당도하니 옛날에 석천石川이라 불렀는데, 지금은 박석博石이라 한다. 술을 한 순배 돌자, 성가聖可가 손가락으로 가리키며 말하기를, "저 남쪽 절벽에 학소대鶴巢臺가 있는데 학이 떠난 후에 울창하던 소나무가 말라죽었다."고 한다. 내가 낮게 읊조리며 "학이 둥지를 옮기자 솔이 말랐다네[鶴移巢去澗松枯]."하고, 우두커니 서 있는데, 마침 바퀴처럼 둥근 날개 그림자가 보이더니, 강을 건너 석벽에서 펄럭인다. 크게 이상하게 생각하고 자세히 보니 곧 구름이다.

여울에 가서 보니 물살이 세차 발을 벗고 건널 수가 없다. 고기잡이가 거룻배 왼 머리에서 삿대를 젓는데, 잠깐 사이에 강 언덕에 갖다 대므로 내가 기이한 재주에 감탄하였다. 물을 건너 흰 바위를 쓸고 그 위에 벌려 앉았다. 가슴을 헤치고 청량한 공기를 들이마시니 수석의 기운이 생겨난다. 고개를 들고 바라보니 12봉우리의 기상이 얼굴 위로 떨어질 듯하다. 비로소 내 몸이 청량산 어귀에 들어와 있음을 알겠다.

저고리를 벗고 굴비두름처럼 한 줄로 서서 나아갔다. 기암괴석이 차례로 사람을 맞는데, 발길이 한 자씩 미끄러지거나 한 치씩 빠지기도 한다. 한 걸음씩 흙을 밟지 않고 지팡이를 들어 두드리니, 쟁쟁한 옥소리가 울려난다.

작은 개울이 산록 협곡 사이로 흘러내리다가 쿵쾅거리는 폭포가 되어 쏟아지는가 하면 맑게 고여 못이 되기도 한다. 하늘 높이 솟은 빽빽한 초목 속에서 때때로 꾀꼬리소리가 들려올 뿐이다.

금포정錦浦亭을 지나서 흐르는 물을 따라 수십 보를 올라갔다. 나무 그늘은 점점 짙어지고 물소리는 갈수록 가늘어지며 산이 깊을수록 돌이 더욱 기이해지는데, 고개를 드니 벌써 절이 보인다. 농부를 만나 길을 물으니 농부가 "왼쪽으로 가라." 한다. 왼쪽은 정사精舍이다. 몸을 솟구쳐 올라가니 고목의 칡덩굴에 바람이 해맑은데, 산은 돌고 물은 은은히 흘러 널찍한 별천지가 나타난다. 내가 그 모습을 시원하게 생각하며 말하기를, "조화의 자취인가, 신선의 굴택인가? 누가 이렇게 만들었으며 누가 이와 같이 주장하였던고?"라고 하였다. 말이 끝나기도 전에, 성부性夫가 급히 부른다. 돌아보니 배꽃이 온 나무에 만발하여 가지마다 사람을 향해 휘늘어졌는데, 맑은 향기가 담 안에 가득하다. 바위 위에서 두 갈래지는 샘을 대나무 통으로 꽃나무 아래로 끌어왔는데, 물맛이 매우 향기롭고 차다. 내가 바가지를 들어 한 모금 마시고 "옛날에 인삼수人蔘水란 말을 들었는데 지금 이화수梨花水를 마시노라. 인삼수는 사람의 겨드랑에 날개를 돋게 한다더니, 이화수 또한 나로 하여금 한번 뛰어 난봉鸞鳳의 정상에 올라앉게 하는구나!"라고 하였다. 여러 사람이 각각 한 모금씩 마시고는 시원하다고 칭찬하였다.

옷을 갖추어 입고 연대사蓮臺寺를 향하였다. 아홉 구비 돌길이 연화인烟火人(속인)으로서 쉽게 다다를 길이 아니다. 돌무더기 사이로 장미가 만발하였는데, 몇 떨기나 되는지 모르겠다. 유리전琉璃殿에 들어가 이른바 '여래불'이란 것을 보니 눈은 금색이요, 몸에 가사를 입었다. 크기가 수십 척으로 마치 살아 움직이는 듯하고, 늠름한 기상이 있어 오래 쳐다볼 수가 없다. 자리를 나누어 앉아 조용히 불가의 이론에 대하여 이야기하는데, 한참이나 지난 후에 부엌에서 사람이 와 저녁이 다 되었다 하고 돌아갔다.

홀연 젓대 소리가 자소봉紫霄峰 너머에서 들려오는데, 처량하게 적막을 깨며 높아지다가 서서히 맑은 바람에 어울린다. 내가 옷깃을 여미고 "하늘의 신선이 내려오는가? 어찌 그럴 리가 있으랴."하는데, 한참 후에 한 동자가 남의嵐衣에 짚신을 끌며 숲가로부터 걸어온다. 스스로 말하기를, "선대는 대대로 예천 사람이었는데 세상이 싫어 입산한 지가 몇 년이 된다."고 한다. 청량산에 관한 일을 매우 자세히 말하였다. 그는 두견새 울음소리 두어 마디를 듣더니 눈물을 흘리며 떠났다.

밤 삼경에 옆 사람들이 모두 곤히 잠들었다. 나는 홀로 일어나 달을 기다리는데, 한 자락 흰 무지개가 금탑봉을 가로질러 연화봉에 걸린다. 캄캄하게 어둡던 하늘이 은은히 밝아지더니, 반원의 금빛 달이 두 산봉우리 사이로 돋아나 곧바로 축융봉 꼭대기로 솟아오른다. 조금 후에 첫닭이 울고 새벽 한기가 뼈를 찌르듯 차갑다. 침석에 들어 잠을 청하였다.

아침에 곁 사람이 안개 경치를 보라고 깨운다. 급히 옷을 입고 나가니, 어제 지나왔던 깊은 골짜기에 안개가 바다처럼 깔려 하늘에 닿았는데, 육륙[六六]의 봉우리가 다만 삐죽삐죽 갓이나 상투처럼 끝만 드러나 보일 뿐이니 망연히 여기가 무슨 세상인지 알 수 없다. 감탄하여 말하기를, "우리들이 하루살이 같은 덧없는 몸으로 잠깐 만에 껍질을 벗고 해탈의 경지를 보게 되었으니, 만약 신선의 분수가 아니라면 필경 신선의 희롱을 당하는 것이리라."고 하였다. 서로 쳐다보고 말없는 사이 잠시 후에 해가 뜨자, 드넓은 파도가 가라앉으면서 깊은 골과 높은 봉우리가 옛 모습을 드러냈다. 오직 조각 구름과 남은 안개가 희미하게 동천에 잠겨있을 따름이었다.

늦은 아침에 지팡이를 짚고 산을 올랐다. 연대사 서쪽에서 남으로 도니, 어지러운 돌 사이에 희미한 오솔길이 나오고, 다시 서쪽으로 꺾으니 절벽에서 길이 끊어진다. 앞서 가는 사람이 미끄러져 넘어지면 뒷사람이 다투어 넘어 가며 가쁜 숨을 몰아쉬었다. 지팡이를 사람처럼 믿고 짚을 만하면 짚되 짚을 수 없는 곳에서도 놓지 못하였다. 엉금엉금 땅 위를 기어 한 걸음 가서 한참 쉬고 한 치도 뒤를 돌아보지 못하며 외치느니 "조심! 조심!"일 뿐이다. 갖은 신고 끝에 장인봉丈人峰 아래에 이르니, 봉우리의 형상이 깎아지른 듯 수천 길이다. 작은 돌이 큰 돌을 업고, 작은 바위가 큰 바위를 이었으며 바위에 의지하여 돌을 안고 있어, 돌이 구르면 몸이 함께 구를 듯하고, 바위가 흔들리면 몸도 같이 흔들린다. 반나절이나 걸려 봉우리 위에 오르니 그 자리 잡은 터가 가장 높은 곳이라, 뭇 봉우리가 눈 아래 펼쳐진다.

서쪽을 바라보니, 높고 높은 바위산의 골격이 깎아지른 듯 강 위로 솟았다. 엄연한 위용이 마치 하늘의 신선이 요대瑤臺 위에 두 손을 맞잡고 선 듯하여 바라 볼 수는 있어도 함부로 가까이 할 수 없다. 탁절한 모습은 마치 절개 있는 선비가 형구인 도끼 앞에 몸을 내어 민 것 같아 공경함직하고 범할 수 없는 기상을 지닌 것이 외장인봉外丈人峰이다. 서에서 북으로 시선을 옮기면 흙산의 석면이 앙상하게 우뚝히 서 있다. 늠름하기가 마치 천왕대불天王大佛이 말없이 교의에 걸터앉은 듯하고, 은근하기가 마치 석가모니의 진영이 꼼짝 않고 흰 벽에 걸린 듯하니, 의상봉義湘峰이다. 동쪽을 바라보니, 꼿꼿하기 마치 옥정玉井의 연꽃이 만 길의 꽃을 피운 듯 정결하여 속진에 물들지 않은 것은 연화봉蓮花峰이다. 동에서 북으로 시선을 옮기니, 드높기가 마치 한 마리 흰 학이 허공을 바라보며 서서 날 듯 하면서도 날지 않는 것은 선학봉仙鶴峰이다. 그 다음은 마치 하늘을 가린 구름과 안개가 광풍에 해를 양보한 듯, 해가 막 하늘 한 가운데 이르러 삼라만상을 남김없이 비추니, 경일봉擎日峰이다. 또 그 다음은 마치 구름을 수놓은 비단병풍과 수정 궁전이 나래 옷에 무지개 치마를 입고 번갈아 춤추며 나아가는 듯한 것은 자란봉紫鸞峰과 자소봉紫霄峰이다. 또 그 다음은 범 같이 날랜 영웅과 사나운 장수가 병사를 거느리고 보루를 마주 대하여 다른 기치 없이 두 자루의 날카로운 창만을 짚고 선 듯한 것은 탁필봉卓筆峰이다. 그 다음은 손바닥처럼 납작한 돌이 여러 겹으로 포개어져 한 치의 틈도 없이 반공중에 꽂힌 듯한 것은 금탑봉金塔峰이다. 남동쪽에 마치 백 척 고송이 거친 껍질을 벗지 못하여 불길로 몸을 살라 연기와 화염이 하늘을 찌르듯 한 것은 축융봉祝融峰이다. 연적이라면 연적 같고 향로라면 향로처럼 온 산이 한결같이 돌로 이루어져 도끼로 찍지 않고 끌로 갈아내지 않았으나 이가 서로 맞물리듯 험준한 모양으로[齦齶嶔巇] 빼곡히 들어차고 가지런히 도열하였다. 울창하고 또렷하며 우뚝하게 솟은 천태만상이 첩첩이 보이고 층층이 나타난다.

그 나머지 이름 없는 산봉우리에 높고 낮은 것, 길고 짧은 것이, 상투를 온통 드러낸 것과 쪽진 머리를 반쯤 연 것, 사람처럼 우뚝 선 것과 짐승처럼 웅크린 것 등이 기기묘묘하다. 온

산 주위에 기괴한 모양으로 마치 상 위에 상을 포갠 듯, 집 위에 집을 지은 듯, 볼수록 더욱 끝이 없다. 내가 한숨을 내쉬며 감탄하기를, "기이하다 조물주여. 끝없는 재주가 여기에 이르다니!"라 하고, 다시 두렵게 여겨 말하기를, "위태하도다. 스스로 날개가 없는데 어찌 여기까지 이르렀는가?"라고 하였다.

연화봉으로 자리를 옮겼다가 다시 금탑봉으로 옮기니, 지세가 조금 평온해져 앉을 만하여 비로소 입을 열어 한번 웃었는데, 갈증이 심하였다. 산을 내려오다가 약초 캐는 사람을 만났다. 수염과 눈썹이 하얗게 세었는데 나이가 여든쯤일 듯하다. 성명을 물었더니, 대답은 하지 않고 길게 읍하고 지나간다.

이중실李中實 대영大英(대영은 자字임)과 이중진李中瑨 이진而進(이진은 자字임), 이중성李中聲 성진聖振(성진은 자字임), 이기호李基鎬 중온仲溫(중온 자字임), 이중경李中敬 이정而正(이정은 자字임), 이중형李中馨 욱여郁汝(욱여 자字임)가 뒤쫓아 와서 술을 한 잔 나누고 잠깐 이야기를 하였다. 길을 가르쳐 줄 중을 따라 북쪽으로 꺾어 다시 동쪽으로 걸음을 옮겼다. 좁은 길이 위태롭고 미끄럽다. 나뭇가지를 더위잡고 치원대致遠臺에 기대어 총명수聰明水를 마셨다. 치원대는 절벽 위의 아득한 허공에 걸렸고, 총명수는 벼랑 아래 바닥이 맑게 비치는 절굿돌에서 솟는다. 선비요, 신선이었던 최치원이 여기서 노닐었다 하여 그 대를 일러 '치원대'라 하고, 이 물을 마시고 총명을 길렀다고 하여 그 물을 일러 '총명수'라 한다. 바위 위에 선배들의 성명이 많았는데 혹은 새기기도 하고 혹은 새기지 않기도 하였다. 우리 할아버지 망호望湖(이종태李宗泰임) 또한 일찍이 지나면서 제명하셨는데, 먹빛이 휘황하여 마치 새로 쓴 듯하다.

어풍대御風臺를 지나 치원암致遠庵 옛터에 올라갔다. 돌비계에 의지하여 10여 보를 올라가니, 풍혈대風穴臺가 있다. 벼랑이 움푹하니 패이어 깊은 굴이 되었는데, 소나기가 내려도 비 한 방울 풍기지 못할 듯하다. 석굴 가운데가 널찍하게 뚫려 하늘이 보이고 시원한 바람이 우러나는데, 또한 최치원이 독서하던 곳이라 한다. 옛날에는 바둑두던 나무판대기가 있었다고 하나 지금은 남아있지 않다. 돌에다가 먹을 갈아 글씨 잘 쓰는 사람으로 하여금 돌 사이에 유록을 쓰게 하였다.

돌비계를 내려와 동쪽으로 반야대般若臺와 안중사安中寺를 지나 하청량下淸凉의 고암엄사高巖广寺에 들렀다. 지세가 심히 위태로으며 바위 꼭대기에 주먹바위가 놓였는데, 떨어질 듯하면서도 떨어지지 않는다. 맑은 샘이 바위 틈에서 방울방울 떨어지는 것이 마치 처마의 낙숫물과 같다. 대 통을 매달아 부엌까지 물을 끌어 놓았는데, 맑은 옥 소리가 들려온다. 손으로 움켜서 두어 모금 마시니 흉중에 가득한 속세의 티끌이 시원하게 씻기는 듯하다. 이어서 이리 저리 배회하며 두루 둘러보는데, 스님이 남쪽의 옛 성을 가리키면서 "공민왕이 적을 피하던 곳이다."라하고, 서쪽의 황폐한 무덤을 가리키면서 "삼각三角대사의 시신을 묻은 곳[瘞屍所]"이라고 한다. 그 말이 허탄하고 망령되어 기록할 것이 못된다. 승려가 돌아가겠다고 하고 갔다.

드디어 돌길을 돌아서 칡덩굴을 헤치고 몸을 모로 돌려 김생굴金生窟로 들어갔다. 굴은 층봉의 큰 바위 아래 있는데, 봉우리는 험준하고 바위는 널찍하고 둥두렷하다. 높이가 수십 척이나 됨직하고 넓이가 대여섯 칸 집을 지을 만하다. 교묘하게 깎아 울타리를 두른 듯한 것이 귀신이 만들고 하늘이 이룬 것 같다. 성근 폭포가 바위 위에서 흩어져 떨어지는데, 방울마다 구슬 같고 점점이 빗방울 같다. 신선이 없다면 그만이거니와, 있다면 여기 아니고 어디에 살겠는가? 일찍기 김생金生의 필획이 마치 기암괴석과 같아 기이하게 여겼더니, 지금 이 굴을 보니 정신과 기력에 도움이 있었음을 알겠다.

동으로 돌아 북으로 올라가서 만월암滿月庵으로 들어갔다. 암자는 퇴락하여 승려가 한 사람도 없는데 벽도화碧桃花 두어 가지가 대에 기대어 붉게 피었다. 대개 이 산 12봉은 옛날에는 이름이 없었으나, 주周 신재愼齋(신재는 주세붕周世鵬의 호號)가 처음으로 이름을 붙였다. 19군데의 절중 지금은 네 곳이 남았는데, 만월암이 또한 이와 같으니, 네 곳의 절도 이와 아울러 무너져 폐찰이 되지 않았겠는가? 일찍이 주 신재의 시를 보니, "청량산 열아홉 절, 절문 앞이 모두 대臺이네[淸凉十九寺 寺寺門前臺]."라고 하였다. 그렇다면, 대가 또한 19군데임이 분명하다. 그러나 절터가 모두 자세하지 않으니, 절문 앞의 대를 또한 어찌 상세히 알 수가 있겠는가?

굴은 모두 네 곳인데 내가 구경한 곳은 두 곳이다. 아직 보지 못한 곳이 본 곳보다 기이하지 않다고는 못할 것이다. 그러나 오래도록 심산에 머물기는 아마도 어려움이 많을 것이기에 뜻대로 모두 탐사할 수가 없다. 나중에 다시 오게 되면 미처 못 다 본 곳을 볼 수 있을 것인가?

24일(경술)에 「동유록同遊錄」이 이루어 졌다. 각각 귀로에 올랐는데, 다섯 걸음 걷고 다시 돌아보며 천천히 동구를 나섰다. 이창석李蒼石(창석은 이준李埈의 호號)의 "스스로 비웃나니 속세의 끊지 못한 인연이여. 다시 유수를 따라 청산을 나서네[自笑塵緣消未盡 又隨流水出靑山]."라고 한 구절을 외며 고개 돌려 산모퉁이를 바라보니, 구름과 노을이 만 겹이나 둘렀다.

두루 거쳐 고산정孤山亭을 올라보니, 계산의 운치가 어제 보던 모습과 다름이 없고 돌계단 가득한 풍란風蘭이 사람의 운치를 더한다. 인하여 벽상의 시판에 차운하고 길을 나섰다. 이진而進이 설사로 배를 앓아 설사를 하려고 길에서 매우 고통스러워한다. 내가 농 삼아 말하기를,

"신선놀음이 며칠도 못되었는데, 속세의 묵은 때를 다 쏟아내는구나."라고 하였다. 미천彌川 하류에 이르러 성부性夫와 중온仲溫의 귀가를 전송하고, 이진과 더불어 백운지白雲池를 거쳐 단사丹沙로 향하였다. 석양이 산을 머금고 저녁 이내가 숲을 둘렀는데, 용연龍淵의 맑은 수면에 마고산麻姑山이 거꾸로 비쳐 걸음걸음마다 마치 그림 속 풍경이다.

이진而進의 집에 함께 들어갔다. 주인이 그물을 쳐서 잡은 물고기에 탁주를 사가지고 마시며 즐기는데, 거문고를 타고 바둑을 두며 밤새워 잠들지 못하였다. 아침에 갈선대葛仙臺로부터 강을 따라 내려오노라니, 곳곳이 선현의 유촉이며 구비구비가 신선과 진인의 유택이라. 비록 그곳을 일러 소청량小淸凉이라 부르더라도 지나치지 않을 듯하다.

한낮이 되어 하계下溪에 당도하니, 성부와 중온이 술상을 차려 놓고 기다린다. 광초廣初 또한 돌아와 있어 마주 대하니 반갑기 그지없다. 책상 위에 주 신재의 「청량산유기淸凉山遊記」를 펼쳐 놓고 읽었다. 필력이 호방하여 시원스러우며, 경물에 대한 묘사가 마치 그림과 같아 참으로 절묘한 솜씨이다. 이날 밤은 하계에서 자고 다음 날은 교동에 묵었다.

27일(계축)에 환가하다. 청량산에 들어 갈 때의 제영題詠은 아래 폭에 기록되어 있는데 훗날 누워서 유람하는 자료로 준비해 둔다.

　□ **서사록.** 신해년(1911)　　西徙錄[4]

국가에 아무 사고가 없을 때는 국민들이 그 삶을 즐기며 옛것을 지키는 것을 요의로 삼는다. 국가가 어려움이 많을 때는 국민들이 목숨조차 잇지 못하여 조용히 숨어사는 것을 상책으로 삼는 법이다. 기록綺甪[5]이 상산尙山에 은거한 것이나 주진朱陳[6]이 무릉武陵에 숨어 산 것이 천고에 미담으로 전하는 것은 대개 이 때문이다.

---

4) 서사록西徙錄 : 이상룡이 안동에서 서울을 거쳐 만주에 도착하기까지의 망명과정을 일기체로 기록한 것이다.
5) 기록綺甪 : 진秦 나라 말년에 전란을 피하여 섬서성陝西省 상산尙山에 은거한 기리계綺里季와 녹리선생甪理先生. 이들과 하황공夏黃公·동원옹東園公을 합하여 상산사호商山四皓라 한다.
6) 주진朱陳 : 강소성 풍현風縣의 마을 이름. 주朱·진陳 두 성이 사이좋게 결합된 데에서 전傳하여 두 집안이 결혼하여 좋게 지냄의 비유. 당唐 백거이白居易의 「주진촌시朱陳村詩」가 있다. 곧 사돈간을 말한다. 진진秦晉·주진호朱秦好. 주진이 무릉武陵에 숨어 산 고사는 미상.

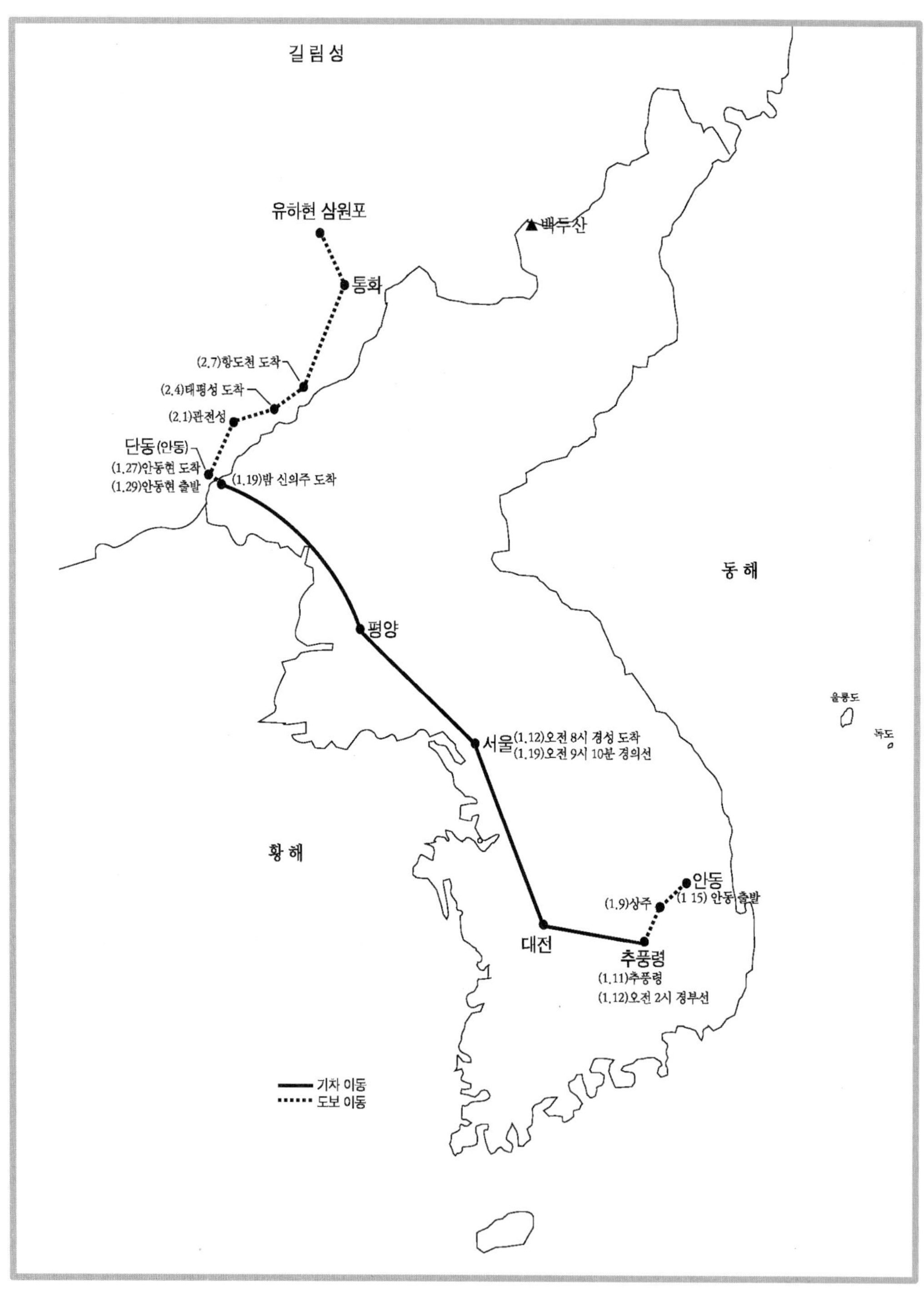

이상룡의 만주망명 여정(1911년)

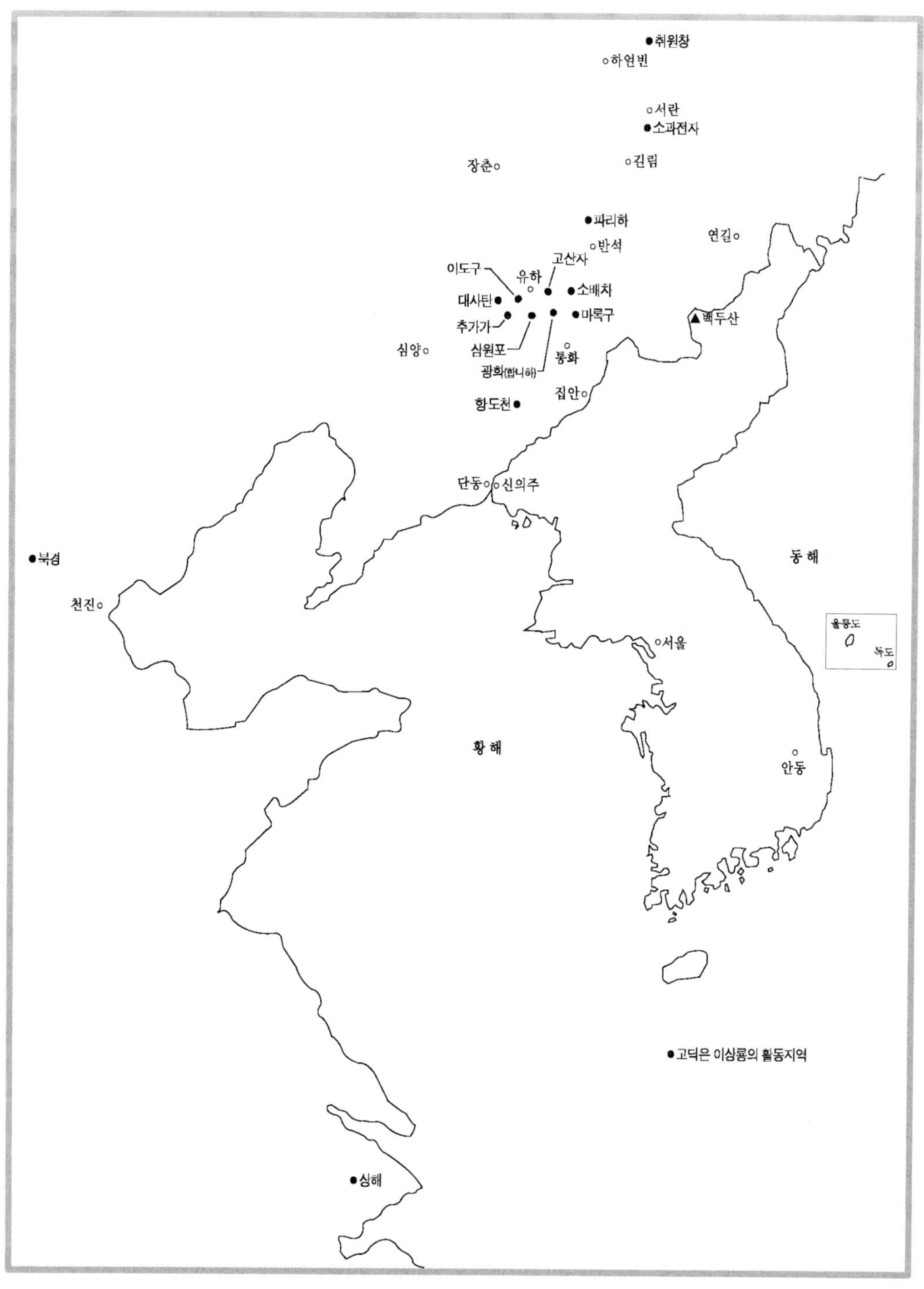
●취원창
○하얼빈
○서란
●소과전자
장춘○
○길림
●싸리하
○반석
연길○
고산사
이도구
유하
●소배차
대사탄●
마록구
추가가●
심양○
심원포
○통화
광화(합니하)
집안○
항도천●
단동○○신의주
●북경
동 해
천진○
울릉도
독도
○서울
황 해
안동
●고딕은 이상룡의 활동지역
●상해
▲백두산

지금 나의 이 길을 어떤 이는, 난리를 피하여 삶을 도모하려는 것이라 지목할 것이니, 어찌 괴이하게 여기랴. 그러나, 만일 오로지 내 한 몸을 온전히 하고 집안을 보전하려 한다면 고향이 객지보다 나을 것임은 천만 틀림없을 뿐만이 아니다. 왜인가? 이곳은 양전옥답의 곡식과 육지의 고기, 바다의 어물[陸羞海錯]이 있어 먹고 마시기에 편리하고, 고대광실에 따뜻한 이불과 커다란 요가 있어 거처하기에 편안하다. 좋은 항아리의 익은 술에 동기 형제간의 창화가 온정을 나누기에 넉넉하고, 맑은 창가에서 글을 읽고, 흐르는 물가에서 바둑을 두며, 한가히 노닐기에 알맞다. 모두 고향에서 누릴 수 있는 즐거움이요, 객지에는 없는 일이기 때문이다.

근간에 비록 압박의 고통이 있다고는 하나 또한 아직 병기가 서로 부딪는 전란은 없다. 둥지를 옮기는 새가 되어 나래와 깃을 혹 손상하기보다는 차라리 처마 속에 의연히 사는 제비처럼 어미와 새끼가 서로 따뜻하게 사는 것이 낫지 않겠는가? 그렇다면 내가 무엇 때문에 이번 길을 작정하여, 전답과 가택을 헌신짝처럼 버리고 일가친척을 길가는 사람처럼 아무 상관없는 사람으로 치부하며, 신산辛酸한 흉회를 억지로 참고 스스로 궁벽하고 황폐한 간도 땅[窮島絶漲之間]에 투신하려고 하는가?

아아, 나는 구차히 목숨을 훔치려는 부류가 아니다. 을사년(광무 9, 1905년) 겨울에 가야산으로 가서 암혈에서 거의 모병하였는데, 수년 만에[7] 1만 5천금의 자산을 소비하였다. 기유년(융희 3, 1909년) 봄에는 경무서에서 곤욕을 당하며 구금되어 지낸 것이 수십일 이었다. 나와서 몇몇 동지들과 더불어 본군에 협회[8]를 조직하였으니, 대개 여러 번 경영한 일에 여러 번 실패를 맛보았다.

작년(1910) 가을에 이르러 나라 일이 마침내 그릇되었다. 이 7척 단신을 돌아보니, 다시 도모할 만한 일이 없는데, 아직 결행하지 못한 것은 다만 한 번의 죽음일 뿐이다. 어떤 경우에든 '바른 길을 택한다[熊魚取舍].'[9]는 것은 예로부터 우리 유가에서 날마다 외다시피 해온 말이다. 그렇다면 마음에 연연한 바가 있어서 결단하지 못한 것이 아니며, 마음에 두려운 바가 있어서 결정하지 못한 것이 아니다. 다만 대장부의 철석과 같은 의지로써 정녕 백 번 꺾이더

---

7) 을사년 … 보내는 사이에 : 이상룡이 김현준·차성충 등과 함께 가야산 가조에서 의병을 일으키려 한 적이 있었다.
8) 협회 : 대한협회 안동지회를 말한다.
9) 바른 … 택한다 : 원문은 웅어취사熊魚取舍인데, 웅어熊魚는 웅장熊掌과 물고기로 모두 맛이 좋은 음식이다. 웅장과 물고기를 선택한다는 것이니, 올바른 길을 간다는 뜻으로 사생취의舍生取義를 말함.

라도 굽히지 않는 태도가 필요할 뿐이다. 어찌 속수무책의 희망 없는 귀신이 될 수 있겠는가?

고공단보古公亶父[10]는 아내를 이끌고 기산岐山의 아래로 옮겼고, 전횡田橫[11]은 무리를 이끌고 해도海島로 들어갔다. 예로부터 뜻을 가진 선비가 자신의 뜻을 이루지 못할진대, 일가를 온전히 하여 은둔하는 것도 또한 한 가지 방도였다. 하물며 만주滿洲는 우리 단군성조[檀聖]의 옛 터이며, 항도천恒道川은 고구려의 국내성國內城에서 가까운 땅이었음에랴? 요동은 또한 기씨[箕子]가 봉해진 땅으로서 한사군漢四郡과 이부二府의 역사가 분명하다. 거기에 거주하는 백성이 비록 복제가 다르고 언어가 다르다고는 하나, 그 선조는 동일한 종족이었고, 같은 강의 남북에 서로 거주하면서 아무 장애없이 지냈으니, 어찌 이역異域으로 여길 수 있겠는가? 이에 이주하기로 뜻을 결정하고 전지를 팔아 약간의 자금을 마련한 후, 장차 신해년(1911) 1월 5일 먼저 서쪽으로 출발하기로 하였다. 대개 왜인의 속박이 날로 심해지기 때문에 일시에 길을 나서게 되면 혹 뜻밖의 곤란이 생길까 염려해서이다.

1월 4일　조촐하게 술과 안주를 마련하고 마을의 노소들을 모아 종일토록 단란하게 놀았다. 「거국음去國吟」 율시律詩 1수를 읊다. [시집에 보인다].

5일　새벽에 일어나 사당에 절하고 물러나와 덕초德初(동생 봉희의 자字) 및 두 분 당숙과 더불어 집안일을 구분하여 처리하였다. 논 몇 마지기[頃]는 남겨서 네 분 윗대의 제물을 준비할 수 있도록 하고, 다시 밭 몇 마지기를 남겨두어 두 조카와 두 분 당숙의 의식 비용을 대도록 하였다. 1백 꿰미[緡]의 동전을 의장소義庄所에 기부하여 흉년에 일족을 구조하는 데 쓰도록 하고, 다시 30꿰미를 내어 동곽東郭(족조 종봉씨鍾鳳氏)의 빚을 갚는 데 보조하였다.

식후에 마을 사람들이 다시 모였다. 족조 정우庭愚씨는 두 강을 건너와서 전송하니, 평소 애호하는 정이 도타움을 알겠다. 내가 옛 사람들이 당부의 말을 주던 의리[贈言之義]를 본떠 다섯 항목의 계율로 삼가 면려하기를, "정신을 보전하고, 말을 삼가며, 행동거지를 살펴며,

---

10) 고공단보古公亶父 : 주周의 태왕太王. 왕계王季의 아버지, 문왕文王의 조부. 처음 빈邠에 거주할 때 적인狄人이 침략하자, 기산岐山 아래로 옮기니, 빈 땅 사람들이 따라왔다. 그래서 그 땅에 나라를 세워 주周라고 하였다(『사기史記』 권4).

11) 전횡田橫 : 진秦 나라 말년 제왕齊王 전영田榮의 아우. 한漢 고조高祖가 항우項羽를 멸하자, 그의 무리 5백 여인과 해도로 도망해 들어갔다. 한 고조가 그를 부르자, 같은 임금의 처지에서 굴복하기 싫다고 자결하였다(『사기史記』 권94).

교육에 부지런히 하고, 내실 있는 일에 힘쓰라.”고 하였다.

저녁 무렵에 행장을 수습하여 호연浩然히 문을 나서니, 여러 일족들이 모두 눈물을 뿌리며 전송하였다. 서숙[道東書塾]에 머물던 제생은 더욱 의귀처를 잃어 울음을 참으며 무어라 말을 못한다.

소산蘇山의 김흥한金興漢이 일부러 나를 보러 찾아오다가, 고암점庫巖店에서 만났는데, 한 시각이 넘도록 이야기를 나누었다. 저물어서 평리平里에 이르렀다. 저녁 먹은 후에 주머니를 털어 동전 네 꿰미로 술과 안주를 마련하고 법흥法興 마을 일족을 불러 진탕 즐겁게 놀고 자리를 파하였다.

6일 바람이 매우 차갑다. 석호옹石皓翁(족조 종하씨鍾夏氏)이 지전 1원을 노자에 보태라고 주신다. 행차가 안동 동문 밖에 이르자, 족조 종기鍾基씨가 미리 나와 기다리고 있었다. 대개 어제 함께 가기로 약속했었기 때문이다.

송기식宋基植이 또한 와서 전송하는데 문어[八梢魚] 한 마리를 행로 중 찬거리에 보태라고 내놓는다. 그가 선영의 재사齋舍에 부치는 기문을 부탁하길래 행로가 바쁘다는 핑계로 사양하였다.

정오 무렵 노복과 말이 도착하였다. 건초健初(이상동李相東의 자字)는 소식을 못들은 지 오래인데, 바야흐로 얼굴도 보지 못한 채 헤어지는 것을 서글프게 여기던 차에 때맞추어 와서 보였다. 떠나가고 남아 있는 이별의 아쉬움이 조금은 위로가 된다.

오후에 종기씨 및 김군金君(김흥한)과 작반하여 30리를 가서 두솔원兜率院에 투숙하였다.

7일 잠깐 바람이 불고 눈이 내렸다. 10여 리를 가서 풍산들의 주막에서 김군과 작별하였다. 오정 무렵에 하회에 도착하니, 사형査兄 류세현柳世賢(천신千植)이 이미 내가 고국을 떠날 뜻이[12] 있음을 알아 대화를 나누는 사이 말이 왕왕 간도의 사정에 대해 언급하였다. 대개 그 일족인 준영俊榮이 장사의 일로 안동·봉천奉天 사이를 왕래하였으므로 그곳 소문을 제법 들은 것이 있다고 한다.

---

12) 고향을 떠날 뜻이 : 원문은 거빈지지去邠之志인데, 빈邠은 빈豳으로 주나라의 조상인 고공단보가 기산 아래로 이주하기 전에 살던 곳이다. 적족狄族의 침탈을 피하여 그곳을 버리고 기산 남쪽으로 옮겼다(주 9) 참조).

8일   아침 먹은 후 출발하려고 하는데 류실柳室이 정에 약하여 눈물을 흘린다. 동전 여섯
꿰미를 주며 달래었다. 종기씨와 천천히 걸어 재 넘어 구담九潭에서 잠시 쉬었다. 저물 무렵에
삼가三街의 객점에 이르니, 금광이 여기저기 흩어져 있어 온 들에 온전한 논밭이 하나도 없다.
금이 얼마나 나는지 물었더니, 광주鑛主가 청구한 비용과 일꾼들의 입고 먹는 비용을 제외한
약간의 잉여는 모두 남(왜인)의 수중에 돌아간다고 한다.

9일   봉대鳳臺(상주 인봉)에 도착하여 강벽오姜碧梧(석주의 사위인 강남호의 조부, 강운희姜運熙의 호) 어른
의 영위에 곡하고 물러나와 사형 우선友善(신종信宗) 형제와 회포를 나누었다. 주실[注谷]의 조재
기趙載基형이 또한 서행西行하는 길이라, 조반 후에 와서 기다리고 있었다. 천전의 김형일金亨一
(만식萬植)이 서울로부터 돌아오는 길에 들러 근간의 형편을 모두 전하는데, '김도희金道熙'와 주
진수朱鎭壽가 경무청에 붙들리어 간히는 바람에 그 큰집 일행[백하 김대락 일행을 말한다]이 중도에
낭패하고, 경의선 열차를 타고 출발하였다 한다. 조카 문형文衡이 어둠을 이용하여 도착하였
다. 온 이유를 물었더니, 또한 이 기별을 나에게 전하려 해서라 한다.
   강하형姜夏馨은 교남교육회嶠南敎育會의 회원이다. 나와는 일찍이 면식이 없는 사람이나 마침
그때 찾아와 만났다. 대화가 시국에 미치자, 논점이 합치하지 않는 곳이 많다. 내가 장난삼아
"오늘날 우리 대한의 사회단체 중에 해산되지 않은 것은 오직 교남교육회 한 곳 뿐입니다.
공은 또한 그 단체의 중추인데, 여태 묵은 관습을 혁파하지 못하고 있으니, 교남의 앞날을
알 만합니다."라 하고, 인하여 정신과 형식의 관계에 대해 한바탕 논설을 폈다.

10일   노복과 말을 돌려보내고 오후에 출발하겠다고 알렸더니, 강실姜室이 눈물바탕을 하
며 진정하지를 못한다. 은전 2원을 내주며 나중 만날 기약이 머지않으리라고 따뜻한 말로 타
일렀다. 종기씨 및 조재기 형과 더불어 30리를 가서 신촌新村의 객점에 유숙하였다. 이날 밤
에 눈바람이 크게 일었다.

11일   추풍령秋風嶺에 이르러 보니, 낮 기차가 이미 떠나버렸다. 정거장 남쪽 개울가의 작은
주막에 기숙하였다.

12일   오전 2시에 경부선 직행 기차를 타다. 일찍이 을사년(광무 9, 1905년) 부상扶桑(일본)으로

가던 길에 기차가 지나가는 것을 본 적이 있으나, 기차에 올라타 본 것은 이번 길이 사실은 처음이다. 인하여 율시 한 수를 짓다. [시집에 보인다]

용강龍崗 박원구朴元求는 동래로부터 서울로 돌아가는 길인데, 기차 속에서 만났다. 외모는 비록 맑고 파리한 편이나 속뜻은 자못 굳고 강하니 가상하다. 8시 12분에 경성의 남문 밖에 도착하여 차에서 내렸다. 박원구 군이 길을 안내하여 일행 네 사람이 제중원濟衆院에 같이 묵었다. 한적한 위치에 사옥이 정미精美하다. 여관주인 최용호崔容鎬는 야소(예수) 교인으로 순박 근실하며 글이 능숙하여 더불어 이야기할 만하였다. 오후에 박원구 군이 경신학교儆新學校에 가서 우리 일행의 소문을 자못 크게 전하였다.

13일 아침에 우강雩崗 양기탁梁起鐸이 내방하였는데, 초면에도 정성스럽고 극진한 모양이 오랜 벗이나 다름이 없다. 식후 인력거에 올라 그의 집을 찾아가니, 주인이 다과를 마련하여 대접하며 조용히 말하는데, 정겨운 뜻을 실감하였다. 양우梁友가 나에게 협회의 시말을 묻기에, 내가 대략 그 경과를 진술하여 대답하기를, "나는 암혈의 보잘 것 없는 사람으로 시국의 변화도 잘 모르면서 오직 옛날 소견만으로 앉아 승패를 점쳤습니다. 여러 번의 시도가 다 효험을 보지 못하고 그런 후에야 오직 국민이 모인 단체가 나라를 보전하는 핵심의 방법이 됨을 알았습니다. 온 나라를 둘러보아도 큰 단체로서 대한협회만한 것이 없으되, 그 전신은 곧 독립자강회입니다. 드디어 우리 대한의 정신이 여기에 있음을 믿어 의심치 않고 지회를 조직하였습니다. 그러나 필경 경회京會(대한협회 본회)는 경회 자신일 뿐이었습니다. 그 득실이 지방의 지회와 무슨 상관이 있습니까? 한스러운 것은 목적을 달성하기도 전에 갑작스럽게 강권을 가진 자에게 해산 당한 것일 따름입니다."라고 하였다. 양우는 "예예"하며 아무 말이 없었다.

홍주洪州의 임석호林奭鎬라는 젊은이는 좋은 선비이다. 곁에서 듣고 있다가 한 마디 말을 청한다. 내가 대답하기를, "이 늙은이는 되지 못하게 먹은 나이가 이미 육순을 바라보고 있소. 여생이 많지 않을 것이니, 바라는 바는 오직 한번 옳게 죽을 땅을 얻는 것일 뿐이오. 그대와 같은 사람은 젊은 나이에 재주로 소문이 났으니, 후일의 성취를 헤아릴 수 없을 것이오. 단지 책임이 무겁고 시국이 험하니, 십분 단련하고 노력하여 기대하는 뜻을 저버리지 마시오."라고 하니, 임생이 겸손하게 사례하였다.

14일 일찍 일어나 씻고 빗질하고 나니, 책상 위에 초고 한 책이 있다. 가져다 훑어보니,

곧 『왕양명실기王陽明實記』로 국한문을 섞어 편집한 것이었다. 대개 양명학陽明學은 비록 퇴계 문도의 배척을 당하였으나, 그 법문法門이 직절하고 간요하여 속된 학자들이 감히 의론할 수 있는 바가 아니다. 또 그 평생의 지절은 빼어나고 정신은 강렬하였다. 본원을 꿰뚫어 보되 아무 거칠 것이 없었으며, 세상의 구제를 자임하였으되 아무 두려움이 없었으니, 한대漢代와 송대宋代를 통틀어 찾는다 하더라도 대적할 만한 사람을 보기 드물다. 또 그의 독립과 모험의 기개는 더욱 오늘과 같은 시대에 절실하다 할 것이다. 다만 우리 동방의 풍조는 옛것을 믿는 태도가 너무 지나쳐, 무릇 선배가 논한 바가 있으면 하나라도 자신의 의사를 더하지 못하고, 조금이라도 합치하지 못한 점이 있으면 문득 이단사설異端邪說로 지목한다. 심할 경우에는 '성인을 비난하고 법도를 업신여긴다.'고 배척해 왔다. 이러한 폐단을 고치지 못하면 자유의 사상을 꽃피울 수 없을 것이고, 우리나라를 끝내 구제할 수가 없을 것이다. 모르겠거니와, 우리들 중 어떤 사람이 능히 의연하게 자임하여 300년간의 학설을 2천만의 세속된 무리와 도전하여 결투할 것인가?

오후에 집안 식구를 옮겨가는 데에 관한 일로 의논이 미치자, 양우가 자신의 일처럼 보아 일일이 가르쳐 주었다. 이날 저녁에 제중원으로 나와 자다.

15일 평해平海 황도영黃道英이 권속을 이끌고 올라왔다. 천 리 먼 객지에서 함께 유숙하니, 적적한 마음이 사뭇 위안이 된다. 오후에 서로 이끌고 올라오라는 뜻으로 집에 전보를 치다.

16일 귀향하는 종기씨를 전송하다. 종기씨는 여비를 다 써버렸으므로 6원을 내어 노자에 보태라고 하였다. 조형(조재기)이 숙소를 양우(양기탁)의 집으로 옮기다.

17일 황우黃友(황도영)가 출발하여 떠나고 홀로 무료하였다. 제중원 주인(최용호崔容鎬)이 『성산명경聖山明鏡』이라는 책을 한 권 준다. 그 책의 대강의 뜻은, 유·불·선 삼교三敎의 내용으로 질문과 응답을 가설하여 구성한 후 결국은 야소교耶蘇敎로 귀결한 것이다. 그 가운데 오관五官을 논한 것이 있는데, '성색聲色과 취미는 밖으로부터 들어와서 감촉되는 것이요, 이목구비의 기관은 안에서부터 호응하는 것이라.'고 한다. '마음은 일신의 주인으로 본래 내재하는 것이며, 생각이 또 안에서 발동하여 나오는 것이니, 이목구비의 네 가지와 동일선상에 놓고 비교할 수 없다.'고 한다. 그러므로 야소씨의 이론으로는, 이·목·구·비 및 피부를 오사五司라 한 것인데 그 이론이 매우 참신하다.

14일13) 집 회신 전보가 비로소 도착하였다 한다. 20일에 발행하려 하는데, 사방에 감시가 깔려있어 빠져나가기가 쉽지 않을 것이다. 많은 사람이 이사하는 일이니 걱정이 놓이지 않는다.

광주光州의 야소교인 구경지具敬知가 회당會堂에 머문 지 여러 날이었는데 떠날 임시가 되어 술과 음식을 갖추어 교우敎友들을 초청하고, 교우들도 각자 술상을 준비하여 밤새워 한껏 즐 기었으니, 그 단체의 결속 정도를 알겠다. 우리 유가에서는 이른바 도의道義의 분을 맺었다는 사람조차 저들이 서로를 아끼는 마음과 같지 못하니, 심히 부끄럽다.

19일 9시 10분에 경의선 열차를 승차할 때 최용호崔容鎬·유홍렬劉興烈 등 여러 사람이 정 거장에 나와 전송하였다. 10시에 개성을 지나므로 율시 한 수를 읊었다. [시집에 보인다] 사리원 沙里院에 이르러 용천龍川 사는 신덕인申德人을 만났다. 나이는 60남짓한데 순박하고 진실하여 고풍이 있는 사람이다. 간도의 사정에 제법 소상하여 무릎을 맞대고 이야기를 나누니 나그네 길의 괴로움을 모두 잊을 만하였다. 오후에 평양에 당도하였는데 시 한 수를 읊었다. [시집에 보인다]

해질 무렵 등에 불이 들어오니, 사방 유리벽에 밝은 빛이 마치 대낮과 같이 환하였다. 선천 宣川에 이르러 신노인을 작별한 후에는 차 안에는 한 사람의 한인도 없고 다른 나라(왜인) 말소 리만 떠들썩하니 사뭇 무료함을 깨닫겠다. 신의주에 이르러 하차하니, 밤 삼경쯤이 됨 직하였 다. 대동회사大同會社를 찾아가니, 주인 신효석申孝錫은 곧 신노인의 재종질이었다. 사람됨이 그 아저씨와 아주 비슷하다. 한번 보자마자 마치 오래 사귄 사람과 같이 느껴졌다. 압록강 건너 의 형편을 물으니, 직예성直隸省 등지에 흑사병이 만연하여 행인에 대한 조사가 엄밀하여 강 을 건넌 사람들이 다시 돌아오지 못하고 있으며, 그 병의 근원이 쥐에서 시발한다고 하여 쥐 를 잡으라는 관의 성화가 심히 급박하다고 한다.

21일 용강학교龍崗學校의 학도 이용혁李龍赫은 용모가 단정 아담하고 지기가 녹록碌碌하지 않다. 여관에서 우연히 만났는데 붙임성이 매우 절친하였다. 인하여 함께 거리에 나가 유람을 하며 시장의 정황을 두루 둘러보았다. 대개 우리 한인의 가게는 초라하고 장사는 쓸쓸하니,

---

13) 아마 필사과정에서 18일이 14일로 잘못 기재된 듯하다.

의관은 자못 정갈하고 훌륭하다. 청인의 경우에는 상업은 자못 흥성하나 말소리나 용모는 거칠고 비루하며, 고용하여 부리는 사람이 많다. 일인은 거처가 화려하고 상업이 왕성하며 용모는 강하고 사나웠다. 이런 점에서도 세 나라 사람의 우열을 알 수가 있겠다.

22일 신우申友(신효석)에게 부탁하여 우리나라 돈을 청국 돈으로 환전하였다. 일후에 도강한 다음에 쓸 일이 있을 것에 대비해서이다. 일본 사람의 서점에서 만주와 한국의 지도를 사다.

23일 도보로 제방 위에서 철로를 따라 압록강 가에 이르니 강에는 얼음이 굳게 얼어 발거跋車(바퀴 없는 썰매 수레)가 왕래한다. 강 건너 산봉우리가 웅장하게 치솟은 모양이 본국에서 보던 야트막하고 미약한 형세와도 같지 않다. 인하여 율시 한 수를 짓다. [시집에 보인다]
   일인이 장차 강 위에 무지개 다리를 놓으려고 돌기둥을 이미 벌여 세웠다. 작년에 안동安東에서 봉천奉天 사이의 철로 공사를 이미 마쳤으니, 만약 이 다리가 한번 낙성되면, 연경燕京이며 여순旅順이며 하얼빈[哈爾濱] 등지가 모두 하룻길이 될 것이다. 국력의 부강함이 두려울 뿐 아니라, 그들의 만족할 줄 모르는 큰 야욕이 어디에 목표를 두고 있는지를 알 만하다.

24일 바람결이 매우 맵다. 개성의 학도 임광모林光模가 북으로 연경에 유학하려고 도강하여 떠났다. 봉천 등지의 화염이 아직 꺼지지 않아 길이 막힌 까닭에 갈 수 없자 밤을 이용하여 다시 돌아왔다가 경찰서에 붙들려 검역의 괴로운 절차를 다 받고 3일 후에 풀려났다. 내가 그를 불러 물어보고 비로소 내앞 일행(백하 김대락의 가족)이14) 무사히 도착하였다는 소식을 들었다.

25일 집 식구들의 행로를 따져보니, 만약 정해진 날짜대로 떠났다면 엿새 만에 여기까지 도착할 것이다. 저녁 먹은 후에 등불을 들고 정거장에 나가 기다렸다. 밤든 지 오래되자, 과연 일행이 일제히 도착하는 것이 보인다. 맨 앞에 나선 것은 준형濬衡이고 부녀자 및 어린 것들은 한 가운데 있고, 덕초德初 부자가 뒤를 따른다. 2천 리의 험난한 길에 탈 없이 도착하니 기쁨을 알 만하리라. 내가 등불을 들고 앞서서 신우申友의 집에 단란히 모여 앉았다. 고향 소

---

14) 내앞 일행 : 이상룡 일행보다 한 달 남짓 먼저 도만渡滿하였던 백하白下 김대락金大洛 일행을 가리킨다.

식을 자세히 들으니, 내가 출발한 후 과연 여러 차례 조사가 있었고 준형은 경찰서에 구인까지 되었었다고 한다.

26일 덕초가 남은 장구를 수습하기 위해 내일 환향하려고 한다. 둘이 왔다가 혼자 돌아가니, 서글픈 마음에 마치 목이 멜 듯하다. 그 편에 건초健初와 두 분 당숙께 편지를 부치고, 별도로 한 폭에다 도동서숙道東書塾에 유숙하고 있는 여러 생도들에게도 권유하는 글을 썼다.

집안시에서 바라본 압록강, 왼쪽이 북한 만포진

27일 이용혁李龍赫씨가 선천宣川에 돌아가 엽서를 보내 왔는데, 근실한 뜻이 감사함 직하다. 답장을 써서 우편으로 부치다. 식사 후에 덕초를 남겨두고 발거跋車를 타고 압록강을 건넜다. 고개를 돌려 고국을 돌아보니, 돌아올 기약이 묘연하다. 사람은 목석이 아닌데 어찌 감상이 없을 수 있겠는가? 인하여 절구 4수를 지었다. [시집에 보인다]

강의 북쪽 기슭은 곧 안동현安東縣으로 옛날에는 사하자沙河子라고 불렀다. 광서光緒 2년(고종 13, 1876년)에 새로 관리를 파견하여 세관을 설치하고 강을 따라 실어내는 목재에 세금을 부과하였는데, 그 권리를 거의 일본이 가지고 있다 한다. 5리쯤 가서 동취잔東聚棧에 이르니, 김택

준金宅駿과 이준선李俊善이 반갑게 맞이하며 앞장을 선다. 회랑을 끼고 돌아 북쪽으로 가 이윤수李允秀의 객점에 숙소를 정하였다. 질부가 풍한에 상하여 이불을 두르고 잠시 자리에 기대고 있는데, 주인 노파가 급히 들어와 일어나기를 청한다. 잠시 뒤에 일본 순사 2명이 들어왔다. 대개 봉천 등지에 흑사병이 있은 이래로 날마다 조사하는데, 만일 누워 앓는 사람이 있으면 곧바로 데리고 가서 검역한다고 한다.

28일 그곳에서 유숙하다 마침 밖에 나갔다가 담흑색의 흙덩어리를 보았는데, 바짝 마른 정방형이 마치 벽돌과 같다. 뜰 안에 가득 쌓아 두었는데 무엇인지 물어보니 곧 토탄土炭이라고 한다. 요양遼陽과 금주金州 등지에서 생산되는 물건으로 배로 실어 와서 구들을 데우는 데 쓴다고 한다.

오후에 청인의 서점에서 『만주지리지滿州地理誌』를 사다.

29일 마차 두 대를 샀다. 마차는 크고 작은 두 등급이 있어, 큰 것은 말 예닐곱 마리가 끌어 2천근을 실을 수 있고, 작은 것은 말 너댓 마리가 끌어 1천여 근을 싣는다. 내가 산 것은 다만 말 세 마리가 끄는 것으로 겨우 서너 사람을 태운다. 우리나라 사람들은 이를 한림거翰林車라 부른다. 아침 먹은 뒤에 출발하였는데, 도로가 울퉁불퉁한 곳에서는 수레가 많이 흔들리어 앉음새가 편안치 못하다가 오직 얼음을 건너갈 때만 조금 평온하여 행로가 빠르다. 80리를 가서 소포천小蒲川의 풍가점馮家店에 이르렀다. 직예성直隷省에 사는 이씨李氏는 순실하고 근후한 됨됨이에 자못 유식하다. 저녁 내내 필담을 나누며 술과 차를 대접하였다. 저녁 후에 마을의 이웃 부녀자들이 다투어 찾아와 서로 묻는데, 말소리는 비록 다르나 정의가 선량하고 근후하였다. 만주의 습속에 부녀들이 모두 귀고리를 하는데, 구리나 금과 은으로 만들어 보석과 명주明珠를 섞어 드리웠고, 의복은 남자들의 것과 그다지 다르지 않아, 무명으로 지어 길고 넓찍하며 색깔은 검다. 머리는 틀어 얹으며 말총이나 망사로 뜬 쓰개를 두르고 거기에 금비녀를 꽂는다. 비녀는 얇고 넓은 모양에 위가 구부러지고 아래가 뾰죽하며, 길이는 세 치 가량이다. 날 때부터 전족纏足을 하는 까닭에 발이 작기가 마치 외와 같고 걸을 때마다 비틀거린다. 얼굴에는 지분을 바르고 항상 방에 앉아 어린아이를 돌보기 때문에 음식을 장만하는 일은 손수 하지 않는다고 한다.

2월 1일 이씨를 대동하고 새벽을 무릅쓰고 길을 나섰다. 수레 안은 담요로 둘러싸서 밖을 멀리 내다볼 수 없었다. 다만 길가에 혹은 돌로 혹은 목판으로 사당을 세우고 붉은 종이 술[紅色絲紙]을 늘어뜨려 놓은 것이 보이는데, 가는 곳마다 그렇지 않은 곳이 없었다. 인가의 마당에는 나무 장대를 세웠는데, 장대의 높이가 10여 자 가량이다. 장대 끝에 붉은 종이로 동물의 형상을 만들어 걸어놓았는데, 어떤 것은 소나무 가지에 닿아 푸른 솔잎과 어울려 마치 살아있는 듯하다.

강을 따라 수백 리에 걸친 우리쪽 국경[韓界數百里]에 일인이 거의 1백 보마다 한 군데씩 초소를 설치하고는 도강하여 왕래하는 사람을 엄밀히 수사하고 있다. 비록 검역을 핑계하고 있으나 사실은 우리나라 사람이 다른 나라와 교섭하는 일이 있을까 의심해서이다.

저물 무렵에 관전성寬甸城 남쪽 수십 리의 염가점閻家店에 투숙하였다. 산골의 풍속에 밥은 없고 다만 밀가루로 싼 고량병高梁餠[기장[秫]을 고량高粱이라 한다], 소미만두[조[粟]를 소미小米라고 한다]가 있을 뿐인데, 맛이 싱거워 먹을 수가 없다. 어린 것들이 연일 굶다 못해 병이 날 지경이었다. 좁쌀 두어 되를 사고 솥을 빌려 밥을 지어 먹으니, 그 괴로운 상황을 알 만하다.

2일 눈에 갇혀 출발하지 못했다. 객점의 주인이 그의 조부가 돌아간 지 백 일이 되는 날이라 하여 돼지를 잡아 제찬祭粲을 하고 제수를 성대히 마련하였다. 저녁에 어린 아이가 종이 화약[紙彈] 한 봉지를 사오기에 내가 어디에 쓰는 것인지를 물어보았더니, 제사 지낼 때 방포하여 마귀를 쫓을 것이라 한다. 끝내 그 제사를 지내는 것은 보지 못하였으나, 친척들이 모두 모여 밤새도록 혜금을 연주하며 ‘귀신을 즐겁게 한다[樂神].’고 하였다. 살피건대, 불가에 백일재가 있다 하니, 이 풍속은 불가佛家에 가깝다. 그러나 (불가에도) 혜금을 연주하여 귀신을 즐겁게 하는 절차가 없으니, 아마도 이는 살만교薩滿敎일 것이다. 『금사金史』에 의하면 무구巫謳를 ‘살만薩滿’이라 하거나 혹은 ‘산만珊蠻’이라 칭한다. 그 설명에 “마귀는 항상 사람의 몸에 붙는다. 죽은 뒤에도 혼령이 거기에 사로잡혀 먹지도 못한다. 그러다 드디어 굶주린 귀신이 된다. 오직 기도를 잘하는 것만이 마귀의 뜻을 잘 구스를 수가 있다. 그러면 영혼이 비로소 풀려날 수가 있다.”고 한다.

3일 눈바람이 매우 사납게 불어 수레 안의 사람들이 모두 담요를 깔고 이불을 둘렀다. 마부는 이마가 납작한 털모자를 쓰고 가죽 장화 속에 말린 오라초烏喇草를 넣어 따뜻하게 하였다. 소하구小河口 덕흥점德興店에 이르러 조금 쉬었다.

오후에 이씨李氏를 작별하고 강을 거슬러 40여 리를 가서 산피참山陂站에 이르렀다. 객점 주인의 이름은 잊어버렸는데, 뜰 안에 말 1백여 필을 매어놓고 수레 수십 대를 세워놓았다.

대체로 길을 온 지 3~4일 동안에 눈에 뜨인 것은 다만 말과 소, 양, 돼지와 개 밖에는 다른 것이 하나도 없었다. 비록 두어 간 초가집이라 할지라도 반드시 십여 마리의 가축을 기른다. 또 그 가축들을 부리는 데, 익숙하여 10세 된 어린 아이라 하더라도 왕량王良이나 조보趙父15)와 같은 우인虞人16)이나, 목관牧官의 재목이 아닌 이가 없으니, 비로소 만주 일역이 예로부터 수렵국이었음을 알겠다. 『부여사扶餘史』에 이른바 '우가牛加와 마가馬加, 견사犬使와 녹사鹿使, 저사猪使라.'한 것은 모두 엽관獵官의 명칭인데, 단군조선의 유속이 오늘날까지 남아 있었던 것이다. 또 세계 만국이 처음에는 모두 수렵국이다가 점점 농공과 상업을 하는 나라로 진보하였다. 지금 만주인들은 4천여 년 동안 하나의 풍속을 이어오면서 아직도 개혁하지 못하고 있으니, 그 지혜와 식견의 비루함을 알 만하다. 주자朱子가 이르기를, '지금에 이르러서도 계동谿洞이라는 나라에는 오히려 결승結繩의 정치17)가 남아 있다.'고 하였는데, 이 만주인 같은 이가 그 계동인일 것이다.

4일 한낮에 태평성太平城에 도착하니, 객점이 즐비하고 저자가 자못 번성하다. 어떤 사람이 말하기를, "반랍강半拉江의 얼음이 녹아 물 깊이가 무릎을 넘어 건널 수가 없다."고 하였다. 마부가 그 소리를 듣고 위태롭다 애기하므로 하는 수 없이 유숙하였다.

5일 이른 아침에 출발하였다. 종일 강을 따라 가는데, 수레 바퀴가 물에 이따금 잠기어 험난함을 형용하기 어려웠다. 가까이에 쉴 만한 인가가 하나도 없어 밤 2경이 가까워서야 사전참沙田站에 투숙하였다.

6일 사방이 흙탕길이어서 수레가 지나다니기에 매우 어려웠다. 길가에 때때로 한인 사냥

---

15) 왕량王良이나 조보趙父 : 왕량은 춘추春秋 때 수레를 잘 모는 사람이었고, 조보는 주周 목왕穆王 때 수레를 잘 모는 사람이었다.
16) 우인虞人 : 산림山林이나 천택川澤을 맡은 머슴.
17) 결승結繩의 정치 : 문자 이전의 정치를 말한다. 결승結繩이란 복희伏義가 팔괘八卦를 그어 인문을 창제하기 이전의 원시적인 의사표시 방법으로 새끼를 묶어 간단한 의미를 전달하였다고 한다.

꾼이 총을 메고 오가는 모습이 보이기도 한다. 대개 우리나라는 군부軍部가 해산된 이후로 집 안에 짧은 총 한 자루를 둘 수가 없는데, 더구나 몸에 휴대하고서 마음대로 길을 다니니 실로 근래에 처음 보는 모습이다. 그 족쇄를 벗어나 자유롭게 살아가는 광경이 반갑다. 저물 무렵에 운문산雲門山 아래에 도착하니, 객점이 초라하고 누추하여 바깥문만 있고 안벽이 없다. 옥사 안 좌우에 갱坑(일종의 온돌)을 축조하고 그 위에 앉고 눕는데, 취사하는 사람으로 하여금 갱 바닥의 아궁이에 불을 때게 하여[使炊烟烘煖坑底] 추위를 막는다. 변소를 설치하지 않아 더러운 오물이 마당에 그득하니, 대개 만주인의 가옥 제도가 모두 이와 같다.

　7일　새벽 첫머리에 출발하다. 길가의 돌무더기 위에 왕왕 썩은 관棺이 드러나 보이는데, 관의 제도가 높고 짧다. 아마도 오랜 옛날 골짝에다 버리던 풍습을 지금까지도 고치지 않은 모양이다. 옛날 살만薩滿 교도들은 사람이 죽으면 나무 위에 장사하였다. 혹 큰 나무의 줄기를 골라 거기에 구멍을 파고 시신을 안에 넣었는데, 아마도 이 또한 살만교를 신봉하는 자들이 한 일일 것이다. 냇물을 따라 가다가 10여 리쯤에서 산기슭이 트이고 시야가 넓어진다. 멀리 숲 사이로 지붕 모서리가 들쭉날쭉 보이니 그곳이 항도천恒道川임을 알겠다. 한인 심택진沈宅鎭의 집에 이르러 점심을 먹고 마부를 돌려보냈다. 조금 있자니 김형식金衡植·황도영黃道榮·이명세李明世·정생鄭生 같은 여러 사람이 이어 보러 왔다. 정생은 곧 예천 사람 진사 정운경鄭雲卿의 아우이다. 내가 정운경과 비록 면분은 없으나 그 명성은 대개 일찍부터 들어왔는데 이역에서 그 아우를 만나게 되니, 더욱 자별함을 느끼겠다. 오후에 김비서장金貫西丈[18]이 계신 곳을 찾아갔다. 이 노인이 일전에 손자를 본 경사가 있어 한편 위문하고 한편으로는 하례하니, 기쁘게 반기는 소리가 우레와 같았다. 거처하는 집은 모두 7간인데, 황군·이군이 각각 한 방씩 쓰고, 중앙에는 또 학교를 열어 많은 사람들이 기거하고 있어 매우 거처하기 군색하다. 그러나 처음 도착하고 보니 창졸간에 달리 방편이 없어 부득이 학교 한 간을 빌려 식구들을 머물도록 하였다.

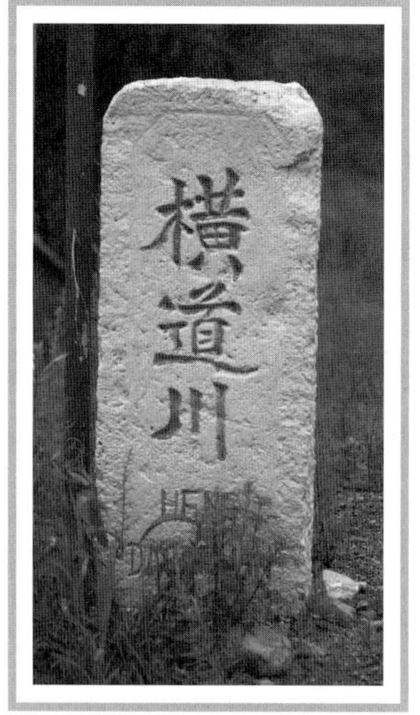

횡도천 표지석

―――――――――――――――

18) 김비서장金貫西丈 : 김대락. 백하의 구호가 비서貫西이다.

횡도천 (김대락·이상룡 집안의 첫 정착지)

8일 젊은 사람들이 거리에 나가서 땔감이며 양식이며, 가마솥 붙이 등을 사와서 밥과 국을 지어 밥그릇을 앞에 놓고 둘러앉았다. 연일 객점에서 기장떡을 먹던 고통을 돌이켜 생각하니, 마치 먹지 않아도 배가 부를 듯하다. 다만 물가가 비싼 것이 고향에 비하여 너덧 배가 될 뿐이 아니어서 약간이나 남은 행자도 날마다 미려尾閭19)처럼 새나갈 것이니, 앞으로 제접濟接할 일을 생각하면 미리 근심이 된다.

9일 임석호林錫鎬·조재기趙載基가 나중에 도착하였는데, 그 편에 양기탁이 붙잡혀 갇히었다는 소식을 들었다. 길거리의 사람들이 전하는 말에, '며칠 전에 일인이 촌에 들어와서 한인의 호구를 한 집도 빠짐없이 조사하더라.'고 한다.

저들[日人]이 우리 한인에 대한 정책이 세밀하기가 이와 같은데, 우리들의 지혜와 준비가 모자라니 무슨 수로 이 사면에 둘러친 그물을 풀 수가 있을 것인가?

---

19) 미려尾閭 : 바다 한복판에 있어서 물이 한없이 새는 곳. 그러므로 바닷물은 넘치지 않는다 한다(『장자莊子』「추수秋水」).

10일　두릉杜陵에 사는 이병삼李炳三이 방문하였다. 한번 보자마자, 마음을 기울여 겉과 속이 조금도 다름이 없으니, 진실로 마음에 드는 사람이다. 들건대, 그의 아들 이장녕李章寧이 5~6일 전에 고국으로 출발하였는데, 마차를 타고 안동현安東縣으로 갈 계획이었다고 한다. 그 행로에 마땅히 중도에서 마주쳤을 것이나, 끝내 서로 교묘히 엇갈려 버린 것은 무엇 때문인가? 내가 관전성寬甸城 남쪽에서 눈에 발이 묶이어 출발하지 못하고 있을 때 양산을 펴고 수레에 앉아 객점 앞을 지나가는 자를 보았었는데 혹 그 사람이었을까?

11일　조카 문형이 밖에서 들어와 전하기를, "청나라 순검巡檢 2명이, 경내에 거주하는 한인이 몇이나 되는지를 향약소에 캐묻고, 만약 머리를 땋고 호복胡服으로 바꾸어 입지 않고서 입적入籍한다면 모두 한꺼번에 쫓아내어 여기에 붙여 사는 것을 허락하지 않으리라 하였다."고 한다. 그래서 향약장이 내일 회의를 열려고 한다. 대개 만주의 풍속에 각 촌에 향약을 두는 것이 중국 본부本部의 보갑保甲과 마찬가지로 백성의 소송을 다스리며 또 납세의 사무를 관장하는데 연한이 정해져 있어 기한이 돌아오면 공공의 선거로 뽑는다. 그 밖에 부장을 두어 각 촌의 향약 절도나 기타 범죄의 재판을 통할케 한다. 우리나라에서 이주해 사는 사람 또한 토속에 의거하여 각 촌에서 향약을 구성하게 한다고 한다. 어떤 사람이 이 일을 김형식에게 물으니, 김형식이 대답하기를, "살 곳이 아직 정해지지 않아 나그네와 다름없으니, 우선 전지와 집을 매입하고 이사할 날이 확정되기를 기다려 의견을 진술하겠다."고 한다.

12일　눈바람이 매우 차다. 대개 이곳은 산이 높고 재가 험하여 평소에 온기가 퍼지지 못하는 지형이다. 항상 음기陰氣가 있어 겨울에는 눈이 많고 매우 추우며, 여름에는 구름과 안개가 늘 걷히지 않아 산꼭대기의 햇빛이 구름과 안개 위를 내리쪼인다. 그 때문에 습한 날이 많아 찌는 듯한 더위가 혹심한 것이다. 이제야 농사 기술이 발달하지 못한 것이 다만 사람들의 지혜가 비루할 뿐만 아니라, 기후가 적당하지 않은 때문이라는 것을 알겠다.

식후에 개성 사람 장유순張裕順이 찾아왔다. 차림새가 어디를 급히 가는 길이라 선 채로 몇 마디를 나누었으나, 근후하고 정성스러운 뜻이 표정[眉睫間]에 환히 드러난다.

13일　평해의 윤인보尹仁甫가 고향으로 출발하는 편에 집으로 편지를 써서 부치다. 이명세가 산당의 제사에 참사하고 돌아오더니 말하기를, "임경업林慶業 장군이 일찍이 이곳에 큰 공적이 있어서 만주 사람들이 사당을 세우고 제사지낸다."고 한다. 내가 생각하건대, 임장군은 우리나라 병자호란 때의 의로운 인사이다. 그때 각라覺羅[20]씨가 우리 동방을 치러 올 때 임장군을 두려워하여 감히 의주를 경유하지 못했으니, 병자년 이전에는 적국으로서 서로 대치하는 형편에 있었으므로 만주인에게 끼친 공덕이 없었음을 알 수 있다. 나중에 힘에 밀리어 할 수 없이 가도假島와 요동 반도 일대를 정벌하긴 하였다. 그러나 명나라와 밀통한 죄로 붙잡힐 처지가 되자, 끝내 중도에서 도망하였다. 그렇다면 무슨 잊지 못할 공덕이 이 만주에 미쳤겠는가? 다른 나라 백성에게 은덕을 입혔다는 것이 임장군의 허물은 아니겠으나 사실이 황당무계하니 매우 의아하다.

14일 준형이 유하현으로 떠나니, 대개 전지와 살 집을 구하기 위해서이다. 내가 석오石吾[21] 이동녕李東寧에게 편지를 쓰고, 김형식·조재기·임석호가 함께 갔다. 여독이 아직 풀리지 않았는데 다시 3백 리를 갔다 오는 일이니, 특히 약한 몸이 견디지 못할 것이나 함께 가는 사람들이 모두 좋은 사람들이라 조금 염려가 놓인다.

15일 날씨가 제법 따뜻하여 쌓였던 눈이 점점 녹고 처마의 낙수가 부엌까지 들어와서 아궁이까지 잠길 걱정이 있을 것 같아서, 부득이 집 서쪽의 빈집으로 거처를 옮겼다. 꺼진 구들에 다 떨어진 창이 하룻밤조차 지낼 수 없을 것 같았지만, 만 리 이역에서 노숙을 면한 것만으로도 다행할 뿐이다. 어느 겨를에 마음에 들고 안 들고를 따지겠는가? 어린 것들이 감기에 들어 병이나 나지 않을까 그것이 가장 걱정스럽다. 인하여 율시 한 수를 읊다. [시집에 보인다]

16일 국가학을 살펴보니, 그 가운데 이런 말이 있다. "똑같은 언어를 쓰는 자는 하나로 결합한다." 여기까지 읽다가 책을 덮고 탄식하지 않을 수 없다. 대체로 국어라는 것은 국민의 마음의 소리[心聲]이다. 비록 종족이 다른 사람이라도 국어를 함께 사용하면 부지불각에 문득 정신이 바뀌고 혼연히 하나의 국민이 된다. 역사로써 그것을 증명해 보면, 이태리와 독일 두

---

20) 각라覺羅 : 청 황제의 성이 애친각라씨愛親覺羅氏이다.
21) 원문은 '오悟'이나 '오唔'가 맞음.

나라의 국민은 두 개의 종족이 결합하여 이루어졌고, 법국法國은 세 개의 종족이 결합하여 이루어졌으니, 모두가 국어로써 동화한 경우이다. 지금 우리나라의 모든 학교가 어학語學을 주요과정으로 하고 있다. 심지어 공문과 사사로운 편지까지도 모두 국문의 사용을 금하고 순전히 일본글을 쓰도록 하고 있다. 이렇게 하여 멀지 않는다면 훗날 우리가 고향으로 다시 돌아가는 날 장차 한 사람의 한인도 볼 수 없을 것이니, 한심하지 않을 수 있겠는가?

17일 단단한 얼음이 비로소 풀리고 개울물 소리가 크게 울린다. 홀로 객창에 기대어 있으니, 만리 고향의 여러 아우들과 조카들이 면면이 가슴에 떠오른다. 그 중에서도 건초健初 아우가 협곡의 우소에서 고생하는 모습이 가장 눈에 삼삼하여 거의 진정이 되지 않는다. 인하여 율시 한 수를 짓다. [시집에 보인다]

18일 비서장賁西丈과 더불어 조국이 패망한 원인을 논하였다. 비서장은 "정사의 부패와 도덕의 쇠퇴, 기강의 문란과 풍속의 괴폐를 두루 설명하고 이러고도 망하지 않을 나라가 어디에 있겠는가" 하였다. 나는 그에 응하여 이르기를, "어른의 의론이 거의 틀림이 없습니다. 그러나 그것만으로는 부족합니다. 대체로 나라란 형적이 없는 하나의 법인法人이니, 그 발흥함이 마치 사람이 처음 태어나는 것과 같고, 그 융성함이 마치 장성해지는 것과 같으며 그 쇠약해짐이 마치 늙어 병드는 것과 같습니다. 병들어 장차 죽을 때가 되면 패망의 증세가 겹겹이 나타나는데, 사람들은 그 겹겹이 생겨나는 증세를 거론하여 말하기를, '아무 증세 때문에 죽었다.'고 합니다. 그러나 이는 죽음에 이르게 된 원인을 낱낱이 안 것은 못됩니다. 사람은 원기元氣로써 살아 움직이니, 원기가 흩어지면 죽습니다. 나라는 민심으로써 유지되니, 민심이 흩어지면 망합니다. 우리나라 사람은 자기 일신만 알고 다시 사회 전체에 대하여 염려하지 않은 지가 오래되었습니다. 외방의 침탈과 모멸을 당하는 처지에 이르렀음에도 상하귀천을 막론하고 나라를 위해 희생하려는 마음은 이미 다 사라지고 없습니다. 법인의 원기가 흩어져 버렸으니 어찌 사망하지 않을 수 있겠습니까? 옛날에 로마[羅馬]가 망하자 북방 사람들이 모두 이태리로 이주하였습니다. 우리들의 오늘 거사가 만약 수년 전에 있었다면 또한 자신의 의무를 버렸다는 비난에서 벗어나지 못할 것이나, 지금은 시세가 변하였습니다. 16세기의 화란和蘭(네델란드)은 서반아西班牙(스페인)로부터 독립하였고, 19세기의 희랍希臘(그리스)은 토이기土耳其(터어키)로부터 독립하였습니다. 이는 뭇사람의 단합이 어떠한가에 달려 있을 따름입니다. 그렇다면 앞으로 다가올 날에 또한 반드시 한 번의 큰 곤란은 있어야 비로소 목적한 곳에 도달할 수가 있을 것입니다. 우리 어르신은 춘추가 높으시나 이미 그 가운데 들어와 있습니다. 어찌 조국의 패망의 원인을 정법·도덕·기강·풍속에만 돌리고 스스로의 임무로 생각하시지 않을 수 있겠습니까?"라 하고, 인하여 서로 마주보며 탄식하였다.

19일 계곡 물이 사태가 지더니 벽 틈으로 새들어 방안에 물이 몇 치나 고였다. 옹동이에 퍼담아 바깥으로 내다 버리느라 종일토록 분주하였으나 별 효과가 없다. 안식구가 걱정하기에 내가 장난삼아 말하였다. "우禹임금이 온 천지를 다니며 물길을 다스리자 천하의 백성들이 물에 빠져 죽음을 면하였는데 지금 내가 집안에서 물을 다스리니 온 집안이 물에 빠짐을 면하는구나. 비록 공사 대소의 차이는 있으나, 그 공덕 됨은 같다. 다만 우임금은 8년의 긴 세월을 보내었는데, 나는 오늘부터 시작했으니 얼마의 세월을 보내야 끝낼 수 있을지 모르겠도다!"라고 하니, 아내도 또한 웃음을 내놓았다.

20일 맑다. 덕초가 잘 갔는지 걱정이 된다. 초4일 사이에 평양에서 출발하였으면 열흘 전에는 충분히 집에 당도하였으련만, 소식이 묘연하여 들을 길이 없다. 매양 옛사람의 "청풍명월은 누구의 집에서 자고 있는고[淸風明月宿誰家]."라고 한 구절을 읊으며 서글픈 그리움을 금할 수 없다. 인하여 율시 한 수를 읊다. [시집에 보인다]

21일 준형과 김형식이 눈길에 지레 돌아왔다. 그 곡절을 물어보니, '외방 사람들이 우물에 독을 풀었다.'는 말이 민간에 와전된 후로 유하현 40리 지역에 관병들이 주둔하여 길가는 사람들을 금하고 있는 까닭에 감히 앞으로 더 나아갈 수 없었다고 한다. 내가 생각컨대 부형들이 자제에 대하여 홀로 위험에 빠질까 걱정하는 것은 인지상정으로 같다. 더군다나 이곳은 사고무친의 객지이니, 위험을 피하여 들어가지 않은 것이 또한 매우 다행스럽다. 다만 아홉 길 우물을 파고서도 샘물을 만나지 못한 셈이니, 앞서 들인 공이 아깝다 할 만하다.

옛날 가륜포哥倫布(콜롬부스)는 신대륙을 찾아 나섰을 때, 배가 절해를 지나는데 끝내 초공梢工들이 모의하여 해치려는 일을 당하였다. 화가 장차 헤아릴 수 없는 지경인데도 가씨哥氏는 앞으로 나서서 만 번 죽더라도 후회하지 않을 것임을 맹세하였다. 말경에는 목적지에 도달하여 또 하나의 세계를 개척하였으니, 오주五洲의 사람들이 지금까지도 그 일을 칭송한다. 남자가 일에 임하여 진실로 험난함을 무릅쓰는 성품이 없다면 성공에 크게 방해가 되는 법이다. 더구나 함께 갔던 사람들을 놓쳐버리고 중도 낭패하여 더욱 사람을 놀라고 염려하게 한다. 젊은 사람의 처사가 어찌 그리 세밀하지 못하단 말인가?

22일 『숙신사肅愼史』를 읽었다. 대개 만주의 여러 나라 중 숙신이 가장 오래 되었는데, 구이九夷의 하나이다. 그 경계는 남으로 장백산長白山을 둘러싸고 북으로 흑룡강에 이르며, 동으로 대해에 미치고 서로 관만국冠漫國(또는 관한冠汗이라고도 한다)에 닿는다. 이른바 관만은 어느 부락인지 알지 못하나, 대해는 아마 일본해를 가리키는 듯하니, 너비와 길이가 수천 리이다. 지지地誌로써 고증하면, 길림성과 흑룡강성 지경이요, 발해의 상경上京이 바로 그 옛 성이다. 곧 지금의 영고탑寧古塔이다.

살펴보건대 단군은 구이의 우두머리이니, 숙신은 그 속국일 것이다. 또 『한서』와 『진서』에 모두 이르되 '숙신은 일명 읍루挹婁인데 부여扶餘에 신속臣屬하여 조세를 바쳤다.'고 한다. 소위 부여는 고등왕高登王이 도읍한 곳이니, 단씨檀氏의 신속이 된다는 것은 더욱 확실한 근거가 있다. 따라서 왜국 또한 구이의 하나임을 생각하면, 똑같이 단군의 속국이었음을 알 수 있다.

작년 겨울의 일이 기억난다. 내가 우리 역사國史를 초략하고 있을 때 마침 일본 순경 기원달箕元達이 조사차 찾아왔다가 내게 단군이 누구인지를 물었다. 대답하기를, "우리나라 시조이다."라고 하니, 그가 "공이 잘못 안 것이 아닙니까? 이는 우리나라의 천신天神시대의 첫 임금으로 지금도 일본고사에 실려 있습니다."고 하였다. 그 사람이 거짓으로 망령되이 대답할 이치가 없다면 또한 우리에게 신하로서 복속한 나라의 하나였다는 증거가 될 수 있을 것이다.

송하견림松下見林이 이르기를, "소잔오준素盞烏尊은 곧 일본의 초대 군주이다. 처음으로 신라에 강림하여 '이곳은 내가 살 곳이 못된다.'하고는 드디어 바다를 건너 일본으로 갔다."고 하였다. 그 설에 근거가 있다면 이는 혹 진한辰韓시대에 우리 민족이 바다를 건너 처음으로 거기에 살았을지도 모를 일이다.

23일 『부여사扶餘史』를 읽었다. 『만주원류고滿州源流考』에 이르기를 "부여의 옛 나라는 두막루豆莫婁이니, 물길勿吉 북쪽 천 리에 있었다."고 하였다. 『만주지지滿州地誌』에는 "부여가 처음 북쪽에서 나라를 일으켰을 때는 읍루挹婁와 인접하여 있었는데, 점차 남으로 내려와 드디어 개원開原·성경盛京 등지를 거쳐 봉황성鳳凰城을 지나 조선에 걸쳐 있었다."하고, 또 "부여는 안령산맥安嶺山脈의 동쪽 눈강嫩江유역에서 나라를 일으켜 과이심科爾沁·몽고 땅에까지 이르렀다."고 하였다. 이에 근거하면, 고등왕이 도읍했던 북부여의 땅은 아마도 흑룡·길림 등지로서 세 성을 다 차지하고, 서쪽으로는 몽고에 이르며, 남으로는 조선에 걸쳐 그 길이가 5~6천 리였다. 이때의 국호를 혹 두막루豆莫婁라 칭하였던 것인가.

또 『한서』와 『진서』에 모두 이르기를, "부여는 현토의 북방 천 여리이니 땅이 사방 2천리이다. 현토는 지금 대개 평해성 복주復州 등지이다."라고 하였다. 원류고에 이르기를 "발해의 부여부夫餘府는 곧 부여의 국도가 있던 곳이니 지금의 개원이다."라고 하고 또 "부여는 본래 예穢의 땅이다. 그러므로 그 나라 안에 옛날 예성穢城이 있고 그 왕의 인장을 「예왕지인穢王之印」이라 한다."고 하였다. 여기에 의거하면 아마도 북부여 중기 이후에 왕이 예의 백성을 쫓아내고 다시 개원으로 천도하였으나, 이때는 성경 이남이 조선 땅으로 이미 삼한이라는 나라가 있어 자치의 제도를 행하고 있었고, 흑룡강과 길림성 지경은 점점 읍루와 물길이 차지하게 되어 나라의 한계가 2천 리를 넘지 못하였다. 본래 예 땅이었다고 하여 인장에 '예왕'이라고 칭하였던 것인가.

24일 본국사를 읽었다. 대저 우리나라의 역사가는 기씨箕氏의 사적을 단군왕조의 정통에 이어서 기술하고, 평양平壤에 도읍하였다고 생각하였다. 선배학자 중 학문이 굉박하기가 허미수許眉叟 같은 분도 "단군의 후손이 기자를 피하여 부여로 천도하였다."고 하였다.

이러한 설이 우리나라 학자들의 뇌수에 깊이 각인된 것이 이미 천여 년이다. 그러나 안팎의 여러 역사서를 참고해 보아도 모두 확실한 근거가 없다. 당나라 배구裵矩전에 "해주海州는 옛 고려 땅이니, 곧 기자가 봉해진 곳이다. 해주는 지금의 해성海城이다."라고 하였고, 『만주지지』에 이르기를 "현토玄菟는 사군 중의 하나인데, 지금 대개 평해성平海城 복주復州 등지이다."라고 하였다. 여기에 근거하면, 기자의 봉토는 아마도 지금의 해성일 듯하다.

『수사隋史』에 이르기를, "좌우 20군軍이 현토·낙랑 등의 길[道]에서 나와 압록강 서쪽에서 모였다."라고 하였는데, 이에 근거하면 사군의 땅은 압록강 이서를 넘지 못했었음을 알 수가 있다. 오직 삼한사三韓史에만 이르기를, "기씨는 요동遼東으로부터 대동강大同江 사이에 그친다."고 하였다. 여기에 근거하면, 기씨의 전성기, 왕을 칭하던 때에 아마도 차지한 지역이 조금 넓어져 평양에 이른 듯하다. 그러나 그 국도가 결단코 변경의 한 모퉁이에 있지는 않았을 것이다. 그렇다면 지금의 평양에 도읍하였다는 것은 오류임을 또한 알 수가 있다.

또 살펴보건대, 고등왕高登王 천도는 단군기원 1060년 갑자년에 있었던 일이요, 197년 뒤 신사년에 기자가 비로소 동래하였으니, 피하여 천도하였다는 설은 절로 황당무계한 것으로 귀결된다. 대개 단군의 혈통은 북부여·동부여·졸본부여로부터 면면히 이어져 3천 년 동안 끊어지지 않았다. 한 침상 위에 다시 어디에 기씨가 코를 골며 잠잘 곳이[22] 있었겠는가? 우리나라 사람들은 당초 사가의 견식이 없어 망령되이 노예의 근성으로 꾸며 찬술하는 솜씨를 남용하여 국가의 체통이 손상될 것을 생각지 않고 오직 타인을 숭배하는 데만 힘썼다. 드디어 은나라의 망명 신하로 하여금 우리 동방의 창업 시조가 되도록 꾸며 사당을 세우고 분묘를 만들어 놓았다. 그것을 법 삼아 지켜온 세월이 오래되자 국민의 이목이 모두 바뀌고 지명과 면모의 변화한 자취가 의거할 곳이 없어져 버렸다. 비록 총명 박아한 학자라 하더라도 어찌 그 진위를 가릴 수 있겠는가?

역사를 귀히 여기는 까닭은 국가의 체통을 높이고 국민의 정신을 배양하기 때문이다. 지금 노예사관으로 백성을 가르치고 있으니 어찌 노예근성을 길러 참담한 지경에 들어가지 않도록 할 수 있겠는가? 정다산丁茶山(다산은 정약용丁若鏞의 호號)이 이르기를, "다른 글은 모두 창작할 수 있으나 오직 역사만은 창작하기 어렵다."라고 하였으니, 진실로 지언이라 할 만하다.

25일 김형식이 이병삼李炳三을 따라 다시 유하현으로 떠났다. 젊은 나이에 매진하려는 뜻이 매우 가상하다.

26일 『고구려사』를 읽었다. 살펴보건대, 고구려의 주몽朱蒙이 처음으로 졸본에 도착하였을 때 그 곳은 요동에 있었다. 한대에 현토군의 속현에 세 현이 있었는데, 그 중 하나가 고구려였기 때문에 인하여 국호로 삼았다. 후에 국내성國內城으로 이주하니, 지금의 초산楚山 북쪽 압록강의 오른쪽 연안이다. 그후 다시 평양으로 이동하였다. 주몽은 곧 활 잘 쏘는 사람을 일컫는 말이다. 만주어로는 활 잘 쏘는 사람을 '탁림망아卓琳莽阿'라고 하는데 빨리 발음하면 소리가 바뀌어 주몽이 된다.

『만주지지』에 이르기를, "고구려의 강역은 동으로 일본해, 곧 지금의 조선반도 동안으로

---

22) 한 침상 … 잠잘 곳이 : 원문은 일탑한수一榻鼾睡, 코를 골며 한 침상에서 잠든다는 뜻이니 천하가 하나로 통일된 후에 두 사람이 권좌에 있을 수 없음을 뜻한다.

신라와 접경하고, 남으로 황해, 곧 지금의 조선반도 서안으로 백제와 국경이 되며, 요하를 건너 당의 영주營州, 곧 지금의 요동만의 으뜸가는 도읍에 닿고, 북으로는 옛 말갈족의 영토에까지 들어갔다.”고 하였다. 『신당서新唐書』에 의하면 “고구려의 국내에는 큰 요수[大遼]와 작은 요수가 있는데, 큰 요수는 말갈족의 서쪽 남산에서 발원하여 남으로 안시성을 거치고, 작은 요수는 곧 혼하渾河이니, 요산遼山의 서쪽에서 발원하여 남으로 흘러 양수梁水, 곧 태자하太子河와 합하고 마자수馬訾水가 있으니 곧 압록강으로 말갈의 백산에서 발원하여 국내성 서쪽을 지나면서 염난수鹽難水, 곧 통가강佟家江과 합류하여 바다로 흘러 들어간다.”하였다. 그 서쪽 지역의 전부와 동남으로는 홍경興京 북쪽에서부터 조선의 함경도에 이르기까지, 서남으로는 금주錦州 지역 요동반도에서부터 압록강을 건너 조선의 평안도 북쪽 및 성경盛京이 북쪽까지 이른다. 지역 경계가 일목요연하여 곧 역력하게 지적할 수 있다. 우리나라의 역사가들은 본래 소견이 협소하여 압록강 이서에는 애당초 생각이 이르지 못하였고, 마침내 “졸본은 성천成川에 있다.”하고 다시 ‘기린굴獜獜窟을 하늘에 조회하던 바위’라고 하는 등 황탄한 말을 허다히 꾸며 냄으로써 900년 문화대국을 느닷없이 일개 작은 선괴仙怪의 소굴로 만들어 버렸다. 역사를 읽다가 이 대목에 이르니 절로 허희탄식을 금할 수 없다.

28일 김창로金昌魯가 마차를 타고 도착하여 고향 소식을 대략 전하고 다시 또 말하기를, “≪청국신보≫에 ‘한인이 바야흐로 서간도에 작은 독립국을 세우려 하는데, 일본 관리가 기밀을 정탐하여 모두 한꺼번에 잡아 다스려 잡힌 자가 이미 40여 명에 이른다.’는 기사가 실렸더라.”고 한다. 어떤 몹쓸 마귀들이 또 이런 휘황한 말을 지어내는가?

오후에 『신라사』를 읽었다. 살피건대, 시조 혁거세로부터 22세 지증왕에 이르러 비로소 국호를 정하고 왕으로 칭하였다면, 서차가 마땅히 고구려와 백제의 뒤가 되어야 할 것이다. 그 강역을 다만 본국의 역사서에만 의거하면, 처음부터 압록강 이북은 말하지 않았다. 그러나 “당唐 용삭龍朔(당 고종의 연호, 661~663년) 연간에 고구려와 백제, 그리고 말갈의 영토를 겸병하였다.”고 한 것은 “말갈이 신라의 대령大嶺과 장령長嶺의 성책을 여러 번 침략하였다.”고 한 것과 서로 어긋난다. 대령은 곧 독립獨立한 장백산이요, 장령은 곧 홍경 북쪽의 장령자長嶺子이다. 또 당唐 나라 항종亢宗의 『행정록行程錄』에 이르기를 “함주咸州[지금의 개원開原 지경이다]에서부터 동주同州[지금의 철령鐵嶺 지경이다] 동쪽의 망대산望大山에 이르기까지는 곧 신라 영역이다.”라고 하였고, 또 『요사遼史』에 이르기를 “해주의 동쪽은 신라에 접경이 된다.”고 하였고, 『만주원류고』

에 이르기를 "계림鷄林은 곧 길림吉林이다."라 하였으니, 계鷄와 길吉은 음이 서로 똑같고, 지리 상의 핵심이라는 것 또한 부합한다. 여러 서적에 실린 것이 이와 같이 명확한데도 우리나라 사가들은 대령이 평안도에 있었으며, 또 금계金鷄 등의 궤탄한 설을 장황하게 꾸며내어 계림 이 경주에 있다고 하였다.

조종 이래의 피를 흘려 개척해 온 땅을 마치 다 쓰고 난 통발이나 올무처럼 여겨23) 잊어버 리도록 버려두었으니, 어찌 천년 문화의 역사가 이토록 비열하기에 이르렀는가? 대개 만주 온 땅은 부여 이래 우리나라의 근본이요, 핵심이 되는 곳이다. 3천여 년 동안 그 유족의 혈기 가 서로 왕래하여 깊이 잊을 수 없는 관계였음을 알 수 있다.

29일   눈이 내리다. 『발해사渤海史』를 읽었다. 『만주지지』에 이르기를, "당이 고구려를 멸 한 후 고구려의 옛 신하 중에 사리걸걸중상舍利乞乞仲象이란 자가 있어, 동쪽으로 달아나 요수 를 건넌 후 태백산 동쪽을 보전하여 북으로 오루하奧婁河를 경계로 방벽을 세우고 굳게 지켰 다. 당 무후武后가 그를 봉하여 진국공震國公으로 삼으려 했으나 중상이 봉작을 받지 않자, 무 후가 노하여 이해고李楷固 등으로 하여금 그를 치게 하였다. 이때 중상은 이미 죽고 그의 아들 대조영大祚榮이 고구려의 백성과 말갈의 병사를 이끌고 해고에 대항하였다. 해고가 패주하자, 조영이 드디어 읍루의 동모산東牟山[지금의 성경 천주산天柱山이다]에서 나라를 세워 국호를 진震이 라 하고, 부여扶餘와 옥저沃沮의 옛 영토를 모두 차지하였다. 당 개원開元 초에 발해로 개칭하 였다."라고 하였다. 지나支那의 역사서를 살펴보니, 대씨大氏(대조영)의 건국은 고구려의 멸망 후 수십 년 사이이다. 대개 고구려 땅이 하루아침에 당나라의 영역이 되었다 하나, 그 땅의 각 성곽을 다스려 감독하던 자가 모두 고구려의 옛 신하이며 옛 백성이므로 대씨가 병기를 쓰지 않고도 판도를 넓혀 나갈 수 있었던 것이다.

예컨대, 이적李勣이 상주한 글에 이르기를, "압록강 이북의 아직 항복하지 않은 성읍은 11 개처가 있는데, 고구려의 남은 명맥이 아직도 꺼지지 않은 것입니다."라 한 말이 있다. 또 예 컨대, "당의 안동도후부安東都護府를 처음에 고구려의 도읍이었던 평양에 두었다가 후에 요동

---

23) 쓰고 난 통발이나 올무처럼 여겨 : 본문은 시약전제視若筌蹄, 즉 통발이나 올무처럼 본다는 뜻이 다. 『장자莊子』에 "통발은 고기를 잡는 것이나 고기를 얻고는 통발을 잊어야 하고, 제蹄는 토끼 를 잡는 올무이나 토끼를 얻고는 올무를 잊어야 하는 것처럼 언설은 뜻을 나타내는 것이니 뜻을 얻었다면 언설을 잊어야 한다."고 한데서 나왔다. 여기서는 소용이 다하여 버려야 할 것이라는 뜻으로 쓰였다.

으로 옮기고 다시 후에는 신성新城으로 옮기며, 다시 후에 평주平州로 옮기고 천보天寶 2년에 다시 요서로 옮겼다가 결국은 폐지하였다.”고도 하였다. 이것은 당나라 초기에 고구려의 영토를 전부 차지할 수 없는데다 지킬 대책이 없었으므로 설치하였던 부를 차례로 서쪽으로 옮기다가 발해의 전성기에 드디어 모두 폐지하고 귀환하였음을 뜻한다.

대무예大武藝 때에 이르러서는 바다 건너 등주登州를 공격하여 자사 위준韋俊을 죽인 일이 있었으며, 대수인大秀仁 때에 이르러서는 신라의 여러 군을 침략하고 말갈의 여러 부족을 복속시켰다. 당시에 발해인은 사람마다 호랑이 한 마리를 당적한다는 말이 있을 정도였다. 대이진大彛震에 이르러서는 5경京, 15부部 62주州를 세우고 문물과 제도를 찬연히 구비하니, 왕조의 전수가 200여 년이었다. 그 강역을 고찰하면 북으로 송화강松花江에 걸치고 남으로 함경·평안 2도를 차지하였으며, 동으로 일본해에 이르렀고 서로 요하를 건너서 과이심科爾沁에 도달하였으니 광폭이 5천 리로 동방 최대의 나라였다.

대개, 그 의리를 확고히 지키고 정대하게 왕업을 일으킨 사적은 중화와 외방의 역사를 통틀어 구한다 하더라도 그 예가 드물 것이다. 그러나 우리 역사가들은 다만 신라만을 알고 발해를 알지 못하여 마침내 3천 년 조국의 후신을 먼 이역의 오랑캐의 반열에 떠밀어 넣고 끝내 국내의 역사기록에 단 한 글자도 전해지지 못하도록 하였으니, 이것이 어찌 공평한 의리를 주장한 신필信筆이라 하겠는가? 나의 어리석은 식견으로는 오직 고구려의 왕통은 마땅히 발해를 적전으로 삼아야 하며, 신라·백제·가락은 삼한의 대 뒤를 이은 하나의 계파라고 한 후에야 우리나라 역사가 마침내 바른 데로 귀착하리라 본다.

30일 잠깐 개였다가 다시 눈이 오다. 본토 사람이 찾아와 내가 살고 있는 집이 자기 소유라 하여 집을 옮기라 한다. 집을 옮기라는 것은 대개 말치레일 뿐이다. 여러 번 객지에서의 어려운 사정을 간곡히 이야기하였지만 끝내 조금도 돌아보지 않는다. 할수 없이 내일 이사하겠다고 약조하고, 준형濬衡을 진사 홍승국洪承國에게 보내어 두릉구杜陵溝의 빈집을 빌렸다. 두릉 집은 이병삼李炳三이 우거하던 곳으로 지금은 참판 홍승헌洪承憲에게 빌려 주었다. 생각컨대, 내가 50년 동안 너른 집 깊은 처마의 훌륭한 거처에 살다가 하루아침에 집을 나서서는 문득 집 없는 나그네 신세가 되고 보니, 사람의 한 생애가 대부분 허깨비임을 참으로 깨닫겠다.

비서장이 절구 시 1수를 보내어 석별의 정을 붙였기로 그 시에 차운하여 사례하였다. [시집에 보인다]

오후에 『성명규지性命圭旨』를 읽었다. 이 책은 곧 단가보전丹家寶典으로 유불선儒佛仙의 여러 학설을 두루 인용하여 한데 뭉뚱그려놓은 것이다. 그 이치가 어떠한지를 막론하고 지은이의 마음 씀이 참으로 근실하다 하겠다. 기억하기로, 예전 가야산에 노닐 때 벗 차성충車晟忠과 산방山房에서 함께 기거하였다. 어느 맑은 새벽에 잠에서 깨었을 때 성충이 나에게 말하기를, "내가 내단신결內丹神訣을 가지고 있는데, 나중 국가의 일이 평정되는 날 우리 그대와 한적한 곳을 얻어서 몇 달 공부해 보기를 원하오!"라고 하기에 내가 흔쾌히 허락한 적이 있었다. 지금은 그 사람의 일이 이미 옛날이 되었고, 만리이역에서 홀로 이 책을 보노라니 돌아오지 못할 일에 대한 그리움[邈郭之感]을 금할 수 없다.

이어서 생각컨대, 모든 사람이 가장 싫어하고, 가장 두려워하는 것은 오직 죽음 일뿐이다. 그러므로 동서고금의 여러 종교가 모두 이 '사死' 한 글자에 대한 연구를 목적으로 삼았으나, 필경에는 모두 어찌해 볼 수가 없었다. 이에 각각 하나의 주의를 세웠는데, 유가는 도덕을 주창하고, 불가와 야소교는 영혼을 중시하였으니, 이른바 '살신성인殺身成仁·사생취의捨生取義· 법신상존法身常存·영생천국永生天國' 등의 설은 일체중생으로 하여금 그 싫어하고 두려워하는 마음을 깨뜨리고 직분과 당위의 일에 전력을 기울이게 하고자 하지 않은 것이 없었다. 대개 세계의 역사 4천년 사이에 국가가 편안하게 다스려지고 인류가 보전될 수 있었던 것은 실은 이 한 가지 관문을 설파한 데 힘입은 것이다. 그러나 신선가는 유독 사람은 불사의 기술을 가져서, 신체와 영혼이 영겁을 지킬 수 있다고 생각하여, 이에 내단수양內丹修養의 방법을 전하고 외단복식外丹服食의 방술을 남겼다.

과연 이 주장과 같아서 득도에 성공한다면, 어찌 진실로 신령하고 신묘하지 않겠는가? 오직 그 육신에 벗어나 날아다니는 방술方術은 그러한 책을 보았으나, 그러한 사람은 보지 못하였다. 그래서 드디어 무수한 영웅들로 하여금 한갓 죽음을 싫어하고 두려워하는 마음을 품고서 방황하여 조금도 성취가 없도록 하였다. 설혹 한두 사람이 그 공효를 거둔 일이 있더라도 결단코 세계의 수많은 사람이 일제히 신선이 되기를 기대할 수는 없을 것이다. 어찌 이 소수를 위하여 다수를 모조리 그르쳐서 되겠는가? 그러므로 나는 생각하기를, 만약 이 책이 세상에 공공연히 유행한다면 대중을 다스리는 데 크게 방해가 되리라 본다. 다만 그 가운데서 기력을 굳세게 하고 근골을 튼튼히 하는 한두 가지의 처방을 가려 뽑아 체조의 과정을 돕도록 한다면 아마도 유익함이 있을 것이다.

2월 1일 집 주인이 다시 찾아와 몹시 재촉하므로 드디어 이사를 하기로 작정하였다. 비서장이 다시 시 한 수를 지어 보냈기로 차운하여 드리다. [시집에 보인다] 식후에 가재를 우선 비서장이 거처하는 집 북쪽의 학교에 옮겨놓고 뜨내기 집으로 옮겨다니니 한탄스럽다. 이날 저녁에 비서장과 함께 자는데, 방구들이 너무 추워 잠들 수가 없다. 새벽에 일어나 칠언절구七言絶句 3수를 읊어 비서장에게 보이다. [시집에 있다]

2월 2일 새벽에 일어나 잠자리 위에서 식사를 한 후, 가솔을 이끌고 두릉구로 출발하였다. 비서장이 고시 한 수를 써 보이기에 속히 차운하여 후덕한 뜻에 감사하였다. [시집에 보인다]
  눈길을 밟으며 동구를 나서니 얼음조각이 강을 뒤덮고 흐르는데[流澌蔽江] 외나무다리가 반은 물에 잠겨 걸쳐 있다. 엉금엉금 기어 다리를 건너니, 아침 해가 이미 세 발이나 솟았다. 진흙 길을 헤매며 건너가자니 피로하기 짝이 없다. 길가에서 이명세李明世를 만나 잠깐 서서 몇 마디 말을 나누었다. 작은 고개를 넘어 먼 산자락을 바라보니, 낡은 집 한 채가 울타리가 기운 채 서 있어 곧 빌린 빈 집임을 알겠다. 바삐 달려가 대자리를 깔고 군불을 때었다. 기침이 다소 가라앉으니 말소리 웃음소리가 비로소 나온다.

3일 집주인 주周씨 성 가진 사람이 찾아왔다. 말이 통하지 않아 쌍방이 모두 안타깝고 답답하였다.

4일 김창로金昌魯·황병일黃炳日이 함께 찾아왔다. 진흙길이 아직 마르지 않았는데 근실한 뜻이 고맙다.

5일 식후에 영해의 매형 박우종朴禹鍾이[24] 가족과 그 족인 덕민德民, 조카 좌형佐衡을 거느리고 한 수레를 타고 도착하였다. 머나먼 만리타향에서 형제가 서로 모이고 게다가 고향의 편안하다는 소식을 들으니 위로와 기쁨이 어떠하겠는가? 다만 병든 아랫누이가 올 초봄에 균척菌戚[25]을 만났다 한다. 부녀가 40의 나이에 슬하에 한 점 혈육도 두지 못하여 슬퍼한 나머지 모

---

24) 원문에는 운종雲鍾이라 되어 있으나, 우종禹鍾 혹은 경종慶鍾이 맞음.
25) 균척菌戚 : 어린 자식이 죽는 슬픔. 균菌은 똥 위의 아침에 나서 저녁 때에 죽는 버섯 종류의 식물.『장자莊子』「소요유逍遙遊」에 "조균朝菌은 그 몸과 초하루를 모른다." 하였다. 일찍 죽는 것의 비유로 균菌을 쓴다. 여기서는 석주의 아랫누이가 낳은 아들이 당시 어려서 죽음을 뜻한다.

습이 몰라보게 달라졌다. 아랫누이의 사정을 생각하니 나도 모르게 안타까워 탄식이 나온다.

6일 새로 차린 살림살이에 갖가지가 군색하다. 식구들이 견딜 수 없어하는 정경이 있으므로 내가 서양 철학자의 말을 외며 일렀다. "인내는 즐거움의 문이니라. 또 희랍의 속담에 이르기를 '참는 것이 운명보다 낫다.'고 하였느니라. 동서고금의 대소사를 막론하고 무슨 일이든 인내 없이 이루어졌더냐? 고공단보古公亶父의 도혈陶穴[26]이 만약 곤고함을 견디지 못했다면 왕업의 기틀을 놓을 수 없었을 것이며, 소무蘇武가 눈을 뭉쳐 삼키며 견뎠던 고생[27]이 만약 고초를 참지 못하였다면 국사에 이름을 남길 수 없었을 것이다. 우리들이 오늘 겪는 어려움이 나중에 쾌락으로 가는 문이 아니라고 어찌 알겠느냐? 설혹 운명을 쥐고 있는 자가 곁에 있다 하더라도 그는 반드시 인내의 여부를 보아서 처분할 것임을 나는 아노라."라고 하였다.
오후에 비서장이 절구 두 수를 보내셨기에 차운해 올렸다. [시집에 보인다]

7일 영국 학자 곽포사霍布士(토마스 홉스)의 학설을 읽었다. 살펴보건대, 곽씨는 이기심利己心을 사람의 천성天性이라 하였다. 그의 주장은 치우치고 과격하여 그 말류의 폐단이 이루 말할 수 없다. 대개 마음[心]이란 이기理氣가 합해진 것이다. 이리는 영위(마음먹고 행하는 일)가 없으되 기氣는 운용(실체적 활동)이 있다. 영위가 없는 것은 잘 드러나지 않아 미약해 보이지만, 운용이 있는 것은 현저히 눈에 띄어 강력해 보인다. 그러므로 사람이 생활 가운데서 여러 가지 일에 수응할 때에 강력한 것이 일을 주도한다. 이기심이 드디어 치열해지는 것이다.
곽씨는 그 외면을 보았으나 그 내면을 몰랐으니, 기氣는 알았으나 이리는 알지 못한 것이다. 이것이 그의 학설이니, 동방의 유학자에 훨씬 미치지 못한다. 그러나 계약을 정치의 근본으로 삼아 뭇 백성들이 공동으로 나라를 세운다는 이치를 확실히 알았으니 그 견해가 매우 탁월하다. 후대의 학자에 예컨대 낙극洛克(존 로크)·로사盧斯(쟝자크 루소) 같은 사람의 민약주의民約主義와 저 달이문達爾文(찰스 다윈)의 생존경쟁·우승열패優勝劣敗의 이론은 모두 곽씨를 조술祖述하여 19

---

26) 고공단보古公亶父의 도혈陶穴 : 『시경詩經』「대아大雅」 면緜 편에서 나왔다. "고공단보가 움집에 살아서 집이 있지 않았네[古公亶父 陶復陶穴 未有家室]."라고 한 말이 있다. 고공단보는 주周 태왕太王의 이름. 주 무왕의 증조부.
27) 소무蘇武가 … 고생 : 소무는 전한前漢의 충신. 자는 자경子卿. 무제武帝 때 흉노에 사신으로 갔다가 억류된 지 19년 만에 귀국하였는데, 털가죽 담요를 눈에 싸서 먹고 들쥐의 굴에서 나무열매를 파내어 먹고 견디며 한나라에 대한 절개를 굳게 지켰다.

세기의 신세계를 열었던 것이다.

곽씨는 또 이르기를, "모든 사람이 서로 싸우는 것이 해가 있을 뿐, 이익이 없음을 알면 화목하게 싸우지 않을 도리를 찾게 된다. 이에 서로 계약을 맺어 국가를 건설하게 되었다."고 하였으니, 이것은 진실로 확실한 논리이다. 그러나 "계약이 성립된 후에 사람들이 모두 자신의 권리를 군주의 위력에 위탁하여 자신을 보호, 유지한다." 하였으니, 이 이론은 아마 제대로 이해하지 못한 때문일 듯하다. 이미 '이기심이 사람의 천성이라.' 하였다면 군주된 자가 반드시 유독 이러한 마음이 없지는 못할 것이다. 일국의 신민으로 하여금 자신의 손아귀 아래서 속박을 모두 받아들이도록 하였다면, 그와 같이 절대한 권력이 무릇 자신에게 이익이 있거늘, 무엇을 꺼려서 그 욕망을 다 채우지 않겠는가? 그 신민된 자 또한 오랜 속박을 즐겨 받아들이고 견마犬馬와 같은 노예생활을 달갑게 여겨 그 계약을 깨뜨리려 하지 않겠는가? 곽씨가 이를 모를 리 없었을 것이다. 그러나 그 당시 그는 영국의 국왕 사리 이세[査理第二; 샤를르 2세]의 스승으로서 큰 존경과 총애를 입고 있었다. 한 임금에 대한 아첨에서 벗어나지 못하고 군주전제주의를 주장하였으니 너무나 한탄스럽다.

8일   하란荷蘭(네덜란드)의 학자 사편나사斯片挪莎(스피노자)씨의 학설을 읽었다. 살펴보건대, 사씨는 이르기를, "사람의 자유는 처음부터 내가 원하는 것을 행하는 것이 아니라, 다만 천리의 정해진 궤도를 따르는 것일 뿐이다. 그러므로 정치를 행하는 자는 평화를 지키는 것 외에도 반드시 자유를 수호하는 것을 목적으로 삼아야 한다." 하였으니, 그 논리가 공평하며 정연하다. 또한 그 군주 전제의 폐단을 논한 것은 논리가 착착 맞아 떨어지니, 만세 군주의 경계가 될 만하다. 거기에 이어 민주정치가 가장 훌륭한 이론임을 주창함으로써 천하의 정신을 환기 각성시켰으니 정치학에 공적을 세웠다 할 만하다. 이 논문을 읽는다면 곽포사의 지나치게 격렬하며 군주에 영합한 이론은 일일이 변증하지 않더라도 저절로 그릇된 사상에 귀착할 것이다.

9일   생각하니, 당초 간도에 들어올 때의 목표는 유하현에 있었는데, 김형식 군이 한번 간 뒤로 소식이 없어 집 식구들을 머물게 할 곳을 아직 정하지 못하고 있다. 약간의 몸에 지닌 자산도 거의 다 써버렸고, 젊은 축들은 가볍게 움직인 것을 후회하여 희망이 없다는 말을 하는 데 이르렀다. 내가 조용히 타일러 말하기를 "나파옹拿破翁(나폴레옹)은 책을 읽을 때마다 '불가능'이란 세 글자를 만나면 번번이 그것을 지워 없애며 '천하에 어찌 불가능한 일이 있겠는가?'라 하였고, 또 '어렵다[難]는 한 글자는 어리석은 사람의 사전에나 있는 것이다.'라고 하였다. 이러한 입지의 견고함은 그 풍도를 듣는 사람들로 하여금 나태함을 일깨우도록 할 만하다. 우리들이 하루아침에 조국을 버리고 이역에 투신한 것이 일신을 구차히 보전하려한 계책이 아니었다면 애초에 다소의 곤란이 있을 것임은 겪어보지 않더라도 알 일이다. 그러나 안위와 고락은 서로 뿌리가 되어 생겨나는 법이다. 예로부터 영웅들의 대사업이 어느 것이나 곤란으로부터 멀은 것이 아니었던가? 옛날에 만약 구천句踐이 회계산會稽山의 실패에 절망하였다면 결코 오를 멸하고 월을 패국覇國으로 만드는 일을 못하였을 것이다. 항우가 해하垓下에서의 포위에 절망하지 않았더라면 권토중래捲土重來의 거사가 없었을 것이라고 어찌 장담하겠는가? 그러므로 토이기土耳其(터키)의 속담에 '절망은 패망의 원천이다.'라고 한 것이다. 젊은이 중 곤란에 임한 자가 마땅히 조심할 바임을 알아야 한다."고 하였다.

10일   비서장이 지팡이를 짚고 찾아 오셨다. 서로 헤어진 지 10여 일인데, 기력이 전보다 나으신 듯하다. 함께 시사詩史를 토론하니 고적함이 매우 위로가 된다.

오후에 아이들이 항도의숙恒道義塾에서 중국 음으로 된 계몽啓蒙 한 책을 빌려와 며칠 공부하기를 청한다.

대저 지나支那는 말과 글이 다르지 않다. 그러므로 문자를 조금 이해하는 자는 말을 배우기가 심히 어렵지 않고, 언어를 능히 이해하는 자는 글을 짓기가 또한 매우 쉽다. 만약 이 곳에 살고자 한다면 마땅히 말을 배우는 것을 제일 중요한 일로 삼아야 할 것이다. 다만 지나의 언어는 하나로 통합되지 못하여 50여 종류나 되는데, 북경어·남경어·호남어·광동어 등이 가장 중요한 한어이고, 외몽고어가 많이 쓰인다. 대저 언어는 마음의 소리가 발하여 나오는 것이니, 마음의 소리가 일치하지 않으면 단결력이 결핍될 것임은 묻지 않아도 알 일이다. 오직 이른바 관어官語(공문에 쓰는 표준어)라는 것이 있어 따로 한 종류가 되는데 상류사회에서 널리 통용된다. 지금 빌려온 중국어 계몽은 아마도 관어인 듯하나, 수작이 너무 장황하다. 만약 능히 번거로운 것을 산삭하고 요점을 추려 전국에 통용하되 한결같이 하면 대중을 다스리는[群治]데에 아마 적지 않게 도움이 될 것이다.

11일   비가 오다. 비서장과 토지제도를 논하였다. 곡식이란 인간이 그것에 힘입어 살아가는 것이고, 토지란 곡식이 생산되는 곳이다. 곡식이 있은 뒤에 나라의 재용이 갖추어지고, 토지가 잘 분변된 뒤에 백성의 식생食生이 풍족해진다. 옛날의 군자가 이것을 알았으므로 “어진 정치는 반드시 경계를 다스리는 일에서 비롯한다.”28)고 한 것이다. 경계를 다스리는 일이 바르면 백성과 산업이 일정해지고 부세와 요역이 고르게 되며, 가호와 인구가 분명해지고 군대의 오열이 정비된다. 송사가 그치고 형벌이 줄어들며 뇌물이 없어지고 풍속이 후덕해진다. 경계를 다스리는 일이 바르지 못하면 권문과 부호가 겸병하고 빈부가 고르지 않게 되며 부세와 요역이 절도가 없어지니 양민이 살 곳을 잃어 가호와 인구가 빠져나간다. 송사가 번다해지고 귀천이 구별이 없어져 분수가 밝아지지 않는다. 뇌물이 몰래 행해져 정형政刑이 통하지 않으니 인심이 부박해지고 풍속이 무너진다. 정치에 뜻을 둔 자가 경계를 바르게 하는 일을 우선하지 않을 수 있겠는가?

생각컨대, 우리 왕조의 역대 결부結負(토지의 결수와 수확에 따라 조세를 부과하는 것) 제도는 전지의 등급을 6등급으로 나누고 작황을 9등급으로 나누었으니[田分六等 年分九等] 그 규모와 절목이 상세하고 엄밀하지 않은 것이 아니었다. 이것이 지금에 이르러 온갖 폐단을 함께 일으키는 것은 무슨 까닭인가? 그 제도를 제정할 때 오로지 조세의 등급에 주목하였으나, 토지의 면적이 들쭉날쭉하여 고르지 않은 데 근원한다. 이에 간사한 서리배들이 그 고르지 못한 면적을 빌미로 농간을 부리고 이리저리 고쳐 누락시키거나 속여 숨기는 폐단이 생기니, 드디어 법제가 허물어지게 된 것이다. 만약 그러한 폐단을 막고자 한다면, 모름지기 그 토지의 면적을 먼저 고르게 하여 들쭉날쭉함이 없도록 한 뒤에 수세의 등급을 매긴다면 서리배들이 간사한 꾀를 부릴 여지가 없어져 거의 오래 행하더라도 폐단이 없을 것이다.

12일 박덕민朴德民이 고국으로 출발하는 편에 집으로 가는 편지를 써서 부치다. 오후에 한전법限田法과 직관법職官法을 논하였다. 한민명전제限民名田制29)는 동중서董仲舒30)에서 비롯하였

---

28) 어진 … 비롯한다 : 원문은 “仁政必自經界始”. 『맹자孟子』「등문공藤文公」 상에 나오는 말이다.

29) 한민명전제限民名田制 : 한 지역에 거주하는 백성의 수를 한정하고 전지를 인구에 따라 균등하게 나누어 경작하게 한 제도. 전한 동중서董仲舒에서 시작되어 공광孔光과 하무何武가 이를 시행할 것을 주장하였다. 밭은 30경頃에 지나지 않았고 기한은 3년이었으며, 이를 범하는 자는 그 전토를 관에서 몰수하도록 하였다. 당시에 정부丁傅가 권력을 천단하고 동현董賢이 총애를 빙자하여 막았으므로 마침내 시행되지 못하였다.

30) 동중서董仲舒 : 전한前漢 무제武帝 때의 학자. 처음엔 강도江都의 승丞이 되었으나 공손홍公孫弘에게 미움을 받아 교서왕膠西王의 승丞으로 좌천되고 끝내 벼슬에서 물러나와 저술에 힘썼다. 『춘추春秋』에 밝아 『춘추번로春秋繁露』를 지었다. 무제에게 상주하여 유교를 국교國敎로 정하게 한 것으

으나 사단師丹[31]이 조목에 따라 상주 건의하자, 마침내 왕의 척신과 근신이 불편하다고 생각하여 마침내 점점 행하지 않게 되었다. 대개 전지를 제한하며 수세를 등급 별로 매겼던 것은 비록 정전제井田制의 구제가 아니나, 그 실제는 정전제의 의미를 가진 것이었다. 이 제도가 만약 행해졌다면 국가의 부와 민력의 균등을 이루었을 것이니, 사방에서 칭송의 소리가 자자했을 것이다.

근세에 반계 류씨[32]는 수록隨錄(『반계수록』)에서 이러한 뜻을 언급하면서 대전大典[33]의 직관십팔품職官十八品의 제도에 의거하여 품계를 따라 감쇄하고 경지를 참작하여 정하였다. 그러나 끝내는 품계의 수가 너무 많아 선왕의 구제가 아님을 깨달았다. 옛날에는 관직에 다만 구명九命만을 두었는데, 수隋·당唐 이후로 품계品階와 자급資級을 신설하였으니, 대개 품계와 자급을 번거로이 한 것이 또한 명분과 기강을 혼란시킨 하나의 단서였다. 만약 그것을 다시 바꾸고자 한다면 한 번에 그 폐단을 씻어내지 않을 수 없으니, 옛 제도에 의거하여 단지 구품九品만을 두는 것이 마땅할 듯하다.

이날 저녁에 영해의 권중엽權仲曄·권영구權寧九가 도착하였다. 그 편에 들으니, 안동현 이북의 연로에 '경내에 들어오는 한인을 각별히 잘 호송하라.'는 방문을 붙여 놓았다는데, 이것이 과연 만주 관리가 붙인 게시문일까?

13일 눈이 오다. 호적을 논하였다. 국가를 운영하는 근본은 백성의 수효를 두루 아는 데 달려있다. 백성의 수효를 두루 알고 있어야 부역이 고르게 되며, 부역이 고른 후에야 갖가지 사업이 이루어지며, 갖가지 공적이 이루어진 이후에 천하가 공평히 다스려진다. 그러므로 선왕先王은 민적을 신중히 하고 공경히 하였으니, 『주례周禮』의 "사구司寇가 백성의 인구가 얼마나 되는지 임금에게 아뢰면 왕이 절하고 그것을 받았다."는 기록을 보면 알 수가 있다. 후세의 군주들이 모두 이 뜻을 몰랐으므로 향리에 제도가 없고 부판負板과 지도地圖에 기강이 없어, 부역에 빠지고 도망가 숨거나 간사하게 조작하는 일이 다투어 생겨났다. 사정이 이러한데도 정사가 평온하기를 바란다면 또한 어림없는 일이 아니겠는가?

로 유명하다.

31) 사단師丹 : 전한 사람. 애제哀帝 때에 한전법限田法을 세우도록 청했다.

32) 반계 류씨 : 류형원柳馨源. 자는 덕부德夫, 호가 반계이다. 본관은 문화. 저서에 『반계수록磻溪隨錄』이 있다.

33) 대전大典 : 『경국대전經國大典』이다.

‘민적을 절하고서 받는다.’고 한 대목은 옛날과 지금이 다르다. 그러나 이것은 민권 보호의 대의에 관계되는 것이니 군주 노릇하는 사람이 마땅히 깊이 살펴서 반드시 행해야 할 바이다. 경성의 관부와 사방의 수령이 백성의 호적을 올릴 때도 모두 절하고서 보내는 것이 마땅하다.

14일   개임. 상평常平과 사창社倉을 논하다. 상평은 삼대三代 때의 성왕들이 끼치신 제도이다. 곡식이 흔할 때는 쌀을 사들이고, [물건을 팔아 쌀을 사는 것을 일러 적糴이라 한다.] 곡식이 귀할 때는 쌀을 내다팔아 [쌀을 팔아 물건을 사는 것을 조糶라 한다.] 백성들이 그에 힘입어 살아나고 관청은 그 이익을 취하니, 법 중의 좋은 것이 무엇이 이보다 낫겠는가? 위문후魏文侯는 이회李悝[34]의 말을 채용하여 나라를 부강하게 하였고, 한漢 선제宣帝는 수창壽昌[35]의 진언에 말미암아 백성을 풍족하게 하였다. 우리나라는 고려 때에는 일찍이 양경兩京(개경과 서경)과 12목牧에서 조적糶糴을 시행한 적이 있었으며, 본조本朝의 『경국대전』에도 경외京外에 모두 상평창常平倉을 설치하게 하였으나, 필경에는 경성 이외에는 한 개의 고을에서도 시행한 곳이 없었다. 아! 나라가 수척하고 백성이 가난하게 된 데에 어찌 까닭이 없겠는가? 만약 서울과 주현州縣에 모두 하나의 창倉을 두고 법에 의거하여 조적을 시행한다면 10년이 지나지 않아 부강해지는 효험을 거둘 것이다. 사창社倉 제도와 같은 것에 이르러서는, 이미 주자朱子의 사목事目이 있다. 다만 채택하여 조처할 때 변통의 묘리에 적합한 것은 토속을 참고하고 시의를 따라 규칙을 세우는 것도 또한 무방할 것이다. 요약컨대 주현은 반드시 상평창을 설치하고 향사鄕社는 사창을 세우는 것이 필수이니, 이 두 가지 법이 아울러 거행된 뒤에야 바야흐로 진선진미가 될 것이다.

15일   비서장이 출발하여 돌아가시는데 마을 밖까지 전송하였다.

---

34) 이회李悝 : 전국시대 위魏 나라 사람으로 이회里悝라고도 한다. 위 문후魏文侯 때 지력을 고갈시키는 방법과 평적법平糴法을 처음 시행하여 훗날 한무제漢武帝 때의 수속도위搜粟都尉로서 대전법代田法을 시행하고 경운耕耘·낙종落種의 농기구를 만들었던 조과趙過와 병칭한다.
35) 수창壽昌 : 경수창耿壽昌. 한 선제宣帝 때 사람. 상술에 밝았다. 대사농승大司農丞이 되어 변방 마을에 모두 창倉을 설치하도록 하여 곡식이 흔할 때는 값을 더 주고 사들였다가 귀할 때에는 창고의 곡식을 내어 시중의 곡가穀價보다 싸게 팔았다. 이것이 상평창常平倉이다.

22일 비서장이 오언고시五言古詩 한 편을 보내셨기에 차운하여 드리다. [시집에 보인다]

23일 준형이 민단자치회 사무실로부터 돌아와 이소운李笑雲과 왕비신王조信의 사람됨을 성대히 말하였다. 소운은 원래 산동山東 사람이다. 재주가 크게 뛰어나 현재 민회民會의 의사장議事長을 맡고 있는데, 스스로 호를 반옹半翁이라 부른다. 준형의 필담이 민첩한 것을 보고 아마 글씨를 잘 쓴다고 생각했던 듯하다. 종이를 펴놓고 먹을 갈면서 굳이 글씨를 써주기를 청하였다. 준형이 거듭 사양하였으나 되지 못하게 되어서 '원하는 글이 무엇이냐?'고 묻자 소운이 답하여 이르기를, "우리가 만났다는 표적을 삼고자 하니,36) 편한대로 솜씨를 남겨 달라."고 하였다. 준형이 붓을 잡고 쓰기를,

옛날 중국이 좋다고 듣고	昔聞中國好
지금 중국인이 되었네	今爲中國人
원하노니 송백의 그늘에 의지하여	願依松柏蔭
길이 늙지 않는 봄을 두르리	長帶不老春

라 하자, 소운이 즉석에서 읊기를,

의관이 곧 다른 제도요	衣冠乃異制
언어가 같지 못하리	言語不同音
비록 동포의 우의가 있다 하지만	雖有同胞誼
아마 마음에 들지 않을 듯하네	其如不稱心

라고 하였다. 대개, 작년 가을의 사변 이래로 청나라 사람들은 우리와 일본이 실제 합심하고 있다고 의심하고 있기 때문에 그 응답이 이와 같았던 것이다.

왕비신王조信은 인격이 후덕하고 솔직하나 글은 소운에게 못 미치는 듯하다고 한다.

---

36) 우리가 … 삼고자 하니 : 원문은 설리홍조雪裏鴻爪인데, 설니홍조雪泥鴻爪와 같은 말. 본디 기러기가 돌아갈 때 눈과 진흙 밭에 발자국을 남겨 두는데, 다시 돌아올 때 표적을 삼으려고 해서이나 한 해 후에는 이미 형적이 없어 찾을 길이 없게 된다. 과거의 사적이 흔적도 남지 않고 없어짐을 비유하나 여기서는 두 사람이 만났으니 그 기념을 남겨두고 싶다는 의미이다.

24일　왕비신이 찾아왔다. 과연 외모가 우람하고 동작이 신중하며, 수작할 때에 자못 예의를 지키려 하였다. 소운을 일컬을 때마다 반드시 '문사가 뛰어난 이선생[37]'이라 하니 소운이 이곳에서 글로 명성이 높음을 알 수가 있었다. 한 시각이 지나도록 필담을 나누었다. 헤어질 때 '자주 만나자[源源相從].'는 부탁을 하였다.

25일　품을 사서 집을 수리하였다. 집은 모두 일곱 간인데, 동쪽 네 간은 홍참판[洪承憲]이 빌린 곳이고, 서쪽 세 간은 곧 헛간이다. 썩은 서까래와 무너진 벽으로 비가 새고 바람이 들이쳐 잠시도 거처할 수가 없을 것 같다. 곧바로 32원을 지급하여 짚으로 두껍게 덮고 동서로는 온돌을 들였다. 중앙에 부엌을 만들고 내실에는 창호를 달고 바깥에는 출입문을 달았다. 이제 집 꼴이 대략 이루어졌다. 이레갈이의 토지를 세내어 낙응洛應과 더불어 1년간 나누어 지을 계획을 세웠다.

26일　비서장이 다시 방문하셨다. 다만 기력이 강건하셔서 기쁠 뿐만이 아니라, 근실하게 보살펴주시는 정성이 더욱 사람을 감복케 한다. 인하여 베개를 나란히 하고 잤다.

27일　족조 종기鍾基씨가 도착하였다. 덕초德初의 편지까지 전달하였는데, 곧 지난 18일에 안동현에서 쓴 것이다. 편지 가운데 이르기를, "종기·종표鍾杓씨와 7일에 출발하여 15일에 신의주에 이르고 16일에 압록강을 건너 20일에 장차 배를 타고 포수구蒲水口로 향할 것이라"한다.
　답답하고 울적하던 끝이라 뛸 듯이 반갑다. 다만 본국 내의 단속이 점점 심해져 의주경찰서에 붙들렸고, 도강 후의 행장을 다시 검사를 받기까지 했다고 한다.

28일　참판 정원하鄭元夏와 홍참판이 나란히 방문하였다. 오후에 홍참판과 더불어 수리水利에 관한 제도를 논하였다. 백성의 생활이 힘입는 바가 수리시설 만한 것이 없다. 옛 사적에서 상고해보자. 진秦 나라 때의 정국거鄭國渠[38], 촉蜀 지방의 육해陸海[39], 한나라의 백거白渠[40], 위魏

---

37) 문사가 뛰어난 이선생 : 원문은 이문조李文藻이다. 문조文藻는 문장에 뛰어난 재주 또는 그런 사람을 지칭한다.

38) 정국거鄭國渠 : 진대秦代에 경수涇水에 조성하였던 인공 수로. 경수는 황하의 지류 중 큰 줄기인데, 산시성으로 들어와서는 물길이 험난해져 폭포와 급류가 많이 형성된다. 특히 여름과 가을에 폭우가 자주 쏟아져 홍수가 크게 나고 토사가 많이 생기므로 유역의 수리개발에 일찍부터 착수

나라의 정피鄭陂[41] 중 무엇이 수리로 나라의 부강을 가져다 준 것이 아니었던가? 우리나라는 전연 여기에 뜻을 기울이지 않는다. 옛날 제방 중 허물어지거나 터진 데를 보수할 만한 것은 혹 함부로 갈아 민간의 밭을 만들거나 혹 메워 없애고 길을 닦았다. 그 밖에 강 연안이나 시내를 낀 땅도 몽리를 개설할 만한 곳이 많다. 그러나 지방 수령된 자가 전연 마음을 쓰지 않는다. 사정이 이와 같은데 국토가 어찌 척박하지 않겠으며 백성이 어찌 가난하지 않을 수 있겠는가?

지금 이곳의 만주인들 또한 밭농사에만 힘써 관개灌漑가 이롭다는 것을 모른다. 필경 정치가 (우리나라와) 똑같이 노둔하고 어리석을 것이다. 우리들이 이곳에 이주해 온 뒤로는 밭곡식만을 먹을 뿐인데, 거기다 풍토까지 매우 달라 병이 나기 더욱 쉽다. 부득불 버려져 황폐해진 토지를 사들이고 벼를 심는 데 힘쓰지 않을 수 없다. 마땅히 농사에 익숙한 자로 하여금 널리 수리를 살펴서 그 이익의 대소와 공역의 다과를 헤아리게 한 뒤에 품을 사서 보를 쌓아야 한다. 또 근래 서양인의 굴착기와 수차 등의 제도가 극히 정교하니, 반드시 총명하고 슬기로운 자가 그 제조법을 강구하여 공사 간 모든 일에 쓰이도록 해야 할 것이다. 그렇게 한다면, 지난 세월 황폐했던 들판에 앞으로는 석수石水와 두니斗尼[42]의 노랫소리가 들려올 것이다.

4월 1일　준형이 이소운의 거처로부터 돌아와 그의 애국사상을 매우 칭송하였다. 책 2질을 빌려 왔는데 하나는 『경여필독耕餘必讀』이요, 또 하나는 『수원시화隨園詩話』[43]이다. 적요하던

하였다. 진대秦代에는 정국거鄭國渠를 뚫어 경수의 물을 위하渭河 유역의 분지에 대었고, 당대唐代에는 상류의 평량平涼 경천涇川까지 운하를 조성하여 수운을 개발하였다.

39) 육해陸海 : 땅에서 나는 소출의 풍부함을 육해라고 하는데, 『한서漢書』 지리지에 "진秦 땅은 육해라고 불리니 구주九州 중에 가장 기름진 곳이다."라고 하고, 그 주에 "그 지역은 높은 구릉을 이루고 있으나 물산이 풍부하여 그 속에서 생산되지 않는 물건이 없기 때문에 육해라고 부른다."고 하였다.

40) 백거白渠 : 중국 섬서성陝西省 경내의 인공으로 이루어진 수로. 한漢 무제武帝 때 백공白公이 만들었다 하여 붙여진 이름이다.

41) 정피鄭陂 : 위나라의 정혼鄭渾이 패군沛郡의 태수가 되었을 때 군계 남쪽을 흐르는 제수濟水에 쌓은 제방. 제방의 수문을 막고 틀 수 있도록 하여 관개의 혜택이 백성에게 돌아가자, 백성들이 그를 기려 비를 세우고 그 둑을 정피鄭陂라 하였다.

42) 석수石水와 두니斗泥 : 계곡을 흐르는 석간수石間水와 도랑의 흙탕물.

43) 『수원시화隨園詩話』 : 청대의 학자 원매袁枚의 시화집. 원매는 자가 자재子才, 호는 간재簡齋·수원노인隨園老人이다. 절강성浙江省 전당錢塘(지금의 항주) 사람이다. 건륭 연간에 진사가 되었으며, 일찍이 강녕江寧 등지에서 현령縣令을 지냈다. 관직을 사임한 후에는 강녕에 거주하면서 소창산小倉山

차에 심심풀이로 보기에 아주 알맞다. 다만 인본印本이 너무 잘아 돋보기 없이는 읽기가 어려
우니, 이것이 안타깝다.

남해南海의 윤일尹一과 상주尙州의 김달金達이 찾아오다.

2일 『수원시화』를 읽었다. 청조淸朝가 개국하던 때 강음성江陰城이 최후에 항복하였다. 어
떤 여자가 있어 병졸들에게 붙들렸는데, 그들을 속여 말하기를, "내가 목이 몹시 마르니 요행
히 마실 물을 좀 먹어도 되겠습니까?"라 하였다. 병사들이 불쌍하게 여겨 허락하였는데, 마침
내 강으로 가서 물에 빠져 죽었다. 이때 주검이 성 안에 가득 쌓여 악취가 코를 못들 지경이
었는데, 여자가 손가락을 깨물어 시 한 수를 썼다. 그 마지막 두 구에 이르기를,

말 건네노니 행인들이여 코 가리지 마라 　　　　　　　　　寄語路人休掩鼻

산 사람이 죽은 사람 냄새보다 못하니 　　　　　　　　　　活人不及死人香

라고 하였다. 시어詩語가 좋을 뿐 아니라 매운 절개가 더욱 후대에 전할 만하다.

3일 『수원시화』를 읽었다. 진료옹陳了翁[44]의 아버지는 반량귀潘良貴[45] 의영義榮의 아버지와
교분이 매우 두터웠다. 어느 날 반이 진에게 말하기를, "우리 두 사람은 관작과 연치가 엇비
슷하나, 다만 한 가지가 그대보다 못함이 한스럽다."고 하였다. 진이 그게 무엇인지 묻자, 반
이 대답하기를, "그대에게는 세 아들이 있으나 나는 아들이 하나도 없는 것이다." 하였다. 진
은 첩을 두었는데 이미 아들을 낳았었다. "여러 날 빌려 줄 수 있으니 아들을 낳거든 곧 돌려
보내라."고 하였다. 이윽고 와서 보이는데 곧 요옹了翁의 어머니였다. 오래지 않아 양귀를 낳
으니 또한 송대宋代의 유명한 유학자이다. 이 일은 크게 예법에 어긋나나[46] 당시에 아름다운

에 조경용 풍치림을 만들어 수원隨園이라고 불렀다. 그는 유가의 전통적인 '시교詩敎'와 의고적인
'격조설格調說'을 반대하면서 작자의 성정性情을 꾸밈없이 표현해야 한다는 성령설性靈說을 주장
했다. 저작으로는 『소창산방집小倉山房集』·『수원시화隨園詩話』·『자불어子不語』 등이 있다.

44) 진료옹陳了翁 : 송대宋代 진관陳瓘. 그의 호가 요옹了翁. 진사進士로 태학박사太學博士를 역임. 당시
의 권신이었던 장돈章敦이 사마광司馬光 등의 명신을 탄핵하자, 면전에서 여러 차례 그 부당성을
간하여 간관諫官으로 이름이 높았다. 시호는 충숙忠肅이다.

45) 반양귀潘良貴 : 송나라 금화인金華人으로 호는 묵성默成이다. 부당한 관리를 여러 차례 탄핵한 직
신이었다.

이야기로 전해졌다. 고부高阜의 시에 이르기를,

<table>
<tr><td>첩을 주어 아이 낳은 일 옛사람에게 있었으나</td><td>贈妾生兒古人有</td></tr>
<tr><td>아이 얻고 첩 돌려보낸 일 옛사람에게 없었네</td><td>兒生還妾古人無</td></tr>
</table>

라 하였다. 송대 선현의 활달한 기질이 필경 이와 같았음을 세속의 소장부들에게 부친 뜻이니, 대개 깊이 칭탄한 말이다. 그러나 끝내는 풍속과 교화를 무너뜨린 일이니 지금의 학자들은 단연코 행하지 못할 일이다.

신시申時 무렵에 족숙 승원承元씨가 도착하였다. 그 편에 듣자 하니, 덕초德初 일행이 봇짐이 아직 도착하지 않은 까닭으로 홀로 뒤쳐졌는데, 26일에 비로소 외종 아우 조만기趙萬基와 더불어 배를 타고 거구車溝로 향하였다 한다.

4일 시화를 읽었다. 왕맹루王孟樓가 이르기를, "시에서 가수家數를 일컫는 것은 마치 관에서 아문衙門을 일컫는 것과 같다. 아문에서는 스스로 총독을 크게 치고, 전사典史를 작게 친다. 그러나 총독아문의 담수부擔水夫(물통을 메는 장정)를 전사에 비교한다. 아문의 전사典史는 또한 전사가 될 것이지, 담수부가 되지는 않을 것이다. 무슨 까닭인가? 전사는 비록 작다 하나 오히려 조정의 명관命官에 속하고, 담수부는 아문이 비록 높아도 다른 일에는 상관이 없기 때문이다. 지금 두보杜甫를 배우는 사람이 한유韓愈의 문장도 이루지 못하였으면서[今之學杜韓不成][47] 자랑스럽게 스스로 대가인 체하는 자는 총독아문의 담수부에 불과하다.

또 섭횡산葉橫山[48]은 말하기를, "고인의 시를 잘 모방하는 자는 표절을 그럴싸하게 하면 우

---

46) 예법에 어긋나나 : 원문은 통탈通脫인데 예법에 구속되지 않고 소탈하게 본성을 지킨다는 뜻이다.

47) 지금 두보의 … 못하였으면서 : 원문은 금지학두한불성今之學杜 韓不成인데 시 공부의 과정을 말할 때 '소동파의 송시를 배워 두보의 당시로 들어간다[學蘇入杜].'는 것이나 '한유의 고문으로부터 두보 시의 경지로 들어간다[出韓入杜].'는 등의 말은 모두 두보의 당시唐詩를 최고의 경지로 친 것인데 여기서는 높은 경지만을 지향하여 중간의 과정을 무시하는 엽등獵等의 태도를 꼬집은 것이다.

48) 섭횡산葉橫山 : 청대의 학자 섭섭葉燮. 자는 성기星期, 호는 기휴已畦이다. 강희 연간에 진사가 되어 응지현應知縣에 부임하였으나 순무사 모천안慕天顔의 탄핵을 당하여 해임된 뒤 천하를 떠돌다가 만년에 오현吳縣 횡산橫山에 은거하며 학술에 전념하였다. 후세에 횡산선생이라 불리었다. 시문은 선배를 모의模擬하는 기풍을 배격하고 자신의 세계를 수립해야 함을 주장하였고 두보와 한유,

맹우優孟의 의관衣冠처럼49) 여기고 표절을 그럴싸하게 하지 못하면 호랑이를 그리려다 개처럼 그렸다고 혹평한다. 남의 남은 기세[餘焰]를 빌려 망령되이 자신을 높이려는 것이 작은 비장이 되어 스스로 한 무리를 이끄는 것과 어떠하겠는가?”라고 하였다. 이 말은 요즈음의 병폐에 딱 맞아떨어진다. 어찌 시문만 그러하다고 하겠는가? 근세의 학문하는 사람들이 경계 삼을 만하다.

저녁에 도곡道谷과 우곡羽谷·주곡注谷 세 곳의 내권內眷들이 걸어서 도착하였다. 어른과 아이 모두 13명, 험한 길에 지친 모습이 사람을 몹시 안타깝게 하였다.

5일 시화를 읽다. 한창려韓昌黎의 문왕조文王操50)에서 이르기를, “제[臣] 죄업이 죽어 마땅함이여! 천왕께서 밝히 아시도다.”라고 하였다. 이는 성인의 마음을 깊이 구명하면서 자신도 모르게 잘못에 빠진 것이다. 『시경詩經』 「대아大雅」를 살펴보건대, “문왕이 말씀하시기를, 네가 서울에서 기세가 건장하여 원망 받는 것을 덕으로 여기네.”51)라고 하였으니, 문왕은 일찍이 은주殷紂를 성명으로 생각한 적이 없었다. 한창려는 어쩌면 「대아」를 읽지 않았던 것인가.

소동파蘇東坡는 “공자께서는 탕임금과 무왕을 칭송하지 않으셨다.”고 하였다. 『주역周易』 혁革괘의 계사繫辭를 살펴보건대, “탕임금과 무왕이 천명을 혁파한 것은 천명에 따르고 인심에 응한 것이다.”라 하였는데, 계사는 공자께서 지으신 것이다. 동파는 어쩌면 『역경易經』을 읽지 않았던 것인가.

이 의론은 극히 정당하다. 설사 한창려와 소동파가 듣는다 하더라도 어찌 자신을 낮추어 자세히 알지 못한 것을 사과하지 않겠는가?

오늘은 돌아가신 어머니의 기일忌日이다. 하늘 끝 객지에서 예를 갖추어 제사할 수가 없는

소동파를 종주로 여겼다. 저술에 『기휴시문집己畦詩文集』이 있다.

49) 우맹優孟의 의관衣冠처럼 : 우맹은 초나라의 악사였는데, 초 재상 손숙오孫叔敖의 지우를 입어 좋은 대우를 받았다. 숙오가 죽은 후에 그 아들이 곤궁하여 의지할 곳이 없자, 우맹이 초 장왕을 만나 손숙오의 의관을 입고 귀신의 흉내를 내며 간하였다. 초왕이 깜짝 놀라 숙오의 아들에게 식읍을 주어 부귀를 유지할 수 있도록 하였다. 후에 옛사람이나 다른 사람을 모방한 것이 그럴 듯함을 뜻하는 말이 되었다.

50) 한창려韓昌黎의 문왕조文王操 : 원문에는 한창려유리조韓昌黎羑里操로 되어 있는데 유리羑里는 문왕이 서백西伯일 때 은주에 의해 구금된 적이 있던 지명이다.

51) 문왕이 … 여기네 : 이 시는 『시경詩經』 「대아大雅」 탕蕩 편에 나온다. 원문의 ‘포효어중국汝咆哮於中國’은 ‘포휴우중국汝烋于中國’으로 ‘음원飮怨’은 염원斂怨으로 되어 있는 책이 있다. 이에 의거하여 번역하였다.

데다 두 아우까지 멀리 있어 제사에 참사할 수 없으니, 슬프고 마음 아프기 그지없다. 밤 3경 쯤에 꿈에서 어머니 얼굴을 뵈었다. 누가 유명幽明 간의 감응을 두고 그럴 이치가 없다고 하겠는가?

6일 『경여필독耕餘必讀』을 읽었다. 순자荀子의 예론禮論 편에, "사람은 태어나면서 원하는 것이 있고, 원하면서도 그것을 얻지 못한다면 욕구가 없을 수 없다. 욕구가 있으나 분수와 한계를 헤아리지 못하면 다투지 않을 수 없다. 다투게 되면 혼란해지고 혼란하면 곤궁해 진다. 선왕께서 그 혼란함을 싫어하였으므로 예의를 만들고 분수를 정하여 사람의 원하는 마음을 수양하고 찾는 바를 이루게 하였다. 이는 다툼으로 말미암아 화평에 나아가게 한 것이다." 라 하였다. 이러한 논리는 서양의 학자 곽포사霍布士의 민약설民約說과 의논하지는 않았으되 똑같은 주장이다. 다만 순자는, '처음에 나라를 세운 것이 군주의 힘에 말미암은 것이므로 권위가 끝내 한 사람에게 귀착한다.'고 생각하였으니, 그의 이론이 흠을 면할 수 없다. 이것이 순자가 곽씨에게 미치지 못하는 점이다.

또 묵자墨子의 상동尚同[52] 편에 "옛날 백성이 처음 발생한 것은 아직 정장正長(그들을 이끄는 수장)이 없고, 아직 형정의 제도가 없던 때였으므로 천하의 사람들이 저마다 의를 달리하니, 1인이 1의義요, 10인이 10의며, 1백인이 1백의였다. 사람이 점점 많아지자, 사람마다 자신의 의를 옳다고 하여 남의 의를 잘못되었다 하였으므로 서로 비난하게 되었다. 안으로는 부자와 형제가 원수가 되어 모두 이산하려는 마음을 가져 서로 화합하지 못하였다. 천하의 백성들이 모두 독약으로 서로를 해쳐 마침내 금수와 같은 지경에 이르렀다. 그러나 저 백성이 정장을 바로 세워 천하의 의리를 동일하게 하지 못하였기 때문에 천하가 어지러워진 것이 명확해졌다. 그러므로 선량하고 지혜로운 사람을 택하여 그로써 천자를 삼고 천하의 의리를 동일하게 하는 데 종사케 하였다. 그러므로 마을의 장이 마을의 백성을 이끌고 향촌의 장에게 나아가 뵙고[尚

---

52) 묵자墨子의 상동尚同 : 묵자는 중국 전국시대 초기의 사상가로 이름은 적翟이다. 상동尚同은 그의 저술인 『묵자墨子』의 편명으로, 정치에 대한 견해를 피력하고 있다. 상동이란 아랫사람[下]이 윗사람[上]에게 순종한다는 뜻이다. "사람이란 일인일의一人一義, 십인십의十人十義이므로 방치하여 합일된 체계를 수립하지 못할 때는 사회의 질서를 유지할 수 없다. 인간 사회에서 부락민은 이장에게, 이장은 향장에게, 점차 아래에서 위로 순종[尙同]하여 그 정점에 최고의 현자賢者로서 하늘의 뜻을 받드는 천자天子가 존재해야 한다는 주장이다. 그러나 천자의 권능은 초월적 존재로서의 천지天志, 곧 하늘의 뜻에 의하여 제한되어야 변함없는 화평을 유지할 수 있다."는 것이다.

同] 향장은 향민을 통솔하여 국군國君에게 나아가 뵈며, 국군은 국민을 이끌고 천자에게 나아가 뵙고, 천자는 천하의 백성을 이끌어 하늘에 나아가 뵙는 것이다.”라고 하였다.

이는 다툼을 바탕으로 화평에 나아가고, 백성의 약속을 바탕으로 나라를 건립하였다는 주장이니, 그 이론이 곽씨의 주장과 마치 한 목에서 나온 듯하다. 다만 묵자는, 군권이 한정이 없어서는 안 된다는 것을 알았으므로 하늘에 그것을 위탁하여 통솔케 하였으니, 곽씨의 사상이 이에 미치지 못한다. 장차 천하의 백성을 해치는 자가 뭇사람의 목숨을 빼앗는데도 그것을 통제할 수 없도록 하였으니, 이것이 곽씨가 묵자에 미치지 못하는 점이다.

7일 조카 문형文衡이 조범용趙範容과 더불어 나중 올 사람(덕초 일행)을 기다리기 위하여 거구車溝로 갔다.

8일 시화를 읽었다. 명나라 태학사 유건劉健은 이학理學을 좋아하여 다른 사람이 시를 짓는 것을 꾸짖어 말하기를, “너희가 시를 짓는 것이 비록 이백과 두보의 경지에 이른다 할지라도 필경은 한낱 술꾼일 따름이다.”라 하였다는데, 말이 이와 같이 과격해서는 안 된다. 『예기禮記』 중니연거仲尼燕居 편에, “시詩는 잘하지 못하면 예를 행하는 데에 착오가 있다[不能詩 於禮繆].”라 하였고, 공자께서는 “시를 배우지 않으면 말을 할 수가 없다.”라 하고, 또 “시에서 흥기한다.”고 하였다. 『논어論語』 가운데 사람들에게 시를 배우기를 권한 말씀이 열한 군데이다. 이학을 하는 사람이 일찍이 시를 좋아하지 않은 것을 본 적이 있었던가?

9일 시화를 읽었다. 모서하毛西河[53]가 동파東坡를 비판한 것은 너무 심하다. 어떤 사람이 “봄 강물이 따뜻해졌음을 오리가 먼저 알도다[春江水暖鴨先知].”라 한 구절을 읊으며 아름다운 시라 하자, 서하가 이르기를, “봄 강물이 따뜻해졌음을 정녕 오리만 알고 거위는 몰랐을까[春江水暖 定該鴨知 鵝不知耶]”라 하였다. 이 말은 또한 너무 골돌鶻突하여 융통성이 없는 태도이니,

---

53) 모서하毛西河 : 중국 청淸 나라 학자 모기령毛奇齡. 자는 대가大可. 만년에는 서하선생西河先生이라 불렸다. 젊어서부터 글재주가 뛰어나 한림원翰林院의 검토관檢討官으로서 『명사明史』를 찬수하였으나, 벼슬길에서는 불우하였다. 그는 박람博覽을 좋아하여 고증학考證學의 선구자가 되었다. 송학宋學을 싫어했고, 한역漢易에 의한 『중씨역仲氏易』과 주자朱子 주注의 잘못을 지적한 『논어계구편論語稽求篇』·『사서승언四書勝言』을 비롯, 염약거의 『고문상서소증古文尚書疏證』에 반대하여 『고문상서古文尚書』가 위서가 아님을 논한 『고문상서원사古文尚書冤詞』 등의 저서가 유명하다.

만약 이처럼 터럭을 헤쳐 흠을 찾으려[吹毛摘瘢] 한다면, 『시경詩經』 삼백 편을 또한 구절마다 꼬집어야 할 것이다. 예컨대 "하수河水의 모래톱에 있도다[在河之洲]."54)라 한 데서는, 얼룩갈매기와 괭이갈매기가 모두 거기에 있을 것인데 어찌 반드시 물수리만 노래하느냐고 꼬집어야 할 것이며, "산록에 깃드는구나[止于丘隅]"55)라 한 데서는 까마귀와 백로가 모두 거기에 서식하는데, 어찌 반드시 꾀꼬리만 읊었느냐고 꼬집어야 할 것이다.

저녁 후에 문건文健씨(종표鍾杓의 자字이다)가 어른을 모시고 도착하고, 덕연德淵씨 또한 함께 도착하였다. 오던 길에 작은 아이가 홍진紅疹에 걸리어 아직도 다 낫지 않았다 하니, 그 사이 노심초사를 묻지 않아도 상상할 수 있겠다.

10일　비서장께서 장차 유하현으로 떠나려 하시기에, 전송하기 위해 북산으로 가다가 도중에 김창로金昌魯를 만났다. 듣자 하니, 우리 집 후행(덕초 일행)이 마을에 도착해 있다고 한다. 뛸 듯이 기뻐하며 걸음을 재촉하였다. 곡성谷城 심택진沈宅鎭의 집에 이르러 보니, 과연 덕초와 조만기가 이미 와 있다. 손을 잡고 회포를 푼 후 시험삼아 어느 곳에서 마차를 탔으며 며칠이 걸렸는지 물었다. 대답하기를, "사전점沙田店에서 배를 내렸으며, 어제 마차를 타고 60리를 달려서 오늘 아침에 여기 도착하였는데, 아직 아침 밥을 먹지 않았다."라고 한다. 비로소 저번 날 거구車溝에 배가 머물렀다는 말이 잘못 전해진 것인데, 조카 문형文衡과 조범용趙範容 등이 하릴없이 1백 50리나 떨어진 곳으로 가서 마중하느라 한없는 고초를 겪고 있음을 알았다.

11일　박낙응朴洛應이 북산北山 일행과 작반하여 유하현으로 떠났다. 요즈음 같이 바쁜 농사철에 가산일 힘쓰지 않고 목적지에 도달하기를 목표하니, 그 의지의 확고함이 매우 가상할 따름이다.

12일　조카 좌형佐衡이 문형文衡을 불러오기 위해 거구車溝로 떠났다. 발행하여 북산에 이르렀을 때, 듣건대 이진사李進士 이영규李英圭에게 그 곳으로 가는 인편이 있다고 하기에 드디어 거기서 멈추어 편지를 써서 부쳤다.

---

54) 하수河水의 모래톱에 있도다[在河之洲] : 『시경詩經』 관저關雎 편에서 "관관히 우는 물수리여, 하수의 모래톱에 있네[關關雎鳩 在河之洲]."라고 하였다.
55) 산록에 깃드는구나[止于丘隅] : 『시경詩經』 면만綿蠻 편에 "꾀꼴꾀꼴 우는 꾀꼬리여, 산록에 깃드는구나[綿蠻黃鳥 止于丘隅]."라고 하였다.

13일　문형이 돌아오고 예안의 이원식李源植이 대구로부터 식구들을 이끌고 도착하였다. 조재기趙載基가 유하현으로부터 왔다.

◦ 연계여유일기　燕薊旅遊日記

내가 만주에 우거한 지 10여 년이 되는데 그 동안 문을 닫고 집안에만 거처하느라 발길이 닿은 곳은 안도와 관전·환인·통화·유하·해성·훈춘·반석·화전의 9현이 고작이다. 산천과 인물, 성시城市와 누관의 승경에 이르러서는 요녕성遼寧省 심양瀋陽과 길림성吉林省 장춘長春 같은 곳조차 한 번도 유람한 적이 없었다. 북경은 더구나 이곳 중국의 수도이다. 멀리는 계주와 연경[薊燕], 가까이는 요나라·금나라·명나라·청나라의 황제가 있던 서울로 지극히 번화한 곳이라 더욱 눈을 상쾌히 하고 흉중을 시원하게 열어주기에 충분한 곳이다. 그러나 다만 이역 땅에 곤궁히 우거한 처지에 스스로 관광에 나설 자료가 모자라니, 한갓 앉은뱅이의 꿈만 수고롭게 꾸어온 지가 여러 해였다. 경신庚申(1920) 섣달 보름에 성준용成駿用 군이 연경에서 돌아와 군사통일촉성회軍事統一促成會의 취지를 전하였다. 거기다 우당友堂 이회영李會榮과 우성又醒 박용만朴容滿의 의사를 전하는데, 여비를 보내며 초청하는 뜻[具盤纏要速]이 매우 간절하다. 이때는 서북간도西北間島의 적경이 아직 사그라지지 않아 길림과 화전 사이에 적의 주구猘狗가 득실거릴 때다. 내가 또한 성명이 일반에 드러난 상태요, 수염과 외모가 남과 유달라 집안에서도 편안히 코를 골며 잘 수가 없는 상황이었다. 식구와 아이들이 자주 피신하기를 권하는 데다 각 단체의 통합은 또한 내가 일찍이 힘을 기울이던 일이었다. 이에 북경을 유람해 볼 계획을 세운다.

20일　한낮에 마차를 세내어 길을 떠났다. 길가에는 버려진 밭이 넓게 펼쳐져 있는 것만 보일 뿐이고, 논농사를 지을 만한 곳이 많다. 야치구野雉溝에 우리 한국 사람이 개간을 시작한 곳이 제법 되지만 아직 착수도 못하기로는 팔도하八道河가 으뜸이다. 이날 70리를 가다.

21일　새벽에 출발하다. 길에서 길림성 육군 두어 명을 만났는데, 스스로 말하기를, "동강東岡에서 왜병을 방비하다가 돌아가는 길이다."하고, 다리가 피곤하여 비틀거리면서 수레 턱 밖에 앉아 가기를 청한다. 앞뒤에 나누어 태우니 그런대로 보호가 되기도 한다. 평령平嶺을 넘어 삼가자三家子에 이르니, 비옥한 들판이 가로를 끼고 있고, 돌로 된 봇도랑의 근원이 장대하여 물산이 풍요하기가 팔도하와 비슷하다. 1백 40리를 가서 관마산管馬山에 유숙하다. 이날 밤에 눈이 내렸다.

22일 첫닭울이에 출발하다. 길이 평탄하고 말이 잘 달려 오전 9시에 길림성 도성에 이르렀다. 성은 송화강 가에 있는데, 사방의 나지막하게 산이 엎드려 있고, 흰 돌로 쌓은 홍예문[玉虹]이 둥글게 에워싸고 있다. 시가의 화려함과 물화의 풍요로움이 3성[三省]의 중심이 될 만하다. 수레를 갈아타고 수전공사水田公司에 들어갔다. 수전공사는 곧 중국과 한국 사람이 자본을 함께 내어 경영하는 곳이다. 취석醉石 박제선朴齊璿과 배량裴亮·이중호李重浩와 같은 여러 젊은이가 그 사무를 주관하는데, 올해는 날이 가물어 실패가 많다고 한다. 성군과 더불어 가로에 나갔다가 이군을 만나 함께 식당을 찾아 저녁을 먹고 수레꾼을 돌려보내었다. 저녁 먹은 후에 정병식鄭秉植 군을 불렀다. 이에 앞서 정군이 우마행牛馬行에 있으면서 객점을 차렸다가 일본 영사관에 체포되어 갖은 곤경을 당하였는데, 중국 경찰의 보호에 힘입어 석방된 지 겨우 며칠이 되었다. 겁劫을 치른 뒤 서로 만나니 마음이 놓이고 반갑기 그지없다. 드디어 여장을 옮겨 천합잔天合棧에 유숙하였다. 성군이 화전樺甸으로 갈 때 돈을 몸에 지니는 것이 불편하다고 하여 여비를 한 친한 벗에게 맡겨 두었는데, 그 사람이 급한 일이 있어 써버렸다. 형편이 졸지에 변통하기 어려우므로 부득이 며칠 지체할 수밖에 없겠다.

24일 중국식 의상을 바꾸어 입었다. 대개 기차 안에서 조사가 있을까 우려되기 때문이다.

27일 정군이 화전樺甸의 본가로 돌아가고 손진섭孫鎭燮·최만영崔萬榮 두 사람이 번갈아 간호를 담당하고 다과와 주찬을 대접하는데, 근실한 뜻이 고맙다. 듣자하니 시당時堂 여준呂準과 소호筱湖 이탁李沰이 액목현額穆縣 시가에서 팔리포八里鋪 퇴박참退博站으로 이사하였다기에 나는 개인 자격으로 연경에 간다는 뜻을 편지에 써서 우편으로 부쳤다.

29일 오늘은 섣달그믐 전일 저녁이다. 중국의 속습에 묵은 일력을 잊지 못하여 오늘부터 새해 3일까지 관청과 공장, 장사가 사무를 보지 않고 남녀노소가 모두 송구영신送舊迎新의 즐거움을 만끽한다. 폭죽이 작렬하여 온 성내가 단번에 전쟁터가 되며, 유리등이 떼지어 걸리니

1만 가구가 별무리의 바다에 뜬 듯하다. 수레와 말이 거리를 메우고 노래와 피리소리가 귀를 울리어 진실로 태평성대의 모습이다. 내 자신을 생각해보건대, 나라도 없고 집도 없이 남의 나라를 떠돌며 동족에게 행적을 숨기고 객창 아래에서 외로운 등불을 짝하고 있다. 하늘 끝에서 고향을 그리니 눈에 띄는 풍경마다 일어나는 감회가 마땅히 어떠하겠는가?

신유년(1921) 정월 4일 눈이 조금 내리다. 열흘간을 한 곳에 묶여 진퇴양난이니 마음이 심히 초조하다. 벽 하나 사이 옆방의 중국인 여행객에게 『조식양정調息養精』이라는 책을 빌려서 마음을 가라앉히고 근심을 잊는 자료로 삼았다.

7일 우당友堂(이회영의 호)과 우성이 연경으로부터 어서 출발하라는 편지를 보내오다.

9일 여비가 비로소 손에 들어와 한편으로 여장을 꾸리면서 한편으로 사람을 보내어 기차표를 샀다. 오후 4시에 길림―장춘선 기차를 타고 11시에 장춘―봉천선 기차를 갈아탔다. 듣기로 하얼빈[哈爾濱] 이북에 흑사병이 맹렬하게 번지고 있다니, 혹 신체검사라도 있으면 어쩌나 하고 속으로 경계가 되었으나, 다행히 아무 일이 없었다. 기차가 어느 정거장에 서는지 어림으로 짐작해보려 하였으나 이름을 기억하기 어려워 수백 리 산천을 마치 꿈결처럼 지나왔다. 오직 공주령公主嶺과 개원開原이라는 지명만은 귀에 익숙하여 사람들이 시끄럽게 떠드는 사이에도 들리므로 지나는 노정을 대략 알 수가 있었다.

10일 동틀 무렵 봉천에 내려서 인력거를 불러 영석永石 이석영李錫榮을 방문하였다. 이별한 후에 어떻게 지내는지 대략 묻고 이틀 밤을 잠을 자지 못한 관계로 심신이 고단하여 침구를 달라 하여 눈을 붙였다. 잠깐 사이에 해가 저물었다. 영석의 아우 의당毅堂 이철영李哲榮이 그 백씨 건영建榮과 함께 찾아와 오랜 회포를 풀었다. 저녁 후에 소서문小西門에 나가서 중국의 경봉선京奉線 기차를 탔는데, 기차의 속도가 빨라 시간이 얼마 걸리지도 않아 신민둔新民屯에 도착하였다. 일찍이 박연암朴燕巖(연암은 박지원의 호)의 『열하일기熱河日記』를 보니 이런 대목이 있었다. "왕상령王祥嶺 아래 작은 샘이 있었다. 우리나라 사신이 연경으로 갈 때 그 곁에 유숙하니, 샘물이 일행을 위해 저절로 솟아나는데, 물맛이 달고 훌륭하였다. 회로에 들러보니 여태 차고 넘는 모습이 그대로였다. 일행이 그 샘에서 갈증을 풀고 막 그곳을 지나가자마자 곧바로 말랐다. 중국인들이 그것을 기이하게 여겨 고려정高麗井이라고 불렀다." 소위 왕상령은 아마도 봉천과 신민둔 사이에 있을 것이나, 밤차에 초행이라 물어서 찾을 길이 없으니 안타까울 뿐이다.

　11일　오전 10시에 산해관山海關에 이르니, 관문 문머리의 편액에 '천하제일관天下第一關'이라 걸어놓았다. 오른쪽으로 태산을 끼고 있는데, 우뚝히 솟은 암석의 골격이 마치 깃발과 북이 떼지어 선 것과 같고, 높은 집들이 겹겹이 서린 것 같다. 왼쪽으로 푸른 바다를 내려다보는데 화륜선火輪船 5~6척이 부두 가에 정박해 있고, 화려한 집들이 즐비하다. 서쪽으로 산록을 바라보니, 마치 용의 몸이나 호랑이 꼬리처럼 굽이치며 바다에 들어가고, 만리장성이 굽이굽이 이어져 걸쳐 있어 마치 활궁[弓]자를 겹쳐 이어놓은 듯한 형상이다. 진시황이 이 성을 쌓을 당시 항거한 자가 누구였던가? 부여와 숙신, 북선과 남한 민족이 아니었던가? 저 진秦나라는 남의 땅을 잠식하고 호시탐탐 노리는 큰 욕심으로 온 나라의 재산을 동원하고 온 나라의 백성을 괴롭히며 이 거대한 역사를 시작한 것은 그 마음이 반드시 중국은 만세토록 동쪽을 돌아볼 염려가 없게 하고자 한 것이었을 것이다. 그러나 그것이 얼마 가지 못하여 고구려의 세력이 북평北平에 미치고, 백제의 위력이 절동浙東에 점차 들어가며, 발해의 병력이 등주登州와 내주萊州를 유린하였다. 끝내는 금나라·청나라가 번갈아 일어나 대륙을 통일하였으니, 이에서 위대한 민족의 기개는 바닷물이 넘치고 산이 누르는 것과 같아 성곽의 견고함은 믿을 것이 못 된다는 것을 알겠다. 아아, 오늘 우리들이 어느 민족의 후예이며, 오늘 우리나라가 어떠한 위치에 처했으며 오늘 우리 일행의 경영하는 일이 무슨 사업인가? 그것을 생각하니, 나도 모르는 사이에 땀이 등을 적시며 간담이 찢어질 듯하다.

　진황도秦皇島를 지난다. 진황도라는 이름이 지어진 것은 알 수 없다. 어쩌면 삼신산에 불로초를 찾으러 보내던 날이나 태산에 봉선封禪하던 길에 신선 만나려는 마음이 절실하여 그 때문에 바닷가에 이르러 바라보기를 마치 한漢 무제가 한 것처럼 한漢 이후에 사람들이 그 곳을 가리킨 것인가?

　오후 5시에 천진天津에 도착하니, 해가 서산에 걸려 강 양쪽의 단청을 올린 전각金碧들이 어리비친다. 얼음이 녹지 않아 마치 유리를 깔아놓은 것 같은 강 위로 긴 다리가 걸쳐 있는데, 높이가 4~5장 가량이다. 붉은색 난간으로 꾸몄는데, 기러기 행렬처럼, 잇빨모양처럼 들쭉날쭉하여 참으로 절묘한 경치이다. 조금 후에 여행객들이 벌떼처럼 올라오니, 기차 안이 분주하고 복잡해졌다. 하늘이 차차 어두워지고 전등에 불이 들어오더니, 기적소리가 한번 울리고 흔들흔들 삐그덕 삐그덕 하며 잠깐 멈추었다가 열리더니, 곧바로 북경에 도착하였다. 정양문正陽門 밖에서 차를 내리니 바로 10시 종이 울린다. 우당과 우성, 강재剛齋 신숙申肅과 박숭병朴崇秉 군이 정거장 들머리에 먼저 와서 기다리고 있었다. 서로를 이끌어 조금 조용한 곳으로 가서 대략 인사를 나누고, 인력거를 불러 후고루後鼓樓 공원 우당이 우거하는 곳으로 향하다. 그의 아우 호영護榮과 조카 규룡圭龍과 각각 이별 후의 회포를 풀었다. 은계隱溪 백순白淳은 영안현寧安縣에서 북로군정서의 형편을 전하기 위해 이곳에 온 지 이미 여러 날이었다. 앞서 비록 면식이 없었으나, 명성은 익히 듣던 바라 악수하고 인사를 나누니 오래 알던 사이와 다름이 없다.

12일   우성·강재·박숭병 군이 내방하여 시국문제로 오랫동안 토론하였다.

13일   우당·은계·우성·강재와 차를 함께 타고 농사시험장을 가보다. 시험장은 서직문西直門 밖 2리 쯤된다. 본래 청나라 삼패근화원三貝勤花園의 옛터이므로 지금도 삼패자공원三貝子公園이라고 부른다.

문을 들어가 솔숲을 끼고 돌아서 동쪽으로 가니 동물원이 있다. 길짐승으로 사자·호랑이·물소·코끼리·어린사슴·얼룩소·원숭이와 조류로는 공작·앵무새·원앙·백로·부용조와 파충류로는 악어·물고기가 모두 이름은 알면서도 처음 보는 것이다. 그리고 모양은 알면서도 처음부터 이름을 몰랐던 것들은 번거로워 기록하지 못한다. 각각 나무 패찰로 이름과 원산지를 표시하였다.

꺾어서 북쪽으로 가니 작은 못이 있다. 못 안에는 거룻배가 있다. 못 위로 돌다리가 놓여 있는데 돌다리를 지나 서쪽으로 가니 식물원이다. 이름난 꽃과 진귀한 과일 수백 종을 길 양쪽으로 심어 두었다. 봄 추위가 아직 매서워 싹과 잎이 아직 트지 않았으므로 사방에 퍼진 언 가지는 이름이 무엇인지 알 수가 없다.

그 밖의 화분에 심은 갖가지 기화요초가 가득 쌓인 대여섯 칸 규모의 온실이 예닐곱 곳인데 전에 보지 못하던 것이 있다. 예쁜 꽃과 싱그런 잎이 다투어 피고 자라므로 온실에 들어서면 모르는 사이에 짙은 향이 사람에게 풍긴다.

그 서쪽은 농업모범장이요 남쪽이 종자진열실이다. 화려한 옥사에 유리의 창인데 진열대가 정교하고, 여러 가지 종자를 모두 보배로운 그릇으로 담아 진열하고 있다. 5대주 각국의 산물에 없는 것이 없고, 또한 파종播種과 선종選種·시비施肥의 방법을 분류하고 구별하여 상세히 밝혀 두었다.

잠업에 있어서는 누에를 기르는 방과 뽕을 자르는 방, 누에의 병을 시험하는 기구와 누에 알을 수습하는 기구, 생육을 촉진하는 등燈, 고치를 검사하는 기구, 고치를 보전한 표본 등이 있다.

예컨대 층루層樓와 채각彩閣, 주옥으로 장식한 난간 복도에 이르러는 사녀士女의 휴게를 위한 곳으로 빈풍당豳風堂·관가헌觀稼軒·만자루萬字樓·내원루來遠樓·연빈원燕賓園 등 모두 10여 개 소이다. 그 중에서 3층의 우람한 구조물로 꼭대기에 돌로 대를 쌓았는데 확 트이어 바라볼 수 있는 것은 창관루暢觀樓이다. 창관루 앞에 연못이 있고 돌계단[石梯]을 걸쳐 놓았으며, 돌다리 남쪽 양단에는 구리로 주조한 사자를 앉혔다. 그 아래 석함을 파 놓았는데, 꼬부라지고 꺾여 굽이지게[曲折灣廻] 한 수법이 극히 교묘하여 20~30명을 수용할 수 있겠다. 아마도 여름 철에는 물을 가두어 남녀가 목욕하는 곳인 듯하다.

그 남쪽의 조금 동쪽의 위치에 높고 깊숙한[嵱𡾋] 돌담이 기암을 이고 고목에 기대어 서있다. 수놓은 문호와 아롱진 창문에 구조가 가장 아름다운 곳은 창춘당暢春堂이니, 황제와 후비가 노닐며 잔치를 벌이던 곳이다. 그 당실에 들어가니 그림과 글씨가 벽에 가득한데 모두가 이름난 솜씨로 귀신같이 새겼다. 중앙에 서태후西太后의 친필인 매화와 난초 그림 두 폭이 걸려 있는데 더욱 절묘하다. 양쪽 미간楣間에는 사자와 호랑이를 그렸는데, 털과 발톱이 살아 움직일 듯하다. 그 밖의 회방헌薈芳軒·송풍라월해당식정松風蘿月海棠式亭은 일본식 가옥의 제도를 본떴는데, 또한 모두 교묘하다. 여름에 피서납량하기 가장 좋겠다.

창관루에 돌아와 쉬면서 차를 마시며 군사통일의 취지로 각각 한 시각 쯤 의견을 피력하였다. 달빛을 받으며 숙소로 돌아오니, 이규봉李圭鳳 군이 와서 기다리고 있었다. 두어 해를 헤어져 만나지 못하던 끝이라 반가운 정이 손에 움킬 듯하다.

14일 오늘은 정월 대보름 전날 저녁이다. 장안 백만 호에 집집마다 유리등이 걸리고 12종각(고루) 거리마다 서양식 마차가 지나다닌다. 벽돌로 포장한 도로에는 먼지 한 점 일지 않아 마치 유리세계를 가는 듯하고, 창유리가 서로 빛을 내쏘니 완연히 경요굴택瓊瑤窟宅에 들어간 듯하다. 금혁사죽金革絲竹의 갖은 악기 소리에 귀가 멍멍하고 누대와 인물의 광경에 눈이 멀듯

하니, 그 장려하고 번화함이 길림성의 제야에 비해 10배가 될뿐만 아니다.

서하西河 가의 금대관金臺館으로 박취석朴醉石을 방문하였다. 배량裴亮 군이 또한 찾아와 서로 대화를 나누었다.

15일   저녁에 서단패루西單牌樓의 췌문공우萃文公寓로 이사하였다.

16일   집의 아이 준형에게 편지를 써서 부치다. 오후에 어수갑魚秀甲·홍남표洪南標가 나란히 방문하였다.

17일   단재丹齋 신채호申采浩가 ≪천고天鼓≫ 한 부를 보내주었다. 문장이 미려하고 어조가 격렬하였다. 신대한新大韓이 정간된 이후로 오래도록 듣지 못하던 곧고 바른 언론이다. 요즈음 연경·계주에서 ≪천고≫가 홀연 울리니, 이 노인(신채호)의 흉중에 강철같은 마음이 아직도 꺾이지 않으니, 읽는 이로 하여금 기운을 돋구게 한다. 저녁 무렵[日晡]에 배달무裴達武 군이 찾아왔다. 내가 별탈없이 도착했다는 뜻으로 여시당呂時堂·이소호李筱湖 및 동전東田 같은 여러 벗에게 편지를 보냈다.

19일   강달준姜達俊·김세준金世俊·김중훈金重勳·성암醒菴 이언종李彦鍾·류신柳藎이 찾아오다. 성암은 추가가鄒家街에서 헤어진 뒤로 아득히 소식이 막힌 지 8~9년이나 되는데, 객지에서 서로 만나니 옛 모습이 아련하다. 류군은 낙파洛坡(류후조의 호) 대감의 현손이다. 우리 두 집안의 옛날 광경을 생각하니 나도 모르게 서글프게 감회가 일었다.

21일   해산海山 김국빈金國賓·일우一友 구영필具榮弼·일운一雲 조남승趙南昇·장건상張建相·김대지金大地가 내방하였다. 해산은 또한 먹을 것을 시키고 겸하여 홑옷 한 벌을 보내주니, 후의가 고맙다.

22일   아침에 집의 아이 준형의 편지를 받았다. 그 편지에 '15일에 만양하萬兩河 어구로 이사하고 척서尺西 아우가 2~3일 앞서 이사하였다.'고 한다. 8년이나 뿔뿔이 헤어져 있던 끝에 비로소 한 곳에 모여 살 수 있게 되었으니, 늙은이의 심경에 조금은 위로가 된다.

24일   강세우姜世宇·이극로李克魯·권승근權承根·한진산韓震山·신단재申丹齋·김천민金天民 등의 여러 벗들이 찾아왔다. 김군이 ≪신광晨光≫ 한 장을 지니고 왔는데 문사가 정교하고 언론이 직절하다. 특히 당론을 일삼아 가까운 사람끼리 비호하는 폐단을 논한 것은 요사이의 병폐에 더욱 적절하다. 이 신문의 간행이 경계와 반성에 크게 공이 있을 것임을 알겠다.

26일   규운虯雲 윤기섭尹琦燮이 상해로부터 편지를 보냈는데, 시국을 염려하고 탄식한 내용이 많고 아울러 빨리 왔으면 하는 뜻을 썼다. 박근병朴根秉·김원봉金元奉·송호宋虎가 내방하였다. 송군은 19일 화전을 출발하여 길림성에서 며칠 묵고 장봉선長奉線 기차를 탔었는데 무척 고생한 끝에 어제 겨우 북경에 들어왔다고 한다.

27일   동전東田이 답장을 보내는데, 성재省齋 이시영李始榮의 편지가 함께 들어있다. 강재剛齋가 『천도교실사략天道敎實事略』 1부를 보내주었다. 박용각朴容珏·서상락徐相洛·황학수黃學秀가 나란히 방문하여 말하기를, '각 단체 대표회의가 이틀 남았다.'고 한다. 나는 개인이어서 나가지 않겠다고 사양하고, 시당時堂·소호筱湖·동전東田·이진산李震山 등 여러 벗에게 적바람[折簡]으로 알렸다. 법에 의하여 대표를 선정할 준비를 하기 위해서이다.

2월 1일   시당과 소호의 편지를 받았다. 수사가 급박하게 조여들어 더 이상 머무는 것이 어려울 것임은 말하지 않아도 상상할 수 있겠으나, 편지를 보니 더욱 탄식을 금할 수 없다. 오후에 이규철李圭哲·이재성李載誠·김승환金昇煥·패은浿隱 왕삼덕王三德이 찾아왔다. 패은은 상해에 가서 머문 지 1년 남짓한데, 근래 정세의 혼란 때문에 국민회國民會를 제창하였다. 그 자당께서 병환이 있다는 소식을 듣고 잠시 서간도로 가 뵐 계획이라 한다.

2일   우성又醒에게 회사回謝하고 길을 돌아 강재剛齋에게 들렀으나 만나지 못하고 돌아왔다.

3일   김재희金在熙와 춘강春江 서세충徐世忠이 찾아오다. 성재省齋의 편지를 받고 이청천李靑天 일행이 밀산密山으로부터 다시 호림虎林에 이르러 북로군과 연합하여 함께 이만伊蔓으로 향하였다는 소식을 알았다.

6일 동황성東皇城 근대륙공우根大陸公寓로 거처를 옮겼다. 이광동李光東·남농南農 한세량韓世良·심산心山 김창숙金昌淑이 내방하였다. 남농은 10년을 객지에 떠돌며 시사에 기울인 노력이 많았는데, 요즈음에는 중미통신국中美通信局에서 자못 선전사무에 주력하고 있다고 한다.

7일 일찍 일어나니, 어떤 소리가 들린다. 마치 기차소리 같기도 하고, 다시 전기줄이 요동하는 소리 같기도 하여, 마당에 나가 사방을 둘러보니, 홀연 한 물건이 눈에 띈다. 머리와 꼬리가 있어 양 날개를 펼치고 공중에서 선회하는데 땅에서 8~9리 가량 떨어져 가볍기가 마치 솔개가 하늘에 이르는 듯하고, 어쩌면 우는 학이 하늘에 닿는 듯하다. 표표히 바람을 몰아가는 것이 아마도 날개 단 신선이 그 속에 탄 듯하니, 이것은 비행기 연습이다. 식후에 김성근金成根이 내방하였다.

8일 취석醉石과 더불어 남성南城을 가보기로 약속하고 금대관金臺館에서 아침을 먹었다. 성준용·배달무 두 젊은이가 뒤따랐다. 나란히 걸어 권업장勸業場에 들어갔다. 권업장은 정양문 밖 낭방두조호동廊房頭條胡同(호동은 거리)에 있다. 누각은 모두 3층으로 남북이 길고 동서는 좁다. 건축이 장려하여, 다실과 식당, 넓은 잡화점에는 고동과 그릇이며[古玩] 필묵과 남지南紙, 조각한 칠기와 자기법랑, 양아鑲牙(義齒임)와 안경 등이 각각 하나의 방에 쌓여 5광 10색으로 빛을 내며 눈길을 빼앗는다. 수놓은 사람의 형상과 새와 짐승, 목석과 화훼, 전서·예서·행서·초서의 글씨가 더욱 정교하고 치밀하여 마치 하늘의 솜씨나 귀신의 조화 같아서 중국 미술이 이토록 교묘할 줄 생각지 못하였다.
인력거에 앉아 지나가는데, 호동에 집이 늘어서 있고 길 양쪽 가로 상점이 숲처럼 들어서 있다. 층층의 마루와 복도에는 금빛 칠이 휘황하여 사람으로 하여금 응접할 겨를이 없게 한다. 향창香廠에 도착하여, 신세계新世界에 들어갔다. 고루거각이 여러 겹으로 높직이 솟아 먹고 마시며 놀고 구경하는 곳이 제각기 따로 나누어져 있다. 아래층 왼쪽은 전광극장이며, 오른쪽은 조그마하게 천채관天茱館이 있고, 중앙은 연극장이다. 뜰에는 수법지水法池라는 연못이 있어 못 가운데 분수대를 세웠는데, 조소로 서양 미녀의 나체를 꾸몄다. 못 왼쪽에는 꽃 파는 곳이 있어 봄과 여름이 바뀔 때 유객들이 운집하여 차를 마신다고 한다. 못 오른쪽에는 괴석을 마주 늘어세웠다. 2층의 왼쪽은 다실로 가운데서는 차를 팔고 사방에는 상품을 진열하고 있는데, 예를 들면 석각石角의 도장·황백 안경·가죽신[靴鞋]·권연·떡[糕點]·완구 등이 없는 것이 없다. 그 오른쪽은 모두 찻집이요, 중앙은 계집아이들의 놀이터로 밤낮으로 기예를 보여준다. 나는 말을 이해하지 못하니 귀머거리나 다름이 없으나, 오직 동자의 북치고 피리 부는 소리만은 호쾌하고 웅장하여 들을 만하다.

그 앞에는 각종 놀이기구를 늘어놓아 어떤 것은 돈을 검은 쇠[朱鐵]로 된 인형의 어깨에 넣어 사탕을 사기도 하고, 어떤 것은 돈을 세워 놓은 목궤에 넣어 점괘를 얻기도 하며, 어떤 것은 속이 빈 대롱을 불어 폐활량을 재기도 한다. 풍물을 보거나 영화를 보거나 사람으로 하여금 웃음을 자아내게 한다.

서북쪽 모퉁이는 경진잡화점京津雜要館이다. 3층의 왼쪽이 또한 찻집이고, 상장商場의 중앙에 선물을 본뜨고 채색하는 곳이 있으며, 사방에 찻집과 이발소, 꽃집과 양아鑲牙 명상命相의 각 방을 차지하고 있다. 오른쪽은 둥근 방으로 중앙은 노대露臺이다. 노대 왼쪽 끝에 정자가 있어 노천 영화를 상연하는데, 사람과 동물이 발랄하게 날고 뛰며 기어다니는 모습이 실제와 같아 모두 기묘하기 이루 헤아리기 어렵다. 앞은 곤서관坤書館이니 팔부八部의 명기들이 진나라 성조 두 곡을 일제히 부른다. 곤서관 두어 걸음 밖에 여섯 조각의 오목볼록거울[哈哈鏡]을 걸어 놓았는데, 폭이 각각 세 자요, 길이가 다섯 자 가량이다. 사람이 그 앞에서 자신을 비추어보면 얼굴과 몸이 혹은 길어졌다 짧아지기도 하고, 혹은 넓어졌다 좁아졌다 하는 바람에 포복절도하지 않는 이가 없으니, 대개 광학작용이다. 4층은 앞이 반반씩 채관茶館과 가배관咖啡館(커피 집)이며, 뒤는 조상관照相館이다. 5층은 옥정화원屋頂花園이요, 6층과 7층은 위로 갈수록 위태한 모습이다. 비행기가 지척 간에서 왕래하여 마치 손으로 잡을 수 있을 듯하다. 장안을 내려다보면 만상이 빽빽이 늘어서 있다.

취석이 품 안에서 북경전도를 꺼내 펴들고 역력히 지점을 가리킨다. 이에 북경지형 한 폭을 모두 대략 이해할 수 있겠다.

대개 연경燕京은 직예성直隸省 한 복판에 자리 잡고 있다. 서북이 높고 동남이 낮은 지세가 내성內城을 두르고 있다. 내성은 정방형으로 9개의 문루가 설치되어 있다. 남쪽이 정양문正陽門이요, 남동쪽은 숭문문崇文門이다. 남서쪽은 선무문宣武門이요 동남쪽은 조양문朝陽門이며, 동북쪽은 동직문東直門이며 서남쪽은 부성문阜成門이다. 서북쪽은 서직문西直門이며, 북동쪽은 안정문安定門이며 북서쪽은 덕승문德勝門이다. 동서가 대략 길고 남북이 조금 짧다.

외성外城은 내성 남쪽을 감싸고 있으니 그 형세가 마치 큰 자물쇠[鉅鎖]와 같다. 7개의 문이 있는데 남쪽을 승정문承定門·좌안문左安門·우안문右安門이라 하고 동쪽을 광거문廣渠門·동편문東

便門이라 하며, 서쪽을 광안문廣安門·서편문西便門이라 한다.

　황성皇城은 내성 한가운데서 약간 남쪽에 있는데 형세가 또한 정방형에 서쪽 모퉁이가 일그러진 모양이다. 둘레가 80여 리요, 높이가 1장 8척이다. 문을 낸 곳이 15군데인 데, 남쪽으로 나가 정양문에 가까운 것을 중화문中華門이라 하고, 중화문 북쪽의 동향한 것을 장안좌문長安左門이라 하고 중화문 왼쪽의 서향한 것을 장안우문長安右門이라 한다. 장안우문 밖의 동과 서로 향한 것을 동삼좌문東三座門·서삼좌문西三座門이라 하고, 남향하여 장안좌문 우문에 가까이 있는 것을 동방문東方門·서방문西方門이라 한다. 서삼좌문보다 높직이 서쪽으로 뻗어 선 것을 신화문新華門이라 하며, 중화문 북쪽의 것을 천안문天安門이라 한다. 천안문 북쪽에 있는 것을 단문端門이라 하고, 단문 북쪽에서 동향·서향하고 있는 것을 궐좌문闕左門·궐우문闕右門이라 한다. 여기서 조금 북쪽이 곧 자금성紫禁城이다. 자금성 정동쪽에 있는 것을 동안문東安門, 정서쪽에 있는 것을 서안문西安門, 성 정북쪽에 있는 것을 지안문地安門이라 한다.

　산줄기는 태항산太行山으로부터 나와 굽이치다가 자금성 서쪽 30리 밖에 서려서 불끈 솟는다. 뭇 봉우리가 아스라이 마치 그림을 펼친 듯한데, 이것이 서산西山이다. 큰 눈이 내리다 처음 갤 때마다 하얀 눈이 쌓이고 맺히어 빛나는 모습이 연경 팔경의 하나이니, 이른바 ‘서산청설西山晴雪’이 이것이다. 서산 밖에 예컨대 옥천玉泉·만수萬壽·화미畵眉·보타普陀·하엽荷葉·석경石景·취미翠微·취병翠屏·아계丫髻·우랑牛郎·향산香山 등의 여러 봉우리가 그 지맥支脈이다. 어느 줄기에서 온 것인지 알 수 없으나, 들 한가운데 불쑥 솟아 다섯 개의 봉우리가 삐쭉삐쭉 솟아 있다. 둘레는 2리요, 높이는 1백 장丈으로 황궁 뒤의 진산鎭山이 된 것은 경산景山이라 하는데, 일명 만세산萬歲山이라고도 부른다. 여기가 명나라 회종懷宗이[56) 사직을 위해 죽어간 곳이다.

　물줄기는 동쪽에 현하玄河가 있고 남쪽에 노구하蘆溝河가 있으며, 서쪽에 옥하玉河가 있고, 북쪽에 고량高梁·황화黃花·유하楡河·청하淸河 등의 여러 물줄기가 성 밖을 고리처럼 감싸 안고 흐른다. 소沼와 못으로는 서직문西直門 밖에 곤명호昆明湖와 옥연담玉淵潭이 있고, 영안문永安門 바깥에 십리하十里河가 있다. 황성 안에는 태액지太液池가 있으며 지안문 밖에 전해前海가 있고 덕승문 동쪽에 후해後海가 있어 이 전해·후해를 통틀어 십찰해十刹海라 부른다. 선무문 밖에는 태평호太平湖가 있고 숭문문崇文門 밖에는 포자하泡子河가 있으며 정양문 밖에는 어조지魚藻池와 연화지蓮花地가 있고 그 서쪽에는 흑룡담黑龍潭이 있으며 덕승문 안에는 적수담積水潭이 있어 석양이 내리비치면 마치 거울조각을 흩어놓은 듯하다.

---

56) 명나라 회종懷宗 : 명 회종懷宗은 누구인지 모르겠으나, 혹 이종이 아닌지?

그 밖의 궁전과 부서府署, 상점과 공장 및 50만 호 여염집이 모여 있고, 바둑판처럼 정리된 네거리에 종횡으로 뻗는 큰 길이 마치 채전의 밭두둑 같다.

철도는 경봉선京奉線·경한선京漢線·경유선京綏線의 3대 노선이 궤도를 나누어 곧게 달리고, 그 위에 다시 성 주위를 순환하는 작은 철로가 있어 서직문으로부터 시작하여 경유선과 만나고, 덕승문·안정문·동직문·조양문을 경유하여 동편문의 혈성원穴城垣에 이르러 경봉선과 만나고 곧바로 정양문에 이른다. 기차와 전차, 인력거와 마차가 쉴 새 없이 나는 듯이 달려 먼지가 하늘은 가리다가 흩어져 구름과 안개가 되니, 진실로 뛰어난 경치의 국도이다. 내 말하기를, "구경이 끝났으니, 어찌 돌아가지 않겠는가?"라 하고 손을 이끌어 내려왔다. 누각 꼭대기에 석양이 비낄 때 정양문에 들어섰다. 정양문은 두 겹 3층 건물이다. 중간층에 돌난간을 두르고 동쪽에 계단을 이었으며, 뜰 양쪽에는 돌사자를 앉혔다. 안쪽의 문이 또한 그러한데, 철판으로 장식하였다. 너비는 성과 같다.

9일 일운一雲에게 가서 감사의 뜻을 전하다. 그 춘부장 귤은橘隱 조정구趙鼎九씨는 나보다 두 살이 적은데 거동이 순박하고 진실하다. 경술년(1910) 합방 때 스스로 칼로 목을 찔렀으나 다행히 혈관을 범하지 않고 옆 사람의 구조를 입어 살아났다. 일제가 남작男爵의 작위를 주었으나 받지 않고 금강산에 들어가 중이 되었다. 나중 자질들이 집으로 돌아오라고 간절히 청하자, 드디어 가족을 이끌고 도만하니 대개 지사이다. 사람을 대하는 품이 정성스럽고 간곡하다. 석후에 우성又醒을 방문하니 서춘강徐春江 또한 그 자리에 와 있다. 군사실력(무장항쟁) 문제로 여러 시간 토론하였다.

10일 강재가 편지를 보내어 오기를 청하였으나, 체한 증세가 있어 사양하고 가지 못하였다.

11일 김창돈金昌敦·신헌申憲이 내방하다.

12일 이경식李京植·김희중金熙重이 나란히 찾아오다.

13일 취석醉石이 와서 동전東田과 김일송金一松 두 사람이 연경 가는 차로 길림을 출발하여 장춘을 향한 지 나흘 밤낮이 훨씬 지났다고 한다. 배군으로 하여금 정거장에 나가 기다리도록 하였다.

14일 들자 하니 패은浿隱(왕삼덕)이 천진에서 몇몇 인사와 더불어 연일 집회를 열면서 사회주의를 선전한다고 한다. 내가 그들의 주장이 어떠한지 잘 알지 못하나, 대개 러시아 볼세비키[露西亞過激派]의 기풍이다. 국가의 구분을 없앤다거나, 빈부와 계급을 평등하게 한다거나 남녀가 자유롭게 연애해야 한다거나 자녀를 공공의 것으로 돌려야 한다는 것이다. [자녀가 처음 태어나자마자 유아원에 보내어 양육하고, 장성하게 되어서는 나라의 공민이 되게 해야 한다는 뜻이다.] 가만히 생각컨대, 우리 민족이 오늘날에 있어서 외교의 풍조가 몰려 들어오는 것에 유의하지 않을 수 없어 형세상 배척하기 어렵다. 그러나 우리 풍속 중 본래 아름다운 것을 갑자기 다른 것으로 바꿀 수 없고, 그의 주장은 경솔히 받아들일 수 없다. 지금 우리나라 사람은 독립을 목표로 삼고 있는데, 국가의 경계를 없애야 한다는 사상을 고취하는 것은 시의에 적절하다고 할 수가 없다. 우리나라는 4천 년 이래로 유학[儒術]을 숭상하여, 역대 조정의 장려와 선대 학자의 인도로 집집마다 예의를 중히 여기고 사람마다 효열을 숭상하게 되었다고 할 수 있다. 이제 하루 아침에 자유연애와 자녀귀공 주의를 제창한다면, 이는 인류를 끌어다 금수의 경지에 넣으려는 것이다. 젊은이들이 신식풍조에 취하여 선악을 가리지 않음이 이와 같으니 이 어찌 크게 우려하고 탄식할 일이 아니겠는가?

15일 임유동林有東·이대실李大實이 나란히 방문하였다. 배군이 와서 전하기를, "일송과 동전이 편지를 보냈는데, 장춘까지 왔다가 차로의 불편으로 다시 길림으로 돌아갔다."고 한다. 시당과 소호의 답장을 받고 그 사이 교하蛟河로 이주하고, 송태준宋台俊·김유성金有聲 등과 같은 여러 젊은이가 반석磐石으로부터 와서 함께 모여살고 있음을 알았다. 접때 자문하였던 대표선정의 일은 나에게 일임하기로 하였다고 한다.

16일 집 아이의 편지를 받고 여러 식구가 별 탈 없이 지내고 있음을 알았다.

17일 눈이 내렸다. 위의 두 곳에 편지를 써서 우편으로 보냈다.

18일 강재剛齋가 와서 청하기를, "손의암孫義庵(손병희)선생의 61세 생신[初度]이 4월 8일인데, 옥에 갇히어 곤액을 당하던 중에 병이 들어 증세가 침중합니다. 경사스러운 수연의 의식을 비록 성대히 하지는 못한다 할지라도 우리 교도들로서는 실로 이 날을 그냥 보내기가 어렵습니다. 제가 만리이역을 떠도는 처지에서 몸소 한 잔 술을 따라 올릴 수 없으므로 여러 명사에게 수연시를 청하여 구구한 사사로운 정의를 표하고자 합니다. 원컨대 선생께서 유의해 주시기 바랍니다."라 한다. 내가 시에 익숙하지 못하나 그 정성에 감동하여 율시 한 수를 지어 그에게 주었다.

19일 취석과 함께 백탑사白塔寺를 심방하였다. 백탑사는 부성문阜成門 안 대가로大街路 북쪽에 있다. 절에 탑이 있는데 요나라 수창壽昌 2년(1096)에 건조하였다. 그 안에 석가불사리 계주戒珠 20알, 향니소탑香泥小塔 2천개, 무구정광無垢淨光 등 다라니경 5부를 간직하고 있다. 원나라 지원至元 8년(1271)에 다시 거창하게 중수하여 모서리에 옥 난간을 드리우고 계단에 돌 난간을 둘렀으며, 처마에는 호화로운 단청을 칠하였고, 탑신에는 주옥의 망사를 둘렀는데, 그 제도의 교묘함이 고금에 드물다. 16년(1279)에 절 전체를 중수하고 명명하기를, '대성수만안사大聖壽萬安寺'라 했으며, 명나라 천순天順 원년(1457)에 묘응사妙應寺로 개칭하였다. 성화成化 연간(1465~1487)에 다시 탑 위에 철등鐵燈 1백 8개소를 빙 둘러 설치하였는데, 밤마다 불을 켜면 단청의 채색이 사방에 내비치어 휘황찬란하기가 마치 담화세계曇華世界에 들어온 듯하다. 청나라 강희康熙 연간(1662~1722)에 다시 절과 탑을 중수하였는데, 임금이 직접 쓴 중수비가 뜰 가운데서 있다. 건륭乾隆 18년(1763)에는 임금이 손수 쓴 『반야바라밀다심경般若波羅密多心經』 한 권과 범어로 된 존승주尊勝呪를 대장진경大藏眞經 전부와 함께 하사하여 진탑의 용도[鎭塔用]로 삼았다. 또 묘응사 축조기문과 백탑 중수기명을 새긴 석비가 칠불전七佛殿 뜰에 있다. 41년(1776)에 다시 칙명을 받들어 절을 수리하였다. 스님들이 보관한 경전으로 어제만·몽·한·서·번·합벽 대장경御製滿蒙漢西番合璧大藏經과 서번수능엄경西番首楞嚴經 1질, 유마힐維摩詰이 설법한 대승경大乘經 전질이 있어 또한 유명한 제천정계諸天淨界의 한 가지 사적이다.

20일 우당·은계와 함께 융복사隆福寺를 심방하였다. 융복사는 동사패루東四牌樓의 큰 저자거리 서쪽, 말시장[馬市]의 북쪽에 있다. 명나라 경태景泰 3년(1452), 역부 1만 명을 동원하여 대궐 남쪽의 내전을 철거할 때 거기서 나온 목재와 석재로 지었다. 그 흰돌로 된 난간은 곧 상봉전翔鳳殿의 돌난간이라고 한다. 청나라 옹정雍正(옹정제임) 9년(1726)에 중수하였는데, 세종世宗이 손수 쓴 중수기문이 남아있다. 절에는 라마승이 거처하며, 음력으로 매월 9일과 10일 이틀 동안 묘시廟市를 개방하는데, 내가 간 날이 마침 시일市日이었다. 금은주옥과 화훼목석, 고기진 완古器珍玩이며 주단포백과 일용집물이 뜰과 거리를 메우고 구경꾼 남녀들이 고기떼처럼 몰려 들어 수레바퀴가 서로 부딪고 어깨가 맞부비어 거의 걸음을 떼놓기 어려울 정도였다. 후문으로 들어가 앞문으로 나왔다. 두어 시간 소풍하고 돌아왔다. 오후에 권난權暖이 찾아왔다.

21일 강구우姜九宇가 찾아오다. 한진산韓震山이 청첩하기로 우당·은계와 함께 가서 저녁을 먹었다.

23일 남공선南公善이 찾아오다. 아우 척서尺西와 섭燮이의 편지를 받고, 그 동안 며느리가 병이 들었음을 알았다. 증세가 자못 위태하다가 근래에 조금 나아졌다고 한다. 멀리 객지에서 염려가 풀리지 않는다. 일송과 동전이 모두 편지를 보내었다. 한진산이 아들 원석元錫을 보내어 문안케 하고 아울러 채항菜缸을 보내니, 근후한 뜻이 진실로 고맙다.

24일 일우一友·해산海山·심산心山 등 여러 벗들과 약속하고 함께 태학을 유람하였다. 태학은 안정문 안 숭교방崇敎坊 성현가成賢街에 있다. 국자감國子監 조금 동쪽에서 협문으로 들어가니 역대의 시사비試士碑가 있는데, 급제한 진사의 성명과 관향을 차례대로 새겨두었다. 복도의 동서쪽에 청나라 제왕이 손수 지은 지성선사공자至聖先師孔子에 대한 찬송과 안자顔子·증자曾子·자사子思·맹자孟子 네 분 선생에 대한 찬송이 있다. 청대의 제왕이 손수 지은 시와 기문 등의 비석 돌머리[蠬頭]에는 만주문자와 한문으로 된 제목을 함께 새겼는데, 주칠의 비각을 구비하여 풍우를 가리고 있다. 바깥뜰에는 오랜 잣나무 10여 그루가 벌려 심어져 있다. 정중앙의 대성문大成門에는 계단이 세 곳으로, 가운데 계단에는 판석에다가 용을 새겼는데 길이가 3장이요 넓이가 5척이다. 층계 꼭대기에 무늬있는 돌을 깔았는데 먼지 한 점 없이 매끄럽다.

　다시 한 층을 더 올라가면 동쪽이 고루鼓樓, 서쪽이 종루이다. 양쪽 벽에 새로 석고 10개 나누어 설치하고 그 위에 소전小篆을 새겼다. 종루 서쪽에 석고시비石鼓詩碑를 세웠는데, 필세가 날아 움직이는 듯하다. 문 안의 양쪽으로 극문戟門을 만들어 옛날의 석고 10개를 진열해두었다. 세상에 전해오기를, '주나라 선왕宣王이 사냥할 때의 비라.'고 하는데, 지름이 한 자 남짓이고 높이는 3자 가량으로 형상이 마치 북처럼 생겼으나 꼭대기가 약간 둥그스름하며, 둘레에 주문籒文을 새겼다. 옛날에는 진창陳倉의 들판에 있었다. 당대唐代에 정경鄭慶이 봉상현鳳翔縣의 학교에 옮겨 세웠는데, 그 둘이 없어졌다. 송 황우皇祐 연간(1046~1053)에 향전사向傳師가 구득求得하여 10개의 북을 채웠다. 대관大觀 연간(1107~1110)에 개봉開封의 벽옹辟雍으로 옮겼다. 정강靖康 말년(1126~1127)에 금나라가 그것을 가지고 연경으로 돌아가서 대흥부大興府의 문묘에 설치하였다가 원나라 황경皇慶(1312~1313) 초에 지금의 위치에 옮겨왔다고 한다.

석고의 주문籒文을 살펴보면, 비록 대전大篆과 약간 다르다. 그러나 종정鐘鼎의 글과 크게 차이가 나지 않으니, 그것이 삼대三代의 유물임을 믿을 만하다. 구양수歐陽脩가 이르기를, “석고의 글은 알아볼 수 있는 글자가 4백 65자이다.”라고 하였다. 반적潘迪의 음훈音訓에는 4백 94자가 실려 있고, 설상공薛尙功의 첩帖에는 4백 51자가 실려 있으며, 지금 남아 있는 것은 3백 25자이다. 그 전문에서 겹친 글자를 계산하지 않은 것까지 함께 사용한 글자수는 6백 20자이며, 빠진 글자가 3백 60자요, 온전하지 않은 자는 74자이고 온전한 것은 2백 40자이다. 건륭 기사년(1749) 탁본에 의거하면, 그 석고문이 남아 있는 것은 3백 10자이고 나중 원나라 때의 탁본을 얻어 3백 56자가 남아있었음이 청의 임금이 손수 쓴 시주詩註에 보인다. 또 원나라 지원至元 연간(1264~1294)의 탁본을 얻었는데, 3백 86자가 남아 있었다.

문이 끝나는 곳이 묘정이며 묘정이 끝나는 곳이 대성전大成殿이다. 대성전의 묘우는 2층으로 되었는데, 돌 난간과 용을 생긴 섬돌은 문밖의 모양과 똑같지만, 더욱 치밀하게 다듬고, 계단 위아래에 석구石臼·석종·석대 등의 집물을 늘어놓았다. 묘우와 문은 모두 누른 기와를 덮었으며 동서의 양 회랑은 30여 간이다.

내가 알묘하고 싶으나 국법이 허가하는지 그렇지 않은지 자세히 알지 못하고, 입은 옷이 예복이 아니므로 단지 묘우를 향하여 공경히 숙배만 하였다. 서쪽 협문으로 나가니 바로 국자감國子監이다. 본래 원나라 때 옛 학교 터였던 것을 명나라 영락제永樂帝 때 국자감으로 개축하였다. 액문掖門을 들어가서 남쪽으로 돌아가니, 고목이 된 잣나무와 회나무가 섰다. 원나라 좨주[祭酒] 허형許衡이 뜰 가에 심은 것이다. 석대石臺에 측경표測景表를 붙여 놓았는데, 그 제도는 평평하고 둥근 바탕에 사방 가장자리에 12시를 둘러 새겼다. 정중앙에서 약간 북쪽이 이륜당彛倫堂이라 한다. 청태조가 손수 쓴 편액을 걸었다. 또 청의 임금이 손수 지은 제주잠祭酒箴과 청의 임금이 쓴 ‘문행충신文行忠信’의 네 글자가 있다. 북쪽 벽 앞에는 석비가 벌려 섰는데, 13경을 새겼는데, 장상범蔣湘帆의 글씨이다. 서쪽 벽에는 석정石鼎 3좌座가 있다. 그 하나에는 장씨蔣氏의 상을 새기고, 위쪽에 장상범이 13경을 쓰게 된 사적을 기록하였다. 동쪽 벽에는 예기禮器를 보관하고 있는데, 모두가 주나라 때의 법물法物이다.

동쪽 회랑은 승건청繩愆廳이다. 고방鼓房을 만들어 두었는데 솔성당率性堂·성심당誠心堂·숭지당崇志堂의 세 당堂이 있다. 서쪽 회랑은 박사청博士廳이다. 종방鍾房을 만들어 두었는데 수도당修道堂·정의당正義堂·광업당廣業堂의 세 당이 있다. 편액은 모두 임금의 글씨이다. 또 임금이 손수 지어 하사한 남학비南學碑가 있다.

벽옹辟雍은 이륜당 남쪽 집현문集賢門 안에 있는데 건륭 50년(1785)에 지었다. 누른 기와를 얹었으며, 돌난간으로 치장하였다. 문을 들어가니, 정중앙이 천자의 좌상坐牀이다. 정방형의 조각한 난간을 두르고 아래는 무늬 고운 돌을 깔았다. 사방의 벽에 청의 임금이 손수 쓴 주련柱聯을 새겨서 걸어두었다. 문 밖은 정원과 못이 빙 둘렀으며, 못 바깥에 돌로 된 난간과 다리를 가설하였다. 앞에 비각碑閣이 있는데, 이옹二雍이 그것을 만들었다. 매년 2월 상정上丁 날에 건륭황제가 친히 석전을 거행하고 벽옹에 임어하여 학문을 강론하였다. 건륭황제가 손수 지은 국학신건벽옹환수공성비[國學新建辟雍圜水工成碑] 기문과 '상정에 석채의 전례를 마친 후 새로 지은 벽옹에 임하여 강학하고 시를 짓다[上丁釋典後臨新建辟雍講學詩].'라는 어제시御製詩와 '삼노오경기三老五更記'57)라는 어제기문御製記文이 있는데 모두 돌에 새겨 경내에 세웠다. 가만히 생각하건대, 우리 공부자께서 노나라의 일개 대부로서 도덕을 논한 것은 만세의 으뜸이 되며 예악을 제정한 것은 백왕의 사표가 되었다. 사해 안의 하늘을 이고 땅을 딛고 선 자가 모두 그 공덕을 우러러 보며 역대 제왕이 번갈아 추시追諡의 전례를 더하여, 누른 기와, 용 그린 섬돌[黃瓦龍陛; 제왕의 전각]에서 천자의 예로 제사 지낸다. 우리 유림의 존숭이 극에 달하였고 이를 만하다. 근래에 들어 서양 사조가 갑자기 밀려들어온 이후 신진후생이 고금의 시의時宜가 달라진 것을 빙자하여, 옛 풍속에 관계되는 모든 것들을 대소를 막론하고 토해 없애고자 하며, 새 풍조에 속하는 것은 미추를 가리지 않고 반드시 흡수하고자 하여, 끝내는 예법을 깡그리 쓸어 없애고 윤리강상을 무너뜨려 버리고 있다. 지금 궁장宮牆에 들어와 보니 저절로 천지의 액운이라는 양구백륙陽九百六58)의 감회를 금할 수 없다.

---

57) 삼노오경三老五更 : 주대周代에 늙어서 벼슬에서 물러난 신하를 임금이 부형父兄의 예禮로 대접하던 일로서 삼덕三德인 정직正直·강극剛克·유극柔克과 오사五事인 모貌·언言·시視·청聽·사思를 겸비한 늙은이란 뜻이다.

58) 양구백륙陽九百六 : 양의 액운은 오五요, 음의 액운은 사四로 둘을 합하여 구九가 된다. 도가道家의 책인 『천지운도경天地運度經』에는 "3천 3백 년이 작은 양구陽九인데 이것이 소백육小百六이요, 9천 9백 년이 큰 양구陽九인데 이것이 대백육大百六이다. 하늘의 액을 양구, 땅의 액을 백육이라

동쪽 회랑의 돌계단 위에서 잠시 쉬고 긴 담의 복도를 따라 나가서 도보로 옹화궁雍和宮을 향하였다. 옹화궁은 북신교北新橋 동북쪽에 있는데, 본래 청 세종이 아직 보위에 오르지 않았을 때[潛邸]의 거처이며, 장가호도章嘉呼圖라는 라마승喇嘛僧이 경을 외던 곳이다. 문 앞에 채색의 의장대를 늘어 세웠다. 전차와 인력거가 거리를 가득 메우고 남녀 구경꾼들이 떼지어 몰리는 바람에 시끌벅적하여 들어가지 못하고 인력거를 불러 숙소로 돌아오고 말았다.

이날 밤에 남농南農이 찾아왔다. 이야기 끝에 옹화궁의 내력에 대하여 질문이 미쳤다. 이 사람이 연경에 산지 10여 년이 되는지라, 성내의 명승고적에 대하여 자못 상세히 알고 있었다. 그의 말은 다음과 같다. "옹화궁의 앞문은 소태문昭泰門이요, 중문이 옹화문雍和門이다. 내전은 천왕전天王殿이요, 중앙이 옹화궁雍和宮이다. 궁 뒤쪽이 영우전永祐殿이며 영우전 뒤가 법륜전法輪殿이다. 서쪽은 계단戒壇이요, 뒤쪽이 만복각萬福閣이며 동쪽은 영강각永康閣이다. 서쪽은 연녕각延寧閣이요, 연녕각 뒤가 유성전綏成殿이다. 옹화궁 서쪽 뒤편은 관제묘關帝廟인데, 그 앞이 관음전觀音殿이다. 옹화궁의 동쪽은 서원인데 문이 세 칸이다. 문을 들어가면 평안거平安居인데, 후원에 당堂이 있다. 당堂 뒤쪽이 여의실如意室이다. 여의실 뒤쪽 중앙에 남향한 것이 서원의 정당이니, 세종이 손수 쓴 현액에 '태화제太和齋'라 하였다. 태화재의 동쪽이 화방畵舫이요, 남향한 정침을 오복당五福堂이라 한다. 태화제의 서쪽이 해당원海棠院이요 북쪽에 장방이 있는데, 거기서 다시 누각 한 곳을 늘여지었다. 서쪽은 두단斗壇이요, 단의 동쪽은 불루佛樓이며, 불루 앞에 평평한 대가 있다. 그 동쪽이 불당佛堂으로 크고 작은 불상이 매우 많으며 또한 환희불歡喜佛이 있다. 맨 뒤쪽의 전각에 단목대불壇木大佛이 있는데 높이가 7∼8장이라 기이하고 크기가 비길 데 없다. 뜰에 구리로 빚은 사자상 둘과 구리 화로 하나가 있는데 주조하여 아로새긴 솜씨가 똑같이 지극히 공교하고 치밀하다."

25일 기익섭奇益燮과 신재우申在祐가 내방하다.

26일 바람이 불다. 고광인高光寅이 내방하다.

27일 일우一友가 와서 유람하기를 청하기에 드디어 수레를 나란히 하여 동안東安 시장을 지나갔다. 동안시장은 동안문 밖 정자가로丁字街路의 동쪽에 있다. 터가 광활하고 큰 길이 종

한다." 하였다.

횡으로 나 있는데 상가가 마주 늘어서 있으며, 온갖 상품이 진열되어 있다. 시장에는 모두 3개소의 출입문이 있다. 정문은 정자가에 있으며, 남문은 왕부王府 정대가井大街에 있고, 북문은 금어호동金魚胡同에 있다. 그 안에 각종의 상점과 다원, 반점과 구방球房, 기예장이 있으며, 모든 양화洋貨와 짐꾸러미 및 장사옷과 장식물, 피혁 제품과 부채 등속에서부터 제반 식품과 일용 기물이 일일이 갖추어져 있어 북경 안의 시장에서 으뜸이 된다. 지난해에 화재를 입어 고루와 거각이 모조리 불길에 휘말려 없어졌다. 그러나 옛날의 명성은 아직도 남아있어 매일 구매자가 운집하여 머지않아 옛 모습을 회복하리라고 한다.

복수당福壽堂에서 아침을 먹었는데, 김대지金大地와 배군 또한 모였다. 네 사람이 일행이 되어 함께 황궁을 구경하였다. 황궁은 곧 자금성이다. 명나라 영락 연간(1403~1424)에 건립하였다. 살펴 보건대 명明 성조成祖는 처음에 연왕으로 봉해졌는데, 그 저택이 곧 원대의 융복궁隆福宮·흥성궁興聖宮의 옛터로 태액지太液池 서편에 있었다. 영락제가 보위에 올라 그 동쪽에 궁성을 새로 개축하였는데, 곧 지금의 황궁이다. 청대에는 그것을 인습하되, 그 위치는 황성의 중앙에서 약간 동남쪽으로 치우쳐 있었다. 남북은 2백 36장 2척이요, 동서는 3백 2장 9척 5촌이며, 둘레는 1천 78장 3척이요, 높이는 3장 5척이다. 모두 네 개소의 문이 있으니, 남쪽을 오문午門이라 하고 북쪽을 신무문神武門, 동쪽을 동화문東華門이라 하며 서쪽을 서화문西華門이라 하고 네 모퉁이에 모두 각루角樓를 세웠다. 우리 일행이 동화문으로 들어가 금수하金水河를 끼고 남쪽을 돌아가니, 곧 오문이 나온다. 이것이 바로 자금성의 정문이다. 위로 2층의 누각을 덮었는데, 문 앞에는 왼쪽에 도량형 표준[嘉量]을 시설하고, 오른쪽에 해시계[日圭]를 설치하였다. 좌우로 각각 하나씩 궁궐문을 세웠는데, 서향한 것을 좌액左掖이라 하고, 동향한 것을 우액右掖이라 한다. 위로 종고명랑鐘鼓明廊을 가설하고 양쪽으로 누관樓觀을 지으니, 우람한 누각이 네 곳에 솟아 가운데와 더불어 서로 보완이 된다. 세간에서 이를 두고 오봉루五鳳樓라 한다. 황제가 조회를 볼 때는 누각 위에서 종과 북을 울리며, 어가가 오문午門을 출입할 때는 종을 울리고, 태묘에 제향을 올릴 때는 북을 울린다. 원정에서 개선하여 포로를 바칠 때는 오문루午門樓에 임어하여 수부례受俘禮(포로를 받는 예전)를 행한다. 매년 10월 1일에 시력時曆을 또한 오문에서 반포한다.

오문 밖에는 구리로 주조한 사자가 둘이요 구름을 새긴 기둥이 둘이다. 문 안에는 동무東廡와 서무西廡 두 회랑이 있어 각각 20칸이다. 동무 가운데 선 것을 협화문協和門이라 하며, 서무 가운데 선 것을 희화문熙和門이라 한다. 하수 위에 돌로 깎은 다리가 다섯이니, 곧 내금수교內

金水橋이다. 다리를 지나 북쪽에 태화문太和門이 있어 남향한 9칸 건물이다. 태화문 삼문 앞뒤에 각각 섬돌 세 곳을 내고 좌우에 각각 하나의 섬돌을 내었는데, 돌 난간을 둘렀다. 문 앞에는 두 마리의 동사자를 벌려 세우고, 문 좌우에 남향하여 작은 문을 세웠다. 동문을 소덕문昭德門이라 하고 서문을 정도문貞度門이라 한다. 문 안에 동무와 서무의 양무가 있는데 각각 32칸이다. 동쪽이 체인각體仁閣이며 서쪽이 인의각引義閣으로 당송 이래의 명사들의 서화를 비장하여 걸어두었다. 전서·예서·해서·초서며, 인물이·영모·산수나 화조·괴석을 그린 것이 어느 것 하나 공교하지 않은 것이 없고 어느 것 하나 서로 비슷한 것이 없다. 그 중에서도 미불米市·당인唐寅·조맹부趙孟頫와 같은 여러 대가의 솜씨는 더욱 청진淸眞한 듯하다.

중앙에서 조금 북쪽이 태화전이다. 높이 11장에 가로 11칸, 세로 5칸으로 지붕은 네 겹의 추녀마루[檐脊]를 드리웠는데, 어제 편액에는 건극유유建極綏猷라 하였다. 전 앞 붉은 계단에는 옥난간을 둘렀고, 계단이 다섯 갈래가 앞으로 나와 있는데 각각 3층이다. 18개의 동정銅鼎을 벌려 세웠으며, 구리거북·구리학이 동서로 각각 하나씩이다. 단지[丹墀] 안쪽으로 문무백관이 조회하는 위차를 산 모양의 구리로 주조하였다. 매년 정월 초하루와 동지·만수의 삼대절三大節 및 나라에 경사의 의전이 있을 때 황제가 태화전에 납시어 하례를 받는다. 조회와 연향, 장수에게 명하여 군사를 낼 때나 헌루에 임하여 선비들을 뽑을 때, 백관의 벼슬을 제수할 때나 사은숙배를 받을 때도 또한 여기에 납신다 한다.

태화전 좌우에 남향하여 문 2개가 있는데, 왼쪽을 중좌中左, 오른쪽을 중우中右라 하는데, 넓이는 모두 3칸이다. 전 안에는 은주殷周 이래의 보기와 보물로 예컨대 정이鼎彝·종고鐘鼓·존호尊壺·배반杯盤에서 궤안과 필연·완구 등에 이르기까지 모든 물건을 보관하는데, 긴 대가臺架에 배열해 놓았다. 삼대三代로부터 한대漢代까지는 구리로 주조한 것이 많고 진晉·당대唐代에는 은과 주석을 섞어 썼으며, 송원대宋元代에는 옥석과 자기가 많고 명청대明淸代에는 금과 나무 제품이 많다. 그 조각과 주조에 그림을 새긴 솜씨는 고대로 갈수록 순수하며 근대로 올수록 기이한데, 기물의 연대와 명칭을 각 건마다 표시해 두고 구리 사슬로 물건 사이의 경계를 구분하여 사람들의 손이 닿는 것을 금지하고 있다. 눈으로 보고 한 차례 구경하면 문화 발달의 궤적을 증험할 수가 있으니, 대개 중고의 문명은 경태景泰 연간(1450~1456) 만한 때가 없었고, 근고의 문명은 강희康熙와 건륭乾隆 연간 만한 때가 없었다. 그러나 통틀어 말하자면 중국의 미술은 은주殷周 때부터 이미 지극히 교묘하고 치밀하였다고 하겠다.

태화전 뒤의 동무와 서무는 각각 30칸이니, 정북쪽에 중화전中和殿이 있다. 세로의 폭이 3

칸인데, 추녀는 모가 지고 용마루는 둥글다. 임금이 손수 쓴 글씨로 '윤집궐중允執厥中'이라는 현액을 달았다. 남북으로 섬돌을 세 군데 가설하고 동서로는 섬돌을 한 군데 놓았다. 중화전의 문은 봉하여 잠가 놓고 목패木牌에 '의장議場'이라고 써서 양쪽 머리에 못질을 하였다. 총통 원세개袁世凱가 제정운동을 벌일 때 여기서 회의를 했다. 그 북쪽은 보화전保和殿으로 9칸이다. 겹처마에 추녀마루를 늘이고 임금의 글씨로 '황건유극皇建有極'이라 현액하였다. 앞의 섬돌이 세 군데 나와서 태화전의 붉은 섬돌과 이어져 있다. 뒤쪽의 섬돌은 3층으로 세 군데 놓여있으며, 매년 섣달그믐에 국경 밖 번국藩國의 사신을 연향할 때나 과거에서 새로 진사가 된 선비를 조고朝考[59]할 때마다 모두 친히 납시며, 역대 조정의 보훈과 실록의 찬수가 이루어졌을 때도 찬수관이 여기서 임금께 아뢴다고 한다. 전내에 또한 골동의 기명과 금동으로 만든 신선과 부처며 은으로 주조한 잎의 화훼와 도검, 예복과 옻칠한 탑상, 옥으로 다듬은 궤안 등물을 비치하였는데 광채가 휘황하다.

  전각 좌우에 각각 하나의 문이 있으니, 왼쪽을 후좌문後左門이라 하고 오른쪽을 후우문後右門이라 한다. 모두 3칸의 남향 건물이며, 앞뒤로 섬뜰을 내었다. 전각 뒤쪽에 동서로 향한 문이 둘이니, 동쪽을 경운문景運門이라 하고 서쪽을 융종문隆宗門이라 하였는데, 그 터를 높여 섬돌을 벌려놓았다. 높직하게 전각의 뒤쪽에 솟은 것은 건청문乾淸門이다. 문 안에 건청궁乾淸宮이 있으니, 지금 청나라의 선통제宣統帝가 거처하는 곳이라 사람을 금하여 들어갈 수가 없다. 후우문을 따라 밖으로 나오니, 구리로 빚은 말이 한 필 있다.

  다시 문화전文華殿을 향하였다. 문화전은 협화문協和門 동쪽에 남향한 건물이다. 9층의 높은 계단이 있고 앞쪽에 3칸 문이 있는데, 전각 안에는 또한 서화와 골동을 보관하고 있다. 그 뒤가 주경전主敬殿이다. 매년 2월에 황제가 여기서 경연을 주재한다. 동편에 전심전傳心殿이 있으며 그 뒤쪽에 문연각文淵閣이 있다. 문연각은 모두 세 겹 건물로 위아래가 각각 6칸이며, 지붕은 청록색 기와를 덮었다. 앞쪽의 추방지鰲方池는 돌다리 하나를 걸쳤으며, 옥하수玉河水를 끌어 물을 대었다. 문연각 안에는 사고전서四庫全書를 보관하고 있어 임금이 손수 쓴 비와 기문이 있다.

  문화전 남쪽에 있는 것은 내각內閣이니, 곧 태학사가 수직하는 집이다. 동화문東華門 안에 북쪽으로 이어진 것은 국사관國史館이며, 희화문 서쪽에 남향한 건물은 무영전武英殿으로 계단을 9층으로 높이 쌓았다. 어하御河로 둘러싸여 있는데 돌다리를 걸쳐 놓았다. 앞쪽의 문은 3칸이

---

59) 조고朝考 : 새로 과거에 합격한 자가 왕 앞에서 다시 시험을 치른 후에 직책을 제수받는 것이다.

며 내전은 두 겹으로 서적의 목판을 보관하는 곳이다. 무영전 북쪽은 욕덕당浴德堂이며, 다시 뒤쪽에서 조금 서쪽으로 가면 정정井亭이다. 무영전 남쪽의 어하를 사이에 두고 마주 바라보이는 것은 남훈전南薰殿이다. 당송 이래 역대 제후帝后의 초상을 보관하고 있는데, 활기가 마치 생동하는 듯하고, 황제가 손수 쓴 기문과 시가 있어 누운 듯 긴 비석에 새겨져 있다.

아아, 청태조는 금원金源의 후예로서 빼어난 용맹이 세상을 덮었다. 요동과 심양의 젊은 자제들을 이끌어 원나라와 명나라의 성읍을 유린하고 문득 중원을 차지하여서는, 옛 왕조의 업적을 다시 빛내고, 그 공덕을 계승하여 3백 년을 전해 왔다. 선통제宣統帝가 즉위하게 되어서는 황제의 나이가 아직 어리고 나라의 주권이 미약하였다. 이에 열강이 바깥에서 틈을 엿보고 인심이 아래에서 이반하여 혁명이 일어났다.

이러한 때를 당하여 애신씨愛新氏(청 황실의 성)의 족속이 만약 정신을 차렸다면 마땅히 스스로 큰 단결을 이루어 군사를 일으켜 적을 상대해야 할 것이다. 만약 형세가 불리할 경우 만주로 물러나 지키면서 우리 청구의 동족들과 손을 잡고 힘을 합하여 함께 정부를 건설하였다면, 또한 동방의 일대 제국이 되었을 것이다. 그런데 도리어 이렇게 하지 못하고 고개를 움츠리고 칩거하다가 끝내는 노회하고 교활한 외적의 유혹과 장난에 빠져 24폭의 금수와 같이 아름다운 산하를 두 손으로 받들어 남에게 이양한 꼴이 되었다. 건청궁 안에 고요히 앉아 태조의 어려웠던 창업과 역대 조정의 근실했던 수성守成의 역사를 생각하면 어찌 한심하지 않겠는가? 나 또한 동일한 종족의 똑 같은 처지로 임금이 바뀌고 도성과 궁전이 텅 비는 꼴을 목격하고 보니, 스스로 서글픈 감정을 금할 수가 없다.

서화문西華門으로 나와 성곽을 따라 남쪽으로 돌아서 다시 동쪽으로 꺾어 2리쯤 가면 중앙공원中央公園이다. 옛날 사직단社稷壇이 있던 곳인데, 천안문 오른쪽에 있다. 길머리에 철책과 문이 있는데, 철책에서 북쪽으로 몇 걸음 가면 그 도중에 옹검추雍劍秋가 세운 약석정藥石亭이 서 있다. 형상이 마치 원과 같은 정자인데 아래에 8개의 기둥이 있고, 기둥마다 고인의 격언이 새겨져 있다. 그 가운데 왕문성王文成(문성은 명나라 왕수인王守仁의 시호)의 '앎은 실천의 시작이요, 실천은 앎의 완성이다.'라는 말과 악무목岳武穆(무목은 송나라 악비岳飛의 시호)의 '문관은 돈을 아끼지 않고 무장은 죽음을 아끼지 않는다.'는 말이 가장 음미할 만하다.

정자 밖에는 쇄석碎石(부서진 돌)을 깔고 석구石球 12덩이를 벌여놓았는데, 세 덩이씩 쇠사슬로 꿰어 마치 난간처럼 꾸며 놓았다. 여기서 마차 길을 따라 동쪽으로 가면 수법지水法池이다. 못 모양은 혼연한 원모양으로 돌사자 4좌가 못 가에 걸터앉아 있다. 중앙에는 분수탑이 있는데,

흰돌을 조각하여 만들었다. 못 바깥은 또한 쇄석을 깔고 부채꼴로 꽃을 둘러 심었다. 못은 모두 네 곳이며, 못 북쪽에 양옥 한 채가 있고, 그 안에 둥근 무대를 설치해 놓았다. 양옥 서쪽의 공터에는 벽돌로 난간을 쌓아 여름철에 차 마시는 곳을 만들어 두었다. 여기서 김천민金天民을 만났다. 일행이 한 사람 더 생기니 반갑다.

동쪽에 굽은 회랑이 있어 동방과 통한다. 회랑을 가로질러 북쪽에 5칸 전각이 있으니 내금우헌來今雨軒으로 그 안에 화성찬관華星餐館을 지어놓았다. 헌 앞은 벽돌 난간으로 사립을 둘렀다. 한가운데 못이 있고 못에는 영롱한 빛이 나는 돌집이 있으며, 그 뒤에 산석後山石을 나열하고, 나무 난간과 대울타리를 겹겹이 쌓아 둘렀다. 북쪽 끝의 정자 한 채는 마치 열십자 모양으로 주위에 반죽斑竹을 그려놓았다. 헌 동쪽은 화성구방華星球房이다. 문 밖 좌측에 체중기 한 대를 설치하고 용법을 표시해 두었다.

화성구방 북쪽에 인공으로 쌓은 산이 있는데, 송백이 빽빽한 사이로 다른 나무들이 서 있다. 산 위에 육각정六角亭을 지었는데, 겹처마에 추녀를 드리웠다. 금벽의 단청이 휘황하여 들어가 조금 쉴 만하다. 바위 북쪽에 한 조각 대울타리로 화단花壇을 꾸며놓았다. 여기서 북쪽으로 가다가 두 겹의 문을 지나 서쪽으로 가면 공원의 북쪽이며, 북쪽은 어하御河의 가장자리인데 작은 배를 띄울 만하다. 담길 양쪽으로 고목이 된 잣나무가 많아 경치가 매우 뛰어나다. 서쪽 끝에 나무다리가 어하에 걸쳐있는데, 길이가 대략 두어 장으로 양쪽에 붉은 난간을 대었다. 다리를 지나 남쪽으로 가면 공원의 서쪽에 닿는다.

길 오른편에 네 귀가 반듯한 정자가 있는데, 거친 나무로 짓고 짧은 대울타리를 둘러 자못 소박한 취미가 있다. 정자 서쪽에 사슴농장이 있는데, 사슴 20여 마리를 기른다. 정자 남쪽 토산土山에는 초정草亭이 있다. 산이 높지는 않으나 굽이진 오솔길이 완만하여 또한 매우 한적하고 고요하다. 토산 남쪽에는 화려한 집들이 서로 이어져 있으니, 백사형가배관柏斯馨咖啡館·상림춘찬관上林春餐館·유정서국有正書局·춘명관春明館·다사茶社(찻집)이다. 길 왼쪽에 있는 것으로 춘명관의 방정方亭을 제외하면 모두 푸른 소나무와 늙은 잣나무가 가지를 서로 엇걸고 있다. 북쪽에서 남쪽으로 가면 완연히 길다란 거리와 같다. 봄여름이 바뀔 무렵 남녀 유객들이 무더기로 모여드는데, 대개 더위를 피하고 차를 품평하는 곳이 가장 많이 모여 있기 때문이다.

여러 벗들과 더불어 다과를 나누면서 잠시 쉬었다. 춘명관 남쪽은 회영루繪影樓이니, 곧 사진관[同生照像館; 살아있는 모습과 똑같이 초상을 비쳐주는 집]이다. 여기서 동쪽으로 돌면 공원 남쪽이다. 길 오른쪽에 3칸 규모의 전각이 있는데, 사방이 모두 유리창이며 안에는 청 고종의 어제시비와 공작·작은 사슴의 박제 표본이 있다. 전각 동쪽으로 수십 보를 가면 파리방玻璃房이 있다. 남향으로 물을 마주보고 있으며 네 귀퉁이가 튀어나와 결구의 방식이 매우 정교한데, 그 안에는 기화요초가 많다. 파리방 동쪽은 습례정習禮亭이다. 습례정 북쪽은 사직단이니 그 형식은 정사각형으로 높이 4척이고, 사방이 5장 8척이다. 위로 방위를 살펴서 오색으로 축조하였다. 북쪽에 배전拜殿이 있는데 두 겹의 담장이고 주위가 1백 53장을 조금 넘는다. 바깥을 두 겹으로 에워쌌다. 음력으로 중춘과 중추 상무일上戊日에 제사를 지낸다고 한다.

남문 안에서 정향림丁香林과 작약원芍藥園을 지나면 위생진열소衛生陳列所가 있다. 옛날식 건물이 5칸인데, 중간이 사무실이고 북쪽 2칸은 유리전시실로 그 안에 식물류·기물류의 표본과 피부·근육·뼈대·장기·신경조직·병리에 대한 도해와 혹은 사진을 비치하고 각종 동물의 피와 원형충原刑蟲이 발육하는 형상과 각종 병균, 원형충이 발육하는 형상 및 동물의 해부도를 걸어 놓기도 하였다. 남쪽 2칸에 또 유리전시실이 있는데 각종 약초와 약액藥液의 표본 및 임신의 단계, 태아의 성숙 단계에 대한 사진을 비치하고, 생리도와 신체의 발육에 대한 그림, 의사가 병을 치료하는 그림과 식물과 곰팡이에 대한 그림, 곰팡이가 발생시키는 병에 대하여 각각 도해와 표본을 진열해 두었다. 각종의 표본은 사진마다 똑같이 표찰을 붙여놓고 어떤 것은 별도의 표를 붙이고 설명을 더하여 고찰하기 쉽도록 해 놓았다. 그 옆에는 도서열람실이 있다.

습례정으로부터 어하의 언덕을 따라 남쪽으로 가면 조류를 키우는 곳[豢禽所]이 나온다. 마른 나무에 조롱을 얽어 새를 키우는데, 숲 속에 사는 새로는 오동조梧桐鳥가 가장 많고, 물새로는 학과 오리·해오라기·갈매기가 있다. 다시 남쪽으로 가면 꽃을 파는 화원[花廠]이 나온다. 정원 한 쪽에 작은 연못이 있어 금붕어를 기르고 못 가에 어항 10여 개를 늘어놓고 또한 물을 담아 금붕어를 기른다. 금붕어는 모두 다른 색깔을 띠었는데, 머리가 하마 같고 꼬리 가운데가 구멍이 나고 지느러미가 늘어져 마치 암탉의 꼬리 같은 것은 누에알[蠶子]이 부화한 것이라 한다.

서쪽으로 꺾어져 다리를 건너면 곧 어하의 남쪽 가이다. 다리 서쪽이 수사水榭인데, 북쪽 반은 물에 잠기고 남쪽 반은 길에 걸쳐 있다. 붉은 난간, 화각한 헌함에 붉은 창문, 채색 벽이 공원 안에서 가장 아름다운 곳이라 할 만하다. 수사의 서쪽은 토산으로 두어 개의 봉우리가 솟았다가 낮아진다. 산 모퉁이에 정자가 있는데, 정자 동쪽에 작은 섬이 있고 그 섬에 3칸 규모의 집을 지었다. 남북으로 각각 꽃 시렁이 있는데, 사방으로 괴석이 마치 웅크리고 걸터 앉은 듯하여 무어라 형용할 수가 없다. 섬 북쪽 벼랑에 돌다리가 있어 지나다닐 수 있다. 파리방 서쪽 벼랑에 또한 돌다리가 있어 토산의 정자로 내왕할 수 있다. 오른쪽 조금 북편 1리 쯤에 제방이 있는데, 그 위에 '공리전승公理戰勝'이라는 네 글자를 써 놓았다. 여기까지 오니 날이 이미 저물녘이 되었다. 드디어 여러 벗들과 작별하였다.

28일 남파南坡 박찬익朴贊翊이 상해로부터 찾아오다. 아울러 성재省齋와 예관睨觀 신규식申奎植·규운虯雲의 편지를 받다.

29일 유정근兪定根이 찾아오다. 북로군정서에 질문할 일이 있어 서로군정서 인사를 소집하니, 모인 사람이 여섯으로 어수갑魚秀甲·홍남표洪南標·배달무裴達武·송호宋虎·성준용成駿用인데 두어 시간 토론하였다.

30일 시당時堂의 편지를 받다. 그 편지에 '상해구제회上海救濟會에서 특별히 서간도 구휼금으로 1천 원을 출연하였는데, 내게 처리할 방법을 묻는다.'고 하였다.

3월 1일 취석이 마침 와서, 고요히 앉아 호흡하며 정신을 수양하는 법을 강토하였다. 그 말이 재미가 있으니, 아마도 평소의 실험에서 나온 것인 듯하다.

2일 배군이 길림에서 온 편지를 전하는데, 그 편지에 '하얼빈[哈爾濱] 소식에 따르면 북로군정서의 김좌진金佐鎭·이장녕李章寧이 밀산을 향하였고, 이청천李靑天이 두비하兜毘河로 옮겨 주둔하는데, 이만伊蔓에서 3백 리 떨어진 곳이다.'고 한다.

3일 김중훈金重勳이 찾아와 상가上街를 산보하자고 청한다. 드디어 성군과 수레를 나란히 타고 정양문을 나서는데, 길에서 송호宋虎를 만나 성남공원城南公園으로 향하였다. 공원은 천교天橋 남쪽 부근에 있으니, 옛 선농단先農壇이다. 공원의 문은 동향인데 바깥에 경마장跑馬場이 있다. 경마장의 문에 큰 기旗를 세우고 기에다가 북경공공주마장北京公共走馬場이라 썼다.
경마장 옆에 찻집이 있으니, 말의 기수들이 휴식을 취하는 곳이다. 문에 들어서면서 눈을 들어 멀리 내다보니, 오랜 잣나무가 빽빽히 늘어서 있다. 남쪽으로 수십 보쯤이 제이도문第二道門인데 곧 공원 안 담장 출입문이다. 담장은 둘레가 6리요 문은 북향 건물인데, 매우 크고 높다. 문 안쪽의 용도甬道에는 붉은 난간이 둘렀고, 난간 안쪽에는 늙은 잣나무가 문 밖보다 더욱 조밀하게 서 있다. 그 아래에 의자를 흩어 놓아 유객들이 앉아 차를 마시도록 해 놓았다. 조금 남쪽의 길 왼쪽에 사슴농장이 있다. 사슴농장 남쪽이 신창神倉으로 내무부단묘관리처內務部壇廟管理處를 여기에 시설하였다. 다시 남쪽은 꽃가게이다. 꽃나무 수백 개 화분을 진열하고 있다. 길 오른쪽은 제사의 희생을 관리하는 곳[犧牲所]로 신창과 마주보고 있는데, 보안경찰제이분대保安警察第二分隊와 고물보존소古物保存所(박물관)가 그 안에 있다.

희생소 남쪽은 구복전具服殿으로 남향의 5칸 건물이다. 앞쪽에 월대月臺가 있고 가운데는 황제가 손수 쓴 '소농교가경劭農教稼扃'이라는 편액과 임금의 경적시耕籍詩 시판을 걸었다. 그 남쪽이 친경대親耕臺로 사면을 금색 벽돌로 쌓고 황록색 유리를 둘렀다. 동·서·남쪽에 세 섬돌을 내었는데, 각각 여덟 계단이며 흰 돌로 난간을 둘렀다. 그 위에 유리로 된 팔각정을 지었는데, 정자 앞이 적전籍田이다. 해마다 황제가 친히 밭갈이를 할 때는 반드시 역대 황제가 지은 36편의 화사禾詞(모심는 노래)를 노래한다. 정자 서쪽에는 과일 나무를 벌려 심고 사방에 나무 난간을 쳤다.

다시 서쪽으로 가면 운동장으로 그네 두 대를 설치해 두었는데, 그 남쪽은 빈 땅이다. 서쪽으로 10여 보를 가면 문이 나오고 문 안에는 선농단이 있다. 그 제도는 정방형으로 남향 단층이다. 높이 4척 5촌이고, 사방 4장 7척으로 되어있는데, 네 곳에 계단을 내었으니 각각 여덟 계단이다. 옛 제도에 황제가 경적례耕籍禮를 행할 때 여기서 선농先農(신농씨)에게 제사를 지냈다. 또한 천신단天神壇이 있는데 천신단 북쪽에는 청백색의 돌로 감실을 짓고 온통 구름형상을 새겨 구름·비·우레의 신에게 제사를 지냈다. 또 지기단地祇壇이 있어 단 남쪽 좌우에 역시 청백색의 돌로 감실을 짓고 산의 형상이나 물의 형상을 새겼으며, 아울러 못을 파고 물을 대어 명산대천에 제사지낸다. 지기단 서쪽이 흑룡담黑龍潭이니 곧 날씨가 가물 때 기우제를 지내는 곳이다. 물이 말랐을 때는 그 복판에 우물이 있는 것이 보인다고 한다.

단 북쪽에 영우궁靈佑宮이 있으니 옛날의 시방도원十方道院이다. 전각은 겨우 한 칸이던 것을 명나라 만력萬曆 연간에 진무묘眞武廟로 고쳐 명명하고 3칸으로 넓혔고, 다음해에 태감太監이던 위학안魏學顏이 다시 터를 넓히고 전각을 지으니 황제가 지금의 이름을 내렸다. 두 좌의 석비가 있다.

이도문二道門 동북쪽 2~3리에 천단天壇이 있다. 명나라 영락永樂 18년(1420)에 원구圜丘에 하늘을 본뜬 형상[象天]을 지었는데, 남향의 3층 구조물이다. 한 층마다 높이는 5척 남짓하며,

아래층의 지름은 21장이다. 네 곳에 계단이 나 있고 모두 흰 돌로 담장의 바깥을 둘러쌌는데, 둘레는 9리 13보이다. 그 안에 기년전祈年殿·황극전皇極殿·황궁우皇穹宇가 있어 모두 넓고 웅장하다. 단 안에는 소나무와 잣나무가 하늘을 찌르듯 서있으며 대와 비석이 빼곡이 늘어서 있다. 매년 음력 동지에 여기서 황천皇天에 제사를 올린다.

돌아오는 길에 천교시장天橋市場에 들렀다. 천교시장에 일곱 거리[七衖]가 있으니, 북쪽의 오항五衖은 관상과 점서, 귀금속과 안경점, 옷가게와 전당포 등이 있는 곳이요, 간간이 종표鐘表와 양화점·가죽신을 취급하는 가게가 있으며, 남쪽의 이항二衖은 식당과 다방 거리이다. 그러나 구경꾼들은 대부분 시장 밖의 사면 옆에 있으니, 그 동쪽에 가무대歌舞臺와 진화다원振華茶園·중화곤서관中華坤書館이 있고, 남쪽에 길상다원吉祥茶園과 승평다원昇平茶園·서양희법西洋戲法이 있으며, 서쪽에는 안락곤서관安樂坤書館과 괴화무대魁華舞臺가 있기 때문이다. 다시 술가게와 찻집, 글짓기 하는 곳, 기예장에서부터 식용품을 파는 곳에 이르기까지 그 사이에 삼삼오오 모여 있어 거의 빈틈이 없을 정도이다. 왕래하는 사람이 모두 그 사이의 도로를 따라 지나다니며 항상 몸을 옆으로 돌려야 하니 그 복잡함을 알 수가 있다.

이 중에서도 가장 한적하고 고상하다고 이름난 곳은 수심정水心亭이다. 사방이 모두 물인데 중간에 누각 하나가 솟아 있다. 누각은 석목席木으로 지었으며, 유리창이 있어 동서남북을 모두 멀리 바라볼 수 있다. 누각 남쪽의 빈터에는 물을 끌어다 연꽃을 심고 간간이 찰벼를 심었는데, 여름철의 경관이 뛰어나게 아름답다. 동쪽과 북쪽, 서쪽의 세 모퉁이에 각각 초정草亭을 세웠는데 그 형상은 팔각과 육각, 삼각이다. 정자를 둘러싼 물 위에 나무다리를 걸쳤는데 다리가 매우 높아 그 아래로 작은 배가 지나다닐 수 있다. 서쪽과 북쪽의 제방에는 각각 목책문이 나 있고, 경찰로 하여금 지키게 하고 있다. 다루茶樓에서는 서양 음식을 파는데 잔치를 벌일 만하다. 잠시 서쪽 제방에서 기예를 구경하고 남항반점南衖飯店으로 들어가 다과를 먹으며 한 시간 가량을 쉬었다. 그 후에 나란히 정양교正陽橋 밖까지 걸어와서 김군과 송군을 작별하였다.

4일 취석과 더불어 태액지太液池를 유람하기로 약속하다. 태액지는 서화문西華門 서쪽, 서원西苑의 문 안에 있다. 서원은 본래 금나라의 이궁離宮이었는데, 원나라와 명나라 때에 차례로 증축하고 치장하였다. 원나라는 태액지 왼쪽에 대전과 내전을, 태액지 오른쪽에 융복궁隆福宮·흥성궁興盛宮 등의 궁전을 지었다. 명나라가 대전과 내전을 동쪽으로 옮겼으니, 원나라의 고궁은 모두 서원의 지역이다.

태액지의 근원은 옥천산玉泉山에서 나오는데, 덕승문德勝門의 관내를 거쳐 흘러들어 넓어지면서 큰 못이 되었다. 남북으로 4리에 걸쳐있으며, 동서로 폭이 2백여 보이다. 그 위에 너비 두 발 정도의 석교를 놓았는데, 길이는 못의 넓이 끝까지이다. 다리 양쪽 난간[欄楯]은 모두 흰 돌을 깎아 만들었는데 중류에서는 가목駕木을 철사에 꿰어 양쪽으로 당겼으므로 그 아래로 큰 배가 지나다닐 수 있다. 이것이 삼하교三河橋이다. 동서로 제방에 쐐기 기둥을 세웠는데, 동쪽은 옥동玉蝀이라 하고 서쪽은 금오金鰲라고 한다.

못 수면은 서북쪽, 남쪽이 가장 깊고 넓다. 한여름이 되면 연꽃과 마름이 붉고 푸른 빛을 펴고 숨기며 구름과 물결이 혼연히 한 색깔로 어울린다. 그 때문에 그 경치를 묘사한 사람마다 "태액지의 맑은 물결이 연경 팔경의 으뜸"이라 하는 것이다. 다리 남쪽에 수운사水雲榭가 있는데, 무늬 새긴 누각과 채색 정자가 물 가운데 솟아올랐고, 그 곁에 비석이 있어 임금이 쓴 '태액추풍太液秋風' 네 글자를 새겨놓았다.

그 서쪽에 자광각紫光閣이 있다. 명나라 무종武宗 때 활쏘기를 사열하는 대를 짓고 평대平臺라 불렀다. 사대의 높이는 두어 장丈이었는데, 나중에 허물고 다시 자광각을 고쳐짓자, 청대에는 그것을 그대로 따랐다. 다리 동쪽에 승광전勝光殿이 있는데 세간에서 '단성團城'이라고 부른다. 고목이 된 괄송栝松 한 그루가 있어 가지가 얽힌 모양이 용트림하듯 한다. 전해오는 말에 금나라 때 심은 것이라 한다.

청 건륭 10년(1745)에 승광전 남쪽에 석정을 짓고 원대의 옥으로 깎은 독[玉甕]을 비치하였는데, 독 안에 노래가 새겨져 있다. 서원문에서부터 동쪽 못가를 따라 북쪽으로 가면 초원蕉苑이다. 소나무와 회나무가 울창하고 과일 숲이 빽빽이 벌려 서 있다. 그 안에 명나라의 숭지전崇智殿 옛 터가 있는데, 남쪽이 곧 만선문萬善門이며 그 안이 만선전萬善殿이다. 그 뒤쪽에 하늘 높이 솟은 둥근 지붕이 천성전千聖殿인데, 동쪽이 연상관延祥館이요, 서쪽은 집서관集瑞館이다. 그 동쪽은 내감학당內監學堂이다. 명나라 숭지전 후원의 작약화원芍藥花園에는 모란 수십 그루가 있어 또한 초원椒園이라 부른다.

칠석날에 궁중내인들이 까치처럼 얼룩진 옷[鵲橋補服]을 입고 병장국兵仗局에 직녀에게 베짜는 솜씨를 내려달라는 제사[乞巧山子] 의식을 베풀고, 걸교침乞巧針을 진상케 한다. 15일에는 불사를 차려 냇물에 등불을 띄우며 첨식방甛食房에서는 불바라밀을 진상한다. 청 순치順治 연간(1644~1661)에 만선전을 개축할 때 불상을 받들어 바치고 늙고 점잖은 내감을 선발하여 머리를 깎는다. 분수목焚修木·진옥림陳玉林 같은 두 승려가 소명을 받고 연경에 들어왔을 때 일찍이 여기서 거처하였다고 한다.

초원의 남쪽은 영대瀛臺이니, 명나라에서는 남대南臺라 하고 또는 적대趯臺라고 하였다. 산비탈에 숲이 우거졌는데 전각이 있어 소화전昭和殿이라 한다. 앞에 정자가 있어 징연정澄淵亭이라 하며, 남쪽에는 초가와 논밭이 있어 여기서 농사짓는 모습을 볼 수가 있다. 청 순치 연간에 궁실을 짓고 피서하는 곳으로 삼았다. 강희 연간에 중수하였는데 그때 모두 누른 기와로 바꾸었다. 고종은 영대기문에서 "근정전勤政殿으로부터 남으로 돌길을 따라 가다가 수십 보쯤에서 계단을 오르면 북향한 누문이 있으니, 영대라 편액하였다. 문 안에 5칸 전각이 있으니 향의전香扆殿이다. 전 뒤의 남쪽에 나는 듯한 누각이 둘러 있다. 전에서 누각까지는 마치 평지를 밟는 듯하다가 갑자기 계단을 따라 내려가는데, 그 때서야 비로소 위와 아래에 누대가 있음을 알게 된다. 누대 앞에 정자가 있으니 물가에 임한 것을 영훈정迎薰亭이라 한다. 동서로 기이한 바위와 고목이 병풍처럼 늘어서 있다. 정자에서 동쪽으로 가다가 바위 골짜기를 지나면 층층의 봉우리와 깎아지른 절벽이 무성하게 어우러져 있어 때묻지 않은 산림의 운치가 있다. … "고 하였으니, 영대의 경치를 상상할 수 있다. 지금 총통부에서 남쪽 연안에 금어교와 옥동교를 가설하고 긴 담장을 세워 격리시켜 버렸다.

승광전으로부터 서쪽에 하나의 돌다리가 걸쳐져 있고, 못 양쪽 가에 각각 화표주華表柱(성곽문의 입구에 세운 기둥 표지)가 높이 서 있다. 남쪽은 적취교積翠橋라 하고 북쪽은 퇴운교堆雲橋라 한다. 이 다리의 북쪽이 영안사永安寺로 못 속의 언덕에 자리잡고 있다. 여기가 금나라 때의 경화도瓊華島의 옛터이다. 청나라 순치 8년(1651)에 절을 짓고 문 좌우에 종과 북을 달았다. 돌계단 32층을 올라가면 법륜전法輪殿에 도달한다. 양쪽 곁에 정자가 있다. 동쪽 정자를 척애정滌靄亭이라 한다. 그 아래 비석 하나가 있어 사방에 글자를 새겼는데, 남쪽 면에 고종의 수적으로 백탑산총기白塔山總記를 새기고, 북동·서쪽 면에는 만주어와 몽고어로 회삼문回三文을 새겼다. 서쪽 정자를 인승정引勝亭이라 한다. 아래에 또한 비석이 있다. 사방으로 나누어 경화도의 여러 이름난 풍광을 새겼다.

두 정자의 북쪽에 숭대崇臺가 있다. 대의 기초는 가운데가 뚫려있어 괴석 계단으로 길을 내었다. 그 남쪽에 여섯 개의 동굴이 있고 그 두 번째 동굴은 입구에 거대한 바위가 있는데 곤륜崑崙이라는 두 글자를 써놓았다. 동굴은 모두 통해 있어 어느 동굴로 들어가든지 본래 있던 곳으로 돌아갈 수가 있다. 땅 속으로 난 길에서 점점 위로 올라가 자조패방紫照牌坊을 지나고, 돌계단 45층을 거치면 정각전正覺殿·보안전普安殿·선과전善果殿·종경전宗鏡殿 등 네 전각이 동서

남북으로 나뉘어 자리 잡고 있다. 보안전으로 해서 올라 돌계단 50층을 올라가면 열심전悅心殿이다. 열심전 오른쪽은 정게헌靜憩軒이며 왼쪽은 경소루慶霄樓이다. 열심전을 나가 다시 돌계단 70층을 올라가면 계단이 끝나는 곳 둥근 굴이 바짝 다가서는데, 그 속 쇠화로를 앉혀 둔 곳 위에 선인전善因殿이 있다. 둥근 굴을 나가면 동서로 각각 20층의 사다리가 있어 도성의 삼라만상이 다 굽어 보인다.

북쪽으로 비스듬히 한 채의 전각이 있다. 동·서와 북쪽을 각각 누른 유리와 반듯한 벽돌 수백 장을 상감 기법으로 장식하였는데, 벽돌에는 따로 가부좌한 불상을 새겼다. 그 남쪽에는 구리 난간으로 사립을 두르고, 중앙에는 높직한 좌대를 만들어 불상을 안치하였는데, 그 모양이 매우 흉악하다. 수족이 보통사람보다 몇 배나 많은데, 각각 방패와 창, 도검과 깃발 등을 잡고 있다. 발은 혹 장화를 신거나 맨발이거나 발톱이 나거나 발굽이 나있는데, 발아래 다시 관대를 차렸거나 도포와 홀기를 들었거나 웃통을 벗거나 나체인 각종 인물들이 있으니, 등으로 부처를 들기 때문이니, 이것이 광한전廣寒殿이다. 세간에 전하기를, 금나라 장종章宗 때에 이비李妃의 장대粧臺가 있던 곳이라고 한다.

전에서 북으로 한 장 남짓한 곳이 곧 백탑白塔이다. 높이가 10여 장이요, 둘레가 또한 그와 비슷하다. 탑 모양은 꼭대기가 마치 송곳을 거꾸로 세운 듯하고 아래는 마치 종을 엎어놓은 듯하며 탑신의 이마부분은 회백색이다. 남쪽에 긴 문이 있는데 백돌로 봉하였다. 탑 앞쪽에 힐방정擷芳亭·감로전甘露殿·임광전琳光殿이 있고 탑 뒤에는 바위 동굴이 있으며, 동굴을 나오면 벽조루碧照樓이다. 벽조루의 문이 바로 물가에 임하고, 양쪽 물가를 따라 회랑을 세웠는데, 주칠朱柒로 장식하여 지극히 장려하다. 벽조루 서쪽 옆은 원범루遠帆樓이며, 다시 서남쪽은 열고루閱古樓로 누각 서쪽은 중간이 반원형인데, 삼희당三希堂 법첩의 글씨로 누각 아래위에 새겨 넣었다. 위쪽은 행行마다 7줄이며, 아래쪽은 행마다 8줄이니 모두 3백 95방方이다. 의란당漪瀾堂·정심재靜心齋·경청재鏡淸齋 같은 집들이 모두 경화도 북쪽 기슭에 있다. 섬의 동쪽에 큰 비석이 있는데, 황제의 친필로 경도춘음瓊島春陰 네 글자를 써 두었으니, 연경 팔경의 하나이다. 섬에서 물을 건너 북쪽은 응향정凝香亭으로 정자가 다섯이다. 물 가운데 서서 두 갈래가 육지에 이어져 있다. 완연히 구부러져 서로 통하는 까닭에 또한 오룡정五龍亭이라고도 한다. 정자에서 뭍으로 올라 서쪽으로 꺾으면 큰 누각이 있는데, 사방에 큰 제방을 쌓았다. 동쪽은 진단향림震旦香林이라 하고 서쪽은 안양시체安養示諦, 남쪽은 현환희단現歡喜團이라 하며 북쪽은 묘경장엄妙境莊嚴이라 한다. 누각에는 목제의 태호석太湖石이 있다. 그 높이는 이마에 닿고 가운데에 구멍이 있어 위로 오를 수 있다.

누각 동쪽이 천복사闡福寺이다. 처음 문에 들어가면 욕란헌浴蘭軒이 되는데, 높이 4~5장의 흙으로 빚은 관음상觀音像이 있다. 또한 수족이 매우 많으며 발 아래에 각각 한 사람이 엎드려 떠받들고 있다. 욕란헌에서 더 나아가면 쾌설당快雪堂이다. 복도 양쪽에 쾌설당 법첩 40여 면을 새겼다.

천복사를 나와 동쪽으로 돌면 구룡비九龍碑가 있다. 각색의 유리벽돌을 층층이 쌓아 큰 제방을 만들었는데, 면마다 각각 아홉 마리 용이 있으며, 용은 각각 다른 색을 입혔다. 비석 앞에 잣나무 고목이 소슬하게 숲을 이루었다. 유객들이 여기에 이르면 속세의 잡념이 깨끗이 씻길 듯하다. 그 곳에 문루가 있어 낙정원樂靜園이라 한다. 다시 동쪽으로 꺾으면 화장계華藏界인데 전각이 크고 높으며, 빚어 놓은 불상이 또한 거대하다. 커다란 구리 탑 2기가 있다. 높이가 1장 남짓하고 그 빛이 매우 고색창연하다.

대내大內 사람들은 영대瀛臺를 남해南海라 하고 초원蕉園을 중해中海라 하며 경화도瓊華島를 북해北海라고 부른다. 그러므로 서원西苑을 또한 통칭 삼해三海라 하는 것이다.

5일 성재·예관·규운의 편지에 답장을 쓰다.

6일 강재가 상해에서 돌아와 전하기를, '정국이 여전히 혼란하여 수습할 수 없는 지경에 이르렀다.'고 한다. 대개 이승만李承晚이 미주에 있을 때 일찍이 위임통치에 관한 일로 미국 정부에 청원하였는데, 안창호安昌浩도 그 일에 동의하였다. 그러므로 국내외의 인심이 격분하여 이러한 분규가 일어나게 된 것이다. 정구단正救團이라는 것이 생기니 곧 안창호·이승만을 공격하여 국민회國民會를 제창하는 자들이요, 협성회協成會라는 것이 생기니 곧 안창호·이승만을 옹호하는 자들이다. 이 두 파가 각각 문자를 돌리며 서로를 성토하는 형편이라는 것이다.

7일 시당과 소호의 편지에 답장하고 서간도에 대한 구휼 방법을 대략 논급하였다.

8일 군사통일발기회軍事統一發起會로부터 공문서를 보내었다. 각 단체 대표회의의 개회일자를 4월 17일로 정하였다고 한다. 곧 음력으로는 10일이니 겨우 이틀 남았다.

9일   서로군정서西路軍政署 대표 세 사람으로 성준용成駿用·배달무裴達武·송호宋虎를 선정하였다.

10일   각 단체 대표 20여 명이 삼패자공원三貝子公園 창관루暢觀樓에서 회의를 열었다. 회장으로 신숙申肅, 서기에 박근병朴根秉, 검찰檢察로는 배량裴亮과 홍남표洪南標를 천거하여 선출하였다.

11일   오후 1시에 다시 대륙공우大陸公寓에 모였으나, 나는 감기로 손을 사절하고 물러나와 조리하였다.

12일   타마창打磨廠 복수당福壽堂에 모여 임시회의 명칭을 군사통일회의로 정하다. 임원은 전날에 의거하고 다시 뽑지 않았다.

13일   박정래朴正來가 내방하다. 대륙공우에서 개회하였다. 처리 사항은 3단계로 나누었는데 첫째 군사에 관한 연구, 둘째 재정에 관한 연구, 세째 시국에 관한 연구이다. 각각 위원 몇 명을 선임하여 사무를 분장하였다.

17일   대륙공우에서 모였다. 의안 준비는 ■■와 ■■로 결정하여 두 방향으로 진행하였다.

18일   들건대, 상해 정부에서 분쟁이 다시 일어났다고 한다. 또 본국의 소식을 들건대, 이른바 총독부라는 것이 이승만의 위임통치청원사실을 각군과 각면에 인쇄 반포하여 장차 인심을 혼란시키려 하고 있다고 한다. 이 때문에 저녁 후에 성남城南 사피시斜皮市에서 임시회의를 열고 상해기관과 여러 임원을 인정할 수 없다는 뜻으로 상해에 전보를 보냈다고 한다.

19일   내가 '전보에서 주장한 말이 사리에 합당치 못하다.'는 뜻으로 입이 아프도록 변론하였건만, 전보가 이미 가버렸으니 어쩔 도리가 없다. 성군이 이 때문에 사면하였다. 나 또한 뜻에 매우 불만스럽지만, 다만 일이 돌아가는 형편을 보아 조치할 계획으로 송군을 우선 회의에 참가하게 하였다. 이날 북경대학에 모여서 이승만 성토의 의안을 결의하였다 한다.[60]

---

60) 중국 북경에서 20일부터 개최된 군사통일회에서 상해 대한민국임시정부에 대하여 3일 이내에 임시의정원을 해산할 것을 요구하는 결의문을 제출하였다. 이 결의문에는 만일 3일 이내에 회답

20일 상해의 기관과 여러 임원을 인정할 수 없는 이유로 퇴직권고서를 작성하고 대표로 신헌申憲을 상해에 파견하기로 하였다고 한다.

23일 대륙공우에서 모였다. 듣자 하니 상해에서 회답이 왔는데, 여러 각료와 의원이 한층 격노하고 협성회 또한 장차 대항하고자 벼르고 있다 한다. 그제서야 선처가 아니었음을 깨달았으나 후회해도 또한 어쩔 수 없다. 홍남표와 어수갑이 큰소리로 탈퇴를 주장하였다.

24일 우성·강재와 만수산을 구경하기로 약속하였다. 황학수黃學秀·권승근權承根·배량裵亮·박근병朴根秉이 따라왔다. 정양문을 나가서 자금성 일주 기차를 탔다. 조양문과 덕승문을 지나 서직문에 이르러 인력거를 바꾸어 탔다. 벽돌로 포장된 길을 20리 가량 가는데 양쪽 도로가에 높은 버드나무가 그늘을 드리웠다. 해전海甸을 지나 반점에서 조금 쉬고 각자 맥주 1병을 마련한 후 곧바로 곤명호昆明湖 가에 이르렀다. 호수는 만수산 앞에 있다. 청나라 건륭 16년(1751)에 서산 옥천의 물길을 끌어왔다. 이것은 이른바 옛날의 '서호西湖'인데 주변을 넓히고 바닥을 준설하여 지금의 이름을 내렸다. 둘레가 30리이며 깊이가 1장 남짓됨 직하다. 사방에 모두 돌을 깎아 층계를 쌓았는데, 그 솜씨가 치밀하여 아주 볼 만하다. 고종이 친히 지은 곤명호기문이 있다. 이를 갑문閘門의 다리 사이에 두어 때때로 조절한다. 그 서쪽은 축수호蓄水湖인데, 수세가 꽤 높으니 곧 호수 상류이다. 그 안에 전함을 설비하였는데, 민광閩廣의 순양巡洋(바다를 순행함)하는 제도를 본뜬 것이다. 삼복 더위 때마다 향산香山의 건예영健銳營이 여기에서 수조水操를 연습한다고 한다.

배를 불러 호수에 띄우고 각각 술 한 잔씩 마셨다. 대나무 삿대를 천천히 저어 바람이 부는대로 나아가니, 잠깐 만에 남쪽 물가에 가 닿는다. 물가는 석대를 쌓고 구리로 빚은 소 한 마리가 서 있다. 그 소로 물길을 안정시킨다고 하는데, 소 등에 금우명金牛銘을 새겨 놓았다.

이 없거나 또는 동원을 해산치 않으면 부득이 자유행동을 취하겠다고 통첩하고 있다. 통첩에 서명한 연서자連署者의 씨명氏名은 다음과 같다. 내지內地 국민회國民會 대표 박용만朴容萬, 하와이 국민회國民會 대표 김천호金天浩·박승선朴承善·김세준金世晙, 북간도국민회장대리北間島國民會長代理 강구우姜九禹, 서간도군정서西間島軍政署 대표 송호宋虎, 내지內地 광복단光復團 대표 권교정權敎正, 하와이 독립단獨立團 대표 권승근權承根·김현구金鉉九·박건병朴建秉, 내지內地 조선청년회朝鮮靑年會 대표 이장호李章浩·이광동李光東, 노령대한국민의회露領大韓國民議會 대표 남공선南公善, 내지內地 노동당勞動黨 대표 김갑金甲, 내지內地 통일당統一黨 대표 신숙申肅·신달모申達模·황학수黃學秀.

서쪽에 다리가 있는데, 옥대교玉帶橋라 한다. 교량이 높고 등마루가 둥글어 속언에 곱사다리 [僂傴]라고 한다. 팔풍정八風亭과 광윤령우사廣潤靈雨祠를 지나니, 북쪽에 산색호광공일루山色湖光共一樓가 있다. 푸른 벼랑이 깎아지른 듯이 섰는데, 물과 돌의 어우러진 풍경이 절승이다. 누각의 기단은 중간이 비었는데, 돌 층계가 길이 되어 구불구불 호수 가에 닿아 있다. 돌 난간에서 잠깐 쉬면서 옥천玉泉의 기수汽水를 각자 몇 모금씩 마셨다. 물맛이 달고 차다.

배에 올라 호수를 지나서 북쪽 호수변 석방石舫에 닿았다. 석방은 층층 누각을 싣고 물 가운데 떠 있다. 이곳을 지나면 만수산이다. 옛 이름은 옹산甕山인데, 또한 건륭황제가 지금의 이름을 내렸다. 세상에 전하는 말로는 '어떤 노인이 있어 돌 항아리를 팠는데, 꽃과 벌레를 새긴 무늬가 있었으며, 그 속에 수십 종의 물건을 보관하였다.'고 한다. 훗날 노인이 이를 모두 가져가고 이 산 서쪽에 항아리를 놓아두며 참언을 남기기를, '돌항아리를 옮기면 가난해지리라 제리帝里가 가난해 진다[石甕徙貧 帝里貧].'고 하였다. 가정嘉靖 초에 항아리가 간 곳이 없어졌다고 한다.

산에 불향각佛香閣이 있고 누각 뒤쪽에는 황색 유리전이 있는데, 사면에 불상을 새기고 지혜해거智慧海居라 하였다. 산꼭대기의 누각 아래로 아스라한 길이 서리어 있는데, 멀리서 보면 마치 방승형方勝形이다. 광서光緒 연간(1876~1908)에 서태후徐太后의 나이가 육순六旬이 되자, 중수하여 온 산을 통틀어 하나의 정원을 만들고 이화궁頤和宮이라 하였다. 궁문은 동쪽으로 청룡을 향하였다. 다리 동쪽, 길 남쪽에 궁문이 하나이고, 다리 남쪽, 길 동쪽에 궁문이 하나이다. 앞쪽에 제방을 쌓으니 수문은 사방이 모두 궁으로 통한다. 문앞에 긴 회랑이 있고 좌우에 늙은 잣나무와 꽃나무가 늘어선 사이로 괴석이 솟아 있다. 그 동쪽이 육춘원毓春園이다. 동쪽으로는 원명원圓明園에 가깝고 서쪽으로는 승평서昇平署에 이어져 있다. 남쪽으로 마차길에 닿아 있고 북쪽으로 대유장大有莊을 마주본다. 앞문은 궁문 동로의 북쪽에 있고 뒷문은 관음암觀音菴 동로의 남쪽에 있다. 문을 들어서니 수양버들이 그늘을 이루고 지붕이 높고 시원하다. 안쪽에 분고盆庫와 화동花洞 두 곳이 있고, 서쪽으로 청의원淸漪園이 있다. 고종 때 대보은연수사大報恩延壽寺를 짓고 명명하기를, '만수산萬壽山'이라 하였다. 안에 근정전이 있으며 임금이 친히 지은 석좌명石座銘과 만수산기문萬壽山記文이 있다. 낙수당樂壽堂 앞의 큰 바위에는 임금이 친필로 청지수青芝岫 세 글자가 있고 찬수정餐秀亭 뒤 절벽에는 임금의 친필 연대대관燕臺大觀 네 글자를 새겨두었다. 그 북쪽에 혜산원惠山園이 있는데 두어 이랑 크기의 네모진 연못이 있어 맑고 깨끗하기가 마치 거울과 같다.

못 동쪽은 재시당載時堂이다. 북쪽은 묵묘헌墨妙軒인데 그 안에 삼희당三希堂을 모각한 각석을 보관하고, 벽에는 묵묘법첩의 여러 석각을 상감해 놓았다. 서쪽에는 취운루就雲樓·담벽재澹碧齋·빙락정氷樂亭·심시경尋詩徑·함광동涵光洞·지어교知魚橋 등의 뛰어난 경치가 있어 나 같은 유객이 여기에 이르면 담연히 돌아가기를 잊는다.

대개 중국 산수의 경치에 서호西湖와 전당錢塘 같은 곳을 내가 아직 목도하지 못하였으며, 건축의 미려함으로 고소대姑蘇臺와 동작대銅雀臺[61] 같은 곳에 대해서는 이미 옛날의 자취가 되어버렸으니, 지금 감히 비교하여 품평할 수는 없다. 그러나 아마 또한 이곳보다 뛰어나지는 않을 것이다. 예로부터 제왕이 정원과 유람의 즐거움 때문에 백성을 지치게 하고 재산을 소모한 자가 한 때의 호화로움을 다하지 않은 것이 아니다. 그러나 산에 불로초가 없으며 하늘에 기울지 않는 해가 없음에야 어떻게 하겠는가? 무릇 자신이 한줌의 흙으로 돌아가고 나라가 폐허가 된 후 전날의 즐기던 현장을 돌아볼 때는 다만 후인이 비평하는 자료가 되어 웅장하고 화려할수록 죄과만 더욱 늘어날 뿐이다.

서태후가 이 이화원頤和園을 경영하던 당일에 어찌 만세토록 끝이 없는 즐거움을 누리려 하지 않았겠는가? 그러나 수십 년을 넘지 못하여 사람은 기나긴 밤으로 돌아가고 나라의 운명은 남의 손에 넘어가고 말았다. 왕래하는 나그네마다 긴 호수를 손으로 가리키며 "이는 만민의 기름을 짠 것이다."라 하며, 옥기둥을 쓰다듬으며 "이는 백성의 뼈를 깎은 것이다."라 하지 않는 사람이 없다. 비록 효자와 자손慈孫이 있다 하더라도 장차 무슨 말로 변호할 것인가? 국가를 소유하면서 한 때에 지나지 않는 이목의 즐거움을 찾는 자는 마땅히 경계해야 할 것이다.

서사패루西四牌樓로 돌아와 저녁을 먹은 후 여러 벗을 작별하고 강재와 함께 우소에 돌아왔다.

25일 김해산金海山을 방문하여 함께 해왕촌공원海王村公園을 구경하였다. 공원은 유리창전琉璃廠甸의 옛터이다. 민국民國 6년(1917)에 공원으로 고쳐 꾸몄다. 정문은 남향이며, 동서로 각각 하나의 문이 있다. 뜰 가운데 돌을 쌓아 산을 만들었는데, 산 뒤가 수법지水法池이다. 수법지는 정확하게 둥근 모양으로 가운데 분수탑이 서 있다. 분수탑 끝에 용의 머리를 새겼는데, 사방의 물줄기가 용의 입에서 뿜어져 나온다. 뜰에 깔린 돌은 모나고 둥근 모양이 한결같지 않다.

---

61) 동작대銅雀臺 : 조조가 위공魏公으로 있을 때 지은 대이다. 조조는 죽을 때에 궁녀宮女들에게 향香을 나누어 주며, 사후라도 동작대에 와서 자기에게 제사하라 하였다.

동서와 남쪽은 모두 상점으로 대부분 골동과 서화, 보석과 사진, 악기와 다실·식당 등이며, 북쪽은 누각이다. 누각 북쪽은 화동花洞이니, 공원의 공터로 다루茶樓가 많아 새해 첫날마다 유객들로 붐비고, 팔부八埠의 기녀들이 또한 찾아와 차를 마시는 곳이다. 이때가 지나면 여름 초저녁에 찻집을 찾아 잠시 쉬어가는 사람이 있을 뿐이다. 나는 『성명규지性命圭旨』 한 권을 샀다.

돌아오는 길에 해산의 우소에서 저녁을 먹었다.

26일 이강준李康埈이 내방하다.

27일 김일송金一松·이진산李震山의 편지를 받았다. 시국을 논한 내용이 많다.

28일 김주병金周秉이 내방하여 김천민金天民과 함께 정거장에 가서 서양식 음식을 먹었다. 동안시장까지 가서 전광희극電光戲劇(영화)을 구경하였다.

29일 김창조金昌祚가 내방하다. 여러 대표들이 성남공원城南公園에 모여 사사로이 시국을 의논하는데, 사람을 보내어 나를 부른다. 나는 병을 핑계하여 가지 않고, 심산과 함께 서점 구경을 나갔다. 『동의보감東醫寶鑑』·『당송팔가唐宋八家』·『수원시화隨園詩話』와 『공교론孔敎論』 등의 책들을 샀다. 돌아오는 길에 비를 만나 취화호동翠花胡同의, 심산心山의 거처로 들어가서 저녁을 먹었다.

4월 1일 일이 시국에 관계되고 이미 벌어진 형편을 축소하기 어려우나, 가까이 의논할 만한 사람이 거의 없다. 더구나 남만주의 대표는 송군 한 사람으로 심히 고단한 형세이므로 부득이 이진산李震山을 부를 계획을 세우고 여비 약간을 마련하여 우편으로 보냈다.

2일 성군成君이 후고누원後鼓樓園으로부터 돌아와 상해 소식을 전한다. 정부의 직원은 조금도 물러날 의사가 없으며, 지금 막 직원을 더 뽑아 여론에 대항할 계획을 세우고 있다고 한다.

3일 시당과 소호의 편지를 받았다. 액목현額木縣에서 80리 떨어진 소백산 아래에 일부당천

一夫當千의 요새가 있어 그 안이 광활하고 평탄하여 5~6백 호의 농가를 수용할 수가 있다고 한다. 샘이 달고 토질이 비옥하며 공기는 선명한데, 지명은 북대영北大營이라 한다. 우거진 숲 속에 또한 버려진 옛날 큰 솥 한 좌坐가 있는데, 두께가 약 3치는 됨직하다. 전하는 말에, 발해의 유물이라고 한다. 또 그 동남방 40리 부근을 독립하獨立河라고 부른다. 평야 부근은 개간할 만하여 1천여 명을 먹여 살릴 수 있고, 지세 형국[向背]이 모두 훌륭하여 제이의 독립준비 기지가 될 만하다는 것이다. 과연 그렇다면 이는 참으로 우연이 아니다.

　　남공선南公善이 이승만과 정한경鄭漢卿(鄭翰景)에[62] 대한 성토문 한 장을 가져와 보인다. 서명란에 강경문姜卿文·김창숙金昌淑 이하 54명이 서명하였다. 오후에 취화호동의 홍폐공우鴻陸公寓 4호로 거처를 옮겼다.

　　4일　남상호南相虎가 내방하다. 들건대 상해정부는 퇴직권고서에 대하여 응답이 없을 뿐만 아니라, 도리어 그대로 추진하여 물러날 수 없다는 뜻을 크게 선포하였다고 한다.

　　5일　오성륜吳成崙이 내방하다. 들건대 신헌申憲 군이 이미 상해에서 출발하여 남경으로 향하였는데, 수로를 취하여 배편으로 온다고 한다. 대개 차중에서 모종의 곤란이 있을까 염려해서이다.

　　6일　한진산韓震山이 아들을 보내어 안부를 묻고 그 편에 고기반찬 한 항아리를 보내왔다. 후의가 매우 고맙다.

　　7일　4월 24일에 찍은 진단보震旦報를 보니, 단기 4252년 7월에 만국사회당회의萬國社會黨會議를 서서瑞西(스위스)에서 열어 한국독립승인안韓國獨立承認案을 통과시켰는데, 올해 4월에는 해당 안건을 국제연맹회에 조회하여 승인을 요구할 것이라 한다. 한진산이 평안북도 사람 전병훈全秉薰이 편집한 『정신철학통편精神哲學通編』 2책을 보내어 보여준다. 그 책은 유불선儒佛仙과 서양철학을 통합하여 하나로 뭉뚱그린 것인데, 그 문도 중의 중국 사람[燕人]이 남전藍田에서 그 학설을 신봉하여 출자하고 출판한 것이다. 전씨는 나이가 칠순에 가까우나 기골이 장대하다. 스스로 말하기를, "일찍이 나부산羅浮山에 들어가 옛날의 공섬도인空蟾道人을 만나 수진연

---

62) 1918년 파리평화회의에 국민중앙총회 대표로 이승만李承晚·정한경鄭翰景·민찬호閔燦鎬 등을 파견키로 하였으나 미국정부의 여권 거절로 출석할 수 없었던 적이 있다.

성술修眞煉性術을 들은 적이 있다.”고 하였다.

8일 김용응金鏞應이 내방하다. 신헌申憲이 상해 형편을 알려왔는데, ‘안창호·이동휘李東輝 등 9인이 분규를 해결하려는 뜻으로 국민대회國民大會를 제창하였다.’고 한다.

9일 이민창李民昌이 상해로부터 찾아오다. 정구단正救團 선포문이 도착하다.

10일 비가 오다. 이진산에게서 편지가 오다. 이튿날 아침에 답장을 써서 우편으로 보내었다.

11일 청나라 광서光緖 조정 근귀비瑾貴妃의 양례襄禮를 옛 예식에 의거하여 거행하였다. 오전 9시에 상여[靈輀]가 동직문東直門을 나와 동릉東陵으로 향하였다. 나는 송군 및 해산海山·심산心山 등의 여러 벗과 더불어 작은 배를 타고 해자[濠]를 건너 나란히 망경촌望京村 돈대까지 걸어갔다. 돈대는 대로에 임하였는데, 구경꾼 남녀가 마치 담처럼 에워쌌다. 맨 앞에 붉은 장식의 요여要轝가, 그 다음에 금빛 소교小轎가 3채, 연푸른 색 보교步轎가 3채, 합해서 6채가 따르고, 환삽圜翣(둥근 일산)이 4, 방삽方翣(사각 일산)이 4, 합해서 8채가 따르며 보병 수백 명이 붉고 검은 깃발을 세우고 각각 대오를 맞추어 굴비두름처럼 잇따른다. 공부槓夫(만장드는 사람) 1백여 명은 홍대립紅戴笠을 썼는데, 초립 꼭대기에 말총을 드리운 모양이 마치 우리나라의 옛날 군뢰軍牢(군대 안에서 죄인을 다루던 병졸)의 복장과 같다. 그 뒤에 영구靈柩가 따르는데 금 지붕의 대련大輦(큰 수레)에 실려 있다. 담군擔軍 80명은 머리에 모두 깃을 꽂았다. 또 흩어져 뒤를 따르는 자가 1백여 명으로 복장이 똑같은 모양이다. 군악이 앞에서 인도하여 위의가 정숙한 행렬이 10리에 뻗혀 있다. 오후에 청사晴簑 조성환曹星煥이 영안현寧安縣에서 찾아와 북변 소식을 자세히 들었다.

12일 젊은 무뢰배들이 이박사李博士(이승만)을 옹호한다는 뜻으로 통일회統一會를 헤아리지 못할 지경으로 얽어 모함하는 두 편의 글을 인쇄하여 배포하였다. 그 종적을 조사해보니, 북경에서 나온 것이 분명한데도 천진天津을 가탁하고 있다. 백일하에 공론을 등지고 사사로운 일을 자행하여 국적國賊의 오른팔이 되고도 편안히 부끄러운 줄 모른다. 도무지 양심이 없는 무리이니, 어찌 한심하지 않겠는가?

13일 은갑호동銀閘胡洞의 집현공우集賢公寓에서 모여 위원 몇 명을 상해 영지領地에 파견하기로 결의하였다. 각 단체에 현존한 군대를 조사하고 겸하여 노백산老白山 아래 한 군데 마땅한 곳을 찾아 새 군대를 모집하여 장래의 일을 준비할 계획을 세우다.

14일 송군과 함께 동안시장東安市場의 사진관[照像館]을 찾아가 각각 입상과 좌상 사진 두 장을 찍었다.

15일 후고누원後鼓樓苑으로 조청사曺晴簑를 찾아가 사례回謝하다. 오후에 김진우金振宇가 상해로부터 내방하다.

16일 집현공우集賢公寓에 모여 조사위원調査委員 3인을 선출하다. 서간도의 송호宋虎와 북간도의 강구우姜九宇, 노령露領의 남공선南公善이다.

17일 날씨가 점점 더워지는데 아직 겹옷[袷衣]을 갈아입지 못하여 송군으로 하여금 시장에 가서 하복 한 벌을 사도록 하였다. 겸하여 모자와 구두까지 바꾸었다.

18일 오인화吳仁華가 길림吉林으로부터 내방하다. 오후에 집현공우에 모여 시국문제를 토론하였다. 그 해결 방법은 오로지 국민의 여론에 맡기는 수밖에 없다고 한다.

19일 손영직孫永直이 상해로부터 내방하다. 듣자 하니 이박사가 도장을 가지고서 도주하였다고 한다.

20일 만오晩悟 김규식金奎植과 원세훈元世勳이 상해 대표로서 내방하니, 대개 북경인사와 더불어 국민대회 소집을 협의하기 위해서이다.

21일 우성又醒과 서산西山을 유람하기로 약속하였다. 식후에 동안문東安門 밖 왕부정대가王府井大街 거리에 나가 자동차를 탔는데, 배량裵亮과 박근병朴根秉이 뒤따랐다. 금오교金鰲橋·옥동교玉蝀橋로 가는 길을 취하여 서편문西便門을 나서니, 양쪽 길가의 수양버들에서 상쾌한 그늘이 땅에 가득 깔렸다. 길 가를 따라 수십 리를 가는 동안 촌락과 정자 중에 볼 만한 것이 많았으나 자동차가 번개같이 빨리 지나가는지라 눈여겨 볼 수가 없었다.

백운관白雲觀 앞의 옛 탑은 높이가 수십 장으로 당唐 천장관天長觀의 옛 터이다. 금나라 때 태극궁太極宮으로 바꾸었다가 원나라 때 장춘궁長春宮이라 고쳐 부르니, 곧 장춘진인長春眞人 구처기邱處機가 우화羽化한 곳이다. 명나라와 청나라가 여러 차례 증축하고 중수하여 궁내에 영관전靈官殿과 유선전儒仙殿·칠진전七眞殿과 같은 여러 대전과 옥황각玉皇閣과 두모각斗姥閣 같은 누각이 있고, 서쪽으로는 숭수사崇壽寺가 있는데 전각들이 웅장하고 화려하다. 이곳을 지나면 서산西山의 여러 봉우리가 아스라이 눈에 들어오는데, 마치 산수화 병풍을 펼친 듯하다.

잠깐 뒤 산 아래에 도착하니, 몇 층의 돌로 된 누각이 있다. 물이 맑아 얼굴을 비추는데 편액에 '서산제일여관西山第一旅館'이라 새겨 놓았다. 다루에 올라 차를 마셨다. 배군과 박군은 빼어난 경치를 즐겨 먼저 나귀를 타고 산 위로 올라간다. 나와 우성又醒은 느린 걸음으로 동쪽으로 걸었다. 돌계단 수십 층을 오르니 늙은 잣나무가 푸른데, 그 속에 한 도교의 선원[道觀]이 있다. 차지한 자리가 시원하게 높아 장안의 풍물을 반 이상 굽어 보는데, 마치 바둑판 위에 돌을 놓은 듯하다.

뜰을 돌아 서쪽에는 꽃동산을 꾸며 각색 꽃들이 만발하고, 나무 시렁 위에는 구리 솥과 기이한 돌을 진열하고 있다. 산발치에 찬 샘이 있어 근원이 돌 틈에서 나는데 맛이 달고 물빛이 깨끗하다. 정井 동쪽의 대숲에는 길들인 고운 새가 사람이 가까이 가도 날아가지 않는다. 정井의 서쪽에는 괴석이 사람처럼 섰는데, 칡넝쿨이 휘감고 있고, 남쪽으로 가서 조금 서쪽에 팔각 돈대가 있다. 높이가 4~5장이요 그 위는 10명이 둘러앉을 만한 넓이로 깨끗하여 먼지 한 점 없다.

돈대 북쪽에는 못이 있다. 넓이는 10이랑이요, 길이는 그 3배이다. 한 가운데에 돌다리를 걸쳤다. 다리 끝에 한 칸 규모의 작은 정자가 있어 못 한가운데 떠 있다. 정자 뒤는 석벽으로, 석벽 아래쪽 못가에는 돌로 함을 파고 함 속에, 돌을 깎아 용의 머리를 새겼다. 물이 용의 입에서 뿜어져 나와 못으로 흘러 들어간다. 못 안에 마름과 연꽃을 심어 푸른 잎이 넘실거리고 금붕어를 기르는데 금붕어가 큰 것은 한 자 남짓하다. 발랄하게 헤엄칠 때마다 고운 무늬가 온 못에 가득하니, 진실로 선경이다. 정자 위에서 차를 마시며 한참 동안 담소하는데 배군과 박군이 산에서 내려와 계단사戒壇寺와 수운사岫雲射의 좋은 경치를 칭찬한다. 그러나 석양이 서산에 걸리고 운전사가 돌아가기를 재촉하므로 훗날의 기약을 남기고 돌아섰다. 아쉬운 회포가 가슴에 남아 마치 정든 사람과 이별하는 듯하다.

서하西河의 물가에서 저녁을 먹었다.

22일　송군이 설사로 고생한 지 여러 날 되었다. 증세가 조금 나으나 방이 좁고 답답하여 조섭에 방해가 되므로 권하여 공원으로 유람하러 나갔다. 오후에 비바람이 갑자기 밀어닥쳐 옷을 흠뻑 적시고 돌아왔다.

23일　돌아가기로 뜻을 굳히고 작별시 한 수를 지어 우성과 강재 등 여러 벗들에게 보내다.

25일　김창숙金昌淑 군이 내방하여 무선공茂宣公이 주해한 남화경南華經 한 질을 선물한다. 후의가 진실로 고맙다.

27일　떠나기 직전에 액목현額木縣 여러 벗들의 결의안 한 부와 이진산李震山의 편지를 받다. 편지에, '29일에 길림성을 출발하여 연경으로 오겠다.'고 한다. 그 여정을 헤아려보니, 중도에서 엇갈리기가 쉬우므로 부득이 며칠 더 머물면서 도착을 기다릴 계획을 세웠다. 송군과 더불어 남문 밖 영빈관迎賓館에 나와 자다.

▫ 중국의 정류장 부근 가볼 만한 고적들을 이어서 적다　中國車站附邊古蹟可訪者續記

　　내 나이 올해 64세로 신시대에 살면서 신소년들과 함께 대화함에 신서적을 강론하여 신사상을 불어넣고 신사업을 장려하지 않은 적이 없었다. 그러나 스스로 내 자신을 돌아보면, 그대로 구시대의 인물이다. 그러므로 서책은 고문古文을 좋아하고 가지고 노는 노리개도 고물을 좋아하며 말할 때는 고사古事를 들어 증거로 삼고 유람하며 관광함에도 고적만을 찾아다니니, 비록 오늘날 새로움을 좋아하는 무리들이 혹 고루하다고 놀리는 사람이 있다는 것을 알지만, 제2의 천성天性을 그래도 바꾸기가 쉽지 않다.

　　여관에 몇 달간 있으면서 긴 하루가 무료하여, 사람을 맞이하고 보내는 여가에 자주 여러 곳을 찾아다녔다. 태학太學에 가서 주周 나라 선왕宣王 때 만든 석고石鼓를 보기도 하고, 황궁皇宮에 들어가 은殷 나라·주周 나라 때부터 내려온 솥과 제기[鼎彝] 등 오래된 그릇들과 한漢·당唐·송宋·명明 나라 때 이름난 사람들의 서화書畵를 둘러보기도 하였다. 단성團城에서는 원元 나라 왕조의 옥으로 만든 항아리를 보고 경도瓊島에서는 금金 나라 비妃의 화장대를 감상하는 등 잠깐씩 한번 보기를 마치 구름이 날아가듯 새가 지나가듯 다 보기는 하였으나 남아 있는 것이 없다. 그리고 또한 오래전부터 바라던 뜻에 조금은 부응했다고 할 만하다.

우연히 중국 여행 안내서를 보고 차도車道 근방의 여러 고적들과 선인先人들의 분묘墳墓와 사당이 있는 곳들을 뽑아 모아 두고 한번 둘러보려고 하였으나, 주머니가 비고 몸을 뺄 수가 없었다. 그래서 우선 앉은뱅이 생각으로 여유일기旅遊日記 뒤에 이어 쓴다. 조만간에 혹시 같은 취미를 가진 붕우끼리 서로 도와서 한번 구경할 날이 있기를 바란다.

청淸 나라 궁전 봉천奉天 성내에 있다. 동서로 33장丈 남북으로 80~90장 쯤 되는데 담장을 둘렀다. 문덕방文德房·무공방武功房·비룡각飛龍閣·상봉각翔鳳閣이 있는데, 각 안에는 금은金銀·주옥珠玉·보검寶劍·명화名畵와 청의 태조太祖 회감盔嵌(투구인 듯)과 돌을 뚫는 작은 칼, 황금으로 만든 종과 진주로 만든 장식이 번쩍번쩍 빛나서 사람의 눈을 어지럽게 한다. 그곳에 있던 중요한 보물들은 이미 북경으로 옮겼고 옛날 물건을 보존하고 있는 숭정전崇政殿에는 옥좌玉座 하나가 있다. 봉황루鳳凰樓는 높이가 3층인데, 그곳에 올라가면 봉천 시내가 한눈에 들어온다. 청녕궁淸寧宮은 곧 편전便殿이고 동쪽에는 대정전大政殿이, 서쪽에는 문소각文溯閣이 있어 사고전서四庫全書 6천 7백 52상자와 그 밖의 고적古籍들을 보관하고 있다.

동릉東陵 복릉福陵이라고도 하는데, 청 태조의 능이다. 성밖 20리 동쪽에 있다. 천주산天柱山의 가장 높은 곳에 자리 잡았는데, 푸른 소나무가 빽빽이 들어서 있어 풍경이 더 없이 아름답다. 좌우에는 돌로 만든 표범과 사자, 말과 낙타·코끼리 등을 늘어놓았으며 가운데는 성덕비聖德碑가 있다. 융은문隆恩門을 들어가면 융은전隆恩殿이 있고 그 뒤가 곧 능침陵寢이다.

북릉北陵 소릉昭陵이라고도 하는데, 태종太宗의 무덤이다. 성 밖 10리 북쪽에 있으며, 건축은 동릉과 같이 하였다. 비록 동릉처럼 웅장하지는 않아도 소나무와 삼나무가 울창하여 풍경은 또한 아름답다. 능 밖에 삼림森林은 둘레가 1리 남짓에 이르는데, 봄과 여름에는 유람객들이 매우 많이 몰린다.

황산黃山 성의 남쪽 30리에 있는데 속칭 황산荒山이라고 부른다. 청 태조가 진책陳策을 이곳에서 패퇴敗退시켰다.

구문九門 한 문은 대大북문과 소小북문 사이에 있었는데, 청의 세조世祖가 입관入關한 뒤에 바로 폐문하였다. 그래서 지금은 겨우 여덟 문만 남았다. 장대將臺는 소북문 밖에 있는데 청나라 초기 군사를 훈련하던 곳이고, 어화원御花園은 성의 서쪽 5리에 있는데 청나라 초기에 임금에게 꽃을 공급하던 곳이다.

호타하滹沱河 정정성正定城 남쪽에 있는데, 한漢 나라 광무제光武帝가 곡양曲陽에서 내려와 호타하까지 내달려왔다고 하는 이른바 '창졸간에 호타하에 와서 보리밥을 먹었다[倉卒滹沱麥飯].'고 하는 것이 바로 이 강이다.[63]

수隋 나라 개황開皇시대에 건립한 고비古碑 성 동쪽 대불사大佛寺에 있다. 대불사에는 5층으로 된 높은 누각樓閣이 있고, 그 안에 동불銅佛 한 좌가 있는데 높이가 7장丈 2자나 되고 크기는 몇 아름이 된다.

진황정秦皇井 임유성臨榆城에서 남쪽 8리에 있다. 오화동五花洞에 연환連環 5좌座가 있는데, 당태종唐太宗이 조선을 침략할 때 축조한 것이라 전한다.

다반산茶盤山 성과 거리가 70리이다. 하늘에 우뚝 솟아 있는데 둘레가 1백리이다. 『요사遼史』에서는 투산渝山이라 하였다. 산에는 무량불전無量佛殿이 있는데, 비문碑文은 다 문드러졌고 '대요천경삼년세차계사大遼天慶三年歲次癸巳'라는 열 자만 남아있다.

---

63) 창졸간에 호타하에 와서 … : 여기에 대한 이야기는 『자치통감資治通鑑』 권39, 한기漢紀 31 회양왕淮陽王 갱시원년更始元年 조에 나온다.

포독채抱犢寨 획록현獲鹿縣 성의 서쪽에 있는데 석가장石家莊 정류장에 속해 있으니, 곧 한신韓信이 조趙 나라를 칠 때 이른바 폐산[箄山]이다. 뒤에 갈영葛榮의 난[64]이 일어났을 때 백성들이 송아지를 안고 올라갔으므로 이름으로 삼았다. 정상에는 '포독복지抱犢福地(송아지를 안고 왔던 복된 땅)'라는 4자를 새겨 놓은 돌이 있다.

누상촌樓桑村 탁주涿州 정류장 동남쪽 12리에 있으니, 한漢 나라 소열제昭烈帝[65]의 고향 마을로 매년 음력 3월에는 유람하는 사람이 매우 많다.

황금대黃金臺 역주易州 동남쪽 30리에 있는데 바로 연燕 나라 소왕昭王이 금金을 놓고 천하의 인재를 모으던 곳이다. 이 지역 사람들은 현사대賢士臺라고도 부르고 초현대招賢坮라고도 부른다. 대의 가에는 고점리高漸離가 살던 곳과 형가관荊軻館·번오기관樊於期館[66]과 한漢의 의사義士 전주田疇[67]의 사당이 있다.

황량대謊糧坮 북경 조양문朝陽門 6리 밖에 있다. 당태종이 고구려를 침략할 때 병력을 주둔시키고 거짓으로 창고를 지어 고구려 군사를 유인하였는데, 이로부터 황량대라고 부르게 되었다고 전해진다.

명나라 리마두利瑪竇(마테오 리치)의 무덤 부성문阜成門 밖 마가구馬家溝 가홍관嘉興觀 서쪽에 있다. 무덤은 위는 둥글고 아래는 모나게 되어 있는데, 둥근 부분은 마치 흙더미를 잘라놓은 송곳과 같고, 모난 부분은 대坮같이 되어 있다. 리마두(마테오 리치)는 이탈리아 사람으로 천문·

---

64) 갈영葛榮의 난 : 중국 북위北魏 때 일어난 난으로, 여기에 대한 사실은 『위서魏書』 권10에 있다.
65) 소열제昭烈帝 : 촉한蜀漢을 세웠던 유비劉備이다.
66) 고점리高漸離 … 형가관荊軻館·번오기관樊於期館 : 형가는 연燕 나라 태자 단丹의 부탁을 받고 진秦왕을 죽이러 갔던 자객으로, 진왕의 신임을 얻어 접견하기 위해 진나라에서 망명한 장수인 번오기의 목을 요구하자 그는 선뜻 자기 목을 내주었다. 진나라로 길을 떠나기 전에 역수易水가에서 이별할 때 고점리는 비파를 연주하며 비장하게 형가를 전송한 사람이다. 『사기史記』 「자객열전刺客列傳」에 나온다. 고점리는 또 진시황을 죽이기 위해 진궁에 들어간 일도 있다.
67) 전주田疇 : 중국의 후한시대의 인물로, 원래 원소袁紹의 부하였으나, 나중에 조조曹操를 도와 공을 세웠으므로 정북장군靖北將軍 류정후柳亭侯를 봉하려 하였으나, 군신의 의에 벗어나 도망쳤다고 한다.

지리·측량·제조 등의 학문에 밝았다. 명나라 만력萬曆 9년(1581)에 천주교를 중국에 전래하기 위하여 중국에 와서 만국지도와 시계 등을 중국에 바쳤다. 숭정崇禎 3년(1630)에 죽으니, 조칙詔勅을 내려 배신陪臣의 예로 이곳에 장사지냈다. 무덤 앞에 집이 있고 집 앞에는 구석晷石(돌로 만든 해시계)이 있는데, 구석의 명에 "아름다운 해의 작은 그림자도 헛되이 지나가게 하지 말라. 눈에 보이는 모든 품물品物은 시간과 함께 흘러간다."라고 하였다.

원나라 태보太保 유병충劉秉忠[68]의 묘소 노구교蘆溝橋 북쪽에 있는데 무덤 앞에 돌로 만든 동물상이 아직 남아 있다.

향총香冢 남하와南下窪 도연정陶然亭 동북쪽에 있다. 석 자쯤 되는 쓸쓸한 무덤으로 잡화雜花에 둘러싸여 있으며, 옆에 작은 비석이 하나 있는데 정서正書로 다음과 같이 씌어져 있다. "한없는 근심 속에 아득한 세월이여! 짧은 노래 마치자 밝은 달도 이지러지네. 울창한 가성佳城에 벽혈碧血(푸르고 진한 피)이 있다네. 그 푸른빛도 다할 때가 있고 피도 다 없어질 때가 있겠지만, 한 줄기 향혼香魂(미인의 넋)은 끊어짐이 없으리니, 죽어 나비가 된다는 말이 사실이겠지?"

성명도 제명題名도 없다. 어떤 사람은 말하기를, '천운倩雲이라고 하는 노래하는 기생이 있었는데, 모 서생書生과 매우 좋아하여 이미 백발이 되도록 함께 하자는 맹세를 하였다. 그러나 서생은 몹시 가난하였고 그 기생을 데리고 있는 노기老妓는 욕심이 매우 많아서 맞이할 수가 없었다. 어떤 대복고大腹賈(악덕 상인을 부르는 말)가 천운이 예쁜 것을 보고 천금千金을 주고 노기를 매수해서 천운을 측실側室로 들이려고 하자, 노기가 돈을 욕심내어 받자, 천운이 마침내 스스로 목을 찔러 죽었다. 이 비석은 바로 그 서생이 세운 것이다.'라고 하였고, 또 어떤 이는, '아무 서생이 평소 자신의 재명才名을 자부하여 여러 번 경조시京兆試에 응시하였다가 급제하지 못하고 분이 나서 과거에 나가기를 단념하고 그 과거 답안지를 여기에 묻고 나서 이 시를 새겨 놓았다.'고도 하였다.

경산景山 신무문神武門 북쪽에 있는데, 본래 이름은 만수산萬壽山이고 또 다른 이름은 만세산萬歲山이다. 그 아래 석탄을 저장하여 재난에 대비하였기 때문에 민간에서는 매산煤山이라고

---

68) 유병충劉秉忠 : 몽골의 쿠빌라이(후에 원나라 세조)를 도와 원을 건국하였던 명신. 태보太保는 벼슬 이름이다.

부른다고 전해진다.

명나라 회종懷宗이 여기에서 사직을 마쳤던 곳이다.[69]

여공동呂公洞   성의 서쪽 옥천산玉泉山에 있다. 깊이와 너비가 두 길인데, 관음동觀音洞이라고도 한다. 여순양呂純陽[70]이 여기서 쉬었던 적이 있다고 전해진다.

고계문古薊門   덕승문德勝門 밖 8리에 있다. 옛날 계주薊州였다고 전해지는데, 계구薊邱라고도 한다. 옛날에는 누관樓館이 있었으나 지금은 없어졌다. 『수경주水經註』에는 '계성薊城 서북 모퉁이에 계구薊邱가 있다.'라고 하였다. 명나라 사람이 지은 『장안객화長安客話』[71]에서는 '지금의 덕승문德勝門 밖에 있으니 토성관土城關이 바로 그 남은 터이다.'라고 하였다.

정충묘精忠廟   악무목岳武穆[72] 공을 제사하는 곳이다. 하나는 앞문 밖 동소시東小市 서문 밖에 있는데, 진회秦檜 부부가 무릎을 꿇고 엎드려 있는 모습을 쇠로 빚어 놓은 조형물이 있다. 다른 하나는 안정문安定門 안 북신교北新橋 동쪽에 있는데, 안에는 무목공武穆公이 갑옷을 입고 동쪽을 향해 있는 상像을 모셔 놓았는데 아주 위엄이 있다.

법원사法源寺   선무문宣武門 밖 서쪽 전호동磚胡洞에 있는 당唐의 충민사忠憫寺이다. 당나라 정관貞觀 19년(645)에 태종太宗이 요동을 치러 갔다가 진중에서 죽은 장병들의 유해를 거두어 유주幽州성 서쪽 10여 리 되는 곳에 장사지내고, 그들의 충성심을 애도하는 무덤을 만들고 성안에다가 절을 지어 충민사라고 하였다.

---

69) 명나라 회종懷宗이 … 곳이다 : 명의 마지막 황제인 숭정제崇禎帝 주유검朱由檢을 가리킨다. 그가 매산煤山에서 자결한 후 청나라에서 묘호廟號를 회종懷宗이라고 하였는데, 후에 남명南明 정권에서는 묘호를 사종思宗이라고 따로 정하였고 후에 의종毅宗으로 다시 고쳤다.

70) 여순양呂純陽 : 여순양은 중국 북송北宋시대 사람으로 신선도를 행하여 신선이 되었다고 전해지는 사람이다.

71) 『장안객화長安客話』 : 이 책은 명나라 사람 장일규蔣一葵가 지은 책으로 당시 천진天津의 풍물을 기록한 책이다. 장일규의 자는 중서仲舒, 호는 석원石原으로 강소성 무진武進 사람이다. 명나라 영락永樂 연간에 광서廣西에서 벼슬살이 했고 뒤에 경사서성지휘사師西城指揮使를 지냈다.

72) 악무목岳武穆 : 북송 말기에서 남송 때 활약한 장군인 악비岳飛를 가리킨다.

문승상文丞相 사당 송宋 나라 신국공信國公 문천상文天祥[73]을 제사하는 곳으로 부학호동府學胡同[74] 동쪽에 있다. 명나라 경태景泰[75] 때에 충렬忠烈이라는 시호諡號를 내리고, 남아있던 조상彫像을 승상의 의관 차림의 모습으로 다시 만들었다. 좌우에 있는 돌에 홀笏을 잡고 있는 반신상을 새겼는데, 관冠이 마치 명나라의 국공國公같고, 홀에는 '공자는 인仁을 이루라고 하였고 맹자는 의義를 취하라고 하였다[孔曰成仁 孟曰取義].'라는 몇 구절의 말이 새겨져 있다. 본전本殿의 세 기둥에 대련對聯이 있는데, 그 대련이 '남조의 장원재상[南朝壯元宰相]이요 서강의 효자충신이다[西江孝子忠臣].'라고 새겨 놓았다. 병풍에는 정기가正氣歌 전문을 큰 글씨로 써 놓았는데, 필세가 날아갈 듯 춤추는 듯하다. 그 한가운데 있는 한 편액에는 '송나라가 여기에 있다[有宋存焉].'라고 써놓았다.

한漢 나라 괴철蒯徹의 무덤 광거문廣渠門 밖 8리 장고부莊古阜에 있다. 높이가 4자쯤 되는데, 묘 앞에 우물이 있다. 원나라 사람 우흠于欽이 지은 『제승齊乘』을 살펴보면, '괴철의 묘는 임치臨淄의 동쪽 2리에 있다.'고 하고, 『한서漢書』에는 "괴철은 범양范陽 사람인데 한漢 고조가 '괴철은 제나라의 변사辯士다. 그래서 그가 죽자 이곳에 장사지냈다.'"고 하였으니, 어느 것이 맞는지 모르겠다.

당唐 나라 민충묘憫忠墓 서편문西便門 밖 백운관白雲觀 서쪽 10여 리에 있다. '당 태종이 수隋 나라 양제煬帝가 요동遼東에서 싸울 때 죽은 사졸士卒들의 유골을 보고 측은惻隱히 여겨 모두 수습하여 장사지내주면서 큰 무덤을 만들고 그에 따라 이름을 붙였다.'고 전해진다.

이동양李東陽[76] 하사받은 집 서장안가西長安街의 이각로호동李閣老胡同에 있고, 무덤은 서직

---

73) 신국공信國公 문천상文天祥 : 송나라 말기의 충신忠臣으로 몽골의 침입에 저항하다 포로가 되어 끝내 항복하지 않고 처형당하였다. 신국공은 시호이다.
74) 부학호동府學胡同 : 호동은 북경의 골목을 이른다. 부학호동은 명나라 때 순천부학順天府學이 남아 있어 얻어진 이름이다. 원나라 때 이곳 후통胡同의 서쪽입구 북쪽은 대도병마사大都兵馬司 감옥이 있었는데, 남송의 유명한 애국공신인 문천상文天祥이 포로로 잡힌 뒤 여기에 수감되어 지하 감옥에서 3년을 보냈으며 여기에서 유명한 「정기가正氣歌」를 지었다.
75) 경태景泰 : 중국 명明 나라 대종의 연호年號. 서기西紀 1450년부터 1456년까지이다.
76) 이동양李東陽 : 명나라 초기 시인으로 이른바 전후칠자前後七子의 대표적인 인물이다. 복고적이고 보수적인 경향을 주도하였다.

문西直門 밖 대혜사大慧寺 서쪽에 있다. 벽을 사이에 두고 앞에는 사당을 지었는데, 한길과 닿아 있고, 행림杏林 석문石門에 비갈碑碣이 있는데 '이문정공묘李文正公墓'라는 글씨를 새겨 놓았다.

한漢 나라 좌풍익左馮翊 한연수韓延壽[77]의 무덤 현서縣西 각산覺山에 있다.

진晉 나라 장화張華[78]의 무덤 대홍현大興縣 동남쪽 60리에 있다.

금金 나라 때의 각릉 방산현房山縣 주구周口 북쪽에 있는데, 반은 이미 황폐화 되었다.

명明 나라 능 북경의 북쪽에 있는 창평주昌平州 북쪽 18리 천수산天壽山에 있는데, 능은 모두 13개이다. 첫 번째 성조成祖의 장릉長陵은 가운데 봉우리인 필가산筆架山 아래에 있고, 두 번째 인종仁宗의 헌릉獻陵은 서봉西峰 아래에, 세 번째 선종宣宗의 경릉景陵은 동봉東峯 아래에, 네 번째 영종英宗의 유릉裕陵은 석문산石門山 동쪽에 있다. 다섯 번째 헌종憲宗의 무릉茂陵은 취보산聚寶山 동쪽에, 여섯 번째 효종孝宗의 태릉泰陵은 사가산史家山 동남쪽 7리에, 일곱 번째 무종武宗의 강릉康陵은 금령산金嶺山 동북쪽에, 여덟 번째 세종世宗의 영릉永陵은 18도령道嶺에, 아홉 번째 목종穆宗의 소릉昭陵은 대욕산大峪山 동북쪽에, 열 번째 신종神宗의 정릉定陵은 소욕산小峪山 동쪽에 있다. 열한 번째 광종光宗의 경릉慶陵은 서봉西峰의 오른쪽에, 열두 번째 희종憙宗의 덕릉德陵은 쌍쇄산雙鎖山 단자욕檀子峪 서남쪽에 있고, 열세 번째 회종懷宗의 사릉思陵은 금병산錦屛山 소릉 서쪽에 있다. 청나라 순치順治 16년(1659)에 세조世祖가 기내畿內를 순행巡幸하면서 여러 능에 가서 글을 지어 제사지냈다. 경제景帝의 능은 완평현宛平縣 서쪽 금산구金山口에 있다.

서릉西陵 양격장梁格莊 정류소 남쪽 25리에 있다. 청나라 왕실의 능침陵寢은 두 군데 있다. 한 곳은 동릉東陵으로 북경의 동쪽 준화주遵化州에 있다. 한 곳은 서릉西陵으로 능이 모두 4개

---

77) 한연수韓延壽 : 한연수는 한나라 때 사람으로, 좌풍익左馮翊 태수太守로 있을 때 형제가 땅 경계를 가지고 다투는 것을 보고 자신의 가르침이 충분하게 이루어지지 않는 것을 한탄해서 방문을 닫고 자기의 과실을 깊이 생각했다는 고사가 있다. 『한서漢書』 권76에 「한연수전韓延壽傳」이 있다.
78) 장화張華 : 중국 서진西晉의 학자學者이며 정치가이다. 학식이 넓고 시가詩歌나 문장文章이 아름다움. 혜제惠帝 때의 태자소부太子少傅로 임명任命되었으나, 팔왕八王의 난 때에 조왕趙王 윤倫에게 살해殺害되었다. 저서著書로는 『박물지博物誌』 10권이 전한다.

이다. 첫째는 세종의 능으로 태릉泰陵이라고 하고, 두 번째는 인종仁宗의 능으로 창릉昌陵이라고 하며, 세 번째는 선종宣宗의 능으로 모릉慕陵이라고 하고, 네 번째는 덕종德宗의 능으로 숭릉崇陵이라고 하는데, 각 능의 규모나 모습은 대체로 같다.

역산歷山   제남성濟南城 남쪽 5리에 있는데, 그곳은 바로 천불산千佛山이다. 그 속에는 순舜임금의 사당이 있고, 남관南關에는 순임금의 우물이 있다.

민자묘閔子墓[79)]   동위자문東圍子門 밖에 있고, 사당은 소량小梁 모퉁이 서쪽에 있다.

오룡담五龍潭   서문 밖에 있는데 진숙보秦叔寶가 살던 집이다. 묘는 팔리와八里窪에 있다.

투할정投轄井   지금의 공업학교 안에 있다. 바로 한漢 나라 진준陳遵[80)]이 손님을 머물게 하기 위하여 수레바퀴 꽂이를 빼어 던졌던 곳이다.

연무청演武廳   남문 밖에 있다. 삼국三國 때 조조曹操가 군사를 사열하던 곳이다.

동중서董仲舒의 독서대讀書坮   덕주德州 대서문大西門 밖에 있다.

노중련대魯仲連坮   동창東昌 동관東關에 있다.

우왕대禹王坮   개봉開封 송문宋門 밖에 있다.

동작대銅雀坮   창덕彰德 장하漳河의 북쪽으로 성에서 거리가 약 60리 되는 보장촌保障村에 있는데, 위魏의 무제武帝가 병사들을 훈련시키던 곳이다.

---

79) 민자묘閔子墓 : 민자는 공자의 제자인 민자건閔子騫의 무덤, 민자건은 이름은 손損이다. 민자건은 효성이 뛰어났으며 공자 제자 중에 덕행으로 이름났다. 『논어論語』 「선진先進」에 보인다.
80) 한漢 나라 진준陳遵 : 진준은 전한前漢 때 사람으로, 손님이 오면 문을 걸어 잠그고 타고 온 수레바퀴를 고정시키는 꽂이[轄]를 빼내어 가지 못하게 하고 함께 함께 술을 마셨다고 전한다.

공자가 주周 나라에 들어가서 예에 대해 묻던 곳 바로 노자老子가 살던 집. 하남[옛 낙양洛陽이다] 동관東關 밖에 있는데, 또 송宋 태조太祖가 탄생한 곳도 있다.

진晉 나라 선제宣帝의 능 북관北關 밖 2리에 있다.

천진교天津橋 성의 남쪽 낙수洛水 가운데 있으니, 소자邵子(소옹邵雍을 말함)가 점을 치며 살던 곳인데, 또 안락와安樂窩가 있다.

분금구分金溝 성의 동쪽 10리에 있으니, 곧 관중管仲과 포숙아鮑叔牙가 돈을 나누었던 곳이다.

배진공裴晉公81)의 오교장午橋莊 성의 남쪽 10리에 있다.

상공장相公莊 성남향城南鄕에 있으니, 바로 여몽정呂蒙正82)이 살았던 집이다.

한漢 수정후壽亭侯 관공關公83)의 무덤 남문 밖 15리에 있다.

주周 나라 경왕릉景王陵 건구乾區 반룡령盤龍嶺에 있다. 또 건구 마파馬坡에는 한漢 나라 곽후郭侯의 능이 있다.

주공묘周公廟 서관西關 밖에 있는데, 그곳에는 소자邵子·정자程子·주자朱子의 사당이 있다.

가태부賈太傅84) 사당 동관東關에 있다.

---

81) 배진공裴晉公 : 당唐 나라 때 명재상으로 이름은 도度이다. 외적을 물리치는 데 공을 세워 진국공
　　晉國公에 봉해졌다.
82) 여몽정呂蒙正 : 송宋 나라 초기의 학자이며 명신名臣이다. 태종太宗 때 두 번 승상丞相에 오른 입지
　　적적 인물이며 「파궁부破窮賦」라는 그의 입신과정을 서술한 자전적인 글이 있다.
83) 한漢 수정후壽亭侯 관공關公 : 촉한蜀漢의 장수 관우關羽가 조조曹操에게 한 때 수정후壽亭侯에 봉해
　　졌다고 해서 부르는 말이다.
84) 가태부賈太傅 : 가태부는 중국 전한前漢 문제文帝 때의 문인·학자인 가의賈誼를 가리킨다.

백제대白帝坮 상수현商水縣 서북쪽 30리에 있다. 한나라 고조가 백사白蛇를 벤 곳으로 백제청풍白帝淸風은 상수팔경商水八景의 하나다.

초회왕묘楚懷王墓 현성縣城의 서쪽에 있는데, 치첩雉堞(성 위에 쌓은 낮은 담. 성가퀴)이 멀리 물 위에 비치는 것과[雉堞遙映] 초목이 무성한 것[草樹離離], 그리고 황폐한 성곽에 석양이 비치는 것[荒城西照]은 팔경중의 하나다.

초채焦砦 현縣의 서남쪽 50리에 있다. 송宋 나라 장수 조찬焦贊이 군사를 주둔시켰던 곳이다. 초채사焦砦寺가 있는데, 수풀이 울창하다. 초채의 맑은날 놀[焦砦晴煙]은 팔경 중의 하나다.

성남城南의 동악묘東岳廟 말라버린 은행나무가 하나 있는데, 명나라 태조가 북정北征할 때 나무 아래에서 말을 머물렀는데, 발자국이 한 치정도나 깊이 들어간 것이 지금까지 닳지 않았다고 전해진다. 어떤 이는 한漢의 광무제光武帝라고도 하는데 맞지 않다. 은행나무에 서린 용[銀杏盤龍]은 팔경 중의 하나다.

오강梧岡의 봉황대鳳凰坮 성 안의 십자거리에 있다. 한나라 황패黃覇[85]가 영천潁川 태수가 되었을 때 봉황이 여기에 깃들어 있었다고 한다. 오강에 깃든 봉황[梧岡栖鳳]은 팔경의 하나다.

실마묘失馬廟 성의 동북쪽 8리쯤의 오구하烏溝河의 가운데 있는데 집이 빽빽하고 나무가 많아서 달 밝은 밤에는 대낮같다. 어떤 사람은 한漢의 광무제光武帝가 밤중에 말을 찾다가 이곳에 와서 길을 잃었는데 조금 있자 하늘이 크게 밝아졌으므로 지역 사람들이 사당을 세워 제사지냈다고 한다.

장화유지章華遺址 성의 북쪽 2리쯤에 있다. 『춘추春秋』 "양공襄公 17년에 초楚 나라 영왕靈王이 장화대를 쌓고 제후들을 불러 낙성제落成祭를 지내려고 태재太宰 위계강遠啓疆을 시켜 노魯에

---

85) 한나라 황패黃覇 : 황패黃覇는 한漢 나라 때 회양淮陽 사람으로 그는 특히 여러 지방을 잘 다스렸는데, 선제宣帝 때 영천 태수가 되어 선치善治하자 봉황이 나타났다고 한다. 『한서漢書』「순리전循吏傳」에 나온다.

와서 노魯 나라 임금을 불렀다."[86]한 것이 곧 이것이다. 이곳도 팔경 중의 하나이다.

상商 나라 고종高宗의 능 주가구周家口 서북쪽 서화현西華縣 경내에 있다.

대성채大成寨 주가구周家口 남쪽의 채구집蔡溝集에서 1백리 쯤 되는 곳에 있는데, 공자께서 이곳에서 7일 동안 곤액을 당하셨던 곳이다.

수관대水觀坮 주가구 남안南岸에서 2리 되는 곳에 있는데, 초楚 나라 장공莊公이 군사들을 사열하던 곳이다.

부소사扶蘇寺 현의 서쪽 20리에 있는데, 진시황의 장자 부소扶蘇가 이곳에서 죽었다.

당 태조 수부帥府 옛터 태원성太原城 안에 있는데, 지금은 재정청財政廳의 관서가 되었다.

당나라의 측천무후則天武后가 승려가 된 곳 상마가上馬街 신사新寺에 있다.

적촌狄村 수의문首義門 밖에 있는데, 당나라 적인걸狄仁傑이 살았던 곳이다.

명나라 옛 궁궐 남경南京 강녕현江寧縣 홍무문洪武門 안에 있다. 궁실은 전쟁에 불타고 지금은 겨우 구룡교九龍橋와 어구지御溝池만 남아 있다.

종산鍾山 조양문 밖 3리 쯤에 있는데, 명나라 효릉孝陵이 있다.

반산사半山寺 조양문 안에 있는데, 송宋 나라 왕안석王安石의 옛 집이다. 절 앞에는 한 쌍의 회檜나무가 있는데, 왕안석이 직접 심었다고 전해진다.

---

86) 『춘추春秋』 양공襄公 … 불렀다 : 이 기사는 『좌전左傳』「소공昭公」 7년 3월조에 나오고 양공 7년 조에 보이지 않는다. 위계강薳啓疆의 위薳를 원문에 거薳로 잘못 적었다.

우화대雨花坮 취보문聚寶門 밖에 있는데, 생공生公[87]이 설법하자 꽃비가 어지럽게 내렸기 때문에 이런 이름을 붙였다.

망사창蟒蛇倉 취보문 동쪽에 있는데, 주처周處[88]가 그 위에 살았다.

태자太子 소나무 포구浦口 양천陽泉에 있다. 양梁 나라 소명昭明태자가 여기에서 목욕하고 직접 두 그루의 소나무를 심었다.

달마연좌석達磨宴坐石 포구 정산定山에 있다. 양梁 나라 때 달마가 건너와서 그 위에 앉아 있었는데, 손바닥 자국이 아직도 완연하다.

한신후韓信侯의 조어대釣魚坮와 고하교胯下橋 회안현淮安縣 구문具文에 있고, 한후사韓侯祠는 구조원舊漕院 동쪽에 있으며, 묘포사漂母祠는 서문 밖에 있다.

무진현武進縣 성안 동쪽 사자골목 큰 돌이 있는데, 소동파蘇東坡가 살던 유적이다.

옛 부서府署 대관루大觀樓가 있는데, 삼국시대 주유周瑜의 장수대將帥坮이다.

만수정萬壽亭 동문 밖 문성패文成壩에 있는데, 소동파가 배를 대던 옛터이다.

태평사太平寺 동문 밖 태평교太平橋에 있다. 절에는 문필탑文筆塔이 있는데, 높이가 7계단이다. 오吳 나라 대제大帝 때 세운 것이다.

도원陶園 남소문 밖에 있다. 명나라 형천荊川 당순지唐順之[89]가 독서하던 곳으로, 옆에는 형

---

87) 생공生公 : 중국 동진東晉 때 고승인 축도생竺道生을 가리킨다.
88) 주처周處 : 진晉 나라 혜제惠帝 때 학자로, 개과천선改過遷善이란 고사성어의 주인공이다. 『진서晉書』 「주처전周處傳」에 나온다.
89) 형천荊川 당순지唐順之 : 형천荊川은 명나라 사람 당순지唐順之의 호이다. 그의 자는 응덕應德이며, 무진武進 사람이다. 벼슬이 우첨도어사右僉都御史에 이르렀고 독서를 많이 한 것으로 유명하다. 저

천의 묘가 있는데, 화표華表(묘소 앞의 문)와 옹중翁仲(석상이나 동상)이 우뚝이 홀로 서 있으며, 손신행孫愼行[90]이 쓴 비제碑題가 있다.

혜천산惠泉山 무석현無錫縣 서문 밖 5리에 있는데, 일명 혜산慧山이라고도 하며, 구룡九龍이라고도 한다. 동쪽에서 서쪽으로 내려오면서 아홉 개의 오隖가 나뉘어 진다. 그 첫 번째 것을 '도화오桃花隖'라고 하는데 왜황媧皇의 사당이 있다.

천하 제이의 샘[天下第二泉] 혜천산惠泉山 의란당漪瀾堂 뒤에 있는데, 속칭 천정泉亭이라 한다. 샘이 3개의 못으로 나뉘어 있는데, 위에 있는 못 물이 가장 맛이 좋아서, 당나라 시인 육우陸羽가, '천하에서 두 번째라.'고 평하였다고 한다. 수질은 주석을 많이 포함하고 있어서, 동전을 던지면 빙빙 돌다가 한참 있으면 그제야 가라앉는다. 술잔에 물을 담아 놓고 동전을 수십 개 던져 넣어도 물이 넘지 않는다. 중간 못은 맛이 떫고, 맨 밑에 있는 못의 오른쪽에는 조맹부趙孟頫가 쓴 '천하제이천天下第二泉'이라는 석각石刻이 있고, 또 청나라 고종高宗이 글을 지은 비문도 있다.

춘신간春申澗 혜천산 천정泉亭 거리에 있다. 초나라 황헐黃歇[91]이 말을 놓아 먹이던 곳이라 하여 속칭 황공간黃公澗이라고 한다. 큰비가 올 때는 시냇물이 내리 쏟으므로 '황공폭포'라고도 한다. 산의 허리, 시내의 중류에 가면 큰 돌이 있는데, 그 위에 '와운臥雲'이라는 두 자를 새겨 놓았다.

금련지金蓮池 일명 노당瀘塘이라 한다. 현의 서쪽 소충사昭忠祠 안에 있다. 못에는 금색 연화가 있다. 주석朱錫은 현에서 나는 특산물이다. 그 물은 아득히 넓고 아주 깨끗하다. 위에는 '청송聽松'이라는 석각이 있는데, 당나라 이양빙李陽水[92]이 전서篆書로 '청송聽松'이라는 두 글자를 썼다.

서에 『형천선생문집荊川先生文集』 등이 있다.

90) 손신행孫愼行 : 명나라 사람으로 자가 문사聞斯이며 무진 사람이다. 벼슬이 예부상서禮部尙書에 이르렀고 『명사明史』에 본전本傳이 있다.

91) 황헐黃歇 : 황헐은 전국시대 초楚 나라 귀족인 춘신군春申君의 성명이다. 『사기史記』에 「춘신군열전春申君列傳」이 있다.

92) 이양빙李陽水 : 조군趙郡 사람으로 자는 소온少溫이며, 건원乾元간에 진운령縉雲令이 되었다가 뒤에 당도령當塗令으로 옮겼는데, 전서를 잘 썼다.

지덕사至德祠   오吳 나라 태백太伯을 제사지내는 곳이다. 서문 밖에 있는데, 봄에는 많은 사람들이 놀러간다.

옥대교玉帶橋   진강鎭江 서문 밖 5리쯤 금산金山에 있다. 소동파가 불인佛印을 찾아올 때 배를 정박시켰던 곳이다. 강천사江天寺 안에는 주周 나라 선왕宣王 때에 마침내 열었다는 큰 솥이 있다[遂啓謀大鼎]. 또 소동파의 옥대玉帶와 동파의 불인佛印 동상과 아울러 직접 쓴 편지가 있다. 산의 서쪽에는 곽박郭璞의 무덤이 있다.

북고산北固山   북문 밖 5리쯤에 있는데, 일명 북고北顧라고도 한다. 그 가장 높은 봉우리를 보면 삼국시대 오吳 나라 손부인孫夫人이 화장하던 소장대梳粧坮가 있고, 그 남쪽 기슭에는 태사자太史慈의 무덤이 있다.

정혜사定慧寺   성의 동쪽 9리쯤 되는 곳의 초산焦山에 있는데 전각殿閣이 높게 솟아 있어 초산의 여러 절 중에 으뜸이다. 가운데에 주周 나라 선왕宣王 때의 솥이 있고, 진秦 나라 비석을 새긴 석문石門이 있고, 서한西漢의 정도왕定陶王(劉康의 봉호)의 솥이 있고, 촉한蜀漢 제갈량의 구리 종이 있으며, 진晉 나라 왕희지王羲之의 예학명瘞鶴銘이 있다. 절 옆에 예학애瘞鶴厓가 있다.

호포천虎跑泉   성의 서남쪽 약 5리쯤 되는 대공산戴公山 아래에 있는데, 당나라 낙빈왕駱賓王이 쓴 비석이 있다.

청리산방廳鸝山房   대공산 아래에 있으니, 곧 대옹戴顒이, 감귤 두 개와 술 한 말을 가지고 꾀꼬리 소리를 듣던 곳이다.

노숙魯肅의 **무덤**   서문 밖 5리 쯤에 있는 정류장 근처에 있다. 또 동북문 성 위에는 망숙루望肅樓가 있는데, 오吳 나라 대제大帝가 노숙의 묘를 바라보던 곳이라고 전해진다.

범공교范公橋   성안에 있는데, 다리 서쪽에 범문정공范文正公이 독서하던 곳이 있다.

성안의 고루강鼓樓岡　한세충韓世忠의 무덤이 있다.

남문 밖 6리에 있는 죽림사竹林寺 부근　학림사鶴林寺가 있는데, 그 안에 기노천寄奴泉과 백련지白蓮池 등의 옛터가 있다.

초은사招隱寺　성의 남쪽 7리에 있다. 양梁 나라 소명태자昭明太子가 책을 읽던 곳으로 청나라 왕조의 임금들이 지은 '초은사'와 '독서대讀書垍' 등의 시가 있다.

송나라 주필대周必大 고택　성의 서쪽 8리에 있는 양팽산楊彭山에 있는데, 지금은 동악묘東岳廟가 되었다.

소금산小金山　양주성 북쪽 3리에 있다. 법해사 천왕전天王殿이 있으니 뒤에는 곧 각목청梠木廳이다. 가운데 돌을 깎아 만든 구양수歐陽脩의 상이 있어 탁본해서 파는 사람이 있는데, 약 3백~4백문文 정도이다.

소양산昭陽山　홍화현興化縣 서쪽에 있는데, 초楚 나라 영윤令尹 소양昭陽의 식읍食邑이다.

괴돈蒯墩　성의 남쪽 8리에 있다. 한漢 나라 괴통蒯通을 그 아래에 장사지냈다고도 하고, 혹은 번쾌樊噲를 장사지냈다고도 한다.

백화주百花洲　남문 밖에 있다. 명나라 종주宗周가 그 아들 신臣과 함께 독서하던 곳으로, 부거관芙蕖館과 통문교通文橋, 현립縣立제일고등소학교가 있다. 그 안에 오래된 매화나무 한 그루가 있는데, 송나라 때 현령을 지낸 범중엄范仲淹이 직접 심었다고 한다.

문봉탑文峰塔　동문 밖에 있다. 명나라 만력萬曆 26년(1598)에 이사성李思誠이 창건創建하였고 소사少師 이춘방李春芳이 옥으로 둘러 두었다.

창랑정滄浪亭과 탁영정濯纓亭　모두 남문 밖에 있는데, 송나라 범중엄이 세운 것이다.

육십사이지당六十四以之堂   육영리毓英里에 있다. 이 고을 사람 임진진任陳晉이 『주역周易』을 읽던 곳이다.

낭산狼山   통주성通州城 남쪽 18리에 있다. 동쪽 기슭에 당나라 낙빈왕의 무덤이 있다.

문회정文會亭   성의 남쪽에 있다. 송나라 장원壯元 정해鄭獬가 독서하던 곳이다.

회양淮陽 서문 밖   우왕궁禹王宮이 있다.

궁륭산穹窿山   소주성 서남쪽 60리에 있다. 가운데 적송자赤松子 유적이 있는데, '연단대煉丹坮·승선대昇仙坮'라고 부른다.

천평산天平山   성 서남쪽 20리에 있다. 송나라 범중엄을 이곳에 장사지냈다고 한다. 그러므로 범분范墳이라고도 한다. 기이한 돌이 숲을 이루고 서 있는데, 이를 '만홀조천萬笏朝天'이라고 한다. 위에는 연화동·백운동·비래봉·천산동·섬여·용두·영귀·조어 등의 이름이 붙은 바위가 기이한 모양을 하고 있어서, 참으로 오吳 나라의 산 중에 으뜸으로 꼽힌다. 아래에는 문정공文正公(범중엄의 시호) 사당이 있다.

등위산鄧尉山   성의 서남쪽 60리에 있다. 한漢 나라 때 등위鄧尉가 이곳에 숨어 살았기 때문에 이런 이름이 붙었다. 매화나무가 숲을 이루고 있어 봄이 되면 많은 사람들이 유람을 오는데, '등위탐매鄧尉探梅(등위가 매화를 탐하다)'란 칭호가 있다.

호구산虎口山   성의 서부쪽 7리에 있다. 오왕吳王을 그 아래에 장사지냈다. 그 아래 검지劍池가 있는데, 오왕이 검술을 시험해 본 곳이라고 전해진다. 그 옆에 마애摩厓가 있는데 안노공顔魯公(노공은 안진경顔眞卿의 봉호)이 쓴 '호구검지虎口劍池'라는 네 자의 큰 글씨가 있다. 또 생공설법대生公說法坮·완석頑石·점두석點頭石·백련지白蓮池가 있다.

왕세마항王洗馬巷   성내 창문閶門 밖에 있는데, 춘신군春信君의 사당이 있다.

대형산大荆山 무호현蕪湖縣 동남쪽 16리에 있다. 『구역지九域志』[93]에는 '변화卞和가 이곳에서 옥을 얻었다.'고 하였다. 명나라 수부水部(즉 공부工部) 허용중許用中이 일찍이 '한벽寒壁'이라는 두 글자를 크게 써서 바위에 새겨 놓았다. 그래서 '형산한벽荆山寒壁'이라고 부른다.

현의 동북 주촌周村 진晉 나라 왕돈王敦의 무덤이 있다.

당나라 태사太史 이순풍李淳風의 묘 조계租界 옆 강가 반 리쯤에 있다. 현지縣志에는 "명나라 홍무洪武 초에 읍령邑令 이행소李行素가 강을 건너는데 관棺 하나가 중류를 따라 떠내려 오는 것이 있기에 살펴보니, 관 위에 글자가 새겨져 있는데, 당나라 이순풍이 홍무 연간에 물을 따라 무호蕪湖를 향해 왔는데, 이 현지사李縣知事가 나를 싣고 강동江東을 지나간다."라고 쓰여 있었다. 그리하여 마침내 이행소가 이를 싣고 강가의 높은 언덕을 올라갔는데, 힘써 끌어 올렸으나 움직일 수가 없어서 그곳에다 장사지냈다고 한다.

적취헌滴翠軒 자산赭山 북쪽의 광제사廣濟寺에 있다. 송나라 황산곡黃山谷(산곡은 황정견黃庭堅의 호號)이 독서하던 곳이었는데, 오랫동안 황폐해져 있던 것을 광서光緒 연간에 충절공忠節公 원창袁昶이 무호도蕪湖道라를 맡았을 때 이를 중수하였다.

영주潁州 서관西關 밖 서호西湖가 있는데, 송나라 구양수歐陽脩가 옛날에 놀던 곳이다.

양주楊州 신성新城 안 지금의 법운사法雲寺는 바로 진晉 나라 사안謝安[94]의 고택이다.

수궁隋宮 지금의 대의진미루大儀鎭迷樓이다. 지금 관음각觀音閣에는 또 24개의 다리가 있는데 모

---

93) 『구역지九域志』: 『구역지九域志』는 『원풍구역지元豊九域志』로 송宋의 왕존王存이 지은 중국의 고대 지리를 적은 책이다.

94) 사안謝安 : 중국 동진시대東晉時代 중기의 정치가. 자는 안석安石. 하남성河南省 출신이다. 처음에는 절장성浙江省 회계會稽의 장원莊園에서 왕희지王羲之 등과 유유자적하다가 40세에 출사하여 상서복야尚書僕射·사도司徒·태보太保 등을 지냈다. 계략으로 군벌 환온桓溫의 찬탈을 저지하는 동시에 조카인 사현謝玄을 기용하여 전진前秦 부견符堅의 대군을 격퇴하는 등 동진왕조에 이바지하였다. 음악·행서行書·청담에 뛰어나 풍류재상으로 존경받았고, 후세에 대신大臣의 모범이 되었다.

두 성의 서쪽에 있다. 수제隋隄·옥구사玉鉤斜·구곡지九曲池·뇌당雷塘 등은 모두 성의 북쪽에 있다.

요주蓼洲 남창南昌 광윤문廣潤門 밖에 있는데, 곧 옛 구록주軥轆洲이다. 여몽呂蒙이 구록대편九鹿大編을 만들었던 곳이라고 전해진다.

세마지洗馬池 문자사文子祠95) 안에 있다. 과거에는 욕선지浴仙池였는데 한漢 나라 관영灌嬰이 예장豫章을 평정하고 이곳에서 말에게 물을 먹였으므로 세마지洗馬池라는 세 자를 새긴 비석이 있다.

군자항君子巷 요주에 있다. 송나라에 이생李生이라는 사람이 있었는데, 남창南昌 사람이다. 선행을 좋아하고 남에게 베풀기를 좋아하니 마을 사람들이 그에게 많은 신세를 졌다. 소흥紹興96) 연간에 이성李成의 무리가 침입하자, 이성은 악비岳飛를 맞아들여 이성을 크게 무찔렀다. 이로 인해 행군장사行軍長史에 임명하였으나 나아가지 않았으므로 사람들이 그가 살던 곳을 '군자항君子巷'이라고 하였다.

남포정南浦亭 광윤문 밖에 있다. 뒤에 남포역이라고 고쳤다. 별부別賦97)에, '남포에서 님을 보냈으니 상심됨이 어떠하겠는가?'라는 말이 있는데, 그 남포란 바로 이곳을 가리킨다.

영왕부寧王府 지금 성장省長의 공관公館인데, 첫 문에 '단표루端表樓'라는 세 글자가 있다. 영왕寧王98)이 표주表奏를 선사繕寫하던 곳이라고 전해진다. 혹은 왕비가 소세梳洗(화장)하던 곳이라고도 한다. 두 번째 문에는 '병한屛翰'이라는 편액이 있는데, 누비婁妃99)가 직접 썼다고 전해진다. 명나라 누비의 무덤은 덕승문德勝門 밖 임하臨河에 있다.

---

95) 문자사文子祠 : 문자는 춘추시대 진晉 나라 조무趙武의 시호이다. 그는 진晉 경공景公 3년에 태어나서(기원전 597년) 평공平公 17년(기원전 541년)에 죽은 진나라의 집정대부執政大夫였다.
96) 소흥紹興 : 남송南宋 고종高宗의 연호로, 서기 1131~1162년까지이다.
97) 별부別賦 : 육조六朝시대 저명한 시부詩賦 작가인 강엄江淹의 작품이다. 강엄의 자는 교통交通이며, 별부 외에 한부恨賦라는 유명한 작품이 전한다.
98) 영왕寧王 : 영왕은 명나라 무종武宗때 반란을 일으켰던 주신호朱宸濠를 가리킨다.
99) 누비婁妃 : 누비는 영왕의 비妃로서 현덕賢德이 있다고 알려져 있다. 영왕이 반란을 일으킬 때 적극 만류했다고 전해진다.

청운포靑雲圃 성의 남쪽 15리에 있는데, 명승名勝과 도량道場이 있다. 청운포라는 것은 주周나라 왕자 진晉이 처음 만들었고, 한漢 나라 매자진梅子眞(자진은 한漢의 매복梅福의 자字)이 남창위南昌尉가 되어 이 포 안에서 은거하며 낚시질한 적이 있다. 꽃나무를 무성하게 심어 각계의 인사들이 구경하러 오는 사람이 많다.

유자정孺子亭 동호東湖의 남쪽 언덕이며 화타묘華陀廟 길의 동쪽에 있다. 또 고사교高士橋가 있는데, 유자정孺子亭과 가까이 있기 때문에 속명俗名은 고교高橋이며 또 약룡교躍龍橋라고도 한다. 진현문進賢門 밖 10리에 망선사望仙寺 동호東濠에는 한나라 때 징사徵士인 서유자徐孺子(유자는 후한後漢 서치徐穉의 자字)의 무덤이 있는데, 수도隧道(무덤까지 가는 굴로 된 길)의 깊이가 5척이고, 그 안에 무덤이 있다. 예서隸書로 '한남주고사 서유자지묘漢南州高士 徐孺子之墓'라는 10자가 돌에 새겨져 있다.

담대묘澹臺墓 황전皇殿 뒤에 있다. 한漢 나라 관영灌嬰의 무덤. 순화문順化門 밖 2리 쯤의 인토사印土寺 오른쪽에 있다. 모공사毛公祠 담대澹臺의 무덤 곁에 있다.

설공묘楔公墓 반보가半步街 설가당偰家塘 법정학교法政學校 안에 있다. 설가당은 곧 명나라 말기 강왈광姜曰廣100)이 순절한 곳이다.

공수자公輸子101) 사당 두 곳에 있는데, 하나는 공원貢院의 뒤에 있고, 하나는 가정항家前巷에 있다.

노주盧洲 원주袁州의 수강교秀江橋 하류에 있다. 당나라 장원壯元 노조盧肇가 독서하던 곳이다.

---

100) 강왈강姜曰廣 : 명대明代의 문신으로 자는 거지居之이고 호는 연급燕及이며 남창南昌 신건현新建縣 사람이다. 벼슬은 예부상서 겸동각태학사禮部尙書 兼東閣大學士에 이르렀다. 저서로 『석정산방문집石井山房文集』·『수헌기사隨軒紀事』·『황화집皇華集』 등이 있다.

101) 공수자公輸子 : 공수자는 성이 공수公輸이고 이름은 반般이고 자는 약若이다. 춘추시대 말기에 노나라 사람이다. 그래서 노반魯班이라고도 부른다. 대대로 공장가工匠家였기 때문에 솜씨가 교묘하였고 발명을 잘하기로 유명하였다. 그의 사적은 『예기禮記』「단궁檀弓」·『전국책戰國策』·『묵자墨子』 등에 보인다.

무공산武功山 평향현萍鄉縣 동대안향東大安鄉에 있다. 진晉 나라 무씨武氏 부부와 갈홍葛洪[102]이 앞뒤로 이곳에서 연단煉丹하였다. 또 연단정煉丹井은 구의산九嶷山에 있는데 진나라 세 진인眞人이 득도한 곳이다.

총명천聰明泉 소서문小西門 밖에 있다. 송나라 섭경무葉景武가 이곳에서 독서하였다.

다강령茶岡嶺 현의 동쪽 명교리名教里에 있는데, 진晉 나라의 감탁甘卓이 군사를 거느리고 와서 그 위에 누壘를 쌓았다.

향수도香水渡 평실리萍實里에 있다. 초왕楚王이 강을 건너 평실萍實을 얻었다고 전해온다.

삽령관插嶺關 북문 밖에 있으니 바로 오자서伍子胥가 지나갔던 소관昭關이다. 또 황화역黃花驛이 있는데, 송나라 때 주자朱子가 여기서 묵었다.

나한송羅漢松 남문의 보적사寶積寺에 있는데, 송나라 때 황정견黃庭堅이 직접 심었다.

소왕대昭王坮 현의 북쪽 동당리同唐里에 있다. 옛날 초나라 소왕昭王이 이 산을 지나갔다고 한다. 꼭대기에 소왕대가 있으며 아래에는 소왕사昭王祠가 있다.

승광선사비乘廣禪師碑 현의 북쪽 양기산楊岐山에 있다. 당나라 유우석劉禹錫[103]이 비문을 지었다.

좨주령祭酒嶺 복주福州의 서문 밖 20여 리 되는 곳에 있다. 당나라 때 좨주 담온湛溫이 난을 당했던 곳이다.

---

102) 갈홍葛洪 : 동진東晉 때 유명한 도교의 인물로, 자는 치천稚川이며 자호自號를 포박자抱朴子라 하였는데, 세칭世稱 소선옹小仙翁이라고 하였다.

103) 유우석劉禹錫 : 중국 중당中唐의 시인이자 정치가이다. 자는 몽득夢得이며, 하북성河北省 출신이다. 『죽지사竹枝詞』를 펴냈으며, 만년에는 백낙천白樂天과 교유하면서 시문詩文의 도에 정진하였다. 시문집으로 『몽득문집劉夢得文集』 30권·『외집外集』 10권이 있다.

내괴리來魁里 남문 안에 있는데, 선현의 석실石室이 있다. 송나라 때 주자가 강학하던 곳으로, 주자가 직접 쓴 '석실청은石室清隱'이라는 네 글자가 있다.

남대南坮 대묘산大妙山 위에는 월왕묘越王廟가 있고, 성 안의 오석산烏石山에는 공수자묘公輸子廟가 있다.

금교의산金交椅山 하문廈門 화산연판사禾山連坂社에 있는데, 송나라 때 어린 임금이 이 산에 올라 이곳에 앉았던 곳이다. 아래에 매우 깊은 구멍이 있는데, 미신迷信하는 사람이 말하기를, "이 속에 도검刀劍들이 있는데, 마을 사람이 그 안에 있는 것을 꺼내니 빛을 발하다가 도로 넣어 놓았더니 빛이 없어졌다."고 하였다.

고랑섬[鼓浪嶼] 동남쪽으로 5리 되는 바다 가운데 있는데, 위에 작은 산과 전원田園과 시골집이 있어 모두 번성하다. 명나라 말기에 정성공鄭成功[104]이 이곳에 병력을 주둔시켰던 곳이다. 왼쪽에는 칼바위[劍石]과 도장바위[印石]가 바다를 향해 떠 있고, 아래에는 녹이초鹿耳礁·연미초燕尾礁와 정성공이 판 샘이 있는데, 이를 녹천鹿泉이라고 한다. 그 동쪽에는 일광암日光巖이 있다.

서정西井 항주杭州 정정교井亭橋 서쪽에 있다. 당나라 때 자사刺史 이필李泌이 팠다는 여섯 개의 샘 중에 하나다.

용금문湧金門 밖에 전왕사錢王祠가 있고, 서호西湖에는 육선공陸宣公[105]의 사당이 있다.

가흥嘉興의 동문 밖 6리쯤 되는 거리 가운데 있는 탑사塔寺 뒤에 주매신朱買臣의 무덤이 있다.

---

104) 정성공鄭成功 : 명나라 말기 사람으로, 일본 구주九州에서 태어났다. 아버지는 정지룡鄭芝龍이고 어머니는 일본인으로 원래 이름은 정삼鄭森이다. 자는 명엄明儼, 호는 대목大木으로, 반청복명反淸復明을 주장하여 청나라 군사를 무찌른 공로로 주朱씨 성을 하사받고 성공이란 이름도 하사받았다고 한다.
105) 육선공陸宣公 : 당나라 때 사람 육지陸贄를 말함. 시호가 '선宣'이므로 육선공이라 부른다. 주의奏議를 잘 지은 것으로 유명하다.

북문 안 서창西倉 부근 엄안嚴顏의 무덤이 있다.

영파寧波 우영右營의 교장敎場 염제궁炎帝宮이 있다.

우릉禹陵 소흥紹興의 계산문稽山門 밖 6리에 있는데, 전정비기殿庭碑記가 있다.

난정蘭亭 편문偏門 밖 27리쯤 되는 곳에 있는데, 빼어난 유상곡수流觴曲水가 있다. 왕희지王羲之가 살던 곳은 성안의 천황사天皇寺 뒤 왕가산王家山에 있는데, 지금은 계주사戒珠寺가 되었다. 왕희지 사당은 계주방戒珠坊에 있다.

쾌각快閣 편문 밖 3리에 있는데, 송나라 때 육유陸游가 살던 곳이다.

가정柯亭 성에서 30리 거리에 있는데, 청나라 고종高宗이 지은 비문이 있다.

와룡산臥龍山 서쪽 기슭에 고창제古倉帝(창힐倉頡을 말함)의 사당이 있고, 또 산의 동쪽에는 범문정范文正의 사당이 있다.

월왕사越王祠 동광방東光坊에 있고, 문종사文種祠는 청량교淸凉橋에 있다.

언자사言子祠 무훈교武勳橋에 있으며 사마온공司馬溫公의 사당은 제선교題扇橋에, 하지장賀知章의 사당은 구리산九里山에 있다.106)

황학루黃鶴樓 무창武昌의 한양문漢陽門 안에 있었는데, 지금은 불타고 종루鐘樓만 개축하였다.

진우량陳友諒 무덤 홍산洪山에 있다.

---

106) 언자사言子祠 ⋯ 구리산九里山에 있다 : 언자言子는 공자의 제자인 자유子游를 가리키며, 사마온공은 북송北宋의 정치가이며 학자인 사마광을 가리킨다. 하지장은 당唐 나라의 유명한 시인이다.

이아서원爾雅書院 의창宜昌 소북문小北門 안에 있다. 이아대爾雅坮가 있는데, 송나라 때 구양수가 건립하였다고 전해진다.

점군파點軍坡 의창宜昌 대강對江에 있다. 한나라 관제關帝(관우)가 이곳에 있으면서 군대를 점검하였다고 한다.

삼유동三遊洞 성의 서북쪽으로 15리에 있다. 겨울에는 따뜻하고 여름에는 서늘하다. 뒤에 샘이 있는데, 송나라 때 소식蘇軾·소철蘇轍과 황정견黃庭堅이 함께 이곳에서 놀았다고 하여 삼유三遊라고 한다.

식양息壤 강릉江陵 밖 우왕궁禹王宮에 있는데, 『산해경山海經』에서, '곤鯀이 상제上帝의 식양息壤을 훔쳐서 홍수를 막았다.'고 하는 곳은 우왕궁 밑에 있다. 땅 속에 있는 흙은 모양이 정사각형이고 위는 뾰족하고 아래는 넓으면서 흙도 아니고 나무도 아니며, 돌도 아니고 쇠도 아니다. 문자는 전서篆書와 같다. 청나라 강희康熙 원년에 형문荊門에 가뭄이 들어 어떤 사람이 그곳을 파서 얻었는데, 곧 바로 큰 우레가 치고 비가 와서 도리어 장마 비에 고통을 겪게 되었다. 그래서 그 위에다 우왕궁을 건축하였다고 한다.

장화대章華坮와 초궁유지楚宮遺址 침향정沈香亭 초나라 궁인宮人을 총장叢葬한 곳은 모두 태사연太師淵에 있다.

초장왕묘楚莊王廟 큰 거리에 있고, 손숙오孫叔敖의 무덤과 장거정張居正[107] 상부相府는 모두 편하便河에 있는데, 지금은 돌기둥과 돌들보[石樑]만 남아 있다.

중선루仲宣樓 동문 위에 있는데, 한나라 때 왕찬王燦이 오른 적이 있는데, 지금은 불타버렸다. 용산龍山은 서문 밖에 있는데, 맹가孟嘉[108]가 모자를 떨어뜨렸던 곳이다.

---

107) 손숙오孫叔敖 … 장거정張居正 : 손숙오孫叔敖는 춘추시대 초나라 장왕을 도와 크게 성공시킨 재상으로, 그의 선행은 『소학小學』에도 나온다. 장거정張居正은 중국 명明 나라 때 명망 있던 관리로, 자는 숙대叔大, 호는 태악太岳이며, 호북성湖北省 강릉江陵 출신이다. 만력萬曆년간에 주로 활동하였다.

두공부杜工部 골목 99부埠에 있는데, 공부工部(두보杜甫를 말함)가 촉蜀에서 강릉江陵으로 내려와서 우거하던 곳이다.

정왕대定王坮 장사長沙의 유양문瀏陽門 안에 있는데, 지금은 도서관이 되었다. 한나라 유발劉發이 장사의 정왕定王으로 봉해졌다. 그래서 궁 안에 요원문蓼園門을 두고 ‘한번유적漢藩遺蹟’이라는 네 글자가 있다. 정왕이 대를 쌓아 어머니를 바라보았다는 정루正樓에는 숭대서망崇坮西望이라는 편액이 있다.

도공사陶公祠 남문 밖 석음가惜陰街 입구에 있다. 진晉 나라 도독都督 도간陶侃을 제사하는 곳으로, 지금은 석음초등소학교가 되었다.

주장도朱張渡 남문 밖 장공교張公橋 옆에 있다. 송나라 때 주희朱熹와 장식張栻이 강학했던 악록서원岳麓書院과 성남서원城南書院을 왕래하며 건너다니던 곳이다. 성남서원은 묘고봉妙高峯에 있는데, 장식이 건립하였다. 그 옛터에는 금와지禁蛙池와 매화석梅花石이 있다.

흑라당黑羅塘과 벽랑호碧浪湖 북문 밖 개복사開福寺 뒤에 있다. 오대五代시기에 초왕楚王 마전馬殿이 피서避暑하던 곳이다. 배처럼 지은 수정水亭이 있는데, 연회宴會하던 곳이며, 남문 밖의 벽상궁碧湘宮은 마전이 세운 것이다. 마왕가馬王街의 소영주小瀛洲는 마전이 유람하며 연회하던 곳으로 지금은 영주화원瀛洲花園이 되었다.

가태부賈太傅 사당 대서문大西門 안의 태평가太平街에 있다. 한나라 때 가의賈誼의 고택으로 옛 이름은 탁금방濯錦坊인데, 우물과 돌로 된 평상이 있다.

서문 밖의 강에서 6리쯤 떨어진 곳에 있는 악록산嶽麓山 형산衡山의 끝자락인데, 일명 운록봉雲麓峰이라고 하니, 72봉峰의 하나로 꼽히는 곳이다. 산 아래에는 송나라 때 건립한 악록서

---

108) 맹가孟嘉 : 진晉 나라 때 맹가라는 사람이 환온桓溫이 용산龍山에서 베푼 잔치자리에 갔다가 마침 바람이 불어 모자가 떨어졌으나, 알지 못하므로 환온이 손성孫盛으로 하여금 그를 놀리는 시를 짓게 하였는데, 그 시에 화답한 시가 매우 아름다웠다는 이야기가 있다.

원이 있으니, 바로 주회암朱晦菴(주자)이 강학하던 곳으로 지금은 고등사범학교로 바뀌었다. 옆에는 삼려대부三間大夫 사당이 있고, 사당 뒤에는 당나라 이옹李邕이 쓴 녹산사비麓山寺碑가 있다. 산꼭대기[山尖]의 왼쪽에 우비문禹碑文이 있는데, 매우 알아보기가 어렵다. 산 위에는 다시 주회암의 석각石刻과 도운정陶雲汀[109]의 인심석실印心石室 석각이 있고, 진부독陳副督와 열사烈士인 진천화陳天華[110]의 의관묘衣冠墓가 있다. 서원의 뒤에는 북해비北海碑가 있는데 이 또한 이옹이 썼다. 높은 벽에다 새겼으나 글씨가 많이 갈라졌다.

구학원서舊學院署 서쪽　한나라 때 사람인 한현韓玄의 무덤이 있는데, 요즘은 묘가 구학서 뒷밭[後園]에 있다고 하는 것은 잘못된 것이다. 실제로 대당大堂 난각煖閣 아래 뒷밭에 있는 무덤은 헛무덤이다. 학원서學院署는 지금 연합중학교聯合中學校로 바뀌었다.

증문정공曾文正公[111] 사당　소오문정가小吳門正街에 있는데, 아름다운 원정園亭과 꽃과 나무가 있다. 곁에는 사현강사思賢講舍가 있는데, 지금은 선산학사船山學祠로 바뀌었다. 북정가北正街에는 왕공王公 사당이 있으니, 바로 왕위王偉가 옛날에 살던 집이다.

좌문양공左文襄公[112] 사당　북문 입구에 있는데, 원정園亭을 음중별서陰中別墅라 하는데, 안에 수강성受降城이 있다.

초나라 춘신군春信君 황헐黃歇의 무덤　상덕도윤서常德道尹署 앞에 있다. 심약沈約의 독서대讀書垆, 성에서 서남쪽으로 5리 되는 복광사福光寺 안에 있는데, 그곳에는 그늘이 몇 무畝나 드리운다는 녹나무가 있다.

---

109) 도운정陶雲汀 : 도운정陶雲汀은 청나라 때 양강총독兩江總督과 태자소보太子少保를 지낸 도주陶澍를 가리킨다. 운덩雲汀은 그의 호이다.

110) 진부독陳副督와 열사烈士인 진천화陳天華 : 진부독은 중국 삼국시기 오吳 나라 장수인 진무를 가리키고, 진천화는 1905년 일본 유학 중 민족 자강을 주장하는 유서를 남기고 바다에 투신자살한 사람으로 중국에서는 열사로 불린다.

111) 증문정공曾文正公 : 청나라 때 일품관一品官까지 지낸 증국번曾國藩이다.

112) 좌문양공左文襄公 : 청나라 때 군기대신軍機大臣을 지낸 좌종당左宗棠이다. 태평천국의 난을 평정하였고, 민족의 영웅으로 추앙되는 인물이다.

악주岳州 남문 밖에 있는 악양루岳陽樓 아래 강 언덕   철가鐵枷 다섯 개가 있는데, 두 개는 강의 동쪽에 있고, 세 개는 강의 서쪽에 있다. 소문에 의하면 손권孫權의 오吳 나라 때 물건이라 한다. 동정호洞庭湖의 군산君山에는 상비湘妃의 무덤과 진시황이 태웠다는 붉은 나무[赭樹]가 있다.

노숙魯肅의 무덤   동문 안에 있고, 소교묘小喬墓는 전도지剪刀池에 있다.

형주衡州 정전正殿 거리 입구에 있는 팽강직공彭剛直公 사당   청나라 초기 오삼계吳三桂가 황제를 참칭僭稱할 때 위궁僞宮이다. 동화문東華門과 서화문西華門 터와 오래된 우물이 있다.

주릉동朱陵洞   성에서 40리 거리에 있는데, 그곳에는 주희朱熹가 쓴 '명담약수 청거만육明湛若水淸車萬育'이라는 글씨가 있다. 구루산岣嶁山에는 우왕비禹王碑가 있다.

사갑방卸甲坊   보경성寶慶城 안에 있는데, 장비張飛와 관제關帝(관우)가 이곳에서 만났다고 전해진다. 화신묘火神廟 뒤 성위에는 장비탑張飛塔이 있고 동삼포東三鋪에는 전락문箭落門이 있는데, 장비가 이곳에서 화살을 떨어뜨린 곳이라고 한다. 남문 밖 5리 되는 곳에는 제기파祭旗坡가 있는데, 장비가 이곳에서 기旗에 제사지낸 곳이라고 한다.

성 안에 있는 타쟁평打鎗坪   전해지기로는 오삼계吳三桂가 이곳에서 돌쇠뇌[礮]를 되돌린 곳이라고 한다. 아직도 돌쇠뇌가 있는데, 입구가 밖에 있다.

성도황성成都皇城 성내의 촉왕궁蜀王宮   명나라 태조의 열한 번째 아들인 헌왕獻王을 촉 땅에 봉했을 때 건물을 모두 전석磚石으로 지었기 때문에 모두 명나라 때의 건물이다.

자운정子雲亭   성안에 있다. 양웅楊雄이 먹을 씻은 연못이 있다. 남문 밖에 있는 초당草堂은 당나라 두보杜甫가 살았던 집으로, 매화나무와 대나무가 많다. 또 백화담百花潭과 만리교萬里橋·완화계浣花溪가 있고, 동문 밖에는 설도정薛濤井·완전정浣箋亭·음시루吟詩樓, 설도의 무덤이 있고, 서문 밖에는 사마상여司馬相如의 무금대撫琴坮가 있다.

무후武侯의 관성대觀星坮 구부서舊府署에 있다. 그곳에는 거북과 뱀이 그려져 있는 석비石碑가 있는데, 종이로 탁본을 하면 화재를 막을 수 있다고 전해진다. 서문 밖의 제갈정가諸葛井街에는 제갈정諸葛井이 있고, 남문 밖에는 무후武侯의 사당이 있고, 안에는 한나라 소열제昭烈帝의 능陵과 동고銅鼓와 오래된 잣나무가 있으며, 그 가까운 곳에 관제關帝와 장환후張桓侯(장비張飛를 말함)의 의관묘衣冠墓가 있다.

오담산五擔山 오담산거리에 있는데 곧 무담산武擔山이 그것이다. 전해지기로는 촉의 왕비의 무덤이라고 전해진다.

노주瀘州 남문 밖 윤길보尹吉甫가 살았던 마을이 있고, 산암로山巖枑 건너편에는 두보석杜甫石이 있는데, 두보가 술을 마시던 곳이라고 전해진다. 돌에는 '울청함벽鬱靑涵壁'이라는 네 글자가 있는데, 세간에서는 회벽석灰壁石이라고 잘못 부른다.

삼충사三忠祠 광주廣州의 청수호淸水濠 남쪽에 있는데, 문천상文天祥과 육수부陸秀夫·장세걸張世傑을 제사지내는 곳이다. 안에는 항풍헌抗風軒이 있다. 삼현사三賢祠는 동횡가東橫街에 있는데, 주돈이周敦頤·왕수인王守仁·진헌장陳獻章을 제사지내는 곳이다.

광효사光孝寺 광효가光孝街에 있는데, 철탑 2개와 보리수菩提樹와 소식蘇軾이 벼루를 씻었다는 연못이 있다.

소동파蘇東坡가 살던 집 두 곳 하나는 혜주惠州 백학봉白鶴峰 위에, 하나는 현성縣城 북문에 있다.

당자서唐子西가 살던 곳 남성南城 밖 사자보沙子步에 있는데, 속명俗名은 자서령子西嶺이다.

조주潮州의 악도승풍鰐渡乘風 팔경 중의 하나로 또 다른 이름은 악계惡溪라고 하며, 의계意溪라고도 하는데, 성의 동북쪽에 있다. 당나라 때 한유韓愈가 조주자사潮州刺史로 있을 때 악어를 잡았던 곳이다. 성 밖의 상교湘橋에는 동쪽으로는 한묘면홍韓廟棉紅이 있는데, 한유가 직접 이곳에 상수리나무를 심어서 그 꽃이 피는 것으로 과거에 입격하는 것을 미리 알았다고 전해진다. 지금도 목면木棉이 있다. 한유를 제사지내는 사당을 창려사昌黎祠라고 하고, 산을 한산韓山이라고 한다. 지금 한산사범학교에는 앵무비鸚鵡碑가 있는데, 청나라 옹정雍正 때에 군수 용위림龍爲霖이 한유가 쓴 왕유王維의 「백앵무부白鸚鵡賦」를 돌에 새겨 창려사의 동쪽 벽에 갖다 놓았다.

성북 금산마구金山馬邱   송나라 때 지사知事를 섭행攝行하던 마발馬發이 난리를 당해 순직했던 곳으로 오래된 소나무가 초연대超然坮 곁에 서 있다. 마구의 푸른 소나무[馬丘松翠]는 팔경 중의 하나다. 금산 기슭에 있는 마공馬公의 사당에서는 마발을 제사지낸다.

경서鏡嶼   성의 서쪽 어창묘漁滄廟 오른쪽에 있다. 명나라 당백원唐伯元의 취경루醉經樓 터에 있는 연못에는 삼면에 대나무가 있다.

곡강曲江   소주韶州성 북쪽 80리에 있다. 24경景이 있는데, 그 중에서 가장 이름난 곳이 넷이 있으니, 첫째가 소석생운韶石生雲으로 죽 이어져 동쪽으로 가면서 36개의 바위가 있어 곡강의 언덕을 이루고 있다. 순舜임금이 이 바위에 올라 소韶 음악을 연주하였다고 전해지는데, 곡강과 소韶라는 것은 모두 여기에서 따왔다.

서당書堂 **바위**   성의 남쪽 30리 쯤에 있다. 당나라 때 승상丞相 장문헌공張文獻公[113]이 독서하던 곳이다. 성의 서쪽 임무원臨武源에서 약 20리 되는 곳에는 장구령의 무덤이 있고, 학궁가學宮街에는 장문헌공의 사당이 있다.

남녕성南寧城에서 동쪽으로 60리 되는 곳에 뾰족한 봉우리가 있는데, 신선이 바둑을 두던 곳이라고 전해진다. 산꼭대기에 샘이 있는데, 송나라 적청狄青[114]이 그 위에 시를 적어 두었다. 성에서 동쪽으로 30리 되는 곳의 귀인포는 사면이 모두 산인데, 가운데 평원이 있다. 적청

---

113) 장문헌공張文獻公 : 당나라 때 시인이며 재상이었던 장구령張九齡이다. 문헌은 그의 시호이다.
114) 적청狄青 : 송宋 인종仁宗 때 장수로 큰 무공을 세운 사람. 『송사宋史』 권290 「적청열전狄青列傳」이 있다.

이 이곳에서 농지고儂智高를 물리쳤으므로 옛날에는 평만비平蠻碑가 있었으나, 지금은 무너졌다. 성 밖 망선파望仙坡는 적청이 군대를 주둔했던 곳이다.

북문 성위에는 공명대孔明坮가 있고, 성의 동쪽 30리에는 나무로 만든 우물이 있는데 공명정孔明井이라고 한다.

동고銅鼓 한나라 복파장군伏波將軍 마원馬援이 남긴 것으로 농민이 밭을 갈다가 발견한 것인데, 지금은 공묘孔廟의 안새문安塞門 밖에 있다. 강의 서안에는 복파묘伏波廟가 있다.

남루南樓 남문 위에 있는데, 여순양呂純陽이 세운 것이라 전한다.

왕문성공王文成公[115] 사당 북문가北門街에 있는데, 문성공이 강학하던 곳이라 전한다.

우산虞山 계림성桂林城 북쪽 1리에 있는데, 위에는 순묘舜廟와 당비唐碑가 있다.

성북의 진남봉鎭南峯에는 당唐 나라 대력大曆[116]의 평만송平蠻頌(오랑캐를 평정한 것을 기리는 노래)이 새겨져 있다.

회선교會仙橋 오주梧州의 동문 밖에 있다. 여순양呂純陽과 한선자韓仙子가 이곳에서 만나 다리를 세웠다고 전하는데, 비기碑記가 있다.

운남雲南의 사산蛇山에는 검국黔國 삼열사三烈祠가 있는데, 명나라 검국공黔國公 목천파沐天波의 어머니인 진씨陳氏와 그의 아내 초씨焦氏, 그의 첩이었던 하씨夏氏를 제사지내는 곳이다. 동문 밖에는 명나라 여러 유생의 온 가족이 난리에 순절한 무덤이 있는데, 곧 무덤 앞에 있는 흑룡담黑龍潭에 빠져 죽었다. 흑룡담의 물은 매우 깊고 검으며, 물고기가 아주 많다. 담 옆에 정자

---

115) 왕문성공王文成公 : 명나라 때 학자이며 장수인 왕수인王守仁이다. 문성은 그의 시호이며, 호는 양명陽明이다.

116) 대력大曆 : 당나라 대종代宗의 연호이다. 대력 12년(777)에 지금의 베트남인 서원만西原蠻이 침략한 것을 무찌른 사실을 기려서 한운경韓雲卿이 평만송平蠻頌을 썼다고 한다.

가 하나 있는데 어루魚樓라고 한다.

허응암虛凝菴 북문 밖 15리에 있는데, 선인동仙人洞이 좌우에 각 하나씩 있다. 명나라 초기의 장진인상張眞人像이 있다. 산을 마주하고 석대石臺가 있는데, 그가 배수拜手하는 곳이다. 대와 암자 사이에 작은 수당水塘이 있는데 어지魚池라고 한다.

충절강忠節岡 귀양貴陽의 남문 밖 2리쯤 되는 곳에 있는데, 서자徐資 부부가 합장된 곳이다.

완역와玩易窩 북문 밖 50리에 있다. 왕양명王陽明이 주역을 공부하던 곳이다. 또 이 문에서 1리쯤 되는 곳에 점역암點易岩이 있는데 역공易貢이 주역을 담론하던 곳이다.

흥제진興濟鎭 정류장 옆에 명나라 창국공昌國公 장만張巒의 무덤이 있다. 동가東街의 숭진궁崇眞宮은 장만의 딸이자 홍치弘治의 비妃의 행궁行宮이다.

반고촌盤古村에는 반고사盤古祠가 있고, 무덤도 그곳에 있다. 여름에는 많은 사람들이 비를 내려달라고 비는 곳이다.

※ 부록· 북경의 금金 나라 유적 附北京金代遺跡

백탑산白塔山 속칭 소백탑小白塔이라고 하는데, 서원西苑의 북해北海에 있다. 금나라 사람들이 송나라 간악석艮岳石을 가져다가 만들었다. 둘레가 2백 47장丈인데, 산꼭대기에는 광한전廣寒殿이 있다. 금나라 장종章宗 때 이비李妃의 화장대化粧臺 터라고 한다.

영안사永安寺 태액지太液池의 동쪽에 있다. 북으로는 물속에 걸쳐 있어서 금나라 때 경화도瓊華島 땅이었다가 청나라 순치順治 8년(1451)에 탑을 세우고 절을 지었다.

승광전承光殿 금오옥동교金鰲玉蝀橋 동쪽에 있는데, 속칭 단성團城이라고 한다. 오랜 향나무 한 그루가 있는데, 가지가 뒤엉킨 모양이 용을 닮았다. 이것은 금나라 때 심은 것으로 전해진다. 청나라 건륭乾隆 10년(1745)에 전의 남쪽에 석정石亭을 세웠다.

서원西苑   서화문西華門 서쪽에 있는데, 금나라의 이궁離宮(별궁)으로 원나라와 명나라에서 번 갈아 가며 더 꾸몄다. 명나라의 대내大內를 옮겨서 동쪽으로 가면서 고궁故宮은 모두 서원이되 었다. 문방門榜에 '서원西苑'이라는 편액이 있다. 안에는 태액지와 경화도 등의 명승지가 있다.

노구교蘆溝橋   광안문廣安門 밖 서쪽에 있는데, 남쪽으로 노구하蘆溝河에 걸쳐 있다. 이 노하교 는 금나라 대정大定 29년(1189)에 시작하여 명창明昌 3년(1192)[117]에 비로소 완성하였다. 길이가 2백여 보步이고, 11개의 구멍이 좌우에 뚫려 있고 모두 1백 40개의 기둥이 있는데, 기둥에는 각각 사자상 하나가 있는데, 모두 모양이 달라 하나도 같은 것이 없다. 행인들의 왕래하면서 지팡이를 가지고 수를 세는데, 셀 때마다 하나가 숨어있다고 한다. 그것은 당시의 석공石工이 교묘하게 만들어서 큰 사자 털 속에 작은 사자를 한 마리 씩 숨겨 놓았기 때문에 창졸간에 그 숫자를 다 알아내기가 어렵다고 한다.

옥천산玉泉山   성의 서쪽 만수산萬壽山 북쪽, 청룡교靑龍橋 서쪽에 있다. 서직문西直門을 나서면 20리쯤 되는 곳에 금나라 장종章宗이 일찍이 이곳에 행궁行宮을 세웠는데, 원명元明이래로 모 두 제왕이 유행遊幸하는 곳이 되었다.

정명원靜明園   옥천산玉泉山의 북쪽에 있는데, 금나라 장종의 부용전芙蓉殿 터라고 전해지던 것을, 청나라 강희康熙 19년(1680)에 세우고 처음에는 '징심원澄心園'이라고 하였으나, 31년(1692) 에 지금의 이름으로 고쳤다. 강희황제가 이곳에서 열무閱武하던 곳이다.

녹원鹿園   동편문東便門 밖 대통교大通橋 동쪽 남정창藍淀廠에 있는데, 너비가 10여 리나 되고 땅은 손바닥처럼 평평하다. 금나라 장종의 녹원 터라고 전한다.

향산사香山寺   향산香山 영락암瓔珞岩 서쪽에 있는데, 금나라 장종의 회경루會景樓 옛터이다.

---

117) 명창明昌 3년(1192) : 명창明昌은 금나라 장종章宗이 쓰던 연호로 6년까지 밖에 없다. 본문에는 '명창 30년'이라고 되어 있는 바, 이것은 명창 3년의 오기誤記이므로 3년으로 바로 잡았다.

청나라 고종高宗이 시의 인引(서와 같은 문체이름)에 "절은 금나라 세종世宗 대정大定 연간에 지었다."고 하였다. 바위에 의지하여 골짜기에 걸쳐 5층의 불전佛殿을 지었는데 누르고 푸른 단청이 밝게 빛난다. 아래에서 바라보면 층수를 셀 수 있는데 옛날 이름은 감로사甘露寺이다.

화미산畫眉山   냉천冷泉 마을 북쪽 태주무泰州務에 있는데, 속칭 태자오太子塢라고 한다. 산 뒤에서 나는 돌은 검은 색으로 바탕이 가볍고 결이 매끄러워서 일찍이 금나라 궁궐에 들여서 눈썹을 그리는 돌이 되었다. 그래서 이렇게 부르게 되었다.

어조지魚藻池   숭문문崇文門 밖 남쪽에 있는 작은 시장을 돌아 동쪽으로 가면 있는데, 속칭 금어지金魚池라고 부른다. 못에는 수십 줄의 두둑 같은 것이 있는데, 버드나무로 둘러 금어金魚를 키운다. 구지舊志에, '금나라 때는 어조지魚藻池가 있었고 그 위에 전각殿閣이 있어 요지전瑤池殿이라는 편액이 있다.'라고 적혀 있는데, 지금은 전각을 찾아 볼 수가 없다.

백운관白雲觀   서편문西便門 밖 2리에 있는 당나라 천장관天長觀의 옛터에 있다. 금나라 창명昌明 3년에 중건하였고, 태화太和 3년에 태극궁太極宮으로 고쳤다. 진인眞人 구처기邱處機의 자는 통밀通密이고 호는 장춘자長春子인데, 금 대정 병오년에 부모를 떠나 곤륜산昆崙山에 살면서 왕진군王眞君 가嘉[118]의 제자가 되었다. 정우貞祐 원년 을해에 금나라 임금이 불렀으나 가지 않고, 뒤에 원나라 태조가 대종사大宗師라는 작위를 내리고, 천하의 모든 도교道敎를 관장하게 하여 태극관에 살게 하였는데, 정해년 5월에 장춘관이라고 이름을 고치고, 7월에 게송偈頌을 남기고 세상을 떠나자, 이 관觀에 유해를 묻었다.

쌍탑사雙塔寺   서장안가西長安街에 있다. 금나라 장종이 세웠다. 비碑가 있는데, 금나라 당회영黨懷英 팔분서八分書로 썼다. 흐르는 물을 끌어들여 동서東西로 다리를 두개를 놓았고, 두 석병石屛 위에 '비폭교飛瀑橋·비홍교飛虹橋'라는 여섯 글자를 새겨 놓았는데, 금金 나라 도릉道陵(장종章宗의 능, 곧 장종을 가리킴)의 글씨이다. 정통正統 시기에 대흥륭사大興隆寺로 이름을 바꾸었다.

---

118) 왕진군王眞君 가嘉 : 남송 시기에 살았던 왕중양王重陽이다. 그의 이름이 가嘉이다. 장춘자 구기처의 스승으로 전진도全眞道의 창시자다.

　　연수사延壽寺　선무문宣武門 밖 유리창琉璃廠 동북쪽에 있는데, 금나라 때 거찰巨刹이다. 옛적에 동관童貫과 채유蔡攸가 군사를 이끌고 연燕에 들어갔다가 이 절에 비를 세워 공적을 기록하였다. 송나라 휘종徽宗도 북쪽으로 와서 이 절에 거처하였다. 금나라에서 변경汴京에서 노획한 수레와 가마를 모두 이 절에다 두었다고 하니, 당시 절의 크기를 짐작할 만하다.

　　법원사法源寺　선무문 밖 서전호동西磚胡同에 있는데, 당나라 때 민충사憫忠寺이다. 옆에는 누각이 있는데 매우 높아서, 속담에 '민충사의 높은 누각은 하늘과 한줌 차이다.'라고 하는 것이 바로 이것이다. 그 안에는 금나라 당회영黨懷英이 쓴 기문記文과 금나라 대종大定 때에 전예부령복典禮部令宓이 이름을 적은 비가 있다.

　　융은사隆恩寺　삼가점三家店에서 북쪽으로 3리 되는 곳에 있다. 금나라 대정 4년에 진월공주秦越公主가 세우고 천천사天蓖寺라고 하였다가, 명나라 정통 때에 지금의 이름으로 고쳤다. 동쪽에 큰 무덤 두 기가 있는데, 제도가 왕릉과 같다.

　　향반사香盤寺의 **구명**　쌍천사雙泉寺로 쌍천산雙泉山에 있는데, 금나라 사찰이다. 명창 5년에 장종이 이 절에 와서 피서하고, 이 절의 북쪽에 기복보탑祈福寶塔을 세웠는데, 높이가 7장丈 남짓 된다. 명나라 성화成化 때에 지금의 이름으로 고쳤다.

　　풍대豐坮　우안문右安門 밖 18리에 있다. 풍대라는 이름을 얻은 것은 금나라의 교대郊坮가 풍의문豐宜門 밖에 있었는데, 풍의라는 것은 금나라의 남문이다. 풍대는 곧 당시에 배교대拜郊坮였으니 문을 풍의문이라고 하였다. 그러므로 마침내 '풍대'라고 하였다.

　　보대葆坮　영정문永定門 밖 30리에 절이 있었는데, 매우 장려壯麗하다. 금나라 명창 때 이비李妃가 피서하던 곳이라고 전해진다.

　　창의금인彰儀金人　창의문彰儀門 밖 초루譙樓에 있다. 돌이 한 좌 있다. 그 위에 사람 등지고 있는 모습을 새겨 놓은 것이 세 개 있는데, 금대의 유물이라 한다.

금대의 여러 능   지금 방산현房山縣 주구周口 북쪽에 있는데, 태반이 황무지로 되었다.

조어대釣魚坮   부성문阜城門 밖 3리에 있는 하서河西 북쪽 1리쯤에 있는데, 금나라 임금이 유행遊幸하던 곳이다. 청나라 건륭 38년에 모래를 파내어 호수가 되어 향산香山에서 새로 황하의 물을 끌어 들였다. 청나라 황제가 쓴 조어대釣魚坮라는 세 자와 어제시御製詩가 있다.

※ 중국의 예속   中國禮俗

알현례謁見禮

1. 특별히 임명된 사람特任이거나 선발을 통해 임명된 사람簡任이거나 각 직책에 있는 사람이 대총통大總統을 나아가 만날 때 모두 알현례로서 한다.

1. 알현하려고 하는 사람들이 대총통의 부서府署로 나아갈 때는 반드시 먼저 승선사承宣司를 향해 관직·성명을 적은 명함을 주는데, 명함[名柬]은 큰 명지名紙 조각을 사용하고, 가운데에 바로 직함과 성명을 쓰고, 뒷면에는 간단한 이력을 써서 승선관承宣官을 통해 부서에 들어가 아뢴다. 대총통이 연견실延見室에 나오기를 기다려 다시 인도해 들어간다.

1. 알현하는 사람이 들어가면 연견실延見室에서는 맞이하고, 대총통을 향하여 국궁례鞠躬禮를 한번 행한다. [프랑서 대총통이 각 국무원을 만날 때는 모두에게 악수하는 예를 행하는데, 할 것인가 말 것인가는 대총통이 결정하는 대로 따른다.] 대총통이 맞아 앉으라고 하여 문답을 마치면, 알현하러 간 사람은 일어나 사례하고[興辭] 한번 국궁례를 하고 물러 나온다.

1. 알현에는 모두 상례복常禮服을 사용한다. 다만 처음 알현하는 사람은 반드시 연미복燕尾服을 입어야 하고, 훈장을 받은 사람은 훈장을 달아야 한다.

1. 대총통이 보자고 전갈을 했거나 공적인 요청으로 만날 때, 혹은 남의 소개로 만나기를 청할 때도 똑같이 알현례를 쓴다.

1. 천거로 직책을 맡은 사람이 하는 대총통이 만나자는 전갈을 한 자를 제외하고 모두 알현할 수 없다.

1. 만주국 왕공 세작世爵과 몽골족·회족回族·장족藏族·한족汗族의 왕공王公 등이 나아가 뵐 때 모두 알현례를 쓴다.

1. 모든 알현하려는 사람들이 미리 기일을 요청하거나 혹 임시로 기일을 청하면, 대총통이

기일을 정하는 과정을 거쳐 혹 기일을 고치거나 혹은 대신 만나는 자를 파견하거나 혹 알현례를 면제하거나, 승선사에서는 모두 시간에 따라 알현하려는 사람에게 통지해 주어야 한다.

총리접견례總理接見禮

선발되어 임명된 사람 이하 각 직책에 있는 사람은 임명을 받은 뒤에 전서국銓敍局을 경유하여 각각 해당되는 사람의 간단한 이력을 가져와 총리에게 모아 아뢰어서 접견할 때를 청하여 접견한다. 약속한 때가 되면 각각 명함을 갖추어 전서국을 경유하면 전서국장이 접견실로 인도해 들어가서 총리가 나온다고 하면 만나러 간 사람들은 각각 총리를 향해 한번 국궁례를 행한다. 총리가 앉으라고 하여 문답을 마치면 각 관원은 일어나 사례하고 엄숙히 서서 차례대로 물러 나온다. 만나러 간 각 관원들은 모두 상례복을 입는다.

상견례相見禮

모든 관원과 국민들이 부총통을 만날 때 처음 바뀐 명함[名柬]을 보고 [예간禮柬의 형식과 규정은 뒤에 있다.] 부총통이 나와서 보면 모자를 벗고 두 번 국궁하면, 부총통이 답례를 한다. 물러날 때는 한번 국궁하면 부총통이 답례하고 문안에서 전송한다.

일상적으로 볼 때는 명첩名帖을 [명첩의 형식과 규정은 뒤에 있다.] 건네고 모자를 벗고 한번 국궁하며, 부총통의 답례도 또한 그렇게 한다. [이것은 관리들과 국민들이 부총통을 만날 때의 예절이다.]

무릇 문무관文武官이 적체敵體(서로 대등한 관계)로 상견할 때는 처음 볼 때는 명함을 주고 나서 손님이 들어가면 주인이 문에서 맞이한다. 실내에서는 각각 모자를 벗고 한번 국궁하고, 돌아갈 때는 주인이 문 밖에서 전송한다. 실외에서는 문무관이 서로 마주 보이는 곳에서 한번 국궁하기도 하고 혹은 행군하는 예로 거수하기도 하는데, 때와 장소에 따라 알맞게 한다. 일상적으로 만날 볼 적에도 모자를 벗고 한번 국궁한다.

문관文官이 대등한 관계로 서로 만날 때는 앞의 경우처럼 하고, 일상적으로 만날 때는 각자 모자를 벗고 한번 국궁한다.

무관武官이 대등한 관계로 만날 때는 육군이면 육군의 예로, 해군이면 해군의 예에 따른다.

[이상은 문무관이 대등한 관계로 만날 때의 예이다.]

동료 관속이 관장官長을 만날 때는, 처음 만날 때는 예간禮柬(예를 갖추는 편지)을 전하여 관장이

나와서 만나주면 모자를 벗고, 두 번 국궁하고 관장이 답례한다. 물러날 때는 한번 국궁하면 관장이 답례하고 문안에서 전송한다. 일상적으로 만날 때는 명첩으로 통하고 모자를 벗고 한 번 국궁하는데, 관장이 답례하는 것은 앞에서와 같이한다. [관장은 현재 복무하는 직무로 정한다.]

무직武職의 소속 관원이 관장을 만날 때는 앞에서 말한 의례와 같다. 실외에서라면 간혹 특별한 사정이 [큰 사열이나 출병出兵 따위] 있어 관장을 만날 때는 해군·육군의 예에 따른다.

문직文職의 소속 관원이 무직武職의 관장을 만날 때는 통할統轄당하는 경우에는 [예컨대 장군이 순안사巡按使를 겸하는 따위] 관장을 뵙는 예와 같이하고, 통할당하는 경우가 아닐 때는 문직 속관이 요속僚屬의 예를 지키고, 무직 관장은 적체敵體 상견례에 따른다.

무직의 속관이 문직의 관장을 만날 때는 통할당하는 경우에는 [예컨대 순안사巡按使가 장군을 겸하는 따위] 각각 관장을 만나는 예와 같이하고, 통할당하는 경우가 아닐 때는 무직 속관은 그대로 속료의 예를 지키고 문직 관장은 적체 상견례에 따른다.

[이상은 문무 요속이 장관을 만나는 예이다.]

인민들이 관장을 만날 때, 처음 만날 때는 명첩을 전달하고 장관이 나와서 보면 모자를 벗고 두 번 국궁하고 관장이 답례한다. 물러날 때는 한번 국궁하면 관장이 답례하고 문안에서 전송한다. 일상적으로 만날 때는 명첩으로 통하고 모자를 벗고 한번 국궁하는데 관장이 답례하는 것은 또한 위와 같이한다.

[이상은 인민이 관장을 만나는 예이다.]

인민끼리 서로 만날 때, 처음 볼 때는 명함을 주고 손님이 들어가면 주인이 문에서 맞이하여 각각 모자를 벗고 한번 국궁한다. [북경의 풍속은 옛날에는 '안녕하세요[請安].'라고 하거나 한번 읍揖을 하였는데, 지금도 대부분 그대로 이다.] 물러갈 때는 주인이 문 밖에서 전송한다. 일상적으로 만날 때도 모자를 벗고 한번 국궁한다. [옛날 풍속에는 이들도 청안請安이라고 하기도 하고 한번 읍을 하였다.]

[이상은 인민들이 대등한 관계에서 하는 상견례이다.]

어린이나 신분이 낮은 사람이 어른이나 신분이 높은 사람[尊長]을 만날 때는, 명첩名帖을 건네고 어른이나 신분이 높은 사람이 나와서 보면 모자를 벗고 두 번 국궁하며 [북경 풍속에는 옛날에는 '안녕하십니까[請安].'이라고 하였는데 지금도 대부분 그대로 쓴다.] 존장尊長이 답례한다. 물러날 때는 한번 국궁하면 [옛 풍속에 이때도 청안請安이라고 하였다.] 존장이 답례하고 문안에서 전송한다. 만일 존장이 찾아와서 볼 경우에는 어린이나 신분이 낮은 사람이 문밖에 나와서 맞이하기를 앞에서 행한 의식과 같이 한다. 일상적으로 볼 때는 모자를 벗고 한번 국궁하고 [옛 풍속에 청안請安이라고 하였다.] 존장의 답례도 그렇게 하였다. [옛날 풍속에는 존장이 읍으로 답례 하였다.] 만일 존장이 친속
親屬이면 전송하지 아니한다.

[이상은 어린이나 신분이 낮은 사람이 어른이나 신분이 높은 사람을 만나는 예이다.]

제자가 스승을 뵐 때, 처음 만날 때는 명첩을 전하여 스승이 나와서 만나면 모자를 벗고
2번 국궁하고 스승이 답례한다. 물러갈 때는 한번 국궁하면 스승이 답례하고 문안에서 전송
한다. 스승이 찾아와서 볼 경우에는 제지가 문밖에서 맞이하고 전송
하기를 앞에서의 의식과 같이 한다. 일상적으로 만날 때는 모자를
벗고 한번 국궁하면 스승이 답례를 또한 그와 같이 한다. [북경 풍속에
는 제자가 처음 스승을 만나 뵐 때 무릎을 꿇고 절하는 예[跪拜禮]를 드리고, 일상적으로
만날 때는 읍을 하는데, 지금은 궤배례를 간혹 가숙家塾에서 하고, 일상적으로 볼 때는 대
부분 읍을 한다.]

[이상은 제자가 스승을 뵙는 예이다.]

여자들끼리 서로 만나거나 남자와 여자가 서로 만날 때는 모두 각
각 그 등급에 따라 이상의 예를 사용한다. 다만 여자는 모두 모자를
벗지 않는다. [북경 풍속에 여자들끼리 만나거나 남자와 여자가 만날 때, 어리거나 신
분이 낮은 사람은 '안녕하세요?[請安]'라고 하면 존장이 답례하고, 평교간에는 모두 청안
請安이라는 말을 쓰는데, 지금은 대부분 그렇게 쓰고 있다.]

[이상은 여자들끼리 서로 만나거나 남자와 여자가 서로 만날 때 예이다.]

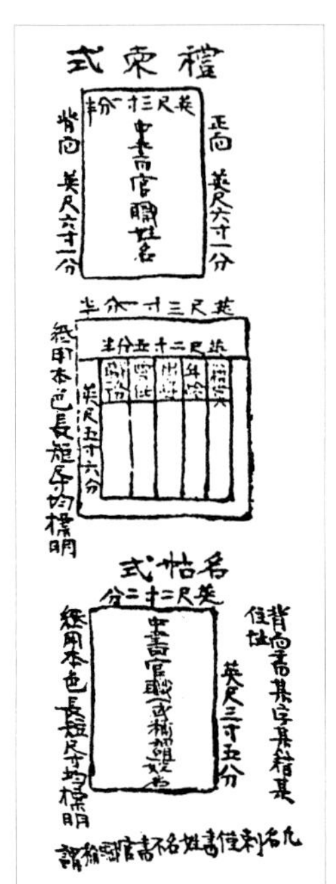

모든 명함에는 성명만 쓰고 관직명은 쓰지 않는다.

방객訪客

방문객은 긴요하게 만날 일이 없어 명함을 전하고 만나고자 하는 사람은 오후에 찾아가고,
가서 이야기 할 때 너무 오래 끌지 말고, 이야기가 끝나면 바로 인사하고 나와야 한다. 새벽
이나 식사시간에는 [아침식사 시간은 오전 8~9시, 점심은 오후 1시, 저녁은 7~8시쯤이다.] 방문하지 말고, 서
양인을 만날 때는 더욱 유의하여야 한다.

방문할 때는 명함을 문을 담당하고 있는 사람에게 주어 허락을 받아야 들어갈 수 있다. 만
일 서양식 복장을 하였다면, 모자와 외투, 지팡이와 장갑 등을 객실 밖에 벗어 놓거나 그렇지

않으면 안에 들어갈 때 왼 손으로 가지고 간다.

객실에 들어가서는 서서 주인을 기다리되 그가 나오기를 기다렸다가 먼저 앉으라고 사양한 뒤에 앉는다. 객실 안에 있는 물건은 신문 외에는 주인의 허락을 받지 않고 함부로 손대지 않아야 한다. 서양인을 대할 때는 더욱 주의하여야 한다. 주인이 손님을 맞이할 때는 혹 실외에서 맞이하거나 혹은 문 안에서 맞이한다. 실내에서 손님을 맞이할 때는 반드시 몇 걸음 앞으로 나아가서 맞이하여 경의敬意를 표시하되, 이때 만일 먼저 와 있는 손님이 있으면 주인이 그의 성명을 대신 알려주며, 서로를 소개한 뒤에 손님에게 들어가서 앉으라고 해야 한다. 객실에 만일 남녀 손님이 함께 있을 경우에는 여자 손님을 먼저 소개해야 한다.

연회宴會

연회에 모실 손님은 반드시 3일 전에 초대장을 마련한다. [속설俗說에는, '3일 전에 하는 것을 청청請이라 하고 이틀 전에 하는 것을 규짜라 하고 하루 전에 하는 것을 규招라고 한다.'고 한다.] 초대의 편지를 보낼 때는 날짜와 시간·장소를 밝히고, 후교候教나 혹은 후候敍라는 말을 쓴다.

중국식 연회[華式宴會]

연회에 귀한 손님이나 처음 오는 손님[生客]이나 혹은 많은 손님을 청할 때는 반드시 반장飯莊이나 대반관大飯館에서 하며, 준비된 자리[整席]에서 음식을 접대한다. 그렇지 않으면 작은 음식점에서 비싸지 않은 음식이라도 괜찮다. 이날 주인은 반드시 먼서 와서 손님을 맞이해야 하는데, 손님이 도착하면 먼저 차를 권하며 앉으라고 청한다. 손님이 다 도착하면 주인은 접대하는 사람을 안배해서 차례대로 일일이 술을 보내며, 소리 높여 차례대로 자리에 앉으라고 하는데, 자리의 순서는 바깥을 향해서 왼쪽이 맨 윗자리가 되고 오른쪽이 두 번째 윗자리가 된다. 맨 윗자리의 왼쪽이 세 번째 자리가 되고 두 번째 윗자리의 오른쪽이 네 번째 윗자리로 여긴다. 이렇게 차례대로 미루어서 가장 마지막에서 안을 향해 있는 자리가 주인 자리가 된다. 자리를 양보하는 예절이 끝나면 바로 술잔을 들어 손님들이 마시라고 권하면 손님들은 일어나 술잔을 들고 치사致謝하고 다시 자리에 앉아서 식사를 한다. 상 위의 찬 채소요리와 뜨거운 채소요리 등 여러 음식물을 먹는다. 이어서 온 좌석에 가장 귀중한 요리들을 이어 내 놓는데, 제비집 요리[燕窩]와 상어 지느러미[魚翅] 등이 그것에 해당되고, 그 다음이 소초점심小炒點心이다. 상 위에 오르는 과일도 이때 쪼개서 나온다. 맨 마지막에는 어반魚盤에 압지鴨池

를 올리고 상 위의 장채醬菜(채소를 장에 절인 음식)를 내리면 바로 자리를 마친다. 한 가지 요리가 올라 올 때마다 주인은 반드시 잔을 들어 술을 권하고 젓가락을 들어 음식을 권하고, 그때마다 각자 양에 따라 마시고 술을 마시는데, 빈주賓主간에 시권猜拳[119]을 하다가 어반에 압지가 올라올 때면 죽이 나오는데, 죽을 먹고 나면 바로 자리를 떠나 대략 차를 마시면서 주인을 향하여 손님이 치사致謝하고 간다. 잔치를 한 다음날 귀한 손님과 처음 온 손님은 주인이 반드시 찾아보아야 하는데, 잘 아는 손님들은 그러지 않아도 된다. 열흘 이내에 잔치에 참여했던 손님이 만일 주인을 찾아갔다가, 다른 자리에서 우연히 만나면 반드시 주인을 향해 읍하고, "그 날 잔치는 성대했습니다."라고 인사해야 한다.

서양식 연회[西式宴會]

서양식 연회의 자리 순서는 남자주인과 여자주인이 장방형長方形의 좌석 양쪽 끝에 나누어 앉고 손님들은 그 양쪽으로 나누어 앉는다. 남녀가 한사람씩 서로 섞여서 앉는데, 여전객女專客은 남자주인 오른쪽에 앉고 남전객男專客은 주부主婦의 왼쪽에 앉는다. 여자 손님이 남자주인의 왼쪽에 앉아 차례로 내려가고[稍次之], 남자 손님이 여자주인의 오른쪽에 앉는다.

국물을 마실 때는 왼손으로 그릇을 들고 오른손으로는 숟가락을 잡는데, 붓을 잡듯이 쥐고 떠 마신다. 다 마시고 나면 숟가락을 그릇의 오른쪽을 향하도록 놓는다.

빵을 먹을 때는 칼로 매장梅醬(쨈?)이나 우유牛油(버터?)를 떠서 그 위에 발라 먹고, 생선과 고기를 먹을 때는 오른손으로는 칼을 들고 잘라 왼손으로 포크[叉]를 들고 찍어서 먹는다. 이때 칼을 입에 넣지 말아야 한다. 한 가지 음식을 다 먹고 나면, 칼은 날이 안쪽을 향하도록 하여 오른쪽에 있고 포크는 그릇의 왼쪽에 엎어놓는다.

술과 차는 왼쪽에서 보내온다. 음식을 다 마치고 나면 과일과 커피를 먹을 수 있는데, 손수건으로 손가락과 입술을 닦고, 닦고 나서는 잘 접어서 원래 있던 곳에 둔다. 담화談話를 하거나 연설은 반드시 음식을 먹지 않는 때에 한다.

음식을 먹을 때 가장 주의해야 할 것은 입에서 소리가 나지 않도록 해야 하며, 안주가 나올 때는 과일을 먹지 말고, 일어서서 어정거리거나 나란히 앉아 있을 때에 팔을 옆으로 뻗지

---

119) 시권猜拳 : 시권猜拳이란 무전拇戰 혹은 초수招手·획권劃拳이라고도 하는데, 술자리에서 하는 중국의 전통 놀이이다. 두 사람이 숫자를 부르며 동시에 손가락으로 수를 표시하여, 말하는 수와 내민 손가락의 총수가 같으면 이기는 것으로, 진 사람이 벌주를 마신다고 한다.

말아야 한다. 또 담배를 피워서는 아니 되는데, 여자 손님이 자리에 있을 때는 더욱 피우지 말아야 한다. 음식을 다 먹고 난 뒤에 주인보다 먼저 자리를 떠나지 말고, 다닐 때는 반드시 주인이 준 꽃을 달고 다녀야 한다.

신식 혼례新式婚禮[120]

신식 혼례식은 구식 혼례식에 비해 간단하다. 결혼하기 전에 남녀는 반지[戒指]를 교환하는데, 이것이 곧 정혼하였다는 증거물이다. [결혼 당일에 교환하는 사람도 있다.] 결혼식은 대부분 공원이나 회관·반장飯莊(호텔) 등지에서 하는데, 문 위에 비단을 깃발처럼 매달아 놓는다. 부자는 다시 꽃[花坊]을 걸기도 한다. 마당에는 예식에 쓰는 상[禮案]과, 신랑·신부와 주례자·증인·소개한 사람 등과 음악을 담당한 사람과 내빈들이 자리할 좌석을 모두 마련해 놓는다. 신부를 맞이하는 데는 희교喜轎[121]와 의장儀仗은 사용하지 않으나 대신 꽃마차를 [마차에 채색한 천으로 장식하였다.] 사용하였고, 간혹 군악을 사용하는 사람도 있다.

혼례식의 의식은, 송사頌詞를 읽고 혼인 증서에 날인하며, 부부가 서로 절하며 치사致謝하는데, 주례자와 증인, 소개한 사람, 내빈과 보러 온 친족들에게 행하는 예절이 존장尊長에게만 머리를 깊이 숙여 세 번 국궁鞠躬하고, 나머지 사람들에게는 모두 한번 국궁한다. 간혹 궤배례跪拜禮를 하는 사람도 있고 다시 구식을 개량改良한 사람도 있으니, 곧 구식의 지나치게 번거로운 것과 별 관계없는 것들을 모두 없앤 것이다. 예를 들면, 근래 혼례에서도 겨우 희교 한 대와 고수鼓手 약간 명을 쓰기는 하지만 일체의 의장儀仗을 쓰지 않는 것과 같은 것이 그렇다.

구식 혼례舊式婚禮

남녀가 성년成年[20세 전후]이 되면, 친척이나 친구를 통해 나가서 집가執柯[122]를 하는데, 흔히 이것을 세매說媒라 하고, 또한 보친保親이라고도 한다. 따로 이른바 '매파媒婆'라는 사람을 두기도 하는데, 이들은 대부분 나이 많은 할머니들로 오로지 사전에 양가兩家 의견을 모으는

---

120) 신식 혼례 : 이하 중국 풍속에 관한 글은『천진지략天津志略』(민속부분) 20권·민국民國 20년 영인본에 나오는 내용을 옮긴 것으로 보인다.

121) 희교喜轎 : 화려하게 꾸민 가마로 황실의 혼례식 때 사용하던 것이었으나, 청나라 말기에 민간에서 한 때 유행하였다.

122) 집가執柯 : 중매장이를 구하는 것을 가리킨다.『시경詩經』「빈풍豳風」벌가伐柯 편에, "도낏자루는 어떻게 잘라야 하나 도끼가 아니면 안 되는 거지 아내를 얻을 때는 어떻게 하나 중매인이 아니면 안 되는 거지[伐柯如何 匪斧不克 取妻如何 匪媒不得]."라는 말에서 유래하였다.

일만 맡을 뿐이다.

　양가에서 허락하고 나면 곧바로 첩지帖紙를 서로 보내는데, 이것을 '과첩過帖'이라고 한다. 먼저 문호첩門戶帖을 보내는데, 양가에서 각각 성명과 본관, 그리고 3대 조상의 이름과 관직을 써서 교환한다. 가까운 사실[屬實]을 묻기 위해 다시 팔자첩八字帖을 보내는데, 위에는 남녀 두 사람의 생년월일시를 써서 모두 성명가星命家에게 보여 궁합이 맞는가를 따져보아서 만일 구애되는 일이 없으면 정혼定婚하게 되는데, 이것을 '합혼合婚'이라고 한다. 합혼이 길한 날을 얻으면 먼저 소정례小定禮를 하고 다음으로 대정례大定禮을 하는데,123) 그 예물은 머리 장식이나 여주如意 등이다. 여자 집에서는 신발이나 모자나 문구文具로 답례한다.

　신부를 맞이하기 두 달 전에 반드시 통신례通信禮를 행하는데, 남자 집에서 용봉첩龍鳳帖에다 날짜를 잡아서 여자 집에 보내면서 아주鵝酒와 옷과 이불 등 각 물품을 함께 보낸다. 한족漢族의 풍속은 다시 용봉떡龍鳳餠과 찻잎·과일 등을 갖추어 보내는데, 여자 집에서는 신발과 모자, 문구와 떡 등으로 답례한다.

　결혼하기 하루 전날, 여자 집에서는 남자 빈객賓客을 네 사람이나 여섯 사람, 혹은 여덟 사람을 청해서 폐백 짐을 보내면 남자 집에서도 다른 사람을 청하여 폐백 짐을 받는다. 폐백 짐은 대擡124)로 수를 세는데, 중등中等의 집에서는 태반이 24대·32대·48대이고, 부유한 집에서는 대수가 1백여 대에 이르는 경우도 있으며, 가난한 사람은 16대나 12대이다. 두 번째는 겨우 여자가 일상적으로 사용하는 물품 약간을 짐꾼을 사지 않고 보낸다. 짐이 많은 사람은 간혹 풍악으로 전도前導하는 경우도 있으나, 근래에는 간편함을 좇아서 대부분 혼례하는 날 폐백 짐을 보낸다.

　결혼하는 날은 남자 집에서 여자 빈객 한 사람과 남자 빈객 두 사람이나 네 사람, 혹은 여덟 사람을 청하여 여자 집에 가서 영친迎親하게 하는데, 여자 집에서도 여자 빈객 한 사람과 남자 빈객 두 사람이나 네 사람, 혹은 여덟 사람을 청하여 남자 집에 가서 송친送親하게 한다.125) 신부가 탄 희교喜轎가 가고 올 때 풍악과 의장대儀仗隊로 돕기도 한다. 신랑이 가서 여자의 부모에게 절하는 것을 '사친謝親'이라 하는데, 사친이 끝나고 나면 바로 돌아온다. 신부

---

123) 방정放定이란 신랑될 집에서 신부 집에 예물을 보내면 신부 집에서 답례하는 의식이다. 방소정은 전통혼례의 납길納吉에, 방대정은 납징納徵에 해당한다.
124) 대擡 : 대擡는 현재에는 태抬로 쓰는데, 두 사람이 드는 짐이 한 태이다.
125) 영친迎親 … 송친送親하게 한다 : 신부를 맞이하는 의식이 영친이고, 신부를 신랑 집에 데려다 주는 의식이 송친이다.

가 가마에서 내리면 바로 양가의 영친하고 송친하는 여자 빈객이 인도하여 신랑과 함께 하늘과 땅에 절하고 합근례合졸禮를 행한다.

마당 가운데서 풍악을 울리는 가운데 예식이 끝나면 신랑은 물러나고 신부는 신방에 앉는데 이것을 '좌장坐帳'이라고 한다. 한족의 풍속에는 휘장 안에 과일을 던지는 것이 있는데 이것을 산장橵帳이라고 한다.

다음날 새벽을 쌍조雙朝라고 하는데, 신부는 성장盛裝을 하고 나와서 조상들의 사당과 시부모를 뵙고, 온 집안의 나이 많은 사람이나 어린 사람이나 절을 한 뒤에 친우들에게 절을 하는데, 이때 반드시 부부가 함께 절하므로 이를 쌍례雙禮라고 한다. 이 날 남자 집에서는 첩지帖紙를 갖추어 여자 집안에 회친會親을 청하는데, 서로 절하고 만나 자리를 베풀어도 먹지 않으며 [張筵不食] 신랑은 무릎을 꿇고 절을 하고 술을 공경히 따라 올리는데, 영친과 영송에도 이와 같이 한다.

폐백을 보냄으로부터 신부를 맞아들이고 회친會親에 이르기까지 모두 3일이 걸리는데, 채색비단을 내걸고 술과 음식을 마련하여 축하하러 온 친척들과 친우들을 대접하는 일을 요즘은 하루에 다하는 사람도 있다.

신부는 3일 만에 묘견례廟見禮를 하는데, [이것도 회문回門할 때 혹은 한 달 뒤[住封月]에 하는 사람도 있다.] 가묘家廟가 없는 경우에는 산소에 가서 절한다. 4일이나 6일 후에 여자 집에서는 신부의 귀녕歸寧(시집간 딸이 친가에 오는 것)을 맞이하는데 사위도 따라간다. 이것을 회문回門이라 한다. 그러나 반드시 당일 돌아와야 하고, 이 뒤에 9일·10일·12일·18일에 여자 집에서는 반드시 여자에게 음식물을 보내는데, 이것을 단구單九·쌍구雙九·십이천十二天이라고 한다. 시집온 지 한 달 만에 신부는 친정으로 돌아가는데, 한 달만에 돌아가므로 주대월住對月이라고 한다. 이 후에는 매년 명절이 되면 귀녕歸寧을 한다.

신식 상례新式喪禮

신식 상례는 아직 제정되지는 않았지만, 지금 통상적으로 행해지는 것으로 말하자면, 함含·염殮·빈殯과 장례가 옛날 풍습과 다름이 없다. 다만 승려를 불러 불경佛經을 외게 하지 않고, 추령芻靈과 거마車馬와 누고樓庫 등의 물건을 태우지 않는다. 친구들이 조문할 적에 대부분 화관花冠을 [속칭 화권花圈이라 한다.] 주고, 만사輓詞나 제문祭文을 보내는 사람들도 있다. 상가喪家에서는 상장喪章을 나누어 주는데, 효대孝帶126)를 쓰는 대신에 백지白紙로 위를 국화모양으로 만들어, 남자의 상喪에는 왼쪽 가슴에, 여자의 상에는 오른쪽 가슴에 매단다.

출빈出殯[127]하는 날은 음악만 연주하고 의장儀仗은 사용하지 않는데, 만사輓詞와 화관花冠을 가지고 사람들이 널 앞에서 거행하게 한다. 장사를 지낸 다음의 모든 제사 예절은 구식과 같다. 다만 산傘과 선교船轎를 태우지 않는다. 그 중에 공공 위생을 중요시하는 사람이라면 며칠 만에 바로 장사를 지내고 따로 날을 잡아서 호텔이나 회관에서 조문을 받는데, 이날은 문 밖에 음악을 연주하게 하고 뜰에는 꽃을 수놓은 보개寶蓋를 설치하고, 영위靈位 앞에는 흰 비단을 감아서 감실龕室처럼 해 놓으면 조문하는 사람들이 대부분 세 번 국궁한다. 부유한 사람은 다시 문 밖에 흰 꽃을 매단 패루牌樓를 세우고 상가에서는 소복素服을 하는데, 대부분 옛 제도를 따라 쓰고 간혹 흰 옷을 입지 않고 팔에 푸른 천을 꿰매는 사람도 있다.

구식 상례舊式喪禮

사람이 죽으면 옷을 갈아 입힌다. [소의小衣 외에 남자는 면포棉袍와 보규補袿를, 여자는 망포蟒袍와 하피霞帔에 옥을 두르고 봉관鳳冠을 썼으나[128], 근래에는 남자는 장포長袍에 마규馬袿를, 여자는 오군襖裙을 입는다. 한족의 풍속은 이불을 가장 중요하게 여겨서, 적게는 깔개와 덮개를 세 개씩하고, 많게는 깔개와 덮개를 아홉 개씩 하기도 하는데, 그 수는 홀수로 한다. 가장 먼저 몸을 쌀 때는 반드시 깔개는 황색으로, 덮개는 흰색으로 하는데, 이것은 깔개는 금을, 덮개는 은이라는 뜻에서 그렇게 한다.] 시체를 시상屍牀에 안치해 놓고 온 가족이 거애擧哀하는데, 글씨를 쓴 종이紙錁를 태우는데 이를 '영혼지領魂紙'라 한다. 시상 앞에는 등을 켜는데 이것을 '인혼등引魂燈'이라 한다. 부유한 사람은 승려를 불러 송경誦經하는데, 이것을 '도두주倒頭呪'라 한다. 종이를 바른 수레와 말을 불사르는데 이것을 '도두거倒頭車'라고 한다. 음양가陰陽家를 불러 앙서殃書를 펴서 염습을 하여 관에 넣는 일[入殮], 재앙을 내쫓는 일[出殃], 발인發靷, 묘 쓸 자리의 흙을 처음 파는 것[破土], 하관下葬하는 등의 날짜와 시각과 일체의 피하거나 꺼리는 일 등을 정한 뒤에 친척들과 친우들에게 부음을 전하면, 친하고 가까운 사람은 급히 상가를 찾아 시체 옆에서 곡을 한다.

대렴을 하고 성복成服하고 나서는 각각 제도와 같이 한다. 죽은 지 3일째 되는 날 접삼接三을 한다. 문 밖에 음악을 설치하고 깃발[土旛]이나 명정銘旌을 세우는 것은 만주족이냐 한족이

---

126) 효대孝帶 : 효대孝帶는 조문객에게 나누어 주는 상장喪章으로 머리에 두를 수 있는 흰 천으로 만들었다.

127) 출빈出殯 : 장사 지내기 전에 집 밖의 빈소 에 입관한 시신을 옮겨 놓는 것을 가리킨다.

128) "頭戴鳳冠 身披霞帔 翠繞珠圍 身跨靑鸞".

냐에 따라 다르게 하였다. 친척과 친우들이 모두 제단에 나간다. 밤에는 승려를 불러와서 경문經文을 외게 하고 종이를 바른 수레와 말과 공상槓箱을 근처 빈터로 가져가서 불사르는데, 이것을 '송삼送三'이라고 한다. 보낼 때는 상주와 만배晩輩[129]들은 영전靈前에서 소리 내어 통곡하고, 길을 따라 가며 울부짖는다. 친척들과 친우들은 향과 등불을 들고 줄을 나누어 따라간다. 돌아와서 상주는 다시 영전에서 곡하는데, 이때 온 집안 사람들도 소리 내어 운다. 밤이 되면 승려가 붕棚에 들어가 방렴구放談口[130]를 하면 상주가 시간에 맞추어 영전에 나아가 무릎을 꿇고 거애擧哀한다. 이후로는 3일간 경經을 읽게 하는데 일붕一棚[131]을 하거나 혹은 삼붕三棚·오붕五棚을 하기도 하는데, 7일간 연달아 불경을 염송念誦하게 하는 사람도 있다. 불교와 도교道敎 라마교[番]의 승려와 비구니[僧道番尼]를 쓰는 것은 정해진 것은 없으나, 동시에 모두 불러 송경하게 하는 일도 있는데, 이것을 '대대경對坮經'이라 한다. 보통은 모두 불교 승려를 쓰는데, 그것은 값이 싸기 때문이다. 붕경棚經을 마칠 때마다 반드시 송성送聖을 한 번씩 하는데, 때가 되면 어지럽게 법기法器를 두드리며 사이사이로 고수鼓手가 음악을 연주하면 … (원문 희미) 한족漢族의 풍속은 상고喪鼓를 가지고 분위기를 돋운다. 친우들이 바로 따르고 상주는 누고樓庫와 지과紙錁,[132] 옷과 그릇, 화분과 종이 탁자[紙卓] 따위를 태워 보낸다. 가정 형편이 좋지 않은 중류 이하의 가정에서는 태반이 경문을 염송하는 것을 3일간 하거나 혹은 하루만 하는데, 그 때도 반드시 송성送聖을 하고 누고樓庫와 지과紙錁 등 앞에서 말한 물건들을 태운다.

출빈出殯(발인)하기 하루 전날을 '반숙伴宿'이라 하는데, '좌야坐夜'라고도 한다. 이 날은 친척들과 친우들이 제사상 앞에 나아가 하루를 경을 염송하는데, 대부분 이날 행한다. 가난한 사람들은 대부분 경을 염송하지 않는데, 심지어 반숙을 하지 않는 사람도 있다. 접삼接三을 하고

---

129) 만배晩輩 : 중국에서 자신을 기준으로 하여 항렬이 아버지 항렬 이상일 경우 존친尊親 혹은 장배長輩라고 하며, 자녀 이하일 경우 비친卑親 혹은 만배晩輩라고 부른다.

130) 방렴구放談口 : 고혼孤魂 아귀餓鬼는 음식을 먹을 때 입에서 화염火焰이 나와 음식을 먹지 못하므로, 이 불꽃을 제거하고 귀신들이 먹을 수 있게 한다는 의식으로 불교에서 유래되었다. 음식을 내놓고 불경을 외운다.

131) 일붕一棚 : 붕棚이란 일반적으로 임시로 높이 짓는 가건물을 가리키지만, 여기서는 다섯 명이 한 조가 되어 경문을 염송하는 것을 붕경棚經이라고 하고, 이것을 한번 하는 것을 일붕一棚이라 한다. 붕 수가 많을수록 성대하다고 여겼다.

132) 누고樓庫와 지과紙錁 : 누고樓庫는 중국에서 죽은 사람의 옷을 담는 그릇으로, 채색 종이로 만들며 이층으로 만들었다고 한다. 통상 높이는 1장 1척, 너비는 약 서너 자[尺], 두께는 한 자쯤으로 만든다. 지과紙錁는 글씨를 쓴 긴 종이를 말한다.

나서 5일이나 혹은 7일이 되면 출빈한다.

출빈하는 날짜는 정해진 것이 없지만, 통상 사람이 죽고 나서 7일이나 11일 또는 13일 만에 한다. 부유한 사람은 정구停柩를 삼칠일(즉 21일)이나 오칠일(35일)까지 하기도 한다. 출빈하는 시각은 대체로 첫 새벽에 한다. 출빈하기 전에 상주는 새 빗자루와 쓰레받기를 가지고 관棺 위에 있는 먼지를 깨끗이 쓸어 담아 잠자리 밑에 붓는데, 이것을 '소재掃材'라고 한다. 또 관의 한 모퉁이에 돈을 떨어뜨리는데, 이것을 '흔관掀棺'이라 한다. 그리고는 사영례辭靈禮를 행한다.

영구靈柩가 마루로 나오면 상주는 혼번魂幡을 들고 앞에서 인도하면 만배晩輩들은 그 뒤를 따르며 모두 큰 소리로 호곡號哭한다. 문 밖에 가서는 작은 상여에 올려서 운반하고, 큰길에 나가면 큰 상여에 올린다. 큰 상여에 올릴 때에 상주는 무릎을 꿇고 상분喪盆을 던지고, [상분은 장군[缶] 모양인데 밑바닥에 구멍이 있고, 벽돌 위에 얹어 놓는다. 벽돌은 종이로 발라서 서투書套(책을 보존하기 위하여 헝겊으로 발라 놓은 상자) 모양으로 만들었다. 던질 때 한 번에 깨져야 한다.] 바로 상여가 일어나고, 다시 전과 같이 호곡한다. 친척들과 친우들은 영구를 따라갈 때 남자는 상주의 앞에서 걷고, 여자는 수레를 타고 영구 뒤에 따라간다. 여기에 쓰는 의장儀仗들은 만주족과 한족漢族이 다르다. 한족의 풍속은 상고喪鼓와 나고羅鼓, 여러 가지 깃발[仕幡]이나 혹은 깃발이나 일산日傘을 쓰고, 만주족의 풍속은 양쪽 문에 소독[纛; 소꼬리를 매단 기] 여덟 개와 곡률曲律·영산影傘·소교小轎 등을 사용한다. 부잣집과 귀인貴人은 여기에 모든 것을 맡기는 집사와 수레·가마·정자·말을 더 쓰고, 다시 송사松獅·송정松亭·송학松鶴·송록松鹿과 동남동녀童男童女와 화분花盆, 종이로 만든 탁자를 줄줄이 길을 따라 배열시켜 간다. 거기에 승려가 나팔을 불어 음악을 연주하며 영구를 보낸다. 이렇게 가다가 집사 앞에서 깃발이나 명정을 들고 가는 사람까지 있게 되면 더욱 사치스럽다.

영구가 묘지에 도착하여 하관을 하고 제사를 지내면 상주는 영구를 따라온 친척들과 친우들에게 머리 숙여 사례하는데, 친척들과 친우들은 바로 상주의 옷을 벗기고[133] 돌아간다. 상을 당한 가족들은 물론 친척들과 친우들도 모두 문 밖에 있는 수분水盆에 칼을 갈아 긋고 들어간다[■人]. 한족의 풍속은 다시 문 앞에 풀을 태우고 사람들에게 얼음을 한 덩어리씩 나누어 주고 그걸 물고 풀을 넘어 들어가게 하는데, 외부의 귀신을 피하려는 뜻이다.

장사한 지 사흘 만에 묘에 제사지내는 것을 '난묘暖墓'라고 하는데, 세속에서는 '원분圓墳'이

---

133) 상주의 옷을 벗기고 : 본문에는 '즉탈효이귀即脫孝而歸'라고 되어 있으나, 이것은 탈의脫衣에서 의衣 자가 빠진 것으로 본다.

라고 한다. 삼칠일(21일)과 오칠일(35일)·칠칠일(49일), 그리고 60일과 만월일滿月日(보름날)에 모두 가서 제사를 지낸다. 또 집에서 소지燒紙하는 것도 있는데, 오칠일에는 반드시 일산日傘을 불사르고 60일에는 반드시 종이로 만든 배와 가마를 불사른다. 부자는 또 경을 염송하게 하고, 가난한 사람들도 대체로 방염구放焰口를 한다.

흰 옷을 벗는 시기는 한족의 풍속에는 60일이고, 만주족은 100일 만에 벗는데, 이때도 반드시 묘제墓祭를 지낸다. 혹 집에서 지과紙錁를 태우고 친척들과 친우들을 찾아가 사례하기도 하기도 하는데, 한족의 풍속에는 난묘暖墓하고 난 뒤에 하고, 만주족은 반드시 흰옷을 벗은 뒤에야 이를 거행한다.

세시풍속歲時風俗

음력 정월 1일에 인민들은 오경五更(새벽 4시 전후)에 일어나서 신에게 제사하는데, 향을 피우고 폭죽을 터뜨리며 만두를 올린다. 이 일이 끝나고 나면 온 가족이 단원반團圓飯을 먹고 초백주椒柏酒를 마신다. 닭이 울면 원단元旦인데, 기장떡[黍糕]을 먹으면서 말하기를 "연년고年年糕"라고 한다. 온 가족이 서로 새해의 절을 하고는 나와서 다른 사람들에게 축하의 인사를 한다. 만나면 한번 읍하고 다시 "새해 복 많이 받으십시오[新禧新禧].", "돈 많이 버십시오[多多發財].", "모든 일이 순조롭게 잘되시기를 빕니다[順順當當].", "모든게 잘되시길 빕니다[一順百順].", "좋은 일이 뜻대로 이루시기를 빕니다[吉祥如意]." 등의 덕담德談으로 서로 축하한다. 아주 친한 친척이나 친구 사이에는 마루에 올라가서 머리를 땅에 대고 절을 하는데, 그러면 주인이 '백사대길합百事大吉盒'으로 대접한다. 한 가지 음식물을 올릴 적마다 반드시 덕담을 곁들이는데, 감떡[柿餠]을 올릴 때에는 "하는 일마다 뜻대로 되기를 바라네."하고, 호도를 올릴 때에는 "화기和氣가 가득하길 바라네."라고 하고, 대추와 밤과 땅콩, 계원桂圓 등을 올릴 때에는 "빨리 귀한 아들을 낳게."라고 한다. 항렬이 낮거나 어린 사람이 어른들에게 절을 하면 돈을 주는데, 이것을 '압세전壓歲錢'이라고 한다.

2일에는 새벽에 재물 신에게 제사하고, 5일을 '파오破五'라고 하는데, 부녀婦女들이 원단으로부터 이날까지는 문을 나서지 않다가 6일에 비로소 친척들과 친우들에게 축하의 인사를 한다. 8일은 '순성일順星日'이라고 하여 초저녁에 별의 신에게 제사한다. 목화와 종이로 꽃 모양을 만들어 기름을 먹여서 제사할 때 뜰에 놓고 불사르는데, 이것을 '산성散星'이라고 한다.

이 달에 입춘이 들면 대부분 봄떡[春餠]을 해 먹는다. 부녀자들은 대부분 나복蘿蔔(무)을 먹는데 이것을 '봄 깨문다[咬春].'라고 한다. 13일에서 17일까지는 '등절燈節'이라고 해서 집집마다 등을 매단다. 15일은 원소元宵이고, 19일은 연구절燕九節이다. 사녀士女들이 도관道觀에서 하룻밤을 묵는데, 이것을 회신선會神仙이라고 한다. 23일은 소전창小塡倉, 25일은 대전창大塡倉이라고 하여 창고 신에게 제사를 드린다.

2월 1일에는 쌀가루로 둥글게 '태양고太陽糕'를 만드는 데 제삿날 쓰기 위해서다. 2일에는 속칭 '용대두龍抬頭'라고 하여 만두를 먹으면서는 '용의 귀를 먹는다[喫龍耳].'고 하고, 봄떡을 먹으면서는 '용의 비늘을 먹는다[喫龍鱗].'고 하며, 국수를 먹으면서는 '용의 수염을 먹는다[喫龍鬚].'고 한다.

3월 3일을 '상사上巳'라고 하여 나들이 하며 교외로 나가 답청踏靑을 한다. 청명淸明을 전후해서는 산소에 가는 사람이 많다. 어린 아이들은 버드나무 가지를 엮어 모자를 만들어 쓰고는 "청명에 버들 모자를 쓰지 않으면 죽어서 황구黃狗로 변한다네."라고 노래한다. 18일은 희원戲園(극장)에서 모두 일을 하지 않고 쉬면서 정충묘精忠廟에 광대[優伶]들이 제사지내고 휴식하며 즐기는데 이것을 '희자회戱子會'라 한다.

4월 8일은 각 사찰에서 불상을 목욕시키는데 이것을 '욕불회浴佛會'라고 한다. 이 날부터 18일까지 길에서 콩을 줍는 사람이 있는데, 이것을 '습연두拾緣豆'라 한다. 이 달에 느릅나무 싹이 나는데, 인민들은 대부분 이것을 뜯어다가 당면糖麵과 버무려 쪄서 먹는데 이것을 '유전고榆錢糕'라고 한다. 또 장미와 등나무 꽃 등을 단 것과 소(떡 속에 넣는 것)를 만들어 떡을 쪄서 먹는데, 이것을 '장미떡[玫瑰餠]'··'등나무떡[藤蘿餠]'이라고 한다.

5월 1일에서 5일까지는 단양절端陽節인데, 단오端午라고도 한다. 집집마다 문에다 포애蒲艾를 꽂아놓고 오뢰천사부五雷天師符를 붙이고 각서角黍를 바쳤다. 여인들은 능라綾羅로 예쁘게 작은 호랑이[小虎]를 만들어 오색실로 꿰어 비녀 끝에 매달거나 아이들의 등에 매어주는데, 이것을 '장명루長命縷'라 하는데 '속명루續命縷'라고도 한다. 오래 묵은 먹[墨]을 두꺼비[蝦蟆] 뱃속에 넣어서 빛을 쐬면 그 먹으로 가래를 치료할 수 있다. 그래서 항간巷間에서는 '두꺼비[癩蝦蟆]을 벗어나는데 5월 5일을 지나지 않는다[有癩蝦蟆脫不過五月單五之語].'는 말이 있다. 단오單五란 단오

端午의 잘못 전해진 음이다.

6월 6일은 부녀들이 대부분 머리를 감는데, 그래야 때가 끼지 않고 더러워지지 않게 된다고 하고, 사대부들은 서적을 포쇄曝曬하는데, 그래야 좀이 생기지 않게 된다고 한다. 23일엔 마왕화신馬王火神에 제사지내고, 24일엔 관공關公(관우)에게 제사지내며, 삼복三伏에 들어가면 음식 먹는 기일이 각각 다른데, 초복에는 만두를, 중복에는 국수, 말복에는 떡에다가 계란을 곁들여 먹는다. 농민들은 초복에는 무를 심고 중복에는 배추를 심고 말복에는 메밀을 심는다.

7월 7일은 속칭 견우가 직녀를 만난다는 날이다. 아가씨들은 과과瓜果와 술과 안주 등을 성대하게 차려놓고 여자들을 청해서 걸교乞巧를 한다. 그래서 이 날을 '여아절女兒節'이라고 한다. 처녀들이 사발에 물을 떠서 달 아래 비춰놓고, 각기 작은 바늘을 던져 물 위에 띄우고 천천히 물에 비친 달을 보면 꽃처럼 흩어지거나 구름처럼 움직이는데, 실낱같이 미세한지 막대기처럼 거친지를 보아 그걸로 여자의 솜씨가 좋을지 못할지를 점친다.

13일에서 15일까지는 중원절中元節로, 속칭 귀신절[鬼節]이라 하는데, 산소에 가는 사람이 많은 것은 청명淸明과 같다. 어린 아이들이 각각 자루가 긴 연잎이나 종이로 만든 연꽃을 들고 그 위에 촛불을 켜서 길을 돌면서 노래하는데, 이것을 연화등蓮花燈이라 한다. 또 이날 저녁에 사녀士女들은 강가에서 등을 켜는데, 이것을 방하등放河燈이라고 한다. 강에다 등불을 켜 띄우고, 물길 따라 떠다니게 한다.

8월 13일에서 15일이 중추절仲秋節이다. 길에서는 나니토儺泥兎를 [진흙으로 만든다. 사람의 몸에 토끼의 머리를 하고 옷과 모자는 채색을 하였는데, 앉아 있거나 서 있는 모양이다.] 팔고, 월광마月光馬를 [위에는 태음성군太陰星君 상을 그려 넣고 아래에는 월궁月宮과 절구공이를 잡고 있는 사람의 다리를 한 옥토끼를 그려 넣었다.] 설치하고 달이 뜨기를 기다려 과과瓜果와 월병月餠을 바치며, 부녀자들이 너부죽이 절을 하는데, 이것을 배월拜月이라고 하며 남자는 하지 않는다. 절을 마치고 나면 과일과 술과 안주 등 음식을 뜰에 차례 놓고 온 집안 사람들이 둘러 앉아 술을 마시며 달구경을 하는데, 이것을 '단원절團圓節'이라고 한다. 또 달에 제사지낸 월병月餠을 나누어 먹는데 이것을 단원병團圓餠이라고 한다.

9월 9일은 중양절重陽節이다. 나들이 나가는 사람들이 술과 음식을 싸들고 교외로 나가 높은 곳에 올라간다. 이 달에는 국화가 한창 피기 때문에 큰 실내에는 국화를 산 모양으로 진열해 놓는데, 혹은 길상吉祥 자字 모양으로 이어 놓기도 한다. 친척이나 친구들을 초대하여 술을 마시며 국화를 감상하는데, 가난한 집에서는 화분에다 국화를 심어 계단 아래나 책상 위에 얹어 놓고 관상觀賞하여, 아름다운 계절을 그냥 지나치지 않는다.

10월 1일은 맹동孟冬의 초하루이다. 상을 당한 집에서는 산소에 가서 한의寒衣를 보낸다. [한의는 오색종이로 저고리와 바지를 만들고, 종이 보자기로 싸서 그 위에 죽은 조상의 벼슬과 품계와 성명 및 연월일을 쓰고, 아래에는 '후손 아무개 근봉謹奉'이라고 주를 단다.] 밤이 되면 태우는데, 무덤 위에서 태우는 사람도 있다. 그래서 '10월 1일에 한의를 보낸다.'는 속언이 있게 되었다.

11월은 겨울 달[冬月]이라고 통칭된다. 동짓날을 만나면 물만두[餛飩]를 먹는 것은 하지夏至에 반드시 국수를 먹는 것과 같다. 그래서 북경지방 속담에 '동지에 물만두, 하지에 국수'라는 말이 있다. 사대부들은 이 날 소한도消寒圖를 그리는데, 종이 한 장에 매화나무 한 가지를 그리고 화판花瓣 81개를 그려놓고, 동짓날부터 날마다 하나씩 색칠해 나가는데, 그 방법이 위에 있는 것은 흐린 날, 아래 있는 것은 맑은 날[上陰下淸], 왼쪽에 있는 것은 바람 부는 날, 오른쪽은 비오는 날[左風右雨], 눈 오는 날은 가운데 화판에 있다. 그렇게 다 색칠하고 나면 구구 81일이 다 끝난다.

12월은 통칭 '납월臘月'이라고 한다. 8일에 죽을 먹는데 이것을 '납팔죽臘八粥'이라고 한다. 이것은 색깔이 다른 쌀과 팥과 과일을 섞어 오경五更(새벽 네 시 전후)에 삶아 죽을 만든다. 먼저 조상들께 제사지내고 나서 친척들과 친구들을 대접한다. 또 이 날은 마늘로 초에 담그어서 잘 봉해서 저장하는데, 다음 해 신정新正이 되면 열어서 먹는다. 이것을 '납팔마늘[臘八蒜]'이라 한다. 납팔을 지나고 나서 길일吉日을 가려 대청소를 하는데, 이것을 '소방掃房'이라고 한다.

23일엔 부엌 신에게 제사지낸다. 민간에서 전해지기로는, 조군竈君이 하늘에 조회朝會가서 인간의 잘잘못을 옥황상제에게 다 고해서 상벌을 시행한다고 한다. 그래서 제사지낼 때 신지神紙를 사르면서, "좋은 이야기는 많이 해 주시고 좋지 않은 이야기는 하지 마십시오."라고 한다.

이 후로부터 설을 쇨 준비를 한다. 섣달 그믐날[除夕] 하루 전날을 소제석小除夕이라 하여,

집안에 술자리를 마련하여 서로 오가며 초대하는데, 이것을 '별세別歲', 또는 '사세辭歲'한다고 한다. 제석에 사세례辭歲禮를 하는 사람도 있다. 섣달 그믐날 밤에는 대부분 잠을 자지 않는데 이것을 '수세守歲한다.'고 하며, 참깨 짚을 마당 가운데 펴놓고 오가며 밟는데, 이것을 '답세踏歲'라고 한다. 부녀자들은 대부분 붉은 석류꽃을 머리에 얹고 그 위에 작은 동전을 매달았는데, 이것은 길상吉祥과 재물이 늘어난다는 뜻을 취한 것이다.

※ 북경 건치建置의 연혁   北京建置之沿革

북경은 요순堯舜 때는 유주幽州였고, 하夏 나라 때는 기주冀州라고 하였다가 은殷 나라 때는 다시 유주라고 불렀다. 주周 나라가 요임금의 후손과 소공召公을 이곳에 봉하면서 계薊라고도 하고 연燕이라고도 하였다. 진秦 나라에서는 상곡上谷이라고 하였고, 한漢 나라 때는 광양廣陽이라 하였으며, 위魏 나라와 진晉 나라 및 당唐 나라 때는 모두 계주薊州라고 불렀는데, 진晉 나라와 당나라 때는 또 범양范陽이라고도 하고 유주幽州라고도 하였다. 오대五代 때 와서는 진晉이라 부르다가 마침내 요遼의 소유가 되었다. 요 태종太宗 회동會同 원년元年(서기 938년)에 유주幽州를 남경南京으로 승격시켰고, 또 연경燕京이라 하였다. 성종聖宗 개태開泰 원년(1018)에 다시 석진부析津府로 고치고, 완평宛平과 석진현析津縣 두 현치縣治를 두었다.

송宋 선화宣和 5년(1123)에 금金 나라 사람들이 들어와서 연경燕京 6주를 마침내 연산부燕山府로 고쳤다. 금 정원貞元 4년(1156)[134]에 금나라 임금 양亮이 연燕에 행차하였다고 해서 경읍京邑으로 정하고, 중도부中都府로 삼아 대흥大興이라고 하였고, 석진현析津縣을 대흥현으로 고쳤다. 원元 나라 초에도 여전히 대흥으로 부르다가 세조世祖 지원至元 9년(1282)에 대도大都로 바꾸었고, 명明 홍무洪武 초에 북평北平으로, 영락永樂 중기에 북경에 도읍을 정하고 궁전을 건축하여 순천부順天府로 고쳤다. 이때 비로소 북경이란 이름이 드러나게 되었다. 대흥과 완평 두 현이 그대로 요遼와 금金에서 쓰이다가 청淸이 명明 나라의 제도를 따라 다시 바꾸지 않았다. 민국民國이 성립되고 나서는 통제의 편리함을 위해 그대로 이곳에 수도를 정하였으니, 이 또한 옛날과 같다.

---

134) 금 정원貞元 4년(1156) : 금나라 정원貞元은 3년까지 밖에 없다. 그러므로 금 정원 4년은 정륭正隆 1년으로 본다.

※ 북경 성지城池의 연혁 北京城池之沿革

북경은 당唐 나라 번진藩鎭의 고성古城으로 요遼·금金·원元·명明 나라가 번갈아가며 고쳐 축조하여 이룩한 곳이다. 번진의 고성은 상고할 수가 없으나, 요나라 때부터 고찰해 보면, 성종聖宗 개태開泰 원년(1018)에 유주부幽州府를 석진부析津府로 고쳤을 때 성의 지름이 36리里였다. 문이 여덟 개였는데, 동쪽에 안동문安東門·영춘문迎春門, 남쪽에 개양문開陽門·단봉문丹鳳門, 서쪽에 있는 문을 현서문顯西門·청진문淸晉門, 북쪽에 있는 문을 통천문通天門·공진문拱辰門이라 한다. 그 성터는 지금 있는 성보다 서쪽으로 치우쳐져 있었다.

고찰해 보면, 정양문正陽門 밖에 유리공장이 있는 곳이 바로 옛날 해왕촌海王村이다. 이내정李內貞 묘지墓誌에서는 그곳을 연경燕京이라고 칭하였으니, 동문 밖에는 요성遼城이 있었음을 알 수 있다. 금나라 태조 천회天會(1138년 전후) 초에 종망宗望이 연산부燕山府를 취하여[135] 그곳에 요의 궁궐을 짓고 네 성을 축조하였는데, 성은 각각 3리씩이었고, 앞뒤로 각각 문이 하나씩 있었다. 그러다가 해릉海陵이 측위하게 되어 연성燕城을 더 넓혀, 둘레를 27리로 하고 문을 13개로 하였는데, 시인문施仁門·선요문宣曜門·양춘문陽春門 등이 동쪽에 있는 세 문이고, 이택문麗澤門·호화문灝華門·창의문彰儀門이 서쪽, 경풍문景風門·풍의문豐宜門·단례문端禮門이 남쪽에 있는 세 문이며, 회성문會成門·통현문通玄門·숭지문崇智門·광태문光泰門이 북쪽에 있는 네 문이다.

지원至元 4년(1267)에 중도中都의 북쪽에다 지금의 성을 건축하여 천도遷都 하였는데, 성은 사방이 60리이고 문은 11개인데, 남쪽의 중앙에 있는 문이 여정문麗正門이고, 왼쪽에 있는 것이 문명문文明門, 오른쪽에 있는 문이 순승문順承門이며, 동쪽의 중앙에 숭인문崇仁門, 그 왼쪽에 광희문光熙門, 오른쪽에 제화문齊化門이다. 서쪽의 가운데 있는 문이 화의문和義門이고 그 왼쪽이 평칙문平則門, 오른쪽에 있는 문이 숙청문肅淸門이며, 북문은 두 개인데, 동쪽이 안정문安貞門이고 서쪽에 있는 문이 건덕문健德門이다.

명나라 홍무洪武 4년(1371)에 서달徐達에게 명하여 원나라 도읍을 경영하게 하였는데, 성의 북쪽 5리를 따라 광희 숙청 두 문을 없애고, 숭인문을 동직문東直門으로, 화의문을 서직문西直門으로, 안정문을 안정문安定門으로, 건덕문을 덕승문德勝門으로, 고치고 나머지는 모두 그대로 두었다.

영락永樂 15년(1417)에 여기에 궁궐을 건축하면서 이 성의 남쪽 주변 40리를 다시 확장하였는

---

135) 종망宗望이 연산부燕山府를 취하여 : 종망宗望은 금나라 태조의 아들인 알리부斡離不로 송나라 정벌에 공을 세웠다.

데, 다시 여정문을 정양문正陽門으로, 문명문을 숭문문崇文門으로, 순승문을 선무문宣武門으로, 제화문을 조양문朝陽門으로, 평칙문을 부성문阜成門으로 고쳤으니, 이것이 오늘날의 내성內城이다.

가정嘉靖 32년(1553)에 다시 내성의 남쪽에 외성外城을 지었는데, 길이가 28리이고, 문을 7개 내었는데, 남쪽에 있는 문을 영정문永定門 그 왼쪽을 좌안문左安門 그 오른쪽을 우안문右安門이라 하였고, 동쪽에 있는 문을 광거문廣渠門 그 서쪽을 광안문廣安門 동쪽 모퉁이에 북쪽을 향해 나있는 문을 서편문西便門이라 하였으니, 이것이 바로 오늘날 보는 성의 외성이다.

청나라에서 도읍을 이곳에 정하면서는 모두 명나라에서 쓰던 것을 그대로 이어쓰고 고친 것이 없었는데, 민국 5년(1916)에 교통편의를 위하여 환성철로環城鐵路를 부설하면서 서직문 정류장에서부터 경유로京綏路와 이어지고 덕승문과 안정문, 동직문과 조양문을 지나 동편문 각루角樓에 이르러 성의 담장을 뚫어 경봉철로京奉鐵路를 가로질러 바로 앞문 정류장에 이른다. 지나는 각 문은 모두 옹성甕城을 없애버리고 적루敵樓로 개축改築하였는데, 옛날 것과는 조금 다르다.

※ 북경의 형승   北京形勝

진秦·한漢 이래 연燕이 일찍이 이루어진 거진巨鎭으로, 광무제光武帝가 그것을 바탕으로 중흥하였다. 모용慕容이 불법으로 점거하여 영웅으로 자칭하였는데, 그로부터 후위後魏·주周·수隋·당唐·송宋 나라가 주군州郡을 두기도 하고, 부府나 진鎭을 세우기도 하면서 모두 요충지로 여겼다. 요遼와 금金·원元 나라 때로부터 명明·청淸에 이르기까지 서로 이어 이곳에 도읍을 정하면서 중원中原이 억압을 받은 것이 1천여 년에 이른다. 대개 그 지세가 왼쪽은 바다로 둘러져 있고 오른쪽은 태항산太行山이 둘러쳐져 있으며, 북쪽은 거용관居庸關을 의지하고 있는데다가 산해관山海關과 자형관紫荊關·도마관倒馬關과 희봉구喜峰口·고북구古北口·독석구獨石口와 같은 요새들이 있으며, 남쪽에는 하수河水와 낙수洛水가 두르고 있는데다가 천진天津이라는 문호門戶가 있으니, 그 형승形勝이 실로 온 중국을 통틀어 제일이다. 더구나 철로가 성행하면서부터 교통이 더욱 편리해져 험하고 요충이 되는 형세가 또한 그 때문에 증진되었다. 북경으로 말하자면, 경한선京漢線·경봉선京奉線·경유선京綏線의 3대 중심노선[136]이 전국을 통행할 수 있는데, 동으로

---

136) 경한선京漢線·경봉선京奉線·경수선京綏線의 3대 중심노선 : 모두 북경에서 연결된 철로로, 경한선은 한구漢口까지, 경봉선은 봉천奉天 즉 지금의 심양까지, 경수선은 현재 내몽고자치구의 주도主都인 구수歸綏까지 연결된 철도선이다. 구수는 요즘 몽골식 이름인 후허하오터[呼和浩特]라고 하며, 청대淸代에 부근에 수원성綏遠城이 건설되었다.

는 해도海道를 거쳐 바로 남방南方에 닿을 수 있으니, 참으로 진영에 앉아서 통제할 수 있다.

※ 북경의 기후 北京氣候

북경은 동경 1도 18분,[137] 북위 39도 55분에 위치하고 있어서 적당하게 온대지역의 가운데 있으며, 토질은 단단하고 깊으며 지대는 높고 건조하다. 기후는 대륙성 기후로 여름에는 혹심한 더위와 겨울철에는 심한 추위가 있기 때문에 여름철에는 비록 홑옷을 입고 있어도 덥지만 겨울철에는 털옷을 갖추어 입어도 따뜻하지 않다. 다만 봄가을에는 화창하여 사람이 살기에 알맞다.

매년 음력 9월쯤에 서리가 내리고 10월 말쯤에는 강에 얼음이 얼고 11월 초가 되면 눈이 온다. 2월 초에는 강의 얼음이 거의 다 녹고, 3~4월에는 대부분 동남풍이 불고 비가 조금밖에 내리지 않지만 5월에서 7월 사이엔 비가 많이 내린다. 8월과 9월에는 대부분 서북풍이 불면서 점점 추워진다. 사계절의 기후가 화씨온도계로 재면 여름에는 90도 이상까지도 올라가고 겨울에는 가장 추울 때라도 20도 이하로 내려가지 않는다. 봄과 가을 두 계절엔 60도 내외 정도이다. 근래에는 경한선과 진포선津浦線[138] 양대 교통로로 인해 기후가 전보다 약간 다른데, 더욱이 봄철에 가장 그렇다.

---

137) 북경은 동경 1도 18분 : 북경의 위도는 자금성 기준으로 동경 116도° 23' 26.72", 북위39° 54' 57.67"이다. 본문에는 동경 1도 16분이라고 한 것은 116도에서 탈자가 있는 것으로 보인다.
138) 진포선津浦線 : 천진天津에서 강소성江蘇省 포구浦口까지 연결된 철도이다.

□ 행장行狀

선생은 휘諱는 상희象羲, 자字는 만초萬初, 호號는 석주石洲, 성姓은 이씨李氏이다.

고려高麗 호부상서戶部尙書 철성군鐵城君 황璜이 시조始祖이다. 4대를 전하여 승문학사承文學士 진璡이 원元 나라의 위압적인 제재를 수치로 여겨 벼슬을 버리고 은거하였으니, 자호自號하기를 문산도인文山道人이라 하였다. 문희공文僖公 존비尊庇, 문헌공文憲公 우瑀, 문정공文貞公 행촌선생杏村先生 암嵒, 문경공文敬公 평재선생平齋先生 강岡을 거쳐서 휘諱 원原에 이른다.

원原은 벼슬이 본조本朝(조선)의 좌의정左議政·세자사부世子師傅에 이르렀고, 철성부원군鐵城府院君에 봉해졌다. 시호諡號는 양헌襄憲이며, 호號는 용헌容軒이다. 원原이 휘諱 증增을 낳았는데, 경태景泰 을병간乙丙間(1455~1456)에 영산현감靈山縣監의 벼슬을 사직하고 남으로 내려와서 안동安東에 정착하였는데, 이조참판吏曹參判에 증직贈職되었다. 증增이 휘諱 명洺을 낳았는데, 의흥義興縣監의 벼슬을 사직하고 돌아와서 임청각臨淸閣을 지었으며, 이조참의吏曹參議에 증직되었다. 휘諱 굉肱을 낳았는데, 벼슬이 예빈시 별제禮賓寺別提일 때에 벼슬을 사직하고 돌아와서 반구정伴鷗亭을 지었다. 당시 사람들은 삼대三代가 벼슬을 버리고 돌아오니 한 집안의 명절名節이라고 칭송하였다.

휘諱 후영後榮은 병조정랑兵曹正郞인데, 문장文章과 청덕淸德으로 세상의 중망重望을 받았다. 휘諱 종악宗岳은 증사복정贈司僕正이고 호號가 허주虛舟였다. 증조曾祖 휘 찬瓚은 동중추同中樞이고 호가 범계帆溪였다. 조祖 휘 종태鐘泰는 생원生員이고 호가 망호忘湖이다. 고考 휘 승목承穆은 호가 추암秋巖이다. 비妣는 안동권씨安東權氏인데, 충정공忠定公 벌橃의 후손인 진하鎭夏의 따님이다. 철종哲宗 무오년戊午年(천종 9, 1858) 11월 24일에 선생은 집안의 세제世第인 임청각臨淸閣에서 태어났다.

이마가 넓고 얼굴이 네모지고 귀가 크고 눈이 시원시원하였다. 우는 소리가 얼마나 우렁차던지 길에까지 들렸다. 증조이신 범계帆溪 옹은 기뻐하여 말하기를, "다른 날에 우리 문호를 빛낼 자는 반드시 이 아이일 것이다." 하였다. 이를 갈 무렵부터 놀고 장남함에 있어 준일駿逸함이 너무 지나쳤다. 조부 망호忘湖 공이 제재를 받지 않고 제멋대로 치달릴까 염려되어 가정교육을 날마다 엄히 하니, 차츰차츰 행실이 법도에 들어맞기 시작하였다. 그러나 그 빼어난 불굴의 기상만큼은 오히려 눌러도 누를 수 없는 것이 있었다.

취학 연령이 되어 배우게 되어서는 힘써 읽지 않아도 줄줄 외웠고 상세히 설명해주지 않아도 깨우쳐서 역대歷代의 치란治亂과 인물의 현부賢否를 남김없이 알았다.

시구詩句를 엮음에 있어서는 경탄할 만한 말이 적지 않았다. 일찍이 여름밤에 우박이 뜰의 오동나무를 쳤다. 척암拓菴 김도화金道和 공이 때마침 그 자리에 있었다. 공에게 시를 지어보라고 하였더니, 그 명에 응하여 대답하기를, "밤 우박을 오동나무 소리를 듣고 안다[夜雹聽梧知]." 하니, 김도화가 크게 칭찬하기를, "이 아이는 앞으로 큰 영예를 누릴 것이다." 하였다.

나이 겨우 13~15세에 사서四書를 비롯한 여러 경전에 통달하였다. 과문科文을 공부하게 되어서는 영특하고 민첩하여 동학同學들이 그에 미치지 못하였다.

계유년癸酉年(1873)에 선공先公(돌아가신 아버지)이 세상을 버리었다. 공은 어린 나이에 상고를 당하여 집상執喪을 예에 어긋나지 않게 하는 것을 층위層闈(증조부모 및 조부모)의 상한 마음을 위로하는 것이라 여겼다.

선대의 뜻을 계승하는 것은 독서와 입신立身하는 데에 있다 하고, 이미 익숙한 경전經傳을 가지고 읽으면서 그 의미를 깊이 음미하였으며, 천문天文·지리地理·선기옥형璿璣玉衡·역기曆紀·율려律呂·산수算數 등에 이르기까지 널리 궁리하지 않은 것이 없었다. 특히 정치제도政治制度의 연구에 더욱더 전념하여 개연히 한 시대를 경륜하려는 뜻을 품었다.

이때에 족증조族曾祖인 평담平潭(이름은 전銓임) 옹翁이 학덕學德에 있어서 유문儒門의 사범師範이었는데, 공이 나아가 배워서 많은 가르침을 얻었다. 병자년丙子年(1876)에 조부 망호忘湖 공의 명으로 서산西山선생 김흥락金興洛에게 가르침을 청하여 『대학大學』을 배웠다. 집으로 돌아올 때 서산선생께서 글로써 당부하기를 "선성先聖 증자曾子가 말하기를, '선비는 넓고 굳세지 않으면 안 되니, 임무는 무겁고 갈 길은 멀어서이다.' 하였다. 자네는 넓음 방면에서는 더 힘쓸 필요가 없지만, 굳셈 방면에 있어서는 모름지기 힘써 공부해야 할 것이다." 하였다. 공은 이 말씀을 깊이 명심하여 이때부터 자신의 광박廣博한 학문을 요약하여, 절실하고 확실하며 굳세고 심원한 경지로 차츰차츰 나아갔다.

갑신년甲申年(1884)에 의제衣制 개혁령이 있었다. 안동의 많은 인사人士들이 궐문 앞에 나아가 의제를 바꾸지 말라고 간곡하게 요청하였다. 이때 소장疏章의 초고를 공이 만들었는데, 그 완곡하면서도 절실함이 임금에게 아뢰는 문체를 깊이 터득하였다.

병술년丙戌年(1886)에 경시京試에 응시하였으나 합격하지 못했다. 공은 드디어 집안의 어르신에게 아뢰고서 거업擧業(과거를 위한 학업)을 던져버리고 내면의 수양 공부에 오로지 매진하였다. 이로 인하여 안에 쌓이는 것은 더욱 정밀해지고 몸으로 행하는 것은 더욱 독실해졌다.

예학禮學이 차츰 쇠퇴해지는 것을 염려하여 족친族親과 향음주례鄕飮酒禮를 행하기로 하였다. 제가諸家의 설을 널리 참고하여 의식儀式을 저술하여 사문師門인 서산선생에게 질문하였더니, 잘되었다고 크게 칭찬하였다. 뒷날 향숙鄕塾에서 이 예를 행할 때에는 반드시 공을 초청하여 자문을 구하였다.

갑오년甲午年(1894)에 조부 망호忘湖 공의 상을 당했는데, 수상守喪을 매우 고되게 하였다. 사문師門(서산 김흥락)에게 여쭈어 승중손承重孫의 아내도 남편 복인 삼년복을 따르는 것으로 확정하였다. 이윽고 또 선유先儒의 여러 학설들을 고증하여 세속의 본복本服만을 입는 잘못을 밝혔다.

이에 동학東學이 일어났다. 이윽고 일본과 청나라가 교전하였다. 공은 난리가 바야흐로 시작되었다는 것을 알았다. 조용하고 외진 곳을 택하여 궤연几筵(망호의 영위)를 모시고 도곡陶谷의 선재先齋로 거처를 옮겼다. 『예서禮書』를 읽는 여가에 농사도 짓고 집안 아이들도 가르쳤다. 간혹 병학兵學에도 마음을 두어, 우리나라 사람 변진영邊震英이 만든 연노連弩 등의 법을 깊이 탐구하고 만들어서 화살을 쏘아 실험하기도 하였다.

을미년乙未年(1895)에 일본 도적이 내전內殿을 침범하여 왕비가 해를 입었다. 본부本府의 의병義兵들은 우리 선군자先君子(곧 권세연權世淵을 가리킴)를 수장首長으로 추대하였는데, 공에게는 외숙부가 된다. 공사公私의 의리가 중하므로 상제喪制를 지켜 집에 있을 수만 없었다. 그래서 공은 드디어 임청각臨淸閣으로 돌아와서 기회가 닿는 기획하고 도와 도움되는 바가 많았다. 여러 군郡의 의병 진영에서는 계속해서 공에게 사람을 보내어 어떻게 해야할 지를 물었고, 혹은 공을 중임重任에 천거하기도 하였지만, 상주喪主의 입장이었으므로 예에 의거하여 고사하였다. 그러나 도울 수 있는 일이 있으면 마음을 다해서 도왔다.

무술년戊戌年(1898)에 향당鄕黨의 사우士友들과 월삭月朔에 향약鄕約을 읽는 규약規約을 행하였다. 당시 난리가 날로 거세지면서 인심이 동요하자 이를 진정시키는 데에는 여씨향약呂氏鄕約보다 좋은 게 없다고 여겨서이었다. 그러나 고금의 시대적 상황이 다르므로 여러 가지를 참작하지 않을 수 없었다. 이에 퇴도退陶(이황)와 한강寒岡(정구)과 창설蒼雪(권두경) 등 여러 선생이 이미 행한 절목節目을 참고해서 약간 증손增損하여 규약을 만들었다. 행한 지 수년이 되자, 한 지방의 풍속이 그 덕택에 볼만 한 것이 있게 되었다.

기해년己亥年(1899)에 서산西山(金興洛)선생이 별세하였다. 가마加麻 3개월 복을 입었다. 여러 제현들과 더불어 선생의 유문을 정리해서 세상에 내놓았다.

임인년壬寅年(1902)에 모친께서 병으로 드러누우시자, 공은 7개월 동안 시탕侍湯하였으며, 밤에도 옷의 띠를 풀지 않았다. 상을 당하여서는 매우 슬퍼함이 예제禮制보다 과로하였다. 병수발 들 때 입었던 솜옷을 여름이 지나도록 입고 있었고, 장례가 끝나고서 바꾸어 입었는데, 모두 썩고 문드러졌다.

을사년乙巳年(1905)에 일본 대사 이등박문伊藤博文이 조정을 위협하여 5조약[五條約]을 강제로 체결하였다. 공은 이 소식을 듣고 비분강개하여 말하기를, "나랏일이 이 지경에 이르렀으니, 의리상 가만히 앉아서 망하는 것을 보고 있을 수만은 없다."하고, 이에 뜻이 있는 지사志士들과 합쳐서 나라를 구하기로 결의하였다. 박경종朴慶鍾과 함께 일금一金 1만 5천을 마련해서 차성충車晟忠에게 군자금으로 주어 용사勇士들을 고무하여 일어나게 하였다. 이 외에도 호서湖西의 의사義士인 신돌석申乭石·김상태金相泰 등과 서로 내응하여 심복으로 삼았다. 그러나 얼마 못 가서 차성충의 일이 실패로 끝나고, 신돌석과 김상태의 의병도 몰살되었다. 공은 탄식하기를 "암혈巖穴에 거처하면서 승패를 점쳐 보았는데, 하나도 적중되지 못했으니, 이는 반드시 시국에 어두워서 이렇게 되었을 것이다."하고, 동서 열강의 서적을 구해서 읽어 보고는 세계의 대세와 일본군을 소수의 오합지졸로는 대항할 수 없다는 것을 알게 되었다. 이에 비로소 생각을 바꾸어 뭇 사람의 마음을 모으고 인재를 기르는 것을 근본사업으로 삼았다.

이에 앞서, 경성京城에 대한협회大韓協會라는 것이 있었다. 민권民權을 부축하여 세워서 적의 협박에 대항하는 것을 그 취지로 삼았다. 이 협회에서 일찍이 공에게 편지를 보내어 함께 일할 것을 제안하였다. 공은 답서를 보내어 동의하고서 향당의 인사들과 대한협회 안동지회를 창립하였다. 그러나 이때에 선비들의 기상은 위축되어 제 한 몸을 온전히 하는 것만을 일로 삼았으며, 심지어는 옛 견해만을 고집하여 협회를 그릇된 것으로 간주하여 거기에 가담하지 말라고 서로 경계하기도 하였다. 비웃는 자들이 많았지만, 공은 개의치 않고 의연히 자임하였으니, 천하를 맑게 하려는 큰 포부가 있었기 때문이었다.

기유년己酉年(1909) 2월에 본군本郡(안동군) 경찰서에 구인되었다. 비도匪徒와 연락하였다 하여 누차 고문을 가하였으나, 공은 조금의 실수도 없이 차분히 답하였다. 이윽고 시민들이 공을 위해 억울함을 호소하고, 심지어는 경찰서 문 앞에서 통곡하는 자까지 있게 되니, 저들도 더 이상 해치지 못하고 석방하였다.

3월에 비로소 협회를 조직하고, 이어 회장에 피선되어 사무를 총괄하였다. 권유문勸論文을 지어 사람들의 마음을 깨우쳤다. 그 조목으로 세 가지를 들었으니, 민덕民德과 민지民智와 민기民氣였다. 이 외에도 오계五誡와 육적六的·팔의무八義務 등의 말이 있는데, 모두 고훈古訓에 그 근본을 두고서 시의時宜에 맞게 한 것이었다. 많은 사람들이 이 글을 보고 크게 기뻐하였다. 몇 달도 지나지 않아서 모인 자들이 수천인이나 되었다.

　얼마 안 있어 적신賊臣들이 사법권을 일본 정부에 양도하였다는 소식이 들려왔다. 공은 경성의 대한협회 본부에 편지를 보내어 말 한 마디 없이 침묵만 하고 있었던 것을 힐책하였으니, 그 대략이 다음과 같다. "근자의 이른바 '두 건의 협약'은 국가의 현재 상황 및 민생의 장래와 크게 관련된 것이니, 우리 협회로서는 가만히 침묵만 하고 있을 일이 아니며, 또 수많은 사람들의 이목이 우리들에게로 쏠려있는데도, 아직까지 일자 성명도 없으니, 일이 대수롭지 않아서 쟁론할 만한 것이 못 된다고 여겨서 입니까, 아니면 협회의 세력과 능력이 부족하여 어쩔 수 없다고 여겨서입니까? 그러나 우리 협회가 말하지 않는다면, 이 여론의 들끓음을 어떻게 표현할 수 있겠으며, 인심의 흩어짐을 어떻게 수습할 수 있겠습니까? … "

　이때에 송병준宋秉畯 및 이용구李用九의 무리가 이른바 '일진회一進會'를 만들어 일본의 앞잡이가 되었는데, 경성의 협회가 이들과 연합하기로 하였다. 공이 편지를 보내어 힐책하고, 심지어는 까마귀와 백로가 함께 무리를 이루고, 진秦 나라·월越 나라처럼 아무 상관도 없는 자들과 함께 일을 도모하는 잘못을 깊이 말하였다.

　경술년庚戌年(1910) 가을에, 일진당一進黨의 한일합방성명서가 나왔고, 이등박문은 '대한국민들이 스스로 원하였다.'는 말을 하면서 군대를 이끌고 대궐로 들어가서 늑약勒約에 조인하게 하였으니, 대한제국의 명은 이로써 끊어졌다. 저들은 국민들 사이에서 소요가 일어날까 염려하여 보도를 일체 금하였다. 공은 늦게 이 소식을 듣고 중추원中樞院에 글을 보내어 송병준 및 이용구를 참수할 것을 청했다. 그러나 일은 이미 돌이킬 수 없는 데에 이르렀고, 대한협회도 아울러 해산을 당했다. 공은 통곡하고 고향으로 돌아와서 일체의 손님을 사절하고, 만한滿漢 지도를 꺼내어 유심히 살펴보곤 하였는데, 주위에서는 그 뜻을 이해하는 자가 없었다.

　11월에 황만영黃滿英·주진수朱鎭壽가 양기탁梁起鐸 및 이동녕李東寧의 뜻을 전달하러 와서 만주로 넘어가는 도만渡滿 계획을 설명하니, 공은 이를 즐거이 듣고 행동을 함께 하기로 약조하고서 드디어 도만을 결정하였는데, 백하白下 김대락金大洛 공이 실로 이 일을 시종 함께 하였다.

　도만渡滿에 앞서 집안일을 먼저 처리하였으니, 논 몇 천 평으로 누대의 제사비용에 충당하게 하였고, 밭 몇 천 평으로 당친堂親의 생활을 돕게 하였으며, 돈 몇 백 냥을 의장義庄에 출연하여 이를 증식해서 흉년이 들었을 때 종족을 진휼할 수 있는 밑천으로 삼게 하였다. 그리고 노비 문서를 다 불태워서 모두 양민이 되게 하였다. 도동서숙道東書塾의 제생들을 불러 모아서

'정신을 보존하고 학업에 힘쓰라.'고 권면하였다.

신해년辛亥年(1911) 정월 5일에, 종족들을 불러 모아서 잔치를 열어 즐거운 시간을 갖도록 하였다. 이튿날 새벽 가묘家廟에 하직인사를 올리고서 「거국음去國吟」 율시 한 편을 읊었다.

더 없이 소중한 삼천리 우리 산하여	山河寶藏三千里
오백여 년 동안 예의를 지켜왔네	冠帶儒風五百秋
문명이 어떤 것이기에 노회한 적과 매개시켰나	何物文明媒老敵
괜히 꿈속의 혼령이 온전한 사발을 던져버렸네[139]	無端魂夢擲全甌
이 땅에 그물이 쳐진 것을 보았으니	已看大地張羅網
영웅 남아가 제 일신 아끼는 일 있으랴	焉有英男愛髑髏
고향에서 잘 지내고 슬퍼하지 말지어다	好住鄉園休悵惘
다른 날 좋은 세상 되거든 다시 돌아오리라	昇平他日復歸留

시를 읊고 나서 드디어 홀몸으로 먼저 출발하였다. 상주尙州에 이르렀을 때 김만식金萬植이 경성으로부터 와서 이르기를, "한인韓人이 만주로 건너가는 것이 이미 일본인에 의해 탐지되어 김도희金道熙와 주진수朱鎭壽가 체포되어 간혀있다."는 것이었다. 좌중의 인사들은 모두 말하기를, "지금 이 일을 다시 한번 생각해봐야 한다." 하였다. 그러나 공은 "이미 험난함을 무릅쓰고 움직였으니, 어찌 험난함을 경계하여 그만두랴."하고, 드디어 기차로 신의주에 이르러 10여 일을 머물렀다. 온 가족이 뒤이어 이르자 드디어 모두 손잡고 압록강을 건넜다.

이 때에 하늘은 어둡고 삭풍은 매서웠는데, 일본 경관이 강 언덕에 걸터앉아 있다가 사람을 만나면 심문을 하고 있었다. 공은 비분강개하여 시를 지었다.

칼끝보다도 날카로운 저 삭풍이	朔風利於劍
내 살을 인정 없이 도려내네	溧溧削我肌
살 도려지는 건 참을 수 있지만	肌削猶堪忍
애 끊어지니 어찌 슬프지 않으랴	腸割寧不悲

---

139) 전구全甌 : 국가를 뜻한다.

또 이르기를,

나의 밭과 집을 벌써 빼앗아갔고	旣奪我田宅
거기에다 다시 내 처자마저 넘보나니	復謀我妻孥
차라리 이 머리 베어지게 할지언정	此頭寧可斫
이 무릎 꿇어 종이 되지 않으리라	此膝不可奴

라고 하였다.

회인懷仁의 항도천恒道川에 이르러 집을 빌려서 거처하였는데, 집이 춥고 음식이 거칠어서 그 괴로움을 다른 사람들은 견디지 못하거늘, 공은 태연자약함이 평소와 다르지 않았다.

조석으로 백하白下 옹과 함께 밥상을 마주 대하였다. 그때마다 번번이 흐느끼어 울었다. 동포사회의 단결에 대해 논하고, 네덜란드와 희랍希臘이 독립한 일을 인용하면서 스스로 맹세하곤 하였다.

몇 달이 지나서 얼음과 눈이 조금 풀려 통화通化의 영춘원永春源으로 들어갔다. 이동녕과 이시영이 먼저 추가가鄒家街에 와 있다가 맞이해 주었으며, 격일로 찾아와서 일에 대해 서로 의논하였다.

이때 한인韓人의 이사하는 수레가 길에서 이어지니 토착인들이 크게 놀라서 서로 와전된 소문을 퍼뜨렸으니, 심지어는 대한大韓의 황자皇子가 경내로 들어왔다는 소문까지 있었다. 이에 청淸 나라의 관리가 각 지역에 엄한 경계를 내렸고, 군대를 보내어서 수비하게 하였으며, 또 가옥을 빌려주는 것을 금하여 사람들 대부분이 노숙하는 처지가 되었다. 이에 이회영李會營과 공의 아우 이봉희李鳳羲를 대표로 뽑아서 봉천성奉天省에 진정하여 한인의 거주를 금하지 말라고 청하였으며, 이어 한인이 중국에 입적入籍할 수 있게 해달라고 간청하였다. 이 외에도 또 통화·회인·안동安東(현 요녕성 단동) 등의 현縣에다 여관을 설치해서 동지들로 하여금 우리 한인을 맞아들이는 사무를 나누어 맡게 하였다.

드디어 동지들과 머리를 깎고 옷을 바꾸어서 토착인들과 함께 섞였으며, 인하여 개명하기를 상룡相龍이라 하였다. 중국어 강습소를 설치하여 말이 먼저 통하는 자로 하여금 농촌으로 흩어져 가서 현지인과 한인의 친선을 도모하게 하였다. 어떤 이가 서신을 보내어 공이 머리를 깎고 옷을 바꾼 것을 비난하였는데, 공이 답하기를, "머리카락은 작은 몸[小體]이고 옷은 바깥 꾸밈[外章]인데, 일의 형편상 혹 바꿀 수도 있으니, 태백泰伯이 머리를 자르고 형荊 땅으로 도망한 것과 공자孔子가 장보관章甫冠을 쓰고 송宋 나라에 있었던 것이 바로 그 예입니다. 큰일을 하려는 자가 어찌 자잘한 것에 얽매여서야 되겠습니까 ….” 하였다.

이때 중산中山 손문孫文이 무한武漢에서 혁명군을 일으켜 그 성세聲勢를 크게 떨쳤다. 이에 정예를 뽑아 일개 소대小隊를 편성해서 김영선金榮璿에게 통솔해서 유하현柳河縣으로 나아가서 응하게 하였더니, 혁명 정부에서 훈장을 주어 장려 하였다. 얼마 지난 뒤 관동혁명당關東革命黨의 호명신胡名臣이란 자가 공의 이름을 듣고 찾아와서 더불어 의견을 나누고서는 크게 기뻐하였다. 이 일로 인하여 그가 유하현의 현독縣督에게 나아가서 마땅히 한인을 보호해야 한다고 크게 주장하니, 만주인들이 차츰차츰 한인을 믿게 되었고, 봉천성 정부로부터도 우대하는 대답이 있어서 이에 경학사耕學社를 추가가에서 창립하였는데, 사장社長으로 추대되었다. 이때 일본의 밀정들이 쫙 깔려 있어서 대단히 위험하기 짝이 없었으므로 대고산大孤山 산중으로 들어가서 노천에서 회의를 열어 그 취지를 설명하였다. 또, 글을 지어 중외에 반포하였는데, 말에 비분강개함이 가득하여, 감격하여 울지 않는 사람이 없었다.

각처에 소학당小學堂을 설립하였으며, 합니하哈泥河 강변의 깊숙한 곳에 신흥중학교新興中學校를 설립하고 군사과를 부설하여 몰래 일본 병서를 구입해서 강습하게 하였다.

민호民戶를 배정하고 구역을 획정하여 자치제를 행하였다. 법령이 엄하고 판결이 명확하니, 만주 사람도 문서를 가지고 와서 소송의 해결을 요청하는 자가 있었다.

한인 농민으로서 만주에 먼저 들어온 자들은 지조地租가 저렴한 곳을 골라서 모두 산에 의지하여 황무지를 개척하였으나, 더러운 물을 마시고 추위에 병이 듦으로 해서 사망자가 속출하였다. 이에 대사탄大沙灘에 광업사廣業社를 설치하여 강가의 땅을 조차租借해서 사람들로 하여금 산에서 내려와 논을 만들어 벼를 심게 하였는데, 큰 풍년으로 사람들이 이를 매우 편하게 여겼다. 만주 들판에서 논이 있게 된 것은 이때부터이다.

계축년癸丑年(1913)에 『대동역사大東歷史』를 초록하였다. 예전의 동사東史들은 나라의 경계는 압록강 이동과 두만강 이남을 사군四郡으로 삼았고, 국통國統은 기씨箕氏[140]로써 단군을 잇고, 기자조선箕子朝鮮이 망하자 고구려와 백제·신라가 병립하였으며, 고구려와 백제가 망함에 미쳐서는 신라로 정통을 귀속시키고, 발해에 대해서는 아무런 언급이 없었다. 공은 처음으로 중국 동쪽 여러 나라의 지지地誌와 역사를 널리 고찰하여 바로잡아서 만주가 조선의 뿌리가 되

---

140) 기씨箕氏 : 기자箕子를 가리킨다.

는 땅임을 밝혔고, 고구려와 발해를 민족의 정통으로 삼았는데, 이는 모두 다 국통國統을 높이고 그리고 국민정신을 고양하고자 함이었다.

이상룡이 광업사를 설치한 대사탄 마을 (현재 유하현 안구진)

이 때에 한인으로서 봉천성에 들어온 자가 28만 6천여 명에 이르렀으되, 흩어져 살아 아무런 중심이 없었다. 이에 공이 경고문警告文을 지어서 원근遠近을 효유曉諭하였으니, 산업과 교육·권리 세 가지를 강령으로 삼고, 끝에서는 여러 집단의 단합을 최급선무로 삼았다. 이에 인심이 한층 더 분발하고 각 단체가 분기하여 진흥의 조짐이 크게 있었다.

길남사吉南社를 설립하여 연무장鍊武場으로 삼고, 신성호新成號를 설립하여 축재소蓄財所로 삼았다. 합심해서 실에 힘쓰는 무실務實을 한결같이 위주로 하였다. 혹 허장성세하고자 하는 자가 있으면 반드시 금하여 이르기를, "지금 급한 것은 실력이니, 어찌 외관에 힘쓰리요." 하였다.

무오년戊午年(1918)에 무예武藝를 관찰하기 위하여 밀십합密什哈으로 갔다가 김좌진金佐鎭을 만났는데, 일에 대해 논의해 본 결과, 의견이 매우 서로 일치하였다.

기미년己未年(1919)에 가족을 이끌고 화전樺甸으로 들어갔다. 이때에 제1차 세계대전이 종식되어 여러 나라들이 프랑스 파리에서 평화회의를 열었다. 미국 대통령 윌슨[威爾遜]이 민족자결주의를 제창하였다. 이에 우리 대한의 신사紳士 및 종교 각 단체 대표 33인이 대한독립을 선언하였고, 전국의 국민들은 맨손으로 만세를 외쳤다.

만주에 주재하던 한인들이 일제히 유하현의 고산자孤山子에 모여서 혈전血戰 준비를 의논하고, 남정섭南廷燮과 송종근宋鍾根을 공에게 보내어서 이 일에 대해 아뢰었다. 이어 군정부軍政府를 설립하고서 공을 총재로 추대하였다. 공은 사양할 수 없어서 드디어 부임하여 여준呂準을 부총재로 삼고, 이탁李沰을 참모장관으로 삼았다. 밖으로는 한족회韓族會를 설립하여 총관總管·검독檢督 등의 직職을 두어 지방자치를 관리하게 하였다. 청년을 대규모로 모집하여 속성으로 훈련시켰다. 사람을 길림吉林로 보내어 각 단체를 효유하여 타협하였다. 회인현懷仁縣에도 일찍이 한교공회韓僑公會가 있었는데, 또한 불러와서 단합하였다. 이에 그 지역의 범위가 남북으로 1천 5백 리에, 동서로 7백~8백 리에 이르렀다. 급진적인 일파가 있어서 날을 지정해 놓고 전진하려 하였다. 공은 실력이 아직 완전치 않다 하여 멈추게 하였다.

이에 앞서 이동녕李東寧·이동휘李東輝·안창호安昌浩·이승만李承晩 등 여러 사람이 상해에서 임시정부를 세우고, 여운형呂運亨을 파견하여 더불어 단합할 것을 요청하였다. 의논이 합치되지 못하고 분분하자, 공이 이르기를, "내 생각으로는 정부를 세운 것이 너무 빠르지만, 이미 세웠으니 한 민족에게 어찌 두 정부가 있을 수 있으리요. 또한 지금은 바야흐로 미래를 준비해야 할 시기이니, 마땅히 단합해야 하며, 권세 있는 자리를 마음에 두어서는 안 된다."하고, 드디어 정부政府를 상해에 양보하고, 군정부를 고쳐 군정서軍政署라 하고서 독판제督辦制를 채용하였다.

가을에 성준용成駿用과 강남호姜南鎬를 안도현安圖縣 현내의 도산[內島山]으로 들어가서 병영지를 살펴서 고르게 하고, 이청천李青天으로 하여금 의용대義勇隊를 이끌고 먼저 들어가서 주둔하게 하였다. 이청천이 안도현에 이르러 광복군의 홍범도洪範圖 및 이동주李東柱 등과 서로 결합하여 성세聲勢를 이루었다. 이때 일인日人이 몰래 비적匪賊과 내통하여 장백산 부근을 침입하게 하였다. 안도현의 지사知事는 한인 군대가 정예라는 것을 알고 이청천에게 비적을 토벌하는 사령관에 임명하고 방어하게 하였다. 이청천은 혼자 결정할 수 없어서 이를 공에게 보고하니, 공은 이를 허락하였다. 이청천이 드디어 일개 소대를 이끌고 비적을 공격하니 그들이 달아났다.

경신년庚申年(1920)에 일병日兵이 세 길로 함께 진격하였으니, 하나는 홍경興京으로부터 출발하여 신개령新開嶺을 넘어서 영춘원永春源으로 진격하고, 하나는 철령鐵嶺으로부터 출발하여 산성자山城子를 경유하여 유하현柳河縣으로 진격하고, 하나는 또 대군을 이끌고 북으로 들어와서 바로 혼춘琿春과 연길延吉 등의 현으로 향하였다. 일병이 지나간 한인마을은 거의 다 멸망하였고, 김필金弼과 곽종목郭鍾穆이 그 난리통에서 죽었다. 이청천이 다섯 개 단체의 병력을 통솔하여 적과 청산리에서 만나 적의 장교 수백을 죽였고, 다시 봉오동鳳梧洞에서 접전하여 왜적을 살상함이 심히 많았다. 이에 중국인들 사이에서는 "일병 한 사람이 중국병 열 사람을 당해낼 수 있고, 한인 군사 한 명이 일병 열명을 당해낼 수 있다."는 말이 떠돌았다. 이튿날 또 동강東岡에서 싸웠는데, 적병이 몰래 나와 보급로를 차단하여 아군은 수일 동안 밥을 먹지 못하고, 단지 밀랍과 나무껍질만으로 연명하면서도 죽을 힘을 다해 싸웠다. 얼마 뒤에 적의 후원군이 대대적으로 이르러 아군은 결국 궤멸되어 러시아 영토인 자유시自由市로 들어갔다. 거기서 러시아 군대에 의해 무장해제를 당하고, 각자 흩어져 영안寧安으로 모여들었다. 적은 5천 원의 현상금을 내걸어 공을 수색하고, 밀정들을 사방으로 풀어놓으니, 사람들이 모두 공을 위태롭게 여겼으나, 공은 태연자약할 뿐 전혀 개의치 않았으며, 오직 고군孤軍의 추위와 굶주림만을 근심할 뿐이었다.

겨울에 박용만朴容萬과 신숙申肅 등이 군사통일회軍事統一會를 북경에서 열고 공에게 참석을 간절히 요청하였다. 공은 "군사 통일은 나의 숙원이요, 또 북진한 장사壯士들을 위해서도 다소 도움이 되는 것이니, 어찌 다행이 아니랴."하고, 드디어 북경으로 가서 이진산李震山과 송호宋虎·성준용을 회의에 참석시켜 진공進攻과 준비準備 두 항을 결의하게 하고, 합당한 곳을 찾아서 현역군인과 재향군인을 집합시켜 출몰하면서 유격전을 벌이게 하였다.

이에 앞서 이승만이 미주美洲에 있으면서 위임통치를 미국 정부에 청원하였다. 상해의 인사들은 이를 가지고서 이승만을 공격하여 갈등의 골이 더욱더 깊어졌고, 북경의 한인 여론도 크게 불만을 가졌다. 공은 있는 힘을 다해 조정해보려 했으나 할 수 없었다. 드디어 돌아가기로 결심하고 길림吉林에 체류하면서 편지로 여준·이탁·김동삼金東三을 불러서 액목額穆에 병력을 주둔하는 방책을 의논하였다. 그리고서 이탁과 김동삼을 영안寧安으로 파견하고, 또 송호와 조카 문형文衡에게 안도현으로 가서 주둔할 곳을 찾아보게 하였다.

이 때에 포귀경鮑貴卿이 길림의 독군督軍이 되었다. 공이 그를 예를 갖추어 만나 필담을 서로 주고받았으니, 처음에는 한중 양국의 지리와 역사관계의 밀접함을 말하였고, 다음으로는 한국이 나라를 잃은 원인이 중국에서 비롯되었음을 말하였고, 이어서 한일합병 뒤의 민족정황 및 만주에서의 한인 상황, 중국이 한인 대우에 대한 실책 등을 말하였다. 그리고서 민적民籍에 편입하는 것, 황무지를 개간하는 것, 자치를 행하는 것, 공자의 가르침을 행하는 것, 무예를 익히는 것 등 5개 안의 인가를 요청하였다. 끝으로는 허가와 불허의 이해를 거듭 말하였는데, 그 말이 수천 언에 이르렀다. 그러나 모두 양국의 사정에 절실히 맞으므로 포귀경은 크게 경탄하고서 길림성 성내에 비밀히 신칙하여 힘을 다해 한인을 보호하도록 하였다.

공이 화전樺甸으로 돌아왔다. 임강臨江의 의용대義勇隊 대장인 신광재辛光在가 진중陣中에서 병사했다는 소식을 듣고 심히 애도하였다. 백광운白光雲으로 대신하게 했다가 얼마 안 있어 김창환金昌煥을 만나서 의용대를 이끌게 했다.

이 때에 새로이 겁난㤼亂을 겪었으므로 일을 맡고 있던 사람들이 사방으로 흩어졌다. 오직 여준과 이탁만이 액목에 주둔하고 있었는데, 화전과 4백 리 거리였다. 매양 서신으로만 연락하여 일이 지체됨이 많았다. 이에 남상복南相復과 최명수崔明洙 등으로 하여금 각지를 돌며 사람들을 깨우쳐서 모이게 하였다.

신유년辛酉年(1921)에 액목의 황강黃岡으로 들어가서 군정서軍政署를 열어 결원을 보충하는 문제를 의논하였다. 북진한 군사들이 군정서가 액목으로 이동하였다는 소식을 듣고 영안으로부터 조금씩 병영으로 돌아왔다. 모두 농병農兵으로 편입하고, 황학수黃學秀에게 조련 사무를 관장하게 하였다. 여름날 점심밥을 내갈 적에 이탁이 밥을 등에 지고, 여준이 반찬을 들고, 공이 술병을 메고 밭으로 나가 위로하니, 모두 감격하여 피곤함을 잊었다.

이 때에 상해의 인사가 분규를 풀기 위하여 국민대표회國民代表會를 제창하였다. 군정서도 그 의논에 찬동하여 이진산·김동삼·김형식金衡植·배천택裵天澤·김철金鐵 등을 파견하여 회의에 참석하게 하였다. 회의가 개최되자 임시정부의 창조와 개조의 문제로 여러 날 쟁론하다가, 결국에는 분열되어 끝나고 말았다. 공은 개연히 탄식하면서, 단합을 도모하려 하다가 도리어 어긋나고 말아서 크게 본래의 뜻을 잃었으니, 구차히 따를 수는 없다 하고, 드디어 국외중립을 선언하여 편벽되이 기운 바가 없다는 뜻을 보였다. 체직遞職을 굳이 청하고서 가솔을 이끌고 반석磐石의 동쪽 호란하呼蘭河 가로 이주하였다.

을축년乙丑年(1925) 가을에, 이유필李裕弼이 상해로부터 임시정부의 명을 가지고 만주에 왔다. 만주의 인사들과 의논하여 공에게 출마해줄 것을 강력하게 요청했다. 공은 늙었다는 이유로 사양하였다. 얼마 안 있어 의정원議政院으로부터 국무령國務領에 공이 천거되었다는 전보가 왔다. 동지들은 시의時議가 바야흐로 분열되어 있고 사업이 정체되어 있으니 잠시 나가서 이러한 것들을 정리 정돈하는 것이 대국大局을 위한 다행이 될 것이다 하였다. 그리하여 공은 상해로 가서 취임식을 행하고, 호걸지사들을 모아서 내각을 조직하려 하였지만, 얼마 안 가서 정부의 분위기가 크게 돌변하여 각 무리의 견해가 제 각각이 되고 파쟁이 점차 치열해져서 조정하려 해도 할 수가 없었다. 공은 탄식하기를, "내가 늙은 몸으로 헛된 명예에 몸을 굽히는 것은 절대 내 평소의 바람이 아니다. 그래도 이번에 몸을 한번 움직인 것은 각각의 의견들을 조정해서 통합하기 위한 것이었는데, 지금은 이미 그럴 가망이 없으니, 내 어찌 여기에 지체하랴."하고, 국무령 직을 버리고 귀로에 올랐다. 북경에서 난리를 만나 이듬해 봄에 호란呼蘭으로 돌아왔다. 다음과 같은 시를 지었다.

<table>
<tr><td>가을달이 사람 청해 경솔히 문을 나섰다가</td><td>秋月要人輕出戶</td></tr>
<tr><td>봄바람을 짝으로 삼아 집으로 잘 돌아왔네</td><td>春風作伴好還家</td></tr>
<tr><td>산도 물도 노하는 시기가 난무하는 판국에서</td><td>山嗔水怒多猜局</td></tr>
<tr><td>웃는 낮으로 맞이해 주는 건 너 꽃뿐이로다</td><td>笑面相迎獨爾花</td></tr>
</table>

무진년戊辰年(1928)에 파려하玻瓈河 쪽으로 이주하였다. 이 해에 재중청년동맹在中靑年同盟이 발기되었다. 손자 병화秉華가 간부직을 맡게 되었으나, 곁에서 모실 사람이 없기 때문에 난처해하니, 공은 "너는 가거라! 사회에 몸을 던졌다면 집안일에 얽매여서는 안 된다." 하였다. 이후로 동맹 회원들이 교대로 찾아와 품의稟議하고, 이들로 해서 집에 사람이 가득 차서 혹 잠자리가 편치 않는 데에 이르기도 하였으나, 조금도 꺼리는 기색이 없었다.

얼마 안 있어 중국의 관헌官憲들이 한인의 결사를 의심하여 검거가 잇따르고 공에게도 미칠 염려가 있어서 드디어 길림 북쪽의 세린하細鱗河 언덕으로 이주하였다. 이듬해에 다시 소과전자燒鍋甸子로 이주하였다. 8월에 일본군이 대거 침략하여 봉천奉天과 장춘長春을 잇따라 함락시켰고, 길림마저도 적의 수중에 떨어졌다. 공은 이 소식을 듣고 우울해 하다가 불면증에 시달리게 되었으며 병상에서 근심만 할 뿐이었다.

중국의 패잔병이 마을로 와서 소란을 떨었다. 한인은 일본의 앞잡이라 하여 더욱더 괴롭혔다. 이곳 토착민인 장영경張永慶이 평소 공을 흠모하였는데, 중국 혁명군의 장교를 보고 달려가서 사정을 잘 말하니 공의 집 근처에서 물러났다. 이어 산중의 집을 빌려 이주할 수 있게 해주었다. 열흘 정도 조용히 몸조리를 하였으나 병세가 더욱 악화되어 할 수 없이 다시 소과전자의 집으로 돌아왔다. 이후로 약물을 물리쳐 올리지 못하게 하였으며, 때가 되면 미음만 조금 드실 뿐이었다. 첫째 아우인 용희龍羲가 고국으로부터 병세를 살피기 위해 왔고, 막내

아우도 아성阿城에서 달려왔다. 공은 손을 잡고 그들을 위로하고 "사람이 태어났으면 반드시 죽는 때가 있게 마련이니 어찌 개의하겠는가. 다만 한스러운 것은 아직도 원수를 갚지 못한 것인데, 장차 무슨 면목으로 선영에 사죄해야 할지 ….." 하였다. 이진산이 와서 울면서 "나랏일이 아직 끝이 보이지 아니합니다. 선생님께서는 무엇으로 저희들을 가르쳐주시겠습니까." 하니, 공은 "외람되게도 보잘것없는 사람으로서 제군들의 극진한 추대를 받았으나, 조금도 보답하지 못하고 병이 이미 이 지경에 이르렀으니, 눈을 감지 못하는 귀신이 될까 두렵다. 원컨대 제군들은 외세 때문에 스스로 기운을 잃지 말고 더욱 힘써서 노부老夫의 마지막 소망을 저버리지 말아주기 바란다." 하였다. 아들 준형濬衡에게는 "너도 늘그막에 이르렀고 또 병들어 있으니, 과도히 슬퍼하지 말라." 하였다. 또 이르기를 "부모 초상은 자식으로서 마땅히 자신의 모든 힘을 다 기울여야 하지만, 가난하면 예를 행할 수 없으니, 모름지기 절약을 위주로 해야 할 것이다. 내가 만주로 온 이래로 항시 중국옷을 입은 것은 그들의 동정을 얻기 위함이었지 좋아하였던 것은 아니다. 심의深衣는 옛날의 예복이지만, 우리의 국가 제도인 주의周衣만 못하다." 하였다. 또 이르기를 "국토가 회복되기 전에는 잠시 나를 여기에다 묻어두고, 너는 네 어머니를 모시고 돌아가는 게 좋겠다."하고, 이어 자리를 바로 한 뒤 영면하였으니, 임신년壬申年(1932) 5월 12일이었다. 향년 75세이었다.

서란시 소과전자촌 (이곳에서 이상룡이 서거하였다)

부고가 나가자, 한인이 조곡弔哭하는 것이 천리에 이어졌다. 봉천과 경성, 일본의 각 신문은 모두 공의 이력을 기재하여 천하에 두루 통고하였다. 우거하던 곳의 중국인 백씨白氏 집 산에 임시로 매장하고, 영좌靈座를 모시고서 고국으로 돌아왔다. 7년 뒤 무인년戊寅年(1938)에 조카인 문형文衡이 하얼빈의 동취원창東聚源昶으로 이장하여 계공季公(이봉희李鳳羲임) 및 종숙 승화承和와 함께 같은 곳에다 묻고 표석을 세웠다.

배위配位는 의성김씨義城金氏이다. 운천선생雲川先生 용涌의 후손인 도사都事 진린鎭麟의 여식이다. 정순貞順하고 자상하였으며, 남편을 받들어서 그 어떤 어려움도 마다하지 않았다. 공보다 3년 뒤 갑술년甲戌年(1935)에 별세하였다.

아들 하나 딸 하나를 두었다. 아들은 곧 준형이니, 모친상이 끝난 뒤 나라의 원수가 갚아지지 않는 것을 가슴 아파하다가 칼로써 자결하였다. 딸은 강남호姜南鎬에게 시집갔다. 준형은 1남 3녀를 두었다. 아들은 병화秉華이며 사위는 류시준柳時俊·허국許土局·조원묵曺源默이다. 강남호는 아들이 용구龍求이다. 병화는 5남을 두었으니 장자는 도증道曾이며 나머지는 어리다. 류시준은 2남을 두었으니, 정하正夏와 인하仁夏이다. 허국과 조원묵은 각각 남매를 두었는데, 모두 어리다.

아! 군자가 배움을 귀하게 여기는 것은 기질을 변화시킬 수 있기 때문이고, 도道를 귀하게 여기는 것은 때에 따라 합당하게 할 수 있기 때문이다. 반성과 교정矯正의 공부가 오래 되었으되 기질의 치우침이 보이지 않게 되고, 조년早年과 만년의 출처가 달랐으나 상도常道와 권도權道의 합당함을 잃지 않은 이는 오직 선생뿐일 것이다.

선생은 천부적으로 빼어난 정기를 받았기에 이해하기 어려운 책이 없어서 경전과 백가百家가 모두 당신의 부고府庫가 되었으며, 하기 어렵게 여겨지는 일이 없어서 수신·제가·치국·평천하가 모두 당신 분수 내의 일이 되었다.

처음에는 널리 우주宇宙와 고금古今을 두루 아우르고자 하였으나, 집안 선대 10세의 법도가 유가의 규범에서 벗어나지 않았고, 서산선생西山先生의 단전單傳과 지교至敎도 또 사서四書의 하나인 『대학』으로 그를 앞에서 이끌었기에, 공은 스스로 깊이 깨우쳐서 천하국가의 근본이 한 개인의 심신心身에 있음을 분명히 알았고, 공부의 단계가 이처럼 분명해지자 나아갈 방향도 더욱 분명해졌다. 그래서 드디어 상하사방으로 한없이 치달리던 기개를 거두어들여 요점으로 축약해서 순서를 따라서 차츰차츰 나아가는 공부에 매진하였다. 밝고 고요함[虛明定靜]을 치심治心의 핵심으로 삼으니 사물을 두루 원활하게 비추어보게 되었고, 공손함과 장중함[端恭莊重]

을 몸가짐의 요점으로 삼으니 기상氣像이 모나지 않고 평실平實해졌다. 의지는 확고부동하여 선을 따름에 있어서 미치지 못할 듯이 하였고, 근졸謹拙함을 법도로 삼으니 도량이 절로 크고 두터웠다. 그러므로 정신을 모아 묵묵히 앉아있을 적에는 외관外觀이 엄숙하여 멀리서 바라봄에 감히 범할 수 없는 그 무엇이 있었지만, 사람을 접할 적에는 그 표정과 말씀에 마치 봄바람이 이는 듯하여 사람들이 편안해 하였으니, 여기에서 바로잡고 변화하는 공부가 내면에 쌓이어 충신忠信하고 인후仁厚한 덕이 외면에 나타난 것을 알 수 있겠다.

조부모를 모실 때에는 공경함이 지극하였으되 사랑도 그 가운데 있었다. 모친은 고희古稀까지 장수하였는데, 공의 나이도 늘그막에 이르렀지만, 아침으로 문안하고 저녁으로 이부자리 펴드리는 일을 거르지 않았으며, 늘 어린아이의 웃는 낯으로 대하였다. 두 아우가 어린 나이에 아버지를 여읜 것을 가슴 아파하여 그들이 어릴 적에는 마치 젖먹이 보살피듯 하였고, 장성하여서는 우애가 더욱 깊었으니, 어느 책이건 함께 읽지 않은 게 없고, 무슨 일이건 서로 힘을 합쳐 확실하게 하지 않은 것이 없었으며, 하루라도 서로 떨어지지 않으려고 하였다. 만주로 건너간 이후 공무가 바쁜 와중에서도 만리 밖에서 아우를 그리는 회포는 음영하는 시에서 자주 나타났다.

종족 사이에서는 그들을 보호하고 안정시켜주는 데 힘썼으며, 가난한 자와 아비 없는 고아들을 돌보는 데 더더욱 진력하였다. 향당의 모임에서는 즐겁게 더불어 어울렸고, 자기의 주장이 남과 다른 것을 고상한 것으로 삼지 않았으며, 선을 함께 하여 더불어 이루고자 하였다. 집안을 다스림에 있어서는 일상생활 속의 인륜에서 벗어나지 않았으며, 인애仁愛를 남에게 베풂에 있어서도 현재의 제 처지에서 제 할 바를 다할 뿐이었으니, 뒤에 나라와 천하로 확대해 간 것도 모두 도道였다.

예악과 형법·전제田制·군사 등의 일에 이르러서도 곧 나라를 다스리는 절목節目이며, 선생이 평소 충분히 강구한 것들이다. 만약에 성세盛世에 태어나서 요로要路를 담당했더라면, 교화를 닦아 밝히고 조정의 계책을 도와 왕도王道를 이룩하는 것이 그의 직무였을 것이며, 교서敎書나 주문을 제찬製撰하는 명을 관장하고 기주記注하는 문필의 소임을 맡아 국가의 성대함을 크게 울리는 것도 또한 공의 피할 수 없는 일이었을 것이다. 그러나 혼란한 세상을 만나 현자의 길이 막히면서 단 하나도 시도해 볼 수 없었다.

국운이 기울어짐에 강한 이웃나라가 포학함을 내보여 협약脅約이 이루어지자 종묘사직도 따라서 전복되었다. 선생처럼 의리義理를 환하게 하시는 분이 백이伯夷·숙제叔齊처럼 서산西山

에서 굶어 죽거나 노중련魯仲連처럼 동해東海에서 빠져 죽고 싶지 않았으랴마는, 그냥 죽을 뿐인 것은 무익한 것이므로 지사志士는 하지 않는 바이다. 또 나아갈 길이 막혔으면 은거하는 것이 현자의 정상적인 도리이기는 하지만, 나라가 위난에 처하여 급히 구하러 나가는 것도 때를 따르는 권도權道이므로 눈물을 닦고 스스로 맹세를 하고서 대한협회와 연계하여 나라에 가득한 충신 의사들의 마음을 고수시켰다. 이때 동서 여러 나라들은 바야흐로 민권民權으로 강대함을 이루었고 대한협회의 민권 신장의 공론 또한 아직은 완전히 땅에 떨어지지는 않았다. 참으로 팔도의 동포들이 협심하고 합력하여 안으로는 자강自强의 방책을 힘써 행하고 밖으로는 각국에 합방合邦은 국민들이 원하는 것이 아니었다는 것을 밝혔더라면, 송병준과 이용구는 마땅히 태양을 피해 숨어 다니는 도깨비 신세가 되었을 것이고, 교활한 적의 음흉한 계략도 따뜻한 봄 햇살에 드러난 눈 같이 되고 말았을 것이다.

그러나 일이 크게 잘못되어 옛 것만을 고집하고 새로운 것을 싫어하는 인사들이 냉소하면서 돌아서고, 흉악한 무리들이 제멋대로 날뛰어 도저히 어찌해 볼 수 없는 지경에 이르고 말았다. 그러나 이들과는 이미 불구대천의 원수였다. 그래서 동지들과 손을 잡고 만주로 건너가서 대중을 단합시켜 광복을 도모하게 되었다.

이에 경학사耕學社를 설립하고, 연무장鍊武場을 만들었다. 정법政法을 만들어 자치를 행하고, 군정서軍政署를 두어 군대 기강을 엄숙하게 하였다. 대개 평소의 뜻은 뭇 사람의 마음을 단합시키고 실력을 길러서 때를 기다려 광복의 근거지로 삼는 데 있었지, 조급한 전진과 망령된 행동으로 적은 공리功利를 요행으로 얻으려 한 것이 아니다. 이에 각 단체들이 호응하여 정예의 병사들이 운집하였으니, 청산리의 섬멸과 봉오동의 승첩勝捷으로 명성과 세력을 크게 떨쳤으나, 불행히도 중과부적으로 동강東岡에서 패배하여 사람들이 뿔뿔이 사방으로 흩어지게 되었다. 사람들은 다시는 가망이 없다고 여겼으나, 공은 조금도 그의 뜻을 꺾지 않고 앞에서의 패배를 깊이 교훈으로 새기면서 다시 사람들을 모아서 농병제農兵制로 힘을 길러 적을 제압할 계책으로 삼았다.

공이 북경 군사통일회에 참석한 것, 액목에 군대를 주둔시킨 계책, 상해의 임시정부 국무령을 맡았던 것은, 모두 분규를 조정하여 흩어진 인심을 수습하여 일을 결맹하고자 함이었다. 애석하게도 사람들은 오히려 더욱더 편을 갈라서 서로 싸우기만 할뿐이었다. 통합의 가능이 조금도 보이지 않자 공은 곧 국무령의 직을 사임하고 만주로 돌아왔다. 근심과 울분이 그만 병이 되어 나라의 장사들로 하여금 오장의 슬픔을 일게 하였으니, 아! 천운이로다.

그러나 천지가 뒤집어지고 종묘사직이 폐허가 되던 날, 왜소한 홀몸으로 삼천리 강토를 짊어지고, 2천만 동포의 정신을 깨우쳤다. 만주로 넘어가서 온갖 풍상을 무릅쓰고 독립운동에 헌신한 20여 년 동안에는 충의의 정신과 기백이 백 번 꺾여도 굴하지 아니하여 도의를 땅에 떨어지지 않게 하였으니, 당당한 대한이 천하와 후세에서 중시를 받는 것이 누구의 공인가?

혹자는 말하기를, '공은 유자儒者이므로 군사에 대해 아는 게 없고, 또 포의지사布衣之士이므로 구국의 책임도 있지 아니하니, 고향에서 한 집안을 잘 다스리고, 이미 땅에 떨어진 사문斯文을 잇는 것이 더 나았다.'라고 한다. 아! 이는 깊이 생각지 않은 것이로다. 천하고금에 어찌 인륜을 도외시하고서 유자가 될 수 있겠는가. 백성은 나라의 근본이니 한 지아비, 한 부녀자라도 본디 모두 국민으로서의 책임이 있는 것인데, 하물며 선비는 나라의 원기元氣임에랴. 의리義理는 선비로 말미암아 밝아지고, 인륜은 선비로 말미암아 확립되는데, 만약에 포의布衣라 하여 오직 두문사절과 묵묵부답을 보신책으로 삼는다면, 의리를 밝히고 인륜을 확립하는 선비는 명칭이 어디에 있겠는가. 또한 어떻게 국민으로서의 책임을 다할 수 있겠는가.

예전에 제갈공명諸葛孔明이 융중隆中 땅에 은거하고 있을 때에는 장차 한 평생을 시골에서 마칠 것 같더니, 촉한蜀漢에 몸을 허여하고부터는 온갖 험난함을 마다 하지 않고, 5월에 노수盧水를 건너 불모지에 들어가고, 기산祁山을 여섯 차례나 나가기에 이르면서도 그칠 줄을 몰랐다. 지금 그의 「후출사표後出師表」를 읽어보건대 "온갖 수고로움을 다하여 죽은 이후에나 그칠 것이요, 성패와 이둔비利鈍非에 대해서는 신의 지혜로 미리 헤아릴 수 있는 바가 아닙니다."라고 하였는데, 선생의 마음이 또한 이와 같을 따름이었다. 옛말에 이르기를, "출처와 거취에 있어서 어찌 늘 의義로 돌아갈 것을 생각지 않으리요."하였는데, 선생이 그와 같았다.

상규相圭(행장의 필자 이름)가 일찍이 선생이 평소 거처하실 때를 엿보았더니, 너무 느슨하여 굳셈이 부족한 듯했고, 너무 겸양하여 혹 용진勇進이 부족한 듯하더니, 자신이 국난에 나아감에 이르러서는 태도를 바꾸어서 뭇 비방이 몰아쳐도 굽히지 않았고, 온갖 위협이 이르러도 두려워하지 않았으며, 고생이란 고생은 다 맛보아도 괴로워하지 않았다. 우뚝히 우주에 서서 동방 절의의 본보기가 되었으니, 이 어찌 지극히 크고 지극히 굳센 호연지기가 도의를 짝하여 이루어진 것이 아니겠는가.

상규는 못난 사람임에도 선생에게 외사촌이 되므로 평소 많은 가르침을 받았거늘 봉행하지 못했고, 세상이 어지럽던 날 구국하려는 선생의 맹세를 친히 듣고도 떨쳐 일어나지 못하고 부끄러움을 속 깊이 안고 구차히 세월을 보내고 있으니, 선생에게 죄 지은 게 참으로 많다. 그러나 내 양심이 완전히 없어지지는 아니하였기에 호란하呼蘭河를 멀리 쳐다보면서 국운이 완전히 끊어진 것을 가슴 아파하였고, 이 몸이 이제 돌아갈 곳이 없는 것을 생각하고서는 통곡하여 눈물 흘린 것이 지금 10여 년이 되었다.

병화秉華가 그의 선친인 준형濬衡 군이 지은 유사遺事를 가지고 와서 나에게 행장行狀을 부탁하였다. 돌아보건대, 나는 천한 포로[賤俘; 일제 때 도만하지 않고 살아남은 것을 말함]인데다 식견도 낮고 글에도 능하지 못하여 이 부탁을 감당할 수 없지만, 생각해보면, 지기志氣가 낮아 이미 만주로 함께 가서 선생의 휘하에서 명을 받들지 못하였으니 그 큰 발자취를 찬술하여 세상에 전하는 것도 작은 정성을 바치는 조그만 일은 되겠다 싶었다. 이에 나 자신의 부족함을 돌아보지 않고서 준형 군의 유사에 근거하고, 유집遺集에 실린 글 및 평소 견문한 것들을 참고로 하여 위와 같이 서술하여 뒷날의 글쓰는 군자의 자료로 남겨 둔다.

강헌대왕康獻大王(조선 태조) 기원 후 553년 계미년癸未年(1943) 11월에 안동安東 권상규權相圭는 삼가 행장을 쓴다.

읍혈록泣血錄 상上

□ 만사輓詞

1

천지의 중간에서는 이오[1]가 순수한데	天地中間二五精
빼어난 기를 받고 태어난 그대는 호걸이었네	禀生秀氣子豪英
용모의 단정함은 등재[2]의 아름다움 같았고	儀容端正鄧材美
덕성의 온량함은 남옥[3]의 옥빛 같았네	德性溫良藍玉瑛
집과 향리를 출입함에는 효제를 돈독히 행하였고	出入家鄕敦孝悌
고금의 역사에서는 충정과 관련된 걸 읽었네	古今傳史讀忠貞
몸이 백육[4]을 만났으니 어디로 돌아가랴	身逢百六歸何處
만리 밖 요양 땅에서 의사들과 항오를 이루었네	萬里遼陽義士行

2

생각컨대 서산선생께서 도를 강하시던 자리에서	念昔西山講道筵
각자 제 뜻을 말하면서 공의 어진 덕을 벗했었네	各言其志友公賢

---

1) 이오二五 : 음양陰陽과 오행五行.
2) 등재鄧材 : 등림鄧林의 재목.『산해경山海經』에 의하면, 과보夸父가 버린 지팡이가 변하여 등림이란
   울창한 숲이 되었다 한다. 여기서 나오는 재목들은 모두다 큰집의 대들보 감이 되기에 족하다
   한다.
3) 남옥藍玉 : 남전藍田의 옥. 남전은 중국 섬서성에 있는 산 이름으로, 옥의 명산지였다고 한다. 자
   고로 남전생옥藍田生玉이라는 말이 있다.
4) 백육百六 : 액운.

이단이 세상을 시끄럽게 할 때 의리의 진맥을 찾고　　異端喧世尋眞脉

주기설이 횡행할 적에 주리설을 주장했었네　　氣說橫時主理詮

일에는 경권5)이 있는데 의론이 도의에 쌍옥처럼 합했고　　事有經權論縠合

예에는 상변6)의 다름이 있는데 논변이 조금도 놓치지 않았네　　禮殊常變辨毫捨

오로지 의리만을 좇았을 뿐 원래 다른 마음이 없었는데　　一從惟義元無貳

맑은 물처럼 마음으로 사귄 것이 칠십 년이었네　　淡水心交七十年

3

제잠7)이 해가 저물고 바다 구름 흐리었으나　　鯷岑日暮海雲黔

노예가 되지 않겠다던 유민은 마음을 바꾸지 않았네　　罔僕遺民不易心

만고의 강상을 부축하여 바로 세웠고　　萬古綱常扶植正

천하의 의리를 강구하여 밝게 드러내었네　　一天義理講明深

동해에 빠져죽겠다던 고사8)의 배를 부르는 마음이었고　　蹈東高士呼船意

장강 건너 북으로 간 외론 신하의 노를 치는 정성이었네9)　　濟北孤臣擊楫忱

양추10)를 읽고 싶으나 그럴 만한 땅을 얻기 어려웠지만　　欲讀陽秋難得地

온전한 충성으로 돌아와서 우리 왕에게 삼가 절하네　　全忠歸拜我王欽

4

붉은 깃발을 해동 하늘 아래에서 높이 들고　　丹旌高擧海東天

의사의 곧은 혼령이 옛 고토로 돌아왔네　　義士貞魂返古鮮

---

5) 경권經權 : 상도常道와 권도權道.

6) 상변常變 : 정상적인 것과 변통적인 것이다.

7) 제잠鯷岑 : 우리나라의 별칭이다.

8) 동해에 빠져죽겠다던 고사[蹈東高士] : 전국시대 제나라의 고절지사高節之士였던 노중련魯仲連을 가리킨다. 동해에 빠져죽을지언정 진秦의 백성이 되지 않고자 하였다.

9) 장강 건너 … 정성이었네 : 진대晉代의 명장 조적祖逖이 북벌을 자청하자 원제元帝는 그를 분위장군奮威將軍으로 삼았다. 그가 북벌군을 거느리고 장강을 건너갈 때 노를 치며 맹세하기를, “중원을 깨끗하게 하지 못하고 다시 건너게 된다면, 이 강물에 빠져 죽겠다.” 하였는데, 조적은 마침내 석륵石勒을 격파하여 황하 이남의 땅을 회복하였다.

10) 양추陽秋 : 『춘추春秋』의 별칭. 춘추대의는 위정척사이다.

한국의 노인으로 이름을 화이에 떨쳤나니　　　　　名動華夷韓國老

석주의 현명함은 명성이 원근에 진동했었네　　　　聲同遐邇石洲賢

소나무와 국화는 아직도 향기가 남아 있고　　　　一壇松菊猶餘馥

강산은 그 풍광이 여전히 그대로이건만　　　　　　十里江山依舊烟

죽지 못한 외론 친구 무한 한없는 슬픔　　　　　　欠死孤朋無限慟

무더러진 붓으로 만사 쓰니 눈물 금할 수 없네　　禿毫題輓淚潸然

　　　　　　　　□ 손우 영양 남건성행　損友英陽南健聖行

1

맑은 낙동강은 최상류의 아득한 근원에서　　　　　清洛遙源最上頭

은하의 빛을 받으며 동북에서 서남으로 흐르네　　天河光映艮坤流

강산의 고택들은 안동에 즐비하고　　　　　　　　江山古屋兼花府

시례의 명가는 석주 가문 손꼽네　　　　　　　　詩禮名家又石洲

상서로운 깃 난봉에서 남을 알았고　　　　　　　曾知瑞羽生鸞鳳

유풍은 물새와 짝 함을 보았었네　　　　　　　　猶見遺風伴鷺鷗

가시나무 무성하여 영지와 난초가 시들어지니　　榛荊滿地芝蘭悴

부질없이 애초에 향내를 찾게 하네　　　　　　　謾使當初氣臭求

2

나라 망하고 임금 없으면 선비는 바르고자 하여　　國破無君士欲貞

외론 신하가 생사를 가벼이 여기고 서쪽으로 갔네　孤臣西去死生輕

어려움 속에서 있는 힘 다해 충을 부축해 세웠고　艱危氣力扶忠立

의를 떨쳐 맹세하여 명성을 크디크게 하였네　　　磊落聲名奮義盟

십여 년간 울분이 쌓여 충심이 들끓었고　　　　　十年憤積丹衷沸

만리 밖에서 혼령으로 돌아오니 백일마저 어두워지네　萬里魂歸白日冥

산하는 예전과 달리 창상의 큰 변화가 있었지만　山河異昔滄桑裏

상여끈 잡고 초혼하는 곳은 옛 길 그대로이네　　綏復招招是舊程

3

인물이야 해동에서 뉘 견주어지랴마는	人物東韓孰可肩
규장11)이 헛되이 풀밭에 버려졌렸네	圭璋虛棄澿蒼邊
이 뼈를 의당 중국 땅에 묻어야만 했으니	宜埋此骨中華地
하늘 상제께서 그 마음을 응당 아시리라	應識其心上帝天
천고의 의용은 변경의 기러기마저 슬퍼했고	千古儀形悲鴈塞
구원의 광기는 용천마저 조문을 하였네12)	九原光氣弔龍泉
이는 결국 남아의 일이었지만	於斯究竟男兒事
뜻을 함께 한 영웅호걸에게 눈물 금할 수 없네	同志英豪淚泫然

▫ 또 척제 영가 권상한　又 戚弟永嘉權相翰

　　輓者　述死而相紼之詞也　紼後而輓　非其時也　然吾於李萬初先生乎輓　烏可已也　烏可
已則其直爲一己乎　抑將爲一世乎　一己　私也　一世　公也　私固不暇而公亦有不盡言者在
耳　嗚乎痛哉　萬初先生乎

　　만가는 죽은 자를 술회하면서 상여끈을 잡았을 때 하는 말이니, 상여끈을 잡는 게
끝난 이후에 만가를 부르는 것은 그 합당한 때가 아니다. 그러나 내가 만초萬初(이상룡의
자임) 이선생에 대해 만사 짓는 것을 어찌 그만둘 수 있겠는가. 그만둘 수 없다면, 이건
다만 내 한 몸을 위한 것인가, 아니면 한 세상을 위한 것인가? 내 한 몸을 위한 것은
사사로운 것이고, 세상을 위한 것은 공변된 것인데, 내 한 몸을 위해 사사로이 짓는
것은 참으로 그럴 겨를도 없지만, 세상을 위해 공변적으로 짓는 것에도 말로는 다 드
러낼 수 없는 그 무엇이 있다. 아아 슬프다, 만초 선생이시여!

동해가 뒤집히고 긴 밤이 침침하거늘	左海一飜大夜沈
홀로 된 닭이 풍우에도 큰 소리로 우노라	獨鷄風雨唱高音
사람들은 범로13)의 가슴에는 갑병이 숨겨져 있다 하며	人云范老胸藏甲

---

11) 규장圭璋 : 예식 때 장식으로 쓰는 귀중한 옥, 여기서는 이상룡을 뜻한다.

12) 구원九原 : 황천. / 용천龍泉 : 옛 보검의 이름이다.

13) 범로范老 : 송대宋代의 범중엄范仲淹을 가리킨다. 그가 원호元昊의 반란군 토벌에 나섰을 때 적들은
　　"그의 뱃속에는 수만의 갑병이 들어있을 것이다."하면서 무서워했다고 한다(『명신전名臣傳』「범

나는 제갈공명을 위해 눈물로 옷깃을 적시노라　　　　　　　　我爲孔明淚滿衿

　　　　▫ 또 소무인小戊人14) 문소 김갑병　又　小戊人聞韶金甲秉

1

바다처럼 넓은 가슴 비단 같은 마음인데　　　　　　　　　湖海襟胸錦繡腸
묘령에도 호걸스런 기상 참으로 당당했네　　　　　　　　妙齡豪氣正堂堂
공 같은 이 옛날 시대에 태어났다면　　　　　　　　　　如公可使生於古
관중·제갈량 제현들과 공명功名 비등하리　　　　　　　　管葛諸賢共頡頏

2

초라한 행장으로 만리 밖을 떠돌았지만　　　　　　　　　一葉行裝萬里遐
노중련의 심사15)는 울창하고 우뚝했었네　　　　　　　　魯連心事鬱嵯峨
이십여 년 갖은 풍상, 외론 혼으로 돌아오니　　　　　　風霜卄載孤魂返
동국의 유민들이 눈물 더욱 많아지네　　　　　　　　　東國遺民淚更多

　　　　▫ 또 계가 손제 한주 이희규 사심　又　契家16)損弟韓州李憙珪士心

1

우뚝 솟은 강가의 집에서　　　　　　　　　　　　　　巋然江上宅
구욕새는 무슨 노래를 하고 있나　　　　　　　　　　鸜鵒是何歌
새들은 늘 높은 곳으로 오르나니　　　　　　　　　　千載攀高鳥
해동 땅엔 한결같이 선비가 많았네　　　　　　　　　海東一士多

2

청평과 옥진으로써17)　　　　　　　　　　　　　　　青萍與玉塵

중엄范仲淹」).
14) 소무인小戊人 : 동갑의 무오생戊午生이라는 뜻. 이상룡이 무오생(1858)인데 김갑병도 무오생인 듯하다.
15) 노중련의 심사 : 노중련은 전국시대 제나라 사람. 그는 진秦이 황제가 되면 차라리 동해에 빠져
　　죽겠다고 하였다.
16) 계가契家 : 세의世誼가 있는 집안.

일찍이 내 형을 조문했었네[18]	曾是誄吾兄
무슨 말로 명막[19]에 보답할까	何語酬冥漠
서쪽으로 바라보니 눈물이 주르륵	西望涕泗頑

▫ 또 구요제[20] 문소 김성락규응　又 久要弟聞韶金星洛奎應

1

하악[21]이 정기 쌓아 석주를 태어내니	河嶽儲精降石洲
북두처럼 드높고 가을하늘처럼 깨끗했네	高如北斗潔如秋
숲 울타리에서는 도공의 벽돌 몇 번이나 날랐던가[22]	林樊幾運陶公甓
해악에서는 장사들에게 수명을 늘려줄 것을 자주 말했었네[23]	海嶠頻陳借士籌
죽고 삶은 오늘 아침 지난 일이 슬프고	存沒今朝傷往事
부축하며 이끌고 가던 당일 함께 찾았던 게 부끄럽네	扶携當日媿同求
임청각 길 밝은 달빛 멀리서 슬퍼하노니	遙憐月白臨淸路
영령이 계시다면 가서 다시 머무시리	儻有英靈去復留

---

17) 청평靑萍 : 옛 보검寶劍의 이름. / 옥진玉塵 : 눈[雪]의 별칭.

18) 일찍이 … 했었네 : 일찍이 뇌사誄詞에서 이상룡을 청평과 옥진에 견주어 조문하였다는 것이다.

19) 명막冥漠 : 황천, 여기서는 사자死者인 이상룡을 뜻한다.

20) 구요제久要弟 : 오래 전에 한 약속을 평소의 말처럼 잊지 않고 가슴속에 새기고 사는 동생이란
　　뜻이다. 『논어論語』「헌문憲問」에 "오래된 약속을 평소의 말처럼 잊지 아니하면 완성된 사람이
　　될 수 있다[久要 不忘平生之言 亦可以爲成人矣]." 하였다.

21) 하악河嶽 : 황하와 오악, 전하여 빼어난 산천을 뜻한다.

22) 도공의 … 날랐던가 : 도공은 진대晉代의 도간陶侃이다. 그가 광주자사廣州刺史로 있을 때 일이 한
　　가하면 벽돌 백 개를 아침에는 집안에서 집밖으로 내다 나르고, 저녁에는 또 집밖에서 집안으로
　　들여놓았는데, 그 까닭을 물으니, "장차 잃어버린 중원을 회복하려고 하는데, 지금 너무 편안하
　　면 그때가 되어서 그 일을 감당할 수 없을까 봐서 이렇게 하는 것이다." 하였다. 이상룡의 독립
　　운동을 비유한 것이다.

23) 해악에서는 … 말했었네 : 산가지를 빌려주어서 수명을 늘려주는 것이다. 전설에, 세 사람의 노
　　인이 함께 있는 자리에 어떤 자가 나아가서 나이를 묻자, 그중 한 사람이 "바다가 뽕밭으로 변
　　하면 그때마다 산가지[籌] 한 개씩 놓아두었는데 이제까지 놓아둔 산가지가 이미 열 칸 집에 가
　　득 쌓였다." 하였다(『동파지림東坡志林』 권2, 「삼로어三老語」).

2

아아, 공께서 어인 일로 청산에 누워 계신가	嗟公何事臥靑山
세속을 멀리하고자 한가한 데로 가신 것이로다	欲遠囂塵去作閒
효자는 삼년 동안 피눈물을 흘릴 것이요	孝子三年將泣血
만리 밖 동지들은 얼굴이 어떠하겠는가	同人萬里肯爲顏
가을에 구름 속의 기러기 차마 이별하랴	秋天忍別雲中鴈
봄날에 거울 속의 난새 보고 부질없이 탄식하네	春日空嘆鏡裏鸞
자신을 스스로 기꺼이 불에 던지셨나니	熏以自燒膏自煎
만사를 쓰려 하니 눈물 먼저 떨어지네	欲題輓語淚先汍

　　　　　　　　　　▫ 또 손제 영가 권중국　又 損弟永嘉權重國

동산을 오르면서부터 우리 동로 작게 여겼으니[24]	小吾東魯自登東
일신상의 화복을 새옹[25]에게 물어 보리	禍福何須問塞翁
같은 문하에서는 높은 발자취 따르기 어려웠고	難追高足同門下
이역에서는 웅대한 도모로 쉬이 늙어버렸네	易老雄圖異域中
영시에서 돌아가는 길 백설에 응하였고	郢市歸程應白雪
은산에서 지나가는 길 청풍에 울었네	殷山過路泣淸風
풍뢰헌[26] 적막하고 삼초[27]는 서리하니	雷軒寂寞三初逝
강당의 나무 시들고 도맥은 공허하네	講樹凋零道脉空

　　　　　　　　　　▫ 또 세제 문소 김익모　又 世弟聞韶金益模

---

24) 동산을 … 여겼으니 : 『맹자孟子』 「진심盡心」 상上에 "공자는 동산을 올라서 노나라를 적게 여겼
　　다[孔子登東山而小魯]." 하였다. 동로東魯는 여기서 우리나라를 가리킨다.
25) 새옹塞翁 : 새옹지마塞翁之馬의 새옹이다. 새옹지마는 인생의 길흉화복이 변화무상하여 미리 예측
　　할 수 없음을 이른다.
26) 풍뢰헌風雷軒 : 학봉종택鶴峯宗宅의 당호堂號로 서산 김흥락이 강학講學하던 곳. 서산이 별세하여
　　적막하다는 뜻이다.
27) 삼초三初 : 서산西山 김흥락의 고제高弟 세 문을 말한다. 곧 만초萬初 이상룡李相龍·범초範初 김형모
　　金瀅模·광초廣初 이중업李中業이다. 김형모는 호가 가산柯山, 이중업은 호가 기암起巖이다. 서산의
　　고제 세 사람이 떠나가니, 도학의 맥이 끊어졌음을 한탄하며 낙구落句에서 맞힌 것이다.

1

풍도가 대범하고 고결하여	風裁簡亢汝南評
참으로 조정의 큰 그릇이었네	廊廟其人草澤英
오로지 법도를 따랐고	規矩準繩循厥度
조그만 이끝도 다투지 않았네	刀錐絲覃任地爭
강산을 삼공으로도 바꾸지 않았지만	江山矢不三公換
관원들 발길 늘 끊이지 않았네	冠盖居常一府傾
전수 받은 두 늙은이도 위태롭기 실낱 같으니	所受兩翁危欲線
하필이면 여생을 상심으로 곡하랴	傷心何必哭餘生

2

선생의 높은 의리 천왕天王[28]이 깊었는데	先生高義有天王
나는 듯한 배를 바다에서 조종하는 돛이었네	隻鷁如飛駕海檣
하나의 선비로서 동방 나라 크게 했고	一士能令東國大
일만 장부 우뚝함은 북방의 강함[29]이네	萬夫之特北方强
시신이 구렁에 버려진 걸 상심 어이하리요	何傷傲骨委溝壑
죽지 않은 영령은 고향집으로 돌아왔네	不死英靈返室堂
어떻게 하면 삼장[30]의 사필史筆을 얻어서	那得三長司馬筆
큰 발자취를 자세히 모두 드러낼 수 있을까	細將偉蹟盡揄揚

◦ 또 진성 이수춘국첨　又 眞城李壽春國瞻

줄 끊긴 거문고인 양 소리 없고 유수가 벙어리 된 듯하니	斷琴無響流水啞
세상은 그대에 대하여 논평하고 싶지 않는 모양이네	世事不欲爲子評
지나간 긴 세월을 물새에게 물어보니	前塵往劫問白鷗
물새는 날아서 압록강으로 가네	白鷗飛去鴨水橫

---

28) 천왕天王 : 천자. 곧 춘추대의를 말한다.

29) 북방의 강함[北方强] : 죽음을 두려워하지 않는 군셈이다.

30) 삼장三長 : 사가史家가 되는 데 필요한 세 가지 장점. 즉 재지才智·학문· 식견. 원문의 사마司馬는 한漢의 사마천司馬遷을 가리킨다.

그대 그리워도 보이지 않아서 달빛 창문 아래에 앉았더니	思君不見坐窓月
골짝에 바람소리 어지럽고 물이 소리를 내며 떨어지네	亂壑風颼落水聲
이곳에 응당 정령이 있으리라는 것을 알겠나니	此間知應精靈在
마치 옛 모습을 보는 듯하네	彷彿如見舊顔晴
이 형은 불행히도 좋지 못한 말세를 만났는데	此兄不幸逢叔季
세상의 위태로움을 어찌할 길 없어서 왜인 피해 떠나갔네	世危無奈避秦行
물려받은 넉넉한 산업 해진 신발 버리듯 하였고	遺來産業如棄屣
공리와 부귀에는 마음을 전혀 상관시키지 않았네	功利無關富貴驚
매복과 자방은 명철한 사람들이었으니[31]	梅福子房明哲人
오늘날에 이르도록 그들을 당대의 영웅이라 일컫네	至今謂之當世英
이 형 또한 앞사람으로서 본보기가 됨을 알아서	此兄亦識前人鑑
이십여 년 풍우를 무릅쓰고 온갖 노고 다 겪었네	廿載勞苦風雨城
평소에는 지혜에다 학문을 겸하였는지라	平時學力智兼術
만리 밖까지 이선생님이라고 소문이 자자하였네	萬里聲聞李先生
남양[32] 이후로 몇 천 년의 세월이 흘렀는가	南陽以後幾千載
별빛이 공의 수레로 떨어질 줄 누가 알았으랴	誰識星芒墜公軿
그러나 끝내는 일이 여의치 못해서	桑乾畫馬久不渡
배에 가득한 경륜을 헛되이 낭비하고 말았네	滿腹經綸虛費營
의관은 돌아왔지만 몸이 돌아오지 못했으니	衣冠將歸體不返
뒷날에 틀림없이 다시 봉분하겠지만	後日丁寧更封塋
공의 무덤에 도리솔이 자라기를 기다리랴	公墓何待檟可材
감은 눈으로 월나라 군대 이르는 걸 응당 보리라[33]	瞑目應觀至越兵

---

31) 매복梅福 … 사람들이었으니 : 자는 자진子眞. 한대漢代인이다. 왕망王莽이 정권을 제멋대로 하자, 하루아침에 처자도 가정도 버리고 구강九江으로 떠나 변성명하고 오시吳市의 문졸門卒로 은거하여 지내다가 신선이 되었다고 함(『한서漢書』권67). 자방子房은 유방을 도와 한漢을 건국한 장량張良의 자이다. 일찍이 망한 조국 한漢을 위하여 진시황을 암살하려 한 적이 있었다.

32) 남양南陽 : 지명이다. 예전에 제갈량이 여기에 일시 은거했었다.

33) 감은 눈으로 … 보리라 : 오자서吳子胥가 오나라 왕 부차에게 월나라 구천을 경계해야 한다고 누차 간언했으나, 오히려 이 일로 죽임을 당하고 말았다. 그는 죽기 직전에 유언하기를, "내 눈을 성 동문에다 걸어두어라, 이 눈으로 월나라 군대가 쳐들어오는 걸 똑똑히 보리라." 하였다

아아, 우리 유림은 더욱 적막해졌으니	嗟乎吾林更寂寞
문장과 기수를 누가 맡겠는가	文章氣數執主盟
문장과 기수는 세상과 관련된 것인데	文章氣數關於世
하늘이 이를 이 형에게 맡기었네	天以生之任此兄
이 형이 이 때문에 세상에서 오래 살지 못했으니	此兄以是不久世
상제는 이 형을 얻어서 문명이라 하였네	上帝得之曰文明
문명이기에 저 세상의 수문랑修文郎이 되었나니	文明之故修文作
붓이 움직임에 바람이 일어나니 상제의 눈이 휘둥그레졌네	筆落驚風上帝瞠
다만 우리 유림만은 더욱 침체에 빠졌고	顧吾儒鐸響沈沈
백척의 사단에 세운 깃발은 기울어지고 말았네	百尺詞壇立旗傾
우리 해동의 기운은 지금 어떠한가	吾東運氣至何日
조만간 세상이 맑아짐을 보게 되리라	早晩將見河一淸
동남 땅의 인사들이 영가34)에서 눈물을 흘리니	東南人士永嘉淚
이 눈물 보태어진 강물이 오열하면서 흘러가네	添作江流鳴咽鳴
문인의 향기로운 자취는 참으로 정채하고	文人芳躅有精彩
백두산은 산빛이 푸르고 또 우뚝 솟아있네	長白山光靑更嶸
군자정35) 위의 군자의 혼령은	君子亭上君子魂
죽어도 죽지 않고 그 이름이 영원하리라	死而不死不朽名

▫ 또 정제 완산 류동근　又 情弟完山柳東根

1

참으로 석주 노인께서는	允矣石洲老
팔순에 이르도록 덕을 길러 온전하게 하였네	八旬養德全
반듯한 행실은 단정한 선비로 차지했고	楷模端士擅
학문과 문장은 숙덕의 선비36)에게서 전해 받았네	文學宿儒傳

한다.
34) 영가永嘉 : 안동의 옛 이름.
35) 군자정君子亭 : 이상룡의 고택인 임청각에 있는 정자 이름이다.
36) 선비 : 서산 김흥락을 말한다.

2

세도가 어그러지자	世途當刺盭
머나먼 곳으로 떠나갔으니	高擧遠方離
백이의 서산에서 굶어죽은 절개요	伯夷西山節
노중련의 동해에 빠져죽겠다는 절의였네	仲連東海儀

3

마침내 고국으로 돌아온 날	終還故國日
아아, 그게 영령일 줄 뉘 알았으리요	誰識英靈嘻
재촉하지 않아도 절로 몸에 쌓였거늘	未促心骨蘊
오랜 세월 바랐던 게 헛되고 말았네	虛抛歲月期

4

거동은 반듯하고 자태는 굳세고 깨끗했으며	端潔風儀介潔姿
평생 법도를 좇아서 한 번도 어긴 적이 없었네	一生踐履盡徇規
서옹37)의 문하에서 심결을 전수받았고	西翁門下傳心訣
용로38)의 집안에서 시와 예를 교육받았네	容老家中襲禮詩
효우의 행실은 천부적으로 두터웠고	孝友由來天賦厚
온아함과 공손함은 스스로 날마다 굳게 행했네	溫恭自是日行持
지금부터는 만사가 허사가 되고 말았으니	從今萬事雲歸盡
머리 돌려 바라 보니 서글퍼 눈물이 주르륵 흐르네	回首悵然涕泗滛

▫ 또 정제 여흥 민원식   又 情弟驪興閔元植

빼어났도다 천하의 선비여	卓哉天下士
만리 밖에서 고혼이 되어 돌아왔네	萬里返孤魂
친한 벗이 고택에서 조문하는데	親朋弔故宅

---

37) 서옹西翁 : 이상룡은 서산西山 김흥락의 문하였다.
38) 용로容老 : 이상룡의 직계 조상 용헌容軒 이원李原을 말한다.

맑은 달이 강가의 집 위에 떠 있네   淸月臨江軒

▫ 또 계가생 진안 이중수   又 契家生眞安李中洙

1

임청각은 높고 오래되었나니   臨淸高閣古
이 노인장께서는 헛되이 살지 않으셨네   斯老不虛生
마음의 드넓음은 세상에서 견줄 이 없었고   廖廓無人世
호령은 천하를 쩌렁쩌렁하게 하는 소리이었네   能令天下聲

2

이십여 년간 먼 변방의 외지에서   卄載遐荒外
인륜을 한 어깨에 짊어지셨네   倫綱荷一肩
아름다운 난초처럼 푸름이 끝이 없었나니   旨蘭靑未了
홀로 옛 조선을 지키셨네   獨保舊朝鮮

▫ 또 척제 풍산 김정섭   又 戚弟豐山金鼎燮

선생은 천하의 선비이기에   先生天下士
내 가서 그를 따르고자 하였네   我欲往從之
젊은 날에는 입신영달을 꿈꾸었지만   少日凌雲策
만년에는 세상을 구제하는 데 마음을 두었네   晩年濟世期
홍라39)에서는 우리의 고적을 찾았고   紅羅尋古蹟
백두산에서는 형언하기 어려운 슬픔을 품었네   白岳抱幽悲
만사가 지금은 끝나고 말았으니   萬事今焉已
한 아이40) 지킬 수 있으리   一兒足以持
임간에는 사필이 없고   林間無史筆
해외에는 외론 비석만 서 있네   海外有孤碑

---

39) 홍라紅羅 : 중국 명明 나라의 별칭, 여기서는 중국을 뜻한다.
40) 한 아이 : 동구東邱 이준형李濬衡을 가리킨 듯 하다.

옛 서재 곁에는 대나무가 푸르나니	也識芸牕竹
돌아온 혼령이 옛 가지에 의탁해 있으리라	歸魂托舊枝

▫ 또 손제 반남 박규양　又　損弟潘南朴圭陽

서숙[41] 연원의 적통이었고	西塾淵源嫡
동방 의리의 종주이었네	東邦義理宗
계획은 넉넉하나 시운이 따르지 못했나니	籌恢時不到
혼이 객지를 떠도는 게 참으로 상심스럽네	旅櫬正堪恫

▫ 또 세제 동래 정건모　又　世弟東萊鄭建模

1

백대를 내려갈 임청각에	百世臨淸閣
동풍이 만리 밖에서 불어오네	東風萬里長
이 곡을 뉘에게 기대서 곡하리오	此哭憑誰哭
우주가 더욱 아득해지기만 하네	宇宙更茫茫

2

길림성은 어디인가	吉林省何處
상해는 또 어디인가	上海又何處
비바람 치는 오늘밤	至今風雨夜
선생은 어디에 계신가	先生在何處

3

협곡이 트이니 강물 소리 멀리 들리고	峽坼江聲遠
누대는 비었으니 밝은 달이 걸려있네	樓空白月懸
천고의 강물과 달은	千秋江與月

---

41) 서숙西塾 : 서산 김흥락의 서숙.

마음속의 일로 해서 중천을 바라보네   心事看中天

◦ 또 중표종제 문소 김만식   又 重表從弟聞韶金萬植

1

재능과 도량은 무리에서 빼어났고   才調器局拔乎倫
칠십여 년을 경사經史에 침잠하였었네   經史優游七十春
고금에 두루 통한 경세제민經世濟民 그 학문은   博古通今經濟學
서옹[42]의 문하에서 이 분 말고 누구이랴   西翁門下更誰人

2

요동으로 건너던 배 안에서는 풍천[43]의 감회가 절실하였으며   風泉感切渡遼船
허리에 찬 칼은 서리와 같았고 자리에는 쓸개를 매달아 두었네   腰劍如霜座膽懸
운수이거니 일의 성패 어찌 그걸 논하리요   運也何論成敗事
몸을 깨끗이 하여 길림 땅에 길이 누워 계시네   潔身長臥吉林阡

◦ 또 소제 함양 박조수   又 少弟咸陽朴祖洙

1

갖은 풍상으로 머리카락은 백발이 되었으며   風霜練髮白如絲
고국 떠나 머나먼 곳에서 방황하면서 슬퍼하였네   絶域彷徨去國悲
소를 타고 형 땅에 있을 때는 노쇠할 뿐이었지만   騎牛空老依荊日
걸상 닳도록 앉아서 한에 보답할 때만을 생각하였네[44]   穿榻常思報漢時
고비 먹으며 서산에서 숨졌지만 운명 어찌할 길 없었고   薇盡西山無奈命

---

42) 서옹西翁 : 서산 김흥락을 가리킨다.

43) 풍천風泉 :『시경詩經』 회풍檜風의 비풍匪風 편과「조풍曹風」의 하천下泉 편. 모두 쇠미한 주나라 왕
    실을 걱정하고 탄식하여 지은 시이다. 쇠미한 주나라 왕실은, 여기서는 물론 망한 조선을 뜻한다.

44) 걸상 … 생각하였네 : 한말漢末의 관영管寧은 요동 땅에 은거하면서 한에 대한 절의를 바꾸지 않
    았으며, 끝내 조위曹魏에 출사하지 않았다. 그는 걸상에 앉으면 다리를 편 적이 없었는데, 그러한
    것이 50여 년이 되니 걸상 위의 무릎이 닿은 곳이 모두 닳아서 뚫어졌다 한다(『소학小學』「선행
    善行」).

학이 화표로 돌아오는 것도 참으로 기약하기가 어렵네[45]   鶴歸華表竟難期

영혼이 상제를 뵈었기에 어둡지 아니하리니   精爽朝天應不昧

이 세상을 굽어보면서 힘을 불어넣어 주시리라   塵寰俯視息相吹

2

떠돌던 혼령이 쓸쓸히 고향으로 돌아왔나니   旅櫬凄凉返故鄕

붉은 깃발이 석양빛을 받으며 펄럭이고 있네   紅旌獵獵帶斜陽

구천에는 선비의 뼈 묻을 곳이 없고   九泉無地藏儒骨

만인의 눈물 국망國亡을 슬퍼하여 강을 이루네   萬淚成河弔國殤

달 맑은 동해에는 사람 이미 가버렸고   東海月明人已去

해 저문 서대에는 한이 괜히 길어지네   西臺日暮恨空長

남은 업적 가져다가 대한 역사 보태고자   欲將遺蹟增韓史

동필[46]은 아직도 옛 상자에 그대로 남아있다네   董筆猶存舊草箱

　　　　　　　　　　　　　　　　　▫ 또 완산 이승규　　又 完山李昇圭

1

노예가 되지 않겠다고 은 미자[47]처럼 떠나갔다가   罔僕殷微去

깃발 들고서 한 소무[48]처럼 돌아왔네   持旄漢武還

근역槿域에는 죽을 땅이 없어서   槿墟無地死

패수浿水 서쪽 산에다 뼈를 묻었네   托骨浿西山

---

45) 학이 … 어렵네 : 학이 화표로 돌아오는 것은 귀향歸鄕을 뜻한다. 요동遼東 사람인 정령위丁令威가
　　선술仙術을 배워 학이 되어서는 고향을 떠난 지 오랜 세월이 흐른 뒤 요동 땅의 화표華表로 돌아
　　오니, 성곽은 여전하되 사람은 모두 지난날의 사람들이 아니었다 한다.

46) 동필董筆 : 동호필董狐筆이다. 권세에 굴하지 않고 곧이 곧대로 쓰는 직필直筆을 뜻한다.

47) 미자微子 : 은殷 주왕紂王 때의 왕자였다. 은나라가 곧 망하려하자 은의 선대 신주를 모시고 떠나
　　갔다.

48) 소무蘇武 : 한漢 무제武帝 때 흉노로 사신갔다가 억류되었다. 흉노의 회유와 협박에도 굴하지 않
　　고 끝내 사신의 깃발을 들고서 다시 한나라로 돌아왔다.

2

임청각 아래의 강물은	臨淸閣下水
여전히 바다로 흘러가고 있네	依舊朝宗流
영혼이 돌아와 계시는데	歸來精爽在
찬 달빛이 텅 빈 물가에 가득하네	寒月滿空洲

▫ **또 척소제 선성 이재식   又 戚少弟宣城李在湜**

1

대대로 예악의 명가였으며	禮樂名家世
천하를 경륜할 대장부였네	經綸大丈夫
만년에는 사는 게 얼마나 괴로웠던가	夫何生苦晚
봉황이 오동나무에서 우는 데에는 이르지 못했네	不及鳳鳴梧

2

삼천리가 비오듯 눈물 흘리나니	雨泣三千里
이십이년이란 세월이 빨리도 흘러갔네	霜頻卄二期
가슴에는 춘추 대의[49]를 품었나니	胸藏麟史義
다급한 순간에도 놓은 적이 없었네	顚沛不曾虧

3

밝은 달 같은 노중련은 진나라를 도망하였고	逃秦明月
흰구름 같은 겸은 송나라에 보답하였네	報宋白雲
우리 동방의 나라 돌아보건대	顧我東方
고풍이 또 하나 더해졌네	高風又一

▫ **또 소제 의성 김정화   又 少弟義城金正和**

---

49) 춘추 대의 : 원문의 인사麟史는 오경의 하나인 『춘추春秋』를 뜻한다. 춘추대의는 오랑캐를 배척하는 것이다.

내 일찍이 여론을 들어보니　　　　　　　　　　我曾聞輿論

영남 땅이 가장 성대했다네　　　　　　　　　　嶠南最磅礡

영남으로 하늘이 무너지는 걸 받침에　　　　　　以之擎天崩

공에게 의지하여 여와석50)으로 삼고　　　　　　倚公爲媧石

영남으로 퇴폐적 물결 그치게 함에　　　　　　　以之振頹波

공을 지주산51)처럼 바라보거늘　　　　　　　　望公砥柱若

공은 오히려 그러한 것으로 자처하지 않고　　　公則不自居

늘 겸손히 낮추어 수양한다 하네　　　　　　　　謙謙常卑牧

우리 공은 인륜을 중시하였으니　　　　　　　　我公重彝倫

독실하게 행함이 여유가 있었네　　　　　　　　篤行裕有綽

집에서는 가업을 훌륭하게 이었고52)　　　　　　箕裘弓冶家

학문은 염락관민53)에 힘을 다하였네　　　　　　濂洛關閩學

중정中正에 서서 기울어지지 않았고　　　　　　中立不偏倚

실질에 굳게 발을 붙여 떠나지 않았네　　　　　實地硬着脚

그 기운은 도의와 하나가 되었으니　　　　　　其氣配義道

지대지강한 호연지기가 천지에 가득 찼네　　　至剛天地塞

그런데 때마침 액운의 때를 만났으니　　　　　屬値百六秋

물결이 섬나라로 해서 크게 일어났네　　　　　浪花淘海國

큰집이 무너지려 하니　　　　　　　　　　　　大廈垂將傾

버팀목 하나로는 지탱할 수 없었네　　　　　　不可支一木

저 압록강 서쪽을 바라보니　　　　　　　　　睠彼鴨江西

---

50) 여와석女媧石 : 삼황三皇 때 여와씨女媧氏가 다섯 가지 색깔의 돌을 달구어 하늘을 때웠다[補天] 한
　　다(『회남자淮南子』「현명훈賢冥訓」).

51) 지주산砥柱山 : 황하黃河 가운데 서 있는, 오랜 격류激流 속에도 변함없이 기둥처럼 서 있는 바위
　　산이다. 전하여 혼란기에도 변함없이 의연히 지조를 지킴을 뜻한다.

52) 집에서는 … 이었고 : 가업家業을 계승한다는 뜻. "훌륭한 대장장이의 아들은 반드시 갖옷 만들
　　기를 배우고, 훌륭한 궁방弓房의 아들은 반드시 키를 만들기를 배운다."는 말이 있다

53) 염락관민濂洛關閩 : 염濂은 염계濂溪로 송학宋學의 비조鼻祖인 주돈이周敦頤가 거주하던 곳이며, 낙
　　洛은 낙양洛陽으로 정이程頤가, 관關은 관중關中으로 장재張載가, 민閩은 민중閩中으로 주희朱熹가
　　거주하던 곳이니, 곧 성리학을 가리킨다.

동포들이 많이 거주하고 있었네	同胞多棲息
이곳은 인륜을 펼칠 만 하였으니	此地可叙倫
일찍이 우리 기자 성인의 강역이었네	曾我箕聖域
맥수가54) 천년 뒤에	麥歌後千年
우리 공이 또 상심한 객이었네	又是傷心客
우리가 진탕에 빠진 걸 근심하여	悶我落後塵
온갖 정성을 다하였네	繾綣寄遠幅
썩은 풀은 점액으로 해를 가하면서	腐芥粘液殘
마구 스스로 호박55)을 저버렸지만	謾自負琥珀
유민은 이마에 손얹고 간절히 바라	流民手額加
공에게 다투어 의탁하였네	恃公爭依托
공에게 기댄 건 진실로 무엇 때문인가	恃之誠何由
공의 의지가 확고해서였네	以公志堅確
명망과 실지 날마다 높아졌으며	望實日以隆
든든한 기둥으로서 버팀이 되어주었네	石柱鎭坤軸
풍조가 제멋대로 치켜들 수 없었고	風潮不敢掀
벼락인들 어찌 범할 수 있었으랴	霹靂詎能觸
곧은 기운은 하늘을 꿰뚫었으며	直氣貫雲霄
만 길의 절벽처럼 위엄이 있었네	凝重萬仞壁
이 세상의 동서를 막론하고	簇簇東西球
우뚝하여 상대될 이 없었네	特立無與敵
희말라야는 높기는 더없이 높되	喜馬高莫高
그 험함은 빈껍데기에 불과하고	嶮巇但空殼
금탑은 높기는 높되	金塔高則高
그 휘황함은 바깥 장식에 지나지 않네	輝煌祇外餙

---

54) 맥수가麥秀歌 : 기자箕子가 은殷 나라의 옛터를 지나며 망국의 한을 읊었다는 노래이다. 일명 상은
조傷殷操.

55) 호박琥珀 : 옥으로 만든 범 형상의 귀중한 그릇으로, 천지사방을 제사지낼 때 쓰는 제기 중의 하
나이다. 여기서는 이상룡에 견주었다. 앞 구의 썩은 풀[腐芥]과 대비되는 말이다.

한 손으로 천리를 지탱하였으며	隻手撐彝天
흉중의 탁 트임은 공 만한 이 없었네	磊落公最獨
산이 높으면 사람이 우러러봄이 많은데	山高人仰多
원기가 아득히 쌓이었네	蒼蒼元氣積
풍우에도 씻기거나 없어지지 않아서	雨風不洗磨
백년 뒤를 기약할 수 있었네	可以竢後百
천문天門에 별이 요동치면서	閶闔星動搖
상제께서 '나에게로 오라' 하였네	上帝若曰格
진토에는 오래 살 수 없으니	塵寰莫久居
온통 기와조각과 자갈투성이이어서이네	瓦礫渾交錯
해경과 현비56)는	海磬與峴碑
덧없는 세상에서 묵은 자취 되었을 뿐이네	浮世空陳迹
공께서는 요궁57)의 주춧돌이 되어서	柱石于瑤宮
우리를 도와서 뭇 공적을 넓히시리라	弼予熙庶績
하늘이 우리 유림 아끼지 아니하시어	天不憖吾林
공이 바다 구름 엷은 곳에서 선세仙蛻58)하였네	仙蛻海雲薄
무덤을 팔 곳도 없으니	無地壽壙穿
이 세상의 산이란 산은 푸르기만 할 뿐이네	六洲山空碧
슬피 상주가 의용儀容을 받들고서	哀欒奉儀牀
만리 밖에서 고택으로 돌아왔네	萬里還古宅
뭇 소경들은 슬피 어디로 가려나	衆瞽悵何之
어두운 거리에는 횃불마저도 없네	昏衢更無燭
머리 돌려 하늘을 바라보니	回首海天空

---

56) 해경海磬과 현비峴碑 : 해경은 세상에 혼란에 빠지자 춘추시대 노로魯의 악관樂官이었던 사양자師襄子는 은둔하여 해도海島로 들어간 일을 말한다. 『논어論語』 「미자微子」 편에 "경쇠 치던 양은 바다로 들어갔다[擊磬襄入於海]." 하였다. 현비峴碑는 타루비墮淚碑를 말함. 진대晉代의 양호羊祜가 형양荊襄 지구의 도독都督으로 있을 때 인심을 크게 얻었는데, 사후에 군민들이 현산峴山에 비碑를 세우고 그 비를 바라볼 적마다 눈물을 흘렸으므로 이렇게 불렸다.
57) 요궁瑤宮 : 옥황상제가 산다는 궁궐.
58) 선세仙蛻 : 신선이 되었다는 것은 이제 이 세상의 사람이 아니다 라는 말이다.

덕음은 이미 적막해졌네	德音已寂寞
아득한 설원 속의 기러기 한 마리	蒼茫雪裏鴻
남긴 발자국이 어제 것인 냥 선명하네	遺爪尙如昨
뒷사람에게 이르노니	寄語後來人
공의 기백을 알고자 한다면	欲識公氣魄
금강산	試觀金剛山
비로봉의 바위 색을 보게나	毗盧峯石色
만고에 걸쳐 하늘을 지탱하는 흰 기둥으로서	撑柱亘古今
하늘가에서 높디높네	峩峩天際白

▫ 또 만생 동래 정인탁　又 晩生東萊鄭仁卓

1

동향의 세의가 있는 처지로서	同鄕世誼地
접촉한 것은 처음 관례冠禮 때 부터이네	承接自初冠
나이로는 공자孔子에게 중유仲由처럼 9세 적네	序齒由於聖
마음을 알아줌은 관포[59]의 관계였네	知心鮑與管
뒤를 따르면서 느낀 바 많았으며	隨從曾有感
인도해 주는 게 실로 다방면이었네	開導實多般
서쪽으로 넘어가고서[60] 소식 끊겼는데	西渡音書斷
나라의 시대 상황 어려워서였네	都關時狀難

2

선생은 천하의 선비였으니	先生天下士
절대 진을 높이려 하지 않았네[61]	不許共尊秦

---

59) 관포管鮑 : 관중과 포숙아.

60) 서쪽으로 넘어가고서 : 만주로 넘어간 것을 말한다.

61) 진秦을 … 않았네 : 전국 때 제齊의 고사. 노중련魯仲連이 당시 패왕 노릇하던 진秦을 제帝로 섬기지 않던 것처럼 이상룡도 일본을 왕으로 인정하지 않음을 비유한 것이다. '천하의 선비'는 노중련을 말하는데 곧 이상룡을 비유한 것이다.

절의는 중화와 어느 나라 불문하고 드러났으며	氣節華夷見
경륜은 장량張良과 제갈량諸葛亮에 짝하리	經綸良葛倫
통령으로서 군웅을 단결하게 하였고	統領群雄結
합종으로 만국을 친하게 하였네	合從萬國親
장한 뜻이 참으로 이와 같았거늘	壯志夫如此
세월이 사람을 저버리고 말았네	光陰空負人

▫ 또 정하생 진성 이기연   又 情下生眞城李起淵

의를 가지고 장차 어디로 가야 하는가	抱義將安適
선생께서 홀연히 이미 돌아가셨네	先生忽已喪
원수가 물고62)를 이루어지게 하였나니	仇讐成物故
나라는 창상의 변화를 겪었네	家國變滄桑
당년의 일을 기록하고 싶지만	欲記當年事
말없이 나는 눈물만 흘릴 뿐이네	無言我涕滂
저물녘 쓸쓸히 강가에 비 내리는데	蕭蕭江雨夕
먼 손이 빈 당에 조문을 하네	遠客弔虛堂

▫ 또 계하생 풍산 류도석   又 契下生豐山柳道晳

대륙 동쪽에 비바람이 거세나니	東陸風雨多
몇 사람이 절의 굳게 지키고 있나	幾人能仗節
공은 홀로 다른 데로 떠나갔으니	公獨去之他
부모 나라 뜰 때 발걸음 무거웠네	遲遲父母國
은허의 서리를 차마 노래 하랴63)	忍歌殷墟黍
선죽교 지날 땐 피 흘린 이 조문했네	歷弔竹橋血

---

62) 물고物故 : 죽음.

63) 은허殷墟의 … 노래 하랴 : 은허는 은나라의 옛터. 서리黍離는 『시경詩經』의 편명篇名으로, 기자가
    옛 은나라 왕궁의 터에 기장이 무성한 것을 보고 탄식하여 읊은 시이다. 곧 이상룡이 독립을 위
    해 은허를 지남을 뜻한다.

대씨(64)의 터전을 멀리 가리키면서는	遙指大氏墟
저곳은 참으로 우리 강역이라 했네	是固我封域
산하에 눈물을 한번 뿌리고서는	一灑山河淚
신정(65)에서 노래를 호탕하게 불렀네	新亭浩歌發
고상한 의리는 노중련과 앞을 다퉜고	高義爭仲連
큰 뜻은 맹분·하육(66)을 주눅들게 했네	大志奪賁育
어째서 공을 아직 이루지 못했거늘	如何功未成
인자仁者의 노명 재촉하게 한단 말인가	能令仁壽促
붉은 깃발은 압록강을 건너왔거늘	丹旒渡鴨江
공의 뼈를 묻을 땅은 어디에도 없네	無地埋公骨
동토의 많은 선비들이 애통해 하나니	東土多士恫
뉘라서 슬퍼하지 않으리요	誰能不惻惻
아아 실질의 학문을 하셨는데	嗟惟由實學
사문이 통곡해 마지않네	大關斯文哭
예전에 선사의 문하에서	粤昔先師門
모시고 따르며 많은 가르침 받았네	陪從多裨益
서쪽으로 갈 행장을 꾸리려 하던 날에	西裝將理日
나에게 풍설을 함께 할 것을 권하였네	要我共風雪
은혜로이 의로써 끌어준 것에 감사했지만	雖感惠携義
답장의 말을 부칠 길이 없었네	無梯寄謝覆
이 가슴의 끝없는 회포는	此胸無限懷
만사를 쓰고 있어도 다 쓰지 못하네	題輓未盡洩

▫ 또 세하생 야성 송주환   又 世下生冶城宋冑煥

---

64) 대씨大氏 : 발해를 건국한 대조영을 가리킨다.
65) 신정新亭 : 지금의 강소성 강녕현江寧縣 남쪽에 있다. 노노산勞勞山 위에 있으므로 노노정으로도 불린다. 동진東晋의 왕도王導가 잃어버린 중원을 되찾아야 한다고 여러 사람들에게 말했던 곳이다.
66) 맹분孟賁·하육夏育 : 춘추전국시대의 용사들이다.

1

한 시대를 경륜하려던 큰 뜻이요	經綸一世志
일생 동안 강개한 마음이었네	慷慨百年心
뜻 이루지 못하고 몸 먼저 죽으니	未就身先死
우리 동방 사람들 애통해 마지않네	吾東慟不任

2

비바람 거센 산하에서	風雨山河裏
석주께서 불평하여 시로써 울었네	石洲鳴不平
멀리 요하와 발해 땅으로 갔으나	遠流遼海去
옛 동산에서의 소리와 다르지 않았네	猶作故園聲

3

고각이 맑은 강에 임해있는데	古閣臨淸江
맑은 강물은 절로 흐르기만 할 뿐	淸江空自流
아직 갑 속에 검이 남아있으니	尙餘匣裏劍
오월에도 가을처럼 차갑구나	五月寒如秋

▫ 또 하생 진성 이성호　　又 下生眞城李成鎬

덕성에다 재지를 겸하였는데	德性兼才智
서산의 문하에서 공부했었네	西門負笈曾
문장은 보불을 놓기에 적합하였으며	文章宜黼黻
흉금은 병 속의 맑은 얼음 같았네	衿抱徹壺氷
고국 땅은 머물 곳이 없었고	舊國棲無地
요동 땅은 역사적으로 우리 땅이었네	遼東史有徵
닭이 울면 탄식하며 잠자리에서 일어나는데	嗟嗟鷄夢起
남녘 조국 바라봄에 눈물이 가슴 적셨네	南望淚沾膺

▫ 또 계하생 함양 박규진　　又 契下生咸陽朴圭鎭

경쇠 치던 이는 바다로 들어갔고[67]	擊磬入於海
묵태는 저 산으로 올라갔네[68]	墨胎登彼山
산과 바다는 응당 예전과 같으리니	山海應如昨
공을 의당 여기에다 묻어야 하리라	窆公宜此間

◦ 또 척하생 선성 이회문　又　戚下生宣城李會文

1

안목은 당우[69] 때 사람 그것이었고	眼目唐虞際
문장은 훈고[70]의 나머지였네	文章訓誥餘
중주의 거석[71]으로 우뚝하니	中洲巨石屹
만국이 비로소 우러러 보았네	萬國仰觀初

2

손으로는 조생[72]의 노로써 뱃전을 쳤고	手擊祖生楫
가슴에는 범로[73]의 병사가 간직되어 있었네	胸藏范老兵
신묘한 계책 결국 이루지 못하니	神籌竟未遂
지사들이 눈물을 강처럼 쏟네	志士淚河傾

◦ 또 계하생 광산 김영규　又　契下生光山金永奎

---

67) 경쇠 치던 … 들어갔고 : 춘추시대 노魯의 악관樂官이었던 사양자師襄子는 세상이 혼란에 빠지자
　　은둔하여 해도海島로 들어갔다. 『논어論語』「미자微子」편에 "경쇠 치던 양은 바다로 들어갔다[擊
　　磬襄入於海]." 하였다.
68) 묵태墨胎는 … 올라갔네 : 백이·숙제의 성이 묵태이다. 수양산으로 은둔하였다가 거기서 죽었다.
69) 당우唐虞 : 즉 요순堯舜이다.
70) 훈고 : 『서경書經』의 이훈伊訓·탕고湯誥·소고召誥 등을 통틀어 일컫는 말이다.
71) 중주中洲의 거석巨石 : 황하의 격류 한가운데 의연히 우뚝 솟아있는 바위인 지주砥柱를 가리킨다.
　　전하여 의연히 절개를 지키는 선비를 뜻한다.
72) 조생祖生 : 진대晉代의 명장 조적祖逖이다. 그가 북벌군을 거느리고 장강을 건너갈 때 노로써 뱃전
　　을 치며 맹서하기를, "중원을 깨끗하게 하지 못하고 다시 건너게 된다면, 이 강물에 빠져 죽겠
　　다." 하였다. 그는 마침내 석륵을 격파하여 황하 이남의 땅을 회복하였다.
73) 범로范老 : 송대宋代의 범중엄范仲淹이다. 그가 원호元昊의 반란군 토벌에 나섰을 때 적들은 "그의
　　뱃속에는 수만의 갑병이 들어있을 것이다."하면서 무서워했다(『명신전名臣傳』「범중엄范仲淹」).

간기호걸[74]이 좋지 않은 때에 나와서	間氣偏多降不辰
임청각의 대로께서 지극한 고통 겪으셨네	臨淸大老劇艱辛
문장으로는 뱃속의 경륜을 토해내지도 못했거늘	文章未吐經綸腹
사직과 함께 몸이 떨어지고 말았네	社稷同歸淪落身
만주에 계신 동안은 나라가 있는 듯하더니	遼海十年如有國
청구 땅에 지금은 사람이 이미 없네	靑邱今日已無人
기자는 동으로 건너왔고 공은 북으로 건너갔나니	箕於東渡公於北
천년 만에 우리 대한에 또 한분의 어진이 더해졌네	千載吾韓又一仁

▫ 또 시하생 구산 박만창   又 侍下生龜山朴晩彰

1

수많은 동방인이 북연[75]을 바라보았으니	萬億東人望北燕
선생이 계신 곳에 조선이 있어서이었네	先生在處有朝鮮
창천이 선생마저 빼앗아 가버렸으니	蒼天幷奪先生去
다시 백구년을 만난 것을 통곡하노라[76]	慟哭重逢白狗年

2

넉넉한 예악은 제왕을 보좌할 넉넉한 자질이나	優優禮樂佐王姿
간무[77]로써 평성平城의 수치 벗어나기 마땅차네	干舞平城不合宜
제갈공명만이 촉한을 아낀 것이 아니리니	匪是孔明偏愛蜀
오히려 무를 길러서 천시를 기다렸네	猶堪養武待天時

---

74) 간기호걸間氣豪傑 : 불세출의 호걸.
75) 북연北燕 : 북쪽 연 땅. 여기서는 만주를 뜻한다.
76) 다시 백구년을 … 통곡하노라 : 조선이 망한 경술년庚戌年이 띠로는 개[戌]에 해당하고, 경庚은 서방西方이면 색깔로 흰색이다. 이상룡의 죽음을 조선이 다시 망한 것에 견주어 다시 백구년을 만났다 한 것이다.
77) 간무干舞 : 방패를 잡고 추는 고대의 무무武舞였다.

3

섶자리는 제각처럼, 쓸개는 엿처럼 여기면서	薪如齋閣膽如飴
열혈남아로서 사람들의 정신을 환기시켰네	喚起人間熱血兒
대의를 당해서 어찌 성패의 운수를 논하리요	大義寧論成敗數
모름지기 내 자신이 해야 할 일 할 뿐이었네	只須爲我所當爲

4

원수의 칼끝 요즘 다시 요동 땅을 범하니	讐鋒近復犯遼營
차라리 억울함을 옥황상제에게 하소연하려 했네	寧抱煩冤訴玉京
만리 밖 먼 하늘에 구름 다 걷힌 밤에는	萬里遙空雲盡夜
북두칠성 따라서 맑은 빛을 발하리	也隨星斗放光晶

5

관영[78]이 위로 들어간 걸 생전에 한탄했으니	生恨管寧復入魏
요하의 서쪽 땅은 공의 무덤 될 만하네	遼河西畔可公塋
비석의 전면에는 큰 문장의 글을 받아	碣面宜將椽大筆
대한민국 이 선생으로 특별히 써야 하리	特題韓國李先生

6

국가가 어지러움 제 형제 서로 이별하고	蒼茫家國弟兄離
만리 밖 산하에서 한 편의 소식 통했는데	萬里關河一片犀
스물 세 해 긴 세월에 쌓인 회포 많았거니	二十三年胸裏襞
슬프다 어찌 차마 만사를 지을소냐	吁嗟忍作緋謳辭

▫ 또 내제 영가 권상규　又 內弟永嘉權相圭

---

78) 관영管寧 : 한말漢末 사람. 요동 땅에 살면서 한에 대한 절의를 굳게 지키고자 하였으나, 뒤에 위魏 나라 문제의 부름을 받고 위나라로 돌아갔다.

1

망명하여 스물 세 해 만주에서 늙었거니	二十三年老滿洲
답답하게 만주에서 누구 위해 사셨던가	滿洲鬱鬱爲誰留
하루아침에 구천 향해 또다시 떠났으니	一朝更向九原去
이제로부터 삼한은 만사가 끝장이네	從此三韓萬事休

2

상여가 길림을 출발하려 할 즈음에	靈車將發吉林秋
백만의 동포들이 눈물을 거두지 못했네	百萬同胞淚不收
청구 삼천리 우리 강토 깨끗한 곳 한 치 없으니	東土三千無寸淨
체백이 귀국 어찌 허락하려 했겠는가	肯敎體魄許歸輀

3

서옹의 남긴 학문 함께 닦기 약조했는데	西翁遺緒約同修
이 일이 지금에는 한바탕의 꿈인 양 하네	這事如今一夢悠
영전에서 통곡하며 따르지 못함을 슬퍼하니	慟哭靈筵嗟莫遂
앞 강물은 불평스런 소리 내며 흐르리	前江應作不平流

▫ **또 동문 시생 영양 남붕   又 同門侍生英陽南鵬**

1

근역이 황량한 벌판이 되었거늘	槿域飜成茂草原
삼한의 세족들은 입 다물고 말이 없네	三韓世族噤無言
영남 땅에 선생만이 홀로 있어서	山南獨有先生在
유종[79]으로 일어나서 혁명의 으뜸 되었네	起自儒宗革命元

2

북쪽의 만주 땅은 손 터지게 춥거늘	胡地玄冰裂指寒

---

79) 유종儒宗 : 유학의 종주.

섶으로 잠자리 삼고 쓸개로 반찬 삼았네[80]　　　薪爲牀席膽爲餐

팔순 평생 하루라도 자기 몸을 잊었으리　　　八旬豈是忘身日

한 생각은 우리 민족 편치 못한 데에 있었네　　　一念蒼生未奠安

3

백만의 건아들이 저마다 앞다투어　　　健兒百萬各爭先

휘하에 모여들어 이십여 년 따랐네　　　麾下風趨二十年

사업을 채 이루지 못했는데 하늘이 기다려주지 않았으니　　　功業未成天不待

큰 공훈을 어느 날에 북경 땅에 새기려나　　　偉勳何日勒燕然

4

계책 내어 도와 주는 좋은 보좌 없으랴만　　　籌謀良佐豈無人

친히 타이르고 경계하기를 마다하지 않았네　　　偏荷諄諄勸戒申

온갖 풍상 겪으면서 이십삼 년 지냈는데　　　辛苦風霜卄三載

많은 이가 감격해서 자기의 몸을 바쳤네　　　多因感激獻微身

5

고향에서 서쪽 보며 눈물을 줄줄 흘렸는데　　　關山西望淚縱橫

혼백만이 가족 따라 고향으로 돌아왔네　　　魂伴家人返故城

사척 봉분이 늘 만주를 진무鎭撫하고 있나니　　　四尺斧堂長鎭滿

청구에는 선생을 묻을 땅이 없네　　　靑邱無地葬先生

▫ 또 척시생 풍산 김응섭　又 戚侍生豐山金應燮

만리 밖 포의[81] 명망 높으니　　　萬里布衣重

삼한의 인사들이 의지하였네　　　三韓人士依

천심이 아직 안정되지 못해선가　　　天心猶未定

---

80) 섶으로 … 삼았네 : 와신상담臥薪嘗膽하면서 살았다는 말이다.
81) 포의布衣 : 선비로 곧 이상룡을 말한다.

세상사가 항상 어긋나는가	世事奈恒違
당시에는 침체하여 명성이 묻혔지만	當日雖沈晦
천추토록 반드시 크게 발양되리	千秋必發揮
백인 목숨도 선생의 죽음 대신할 수 없으니	百身難可贖
영남 사람 다함께 흐느끼며 슬퍼하네	吾嶺共噓唏

◦ 또 세하생 죽계 안승국　又　世下生竹溪安承國

조국의 산하가 눈물 흘리나니	祖國山河淚
돌아오라고 초혼하는 소리 구슬프네	皐音左轂時
풍상에 요동 땅 학은 야위었고	風霜遼鶴瘦
시례는 야만인도 알아주었네	詩禮野蠻知
꿋꿋함은 뭇 귀신들 감복하였고	剛陽群鬼伏
외론 무덤은 만방이 슬퍼하네	孤塚萬邦悲
오직 붉은 깃발만이 돌아오니	獨有丹旌返
패수의 물가 쌀쌀하기만 하였네	天寒浿水湄

◦ 또 척하생 선성 이회목　又　戚下生宣城李會穆

동방에서 태어나 만주에서 별세했는데	生於東土死遼西
생사의 관건은 의리만 볼 뿐이네	生死關頭惟義眠
영혼은 효자 따라 고국으로 돌아오니	精爽應隨孝子返
옛날의 노중련[82]과 같은 분이셨네	今韓海昔魯連齊

◦ 또 세하생 풍산 류종묵　又　世下生豐山柳宗默

재국과 총명함이 천부에서 넉넉하니	才局聰明賦與優
포의로서 역량 쌓아 시대 구하려 했네	布衣蘊蓄濟時儔

---

82) 노중련魯仲連 : 전국시대 제나라 사람으로, 진나라의 백성이 되느니 차라리 바다에 빠져 죽겠다
　　하였다.

조국 산하 때문에 신정[83])에서 눈물 뿌렸고	河山鰈域新亭淚
만주에 비바람 칠 때 모국을 근심했네	風雨遼天舊國愁
머리 위에는 은의 일월이 밝디밝았고[84]	頭上昭昭殷日月
흉중에는 노의 춘추가 늠름하였네[85]	胸中凜凜魯春秋
강해의 외론 돛배처럼 영령이 쓸쓸히 돌아왔나니	孤帆江海英靈返
세상사는 구름 낀 하늘같고 물은 절로 흐르네	世事雲空水自流

▫ 또 세하생 함양 박우진   又 世下生咸陽朴祐鎭

조년에는 이 집에서 공부를 하였었는데	早年受學此堂中
공께서도 아껴 가르쳐주시던 게 엊그제 일 같네	公亦愛敎昨日同
근래에 창랑[86]은 무슨 말을 하였던가	近來滄浪何言說
영좌 앞에서 곡하니 눈물 주체 못하겠네	晚哭靈筵淚滿瞳

▫ 또 풍산 후인 류도천   又 豐山后人柳道天

군자는 지령이 모여 태어났는데	君子地靈鍾
해동의 우리 도를 참되게 하였네	海東吾道眞
서쪽 변방의 달 아래를 가면서는	雁行西塞月
옛 동산의 봄을 간절히 꿈꾸었네	蝶夢故園春
깨끗한 절개로 타방에서 늙어가면서	冰節殊方老
덕으로 나날이 자신을 새롭게 하였네	金精潤德新
규성이 어두워진 걸 말없이 곡하니	目哭奎星晦

---

83) 신정新亭 : 지금의 강소성 강녕현江寧縣 남쪽에 있다. 동진東晉의 왕도王導가 잃어버린 중원을 되찾
   아야 한다고 여러 사람들에게 말했던 곳이다.
84) 머리 위에는 … 밝디밝았고 : 은殷의 기자箕子는 죽을지언정 주周의 노예가 되지 않겠다 하였다.
   곧 이상룡이 일인日人에게 항거한 일을 말한다.
85) 흉중에는 … 늠름하였네 : 춘추대의의 요지는 오랑캐를 물리치는 것이다.
86) 창랑滄浪 : 창랑가滄浪歌가 있다. "滄浪之水淸兮 可以濯我纓 滄浪之水濁兮 可以濯我足" 이 노래
   에는 대체로 두 가지 해석이 공존하고 있다. 하나는, 세상이 돌아가는 대로 거기에 맞추어 살아
   야 한다는 것이고, 다른 하나는, 자신의 길흉화복은 제 스스로 불러들인다는 것이다.

구름도 낙수가에서 찡그리며 오열하네   雲嚬洛咽濱

▫ 또 남양 홍재서   又 南陽洪在瑞

임청 고각에 가을이 왔는데   臨淸古閣秋

비구름이 적막한 물가에 어둠을 드리우네   雲雨暗空洲

타고난 기는 더없이 높고 맑았고   稟氣長虹倒

삼강오상을 백일처럼 부축하였네   扶綱白日悠

만리 타향에서 눈물 흘렸나니   萬里他鄕淚

천년 조국에 대한 시름 때문이었네   千年故國愁

불후의 명성이 남아 있으니   不朽名猶在

공이 어찌 다른 것을 구하랴   公何復有求

▫ 또 시하생 풍산 류도찬   又 侍下生豐山柳道贊

1

기린과 봉황을 잘 배태하였으나   祥麟威鳳好胚胎

어째서 밝은 시절에 배태하지 못했던가   胡不明時乃德衰

보불같은 문장이며 격물치지格物致知 학문이네   黼黻文章窮格學

큰 종 같은 기국이며 제세안민濟世安民 재능이네   洪鍾器局濟安才

백대의 맑은 바람 삼강오상 지켰고   淸風百世扶綱起

천추의 밝은 달 해상에서 떠오르네   明月千秋出海來

영혼이 화표학[87])처럼 고향으로 돌아왔는데   精爽歸如華表鶴

산하의 경물이 참으로 구슬프니   山河景物正堪哀

2

이 옛날 금비로 나의 눈을 열어주셨고   公昔金篦拭我盲

중간에는 풍우로 꿈에서도 자주 놀랐네   中間風雨夢頻驚

---

87) 화표학華表鶴 : 요동학遼東鶴. 정령위丁令威가 학이 되어 고향인 요동遼東 화표주華表柱로 돌아갔다.

반생동안 이역에서 삼상[88]이 한이었는데   半生異域參商恨

지금 다만 영전에서 통곡할 뿐이라   只付靈筵一慟聲

▫ 또 인생 선성 김하진   又 姻生宣城金夏鎭

1

여섯 대륙이 크다고 누가 말했던가   孰謂六洲大

선생은 한결같이 포괄하고 계셨네   先生一括囊

성패를 어찌 말할 필요 있으랴   成敗何須說

한민족은 모두 서로에게 박하였네   韓民皆薄相

2

우리나라는 탄알처럼 너무나도 좁아서   鰈域丸如小

선생의 어짊을 받아들이기 어려웠네   難容夫子賢

듣자니, 진秦을 황제로 높이려는 자도   聞昔帝秦者

오히려 노중련에게 절할 줄 알았다네[89]   猶知拜仲連

3

도도히 흘러가는 난간 밖의 강물이여[90]   滔滔檻外江

천년을 두고 남녘의 벼리이네   千載紀南國

수없이 꺾여도 동으로 흘러가나니   捲言萬折東

그 깊고 얕음을 누가 헤아릴 수 있으랴   淺深誰能測

---

88) 삼상參商 : 두 별 이름이다. 삼성은 서방에 상성은 동방에 있어 서로 멀리 떨어져 있다. 전하여 사람이 서로 멀리 떨어져 있는 것을 뜻한다.

89) 진秦을 … 알았다네 : 전국戰國 위魏의 장군 신원연新垣衍이 조왕趙王을 유세하여 함께 진秦을 높여 제로 삼으려 하자, 그 소식을 들은 노중련魯仲連은 신원연을 찾아가 보고는 "나는 동해에 빠져 죽을지언정 진나라 백성이 되기를 원하지 않는다."하니, 신원연은 노중련에게 절하면서 "나는 지금에서야 선생을 천하의 선비[天下之士]임을 알았습니다."라고 하였다.

90) 이상룡이 고가 임청각 앞에 흘러가는 낙동강을 비유하여 지은 것이다.

4

저물녘 서쪽 하늘에 풍우가 치는데	風雨西天暮
운거가 제향으로 돌아가네91)	雲車返帝鄕
사척 봉분은 어디에 있는가	四尺知何處
향 하나 사를 길이 없구나	無由炷一香

▫ 또 세가 하생 진성 이용호   又 世家下生眞城李用鎬

1

학문 깊이는 사람과 하늘을 꿰뚫는 데 이르렀는데	學貫天人透到深
황왕과 제패의 도리를 그 안에서 찾았네	皇王帝覇箇中尋
뭇 이설이 세상에서 어지러이 난무할 적에도	噓言異說群噪際
이 마음만은 퇴파에 굴하지 않는 지주산92)이었네	砥柱頹波可此心

2

몸은 풍만하였고 안광은 빛났으며	體幹豐圓眼炯光
화기가 몸 가운데 꽉 채워져 있었네	一團和氣在中央
한 티끌도 운몽93)에 남기지 않았으며	不將纖芥留雲夢
남쪽 고을에서는 큰 현인으로 여겼네	評月南州認大方

3

밤은 침침하고 강물은 혼탁하나니	大夜沈沈河未淸
동한의 문물이 모두 표류하네	東韓文物盡漂湏
중국에서 독립을 꽤했던 이 누구인가	拿華籌略人誰是

---

91) 운거雲車가 … 돌아가네 : 운거雲車는 신선이 타는 수레. 제향帝鄕은 옥황상제가 있는 곳이다. 곧
   이상룡이 운거를 타고 하늘나라로 갔음을 뜻한다.

92) 지주산砥柱山 : 황하黃河 가운데 서 있는, 오랜 격류激流 속에도 변함없이 기둥처럼 서 있는 바위
   산이다. 전하여 혼란기에도 변함없이 의연히 지조를 지킴을 뜻한다.

93) 운몽雲夢 : 큰 저습지 이름으로, 동정호와 이웃해 있다. 사방 둘레가 900여 리에 달한다 한다.
   여기서는 운몽같은 넓은 마음을 뜻한다.

흉중의 만념에는 꿋꿋했던 지사였네　　　　　　　　萬念胸中志士剛

4

공자가 구이九夷 땅에 살려고 하였는데94)　　　　　魯聖居夷有所思
세상을 방황하면서 과연 어디로 갔는가　　　　　　徜徉宇內果何之
만물을 포용하여 경륜하려던 그 뜻은　　　　　　　牢籠萬類雲雷志
한 손으로 떠받치려 해도 단연코 되지 않네　　　　隻手思擎斷斷靡

5

스물 두해 긴 세월을 만주에서 보냈는데　　　　　廿二星霜北滿天
조국 떠날 때의 그 발걸음 더디고 더뎠네　　　　　遲遲其去一帆前
난세에 옛날을 슬퍼하고 지금을 상심하건만95)　　傷今弔古三桓界
숲의 참새와 연못의 고기는 자적하네　　　　　　　叢雀淵魚任自然

6

십이만 년을 공하고 또 제하여도　　　　　　　　　十二萬年乘復除
융중96) 만은 넉넉하게 계산되리라　　　　　　　　隆中非不算紆餘
뜻밖에도 큰 별이 어째서 떨어졌는가　　　　　　　居然五丈星何隕
아득하고 아득하여 나는 한번 탄식하네　　　　　　千古悠悠我一歔

7

무수히 넘어져도 맹세한 마음 변치 않았지만　　　十顚九倒矢心丹
비 내리고 바람 부니 온 땅이 서늘하네　　　　　　雨雨風風滿地寒

---

94) 공자가 … 하였는데 : 『논어論語』「자한子罕」 공자께서 구이九夷에 가서 살고자 하셨는데, 어떤
　　사람이 말하기를, “누추할 터인데 어떻게 사시겠습니까?” 공자께서 말씀하셨다. “군자가 살게
　　되면 어찌 누추할게 있겠는가”[子欲居九夷 或曰「陋 如之何!」 子曰「君子居之 何陋之有」].
95) 난세에 … 상심하건만 : 원문의 삼환三桓은 춘추시대 노魯 나라의 삼경三卿으로 맹손씨孟孫氏·계
　　손씨季孫氏·숙손씨叔孫氏를 말한다. 노나라의 국정을 전횡하였다.
96) 융중隆中 : 제갈공명이 은거하던 곳, 여기서는 제갈공명을 가리킨다.

명이로다 선생이시여! 어찌할 길이 없나니	命矣先生無可奈
한 줌의 한국 땅을 청산은 말이 없네	靑山無語一坏韓

8

일찍이 가부[97]의 자잘한 인연으로 의탁하였는데	早托葭莩瑣瑣緣
공은 항상 음빙편飮氷篇[98]으로 가르쳐 주셨네	公常提誨飮水篇
그림으로 삼세의 춘추설을 만들어서	圖成三世春秋說
내 어리석음을 이끌어주시고 내 편벽을 경계해주셨네	牖我昏迷警我偏

9

정년[99]의 참화로 다시는 일어나기 힘들었거니	丁年慘禍更難提
지난날 겁계 유유하여 운수 고르지 못했네	往恓悠悠運不齊
부끄럽게도 나는 남의 포로 되어 아직 죽지 않았나니	愧我俘人猶未死
나라를 깊이 애통해하면서 처량히 눈물 흘리네	痛深家國淚凄凄

10

살아서 떠났는데 지금 죽어서 돌아오니	生行今見死而歸
한국 빛 붉은 명정 햇빛마저 어둠침침하네	韓色丹旌晻日暉
알래다 영령 응당 돌아오지 않았으리니	知有英靈應不返
하늘 가득한 비린내 옛날과는 다르다네	滿天腥穢舊時非

ᄀ또 사하생 풍산 류만우　又 查下生豐山柳萬佑

서쪽으로 열린 요동 만리마냥 멀고 먼데	西坼遼天萬里長

---

97) 가부葭莩 : 갈대 속의 얇은 막으로, 혼인한 사돈간을 말한다.
98) 음빙편飮氷篇 : 음빙飮氷은 '얼음을 삼킨다.'는 뜻으로 『장자莊子』 인간세人間世에, "내가 아침에 조명朝命을 받고 저녁에 얼음물을 마시니 내가 근심으로 속이 뜨거워서인가." 하였는데, 이는 아마 벼슬 임명을 받고 나라 근심에 속이 탄 것을 이상룡이 평소에 만사 찬자에게 일렀던 듯하다.
99) 정년丁年 : 천간天干이 정丁으로 된 해를 가리키는데, 몇 년도인지 미상이다. 정해년 곧 1907년에 광무황제가 순종에게 양위하고 한일신조약의 체결, 군대해산 등을 말하는 것 같다.

웅대한 계획 품고 이곳에서 비상하네	心懷雄略此翱翔
조국 보존 도모하니 몸 따라 초췌하고	圖存宗國躬隨瘁
원수 갚기 맹세니 쓸개를 씹어다네	盟報深讐膽自嘗
대의는 일월처럼 하늘에 걸려있고	大義九霄懸日月
십년 동안 고생 속에 갖은 풍상 겪었네	苦裏十載喫風霜
허리의 칼 평생 동안 씻지를 않았거니	平生未洗腰間劍
압록강 물 한이 들어 언제나 푸르리	鴨綠流江入恨蒼

▫ 또 시생 야성 송상도   又 侍生冶城宋相燾

문창성과 무곡성[100]이 일시에 어두워지니	文昌武曲一時晦
선생을 통곡함에 눈물이 쏟아지네	痛哭先生涕淚漣
임청각 서안書案에는 만권 서적 쌓였는데	書萬卷莊淸閣案
삼척 검 허리에 차고 압록강을 건너갔네	劍三尺渡綠江船
일편단심은 동해를 달처럼 비추었고	丹衷月照東溟水
높은 절개는 그 빛이 북두의 하늘에서 생겨났네	卓節光生北斗天
적막한 우리 유림 사표가 떠나가니	寂寞吾林師表去
당당한 도와 의리 누가 있어 전하랴	堂堂道義有誰傳

▫ 또 교하생 경주 김덕희   又 敎下生慶州金悳熙

낙동강 맑은 강가 임청각이 솟았는데	高閣臨淸洛水頭
강물을 끌어들여 언제 진세 시름 어느 때 씻어낼꼬	挽河何日洗塵愁
집안 명성은 상서로운 굴에서 봉황이 우는 것 같았고	家聲瑞穴鳴丹鳳
꿈속의 혼은 창파에서 백구를 짝하였네	魂夢蒼波伴白鷗
천하의 경륜 사업 유문에서 품었으니	儒門夙抱經綸業
갈옷 입은 선비 신분 사직 근심 깊었었네	衣褐還深社稷憂
한 손으로는 나라 명운 붙들기 어렵거니	隻手難扶全國運

---

100) 문창성文昌星과 무곡성武曲星 : 북두칠성을 형성하는 두 별이다. 이상룡의 서거를 가리킨다.

펄럭이는 붉은 명정 청구로 돌아왔네	丹旌飄颯返靑邱

▫ 또 하생 영가 권준연　又 下生永嘉權俊淵

범계옹帆溪翁101)의 백년 묵은 고택이	帆老百年宅
오늘날로 노전102)처럼 솟아있네	巋然魯殿今
문장은 비단에 수놓은 듯하였고	文章開錦繡
계책은 구름 낀 숲처럼 신비하였네	籌策秘雲林
온 세상에는 비바람 치고	風雨五洋地
마음은 언제나 강호에 있네	江湖萬里心
선대부터 내려온 두 집의 세의	兩家先世誼
회고하니 눈물이 옷깃 적시네	回首淚沾襟

▫ 또 세하생 의성 김기병　又 世下生義城金基秉

오랜 세월 이역에서 겪은 고생	十年異域苦
마음의 아픔만 있을 뿐이네	只有在心恫
소자는 울음 삼키며 곡하는데	小子呑聲哭
선생은 버리고 떠나가셨네	先生舍去通
영남에서 종장의 노인이셨고	南州宗匠老
임청각의 주인옹이셨네	淸閣主人翁
성패를 말할 필요가 있으랴	成毀何須說
남은 빛이 우리나라 비추어주네	餘光在我東

▫ 또 시교생 안동 권중엽　又 侍敎生安東權重曄

1

땅이 갈라지고 하늘이 무너지던 경술년에	地裂天崩庚戌秋

---

101) 범계옹帆溪翁 : 이상룡의 증조 이찬李瓚의 호가 범계帆溪이다. 학덕과 품행으로 명망이 있었고 유고가 있다.

102) 노전魯殿 : 노나라 영광전靈光殿. 난리 뒤 이 궁전만이 홀로 온전히 우뚝 솟아있었다 한다.

선생은 서쪽으로 압록강을 건너셨네

先生西渡鴨江流

왕년의 남은 눈물 금년에 곡을 하나니[103]

往年餘淚今年哭

사천년 우리 역사 시름이 끝나지 않네

史四千年不盡愁

2

백두산 바라보니 하늘보다 높거니

遙望白嶽峻于天

영령이 오르내리는 듯 완연히 보이네

宛見英靈陟降然

밤낮 향안香案 아래에서 억울함을 하소연하니

晨夜籲寃香案下

백발의 공의 정성 상제 응당 가엾게 여기시리

丹忱皓髮帝應憐

3

삼한의 지사에게 이르노니

寄語三韓有志中

진짜 영웅 원래부터 진짜 공부 있다네

眞雄元是做眞工

문장은 간아하고 학문은 치밀하니

簡雅文章精緻學

서산선생께서 당년에 이 옹을 중시했네

西山當日重斯翁

4

구정[104] 경중이 이 한 몸에 달렸으니

九鼎重輕此一躬

고비 먹고 바다에 빠지는 일 적절하지 않았네[105]

啖薇蹈海亦非中

믿음과 힘을 다한 그 뒤의 일은

竭力盡心然後事

성패간에 모두 다 하늘에 맡길 뿐이네

敗成都只付玄穹

5

옛날에 선생께서 낙동강 가에 계실 때

憶昔先生臥洛濱

---

103) 지난 경술년 함성으로 그 이듬해 이상룡이 망명할 때 남은 눈물이 오늘 또 이상룡의 죽음으로
   곡을 한다는 뜻이다.
104) 구정九鼎 : 우禹가 만든 솥으로 나라의 중요한 국보이다. 전하여 천하·나라·왕권을 상징한다.
   구정의 경중은 나라의 안위를 뜻한다.
105) 고비 … 않았네 : 백이·숙제는 주나라가 싫다 하여 서산에서 고비를 캐먹다가 굶어죽었고, 노
   중련은 진나라가 싫다 하여 바다에 빠져 죽으려 하였다.

어리석은 이 사람도 보살핌을 받았네　　　　　　　　　　愚蒙猶是眷中人
외론 배가 노를 잃고 거친 풍파 만났는데　　　　　　　　孤舟失棹風濤惡
표류하다가 어느 때에 나루를 보게 될지　　　　　　　　漂泊何時始見津

◦또 시교생 영양 남세혁　又　侍敎生英陽南世爀

백대의 덕문이 열렸나니　　　　　　　　　　　　　　　　百世德門開
연원은 저절로 저 위에 있다네　　　　　　　　　　　　　淵源自在洄
이름 떨쳐 중화에서도 칭송하고　　　　　　　　　　　　名振中華頌
명망해 안동의 으뜸이네　　　　　　　　　　　　　　　　望重永嘉魁
춘추대의 그 뜻을 굳게 지켰고　　　　　　　　　　　　　春秋秉義大
시례 유림에서 종주宗主였네　　　　　　　　　　　　　　詩禮宗祠嵬
공이 살던 임청각의 군자정에는　　　　　　　　　　　　臨淸君子閣
떠났던 공의 영령 돌아오시리　　　　　　　　　　　　　公靈去復來

◦또 시하생 남양 홍재운　又　侍下生南陽洪在雲

범계가 맑던 날에 헌병에서 모셨는데[106]　　　　　　　帆溪晴日侍軒屛
군자정 안 영위靈位 앞에 엎드려 곡을 하네　　　　　　　君子亭中哭几靈
삼십년간 쌓인 한 많기도 하건마는　　　　　　　　　　三十年來多少恨
말하려니 하소연할 데 없어 눈물 먼저 흐르네　　　　　欲言無籲淚先零

◦또 시하생 영양 남유해　又　侍下生英陽南有海

1

맥수가[107]를 읊조리니 눈물이 넘치는데　　　　　　　麥秀歌吟淚掬盈

---

106) 범계帆溪가 … 모셨는데　：범계는 이상룡의 증조부 이찬의 호이다. 범계는 정조 22년(1798)에
　　출생하여 고종 24년(1887)에 별세했는데, 아마 만사 지은 남유해 공이 범계가 살아 있을 때 이상
　　룡을 임청각에서 모신 일이 있었던 듯하다. 범계가 맑던 날은 범계가 생존하고 임청각이 무사
　　할 때를 말한다. 여기서는 임청각을 뜻한다.
107) 맥수가麥秀歌：기자箕子가 은殷 나라의 옛터를 지나며 망국의 한을 읊었다는 노래. 일명 상은조

소리 죽여 공손히 이 선생을 조문하네   吞聲恭弔李先生

선생은 떠나가고 나라조차 없으니   先生去矣人無國

삼천리 땅 이 백성들 어이해야 하오리까   其奈三千里內氓

2

서쪽으로 압록강 건너간 지 스무 해   西渡鴨江二十年

옛 조선의 부흥을 마음에 맹세했네   誓心興復舊朝鮮

일인 구축 못하고 몸이 먼저 죽었으니   帝秦未却身先逝

이 한은 제진帝秦 반대한 노중련을 따르리   此恨應從蹈海連

○ 또 영양 후인 남병모   又 英陽後人南秉模

선생은 동국의 선비였으나   先生東國士

『춘추』를 읽을 곳이 없었네108)   無地讀春秋

월을 교훈으로 삼았으나 끝내 모으기 어려웠고109)   訓越終難聚

오로 도망쳤으나 끝내 계획이 실패되고 말았네110)   奔吳竟敗謀

때의 이로움과 불리함을 따지지 않고   未論時利鈍

이치에 합당한가 아니한가를 보았을 뿐이네   只看理當不

돌아오는 시신 지금 어디에 모시려나   歸骨今何處

한 줌 흙 묘지의 땅 넉넉하지 못하네   一杯尙不周

○ 또 시하생 우계 이관도   又 侍下生羽溪李寬燾

화려한 문벌은 남쪽 고을의 으뜸인데   華閥南州掘捔先

傷殷操.

108) 『춘추春秋』를 … 없었네 : 『춘추春秋』의 대의는 오랑캐를 배격하는 데 있다.

109) 월을 … 어려웠고 : 월나라의 구천은 오나라에 패한 뒤 절치부심하며 군사 및 식량 등을 모으며 훗날을 기약했다. 이상룡이 만주에서 군사 훈련하고 인재를 모아 광복에 애썼으나 이루지 못함을 말한다.

110) 오로 … 말았네 : 초나라의 오자서는 아버지와 형이 초에서 죽은 뒤 오나라로 망명하여 불구대천의 원수를 갚고자 하였다.

문장과 덕업을 잇따라 겸하였네	文章德業踵相連
무궁화 삼천리 땅 조선의 고국이고	槿花古國三千里
비바람 치는(전쟁) 중국에서 이십이 년간 독립운동	風雨中原卄二年
공이 죽든 공이 살든 땅은 응당 있겠고	公死公生應有地
때가 오든 때가 가든 모두가 하늘의 뜻	時來時去莫非天
왕도王道와 패도覇道 모두 손바닥에 가진 솜씨	皇王帝覇牢籠手
인간세의 사가史家 전기 넉넉히 얻게 되리	贏得人間太史傳

▫ 또 계시생 풍산 류지우　又 契侍生豐山柳之佑

사람들은 석주선생을 말하기를	人道石洲子
재주 높고 의에 더욱 밝다 하네	才高義益明
용사龍蛇[111)는 옛 꿈을 슬퍼하고	龍蛇悲舊夢
서검書劍[112)으로 평생을 늙었네	書劍老平生
공연히 영웅에 대한 눈물 뿌리고	謾灑英雄淚
야사에 어느 누가 그 이름 쓰려나	誰題野史名
선생의 빛은 매장할 수가 없나니	精光埋不得
들보의 달빛 괜히 뽐내고 있네	樑月影空呈

▫ 또 시생 반남 박문양　又 侍生潘南朴文陽

어둠을 깨우쳐 촛불과 지남거[113)로서	警昏孤燭指南車
공은 바로 우리 고장의 으뜸이셨네	公是吾鄕屈㧊初
마음에서 확고한 것은 천지의 강상이고	天地綱常心上鐵
책상의 서책들은 낙민[114) 사우의 것이었네	洛閩師友案頭書

---

111) 용사龍蛇 : 용과 뱀. 곧 임진·계사년의 임진왜란을 말함.

112) 서검書劍 : 책과 칼로 곧 이상룡이 글을 배우다가 경술합방 이후 만주에 건너가서 군사훈련을 하며 독립운동을 한 것의 비유이다.

113) 지남거指南車 : 황제黃帝가 치우蚩尤와 탁록涿鹿에서 싸울 때 만들었다고 전하는 수레로, 일정하게 남쪽 방향을 향하여서 나아가도록 만든 수레이다.

114) 낙민洛閩 : 낙洛은 낙양洛陽으로 정호程顥·정이程頤가, 민閩은 민중閩中으로 주희朱熹가 거주하던

별들은 어째서 북극성을 에워싸고 바라보는가	星何可拱徒瞻北
산처럼 끝내 움직이지 않고 서산에 오르셨네	山不終移彼陟西
어진 자제 피눈물로 옛 배 돌려115)	泣血賢郞回舊棹
대동강은 오열하며 비풍116) 시를 노래하네	浿江嗚咽匪風噓

▫ 또 시생 안동 권오봉　又　侍生安東權五鳳

둥근 눈동자, 검붉은 얼굴, 응고된 듯한 앉음 새	環瞳鐵面坐如凝
문단에서 재능 떨쳐 명성 일찍 자자했네	藉甚文壇早擅能
강가의 임청각을 수십 년간 떠났었고	江閣十年違燕几
요동 땅 산자락에 천고의 무덤이네	遼山千古掩孤塸
천지가 혼란스러우니 사람들이 다투어 늙고	乾坤戲劇人爭老
일월이 혼미하니 도의가 펴지지 않네	日月迷藏道不升
누가 알랴 선생의 경세제민 그 뜻이	誰識向來經濟志
헛되이 이름만이 드날려지게 하는 것을	枉敎名號一番騰

▫ 또 척시하생 안동 권명섭　又　戚侍下生安東權命燮

대동강 저물녘에 배 돌아오니	浿江歸棹晚
오늘은 물이 아직도 차갑네	今日水猶寒
예운으로 삼고117)를 살펴보고	禮運觀三古
풍천118)으로 눈물을 주체할 수 없네	風泉淚萬端
노나라 궁궐 영광전은 홀로 우뚝하고	靈光歸魯殿

　　곳이다. 곧 정주程朱의 학문을 연구했다는 뜻이다.

115) 이상룡의 자제 동구東邱 이준형李濬衡이 이상룡의 영위를 모시고 만주에서 귀국함을 뜻한다.

116) 비풍匪風 : 『시경詩經』 회풍檜風의 비풍匪風 편을 말한다. 주나라 왕실이 쇠미해짐에 현인이 이를
　　근심하고 탄식하여 부른 노래이다. 여기서는 망한 조국을 근심하고 탄식함을 비유한 말이다.

117) 삼고三古 : 『예기禮記』「예운禮運」 소疏에 의하면, 복희伏羲를 상고上古, 신농神農을 중고中古, 오제
　　五帝를 하고下古라고 하는 설도 있고, 또 복희를 상고, 문왕文王을 중고, 공자孔子를 하고로 하는
　　두 가지 설이 있다.

118) 풍천風泉 : 『시경詩經』「회풍檜風」의 비풍匪風 편과 「조풍曹風」의 하천下泉 편. 쇠미한 주나라 왕
　　실을 걱정하고 탄식하여 지은 시들이다. 여기서는 망한 조선에 대한 걱정과 탄식을 뜻한다.

밝은 달은 제단 위로 떠오르네   明月上齊壇

군자정 앞 무성한 대숲은   君子亭前竹

맑은 그늘이 푸른 난간 덮고 있네   淸陰覆碧欄

◦ 또 척하생 완산 류연승   又 戚下生完山柳淵承

1

오래된 임청각이 낙동강 북쪽 물가에 있는데   臨淸古閣洛之陽

주변의 아름다운 강산은 한 지방에서 으뜸이네   文藻江山擅一方

간곤[119]에 맑은 기운이 배태된 지 오래이니   艮坤淑氣胚胎久

남녘 사람들이 상서 세상의 빛을 다투어 보네   南國爭看瑞世光

2

서재에 눈이 한 자 쌓이도록 일찍이 발걸음 옮기지 않았고[120]   尺雪西齋早定跟

공부마치고 돌아오니 참으로 낭릉[121]의 자손이었네   歸來好是朗陵孫

게다가 또 총명하여 보기만 하면 깨우쳤으며   更有聰明看便曉

제자백가의 말을 자기의 말처럼 암송하였네   百家如誦自家言

3

마음은 웅장하고 학문은 깊으며 지혜 많으니   心雄學邃智能多

변통성 없는 선비 초탈하여 스스로 일가 이루었네   超脫拘儒自一家

긴 봄날 강 헌함에 봄잠이 풍족하니   遲日江軒春睡足

육대주의 풍우가 밤에는 어떠한고   六洲風雨夜如何

---

119) 간곤艮坤 : 집터가 간좌곤향艮坐坤向 즉 동북방을 등지고 서남방을 향해 있는 것, 또는 그 집터.

120) 서재에 … 않았고 : 서재西齋는 서산 김흥락의 서재. 이상룡이 일찍이 자신의 스승인 서산西山 김흥락에게서 배운 것을 말한 것이다. 정문입설程門立雪이라는 말이 있다. 정이程頤의 제자인 유 작游酢과 양시楊時 두 사람이 눈 오는 밤에 정이의 곁에 시립侍立했던 고사이다.

121) 낭릉朗陵 : 한대漢代 사람인 낭릉후朗陵侯 순숙荀淑이다. 그의 아들 여덟 명이 모두 뛰어나서 당시 순씨 집 팔룡八龍으로 불렸다 한다.

4

자득自得한 크나 큰 뜻 천민을 깨달으니	囂囂大志覺天民
길고 긴 밤 건곤에 홀로 새벽 부르짖네	長夜乾坤獨唱晨
들으니 석주선생 우리 국경 떠나던 날	聞說先生出疆日
조선 사람 지고 이끌고 압록강 가에 서 있었네	東人携負鴨江濱

5

온 집안 노를 저어 용만을 건너가니	全家擊楫過龍灣
요하를 끌어가다 옛 강토 청소하려 했네	欲挽遼河洗舊寰
한 손으로 천하 형세 돌리기 어려우나	隻手難回天下勢
무덤만으로도 우리 동한 표시가 넉넉하리	斧封猶足表東韓

6

두 아버지[122] 사귄 정이 관중·포숙과 같았는데	二父交情管鮑如
북풍에 손잡고 서둘러 떠났다네	北風携手戒虛徐
공은 가서 돌아오지 않고 부친 연세 높으니	公行不返親年邵
지난 일을 회고하니 눈물이 옷깃에 가득 차네	回首前塵泣滿裾

▫ 또 계가자 월성 이근우　又 契家子月城李根雨

문장은 강해를 진동하고	文章動江海
기절은 고금에 우뚝했네	氣節卓今古
살아서 동국의 혼 오롯이 했고	生專東國魂
죽어서 서산 땅에 안장되었네	死安西山土

▫ 또 시하생 진성 이한걸　又 侍下生眞城李漢杰

1

| 온 마을이 모두 서로 조문하는데 | 里巷擧相弔 |

---

122) 두 아버지 : 이상룡과 만사 찬자의 이근우李根雨 공의 아버지를 말한다.

대로의 혼 동토로 돌아오셨네   東歸大老魂

덕의는 구정과 대려처럼 무겁고   德儀鼎呂重

성망은 태산과 화산처럼 높으셨네   聲望泰華尊

눈 앞에는 어떠한 세상인고   眼前何世界

가슴 속에는 고국의 강산뿐이네   腔裏舊乾坤

천년 세월에 사어 같은 정직한 붓이   千載史魚筆

성패에 대한 논의 없음을 알겠네   知無利鈍論

2

만리 밖 요하의 머난 먼 길에   萬里遼河路

십년 동안 골육의 정이로다   十年骨肉情

하늘 끝 땅 모서리에서 소식이 끊어졌고   涯角音書斷

오랜 세월에 귀밑털이 희어졌네   星霜鬢髮明

풍진 속에 고국은 아득하고   風塵迷古國

일월은 외로운 무덤 비추누나   日月照孤塋

입이 있어도 울음을 삼키며 곡하니   有口吞聲哭

살아있는 이내 몸 가련하구나   堪憐此寄生

▫ 또 내제 영가 권상용   又 內弟永嘉權相用

회고하면 그 옛날 어떠했던가   爭覩昔何歲

어느 덧 삼십년 세월 지나갔네   轉頭已卅年

고국 땅은 먼 바다에 깊이 잠기고   輿圖沈遠海

지사는 거친 변방에 떠나가셨네   志士去荒邊

인간세의 일 다 마치지 못하고   未了人間事

표연히 천상의 신선 되셨네   飄然天上仙

옛 강토인 요동과 심양 땅은   舊疆遼瀋土

공의 무덤 쓰기에 합당하네   端合起公阡

▫ 또 시생 진성 이규호   又 侍生眞城李奎鎬

1

부자께서 서쪽으로 향하시던 날	夫子向西日
백두산만 그 본색을 지녔네	白山惟本色
부자께서 동토로 돌아오는 날	夫子歸東日
압록강은 어찌 그리 적막한가	綠江何寂寂

2

풍우는 화성 둔덕에 몰아치고	風雨花城畔
쓸쓸하게 한 임청각이 비었네	蒼凉一閣空
옛 물가에는 돌이 구르지 아니하니[123]	古洲石不轉
무너진 물결 가운데 우뚝히 서 있네	屹立頹波中

3

한 조각 요양의 달이	一片遼陽月
여기에서 님의 혼과 방불하네	於斯彷彿魂
해천은 바야흐로 날이 새려 하는데	海天方欲曙
옛날의 흔적 머물러 비춰주네	留照舊時痕

▫ 또 척소자 완산 류연건   又 戚小子完山柳淵建

1

선각자이신 우리 부자께서	有覺吾夫子
서쪽으로 해동을 건너가실 때	西渡海東秋
의관은 진나라 시대 이루었고[124]	衣冠成晋代
천지는 모두 초나라 죄수이다[125]	天地盡楚囚

---

123) 돌이 … 아니하니 : 『시경詩經』「패풍」 백주장에 보인다.

124) 의관은 … 이루었고 : 옛날의 우리 의관과 문물이 왜인의 것으로 변했음을 말한다.

125) 천지는 … 죄수이다 : 초나라 죄수처럼 왜인의 손에 들어갔음을 말한다.

2

내가 마침 중화에 빠져 있는데	我適中華沒
어느 누가 고국 근심했다고 말하겠는가	誰云故國愁
향당의 많은 선비들 눈물이	鄕黨多士淚
낙동강 강물 되어 흐르네	洛東江水流

3

십 대를 이어온 군자의 집인데	十世君子宅
공부하러 간 것이 어느 해던고	負笈昔何年
지금은 의지할 곳이 없으니	今無依仰地
만사를 창천에나 물어보리	萬事問蒼天

▫ 또 시교생 반남 박성양　又 侍敎生潘南朴聖陽

1

우리 석주 이 선생은	先生李石洲
서해 가에서 절개 지켜 서거했네	蹈死海西頭
우리나라 강토는 삼천리	東土三千里
가을처럼 강과 산이 차갑구나	江山冷似秋

2

말이 없기도 본디 이미 어렵거늘	無言固已難
말을 하기도 어렵다 하겠네	有語亦云難
말 없어야 할 곳에 말을 하려니	語在無言處
어려운 듯하나 도리어 어렵지 않네	似難還不難

▫ 또 중표하생 진성 이원선　又 重表下生眞城李源善

嗚虖 吾宗君石洲子 藏利器蠖屈六十年 驚新潮驟至 誕先登岸 颺聲於東西洋 廿載風
埃 死而後已 得年八十減五 有契乎尙父釣渭之窮 而竟未遇周文之聖 嗚乎欷矣 平生友

晚田 老傖 鍾潛 明仲 操大 招魂數闋 慟哭候之于路左曰

　　아! 우리 종군 석주는 예리한 그릇(포부)을 감추고 자벌레처럼 구부린 것이 60년이다. 새로운 조류가 갑자기 이르는 것에 놀라 먼저 언덕에 올라가서 동서양에 명성을 날렸다. 20년 동안의 풍진을 죽은 뒤에야 그만 두었다. 향수는 80에 5년이 모자라니, 강태공姜太公이 위수渭水에서 낚시하던 곤궁함에 부합한다. 그러나 마침내 주문왕 같은 성군을 만나지 못하였으니, 아아! 슬프도다. 평생의 벗 만전·노창·종준·명중·조대는 초혼가招魂歌 두어 곡조를 지어 통곡하면서 길 왼쪽에서 기다린다. 그 초혼가는 다음과 같다.

아래 초혼가 주보완 해야 함

혼이여, 돌아오소서!	魂兮歸來
금성은 우리 고향이 아니네	錦城非吾鄉
듣건대, 산중에는 곰과 큰 곰이 포효하고	聞說山中熊羆咆哮
호랑이와 이리가 노려보며 눈빛을 번쩍인다	虎狼耽耽流電光
짐승과 새 발자국이 중국에 어지럽고	獸蹄鳥跡交中國
백천은 종주를 잃어 신풍조가 넘친다네	百川失宗新潮洋
혼이여, 돌아오소서!	魂兮歸來
부모의 나라 한강의 북쪽이네	父母之國漢水陽
이씨 조선 쇠잔하고 기자의 강토 어두워졌는데	仙李春殘箕封晦
왕손의 풀 푸르고 한은 어찌 그리긴고	王孫草綠恨何長
혼이여, 돌아오소서!	魂兮歸來
하늘은 귀먹고 땅은 벙어리 되어 훌륭한 인재는 없는데	天聾地啞人無良
품은 뜻 이루지 못하니 누구에게 토로할꼬	有志莫遂誰與吐
양응 노인[126]은 위수의 물가에 있고	揚鷹老在渭之陽
돌아오는 상여는 서산 사당 지나는데	歸輀也歷西山祠
채미 선생[127]의 맑은 풍절風節 드날리네	採薇先生淸風颺
혼이여 짝이 없음을 한탄하지 마소서	魂兮莫歎無儔侶

---

126) 양응 노인 : 주周 나라 여상呂尙.
127) 채미 선생 : 은殷의 백이.

경을 치던 양과 도를 흔드는 무는[128]　　　　　　　　　　　磬襄衰武
많이 와서 중양으로 인도할 것이다　　　　　　　　　　　繽來導中洋
혼이여 이별의 말이 없다고 혐의하지 마소서　　　　　　　魂兮莫嫌無辭語
분주히 다니시던 성인은 마침내 노나라로 돌아가셨고　　　棲遑聖人終返魯
두루 유랑하던 굴원은 끝내 초나라로 돌아왔네　　　　　　周流屈子卒返楚
혼이여 돌아오소서　　　　　　　　　　　　　　　　　　魂兮歸來
화표주[129] 가장자리에는 길이 멀고 아득하네　　　　　　華表柱邊路迢遼
유조라고 노래 부른 정령위는 부지런히 손을 들어 불렀네　有鳥丁威勤招招
아마 혹시 선인들의 발자취 음상했는가 아니했는가　　　　倘也吟賞先躅未
외로운 새는 당년에 저물녘에 요동으로 돌아왔네　　　　　獨鳥當年暮歸遼
혼이여 머물지 말고 돌아오소서　　　　　　　　　　　　魂兮歸來莫淹留
연기 날고 구름 흩어지니 만사는 모두 유유하구나　　　　烟飛雲散萬事都悠悠
해는 장차 저무는데 어찌 돌아가지 아니하리오　　　　　　歲將暮矣胡不歸
어릴 때 낙동강 가에 낚시하며 놀던 물가에　　　　　　　童時遊釣洛之洲
무산에 달이 뜬 임청각 밤에　　　　　　　　　　　　　　巫山月江閣夜
두견새 돌아오기를 재촉하여 사람의 마음 쓸쓸하게 하니　蜀魄催歸令人愁
많은 친척 눈물 흘리는데 누가 가장 많았던가　　　　　　衆族泣下誰最多
머리 빠진 만전 노인 두 줄기 눈물 흘리네　　　　　　　　晩田禿鷲淚雙流

　　　　　　　　　　　　　　　　　□ 또 족종 종준　又 族從鍾濬

죽음이 삶을 줄이지도 못하고 삶을 더하지도 못하는데　　死不減生生不加
고금의 충절들은 어지러운 시대에 일어났네　　　　　　　古今忠節起紛拏
동해바다 밝은 달에 고사를 생각하고　　　　　　　　　　東溟明月懷高士
서산의 맑은 풍절 의리 지키는 집이네　　　　　　　　　　西峀淸風守義家
평범하게 우는 새 속에는 봉황과 짝할 것이 없고　　　　　凡啼鳥裏無雙鳳
뭇 푸른 총중에 제일가는 꽃이네　　　　　　　　　　　　衆綠叢中第一花

---

128) 경을 … 무는 : 『논어論語』「미자」.
129) 화표주 : 정령위 고사.

내 이 조각배로 어디메에 머무를까   以我扁舟何處泊
근원이 거의 끊어지니 덕음이 멀도다   派源幾斷德音邈

▫ 또 족말 태표   又 族末泰杓

세상일 흥망이 몇 번이나 변하였나   世事興亡幾變更
영웅의 출처는 일찍이 이름을 들었네   英雄出處早聞名
다만 백년이 하루 같다고 말하나   只謂百年如一日
어찌 팔십 년이 곧 평생임을 알리오   那知八十卽平生
황대의 풍우는[130] 쇠잔한 꿈이 남아있고   荒坮風雨餘殘夢
대괴의[131] 문장은 옛날에 빌려주어 울리네   大塊文章昔假鳴
애사를 다 읽고 옛날을 생각하며 섰노라니   讀罷哀辭懷古立
남쪽에서 온 포의한사布衣寒士 눈물이 마구 쏟아지네   南來寒布淚縱橫

▫ 또 종하생 훈   又 宗下生薰

우리 동국 명문가에 봄이 다시 오지 않으니   喬木東華不復春
아스라이 나는 외로운 기러기 패강 가에 있네   孤鴻遠色浿江濱
차마 사직이 끝내 망하는 것을 어찌 보리오   忍看社稷終歸屋
홀로 황명 옛 제도로 만든 두건 쓰고 있네   獨戴皇明舊制巾
역외의 풍상은 만주 땅에서 겪으시고   域外風霜燕趙地
심중의 일월은 갈회[132]의 백성이라   心中日月葛懷民
타향에서 돌아오는 영구 공의 뜻이 아닌 줄은 알았지만   從知返櫬非公志
어느 곳 청산에서 다시 몸을 의탁하실지   何處靑山更托身

▫ 또 족종 종홍   又 族從鍾洪

---

130) 무산신녀.
131) 이백 연도리원서.
132) 갈회 : 갈천씨葛天氏와 무회씨無懷氏. 중국 태고적 제왕의 이름으로 태평무사한 때의 욕심 없는
    순박한 백성을 뜻한다.

혈통은 임청각의 아름다움을 이어받고   趾承淸閣美

명성은 고성 이씨의 전통을 계승했네   芳襲鐵城聯

처하면 정주학을 굳건히 하고   處固程朱學

행하면은 여상呂尙과 제갈량의 어짊을 감당했네   行堪呂葛賢

세상일은 지금 적국이 하지만   人間今敵國

천하는 옛 조선 땅이라네   天下舊朝鮮

무한한 공사간의 아픔은   無限公私痛

천추의 한 편 역사가 되리   千秋史一篇

▫ 또 족종 종진   又 族從鍾震

1

아름다운 공의 천부 선향에서 태어나니   猗公天賦降先鄕

인봉 같은 자태와 비단결 마음이었네   獜鳳其姿錦繡腸

타향에서 나눈 마음 삼형제가 흔들렸으나   異域分懷三棣撼

뜰에 가득한 남은 향기 한 난초가 향기롭네   滿庭遺馥一蘭芳

용이 옛 못으로 돌아가니 구름이 오히려 젖었고[133]   龍歸古澤雲猶濕

학이 외로운 솔에서 원망하니 밤도 또한 길어라   鶴怨孤松夜亦長

후생이 가장 대들보 부러지는 아픔[134]을 느끼니   晩生最感摧樑痛

물도 산도 슬퍼함에 여름 기운이 서늘하네   浦慘山哀夏氣凉

2

하늘에 가득 찬 검은 기운 밟을 곳이 없어   彌天黑氣踏無方

한번 서쪽으로 강을 건너니 다시 오지 아니하네   一渡江西不復行

집에 전하는 옛집과 좋은 전통이 소중한데   家傳古閣靑旂重

몸은 타향에 있어 흰 머리에 상심하네   身在他方白髮傷

누가 남쪽 나무가 빛이 가리킴에 응하는 것을 가련히 여기는가   誰憐南樹光應指

---

133) "龍歸曉洞雲猶濕 麝過春山草自香"을 인용하여 바꾸어 썼다.
134) 대들보 … 아픔 : 공자의 고사.

홀로 서산 고사리에 굶주려도 의리는 잃지 않았네 　　獨餓西薇義不喪
세도는 쉽게 어그러져 상전벽해로 변하는데 　　世道易乖桑海變
백옥루 어느 곳에 문랑이 되셨는가 　　玉樓何處作文郎

3

한평생 나라 걱정 귀밑머리 희어지고 　　一生憂國鬢霜侵
하던 일은 이루기 어려워 삼십 년이 흘렀네 　　有事難成卅載今
산하는 선생의 영구에 한을 남기고 　　山河遺恨先生柩
우주에 높은 이름 의사의 옷깃을 여미게 하네 　　宇宙高名義士襟
압록강에서 몇 번이나 고향 그리는 눈물 뿌렸던가 　　綠江幾灑思鄕淚
대낮에 아우 그리는 마음 길이 걸려 있네 　　白日長懸憶弟心
조카가 원통하게 서거한 일 차마 말하리 　　忍說令咸冤繼逝
무릎 가에 받들고 있는 사람 울며 항상 찾노라 　　膝邊奉侍泣常尋

4

땅은 다하고 하늘은 멀어 문안하기 어려운데 　　地盡天長拜候難
평안을 아뢰는 소식은 몇 번이나 끊어졌던가 　　音書幾斷報平安
도력을 연마하시니 산의 옥빛이 휘황하고 　　鑽研道力山輝玉
향기로운 이름 전파하니 골짜기에 난초가 성대하네 　　傳播香名谷郁蘭
청사를 깊이 간직하니 옛날 노나라를 생각하고 　　靑史深藏思古魯
일편단심 홀로 분히 하니 지금 대한을 잃음네 　　丹忱獨憤失今韓
천추토록 불후한 신선으로 오르신 몸 　　千秋不朽昇仙骨
응당 맑은 밤에 돌아와 찬 달을 조상하리 　　應返淸宵弔月寒

5

황하가 한번 맑아 하늘이 공을 낳으시니 　　黃河澄濯稟生公
문무를 마음에 겸하고 기운 또한 웅장하네 　　文武兼心氣亦雄
유림에 고족되어 오직 홀로 천단하고 　　高足儒林惟獨擅

병루에 몸을 내니 누가 다시 짝을 할까	出身兵壘更誰同
맑은 표격 행여 왕손초로 변화하고	淸標倘化王孫草
의로운 간담 응당 장사풍으로 태어나리	義膽應生壯士楓
다른 날에 선정에서 문족회를 한다면	異日先亭門族會
어루만져도 한 자리 빈 것은 어쩔 수 없으리	摩挲難得一筵空

6

멀리 압록강을 바라보며 돌아가는 배를 기다리니	遙瞻鴨水待歸船
슬피 영거를 바라봄에 눈이 뚫어지려 하네	悵望靈車眼欲穿
뜻은 회수에 놀던 사마의 자취를 거느렸고	志帥遊淮司馬跡
충성은 한나라 회복을 꿈꾸던 와룡의 잠과 같네	忠同復漢臥龍眠
귀로는 격설의 시끄러움을 싫어해 높이 세상을 벗어났고	耳厭鴃舌高脫世
형상은 학의 수척함과 같아 화하여 신선이 되었네	形同鶴瘦化仍仙
우러러 어진 가르침을 입은 것은 종친의 우의이니	仰蒙賢誨宗親誼
새 무덤에 임무 나누어 맑음 꿈 같은 이야기네	割任新阡入夢邊

▫ 또 족하생 종범　又　族下生鍾範

교악과 같은 자태에 하해와 같은 도량으로	喬嶽其姿河海胸
일찍부터 서산 선생께 도학 지결 전수받았네	早承旨訣西山翁
와룡臥龍이 오장원에 지듯135) 큰 별은 떨어졌으나	臥龍五丈星初隕
종택宗澤의 피맺힌 호소인가,136) 뜻 이루지 못하였네	宗澤三呼志未終
간도에서 맹세하고 수많은 세월 지났으나	間島誓天多歲月
선생 역량 시험할 곳이 대한에는 없었네	大韓無地試春風
세상의 의로운 사람이 덕을 우러르기는 마찬가지	世界彝夷同好德

---

135) 와룡臥龍이 … 지듯 : 제갈량이 중원회복을 위하여 출정하였다가 오장원에서 죽은 것을 가리킨다.

136) 종택宗澤의 … 호소인가 : 종택宗澤은 송宋 나라 사람으로 휘종徽宗·흠종欽宗 두 임금이 북으로
　　갈 때에 부원수로서 공을 세우고 동경 유수東京留守가 되었다. 그는 20여 차례 환도할 것을 임
　　금에게 요청하였으나 모두 간사한 사람 때문에 제지되어 뜻이 어그러지자 울분으로 병이 들어
　　세 번 하수河水를 건너라고 외치고 죽었다.

어떤 사람인들 석주선생을 일컫지 않겠는가	何人不道石洲公

▫ 또 족종 광수　又 族從光秀

만리 밖 부음이 삭막한 이 땅에 들리자	萬里凶音報索居
천하의 모든 사람이 넋을 잃은 듯하였네	頭天人士失魂如
예순 나이로 북만주에서 학교를 관장하고	六旬掌學中州北
이십 년 동안 서간도에서 노심초사하셨네	廿載勞心間島西
상전벽해 변천에 옛 시절은 간 곳 없는데	桑海嗟無前日月
안동에는 아직도 옛집이 남아 있구나	花山尙有舊門閭
이 판국에 생환이란 애초에 바란 일 아니었지만	生還此局非初志
광복이 되어 반드시 돌아올 상여 기다리리라	芮待明時必反轝

▫ 또 시교 족종 종한　又 侍敎族從鍾韓

1

옛날 공께서 뱃전에 노 두드려 맹세하던 날	昔公誓楫日
조적祖逖[137]과 같은 풍모를 우러러 흠모했지	溯仰祖生風
칼을 어루만지며 긴 휘파람 부시면	拊劒發長嘯
깊은 밤 하늘에는 무지개가 서렸네	中宵氣吐虹

2

승패 이둔을 어찌 미리 계산하랴	利鈍豈逆計
내 하고자 하는 것을 행할 뿐이지	爲吾所欲爲
백두산 아래 달이 비치면	白頭山下月
아득히 북풍시[138]에 화답하였네	遙和北風詩

---

137) 조적祖逖 : 진晉 나라 조적祖逖이 북벌할 때에 양자강을 건너며 노를 두드리면서 맹세하기를,
　　"중원을 평정하지 못하고 다시 건넌다면 이 강에 빠져 죽으리라." 하였다. 그는 드디어 석륵石
　　勒을 무찌르고 황하 이남의 땅을 회복하였다(『진서晉書』「조적전祖逖傳』).
138) 북풍시 :『시경詩經』「패풍邶風」의 편명. 국가의 혼란을 걱정하며 뜻을 같이한 사람들이 피난할

3

우리나라 삼천리 강토는 좁아도	偏我三千土
공의를 우선함은 이천만이 한결같네	多公二萬一
국운을 회복하려는 뜻이 유독 어질어	回天志獨賢
머릿속의 더운 피 다시 넘쳐흐르네	腦血轉生溢

4

건업建業139)이 어찌 태어난 곳일까마는	建業豈生所
중국에 의로운 새 무덤이 솟았네	中州起義墳
알겠노니 응당 혼령께서 비가 되셔서	知應魂化雨
높이 솟아 요사한 기운을 쓸어내리라	盤嶇掃妖氛

5

옛집 임청각에 슬픈 바람이 불어오니	古閣悲風
사당 앞 매화 잎에 티끌이 앉겠네	龕梅綠生
정침 문전에서 끝없이 슬퍼하노니	寢門無限
다만 지친을 그리워해서만이 아니라네	非獨念周

▫ 또 족종 승태   又 族從承台

1

해동의 가을빛이 나그네 깃발에 가득한데	海東秋色滿旌旗
나른한 봄잠 깨어나니 벌써 석양 무렵일세	大覺春眠日影遲
때로 방법을 바꿈은 합당한 도를 따른 것이요	隨時變易從其道
일마다 편안함은 알아야 할 것을 얻었기 때문이네	臨事能安得所知

것을 읊었다.
139) 건업建業 : 삼국시대 오吳 나라 손호孫皓 이후 육조의 수도가 되었다. 남송 대의 남경南京의 옛
  이름이다.

2

삼천리 타향으로 떠난 지 오래이더니	三千里外離鄕久
이십년 간 조국 형편은 그릇되기만 하였네	二十年間祖國非
임진년 왜란이 아니건만 악몽으로 떠오르니	歲匪龍蛇嗟夢起
우리나라 많은 지사 눈물 흘리게 하는구나	靑邱多士淚垂垂

3

산천을 둘러보니 온통 육침 지경인데140)	擧目山河摠陸沈
우리 동방 천지의 어느 산에 묻히랴	大東天地葬何岑
천추에 남긴 통한에 영웅이 눈물 지으니	千秋遺恨英雄淚
한 세상 이름 높았던 국사의 마음일세	一世高名國士心

4

저승에서도 세상의 변천을 잊기 어려울 것이나	神域難忘蒼海變
상제의 나라에선 욕됨이 없어 흰구름만 깊어라	帝鄕無辱白雲深
정령은 끝내 중국의 산에 묻히지 못하고	精光不埋中華岳
송라의 맑은 달빛이 되어 옛동산을 비추네	蘿月淸凉照古林

▫ 또 족종 문하생 홍기　又　族從門下生洪基

일찍이 서산장西山丈께 학문 지결 받았고	早向金溪受旨訣
만년에는 간도에서 높은 풍절風節 심었네	晚遁西塞樹高風
이주해 온 단군·기자의 자손들에게	落來多少檀箕葉
옛 영화 되찾으려는 마음 심고 가꾸었네	扶植期還舊日叢
이제夷齊141)의 높은 지절 누가 짝이 될 것인가	西薇採採誰同伴
요동의 지리한 생활 여러 해가 지났네	遼楊遲遲已累霜

---

140) 육침 지경인데 : 물도 없이 육지가 그대로 침몰됨을 말한다.
141) 이제夷齊 : 백이와 숙제. 원문은 서산채채西山採採인데 주 무왕이 천자의 신하로서 천자를 치자 강
　　상에 어긋난다 하여 주나라의 일월을 받지 않고 자라는 고사리를 캐먹었다는 고사에서 나왔다.

큰 뜻이 어그러져 끝내 이루지 못하니	大志蹉跎終不濟
압록강이 오열하며 눈물로 흘러가네	鴨江嗚咽淚空長
어른의 붉은 명정 우리나라에 이르렀을 때	及到丹旌來槿域
아직 남은 맑은 기운 하늘에 뻗치었네	猶餘灝氣亘中空
한 때의 공적은 짧으나 끼친 계책은 원대하여	一時功短遺謨遠
온 나라 지사의 통한을 더할 뿐이네	環土徒增志士恫

◦ 또 시하생 동래 정휘옥　又　追錄　侍下生東萊鄭輝玉

언젠가 나라의 판도를 놓고	異日山河局
사람들은 한 분 선비를 일컬었네	人言一士人
보통 사람 천백을 모으더라도	群生千百類
석주 대신 죽을 수 없었네	未贖石洲身
이역에서 온 경륜을 기울일 때	模猷傾殊域
시와 부는 온 중국을 감동시켰지	詩賦動中華
옛날의 그대로인 임청각은	依舊臨淸閣
남은 향기 뜰 가득히 꽃을 피웠네	餘香滿地花

◦ 또 척종 진성 이현구　又　戚從眞城李賢求

만년의 우리 강토 백두산을 이고 있는데	萬歲靑邱戴白頭
서풍에 압록강 건너며 국권회복을 다짐했네[142]	西風擊楫鴨江洲
법도 없는 나라가 되자 스스로 멀리 떠날 때[143]	帝秦天地身高蹈
고국을 부지하려는 경륜에[144] 눈물은 얼마나 흘렸나	存楚經綸淚幾流
지는 해를 버티고 창해의 새벽을 되돌리려다	擎日欲回滄海曙

---

142) 국권회복을 다짐했네 : 조적의 격즙고사. 진晉 나라 때 조적祖逖이 중국의 북쪽 흉노족에게 함
　　락된 것을 수복하려고 군사를 거느리고 강을 건너갈 때에 배의 돛대를 치며 맹세코 적을 격멸
　　하겠다고 하였다.

143) 법도 … 떠날 때 : 노중련의 도해고사. 전국시대 때 제齊 나라의 고사 노중련이 진秦 나라에서
　　황제를 자처하는 꼴을 보기보다는 차라리 동해에 빠져 죽겠다고 하였다.

144) 고국을 … 경륜에 : 신포서申包胥의 고사.

장성이 떨어지매 누가 위수의 세월[145]에 위로할까   落星誰禳渭濱秋

구구히 이곳에서 구명도생하려던 나로서는   區區域內偸生者

슬픔이 더할 뿐 아니라 부끄러움 더욱 깊어라   不獨增悲更切羞

▫ 또 단양 우효경　又 丹陽禹孝耕

절개 높은 혼령이 고국으로 돌아오니   烈魂返故國

천지에 비통한 바람이 크게 이는구나   天地多悲風

한 구절 만사를 임청각에 보내나니   一誄寄江閣

우리나라 모든 사람 똑같은 통한이로다   靑邱公共恫

▫ 또 정제 문소 김욱락　又 情弟聞韶金昱洛

옛날 서산께 배우던 날 생각하니   憶昔西山門下日

공의 풍범이 또한 우리 스승이었네   覵公風範亦吾師

선세의 사업 맑혀서 오랜 가통을 이었고   廉淸徽業承家舊

심학을 갈고 닦아 도를 지향하였네   硏頤心工向道孜

만리 북명 구름에 붕새의 뜻 원대하고   溟雲萬里鵬圖遠

천추의 요동 달에 학 그림자 따랐네[146]   遼月千秋鶴影隨

혼백만 모시고 고택으로 돌아오니   秖使靈幄歸古宅

온나라 남녀들이 부질없이 눈물 흘리네   郊原士女淚空垂

▫ 또 시하생 우계 이성희　又 侍下生羽溪李聖熙

---

145) 위수의 세월 : 강태공이 위수 가에서 곧은 낚시로 세월을 보내며 성군을 기다렸다는 고사. 이상
　　룡이 국무령을 사임하고 만주로 돌아와서는 낚시질로 고뇌를 잊으려 하였던 일을 가리킨 듯하다.
146) 학 그림자 따랐네 : 원문의 학영수鶴影隨는 이상룡의 자제 준형이 그림자처럼 시측하였음을 가
　　리킨다. 아들을 학에 비유한 것은 송 화정처사 임포의 매처학자梅妻鶴子의 고사에서 비롯했다.

□ 제문祭文

▫ 척종 문소 김홍식　戚從聞韶金弘植

아아, 슬프도다
우리 같은 소인은 보잘 것 없는 폐물로
세상의 버림받은 사람이니 공을 어찌 알겠는가
안다 한들 모르겠네, 공께서 측량하신 일
바다 동쪽 비좁다 여겨 중국에서 사시다가
말세의 혼탁한 풍속 버리고 상천으로 돌아갔네
세상이 오랑캐 땅이면 천상은 요순시대 같아
선왕의 도를 노래하며 현철의 가르침 즐겨 읽겠지
속세에 비교하면 지극히 즐겁고 원만하시리니
내 감히 모르지만 공의 마음은 응당 그러시리
공이 만약 그렇다면 내가 무엇을 슬퍼하리
영혼이시여 돌아오시라 머나먼 해외에서
세월은 학주鶴柱[147]요 예약은 호구狐邱이니
옛날과 지금은 아득하나 유명에는 감응이 있는 법
말로 다할 수 없으나 회포는 끝이 없네
하물며 병든 이 몸은 노구를 이끌고 갈 수 없어
남을 시켜 곡하게 하니 어찌 내 뜻을 펴겠는가
지극한 정에는 말이 필요 없나니 말해도 무슨 소용이겠나
네 글자 엮은 제문 예로부터 슬프기 마찬가지였네
무엇으로 공을 위로하랴 아버지 닮은 아들 있네
허주공의 고택은 집안 명성 대대로 이어가리

---

147) 학주鶴柱 : 선인仙人 정영위丁令威가 학이 되어 화표주華表柱에 날아 앉아 시를 읊은 고사를 말한
　　것임.

아버지 글 읽으며 아버지 행실 따르리니
천도가 회복되면 집안 제사 잊지 않으리

□ 또 인하 풍산 김인흠   又 姻下豊山金寅欽

철성 이씨 오랜 가문 우리나라 명문이라
대대로 이름난 학자가 나고 높은 관직이 빛났네
용헌容軒 공이 좋은 계책 전하고 허주 옹이 그 광채 이었는데
비유하자면 높은 산악이 봉우리가 이어진 것 같으며
강하의 근원이 멀리까지 흐르는 것과도 같았네
걸출한 우리 공께서는 하늘의 품부가 인색하지 않아
효성과 우애의 성품과 강하고 밝은 자질이었네
학문에는 연원이 있어 뜻을 천하의 경륜에 두더니
여사인 문장이 또한 동류들 중에서 빼어났다네
쓰여지지 못함은 재상의 과실이라
포부를 거두어 은거하니 바로 저 낙수의 물가였네
옛 서적에 침잠하여 세속 학문은 거들떠보지도 않았네
드높은 임청각 속에서 유유자적 시부를 읊으며
종족간에 친목하며 후진들을 면려했네
하늘이 돕지 않아 접역鰈域148)이 상영桑瀛149)이 되니
공은 곧 떨쳐 일어나 홍곡의 뜻 품고 멀리 떠났네
큰 나라에 호소하려 하나 누구에게 의지할꼬150)
의리를 밝게 알아 일인 신민 않겠다고 맹세하였네
얼음 덮인 북방에서151) 이십 년 동안 고생하며

---

148) 접역鰈域 : 가자미가 나는 바다 근처 지역이라는 뜻으로, 우리나라를 가리킨다.
149) 상영桑瀛 : 부상扶桑이 있는 섬이라는 뜻이니 일본이다.
150) 큰 나라 … 의지할꼬 : 원문은 "큰 나라에 구원을 청하려도 누에게 의지하고 또 누가 도와줄까
　　[控于大邦誰因誰極]."『시경詩經』「용풍鄘風」 재치載馳에 나오는 구절이다.
151) 얼음 … 북방에서 : 자새紫塞는 만리장성의 이명異名이다. 흙 빛깔이 보랏빛이기 때문이라 한다.

갖은 풍상을 다 겪고 갖은 험로를 떠돌았네

하늘에 달린 일을 사람이 어찌 할 수 있으리

멀리 고국을 그리며 탄식하며 눈물 흘렸네

일이 그릇되어 자신 먼저 죽은 이 예로부터 어찌 한이 있으랴

남송의 충신 문천상文天祥과 촉한의 명신 제갈무후諸葛武侯

향기로운 난초 핀 무덤에 꽃다운 이름만 남았네

아아, 공의 온전한 절개여, 하늘에 물을 만하여라

아드님이 돌아왔으니 영혼도 돌아오시리

보이는 것마다 비참하여 어디에 마음을 붙일까

아아, 슬프도다

아버지의 외가에 내 또한 장가드니

연령은 비록 서로 비슷하나 지혜는 아득히 차이가 나네

훈유薰蕕와 충곡蟲鵠152)과 같이 너무나 서로 합하지 않으나

그런데도 공의 마음은 나를 곱게 보아 싫어하지 않았네

놀 때에나 잠자고 먹을 때도 번번이 반드시 함께 했었고

좋은 점 볼 때마다 본받으면서 남몰래 속으로 의지했었지

아아. 나의 운명이 기박하여 갑자기 아내를 잃었을 때

공이 와서 슬퍼하면서 나를 위로하며 지극히 도와주셨네

척의가 끊겼다 여기지 않고 온정을 더욱 기울이셨으나

가난으로 한번 집을 나서자 드디어 공을 떠나게 되었네

세상의 풍조에 휩쓸리다 보니 어느새 머리는 하얗게 세었네

받은 은혜 하해와 같은데 죽는 날 아니면 무얼 기다리리

밤늦도록 잠 못 이루고153) 생각할 때마다 부끄럽다네

나의 죄업 계속 쌓여 아이까지 갑자기 꺾이고

나라 일은 창망하여 눈물로 나날을 보내네

　　원문의 현빙玄氷은 얼음있는 북방이다.

152) 훈유와 충곡 : 자신은 누린내 나는 풀이나 벌레로, 상대는 향초나 고니로 비유해서 말한 것이다.

153) 밤늦도록 잠 못 이루고 : 원문은 중야요벽中夜繞壁. 밤늦도록 잠 못 이루고 벽을 따라 서성인다
　　는 뜻이다.

슬프다 우리 사람 공에게 부러운 게 많도다

사람을 대신 보내 통곡하나 말만은 실로 내 심정이라

술 한 잔 공손히 올리니 죽은 이 만고토록 일어나기 어려우리

▫ 또 척종 김익모   又 戚從金翊模

고 조선 처사 석주선생 고성 이공이 중국의 길림성 우거하던 집에서 돌아가시니 실로 임신년(1932) 5월 12일이다. 그 아들(이준형을 말함) 혼백을 모시고 임청각 옛집에 돌아왔다.

척종이며 동갑나기 벗이기도 한 나 문소聞韶 김익모金翊模는 그 사실을 듣고 놀라 통곡하며 말하기를, "이 사람이 이 지경에 이르다니 우리 대한에 다시 누구를 일러 인물이라 하겠는가?"라 하였다. 그러나 다시 위로하기를 "옛사람이 마무리를 잘하기가 어렵다고 하였는데, 이 석주 노인은 제자리를 얻으셨도다!"라 하였다. 내 비록 슬프기는 하나 공에 대하여 무슨 유감이 있겠는가?

곧바로 기어서라도 영전에 가서 평소의 정의를 쏟아놓아야 하겠건만, 노쇠와 신병에 갖가지로 시달려 육신이 말을 듣지 않는다. 다만 문을 닫아걸고 죄를 기다릴 뿐이다. 시일을 천연하는 사이에 공의 장례일이 다가오니 오늘이 곧 계유년(1933) 5월 신축일이다.

나 익모는 병세가 급박하여 엎드려 신음하느라 또 몸소 거친 제문을 짓고 변변치 못한 제수를 올리지 못하고 아들 규환圭煥으로 하여금 영전에 대신 아뢰게[替侑]한다. 그 제문은 다음과 같다.

화산花山은 우뚝하고 낙수는 길게 흐르니

쌓인 정기 높고 맑아 대대로 위인을 낳았네

충효로 좋은 계책을 전하고 시례로 꽃을 피우니

공은 이곳에서 태어난 곤륜 옥과 등장[崑玉鄧樟]

예닐곱 살 때부터 아름다운 명성 날리고

일찍부터 서산 문하에서 스승의 장허를 입었네

문사의 진취가 물이 솟고 산이 솟듯 하고

예경의 정밀한 뜻을 치밀하게 분석하며

나아가선 강독하고 물러나선 갈고 닦아

재주와 덕이 넉넉하여 동배의 으뜸이 되었네

내 그 때 함께 공부하며 겸궐鶼鰈154)같이 지냈으나

공은 능히 박학하여 충곡蟲鵠155)처럼 우러러 보았네

산량이 무너진[樑頹] 뒤로 우리 운수가 비색하더니

서산 상기 마치고선[哭散西阜] 깜깜한 길 더듬었네

의지할 곳이 어디인가 오직 낙수 동쪽뿐이었지

거센 세파 만나서도 매사를 참고하여 처리하였네

시절 근심 나라 걱정에 할 말이 가슴 가득하면

공은 나를 보고자 하고 나 또한 공을 그리워하였는데

홀연히 서쪽 구름 너머 기러기처럼 날아가 버리다니

처음 듣고 눈물 흘리다가 다시 흠모를 일으키네

좇으려 하나 좇을 길이 없어 마음만 서글퍼지네

이 무슨 불길이며 공의 수레는 어디로 떠나는가

물길 산길이 칼날처럼 험난했지만

공은 오히려 태연하여 말과 안색이 끄떡없었네

왜인들도 전해 건강도 옛날보다 나았네

하늘은 어찌 돕지 않아 갑자기 이 지경에 이르렀는가

내 운수가 비박하니 늙을수록 너무나 곤궁하여

썩은 나무처럼 홀로 앉아 옛 일을 그리며 슬퍼하는데

공이 또한 영원히 떠나시니 한갓 꿈자리만 수고롭네

공이 서간도로 가신 뒤부터 나는 안동을 나가지 않았네

이 때에 묵묵히 통촉하여 방불하게 오시리니

영혼이 흩어지지 않으셨다면 흠행하시기 바란다

---

154) 겸궐 : 겸鶼은 항상 짝으로 나는 비익조比翼鳥이고, 궐鰈은 머리를 항상 맞대고 걷는 짐승 이름
인데, 보통 부부나 절친한 친구에 비유된다.

155) 충곡蟲鵠 : 자신을 벌레에 비유하고, 상대를 고니에 비유한 것이니 상대의 현격한 경지를 자신
의 보잘것 없는 재주로서 흠모한다는 뜻이다.

▫ 또 표종숙 의성 김학휘   又 表從叔義城金鶴輝

아아, 슬프다

그대는 나와 나이 차이가 팔년이니

나는 신해년(1851), 그대는 무오년(1858)에 태어났었네

명색은 숙질간이나 정의로는 좋은 벗이었고

박달과 죽순, 오리와 학처럼 자질이 달랐네

철모르던 시절부터[156] 그대의 재주는 뛰어나

반마班馬를 섭렵하고 한유韓柳를 널리 읽었네[157]

서산 문하에서 도를 듣고는 문로門路가 더욱 분명해져

정자程子 문하의 윤화정尹和靖[158]이며 태산의 손명복孫明復[159]이었네

상전벽해의 격변에 나라 떠난 망명객이 된 후

이십 년 사이 흰머리가 댓닢에 서린 서리 같았네

광복의 뜻 펴지 못하여 만강의 울분을 밝히고

살아 떠나서 죽어 돌아오니 이는 그대 잘못이 아니네

아아, 내가 미련하여 아무 내왕이 없었고[160]

만리 밖 낯선 땅에서 서신조차 이미 끊어졌네

어느새 죽을 나이 임박하니 그리움은 더욱 깊어졌는데

---

156) 철모르던 시절부터 : 원문의 취총吹葱은 취총기죽지년의 준말. 곧 풀피리 불고 장난감 말을 타
　　고 노는 어린 시절을 이른다.

157) 반마班馬를 … 읽었네 : 반고班固의 한서漢書·사마천司馬遷의 사서와 한유韓愈·류종원柳宗元의 문
　　장을 널리 읽었다는 말.

158) 윤화정尹和靖 : 화정和靖은 송의 학자 윤돈尹焞의 호, 자는 언명彦明으로 정이천程頤川의 문인이다.
　　정강靖康 연간에 조정에서 불렀으나 사양하고 산으로 들어가 은거하였다. 화정처사和靖處士로 불
　　린다.

159) 손명복孫明復 : 송宋 나라 학자 손복孫復으로 명복은 그의 자이다. 태산泰山 아래 살았는데, 범
　　중엄仲奄에게 돈 2천 냥을 얻어 10년 동안 공부한 뒤, 태산학파泰山學派를 이루었다.

160) 아무 내왕이 없었고 : 원문의 풍마불급風馬不及은 풍마우불상급風馬牛不相及의 준말. 『좌전左傳』
　　희공僖公 4년 조에 "풍마우風馬牛가 서로 미치지 못한다."는 말이 있고 그 주석에 "피차와 거리
　　가 멀어서 내왕할 리 없으므로 바람난 마소의 암수가 서로 꼬여 달아날 염려가 없다."고 하였
　　다. 아무 간여나 내왕이 없음을 가리키는 데 쓰는 말이다.

그대의 혼 환주한다는 말 듣고 문상하려 하였네

외가의 문호를 다시 볼까 여겼었건만

궁벽한 산곡에서 초동목부로 사는 처지에

더구나 요즘에는 신병을 이기기 어렵다네

저승에서 부를 날 곧 있으리니 머잖아 다시 만날 터이고

만나서는 무슨 말을 하랴 그저 웃기만 할 뿐[161]

변변찮은 제물祭物을 정이라 말하랴만

하늘에 계신 혼령이여 오셔서 술 한 잔 드시게나

▫ 또 세가손제 한산 이희규 사심   又 世家損弟韓山李憙珪士心

아아!

아름답다 영가永嘉여

추로지향鄒魯之鄕이라는 이름에 어긋나지 않도다

우뚝한 저 어진 선비와 호걸의 연수淵藪이며

완연한 이 문장 도학의 궁야弓冶[162]로다

어진 현사의 교화가 수천 년을 이어왔기 때문에

동방의 억조창생이 아직까지 그 여광을 입었고

유풍을 계승하여 영향이 방불하였다

그런데 어찌하여 얼마 전 이후부터 산천의 형세가 뒤바뀌어

---

161) 그저 웃기만 할 뿐 : 원문은 장소맥맥長笑脈脈. 강물 하나를 사이에 두고 단려端麗한 미인을 만나
지 못한다는 뜻의 "盈盈一水間 脈脈不得語"에서 유래한 것이다. 여기서는 말이 필요 없이 그
간의 사정을 다 짐작하리라는 뜻을 담은 것으로 보인다.

162) 궁야弓冶 : 세업世業을 계승한다는 말. 『예기禮記』 학기學記에, "풀무를 잘하는 사람의 아들은 반
드시 갑옷 만드는 것을 배우고, 활을 잘 만드는 사람의 아들은 반드시 키를 만드는 것을 배운
다[良冶之子 必學爲裘 良弓之子 必學爲箕]."하고, 그 주에 "풀무를 잘하는 집에서는 그 아들들이 항
상 그 아비가 쇠붙이를 모아 부어서 완전한 그릇을 만드는 것을 보았기 때문에 짐승의 피물을
주워 모아 완전한 갑옷을 만들게 되고, 활을 잘 만드는 집안에서는 그 아들들이 항상 그 아버
지가 근각筋角을 조화하여 휘어서 활을 만들었기 때문이 버드나무를 휘어서 키를 만드는 법이
다."라 하였다.

선비의 풍조는 상진商秦[163]으로 변하고

바른 소리는 정위鄭衛의 노래[164]에 가까워졌네

온 세상이 휩쓸려 갈 곳을 아는 이가 없으니

순자荀子가 이른바 '원기元氣가 회복되지 않는다.'는 것이

이것을 가리킨 말이 아니겠는가

우리 공을 생각컨대 시례와 문헌의 가문에 나고 자라

용모 범절이 준수하고 영특하며

재주 기량이 동배들보다 뛰어났네

그리고 가학을 이은 견문 또한 남들과 달랐다

어린 시절에 이미 대성할 것이라는 기대[165]가 있었다네

시문과 저술에 있어서는 의경意境이 기특 아정하였고

체재 법식은 상투적인 격조보다 훨씬 뛰어났었네

어진 부형에게 크게 인정받았으나

그로써 자만하지 않고 위기지학爲己之學이 있음을 알았네

일찍 금제琴堤 축실祝室의 문하[166]에서 스승을 만나서

보고 느낀 바가 많았고, 경학의 공부를 더욱 독실히 하였네

문을 닫고 학문을 지향하여 의리의 깊은 경지를 탐구하였고

명리를 피하고 자취를 거두어 상점象占[167]의 미묘한 원리를 관찰하니

해마다 해가 다하도록 더욱 힘쓰니 날로 크게 풍부해져

엄연히 우리 유림의 교초翹楚[168]가 되었으니

누가 따라 복종하지 않으며 믿고 따르지 않겠는가

아아, 지난 날 도유屠維[169]의 해에

---

163) 상진商秦 : 상앙商鞅이 제도를 고쳐 만든 가혹한 진秦 나라라는 뜻이다.
164) 정위鄭衛의 노래 : 음란한 음악. 정鄭과 위衛는 춘추春秋 때 두 나라의 이름. 두 나라의 음악이
　　음란했기 때문에, 음란하여 인심을 어지럽히는 것을 정위의 노래라 한다.
165) 대성할 것이라는 기대 : 원문은 보취지망步驟之望인데 보취는 성취가 빠르다는 뜻이다.
166) 금제琴堤 축실祝室의 문하 : 축실은 외가, 이상룡의 조부 망호望湖 이종태李鍾泰가 서산西山 김흥
　　락金興洛의 매부이니, 서산은 이상룡의 진외 종조부가 된다. 곧 서산의 문하임을 말한 것이다.
167) 상점象占 : 『주역周易』에서 음양陰陽으로 이루어진 모든 괘상卦象을 가리킨다.
168) 교초翹楚 : 무리에서 뛰어난 자를 말함.

공께서는 평소의 굴하지 않는 강개한 뜻으로

의를 따라 죽으려는 단체를 결성結成 하였는데

이는 실로 공이 주관한 것이었네

도모한 일이 성공하려 할 때 하늘이 돕지 않아

끝내 일이 이루어지지 않고 판도가 뒤집혔네

공은 이에 분격하여 마음에 맹세하고

가족을 이끌고 표연히 압록강을 건넜네

차라리 수양산首陽山 곁에서 고사리를 캘지언정

화산花山170)에서 나는 쌀을 먹지 않으려 한 것이니

누가 공의 거취를 애석하게 여기지 않았으랴

이로부터 수 십여 년간 이별하였었네

끝없는 풍상을 겪는 동안 나이 여든이 되었으나

하늘이 무심하고 세상사가 너무나 그릇되어

공으로 하여금 만리 이역에서 서거하게 한단 말인가

공의 부음을 들은 후에 공의 친척과 붕우가

탄식하며 울지 않는 이가 없건만

한번 곡하며 서로 위로할 길이 없었네

다행히 공의 아드님이 간고幹蠱171)를 잘하여 혼백을 꾸려 노모를 모시고 온갖 위험을 겪으며

간신히 고향으로 돌아옴에 힘입어

여러 친인척 붕우와 서로 도와 공의 기상朞祥을 모시니

공의 양양한 혼령은 아마도 임청각 옛 집을 슬퍼하시겠지

아아, 나처럼 용렬한 사람으로

인연夤緣으로 공의 문에 출입한 것이 지금 벌써 오십 년이 되었네

그 사이 그치지 않고 만나 뵙던 때에도172)

---

169) 도유屠維 : 도유는 천간天干 중에 기己 자가 들어간 해이니, 여기서는 기유己酉(1909년)를 가리킨다.

170) 화산花山 : 안동 인근 지역에서 안동 부내를 지칭하던 말. 화부花府라고도 하였다.

171) 간고幹蠱 : 간부지고幹父之蠱의 준말로, 아들이 아버지의 뜻을 훌륭히 계승함을 말한다(『주역周易』
「고괘蠱卦」 초육初六).

172) 그 사이 … 뵙던 때에도 : 원문은 합잠盍簪. 뜻 맞는 이들이 서로 찾아와 만나는 것을 말한다(『주

다만 공의 정성스런 지도를 입기만 했을 뿐

조숙한 진취를 보이지 못하였는데

손잡아 이끌어주며 도움을 주신 것은

아마도 성취가 있기를 바란 것이었네

그러나 나이 칠십이 되도록 끝내 드러난 일이 없으니

후회한들 무슨 소용이 있겠는가

만약 공의 모든 조예造詣로 하여금

밝은 세상을 만나 옛집을 지킬 수 있게 하였다면

사방의 선비가 다른 곳이 아니라 공에게 나아가

빛나는 성취를 이루었을 것이 분명할 것이네

또한 나 같은 하잘 것 없이 좁은 식견으로도

절차탁마切磋琢磨하여 보고 느낀 것이 있었을 터이니

이와 같이 고루함이 심하지는 않아

깨우치고[173] 한계를 넘어 과실을 줄일 수 있었을까

아아. 우리 유학이 날로 고단하여 선배의 노성한 분들이 차례로 별세하고

신학문하는 젊은이들이 다투어 치달려

마침내 어디로 가야할 지 모르고 있네

또 공의 집안에 상화가 연이어 일어나

공의 금상琴祥[174] 한 달 전에 공의 부인께서 돌아가셨네

이미 장례를 지냈으나 자제의 새 슬픔, 묵은 아픔이

더욱 어떠하겠는가

공의 지자止慈[175]한 영령으로 아마도 저승에서 도우시리라

이 밖의 놀랍고 두렵고 우습고 괴이한 일은

우선 여기서는 멈추려 하네

역周易』「예괘豫卦」 구사효九四爻).

173) 깨우치고 : 원문은 타투打透인데 '날로 이 요체를 두드려 깨친다[日打透此關].'는 뜻이다.

174) 금상琴祥 : 대상을 말한다.

175) 지자止慈 : 부모의 자식에 대한 사랑을 가리킨다. 『대학大學』 "남의 임금이 되어서는 인에 그치고, 남의 아버지가 되어서는 사랑에 그친다[爲人君 止於仁 … 爲人父 止於慈]."라는 말에서 나왔다.

삼가 바라건대 존령께서는
문객이며 벗이기도 한 못난 사람이
찾아와 올리는 한 잔 술을 알아보시고
오셔서 흠향하시기 간절히 바라네

▫ 또 이제 문소 김헌주   又 姨弟聞韶金獻周

공은 동국에 태어나서 용납할 곳이 없었네
시인의 뜻에 마음이 맞았으니 하천下泉·비풍匪風176) 2편이네
이에 처자를 이끌고 요동 이역으로 떠났었네
북지를 전전하니 예로부터 백룡퇴白龍堆177)라 하여
오곡이 익지 않고 화초가 나지 않는 불모의 땅
큰 쥐178)와 개미 떼가 여기를 쏠고 저기를 갉았으나
원래 있던 것처럼 여기고 갖은 풍상을 다 겪었네
품은 뜻 펴기도 전에 머리가 백발이 되었으나
하늘도 믿기 어려워 바람 앞의 등불을 꺼버렸네
몸은 변방 북쪽에 맡기고 혼백만 돌아온 옛집
강산은 변치 않았으나 화죽花竹은 옛날과 다르네

---

176) 하천·비풍 :『시경詩經』의 두 편명. 하천은 조풍曹風의 편명. 진후晉侯가 조曹에 들어와 그 임금
     을 잡아가자 조의 신하들이 주실周室에 왕이 있어도 패자霸者를 제어하지 못함을 슬퍼한 내용이
     다. 비풍匪風은 회풍檜風의 편명으로 회의 정사가 어지러워지자 주실周室의 도道를 그리워한 시
     이다. 모두 문란해진 나라의 신민이 문명한 정사를 그리워한 내용이나 여기서는 당시 강포한
     일제에 국권을 늑탈당한 상황을 암시한 말이다.
177) 백룡퇴白龍堆 : 중국 신강성新疆省 천산남로天山南路에 있는 지명. 풀 한 포기 나지 않는 유사流沙
     지대이다. 한漢 나라 원제元帝 때 궁녀宮女인 왕소군王昭君이 미모가 뛰어났으나 황제의 총애를
     입지 못하다가 궁중 화원의 농간으로 흉노匈奴의 선우單于에게 시집가게 되었는데, 흉노의 땅으
     로 갈 적에 비파를 들고 변방 땅을 지나며 다시는 돌아오지 못할 것을 생각하고 눈물을 흘렸다
     는 곳이다.『한서漢書』「서역전西域傳」 일반적으로 변경 밖의 먼 지역을 가리킨다.
178) 큰 쥐 : 포학한 정치를 풍자한 말.『시경詩經』의 「석서碩鼠」에 "큰 쥐야, 나의 곡식을 먹지 말
     라. 장차 너를 버리고 다른 나라로 가겠노라."라 하였다.

달빛마저 처량하여 완연히 당신이 돌아오신 듯하네

아, 공 한 사람은 범인보다 백 곱절은 뛰어났었네179)

박학하면서도 정밀하니 재주와 기량은 풍부했고

민첩하고도 날카로우니 준마와 걸음을 다투었지

그 식견은 하해와 같고 기상은 층운層雲과 같았네

자욱한 풍진만리風塵萬里에 붉은 명정을 앞세우고

효성스러운 아들 있어 인도하여 바다 건너 왔네

웃는 꽃 푸른 숲은 예전처럼 봄이 돌아왔네

우뚝한 마루와 집은 주인 잃어 애처로운데

북쪽 보고 통곡하니 만사가 이제 끝이로다

▫ 또 척하생 청송 심재한 又 戚下生靑松沈在漢

공경히 생각컨대 선생께서는, 산천의 정기를 받아 자질이 옥처럼 아름다웠네

한류韓柳180)의 문장을 따르고 비루한 기습을 일소했네

하늘의 예와 법도 왕도의 기강을 지켰네

문명을 높이고 야만을 물리치며 문무의 도를 겸하였네181)

도리를 지킴에는 어디에서도 취해 쓰지 않음이 없었네

행여 선류를 만나 좋은 일이 있어[拔茅]182) 조정에 진출하였다면

---

179) 공 한 사람은 … 뛰어났었네 :『시경詩經』「진풍秦風」 황조黃鳥장의 "누가 목공을 따라 죽었나,
자거씨 엄식이로다. 이 엄식이란 이는 다른 사람 백 몫을 하는 분이니 … 중략 … 만약 그를
대신해 죽을 수 있다면, 다른 이야 백 명이라도 바치련마는[誰從穆公 子車奄息 維此奄息 百夫之特 …
중략 … 如可贖兮 人百其身]."에서 나온 말로 아까운 인재를 살릴 수 있다면 백 명을 대신하게 해
서라도 살리고 싶다는 뜻이다. 왕이 죽으면 생전에 가장 사랑하던 신하나 기물 등을 순장하던
풍습을 풍자한 내용이다.
180) 한류韓柳 : 한유韓愈와 류종원柳宗元을 가리킨다.
181) 문무의 … 겸하였네 : 문무는 문학文學과 무예武藝, 이장弛張은 활을 늦추고 당김을 말하는 것으
로 문무겸전文武兼全하고 융통성이 있음을 가리킨다.『예기禮記』「잡기雜記」에 "한번 당기고 한
번 늦춤은 문무의 도이다[一張一弛 文武之道也]."한 데서 나온 말이다.
182) 좋은 일이 있어[拔茅] : 원문은 발모拔茅이니 선류善類들이 대거 진출함을 말한다.『주역周易』「태
괘泰卦」 초구初九에 "띠풀을 뽑을 때 무리지어 뽑히듯이 함께 나아가니 길하다[拔茅茹 以其彙 征

공렬은 이윤伊尹·부열傅說에 짝하고 업적은 요순에 가까웠으리

온 천하의 이치를 다 꿰뚫고도 홀로 남양에 은거했네[183]

이 때에 백성들은 포학한 정치에 지쳤는데[184]

한 밤에 길이 탄식하여 내 회포 더욱 간절하네

주나라 보정寶鼎 사수泗水 빠지매 하늘의 태양이 빛을 잃었네[185]

저 서토西土를 바라보니 옛날에는 우리 강역이라

그리로 말을 치달리니 북풍한설이 차가웠네

굴혈에 거처하며 나무 열매 먹은들 상심할게 있으랴

사해가 비록 크다 하나 침묵으로 견딜 만하고[186]

일편단심 없어지지 않으면 강상綱常을 부지할 만하네

앉아 쉴 새도 없이 도를 부식하고 무도한 자를 치셨다네[187]

그 때에 소자는 달려가 큰 궤안 앞에 절하였는데

짧은 베옷 쓸쓸하였으나 만 벌 갑옷을 가슴에 품었었네

명을 받들며 사방을 주선하기를 몇 해가 넘었으나

吉].”라고 하였다.

183) 홀로 남양에 은거했네 : 제갈량이 남양南陽의 융중隆中에 은거하며 세상에 나아갈 때를 기다렸음을 이른다. 천하를 경륜할 기량을 품고도 난세를 만나 은거 자락함을 가리킨다.

184) 포학한 … 지쳤는데 : 『시경詩經』「주남周南」 여분汝墳 편에 “방어의 꼬리 붉어지니[魴魚赬尾]”라는 말이 있는데 해설하는 자의 말에, “방어는 피곤하면 꼬리가 붉는 것인데 은나라 백성이 포악한 정치에 피곤함을 비유한 것이라.” 한다.

185) 주나라 … 잃었네 : 진秦 나라 소양왕昭襄王 52년에 서주西周를 공격하여 구정九鼎을 탈취하였는데, 그 중 하나가 사수泗水에 빠졌으므로 여덟 개만 진 나라로 들여왔다. 뒤에 진시황秦始皇이 사수의 주정周鼎을 찾으려고 천 명을 동원해서 물속을 샅샅이 뒤졌으나 끝내 찾지 못하였다고 한다(『사기史記』「진시황본기秦始皇本紀」). 여기서는 국망의 운명을 비유한 말로 쓰였다.

186) 침묵으로 견딜 만하고 : 주머니를 맨다는 것은 곧 『주역周易』「곤괘坤卦」 육사효사六四爻辭에 “주머니의 주둥이를 싸매면 허물이 없으리라[括囊無咎].”한 데서 온 말이다. 자신의 재지를 속에 감추고 침묵을 지켜야 하는 암울한 시대를 말한다.

187) 도를 부식하고 무도한 자를 치셨다네 : 원문은 고존추망固存推亡. 『서경書經』 중훼지고仲虺之誥에, “어진 이를 돕고 덕 있는 이를 도우며, 충신을 드러내고 양신을 등용하며, 약한 나라를 겸병하고 야만을 공격하며, 혼란한 나라는 취하고 망발하는 나라는 뉘우치게 하며, 무도한 자는 내치고 도를 지키는 자는 견고히 해 준다면 나라가 번창할 것이다[佑賢輔德 顯忠遂良 兼弱攻昧 取亂侮亡 推亡固存 邦乃其昌].”라 한 데서 나왔다.

다시 고국으로 건너와서는 적의 기세가 더욱 사나와

재앙의 그물이 하늘을 덮어 벗어날 길이 망망하였네

돌아가 아뢸 길이 없어 조석으로 황망해 하다가

산문에서 숨 죽이고 숨어서 십년 세월을 보내는 사이

자나 깨나 그리워하여 어찌 감히 잊을 수 있었으랴

육대주가 풍동風動하여 부월을 높이 들었다 하기에

이 기별을 듣고부터 반가운 마음에 뛸 듯하였네

나만 그런 것이 아니라 온 나라의 지사들이

머리 들고 고개를 늘여 그날이 오기를 바랐는데

하늘이 국운을 돌보지 않아[188] 창해가 다시 뽕밭이 되고

오장원 충신[189]이 별세하니 황황히 통곡할 뿐이네

슬프다, 어린 제자여, 부모 잃은 것 같을 뿐 아니네

압록강 가을바람에 혼령께서 고향에 오신다 하여

이제 비로소 조문하여 오니 오장이 마디마디 끊어지네

효성스럽다, 아드님이여! 피눈물이 눈자위에 가득한데도

오히려 나를 위로하여 정의를 평시의 곱절이나 표하네

대대로 감싸고 아껴주시니 어찌 감당할 수 있을까

그 은덕을 갚고자 하나 하해와 같아 헤아리기 어렵네

드릴 말씀 다할 수 없어 마치 뻣뻣한 고사목처럼

오장이 찢어질 듯한 마음으로 삼가 한 잔 술 올리네

영령께서 계시거든 굽어 흠향해 주소서

---

188) 하늘이 국운을 돌보지 않아 : 원문은 천불조송天不祚宋. 남송南宋 말기 원元 나라의 침공으로 나
라가 풍전등화와 같이 위기에 처해 있을 때, 천우신조로 송宋을 다시 일으키고자 한 희망이 끝
내 꺾이었다는 말인데, 여기서는 우리나라의 국운이 끝내 쇠함을 비유하는 뜻으로 쓰였다.

189) 오장원 충신 : 제갈량諸葛亮을 가리킨다. 제갈량은 소열제昭烈帝 유비劉備가 죽은 뒤에 후주後主를
도와 중원中原을 수복收復하려고 위魏 나라를 치다가 오장원五丈原 진중陣中에서 병이 들어 50여
세로 죽었다. 여기서는 이상룡이 국권회복을 위해 노심초사하다가 이역 만주 땅에서 졸한 사실
을 가리킨다.

▫ 또 척하생 한산 이덕구   又 戚下生韓山李悳求

임신년(1932) 5월 12일 정미에 석주선생石洲先生 고성固城 이공李公께서 길림성 서쪽(길림서성; 서란현)에서 세상을 떠나셨습니다. 초종初終(초종장사)을 마치고 효자 준형濬衡 군이 혼백을 모시고 임청각 옛집으로 돌아오니, 이는 예禮에 따른 것입니다.

인척이 되는 하생下生 한산韓山 이덕구李悳求는 병이 들어 길에서 마중하여 혼백에 곡할 수 없고, 상일을 기다려 한 말씀 올리고자 하자니, 아마도 평소에 모시고 따르던 정의가 아닐 듯 합니다. 이에 8월 25일 기축에 어포 1마리를 들고 한 잔 술을 올리며 영위靈位 앞에 통곡하며 영결의 말씀을 올립니다.

아! 이 못난 사람은 공에 대하여 임하에 나아가 가르침을 청했던 사람이니 장차 무슨 말로 우러러 통곡하겠습니까?

옛 사람들은 나라가 어지러울 때를 당하여 어떤 이는 기미를 알고서 몸을 피하거나, 어떤 이는 의리를 지키고 나라를 떠나기로 하였습니다. 일가친척을 떠나고 조상의 분묘를 버리면서 급급汲汲히 여겨 돌아보지 않은 것은 일신의 보전과 피난을 꾀한 데에나 나온 것이 아니라, 곧 적의 신하가 되지 않고 자정自靖의 도리에 당연한 것입니다. 공께서 지난날 근거하신 바 없이 그러했겠습니까?

시국을 관찰하고 변화를 간파하여, 옷소매를 떨치고 먼 곳으로 떠나셔서 만 리 이역의 풍상에 곤액을 무릅쓰며 20년의 세월을 수없는 고난에 부딪쳤습니다. 그러나 궁할수록 굳세며 늙을수록 건장하여 죽음에 이를 때까지 원망이나 뉘우침이 없었으니, 진실로 위대한 대장부라 할만 합니다.

공은 뇌락 정대한 기상과 걸출 기특한 재주로 숱한 모함에 걸리고 비방에 빠졌습니다. 마침내 범상치 않은 계책을 세우고 범상치 않은 사업을 이룩하니 범상치 않은 명성을 전하여 천하의 지사들의 여망에 부응하지 못하였으니, 죽어서 반드시 영특하고 의연한 혼백이 되어 번개의 빛을 타고 조화의 운행를 좇아, 세상의 변방 극지를 주유하고 천고 역사를 오르내리면서 평소 품었던 뜻을 이루는 일은 단연코 그만두지 않을 것입니다. 그러하니 장차 홍라종국紅羅宗國190)에 들어가 숭정崇禎의 연호를 되돌리시렵니까? 장차 동해의 옛 기슭[青海古岸]191)

---

190) 홍라종국紅羅宗國 : 홍라는 명나라의 별칭으로 대명大明을 뜻한다.
191) 동해의 옛 기슭[青海古岸] : 노중련이 도해하겠다고 한 동해를 말한다.

에 가서서 노중련魯仲連192)의 유풍을 보려 하십니까? 오시吳市와 요성遼城을 지나며 매복梅福193)·봉맹逢萌194)과 더불어 사람들에게 한나라에 대한 그리움이 많음을 논하시겠습니까? 장차 절동浙東·경해瓊海로 가서서 장세걸張世傑·육수부陸秀夫와 더불어 하늘이 송나라의 국망을 돌보지 않은 데 대한 눈물을 뿌리시겠습니까? 아니면 혹 물러나 인산仁山195)·백운白雲196)같은 여러 군자와 더불어 예를 갖추고 비분강개하며 춘추대의를 강론하여 형징衡澄197)과 같은 무리의 매국을 호되게 꾸짖으시겠습니까?

아아, 그것을 알 수가 없습니다만 지금은 다만,

애석하다, 서호西湖의 좁은 땅 한 귀퉁이에

영웅의 식지 않은 마음 묻고서 돌아왔네

可憐一片西湖土

埋却英雄未死心

라 한 한 구의 시詩로 공을 통곡할 뿐입니다.

자세한 나머지 말씀은 조만간 절로 저승에서 만날 날이 있을 것이니, 혹시 악수하고 담소할 때 서로 더불어 쏟아놓을 수 있겠습니까?

---

192) 노중련魯仲連 : 전국시대 제나라 사람. 신원연新垣衍이 진秦 나라를 제국帝國으로 받들자고 건의하자 "나는 동해를 밟고 죽을지언정 그렇게 할 수는 없다."고 하였다(『사기史記』 권83).
193) 매복梅福 : 한漢 나라 때 사람. 매생梅生 혹은 매선梅仙이라고도 한다. 자는 자진子眞. 왕망王莽이 정사를 전횡하자 처자를 버리고 떠나 구강九江으로 가서 신선이 되었다고도 하고 오시吳市의 문졸門卒이 되었다고도 한다(『한서漢書』 권67).
194) 봉맹逢萌 : 전한前漢 말엽 왕망王莽 때 사람으로, 왕망이 자기 아들인 왕우王宇를 죽이자 "삼강三綱이 끊어졌다. 머지않아 화禍가 사람들에게도 미칠 것이다."하고, 관冠을 벗어 동도東都의 성문에 걸고 나서 가족을 데리고 요동遼東으로 떠났다 한다(『후한서後漢書』 「일민逸民 봉맹전逢萌傳」).
195) 인산仁山 : 송말宋末 원초元初의 학자 김이상金履祥. 인산은 그 호이다. 저서에 『대학소의大學疏義』·『상서표주尙書表注』 등이 있다.
196) 백운白雲 : 원초元初의 학자 허겸許謙의 호. 읽지 않은 책이 없으며 학업에 전념하여 마을을 벗어나지 않은 것이 40여 년이라 한다. 저서에 『독서총설讀書叢說』·『시집전명물초詩集傳名物鈔』·『백운집白雲集』 등이 있다.
197) 형징衡澄 : 원초의 유명한 학자인 허형許衡(호는 노재魯齋 임)과 오징吳澄(호은 초려草廬 임). 김이상金履祥·허겸許謙·허형許衡·오징吳澄 모두가 유선儒先이되, 훗날의 학자들은 노재와 초려가 원元 나라에 벼슬한 것은 과대하게 도학의 전수로써 자임한 잘못을 면할 수 없다고 하였다.

□ 또 완산 류연병   又 完山柳淵秉

아! 우리 석주 이선생께서 향년 일흔 다섯에 천수를 다하고 서쪽 변방 땅에서 세상을 마치시니 곧 임신년(1932) 5월 모일이다. 우선 정한 땅에 장례하고 효자가 혼백을 모시고 의석衣潟을 싣고 남기신 글을 수습하여 고국으로 돌아와 옛 집에 모시고 군자정에 영위靈位를 마련하니, 하늘의 이치와 신명의 도리와 사람의 정분에 마땅한 일이다.

처음에 흉보가 동으로 전해졌을 때 이곳의 인사들이 이 세상과 이 백성들 때문에 곡하였고, 이 학문과 이 도道 때문에 곡하였으니, 그 통곡은 모두 공의公義를 위한 것이었다. 나도 다 같이 사물과 법칙을 타고났고, 하늘의 법칙을 같이 받았으면서도 따로 사사로운 이유 때문에 그를 곡하니, 어찌 공의를 위한 것이라 하랴?

아아! 우리들과 우리 유학하는 사람이여! 장차 어느 곳으로 가려 하는고?

공을 흠모하고 공을 우러러 보는 자들은 공의 평생을 되짚어 논하되 이렇게 말한다.

“선생께서는 강직한 기상을 품수한 데다 각고의 공력을 더하시되, 그 학문은 성의誠意·정심正心·수기修身·제가齊家·치국治國·평천하平天下의 글이요, 그 용력[用]은 효제孝悌·충신忠信·자은慈恩이었다. 총명은 족히 이치를 살필 만했으며 지혜는 족히 만사를 재단할 수 있었으며, 강직함은 족히 윤상倫常을 부지할 수 있었으며, 관대함은 족히 남을 보호해 줄 수 있었다. 도가 있는 세상을 만났다면 마땅히 이정彝鼎에 새겨지고 왕화王化를 도왔을 것이다. 그러나 주공周公의 예악198)이 이미 흩어지고, 송나라의 애산崖山이 이미 무너지기에 이르렀으니, 마땅히 세상에서 마음을 거두고[頹然] 자취를 감추어 경서와 사서史書로 생애를 보내며 구기자와 국화로 전원을 꾸미고 관을 높이 쓰고 큰 띠를 매고서 그 속에 편히 사셨다면, 17세를 내려온 현조의 휘서徽緒와 5백 년 왕법 전장을 고증할 수 있었을 것이다. 찾아와 제자의 예를 표하는 사람이 있으면 경전의 뜻을 발휘하여 좋은 가르침을 펴시고 유종儒宗의 목탁을 크게 울렸을 것이다. 또한 감추어져 은미한 사실을 밝게 천명하는 일에서는 문집의 서문[繡棗之弁]과 비석의 갈명[樂石之顔]에 신필信筆을 드날려 집집마다 보배처럼 받들어 후세에 전하였을 것이다.

이 일을 하지 않고 서북변의 유사流沙의 샘물을 말에게 먹이고[飮馬] 수성脩城의 험곡에서 동분서주[褁足]하였다. 새벽이 다 되어 잠들었으되 북풍한설이 잠자리를 침범하고, 사호社狐199)

---

198) 주공周公의 예악 : 본문은 성주[成周之廟樂]인데 성주는 낙양洛陽을 이른다. 『서경書經』 낙고洛誥 편에 “召公旣相宅 周公往營成周”라는 말이 보인다.

가 틈을 엿보고 변방의 급보가 전해지자[邊鼓告警] 이에 만금의 재산을 털어 동지와 더불어 한 솥밥을 먹으며 오직 한 마음으로 외적을 치는 데 힘썼다.

여기서 선생의 경륜이 위대함과 의리가 심원함을 볼 수가 있으나, 중도에 세상을 떠나셨으니, 비록 세상의 운수소관이라 하더라도, 길이 지사의 눈물을 자아낼 일이다. 그렇다면 내 입장에서 선생을 헤아려 볼 때, 차라리 본래 사시던 방식대로 사시는 것이 우리 유가의 다행이었다. 아아, 애석하다.".

내가 듣고서 그를 힐난하여 말하였다.

그대의 이른바 '우리 선비'라는 것은 이 길 밖에 또 다른 도리가 있었겠는가? 도는 원래 하늘에서 나오는 것이라, 삼대三代 이전에는 임금과 스승이 후대에 서로 전하였다. 우리 공부자께서 천자의 지위를 얻지 못하자, 『춘추春秋』를 지어 왕도를 높이고 패도를 배척하며, 상벌을 엄정히 하여 천자의 일을 행하신 것이다. 주자朱子께서 『강목綱目』을 지어 명분을 바로 잡았으니 이것이 우리 유가의 종지宗旨이다. 의복·관건冠巾의 제도와 거처·읍양의 절차에 이르러서는 곧 그 종지의 외양과 문식이요, 문장의 용도는 또한 그 종지의 여사이다. 그대는 어찌하여 말단에 힘쓰고 본지를 버리는가?

만약 그대의 말대로라면 거울을 문질러 닦지 않고 다만 주석 가루를 뿌리기만 해도 밝게 비치기를 바랄 수 있다는 격이다. 근대의 유가의 언행은 태평했던 시절을 그대로 답습하여 문을 닫아걸고 옹졸함을 기르며 고원한 세계를 추구하느라 시들어 가고 있다. 그러면서도 자신을 유독 옳게 여기며 스스로를 높이기를 '위기지학爲己之學을 한다.'하고 '선왕의 뜻을 체험한다[體先].'고 한다. 이 어찌 등滕 나라의 부형과 백관이 삼년상을 치르려 하지 않고 말하기를 '우리 종국 노나라의 선대 주군들도 행한 사람이 없었다.'고 한 것과 다르겠는가?

상고시대에 풀을 뜯고 나무열매를 주워 먹던 것을 신농씨가 토질을 살펴 곡식을 심었으며, 둥지와 움집에 살던 것을 순임금이 담장을 치고 방을 만들었다. 그대가 이러한 때에 살았다면 곡식을 버리고 나무열매를 주워 먹으며, 방을 떠나 바위굴에 거처하면서 스스로를 새롭게 개발한다 하겠는가?

우임금의 노고와 안자의 즐거움은 처한 입장이 달랐기 때문이며, 공자의 주유천하周遊天下

---

199) 사호社狐 : 사람이 함부로 손댈 수 없는 성 안에 사는 여우와 사당에 사는 쥐[城狐社鼠]라는 말에서 온 것으로, 호서狐鼠는 임금 곁에서 알랑거리는 소인小人을 비유한 말이고, 성사城社는 바로 임금을 비유한 말인데, 전하여 여기서는 곧 정권을 잡은 일제와 부역 매국노를 이른 듯하다.

와 묵자의 실행은[孔轍墨踵] 당대의 사정이 극히 달랐기 때문이었다. 만약 선생께서 집에만 게셨다면 우리 유가가 어느 쪽으로 활로를 개척하였겠는가? 일을 다 이루지 못하고 몸이 먼저 가셨으니 세도를 탄식하며 함께 슬퍼할 일이나 오히려 거기에 대해 할 말이 있다.

영무자빈審武子賓이 묘산의 동철[苗山之鍤]을 발굴하고 이궐의 주석[伊闕之錫]을 캐내어 숭산과 마고崇姑에서 풀무질하였다. 그러나 두성斗星이 밤에도 나오지 않고 하수와 한수河漢가 여름에도 차가우니, 때가 알맞지 않아서였는데, 나중에 마침내 주나라 중흥에 유용하게 쓰인 보기寶器가 되었다. 선생의 마음은 혹 동철과 연석을 만들었으나 아직 다 갈리지 않은 것이리다.”라고 하고 이야기 하던 자와 함께 울었다.

그 사이 세월이 천연하여 삼년상을 마칠 날이 얼마 남지 않게 되었다. 완산 류연병은 외람되게도 평소에 가르침을 입은 데다 더구나 표사종表四從의 사이임에랴. 이에 갑술년(1934) 2월 을유삭乙酉朔 정미 날에 병든 몸을 이끌고 향과 술을 갖추어 한번 속마음을 털어놓는다.

오호라!
상제께서 내리신 이충彝衷을 일러 인의仁義라 하는데
현우가 똑같이 얻으니 누구는 잃고 누구는 보존하는고
공에게 지은 글이 있어 예운禮運을 발휘하였네
늙든 어리든 어찌 소강의 시절을 일삼으랴
비와 이슬이 적셔주고 해와 달이 비치는 곳에
나는 새 물의 고기, 동물과 식물이 함께 번창하네
용이며 봉이여, 무엇이 높고 무엇이 귀하랴
천지가 오히려 협착하여 고금에 많이 없었네
무회씨無懷氏와 백황柏皇은 나의 벗이며
교지交趾와 고비사막瀚海은 나의 마을이었네
넓게 대공大公을 열어 마음을 풀고 사물을 보니
공이 옛날 슬피 느낀 것은 우리 동방 목이 없음이네
상건桑乾을 다 건너기 전에 부거赴車가 다시 이르렀네
공의 떳떳한 덕은 자나깨나 서주西周를 그리워하였고
공께서 마음에 전한 것은 민락閩洛에 거슬러 오르는 일

하늘의 바탕 달 솟는 곳[天根月窟]에서 이치를 조용히 완색하고

우뢰와 구름이 드나드는 곳에서 중요한 경륜領略을 펴셨네

강산의 운명이 바뀌고 성수의 운행이 변화하여

땅 끝 하늘 가의 오악에 물이 고여 바다가 되니[岳淳海運]

현풍玄風이 어찌 멀랴 자천紫泉도 이젠 맑아지겠지

비태否泰의 자라고 스러짐과 영허盈虛의 통하고 막힘을

소연히 이해하고 깊은 사색으로 더욱 깨달아

후배들에게 분부하시니 또한 그 세대를 이으라는 것이었건만

나는 보살핌을 받은 것이 저 소양昭陽 때부터였네

명민함을 북돋우고 우둔함을 잘라 얼마나 많을 것을 보여 주셨던가

희고 흰 공의 말이 우리 마당에서 풀을 먹을 때

우리 어머니 맞아서 기뻐하며 우리 종손[宗祏]이라 하시고

하루 종일 담소하며 종친의 정을 따뜻이 나누었네

장려하심도 거듭하여 나를 '우리 아재'라 부르셨지

상란喪亂을 만난 뒤로 동서 땅으로 헤어지니

소식이 아득히 끊어져 다시 만날 길 없었으나

사람에게 소백素帛을 전하여 가슴속 회포 보내었네

메아리는 추풍에 묻히고 기러기는 하늘 끝에 맴돌았지

백성이 편안하며 세상이 안정되는 날 어서 오기를 기다렸는데

운회運會가 아직 더디어 우화羽化와 함께 떠나 버렸네

다음 세상에 다시 만나려나 내 그리움 더욱 깊네

영령 앞에 술잔 드리니 술은 향기로우나 할 말이 다했네

▫ **또 표종 안릉 이현교 又 表從安陵李鉉敎**

아! 세상의 공을 논하는 자는 백구白狗의 해200)에 의롭게 대처하셨던 어려운 일을 들어 공의 고처高處로 여깁니다. 그러나 공께서 평소에 날마다 힘썼던 공부의 차서를 살피지 않고 대

---

200) 백구白狗의 해 : 경술년. 곧 순종 4년(1910)을 가리킨다.

번에 하나의 절조로써 논한다면 단연코 공을 아는 말이 될 수 없을 것입니다. 대개 영특 탁월한 자질로 빼어나고 민첩한 재주와 굉박 섬부한 식견을 이루었던 데다 깊은 토론과 각고의 노력을 기울인 공부를 더하였기 때문입니다. 약관의 나이에는 문장을 공부하여 명성이 크게 드러났습니다. 선배 중에 칭찬 허여하였던 사람이 모두가 맨 먼저 탄탄대로에 준마를 치달릴 기세로 촉망하였으나, 공의 뜻은 달갑게 여기지 않은 듯했습니다. 도를 가진 어른(서산 김홍락을 가리킴)을 뵙고 그 문하에 종유함에 미쳐서는 엄정한 전습(傳習)과 독실한 진수進修에 더욱 순수하셨습니다. 동배 중에 추중하는 사람들이 모두 사계斯界에 적치赤幟201)를 세운 뛰어난 선비로 의망하였으나 공의 뜻은 거기에 상관하지 않았습니다.

평생 정성을 다하여 매진하고자 한 것은 오직 왕패王覇의 분별과 사정邪正의 분간이되, 변화를 관찰함이 오래될수록 이치를 추구함이 더욱 밝아졌습니다. 비록 편안히 지내실 때라도 사치함을 드러내지 않고, 횡역橫逆을 겪더라도 근심을 아랑곳하지 않으시며, 당신의 대응이 때와 장소에 적절하여 혹시 한 가지라도 일부러 그렇게 하려 한 자취가 없었습니다. 아아, 여기서 공이 평소에 마음을 기울인 공부가 어떠했는지를 징험할 수 있으며, 대번에 하나의 절조로써 논할 수 없는 까닭이 분명해집니다.

그러나 세상이 알고 모르고가 어찌 공에게 손익이 있겠습니까? 다만 생각컨대, 온갖 변란이 돌출하고 갖은 괴변이 겹치는 때에 공께서는 잠시 기다리지 않으시고, 그 의연히 굽힘 없는 절조와 분할하여 유위하는 뜻이 필경에는 하나 남김없이 민몰되게 하고 말았습니다. 그렇다면, 어찌하여 하늘은 공에게 내기를 처음에는 그렇게 풍부히 하다가 종말에는 그렇게 인색히 한단 말입니까?

공과 같은 분은 세상에서 불우하였다 할 수는 없으나 또한 때를 만나 자신의 도를 세상에 펼쳤다 할 수도 없을 것입니다. 이 때문에 당세의 사람들이 공의 부음을 듣고서 면식 있는 사람이든 면식 없는 사람이든 마을마다 조문하고 거리마다 위로하지 않는 이가 없는 것입니다. 더구나 내외종숙질[中表叔姪]의 지친에다 평생 의지하고 우러렀던 사이로 저 현교鉉敎 같은 사람은 어떠하겠습니까?

오늘에서야 찾아와 백 번 죽어도 대신하기 어려움202)을 탄식하며 구천에는 다시 밝아올

---

201) 적치赤幟 : 스스로 일가를 이룬 것을 말함. 한漢 나라는 붉은 깃발을 썼는데 한신韓信이 조趙 나라를 칠 때 조나라의 군사를 유인하여 성벽을 비우고 나와 싸우게 한 뒤에 재빠른 기병騎兵을 가려 성벽으로 달려 들어가 조나라의 깃발을 뽑고 한나라의 붉은 깃발을 세워 결국 함락시켰다(『사기史記』 권92 「회음후전淮陰侯傳」).

날이 없음을 슬퍼합니다. 포과包瓜로 정성을 다해203) 한 잔 술을 올릴 뿐이니 강산의 물고기
와 새도 또한 나의 슬픔을 알겠습니다.

　□ 또 부질 문소 김제식　又　婦姪聞韶金濟植

　우리 석주 이선생의 혼백을 실은 수레가 우거하시던 만주에서 옛집 임청각으로 돌아오셨
는데, 오늘 갑술년(1934) 5월 갑인삭朔 12일 을축은 2주기 되는 날입니다. 처조카 김제식은 의
귀할 곳이 없는 슬픔으로 몇 줄의 글을 엮어 삼가 영전에 재배하고 아룁니다.
　엎드려 생각컨대, 의례적인 말[鼓簧說]로 감히 선생의 행적을 논하는 것은 망발일 뿐이나 깊
이 마음속에 한스러운 점이 있습니다. 박剝이 다시 복復이 되며204) 밤이 다하면 다시 낮이 돌
아오는 것이 하늘의 이치인데 곧 박에 빠졌다가 복에 이르지 못하고 밤 내내 시름하다 낮을
보지 못하였으니, 선생께서 아직 눈을 감지 못하셨을 것입니다. 제 생각에 선생께서 돌아가심
은 혁희赫曦에 앉으셔서 자부紫府로 향하시는 것입니다. 진정한 학문과 크나 큰 뜻을 조용히
토로하셔야 하는데, 아직 눈감지 못한 한이 어찌 한이 있겠습니까? 거친 글로 잔을 올리려니
눈물이 수건을 적십니다. 바라건대 존령께서는 이를 불쌍히 여겨 주소서.

　□ 또 척시생 풍산 김응섭　又　戚侍生豐山金應燮

　삼가 선생께서는 동국 으뜸의 망족이니

---

202) 백 번 … 어려움 : 공을 살려낼 수만 있다면 백 번 죽는 한이 있어도 기꺼이 자신의 몸을 바치
　　겠다는 말이다. 『시경詩經』 「진풍秦風」 황조黃鳥에 "대신 죽어 살려낼 수만 있다면, 백 번 죽더
　　라도 기꺼이 하리[如可贖兮 人百其身]."라는 말에서 나왔다.
203) 포과包瓜로 … 다해 : 임금이 정성을 다하여 정당한 도리로 천하의 현인을 구하면 반드시 얻게
　　된다는 뜻이다. 『주역周易』 「구괘姤卦」에, "구오九五는 구기자 잎으로 외[瓜]를 싼 듯한 형상[以
　　杞包瓜]이니, 아름다움을 바탕으로 하여 정성을 다하면 하늘에서 떨어진 것처럼 반드시 현인을
　　얻게 될 것이다." 하였다.
204) 박剝이 다시 복復이 되며 : 원문은 剝而復. 박은 주역의 괘 이름으로 음이 자라나서 양이 없어져
　　가는 괘이니 간상곤하艮上坤下로서 음력 9월에 해당된다. 이 상구上九가 변해서 곤괘坤卦가 되면
　　10월에 해당하고 11월이 되면 다시 한 양이 자라나서 곤상진하坤上震下의 복괘復卦가 됨을 가리
　　킨다(『주역周易』 총목總目).

태산 같은 기상에 북두성의 문장이었네
박학은 한계가 없었고 의리에 더욱 정밀하더니
강산의 옛 집에서 노년을 마치려는 듯했네
진사辰巳의 해205) 만나 나라의 형세가 날로 그릇되니
선생께서 말씀하기를 '어찌 차마 좌시하겠는가' 하고
넘어진 기강 부지함을 당신의 임무로 삼아서
피 뿜는 듯 분투하여 잠시도 겨를이 없었네
큰 집이 기우는데 기둥 하나로 버티기 어려우리니
경술년의 나라 일을 어찌 차마 말하랴
온 백성이 도탄에 빠지고 종사가 폐허가 되어
오천 년의 역사가 남김없이 사라졌네
국가 중흥 간절하여 선생이 일어나니
오직 저 만주 땅은 우리 민족이 살던 곳
집안을 이끌고 옮겨 가니 따르는 이가 성시城市 같고
온 지방 한족들이 한번 호령에 명을 따랐네
동지를 규합하고 여러 생도를 격려할 때
생각내어 경영한 일이 충심에서 나왔네
결속하여 단체를 이루니 규모가 매우 커져서
여론의 추천으로 단체의 수장이 되었었네
민단 일과 군정까지 친히 통솔하고
기미년(1919) 그 때는 다시 살아나는 해였으니
민족자결의 함성이 전 세계에 진동하였네
나라 안팎이 상응하여 멀고 가까운 곳에 퍼뜨리니
나라 소문이 닿는 곳마다 적의 간담이 서늘했으리
장사들이 명을 따르고 청소년이 인仁을 이루며
앞일을 뒤에서 이어 먼저 죽는 것 영광으로 여겼네
빛나는 그 혈사血史는 누구의 공이던가

---

205) 진사辰巳의 해 : 갑진·을사년. 곧 고종 8년(1904)과 9년(1905). 을사년에 강제조약이 체결되었다.

통솔하고 대할 때 지정으로 미루어 가니

한 마음이 있는 곳에 단합하여 대동을 단합했네

병구를 이끌고 상해로 건너가니 이 또한 사명이라

산 넘고 바다 건너며 갖은 풍상을 다 겪였네

소인들 뭇 참소들이야 걱정할게 무엇이랴

흉금을 털어놓고 공평하게 대하였네

이것이 어찌 사심이랴! 신명에 물어도 좋았네

하찮은 나 소자는, 배우지 못한 아몽阿蒙206)인데

상해를 전전하다 만주 가서 문하를 뵈었는데

용렬하다 하지 않고 비상히도 돌보셨네

의심나면 여쭙고 일 있으면 의논 드렸네

보내고 받은 서한은 서상을 채웠네

벽유거碧油車207)의 휘장 아래 앞자리를 비워 두었고

공무 끝난 여가로 선대 척의 말 미치면

다정하고 간절하여 옛날 일을 떠올리셨네

공사 간에 이끌어 주심이 극진하지 않은 것이 없어

십삼 년 동안 함께 동고동락 하였었네

우연히 한번 삼가지 않아 감옥에 들어갔는데

제 자리를 얻은 터에 구차한 삶을 바랐던고

어리석은 생각으로 헛된 죽음이 무익하다 여겼네

고향 땅을 밟고 나니 창이瘡痍가 눈에 가득하였네[滿目]

어찌 남은 용기를 내겠는가 다만 치욕을 견딜 뿐

보덕報德에 뜻을 둔 이릉李陵은 부질없이 슬퍼하고

누가 관녕管寧208)을 사랑하랴? 귀향 후 봉작을 받았다면

---

206) 아몽阿蒙 : 오하아몽吳下阿蒙의 준말. 학식이 없고 진보가 없는 사람이라는 뜻이다. 오하는 지명
    이고 아몽은 여몽呂蒙을 말한다. 손권孫權이 여몽과 장흠張欽에게 학문을 권장했는데, 그에 따라
    열심히 공부하였다. 뒤에 노숙魯肅이 여몽과의 대화에서 여몽의 진보에 놀라 "그대는 이제 어리
    석었던 오하의 아몽이 아닐세."한 데서 연유한 말이다(『삼국지三國志』「오지吳志」 여몽전呂蒙傳).
207) 벽유거碧油車 : 청록색의 기름을 바른 수레로, 호화로운 수레를 뜻한다.

하염없는 인간사는 그 누가 헤아리려나

아득한 대업은 어떻게 되려는가

국가의 위기 존망에 달려 성공은 아직 반에 못 미쳤는데

어찌 하늘은 우리를 돕지 않아 원수를 빼앗아 가는가

용이 죽고 범이 떠나니 백성은 장차 누구를 의지하며

태산이 무너지고 동량이 꺽이니 나는 누구를 우러러 따를까

아아, 저 만주 벌판이 다시 상전 벽해로 바뀌었네

갈 데 없는 우리 교민 고혈이 땅에 가득하니

죽을 길에 방황함을 귀신도 참혹히 여기네

큰 줄기가 뒤엉키었으니 차마 제기提起하랴

일송一松(김동삼)군과 막내 조카 잇달아 갇히었으니

아득한 뒷일을 누구에게 부탁할까

영령이 어둡지 않으시니 오히려 도우시기 바라네

높이 솟은 임청각이여, 선생의 옛집인데

부조의 뜻 잘 이은 자제가 궤연을 모시고 돌아왔네

마주 대해 흐느끼며 하수처럼 눈물 흘리네

어제와 오늘 일 생각컨대 그 회한을 어찌할까

북변을 바라보니 임시로 쓴 묘소여,

적막하고 거친 산, 어느 곳에 계시는고

흰머리의 아우만 외로이 홀로 남았네

유명幽明이 다를 것 없다면 혹시 서로 위로가 될까

한 소리 긴긴 통곡에 만사가 끝이네

삼가 존령께서는 이 말씀을 들어 주시려나

---

208) 관녕管寧 : 삼국시대 위魏 나라 주허朱虛 사람으로 자는 유안幼安이다. 어려서 화흠華歆과 자리를
함께하여 글을 읽다가 화흠이 문밖에 지나가는 벼슬아치를 보러 가자, 관영은 즉시 그와 자리
를 나누어 앉아 그를 친구로 여기지 않았다. 한말漢末 황건적의 난 때 요동遼東으로 피난을 갔
는데 따르는 자가 매우 많았으며 관영의 덕화에 백성들이 감화되어 다투거나 송사하는 일이
없었다. 난이 평정되자 본군으로 돌아갔는데, 조정에서 누차 불렀으나 나아가지 않았다(『삼국
지三國志』 「위지魏志」 11 고사전하高士傳下).

▫ 또 부질 의성 김조식   又 婦姪義城金祚植

때 임신년(1932)에 별이 떨어지고, 다음해 계유년(1933), 음력으로[行夏時] 5월 경인 삭朔 12일 신축에 처조카인 문하생 의성 김조식金祚植은 삼가 국화주와 심향心香209)을 가지고 종사의 조문과 생령의 눈물로 우리 동한의 대인 석주 이선생의 도만한 일 가운데 만의 하나를 대략 서술하여 공경히 군자정君子亭에 돌아오신 혼령의 향탁 앞에 제사를 드립니다. 이곳은 곧 공께서 평소에 『주역周易』과 『춘추春秋』를 엄숙히 외시면서 기거하던 방입니다.

천 년 이전부터 백 년 이후까지도 일삼기 두렵고 기약하기 어려운 것은 감히 일러 문장이라 할 것입니다. 더구나 선생의 영령은 기수箕宿를 타고210) 날아올라 우리 천왕을 좌우로 도우실 터인데, 어찌 어지러운 하계下界의 냉담한 이야기를 들려 드리겠습니까?

아아, 슬프다

단군의 옛터 근역槿域에 이씨 왕조가 번성하더니

운세가 급히 기울어져 일마다 압박하는구나

이천伊川에서 머리 풀고 제사함은211) 지금이나 예나 마찬가지

왕실의 눈물은 온 나라에 두루 퍼졌네

열렬한 영웅들은 응징의 벼락을 준비하며

혹은 고사리를 캐먹고 혹은 충심을 알렸네

황하에서 통분을 마시고 요동에서 눈 맞으며

가슴 속 단심을 보이니 만방이 주목했네

모문룡毛文龍 이 가도에 진쳤을 때212) 익히 생각하면 꾀가 나오듯

---

209) 심향心香 : 정성스런 마음. 원래는 불가佛家의 말로서 자기 마음속으로 지성을 다하면 자연히 부
　　처가 감동하는 것이, 마치 부처 앞에서 향을 피워 정성을 표하는 것과 같기 때문에 한 말이다.
210) 기수箕宿를 타고 : 세상을 떠난 것을 말한다. 부열傅說이 죽은 뒤 그 정신이 기성箕星과 미성尾星
　　사이에 응결되었다는 고사에서 유래한 것이다(『장자莊子』 대종사大宗師).
211) 이천伊川에서 … 제사함은 :『좌전左傳』 희공僖公 22년에, "신유辛有가 이수伊水가에 가서 머리를
　　풀어 헤치고 들판에서 제사지내는 사람을 보고는, '백 년이 못가서 이곳이 오랑캐의 구역이 되
　　겠구나.' 그 예절이 먼저 없어졌도다." 하였다. 곧 조선이 망함을 비유한 것이다.
212) 모문룡이 가도에 진쳤을 때 : 가도椵島에 진을 친 중국 모문룡毛文龍의 군영을 말한다. 명나라
　　장수 모문룡毛文龍이 광해군 14년(1622)에 진을 가도에 설치하고 온갖 횡역을 일삼으며 외교상

군정서軍政署 일 처리할 땐 엄숙하기가 제각齊閣과 같았네

동지의 길 따르며 기백을 힘써 헤아렸지만

성패와 승산은 신하로서 예단할 일 아니었네

내 노력을 다하여 성인의 은택 갚고자 할 뿐

통수의 지위에 올랐으나 청사靑史에 빛내려는 것 아니네

기미가 매우 위태하고 몸에 곤란이 닥치게 되니

선생께서 이 때문에 두성斗星에 절하며 새벽마다 축원했네

북문北門에 눈 내리거늘 누가 함께 길 떠날까

그 때 우리 백부와 함께 집안을 이끌고 떠도셨지

이십 년 동안 요동에서 찬 눈과 장대비 맞으며

출사표를 노래하며, 배 안에서 대학을 강론하셨네213)

하늘은 송宋을 돕지 않고 땅은 촉한蜀漢의 회복을 막아

강포한 적이 약소국 빼앗으니 그 차질에 억색하셨네

백부께서 돌아가심에 가시 산에 장례하였더니

선생께서 돌아가셔서 요리要離의 곁에214) 묻히셨네

지사는 기백을 잃고 유민들은 밤마다 통곡하는구나

아아, 슬프다 사사로운 심정을 다 고할 수 있으랴

일찍이 우리 아버님과 도의계분道義契分이 금석 같더니

재야의 네 호걸 중에 선생이 그 중 탁월하셨네

막대한 지장을 초래하다가 인조 7년(1629)에 원숭환袁崇煥에게 복주伏誅되었는데, 이듬해에 모문룡의 부하였던 유흥치劉興治가 가도에서 모반을 하여 부총副摠 진계성陳繼盛을 죽이고 병권을 잡은 뒤 우리 백성을 죽이고 노략질하자 조정에서 수륙水陸 두 길로 진군하여 치게 하였다.

213) 출사표를 … 강론하셨네 : 이 일은 송말의 학자 호전胡銓과 육수부陸秀夫의 고사이다. 고종에게 봉사를 올려 진회秦檜 등을 주벌할 것을 주장했던 호전은 북송의 운명이 기울자, 촉한의 명상 제갈량의 출사표를 외며 눈물을 흘렸고, 육수부는 임금을 모시고 애주崖州 바다에 떠돌아다니던 날에도 배안에서 『대학大學』을 강론하여 정성스러운 언로는 하루라도 막혀서는 안 되며, 성인의 학문은 하루라도 폐지해서는 안 된다고 하였다. 여기서는 석주의 우국충정이 이들에 비유할 만함을 말하였다.

214) 요리要離의 곁에 : 요리는 오나라 때의 협객이며 지사이다. 한나라 처사處士 양홍梁鴻이 객지에서 죽자, 여관 주인이, "이 근처에 요리要離의 무덤이 있는데, 요리는 옛날의 열사烈士이고, 양군梁君은 높은 절조가 있는 선비이니, 그 옆에 장사지냄이 좋겠다."고 하여 그대로 장사하였다.

교남의 거벽이며, 서산西山 선생의 고제가 되니

문장은 호묘浩渺하고 성리학은 정밀했네

천하의 모든 전적, 음양과 성수, 역학易學에 이르기까지

고명하고도 아결하여 말 그대로 법도였었네

아, 저 부유들이 사법死法만을 묵수하여

다만 우리 선생더러 구학검섭劬學檢攝할 뿐이라 하는데

나는 말하노니 크나큰 성취에 체용겸비라 하겠네

정대한 이론과 직절한 행실은 평소의 근신에서 이루어졌고

원형이정 갑옷삼고[元貞爲甲] 존주양이尊周攘夷를 성곽삼아

왕화王化를 돕고 쇠퇴를 일으켜 세상을 넓혀갔네

하물며 그 선공은 충정忠貞이 대대로 독실하였으니

나라가 위태한데 한 가닥 목숨을 어찌 아꼈으리

역사에서 문천산文天山을 특별히 어여삐 여겼는데

하는 일마다 천리에 합당하니 의리는 펴지고 마음은 편하도다

이 한 가지를 보더라도 선생의 충심을 밝힐 수 있겠네

아아 이 못난 제자는, 아버지의 상 당했는데

행장 청탁 할 데 없고, 경계 말씀 더욱 막막하네

북두가 하늘에 있어 남은 광채 바라 볼 수 있으니

물러나 기둥 아래 기다리면 동필肜筆을 휘두르시겠지

▫ 또 인생 선성 김하진 又 姻生宣城金夏鎭

오호, 근래에 돌아가신 석주선생 철성 이공께서는 경술년(1910) 가을에 일한합병을 보고 종묘사직이 이미 끊어졌음을 통곡하며, 의리상 망국에서 구차히 살고자 하지 않으셨다. 이에 가솔을 이끌고 만주의 황야에 떠돌면서 다시 살아 돌아오지 않겠다고 맹세하였다. 그 절개가 탁월하고, 그 거국이 슬펐다. 지난해 임신년(1932) 5월 12일에 과연 길림성吉林省 객관에서 세상을 버리셨다. 향년이 75세요, 이국을 떠도신 햇수는 도합 23년이다.

공이 돌아가신 후 온 가족이 관구棺柩를 모시고 고국으로 돌아오려 할 때 관헌에게 저지되

어 고향 산천에 돌아와 장사지내지 못하고 다만 혼백만 모시고 도강하여 임청각 옛집에 설빈
設殯하였다. 또한 차라리 온서溫舒215)가 현몽하여 귀향을 청하였던 뜻이 아니겠는가? 다음해
계유년(1933) 5월 12일 신축은 곧 공의 소상 날이다. 이틀 전 기해에 인척 선성 김하진은 삼가
포과鮑果를 올리고 평소에 종유하였던 정의와 오랜 기간 헤어져 그리워하던 정을 대강 기술하
여 영전에 통곡하며 아뢴다.

아!
우리 동방은 단군의 신령스러운 터전이니
오백 년의 문물과 사천 년의 역사에
명문과 거족이 곳곳에 서리어 있네
치란의 역사에 충현의 자취가 중첩한데
조령 이남 영남 지방 으뜸으로 혁혁했네
태백산이 두르고 낙동강이 고여서
맑은 기운 울창하니 백세 인재 길렀네
물가의 임청각은 군자의 제택인데
명현이 세습하고 공이 나서 우뚝했네
영특한 재주와 너그러운 국량이
하늘에 치솟으니 묘령에 명성이 자자했지
도 있는 이(서산 김홍락) 사사하여 행실과 도덕 순수純粹하며
예법에 무르익고 경훈에 침잠했네
집안에선 효우하고 충신忠信인데
경세제민 그 학문과 춘추대의 의리이네
거침없는 변론이고 명석한 지혜이며
제자백가 섭렵하고 손오 병법 즐겨 보았네
고금에 박통하고 치란의 왕패王覇 알았으며

---

215) 온서溫舒 : 한漢 나라 옥리獄吏였던 노온서路溫舒. 『춘추春秋』를 배워 효렴孝廉에 뽑혀 산읍山邑 원
    이 되었고, 그 뒤에 글을 올려 덕을 숭상하고 형벌刑罰을 감하도록 청하니, 임금이 그 말을 착
    하다고 여겨 그의 글을 제일로 쳤다.

산천 지리, 음양 상수常數 모두에 밝았도다

하늘 끝에서 땅 끝까지 백천을 포괄하는 바다 하수에 고이듯

광채 나고 향기 짙어 발하면 바로 문장이 되었네

운몽雲夢의 풍부함과 보불의 화려함으로

향당鄕黨이 중망하고 많은 선비들이 추장하였네

공과 같은 재덕으로 어찌 좋은 시절 만나지 못하였으며

많은 재주 갖추었으니 어디엔들 훌륭하지 않으랴

조정에서 벼슬하여 정사를 도왔다면

임금의 덕 떨칠 수 있었고 백성의 복 일으킬 수 있었는데

곤궁하게 세상 마쳐 그 포부 펴지 못했네

아아! 국운이 쇠퇴하고 하늘이 잠시 취해

경술년 변고에216) 외국의 적, 조정 간신 창궐하였네

하늘이 돕지 않아 종묘사직 전복되니

나라는 망하고 문물이 사라졌네

당당한 오천년 역사 큰 파도에 휩싸이니[渡越鯨濤]

산하에 통곡이 번져 국망의 슬픔에 젖었네[感慨黍離]

공은 이에 탄식하며 내 갈 길은 어디인고

구학에서 목매어 죽는 일은 필부의 지조일 뿐

바른 길을 취택함은 식견이 밝아서네

지주처럼 중류를 버텨섬은 절개의 탁월함이며

의리 실천 용감함은 수도守道의 확고함이니

자신을 돌보지 않고 살신성인 간절했네

도해의 뜻 말하고 저 서산을 바라보며

스스로 고국을 벗어나 요동 들판을 전전했지

인간 세상은 어디인고, 날이 저물어 아득한데

압록강 물 울어대고 백두산 구름 시름이네

---

216) 경술년 변고에 : 원문 백구영폐白狗獰吠는 '경술년에 개가 사납게 짖는다.'는 말인데 왜적에 의
　　한 비상을 뜻하니, 경술국치를 비유한 것이다.

노치며 하는 맹세, 고국 보존 그 의리에

이류들도 옷깃 여미니 공에게 무슨 흠이 되랴

망명을 단행하여 고국을 떠나니 많은 선비들 강개하고

대통령으로 의망되니 서구 여러 나라가 주목하였네

허덕이는 우리 백성, 가뭄에 비 기다리듯 하는데

조그마한 힘으로 탁한 세파를 배격하기 어려웠네

큰 집이 무너지니, 한손으로 어찌하리

세월이 흘러가니 공의 나이 팔순이네

오호라, 공이 나라를 떠날 때 나는 마침 병석에 있었네

연작連雀과 같은 이 사람이 홍곡의 뜻을 어찌 알랴

스무 해 이국 생활 진월秦越처럼 떨어졌으니

죽든 살든 헤어져 있는 간에 슬픔 어찌 없겠는가

옛날 내 나이 15세에217) 공의 집에 드나들었는데

정분은 형제와 같고 나이는 장소長少였네

어리석다 내치지 않고 사랑으로 이끄셨지

노력하라 편지 주시고 볼 때마다 가르치시며

여름 겨울로 불러다가 심지 돋우고 좋은 말씀 해주셨네

장려하고 이끌어서 성취가 있기를 바라셨으나

소질 없는 이 몸이 장식한들 어디에 쓰랴

나는 실로 형편이 없어 조금도 보답하지 못했네

내 생각에는 백년 동안 살아계실 줄 알았네

공께서 나라를 떠나고부터 배울 길이 끊어지고

내 운명이 기박하여 우리 집이 기울었네

초상과 우환이 줄을 이어 이십 년 동안 상전 벽해

풍상에 시달린 목숨 백발이 성성하네

저 만주를 바라보니 우리와 같은 운명으로218)

---

217) 15세에 : 원문은 무상舞象이다. 『예기禮記』「내칙內則」에, "성동成童이 되거든 무왕의 춤을 추며
활쏘기를 배운다[成童舞象 學射御]."고 하였다. 성동은 15세를 말한다.

공께서 세상을 피해 홀연히 세상 떠나셨네

공의 부음 듣고서 마치 못에 떨어질 듯 했네

철인이 가셨으니 만사가 이미 끝났도다

서쪽을 바라보며 통곡하니 내 사사로운 정의뿐만 아니네

아아, 꽃답고 정한 기상 응당 사라지지 않을 것이니

상제께 불려 가시면 억울한 사정을 호소하여

정령이 성전星躔에 돌아와[219] 운수를 되돌릴 텐데

위엄이 벼락이 되어 해륙을 진동시킬 것인가

우주 간을 떠돌며 풍운을 일으키며

고국을 그리며 옛집으로 돌아오실 것인가

저승 세계 깜깜하여 진실로 측량할 수 없도다

아아, 도를 행하다 마치셨으니 공께서 무슨 유감이 있으랴마는

공활한 학야鶴野[220]에 누가 공의 무덤을 표시하랴

슬픈 아드님이 동으로 돌아와 옛집에 안치하니

온 집안이 반기며 사림이 달려가 위로하네

아! 성상星霜이 이미 바뀌어 상기가 다가왔네

임청각은 의구한데 공의 모습은 어디 계시는고

물은 소리 높여 울고 산은 이마를 찌푸렸네

고금을 회고하니 공의 뜻 저버린 것이 많아

속마음 털어놓고 통곡하며 눈물을 멈출 수 없네

영령께서 모르시지 않으리니 올리는 찬수를 흠향하시리

---

218) 우리와 … 운명으로 : 원문의 일구지맥一丘之貉은 '한 언덕에 같이 사는 오소리'란 뜻으로, 즉
동류同類를 의미하는데, 『한서漢書』「양운전楊煇傳」에 "예와 지금이 마치 한 언덕의 오소리와
같다[古與今如一丘之貉]."한 데서 온 말이다.

219) 성전에 돌아와 : 돌아가신 지 1주기가 지났다는 말이다. 은殷 나라 고종高宗의 재상 부열傳說이
죽어서 기미성을 타고 성전에 돌아왔다는 고사가 있다(『장자莊子』대종사大宗師).

220) 학야鶴野 : 요동遼東을 말한다. 요동 사람 정령위丁令威가 학鶴으로 변해 고향 땅을 찾아왔던 고
사에서 유래한 것이다.

□ 또 내제 안동 권상규　又 內弟安東權相圭

　아! 우리 표형表兄 석주선생 철성 이공께서 경술년(1910)의 국치를 통탄하고 요수遼水를 건너신 지 23년 임신(1932)에 길림吉林의 우소에서 세상을 떠나셨다. 이어서 그 곳에 장사지내고 오직 영궤靈几만을 모시고 돌아와 고국 안동의 임청각 군자정에 봉안하였다. 다음해 계유년(1933) 5월 신묘삭辛卯朔 12일 임인壬寅은 곧 그 중상中祥 날이다. 선생의 고종이 되는 안동 권상규權相圭는 삼가 과일·포 등의 변변찮은 제수로 영전에 재배하고 통곡하며 아룁니다.

　하늘이 선생을 태어낸 것은 과연 무슨 뜻이었습니까? 만약 선생으로 하여금 장헌莊憲[221]대왕의 융성했던 치세에 나게 하였더라면 반드시 옛일을 고증하고 금시를 참작하여 법률과 예악을 제정하는 일이 그 직분이 되었을 것입니다. 만약 선생으로 하여금 소경昭敬[222]대왕의 중흥의 치세에 나도록 했다면 반드시 기미와 형세를 살피고 헤아려 유악帷幄(대장 곧 비변사)에서 계책을 내어 국난을 평정하는 일도 그 직임이 되었을 것입니다. 그러나 이렇게 하지 못하고 늦게 5백 년 종사가 기울어지는 때를 당하여 초야의 한사로서 그 경국제세의 포부를 한번 펼쳐보지도 못하고 끝내 국망의 상심 속에 마치게 하였습니다. 원수들과 같은 하늘 아래 살기를 부끄러워하여 한번 도만을 결행하신 뒤로 20년 동안 와신상담臥薪嘗膽하며 부질없이 나라의 은혜에 보답하려는 의리를 품었으나 뜻이 시국과 어긋나 끝내 한을 품고 세상을 떠나게 한 것이니 하늘의 뜻을 알 수가 없습니다.

　아아, 공의 가문은 진실로 위대합니다. 강가의 높은 정자에 10세世의 시서를 사람들이 모두 우러러 보고 선망하건만 공은 스스로를 높이 여기지 않았습니다. 공의 문장은 진실로 공교하였습니다. 한 번에 천 마디의 말을 떨쳐 써도 하나하나가 빛나고 아름다워 모든 사람이 흠모하고 기뻐하였건만 공은 스스로를 훌륭하다 여기지 않았습니다. 공의 학문은 진실로 정대하였습니다. 풍뢰헌風雷軒으로 서산선생西山先生을 찾아 뵌 후 경전에 통달하고 행실을 삼가니 사람들이 모두 의지하고 중하게 여겼으나 공은 스스로 만족하게 여기지 않았습니다. 오직 천고의 역사를 통찰하고 천하를 경륜하여 한 시대의 이목을 혁신한 것이 곧 평소에 축적된 역량이었습니다. 대체로 우리 조선이 문채에 휩쓸려 바탕을 잃고 미약해지고 용렬해졌기 때문에 그러한 정신과 학술을 진작하여 발흥시키려 한 것은 어찌 이른바 '문왕文王을 기다리지 않고

---

221) 장헌莊憲 : 세종대왕의 시호이다.
222) 소경昭敬 : 선조의 시호이다.

도 흥기하려 한 것'이 아니겠습니까?

바야흐로 공이 도만하였을 때 사람들이 그 몸을 깨끗이하여 자정自靖하려는 뜻에 흠복하였습니다. 자신의 이름을 바꾸고 국적을 옮겨 학교를 창설하고 동지를 규합하셨을 때는 더욱 일관된 지조의 확고함과 존심의 정대함에 경복하여 일제히 목을 늘이고 축원하여 말하기를, '우리 근역槿域이 아마도 중흥하려나보다.'라고 하였습니다. 갑자기 세상을 떠나시고 혼백을 실은 수레가 압록강을 건너자, 하늘을 우러러 가슴을 치지 않는 이가 없었습니다. 마을마다 통곡하고 거리마다 위로하는 행렬이 천리에 이어졌습니다.

대체로 한 손으로 강토를 부지하려는 책임을 지며 포의로서 온 나라의 기대를 감당하여 몸소 갖은 진췌를 다하면서 죽어도 후회하지 않았으니, 이미 종사가 끊긴 우리 대한으로 하여금 천하후세에게 소중하게 보이도록 한 것이 충분하고 이둔과 성패 따위의 의론이 거기에 개입될 수 없다는 점입니다. 저 하늘의 뜻이 아마도 여기에 있을 것입니다.

아아, 영씨嬴氏의 진나라를 칭제稱帝하여 섬기자고 하였을 때 노중련魯仲連은 바다에 빠져 죽기를 맹세하였으며, 조조曹操의 위나라가 제위를 훔쳤을 때 공명孔明은 오장원五丈原에서 죽었습니다. 고금의 참된 의리를 고집하여 때를 얻지 못한 지사들은 다만 똑 같은 기백이었으나 한 가지로 불우한 운명에 빠졌던 것이니, 공께서 유독 어찌 유감으로 여기시겠습니까?

저처럼 못난 사람을 돌아보건대, 욕되게도 내외종內外從 형제의 항렬입니다. 장허고무奬許鼓舞하는 가르침을 입은 것이 마치 쇠를 불리고 나무를 바로잡아 준 정도일 뿐이 아닌데도 지기志氣가 비천하여 연경燕京·계주薊州 일대로 선생을 좇아가지 못하였습니다. 강개한 충심이 온전한데도 흉흉한 속진과 겹겹한 세상에서 구차히 안주하였으니 다만 일개 잔인한 사람[忍人]일 뿐으로 진실로 선생을 곡할 면목이 없습니다. 그러나 하늘에서 받은 천성이야 애당초 전혀 어두운 적이 없으니, 맹세컨대 장차 아드님과 더불어 선생의 글을 읽고 선생의 마음을 구하고자 합니다. 그래서 우리 동방 사람의 대의가 우리 강토와 민족을 보전하는 데 달려 있다는 것을 천명한다면 대략 이 진세에 남은 사람의 보은이 될 수 있을까 합니다. 공사로 애통함이 맺히어 글이 심회를 다 표현할 수가 없습니다. 바라옵건대, 밝고 밝으신 영령께서는 용서하시고 흠향해 주시겠습니까?

▫ 또 척종제 진성 이원용   又 戚從弟眞城李源庸

아! 공의 고매한 풍도와 탁절한 의리며 크신 뜻과 남몰래 키운 포부는 야사씨野史氏의 채택이 있을 것이요, 뛰어난 문장과 우뚝한 변론, 깊은 도덕과 참다운 실행은 선술자善述者의 기록이 있을 것이니, 못난 내가 군더더기의 말을 덧붙여 감히 망령되이 논할 수 없습니다. 오직 오늘 구구한 말을 그만두지 못하는 것은 다만 못난 저의 사정일 따름입니다.

아아, 돌아가신 제 아버지는 공에게 척분으로는 주축朱祝223)이요, 정의로는 관장關張224) 이었습니다. 범계정帆溪亭의 가을 달밤에 옛날 우향계를 이었으며 여강서원廬江書院에서 등불 켜고 의통義通을 함께 초록하였으나, 공께서 배를 타고 중국으로 떠나신 이후로 암암暗暗한 정신과 의의한 꿈속에서도 언제나 화서華胥의 세월225)에 접해 살았습니다. 그러나 갑 속에 감춘 장검[匣裏長劍]이 저절로 울고 눈썹 위에 겹겹의 수심이 이는 듯하였습니다. 아마도 조만간에 만나서 쌓인 회포를 푸시려나 하였더니 못난 저를 하늘도 돌보지 않아 아버지께서 홀연 세상을 떠나셨습니다. 제도帝都로 날아 올라가 아버지의 영위를 거두자마자, 임청각의 존령이 돌아오셨습니다.

아아! 송나라의 저 백운白雲을 타고 광막한 도읍을 홀연히 벗어나 혹 우리 아버지와 더불어 손잡고 나란히 걸으시며 평소의 정의를 이야기하고 풍진세상을 거론하시겠습니까? 하계에 가득한 더러운 풍조를 굽어보시며 또한 상심하고 계시지나 않으시겠습니까? 아아 저의 보잘것 없는 몸이 길을 잃고 홀로 서서 누구를 믿으며 누구를 우러르겠습니까? 이것이 제가 오늘 통곡하면서도 곡을 다할 수 없고 말씀을 올리면서도 말씀을 다할 수 없는 까닭이니, 물처럼 담박한 존령께서는 말 밖의 내 말을 헤아리시며 내 통곡 밖의 통곡을 알아주시겠습니까?

▫ 또 척소제 완산 류만식   又 戚少弟完山柳萬植

하늘이 우리나라를 동해의 좁은 곳에 설치하여

---

223) 주축朱祝 : 주자의 외가를 말한다. 주자의 아버지는 위재韋齋 주송朱松이며, 어머니는 축씨祝氏였던 데서 후대에 인척간을 범칭하는 말이 되었다.

224) 관장關張 : 관우와 장비.

225) 화서華胥의 세월 : 원문은 화서지천華胥之天이니 태평시대의 뜻이다. 『열자列子』 황제黃帝에 "황제씨가 낮잠을 자던 중 꿈속에 화서의 나라를 유람하는데 그 나라는 임금도 없이 자연스럽게 살며 백성들도 탐욕이 없었다. 꿈을 깬 후 깨달은 바가 있어 천하를 잘 다스렸다."고 하였다.

탄알 같은 반도에 자물쇠로 깊이 잠그었네

세계의 사조가 막혀 민지民智가 열리지 못하여

문무의 도道가 완급을 잘못했네

고식에 치우친 선비는 견문이 협착하여

최근 이십 년 동안에 열강이 탐욕을 부렸네

기차와 전기의 문물이 육대주에 이어지고

생존경쟁으로 호랑이처럼 사방에서 노려보네

종족이 절멸하여 가는 곳마다 참극인데

우리는 살피지 못하고 문약만을 일삼았네

선생 같은 선각자는 마음속으로 경동하고

사고를 전환하여 수완을 크게 떨치셨네

밝은 눈길을 빛내며 생각을 변혁하여

우리 살 길 이것을 버리고 어디서 시작하리 하시고

교육과 결사로 백성과 나라 위한 계책을 세웠으나

하루살이가 얼음을 알까, 뭇 비난이 쏟아졌다네

오직 우리 두 형님이 그 진정을 깊이 아시고

의리로 창도하여 유신維新의 책임 함께 짊어졌네

국가의 우환 앞에 사적인 원망이 얼음 풀리듯 하였으니

진부한 말 어찌하랴 나라 위한 계책을 서로 권하였었네

온 세상이 몽매하니 어디 하나 발붙일 곳 없더니

경신년(1910)에 갑자기 하늘이 무너지고 땅이 꺼졌네

글을 읽고 도의를 강론하였으나 이제 내 어디로 가야 하나

아! 떠나리라! 아득히 먼 궁벽한 땅으로

만리 이역 만주는 옛날 우리 선비족鮮卑族의 땅

멀리 단군과 발해가 거기에서 발상하였네

옛 강토에 찾아왔으니 살지 못하면 거기서 죽으리라

민력을 기르고 가르치며 십 년을 기약하였네

백성의 근심은 나의 근심이며 나라의 수치는 나의 수치인데

더운 피 흘리지 못한 채 번개 같은 세월만 흘렀네

갖은 어려움과 싸우는 사이 정예롭던 기백이 줄고

북만주 벌판의 혹한에 풍설은 멎을 줄 몰랐네

남쪽 상해의 극심한 더위에 시류까지 험난하여

시대와 운수 궁박하니 영웅호걸도 믿을 이 없었네

온 정성과 갖은 노력 죽은 뒤에야 그치리니

요동 벌에 뼈 묻을 것은 도만 당초에 각오했던 일

자공子貢이 노나라 보존했으나226) 시운은 우리를 돕지 않았고

진수陳須가 환국함을227) 우리는 진실로 비웃었네

하늘이 무심하여[愁遭] 북두성이 갑자기 떨어졌지만

성패이둔을 묻지 말라는 말 옛사람이 보여주었네

인과응보의 법칙은 문자 이래의 역사라 하나[執契來史]

이 이치의 미묘함은 함부로 짐작하기 어려운 것

남기신 충절 기리는 사이 어느덧 두 해가 지났는데

영전에 엎드려 곡하나니 두 형의 어린 아우라네

상전벽해 무상한 변화에 어느 날 다시 만날까

가슴에 가득 맺힌 그리움 끝없이 넓고 아득하지만

잠드신 혼백 깨울까 두려워 다 아뢰지 못하겠네

◦ 또 시교생 의성 김형칠　又　侍敎生義城金衡七

근년에 고 석주 이선생께서 만주의 우소에서 돌아가시자, 효자孝子가 궤연을 받들고 동쪽

---

226) 자공子貢이 … 보존했으나 : 자공은 공자 제자 단목사端木賜의 자. 구변과 지모가 있었으며, 노魯·위衛의 정승을 역임하였다. 제齊의 권신 전상田常이 노魯를 치려하자 오왕吳王에게 군사를 출동하게 하여 제齊와 싸우도록 유세하여 노를 구하였다(『사기史記』「중니제자열전仲尼弟子列傳」).

227) 진수陳須가 환국함을 : 진수는 춘추시대 제齊 나라 사람 진수무陳須無이다. 대부 최자崔子가 임금을 시해하자, 역시 대부였던 진문자陳文子(진수무陳須無의 시호가 문자文子이다)가 제나라를 떠나 다른 나라로 갔다가 그 곳 대부의 참례월권을 보고는 다른 나라로 옮기고, 얼마 지나지 못하여 다시 제나라로 돌아갔다(『논어論語』「공야장公冶長」).

고향으로 돌아온 3년 갑술(1934) 5월, 초하루가 갑인인 12일 을축은 곧 그 대상大祥 날이다. 하루 전 갑자일에 가르침을 받들던 의성 김형칠金衡七은 모지라진 붓을 적셔 쓴 못난 말 몇 마디로 영전에 두 번 절하고 삼가 아룁니다.

아! 옛날 자앵姊嫈228)은 일개 여자의 몸이었으나
능히 화를 두려워하지 않고 한韓 나라 저자에서 통곡하여
아우 섭정聶政의 이름을 만고 역사에 남도록 하였네
섭정의 사람됨이야 군자가 높이 치지 않았지만229)
아름다우신 선생은 덕도 있고 공도 있었네
학문은 진원眞源을 거슬러 올라 성혈을 다하였고
손으로 떨어지는 해를 받쳐 그 충심을 밝히셨네
만리 이역 거친 땅에 홀연히 무지개가 걸리니
정신은 기미성箕尾星에 돌아가고 기백은 산하가 되셨네
아아, 우리 대한 사람 중에 누가 울지 않겠는가마는
소리 죽여 곡할 이 없다니 겁많은 원숭이일 뿐이라
섭앵의 아름다운 넋이 저 구원九原에서 비웃으리
용천검은 어디에 있어 자기紫氣와 서로 비치랴230)
흰 머리의 애달픈 상주가 피눈물과 외로운 근심으로
삼가 심향心香을 사를 때마다 슬픈 눈물 흘리나니
선생이시여, 아신다면 거친 땅 이곳으로 다시 돌아오시라

---

228) 자앵姊嫈 : 전국시대 한韓의 협객인 섭정聶政의 누이 섭앵聶嫈. 섭정이 한경韓卿인 엄중자嚴仲子를 위하여 한韓의 승상 협루俠累를 죽이고 자신도 얼굴 가죽을 벗겨 자살하니, 사람들이 그가 누구인지 알 수 없었다. 그의 누이가 듣고 "우리 아우가 지극히 어지니 내 몸을 아끼어 그 이름을 없앨 수 없다."하고 곧 가서 시체를 안고 울며 "우리 아우 섭정이다."하고 자신도 시체 옆에서 자살하였다(『사기史記』 권86 자객열전刺客列傳).
229) 섭정의 … 않았지만 : 송대宋代의 주자朱子는 그를 도적의 무리라 평가한 적이 있었다.
230) 용천검은 … 비치랴 : 용연龍淵은 초楚 나라 보검의 이름으로 일명 용천龍泉이라고도 한다. 진晉 나라 무제武帝 때 두우斗牛 사이에 자기紫氣가 감돌자 장화張華가 뇌환雷煥에게 부탁하여 예장豫章의 풍성현豊城縣에서 용천과 태아太阿 두 검을 파내었다고 한다(『진서晉書』 권36). 본문에는 용연龍延으로 되어있는데 아마 용연龍淵의 오기일 듯하다.

▫ 또 척하생 청송 심창한   又 戚下生靑松沈昌漢

아! 천지간의 지극히 강직한 기운이 인간 세상에 내려와 사람에게 품부됨은 혹 1백 년에 한번 있거나 혹 2~3백 년에 한번 있을 일인데, 이러한 사람이 천만고 역사에 우뚝 서서 백세의 뒤에 이름을 남긴 것은 일찍이 성공과 실패로 그 진퇴를 논하거나 곤궁과 현달로 그 뜻을 바꾼 적이 없었기 때문입니다. 그렇다면 하늘이 이러한 사람을 내린다는 것이 진실로 쉬울 수 없으며 사람들 중에 그러한 기상을 얻은 자가 아마도 거의 드물었을 것입니다. 옛날에도 오히려 그러했거늘 더구나 지금 세상이겠습니까?

아! 못난 소자는 당초에 문하에 선생을 찾아뵙고 그 준정한 풍도와 심원한 기량을 우러러 흠모하였습니다. 호한한 문장에다 겸전한 행의에 모든 것을 자세히 알아 포괄하지 못하는 것이 없는 경지에 이르렀으니, 그것을 배우고자 하였으나 능히 그 끝을 엿볼 수가 없었습니다. 중간에는 화산花山의 모임231)에 종사하며 지조의 우뚝함과 위무威武에도 굽히지 않는 것을 볼 수 있었으며, 기율紀律의 엄정함과 기량은 분명함이 모두 『춘추春秋』 일부에서 나온 것임을 알고서는 흠모하는 마음이 더욱 높아졌으나 감히 그 기상을 기록할 수가 없었습니다.

저 강토가 난리에 잠기고 금수의 발길이 날마다 침범함에 미쳐서는 신야莘野의 밭갈이가 당신의 뜻이 아니요, 남양南陽의 은거가 당신의 소원이 아니었습니다. 서쪽으로 멀리 이주하면서 비록 동으로 건너올 마음이 없었으나 북두성이 옮겨간 곳을 항상 경화京華의 바램이 절실하였습니다. 기량은 가히 사해를 포괄할 만하고 흉회는 1만의 갑병을 품을 수 있어 포의의 신분으로 명성이 육대주의 호걸을 감동시키고, 한 손의 역량으로 우리 동방의 민족을 부지하였습니다. 이것은 못난 제자가 눈으로 직접 목격한 바는 아니나 귀로 익숙히 들은 것은 또한 다른 사람에 뒤지지 않을 것입니다. 이에 저 못난 제자는 비로소 천지의 순수하고 강정한 기운이 우리 선생에게 품부하여 오늘의 세상에 내려진 것임을 알았습니다.

한漢 나라의 국운이 끊어진 세상에서 끝내 지업을 완수하지 못한 채 별이 오장원五丈原에서 떨어졌으니,232) 이는 진실로 하늘의 뜻이 어디에 있는지 알 수 없는 것이었습니다. 그러나 그 기상이야 본디 그대로이니, 훗날 전대를 회고하여 논하는 군자들이 반드시 그 행적을 더

---

231) 화산花山의 모임 : 화산은 안동의 별칭이다. 여기서는 아마도 대한협회 안동지회의 일을 말하는 듯하다.
232) 한漢 나라의 … 떨어졌으니 : 촉한蜀漢의 제갈량의 고사를 이상룡에게 비유하여 말한 것이다.

들어 그 아름다운 뜻을 찬미할 것입니다. 대저 저 같이 글도 못하는 자가 어찌 감히 췌언을 덧붙이겠습니까?

아! 영거가 동쪽으로 돌아오신 것은 아드님의 지극한 효성[233]에 말미암은 것이겠으나, 저는 선생의 영이 여기에 계신지 저기에 계신지 모르겠습니다. 구름수레를 타고 우레채찍을 치며 산하의 기운을 고취하여 저희들로 하여금 옛날을 다시 보고 다시 선생과 같은 분이 태어나서 선생의 못다 하신 뜻을 잇게 하시려는 것입니까? 저 창천은 멀고 아득하여 이 이치를 물을 곳 없습니다. 저희의 무궁한 통한이 어느 때나 그치겠습니까? 아! 말씀을 올리다가 여기에 이르니, 오장이 찢어질 듯하여 한 마디 긴 울음에 눈물이 강을 기울인 듯 흐릅니다. 삼가 술 한 잔을 올리오니 흠향하시기 바랍니다.

◦ **또 시교생 문소 김영환   又 侍敎生聞韶金瑛煥**

아! 선생이 계심에 나라가 그와 더불어 존속하였고, 선생이 돌아가심에 나라가 그와 더불어 망하였습니다. 대체로 한 몸에 나라의 존망이 달리었으니, 오늘의 통곡은 한 사람, 한 집안의 통곡이 아니라, 어쩌면 온 나라의 통곡일 것입니다. 아아, 슬픕니다.

선생께서는 총명하고 준수한 자질을 품수한 데다 전긍임리戰兢臨履의 공부[234]를 더하셨습니다. 읽지 않은 책이 없고 강구하지 않은 이치가 없었으며 모든 예악형정禮樂刑政의 실제와 술수상위術數象緯의 이치에 통달하여 전체를 환히 이해하지 못한 것이 없었습니다. 크고 작은 일을 함께 수습하며 체와 용을 겸비하여 비록 심부름꾼이나 마을 아이들까지도 모두 사마군실司馬君實의 이름[235]을 일컬으며 함께 고향에 돌아와 은거하기를[236] 간절히 바래었습니다.

---

233) 아드님의 지극한 효성 : 원문은 효사불궤孝思不匱. 『시경詩經』 「기취旣醉」편의 "효자의 효성 다함없으니 영원토록 너희에게 복을 내리시겠네[孝子不匱 永錫爾類]."라 한 구절에서 온 말이다.
234) 전긍임리戰兢臨履의 공부 : 깊은 못에 임하거나 얇은 얼음을 밟은 것처럼 마음가짐을 신중히 하여 자신을 단속하는 수양공부를 이른다. 『시경詩經』 「소아小雅」 소민小旻에 "조심하고 삼가하여 깊은 못에 임하듯이 얇은 얼음을 밟듯이 하라[戰戰兢兢 如臨深淵 如履薄氷]."라 한 데서 나왔다.
235) 사마군실司馬君實의 이름 : 송의 학자이며 정치가인 사마광司馬光. 소동파蘇東坡가 사마광司馬光을 두고 지은 시에, "심부름하는 군사도 사마司馬를 알고, 아동들도 군실君實(사마광의 자)을 외운다." 하였다. 곧 이상룡을 비유한 것이다.
236) 고향에 돌아와 은거하기를 : 원문은 동산지망東山之望. 속세의 정을 끊고서 뜻을 지키며 조용히 지내는 것을 말한다. 진晉 나라 사안謝安이 몇 차례나 조정의 부름에 응하지 않은 채 동산에 높

그 때 세상이 기울고 시운이 다하여 드디어 가족을 이끌고 수정산水晶山 아래 들어가시니 이 어찌 선생의 뜻이었겠습니까? 제위를 서로 양보하던 요순의 기풍에 재앙의 그물이 뒤덮이자 망국 유민의 의리를 지켜 요동과 심양 북쪽으로 가신 것입니다.

국무령으로 추대되신 후로 그 거조와 시책을 진실로 감히 알 수 없으며 또한 말할 수 없으나, 명성이 이때부터 천하를 울렸습니다. 큰 공훈을 채 이루지 못하고 별이 갑자기 떨어지니 이것이 온 나라 사람들이 눈물을 삼키고 소리죽여 우는 까닭입니다. 그러나 제 사사로운 슬픔은 다른 데 있습니다.

임신년 참화[黑猿慘禍] 이래로 선생께서는 저를 죽은 제 형과 다름없이 여겨 상란의 가운데서 긍휼히 돌보시고 위급한 때에도 가르치고 이끌어 주셨습니다. 제가 비록 어리석어 보잘것없지만 죽은 형을 모시는 마음으로 선생을 섬기려 하였더니 이제는 모두가 그만입니다. 한 잔 술을 올리며 길이 통곡하오니 이 나라 앞일이 아득할 따름입니다.

▫ 또 문하생 진천 송기식   又 門下生鎭川宋基植

아, 우리 석주선생께서 나라를 떠나신지 23년 째 5월 12일 정미에 북부여의 옛 땅에서 돌아가시자, 천하의 뜻있는 선비가 희망을 잃었다. 6월 모일某日에 선생의 궤연이 군자정 옛집에 돌아오시니, 일방一方의 친분 있는 선비들이 애통함을 이기지 못하였다.

아! 그 이듬해 계유년(1933) 정월 임진삭 4일 을미에 문하생 진천 송기식은 삼가 포·과일 등의 제수와 거친 글로 빈소에 통곡재배하고 공경히 제를 올려 아룁니다.

아아, 거란據亂·승평昇平의 세상이 순환하여 이르는 것은 하늘의 이치요, 문을 닫고 아랑곳 않거나 갓끈도 제대로 매지 못하고 달려가 구하는 의리로 때에 따라 바뀌는 것은 인세의 도리입니다. 천시의 순환을 먼저 알고서 변화하는 것은 군자의 어리석고 지혜로운 분간이요, 인도의 난이를 애써 닦아서 힘써 노력하는 것은 군자의 날래고 어진 처사입니다. 장저長沮와 걸닉桀溺237)이 어질었으나 성인의 덕에 비추어보면 병통이 있으며 순자荀子와 양자楊子238)가 근

이 누워[高臥東山]지냈던 고사에서 유래한다(『진서晉書』「사안전謝安傳」).
237) 장저長沮와 걸닉桀溺 : 춘추시대 초楚 나라의 은자隱者들로서, 자로子路에게 자신의 도를 따를 것을 권하면서 계속 농사일을 했던 고사가 전한다(『논어論語』「미자微子」).
238) 순자荀子와 양자楊子 : 순자는 순경荀卿으로 성악설性惡說을 주장하였고, 양자는 양주楊朱로 위아설爲我說을 주장하였다.

실하였으나 중용의 도리에 비해서는 순수하지 못하였습니다.

선생의 덕은 오색五色 중의 황黃이고, 선생의 사업은 오미五味 중의 신辛입니다. 차라리 "한 마리의 새를 얻지 못할지라도 나의 말 모는 법도를 그르치지 못하며, 성대한 장례를 얻지 못하더라도 어찌 가신家臣의 손에서 장례를 법도에 어긋나도록 하겠는가?"라 한 성현의 뜻일 것이니, 진실로 아름다웠습니다.

아! 선생이 선천先天에서 품부한 자질은 허주虛舟(석주의 6대조 이종악李宗岳의 호號) 공의 기맥을 대대로 이은 것이요, 스승에게서 전수받은 학문은 서산西山 문하의 학맥을 날로 침잠하여 새롭게 한 것이었습니다. 영재를 기르는 데 낙을 두어 천하의 경영은 염두에 두지 않았습니다. 의경意境은 현묘하고 문장文章은 부려하여 평소에 기상을 바꾸더라도 삼공의 높은 벼슬 따위와 바꾸려 하지 않고 산고수장山高水長의 덕을 쌓았습니다[山嶸峋水汪洋].

초년에는 쇄국정치에 민지가 혼몽하니 공력을 학문에 두었으므로 덕이 남에게 인정되고 도가 내 몸에 윤택해졌습니다. 연잎에 구르는 이슬에서[荷葉露轉] 존심의 비결을 알게 되고 심의深衣의 차림으로 바르게 행하여 체도의 정신을 축적하였습니다.

중년에는 세상이 기울고 시운이 다하니 의리상 개연히 현실과 맞서는 것이 중요하였으므로 포부를 펼치고 충심을 드러내었습니다. 병기兵機를 운용하여 형세가 옛날을 회복하기 어려웠을 때도 계획은 주밀하지 않음이 없었고 다시 대한협회를 결성하여 사세가 이미 기울었을 때도 정성은 순수하지 않음이 없었습니다.

만년에는 나라는 망하고 민족은 노예가 되자, 기필코 나라를 보존하겠다고[存楚]239) 다짐하였으므로 고국을 떠나 유민을 규합하고 정객을 이끌고 학생을 길렀습니다. 같은 처지의 만주족을 동화하여 목석木石에 살면서 갖은 풍상과 싸웠습니다. 우리의 옛 땅에서 단군과 기자를 통곡하면서 인의를 갑옷삼아 동지를 규합하고 필설을 칼날삼아 적에 대한 분노를 일으켰습니다. 비록 범의 아가리는 피하였으나 혹심한 재앙을 누그러뜨릴 수 없었으니 차라리 도야지나 물고기를 교화하지 옛날 인접국의 우호를 믿을 수는 없었습니다.

만주 군정서의 총재로서 피끓는 세월을 보낸 지 10여 년에 상해 임정의 국무령[被選海港之租地]에 피선되어 칠순의 나이에 중임을 맡았습니다. 대세가 갑자기 변하자 밤이슬이 마르면 붉

---

239) 나라를 보존하겠다고[存楚] : 원문은 존초存楚인데, 춘추시대의 초나라 사람이었던 신포서申包胥의 고사에서 나온 말이다. 신포서는 오吳가 초를 공격할 때 발이 부르트도록 제후를 설득하여 마침내 진秦의 구원으로 오군을 물리쳤다(『회남자淮南子』「수훈修訓」).

은 해가 떠오름이 곧 대동大同의 참된 의미임을 옛글에서 찾아내었습니다. 춘추 삼세三世(거란·소강·승평)에 의거하되 고금에 변함없는 범례를 추구하고, 원리에 입각하되 동양의 성현과 서양의 철학자들의 동일한 이론을 분석하였습니다. 또 짐짓 인의의 의미를 빌린 것은 없어진 나라를 일으키고 끊어진 세대를 이으려 함인데 하늘이 곧 도와 함께 죽어 마침내 천고의 새벽이 막혀 버리게 되었습니다. 선생의 일은 마쳤다 할 것이나 후생은 나아갈 길을 잃고 통곡할 뿐입니다.

예로부터 학문한 사람 중 몇 명이나 체용을 갖추었습니까? 또한 성현의 법도를 계술한 사람 중에 그 누가 경륜이 있었습니까? 저 옛 풍조를 따르되 과격히 하는 자를 서로 물불로 끌고 들어간다 하여 슬퍼하였거든, 더구나 한갓 목숨을 잇는 일[餬餤]로 급급히 하는 자를 어찌 입에 올리겠습니까? 가령 선생을 태평한 세상에 나시도록 하였다면 성인의 문하에 수학하여 의당 문수汶水의 민자건閔子騫과 서하西河의 자하子夏와 덕망이 막상막하였을 것이요, 공을 세울 만한 시절에 나도록 하였다면 제왕의 조정에 부름을 받아 위수의 여상呂尙이나 신야의 이윤伊尹과 마땅히 공업을 나란히 하였을 것입니다. 불행히 선생께서 부귀를 누리지는 못하였으나 다행하게도 민권民權은 선생에 힘입어 진흥하였습니다.

안타깝습니다, 우리의 도가 처한 궁액이여! 4천 년 군주전제에 시달리고 5백 년 갑자甲子·을사乙巳의 사화에 정체되더니, 지금의 사특한 주장이 횡행하는 세상을 만났습니다. 더구나 시골에서 군자 소리를 듣는 위선자가[鄕原] 도의 진원을 어지럽혀 위로는 추천하여 이끌어주는[汲引] 하등의 원조도 없고, 아래로는 윗사람을 받들고 명령을 따르는[奉承] 백성다운 친애가 없습니다. 어두운 거리의 개인 달은 밝고 깨끗한 기상의 표상이 되며, 계단의 짙은 안개는 가없는 흉회에서 깨끗이 걷히었으나, 포의에서 궐기하여 왕공의 형세를 내려다보고[頫視], 맨손으로 지휘하여 국가의 균평을 자임하였으니, 이 때문에 어려웠던 것입니다. 성패이둔成敗利鈍을 불고하고 자신이 할 수 있는 일을 다한 것입니다. 뭇사람이 떠든들 어찌 그것을 탓하겠습니까? 밝은 해가 굽어보고 있으니 지대로 역사에 없어지지 않을 것이며, 단산 봉황의 날개[丹苞之羽]240) 또한 남기신 글 상자에서 증명될 것입니다.

아! 저 소자가 일찍이 기거[燕申]를 모시며 매양 경전經傳에서 가르침을 받들 때마다 실로 강석의 보배로운 말씀에서 보고 느낀 점이 많았습니다. 지방의 후진을 부탁하시면서는 "너는

---

240) 단산 봉황의 날개[丹苞之羽] : 단산 봉황의 아홉 가지 빛깔의 깃털이라는 뜻인데 화려한 문채를 가리킨다.

동몽 중에 찾는 이가 있을 것이다."라 하셨습니다. 그러나 선생께서 고국을 떠나실 때 따르지 못한 것은 제 부조父祖의 살림이 가난했기 때문이었습니다. 성대한 덕을 저버렸으니 때를 못 만났음을 슬퍼할 뿐입니다. 삼생三生241)에 의리가 있거늘 감히 때맞추어 가르쳐주신 은택[時化之雨]을 잊을 수 있겠습니까?

만리 이역에서 영령을 모시니 생시의 춘풍화기와 다름이 없으나, 산천이 옛날과 다르니 봉황이 깃들었던 오죽梧竹만 서로 서글퍼할 따름입니다. 여기 계신 영령께서는 지수地水242)처럼 자재롭고 그 호연지기는 무지개가 되어 오실 것이니 감히 새해를 맞는 감회로 띠에 써서 새겼던 말씀을 울며 아룁니다. 대인의 덕에는 아마도 누가 될 듯하나, 저 소자의 정성은 조금이나마 풀리지 않겠습니까?

▫ 또 대상 시에 又 大祥時

오늘은 세차 갑술년(1934) 5월 갑인삭 6일 기미일己未日입니다. 문하생 진천 송기식은 목욕재계하고 아들 병기炳璣를 대신 보내어 석주선생 이공의 궤연에 두 번 절하고 삼가 제사를 올리게 하며 철빈撤殯하기 전날에 아룁니다.

아! 선생은! 천하에 일이 없다면 그만이겠으나, 피할 수 없는 것은 공간이며, 거스를 수 없는 것은 시간입니다. 선생의 공간을 선생은 회피하지 않았고 선생의 시간을 선생은 거스르지 않으셨으니, 선생을 우러러 나중 죽을 자가 장차 그 시공을 어떻게 회피하지 않고 거스르지 말아야 하겠습니까?

만리 이역의 거친 들판 너머에서 아직 돌아오지 못한 것은 선생의 체백體魄입니다. 효자의 마음으로는 밤낮으로 잊을 수 없을 것이나 선생께서는 잊으셨을 것입니다. 온 하늘에 충막무짐沖莫無朕(아무 자취가 없으나 가득 차 있음)하여 멸하지 않을 것은 선생의 정신입니다. 저희의 마음에

---

241) 삼생三生 : 사람은 임금·아버지·스승 셋에게서 생존한다는 말. '임금은 먹여주고, 아버지는 낳아주고, 스승은 가르쳐 주었으니 하나같이 섬겨야 한다.'고 하였다. 여기서는 송기식이 이상룡의 제자이므로 삼생三生의 의리가 있다 말한 것이다.

242) 지수地水 : 타국 사람을 모셔 놓고 제사 지낼 때 쓰는 말로, 신령은 땅속의 물과 같아서 어느 곳에서나 정성껏 받들면 그곳으로 온다는 것이다. 소식蘇軾의 조주한문공묘비문潮州韓文公廟碑文에 "공의 신령이 천하에 있는 것이 물이 땅속에 있는 것 같아 어느 곳이나 있지 않는 곳이 없다[公之神在天下者 如水之在地中 無所往而不在也]."에서 나온다.

는 어렴풋하여 마치 모두 잊어버린 듯하나, 선생께서는 잊지 않으셨을 것입니다. 지금 영위 [屛幃]를 걷을 때가 되어 애통의 눈물을 흘리는 것은 효자의 정이나, 영위를 걷든 걷지 않든 높이 우러르는 것은 저희의 흠모의 정 때문일 것입니다.

아! 광의廣義의 절필은 성인이 남기신 뜻일 것이요, 선생께서 천하를 구제하려 한 수단이었습니다. 성인의 도는 시공을 넘어 일관된 것이니 선생께서 행하신 도 여기에 있었던 것입니까? 천리 밖에서 정성을 다하여 도로써 우러러 봅니다.

▫ 또 중표종제 문소 김만주   又 重表從弟聞韶金萬周

아! 나라를 떠나 만리 이역에서 갖은 풍상을 겪고 끝내 혼백으로 동매구각桐梅舊閣(오동과 매화가 있는 옛 임청각)에 돌아오시니 이 분이 바로 조선 처사 석주 이선생이십니다.

아! 저 만주萬周가 어찌 공을 곡하겠습니까? 공의 마음을 곡하겠습니까? 마음을 곡하자면 지극히도 은미하여 그 만분의 일도 형용할 수 없습니다. 사업을 곡하겠습니까? 사업을 곡하자면 여러 이목이 번다하여 누군가 훔쳐볼까 가장 두렵습니다. 차라리 중원의 고사리를 뜯고 동해의 물을 잔질하여 생사의 슬픔만 말할 뿐이나 또한 정 이외의 것입니다. 조만간 돌아가 모시는 날 종적의 혐의가 없을 수 있다면 세 치의 혀를 다하여 전생의 마음에 품었던 말씀을 낱낱이 아뢰겠습니다. 어느덧 중상中祥 날이 다가오니 다만 더욱 통곡할 따름입니다.

▫ 또 척하생 영양 남유해·남명수·남한진 등   又 戚下生英陽南有海命洙漢鎭等

생각컨대 영령께서는 온 고을과 온 나라 사람의 중대한 인망으로 북두성과 같이 명성이 높았습니다. 일찍이 서산선생의 문하에서 배워 박문약례博文約禮의 요체를 듣고 의리의 분별을 밝혔습니다. 경세제민의 재주를 가졌으나 40여 년동안 동강東岡을 지키며 한 번도 회호위곡回互委曲한 적 없이 확고히 천하에 뛰어난 선비의 기상과 절조를 지켰습니다.

저 국운이 장차 다하게 되어 종묘사직이 이미 망하게 되자, 우리 영남 또한 세록을 입은 신하의 고장이나 죽어 묻힐 땅이 없고, 대하大廈가 무너지려 할 때 기둥 하나로 지탱하기 어려웠다. 서쪽으로 압록강을 건너 단신으로 낯선 나라에 가신 것입니다. 그 뜻하였던 일을 추구해 보면 과연 피지避地하여 자신을 도모한 데에 그쳤겠습니까? 대개 만번 죽더라도 대동 번

영의 세상을 세우려는 데서 나온 것이나 끝내 평정하기 어려웠던 것은 이것이 사업이었기 때문입니다. 혹한의 풍토병과 눈바람 속에서 세월은 유유히 지나 수염과 모발이 백발이 되었으나 하늘은 공의 뜻을 돌보지 않았습니다. 어디에도 장사지낼 곳이 없었지만, 세상의 모든 사람들이 구차스레 목숨을 부지하느라 금수가 되어버렸던 자들과 견주면 오히려 스스로를 깨끗이 보전하여 한 점 오욕이 없었다 할 것입니다. 곧 외로이 남은 후생이 의지하여 돌아갈 곳 없는데야 어찌하겠습니까?

아! 천장지구天長地久의 역사에 밝은 해처럼 능히 썩지 않고 남을 것은 착한 이름이 아니겠습니까? 훗날의 군자가 우리나라 역사를 두고 사필史筆을 잡는다면 반드시 "아무 연·월·일에 아무개 처사가 생을 마쳤다."라고 쓸 것이니, 어찌 깊이 통곡 할 것이 있겠습니까?

10세世의 세의로 마땅히 아드님과 다정히 지낼 것을 강구하려니와, 한스러운 것은 저희가 사는 동해는 먼 곳이라 한 잔 물조차 직접 따르지 못하고 대강 솜에 적신 술243)을 우려 올립니다. 밝으신 영령께서는 강림하셔서서 저희 정성을 돌보소서.

▫ 또 계가자 금성 박기종   又 契家子錦城朴基鍾

아!

공께서 계실 때에 경성景星처럼 우러렀는데

지금은 계시지 않으니 장성長城을 잃었네

아아, 공께서는 동방 인걸의 고장에 나시니

단혈244)에서 봉황이 나고, 악와245)에서 준마가 나 듯

하늘이 돌보시면 장차 큰일을 이루리니

처음에는 담금질하고 끝내 인의를 끼치셨네

---

243) 솜에 적신 술 : 원문은 지면漬綿이니 솜을 술에 담근 것을 이른다. 후한後漢 때의 고사高士 서치徐穉가 항상 솜을 술에 담갔다가 꺼내서 바싹 말리고 여기에 닭구이[雞炙] 한 마리를 싸 가지고 죽은 이의 묘墓 곁에 가서 그 솜을 물에 적시어 주기酒氣가 우러나게 한 다음, 그 묘 앞에 백모白茅를 깔고 이것을 올려 조문弔問을 하곤 했던 데서 온 말이다(『후한서後漢書』 권53). 보잘 것 없는 제수라는 뜻.

244) 단혈丹穴 : 『산해경山海經』 남산경南山經에 나오는 산 이름. 금과 옥이 널려 있고 오색의 무늬를 가진 봉황새가 산다고 한다.

245) 악와渥洼 : 중국 서북방 감숙성甘肅省에 있는 강 이름으로 예전에 여기서 신마神馬를 얻었다 한다.

손수 운한雲漢246)을 도리고 세상의 말폐 쓸어내니

평화롭고 온아한 붉은 슬갑과 푸른 보배였네

북풍의 찬 날씨에 어느 초목이 시들지 않았으랴

천추의 역사에 비추건대 금수강산에 별이 졌네

계책이 어찌 모자랐을까, 한漢 나라 사직이 망하려 할 때

그때 군사 출동한 이는 권세와 지위가 혁혁했네

공은 어찌 망명자 신세에 백의로 길을 나섰는지

지금 일을 옛날에 비하니 곱절이나 가슴이 아프네

동방의 고운 나라, 벙어리 되어 말하는 이 없는데

몸과 마음을 다하니 성패 이둔을 어찌 논하랴

공께서 독판督辦이 되시니 2천만 백성이 있었고

동국사東國史 펴내시니 2백 4년 역사가 살아났네

온 산하의 슬픈 바람 어디서 울부짖는지247)

몸은 곤궁하나 명성은 드러나 만국이 떠들썩하였네

해 저문 나루에 뱃사공 부르니 누가 있어 도왔을까

당시에 우리 형님이 홍명鴻冥248)에 맹세하였지

하늘 끝 외로운 나그네 사방을 보아도 첩첩산중

거기서 고락을 나누고 거기서 생사를 함께 했네

내 감히 못난 주제에 호걸들과 동행하랴249)

공께서 "내게로 오라, 자네 형을 내가 아네.

---

246) 운한雲漢 : 소동파蘇東坡가 지은 한문공韓文公 비碑에, "손으로 운한을 따 내어 천장을 나누었다[手抉雲漢分天章]."고 하였는데, 운한雲漢은 은하수이며 천장天章은 하늘의 무늬를 뜻한다.

247) 온 산하의 … 울부짖는지 : 『장자莊子』「제물론齊物論」에 "큰 땅덩어리가 숨을 내뿜는 것을 바람이라 하는데, 가만히 있으면 모르지만 일단 일어났다고 하면 만 개의 구멍이 노하여 부르짖기 시작한다[夫大塊噫氣 其名爲風 是唯無作 作則萬竅怒號]."라는 말이 있다. 나라에 어려운 사정이 생기고 각색 의논과 주장이 난무함을 말한다.

248) 홍명鴻冥 : 사환의 길을 초탈한 고사高士에 대한 비유이니, "먼 하늘에 아득히 나는 기러기를 활 쏘는 사람이 어찌 잡으랴."라 한 말이 『법언法言』에 보인다. 여기서는 이상룡을 가리킨다.

249) 호걸들과 동행하랴 : 본문의 뜻은 천리마에 붙은 파리[附驥之蠅]인데 후배가 뛰어난 선배의 덕택을 입는 것을 말한다. 『사기史記』「백이전伯夷傳」에 "안연顏淵이 비록 학문에 독실했지만 공자孔子라는 천리마 꼬리에 붙음으로써 그 행적이 더욱 드러나게 되었다."고 하였다.

옛날부터 춘부장께서 깊은 정분 있었는데

내가 아직 살아 있어 온갖 재앙 만나네.” 하셨네

은혜에 감격함이 혜소의 산공山公 정도 뿐이랴만250)

고향으로 돌아와서는 낭패로 따를 수 없었네

압록강까지 전송하던 모습 꿈에도 생생하여

강녕하시어 천도天道가 회복되기를 바랬는데

이 나라 백성 복이 없어 갑자기 부음이 들리니

가슴 쓸며 통곡하기를 마치 병든 것 같이 하네

대의를 펴지도 못한 채 태양이 빛을 잃으니

천추의 뜻있는 선비, 누가 눈물 흘리지 않으랴

몸은 대지로 돌아가고 혼백은 고향으로 돌아오셨는데

한참 다른 날 제문을 지어 정령을 위로하네

양양한 혼령께서 우리나라 보우하시리니

보잘 것 없는 이 정성이 명부에 전해지겠지

▫ 또 교하생 경주 김덕희 又 敎下生慶州金悳熙

고故 석주 이선생께서 간도의 길림성 객관에서 돌아가셨다. 아아, 관구棺柩가 돌아오시기 전이나 효자가 혼령이 환고하지 않을 수 없다 여기고 옛집 임청각 정침正寢으로 모시고 돌아왔다. 임신년(1932) 5월 아무 날이었다. 갑술년(1934) 5월 12일 을축은 영위를 거두는 날인데, 그간 교하생 경주 김덕희金悳熙는 분주한 생활에 골몰하여 한번 영결할 겨를을 내지 못하였다. 평소에 사랑을 입었던 의리에 비추어 볼 때 은의를 저버린 죄과가 실로 크다. 이제 오늘에야 삼가 몇 줄의 글을 지어 통곡재배하고 영전에 엎드려 아뢴다.

아! 삼가 생각컨대, 선생께서는 하악河嶽의 정기와 규장圭璋의 아름다운 자질을 품부하시어 총명한 재주가 절륜하고, 크나큰 기량은 작은 성취에 안주하지 않았습니다. 어릴 때부터 가학

---

250) 산공山公 정도 뿐이랴만 : 진晉 나라 산도山濤이다. 평생의 지우였던 혜강嵇康이 종회鍾會의 모함에 걸려 죽자 혜강의 아들 혜소嵇紹를 추천하여 비서승秘書丞이 되도록 이끌고 보살폈다. 여기서는 석주의 은혜를 영원히 잊지 못하리라는 뜻으로 썼다.

의 전통을 잇고 도덕 높은 스승께 수학하였으니, 대개 그 배양하여 수립한 것이 본디 탁월한 데가 있었습니다.

학문은 심성과 이기의 정미함에 근본하였고, 행실은 효제와 충신의 덕행을 미루어 나간 것이어서 인애가 족히 만물을 적셔 길러줄 만하였고, 국량이 족히 모든 선을 포용할 만하였습니다. 일을 논할 때는 규모와 조치가 제갈공명諸葛孔明의 팔진도八陣圖와 같았고, 도를 지키는 엄중함은 곤연髡衍[251]의 예봉을 꺾을 만하였습니다. 차라리 남에게 한 번의 은택을 입지 못할지언정 한 때의 이득을 자신의 공으로 여기지 않았고, 차라리 천하를 위하여 죽을지언정 일신의 궁액을 염려하지 않았습니다.

춘추春秋의 대의에 엄정하여 왕도와 패도의 구분을 판명하고, 사물의 본래 그러한 연고를 밝아 변통의 이치를 깊이 추구하니, 흉회가 환하여 한 쪽으로 치우친 논리에 빠지지 않았으며, 거동은 엄숙하여 멀리서 보아도 범할 수 없는 기상이 있었습니다. 저 경륜과 포부로 말한다면 요순의 정치를 행할 만하며, 삼대三代(하·은·주)의 예악을 기대할 만하였으나, 하늘은 어찌 보살피지 않아 끝내 성치창명晟治昌明의 때에서 멀어져 세상이 기울고 운수가 다하는 때를 만나게 하였단 말입니까?

동방의 나라가 졸지에 창상滄桑의 변화를 맞게 되니, 애달픈 우리 백성은 고통스럽고 위태로웠습니다. 이때 우리 부자께서 일편단심으로 만리 밖 서간도로 건너가 이역의 풍상 속에서 수염을 휘날리고 북풍설한 추위 속에서 충분에 떨었습니다. 백이伯夷의 옛 절조를 가슴에 품고 연운燕雲(연경·계주 지방)에서 손에 침을 뱉고 분발하여 맹세하며 호천의 복수를 기다렸으나 하늘도 또한 밝지 못하여 이 뜻을 이루기도 전에 갑자기 오늘의 슬픔을 맞게 되었습니다. 선생의 고심혈성苦心血誠이 비록 천고의 역사에 남는다 하더라도 소자의 사사로운 마음에 서린 통한은 마치 바다처럼 끝이 없습니다.

아! 지난 어느 해 어느 날 저 소자는 살 집과 토지를 구할 계획으로 서쪽 변방을 찾아갔었습니다. 비바람 치는 객관에서 선생을 뵈었는데, 자상히 손을 이끌어 가르치셔서 말씀이 미치지 않는 곳이 없었습니다. 그러나 때때로 드러낸 강개한 심사는 다른 사람으로서는 알 수가 없는 것이었습니다. 소자가 명을 받들어 고국에 돌아온 후로 쑥대밭 같은 옛집[蓬底舊棲]에 연명하면서 얼마의 세월이 지났는지 손꼽아 헤아리며 삼가 선생의 소식이 들려오기를 기다린지 오래였습니다. 그런데 하루아침에 갑자기 부음을 받을 줄 어찌 생각이나 했겠습니까?

---

251) 곤연髡衍 : 전국戰國 때 변사辯士 순우곤淳于髡과 공손연公孫衍.

이제는 모든 것이 끝이며, 슬프고 슬플 따름입니다. 어떻게 하면 구천에 계신 선생을 다시 살아나게 하여 천하에 대의를 밝히겠습니까? 말이 여기에 이르니 오장이 무너질 것만 같습니다. 영전에 와서 통곡하며 감히 비박한 제수를 올리오니, 바라옵건대 존령께서는 오셔서 흠향하시기 바랍니다.

▫ 또 통가하생 풍산 류지우   又 通家下生豐山柳之佑

아! 생각컨대 공께서는

의범이 산처럼 우뚝하며 뜻은 하늘을 버티니

풍뢰風雷와 같은 기백에 강하와 같은 기량이었네

일찍이 정도에 발 디디고 학문을 쌓을 때

삼황오제三皇五帝며 왕도와 패도, 귀신과 천인天人을 연구하였네

예악과 시서를 익히며 문장과 전기를 섭렵하며

당우唐虞 서적 거치고 반마班馬252)의 사서史書로 채찍을 삼았네

이에 동서고금과 오대양·육대주의

백성의 인심과 물산, 산천과 지리에 이르기까지

기억에다 갈무리하고 남김없이 탐구하니

사방에 우뢰가 울리듯 태산북두의 명성이 높았네

지난 날 경술년(1910)에 하늘과 땅이 뒤집히자

『춘추』 한 부의 대의를 읽을 곳이 없어졌네

기러기[冥鴻]253)가 한번 날아 서간도로 가셨네

문정에 매복梅福254)의 갓을 걸고 호수에 범려范蠡255)의 조각배 띄우니

---

252) 반마班馬 : 반고의 『한서漢書』, 사마천의 『사기史記』.

253) 기러기[冥鴻] : 세상의 부화한 기습을 초탈하여 얽매이지 않는 고결한 선비를 비유하는 말이다.

254) 매복梅福 : 한漢 나라 사람으로 매생梅生 혹은 매선梅仙이라고도 한다. 왕망王莽이 정사를 전횡하자 처자를 버리고 떠나 구강九江으로 갔는데, 신선이 되었다고도 하고 오시吳市의 문졸門卒이 되었다고도 한다(『한서漢書』 권67).

255) 범려范蠡 : 춘추시대 월越 나라 임금 구천句踐을 20여 년간 섬기면서 오吳 나라를 멸망시키고 회계會稽의 치욕을 씻고 나서는, 월나라를 떠나 조각배를 타고 강호江湖를 떠돌아 다녔는데, 제齊 나라에서는 치이자피鴟夷子皮라는 이름으로 수천만 금金을 모았고, 다시 도陶에 가서는 주공朱公

단군·기자의 옛터요, 대씨大氏(발해)의 옛 도읍인데

요하遼河에는 구름이 어둡고 계주薊州의 숲에 바람이 울었네

쓸쓸한 저문 길에 가슴 속의 더운 피를 뿌리며

한 가닥 명을 부지하며 좋은 날이 있기를 기다렸네

상제上帝가 옥경루玉京樓 낙성식에 글 담당할 사람으로 부르니

하소연하고자 하나 어디에 물으랴, 저 하늘은 아득하기만 하네

슬프다, 우리 동포는 부모를 잃은 듯하였네

온 천지를 방황하며 도탄에 빠졌나니

어찌 그들을 구제할꼬, 살리기 어려운 것이 한이로다

공이 어찌 눈감았을까, 왜적 망하는 것 보려 하시더니256)

살아가서 죽어 돌아오니 무덤 하나 쓸 곳이 없다네

저 청산 어느 곳에 장사하고 곡할 것인가

처사의 붉은 명정에 대한의 빛 띠어 있네

인걸이 죽으면 나라가 병듦은 고금이 같은데

오장원五丈原에 별이 지고 애산崖山에 붉은 해 걸렸네257)

공의 시종을 돌이켜 볼 때 일관된 행적이니

공이야 무슨 유감이랴 편히 죽어 치욕이 없었네

아아! 나같이 못난 소자는 외람되게도 세의 있는 집안인데

그 사이 20년 동안 안부 어이 막혔던고

먼 땅이라 하지만 서신은 계속 오고 갔네

아버지는 양산梁山에서 돌아가시고 온 집안은 떠돌며

조카는 한성에서 아내를 잃고 슬픔에 잠겼고

으로 행세하며 거부巨富가 된 뒤 그곳에서 죽었다(『사기史記』「화식전貨殖傳」·『국어國語』「월어 하越語下」).

256) 왜적 망하는 것 … 하시더니 : 원문은 서관동문誓觀東門. 오자서伍子胥의 고사. 오자서가 재상 백 비의 무함으로 죽게 되었을 때, 가족에게 유언하기를, "내가 죽거든 내 눈을 동문에 걸어라. 죽 어서라도 오나라의 망하는 모습을 보겠노라."라고 한 데서 나온 말이다.

257) 오장원五丈原에 … 걸렸네 : 제갈공명이 한실의 부흥을 위해 노심초사하다가 오장원에서 죽었 으며, 문천상文天祥이 송나라의 위난을 구하려다가 애산에서 죽은 사실을 가리킨다. 이상룡의 위국단충을 비유한 말이다.

형은 병든 지 3년에 약도 효험 없었네

모든 일 몸소 담당하며 활로에 애썼는데

지난번 상주 대해 충심을 대강 털어놓았네

나중에 손자께 초미의 우환이 있었다 들었는데

풍채가 늠름하니 사람마다 별 일 없음을 치하하였네

재앙은 어찌 겹쳐 오는고, 공의 부인께서 또 떠나시니

상주가 거듭된 화로 몸 상할까 걱정일세

무슨 말로 위로하랴, 이치로 응당 웃을 것을

혼령께서는 도우서서 다음 세대를 창성하게 하소서

□ 또 계가소자 문소 김상환   又 契家小子聞韶金象煥

아! 소자가 불행하여 연분이 있는 집안의 외로운 자제로서 갑자기 공을 곡한단 말입니까? 공의 집안과 우리 집 두 집안이 정을 두터이하고 세의를 거듭 맺어왔음은 몇 마디 말로 다할 수 없을 것입니다마는, 그 동안 가볍지 못한 일을 아뢰자니 변명할 수 없음이 실로 괴롭습니다. 이토록 늦은 사정을 헤아려 주시겠습니까?

옛날 아버지께서 살아계실 때 서로 나누신 자별한 정은 비단 공 한 분이 아니나, 동남 지방의 여러 마을을 통틀어 공처럼 가까운 분은 없었습니다. 그리고 마음을 기울여 소통함도 공처럼 밀접한 분은 없었습니다. 그래서 예원藝苑에 높이 노닐며 강석에 참여하실 때 풍채와 기상이 남의 이목에 으뜸이 되었을 것임은 미루어 알겠지만, 서산선생의 가르침이 당시를 울렸으니 온 도내의 선비들이 덕화를 입음이258) 더구나 어떠했겠습니까? 문학과 덕행은 실로 전열前列에 추대되어 앞으로 의발衣鉢의 전함이 절로 돌아갈 곳이 있었으니 이부二父(이상룡과 김상한의 아버지)의 의지와 기대가 어찌 작았겠습니까? 온 영남지방의 학문하는 선비들이 본받을 모범이 있다고들 일렀으나, 기막힌 재앙259)을 만나 나라꼴이 나라답지 못하게 되어 눈물로

---

258) 덕화를 입음이 : 원문은 군음각충群飮各充. "뭇사람이 하수에서 물을 마실 적에는 각각 자기의
　　　양을 채울 수 있다[群飮於河 各充其量]."고 한 데서 온 말로, 도덕이 훌륭한 이에게서는 누구든지
　　　도덕의 감화를 만족하게 받을 수 있음을 비유한 말이다.

259) 기막힌 재앙 : 음양가陰陽家에 백륙양구百六陽九라는 말이 있는데, 1백 6년 중에 심한 재난의 해
　　　가 있다는 뜻이다(『한서漢書』「율력지律曆志」상, 곡영전谷永傳 주注).

하늘과 땅을 바라보니 아! 어디로 돌아갈까?

생각컨대 공께서는 뛰어난 기상과 빼어난 자질로 언제나 우리 동방은 너무 좁다 여기시더니, 끝내 요하 지경으로 건너가셨습니다. 외로운 배로 날아[隻鷁如飛] 맑은 기개를 마시듯 하시니 그런 세월이 얼마입니까? 이것을 저의 돌아가신 아버지께서 일찍이 탄식하며 안타까워한 적이 있더니, 전해지는 소문에 들었습니다. 또 그 장서張署260)의 꿋꿋함과 조정趙鼎261)의 충직함을 심복함이 마치 고인과 같다 하니, 망국 유민의 괴로운 심사로서 범상한 사람이 짝할 일이 아닐 것입니다.

문장의 성대함은 대국의 음절을 능가하였으나 의경은 반드시 그 세인의 불평을 빌어 읊었으니,262) 장차 그것을 읽는 자가 또한 '석주의 문체'라 할 것입니다.

지절志節로 석주를 칭하고 문장으로 석주를 칭한다면 석주선생의 이름이 천억 년에 드리워질 것이니 저 유하牖下의 선비263)와 비교할 때 천양지차가 아니겠습니까? 어느 야만의 나라에 살든 끝내 구학溝壑에서 죽을 뜻을 이루고, 한 시도 잊을 수 없던 부모의 나라에 돌아와 군자정에 빈소를 차렸습니다. 외로운 상주는 기구箕裘의 세업264)을 이을 것이며, 여러 종족들은 병한屛翰의 수호265)가 될 것이니, 이승이나 저승이 평안하실 것이요, 온 나라 남녀들이 누가

---

260) "唐李棲筠爲常州 大起學校堂 爲鄕飮酒禮 人人知勸敦行孝弟 張署爲虔州刺史 使通經吏與諸生之旁大郡 學鄕飮酒喪婚禮 張施講說 民吏觀聽 從化大喜".

261) 조정趙鼎 : 송나라 때의 충신. 자는 원빈이며 시호는 충간이다. 과거의 책문策文에서 장돈章惇의 실정失政을 비판하였고, 송나라가 남천南遷한 뒤로는 나라의 부흥을 위해 진력하였다. 유배되어 음식을 먹지 않고 자결하였다. 진회를 비롯한 간신의 모함을 받아 여러 차례 좌천되었다가 사직하는 표문表文에서 "흰 머리 늙은 몸이 어디로 가겠습니까. 여생이 얼마 남지 않았음이 서글픕니다. 단심丹心은 아직도 남았으니, 아홉 번 죽더라도 변치 않으리라 맹세합니다." 하였다(『송원학안宋元學案』 권44).

262) 세인의 불평을 빌어 읊었으니 : 원문은 가명기다소불평假鳴其多少不平은 한유韓愈의 '송맹동야서送孟東野序'에 "대저 어떤 존재이든 간에 온당함을 얻지 못하게 되면 밖으로 표현해내기 마련이다[大凡物不得其平則鳴]."이라 하였고, 『고사성어고故事成語考』 송옥訟獄에 "세상 사람은 불만스러우면 떠들어대지만, 성인은 함께 따지지 않는 것을 귀하게 여긴다[世人惟不平則鳴 聖人以無訟爲貴]."라고 하였다.

263) 유하牖下의 선비 : 들창 아래서 보명하여 죽는 선비. 일반적인 선비를 말한다.

264) 기구箕裘의 세업 : 『예기禮記』「학기學記」에 "훌륭한 야공冶工의 아들은 그 아버지의 하는 일을 보고 배워 반드시 갖옷[裘]을 만들 줄 알고, 활을 만드는 궁인弓人의 아들은 그 아버지의 하는 일을 보고 배워 반드시 키[箕]를 만들 줄 안다." 하였다. 후에 전轉하여 선대의 가업을 계승한다는 말로 쓰인다.

265) 병한屛翰의 수호 : 『시경詩經』「대아大雅」에 "제후는 천자의 병풍이요, 종사는 나라의 기둥이니

갈채喝采하지 않겠습니까?

  저 소자는 감히 하찮은 세상의 일로 존령께 아뢰지 못하겠으나, 돌아가신 아버지를 생각하면 그 슬픔을 어떻게 감당하겠으며, 영위를 걷으려 하니 언제나 다시 뵙겠습니까? 전날 부음을 듣고서 멀리 하늘 끝에서 목 놓아 통곡한 일을 생각하면 오늘 저녁 몸소 와서 공사의 슬픔을 대략 말씀을 드리니, 이로써 저로서야 다행이지만, 혹 때늦은 통곡을 생각하셨겠습니까? 엎드려 바라건대 존령께서는 살펴주시기 바랍니다.

▫ 또 시교표종 안릉 이현복 又 侍敎表從安陵李鉉復

하늘에 별이 있고 땅에 산이 있어

정기를 쌓고 인재를 기르니 공이 이에 태어났네

독실하고 민첩한 자질과 곧고 확실한 기상에

일찍이 단비 맞아 재덕이 온전히 이루어졌네

국한되지 않은 유업儒業과 유용有用한 학문으로

읽지 않은 책이 없되 진부함을 즐기지 않고

탐구하지 않은 이치가 없되 차례 넘는 일 힘쓰지 않아

한계를 뛰어넘어 굉박한 경지를 이루었네

중도에 생각 바꾸어 그 식견에 표적이 생기니

본바탕을 넓혀나가고 정신을 단련하였네

보이는 것마다 마음 상하니 온 산하가 예와 다르고

삼강오륜이 무너지니 해와 별이 빛을 잃었네

사람의 떳떳한 이륜은 하늘에서 받은 것이라

죽을 곳이 없다 하나 사는 것도 수치스럽네

좁은 우리 동방에서 어디로 가야 할까

방법이야 다 다르나 도해蹈海·등산登山 뿐이었네

공이 이에 결단하여 중화 땅으로 들어가니

전고에 없던 일이라 사람이 혹 알지 못하고

  [大邦維屛 大宗維翰].”라 한 데서 나왔다. 여기서는 종가를 보존하는 모든 일을 말한다.

함부로 평가하기를 개미가 나무 흔들듯 하였네
공께서 이에 상관치 않고 국운이 내게 달렸다 하시듯
머리카락이 다 세도록 우국충정을 변치 않았네
만주 사람이 감동하고 하인까지도 명성을 외었는데[266]
아아, 저 하늘이여! 20년 동안 회복되지 못하고
떠나감이 한계 있어 한번 병에 버리듯 떠났네
낙동강 물결이 울고 서산의 구름도 슬퍼하니
그 누가 통곡하지 않을까마는 아무도 나만한 사람 없네
어리석은 이 몸 돌아보건대 공의 집 외손으로
항렬은 숙질간이요 의리로는 또 사제 사이
어리석다 버리지 않고 매번 감싸 인도하시니
도곡陶谷의 재사에서 오래도록 정문일침頂門一鍼을 받았고
범계정帆溪亭의 맑은 밤에 자상한 말씀 얼마나 들었던가
처세의 도리와 사람노릇 하는 방도를
가르침 아니면 몰랐으리니 감격이 간절할 뿐이네
지나간 경술년(1910)에 공께서 압록강을 건너실 때
나도 가서 모시려 하자 기미를 보이지 않으시고
엄중히 경계하시기를, '기량을 크게 키워라.' 하셨는데
지금까지도 생각하면 회초리가 등에 내릴 듯하네
나중에 다시 가까이서 음용을 모시리라 여겼으나
만리 밖 계신 곳을 그리는 마음만 간절하였네
지금에는 소용없으니 이 마음을 누가 알까
명성은 사라지지 않을 것이나 천명을 얻지 못하였네
구름은 머물지 않고 낙동강 물결이 이는데
지난 일은 아득하여 꿈에서 깬 듯하여라

---

266) 하인까지도 명성을 외었는데 : 송나라 소식蘇軾의 사마온공독락원시司馬溫公獨樂園詩에 "항간의
　　아이들도 군실을 외고 심부름하는 하인들도 사마를 아네[兒童誦君實 走卒知司馬]."라 한 데서 나온
　　말이다.

현량한 효자가 남기신 교훈 받들어

슬퍼하며 영구를 모시고 옛집으로 돌아오니

문호가 다시 열리고 마을은 일신하네

세월이 얼마나 지났던가 대상이 오늘로 다가오니

뵙던 모습은 아득해지고 목소리는 멀어지네

어디에서도 찾아 볼 수 없어 천지가 온통 빈 듯한데

이 세상에서는 그만이로다 어디에서 다시 뵈올까

슬픈 마음 아뢰려 하나 눈물부터 자리를 적시고

공의 덕을 그리려 하나 용을 뱀으로 그릴까 두렵네

술 한 잔을 올리고 정성에 미진하니

밝으신 존령께서는 여기 오셔서 흠향하소서

▫ 또 계가후생 진안 이인호   又 契家後生眞安李寅鎬

아! 대체로 기걸 영특한 선비가 어느 때에 없었겠습니까마는, 그 공업功業을 성취하는가 못
하는가의 여부는 다만 한 사람이나 한 때의 성패뿐 아니라, 모든 것이 국가 흥망의 운수와
민족화복의 기회에 관계되는 문제입니다.

공은 이름난 고장의 오랜 가문에서 나고 자라 문장의 아름다움과 학문의 박흡함으로 울연
히 우리 유자儒者가 경복敬服하는 분이 된 지 오래였습니다. 접때 갓과 신이 거꾸로 되던
날,267) 우리 모두가 흘린 신정新亭의 눈물268)을 어찌 차마 말하겠습니까?

공과 같은 기국器局으로 입에 재갈이 물리고 온 몸이 묶이는 신세가 됨을 달게 여기지 않는
것이 공의 뜻이셨습니다. 이러한 시국에 서산西山으로 들어가 고사리나 캐며 주려 죽는 것은
하등 실익이 없으며, 남양南陽 초당에 은거하려던 봄꿈은 이미 깬지 오래였던 것입니다. 이에
친척과 선영을 버리고 가족을 이끌고서 만리 국경 밖으로 이주해 가셨던 것입니다.

---

267) 갓과 … 되던 날 : 외적의 침탈로 국운이 쇠망하는 상황을 이른다. 관구도현冠屨倒懸이라고도 한다.
268) 신정新亭의 눈물 : 진晉 나라는 외래 민족에게 중원中原을 빼앗기고 강동江東으로 옮겨 갔는데,
   하루는 여러 사람들이 신정新亭에 나와 놀다가 술이 거나하게 취하자, "산하山河는 다르지 않으
   나 풍경이 예와 다르다."하면서 서로 보고 울었다.

유세를 할 수 있는 몇 치의 혀는 아직 남아 있는데, 어찌 뜻을 함께 하려는 사람이 없어야 되겠습니까마는, 미친 듯이 흐르는 내를 막는 데에 한 손으로는 돌리기 어려워[269] 끝내는 이국의 고혼이 되었으니, 이것이 과연 하늘의 뜻입니까 사람의 일입니까?

산 사람이 고국으로 돌아 올 일은 환난이 급박하게 닥쳐왔기 때문에 조금도 늦출 수 없었습니다. 그러나 이러한 때에 반장返葬의 예는 더욱 위험을 무릅쓰면서 행할 수 없는 일이니, 진정되기를 조금 기다린다 하더라도 늦지는 않았을 것입니다. 거기다 아우님께서 뒤에 남았으니, 공의 영령이 잠시라도 그곳에서(만주) 편안히 여기겠습니까?

어느새 상기祥期가 임박하여 인척과 원근 친소의 구분 없이 달려와 곡하는 것은 거의가 끝까지 다 같이 현의 곡입니다. 저 인호寅鎬와 같은 자는 인척 후생으로 수십 년 이래 풍수지탄風樹之嘆(아버지의 죽음)의 남은 후회에 시달리며 근근히 목숨을 붙여왔는데, 만근에는 슬픔과 고통이 숙부와 동기同氣 사이에 그치지 않아 약간이나마 남았던 기백도 거의 녹아 없어진 듯합니다.

비록 그러나 때때로 평일의 경모하던 뜻을 일으켜 한 조각 마음속 깃발을 만주·몽고 지경의 하늘가에 올리고 백번 절하여 속으로 기원하였던 것은 순풍이 불어 공이 돌아오시는 날이 혹 있어 예전처럼 모시고 가르침을 받게 될까 하였으나, 저희 후생이 복이 없어 이제는 다시 그럴 수가 없게 되었습니다. 더듬어 금석지감今昔之感을 떠올리니 어찌 솟아오르는 눈물을 금할 수 있겠습니까? 밝으신 존령께서는 혹 즐겨 살피시고 즐겨 들어주실지 모르겠습니다.

□ 또 시교생 안동 권중엽 又 侍敎生安東權重曄

근간에 돌아가신 석주선생 고성 이공께서는 우리나라의 큰 어른이시다. 숙환으로 만주에서 돌아가시자 그 혼백을 모시고 임청각 본 집으로 돌아왔다. 아아, 슬프다! 시교생 안동 권중엽權重曄은 삼가 포·과일과 향주香酒를 갖추어 공경히 영전에 제사를 올리니 때는 갑술년(1934) 4월 3일이니 곧 대상의 앞 달이다.

---

269) 미친 … 어려워 : 원문의 장천障川은 회광란回狂瀾 장백천障百川의 준말로, 미친 듯이 함부로 흐르는 물결을 정상으로 돌리고, 모든 내를 다스려 동쪽으로 흐르게 한다는 뜻이다. 세태의 변천을 바로 잡고 좋지 못한 유행을 막는다는 뜻으로 전용되었다.

아!

높이 치솟은 태백산, 도도히 흐르는 낙동강이여

기세가 드높고 흐름이 드넓어 남방의 벼리라네

거기에 임청각이 있어 산을 등지고 물을 눌러

맑은 기운 후한 지령에 대대로 덕이 깊어지더니

선생이 태어남에 영남의 운세가 쇠하지 않았네

효도와 우애는 천성이고 시와 예는 가풍인데

상작象勺의 나이270)로부터 재주로 명성이 높았네

본 것은 반드시 외어 팔짱 끼고 문장을 이루었으나

과거에 응할 때마다 유사가 공정치 못하였더니

귀한 것은 나에게 있다 하고 스스로 법문에 나아가

문식을 거두고 실상을 이루어 본원을 강구했네

아름답다 금계金溪여, 소호蘇湖와 대평大坪의 적전인데271)

스승께서 장허하여 은미한 뜻을 수강하니

훗날 종장宗匠이 되리라 여론이 인정하였으나

시절이 날로 바뀌어 글 읽은 사람이 탄식하였네272)

깊은 산을 찾아서 도곡陶谷 선영에 은거하시니

보리의 육구몽陸龜蒙273)이나 금화의 허겸許謙274)과 같았네

---

270) 상작象勺의 나이 : 『예기禮記』「내칙內則」에 "13세가 되면 음악을 배우고 시詩를 외우며, 작勺으로 춤춘다. 그리고 성동成童이 되면 상象으로 춤추고 활쏘기와 말타기를 배운다."고 하였다.

271) 아름답다 … 적전인데 : 원문에는 '미재금계嫩哉金溪 호평적전湖坪嫡傳'이라 하였다. 금계는 서산 김흥락을 가리킨다. 호湖는 소호리에서 강학하였던 대산 이상정을 가리키고, 평坪은 한들[大坪]에서 강학하였던 정재 류치명을 가리키는 말이다.

272) 탄식하였네 : 원문은 앙옥仰屋이니 "어떻게 할 수 없어 천정을 우러러 탄식한다[仰屋竊歎]."는 뜻이다.

273) 보리의 육구몽陸龜蒙 : 육구몽은 자는 노망魯望, 호는 보리甫里, 또는 천수자天隨子. 당나라 은일隱逸로서 시에 명성이 있었다. 송강松江 보리甫里에 살면서 집 전후에 구기자와 국화를 심어서 반찬하였으며, 차를 좋아하여 고저산顧渚山 밑에 다원茶園을 두었다.

274) 금화의 허겸許謙 : 허겸은 자는 익지益之로 금화金華 사람이다. 아버지 굉觥은 순우淳祐 연간에 진사였다. 허겸은 두어 살 때 아버지를 여의었고, 어머니 도씨陶氏가 『효경孝經』과 『논어論語』를 친히 가르쳐 주었다. 조금 자라서는 김이상金履祥에게 수업하였다. 그를 천거하는 자가 추천

꽃 피고 잎 지는 초하루엔 천석 사이에 자적自適하며

이러한 의리는 학문 가운데서 나왔네

그로써 할 만한 일은 분수로서 마땅한 일

지사의 끓는 피는 구름이 따르고275) 그림자가 따르듯276) 하였네

벌어지는 일마다 어긋날 뿐만이 아니어서

고국을 떠나 구이의 땅에서277) 괴로워하며

만리 밖 거친 들판에 살게 될 줄 꿈에나 생각했으랴

떠돌던 우리 유민 모여 사는 곳 어디서나

선생을 반갑게 맞으며 다투어 뵙기를 원했네

되놈들이 무엇을 알까마는 또한 모배膜拜278)하더니

선생께서 '우리 옛 나라가 저기 있었다.' 하시고

한결같이 우리의 동지로 여겨279) 광복을 도모하셨네

장을 수십 번 올렸으나 끝내 오게 하지 못하였다. 금화산金華山에 은거하면서 40년 동안 마을을 나가지 않았다. 68세에 죽자 문인들이 그를 백운선생白雲先生이라고 칭하였다. 저서에는 『사서총설四書叢說』과 『시명물초詩名物鈔』가 있다.

275) 구름이 따르고 : 『주역周易』「건괘乾卦」 문언文言에 "구름은 용을 따르고 바람은 범을 따르니 성인이 일어나면 만물이 우러러보는 것이다[雲從龍 風從虎 聖人作而萬物睹]." 하였다.

276) 그림자가 따르듯 : 대우모大禹謨의 말을 상고하건대 이르기를, "혜적길惠迪吉 종역흉從逆凶 유영향惟影響"이라 하였는데, 송나라 선유先儒에 이르러 해석하기를, "혜惠는 순順이란 뜻이요 적迪은 도道라는 뜻이니, 대개 도에 순한 자는 반드시 길吉하고 거스르는 자는 반드시 흉凶한 것이니, 마치 그림자와 메아리가 형상과 소리에 응하는 것과 같다." 하였다.

277) 고국을 … 땅에서 : 원문은 거이부해居夷浮海. 구이九夷는 아홉 종류가 있는 동방東方의 오랑캐로 『논어論語』「자한子罕」 편에, 공자가 구이에 가서 살고자 하자, 혹자가 "그 비루한 곳에서 어떻게 살겠습니까."하니, 공자가 말하기를 "군자가 사는데 무슨 비루함이 있겠는가."라 한 데서 나왔고 부해浮海는 공야장公冶長 편에 "도가 행해지지 않으니 뗏목을 타고 바다로 떠날까 하나니, 나를 따르는 자는 아마 중유仲由일 것이다."라 한 말에서 나왔다. 이상룡이 고국을 떠나 만주에 옮겨 간 것을 말함.

278) 모배膜拜 : 『당사唐史』에 "산동山東에 황황이 크게 일어, 사람들이 간혹 밭가에서 향을 피우고 모배膜拜 하였다." 하였는데, 그 주에 '모膜는 음이 모模인데 호인胡人의 절을 일컫는다.'하고, 『자서字書』에는 "길게 꿇고 절하는 것이다." 하였다.

279) 우리의 동지로 여겨 : 원문은 심려心膂로 심려고굉心膂股肱에서 비롯한 말이다. 군주는 더불어 천하를 다스릴 사람으로서 '보신輔臣(재상)을 심려心膂(가슴과 등골)로 삼으시고 대신大臣을 고굉股肱(다리와 팔)으로 삼으시며 언관言官을 이목으로 삼는다.'는 한 데서 나온 것으로 여기서는 이상룡

『대동사大東史』를 찬술하고 결사단체의 규약을 지어

무리들을 어떻게 통솔할까 신용으로 힘쓰시니

처음엔 헐뜯던 사람도 도리어 다시 복종하였네

초나라 구국에 뜻을 두어280) 제나라로 돌아가지 않았으니

유림은 참담해 하고 유사遊士들은 길이 탄식하네

아!

저 같이 어리석은 자가, 일찍 제자되기를 소원했더니

불운한 때를 만나 우설이 이토록 퍼붓고

북풍을 노래할 때281) 서쪽 사막은 멀고 황폐한데

하늘이 우리를 돌보시어 선생을 내려 보내셨네

흠모하던 뜻 평소부터 가뭄에 비 기다리듯 하였고

태산북두의 기대와 해와 별처럼 빛나는 덕이었네

미친 무리 울부짖으니 나라가 어찌 망하지 않을까

선생의 문전에도 개화의 물결이 밀려 들었으나

선생이 지치지 않고 수양의 노력[定力]을 기울이니

단속하고 바로잡음에 시귀蓍龜의 영험이 있었는데

오직 그 성패는 운세가 그릇되어서였네

옛날에 비교하면 국사國士이며 유현儒賢인데

소자는 같은 고을이라 지나친 장려를 받았네

의귀하기 바란 마음 저의 마음에 부흥하여

십 년을 모시고 다니기를 부형과 같이 하였다네

온갖 것을 가르쳐 주니 흡족하게 하였는데

지금 다 아뢰지 못함은 잠자코 발설하기 어려워서이네

이 만주의 원주민을 우리의 여당으로 인식하였음을 가리킨 말이다.

280) 초나라 구국에 뜻을 두어 : 신포서申包胥의 고사에서 나온 말. 신포서는 춘추시대 초楚 나라 사
람으로, 오吳가 초를 공격할 때 진秦의 구원을 얻어 오나라의 군사를 물리쳤다(『회남자淮南子』
「수훈修訓」).

281) 우설이 … 노래할 때 : 우설과 북풍은 어지러운 세상을 뜻한 것이다. 『시경詩經』「패풍邶風」
북풍北風 편에, "북풍이 저리도 거세거니, 비와 눈이 부슬부슬[北風其喈 雨雪其霏]."이라 하였다.

빈소가 여기에 있으니 분주히 달려와 곡합니다

하늘에 계신 영령께서는 흠향하여 주소서

▫ 또 계가하생 성주 이지성   又 契家下生星州李芝晟

삼가 생각컨대 선생께서는

산하의 맑은 기운이요, 규벽圭璧의 정화精華로서

하늘이 우리 동방을 돌보아 우뚝한 선비를 낳네

모습은 산악처럼 우뚝했고 마음은 얼음처럼 맑았습니다

손에 넉넉한 기량282)이 있고 발에는 법식이 있어

가슴에 품은 범갑范甲283)은 수 만병을 대적할 만하였습니다

기상과 음성의 우렁참은 황종黃鐘과 태려大呂와 같았으며

눈앞에 온전한 소가 없어 살과 뼈의 마디를 나누었습니다

다스리는 세상에는 봉황새가 날아오고, 어지러운 나라에는 소호召虎284)가 되리니

이런 장점 모아서 탁연히 선비의 으뜸이 되었습니다

예전 창대했던 시절에는 성인의 혜택을 구가하며

단군·기자 이래 정교에 무젖어 낙민洛閩285)의 학문을 연구하고

도산陶山의 학문을 조술하고, 소호蘇湖·대평大坪의 문하를 현창하니

탁월하다 서산西山이여! 영남에서 창도倡道하셨습니다

---

282) 넉넉한 기량 : 유인游刃은 칼날을 자유자재로 놀리는 것. 『장자莊子』 양생주養生主에 "백정이 문
    혜군을 위해 소를 잡으니 문혜군이 잘한다고 감탄하였다. 이에 백정이 말하기를 '저 마디에는
    틈새가 있고 칼날은 두께가 없으니 없는 것으로 있는 것에 들어가면 넓고 넓어서 칼날을 놀릴
    [游刃] 수가 있다.'" 하였다.

283) 범갑范甲 : 가슴 속에 치밀한 계획이 들어 있다는 말이다. 송宋 나라 범중엄范仲淹이 원호元昊의
    반란을 토벌하려 할 때, 반란군들이 범중엄의 기량을 두고 "뱃속에 수만의 갑병이 들어 있다
    [腹中自有數萬甲兵]."고 하며 두려워하였다는 고사에서 비롯되었다(『명신전名臣傳』「범중엄范仲淹」).
    보통 "胸中十萬兵", "胸中甲兵"의 숙어로 사용된다.

284) 소호召虎 : 주周 선왕宣王 때의 명신. 주나라가 한 때 쇠약하여 회이淮夷가 조공하지 않자, 선왕宣
    王을 도와 회이淮夷를 정벌하고 주실을 중흥시켰다(『시경詩經』「대아大雅」강한江漢).

285) 낙민洛閩 : 낙양洛陽 출신인 정호程顥·정이程頤와 민閩 땅 출신인 주희朱熹를 가리킨다. 전하여 그
    들의 학문인 정주학을 가리키는 말이 되었다.

공이 때때로 학업 닦아 의발衣鉢을 전수하니

돌아간 우리 아버지와 서산문하에서 고상했네

천도를 논하고 심학을 강토하니 의취가 훈지와 같아

출처·행장行藏을 함께 하여 거스르는 법이 없었습니다

상해桑海가 일변하여 국운에 쇠퇴의 재앙이 닥치니286)

오묘五廟287)에 불이 난 듯, 삼도三道에 가시가 드리운 듯하여

선비들은 망국288)을 개탄하고 이부嫠婦는 칠실에서 탄식하니289)

선생께서 삿대를 두드리며 죽기를 맹세하고 국난을 구하며

병기를 꾸리며 와신상담하여 나라를 되찾겠다 맹세하셨습니다

선생께서 만주의 군문에 계실 때 아버지는 남쪽으로 떠나셨고

선생께서 서쪽을 돌아보시자 한번 지휘에 모든 사람이 호응하니

용과 매의 기상이며 만부萬夫를 대적한 웅자雄姿였습니다

역역役을 마치고 개선하기를 하늘을 가리켜 태양에 맹세했으나

중도에 별이 떨어지니 곧지 못한 게 칡덩굴입니다

외진 곳의 바람서리로 머리가 희고 고심에 시달리시더니

아아! 우리 아버지는 품은 뜻을 펴지 못하고

지난 무오년(1918)에 갑자기 별세하였습니다

아버지의 뜻 대신하여 북으로 가서 공을 뵙고 돌아왔는데

공께서 전란을 무릅쓰고 이십 년 세월을 방황하셨네

공의 수레 동으로 오지 못하고 갑자기 하늘로 떠나시니

---

286) 쇠퇴의 재앙이 닥치니 : 원문은 곤박坤剝이니 모두 음이 성한 괘卦이다.

287) 오묘五廟 : 종묘宗廟의 제도에 천자天子는 7묘廟이며, 제후諸侯는 5묘인데, 5묘는 태조太祖·고조高
祖·증조曾祖·조祖·고考를 말한다.

288) 망국 : 원문의 포랑은 『시경詩經』「조풍曹風」 하천下泉 편의 "冽彼下泉 浸彼苞稂 愾我寤嘆 念
彼周京"에서 온 말로 망국의 한을 읊은 내용이다.

289) 이부嫠婦는 … 탄식하니 : 노魯 나라 칠실읍의 과년한 여자가 기둥에 기대어 슬퍼하므로 이웃
여인이 물으니 "노나라의 임금은 늙었고 태자는 어리기 때문이다."하니 "그것은 경대부卿大夫가
근심할 일이다."하였는데, 다시 "그렇지 않다. 예전에 손님의 말이 달아나 내 남새밭을 밟아서
내가 한 해 동안 남새를 먹지 못하였다. 노나라에 환난이 있으면 군신·부자가 다 욕을 당할
것인데 어찌 여자만 피할 곳이 있겠는가?" 하였다는 고사에서 나온 말로, 나랏일을 걱정한다는
뜻임(『열녀전列女傳』 인지仁智 노칠실여전魯漆室女傳).

선비들은 규범을 잃고 나라에는 간성이 무너졌습니다

아버지 대신 곡하려니 오장이 마치 타는 듯하고

동포를 위해 곡하려니 눈물이 흘러 멈추지 않습니다

영령께서 어둡지 않으시리니 위로 상제께 호소하여

혹 순임금의 조정에 날아가 고요皐陶의 갱가賡歌290)에 화답하시거나

혹 주나라 교외에 찾아가 강태공姜太公을 짝하여 날으실 것291)이니

울면 봉황이 되어 왕국에 상서를 알리고

떨치면 해와 별이 되어 사방을 비치시며

움직이면 벼락이 되어 무귀신(일인)의 무리들을 벌할 것입니다

혹 우리 아버지와 더불어 구천에 노니시며

간담을 헤치고 피를 걸러 혹 옛날처럼 지내십니까

아! 저 소자는 혼몽하기 짝이 없는 사람으로

아버지의 뜻을 저버리고 구차히 비린내 나는 땅에서 연명하다가

글을 엮어 와서 곡하려니 마음이 더욱 복받칩니다

바라건대 영령께서는 보잘 것 없는 제수를 흠향하소서

▫ 또 부이질 진성 이동흠   又 婦姨姪眞城李棟欽

삼가 생각컨대, 우리 석주 이선생께서 마침내 동성東省의 객관客館에서 세상을 마치시니, 실로 임신년(1932) 5월 12일이다. 종족들이 신주를 맞이하여 임청각臨淸閣 옛 집으로 돌아왔다. 선생 부인의 이질 진성 이동흠李棟欽은 삼가 돌아가신 지 1주년 되는 신축辛丑일에 통곡재배하고 공경히 영전에 제사를 올려 이와 같이 아뢴다.

---

290) 고요皐陶의 갱가賡歌 : 순舜임금 조정의 창화가唱和歌라는 뜻으로, 『서경書經』 익직益稷에 나오는데, "대신들이 즐거우면 임금이 흥성하고 백관도 화락하리라[股肱喜哉 元首起哉 百工熙哉]."라는 순임금의 노래와 이에 고요皐陶가 화답한 "임금님이 밝으시면 신하들도 훌륭하여 만사가 안정되리이다[元首明哉 股肱良哉 庶事康哉]."라는 노래와 또 이어서 부른 "임금님이 잗달게 굴면 신하들도 해이해져서 만사가 실패하리이다[元首叢脞哉 股肱惰哉 萬事墮哉]."라는 노래를 가리킨다.

291) 강태공을 … 날으실 것 : 원문은 응양鷹揚인데 강태공姜太公 여상呂尙을 말한다. 『시경詩經』 「대아大雅」 대명大明에 "태사인 상보께서 그때 매가 날듯 하셨다[維師尙父 時維鷹揚]." 하였다.

아! 공은 타고난 재주가 뛰어나고 학문이 넓어 문장을 이루었으나 남들은 그에 대하여 무어라 칭할 수 없었습니다. 지업志業을 펼쳐 명성을 이루었으나 업적은 소상하게 밝혀지지 않았습니다. 이 몇 가지는 빛나고 빛날 만한 것이지만, 빛나야 할 것이 사라지고 사라져야 할 것이 빛나게 된 것은 사람이 그렇게 한 것입니까, 아니면 하늘이 그렇게 한 것입니까? 하늘이 그렇게 했다면 그 이치가 지극히 오묘하여 제가 말할 수가 없습니다.

아아, 슬프도다! 공의 혼령께서는 지금 이곳으로 돌아 오셨습니까? 이 세상 사람들은 공을 위해 슬퍼할 줄을 모르니, 공께서 장차 무엇을 하시겠습니까? 대체로 사람이 태어나면 이 땅에 몸을 의지했다가 죽으면 조화와 더불어 하나가 되는 것입니다. 이 조화라는 것은 하늘이어서, 능히 봄이 되게 하기도 하고 가을이 되게 하기도 하며 우레를 치고 벼락을 때리며, 비가 내리고 눈이 내리게 할 수 있는 것이 아닙니까? 아아, 저 하늘이여! 그런데 이른바 ‘땅’이란 것은 형체에 국한된 것이며, ‘하늘’이란 끝없이 순환하여 아득하고 아득한 것이라 합니다. 아득하고 아득한 하늘의 입장에서 한정이 있는 땅을 보신다면 생각이 어떠하겠습니까. 그렇다면 아마도 스스로를 편안히 할 수 있을 것입니다.

아! 슬프고 슬프도다. 제 아버지는 공과 인아姻婭의 친척이면서 도의道義로 맺은 벗이었습니다. 공이 서쪽으로 갈 때에 아버지를 위해 아버지의 빈소에 엎드리고는 말씀이 없으셨는데, 그 후에 공을 따라 갔으나 미치지 못하였습니다. 지금 공보다 앞서 세상을 뜬 것이 이미 10년이나 되었습니다. 제 재주와 지혜를 돌아보건대 그 뜻하신 바를 밝히기에 부족합니다. 엎드려 생각컨대 어둡지 않은 혼령께서는 제 마음을 살피사 흠향하시지 않겠습니까?

▫ **또 표종제 풍산 김락충 又 表從弟豐山金洛忠**

아!
예로부터 충성과 의리는 한 가지로 개론槩論할 수 없었으니
혹 꾸짖으며 굽히지 않고, 혹 죽어 인仁을 이루기도 하였네
국사에 진력하다 죽은 이는 촉한의 제갈무후諸葛武侯가 그러하니
내가 헤아려보고 도모해 보건대292) 제갈무후와 비슷하겠네

---

292) 내가 … 도모해 보건대 :『시경詩經』「대아大雅」증민烝民 편에 “내 헤아려 보고 도모해 보건대 중산보만이 덕을 거행하노니[我儀圖之 維仲山甫擧之].”라 한 데서 나왔다.

아름다운 공의 가문은 대대로 벼슬하고 시례詩禮를 익힌 집안인데

일찍이 스승을 얻으니, 바로 서산 선생의 문하였네

재주와 덕을 온전히 하니 문채와 바탕이 조화를 이루어293)

경륜을 가득 안고 있었으나 남들이 누가 알았겠는가

반착盤錯을 만나지 못하면 잘 드는 연장을 구별하기 어렵네294)

강포한 무리가 잠식蠶食하여 나라의 운명이 기울었을 때

공이 이에 떨쳐 일어나서 가족을 이끌고 서쪽으로 옮겨갔네

종노릇하지 않겠다 맹세하고 일심으로 광복을 다짐하여

동지를 창도하며 흩어진 의병을 규합하였네

20년 동안 만주 땅에서 편히 쉴 겨를이 없이

바람과 서리를 마시며 군사 일에 고생하셨다네

하늘에 달린 일을 인력으로 어쩔 수 없어

일이 이미 어긋난 후에 오래도록 병을 앓으셨네

여든의 쇠약한 몸에 의화醫和와 편작扁鵲295)이 재주를 다했으나

오장원五丈原 언덕에 갑자기 별이 떨어졌구나296)

천시인가 운명인가, 하늘은 어찌 돌보지 않는가

난초 핀 무덤만 홀로 옛 소리와 모습을 띠었는데

맏아드님이 고국으로 돌아오니 유언을 따른 것이라네

강산이 비록 변했으나 임청각은 예와 같은데

혼백이여! 돌아오셔서 혹 보고 계시는지

---

293) 문채와 바탕이 … 이루어 : 『논어論語』「옹야雍也」편에 "바탕과 문채가 적당히 배합된 뒤라야 군자라 할 수 있다[文質彬彬然後君子]."라고 하였다.

294) 반착盤錯을 … 어렵네 : 『후한서後漢書』「우후전虞詡傳」에 "반근착절盤根錯節을 만나지 아니하면 잘 드는 연장을 분별할 수 없다[不遇盤根錯節 無以別堅利]."는 말이 있다. 반근은 나무의 뿌리가 서리고 얽힌 것인데 잘 드는 연장이 아니면 그것을 다듬을 수 없다. 착절도 역시 나무의 가지가 교착交錯한 마디다. 즉 어려운 일을 당하여야 일을 잘 처리하는 재주를 볼 수 있다는 뜻이다.

295) 의화와 편작 : 중국 진나라 때의 의화醫和와 편작扁鵲을 말하는데, 이들은 의술에 능통하였으므로 의술의 대명사로 쓰이기도 한다.

296) 오장원 … 떨어졌구나 : 소열昭烈이 죽은 뒤에 제갈량諸葛亮이 후주後主를 도와 중원 수복을 위해 위魏 나라를 쳤다. 오장원의 진중陣中에서 병이 들어 50여 세로 죽었다. 여기서는 공의 죽음을 뜻한다.

아!
어리석은 소자를 진심으로 사랑해 주셨으니
내외종 간의 척의에다 사제지간의 엄격함이 있었네
관례 이후에 찾아 뵌 것이 외조부의 대상 때였는데
쓰다듬으며 하시던 말씀 아직도 가슴에 새겨져 있네
어려운 일마다 질정하여 귀의할 곳이 있었더니
남쪽으로 이사한 후 오랫동안 문안하지 못하였네
서울과 시골에 일이 많아 골몰하여 겨를이 없었으나
이로부터 왕래 막혀 저의 죄 산처럼 쌓였는데
이제 와서 통곡한들 어찌 용서를 받겠는가
뽕밭이 바다로 변하듯 눈에 띄는 건 옛자취 자취뿐일세
노쇠한 아버지께서는 깊은 교분과 비슷한 연세로
소자와 더불어 이야기할 때마다 자주 말씀하셨네
명을 받들어 달려와 삼가 한 잔 술을 올리오니
엎드려 바라건대 혼령께서는 흠향하여 주소서

읍혈록泣血錄 하下

□ 제문祭文

▫ 척종제 완산 류동시   戚從弟完山柳東蓍

아아, 강한江漢은 도도히 흐르고 낙수洛水는 오열하도다! 구름이 뒤집고 비가 갑자기 쏟아져 비리고 더러운 것을 한번 씻어 버리는 것이 선생께서 평소 뜻하신 바가 아닙니까? 해삼위海蔘威·노령露領과 패수浿水 북쪽, 북풍은 찢을 듯 부는데 귀신은 웃고, 올빼미 울며 시랑이 낮에 으르렁대는 곳은 선생께서 사신 곳이 아닙니까? 황하와 양자강, 석두石頭와 계림薊林은 선생께서 왕래하시던 땅이 아닙니까? 폐부에서 피가 끓는 사해의 영웅들은 선생의 벗들이 아닙니까? 구름을 휘잡듯 큰 붓을 잡아 은하銀河를 터놓는 솜씨는 선생의 문장文章이 아닙니까? 북두성北斗星과 견우성牽牛星의 사이 맑게 빛나는 광채는 선생의 혼령이 아닙니까? 소자小子의 사사로운 정리를 감히 술회할 수 없어, 다만 마련해 둔 의상儀床에 기대어 앉아 소리 높여 통곡하다가 물러납니다. 아아, 선생이시여! 부끄러울 것 없을진저, 부끄러울 것 없을진저!

▫ 또 내제 영가 권상용   又 內弟永嘉權相用

고故 처사處士 석주石洲 이공李公이 간도間島에서 돌아가시니, 실로 나라를 떠난 지 23년 임신壬申(1932) 5월 일이었다. 공의 아들 준형濬衡이 혼여魂轝를 모시고 임청각臨淸閣 옛 집으로 돌아왔는데, 2년이 지난 갑술甲戌(1934) 5월 을축乙丑이 곧 종상終喪이 되었다. 외종제外從弟 영가永嘉

권상용權相用은 제문을 가지고 의상儀像 앞에 절하고 고한다.

아아, 공이시여! 살아서는 천하의 희망이었으며 죽어서는 천하의 슬픔이 되었습니다. 그 희망은 천하의 일이 오히려 거의 희망이 있을 것 같은 희망이었고, 슬픔은 천하의 일이 이미 미칠 수 없으리라는 슬픔이었습니다. 한 개인으로써 천하의 일에 대한 관계가 이와 같을진대, 그의 성패成敗와 득실得失도 또한 천하·고금의 기수氣數에 돌릴 수 있을 뿐일 것입니다.

공은 동방의 예의를 존중하는 나라에 태어나서서 도道를 들은 것이 오래였습니다. 나라가 이미 망하자, 공은 나라를 떠나셨습니다. 그 떠나심은 장차 나라를 위하여 할 일이 있었기 때문이었지만, 마침내 일이 이루어지기도 전에 절역絶域의 땅에서 몸이 먼저 가시니, 아아! 운명運命이라 하리까.

보잘것없는 저는 내외종內外從 간의 골육지친으로 평소 돌아보아 기대해 주시는 은혜를 입었으나, 국가가 혼란을 당함에 이르러서는 이미 풍도風度 아래에 달려가 직접 가르침을 받지 못하고, 또 공의 마음과 일삼은 바가 의리義理를 밝히려는 것이었음을 드러내지도 못한 채 구차하게 스스로 혼자만 몸을 보전함은 이 무슨 사람의 노릇이겠습니까? 늦게나마 와서 천고千古 단 한 번의 영결永訣을 고하나이다.

▫ 또 시교생 광산 김성수　又　侍敎生光山金成洙

소자小子가 만생晩生으로 감히 어떻게 선생에 대하여 기술할 수 있겠습니까? 선생의 덕德은 세상의 장석군자丈席君子에게 남겨졌고, 선생의 사업事業은 아드님과 형제분 여러 공들이 계시어 잘 계승되었습니다. 선생의 마음은 또한 구름에 멍에하여 하늘을 타고, 날아 태상太常(봉상시의 별칭)에 오름으로써 세인들에게 환하게 드러나 주고, 선생의 풍도風度는 또한 유장悠長하게 흘러가는 압록강 물과 함께 연접燕鰈297)의 사이에 충만합니다. 그렇다면 선생께서 일삼으시던 바가 또한 가는 터럭 하나 누설됨이 없이 지극히 구비되었다 할 것이니, 소자가 어찌 수고롭게 더듬어 기술하겠습니까? 가만히 생각컨대 사사로운 정리情理로서 통곡할 것이 있으니, 그 또한 명계冥界에서 헤아려 주시겠습니까?

아아! 소자는 계가후생契家後生(교분이 돈독한 집안의 후생)으로 나면서부터 장애가 많았고, 또 자

---

297) 연접燕鰈 : 중국과 우리나라 한반도를 가리킴. 한반도가 가자미 모양을 닮았다 하여 '접역鰈域'
　　이라고도 한다.

질이 우둔하여 지난 계사[黑巳]년(고종 30, 1893) 가을에 멀리 풍토風土가 다른 곳으로 들어가 만리萬里 밖 바람 불고 비 내리는 들판에서 선생을 모시고 산수山水의 장대함을 널리 구경하고 또 풍부·호방한 연하煙霞의 기운으로 배를 불렸습니다. 또 인물의 성대함과 번화繁華의 아름다움은 족히 눈을 놀라게 하고 귀를 현혹케 하여 평생 처음 겪어보는 것이었습니다. 다만 소리와 말이 같지 않고 의상衣裳의 제도가 달랐으므로 반드시 선생께서 지휘하고 가르쳐줌으로 인하여 우리의 풍속을 변혁하여 당국當局에 부합토록 하셨습니다. 또 여러 해 동안 관사館舍에 기거하며 배를 주리면 먹여주고 추우면 입혀주셨습니다. 또 어려움이 겹침으로 인하여 가정을 안정시키지 못한 채 시종 황겁한 가운데에서 함께 이끌어 나아갈 즈음에 몸을 보전하는 계책은 우리 선생의 사랑이 아님이 없었습니다. 때로 혹 원숭이가 슬피 우는 달밤이면 매양 고국에 대한 슬픔이 간절하여 만리 밖 떠도는 구름에 다만 고향 그리는 심사만 더하여 갔습니다. 오직 선생께서는 고해苦海와 같은 숱한 세월에 상전桑田이 창해滄海로 바뀜도 여러 번이었습니다. 그러나 혈기[榮衛; 몸을 보양하는 혈기. 영榮은 혈血, 위衛는 기氣임]와 모발毛髮이 또한 평소보다 손상이 없었으니, 어찌 근본根本한 바가 없고서야 능히 이와 같을 수 있었겠습니까?

아아! 질 장군 두드리는 한 시절의 한가로움이 변하여 대질大耋의 노령에 한탄하게 됨이 원근에서 흠모하던 이들로 하여금 지남거指南車로 삼게 하지 않았던들 소자가 사사로운 정리로 늘어놓는 말은 다만 작은 연고가 될 뿐이니, 어찌 감히 붓대를 놀릴 수 있겠습니까?

아아! 작년 여름 선생의 가솔과 소자가 함께 고장에서 제사를 올릴 때 날마다 화수회에 참여하고 다시 지당池塘의 모임을 열었지만, 유독 선생께서는 그렇게 하지 못하였으니 소자의 정리로 전·후의 일이 다름을 한탄하여 통곡함이 어떠하겠습니까?

아아! 선생께 다하지 못한 보답은 또 영욱令彧(상대방의 손자)형과 더불어 사생을 함께할 것을 맹세함으로써 선세先世의 후의를 더욱 돈독하게 하였지만, 말이 선생께 미치면 매양 울울히 펴기 어려운 한이 있으니, 혼령魂靈께서는 만주滿洲에서 사랑하시던 소자小子 성수成洙를 아시겠습니까?

▫ 또 문하생 강릉 김영대　又　門下生江陵金榮大

살수薩水와 열수洌水 에워 흐르는, 단군·기자가 정도한 강토
천 년 세월이면 반드시 순환한다는, 옛날 이치 엄연하도다

오백 년 종사의 말운이 어찌 그다지도 슬픈고

진실로 선생과 같은 분은, 모발은 짧았으나 뜻은 멀리 두셨다네

철성鐵城의 벌열이요, 시례詩禮의 큰 문중

선조先祖의 미덕을 계승하여, 조화롭게 우리를 이끌었다네

도道를 배움에 게으르지 않고, 사물 이치 관통하여 소상하였네

강물이 흘러 다함없는 것처럼, 말씀은 온화하고 풍도는 어엿하였네

포부를 지녔으나 사환하지 않으니, 누가 장창臧倉을 탓하랴298)

설사 편안히 앉아 계신다 하더라도 미쳐 날뛰는 속습이 진정되었네

미친 파도가 한번 뒤집히자 기강이 무너져 내려

우리의 관면冠冕을 훼패毀敗시키고, 우리의 밥과 장을 타매하였네

이에 선생께서는 북풍이 옷을 찢는 곳 만주로 망명하시어

비에 씻기고 눈[雪]으로 요기하며, 신고辛苦를 두루 맛 보셨네

사람들이 말하기를 선생께서는, 옥처럼 깨끗하고 황금처럼 굳세다 하여

중망衆望으로 추대하니 만국에 이름을 드날리셨네

위태하여 편안하기 어려우니 세월이 황폐해졌네

신명神明299)으로 하늘에 돌아가 호소함만 같지 못하다 여기심인가

일조에 갑자기 진췌殄瘁의 한300)이런가 돌아가셨다 하네

동문에서 상여를 떠나보내니, 장지는 수다산 큰 물 머리

영구靈柩 수레는 무거운 듯 더디더디, 옛 집 마루에 돌아오니

노년의 미망인301)은 곡했는데, 요즘 또 상을 당했네

---

298) 맹자孟子와 노군魯君이 만나지 못하도록 한 소인小人.

299) 신명神明 : 정상精爽이란 백魄의 작위作爲이고, 신명神明이란 혼魂의 작위라 하였으니, 여기서는
통용이 가능한 용어이다.

300) 진췌殄瘁의 한 : 현인이 사라지면서 나라의 형세 또한 기울어지는 한스러움을 말한다. 『시경詩
經』「대아大雅」첨앙瞻卬에 "人之云亡 邦國殄瘁"라 하였다

301) 미망인 : 여기서는 이상룡의 부인 김씨金氏를 말한다, 기량杞梁은 춘추시대 제齊 나라 사람이다.
제나라 장공莊公이 거莒를 칠 때 그가 전사했는데 그 아내가 길에서 남편의 시신을 맞이하면서
슬프게 울었다는 고사가 있음. 『춘추좌전春秋左傳』양공襄公 23년 아들도 없고 친척도 없이 성
아래에 있는 기량의 시체에 나아가 통곡하니 길 가는 사람이 모두 눈물을 흘렸고, 10일 만에
성이 무너졌다 한다. 『맹자孟子』에 "기량의 아내가 그 남편에게 잘 곡哭하여 국속國俗을 변동시
켰다." 하였다. 김씨 부인은 이상룡의 상을 당한 뒤 삼년상 만에 별세하였다.

아드님은 피 눈물 겹친 재앙에 걱정도 많구나

창성昌盛한 가문이 마침내 부지함을 하례하네

예전 소자小子가 옷 걷어 올리고 제거되어 곁에서 모실 때 생각하고

선고先考와 맺은 교분 두 어른 모두 잊을 수 없네

이제는 이곳저곳 유리하다 영양英陽에 우거해

영결 늦어 죄스러우나 사모하는 마음 있어 방황하네

오늘 보잘것없는 제수 올리나, 실로 마음에서 우러난 것입니다

▫ 또 계가시생 진안 이정호   又 契家侍生眞安李政鎬

정숙한 기운이 모인 중에서도, 공께서는 영특함을 품수하셨네

마음은 근신하고 담략은 크시며, 자질은 아름답고 품성은 강직하셨네

선행善行을 좋아하고 대중을 포용하여 남과는 다툼이 없으셨네

청전靑氈302)의 오랜 세업을 닦으시니, 거질의 경전經傳과 단편의 문장文章이었네

일찍이 관직을 버리니 세상이 군평君平303)을 버린 것이라

오르고 잠기는 것은 운수의 소관이요 곤궁과 현달 또한 명운命運이네

누추한 집이지만 진정한 취미 누리니 어찌 왕공王公·재상을 부러워하랴

성 안이 지척이나, 시끄런 소리와 먼지 올라오지 않으니

강물 굽어보는 임청각, 강물은 맑디맑네

내 평소 하던 일을 편안히 여기니 그 광채 빛나고

내 온축蘊蓄한 바를 지키니 드러나지 않는 듯 밝았네

갑자기 상전桑田이 벽해碧海 되고 풍우가 몰아쳐서

---

302) 청전靑氈 : 여러 대代를 전하는 물건. 여러 대째 글로 업을 삼은 데 비유한 것이다. 진晉의 왕헌
    지王獻之가 어느 날 밤 재중齋中에 누웠을 때 도둑이 들어 모든 물건을 다 훔쳐가므로, 헌지가
    도둑에게 말하기를, "청전靑氈(청색 모전毛氈임)은 우리 집의 세전지물이니 그것만은 놓고 가거라."
    고 했다는 고사에서 온 말이다(『진서晉書』 권80).

303) 군평君平 : 한漢 나라 때의 은사隱士 엄준嚴遵의 자. 학식과 포부를 가졌으면서도 성도成都에서
    복서卜筮로 생계를 이어가다가 일생을 마쳤다. 사람들은 "세상이 군평을 버린 것이 아니라 군
    평이 세상을 버렸다."고 평하였다(『한서漢書』 권72).

맹단盟壇에 세운 깃발 한 척의 거룻배로 건너기 어려웠네

평소 품은 뜻 되돌아 보면 때론 절로 심정 강개하였으나

수양산의 굶주림304)은, 아득하여 따를 수 없고

남양南陽의 꿈305)이야, 깨게 할 수 있었네

저 요동遼東의 심양瀋陽을 돌아보니 이는 우리의 옛 강토라

세 치의 내 혀를 휘둘러 종횡으로 나아가고 멈췄으니

더운 피 괴로운 심장으로 이십 년 세월 지냈네

나의 천수天壽를 해쳐, 모두 황천黃泉 세계로 옮겼다

막막한 거친 사막 군자의 한 주검

혼령이 고국으로 돌아올 제 선비들이 일제히 맞이했네

하물며 저 소자야 공·사를 겸한 정의情誼이니

아버지로 곡하고 숙부로 곡하더라도 나의 죄는 오히려 남네

어쩔거나 저 효자 거듭 민흉愍凶306)을 당하였네

일월日月은 매우 빨리 달려 벌써 대상大祥에 이르렀네

늦은 이 영결永訣이 어찌 작은 정성이라도 다할까

공의 영령이 어둡지 않으시면 이 술잔을 흠향하소서

　ㆍ또 시교생 반남 박성양　又 侍敎生潘南朴聖陽

세상의 학문에 문이 많아, 오도吾道는 가시덤불

도도히 사람을 빠뜨리어 문장의 바다에는 나루조차 없네

그 누가 이치를 분석하랴 잎만 따서 취하고 뿌리를 버리도다

오직 우리 선생께서는 그 근원이 적확的確하니

---

304) 수양산의 굶주림 : 백이伯夷와 숙제叔齊가 주周 나라 무왕武王이 주紂를 치는 것에 반대하여 수양
　　산首陽山에 숨어서 충신의 절개를 지키면서 고사리로 연명하다가 굶어 죽은 일을 가리킨다.
305) 남양南陽의 꿈 : 남양南陽에 살던 촉한蜀漢의 제갈량諸葛亮을 말함. 뒤에 한漢의 중흥을 도모하다
　　가 오장원五丈原에서 죽었다. 이상룡의 일을 제갈량에 비유한 것이다.
306) 민흉愍凶 : 부모님을 사별하는 것을 일컫는다. 여기서는 이상룡의 자제 동구東邱 이준형이 어머
　　니 김씨 상을 당한 것을 말한다.

서산西山께 지결旨訣 받고, 범야帆爺께 가르침을 받았네

이 이후로부터 대방의 남쪽 나라

오백여 년 전통에 종주가 끊어졌네.

너른 하늘 아래 땅 끝까지 모두가 학철涸轍307)이 되었네

의리는 동해를 중히 여기고308) 풍절風節은 고죽군孤竹君이 맑았네309)

저 서호를 바라보니, 오직 범주范舟310)만이 있어

백수白首의 의관衣冠으로 홍라紅羅311) 세계로 망명하였네

선생의 말씀은 극히 미세한 것까지 분석하고

선생의 행동은 분육賁育312)도 빼앗지 못하네

포부는 운몽雲夢313) 열 아홉을 삼킨 듯하고 화마畵馬는 삼천이었네

문무를 겸전하여 세상을 아울렀으나 상전벽해가 눈 앞에 이르렀네

배가 골짜기로 흘러 들어가매 세상에는 지주가 없어

만리 해관海關에서 난곡蘭谷에 물러나 숨었네

이십 년 고된 싸움에 호연히 별세하니

우리나라 동국은 기운을 잃고 남쪽 선비들 눈물 흘렸네

아아! 저 소자는 책상자 매고 배우러 다닌 지 여러 해

---

307) 학철涸轍 : '학철부어涸轍鮒魚'의 줄임 말. 수레바퀴가 지나간 자국에 괸 물에서 허덕이는 붕어를
     이른 말로 매우 곤궁한 처지를 말한다(『장자莊子』 「외물外物」).
308) 의리는 … 여기고 : 국가의 멸운에 임하여 자신의 목숨을 바치는 의리를 중히 여김을 동해와
     관련짓는 전통은 전국시대 제齊 나라의 고사高士 노중련魯仲連에게서 비롯되었다. "진秦 나라가
     천하를 지배하여 황제 노릇을 한다면 차라리 동해東海에 뛰어들어 죽겠다."고 한 그의 말을 지
     칭한다(『사기史記』 권83).
309) 풍절은 … 맑았네 : 고죽국孤竹國의 공자 백이·숙제가 주 무왕의 주紂 정벌에 반대하다가 무위
     로 끝나자, 수양산에 들어가 깨끗하게 고사리로 연명하다가 죽은 일을 지칭한다.
310) 범주范舟 : '범려范蠡의 배'라는 뜻인데, 춘추시대 월越 나라 대부 범려가 구천勾踐을 도와 오吳
     나라를 멸망시키고 패자覇者가 되게 한 뒤에, 홀로 배를 타고 오호五湖로 나갔던 고사를 가리킨
     다(『사기史記』 권41 월왕구천세가越王勾踐世家).
311) 홍라紅羅 : 명나라를 가리키는 말인데, 구체적 지명으로는 요동지방을 기리킨다.
312) 분육賁育 : 춘추전국시대의 용사인 맹분孟賁과 하육夏育을 가리킨다.
313) 운몽雲夢 : 초나라의 칠택七澤 중의 하나. 한漢 나라 사마상여司馬相如의 자허부子虛賦에 "운몽과
     같은 것 여덟 아홉 개를 한꺼번에 집어삼키듯, 그 흉중이 일찍이 막힘이 없었다[呑若雲夢者八九
     於其胸中 曾不蔕芥]."라는 표현이 나온다.

『중용中庸』을 읽을 때에 교수업 거두고 서쪽 만주로 가셨으니

인간의 어느 세상에서 다시 모습을 뵙지 못하겠네

즐거운 저 중화의 땅 감히 귀관鬼關이라 하리

형제분들 외로움에 서글퍼하시고, 향당은 탄식하네

만사는 본원으로 돌아가거니 옛 임청각 우뚝하네

존령께서 흩어지지 않았다면, 저의 술잔을 흠향하소서

▫ 또 표종제 한산 이중화 又 表從弟韓山李重華

옛 임청각에 오래도록 풍류風流가 비어

빈 배 홀로 떠 있고 두 그루 오동나무 스스로 가을을 맞네

누가 그리 되도록 하였는가 이는 실로 풍조風潮 때문이네

수심 띤 구름 아득하니 조정을 잊은 것 아니네

노중련魯仲連의 의리가 지극히 중하니 집 사정을 어찌 아끼랴

유유히 흘러간 이십 성상을, 사막 속으로 깊이 들어가

검수劍水와 도산刀山314)에 이부자리를 펴셨습니다

국가를 회복恢復하려는 뜻이고 천하를 맑게 하려는 기국器局인데

명운命運이 시대時代와 어긋났으니, 하늘 뜻은 기필하기 어렵도다

성공과 실패와 잘되고 못됨은 제갈량도 분격했으니

소전蘇甸이 떨어지기도 전에 선주仙籌315)를 갑자기 재촉하셨습니다

혼령이 고장으로 돌아오니 명성名聲이 중국을 격동하였습니다

이러한 문장과 이러한 학덕으로

태평 때를 만났더라면 마땅히 장실丈室을 담당하여

우리의 혼미한 길을 열어 주고 전대의 공을 계승했으리

당나라의 한유韓柳316)며, 송나라의 황채黃蔡317)로

---

314) 검수劍水와 도산刀山 : 비수로 엘 듯 차가운 물과 칼로 찌를 듯 날카로운 산. 고국의 산천과는
　　　전혀 다른 풍토임을 상징적으로 나타낸 말이다.

315) 선주仙籌 : 신선의 산 가지. 이상룡의 수명壽命을 미화한 말이다.

316) 한유韓柳 : 당나라의 문장가 한유와 류종원柳宗元을 말한다.

천고千古를 겨루며, 일대一代에 백중伯仲이 되셨을 텐데

하늘이 인재를 내실 적에 곤액困厄으로 시험하니

살아 가셨다가 죽어 돌아오심은 공의 처음 뜻 아니었습니다

요동 벌판 아득하고 전쟁은 오래 끌어

역참驛站의 나무 저자의 먼지 두루 두루 시름 겨웠습니다

산하山河는 예와 달라 눈 닿는 곳마다 벼와 기장인데

유명幽明이 비록 다르나, 분의分義는 더욱 위축되었습니다

여느 백성들에게도 슬픔 더하거든 공의 체백體魄에 있어서이겠습니까

이는 오히려 공의 입장일 따름이어니와 저의 사정으로 말씀드리겠습니다

내 나이 아직 어려 의범儀範을 뵙지도 못하였으니

골육지친이 마치 진秦 나라 사람이 월越 나라 사람 보듯 했습니다

만리 타관의 산천을 그렸으나 곧 막혀 버렸으니

어머니와 아버지가 별세하여 풍수지통風樹之痛 잇달았습니다

살아 있어도 듣지 못하고, 죽어 서로 알지 못함은

실은 내 스스로 절연한 것이지 공의 허물 아닙니다

내 자신 옛사람을 생각하니 부끄러움을 견딜 수 없거니

하물며 공의 집이 창해가 뒤집어짐에랴

숙부叔父의 지난 일이야 끌어 말할 것도 없고

현숙한 조카님은 오당吾黨(유림)의 미발眉髮인데

어찌하여 어찌하여 중도에서 먼저 꺾여 버렸던고

믿는 바는 자제가 백수白首로 곡을 도우매

적막한 저녁 거리에 밝은 촛불이 이어집니다

중상中祥이 이에 지나가 때 늦게 나아와 영결하니

나의 병든 말을 채찍질해 낙동강이 오열합니다

오열함은 무엇 때문인가 공의 발자취를 사모해서입니다

옛 거문고 소리 끊어지니 강물에 버리고 상자에 감춘 듯합니다

잠시 술잔에 술을 부어, 높은 행적에 공경히 잔을 올립니다

---

317) 황채黃蔡 : 송대의 학자 황간黃幹과 채침蔡沈의 병칭. 둘 다 주자朱子 문하의 고제高弟였다.

▫ **또 시교하생 진천 송연식   又 侍敎下生鎭川宋淵植**

아! 하늘이 이미 선생의 덕德을 내셨으니 성인聖人의 도道를 옹호하고 사특함을 혁파할 책임은 돌아갈 곳이 있게 되었습니다. 하늘이 이미 선생의 지혜를 내셨으니 이치理致를 도와 맹수와 홍수를 물리치는 공을 다시 이루게 한 것입니다. 순복順服하여 그러한 것은 도리道理이니 주공周公과 소공召公이 그 지위地位를 얻은 소이요, 역행하여 거부하는 것은 사세事勢이니 정자程子와 주자朱子가 불우했던 소이입니다. 때문에 하늘과 땅도 부족함이 있다는 말이 생겨나고, 이로 인하여 천기天氣와 지수地數에 변덕이 있다는 의론도 있는 것입니다. 산이 서있는 것처럼 고요한 것은 선생께서 처음 덕을 닦아 도道를 응축하던 때였고, 생동하는 물처럼 움직이는 것은 선생께서 마지막 변화에 응하고 권도權道에 이르렀던 때입니다. 고비皐比318)를 베풀어 정程·주朱의 학문을 강론함은 우리 동국 유림이 숭상하는 바로 곧 다반사茶飯事에서 나왔고, 풍상風霜을 겪으면서 변화를 추구함은 난세에 처하여 마땅히 해야 할 일로 곧 그만둘 수 없음에서 연유한 것입니다. 성공이 때로는 사사로움으로 말미암아 공을 해쳐서 재앙이 생민에게까지 흘러드는 경우도 있고, 실패가 때로는 벼리를 도우고 도리道理를 세워 은택이 후세에까지 미치는 경우도 있습니다. 때문에 군자는 도를 밝히되 공적을 따지지 않으며, 의리를 광정匡正하되 이익을 꾀하지 않는 까닭입니다.

시詩·예禮와 문장文章은 선생께 있어 여사餘事였습니다. 재물을 관리하고 생업을 꾸리는 것은 선생께 있어 겨를치 못하는 바였습니다. 믿는 바가 있어서 바라는 바에 의지하는 이는 선생께서 세상에 살아 계실 때였고, 체백體魄을 잃어 돌아갈 데가 없으심은 선생께서 세상을 떠나실 때였습니다.

아아! 세세한 사연은 선생께서 들으려 하지 않는 것이고, 큰일은 세상 사람이 수용하지 못할 것이니, 어찌 아픔을 참고서 은연隱然히 부합하기를 몰래 기도하는 것만 하겠습니까?

▫ **또 표종제 한양 조호기   又 表從弟漢陽趙鎬基**

생각컨대 우리 외가는 철성鐵城의 벌족으로

---

318) 고비皐比 : 호랑이 가죽. 송宋 나라의 장재張載가 항상 호랑이 가죽을 깔고 앉아서 『주역周易』을 강론했는데, 후세에 와서는 강학講學하는 자리를 고비라 이르게 되었다.

조상으로부터 세업을 전수하여319) 가문의 영요가 마름 만난 오리320) 같았습니다

허주옹虛舟翁321)의 우뚝한 조행이요 망호조望湖祖322)의 숙덕淑德과

공의 탄생에 이르기까지 산천의 정기가 모여 길러 준 것입니다

특달特達한 재주와 영매英邁한 기상氣像으로

하늘과 인간 세상의 학문을 탐구하고 경세제민經世濟民의 뜻을 품어

박문약례博文約禮의 평소 공부를 대방大方께 나아가 질정하셨습니다

포부를 임천林泉에 감춘 채 매일 꽃과 나무만 길렀습니다

어쩌다가 돌변한 세상에서 생민生民이 어육魚肉이 되는 시국을 만나

자임한 바 이미 무거웠으니 편안히 거처할 겨를이 없었습니다

분연히 강토를 벗어나 북풍이 옷을 찢는 추운 곳에서

마음과 힘을 다해 피를 마시며 맹세를 주동하셨습니다

하늘이 정해지는 때 언제이기에, 불러가심이 이토록 바삐 하시는가

지사志士들이 떨어뜨리는 분루憤淚, 어찌 유독 제갈량만이겠습니까

아! 오늘날의 세상은 의義와 이利가 뒤죽박죽 섞여 있어

얕은 식견과 옹졸한 기량으로 눈은 휘둥그레 뜨고 슬피 부르짖습니다

백년토록 살아 계셨다면 세상의 평론 어찌 다하리까

슬프다! 저 소자는 일찍이 부모님을 여의었는데

공께서 누추한 곳에 왕림하셨을 때도 아직 어린 나이였습니다

집의 형을 통하여 은혜로운 말씀을 들어 늘 가슴에 간직하였습니다

어찌하여 가문의 복록이 쓸쓸하여, 형을 잃는 슬픔을 당했습니다

축원하는 바는 천추토록 이어지리니

---

319) 조상으로부터 세업을 전수하여 : 원문 '기궁箕弓'은 세업世業을 계승한다는 뜻이다. 활을 잘 만드는 사람의 아들은 키[箕]를 잘 만들게 된다는 뜻에서 나온 것이고, 야장冶匠의 아들은 갖옷을 잘 만든다는 말과 같이 쓰이므로 '기구箕裘'라고도 한다. 출전은 『예기禮記』.

320) 마름 만난 오리 : 빠른 속도로 나아가는 모습의 비유이다. 이 말은 『후한서後漢書』「유도전劉陶傳」에 "군사들이 싸움을 괴롭게 여기지 않고 기뻐하는 모습이 마치 오리가 마름을 만난 듯하다."한 글에서 부조鳧藻 두 글자를 인용한 것이다.

321) 허주옹虛舟翁 : 이상룡의 육대조인 이종악李宗岳의 호. 자字는 산보山甫이다. 사도세자의 변으로 세상사의 허망함을 느껴 과거를 포기하고 은거하였다. 문학으로 명성이 알려졌다.

322) 망호조望湖祖 : 이상룡의 조부 이종태李鍾泰를 가리킴. 망호望湖는 그의 호이다.

만주에서 돌아와 우매한 저를 깨우쳐 주기 바랐는데

하루 아침에 부음이 갑자기 이를 줄 누가 알았겠습니까

하늘 끝을 바라보며 통곡하니 공·사간 아픔이 겹칩니다

소자들과 후생은 장차 어디에 의지하며

아직 마치지 못한 사업은 누가 성취합니까

아아, 공의 장사는 먼 만주 한 모퉁이에 모시니 종친들이 슬프고 답답하게 여겨

영거靈車를 받들고 옛 집으로 돌아와 모셨습니다

겹겹이 당한 상중의 슬픔 중형仲兄을 위로할 수 없습니다[323]

무슨 마음으로 척옹尺翁[324]은 돌아오지 않겠노라 맹서하니

오직 선대의 사업을 계승할 책임은 실로 중묵仲默[325]에게 있으니

상자에 가득한 남긴 저술은 전할 만하고 읽을 만합니다

세월이 그 얼마나 되었는가 어느덧 공의 중상中祥을 맞이하였습니다

소자의 정성이 부족하여 이제야 한 잔 술을 올리면서

형님을 곡하고 남은 슬픔에 참고 다 펼치지 못합니다

엎드려 바라노니 존령尊靈께서는, 굽어 살피시어 불쌍히 여기소서

□ **또 생질서 예주 신철희   又 甥姪婿禮州申喆熙**

빛나는 임청각은 영남의 옛집이로다

문장文章은 강산을 아로새기고 사람의 왕래가 문전에 가득하도다

공은 종손으로서 일찍이 유림의 중망을 졌습니다

스승의 문하에서 단련되고 조상으로부터 세업을 전수하였습니다

---

323) 겹겹이 … 없네 : 여기서의 중형仲兄은 이상룡의 다음 아우인 이용희李龍羲를 말하는 듯하다. 이상룡이 별세하기 1년 전 곧 1931년 이용희의 맏아들 형국衡國이 작고하였다. 그래서 장자 죽음에 이어 1932년 이상룡의 서거를 맞아서 '겹겹이 당한 상중의 슬픔에 대해 위로할 수 없다.' 고 한 것이다.

324) 척옹尺翁 : 이상룡의 계씨 이봉희李鳳羲를 지칭한다. 갖춘 호는 척서尺西이다.

325) 중묵仲默 : 송나라 학자 채침蔡沈의 자字다. 채침은 채원정蔡元定의 아들로 아버지의 학덕을 계승하여 훌륭한 아들로 가업을 계승할 때 흔히 인용한다. 여기서는 이상룡의 자제 동구東邱 이준형李濬衡을 가리킨다.

포부는 커서 우주를 담았고 지식은 고금을 통철通徹하였습니다

몸에 온축되었으니 충효忠孝와 절행節行이었습니다

아아! 이 시대의 난국이여, 땅이 엎어지고 하늘은 뒤짚혔습니다

수양산에 올라 고사리로 연명하거나 바다로 들어간 사양師襄의 처지였습니다326)

이 나라 사람들은 몸을 안접할 땅이 없으니

돌아갈 곳이 어디랴 저 서쪽 만주였네

겪었던 간고와 험난이 그 얼마였으며 거친 세월 얼마였던가

의지가 있으나 펼칠 수 없었으니 명운命運에야 어찌하겠습니까

광명은 땅 속으로 들어가고 별은 하늘에서 졌습니다

이를 듣고 본 이는 어느 누가 상심을 하지 않겠습니까

하물며 공의 체백體魄이 아직도 돌아오지 못하심이겠습니까

어디라도 계시지 않음이 없어라 흐르는 물과 같은 공의 혼령이여

혼령이 고국에 돌아오시는 날 의관 갖춘 사대부들이 맞이하였습니다

저의 무지몽매를 돌아봄에 사사로운 정의가 있는데

통곡 영결이 늦어 이에 소상小祥에 이르렀습니다

아는 것이 없는 데다 문장도 못하니 어찌 감히 길게 적겠습니까

존령께서는 오르내리심에 돌보아 헤아려 흠향하소서

▫ 또 세가시생 안동 장이섭　又 世家侍生安東張理燮

우주가 말없이 운행하고 천지에 가득한 기운이 조화하여

만물이 번영하고 높고 낮은 산과 구릉이 들어찼다

사물에는 크고 작음이 있고 사람에는 현명과 우매愚昧의 구별이 있다

생각건대 천하가 생겨나고 지금이 있고 옛날이 있게 되었다

부자께서는 타고난 자질에 빼어난 기상을 갖추셨습니다

이목구비와 이와 터럭은, 사람마다 같지만

---

326) 수양산에 … 처지였습니다 : 전구는 백이·숙제의 고사를 원용했고, 후구는 공자의 거문고 스승
　　인 사양師襄의 고사를 인용했다.

마음은 오묘한 계합契合에 노닐었으니 월굴月窟과 천근天根이었습니다327)

생각은 거듭 광명光明히 함에 들었으니 복희씨와 문왕·우왕의 치적이었으며

차라리 육합六合328)을 비호할지언정 일신의 안일을 꾀하지 않았으니

비록 당대에는 불우하였지만 분명코 천대 뒤에는 펼쳐질 것입니다

경륜經綸의 학문과 호걸스런 재능으로

일찍이 서산西山(김흥락)을 종유하여 사문斯文의 위탁을 자임하였으니

유탁儒鐸을 떨쳐 사문을 이끌기로 크게 맹서한 것이 몇 번이었습니까

하늘이 우리 대동大東을 복을 주지 않아 우리의 유학이 기울어지니

흐르는 물 가운데서 노를 두드리매 살수漣水는 요동쳐 흘렀습니다

옛날 황하를 건널 제 장저長沮걸익桀溺에게 나루를 묻듯329)

비와 이슬을 마시고 바람과 우레를 토하며

구해九垓330)를 호흡하며, 사예四裔331)를 포용하였습니다

복색 다른 이들이 와서 공경하였고, 말소리 다른 이들도 명성을 흠모하였으니

의리가 사람에게 인식됨에 있어 원근을 따지지 않기 때문입니다

대천大川을 아직 건너지 못했는데 거함巨艦이 갑자기 부서지고

먼 길이 아직 아득한데 지남指南이 도리어 정지하니

운망云亡의 통곡332)을, 세상과 더불어 함께 하옵니다

---

327) 월굴月窟과 천근天根이었습니다 : 소강절邵康節의 시詩에, "건괘乾卦가 손괘巽卦를 만나면 월굴月窟
　　이요, 곤괘坤卦가 진괘震卦를 만나면 천근天根이다." 하였고, 주자朱子 「소강절찬邵康節贊」에, "손
　　으로 월굴을 더듬고 발은 천근을 밟았도다[手探月窟 足蹋天根]." 하였는데, 그것은 『주역周易』의
　　이치를 알았다는 뜻이다.

328) 육합六合 : 천지天地와 사방四方, 곧 우주를 가리킨다.

329) 옛날 … 나루를 묻듯 : 춘추시대의 은자인 장저長沮와 걸익桀溺. 그들이 나란히 밭을 갈고 있을
　　때 공자孔子가 그곳을 지나다가 그들에게 나루터를 물었다(『논어論語』「미자微子」).

330) 구해九垓 : 구천九天을 말한다. 옛날 노오盧敖가 북해北海에서 노닐다가 이인異人인 약사若士를 만나
　　함께 벗으로 노닐자고 청하자, 약사가 이에 응답하기를 "당신은 중주中州의 사람이다. … 나는
　　구해九垓 밖에서 한만汗漫과 만날 약속이 되어 있으니 오래 머물러 있을 수가 없다."하고는 곧바
　　로 구름 속으로 들어가 보이지 않았다는 이야기가 전해 온다(『회남자淮南子』「도응훈道應訓」).

331) 사예四裔 : 중국의 변방 오랑캐의 통칭.

332) 운망云亡의 통곡 : 현인이 죽은 것을 슬퍼함.『시경詩經』「대아大雅」첨앙瞻卬 편의 "현인이 죽
　　었으니 이 나라가 병들었네[人之云亡 邦國殄瘁]."를 원용하였다.

소자가 술잔을 드리는 데에는 사사로운 정의도 겸했으니

선인先人이 살아 계실 적에 유도자有道者께 나아가 질정하였습니다[333]

강당[講肆]이 조용해지자, 부자께서 겨를을 주셨습니다

아버지가 돌아가신 뒤로, 부사父師로 섬기고 싶었는데

이 한스러움을 어찌 다하리요, 천년 뒤에라도 한번 호소하렵니다.

▫ 또 세가시생 완산 류기태   又 世家侍生完山柳基泰

석주 이선생이 만주의 우사寓舍에서 서거하실 때, "유골을 고국으로 데려가지 말라."는 유명遺命을 남기셨으므로, 아드님이 마침내 그곳에 묘소를 차리고 안동安東의 임청각臨清閣 구제舊第에는 영거靈車만을 봉환하였다. 다음해 계유癸酉(1933)년 5월 12일 신축辛丑은 곧 고복皋復[334]을 행하는 날이다. 세가世家의 시생侍生 완산完山 류기태柳基泰는 삼가 포과脯果를 갖추어 통곡재배慟哭再拜하면서 제상 앞에서 영결을 고한다.

아! 슬프옵니다. 선생께서는 우리 조부와 대대로 사이좋은 세의世誼가이고 마음으로 사귀던 친우이시다. 의기가 당당하고 연락然諾(선선히 승낙하는 말)이 성대하였다. 서로 허여한 것은 인의仁義의 마음이었으며, 함께 노닐었던 곳은 도덕道德의 숲이었다. 수양한 것은 명예와 절의였으며, 강마한 것은 이해와 의리의 분변이었다. 일찍부터 서로 세한歲寒을 기약하였는데, 그 사이에 혹 사귐의 방법이 다행스럽지 못한 일이 있을 경우, 만년까지 한 마음은 서로 비춰보고 환하게 서로 책을 보듯 이해하였으니, 어찌 시종始終이 달라질 수 있겠는가?

아아! "서리를 밟아보고도 얼음이 얼 것을 미리 안다."[335]고 하니, 곧 을미乙未(1895)·병신丙申(1896) 창의倡義[336]에는 한 목소리였고, 하늘이 무너지고 땅이 꺼져 갈 곳이 없어지자 신해辛亥

---

333) 선인이 … 질정하였습니다 : "군자가 일을 민첩하게 하고 말을 삼가고 도가 있는 사람에게 찾아가 질정하면 배움을 좋아한다고 이를 만하다[君子敏於事而愼於言 就有道而正焉 可謂好學也已]." 『논어論語』 「학이學而」에서 원용한 말이다. 곧 여기서의 유도란 서산 김흥락을 말한다.

334) 고복皋復 : 초혼招魂의 의식. 사람이 죽고 난 대여섯 시간 뒤에 죽은 이가 입던 옷을 가지고 지붕에 올라가서 양손으로 이것을 펼쳐 들고 세 번 혼을 부르는 것. 곧 서거한 날.

335) 서리를 … 안다 : 화가 닥칠 조짐이 있음을 비유한 말. 『주역周易』 「곤재坤卦」 초육初六의 효사爻辭이다.

336) 을미乙未(1895)·병신丙申(1896) 창의倡義 : 고종 32년(1895)의 명성황후 시해사건·단발령 등으로 인해 전국적으로 의병항쟁이 일어났다. 이때 안동에서도 대장 권세연을 중심으로 의병항쟁이 펼쳐졌다.

(1911)·임자壬子(1912)년의 망명에는 거취를 함께 하였으니, 선생께서는 나라를 떠나 요동으로 가시고 조부께서는 북쪽으로 이사하여 터를 잡으셨습니다. 이는 실로 '난세와 나쁜 환경에 같이 따른다.'는 생각이 있었던 것입니다.

아아! 나라의 우환이 끝이 없으매, 진부한 은혜와 원망을 모두 잊어버림은 두 어른께서 마음으로 택정擇定하신 일이었습니다. 뜻을 둔 일이 성취되기도 전에 한스럽게 황천黃泉에서 한을 가지게 된 것은 두 어른의 마지막 길이었습니다. 그런데 마침 태어난 것은 같은 해였으나 마침 세상을 떠나신 선후가 달랐습니다. 조부 묘소의 도리나무는 아름드리에 가까워 선생의 고신皐辰이 이에 이르렀으니, 고통을 겪은 것도 세월이 지날수록 더욱 달라짐이 두 어른에 있어서는 다시 어떠한 줄을 알지 못하겠습니다.

만생晩生의 소자小子가 국가의 상전벽해桑田碧海 가운데서, 울부짖는 것은 장차 어떠하겠습니까? 아! 슬프도다. 이른바 '명운命運과 시대라는 것'이 과연 무엇입니까?

선생께서는 고금古今을 관통하는 지식과 절륜한 재능 그리고 만 마리 소의 힘으로도 돌리기 힘든 의지와 금석이라도 뚫을 수 있는 정성을 지니신 분으로 위난危難의 즈음에서 운명을 혁신할 수도 있었고, 패망의 지경을 일으켜 세울 수도 있었을 것입니다. 그런데도 상해上海의 급한 조류와 북만北滿의 매운 바람에 가슴을 넓혀 기운을 북돋우지 못하고 다만 선생으로 늙고 선생으로 돌아가게 하셨습니까? 이른바, 의지意志의 삼걸과 중화中華의 오위五偉와 태화太樺의 유신제가維新諸家들이 별난 사람이겠습니까? 다만 시대의 형세가 허용치 않았다 하여 한갓 뒷사람으로 하여금 선생에게서 성패成敗를 논의하게 하겠습니까? 유골이 조국에 돌아오는 것을 선생께서 허용하지 않으셨으니, 오르내리는 혼령이 장차 장백산長白山의 빈 터와 태평양의 서쪽을 표탕飄蕩하여, 우레가 되고 벼락이 되어 천지를 진동케 하시려 함입니까? 내뿜어 뜨거운 피가 되어 뒤에 올 사람들의 심장으로 주입하여 다음 세대의 풍운風雲을 연출하려 하심입니까? 진실로 그러하시다면 이 고인故人의 어린 손자의 간절한 비호悲號를 선생께서는 무엇으로 말미암아 와서 이르시겠습니까?

▫ 또 사하생 흥해 배한근   又 查下生興海裵漢根

삼가 생각하건대 공의 집은 영남의 망족으로
강산의 맑은 기운이 한 누각에 모였네

큰 선비와 석학들이 10대를 이어 혁혁하였으니
활짝 핀 꽃을 수놓은 비단이며 광산에서 찾은 진맥이었습니다
공께서는 이러한 집에서 태어나시어 가문을 다시 넓히셨습니다
산하의 기상과 규장圭璋의 아름다운 자질로
이른 시기부터 성예가 유적儒籍에 무성하였습니다
안목은 높고 크되 궁부宮府는 깊고 넓어
제자諸子와 백가에 깊이 이해하고 두루 통하여
나타나면 문장이 되어 전폭에 아로 새긴 비단 같았습니다
굳게 잡은 의리는 천 길 가파른 절벽처럼 우뚝하고
옷깃을 정돈하여 꿇어앉으면 위의를 본받을 만하였습니다
규모가 치밀하고 법도를 넘지 않았습니다
파도를 잠재우는 지주요 큰 집을 지탱하는 기둥이니
조정에 쓰면 정사를 보필할 수 있고
군신에 두면 반드시 도략韜畧337)을 다하였을 것을
임하에서 닦은 경륜을 베풀어 쓸 방도가 없었습니다
상전桑田이 뒤집히는 대 국면에 어디에도 발 붙일 곳이 없어
한 폭 깨끗한 땅 서북쪽 패수의 강변을 찾아
청려장青藜杖에 의지하여 간 만리의 타관 표연한 거동은 기러기의 깃과 같고
뇌락한 기술은 백 번 꺾여도 굽히지 않았으며
투철한 정성은 만방이 모두 감복하였습니다
이역의 풍상을 이십 년이나 경험하되
하늘이 촉한을 돕지 않아 오장원五丈原의 별처럼 지고
서산의 한 무더기 흙으로 남아 의관만을 수습하여
바람을 말로 삼고 구름을 깃대삼아 도정을 근역槿域으로 돌아오니
옛 군자정의 옛 정자에 자리와 궤는 예전 그대로입니다
아! 소자는 계가契家의 미독迷督이요

---

337) 도략韜畧 : 육도六韜·삼략三略의 약. 황석공이 장량에게 비전한 병서라 하기도 하고, 강태공이 지
    었다고도 한다. 전轉하여 병서兵書 또는 군략軍略을 이른다.

공께서는 저의 부친과 연배가 비슷한 동지였습니다

여강서원盧江書院에서의 글과 술, 고산강학高山講學338)의 예석禮席

가는 곳마다 회동會同하여 충정衷情을 토로하였습니다

서로 하늘 끝 멀리 계실 때 서신이 아득해졌는데

소자의 죄가 하늘에 사무치어 망극한 슬픔을 입었습니다

예전 나의 자형姊兄이 공의 조카였는데

십수 년 사이 주검으로 함께 묻혔습니다

두루 겪은 재앙과 환란을 차마 다 아뢰지 못합니다

일월이 북[梭]처럼 빨라 공의 연석筵席이 갑자기 치워지니

이제 비바람 몰아치는 긴 밤을 땅을 더듬어339) 나아가겠습니까

소자가 분주하여 억회臆懷를 고할 겨를이 없었던 데다

췌마衰麻의 상복을 끌고 허둥지둥 달려가기도 미편하였습니다

겁계劫界의 살아 남은 몸이 머리 움츠리고 두려워하여

회포가 있어도 쏟아내기 어렵고 목구멍이 있어도 곡하지 못합니다

늦게 냇가 변변찮은 나물을 올려 사사로이 통절한 아픔을 아룁니다

삼가 존령께서는 밝게 이르러 흠향하소서

▫ 또 척소제 완산 류기춘   又 戚少弟完山柳基春

아! 늦었습니다. 소자의 우매함으로 어찌 선생의 아름다운 덕德을 찬양할 수 있겠습니까? 지난번 소자가 먼 곳에 우거할 적에 처음 뵙고 문안드린 것이 언제인지 기억하지 못하니, 하물며 자제의 예로써 논할 수 있겠습니까? 그런 중간에 또 선생께서 멀리 나라를 떠나시어 한 번도 전패顚沛·유리流離의 즈음에 명을 받들지 못하여 지향하는 바와 일삼은 바가 어디에 있

---

338) 고산강학高山講學 : 당시 고산서원高山書院에서 행해지던 강학講學을 가리킨다. 고산서원은 대산 이상정 선생을 제향하는 서원으로 소호蘇湖 강변에 있기 때문에 '소단蘇壇'이라 하였다.

339) 땅을 더듬어 : 맹인盲人이 지팡이로 땅을 짚으면서 길을 찾는 것을 적식擿埴이라 하는데, 사람이 도리를 알지 못하고 억측臆測으로 생각하여 행동함을 비유함. 양웅의 『법언法言』「수신修身」에, "맹인이 지팡이로 땅을 짚으면서 길을 찾아다니는 것과 같을 뿐이다[素擿埴索塗 冥行而已]."한 말 에서 나온 것임. 학문의 계경을 모르는 것을 들어 명행冥行이라 하기도 한다.

었는지 알지 못하였으니, 하물며 그 뜻과 행적이 얼마나 고단하고 깨끗한 것인 줄을 헤아릴 수 있겠습니까? 그렇다면 오늘 곡哭하는 것은 다만 그저 여러 사람들이 이륜彝倫을 흠모하는 것과 같을 따름입니다. 비록 선생이라 하더라도 그가 누구 집의 자제인줄을 어떻게 알고 와서 이르시겠습니까?

아! 슬픕니다. 선생께서는 왕패王覇의 큰 도략을 배우고 연구하여 유가儒家의 구속과 세속의 인습에서 벗어나 온 세상을 통틀어 꾀하고자 하되 일신一身의 안일만을 위하지 않았습니다. 수완은 혼미한 정국을 혁파할 수 있고 열성은 패망한 나라를 재건할 수 있었으되, 업적은 세상에 드러나지 못하고 영광은 몸에 미치지 못하였으며, 누린 것은 남다른 험고險苦와 치욕이었으며 진박震剝과 좌절로 이역에서 몸을 마쳤으니, 하늘의 뜻이 과연 어디에 있는 것입니까? 그 태어나심이 동방이 아니고 서양西洋에서였다면 나폴레옹·콜롬부스만이 유독 태서泰西에서 미명美名을 떨칠 수 없었을 것이며, 그 시절이 지나쳐서 극히 비색否塞한 때가 아니었다면 능히 동방의 가리발디340)·마치니341)가 될 수 있었을 것입니다. 이것이 바로 선생의 불행이어니와, 후생 소자의 통한이기도 합니다. 인하여 원인과 결과는 서로 어그러짐이 없다는 가설假設이 이로부터 하늘이 연출하는 공변된 이치인지, 이는 미래에 올 사가史家들에게서 가부可否가 증명될 수 있을 것입니다.

▫ 또 문하생 안동 김두한   又 門下生安東金斗漢

삼가 생각하건대, 선생께서는
허주虛舟의 기맥氣脈이시며, 서산西山의 적전嫡傳으로
고을에서는 중망을 얻고, 나라에서는 신실信實함을 믿었었습니다
고금을 짐작함에 도道를 중용中庸에 두어

---

340) 가리발디 : 이탈리아 리소르지멘토(Risorgimento; 국가통일운동)를 위해 몸바쳐 싸운 애국자·군인·공화주의자. 게릴라부대 '붉은 셔츠대'를 이끌고 시칠리아와 나폴리를 정복함으로써 이탈리아가 사보이 왕가를 중심으로 통일을 이룩하는 데 이바지했다.

341) 마치니 : 이탈리아의 정치선전가·혁명가. 비밀 혁명단체인 '청년 이탈리아당[Giovine Italia]'을 세웠고(1832), '리소르지멘토(Risorgimento)'로 알려진 이탈리아 통일운동의 기수였다. 공화주의자였던 그는 이탈리아가 통일과 독립을 이루었을 때(1861) 사보이 왕가의 왕정 아래 설립된 의회정부에 참여하기를 거부했다.

세상에 문왕文王의 학문이 없어짐에 선생께서 이에 홍기하셨습니다

우리 자제들을 이끌어 공민公民으로 배양하시고

새로운 정신으로 구습을 타파하시니 금세의 추권麤拳이셨습니다

다윈의 진화설과, 루소의 민약론民約論이

이치가 한 근원에서 나옴을, 말 없는 가운데 계합하여

이에 협동학교協東學校를 세우니 팔역八域이 한 목소리로 호응하였습니다

오직 하늘만이 불쌍히 여기지 않으사 대운大運이 막히니

용기 있는 이는 흰 칼날도 사양하지 않고 밟아 죽고, 의사義士는 낟알을 먹지 않고 목숨을
버리였습니다

국가의 강역을 크게 헤아려, 수복雠復의 날을 하늘에다 맹세하였습니다

단군의 옛 복식이 용납될 땅이 있어

안타까운 이별에 강토를 벗어나니 사람들 모두 우러러 보았습니다

덕德은 곧 외롭지 않으므로 지사志士들이 구름처럼 따랐습니다

퇴파頹波의 지주석砥柱石처럼 서고, 단壇에서 굽어보듯 손바닥을 보듯 하였습니다

이십 성상을 조금도 해이하지 않으니

군중의 마음 추대하기를 원하여 상해로 떠나신 지 일곱 달

물러나 일변一變하여 대동大同의 세상을 주창하셨습니다

동서東西가 한 집안이요, 황인·백인이 한 형제였네

계술繼述하되 저술하지 않으시고, 공자孔子의 말씀을 표장하니

수천 년 동안 마치 사문斯文이 기다려 온 분인 듯하였습니다

분명하지 않으면 행하지 않고 왕도·패업에 골몰하니

선생의 공적은, 여기에서 컸던 것입니다

후생이 복이 없어 중도에서 붓을 꺾으시니

하늘이 사문을 버리고자 않으신다면 반드시 뒤 이을 분이 있을 것입니다

아! 소자가 일찍이 융성한 덕을 우러러 보았는데

분별없이 사랑으로 대해주시고 받아 들여 이끌어 길러주셨습니다

혼령이 임청각에 돌아오심은 마치 다시 평소에 거처하시듯 하니

천고의 운수運數는 그 사람이 역력합니다

오직 믿을 데가 있다면 후세에 알리는 한 편의 글이니
길게 통곡하며 물러나니 땅은 넓고 휑하고 하늘은 깜깜하도다

□ 또 척소자 완산 류연건 又 戚小子完山柳淵建

아! 슬프옵니다. 생각하건대 우리 고故 석주선생 철성鐵城 이공李公은 임신壬申(1932)년[342] 5월 간도墾島의 우사寓舍에서 돌아가셔서 이역異域의 언덕을 빌어 임시 장사하였다. 이 해에 안동의 구려舊廬에 빈소를 모시어 동족들이 비로소 곡을 하였다. 다음 다음해 갑술甲戌(1934)년 5월 갑인삭甲寅朔 을축乙丑일은 곧 복을 벗는 날이다. 전날 밤 척戚 소자小子 완산完山 류연건柳淵建은 통곡재배하면서 궤연几筵 아래에 삼가 고한다.

아아, 조선은 선생의 나라요, 선생은 조선의 민족이다. 선생께서 나서 자란 곳은 과연 어떤 조선이며, 늙어 돌아가신 곳은 과연 어떤 조선인가? 선생이 세상에 계신 세월은 다만 80년 이지만 그 사이 국가의 변천과 민족의 흩어짐에 대해서는 입을 닫고 말하지 않고자 한다. 이제 소자가 선생을 곡하는 것은 살아있는 자들을 위하여 곡을 해야 하는 것인가, 죽은 자들을 위하여 곡을 해야 하는 것인가? 만약 죽은 자들을 위하여 곡을 한다면 이는 죽었지만 살아있는 것이고, 살아있는 자들을 위하여 곡을 한다면 이는 살아 있어도 죽은 것이다. 국가와 민족도 별개의 물건이 아니라 또한 그 삶과 죽음은 동일한 궤도로 돌아가니, 이 곡은 곧 20년 전 신정新亭[343]의 남은 눈물이 아직 최후의 한 방울이 남아 있어 오직 선생의 오늘을 위하여 다시 한번 떨구는 것이다. 백두산 허공의 완악한 구름이 아직 개지 않고, 황해의 불어 넘치는 험한 물결이 아직 그치지 않고 있으니, 아까 말한 산 자를 위한 곡이나 죽은 자를 위한 곡이 한갓 상례일 뿐만이 아닌 것이다. 곡을 함에도 또한 살아야 할 때에 살고, 죽어야 할 때 죽는 도리를 알아서 곡을 한다면 이는 곡을 잘하는 것이다. 우리 조선을 둘러 보건대 곡을 잘하는 자가 과연 몇이나 되는가?

---

342) 임신壬申(1932)년 : 원문의 현익玄黓·작악作噩은 현익은 임任, 작악은 유酉로 천간天干·지지地支가 어울리지 않으니, 제문 찬자가 오기한 듯하다. 이상룡의 서거한 해가 임신년(1932)이므로 바로 잡았다.

343) 신정新亭 : 정자 이름이다. 동진東晉의 여러 명사名士들이 신정新亭에 모여 술을 마시는데, 주의周顗가 탄식하기를, "풍경은 다르지 않는데 눈을 들어 바라보니, 산하山河가 다르다."하니 왕도王導가 얼굴빛을 변하며, "함께 나랏일에 힘을 바쳐 신주神州를 회복해야 하는데, 어찌하여 초수楚囚처럼 맞대고 울기만 하는가?" 하였다는 고사가 있다.

소자 또한 선생의 문도門徒이지만 소자의 곡은 오로지 병이秉彝344)가 발하는 바에 있는 것이니, 죽은 자를 위한 곡은 곧 산 자를 위한 곡이요, 산 자를 위한 곡은 실로 죽은 자를 위한 곡이다. 무엇 때문인가? 산자의 불행이 곧 죽은 자의 불행이니 선생의 불행은 또한 조선의 불행이다.

▫ **또 시하생 달성 서석규   又 侍下生達城徐錫奎**

소자가 조부상의 승중복承重服을 입고 있는 몸이니, 근래의 사사로운 정으로 어느 겨를에 남의 초상에 곡을 할 수 있겠습니까마는, 가만히 엎드려 생각컨대, 조부께서 교유하시던 분은 조부상과 같다고 여겨진다. 이에 조부상의 곡으로 공公을 곡합니다.

아! 소자는 늦게 태어난 데다 미욱하여 공께서 일삼아 행하신 이력을 알지 못하지만, 조부께서 무양無恙할 적에 조금이나마 얻어 들을 수 있었습니다. 공께서는 의범儀範이 빼어나고 견해가 탁월한 재능으로 안으로는 가정의 교화와 인도의 힘을 입고, 밖으로는 스승께서 가르쳐 주는 지결旨訣에 훈도되었으니, 전에 공으로 하여금 알아주는 사람을 만나 세상일을 담당하여 그 온축한 바를 펼쳐서 경연經筵에서 논사論思의 지위에 두거나, 관각館閣에서 찬술撰述하는 임무가 주어지게 하였더라면, 그 임금의 계책을 수놓아 아로새기고 육예六藝를 관현管絃으로 노래함이 장차 포정庖丁이 놀리는 칼날345)처럼 넓고도 넉넉하였을 것입니다. 불행하게도 판탕板蕩의 시국346)을 만나 왕조의 사직社稷은 이미 망하여, 눈을 들어 서경西京을 바라보매 은허殷墟의 서리黍離의 감회347)가 생겨나고, 머리를 남쪽 고을로 돌리면 체두杕杜348)의 슬픔을 노래하

---

344) 병이秉彝 : 사람의 마음에 가진 상도常道. 『시경詩經』 「대아大雅」 증민편烝民篇에 '민지병이 호시 의덕[民之秉彝好是懿德]'이란 말이 있다.

345) 포정庖丁이 놀리는 칼날 : 능수능란한 솜씨를 의미한다. 『장자莊子』 양생주養生主에 "두께가 없는 칼날을 틈이 있는 소의 살 속에 집어넣으면 그 공간이 널찍하여 여유작작하게 칼날을 놀릴 수 있다[刀刃者無厚 以無厚入有間 恢恢乎其於遊刃 必有餘地矣]."는 백정의 말이 실려 있는데, 본문에서는 '유인游刃'만을 따서 썼다.

346) 판탕板蕩의 시국 : 국정國政이 문란해지고 사회가 온통 혼란한 보기 드문 액운厄運의 시기를 말한다. 판板과 탕蕩은 『시경詩經』 「대아大雅」의 편명篇名으로 주周 여왕厲王의 학정虐政을 읊고 있다.

347) 은허의 서리黍離의 감회 : 은나라 유왕幽王이 망하고 그 아들 평왕平王이 도읍을 동도東都(낙양)에 옮긴 뒤로 지위가 일반 제후와 같이 낮아져서, 그 지방의 시詩를 왕풍王風이라 하고 다시 아雅로 칭하지 않았다. 서리편黍離篇은 왕풍의 첫 편이다.

348) 체두杕杜 : 『시경詩經』 「국풍國風」 당풍唐風의 편명. 시세를 풍자한 노래이다.

는 시인이 있으니, 캄캄하게 어둡고 울적한 고통과 간절히 외롭고 통분한 심정을 어떻게 그칠 수 있겠습니까? 몸을 버리는 것은 애석하지 않으니, 도랑이나 물에서 명분없이 죽는 것은 죽을 곳이 아니었고, 항쟁하여 말하는 것은 두려운 것이 아니나 노국지휘魯國之諱349)를 행할 때 행한 것이 아니었습니다. 이에 만리의 절역에서 감회를 부쳐 자정自靖350)하여 죽더라도 후회하지 않겠음을 맹세하였으니, 비록 동해東海에 빠져 죽는 숭고한 발자취와 심양潯陽의 외로운 절개351)라도 이보다 더하지 않을 것이언만, 그 자취는 사라지고 그 사적은 묻혀 버렸으니, 비록 공에게는 더해지고 손상되는 것은 아니라 하더라도 또한 족히 천고千古 지사志士의 유감遺憾이 되는 것입니다.

마침내 형체形體를 이역異域에 부쳐두고 혼령만 고향으로 돌아오셨다. 백세百世 아래에 마땅히 청운靑雲의 대 문필가352)가 차례로 서술하여 천양闡揚함이 있을 것이니, 소자들이 어찌 감히 어른에게 찬양하는 뇌문誄文을 짓는 비평을 범할 수 있겠습니까? 평소 흠모하던 정성을 대강 서술하여 통곡하면서 영결하려 합니다. 엎드려 바라건대, 산화散化하지 않는 혼령께서 혹 누구 집의 아이였던가를 말없는 가운데 생각해 주시겠습니까?

▫ 또 문하생 광산 김철수   又 門下生光山金轍洙

삼가 생각하건대 우리나라 근래 고故 처사處士 석주石洲 이선생李先生은 동쪽 땅 영남의 옛

---

349) 노국지휘魯國之諱 : 노魯 나라는 제후의 나라여서 체제禘祭를 행할 수 없는데, 희공僖公을 제부祔해서 체제를 행하므로 공자孔子는 보고 싶지 않다고 한 말을 원용한 것으로서 즉, 우리나라가 칭황입제稱皇立帝한 일이 시기상조였음을 지적한 말이다.

350) 자정自靖 : 각자 의리에 입각하여 자신의 뜻을 정해서 결행하는 것을 말한다.『서경書經』「미자微子」의 “스스로 뜻을 정해서 각자 선왕에게 고하라. 나는 여기를 떠나 숨지 않겠다[自靖 人自獻于先王 我不顧行遯].”라는 말에서 나온 것이다.

351) 심양潯陽의 외로운 절개 : 진晉 나라 도잠陶潛이 보여준 절개를 가리킨다. 진나라가 쇠망의 길로 들어서자 팽택영彭澤令의 벼슬을 버리고 심양潯陽의 율리栗里로 돌아가 여생을 마쳤다(『진서晉書』권94).

352) 청운靑雲의 대 문필가 : 사마천과 같은 대 문필가를 가리킴.『사기史記』「백이열전伯夷列傳」에 “백이·숙제가 비록 훌륭했다 하더라도 공자가 칭찬해 주었기 때문에 그 이름이 더욱 드러나게 되었던 것이다. … 행실을 닦고 이름을 세우려고 하는 평민들의 경우, 청운지사의 힘을 빌리지 않는다면 어떻게 후세에까지 그 이름이 전해질 수 있겠는가.” 하였는데, 여기서 청운지사는 은근히 사마천 자신을 가리킨 것이다.

가문의 출신인데, 북으로 만주 지역으로 흘러 건너간 지 지금에 이미 20여 년에 끝내 돌아오지 못하고 갑자기 대질大耋을 재촉하는 탄식에 이르게 됨에 우리 도道의 애통함이 극에 달하였다. 선생이 돌아가신 후 맏자제 어른이 향리로 세간을 거두어 돌아올 때 선생의 위패를 임청각臨淸閣 옛집에 모셨다. 소자는 마치 장차 나아가 우리 선생의 의범儀範을 다시 뵐 듯이 하다가, 곧 도리어 분주히 통곡하는데 그쳤다. 엎드려 생각하건대 하늘에 계신 혼령께서 여기를 오르내리시면서 말없는 가운데 우리를 여기로 인도하시지 않았겠는가? 아아!! 늦게 태어난 나의 우매함은 족히 더불어 말할 것도 없거니와, 예전 만주에서 농사할 적에 선생의 후덕한 용모를 뵈었는데, 내가 세의가世誼家의 자손이라 하여 불쌍히 여겨 곁에 거두어 두시고 영욱令彧(상대방의 손자)과 더불어 동일하게 보시면서 교유하게 하셨으니, 특별한 대우에 감격스러웠으나 스스로의 분수에 감히 바라지 못할 것이었다. 하물며, 시사時事가 점차 변하여 다시 선생께 말씀을 고하지 못하고 겨를 없이 돌아와 버렸는데, 아아! 선생께서는 다시 일어나지 못하시게 되었으니, 소자가 비록 한스러워 한들 될 수 있겠는가? 이제 계유癸酉(1933)년 5월 신축辛丑은 우리 선생께서 하늘로 올라가신 지 1주기周朞가 된다. 문하생 김철수는 감히 윤제尹祭(포)의 제물을 바쳐 평소 존모의 정성을 표한다. 선생의 도道를 지킨 것과 자정自靖의 의리에 이르러서는 소자가 또한 어찌 감히 말을 하겠는가? 삼가 생각컨대 여기를 살펴 주시려는지 모르겠다.

▫ 또 문하생 김녕 김기락   又 門下生金寧金基洛

소자小子가 어떻게 선생을 곡하겠습니까? 피 맺힌[血恨] 심장에 남아 있어 공公을 위하여 통곡할 겨를이 없습니다. 사사로운 정으로 곡哭을 하려니 창자가 꺾이고 간이 찢어져 말이 소리를 이루지 못할 것입니다. 천하고금에 어찌 소자처럼 완악하여 차마 못할 일을 하는 자가 있겠습니까? 아버지의 원수를 아직 갚지 못하고도 이렇게 천지간에 버젓이 먹고 자고 있으니 선생의 혼령께서 오히려 반드시 캄캄한 지하 세계에서 얼굴을 찡그리면서 꾸지람을 하실 것입니다. 그러나 생각컨대 우리 아버지를 돌아보아 사랑하기로는 선생만한 이가 없었고, 우리 아버지가 화를 당한 것을 슬퍼하고, 소자의 정상情狀을 불쌍하게 여기는 것도 오직 선생이 계셨을 뿐입니다. 소자의 지극하고도 깊은 통한을 선생께 고告하지 않으면 누구에게 고하겠습니까?

지하의 세상이 만약 인간 세상과 같다면 우리 아버지의 혼령이 반드시 광막廣漠한 물가에서 선생을 모시고, 세상의 변화가 끝없음을 개탄하고 천운天運을 회복하지 못함을 비통해 하면서 한숨 쉬고 탄식하는 소리가 천궐天闕(하늘의 대궐)에 통하여 상제上帝의 마음을 감동시킴이 있을 것입니다. 어느 날에나 우리 아버지의 유해遺骸를 모시고, 우리 선생의 상여를 모시고 돌아와 조국의 강산에 영구히 안장할 수 있겠습니까. 하늘의 뜻 혹 있습니까? 만약 하늘이 그러한 뜻이 없다면 소자는 끝내 선생과 우리 아버지를 돌아가 만날 날이 없을 것입니다. 하늘이여, 하늘이여! 어찌해야겠습니까? 큰 은덕恩德을 보답하지 못하고 지극히 아픈 마음을 가눌 길이 없습니다. 존령尊靈께서는 애통한 심정을 굽어 살피소서.

。또 생질 면성 박구락　又　甥姪綿城朴九洛

아, 지난 경오庚午(1930)년 겨울에 소자가 양친을 모시고 동쪽으로 돌아온 것은 대개 낭패를 당하여 분주한 가운데 형제도 능히 서로 보호할 수 없었거늘, 하물며 수천 리里 상거한 처지에 어떻게 한만閑漫히 유유한 생각을 펼칠 수 있었겠습니까? 다만 요행을 바라는 사사로운 마음에 하늘이 반드시 정상으로 회복될 날이 있기를 기대했었는데, 지금은 희망이 없어져 버렸으니 소자가 오히려 무슨 말을 하겠습니까?

아아, 필부匹夫로서 창생蒼生의 기대를 짊어지고, 한 손으로 군국軍國의 중망을 맡은 사람은 지난 역사에서 구해 보더라도 들은 바가 없고, 거의 오직 외숙 한 사람뿐일 것입니다. 그러나 끝내 이룰 수 없었던 것은 하늘의 소치이니, 외숙인들 하늘에 대해서야 또한 어찌 하겠습니까? 외숙의 성명姓名이 천하에 가득해지자, 비록 원수인 일인과 종족이 다른 외국인들도 얼굴을 한번 보고자 하였으니, 대개 또한 사람의 본성本性이 심히 서로 멀지 않기 때문이고, 바로 자사자子思子가 말씀하신 "무릇 혈기血氣가 있는 자는 어버이를 높이지 않을 수 없다."는 것입니다.

저는 오히려 어떤 사람이기에, 세상에 태어난 지 거의 30년 동안에 한 번도 문하門下에 나아가 기린과 봉황같은 의범儀範과 광풍제월光風霽月과 같은 기상을 뵙지 못하였습니까? 더구나 사사로운 정으로는 사람마다 외숙이 되고 생질이 되는 것보다 더욱 다름이 있습니다. 바야흐로 우리 아버지께서 손을 잡고 나라를 떠나실 적에 외숙의 의로움을 의롭게 여기는 것은 아버지가 계셨고, 아버지의 마음을 마음으로 삼는 것은 외숙이 계셨으니, 참으로 이른바 '바람과 비에도(난리) 서로 저버리지 못한다.'는 것이었습니다. 그 정밀하고 깊은 점에 대해서는 대개 또한 가인家人이나 부자간에도 말하기 어려운 법인데, 소자는 오히려 귀를 막으라는 어머니의 가르침이 있었으니, 대운大運이 어그러져 이런 극심한 지경에 이를 줄은 어찌 알았겠습니까? 저의 아버지는 마침내 지쳐 돌아오셨고, 외숙께서는 마침내 돌아가셔서 백세百世 뒤를 기다릴 수 없게 되었으니, 누가 능히 외숙의 뜻을 이어 저의 아버지의 마음을 세상에 알리며, 누가 다시 외숙께서 지으신 국로사菊露史 한 부部를 읽겠습니까?

삼가 생각하건대, 공의 정정당당한 기상은 돌아가셔도 또한 마땅히 귀신 중에서도 호걸이 되시어, 오히려 요사妖邪한 기운(왜인)을 말끔히 씻어 그 아름다운 덕성을 더욱 통창케 할 수 있으실 것입니다. 풍광風光은 다르지 않으나 산하山河는 다름이 있습니다. 한 잔 술로 가슴의 회포를 고하니 금고今古에 슬픔이 깊습니다.

▫ 또 손서 풍산 류시준   又 孫壻豊山柳時俊

아아, 사람이 나서 죽는 것은 떳떳한 법칙이라 하겠습니다. 떳떳한 법칙으로 본다면 그 죽음을 곡할 만큼 슬퍼할 만한 사람이 있겠습니까마는, 이제 선생께서 돌아가심에 있어서는 슬퍼하지 않고자 한들 되겠습니까? 선생께서는 총명이 뛰어난 재주로 역사가 오랜 집안 시례詩禮의 가정에서 태어나, 평소 익숙히 공부한 것은 사서四書·육경六經의 서적에서 벗어나지 않았고, 수신修身·제가齊家·치국治國·평천하平天下의 도道와 삼황오제三皇五帝의 왕도·패도의 통치술과 충군·애국의 정성과 세상을 보비補神하고 백성을 기르는 덕성德性은 자신의 가슴 속에서 강구한 지가 오래입니다.

지난 경술庚戌(1910)년에 천지가 갑자기 뒤집히고 산하山河가 안색을 바꾸자, 의리와 본성을 가진 사람들이 왕왕 수양산에 들어가 굶어죽거나, 동해를 걸어 들어가 빠져 죽는 기절氣節을 보여줄 적에, 선생의 마음에는 "인仁을 이루는 매운 의지는 차라리 나라를 떠나 나라의 보존을 도모하는 것이 낫지 않겠는가?"라고 말하고는, 가솔을 이끌고 바다를 건너 북만주北滿洲 대씨大氏가 남긴 경사京師로 깊이 들어가 염포塩浦의 흑사黑沙 바람과 큰 호수 비린 얼음을 견딘 지 20년 풍상風霜에 수염과 모발이 모두 희었지만, 우리 민족이 함께 빠져죽는 데 이르지 않고 왕업王業이 다시 확장되는 것을 다시 보고자 하여 우주의 끝까지 방황하여 이르지 않은 곳이 없었건만, 마침내 염운炎運353)이 이미 끝나 오장원五丈原에서 별이 떨어지니, 이는 운명이

---

353) 염운炎運 : 한漢 나라의 운명. 한 고조漢高祖가 화덕火德으로 왕王이 되었다 하여 한나라를 염한炎

었습니다. 이 어찌 성패成敗와 이둔利鈍으로 선생을 논할 수 있겠습니까? 아, 이것이 바로 선생을 곡할 만한 슬픔이거니와, 그 자잘한 좋지 못한 말들이야 소자의 가슴에서 우러러 아뢰지 않을 수 없는 것들일 따름입니다.

생각컨대 소자가 선생의 가문에 출입하여 사위가 된 것이 홀연 25년이 되었습니다. 그 사이 세월이 깊지 않은 것은 아니지만, 문후問候한 날은 짧고 격조隔阻했던 날은 길었으니, 천애天涯의 양 끝에서 각기 가슴에 품고 있었던 국가적 수심愁心이 대소大小는 비록 같지 않다고 하겠으나 그 꺾어져 저상한 심지心志는 같을 것입니다.

하늘이 우리 집에 재앙을 내려 신해辛亥(1911)년 왕고王考께서 돌아가셨으니, 이때 오직 선생께서 기미를 밝혀 만주로 떠나신 해입니다. 3년이 번개처럼 지나고 망령되이 분수가 아닌 생각을 하여 중도中途에서 죽던지 살던지를 맡길 요량으로 먼저 서주西州의 적막한 물가에 도착한 지 몇 년이 되었는데, 마침내 인사人事가 뜻대로 되지 않아 따라 가고 싶은 소원을 이루지 못하였으니, 진퇴進退가 의거할 데가 없다고 할 만합니다. 소자의 부족한 견해로 신조류新潮流가 마구 휩쓰는 가운데서 잘못 미끄러져, 아내를 데리고 한성漢城에 우거한지 몇 년 만에 하늘이 재앙災殃을 거두지 않음으로써, 아내가 해산 후 곧 죽었으니, 소자의 덕이 박하고 복이 없는 것은 이미 논할 수 없다 하더라도 다만 생각컨대, '하늘이 소자로 하여금 분수 밖의 터에서 뜻을 내어, 선생을 마치 은하수나 교송처럼 우러러 바라보지 못하게 하였던 것이지, 그렇지 않다면 어찌 이처럼 곤고困苦하게 한단 말입니까

아아! 사람의 집에 화액禍厄이 혹 없을 수는 없지만 어찌 소자가 근래 겪은 바와 같을 수 있겠습니까? 분가盆歌354)를 마치자, 또 층봉層峰의 눈물을 뿌렸고,355) 장차 육아편蓼莪篇356)을

漢이라 일컬었음. 여기서는 중국의 운명을 가리킨다. 촉한蜀漢의 제갈량이 한나라의 부흥을 이루지 못하고 죽은 것을 이상룡의 서거에 비유해 쓴 것이다.

354) 분가盆歌 : 『장자莊子』 지락至樂에 "장자莊子의 아내가 죽어서 혜자惠子가 위문하러 찾아갔는데 장자가 걸터앉아 동이를 두드리며 노래를 부르고 있었다."고 하였다. 후세에 아내가 죽었을 때 사용하는 고사이다.

355) 층봉層峰의 … 뿌렸고 : 딸이 죽었음을 비유한 말이다. 한유韓愈가 조주자사潮州刺史로 폄척되면서 그의 가속家屬 또한 견축譴逐되어 가는 길에 딸아이가 죽자 층봉역層峯驛 근처 산 밑에 초빈해 두었다가, 사면을 받고 환조還朝할 때에 그 묘에 들러서 시를 지었는데, 그 시에 "두어 가닥 등넝쿨로 목피관을 꽁꽁 묶어서 황량한 산에 초빈하니 백골도 썰렁하리라 무고한 너를 죽게 한 것은 나의 죄 때문이라 백 년토록 참통하여 눈물이 줄줄 흐르는구나[數條藤束木皮棺 草殯荒山白骨寒 致汝無辜由我罪 百年慚痛淚闌干]."한 데서 온 말이다(『한창려집韓昌黎集』 권10).

356) 육아편蓼莪篇 : 『시경詩經』 「소아小雅」 곡풍谷風의 편명. 생전에 효도를 다 바치지 못한 불효자의

폐하게 되었고, 또 아버지의 병환이 심해져 병상에 계신지 여러 해 되었는데, 형편없는 불효
가 비록 탕약을 달이는 일에 전념專念할 수는 없었지만, 구구히 먹고살아야 하는 누역陋役은
제 한 몸에 있지 않음이 없었었습니다. 그 때문에 동분서주하다가 백골百骨이 시들고 오관五官
이 찢어 떨어져 나가게 되어, 윤이 나던 얼굴은 메마르고 검던 머리는 성성해지는 변화를 겪
지 않을 수 없었습니다.

　아, 이는 장서長逝의 길에 오르신 혼령魂靈께 받들어 누를 끼칠 것도 못됩니다만, 평소 돌보
아 아끼시던 은혜가 본손本孫·외손外孫에 차이를 두시지 않았음을 돌이켜 생각할 때, 사사로운
정을 우러러 아뢰지 않을 수 없고, 또 백수白首로 초상을 당한 장인丈人께도 또한 회포가 일어
남이 없지 않습니다. 거듭 곤경을 겪는 나머지엔 또 들으니 현욱賢彧(상대방의 손자)이 마침 횡액
을 당하여 대고씨大姑氏가 세상을 버리기 이전에 아직 돌아와 모실 수 없다고 합니다. 밝고
밝게 위에서 굽어보심에 비록 멀지 않아 울다가 웃을 경사가 있을 것이지만, 그래도 인자하
게 덮어 감싸준 은혜에 대한 정리情理로 어찌 한 때 사사로이 걱정하고 그리워하는 마음이
없을 수 있겠습니까? 엎드려 바라건대 어두운 가운데서 몰래 도와 좋게 잘 돌아올 수 있게
하소서.

▫ 또 중표종질 한양 조석구　又 重表從姪漢陽趙錫九

　아, 우리 선생께서는 천하를 경륜經綸할 자질로 천인天人·성명性命의 학문을 탐구하신 분으
로, 진실로 때를 만나 그 지향하시는 바를 이행하였더라면 의당 국가에 훈업勳業을 수립하고
사림士林의 종장宗匠이 되어, 이로움과 은택이 남에게까지 미침이 반드시 적지 않았을 것입니
다. 그러나 어쩌다가 판탕板蕩[357]의 난세亂世에 염예灩澦[358]의 기구한 액화를 만나고 풍상風霜
에 살을 깎는 고초를 당하다가 마침내는 요동遼東의 황무지 벌에서 늙어 돌아가셨으니, 하늘

　　심정으로 어버이를 간절하게 추모할 것이라는 말이다. 진晉 나라 왕부王裒가 『시경詩經』을 가르
　　칠 때 "슬프고 슬프다 우리 부모여, 나를 낳아 기르느라 얼마나 애쓰셨나[哀哀父母 生我劬勞]."라
　　는 구절이 나오는 육아편蓼莪篇을 대할 적마다 통곡하곤 하였으므로 학생들이 나중에는 그 대
　　목을 생략하였다는 고사가 전한다(『진서晉書』 권88 「왕부전王裒傳」).
357) 판탕板蕩 : 『시경』 「대아大雅」 판장板章·탕장蕩章의 합칭인데, 주周 여왕厲王의 학정虐政을 읊은
　　시이다. 곧 난세를 비유하는 말이다.
358) 염예灩澦 : 물결이 험난하여 배가 다닐 수 없는 곳. 사천성四川省 양자강揚子江 상류에 있는 험난
　　하기 이를 데 없는 협곡. 구당협瞿唐峽과 염예퇴灩澦堆.

이 선생에게 베푼 것이 과연 이와 같을 수 있습니까? 소자는 이로써 창천蒼天에 따져 묻고자 하여도 물을 길이 없습니다. 더욱이 뼈에 사무치도록 통탄스러운 것은, 우리 아버지가 돌아가 시게 된 것도 또한 이미 23년이나 되었습니다. 누가 우리 아버지의 재능과 의지로 마침내 매 몰됨이 이에 이를 줄 생각했겠습니까? 온 세상을 둘러보건대, 우리 아버지를 상세히 알고 우 리 아버지를 깊이 아낀 분으로는 선생만한 분이 없으므로, 가만히 선생의 엄중한 한 말씀을 얻어 장차 우리 아버지의 마음과 사업을 후세에 분명하게 밝히고자 하였습니다. 그런데 소자 의 정성이 얕고 세태가 또 이와 같아 백년을 가리켜 기다려 온 일이 갑자기 일조一朝에 허공 으로 돌아가고 말았습니다. 소자의 한스러움은 마땅히 하늘·땅과 더불어 지극함이 같고, 우 리 아버지의 혼령 또한 반드시 명명冥冥한 가운데서 울음을 삼키면서 소자가 유지遺志에 미치 지 못함을 애석해 하실 것입니다. 하늘이여, 하늘이여! 이 무슨 사람이기에 이 지경에 이르게 하십니까.

아, 선생의 덕의德義와 문장의 성대한 사업과 행장行藏359)의 소상함에 대해서는 천륜天倫의 지기知己인 척서공尺西公과 같은 이가 반드시 칭술稱述할 바가 있을 것이고, 다른 날 선생의 뜻 을 이어 동국東國의 역사를 기술하는 이가 장차 대서특서하여 한번 쓰는 데에 그치지 않을 것입니다. 그러니 소자가 진실로 어찌 외람되이 기술할 것이며, 또한 감히 시대의 일을 가지 고 우러러 번거롭게 하겠습니까?

소자는 시대의 잡사에 몸이 얽히어 닭 한 마리와 한 잔 술을 올리는 것도 3년이 지난 다음 에야 비로소 행하면서, 이도 직접하지 못합니다. 여기 보내는 막내 아우는 과거 만주의 망명 지 우사寓舍에서 태어날 때 선생께서 '동명東明'이라 명명命名한 사람입니다. 말이 여기에 이르 니 오장五臟이 찢어질 듯하지만 또한 길게 말씀을 올릴 수도 없습니다. 엎드려 바라건대 존령 尊靈께서는 혹 내려와 긍휼히 여겨 주소서.

▫ 또 척하생 조병건   又 戚下生趙秉健

아! 천하의 광대함에 비하여 인물은 항상 작지만, 선생에게 적용하기는 어려울 것입니다. 추

---

359) 행장行藏 : 행行은 세상에 나와 도道를 행하는 것이며, 장藏은 초야에 은둔하는 것. 공자孔子의
    "쓰여지면 도를 행하고 버려지면 은둔한다[用之則行 捨之則藏]."는 말에서 유래한 것(『논어論語』
    「술이述而」).

락隆落·전도顚倒의 지경에서 강상綱常을 부익扶翼하고, 잠기어 소멸하는 위기에서 지주석砥柱石을 세웠습니다. 고심한 혈성血誠은 고금古今에 없는 바이니, 품은 것은 단군檀君과 기자箕子시대의 세상이요, 기술한 바는 근역槿域·동구東邱의 역수歷數였으며, 의로운 국량은 다함이 없었으니, 진실로 동방에 사람이 있다고 일컬을 수 있을 것입니다. 무인지경에 사람이 있다면, 그 사람을 사람으로 여기고, 그 사람의 의리를 의리로 여기는 기풍은 가만히 서서 기다릴 수 있음은 하늘에 떠있는 해처럼 분명하여, 이름이 높아질수록 도의道義는 더욱 드러나게 될 것입니다.

선생께서 광달曠達의 경계지역에서 세상을 떠나셨을 적에도 오히려 호장蒿葬360)을 하여 문산文山361)·효유孝儒362)의 혼령과 함께 종유하시되, 영위靈位를 모시고 돌아와 장사지낸 것은 부득이해서였습니다. 소자는 이미 평소 가르침을 받들지 못하고 이렇게 늦은 곡을 하게 되니, 선생께서 어떻게 어느 곳, 어느 집의 아이인 줄을 알겠습니까. 다른 날 천대泉臺의 아래에서 혹시라도 기억을 해 주시겠습니까? 만 섬이나 되는 통분의 눈물을 다 쏟아낼 수 없어 다만 한 잔의 술을 올리고 물러납니다. 엎드려 바라옵건대 존령께서는 흠격歆格하소서.

▫ 상여를 모셔 올 때 위안하는 제문· 문내門內 씨족 일동 返轝時慰安祭文 門族一同

아! 우리 종군宗君 석주石洲선생이 임신壬申(1932)년 5월 12일에 만주滿洲 서란현舒蘭縣에서 세상을 마치니 유명遺命에 의하여 우선 그 땅에 장사를 지내고, 6월 16일에 혼령魂靈이 고장故庄의 임청각臨淸閣에 돌아오게 되었다. 제족諸族들이 허둥지둥 통곡하면서 맞이하며 다음과 같이 위로한다.

아아, 석주여!

17세 종손으로, 육천리 나그네 길

---

360) 호장蒿葬 : 광중壙中을 쑥대로 덮어서 가리움.
361) 문산文山 : 송宋 나라 때 승상을 지낸 문천상文天祥을 가리킨다. 자는 송서宋瑞, 호는 문산文山이다. 그는 송나라와 원나라 전쟁 때 도독都督으로 조양朝陽에서 항전하다 원나라 장수 장홍범張弘範에게 잡혔다. 원나라에서 항복을 권했으나 그는 끝내 불복하고 시시柴市에서 사형당했다.
362) 효유孝儒 : 명明 혜제惠帝 때의 충신忠臣 방효유方孝儒. 한림학사翰林學士로서 건문建文 4년(1402)에 문황文皇 연왕燕王 주체朱棣임이 경사京師에 들어와 혜제를 몰아내자 참최복斬衰服을 입고 궐하闕下에서 통곡하였다. 그리고 문황이 불러도 응하지 않고, 즉위의 조서詔書를 기초起草하게 하자 붓을 던지고 꾸짖으며 굴복하지 않다가 멸족滅族의 화禍를 입었다.

조선祖先의 제택第宅에서 나고 자라, 영혼[束帛]으로 돌아오니

온 일족이 허둥지둥 신위神位를 차려 통곡하네

남의 이목에도 있는 혁혁함을 어찌 다 말하리오

고상한 천품天稟에다 학문學問을 보태고

조선의 훈계와 스승의 가르침을 가슴에 새겨 어김이 없었네

50년을 쌓으니 성망聲望이 융성하고

오당吾黨(유학)의 영수領袖요 사문私門(고성이씨)의 동량棟樑이었네

자잘한 일을 힘쓰지 않고 만리 중화中華의 땅에 가

북경北京과 남만주에서 20년을 활동하였네

하늘이 수명을 빌려주지 않아 마침내 세상을 떠나니

그 땅에 임시 장사함은 유명에 따름이네

부르고 부르기를 기다리려 하랴 영령英靈은 어기지 않으니

상주喪主인 자제는 노인을 모시고 눈물을 훔치며 장도에 올랐네

가로 흐르는 압록강과 기성箕聖의 옛 나루를 건너

북으로 삼각산을 지나 건원릉健元陵을 창망히 바라보니

우뚝솟은 대령大嶺(근령을 가리킴)은 선조가 터 잡은 곳이라네

안동에 들어 보이는 것은 일족一族과 정대亭臺인데

청사廳舍와 침랑寢廊은 완연히 의구하되

가장 아쉬운 건 옛날 벗이 남아있는 이 거의 없네

중로에서 번갈아 맞이하니 혹시 누구인지 기억하시겠습니까

지금 지식 끌어오고 옛일을 증빙하여, 법식대로 봉안하니

문중 일족이 바치는 잔을 혼령께서는 흠향歆享하소서

□ 제문. 족종 정신·정상·정약·정달·정린·정주·상기·현기·용기　祭文　族從庭新庭
庠庭藥庭達庭麟庭柱尙基泣基龍基

아! 공께서는 우리 집안의 종손으로 덕성德性과 조행操行은 곧 선정先正(선대의 벼슬 높고 훌륭한
분)이 행하던 바로부터 나왔으나 모든 점을 들어 비교해 보더라도 감쇠함이 없으니, 어찌 지

키는 바가 있어서 그런 것이 아니겠습니까? 천품天稟의 순정淳正함과 효우孝友의 근검勤儉함과 도량度量의 굉활함과 언변言辯의 드넓음과 시례詩禮의 예사로움과 같은 것은 완전한 재질을 하늘이 부여하였으니, 비로소 단 샘이 근원이 있고 은광이 맥이 있음을 알겠습니다. 이러한 중망重望으로 지난 날 세태가 무너지고 시속은 더럽혀짐에 중화中華로 훌쩍 떠나가서 용이하게 양초梁楚지방의 성가聲價[363]를 얻으셨습니다. 시운時運이 길吉하지 못하여 마침내 뜻을 펼치지 못하시니, 하늘도 믿을 수가 없습니다. 혼령이 고장의 집으로 돌아오니 어찌 하오리까, 공이시여!

□ 또 족종 양종·홍종진·종담 등   又 族從琅鍾洪鍾震鍾湛等

아아, 선생이시여!

단군·기자의 해동국海東國이요, 영남의 추로향鄒魯鄉에

하늘이 영걸을 내시니, 사람들 모두 흠모하였네

체體·용용의 학문을 탐구하고 도道는 치국평천하治國平天下의 도가 있었네

묘당廟堂에서 이를 쓴다면, 우리 임금을 요순堯舜으로 만들고

말씀으로 사설邪說을 물리친다면, 양주楊朱·묵적墨翟이 어떤 사람이리오

세도世道가 쇠미衰微하여 오랑캐와 금수禽獸가 날뛰고

지사와 영웅이 몸 붙일 곳이 없게 되었네

포의布衣의 공명孔明이 외로이 도양陶陽에 머무니

삼고초려三顧草廬가 무슨 소용이랴 왕실이 망하였네

동해에 빠져 죽는 높은 절의에 신원연新垣衍의 제진帝秦을 부끄러워 하였고[364]

---

363) 양초梁楚지방의 성가聲價 : 한漢 나라 계포季布의 고사故事를 인용한 것임. 『사기史記』「계포열전季布列傳」에 "조구曹邱가 와서 계포에게 읍揖하면서 말하기를, '초인楚人의 속담에 황금黃金 백 근斤을 얻는 것이 계포의 한번 승낙을 얻는 것보다 못하다.'고 하니, '족하足下가 어떻게 양초梁楚 사이에서 이 명성을 얻었는가?"라는 고사가 있다. 곧 이상룡이 중국에서 명성을 얻은 것을 비유한 말이다.

364) 동해에 … 부끄러워 하였고 : 신원연新垣衍은 전국시대 위魏 나라의 장수, 그가 조趙 나라에 가서 진秦을 높여 제帝로 추존하자고 권하였는데 그 말을 들은 노중련은 신연원에게 그 불가함을 역설하고 "나는 동해에 빠져 죽을지언정 진을 제로 추존하는 것은 하지 않겠다."고 하였다.

신정新亭의 큰 뜻은 왕도王導의 눈물을 격발하였네[365]

왜인의 그물이 엄밀함에 숨쉬고 눈 깜빡이는 것마저 저촉되니

큰 기러기 기미 알고 하늘높이 날아 저들 주살을 능멸했네

뭇사람이 추대하여 수령首領이 되어 국무를 총괄하니

드넓은 계책과 열렬한 의리는 온 세상을 진동케 하였네

20년 요동遼東과 상해上海에서 모진 풍상에 흔들리고 에여

명命과 운運이 모두 떠나니 이 나라를 어찌 하랴

혼령은 고국으로 돌아오고 뼈는 중토中土에 묻히었네

충효가 모두 지극하니 하토下土에서 웃음 머금으시고

하늘에 계시는 임금과 아버지께 '자식'이라 '신하'라 하시리

우리 상세上世를 거슬러 올라가면 만주도 조상의 나라이니

시대가 밝아지기를 기다려 여기에 묻힌들 무엇이 해로우리

공公에게는 유감이 없겠으나 민족에게 불쌍하고

눈물로 쓴 역사歷史는 천년 만년 전하리

용렬한 우리들을 돌아보면 친족인 것이 도리어 부끄러운데

교목喬木에서 내려와 골짜기로 들어가니[366] 사람인가 새인가

떳떳한 의리를 지키려는 하찮은 충정衷情은 그래도 대견함이 있어

슬픈 마음을 버리고 먼 길을 와서 공경히 한 잔 술을 올립니다

부탁할 사람 있어 행적의 계술繼述은 근심하지 않으니

영령英靈께서는 어기지 마시고 흠향歆享하소서

---

365) 신정新亭의 … 격발하였네 : 동진東晉의 여러 명사名士들이 신정新亭에 모여 술을 마시는데, 주의
周顗가 탄식하기를, "풍경은 다르지 않는데 눈을 들어 바라보니, 산하山河가 다르다."하니 왕도
王導가 얼굴빛을 변하며, "함께 나랏일에 힘을 바쳐 신주神州를 회복해야 하는데, 어찌하여 초수
楚囚처럼 맞대고 울기만 하는가?" 하였다는 고사가 있다.

366) 교목喬木에서 … 들어가니 : 『시경詩經』「소아小雅」벌목伐木에, "나무 베는 소리 떵떵 울리고
새 울음소리 곱게도 들리네. 깊은 골짜기에서 나와 높은 나무에 옮겨 앉네[伐木丁丁 鳥鳴嚶嚶 出自
幽谷 遷于喬木]." 하였는데, 맹자孟子는 이것을 학문의 진전에 비유하였음(『맹자孟子』「등문공滕文
公」상上). 여기서는 거꾸로 교목에서 내려와 골짜기로 들어간다고 하였다. 여기서는 제문 드리
는 사람들이 겸양으로 이상룡의 높은 의리에 부끄럽다는 말을 나타낸 것이다.

▫ 또 족조 양   又 族祖瓖

아! 그대의 수명壽命이 75세로 기억하였으니 많지 않다고 할 수는 없으나, 낙락한 삼천리 우리 땅에서 낙락한 중국지방에서 남북으로 방황하기를 20여 성상星霜이었으니, 고장의 산천에서 산 것은 불과 50년이네. 50년 간 성망聲望을 일찍이 이루어 종당宗黨은 높은 산봉우리처럼 우러르고, 향당鄕黨은 장성長城처럼 의지하였도다. 유림과 선비들이 모두 추대하여 사림士林의 영수領袖가 되었으니, 이 어찌 근본이 없고야 그럴 수 있겠는가? 문학文學은 세상의 요구에 부응할 수 있고, 지혜와 사려는 세태世態를 진정할 수 있었으니, 그로써 포부를 온축하고 세상의 짐을 부담함이 결코 도도히 흐르는 시속時俗과 함께 흐르지 않는다. 그러나 치우쳐 있는 작은 동방에서는 큰 뜻을 이룰 수 없어 중화中華의 지역을 우유優遊하여 마치 서운瑞運을 열어갈 듯 하였도다. 일이 곧 그릇되어 마침내 객지에서 고단함을 면치 못하다가 끝내 큰일을 이루지 못하고 세상을 마쳤도다. 아아, 하늘이여! 어찌하여 돌보아 주시지 않는가?

옛날 그대가 처음 태어날 적에는 장수를 누리고 복이 있는 가정이었다. 덕의德儀와 문채文彩는 향린鄕隣을 밝혀 주었었네. 중간에 상전桑田이 벽해碧海로 바뀌는 시기를 당하여 드디어 선세先世의 지난 발자취를 찾아 가솔을 데리고 도곡道谷으로 와 살았는데, 도곡과 상산商山이 산을 사이에 두고 바라보이는 곳이었다. 수시로 서로 방문하여 영원히 어그러짐이 없기를 맹세하였으나 한번 고국을 떠난 뒤로부터 소식을 들을 길이 없어 매양 바람을 향하여 손을 이마에 얹고 매일 좋은 소식이 있기를 기다렸었네. 그런데 흉보凶報가 갑자기 이르자 허둥거리며 외쳐 울기를 마치 못이나 구렁으로 떨어진 듯하였다. 병들어 궁벽한 산중에 엎드려 있는 몸으로 고장 마을의 조문弔問하는 대열에 나아갈 수 없어 병상病床의 문門에서 슬피 통곡하였으니, 하나는 문운門運 때문이요, 하나는 세도世道 때문이었네. 그러나 곧 이어 또 상주군喪主君이 영혼을 모시고 우리나라에 돌아와 선려先廬에 봉안하였다. 청사廳舍는 옛날과 같고 의형儀形은 방불하니, 어그러지지 않는 영령英靈은 반드시 몰래 돕고 다시 일으켜주는 음덕蔭德이 있을 것이다. 다만 체백體魄만 외로이 남았음은 지극한 통한痛恨이지만 역시 유명遺命에 관계되는 것이니 대략 짐작하여 알 만하다. 어찌 다시 밝은 세상이 와서 고향 산으로 돌아올 날이 없겠는가? 슬프고도 슬프다! 조카는 진실로 시종始終 절도節度 중의 사람이었는데 조금 먼저 조금 나중하여 죽더니 지금 또 이에 이르렀으니, 지하地下에서 상종相從함이 아마도 생시生時와 다름이 없을 것이리라. 혹 말이 그 숙부叔父의 괴로운 가슴과 슬픈 심회心懷에 미친다면 서로 애통해

하여 원기元氣가 모두 무너지는 지경에 이를 것이다. 다만 하늘의 뜻이 정해지는 날 역사가歷史家의 기술記述을 기다린다면, 반드시 지향志向과 이행履行의 시말始末을 갖추어 써서 석실石室에 비장秘藏하게 될 것이니, 이는 그대의 양대兩代가 살았던 세월의 일이니 어찌 혼미하고 퇴폐한 사람의 군더더기의 말을 기다리겠는가? 정신이 몽롱하고 이가 모두 빠져 곡哭을 하여도 소리를 이루지 못하니, 오직 나의 정리情理를 불쌍히 여겨 나의 술잔을 흠향歆饗하기 바라네.

▫ 또 족종 종기   又 族從 鍾夔

유세차維歲次 임신壬申(1932) 5월 12일은 우리 종군宗君 석주옹石洲翁이 중국 북부 길림성吉林省 서란현舒蘭縣 촌사村舍에서 세상을 마치니 향수가 75세이다. 상주喪主 효자孝子가 유명遺命을 따라 그곳에서 유월제踰月制367)로 장사지내고 나서, 드디어 자모慈母와 영궤靈几를 모시고 건초군建初君과 앞뒤로 고국故國의 마을 동산을 찾으니 때는 6월 모일이었다. 임청각臨淸閣 세전世傳의 구려舊廬 50년 생장生長한 집에 빈소를 모시고, 다음해 계유(1933)년 5월 경인庚寅 12일 신축辛丑에 장차 소상례小祥禮를 행할 즈음에 족종族從 종기鍾夔는 긴 병으로 말을 할 수 없지만, 또한 차마 아무 말도 없을 수 없어, 억지로 평소에 겪은 일 가운데 만에 하나를 추려서 이틀 전 기해己亥에 보잘것없는 제물로 신주神主 앞에 통곡하며 영결한다.

아!
서산西山의 고제高弟요, 동국東國의 선생이시다
문채文彩를 감추고 마침 상전桑田이 벽해碧海로 변한 때에 오시어
세상 밖을 우유優遊하고 중국에 이름을 떨쳤네
사람이 그러하도록 한 것이 아니라 하늘의 행하고 그침을 들어서라네
문채가 빛나는 강산에 오히려 옛 집 임청각臨淸閣이네
옛일을 생각하면 공의 아버지와 조부는 삼세三世의 북평北平368)집안과 같은데

---

367) 달을 넘겨 장사지내는 일, 곧 작고한 뒤 두 달 만에 장사지내는 것을 말한다.
368) 북평北平은 당나라의 마계조馬繼祖의 조부 북평왕 마수를 가리킨다. 당의 한유韓愈가 전중소감殿中少監 마계조의 묘명을 지으면서 "내가 노인도 아니고 40년이 못되는 사이에 그대의 조부·아버지·손자(즉 마계조) 3세를 곡하였다." 하였다. 여기에서는 제문드리는 분이 이상룡의 3대를 곡한 것임을 비유한 것이다.

문학을 가도家道로 삼고 나이와 덕이 향당鄕黨의 중망을 받았으니

그 서여緖餘를 수습하여 선업先業을 중창하였네

우리 일문一門의 성가聲價 더욱 높아지고 원근이 모두 우러르니

우리 유가의 영수領袖이고 유림儒林의 종장宗匠이었네

천 간의 너른 집은 한편 문장으로는 형언하기 어렵고

세도世道를 위한 말씀은 쇠왕衰旺에 관련이 있었네

사문斯文을 자임하니 대방大方이 의귀하였네

학문의 종지宗旨는 치국·평천하였으며 말씀의 요체는 위미危微369)였었네

용처에 수응酬應함은 넉넉하였으나 나이 49세에 박두했네

하물며 말세에 세상과 서로 어그러지니

잠시 도곡陶谷의 재사齋舍에 우거하니 뜻을 높이 나는 데에 두지 않았네

책 읽기 시키고 농사 가르치며 남은 인생 보냈네

조그마한 해동국 다시 해뜨는 나라가 아니라

중화의 변두리로 망명한 지 23년 세월

남쪽으로 옮기고 북쪽으로 이동함에 집 일 돌볼 겨를이 없었네

의기義氣 앞서 외모 쇠해지니 경우에 따라 고장을 그리워하였네

서신書信 길 단절되니 대동의 우리나라 아득 망망하였네

호연浩然히 승화乘化하니 오직 하늘만이 아는 일

형해形骸는 중국에서 돌아가니 이 어찌 작은 일이랴

애윤哀胤이 혼령을 모시니 슬픔은 천지에 맺히고

선각先閣에 영혼 봉안하니 만사가 모두 공허하게 되었구나

이박利迫의 운세를 부여잡고 음공蔭功을 쌓으셨네

아아! 저 구름을 바라봄이여 유독 왜 이리 침침한가

이 옛 반구정伴鷗亭을 돌아보니 병든 몸 나 홀로 붙여 사는데

대밭·채전을 소요하고 술 먹거나 글씨 쓰는 일 대중 따라 종사한다네

종래從來의 갓 쓰는 신분은 둘이지만 다르지 않아

---

369) 위미危微 : 순舜이 우禹에게 왕위를 전해 줄 때에 경계하기를, "인심人心은 위태롭고[危] 도심道心은 미묘[微]하니, 정일精一히 하라." 하였다.

나는 강보强輔로 보았고 그대는 친지親摯라 불렀으니

웃는 말로 서로 대해 준 것이지만 겉으로가 아니라 마음이었었네

살날이 얼마 없는 조모년에 박두하니 세상 끝 멀리 이역에서

잊을 듯 잊지 못하여 걸핏하면 그리로 정신을 달리네

꿈속에서 우연히 만나니 지난해 봄 반구정에서였던가

크게 한번 웃는데 지나간 세월을 웃음에 부치고

손잡고 말하기를 조만간 이웃하여 살자 하였네

놀라 깨니 황홀한데 닭이 울고 물과 달이 청량한 새벽이라

이제인지 예전인지 생시인지 아닌지 몰랐었네

상주喪主의 손을 잡고 전형典型을 서로 위로하며

떠가던 길 가을 풍경 방불한 소리와 기색

모든 것이 어제 같으니 나의 회포 어찌 그치랴

살갗을 모사해 보되 참모습과 어긋나 거듭 한숨짓네

도곡道谷과 감동甘洞의 비碑 개갈과 박산정朴山亭의 신축은

평소 서로 생각하던 바라 번거로이 다시 할 것 없고

여러 지손들 보호할 일과 후손들 교육할 일에

차마 서쪽 모퉁이 바라보랴 부질없이 잡초만 무성하다

말 이외에 곡소리를 삼키고

후세 사가史家의 당당한 청사靑史를 기다리리라

▫ 또 족종 종만 又 族從鍾萬

아! 사람이 살다가 죽는 것은 천하 고금의 떳떳한 이치이지만, 세상이 석주옹石洲翁을 곡하는 것은 그 죽은 것을 애통해서가 아니다. 둥근 갓에 네모진 옷깃을 한 사람들은 학문을 쉽게 얻지 못하여 곡을 하고, 인걸과 현달한 선비는 경륜을 펼칠 수 없어서 곡을 하고, 소단騷壇과 예림藝林에서는 문장의 맹주를 잃어버려서 곡을 하며, 가난을 진휼賑恤하는 이들은 의기義氣를 도와주는 이가 없음을 곡한다. 이는 곧 세상이 모두 함께하는 아픔이거니와 내가 아프게 여기는 것은 그렇지는 않고 사적私的인 데에 있다. 한 문중에서 함께 태어나 나이는 한 살 차이

였으며, 한 마을에서 같이 자라 장차 늙어 감도 백년을 기약하여, 글 짓고 술 마시는 자리에는 반드시 소매를 이어 참여하고 산수의 유람도 매양 신을 연이어 함께 하였다. 일어나고 앉는 것을 함께 하고, 나가고 들어옴에 있어서도 서로 수반한 것은 다만 우리 두 사람 사이가 다른 사람들보다 다름이 있어서일 뿐만이 아니다. 누세累世토록 서로 의지해 온 도리는 그냥 족친이나 종가宗家·지가枝家의 정의보다 대단한 바 있었다. 그러나 천지의 운수가 떠나고 나라가 온통 어지러이 요동쳐 사람이 새처럼 달아나고, 쥐처럼 숨어 구차하게 살아가는 데에 겨를 하지 못하였으나 석옹은 만리를 멀다 하지 않고 개연히 서쪽 만주 땅으로 건너갔다. 성 동쪽에서 한번 이별할 때의 눈물 흔적이 아직 소매에 남아 있는데 어느덧 이미 20여년 여 세월이 흘렀다. 20여 년의 사이에 죽고 살거나 기쁜 일, 슬픈 일은 모두 상관하지 않지만, 간혹 꿈속에서 서로 연지蓮池와 죽계竹階 위를 만나 손을 잡고 시를 읊조림은 완연히 예전처럼 하다가 퇴침을 빈 채 깨어남에 마음이 울적하고 수선스러워 도리어 꿈을 꾸지 않은 것이 나을 뻔한 적도 있었다. 모르겠지만 영령도 또한 세상 밖 절역絶域에서 꿈을 꾸어서 초연히 한 기운이 서로 통하는 느낌을 일으키기도 했는가?

아아! 나와 석옹은 포부와 기상은 하늘과 땅처럼 판연하고, 기국器局은 대소大小가 상이하며, 자질과 품성은 지우智愚가 분명하게 구분되는데다, 소식과 서신은 애각涯角(하늘가와 땅 모퉁이가 아주 동떨어져 있다는 말)처럼 아득하였다. 그러나 한 조각 서로 간절히 그리워하는 마음은 있어서, 매양 고개를 늘여 북쪽 하늘의 구름을 바라보고 마음으로 백년을 축원하였었다. 하늘의 해가 다시 밝아 마차를 돌려 되돌아오기를 기다려 선조先祖의 옛 집에서 다시 만나 평소에 못다 한 즐거움을 누리고, 오래도록 더불어 강구하지 못한 공부도 해보고자 하였다. 그런데 꿈에도 생각지 못했던 부음이 재작년 중하仲夏에 갑자기 당도하니, 세운世運이 다함인가, 문운門運이 막혀 버림인가. 모든 족친들이 허둥지둥 몸 둘 바를 모르고 종가에 함께 모여 목 놓아 통곡하니, 창천蒼天아! 창천아! 이 무슨 일인가?

백단으로 생각해 보아도 계책이 나올 데가 없어 불쌍한 저 상주가 부득이 노인(석주의 부인 김씨)을 부축하고 어린 것을 데리고 장차 환국하려 하되, 감히 남기신 뜻을 저버리지 못하여 체백體魄은 우선 중국 땅에 매장해 두고 마침내 혼백魂帛만 모시고 고국으로 돌아왔다. 이에 우리 일족과 원근의 사람들이 모두 와 길옆에서 구경하는 이들로 문득 인해人海를 이루었다. 방불한 의표를 뵙듯 어슴프레 음성과 기침소리가 들리듯 마치 장차 마차 머리에서 뵈올 수 있을 것만 같았다. 환고하심에 이르러서는 오는 이, 맞이하는 이 모두가 묵묵히 한 마디 말도

하지 못하고 다만 두 눈에 눈물만 줄줄 흐를 뿐이었다. 이때의 광경이란 해와 달이 빛을 잃었다. 2년도 못되어 그대의 종부인宗夫人(종부)께서 또 그대의 뒤를 따라 별세하시니, 아! 인자한 덕성과 정숙한 품행, 그리고 널리 족친을 보호하려는 뜻을 이제 이 세상에서는 다시 뵐 수 없게 되었다.

몇 년을 벗어나지 않아 안팎의 규모와 범절이 모두 휑하니 텅 빈 듯 달라질 것이니 이 어찌 전 문중의 작은 일이겠는가? 슬프고 통탄스럽도다! 노魯 나라 공자님이 철환천하轍環天下하시고 끝내 평민의 신분을 실천하셨던 것처럼 나는 석옹이 배우기를 원했던 것으로 알며, 동해의 늙은이가 물고기를 낚으며 주周 나라에 이르러 문왕文王을 만났던 것처럼 나는 석옹이 달관했던 것으로 안다. 평민의 신분으로 정사에 참여하거나 하지 않거나, 문왕을 만나거나 만나지 못하거나의 일은 진실로 숙명이오 운수다. 석옹에게 무슨 상관이 있는가? 응당 낭풍閬風(신선이 산다는 산) 위를 소요하고 옥루玉樓 가를 배회하시며, 이륜彝倫이 두절되고 법도가 무너진 인간 세상을 굽어보시며 절망적으로 흑솔黑窣의 탄식370)을 토해 내실 것이다.

아! 대국大國의 이름난 지역의 경물景物과 당대의 풍조와 이력은 상상컨대, 응당 가슴이 상쾌하고 눈이 휘둥그레질 것이 많을 것이지만, 책 상자를 정리하는 것은 기필할 수 없을 듯하기에 부득불 후대의 양자운揚子雲이나 소요부邵堯夫371)를 기다려 천년 이후까지 썩지 않을 수 있도록 남겨둘 수 있을 것이다. 정신이 흐릿하고 마음과 기력이 혼란하여 통곡慟哭으로도 정리情理를 다하지 못하고 글로도 말을 다 쓸 수 없어 생각나는 대로 글을 쓰니 글이 두서가 없다. 어둡지 않은 영혼이시여! 모쪼록 용서를 베푸시어 흠감歆感하소서.

□ 또 족종 정도   又 族從庭度

아, 태산이 무너지고 대들보가 부러졌으니 어찌할 것인가! 가만히 생각컨대 우리 이씨가李氏家로서 반구정伴鷗亭(이굉의 호) 선조부군先祖府君의 후손된 자가 무려 수백 수천이지만, 그 영고성쇠榮枯盛衰는 공 한 사람에게 달려있을 따름인 듯합니다. 대개 공의 일생 75년을 세 시기로

---

370) 흑솔黑窣의 탄식 : '흑솔'은 '하늘'을 이르는 말이다. 즉 하늘 위에서 발하는 탄식이다(『계곡집』 「만필」).

371) 양자운揚子雲은 한漢 나라의 학자 양웅揚雄의 자字이며, 소요부邵堯夫는 송宋 나라의 도학자 소옹 邵雍의 자字이다. 양웅은 『태현경太玄經』을 지었고, 소옹은 『황극경세서皇極經世書』를 지었다. 두 사람은 모두 "자기 같은 안목이 있는 자가 저술의 진가를 알 것이다."라고 한 적이 있다.

나누어 본다면 다음과 같습니다. 그 처음은 공이 젊고 장성할 때이니, 일문을 둘러볼 때 집은 편안하고 문호는 경사로웠으며 풍류와 문물이 일대를 밝게 비추기에 충분하였습니다. 그 중간은 공이 우거하던 시기입니다. 일문을 둘러 볼 때, 사람은 전전긍긍하여 세상은 두려웠으며 규모와 기율이 이미 예전에 비교하여 쇠잔해져 가던 때입니다. 그 마지막은 공이 서쪽 국경을 넘어 서쪽으로 가신 때입니다. 일문을 둘러 볼 때, 가지는 조락하고 잎은 흩어져 상태나 조짐이 하루아침도 보존할 수 없었던 시기입니다. 그러나 공의 존망存亡은 곧 우리 이씨의 존망인 것입니다. 그러나 보존됨도 천운이요, 멸망함도 또한 천운인 것입니다. 하늘이 공에게 이미 영고성쇠를 부여한 것은 공 1인에게만 그러한 것이 아니니 그 나머지에 미루어 나아간다면 또한 어찌 다만 우리 일문에게만 그러한 것이겠습니까?

아! 제가 글을 하지 못하는 것은 공이 아시는 바이고, 제가 무지한 것도 공이 아시는 바요, 제가 말을 잘하지 못하는 것도 공이 아시는 바입니다. 비록 말을 한다 하더라도 경중輕重을 따질 것이 못 된다는 것도 또한 공이 아시는 바이니 어찌 감히 행하신 일과 저술에 대하여 구구한 소견을 늘어놓겠습니까? 돌아보건대 또한 쇠하고 병든 몸으로 곤궁하게 무한한 고난을 겪으며 살아오느라 20년 전의 얼굴 모양을 잃었습니다. 혼령께서는 혹 굽어 정도庭度임을 기억하고 빙그레 웃으며, '상심할 것이 없느니라.'라고 하실까요? 말과 생각이 이에 이르자 천지가 아득합니다. 술 한 잔을 공경히 올리오니 감히 흠향歆享하시길 바랍니다.

▫ 또 족종 종준 又 族從 鍾濬

유세차維歲次 계유癸酉 5월 12일은 석주옹石洲翁의 소상小祥 날이다. 평소의 벗 종준鍾濬은 몇 줄의 글을 지었으나 병으로 오래 누워있는 몸이어서 스스로 나아가지 못하고 이제 금방이라도 죽을 것 같다. 손자 동철東哲로 하여금 한 쟁반의 과일과 한 마리의 생선을 가지고 도중에서 서로 만나기로 한 약속 때문에 영전에 대신 고하게 하니 그 글은 다음과 같다.

아! 석주옹을 곡하는 사람이 많으니 내가 무슨 글을 지어 곡을 하겠는가? 문내 친족들은 '동량棟樑이 꺾어졌으니 무엇으로써 나를 덮어 보호할 것인가.'라고 하고, 사문斯文에서는 '학문의 맥이 끊어졌으니 무엇으로써 우리의 뒷사람들을 일깨우겠는가.'라고 한다. 교유하던 분들은 질문에 강론하고 답변할 때 근거를 굳게 지키되 응체됨이 없던 것을 다시 들을 수 없다. 함께 모이던 분들은 담론을 지탱해 나갈 때 선각들의 견해에 익숙히 도달하면서도 대의와 세밀함을 두루 하던 모습을 다시 볼 수 없게 되었다. 군자는 그 재능과 품덕이 빼어났음을 곡하고, 소인은 그 자질과 국량으로 무엇인가를 이뤄 놓을 수 있었음을 곡하여, 원근의 알든 모르든 나무숲 아래에서 목을 늘이고 이마에 손을 얹어 기다리던 사람들에 이르기까지 그 소식이 진실로 전해지기를 희구하다가 놀랍게도 간담이 깨어졌다. 기가 막혀 곡을 하는 사람들은 지경 밖에서 이불을 지고 누더기를 이고 가르침을 듣고 그림자를 좇던 무리들로서 아득한 대양大洋에서 노를 잃어버린 격이 되었다. 그래서 가슴을 치면서 하늘을 향하여 외치는 이가 무릇 몇 천, 몇 만의 생명인가? 이는 모두 곡을 할 만하지만, 공적인 아픔은 사사로운 회포보다 더 심한 것이 있다. 아! 슬프다. 어찌 진실로 대장부가 아니겠는가? 가령 천하의 유식한 선비가 찾는 이 없어 적적한 어떤 사람을 비웃지는 않는다 하더라도, 원수洹水가 만국의 맹약盟約372)에서 일개 작은 국가인 우리나라의 정려鼎呂373)를 아는 이 과연 누구이겠는가? 한漢 나라의 국운이 다하자 공명孔明의 큰 별이 오장원五丈原에서 지고,374) 송나라의 사직이 그릇되자 송宋 나라 무목공武穆公의 묘의 나뭇가지가 남쪽을 가리켰던 일은375) 천고의 영웅들이 팔뚝을 걷어 부치고 머리카락을 치세워 격앙하여 분루를 흘리는 것이다. 어찌 오로지 성패成敗나 이둔利鈍으로만 논할 수 있겠는가? 뒷날 야사野史에서 쓴다면 공의 성명은 반드시 낙막落莫하지 않을 것이다.

아아, 어리석은 나는 같은 종족으로 태어나고, 같은 마을에서 늙어가면서 겪은 세상의 변괴도 또한 많다 할 것이지만, 70년 이력에 무슨 세상의 이험夷險(평탄하고 험준함)이 혹 다른 적이 있을 뿐이겠는가? 곧 앉고 서고 학문의 구경究竟같은 것이 비슷하고 서로 반대되는 듯한 점이 있다는 등에 있어서는 실로 기량이 말이나 됫박처럼 스스로 매우 명백하게 안다. 그러니 만에 하나가 있을까한 하우下愚에 부칠 품성이지만 백수白首로 힘써 바라되, 청명한 아침을 만나면 난만히 서로 함께 위급한 사태를 우려하는 길로 돌아가기를 생각하여, 몽매간에도 변질됨이 없기를 축원했던 것은 참으로 사실이었다. 지금 어떻게 그러한 마음을 저버리겠는가?

---

372) 원수洹水가 만국의 맹약盟約 : 원수는 전국시대 때 소진蘇秦이 육국六國의 장상將相을 모이게 하여 맹약을 맺었던 강물 이름이다.

373) 정려鼎呂 : 구정九鼎과 대려大呂로, 우禹 임금이 만들었다고 하는 솥과 종이다. 사신으로 가서 국가의 체모를 중하게 한 것을 말한다.

374) 공명孔明의 … 지고 : 제갈공명諸葛孔明이 오장원五丈原에서 위魏 나라 사마의司馬懿와 대치하다가 54세의 나이로 병사病死하였는데, 이때 하늘에서 큰 별이 떨어졌다고 한다.

375) 송宋 나라 … 일은 : 무목공武穆公은 송나라 충신 악비岳飛의 시호, 주화설을 펴던 진회秦檜에게 맞서다가 옥중에서 죽었다.

저버렸도다. 저버렸도다! 참죽연참駮竹鉛槧의 시절[376]과 선조先祖의 정자에서 문필文筆로 교유하던 시절로부터 공거구마公車裘馬의 업[377]과 유림예법儒林禮法의 장소와 향린경조鄕隣慶弔의 자리에서 걸핏하면 노래기 가는 데 메뚜기도 가는 격으로 함께 가고, 형편을 따지지 않고 밤낮 함께 다녔던 것을 어찌 내가 줄이고 늘릴 수 있는 것이겠는가?

대개 공은 귀공자와 같은 은택을 입고 태산의 바위도 감당할 수 있었지만, 그러면서도 전날이 그릇되었음을 알아 모두 한 바탕 숨바꼭질 놀이에 부쳤었다. 갑신(고종 21, 1884)년 도곡陶谷에서 같이 환난을 당했을 적에 돌산과 강굽이, 숲 울타리와 떠가는 구름에 대하여 글을 짓고 소요하며 겹계의 풍상과 진병과 고난을 서로 함께하지 않음이 없었다. 그럭저럭 세월이 흘러 늘그막에 이르러서는 겉으로 수응酬應하는 것이 부끄러워할 만하다는 것을 대강 깨달아, 스스로 학문과 덕의德義의 끄트머리에 힘쓰면서 가문을 지탱하고 종족을 보존하는 방책을 세울 때에는 마치 마차를 바른 방향으로 밀어 나아가는 형세가 있었으니, 나는 하루라도 공이 없어서는 안 되었고, 공은 잠시라도 나를 가만히 놓아두려 하지 않았다. 어쩌다가 저 시대조류가 갑자기 변하여 붕새와 뱁새가 가는 길이 아주 달랐다. 30년의 풍진에 다만 공의 편지를 세 번 받았을 뿐이었다. 나에게 '가문을 위하여 자중자애하고 오도吾道를 위하여 몸을 보중하라.'고 권면하면서 그 정중함을 지극히 하였으므로 「술의십절述意十絶」시를 써 두었으니 석주옹도 상상컨대 또한 말없는 가운데 인정하고 마음으로 계합할 것이다. 아득히 묵은 흔적이 되어 마침내 천고千古의 영결을 하게 될 줄을 생각이나 했겠는가?

아아, 이제 그만이다. 예전 왕감옹王弇翁[378]이 자상子相[379]을 곡할 적에 '다시 내세來世의 인연을 맺자.'고 썼다. 나도 이제 유계幽界로 갈 것이니, 공이 만약 앎이 있다면 막걸리 몇 사발로 중도에서 나를 맞이할 것인가.

▫ 또 족종 정고 又 族從庭皐

생각컨대 혼령魂靈께서는

---

376) 참죽연참駮竹鉛槧의 시절 : 대나무를 굽혀서 말인 양 타고 놀기도 하고, 분판과 분필을 들고 다니며 공부하던 시절로 어린 시절을 가리킨다.
377) 공거구마公車裘馬의 업 : 과거를 통하여 입신출세하기 위한 공부를 가리킨다.
378) 왕감옹王弇翁 : 왕세정王世貞.
379) 자상子相은 종신宗臣의 자字, 명明 나라 세종世宗 때의 문장가.

하악河嶽에 내린 신성神聖과 규벽圭璧에 모인 정기로

하늘이 일부러 우리나라에 태어나게 하셨으니

어려서 이미 우뚝하시고 장성해서는 더욱 순수하셨습니다

총명하고 슬기로운 품성은 천부로부터 나왔고

시례詩禮의 학문은 가법家法에서 배운 것이니

청야淸爺380)의 훌륭한 자손이며 서산西山의 고제高弟였습니다

효우孝友를 근본으로 삼고 충서忠恕로 일관一貫하였으니

드러나면 문장이 되고 논리가 섬에 지엽이 무성하였습니다

묘리를 꿰뚫고 미망迷妄을 낚으며 핵심을 파악하고 실제를 취하는 것

이 여러 요소를 합하였으니 어찌 아름답지 않으리요

만일 시대를 만나 베풀었다면 국가를 지탱하고 외세를 막았으리라

군자의 나아가고 물러남은 천기와 운수를 참고하니

천기와 운수가 어그러지자 내 어찌 조짐을 알고 피하랴 하시고

이에 솔권하여 우거하니 우리 도곡재사陶谷齋舍였습니다

고요한 도곡재사 골짜기 그윽하고 샘물은 맛났네

책상 위에 주서朱書와 퇴계서退溪書 벽장 속에는 형익荊益이었습니다

종족들을 다 같이 사랑하고 나더러 연치가 비슷하다 하시고

일 없을 때 혹 맞이하고 뜻 있을 때 문득 부르시니

다가올 세월은 거의 여유로울 듯하였습니다

큰 꿈이 홀연 뒤바뀌어 경술庚戌년에 서풍西風이 불자

군세고 용맹한 교룡蛟龍이 끝내 못 가운데서 그릇되었습니다

지지부진하던 이 행로行路 마치 바람과 번개에 멍에한 듯

중간의 험이險夷는 차라리 말하지 않음에 부치고

대로大老께서 갑자기 세상 떠나시니 하늘도 바라지 않았습니다

산소는 저 땅에 계셔도 빈소를 이 땅에 모셔오니

오히려 위로되는 것은 열 식구 온전히 돌아옴이라

---

380) 청야淸爺는 이상룡의 10대조인 이후영李後榮을 가리킨다. 문과급제 후 병조정랑 고성군수를 역
임했으며 호는 청옹淸翁이다.

삭막했던 종족들 거의 다시 소생하매

매사는 뜻을 다하지 못하고 곡은 슬픔을 다하지 못합니다

아직 죽지 않은 이 몸 어느 때 구천에서 다시 만나리

한 잔 술로 영결하니 우주는 끝이 없도다

▫ 또 족종 승규   又 族從承奎

우리 종손 석주선생이 임신壬申(1932)년 5월 12일 만주 서란현舒蘭縣에서 서세하시니 상주喪主 족종族從이 유명遺命으로 우선 사시던 곳 뒷산에 매장하고 혼백을 모시고 환향하셨다. 이에 족종 승규承奎는 맞이하여 곡하느라 허둥지둥하며 글을 지을 겨를이 없었다. 이듬해 계유癸酉년 5월 경인庚寅 삭朔 10일 기해己亥일에 통곡하면서 제상 아래 엎드려 공경히 제사를 올립니다.

아!

홀로 서서 슬픈 노래 부르니 인간세상이란 어떤 것인가

지난 역사를 거슬러 올라가면 아득하고 아득한 우리나라

사천년 동안 개벽과 함께 강림하신 이래

위태한 지경에서 다시 떨치기도 하고 멸망했다가도 도리어 이어졌으니

간간이 위대한 훈업으로 하늘과 땅을 놀라고 흔들기도 했었다

예전에는 어떻게 상무尙武가 혁혁하였으며 오늘날은 문약文弱으로 흘러

인근 국가가 호시탐탐 노리다가 범과 호랑이처럼 달려드는가

선양禪讓과 읍손揖遜의 요순 법도는 고증하려도 계제階梯가 없고

빽빽히 벌여놓은 그물망에 순식간에 걸려 들었으니

죽어 오직 백이伯夷의 고사리를 먹으나 살아 혹 관현管絃의 누대에 오르나

말 머리 나란히 하고 죽음으로 나아가 반의 계책 늦게까지 펼치지 못하게 되었네

이러할 때 공은 멀리 떠나 한 깃으로 하늘에 날아오르니

필부가 어찌 알았으랴 멀리 날아 주살을 피하기 위함이었음을

바람에 빗질하니 머리는 희고 햇빛에 목욕하니 심장은 붉었네

온축함은 넓고도 깊었으며 베풂은 장대 거룩하였네

고금古今을 헤아리고 법도法度와 권도權道로 참고하였네

뭇사람이 그림자처럼 좇아 국무國務의 수령首領이 되니

열강들 눈 휘둥그레 놀라는 중에 예포禮砲가 하늘을 진동하였네

크게는 인류의 모범이 되고 작게는 관중管仲·악의樂毅처럼 될 수 있는데

하늘이 한漢 나라에 복록을 내리지 않아 별이 오장원五丈原에서 떨어지니

한 조각 정기旌旗가 동쪽으로 날아오매 한낮의 해도 어슴프레 빛을 잃고

입 가진 생령들 울음을 삼키되 누가 그 세세한 내막을 알리요

우두커니 동방을 바라보매 필시 역사를 기술하는 이 있어

그 시말을 뽑아 쓰되 공전절후空前絶後라 할 것이며

세계의 위인과 사문斯文의 선각先覺들은

한 잔 술을 치며 곡하지 아니하고 이렇게 노래할 것이다

▫ 또 족종 정훈 又 族從庭勳

아!

내가 살펴보건대 옛날에도 드물었고 오늘날에도 없으니

동방이 홀연 어두워지고 바다와 뭍이 다 빈 듯하네

현인이 죽는 슬픔은 나의 상정뿐만 아니거니

모든 시끄러운 소리 잦아든 백세 이후를 기다린다

문文이 여기에 있지 않으랴381) 한번 생각에 천 줄기 눈물 흐르네

▫ 또 족하생 종화 又 族下生鍾和

삼가 생각컨대 선생께서는 천품이 고상하고 굳세시며

하악河嶽에 모인 정기요 규벽奎璧이 잉태한 빛이었네

난학鸞鶴과 같은 자태에 비단에 수놓은 듯한 심정으로

---

381) 문文이 … 않으랴 : 원래 공자가 한 말인데 이상룡을 가리키는 듯하다. 문은 곧 예약제도를 가
리키는데 우리나라가 망하고 이상룡도 서거하여 예약제도가 없어졌다는 뜻인 듯하다.

영남에서 솟아나고 안동에서 우뚝 일어나셨네

효우孝友는 순수 독실하고 시례詩禮로 밝혀 현창하시며

몸은 금옥金玉처럼 귀하고 품성은 계강桂薑처럼 깨끗했네

풍도와 범절은 의젓하고 국량은 크고도 넓었으며

의리義理를 온축 포괄하여 사장詞章으로 발휘하셨네

대대로 지켜온 임청각臨淸閣이요 업으로 이어온 종가 사당

평천平泉382)에서 한가로이 수양하되 명리에서 벗어나셨네

이미 묵밭을 일구고 이미 선대의 업을 이으니

전일히 난초의 향기 배양하여 삼형제가 모두 이름 높아

영남 선비들 덕행을 기술하고 족친들 우러렀네

넓은 털가죽으로 추위를 막고 솥에는 먼지가 일어나도

연찬의 정력은 금으로 입히고 돌에 아로새길 만하였네

기침과 말씀이 가슴에 충만하고 상자에 넘치며

어진 훈계에 무젖고 상서로운 기운을 배태하였네

큰 복은 징험이 있고 성스러운 목숨 끝 없으련만

운수가 판탕板蕩의 지경을 만나 기대와 포부가 저상되었네

끊임없는 위난으로 강을 건너려다 물길 어둡고 배 없으니

이는 나의 태현경太玄經383)이어니와 오직 누구의 자황雌黃이겠는가

노나라의 정맥을 부여잡고 대한의 벼리 문드러짐을 통분하다가

홀로 품성과 절조를 보존하였으되 누가 찌꺼기를 소제할까

포독동抱犢洞 들어가기를 원하다가 다행히 거역하는 사마귀를 피하였고

몇 번이나 북두를 바라보다 단번에 만주로 건너가신 지

회수淮水의 귤처럼 쉬 늙고 창해가 상전되는 변화가 몇 번이던가

수많은 사람들 망명길에 오르고 선비들도 다투어 강을 건넜네

서산의 고사리 노래 슬프고 묘지 지키는 나무에 감상을 부치네

---

382) 평천平泉 : 평천平泉에 있는 별장. 당唐의 명신 이덕유李德裕가 설립한 별장으로 수석樹石이 매우
　　아름다워 평천수석기平泉樹石記를 지었다 한다. 후대에 와서 별장을 보통 평천平泉이라 한다, 여
　　기서는 이상룡의 제택을 평천장에 비유한 것이다.
383) 태현경太玄經 : 한漢 나라 양웅揚雄이 저술한 책 이름.

원안384)처럼 눈물 흘리고 왕찬385)처럼 이별 길 떠났네

서신은 단절되고 발걸음은 서성거려

사기는 번쩍이는 병장기와 같고 위세는 서릿발 같았네

한번 이별함에 꿈인가 생시인가 두 사람 처지 삼성參星과 상성商星386) 같았네

모습 뵈올 길 없고 만날 길 없어 바다만 바라보았네

난곡鸞鵠이 집 뜰을 날아 떠나고 척령鶺鴒이 흩어져 날아갔네

운수의 영허盈虛는 혁파하기 어렵고 팽상彭殤387)을 겪어야 함은 마찬가지

산을 지날 때 초목은 정채로웠으나

산악이 무너지자 구름과 달빛이 처량하였네

갑자기 빈소를 걷고 여막에서 곡을 하니

경전經典은 쇠잔하고 띠집은 쓸쓸하며 도道는 쇠미하고 하늘은 거칠다

한 낮의 해가 어두워지고 남긴 발자취는 깊이 묻혔네

드높은 기둥이 기울어 엎어지고 크나큰 노가 꺾어졌네

유자여庾子輿는 분강奔江에서 애통해 하였고388) 굴원은 상수湘水에 잠긴 듯하다네.

선생은 비록 세상을 떠났으나 이름은 또한 없어지지 않으리라

어찌 후파候巴가 없으리요, 응당 수문랑修文郞389)이 되었으리라

---

384) 원안袁安 : 자는 소공邵公. 후한後漢 화제和帝 때에 여양汝陽 사람 원안이 두태후竇太后의 형 두헌竇憲이 정권을 제 마음대로 하므로 그와 자주 대립하였다. 원안은 나라를 근심하여 조회에 임금을 뵐 때나 대신들과 국가 일을 말할 때마다 한숨을 쉬면서 눈물을 흘리지 않은 적이 없었다.

385) 왕찬王粲 : 한漢 나라 왕찬王粲이 난세를 만나서 고향을 떠나 형주荊州로 가서 유표劉表에게 의탁하고 있을 때에 누樓에 올라 부賦를 짓되, "비록 실로 아름다우나 내 고장이 아니니 조금인들 머무르랴."한 구절이 있다.

386) 삼성參星은 서방에, 상성商星은 동방에 서로 등져있어 동시에 두별을 볼 수 없으므로 친한 사람과 이별하여 서로 만나지 못하는 비유로 쓰였다.

387) 팽상彭殤 : 8백년을 살았다는 팽조彭祖와 요절한 상자殤子라는 말로, 오래 살고 일찍 죽는 것을 말한다.

388) 유자여庾子輿는 … 하였고 : 유자여는 양梁 나라 대통大通 초 파릉내사巴陵內史를 지냈던 인물로 효자다. 아버지가 파서군수巴西郡守로 죽어 상여를 모시고 환향할 때 마침 분강奔江의 염예灩澦 구당瞿塘을 지나게 되었는데, 추수秋水가 불어 건널 수 없었다. 자여가 가슴을 치며 울부짖자 밤 오경에 물이 홀연 줄어서 건널 수 있었다. 상여가 건너자 물이 다시 불어 본래대로 돌아갔다는 일화가 전한다.

389) 수문랑修文郞 : 지하수문랑地下修文郞의 준말로, 염라대왕의 보좌관이라는 뜻이다. 진晉 나라 소소

원한이 아직 풀리지 않았는데 티끌은 오히려 크게 드날리네

행적을 비석에 새기니 어두웠던 도가 찬연히 빛나도다

천리를 천리마에 붙어 오니 만사를 헤쳐 갈 길 잃어 버렸네

소생小生 비록 어리석음이 심하였지만 정리를 어찌 잊을 수 있으랴

돌이켜 보니 천지가 낙막한데 홀로 서서 어디로 갈지 모르겠네

제물祭物은 박하고 글은 서툰데 말은 마쳤으나 슬픔은 아직 길다

엎드려 바라건대 존령尊靈께서는 이 술잔을 흠향하소서

□ 또 족소자 광수   又 族小子光秀

아! 저 소자小子의 나이 16세에 한 달 동안 공의 댁에서 공의 자제와 함께 공부하였는데, 때는 4월이었습니다. 매일 공을 뵈면 항상 아래 대청 안 협문 왼쪽에 계시고, 방문객이 있지 않으면 늘 눈을 감고 단정히 꿇어앉아 마치 흙으로 빚어놓은 사람처럼 엄숙하였습니다. 점심 때에 이르러 여종이 상에 몇 그릇 국수를 올려 바칠 때 상다리가 난간에 걸려 공이 앉아 계신 앞에 엎질러 깨어지자 곁에 앉아 있던 모두가 실색을 하고 놀라되, 공께서는 유독 태연하게 얼굴과 신색神色이 조금도 변하지 않으셨습니다. 이는 대인군자大人君子로서 배양하심이 바탕이 있고 수립하심이 일정하지 못하고서는 이러한 갑작스러워서 생각이 미치지 못한 일을 당하여 누가 놀라지 않을 수 있겠습니까?

도거刀鉅와 정확鼎鑊390)에 있어 의리를 중히 여기고 생사를 가벼이 여기심은 마치 마음을 다듬어 지키고 뜻을 결단하여 행하시면 죽음에 직면해서도 꺾이지 않음이 있을 것 같았습니다. 고깃국을 관복에 쏟아도 유관劉寬391)의 신색이 태연하였던 일과 벼락이 나무를 내려쳐도 장의張椅의 글쓰기는 여전하였다는 고사故事에 있어서는 모두 무심히 갑자기 맞닥뜨린 지경에

蘇韶가 명부冥府에 내려가서, 염라대왕의 수문랑이 된 안연顔淵과 자하子夏를 보고 왔다는 설화에서 비롯된 것이다.

390) 도거刀鉅와 정확鼎鑊 : 형벌의 도구이다. 도거는 칼과 톱으로, 칼은 궁형宮刑할 때 쓰고 톱은 월형刖刑할 때 썼다. 정확은 죄인을 삶아 죽이는 가마솥이다.

391) 유관劉寬 : 인자하고 관대하기로 유명했던 한나라의 관리. 특히 관리를 벌줄 때 부들 채찍[蒲鞭]을 썼던 것과, 그가 화를 내는지 시험해 보려고 그 부인이 시비侍婢를 시켜 일부러 뜨거운 국물을 그의 조의朝衣에 엎지르게 하였을 때 안색을 변치 않고 "혹시 손을 데지나 않았느냐[羹爛汝手]."고 한 일화가 유명하다.

서도 유독 변하지 않기가 어려운 것입니다. 이를 미루어 행한다면 태산이 좌정坐定하여 있고 지주砥柱가 우뚝 서있는 것도 공에게 있어서는 어려운 것이 아닐 것입니다. 그러나 애석하게도 목숨을 원수와 함께 마치기를 꾀하시고 시대時代는 마음과 어그러져 중년에 서쪽 만주로 가시게 되었으니, 이는 자국민自國民으로서 망복罔僕의 의리392)에서 나온 것이지만, 30년 동안 이 마음이 다만 아직 죽기 전에는 하루 같았습니다. 그 만 번 죽을 이력과 백 가지의 간고艱苦를 미봉彌縫해 나감은 진실로 범상한 지조를 가진 자로서 감당할 수 있는 것이 아니었으므로, 동·서양 18개국에서 그 명성을 외우고 그 의리에 심복하지 않음이 없었던 자가 우리 조선인보다 곱이요 몇 곱절이었던 것이 어찌 공의 학문이 오도吾道를 일성日星처럼 비출 수 있었으며, 인물이 당세의 산악과 같이 우뚝하였으며, 문장은 황제의 책략을 아로새길 수 있었으며, 마음은 금석처럼 굳은 절조였기 때문이 아니겠습니까? 이는 천하의 강역疆域은 비록 다르나 천하의 의리는 같다는 것을 알려주는 것입니다.

오늘 우리 조선인의 편협한 소견은 다만 생사生死와 성패成敗로 인물의 경중輕重을 판단하되, 생사와 성패가 모두 하늘에 달려있는 것이지 나에게 달려있는 것이 아니니 진실로 죽지 않은 것은 그 마땅히 죽어야 할 곳을 얻지 못했기 때문이요, 이루지 못한 것은 그 이룰 때를 만나지 못했기 때문임을 알지 못하는 것입니다. 그 마음이 어찌 족히 그 사이에서 경중을 헤아려서이겠습니까? 나라가 혁명할 때에 충신忠臣·의사義士들이 옛날부터 어찌 한량이 있었겠습니까만 모두 뜻을 두고도 이룰 수 없었던 것이니, 공께서 저 분들과 같다고 하여 또한 유독 무슨 문제가 있겠습니까? 우리 민족이 복록福祿이 없어진 지 오래입니다. 어찌 그 은택恩澤을 입고 그 덕화德化를 받을 수 있겠습니까?

아! 저 제잠鯷岑393)에는 공을 묻을 땅이 전혀 없어 공의 상여가 돌아오지 못함은 자손들의 한이 될 것 같으나 오직 공의 아직 죽지 않은 마음이 오히려 돌아오지 않는 것을 광영으로 여겼으니 체백體魄이 편안할 것입니다. 하물며 이 땅은 생시에 차지하셨던 곳으로 돌아가신 뒤의 계책으로 삼으셨다. 그렇다면 돌아오지 않으실 뜻이 이미 분명하다면 또한 조선인으로 그 뜻을 같이 하고, 중화인中華人으로 그 의리를 흠모하는 자가 그 묘지에 쓰기를 '조선인朝鮮人 석주石洲 이선생李先生의 묘'라고 할 사람이 있지 않을 줄 어찌 알겠습니까?

---

392) 망복罔僕의 의리 : 나라가 혁파되어도 다른 나라의 신민臣民으로 행세하지 않는 의리를 가리킨다.
393) 제잠鯷岑 : 제鯷는 사람과 흡사한 물고기이고, 제잠은 제인鯷人이 살고 있다는 미지의 땅을 뜻한다. 여기서는 우리나라를 말한다.

한스러운 것은 군자의 좋은 배필이 만리萬里 타관의 비바람 속에서 해로偕老하시다가 공의 3년 상을 마치기도 전에 이어 장서長逝하셨으니 '생사를 함께한 것'이라 할 수는 있을 것이어니와, 하루아침에 각기 다른 하늘로 돌아가 풍검豊劍394)이 홀로 울게 된 것이니, 다시 알 수 없거니와 혹 연진延津의 상봉395)이 있을 것입니다.

공을 모르는 자들 가운데는 혹 살기 위한 계책이었다고 공을 의심하여 말하는 경우가 있습니다. 그러나 만약 살기 위한 계책이었다면 4백년을 살아온 크고 너른 집이 있고, 자신의 소유와 종가의 소유 또한 수백만 환圜에 이르는 자산이며, 깊은 학문과 웅장한 문사文詞 또한 수십 년 붓을 잡을 군자가 되기에 충분하지만 하루아침에 이 땅을 버리고 저 땅으로 가, 마치 화살이 과녁으로 빨려 들어가듯 하였으니, 그 기미를 파악하는 밝은 지혜와 의리를 지키는 확고한 의지는 진실로 자신의 생사조차 계산하지 않는 터에, 어느 겨를에 서토의 삶이 동토東土의 고통보다 달 줄을 헤아렸겠습니까? 공자께서 말씀하신 '강재교强哉矯'396)와 맹자가 말씀한 '호연지기浩然之氣'는 공의 평소의 대절大節이었으니, 그 또한 두 부자夫子의 말뜻의 밖에서 얻은 것일진저.

---

394) 풍검豊劍 : 삼국三國시대 오吳 나라가 멸망하기 전에 두성斗星과 우성牛星의 사이에 항상 자기紫氣가 있었는데 오나라가 평정되자 그 자기가 더욱 밝아졌다. 천문天文에 통달한 예장豫章 사람 뇌환雷煥이 말하기를, "저 자기는 풍성豊城에 있는 보검寶劍의 기운이다."하자, 이를 천자에게 보고하였다. 상서령尙書令 장화張華가 뇌환을 풍성령豊城令으로 삼아 은밀히 찾아내라고 명하였다. 뇌환이 부임하여 감옥의 밑을 파 쌍검雙劍을 얻었는데, 하나는 용천검龍泉劍이고 하나는 태아검太阿劍이었다. 그 날 저녁부터 그 자기가 보이지 않았다.

395) 연진延津의 상봉 : 연진은 연평진延平津으로, 두 보검이 나누어졌다가 합한 곳이다. 『진서晉書』 「장화전張華傳」에, 진나라 뇌환雷煥이 용천龍泉과 태아太阿라는 두 보검을 얻어 그중 하나를 장화에게 주었는데 후에 장화가 주살誅殺당하자 그 보검의 소재를 알 수 없게 되었다. 뇌환이 죽고 그 아들이 보검을 가지고 연평진을 지날 때 보검이 갑자기 손에서 벗어나 물에 떨어지기에 사람을 시켜 물속에서 찾게 하니, 다만 두 마리 용이 싸우고 있고 물결이 세게 일 뿐, 보검은 보이지 않게 되었다는 이야기가 전한다. 후에 '연진검합延津劍合' 또는 '연진지합延津之合'이라는 말로 다시 합하게 되는 인연을 비유하며, 특히 부부가 사후에 서로 무덤을 달리했다가 합장하는 경우에 쓰인다.

396) 강재교强哉矯 : 이 말은 『중용中庸』 10장에 보임. 자로子路가 '강강하다는 것이 어떤 것입니까?'라고 묻자 공자가 답변한 말씀 가운데 한 대목이다. '강하고 꿋꿋함이여!'로 해석된다. 공자는 "나라에 도가 있을 때에는 궁할적의 의지意志를 변치 않으니 강하고 꿋꿋함이여, 나라에 도가 없을 때는 죽음에 이르러도 지조를 변치 않으니 강하고 꿋꿋함이여"라고 말하였다.

▫ 또 족종 승걸 又 族從承傑

아! 하늘이 대임大任을 내리심이 어찌 우연이겠는가? 시세의 흥망과 쇠왕이 번갈아 일어난다. 그러므로 반드시 시대의 쇠퇴를 따라서 걸출한 위인을 내어 구제하고 창도케 하는 것이다. 이 때문에 관중管仲397)은 제환공의 마음을 얻어 주나라 왕실을 높였으며, 장량張良398)은 한고조의 지우를 입어 한韓 나라의 원수인 진秦에 복수하였다. 제갈공명諸葛孔明은 한나라의 운이 이미 다하려 할 때에 태어나 끝내 오장원五丈原의 한을 남겼으며, 문천상文天祥399)은 송나라의 국운이 망하려 할 때를 만나 끝내 연옥燕獄의 치욕을 당하였다. 그렇다면 이는 곧 시운의 행불행에 관계되는 일이지, 성패로써 사람을 논할 수 없는 일이다.

공은 해동의 비좁고 구석진 나라에 태어났으나, 학문은 천인성명天人性命의 원리를 꿰뚫고, 포부는 권도와 상경의 법도를 품어, 문달聞達을 구하지 않고 은둔하여 스스로를 즐겼다. 마침 경신년(1910)에 나라의 운명이 뒤바뀌는 때를 당하여 망국유민의 의리를 고집하여 가솔을 이끌고 서북 국경을 건너니, 곧 고구려 주몽朱蒙의 옛터였다. 수만 명의 추종자들이 그를 따라 마침내 국무령의 대임을 맡았다. 수십 년을 풍찬노숙하다가 크나큰 의리를 펴지 못한 채 큰 별이 갑자기 떨어지니, 하늘의 뜻을 알 수가 없다.

그러나 육대주의 온 나라들이 극동의 한 모퉁이에 석주 이선생이 있다는 것을 알도록 하였으니 이는 필시 제갈공명과 문천상의 불행과 동일한 월단평月旦評400)이 있었기 때문이다. 애통해 하는 아드님이 유명遺命을 따라 정리하여 고국으로 돌아왔는데 공의 상기를 마치기 전에 또 내간상內艱喪(석주의 부인 김씨)을 당하였다. 공의 영령께서 혹 남모르는 곳에서 보우하시지 않

---

397) 원문의 이오夷吾는 관중의 자이다.

398) 원문의 자방子房은 장량의 자이다.

399) 문천상文天祥 : 송宋 나라 길수吉水사람. 자字는 송서宋瑞, 호는 문산文山이다. 덕우德祐 초년에 원元의 군사가 침범해 들어오니, 천상天祥은 군내郡內의 호걸豪傑 및 산만山蠻을 발동하여, 조서에 응하여 근왕勤王하였다. 좌승상左丞相에 승진되어 강서江西를 도독都督하다가 원군元軍에게 패하여 순주循州로 달아났는데, 위왕衛王이 들어서자 신국공信國公을 봉했다. 나중에 원장元將 장홍범張弘範에게 붙들려 연옥燕獄에 3년 동안 구금되었으나 끝내 절개를 굽히지 않고 죽었다. 형刑에 임하자 정기가正氣歌를 지어 뜻을 보이자, 원 세조元世祖가 듣고 '참으로 사내다운 사람이로다.'라 찬탄하였다.

400) 월단평月旦評 : 인물에 대한 비평. 후한後漢 때 허소許劭가 그의 향당의 인물들을 매월 초하루에 비평하였는데, 친소와 명망의 유무에 구별을 두지 않고 엄정하기 그지없었다.

겠는가? 뒤늦게 보잘 것 없는 제수를 올리니 술은 넘치게 따르고 말은 줄인다[酒凸辭縮].

▫ 또 족종 문하생 채　又 族從門下生玉采

아아, 우리 선생은 세상에 드문 인걸이니

효성과 우애의 행실과 영특하고 순수한 의범이었네

나라의 동량이 될 재질에다 보불黼黻처럼 빛나는 문장이거니

약관의 나이가 되어서는 스스로 기약함이 어떠했던가

요순堯舜의 성세를 노래하며 관갈管葛401)의 기량을 다짐하여

읽지 않은 책이 없었고 궁구하지 않은 의리가 없었네

가슴에는 태호太湖를 품고 손으로는 운금雲錦의 무늬를 그리니

문명에 눈을 뜬 영남 지방이 홀로 선생이라[夫夫] 칭송하였네

그때 금제琴堤의 서산西山이 유학을 크게 진작하니

공이 문하에 나아가 스승의 장허를 자주 입었었네

옥석처럼 여기서 갈고 대나무처럼 여기서 흥기하니

학문의 전범典範이 깊어지고 진경에 널리 통하였네

당시에 그 재주를 폈다면 누구만 못하겠으며

관각의 소임 맡았다면 임금의 교서敎書 윤색하였을 터이며

대간臺諫의 자리에 있었다면 바른 기풍을 세움이 성대하였을 것인데

우리 국운이 비색하고 세도가 또한 각박해져

끝내 명이明夷402)의 때를 만나 강상이 땅에 떨어지니

천지에 안개와 연기 자욱하여 내 몸을 용납할 수 없는 데에 이 어찌하랴

아득한 저 계주·요동은 적현赤縣에 이어진 땅이며

형경荊卿403)의 옛 마을이요 방맹逄萌이 살던 옛 터로다

---

401) 관갈管葛 : 관중과 제갈량. 관중은 춘추 때 제齊의 정승, 제갈량은 촉한의 정승으로 나라를 경륜하
　　　였다., 여기서는 이상룡이 약관의 나이 때부터 포부를 크게 하여 정진하였음을 나타낸 말이다.
402) 명이明夷 : 『역경易經』의 괘 이름. 곧 어진 사람이 어두운 임금을 만나서 해를 입는 괘.
403) 형경荊卿 : 중국 춘추전국시대의 자객刺客인 형가荊軻. 위衛 나라 사람으로 연燕 나라 태자 단丹의
　　　식객食客이 되었으며, 단의 원수를 갚기 위해 진왕秦王을 죽이려 하였으나 실패하고 도리어 죽

만리의 황폐한 들판이 어언간 살 만한 곳이 되니
애오라지 가솔을 이끌고 표연飄然히 이주하셨네
살을 에는 풍상에 경황없는 세월을 보내면서도
궁할수록 더욱 굳세며 곤할수록 더욱 태연하여
가는 곳마다 염두에 둔 것은 춘추대의 뿐이었는데
수한壽限이 금방 다가오니 별세가 너무 촉급하였네
장하신 뜻 경륜하여 어느 산하에 갈무리하셨나
생각컨대 정하신 혼령은 양양洋洋히 흩어지지 않고
어쩌면 무지개가 되거나 어쩌면 비선飛仙이 되어
가시는 곳마다 교화하여 민족의 운명을 되살리시리
선생께서는 지금까지 천지에 부끄러움이 없으니
훌륭한 사필史筆이 있다면 "아무개 처사 졸하다."라 쓸 것일세
아드님이 지극한 효자라, 혼백을 모시고 돌아오니
고을과 일방이 울부짖으며 제사를 올려 흠향케 하였네
공께서 달가워하지 않으신 것은 산 사람의 장황한 말이었으니
아, 슬프도다! 무슨 말을 다시 아뢸까
돌아보건대 못난 제자가 더욱 가슴이 아픈 까닭은
종손 지하의 족의에 사제간을 겸했기 때문이네
서쪽으로 도만하실 때 내 마음은 고아가 된 듯하였으나
공의 만수무강을 빌며 명예와 덕이 아름다우리라 여겼고
천운이 회복되는 날, 다시 가르침을 받드리라 하였는데
이제는 모두가 끝이로다, 비통한 눈물을 어이 다할까
세월은 살같이 흘러 삼년 상기가 어느덧 다가왔네
삼가 영전에 곡하나니 오열을 삼키고 감히 흘리지 못하겠네
영령께서 생전처럼 여기 계시리니 이 술잔을 받으시겠지

임을 당하였다.

▫ 또 족소자 종호   又 族小子鍾浩

아아, 제가 의지할 곳을 잃은 지 지금 23년입니다. 매번 이렇게 생각하였습니다.

"하늘이 우리 집안을 반드시 모두 뒤엎지는 않을 것이며, 또한 가는 곳까지 따라가 해치지는[404] 않을 것이니 우리 유학이 다시 회복되어 운수가 전부 소멸하는 데 이르지 않으리라. 이에 패수浿水 북쪽의 봄바람과 함께 마침내 귀국하실 행차[終返之車]를 맞게 될 때는 우리의 거문고와 책을 정리하고 우리 종족에게 기강이 되시지 않겠는가? 그렇다면 저희도 장차 노인과 어린 아이들을 부축하여 이끌고 신선의 발치에 참여하여 조금이나마 하나같이 섬기는 성의[一事之誠][405]를 드리고, 그로 인하여 먼저 건너가신 여러 종족과 더불어 한 구역의 강산을 차지하고, 아침저녁으로 가르침을 받들며 함께 번영하고 보우하게 된다면 맹자께서 말한 '지금은 지금이며 그때는 그때'라 하였던 도리[406]에 해될 것이 없을 것이다."

어찌 상전벽해와 같은 세상의 변천에 만사가 모두 수포로 돌아가고 방황하는 사이에 문득 오늘이 있을 줄 알았겠습니까?

아, 공의 높은 도의와 깊은 학문은 한 집안의 사사로운 견해에 있지 않고, 이것이 바로 천하 만민의 이목에 펼쳐진 것입니다. 지금은 세도世道가 분분紛紛하여 사람들마다 근심과 두려움을 품어, 감히 한 마디도 어진 이를 높여 덕을 기록하지는 못하나 드러나고 묻힘은 때가 있을 것이니, 백 세 뒤에 선생의 높은 풍범을 듣고서 흥기할 사람이 어찌 없겠습니까? 다만

---

404) 가는 곳까지 쫓아가 해치지는 : 『맹자孟子』 「이루離婁」 하의 "지금은 신하가 되어 간하면 행하지 않고 말하면 듣지 않아, 은택이 백성에게 끼치지 않는다. 연고가 있어 떠나면, 군주가 그를 속박하며 또 그가 가는 곳까지 따라가 해치며, 떠나자마자 곧바로 그 전리를 환수한다. 이것을 원수라 하나니 원수에게 어찌 복을 입겠는가[今也 爲臣 諫則不行 言則不聽 膏澤不下於民 有故而去 則君博執之 又極之於其所往 去之日 遂收其田里 此之謂寇讐 寇讐何服之有]?"라 한 데서 나온 말이다.

405) 하나같이 섬기는 성의[一事之誠] : 스승을 부모와 한가지로 섬긴다는 말이다. 스승이 나를 가르쳐 덕을 이루어 준 은혜를 부모의 고복顧復의 은혜에 비겨, 스승의 상에 부모상과 마찬가지로 심상心喪 3년을 입는다는 『예기禮記』의 말에서 나왔다.

406) 지금은 지금이며 그때는 그때라 하였던 도리 : 원문은 차일시 피일시지도此一時 彼一時之道. 『맹자孟子』 「공손추公孫丑」 하의 "맹자께서 제나라를 떠나실 때 충우가 도중에서 물었다. '부자께서 기쁘지 않은 기색이 있는 듯합니다. 지난날 제가 부자께 듣기로는 '군자는 하늘을 원망하지 않으며, 사람을 허물하지 않는다.'하셨습니다. 맹자께서 말씀하기를 '그 때는 그 때이고 지금은 지금이다.'라 하였다[孟子 去齊 充虞路問曰 夫子若有不豫色然 前日 虞聞諸夫子 曰 君子 不怨天不尤人 曰 彼一時 此日時也]."라 한 구절에서 나온 말이다.

소자가 비통히 여기는 것은 늦게 태어난 사람으로서 다행히 공께서 거처하시던 이웃에 살면서 학문을 이루지 못하고 과오를 뉘우치지 못한 것일 따름입니다. 그러나 공께서는 매양 정성스럽게 깨우쳐 주시며 "그대는 금옹錦翁(석주의 종9대조 시룡時龍임)의 후예이니 어찌 부지런히 힘쓰고 스스로 새로와져서 선조에게 욕을 끼침이 없도록 해야 함을 생각하지 않아서야 되겠는가."하시고, 이어 다독이고 이끌어 자식과 똑같이 여기신 이는 천하에 드물 것입니다. 무릇 우리 문중 안에 문하에서 가르쳐주신 은혜를 입은 이로 아낌을 많이 받은 자가 저 소자만한 이가 누가 있겠습니까?

그렇다면 저 소자가 그 물방울이나 먼지처럼 조금이나마 보답하는 길은 오직 선조를 추모하고 궁한 이를 보살피시며 집안을 보전하고 종족을 마땅하게 하는 데 있을 것입니다. 그러나 모든 것이 떨어지고 폐해져서 전복이 앞에 있고 지금은 또 하늘이 높지 않은 죄를 지어 어버이의 상복을 입고 있으니, 어찌 감히 입이 아프도록 변명하여 구구한 사정을 하소연하겠습니까? 말과 생각이 여기에 이르자 회포가 산처럼 쌓이는데, 한 잔 술로 영결을 고하니 천지가 아득할 뿐입니다.

▫ 또 시교족종 종박   又 侍敎族從鍾博

아아, 우리 대종군 석주선생이 경술년(1910)으로부터 20여 성상을 만주 땅에서 피를 끓이며 바쁘게 활동하시다가 임신년(1932) 5월 12일 정미에 갑자기 우리 후생을 버리셨다. 상주가 된 아드님이 공경히 유명을 받들어 임시로 그 땅에 장례를 모시고 혼백을 모시고 고국으로 돌아와 평소 지내시던 집에 봉안하였다. 이듬해 계유년(1933) 5월 12일은 곧, 세상을 떠나신 지 1주기가 되는 날이다. 그 이틀 전 기해에 가르침을 받은 족종族從 종박鍾博은 삼가 맑은 물 한 잔과 황잡한 글 몇 줄 가지고 통곡재배하며 영전에 공경히 제사를 올린다.

아아! 삼가 선생을 생각하노니
세상에 뛰어난 경륜과 견줄 만한 사람이 없는 재덕으로
읽지 않은 책이 없었고, 궁구하지 않은 이치가 없었습니다.
음양오행의 술수와 예악 형정의 제도에 이르기까지
삼라만상의 이치를 추려내어 시책을 이루어내니

남양南陽의 제갈공명과 동산東山의 사안석謝安石407)에 비견할 만하였으나

누추한 집은 고요하여 세간에는 찾는 이가 없었습니다

지는 해 서산에 걸리고 매사가 어긋나는 급박하던 때에

서적을 품고 깊이 은거하니 수정산水晶山 선조의 재실齋室이었습니다

농사 여가에 제자를 가르치고 꽃과 산수를 노래하니

경제를 위해서가 아니라 다만 근심을 잊기 위함이었습니다

오늘날 이곳은 누구의 천하입니까

주권을 남에게 이양하니 재앙의 그물이 천지에 펼쳐졌습니다

경쇠를 품고 고사리를 캐던 옛 의리408)가 과연 어디에 있겠습니까

나라를 떠나기로 뜻을 굳히고 만주·계주薊州 삼천 리 길에서

갖은 풍상을 겪는 동안 우국단충憂國丹忠에 머리가 하얗게 세었습니다

국사를 통괄하는 국무령이 되어서는 모든 시책이 정당하여

사천 년 역사에 유례없는 일로 명성이 세상에 떨쳤습니다

큰 공훈이 이루어지기 전에 장성이 오장원五丈原에 떨어지니

차라리 자세한 말을 줄여, 입이 있으나 울음을 삼킬 뿐이네

장례지낼 땅조차 없어 혼백을 꾸려 고국으로 돌아오니

그 시말을 간추리면 우리 역사에 광채가 있습니다

다만 사적으로 감사함은 뼈와 마음에 새길 뿐입니다

선인의 숨겨진 덕을 정리하여 서술하는 일은

다음 세대에 선생의 중망을 빌리기를 바랍니다

아픈 심사가 공사로 얽히어 눈물이 앞을 가립니다

영령께서 어둡지 않으시면 혹 오시어 흠향하시겠습니까?

◦ 또 족소자 정재   又 族小子庭載

아아, 아름우신 우리 선생은

---

407) 사안석 : 안석은 진晉의 명재상 사안謝安의 자字.

408) 경쇠[磬]를 … 의리 : 춘추 때 경쇠[磬]를 가지고 은거한 사양師襄과 주周 무왕이 통일하자 수양
산首陽山에 들어가 고사리 캐다 먹고 살다가 죽은 백이伯夷·숙제叔齊.

크고 온전한 도와 덕에 높고 넓은 행과 학문으로

애초에 큰일을 할 듯하였으나 태어난 때가 말세였습니다

초야에서 초년부터 울연히 성망이 쌓이니

집에서는 효도와 우애, 밖에서는 미더움이 독실했습니다

일찍이 서산西山께 배워 하나를 미루어 열을 알았고

여사로 익힌 문장까지 격식에 맞고 풍부하였습니다

시대와 세태에 강개하여 작록에 뜻을 두지 않더니

앞일을 멀리 내다보고 홍곡鴻鵠의 뜻으로 높이 날았습니다

저 도곡陶谷의 언덕은 고사高士가 은거하는 곳

10대를 전해온 산천이고 한 구역의 연월煙月 입니다

풍류와 독서를 일삼으며 고금 사적을 공부하였습니다

문 밖을 나서지 않고 정진하여 진경을 더욱 추구하며

후배를 권장하니 진취를 이룬 자가 얼마였습니까

시대의 변화가 하루가 달라도 뜻 더욱 확고했습니다

서쪽으로 길 떠나니 경술년(1910) 섣달 초경이었는데

높고 높은 장백산 아래 기자의 옛터입니다

스무 해 풍상을 겪어도 하늘이 돕고 귀신이 도왔으나

큰 운수 어찌 그리 급박하여 태산이 갑자기 무너집니까

이제부터는 몸조심을 면하셨습니다. 천지에 부끄럼 없으니

눈 가진 사람마다 눈물 흘리며 입가진 사람마다 슬퍼하는데

하물며 소자는 문하의 용렬한 사람임에리까

지금까지 저버린 죄가 한둘이 아닙니다

만리 밖에 아득히 떨어져 뵐 수는 없는 형세였으나

저 옥하관玉河關에서 돌아오실 날 있으리라 여겼는데

간세의 기상 받으신 분을 어찌 이리 속히 빼앗아 간답니까

몸은 있고 아낌은 없으니 혼령은 임청각으로 돌아오소서

심신을 다해 노력함은 선생 자신만을 위함이 아니었습니다

영전에 엎드려 통곡하오니 우주가 온통 막막한데

변변찮은 술잔 공경히 드리니, 정성에 비해 제물은 박하나
물처럼 땅에 계신 혼령께서는 흠향하시기 바랍니다

▫ 또 시교족종 종함   又 侍敎族從鍾咸

아, 소자가 선생을 곡하는 것은 공적인 의미에서입니까, 사적인 의미에서입니까? 공적인 의미에서라면 우리 시대의 아픔을 곡하는 것이요, 사적인 의미에서라면 우리 일문의 아픔을 곡하는 것일 터입니다. 하늘이 큰 인물을 내는 것이 어찌 아무 의미 없는 우연이겠습니까마는, 세상의 운세가 이미 다하고 문중의 복이 더욱 쇠할 때, 능히 부지하여 『중용中庸』의 삼근지도三近之道[409]를 터득하였는데 끝내 창해 만리의 국외에서 세상을 떠나시니[枉抛了] 이것이 누구의 허물입니까? 때가 그래서입니까? 운명이 그래서입니까? 생각컨대 선생의 체백이 중국 땅에 안장되고, 선생의 혼령은 옛집으로 돌아왔습니다. 효자가 여막을 지키고 친척이 서로 조문하니, 이것은 오히려 위안삼을 만한 일입니다. 그러나 초여름에 다시 어지신 부인께서 돌아가셔서 안팎으로 빈소가 둘이나 되니, 이 어찌 감당할 일이겠습니까? 나머지 두렵고 염려스러운 자잘한 일들은 진실로 일일이 들어 아뢸 필요가 없고, 또한 구천에 계신 혼령께서도 듣고 싶은 일이 아닐 것입니다.

아, 소자의 종형 또한 선생의 제자입니다. 평소에 선생을 우러르기 마치 태산북두처럼 하더니, 끝내 처음부터 끝까지 모시다 돌아감을 면치 못하였습니다. 제 개인적인 애도와 한탄이 더욱 어떠하겠습니까?

아, 소자가 남모르게 비통히 여기는 것은 몇 년이나 문하에서 경전을 품고 어려운 곳을 질문하였으나 재주와 지혜가 노둔하여 가르침의 만에 하나도 능히 보답하지 못하였으니, 탄식을 어찌 견디겠습니까?

아, 선생께서는 도학과 문장이 순수하고 두루하며 존주대의가 견고하고 확실함은 실로 천백 년을 지나도 우러러 하늘에 부끄럽지 않고 아래로 땅에 부끄럽지 않았습니다. 그런데 소자가 어찌 감히 군더더기 말을 덧붙이겠습니까? 다만 상주된 아드님과 더불어 손을 잡고 애

---

409) 『중용中庸』의 삼근지도三近之道 : 『중용中庸』 20장章에, "학문 좋아하는 것은 지智에 가깝고, 노력하여 실천하는 것은 인仁에 가깝고, 부끄러워할 줄 아는 것은 용勇에 가깝다[好學近乎知 力行近乎仁 知恥近乎勇]"고 한 말을 가리킨다.

통해 하며 물러날 뿐입니다. 모르겠거니와, 세상에 과연 하늘의 떳떳한 이치를 확고히 잡은 군자가 있다면 선생의 묘갈墓碣 아래를 지나다가 선생의 행적을 새겨 나중 후손들에게 보이지 않겠습니까?

▫ 또 족제 형희   又 族弟亨羲

낙동강 가까이에 누각이 서 있으니 우리 조상이 지으신 곳
수많은 지하支下들이 울타리처럼 둘러 백세를 살아왔습니다
공께서는 옥같은 재질로 여기서 선조의 뜻을 이으셨건만
어찌하여 돌아가신 곳은 멀고 황량한 변방 땅이었습니까
고금의 어진 선비들이 거의 운수가 덧없었다 하나
공에게 무슨 해이겠습니까 천지에 부끄러움이 없었습니다
공평히 팔십 평생을 평가하면, 현재의 위치에 따라 처신하고 행하였습니다410)
하늘을 믿을 만하다 여겼는데 우리 이씨가 무슨 죄로
고개를 늘이고 숨을 죽여 이 어른[夫夫]을 애도하며
두우杜字는 어디기에 영령께서 그리로 가신단 말입니까?
아아, 슬픕니다
저 소자가 어려서부터 고아가 되어 공을 마치 아버지처럼 우러렀는데
드디어 보살핌을 입은 것은 돌아가신 아버님의 덕택이었습니다
이십 년 동안 뵙지 못하였으니 저버린 죄가 얼마나 큽니까
온 가문이 쓸쓸하여 세월이 갈수록 심해지는데
저 어린 아이들은 모두 금수처럼 되어 갑니다
어찌 사람노릇이라 하겠습니까 곳곳에서 죽어가니
누가 이것을 주장하여 한 가닥 새 기운을 일으키고
앞길을 알려줄 자 누구이며 지조를 지킬 자 누구이겠습니까

---

410) 현재의 … 행하였습니다 : 원문의 소素는 현재와 같은 뜻으로 『중용中庸』 14장章에 "군자는 현재의 위치에 따라 행한 그 밖의 것은 원하지 않는다. 현재 부귀에 처해서는 부귀대로 행하며 … 환난에 처해서는 환난대로 행하니 군자는 가는 곳마다 만족하지 않음이 없다." 하였다.

공적인 슬픔이 너무 커 사사로이 슬퍼할 겨를이 없는데
영전에 통곡하자니 온 천지가 막막하고
향 사르고 술 한 잔 올리니 눈자위 가득 눈물입니다

▫ 또 족종 종국   又 族從鍾國

아, 우리 영남의 사대부 집안에 능히 옛집을 지켜온 지 오래이면서 쇠락하지 않은 곳이 예로부터 지금까지 어찌 한정이 있겠습니까? 그러나 주손의 처지로 5백여 년 동안 똑같은 터, 똑같은 집에서 세상에 명성을 울린 집은 오직 우리 임청각 한 군데가 가장 어렵다고 하겠습니다. 만약 대를 이은 덕행으로 족히 이 집의 주인 노릇할 만한 이가 아니었다면 어찌 그 중망을 거듭하여, 쇠퇴하거나 공허히 하지 않을 수 있었겠습니까?

선생은 또 이 집에서 태어나 이 집을 비우신 지가 이미 오래입니다. 이곳을 비우고 이곳을 떠나신 것은 다만 영광전靈光殿이 홀로 우뚝히 존재할 만한 땅이 없는 슬픈 마음을 품고 내 몸만을 위해 살지 않겠다는 뜻에서였다. 아, 30년 계주薊州·요동의 눈서리를 헤쳐오시는 동안 그 정신이 이루고 행하신 일들은 실로 하늘이 살피실 일이지 사람이 어찌 차마 말로 다하겠습니까? 끝내 육신이 다하도록 마음에 품었던 일은 이루지 못하고, 차가운 혼백으로 7척의 몸을 대신하게 하였습니다. 만리의 고혼을 거기에 의탁하여 효자가 이미 이 군자정君子亭에 봉안하였거니와, 오히려 어둡지 않은 영령께서는 패수를 건너지 않고자 하셨습니까? 아니면 이 임청각을 길이 비워둘 수 없다고 여기시고 마지못하여 따르신 것입니까? 건너오셨든 건너오지 않으셨든, 따르셨든 따르지 않으셨든 비록 평소와 방불할 수는 없을 것이나, 그러나 모든 우리 종족들은 환고를 다행으로 여기며 혼령이 따라 오셨다 알고 있습니다. 가슴 아픈 통곡과 절박한 기다림이 곧 인지상정이지 않겠습니까? 저와 같이 죄과가 이루 다 말할 수조차 없는 사람이 끝내 뻔뻔스럽게 선생을 곡하지 못하는 것은 어찌하여 구차하게 고향에 거주하지 않고 성내로 옮겼다가 상란을 만나서도 오히려 돌아올 줄 몰랐기 때문이 아니겠습니까? 하늘과 땅, 홍곡과 버러지의 차이가 이토록 심한 것입니까?

제 아버지께서 향곡에 계시던 때에 특히 종가의 쓸쓸한 광경을 민망히 여겨 여러 종족들에게 상의하고 스스로 잠시 지키는 일을 맡으셨으나 매양 난간에 기대어 탄식하며 말씀하기를 "우리 종군이 언제나 돌아오려나? 나는 종군이 돌아오는 때를 기다려 내 옛집으로 돌아가리라.”라고 하였습니다. 세월은 머물지 않아 두 집안의 상전벽해에 비길 변화가 이와 같은데 선생의 빈소에 또한 어느덧 대상이 닥쳤습니다. 저 유유한 하늘과 땅이여! 이 한이 어찌 다함이 있겠습니까? 늦게서야 한 줄의 제문을 지었으니, 마땅히 몸소 읽고 영결을 아뢰어야 할 것이나, 아버지의 빈소를 비워두기 진실로 어려우므로 아이를 시켜 대신 제 심정을 아뢰게 하니, 어찌 도리에 어긋난 것이 없다 하겠습니까? 아, 천고의 이별을 눈앞에 두고 오직 이 정성만을 드리오니, 엎드려 바라건대 존령께서는 살펴 흠향해 주소서.

▫ 또 종제 태희　又 族從弟泰羲

아, 선생의 학술은 서산西山(김흥락)을 계승하여 그 의리가 우리 동방에 현저합니다. 마땅히 백세의 공안公案을 기다려야 할 것인데, 어찌 얕고 작은 견문을 가진 제가 감히 사사로운 뜻으로 기술할 수 있겠습니까? 아, 한번 스승이 서거하고 세상이 어지러운 뒤로부터 소자가 선생을 섬김이 아버지와 다름이 없었으며, 선생께서도 소자를 아들처럼 보셨습니다. 어리석은 저를 진작하여 격려하려 한 분도 선생이시며 허물 많은 저를 꾸짖어 힘쓰게 하려 한 분도 선생이시며, 진작하고 기대하셔서 사람 축에 들도록 한 후에야 그만 두려 하셨습니다.

대개 문호가 나뉜 뒤 9대가 되도록 전수하고 계승한 가풍은 본디 그 나름의 선규先規(선대의 규식)가 있었는데, 소자가 마음속으로 흠모하여 그것을 배우기를 원하였으나 능하지 못한 것이 많습니다. 선대의 옛집[先廬]을 깨끗이 청소하고, 제사 음식을 정결히 장만하셨는데 그것을 배우고자 하였으나 아직 능하지 못합니다. 빈객 붕우를 맞아 대접할 때 친하거나 소원한 사람이 열복하였으니, 그것을 배우고자 하였으나 아직 능하지 못합니다. 경사자집經史子集을 좌우에 두고 정밀하고 거친 것을 빠짐없이 이해하며, 삼라만상의 크고 작은 이치를 망라하고 고금의 서적에 관통하여 상경常經과 권도를 스스로 구별하셨으니 저 같은 천견말학이 감히 의론하고자 할 일은 아니나 선생 같은 분이야말로 특출한 명을 받은 분이라 할 것입니다. 변혁의 때에 망국유민의 의리를 지켜, 서쪽으로 만주·심양 땅으로 건너가시니 나라 밖 삼천리에서 선생의 뜻은 고통스러웠으나 선생의 절개는 온전하였습니다. 마침내 나라 일을 통괄하다가 크나큰 공훈을 이루기도 전에 큰 별이 갑자기 떨어졌으니 이것은 하늘에 매인 일이지 사람의 뜻이 아닙니다. 종중에 상의하고 시대를 참작하여 임시로 서란舒蘭의 야산에 매장한 후, 혼백을 모시고 동으로 돌아오실 때는 용만龍灣(신의주)이 울고 관악冠岳이 푸르렀습니다. 아드님은 문학과 행의行義가 선생의 절도節度를 이었으니 장차 봉행하여 주선하는 모든 일이 마치 선생이 살아계실 때와 같을 것입니다.

▫ 또 문하생 족소자 문기   又 門下生族小子文基

아, 옛말에 이르기를, "지극히 큰 것은 말로 논할 수 없고 지극히 정밀한 것은 뜻이 살필 수 없다."하였는데, 아마도 이는 선생의 도학 문장이며 마음과 행업, 사업과 공적을 두고 하는 말일 것입니다. 백 대 후에 과연 대서특서大書特書의 역사가가 있어서 천하에 전해지고 인구에 회자되기를 오늘날 육대주의 강개한 뜻을 지닌 선비가 감추어 심중을 드러내지 않는 것과 같겠습니까? 저는 장차 문서를 가지고 그렇게 되리라 믿습니다.

아아, 아버지 상례를 마치자마자 다시 오늘의 변고가 생기니, 오늘 이 통곡은 진실로 아버지를 곡하고 난 나머지의 눈물입니다. 저승의 즐거움이 과연 이승과 같다면 두 분 아버지의 혼령이 혹 광막한 물가에서 끊임없이 만나고 현명玄冥(구천과 같음) 속에서 양양洋洋히 왕래하시면서 외로운 제 목숨을 굽어 살피실 것입니다. 그 덕분에 죽지 않고 보전하여 아직도 스스로 칩거지에서 함구하며[緘縢扃鐍] 구차히 살아가고 있습니다. 그 밖의 슬프고 고통스러운 말씀을 감히 장황하게 사뢰어 편안히 계신 혼령의 귀를 더럽히지 못합니다. 엎드려 바라건대 존령께서는 용서하시고 흠향해 주소서.

▫ 또 족소자 승계   又 族小子承啓

아아, 선생께서는 세상에서 어찌 다만 우연이겠습니까. 마땅히 천지의 도에 참여하시고, 기수氣數에 관계되어 그것 때문에 왔다 가셨습니다. 그 밝음은 일월과 같고, 그 깊음은 하해와 같았으며, 그 높으심은 교악喬嶽이었으며, 그 문채남은 금수錦繡였으며 그 도는 권변權變이었고 그 집행함은 예禮와 율律이었으며, 그 씀은 신의였습니다. 그 행적은 한韓 나라의 유후留候(장량)와 같았으며, 그 뜻은 한의 제갈량諸葛亮과 같았습니다. 여기에서 큰일을 할 수 있는 모든 것을 갖추고 있으셨음을 짐작할 수 있으나, 끝내 일은 옛 사람보다 배나 더하시고도 공은 그 반 밖에 이르지 못하셨으니, 이것은 천지가 어그러지고 기수가 쇠해서가 아니겠습니까?

이 때문에 선생께서 계실 적에는 고향 마을과 나라에서부터 국내외에 이르기까지 그 동정

動靜을 믿고 우러르지 않음이 없었고, 돌아가시고 난 뒤에도 그 마음이 저상沮喪되지 않는 사람이 없습니다. 그리하여 마침내 텅 빈 지경에 이르게 되었으니, 어찌 다른 까닭이 있어서이겠습니까? 그것은 바로 천지도 끝이 있고 기수가 다시 돌아온 뒤에야 다시 오늘을 볼 수 있게 되었기 때문입니다.

아아, 소자는 불초하여 형편없는 사람으로, 평소에 죄를 진 것이 헤아릴 수가 없습니다만, 그 중에서도 가장 죽을 죄를 진 것이 다섯 가지가 있습니다. 예닐곱 살 이를 갈 나이 때부터 그 아래서 글자를 배웠는데, 아주 어리석고 성실하지도 못하여[不移不誠] 스스로 자포자기하는 지경으로 돌아갔으니 이것이 첫 번째 죄요, 선생께서 만주로 건너가시던 날, 금릉金陵까지 모시고 가서 경계하시는 말씀을 들었는데, 버려두시지 않고 간곡하게 말씀하시기를, "몸가짐을 신중하게 하고 집안에서 올바르게 하라."고 하시고, "다른 사람을 대하고 처세하는 데는 신의와 의리이다."라고 하셨습니다만, 하나같이 모두 지키지 못하고 끝내 전도顚倒되는 지경에 이르렀으니 두 번째 죄입니다. 20년 풍상風霜을 한없이 겪으실 때 누가 돕고 보호해 드렸습니까? 다만 신령과 하늘에 의지하셨을 뿐이었으니, 이 어찌 종족宗族으로서 모르는 체하며 서로 잊었듯이 할 일이었겠습니까마는, 소자가 한 번도 안부를 여쭙지 못하였으니, 이것이 세 번째 죄입니다. 다른 나라에서 외롭게 사시면서 병으로 세상을 떠나실 적에 안으로는 가까운 친척도 없고 밖으로는 해괴한 변란變亂으로 핍박을 당하셨으나, 소자는 그 때도 직접 임종하지 못하였으니 네 번째 죄입니다. 더운 여름날 고향으로 명정만 돌아올 적에 온 집안이 눈물을 흘리며 따라서 고향의 물이며 언덕이 눈 닿는 곳마다 마음이 찢어지는 듯 하였습니다만, 소자는 또 고을 경계 밖에서 맞아 돌아오지 못하였으니 다섯 번째 죄입니다. 이를 참아 그냥 넘길 수 있다면 무엇을 차마 하지 못할 것이 있겠습니까?

또 슬퍼함 직한 것은 집안이 쇠락하는 아픔이 어찌 이렇게 극심한 데까지 이른단 말입니까? 강산이며 문채가 날로 스산해지고 있는데, 어린이는 학문을 알지 못하고 노성老成한 이는 살아 계시지 않습니다. 푸른 바다가 뽕나무 밭으로 변하고 동량棟樑이 꺾여지니 아득히 만주선滿綫은 생사의 소식이 서로 막혔습니다. 여기에 있으면서 어디에 의지할 것이며 저기에 계신들 누구를 진무鎭撫하시겠습니까? 하늘에 계시는 영령英靈께서는 그윽히 가련히 여기소서. 말이 여기에 이르자 눈물이 걷잡을 수 없습니다. 한 잔 술을 공경히 올리니, 천지가 아득합니다.

▫ 또 족종 문하생 홍기   又 族從門下生洪基

맑은 낙동강은 물결치며 흐르고 큰 고개는 기세가 웅장하더니[磅礴]

황마黃馬가 운회運會함을 당하여 크고 명민하신 선생께서 탄생하셨네411)

바탕이 순수하고 국량이 크셨으며, 재능은 호탕하고 기상은 넓으셨네

학문은 하늘과 사람의 도를 궁구하시었고, 문장은 넓고도 엄정하셨네[灝噩]

동도東道의 영수領袖이셨고 서산西山(김흥락)의 의발衣鉢을 전해 받으셨네

봄이 깊은 초당草堂에서 큰 꿈을 누가 깨웠나412)

일어나 천지를 보니 산하山河가 예와 달랐네

백절불굴百折不屈의 정신으로 왜인의 신하 되지 않았네

가족을 이끌고 멀리 떠나셨으니 요동과 북경의 황벽荒僻한 곳이었다네

수많은 사람들이 그림자처럼 따라 한결같은 마음으로 떠받들고 복종하였네

운수가 다하고 천명이 어그러져 오장원五丈原에 별이 떨어졌나니413)

수양산首陽山이 어디던고? 그곳이라면 체백體魄을 감추어도 좋겠네

비단을 묶어 동쪽으로 돌아왔으니 단군·기자의 옛터전이라네

고향 산천에서 임청각臨淸閣 옛집이 눈에 들어오네

안정安靜하고 평안히 쉬심에 신인神人에 모두 흡족하도다

선생께서야 무슨 유감이랴만 소자는 더욱 슬프도다

고조를 회고하니 허물과 후회 산적하도다

하늘이 집안에 복을 주지 않아 상화喪禍가 자주 미치니

자잘한 일 어찌 길게 아리랴! 위로되지 않고 슬프리

뒤늦게 술 한 잔을 올리니[酹酒] 이르러 흠향하소서

---

411) 황마黃馬가 … 탄생하셨네 : 황마黃馬는 무오년을 가리키는 말로 곧 철종 9년(1858)인데, 이상룡
이 태어난 해이다.

412) 봄이 … 깨웠나 : 이것은 촉한蜀漢의 제갈량의 초려시草廬時를 응용한 것인데, 이상룡이 세상에
나가 구국한 일을 비유한 것이다.

413) 오장원五丈原에 별이 … : 촉한蜀漢의 제갈량諸葛亮이 죽은 곳이 오장원五丈原이었다. 여기서는 이
상룡이 서거한 것을 비유한 것이다.

□ 또 족소자 승복   又 族小子承復

아, 큰 종[洪鍾]은 작은 막대기로는 울릴 수가 없고

큰 바다는 작은 그릇으로는 측량할 수 없는 법이니

소자小子처럼 하찮음으로는 공의 만에 하나도 엿볼 수가 없습니다

본디 찬양하는 글을 감히 쓰지도 못하겠지만

또한 어떻게 예가 아닌 뇌문誄文을 어른에게 쓰겠습니까

간략히 몇 마디 말씀을 엮어 우러러 올리오니

혹시 아득한 저승에서 아시겠습니까

산악山岳처럼 무거우셨고 하해河海와 같이 넓으신 덕으로

보불黼黻의 경륜과 금옥金玉의 문장을 갖추셨네

좋지 않은 때를 만나 오도吾道가 명이明夷414)할 때라

차라리 내가 피발被髮할지언정, 문 닫고 숨는 것이 무슨 의리이겠는가415)

높이 나는 새가 날개를 펄럭이니 중국 땅 구름도 멀어라

칠순七旬의 쇠락한 몸으로 온갖 풍상 겪으셨네

머리 돌려 고국 땅 돌아보니 꿈에도 자주 보이더니

시운時運과 천명이 어찌 어긋나는가? 봄날을 함께하지 못하셨으니

하늘을 탓하려 하니 천도天道가 막막하여

큰 소리로 길게 부르네, 슬프다 나의 복 없음이여

□ 또 종질 세형   又 族從姪世衡

아, 선생은

동국의 선생이시며 서관西關416)의 부자夫子이시네

---

414) 명이明夷 : 『주역周易』에 지화명이地火明夷괘가 있는 데, 이는 땅 아래로 태양이 숨은 것처럼 모든 것이 암흑인 상태를 나타낸다.
415) 차라리 … 의리이겠는가 : 피발被髮은 머리를 풀어뜨리는 오랑캐의 풍속을 말한다. 이상룡이 일제강점 뒤에 오랑캐의 풍속을 따라 피발하고 구국운동을 하러 만주로 건너간 것을 말한다.
416) 서관西關 : 아마 만주를 말하는 듯하다.

고달픔을 다 맛보신 뒤에야 그만 두셨으니, 하늘의 뜻임을 어찌하겠습니까

나라와 함께 마치려 하시다가 갑자기 중도에 떠나시니

눈물을 흘리지 않는 이 없음을 떳떳한 인성은 같기 때문입니다

과거에 우리나라는 주선할 땅이 없었으니

나라를 떠나는 것이 본뜻은 아니셨으나 나라를 위하여 몸을 잊으셨습니다

명明의 옛 땅에 진晉 나라 풍속이 남아 있는 곳

20년 비바람에 귀밑머리 희게 되셨지요

군자의 아름다운 마침은 서란舒蘭에서 흉보가 들려왔는데

자리를 만들어 곡을 하니 온 종족宗族이 황황皇皇하였습니다

그 밖의 정신이 없어 온갖 방법으로 영구靈柩를 모셔오려 하였지만

영혼과 방불彷彿함을 대형大兄417)께서 모시고 돌아왔습니다

옛 집에 모여 각각 그 슬픔을 곡하였으니

후생들에게는 사범師範이셨고 제족諸族에게는 친형제와 같은 정이 있었습니다

어느덧 종상終祥이 다가왔으나 오래될수록 슬픔이 더합니다

궤연几筵을 걷으려 함에 말씀 소리 의지할 곳이 없게 되었고

곤위壼位418) 또한 비게 되었으니 하늘은 어찌 이리 자주 재앙을 내리십니까

연진延津에서 만날 기약419)은 조만간 잘 이루어 질 것입니다

후손들을 몰래 도와 문호가 다시 번창하게 하소서

선생께서 만주로 건너가실 때는 소자는 어린 아이였습니다만

익히 들어서 알고 있었으니, 참으로 사표師表이신 것을

내가 장성하는 다른 날에 경서經書 가지고 배우려 하였는데

이처럼 크게 어그러졌으니 소자는 어디를 우르러겠습니까

공경히 술잔을 올리오니 삼가 살펴 흠향하소서

---

417) 동구 이준형을 말한다.

418) 이상룡의 부인 김씨를 말한다.

419) 연진延津에서 만날 기약 : 진晉 나라 때 유명한 칼인 용천검龍泉劍과 태아검太阿劍이 어떤 인연으
로 서로 헤어졌다가, 나중에 연평진延平津의 물속에서 다시 만나 용이 되었다는 고사가 있는데,
여기서는 부부가 모두 세상을 떠나 저승에서 다시 만날 것임을 뜻한다. 이와 관련하여 '연진검
합延津劍合'이란 고사성어가 있다.

◦ **또 사종숙 승모   又 四從叔承謨**

 소자는 친함으로 말하자면 단문袒免420)이요 학식으로 말하자면 대롱이나 좀 벌레로서421) 어찌 감히 선생의 학술이나 행사行事에 대하여 찬술할 수 있겠습니까? 다만 소자의 사적인 정을 곡할 뿐입니다.

 아, 항렬은 비록 숙질叔姪간이지만 의리로는 실로 사제師弟사이입니다. 궁벽한 곳에서 견문 없이 고루하게 살아서 식견이 꽉 막혀 있을 때는 깨우쳐 격발시킬 것을 생각하시어 가르쳐 나아가게 하셨고, 가계家計가 가난하여 궁핍할 때 먹고 사는 일에 매달려 있을 때는 살 곳을 마련하여 지도해 주셨습니다. 무릇 부모님을 섬기고 선조들을 받들며 일족에게 대처하고 향중사람들과 살아가는 도리를 일일이 알아듣게 직접 말씀해 주셨습니다만, 소자는 만에 하나도 제대로 받들지 못하여 이제 늙어 백발이 되도록 이루어 놓은 것이 없습니다. 형제들은 뿔뿔이 흩어져 서로 만나지 못하고 한 자식은 일찍 죽었으며 늙어 홀로되어 의지할 곳이 없으니, 선생께서 아신다면 틀림없이 애통히 상심하시며 불쌍히 여기실 것입니다.

 선생의 불행은 우리 이씨 가문의 불행이요, 우리 가문의 불행은 바로 사림士林의 불행입니다. 애윤哀允(즉 이상룡의 아들 이준형)이 위판位版을 모시고 돌아왔는데, 백발이 되어 마주하게 되니 통곡 외에 달리 할 말이 없습니다. 제사를 올리고 안장하는 도리와 가족들이 지낼 계책은 온 족친들이 힘을 모아 의논해 대처하겠습니다. 소자가 비록 졸렬하고 부족한 것은 선생께서 아시는 바지만, 궤연几筵 앞에 엎드려 곡하려니 눈물이 앞을 가립니다.

◦ **또 삼종 승대   又 三從承岱**

 선생께서 탄생하심은 가운家運이 형통하였는데, 선생께서 돌아가시니 나라의 명맥이 다했습니다. 우러러 지난날을 돌아보니 오만 가지 일이 묵은 과거가 되었습니다. 몸은 멀리 요양遼陽에 묻어두고 신혼神魂만 고국으로 돌아오니 남기신 명에 따라422) 애통한 아드님이 정리하

---

420) 단문袒免 : 복제服制의 하나로, 본래 의미는 3개월 동안 복服을 입는 시마緦麻 이하의 복에서 두루마기 등 웃옷의 오른쪽 소매를 벗은 채로, 관을 벗고 머리를 묶거나 사각건四角巾을 쓰는 복제服制를 말하지만, 여기서는 촌수가 8촌을 넘었다는 의미이다.

421) 대롱이나 좀 벌레로서 : 본문의 '관려管蠡'는 '대롱으로 하늘을 보고 좀벌레가 바다를 잰다[以管窺天以蠡測海].'는 말의 줄임말이다.

여 돌아왔습니다.

　강가의 우뚝 솟은 임청각에 이를 의지하고 아직도 남은 음덕蔭德이 후인을 덮어주시길 바라는데, 하늘에 무슨 죄를 지었기에 가화家禍가 이토록 겹칩니까? 대형大兄(이상룡을 말함)을 겨우 장사지냈는데, 현곤賢壼이 갑자기 비었습니다.423) 더구나 또 병화군이 감옥에 갇히는 곤액을 당했으니 호소할 곳이 어디입니까? 저 하늘은 창창하기만 합니다. 동당同堂의 가족이 남북으로 흩어져서 죽고 사는 일에도 오지 못하고 기쁘고 슬픈 일에도 모두 아득합니다. 생각해 볼수록 스스로 상심하여 말을 할 때마다 눈물이 떨어집니다. 뒤늦게 거울을 폐백으로 드리니[贄鏡] 길가는 사람이나 다름없어 부끄럽습니다. 소자가 어찌 알겠습니까? 다만 사사로운 마음을 호소할 뿐입니다. 하신 사업과 행적의 시말은 가장家狀에 자세히 나와 있고, 수립하신 빛나는 업적은 사가史家의 증명이 있을 것입니다. 존령께서 잘못되지 않으셨으리니, 흠향하소서.

▫ 또 삼종 소자 승춘　又　三從小子承春

　아, 선생은 몸은 중국 땅에 맡겨두시고 신혼神魂만 옛집으로 돌아오셨으니 천하의 사람들이 모두 피눈물을 삼키며 감히 똑똑히 말도 하지 못합니다. 하물며 소자는 친함으로 보면 단문의 대열에 있으면서 허둥거리며 호곡號哭하는 감회를 어찌 표현하겠습니까? 행사行事와 학술은 후세의 공변된 의론을 기다려야 할 것이요 어찌 한 사람이 사사로이 서술하겠습니까? 다만 형제가 남북으로 나뉘어 살면서 몸은 먹고 사는 데 얽매이고 정신은 작은 이익에 멍들어 집안에 내려오는 선조들의 구법을 돌보지 아니하였으니, 선생께서 아신다면 반드시 경계하여 나무라시고 불쌍히 여기실 것입니다. 산처럼 많이 쌓인 회포는 눈물이 시내를 이룹니다.

　삼가 바라건대 존령께서는 흠향하소서.

▫ 또 종제 원희　又　族從弟元羲

　선생의 대의는 전 세계 사람들이 칭송하고 흠모하며, 선생의 깊은 학문은 애윤공哀胤公(즉

---

422) 남기신 명에 따라 : "국토를 회복하기 전에는 내 해골을 고국에 싣고 돌아가서는 안 된다."는 유언이 있었다. 「선부군 유사」 참고.

423) 현곤賢壼이 … 비었습니다. : 이상룡 부인의 죽음을 가리킨다.

이상룡의 맏아들을 가리킴)이 찬술하였을 것이니 소자가 어찌 감히 거론하겠습니까? 다만 소자의 사사로운 정을 곡할 뿐입니다.

아, 소자는 신세가 기박하여 나면서부터 어머니를 여의고, 다박머리 시절에 아버지를 잃어 [移天] 깜깜하고 아득하여 스스로 자립하지 못하였는데, 선생께서 가엾게 여겨 돌보아 주시고 가르쳐 이끌어 주셨습니다. 심지어 배고플 땐 먹여주셨고 추울 때는 따뜻하게 해 주시기까지 하시며 잠시도 마음에서 잊지 않으셨습니다. 그런데도 소자는 만에 하나도 몸으로 본받지 못하고 이리저리 돌아다니며 바삐 살았습니다. 여가가 없었습니다.

일을 돌볼 만한 나이가 되어서는[及年省事] 뽕밭이 바다가 될 정도로 세상이 변하니, 선생께서는 망복罔僕의 의리를 지켜 가족을 거느리고 황량한 만주 땅 한 구석으로 건너가셨습니다. 소자는 서쪽을 바라보며 울부짖기를 마치 어미 잃은 어린 아이가 갑자기 사거리 길에 버려진 듯이 하여, 엉금엉금 기며 슬피 울부짖었으나 사방에 아무도 다시 돌보아 줄 사람이 없었습니다. 상란喪亂을 당하여 마음을 태울 때마다 반드시 '선생께서 계신다면 건져주실 방도를 생각해 내실 텐데….'라고 하였고, 추위와 배고픔이 심할 때에는 그 때마다 '선생께서 계셨다면 따뜻하게 하고 배부르게 할 방법을 생각해 내셨을 텐데….'라고 하였으나 바랄 수가 없었습니다.

지난해에 분발하여 몸을 돌보지 않고 늙은 몸으로 어린 아이들을 거느리고 선생께서 우거하시는 곳으로 찾아가려고 돌고 돌아 길림吉林 등지에 이르렀습니다. 선생이 계시는 곳은 아직 멀리 떨어져 있고 주머니는 이미 텅 비어 임시로 거접居接할 계획으로 있었는데, 선생께서 갑자기 세상을 떠나시고 애윤공哀胤公은 유명을 따라 고국 땅으로 돌아가셨습니다. 선생께서 계시지 않는데 소자가 무슨 마음으로 만 리 황폐한 구석에 들어가 이매魑魅(도깨비, 여기서는 중국 오랑캐를 가리킴)에 동화하겠습니까? 마침내 가족들을 데리고 돌아왔으니, 선생께서 아신다면 함부로 움직였다고 꾸짖으시겠습니까? 아니면 또한 궁핍함을 불쌍히 여기시겠습니까?

하늘이 불행을 내린 것을 뉘우치지 아니하여 종상終祥을 한 달 앞두고 종부宗婦께서 선생을 따라 세상을 떠나시고 다시 척서尺西형도 멀리 변방에서 부인을 잃으셨으니, 이렇게 놀랍고 당하지 말아야 할 일이 한둘이 아닙니다. 그러나 선생께서 일찍이 가정 일로 마음을 쓰시지 않았으니 소자가 어찌 감히 주절주절 일일이 들어 말씀드리겠습니까? 한 잔 술을 올리며 길게 호곡號哭하오니 땅은 늙고 하늘은 거칩니다.

▫ 또 사종제 정희   又 四從弟正義

소자의 슬픔은 하늘과 땅이 다하도록 끝이 없으며, 소자의 한은 옛날부터 지금까지 이어집니다. 아버지의 양례를 겨우 치루었는데, 공의 상기祥期가 어느덧 끝나갑니다. 겨우 목숨을 부지하고 있으면서 혈혈단신으로 의지할 곳이 없습니다. 하늘을 우러러 보고 땅을 내려다 보며 생각해 봐도 잠깐 있다가 문득 어리석습니다[乍在旋殁].

만주와 조선이 땅이 갈라져 길이 천 리 만 리나 되어, 늘 마음은 꿈속에서도 잊지 못하여 따라가려 하였으나 하지 못했습니다. 만수무강하시기를 빌었는데 한 조각 명정이 고국으로 돌아왔습니다. 소자가 어찌 알았겠습니까? 아버님의 말씀이 귀에 쟁쟁합니다. 우리나라를 위해 위대한 업적을 이루셨고 백의민족의 명예를 지키셨으니, 죽어도 혹 사는 것보다 낫다면 무엇을 슬퍼하고 누구를 원망하리요? 말씀하시던 것이 어제 같은데 세상은 이미 상전벽해桑田碧海로 변하였으니, 차마 무슨 말을 하겠습니까? 아버지께서 하실 곡을 제가 합니다.

남은 화가 아직 끝나지 않아 종부이신 형수씨께서 따라 가셨습니다. 자잘한 말씀을 어찌 길게 하겠습니까? 슬픔뿐이지 위로되지 않습니다. 정신이 없어 말에 두서가 없으나 굽어 살피시어 불쌍히 여기소서.

▫ 또 사제 봉희   又 舍弟鳳義

아, 불초 소제는 아직도 세상에 붙어살고 있습니다. 실낱같은 목숨은 끊어지지 않았으나 정신은 이미 떠 있습니다. 남은 날이 비록 많지 않다 해도 어떻게 보내며, 지극히 애통한 마음을 어떻게 풀겠습니까? 또 어찌 차마 붓을 잡고 형을 곡하는 글을 짓겠습니까?

아아 끝났습니다. 나라는 나라가 아니며 집은 집이 아닌데도 건설할 사람이 누구이며, 사문斯文이 땅에 떨어지고 윤리가 끊어졌지만 이를 바로 세우고 되돌릴 자가 누구이겠습니까? 생령生靈들이 토탄에 빠지고 종족은 다 멸망하려 하는데 이를 이끌어 구할 사람은 하늘이 뛰어난 재주를 가진 사람을 내어 반드시 그를 씀이 있어서, 위로는 황제를 크게 빛내고 아래로는 이 백성을 편안하게 구제하여야 천하 만세에 할 말이 있을 것입니다. 그러나 어지러워 어찌 하기 어려운 시기에 태어나 자유를 빼앗기고 또 그 운명이 궁액하여 풍상風霜을 무릅쓰고 온갖 고초를 겪었지만 마침내 그 품은 뜻을 펴서 그 목적을 달성하지 못하고 궁벽한 산속

수풀 속에 매몰되는 것은 어째서인가?

지난날 만주로 건너가던 날을 생각해 보면, 형께서는 아우의 손을 잡고 아우는 형을 모시고 아득히 멀리 떨어진 변방 황막한 국경에 투신하여, 연기가 새는 토굴土窟에서 술찌게미와 겨를 먹을 때 다른 사람들은 그 고난을 견디지 못하였으나 오히려 태연 자적自適하셨습니다. 앞날을 경영하는 것이 과연 어떠하였습니까만 어찌 오늘과 같이 날이 있으리라고 짐작이나 했겠습니까?

농사짓는 것과 공부하는 것은 인생이 살아가는 데 가장 중요한 요소이지만 더욱이 우리 종족宗族의 급선무였습니다. 처음 계획이 완전하지 않았던 것은 아니었지만, 아이가 태어난 지 얼마되지 않아서 온갖 병이 침범하여 씩씩하게 자라서 성취하지 못하였으며, 새로운 이름으로 설치한 것이 진전되는 듯하였으나 그 또한 중도에 폐함을 면치 못하였으니, 이 모두가 형님의 고심과 열성에서 나온 것이었습니다. 그런 것들이 성공하지 못하게 되어서는 어쩔 수 없이 운수運數로 돌렸으나, 이어서 헛된 소문이 나오자 중론衆論이 비등하게 되었습니다. 공리公理가 만일 있었다면 되어서는 큰 일을 할 수 있기를 바랐지만, 다만 물이 닿기도 전에 배를 띄우려고 하였으니 그 형세가 틀림없이 엎어지게 되었습니다. 그러나 웅어熊魚를 취하고 버리는 것[424]은 바로 그 때가 적기였습니다.

마침내 직접 대임大任을 담당하여 모든 일을 총괄하셨는데, 임무를 맡기고 시키는 데 차별을 두지 않았으니 먼 곳에 있는 사람이나 가까운 사람이나 모두 승복하였으며, 승진시키거나 강등할 때 사사롭게 치우치지 않았으니 똑똑한 사람이나 못난 사람이나 모두 원망이 없었습니다. 그러므로 위망威望이 날로 드러나셨고 사기士氣가 점점 진작되어 차츰차츰 앞으로 나아가는 추세가 있었습니다.

풍운風雲이 크게 변하여 나쁜 풍조가 침입하였으니, 적의 군대가 지나가는 곳에 하늘의 해도 빛을 잃었습니다. 이미 약한 국력으로 강한 적을 제압할 수 없게 되자, 이에 동지들을 장솔獎率하여 그들을 데리고 북으로 가서 휴양休養하고 배양培養하려는 계획으로, 실업實業을 장려하고 교육을 증설增設하였으며, 충신忠信으로 교도하고 법정法政으로 가지런히 하였습니다. 약속約束이 엄정하고 은혜와 사랑이 지극하였습니다. 소인들을 통렬히 배척하되 잘못을 고치

---

424) 웅어熊魚를 … 것 : 이것은 『맹자孟子』 「고자告子」 상上에 "생선도 내가 원하는 바이고 곰 발바닥도 내가 원하는 바이지만 두 가지를 겸할 수 없다면 생선을 버리고 곰 발바닥을 취하겠다[魚我所欲也 熊掌 亦我所欲也 二者 不可得兼 舍魚而取熊掌者也]."라는 말이 있는데, 좋은 것과 덜 좋은 것 둘 중에 하나만 선택한다는 뜻이다. 곧 삶을 버리고 의리를 취함에 비유하여 쓴다.

면 그만 두었고, 당론黨論을 조정하여 하나로 귀결되도록 힘쓰셨습니다. 효자와 열녀를 포장褒獎하여 지역에서 빛나게 하니, 돈목敦睦한 풍속이 주군州郡에 두루 퍼졌습니다. 비록 다른 사람의 울타리 아래에 있었지만 스스로 한 낙원樂園을 이루어, 저 종횡무진으로 달리며[彼橫馳別驅] 스스로 자랑 삼고 크게 여기는 자들도 마음으로 기뻐하여 진심으로 감복하지 않는 이가 없어, 노성老成한 사회라고 일컬었습니다. 그 평소에 자신을 비운 관대한 도량과 불쌍히 여기고 사랑하시는 덕과 맑고 높은 꼿꼿한 지조志操로 군중을 감동시키지 않았다면 어찌 그렇게 될 수 있었겠습니까?

오직 그 한 조각 외로운 충정은 연세가 드셔서도 쇠하지 않았으니, 일흔이 넘은 나이에 또 공의公議로 추대되어 북경과 상해로 만 리의 여정에 나서시어 동지들을 규합糾合하여 사회의 부족하고 갈라진 곳을 보충하여 민중의 활로를 새롭게 열게 되기를 바라셨습니다. 그러나 도리어 공명功名을 시기猜忌하는 자들에게 막히어 금융金融은 고갈되어 손을 쓸 수 없게 되셨습니다. 그러자 호연浩然히 귀로에 올라 자취를 숨기시고 농사와 낚시로 소요하시면서 세상을 마치셨으니, 수십 년 동안 마음을 다해 노력하고 몸을 숙여 온갖 고난을 무릅쓰신 것이, 세상의 난리를 당해서 굴하지 않고 살신성인殺身成仁한 군자보다 훨씬 뛰어나셨습니다.

아아, 형님이시여! 세상에 형제가 얼마나 많습니까마는, 천륜으로 맺어진 사이에 자신을 알아주는 이는 드물며, 자신을 알아주더라도 스승과 제자의 은혜를 겸한 사람은 드물고 또 드뭅니다. 소제는 태어나서 겨우 6년 만에 갑자기 선고先考를 여의었으나, 애통함이 어떠한 줄을 알지도 못하고, 그래도 배고플 때 먹고 추울 때 옷을 입고 성명性命을 보전할 수 있었던 것은 자애로운 어머니와 밖으로는 조부님께서 계셔서 길러주시고 성취시키는 방도가 미치지 않은 곳이 없으셨기 때문입니다. 그 당시 형님의 나이는 16세였습니다. 천성이 효우孝友하여 삼년상을 지키시되 예법을 지키시기를 노성한 이처럼 하셨습니다. 같은 이불을 덮고 베개를 나란히 베고 자며 항상 화기和氣를 띠셨고 한 번도 분노한 기색을 보이신 적이 없었습니다. 더욱이 가르치시는 데 힘쓰셔서 내가 이를 갈 글자를 물을 때부터 자라서 글을 읽고 공령功令; 과거 공부의 학업을 할 때까지 가까이는 서재書齋에 머무르고, 멀리는 과거장에 과거보러 가기까지 앞뒤로 수십 년을 어디에서든지 제시提撕(이끌어 깨우쳐 줌)해 주고 언제든지 채찍질하여 권면해주시지 않은 적이 없었습니다.

경사자집經史子集의 심오한 뜻과 천인天人 성명性命의 학설과 병서兵書와 산수算數, 음양陰陽과 천문天文·역수曆數 같은 종류에서 꽃을 품평하고 버들을 논하는 장편과 단편 시에 이르기까지 두루 깊이 궁구하시어 각 분야마다 그 오묘함을 다하셨으나, 형님께서는 이 아우를 어리석다고 하여 가르치지 않지 않으셨고, 아우는 형님이 엄하다고 하여 묻기를 그만두지 않으셨습니다. 글 판을 나란히 하여 강마하고 질정質正하는 여가에 간혹 훈창지화塤唱篪和425)하여 오락거리로 삼았습니다. 아우는 실로 우둔하여 배워도 능숙하지 못하였으나, 형님께서 외우고 시를 지어 내는 데서 얻은 나머지에 그 찌게미만 먹었지만 대략 어로魚魯를 분별할 수 있게 된 것은 모두 형님께서 권면하고 인도해주신 은덕입니다. 그 한결같이 매진邁進하여 절차탁마切磋琢磨한 공부를 비록 세상의 훌륭한 스승과 좋은 벗이라 해도 이와는 비교할 수가 없습니다. 스스로 천하의 지극한 즐거움을 가지고 있다고 하였는데, 어찌하여 세상 판국이 크게 변하고 산하도 바뀌게 되어서는 좋은 농토와 큰 집, 그리고 천 마리의 말과 만석의 곡식도 당신이 좋아하시는 바가 아니게 되어, 마침내 동지 몇 분과 함께 결연히 압록강을 건너셨습니다.

그곳에 가신 지 1년이 채 안되어 따르는 사람들이 시장을 이루 듯 하였습니다. 처음에는 형제가 환인桓仁에서 함께 살았지만, 몇 달이 되지 않아 저는 통화通化로 옮겼고 형님은 유하柳河로 이사하셨습니다. 서로 거리가 백 리 떨어져서 이미 서로 나뉘어 사는 고통이 있었고, 이어 빈손으로 사는 삶이 입에 풀칠하기에도 힘겨웠습니다. 이렇게 6년을 요동 벌판에 살면서 온갖 간고艱苦를 겪었습니다. 형제의 정이 매우 간절하여 밀사密沙로 옮겨 들어가니 형님께서는 이미 화전樺甸에 와 사시고 계셨습니다. 그제서야 혹은 산봉우리 하나를 사이에 두고 가까이 살았고 혹은 한 동네서 살기도 하여 서로 떨어져 살던 회포를 풀 수 있게 되었으나, 때는 풍파가 아직 안정되지 않아서 온갖 일이 바빠 언덕과 습지濕地를 내달리던 날이어서 한 번도 조용히 가르침을 받은 적이 없습니다.

반석盤石에서 북쪽으로 가셨을 때는 세상에 대한 생각이 점차 없어져서 한 구역의 널찍한 땅을 차지하여 늙도록 침상을 나란히 하여 늘그막의 수양하는 곳으로 만들려고 하였는데, 마침내 일이 뜻대로 되지 않아서 한 편은 남으로, 한 편은 북으로 가게 되어 삼성參星과 상성商星처럼 서로 아득히 떨어지게 되었습니다. 때로 편지를 받으면 눈물로 온통 젖기도 하였고, 늙으시는 기색이 점점 닥치니 기쁨은 적고 두려움은 많았습니다.

짐을 꾸려 하얼빈에 돌아온 지 어느새 3년이 지났는데, 한 성省 안에 살면서도 서로 거리가

---

425) 훈창지화塤唱篪和 : 훈塤을 앞서 불면 지篪로 화답한다는 말로 형제간에 화목하게 지냄을 뜻한다. 또 시를 지어 창화唱和함을 가리키기도 한다. 훈은 흙을 구워 만든 악기이고 호는 대나무로 만드는 악기로 모두 중국의 악기이름이다.

천 리나 되었습니다. 지난봄에 찾아뵌 것은 오랫동안 벼르던 끝에 나오게 되어 집안 일이 창황하여 눈썹을 펼 날이 없어서 몇 달 동안 분주하게 있다가 돌아오는데, 헤어질 때의 나쁜 회포는 가슴이 미어지는 것을 억눌러 감추면서 참으로 영결永訣이 될 줄 알았습니다만, 때때로 문안을 드리겠다는 것으로 억지로 마음을 너그럽게 위로하였는데, 해마다 앓으시던 잠 못 드시던 병이 겨울 들어 갑자기 심해질 줄을 어찌 알았겠습니까? 일곱 달을 병상에 누워계시는 동안 원기가 점점 빠져 편찮으시다는 연락이 자주 왔습니다만, 우애 없기 짝이 없는 저는 다시 움직일 힘이 없었고, 다만 손을 이마에 얹고 하늘에 빌면서 병환이 나으셨다는 소식이 오기를 바라다가 마지막에는 어려움을 무릅쓰고 달려가, 겨우 돌아가시기 이틀 전이었습니다. 이미 기운과 숨은 끊어질 듯 하신데도 정신과 생각은 여상如常하셔서, 저의 손을 잡고 먼 길을 달려 온 수고를 위로해 주시고는, 처연히 눈물을 흘리시면서 말씀하시기를, "사람이 나서 만났다가 헤어질 때가 있으니 마음에 둘 것이 못 된다. 다만 내 뜻을 이루지 못하였는데 병이 이미 이 지경에 이르렀으니 장차 무슨 말로 조상님들께 사죄謝罪할 것인가? 위로될 만한 것은 형제가 세 군데로 만리나 흩어져 있다가 다행히 죽기 전에 서로 만나게 되었으니 나는 한이 없다."고 하셨습니다. 중형仲兄은 하늘 끝에서 산 넘고 물 건너 찾아와서 열흘이 넘게 시탕侍湯하다가 그 때는 이미 길림으로 돌아갔고, 홀로 애통해하는 재섭在燮(아들 준형을 말함)과 더불어 곁에서 눈물만 흘렸습니다. 마침내 하늘을 마치는 애통함을 당하였으니, 아아 슬프도다.

우리 집안은 명분과 절의節義로 근 수십 세世를 전해왔는데, 마침내 명분과 절의로 이 지경에까지 이르렀으니, 선한 자에게 복을 주는 하늘이란 것이 이렇단 말입니까.

만일 우리 형님이 태평하고 평안한 세상에서 학문에 마음을 쏟고 힘을 쓰게 하였다면 덕업德業을 갈고 닦아 많은 업적을 쌓아 평실平實한 경지에 점차 이름을 바랄 수 있었을 것입니다. 살아서는 후덕厚德과 중망重望이 한 지방에 모범이 되기에 충분하였을 것이며, 죽어서는 그 유풍遺風과 여운餘韻이 후생을 흥기興起시키기에 충분하였을 터인데, 어찌하여 운수 없는 시대에 태어나서 세상과 서로 어긋나서, 사토沙土를 맞아 우리나라로 돌아오겠다는 뜻은 마침내 물거품으로 돌아 가버리고, 무뚝한 절개와 그윽한 광채는 세상에 드러낼 길이 없게 되어 장차 묻혀버리고 전해지지 않을 것인가? 아니면 이미 씨앗이 뿌려져 거둘 때가 있듯이 후세에 그 효과가 드러날 것인가? 천추千秋에 반드시 되돌아오는 것이 떳떳한 이치입니다. 애석하구나, 나의 삶이 한이 있어 장생할 방법이 없습니다. 말이 여기에 미침에 어찌 통곡하지 않을 수 있겠습니까?

아아, 형님이시여! 조카가 상복을 끌며 고향에 돌아왔으니, 10세世를 이어 온 종가의 제사를 주장할 사람은 있습니다. 그러니 우리 형제가 죽어도 눈을 감을 수 있겠습니다. 그 아이들의 의식衣食 문제는 족친들이 있으니 응당 굶주림도 추위도 같이 할 것입니다. 그러나 여러 대에 걸친 선조들의 유고遺稿가 먼지 쌓인 상자에 있으니 이것이 지극한 한이 됩니다. 그러나 세상이 맑아지지 않으면 또한 기다릴 뿐입니다.

가장 애통하고 한스러운 것은 우리 집안은 예로부터 마지막으로 보내는 장례에 정성을 다 했는데, 비록 화려하게 하지는 않는다 하더라도 반드시 정과 예법에 맞게는 하였습니다. 그런데 유독 우리 형님에게는 처지가 평상이 아니며, 성진腥塵(피비린내 나는 먼지)이 하늘에 가득하고 사람과 귀신이 길을 막고 있어서, 염습하던 날 저녁에도 지나가며 물어보는 사람도 없이 한 조각 이불과 나무로 황급히 몸만 가렸습니다. 형님께서 평소 강론하시던 예절과 절차를 생각할 겨를도 없이 얕게 땅을 파고 임시로 빈장殯葬하여 사슴과 멧돼지와 이웃이 되게 하고는 짐을 철수하여 이 땅으로 돌아온 것이 이미 1주년이 되었습니다. 이역 땅 황량한 언덕에서 오뚝이 주인 없는 외로운 무덤이 되었으니, 유유悠悠한 저 푸른 하늘이시여! 이는 어떠한 사람입니까?

만약 세상의 형국이 조금 평온해져서 만주에 있는 동포들이 혹 정신을 수습한다면 마땅히 다시 현궁玄宮(무덤)을 다듬고 돌을 새겨 표시하여 뒤에 이곳을 지나가는 사람들이 이를 보고 눈 우묵한 이름있는 지관地官을 기다리지 않고도 만주의 그곳은 석주선생의 옷과 신발이 묻힌 곳이라는 것을 알게 할 것입니다.

소제少弟도 여생이 얼마 남지 않았으니, 죽어서 앎이 없다면 그만이겠거니와, 만일 있다면 구름을 수레삼고 바람을 말로 삼아 서란敍蘭의 산골짜기 사이를 배회하며 천추만세千秋萬歲토록 혼이라도 서로 의지하다가, 세상이 맑아지기를 기다려 고향으로 돌아가겠습니다.

▫ **또 추록**追錄**함. 족종 종기   又 追錄 族從鍾夔**

아아 석주여! 살아 있을 때나 죽어서 서로 만나보지 못한 것이 지금 25년이 되었습니다. 살아있으면서 서로 그리워한다면 그래도 만날 수 있다는 희망이라도 있겠지만, 죽어서 생각해도 어쩔 수 없으니, 그렇다면 혹 잊혀질 만도 하지만, 잊지도 못하는 것은 어째서입니까?

선조의 사당에 제사 드리던 날 저녁에 그 주선하던 모습이 보이는 듯하고, 종당宗黨들이 글을 짓고 술을 마시는 모임에서 그들을 통합하는 것을 접하는 듯합니다.

삼가 생각컨대, 영령께서는 틀림없이 사물이 흩어지는 것과는 달라서 이 백수白首로 눈물에 젖어 있는 것을 굽어보시고 응당 저와 같은 생각이 나시겠지요. 아아, 슬픕니다.

노중련魯仲連이 조趙 나라를 위해 유세遊說한 것은 진秦 나라 군대를 물리치기 위한 뜻에서 나왔고 제갈공명諸葛孔明이 촉蜀으로 돌아간 것은 한漢 나라를 중흥시키기 위한 뜻에서 나온 것입니다. 하나는 물리치고 하나는 중흥시킨 것은 조금 차이가 있지만 의리를 높이고 적을 물리쳐서 나라의 은혜를 갚은 것은 같습니다. 죽은 뒤에 끝나는 충忠과 동해에 빠져 죽는 의리는 모두 죽음으로써 스스로 맹세한 것으로 천고에 지사志士들이 감탄하여 눈물을 흘리는 바가 되었으니, 지금 석주의 지리支離한 외국 생활은, 그 의리는 노중련과 같고 그 충성은 제갈 공명과 같습니다. 한적한 지역의 선비로서 저 노중련·제갈공명과 이름을 가지런히 하는 것이 어찌 위대하고 장한 일이 아니겠습니까?

비록 그렇기는 하나 열성조列聖朝께서 배양培養해 온 나라에 유자儒者의 일도 또한 중대합니다. 고비皋比426)를 널리 베풀어 후진들을 이끌어 우뚝한 산두山斗처럼 바로 여망輿望에 부응하시는 날이 혹시 올까 하였는데, 이것을 이루지 못하시니 후생으로서 한스러움이 있을 듯합니다만, 경중輕重에 이미 뚜렷한 차이가 있으니 다시 어디서 구하겠습니까?

현화玄和(유골)가 다시 빛을 쬐게 됨은 고국의 아드님이 밤낮으로 지극한 정성이 있으나, 곤위壼位(석주의 부인 김씨)가 또 비게 되었으니 연진延津에서 다시 만나는 것은 나중에 하늘이 정해지는 날427)을 기다려야 하겠습니까? 금수와 같은 왜인들의 횡포는 지난 경술·신해년(1910~1911)에 비하면 몇 배나 성하게 촌리村里에 자행하는데, 유부토산有浮土産이 어느 곳에 머무를지 모르겠습니다. 일전 하늘까지 넘치는 수재水災가 읍이 생기고 나서 처음으로 발생하여 순식간에 둑이 터져 온 시내가 잠겼고, 영호루影湖樓의 재목이 떠내려갔으니 다른 무엇을 더 말하겠습니까? 생령生靈들이 서로 빠져 죽었다는 탄식이 있는 중에 성곽을 등지고 있는 곳은 더욱 혹심하여 우리 일족이 더욱 심합니다. 마땅히 손을 써서 건져내야 할 처지에 수수방관만을 면치 못하니 이 무슨 사람입니까? 몸이 백 개라도 속죄하지 못할 아픔은 가문이나 나라가 매한가지인데, 사사로움이 공적公的인 것보다 앞서니 어찌 어리석은 마음을 묵묵히 유인해서 그

---

426) 고비皋比 : 고비皋比는 호피虎皮를 말하는데, 제자들을 가르치는 스승의 자리를 가리킨다.
427) 광복이 되는 날.

경제經濟할 방도를 제시해 주시지 않으십니까?

이 세상에서 서로 만나는 것은 이제 끝났지만, 늘 병을 앓는 이 사람도 곧 떠날 사람입니다. 정신이 흐릿하여 다하지 못한 말은 뒷날 서로 만나 직접 말씀드리도록 남겨 놓으니, 묵묵히 알아주시길 바랍니다.

후집

後集

□ 시詩

∘ 중양절 다음날 모임에서 읊다   重陽翌日會吟

중양절 다음날 구월 십일에	重陽十日殿重陽
학 같은 뭇 신선들 초당에 모였네	老鶴群仙草一堂
밤에는 상암 곁에서 바둑을 구경하고	夜傍商巖看橘局
아침에는 도곡 집으로 돌아와 국화술에 취하네	朝歸陶墅醉花觴
활활 타는 등걸불에 정다운 이야기 깊어가고	煌煌榾柮敦情話
고풍스런 눈썹에서 덕이 넘침을 알겠네	古潔鬚眉驗德光
조사1)로서 말석에 모신 걸 다행으로 여기나니	自幸曹司陪席末
훗날 단청올린 공신각2)에 화상이 걸리리라	丹靑他日畵圖粧

∘ 평담옹의 7월 기망 시에 삼가 차운하다   伏次平潭翁旣望韻

예스런 절벽이 맑은 낙수와 통하여	古壁通淸洛
시인이 밤에 배를 띄우네	詩人夜泛舟
달은 산등성이로 떠오르고	月磨山骨聳
바람은 바위머리로 돌아드네	風入石頭收
문득 신선의 피리 소리 들리니	忽聞仙翁吹
도사가 도모한 것임을 알겠네	知應道士謀
속세 인연 떨쳐버리지 못해 괴로운데	塵緣苦未去
설당3)에서 노니는 것 어떤지 물어보네	留問雪堂遊

---

1) 조사曹司 : 여기서는 재능이나 경험이 부족함을 뜻한 말이다.
2) 공신각功臣閣 : 한漢 나라 명제明帝 때 전대前代의 공신功臣을 추념追念하여 28명의 공신의 화상을 걸어둔 전각으로 그 후에 공신을 기념하는 장소를 뜻하는 말로 쓰이게 되었다.
3) 설당雪堂 : 소동파가 호북성 황강에 축조한 집이다. 큰 눈이 올 때 지었고, 네 벽에 설경을 그려

▫ 강가 누각의 달밤 화수회에서　江閣月夜花樹續會

강가 누각의 연회는 끝났으나 흥은 끝이 없어서	江樓宴罷興無邊
성가퀴 퉁소 소리 들으며 말들을 주고 받네	却仗陴筒一語傳
옛 마을의 청산은 시의 흥취 유별나고	故里靑山詩更別
다음날 밤 밝은 달은 꿈에도 걸려 있으리라	他宵明月夢應懸
고소에서는 종족을 돈독케 하는 집을 수선하고	姑蘇重葺敦宗宅
하삭에서는 더위를 피하는 배를 새로 띄우네4)	河朔新浮避暑船
예에 얽매이고 책에 갇혀선 활달한 선비 못되나니	縛禮囚書非達士
앞으로는 다른 사람과 담소하면서 여생을 보내리라	且將談笑送餘年

▫ 할아버지 생신날 집안 할아버지 평담옹의 시에 삼가 차운하여 올리다　家大父生朝敬次平潭族大父韻伏呈几下

1

일흔 된 노인이 아흔 된 어른을 모시니	七十翁陪九十堂
생신날 양쪽 술잔에 기쁨이 흘러 넘치네	生朝喜氣兩華觴
잔치 자리에 사사로이 내경사만 기뻐할 수 없나니	中筵未敢吾私慶
집집마다 장수와 복록을 누리기를 바라네	更願家家壽祿長

2

한 뿌리에서 수많은 가지가 생겨나서	一根培植已千章
뜨락에 무성한 그늘 드리우고 춤을 추네	散作庭陰鬱舞翔
봉황은 오지 않고 오동나무만 늙어가려 하는데	鳳鳥不來梧欲老
상제는 무슨 마음으로 아침햇살 눈부시게 하는가	天翁底意篤朝陽

놓아서 설당이라 하였다 한다.
4) 고소姑蘇와 하삭河朔은 원래 다 중국 쪽의 지명이지만 여기서는 지금 저자가 있는 지역의 땅과 물에 비긴 것이다.

3

한 조각의 구절로도 깨달을 수 있나니	片句猶應覺此身
나에게 복승친5)이 계신게 얼마나 다행인가	於吾何幸服承親
파음은 함소6)처럼 들을만한 것은 아니지만	巴音匪合咸韶聽
작은 정성을 올려 날마다 새로우시기를 축원하네	庸寓微悰祝日新

□ **평담옹의 병중에 읊은 시에 차운하다**　伏次平潭翁病中吟韻

1

정자가 금단약7)을 만든 걸 매양 의심했더니	每疑程子器成金
비로소 제련해봄에 앞으로는 어찌 않따르랴	始鍊寧將不服心
한번 복용하면 천년이나 수명이 는다 하던데	一着如延千歲壽
공께서 병이 많아 날마다 신음하는 걸 한하노라	恨公多病日呻唫

2

지극한 약은 지극한 사람에게 있음을 알았으나	至藥方知在至人
사용할 때는 응당 그 진위를 살펴보아야 하네	用時應復辨僞眞
어떻게 하면 단전 묘방을 구하게 되어	如何乞得單傳妙
본연의 원기를 거의 상실한 분에게 시도해 볼까	試此天元幾喪民

□ **석동 시축 시에 차운하다**　伏次石洞詩軸

1

산 높고 급류가 흐르는 곳에	山高溪急處

---

5) 복승친服承親 : 이 시를 보내는 족대부 평담옹을 가리킨다.
6) 파음巴音은 함소咸韶 : 여기서 파음은 속곡, 속요. 전하여 자기 시에 대한 겸칭. / 함소咸韶는 요 임금의 음악인 대함大咸과 순 임금의 음악인 대소大韶를 가리킨 말이다.
7) 금단약金丹藥 : 고대古代에 방사方士들이 금석金石을 단련하여 단약丹藥을 만드는데 이를 복용하면 장생불로長生不老한다는 고사에서 인용한 말이다. 『포박자抱朴子』 금단金丹.

둘러보니 평탄한 데가 없네 　　　　　　　　　回首失平川
수염과 머리칼은 삼삼로三三老8)같고 　　　　　鬚髮三三老
아름다운 경치는 육육천六六天9)같네 　　　　　煙霞六六天

2

용산10)은 별세계가 아니며 　　　　　　　　　龍山非別界
황국은 중양절의 표상이네 　　　　　　　　　黃菊是重陽
이 구월 구일 중양절로부터 　　　　　　　　從此九秋節
시인은 팔일간 술을 마시네 　　　　　　　　詩家八日觴

3

산 깊은 곳에서는 동전 모양 하늘이 더욱 기이하며 　深處尤奇錢樣天
청산은 단풍 붉고 술을 냇물처럼 끊임없이 마시네 　靑山紅樹酒如川
이제 시선의 예전 자취를 묻는 이는 없고 　　　詩仙往跡無人間
학이 너울너울 날아 간지 한해가 지났네 　　　島鶴翩躚去隔年

▫ 9월 3일에 절구 한 수 읊다　九月三日吟一絶

단풍잎은 가을 강 위에 떨어지고 　　　　　　木落秋江上
저물녘 까마귀 바람 따라 흩어지네 　　　　　隨風散暮鴉
나그네11) 어째서 돌아오지는 않는가 　　　　征人何不返
다듬이질 소리 집집마다 일어나네 　　　　　砧響動千家

---

8) 삼삼로三三老 : 삼삼로三三老는 33＝9로 아홉 노인이란 뜻인데 당唐 나라 백거역白居易가 호고胡杲·
　길교吉晈·류진劉眞·정거鄭據·노정盧貞·장혼張渾 등과 노경老境에 낙양洛陽에 살면서 모임을 가진
　고사에서 인용한 말이다.
9) 육육천六六天 : 육육천六六天은 66＝36으로 삼십육동천三十六洞天이란 뜻인데 신선이 사는 명승지
　를 일컫은 고사에서 인용한 말이다.
10) 용산龍山 : 진대晉代의 맹가孟嘉가 중양절에 신나게 놀았던 곳이다.
11) 나그네[征人] : 원문의 정인은 나그네. 혹은 수자리 살러 간 사람.

▫ 듣자니 젊은이들이 '빈貧' 자를 운자로 삼아서 상심傷心하는 뜻을 각자 읊었다고 하는데, 내가 보기에는 좋은 기상氣像이 못되는지라 외람되이 율시 한 수를 지어서 이해시키려 한다   竊聞年少諸公以貧字爲韻 各賦傷哉之意 以余觀之 恐非好氣像 猥以一律解之

부유함을 선망하지 말고 가난함을 싫어하지 말라	莫羨富豪莫厭貧
가난은 부유함에서 생기고 부유함은 가난에서 생기네	貧生於富富生貧
가난한 사람도 근검하면 끝내는 부유해지고	貧人勤儉終焉富
부유한 자라도 게으르면 끝내는 가난하게 되니라	富者怠荒末乃貧
한번 추워지면 한번 더워진다는 걸 알고 있겠지	也識一寒還一暑
늘 부유함과 늘 가난함은 원래 없는 것이라네	元無長富與長貧
진실로 이 순환의 이치를 안다면	誠能曉達循環理
만종의 녹인들 어찌 한 표빈12)과 바꾸리오	萬鍾何換一瓢貧

▫ **집안 숙부에 대한 만사**   輓 族叔

넉넉하고 완벽하고 후덕하게 타고난 것이 요절할 상이었단 말인가	豊渥而完而厚者天相耶
언행을 삼가고 도량이 넓고 뜻이 굳세었던 것이 망령된 것이었단 말인가	
	謹信而弘而毅者妄耶
이런 사람이 일찍 죽다니 하늘이 불인不仁한 것인가	蒼蒼之不仁耶
막막하여 신령이 없는 것인가	莫莫之無神耶
그 인색함을 누가 열어준단 말인가	吝疇余開
그 가려진 것을 누가 걷어준단 말인가	蔽疇余裁
상복이 겹쳐져 감당할 수 없음이여	桐麻之累累而不勝兮
더욱더 나의 눈물을 자아내게 하는구나	尤使我淚涕交賸
위로는 백발이 된 조부모님이 계심이여	上有鶴髮之重堂兮

---

12) 표빈瓢貧 : 찌든 가난을 뜻한다. 공자의 제자 안자顔子가 가난할 때 한 표주박의 물과 한 대그릇의 밥으로 살았다고 한다(『논어論語』 「옹야雍也」).

아래로는 고아를 안은 나약한 과부가 남아있네   下有抱孤兒之弱孀

죽은 자는 눈을 감았으나 산 자는 슬픔이 진정됨이 없다고 말하지 말지어다

無謂化者瞑而生者悲莫定

내 장차 저 분의 눈이 감겨져 있는지 안 감겨 있는 지 살펴보리라

吾且視爾目之瞑與不瞑

▫ 우파 장인어른의 회갑을 축수하다　壽愚坡丈人六十一初度詩 幷小序

　은殷 태사太師였던 기자箕子는 오복五福의 첫머리에 수壽를 두었고, 후대의 주석자註釋者는 덕을 좋아한다는 호덕好德을 수壽의 근본으로 삼았다. 수壽는 오래살고 일찍 죽는 것을 말함이니 복을 누리는 기간을 가리킨다. 그러니 어찌 그 근본이 없으면서 장수할 수 있겠는가.

　우파愚坡 장인어른은 성이 김씨로 올해가 회갑이시다. 용모는 쇠퇴하였으나 40남짓한 것 같으시고, 보고 듣는 것도 쇠퇴하였으나 30남짓한 것 같으시고, 걸음걸이도 젊은이 같으시며 음식을 드시고, 말씀하시고, 웃으시는 것도 젊은이 같으시다. 회갑일이 을유년(1885) 모춘暮春이다. 회갑연에서 먼저 술을 따라 태석인太碩人에게 축수祝壽하였으며, 나머지 자제들도 그렇게 하였다. 회갑연에 참석한 모든 이들은 장인어른에게 축하의 말을 건넸다. 어떤 분은 "장수長壽는 요행으로 얻은 것이 아니다." 하셨고, 어떤 분은 또 "장수는 바깥으로부터 오는 것이 아니다." 하셨다. 장인어른의 장수에는 그만한 까닭이 있음을 알면서도 그것이 무엇인지에 대해서는 아직 알지 못하고 계셨다. 나는 사위로 비록 말은 어눌하지만 한 말씀 드리지 않을 수 없었다. 그래서 일어나 다음과 같이 말하였다.

　"저는 일찍이 장인어른이 벽에다 자慈·효孝·우友·공恭 네 글자를 걸어놓으신 것을 보았는데, 장인어른을 장수하게 하신 것은 바로 이것이 아니겠습니까? 덕德은 장수의 근본이며, 덕의 조목은 실로 이 네 가지에서 벗어나지 않을 것입니다. 이것은 장인어른께서 평생 소중히 간직하셨다가 후세에 물려주는 것이며, 또한 앞으로도 굳게 간직하시면 그 수복壽福이 더욱 완전해지고 그 근본이 더욱 견고하게 될 것입니다. 은 태사로 하여금 이 네 가지를 호덕好德의 조목으로 편입시키게 할 수 없는 것이 아쉬울 따름입니다. 그러나 장인어른은 틀림없이 천고의 수복壽福을 누리는 분이 되실 것입니다. 근체시近體詩 한 수를 읊어 잔치 분위기를 도울까 합니다."

노령이시지만 건강하신 장인께서는　　　　星老人精石丈人

칠십 고희에도 다시 봄을 맞으시리　　　　稀齡七十又萱春

총명한 정신은 승두자13) 읽는 것으로 증명됐고　　聰明已驗蠅頭字

뜻을 둔 사업에는 마미건14)만 남았을 뿐이네　　志業空餘馬尾巾

술이 다하자 붉은 햇볕으로 뺨이 붉그스레하고　　酒盡楓暉濃頰輔

춤이 끝나자 꽃 이슬로 무늬 자리가 적셔지네　　舞闌花露濕紋茵

하찮은 마음에도 오늘의 느낌이 절절하지만　　微悰最切今辰感

시름으로 부질없이 성냄은 없어야 하리라　　緣境愁眉莫謾嚬

　▫ 육순 잔치를 축하하다　　賀六旬宴

금계의 집안 어른이 을유년乙酉年에　　　　金鷄家老木鷄天

육십 회갑을 맞아 기쁨이 가득 넘치네　　　六十華觴喜氣全

각 집에서는 축하 시를 실어 보내고　　　　野家奚囊駄馬到

친구들은 축하의 말을 서로 전하네　　　　湖朋賀帖帶魚傳

굴원屈原이 태어난 경인일이 돌아옴에　　　重回正則庚寅日

동방삭의 삼천갑자를 누린 잔치를 하네　　　遠享東方甲子年

복이 조금도 어그러짐이 없는지라　　　　好福如甌無缺處

종일 웃고 노래하고 춤을 추네　　　　　終朝歟笑舞衣翩

　▫ 평담 족증조 만사　　輓平潭族曾祖

몸가짐은 소학 가르침 그대로 이었으며　　　一身皆小學

특히 명륜편의 그것에 특장이 있으셨네　　　高處在明倫

뒤의 군자들에게는 당부하시기를　　　　寄語後君子

붓을 잡았을 때처럼 정성을 잃지 말라 하셨네　把毫莫喪眞

---

13) 승두자蠅頭字 : 파리 머리처럼 작은 글자체.

14) 마미건馬尾巾 : 말총으로 만든 탕건. 지난날 갓 아래에 받쳐 쓰던 것이다.

오묘한 이치는 그림으로 풀이해 주셨고	奧理排圖子
의심스런 말은 상세히 설명해 주셨네	疑辭辯亦詳
무덤에서는 다른 데로 떠나가지 아니하실 것이니	九京將不去
우리들은 갈팡질팡 하여서는 안되리라	吾輩勿佽佽

▫ 대호정 주인에게 부치다　寄呈大瓠亭主人

입을 닫았는 데다 근래에는 문마저 닫고	閉口年來兼廢門
산너머 비바람 멀리하여 호촌에 드러누웠네	隔山風雨臥瓠村
시단에도 맑게 하려는 뜻이 있었지만	詩壇亦有澄淸志
술 나라에는 원래 전쟁 흔적이 있지 않았네	酒國元無戰伐痕
남아가 스스로 자신을 감추어 은둔하였나니	有髮男兒堪自晦
헐벗은 나는 천지에서 뉘에게 의탁해야 할꼬	舞衣天地賴誰溫
반백에도 돌아갈 곳 없는 내 신세 처량하거늘	自憐半百無歸仰
때때로 주옥같은 시편 보내주어 위로해 주네	時寄瓊琚慰夢魂

▫ 기묘년(1879) 정월 16일이 경신일인데, 취침하려 하다가 시로써 스스로 경계하다　己卯正月十六日爲庚申　將就寢　因詩以自警

군자는 마음을 지키지 어찌 경신수야[15] 하리요	君子守心肯守申
마음 외에는 또 달리 신명이 있는 게 아니라네	一心之外更無神
삼팽 너는 옥황상제에게 아뢰겠지만	三彭爾向瑤皇訴
봄 내내 이부자리에도 부끄럽지 않게 하리라	寢不愧衾九十春

---

15) 경신수야庚申守夜 : 섣달 경신일 밤에는 몸에 있던 삼팽三彭이 옥황상제에게 올라가서 그 사람의 그 동안의 죄상을 아뢴다고 한다. 이날 밤 자지 않으면 삼팽이 그런 일을 하지 못한다고 한다. 그래서 섣달 경신일 밤에는 밤을 세우는 풍습이 있었다고 한다. 도교에서 유래한 풍습이다.

□ 서書

▫ 척암 김공도화께 올리다 上拓菴金公道和

동쪽으로 돌아온 뒤 하늘이 개였다 흐렸다 하더니, 서리가 내렸고 날씨가 또 쌀쌀해졌습니다. 삼가 철따라 문안도 드리지 못하였사온데 도체道體16) 만복萬福하시며 곤위梱位 여러 분들도 무고하시고 원근遠近의 과거科擧보러 갔던 사람들도 차례로 잘 돌아왔는지요? 앙모하는 마음 금할 길 없습니다. 생손甥孫17)은 질후疾候(노모老母를 가리킴)에는 별 탈이 없습니다만 중친重親(조부모님)께서는 도곡陶谷에 계신데, 아직 돌아오시지 않아서 제 마음이 편치 않습니다. 그믐 전에 한번 나아가 뵈려 했으나 이런저런 사정으로 여의치 못했습니다.

도道를 향하는 정성이 없어서 탄식만 하고 있을 뿐입니다. 『경잠집설敬箴集說』은 겨우 한번 섭렵했는데, 몇 번의 찾으심이 있었음에도 불구하고 몇 년간 제 집에 묵혀두었으니, 그 죄송함을 어떻게 말씀드려야 할지 모르겠습니다. 삼가 이번에 돌려드리는데, 책에 혹 손상이나 있지 않았는지 걱정됩니다. 나머지로는 마침 의의록疑義錄이 있어서, 다른 쪽지에 기록하였으니 한번 살펴주시기 바랍니다. 기체氣體 건강하시기를 빌 뿐입니다.

천상川上 객客의 참사를 무어라고 말해야 할지? 아직 시신도 수습치 못했다 하니 더욱 걱정입니다. 계조季祖께서 과거科擧에 합격하시어서 참으로 기쁘기 그지없습니다. 생손甥孫의 할아버지께서는 어제 돌아 오셨는데, 건강에 별탈이 없으십니다. 그 다행함을 이루 말로 다 표현할 수 없습니다.

▫ 또 척암 김공께 올리다 又

부회府會에서 수일간 모셨으나 자리의 소란함으로 해서 가르침을 제대로 받지도 못했습니

---

16) 도체道體 : 도덕을 닦는 몸이라는 뜻으로 쓰이는 말이다.

17) 생손甥孫 : 자매姉妹의 손孫을 이르는 말. 당唐 나라 한유韓愈가 쓴 『당고강서관찰사위공묘지명唐故江西觀察使韋公墓志銘』에, "공이 고아가 된 후 생손甥孫으로 태사인 노공 진경에게 배왔다[公旣孤以甥孫從太師魯公眞卿學]."다고 한 데서 온 말. 여기서는, 척암공拓菴公이 이상룡의 존고모부尊姑母夫가 되므로 본인을 '생손甥孫'이라고 한 것이다.

다. 돌아온 뒤로는 또 이어서 수동水東으로 가봐야 할 일이 있었고, 수동에서 돌아와서는 몸이 한 열흘간 편치 못했습니다. 간혹 일로 해서 인사를 올릴 기회가 있기도 했지만, 그만 그렇게 하지 못하고 말았으니, 이렇게 하다가 문하門下18)에게 절교를 당한들 누구를 탓하겠습니까? 다 제 성의 부족 탓입니다. 한번 기동起動하신 후로 도체道體 만안萬安하시고 다른 분들도 편안하신지 모르겠습니다.

중조仲祖께서 서쪽으로 가셨는데, 부득이한 발걸음이기는 하지만, 5백 리나 되는 먼 길인지라 늘그막에 감당하실 수 있을는지 참으로 걱정됩니다. 종씨조從氏祖께서는 이미 탈상脫喪하셨는데, 상중에 한 번도 힘을 다해 돕지 못한지라 참으로 미안할 따름입니다.

성청星廳19)에서 패소牌召20)를 돌려보낸 일은 애초 염려하지 않은 것은 아니었으나 아전들 관습이 이러하니 매우 놀라운 일입니다. 이번에 아전들이 패소牌召를 받은 뒤 고과告課21)한 일이 있었습니까? 앞으로도 이런 일이 계속된다면, 결코 작은 일로 간주하여서는 안 될 것입니다. 그러나 근래 향론鄕論이 유약하기 그지없기 때문에, 가슴만 답답할 뿐 어찌해야 할지 모르겠습니다.

향음주례鄕飮酒禮의 의식儀式에 대해서는 지금 이 때에 반드시 한번 생각해보아야 할 것 같습니다. 그래서 부회府會 때 누차 여쭈었던 것인데, 이번에 정리하여 제정하기로 하였다는 가르침을 받으니 참으로 다행스럽기 그지없습니다. 단 저희가 가지고 있는 홀기笏記는 당초에 고증이 충분치 못하여 누락되고 잘못된 것이 많아서 조만간 다시 한번 손질할 계획으로 지우고 덧붙이고하여 사람들 앞에 내놓을 수가 없습니다. 앞으로 정리해서 올리려고 하는데, 혹 너무 늦은 것은 아닌지요? 송구스러움을 금할 수 없습니다.

배고지拜告旨 조條는 의례도儀禮圖를 보면, 자리 서쪽에서 절하는 것이 분명합니다. 그러나 저는 좀 의아하게 생각합니다. 계단 위는 바로 손님과 주인의 절하는 자리입니다. 도착하면 여기에서 절하고, 손을 씻고서도 여기에서 절하고, 술을 마실 때에도 여기에서 절하는데, 유독 고지告旨하면서 여기에서 절하지 아니하니, 이해가 되지 않는 부분입니다. 또한 자리 끝에서 절하는 석말배席末拜는 일인거지一人擧觶 부분에서 처음으로 보이고, 주註에서 이르기를, "자

---

18) 문하門下 : 원래는 가르침을 받는 스승의 아래라는 뜻이지만 여기서는 상대를 높이고 자신을 낮추어 표현한 말이다.
19) 성청星廳 : 지방 관아에서 아전들이 사무를 보는 청사.
20) 패소牌召 : 임금이 급히 만나야 할 사람이 있을 경우 승정원에 명하여 패牌를 써서 부르게 하던 일.
21) 고과告課 : 하급 관리가 윗사람이나 상사에게 신고함을 일컫는 말이다.

리 위에서 절하는 법이 없기 때문"이라 하였습니다. 만약에 배고지拜告旨를 마땅히 자리 서쪽 석서席西에서 해야 한다면, 자리 위에서 절하는 법이 없기 때문이라는 주석을 어째서 강석좌배고지降席坐拜告旨의 아래에다 달지 않고, 특별히 석말답배席末答拜의 아래에다 달았을까요? 제 생각으로는 강석降席이라고 말한 것은 바로 자리에서 내려오기를 서쪽 방면으로부터 하여 서쪽 계단 위로 나아간다는 것을 말한 듯 합니다. 『상변통고常變通考』의 배고지拜告旨의 소주小註에도 이런 내용이 있는 듯합니다. 『주자어류朱子語類』의 소흥紹興 초년 향음주례鄕飮酒禮 조조條에도 또한 "손님이 서쪽 계단 위의 자리로 돌아가고서 비로소 배고지拜告旨함이 있다." 하였습니다. [위의 내용은 오선생례설五先生禮說에서 나온 것인데 저희 집에 주자어류朱子語類가 없어서 본문本文은 보지 못하였습니다. 고증하시기를 삼가 바랍니다.] 그렇다면 제 생각이 큰 오류에는 이르지 않은 듯 합니다. 사정영간상배의례도司正楹間相拜儀禮圖의 북쪽 면도 의심스럽긴 하지만, 아직 고찰한 바가 없어서 감히 여쭈지 못합니다.

가공家公께서 출타하셨는데, 기침이 종종 발작하고 있으니, 혹 객지에서 심해지지나 않을지 걱정입니다. 저도 아직 병이 다 낫지 않았고, 중제仲弟도 바깥에 나가 있어서 질친耋親의 행차에 모시고 가는 사람이 없으니, 도리상 있을 수 없는 일이라서 참으로 부끄러울 따름입니다.

나머지는 한번 찾아뵙고 아뢰겠습니다. 예를 다 갖추지 못하오니 굽어 살펴주시길 삼가 바랍니다.

　　　　문하門下께서 정리하신 홀기笏記 옛 문건의 연회燕會 조목들은 모두 좋지만, 당상堂上에서는 배拜가 없고 당하堂下에만 배拜가 있으니, 이게 어찌된 것입니까? 혹 여수旅酬[22)]의 조목이 잘못 들어온 것이 아닙니까?

　　　　지난 번 부회府會 때 분주함으로 해서 미처 등사謄寫하지 못하여, 떠나실 때 은밀히 이 뜻을 다른 사람을 통해 아뢰었는데, 이미 들으셨을 것으로 생각됩니다. 만약에 본 문건을 밖으로 내어 주실 수 없으시다면, 문하의 젊은 사람에게 등사시켜 보여주실 수 있을는지요. 자주 번거롭게만 해드려 죄송함을 금치 못하겠습니다.

▫ 또 척암 김공께 올리다　又

성모聖母(명성황후를 가리킴)께서 빈천賓天(죽음을 이름)하시어 온 나라가 침통함에 빠져있습니다.

---

22) 여수旅酬 : 의식儀式이 끝난 뒤에 참여한 사람들이 술잔을 돌려가며 마시는 예禮.

무더위가 혹심하기 짝이 없습니다. 이런 와중에 문득 심부름 온 사람을 접하게 되었고, 그 사람을 통해 제전祭奠에 쓸 제수祭需까지 보내주셨습니다. 감격스런 마음 무슨 말로 표현해야 할지 정말 모르겠습니다. 중친重親께 보내신 편지를 봉독奉讀하였더니, 간혹 혹독한 관리에게 곤욕을 치르셨고, 근자에는 좀 괜찮아졌지만 그래도 아직 그러한 경우가 있다는 것을 알게 되었는데, 참으로 염려를 금할 수 없습니다. 비절庇節23)도 다 편안하시다 하니 참으로 마음에 위로가 됩니다. 중표손重表孫24)은 오늘 새벽이 문득 지나가고나니 애통한 마음을 이루 말로 다 할 수 없습니다. 하물며 국상國喪 전이라 모든 것을 예법대로 행할 수 없으니 복받치는 마음을 어떻게 전달해야 할지 모르겠습니다. 게다가 가공家公께서는 여름 설사로 몸이 편찮으시고, 계제季弟마저 5~6일간 심한 설사를 하여 몰골이 말이 아니니, 위 아래로 마음 조림을 지울 길 없습니다.

전염병은 그 기세가 비록 성하지는 않지만, 전해 듣기로는 아직도 여전하고, 또 읍 근처에는 이상한 병이 돌고 있다 하니, 이 걱정이 언제나 끝날는지요?

예전에 공부했던 것은 모두 허무맹랑한 것이었습니다. 근래에 와서 이 도리는 일상생활과 떨어질 수 없는 것임을 조금씩 깨닫고 있습니다. 그러나 일이 손에 닿게 되면 또 어찌해야 할지 모르겠으니 이는 뜻[志]이 기氣를 통솔하지 못한 데서 온 병통임을 알고는 있지만, 게으름이 습성이 되어 시원하게 제거하지 못하고 있습니다. 정문일침頂門一鍼의 경계의 말씀을 얻어 조금이나마 이 병통을 다스리고 싶지만, 안으로는 강력한 도움을 받을 수 없고, 밖으로는 또 문하에게 절교를 당하였으니, 이러하고서야 어찌 한 발인들 진보할 리가 있겠습니다. 그저 자신을 어루만지며 탄식할 뿐입니다.

나머지는, 곧 집안 일이 하나 있는데, 이 일이 끝나고 나면 찾아뵙고서 가르침을 받들겠습니다. 예를 다 갖추지 못하오니 굽어 살펴주시길 삼가 바랍니다.

□ 서산선생께 올리다 上西山先生

생식省式25)하옵니다. 중춘仲春에 기별을 보내셨는데, 시장으로 가는 인편이 바쁜 연고로 해

---

23) 비절庇節 : 서간문에서 상대방을 높이어 그 집안 식구들의 기거동작을 이르는 말이다.
24) 중표손重表孫 : 중표손重表孫은 이상룡 자신을 가리키는 말로, 척암공의 집이 이상룡의 진외가이다.
25) 생식省式 : 상인喪人이나 복인服人은 평인平人과 사정이 같지 않으므로 일반적인 격식은 생략한다는 뜻으로 편지 첫머리에 쓰는 말이다.

서 손이 가는 대로 답장을 쓰느라 소략함이 너무 심해 송구함이 반달 열흘이 지나도 그치지 않습니다. 일전에 동생 편에 서신을 부쳐 문하門下를 찾아뵙고 겸하여 성실치 못함에 대해 사과의 말씀을 드리라고 했더니 그만 길에서 서신을 잃어버렸다고 합니다. 그 형의 그 동생이니 바보스러움을 괴이히 여길 게 뭐 있겠습니까? 봄 농사일은 다 끝났습니다.

요즘은 도체道體 건강하시고 눈병도 나았을 것으로 생각되는데, 책 보시는 데 지장은 없으신지요? 선생님께서 삼가시는 전염병은 연례의 일이 되고 말았는데, 지금 갑자기 싹 제거될 수는 없겠지만, 날씨가 차츰 따뜻해지면 그 기세가 좀 수그러들지 않겠습니까. 하상河上에서의 분만 걱정은 기다리고 있은 뒤로 모든 일들이 바라는 대로 되었습니다. 계산해보면 이미 길을 나선지 며칠 되었을 것 같은데, 참으로 축하하고 축하하는 바입니다. 다만 보여주신 주성柱星(사주四柱)에 대해서는 처음에는 풀이하는 방법을 몰라서 성의盛意를 저버렸지만, 그러나 우선 잠시 보류해 두었다가 혹 그 합당한 사람을 만나게 되면 그 사람의 손을 빌려서 부응되게 할 수도 있지 않겠습니까? 마을의 상사喪事가 차례로 이미 지나갔는데 그 슬픔과 고뇌를 어찌 헤아릴 수 있겠습니까? 걱정스런 마음 진정시킬 수 없습니다. 생손甥孫으로서 복인服人인 저도 이 달 초 계조季祖의 장례가 있었는데 슬픔이 이제야 겨우 진정되었습니다. 근자에는 어머니의 어깨 통증 때문에 날마다 약을 달였지만, 효력이 아직은 더디어서 초조한 마음 금할 수 없으나 다행스러운 것은 질절질節이 그런 대로 괜찮으신 것입니다.

이치를 궁리하는 일은 감히 잊어서는 안 될 일이지만, 원래의 성격이 게으른데다 일에 몸과 마음을 빼앗기는 것이 또 위와 같습니다. 삼춘三春의 좋은 시절은 이미 지나갔습니다. 때로 혹 여가에 책을 펼치기는 합니다만, 마음을 쏟는 것은 또 왕왕 장구章句에 있을 따름이니, 격물格物과는 큰 차이가 있다고 자인하지 않을 수 없겠습니다. 이와 같으니, 무슨 진보를 바랄 게 있겠습니까? 지난 반생을 돌아보건대, 밥만 축내었을 뿐 아무런 볼만한 게 없는데 어느덧 옛 군자의 이립而立(30세)의 나이가 되었습니다. 가령 개관蓋棺(죽음을 이른다) 전을 한도로 삼는다하더라도 지금 벌써 그 반이 지나가 버렸습니다. 또 그 남은 것을 가지고 보더라도, 밤 시간이 반이나 되고, 또 질병 등 여러 일로 보내는 시간을 제외한다면, 앉아서 공부할 수 있는 날이 채 10년도 안 됩니다. 이와 같은 노둔한 자질인데다 갑자기 깨달을 돈오頓悟의 방법도 없으니, 이와 같이 세월이 지나간다면, 소인이 되지 않고 무엇이 될 수 있겠습니까?

편지를 받들 때마다, 지금 무슨 공부를 하고 있느냐고 물으셨습니다. 조금 깨친 것이 있는 것 같기도 합니다만, 제 병통의 약석藥石이 되는 것은 하나도 없었으니, 이 어찌 헛된 공부가 아니었겠습니까? 선생님을 뵐 면목이 없을 뿐입니다.

별지別紙에서 여쭈는 것은, 애초에 깊이 궁리한 것도 아니면서 이렇게 번거롭게만 해드리는 듯하여 죄송스럽습니다. 그러나 앞선 편지에서 의심나는 게 있으면 꺼리지 말고 물어야 할 것이라는 가르침이 있었으므로, 감히 한둘 의심나는 것을 기록하였습니다. 가르침을 베풀어 주시어 탁 트이게 해주시기를 천만번 두 손 모아 기다릴 따름이옵니다.

나머지는 오직 만왕萬旺하시기를 빌면서 예를 다 갖추지 못하오니 굽어 살펴주시길 삼가 바랍니다.

▫ 협백 夾白

한 달 전 강회講會에서 혹자가 묻기를, "희로애락喜怒哀樂은 기氣가 발發한 것입니까? 리理가 발한 것입니까?" 하니, 선생님께서 답하시기를 "칠정七情을 사단四端에 상대해서 말하면 기발氣發과 리발理發의 구분이 있지만, 단순하게 말하면 리기理氣를 겸하고 있다."고 하셨습니다. 퇴도退陶와 대산大山 등 여러 선생들께서도 일찍이 이런 취지의 말씀을 하셨으니, 후생後生 말학末學으로서는 받들어 지키고 잃지 않으면 그뿐이겠지만, 저의 견해로서는 뭔가 좀 석연치 않은 점이 있습니다. 생각건대, 그 당시는 여러 선생님들께서는 분개分開(분리分離)의 도리를 한창 말씀하고 계셨기 때문에, 그래서 그 생각에 만약 단순한 예를 든다면 사단의 리理가 기氣 안에 포섭包攝되어 있어서 주리主理와 주기主氣의 구분이 없다고 여기셨을 것입니다. 그러나 지금 단순하게 발發과 미발未發로 나누어서 말한다면, 또 어찌 주主가 되는 것의 다름이 있지 않겠습니까? 저의 생각으로는 이곳 역시 오직 기발리승氣發理乘이라는 한 구절만이 해당될 수 있을 듯합니다. 왜냐하면 리理와 기氣가 원래 서로 떨어지지 않지만 리理는 절대적으로 높으므로, 이른바 서로 떨어지지 않는다는 것은 실제로는 리理와 기氣가 나란하게 서있는 것은 아닙니다. 다만 리理가 기氣 안에 싸여있을 뿐이니, 성性이라고 하는 것도 또한 리理가 기氣 안에 떨어져 있는 것일 뿐입니다. 만약에 기氣가 없다면, 리理는 의지하여 붙을 곳이 없으니, 미발未發의 중中에서도 어찌 기氣가 없었겠습니까? 다만 이때는 기氣가 가만히 있기 때문에, 그 리理가 기氣 안에 있는 것만을 가리켜서 그걸 중中이라고 하는 것입니다.

리理는 조작造作함이 없고 기氣는 운용할 수 있기 때문에, 외물外物에 감응할 때에는 리理가 부득불 기氣에 의지해서 발할 수밖에 없지만, 리理는 약하고 기氣는 강한 것이 천하의 공통된 병통입니다. 약한 리理가 기氣 안에 타고 있지 않는 것은 아니지만 강한 기氣가 이기기 때문에, 발하는 정이 모두 절도에 맞을 수 있는 것은 아닙니다. 그렇다면 희로애락이 미발未發 때에는 기氣가 없는 것은 아니지만, 주主가 되는 것이 기氣 안에 싸여있는 리理에 있으므로 그것을 단지 리理라고 말하여도 괜찮습니다. 그러나 희로애락이 막 발發할 때에는, 리理는 역시 나서지 못하고, 발發하게 하는 공功이 운용의 기氣에게 있으니, 그것을 기발리승氣發理乘이라고 말하는 것이 어찌 불가하겠습니까? 스스로 걸을 수 없는 사람에 비유해 본다면, 이 사람은 반드시 말에 의지해서 길을 가고 그리고 늘 말 위에 있는 자이지만, 그가 길을 가지 않을 때에는 말이 없는 것은 아니지만 위주가 되는 것이 사람에게 있으니, 사람이 아직 길을 가지 않는다라고 말하는 것이 옳습니다. 그러나 길을 갈 때에는 사람이 말 위에 타고 있지 아니한 것이 아니고, 길을 가는 공功은 말에게 있으니, 말이 길을 가고 사람이 그 위에 타고 있다고 말하는 것이 무슨 불가함이 있겠습니까?

도학道學과 도통道統의 구별에 대해서는, 어떤 이가 '강명講明을 도학이라 하고 전수傳受를 도통이라 한다.'는 한 구절을 외우고서 자기 생각으로는 이 설이 맞는 듯하다고 여겼는데, 선생님께서도 옳다고 인정하셨습니다. 저의 생각으로는 학문이 넉넉한 연후에 도를 행할 수 있으니, 주공周公 이전에는 학學이라는 글자를 쓰는 것이 도道라는 글자만큼 온당치 못한 듯하고, 공자孔子 이후로는 도道라는 글자를 붙이는 것이 학學이라는 글자만큼 온당치 못한 듯합니다. 도道와 학學은 혼동해서 말해서는 아니 되는 것인데, 강명講明으로 그걸 말해서는 더더욱 아니 될 듯합니다. 선생님의 생각은 어떠하신지요?

▫ 또 서산선생께 올리다 又

서신을 올리지 못한 지 이미 반년이 된 듯합니다. 달포 전에 수차 연원燕院 등지를 들렀지만, 일이 워낙 급박하여 찾아뵙지를 못했습니다. 제 스스로도 이는 사람된 도리가 아니라는 것을 잘 아니, 어찌 감히 제 잘못을 꾸며대어 다시 선생님에게 죄를 더 지을 수야 있겠습니까? 올 겨울은 이상난동인 듯합니다. 이런 때에 도체道體 만왕萬旺하시고 침식寢食은 이상이 없으시며 비절庇節도 안녕들 하시며 운우雲寓의 근황도 계속 안전하다는 소식을 받고 계신지요? 노경老境에 떨어져서 살아가는 게 견디기 쉬운 일이 아닌 만큼, 읍내의 소란이 조금 진정되면 혹 돌아올 계획을 하지 않을까요? 각처의 성소省掃는 이미 끝났습니까? 북협北峽은 아직도 안전치 못하여 왕래가 불편하다고 하더군요. 만약에 미처 지나가지 않으셨다면 우려憂慮가 적지 않은데 참으로 걱정되옵니다.

중표손重表孫26)은 어머니께서 두풍頭風을 앓으시어 노심초사하고 있던 중, 일전에 중조仲祖 댁에 들렀습니다. 사는 형편이 말할 수 없을 정도로 민망하였습니다. 건초健初 동생은 식구는 중조 댁에 두고 그 자신은 본소本所로 갔으며 질부가 이제 갓 시집왔는데 생활이 심히 군색하여 참으로 불쌍하였습니다. 덕초德初 동생은 일가 집안의 이장移葬 때문에 재협才峽에 가서 아직 돌아오지 않았는데 험한 길이어서 걱정됩니다. 인산因山27)은 기한이 없을 듯한데, 나랏일이 망극하다고 이르지 않을 수 없겠습니다. 참으로 답답하기만 합니다.

이 외의 산중의 어려움에 대해서는 인편을 물색하여 전하려 하였더니 건초 동생이 본소에서 인편을 얻어 소식을 전달하겠다고 했는데, 받아보셨는지 모르겠습니다. 예를 다 갖추지 못하오니 굽어 살펴주시길 삼가 바랍니다.

▫ 또 서산선생께 올리다   又

지난 달 23일에 편지를 보내주셨는데, 그때 마침 고리故里에 있었기 때문에 직접 받아보지 못하여 지금까지도 정신이 멍멍합니다. 그 후 한 달 뒤에야 편지를 읽고, 선생님께서는 도체道體 강건하시고 침식寢食도 순조로우시며 집안 여러분들도 여전하시다는 것을 알게 되었습니다. 신행新行할 날은 언제쯤 정하셨는지요? 아울러 듣고픈 마음 간절합니다.

표종손表從孫은 어머니께서 여전하시니 다행이오나 다른 식구들이 오래된 증세症勢로 더했다 덜했다하니 걱정스러움을 무어라 말씀드려야 할지 모르겠습니다. 게다가 유산酉山의 참보慘報로 해서 가슴이 더욱 답답하기만 합니다. 죽은 자가 참으로 애석할 뿐만 아니라, 그 노친의 마음이 어떠하실까요? 북행北行은 산중에서 열흘을 헛되이 낭비하였고, 험준한 곳을 오르

---

26) 중표손重表孫 : 중표손重表孫은 김흥락 선생에 대하여 이상룡 자신을 가리키는 말로, 김흥락 선생 집이 이상룡의 진외가이다.

27) 인산因山 : 임금과 그 비妃, 황태자 부부, 황태손 부부의 장례. 국장國葬.

느라 노고가 이만저만이 아니었지만, 행전杏田 동쪽에서 첨배瞻拜하였으므로 완전한 헛된 걸음은 아니었습니다. 돌아와서는 바로 옛 집을 수선하는 일에 착수하였습니다. 애초 제대로 심사숙고하지도 않고 봄에 일을 시작하여 일만 크게 벌려놓았을 뿐 끝이 보이지 않으니 어찌해야 할지 모르겠습니다. 퇴절회退節會는 노성老成한 분들이 많지 않을 뿐만 아니라 의견들도 합치되지 않으니, 모든 게 꼭 마음에 든다고 말할 수는 없을 것 같습니다. 본가本家에서도 또 의견이 분분한데, 결과가 어찌 될지 모르겠습니다.

'선선생先先生' 각주는 기본이 되는 한 종의 의론만 보충하였으나 아마도 온당치 않은 듯합니다. 문하門下께서는 이미 신중히 여기시니, 「병명屛銘」 및 「발휘發揮」와 오래 섞어놓을 필요가 없을 것 같으며 지금의 이 기회를 놓쳐서는 안 될 듯하니, 엎드려 바라건대 다시 한번 더 생각해보시는 게 어떨는지요?

보내주신 여러 물건은 집에 그대로 두고자 하니 받을만한 의리가 없고, 돌려보내고자 하니 또 공손치 못한 듯하여, 부득이 잠시 상자 속에 보관해 두었다가 틈을 얻어 아뢰고서 처리할 생각입니다.

도주道州의 집안사람인 상연祥演씨가 그 입향조入鄕祖이신 찰방察訪 공 묘비를 바꾸기 위하여 비문을 구하러 왔었는데, 벌써 찾아뵈었을 듯합니다. 선생님께서는 오래도록 편찮으셨기 때문에 비문을 쓰는 이 일이 결코 마음 내키는 일이 아닐 듯싶지만, 선대先代의 일을 위하여 삼백리 머나먼 길을 멀다 않고 왔으니, 그 정성이 참으로 지극한 듯합니다. 바라건대 물리치지 마시어서 4백년 전의 묻혀 있던 덕德을 앞으로는 영원히 드러나도록 해주십시오.

건초健初 동생이 도진道津의 담사禫祀에 가게 되었는데, 그의 귀로에 찾아 뵙고자하여 그 편에 이 글을 올립니다. 예를 다 갖추지 못하오니 굽어 살펴주시길 삼가 바랍니다.

▫ 또 서산선생께 올리다   又

서신을 받든 지 꽤 오랜 시간이 흘러 사모하는 마음은 더욱 간절해집니다. 어제 사형士衡 형님을 만났는데, 근자에 건강이 좀 안 좋으셔서 사람 만나는 것을 폐하는 데에까지 이르셨다는 말을 듣고 얼마나 걱정했는지 모릅니다. 밤사이 도체道體를 조섭調攝하심에 다른 일은 없으셨는지요? 욱彧이는 시봉侍奉을 잘하고 있으며 신행新行도 무사했는지요? 현구고례見舅姑禮를 받으시는 자리에서는 만감이 일어났을 것으로 생각됩니다. 그간 강보襁褓에 거두어 길렀던 아이가 무사히 자라서 마치 솔을 심어 키워서 정자나무가 된 것 같고 훌륭한 자부子婦가 이미 들어왔으니 온 집안의 경사가 어떠했겠습니까? 참으로 축하드리옵니다.

표종손表從孫은 어머니께서 감기로 편찮으시고 다른 식구도 건강하지 못하니 가슴만 탈뿐입니다. 게다가 집수리 일로 해서 왕래를 하지 않을 수 없다보니, 몸이 여간 고달픈 게 아닙니다.

수남水南의 서책 간행 일은 거의 끝이 났는데, 각주를 양 본本에다 아울러 새겼다고 합니다.

앞으로의 풍랑을 장차 어떻게 대처하려 하시는지요? 치항稚恒 형님은 보호하여 구제하려는 뜻을 간절히 가지고 계셨는데, 개인적으로 서찰을 속히 내어 제 스스로 이 소식을 문하門下에게 전달하고 싶어하는 까닭에 이를 대략 갖추어 아뢰오며, 그 상세한 것은 사형士衡 형님이 직접 찾아뵙고 말씀드릴 것입니다.

내일 범초範初 형님이 오실 때 선생님의 편지를 가지고 오게 되면 더욱 신중한 말이 될 듯합니다. 거듭 양찰해 주시기를 바랄 뿐입니다. 일간 한번 찾아뵐 생각입니다. 그때까지 안녕하시기를 바라면서 예를 다 갖추지 못하오니 굽어 살펴주시길 삼가 바랍니다.

▫ 또 서산선생께 올리다   又

생식省式하옵니다. 장마철이 지나가고 가을걷이로 바쁜 요즘, 우러르는 마음이 시절과 더불어 더욱 깊어만 갑니다. 어제 선생님을 뵙고 온 고향 마을 사람을 통해서 근자에 건강이 좋지 않으셨다는 말을 듣고 놀란 가슴 진정시킬 수 없었습니다. 지금은 도체道體 조섭調攝이 잘되시어 침식寢食이 점차 정상으로 회복되시며 비절庇節도 다 평안하신지요? 여러 모로 걱정되는 마음 금할 수 없습니다.

표종손表從孫 면복인緦服人[28]은 지난 달 27일 친묘親墓의 면례緬禮를 거행하였습니다. 산지山地에 피치 못할 사정이 있어서 가까운 분들에게도 제대로 알리지 않았습니다. 시끄러운 일들이 정리되기를 잠시 기다렸다가 분묘墳墓를 바꾸어서 안장安葬할 계획입니다만 일의 형편이 순조롭지 못하여 아직까지도 민망스런 마음을 무어라 말씀드릴 수가 없습니다.

다행스러운 것은 어머니께서 그나마 괜찮으신 것입니다. 오히려 저가 운기증運氣症[29]에 걸

---

28) 면복인緦服人 : 여기서의 면緬은 면례緬禮(이장移葬을 뜻하는 말)의 뜻으로 이장移葬을 한 뒤 시마복緦麻服을 입은 사람이란 말이다.

려서 여러 차례 설사로 인해 원기元氣가 고갈 되었으며 나머지 식구들도 성하지 못하니 이래 저래 고민스러움은 다 말씀드릴 수 없습니다.

전례典禮는 우리 영남 땅에서 1백 년 동안 미처 행하지 못했던 큰 의리義理였는데, 하루아침에 거행하였으니 신민臣民들의 경사스러움과 다행함을 무슨 말로 표현해야 할지 모르겠습니다. 읍지邑誌는 결국에는 판板이 나뉘어져서 돌아왔는데, 사람의 견해가 한번 잘못된 것을 말로 다툴 수가 없으니 탄식을 어찌 그칠 수 있겠습니까. 소주韶州의 모임에서는 어떤 풍랑風浪을 일으킬 지, 보름날 부회府會에서는 어떤 것을 수립樹立할는지요? 사람을 답답하게 합니다.

나머지는 제 몸 상태가 좀 괜찮아지면 꼭 한번 찾아뵙고 아뢸 생각입니다. 오직 기체氣體 만왕萬旺하시어 아랫사람의 성의에 부응해 주시기를 빌면서 예를 다 갖추지 못하오니 굽어 살펴주시길 삼가 바랍니다.

▫ 또 서산선생께 올리다   又

생식省式하옵니다. 찌는 더위가 마치 시루 속에 있는 듯한 6월을 괴롭게 보냈습니다. 얼마 전부터 가을바람이 솔솔 불어오더니 이젠 좀 상쾌해진 듯합니다. 요즈음 늦더위에 도체道體 계절과 더불어 왕성하신지요? 듣자니 지난달 20일 경에 하상河上에 들르셨다 하던데 며칠간 어디에서 머무셨습니까? 왕래에 고달픔은 없으셨는지요?

저번의 병산서원屛山書院의 변고 이래로 여러 곳에서 해괴한 일들이 갈수록 더욱 많이 일어나고 있는데, 세상 풍속이 무너졌으니 무슨 일인들 일어나지 않겠습니까? 문을 닫고서 돌아가는 상황을 가만히 살펴볼 요량입니다. 이는 바로 『맹자孟子』 「호연장浩然章」에 "물리적인 힘으로는 이기지 못하더라도 이긴 것과 같이 여긴다."는 맹사孟舍가 지키는 지조를 본받으려는 것입니다.

계조季祖께서 바깥출입이 있으셨다는데 일을 마치고 무사히 돌아오셨습니까? 가내는 무고하신지요? 이런 저런 걱정에 몸둘바를 모르겠습니다. 저는 지난일은 굳이 거론할 것이 없겠습니다만 중친重親께서 이번 혹독한 더위에 많이 상하였고 나머지 식구도 모두 설사로 고생하고 있으니 위아래로 애타는 마음 무슨 말로 해야 할지 모르겠습니다.

올해 농사는 벌써 판가름이 난 듯합니다. 작황이 무척 안 좋아서 앞으로의 고뇌가 이만저

---

29) 운기증運氣症 : 그 해 연운年運으로 생기는 증상症狀.

만이 아닙니다. 여기에서는 가뭄으로 고민하고 있을 때에 들으니 귀처貴處에는 단비가 넉넉히 내렸다고 하니 과연 그러하면 일찍 심은 것은 수확을 기대해 볼 수 있을 듯하니 다행입니다. 어찌 여기만이야 못하겠습니까. 천상川上에서 관리가 횡액을 당한 일은 매우 걱정스럽습니다만 미궁에 그치고 말듯하니 근심과 탄식을 금할 길 없습니다.

이런저런 근심과 잡사에 골몰하다보니 책을 볼 겨를이 나지 않습니다. 참으로 그만두어서는 안 될 일은 다만 선생님 곁에서 직접 가르침을 받는 것인데, 저의 성의가 부족하여 그렇게 하지 못하고 있습니다. 게다가 편지로 안부를 살피는 것조차 게을러서 이 모양에 이르고 말았습니다. 자포자기를 스스로 편안해 하고 있으니, 앞으로 무얼 바랄 수 있겠습니까? 부끄럽고 죄송스러울 뿐입니다.

오직 도道를 위하여 만안萬安하시기를 바라면서 예를 다 갖추지 못하오니 굽어 살펴주시길 삼가 바랍니다.

▫ 또 서산선생께 올리다   又

지난달부터 한번 가서 뵈려 하였으나 지루한 여름에 퍼붓는 듯 장마가 하도 심하여 선생님 앞에 나아갈 수 없으니 그 곳을 바라보면서 마음만 울적할 뿐입니다. 찌는 듯한 장마에 도체道體 강왕康旺하시고 침식寢食도 이상이 없으시며 비절庇節이 안녕하시고 욱彧이는 직무에 충실하며 차츰 익숙해지고 있는지요?

들자니 장마로 제방이 무너져 그 피해가 매우 크다 하던데 참으로 탄식스럽습니다. 염려되는 마음 그칠 길 없습니다.

중표손重表孫은 어머니께서 담痰으로 고생하시는 등 건강이 여러모로 좋지 않으신데 마음이 초조하기 그지없습니다. 주곡注谷 고모님께서는 지난 20일경에 다시 돌아가셨는데, 몇 달 동안 함께 단란하게 지내다가 떠나시고 나니 집이 텅 빈 것 같아 차라리 애초에 오시지 않으신 것만 못한 듯합니다. 비문碑文을 부탁드렸는데 혹 잊으신 건 아니신지요? 조금 한가한 시기에 유념留念해 주셔서 못난 저의 기대에 부응해 주시길 바라옵니다.

여당廬堂의 일은 모임 날짜를 정했다고 하던데 사실입니까? 일은 빨리 이루는 게 좋으니 굳이 늦출 필요야 없겠지만, 혹 달리 조치를 취해야 할 게 없겠습니까? 이 일은 참으로 사람을 고달프게 하는 듯합니다. 본디부터 학통學通에는 반드시 어떤 곡절이 있었겠으나 저로서는 불만도 적지 않았는데, 만약에 정 부득이하다면 선비를 양성해야 한다는 논의가 차라리 책을 간행하는 것보다 낮지 않겠습니까? 만약에 이상의 문제를 다시 논쟁論爭하게 되면 이기는 쪽에서 책임지게 하는 것이 어떻겠습니다. 재임齋任 건과 관련해서도 지난 봄에 부회府會에서 이야기가 나와 도내道內의 사우士友들은 이미 알고 있으니 본당本堂 떠나기를 시종始終 아쉬워하는 정도로는 아마도 여러 사람의 마음을 승복시킬 수가 없을 것 같습니다. 혹자는 과착科窄30)으로 말하는 이도 있는데 진실로 그렇기도 하오나 저의 생각으로는 향임鄕任 두 사람은 본래대로 하여 고치지 말고 별도로 도임道任 한두 명을 두어서 매년 청단聽斷31)할 때 함께 모여 교체하는 게 좋을 듯한데 한번 생각해보신 적이 있으신지요?

나머지는 장마가 개이면 찾아뵙겠습니다. 예를 다 갖추지 못하오니 굽어 살펴주시길 삼가 바랍니다.

□ 또 서산선생께 올리다   又

계상稽顙32)하고 말씀드리옵니다.

근자에는 사람과 약속하는 게 두려워서 출입을 않고 왕래도 끊고 지냅니다. 아주 절친한 사이의 마지못할 일마저도 괘념치 않고 지내고 있습니다. 다만 문하門下께서 여러 번 겪은 일에 대해서야 어찌 근심이 없을 수 있었겠습니까 마는 결심한 바를 스스로 깨고 싶지 않아서 두문불출하였습니다. 결국에는 선생님께서 저에게 먼저 편지를 보내어 각박한 사람이라고 책하셨는데, 이 송구스러움을 정말 무슨 말로 대신해야할지 모르겠습니다. 요즈음 첫여름에 도체道體의 눈병은 한 달이 지났는데도 아직 차도가 없으시고, 일전에는 또 한번 풍랑이 들이닥쳐 놀라움을 금하지 못하셨으며, 비절庇節은 우선 안정을 되찾았으나 마을에는 불미스러운 조짐도 없지 않으며, 동생 분은 설산屑山 북쪽에 머물며 아직 돌아오지 못하였고, 갑자기 산지山地를 정하는 문제는 차츰 진정되었으나 궁절窮節(노경老境)에 외롭게 있다는 등 이런 저런 말씀을 하셨는데, 내우內憂가 외환外患보다 더욱 심하니, 걱정스런 마음 참으로 금할 수 없습니다.

저 죄인罪人은 구차히 연명延命하고 있습니다만, 다음 달이 문득 가까웠는데 세상일은 날마

---

30) 과착科窄 : 벼슬자리가 모자란다는 뜻으로 쓰이는 말. 과착窠窄.

31) 청단聽斷 : 어떤 일이나 송사訟事를 처리할 때 자세히 듣고 판단함을 뜻하는 말이다.

32) 계상稽顙 : 머리를 조아린다는 뜻. 상인喪人은 죄인罪人으로 자처하므로 머리를 조아리며 죄를 청한다는 뜻을 나타내는 말로 주로 서찰 서두에 쓰는 말이다.

다 변하여 예측 불가능한 데 이르고 있으니 답답한 마음 금할 수 없습니다.

어머니께서는 이풍증耳風症으로 한 달여 동안 편찮으셨는데 요즘에야 겨우 좀 진정이 되고 있습니다.

여러 사람들이 갑자기 각자 여러 단체들을 만들었는데, 본거지조차 마련되지 않아 비좁게 둘러앉은 것이 마치 콩나물시루 같은데 하물며 병도 아닌 병으로 해서 모든 곳이 날마다 위험스럽지 않은 곳이 없습니다. 돌아보건대 딱히 무슨 해결 방도가 있는 것도 아닌 만큼, 지금은 그저 조용히 있는 것을 상책으로 삼아서 몇 달을 보내면 기량이 조금 익숙해지겠지만, 그러나 결국은 세상과 밀접히 관계되어 있으니 참으로 목석이 될 수 없는 것이 탄식스러울 뿐입니다.

편지 끝에서 우려하신 점은 너무 심려치 않으셔도 될 듯합니다. 나머지는 이 시대를 위하여 기체氣體 만왕萬旺하시기를 비오며 예를 다 갖추지 못하오니 굽어 살펴주시길 삼가 바랍니다.

▫ 또 서산선생께 올리다   又

17일 읍에 시장에 오는 인편에 보내 주신 편지를 받았고, 거기에다 약간의 제수祭需까지 보내주셨는데, 두 손으로 받듦에 고마운 마음 그지없었습니다. 지역이 약간 외진데다가 바깥손님 응접이 번잡하실 터인데도 이렇게 해마다 다정하게 보살펴주심은 갈수록 더해지시니 참으로 몸둘바를 모르겠습니다. 마땅히 곧바로 감사의 글을 올렸어야 했지만 장마로 해서 이렇게 늦어졌는데, 가만히 생각해보니 이 또한 제가 게을러서 이렇게 되었을 뿐이니 그저 죄송 죄송할 따름입니다. 가뭄이든 장마든 모두 건강에 좋지 않은데, 요즈음에 도체道體 침식寢食에 이상이 없으시고 집안의 장소長少 제절諸節도 두루 편안하시기를 삼가 바랍니다. 계조季祖께서는 노경임에도 책을 교정하시니 생활에 도움은 되시겠으나 뜻밖에 상처喪妻를 당하셨으니 객지에서 참담한 지경인데 경중輕重을 따질 경황이 어디 있겠습니까만 기추箕箒(아내)의 자리가 비었으니 객지생활을 청산해야 할 터인데, 그간에 어떤 조처가 있었는지 모르겠습니다. 여함汝涵 숙주께서는 돌아오셨는지요? 용암龍巖은 병이 극심하여 결국 자리에서 일어나지 못하고 말았는데, 온아하고 화락한 그런 사람이 어찌 다시 있겠습니까? 참으로 애석하고 애석할 뿐입니다.

중표손重表孫은 가족들이 다행히 별일 없이 지내고 있습니다만 무더위와 장마 통에 방은 벼룩과 빈대가 차지하고 마루는 파리와 모기 등이 극성을 부려 남녀노소가 지내기에 여간 불편한

게 아닙니다. 이런 와중에 뜻밖에도 봉희鳳羲 남동생이 시름시름하고 있으며 영해盈海 여동생도 몸이 좋지 않아 각각 약을 써봐도 별무효과여서 매우 근심이 됩니다. 편지 끝에서 꾸짖으신 일은 부끄러워서 몸둘바를 모르겠습니다. 용희龍羲 동생이 아내의 면례緬禮를 경영하는 일로 해서 그만 이런 긴요하지 않은 일을 하게 되었는데, 제가 일찍이 그 불가함을 대략 말했었지만, 확고하게 금하지 않아서 이렇게 되었으니, 사실은 형인 제 잘못이라 아니 할 수 없겠습니다.

일전의 관아의 명령은 제가 먼 곳에 있었기 때문에 미리 알 수가 없어 듣는 이들을 놀라게 하였으니 후회막급입니다. 다시 생각해서 잘 조처하라는 말씀은 진실로 지당한 말씀이오나 지금으로서는 딱히 어떻게 조처할 도리가 없으니 가만히 기다려볼 뿐입니다.

묘지를 높고 노출된 곳에 쓰는 것은 참으로 의아스럽습니다. 종래 정와옹訂窩翁께서는 스스로 당신의 안목에 대해 자부심이 높으셨거늘 그 본생가本生家 형님의 장지를 약산藥山의 꼭대기로 하였습니다. 그렇다면 높은 산 높은 곳에도 형국形局이 결성結成된 경우도 혹 있는 것입니까? 저의 생각으로는 높은 곳에 노출시켜 외따로 묘를 쓰는 것이 여러 봉우리에 에워싸여 안겨있는 것보다 못할 듯한데 선생님의 생각은 어떠하신지요? 예를 다 갖추지 못하오니 굽어 살펴주시길 삼가 바랍니다.

▫ 서산선생께 답하다　答西山先生

저희 어머니의 수연壽宴을 경사로 일컬으시며 특별히 하문下問해 주시고 다시 몇 가지 맛있는 음식물로 가난한 집의 부엌 지공支供을 도와주셨으니, 두 손으로 받아 들고 감사하기 그지없습니다. 한 해가 저물어가는 이때에, 도체道體 기거起居가 추위로 인해 조금 더 편찮으심을 삼가 알고 간절히 염려됩니다. 그러나 봄소식이 이미 도착하였으니 끝자락 추위도 얼마 남지 않았을 것이므로, 조금 편찮으심도 그에 따라 잔설殘雪이 햇살을 만나 듯 없어질 것입니다. 다만 마을에 돌림병이 나도는 것은 처음부터 매우 경계하고 염려하지 않을 수 없는 것인데, 혹시라도 엄히 예방하시고 조섭調攝을 삼가서 크게 번지는 지경에는 이르지 않았는지요? 삼가 우러러 비는 저의 지극한 마음을 감당할 수 없습니다.

중표손重表孫은 연로하신 어른을 모시면서 이처럼 축수의 잔을 들게 되었으니 어찌 저희 집안의 경복慶福이 아니겠습니까마는, 신구新舊의 감회로 인해 억누르기 어려운 것도 있었으니 원만한 광경이라고 하지는 못하겠고, 또 이런 흉년 뒤에 크게 벌릴 수도 없었으니, 오늘에야

'시절이 풍년이 들어야 즐겁고 평안하다.'는 말이 어머니를 축수祝壽하는 시 중에서 가장 절실한 말임을 알겠습니다.

집안에 다른 일은 달리 말씀드릴 것이 없사오나, 마을이 깨끗하지 못하여 자못 위로 한 법망을 범함이 있으니, 시운時運은 지혜나 힘으로 어쩌지 못하는 것이라, 위로 어른을 모시고 가족을 거느린 처지에서 걱정되고 두렵지 않을 수 없습니다.

나머지는 분요함이 아직 안정되지 않아 수응酬應하느라 여가가 없으니, 가슴 속에 있는 말씀은 조만간 찾아뵙고 말씀드리겠습니다. 예를 다 갖추지 못하오니 굽어 살펴주시길 삼가 바랍니다.

▫ 또 서산선생께 답하다 又

한번 찾아뵙겠다는 생각은 오래되었지만은 그때마다 다시 갑자기 바쁜 일이 생겨 늘 바라던 가르침을 받지 못하고 집안에 들어 앉아 훌륭한 덕을 입지 못함을 한스럽게 여기고 있던 중에 뜻밖에 사람을 통해 내려주신 편지를 받았으니, 이는 제가 의당 먼저 해야 할 것을 하지 못한 것이어서, 받들어 읽음에 조심스러워 무슨 말씀을 드려야 할 지 모르겠습니다. 봄비가 장마처럼 오래 이어지는 이때, 도체道體가 간혹 숙환으로 편치 않으시다가 바로 잘 조치調治하시어 회복되시는 효험이 있으시며, 가정의 모든 분들도 평안하심을 삼가 알았습니다. 작은 할아버님께서는 남쪽에서 치러지는 과거의 시관試官을 맡으셨으니 다시 멀리 행차하시고자 하시는지요? 기솔騎率(말과 견마잡이)도 구하기가 쉽지 않은데 천리 먼 길을 산 넘고 물 건너가시는 것이 연세 드신 처지에 감당하시기 쉬운 것이 아닌지라, 삼가 생각해보면 매우 염려스럽습니다.

중표손重表孫은 중친重親께서 가끔 약간 편찮으심이 있으나, 아마 고르지 않은 날씨 때문인 듯하니, 날이 따뜻해지면 혹 아주 심한 지경에는 이르지 않겠지요. 두 아우는 모두 지난 겨울의 분통한 일 때문에 비를 무릅쓰고 서울로 갔습니다. 뜻이 이미 분명하여 막기가 어려웠으니 우습다가도 도리어 염려됩니다. 아이의 혼례는 다음달 21일로 이미 날짜를 정했습니다만 모든 일에 두서가 없어서 다만 걱정만 더할 뿐입니다.

향음주례鄕飮酒禮 의식은 집에 책이 귀해 근거의 고증이 매우 자세하지 못하여, 속으로 잘못된 곳이 반드시 많으리라고 생각했는데, 도리어 정밀하다고 하시면서 지적해 가르쳐주시지 않으시니, 어찌 제가 책을 꾸미고 그림 그린 것이 너무 과장되었기 때문에 손을 대시려하지 않은 것이 아니겠습니까? 의문이 불어남을 금할 수 없습니다. 다만 편지 끝부분에서 다음에 알려 주시겠다고 하시니 어찌 감히 손을 맞잡고 서서 기다리지 않겠습니까? 측백나무의 본질은 늙어도 푸르지만, 고사枯死하지 않음을 기필하지 못할 뿐입니다.

나머지는 다 갖추지 못하오니 삼가 굽어 살펴주시기를 바랍니다.

▫ 외숙인 성대 권공께 올리다· 유곡 上內舅星臺權公 酉谷

근래 소식이 없어, 마치 천애지각天涯地角33)과 같아 북쪽으로 떠가는 구름을 바라보니 참으로 간절히 슬프고 슬펐는데, 뜻밖에 무종懋從(이름에 무자가 들어가는 사촌)이 찾아와 근래의 안부를 듣게 되어 하회下懷가 조금 위로가 되고 마음이 놓였습니다. 다시 삼가 요하夔夏(4월)에 정양靜養하시는 기체氣體 만위萬衛하시고 가족들도 차례로 잘 계시며, 대소가 모든 분들도 모두 평안히 잘 지내시는지요? 오천烏川의 산소문제는 대대로 세의世誼가 있는 사이에 이런 것을 가지고 이처럼 피나게 싸우는 지경에 이르게 되리라고 생각이나 하였겠습니까? 듣고 나서 매우 염려되고 민망합니다. 연례年例적으로 일어나는 절박한 우환은 어찌할 수 없다는 것임을 압니다만 선가仙家의 욕인蓐引 방법34)은 쇠한 나이에 배울 만한 것이 아니니, 그렇다면 비록 평소에 잘 수양한 방도가 있었더라도 어디로부터 호기浩氣가 드러나겠습니까? 비록 아무런 도움이 되지 않는 생각이라 하더라도 부끄럽지 않을 수 없습니다.

보리 고개가 멀지 않았는데 요사이 비바람이 정상이 아니니 또 어떤 좋지 않은 일이 일어날지 모르겠으니 걱정스런 탄식을 그만둘 수 없습니다.

저 생질은 10년 동안 이장移葬하려고 계획하였으나 터를 찾다가 실패하고 나이 쉰 살을 넘기고 손자를 겨우 보았으나 반년을 넘기지 못하고 잃었으며, 두 아우가 서쪽으로 남쪽으로 떨어져 가서 주머니는 비었는데 소식은 뜸하니, 7척 몸이 병이 없다고 한들 어찌 다행이라 할 만하겠습니까?

시대 상황이 날로 달라져서 짐승의 발자국이 어지러워35) 대대로 살아오던 집이 텅 비어 황폐해져도 흠으로 여기지 않는 근심스러운 일이 있을까봐 염려됩니다. 일간에 권속眷屬을 나

---

33) 천애지각天涯地角 : 하늘의 끝, 땅의 모퉁이. 즉 멀리 동떨어진 곳을 뜻하는 말이다.
34) 선가仙家의 욕인蓐引 방법 : 선가에서 풀로 짠 자리에서 자고 도인導引으로 신체를 단련하는 법.
35) 짐승의 발자국이 어지러워 : 일본을 비롯한 열강의 침략을 가리킨다.

누어 돌아가 제사를 올리려고 합니다만, 모든 것이 두서가 없어 근심스럽습니다.

나머지는 다 갖추지 못하오니 살펴주시길 바랍니다.

▫ 친척 형에게 드리다   與戚兄

근래 지역에서 일이 많아 모임이 잦은데, 만일 내가 시간을 내어 나갔다면 만나 뵐 기회가 없지는 않았을 것입니다만 집안에 틀어박혀 가만히 있는 것이 이미 생활 습관이 되었으니, 오직 살아있는 한 목숨으로서 늘 운수雲樹 사이36)를 그리워합니다. 삼가 생각컨대 이러한 감회는 저와 다르지 않으시겠지요. 삼가 가물고 더운 이때에 객지에 계시는 기후가 만왕하시며, 떠나실 때 합절閤節(상대방 부인의 안부)과 아드님의 시봉侍奉과 공부도 모두 맑고 평안하신지요? 구구한 마음에 두루 간절히 우러러 궁금합니다.

저는 연세 높으신 어른의 건강이 그만하시고 나머지 식구들은 여전합니다만, 가독家督(맏아들)이 오랜 병으로 고생하는데 수시로 심해졌다 덜하다가 하며, 부아婦阿(며느리)는 장차 친정에 어른들을 뵈러 가야 하니 저간의 요뇌擾惱는 들려드릴 만한 게 없습니다.

이성석李聖石의 일을 당초 저희가 의문을 제기한 것은 오로지 충언忠言이었는데 도리어 저촉抵觸하여 격동시켰다는 혐의가 돌아오게 되었습니다만, 그냥 있을 수 없었던 것은 그가 아중阿仲에게 책을 끼고 다닌 것이 10여 년이 되었고 또 그 사람됨이 결코 말을 만들고 일을 꾸미는 무리가 아니라는 것을 잘 알고 있었기 때문이었습니다. 그 당시 일로 말하자면 저도 잘못 욕을 보는 지경에 걸린 것이 집사執事보다 못하지 않았고, 그 또한 알매晦昧(아주 어두어 알 수가 없음)한 지경에 있으면서 말의 근거가 또 자연 불어난 것이 있었으니, 그 천한 상놈의 소견에 어찌 집사가 누구인지 알아보았겠습니까? 사기事機가 창궐猖獗한 뒤에 죄가 됨이 실로 깊습니다만 그 실정을 따져본다면 그에게는 추기樞機를 신중하게 하지 못한 잘못이 있고 집사는 잘못 곤경에 빠진 운수가 있으니, 이 일이 지나고 난 뒤에 다시 통쾌하게 설치雪恥하려 하는 것은 일반 사람이 그런다면 누가 불가하다고 하겠습니까만, 우리 집사께서 그러신다면 혹 대도大度에 누累가 될까 염려됩니다. 이미 드러난 형세를 갑자기 거두기엔 어려움이 있겠습니다만,

---

36) 운수雲樹 사이 : 멀리 떨어진 곳에서 지우知友를 그리워할 때 쓰는 시어詩語이다. 참고로 두보杜甫의 시 ‘춘일회이백春日懷李白’에 “위수 북쪽 봄날의 나무 한 그루, 장강 동쪽 해질녘 구름이로다[渭北春天樹 江東日暮雲].”라는 구절이 있다.

이 일은 근본이 불미스러웠습니다. 저가 당초에 곤액을 당한 것이 실제는 역노逆奴가 발호跋扈한 이유 때문이지만 한 번도 소란하게 하지 않은 것은 스스로 본 바가 있어서였으니, 이것은 지난번에 집사께 자세하게 말씀드린 것은 아닙니다만, '쥐 잡으려 하다가 그릇 깰라!'라는 속담도 있지 않습니까? 그가 이미 저에게 책을 끼고 다녔으므로 저는 절로 쥐 옆의 그릇이 되었으니, 바라건대 장난으로 한 일을 욕보셨다고 여기지 마시고, 불러다 꾸짖어 다음에 그러지 않을 경계로 삼도록 하시고 석연히 내보내시는 것이 어떻겠습니까? 범홀泛忽히 여기지 마시기를 천만 바라고 바랍니다.

지난번에 약속한 책자册子는 이미 찾아다가 저희 집에 갖다 놓았는데, 돌아가시는 길에 혹시 들리시어 한번 회포를 푸시지는 않겠습니까? 그러시길 간절히 바랍니다.

나머지는 아중阿仲이 본집에 가는 것으로 인해 간략히 소회를 전하도록 하겠으니, 아중이 혹 상면相面하게 될 것입니다. 다 갖추지 못하오니 마음으로 살펴주시기를 바랍니다.

□ 김범초[37]에게 주다. 무술년(1898)　與金範初

청성서원靑城書院에서 며칠간 만났던 것은 실로 몇 년 내에 쉽게 가질 수 없었던 성사盛事였습니다. 돌아와 산골 집에 누워있음에 문득 다시 아득히 소식이 막혔으니, 늘 밥 먹을 때마다 생각이 어찌 항상 거좌鉅座[38]에 있지 않았겠습니까? 지난 20일에 평리坪里를 통해서 종이 몇 폭과 아울러 편지를 받고 그때 북쪽 산골로 가셨다는 것을 알았는데, 돌아오신 뒤에 안어른의 체력이 강성하시고 복중服中에 계시는 기체氣體가 만상하시며, 아드님은 어른 모시고 공부 잘하고 있는지요? 신행新行 날짜가 가까이 잡혔다고 들었는데, 이는 사는 재미에 관계된 일이기는 합니다만 한바탕 분답함을 면하지 못할 듯합니다. 장실丈室께서는 요즘 기체후氣體候 한결같이 왕성하신지요? 신절愼節은 어떠하신지요? 두루 간절히 우러러 궁금합니다.

저는 어른들께서 병으로 조금 불편하시며, 나머지 식구들은 학질을 앓아서 누구하나 온전한 사람이 없고, 저는 서리를 밟으며 시제時祭를 지내는 감회에다 응접하느라 바빠 심신心身이

---

37) 김범초金範初 : 범초는 김형모金瀅模의 자다. 의성인義城人으로, 호는 가산柯山이며, 안동安東 금계金溪에 살았다. 김흥락金興洛의 문인으로, 장회당張晦堂·이석주李石洲·김장암金莊菴·류졸수재柳拙修齋·류범암柳汎菴 등과 도의道義로 교유하였으며 용암세고龍巖世稿가 전한다.
38) 거좌鉅座에 : 상대방을 높여 부른 말이다.

모두 편안하지 못하니 탄식함을 어찌하겠습니까?

　약속한 일은 사는 마을부터 먼저 약속한 조목이 있어서 앞으로 20일 쯤에 개인적으로 강의할 계획이고, 면내面內는 처음에는 간혹 서로 어긋남이 있었으나 끝내는 하나로 통일될 희망이 있습니다. 또 류계팔柳季八형이 처음부터 끝까지 맡기로 하였는데, 그믐 전에 한번 만나자고 하였습니다. 이른바 향간鄕刊(고을에서 간행하자는 일)은 차라리 말을 하지 않으려고 하였는데, 부府에서 회합한 뒤에 우리의 의중도 믿을 만한 것이 못되었으나 귀중貴中의 여러분 의견이 한결같이 확고하다고 하여, 이것은 집사의 흔들리지 않는 힘이라고 생각하였습니다. 만 번 다행하고 다행한 일입니다. 다만 우리들이 한갓 고상하고 좋은 의론만 가지고 있을 생각만하고 그것을 구원할 방법은 생각하지 않는다면, 그것은 무익할 뿐만 아니라 도리어 격성激成(몹시 격동시켜 일어나게 함)시키기에 충분할 것이니, 어찌 염려되고 두려운 곳이 아니겠습니까? 일전에 마침 류계팔형과 서로 만나 이 일에 대해 이야기를 나누었습니다만, 외부 지역을 고동鼓動시켜야 아마 희망이 있으리라고 하였습니다. 그래서 저도 이러저러하게 말한 바 있습니다.

　하계下溪의 편지는 과연 이미 본당本堂에 도착하였는데 아직 돌려 보이지 않았다고 합니다. 영천榮川(영주)의 여러 곳은 집사의 힘을 쓰지 않으면 아니 되겠으므로 이렇게 간청합니다. 함께 논의해서 처리하지 아니하고 스스로 시작한 것이 매우 소루疏漏하였음을 알겠습니다만, 우리가 평소 의논이 가끔 같이 계획하지 않았어도 같았던 일이 있었는데, 이 일만 유독 서로 합심되지 않을 줄 어찌 알았겠습니까? 저의 생각으론 결단코 인재를 기르는 일을 성취하고자 하는 것이었습니다. 만일 이번에 기회를 놓친다면 다시 어느 때를 기약하겠습니까? 류계팔형의 편지와 함께 드리니, 자세하게 살펴 하량下諒해주시겠습니까? 많은 이야기는 편지로 다 할 수 없습니다.

　가구可邱의 담제禫祭가 17일에 있다고 하는데, 생각 같아서는 같이 갔으면 하는데, 집사께서도 다른 일은 제쳐두시고 한번 움직이시어 그 때 이 일을 의논해 보지 않겠습니까? 만일 부득이한 일이 있으시면 여러 사람 중에 따로 민첩하고 믿을 만하며 말이 신중한 사람을 골라 편지로 자세히 알려주시는 것이 어떻겠습니까?

　처음에는 사람을 시켜 보내려고 했으나 마침 성순聖純형을 만나 대략 소회를 펼쳐 보인 것이니, 보시고 나서 바로 태워 없애고 남의 눈에 띄지 않게 하시는 것이 어떻겠습니까? 나머지는 곧 만나 뵙기로 하고 다 갖추지 않습니다. 삼가 복중服中에서 평안하시기 바랍니다.

□ **김비서께 드리다.** 뒤에 호를 백하로 고쳤다 **與金賁西** 後改號白下

계상稽顙[39]하고 말씀드리옵니다.

일전에 영계씨令季氏께서 찾아주시어 대략 요사이 안부를 들었습니다만, 그가 돌아갈 때 종이가 없어 편지를 올리지 못하였으니 하회下懷가 아직까지 겸연嗛然합니다. 삼가 요사이 복중服中에 계시는 기체氣體 만중하시며 댁내의 대소제절大小諸節도 다 평안하신지요? 어느덧 선부군先府君 상여喪餘[40]를 하룻밤을 앞두고 있으니, 돌아가신 분을 사모하는 마음과 그에 따른 감회가 더욱 망극할 터인데 어떻게 자제하시는지요? 계씨 형은 아직 같은 곳에 함께 계시리라 생각합니다. 이장하는 일은 봄 안에 하기엔 어려울 듯한데, 여름 장마가 이어진다면 구애됨이 없겠습니까? 아울러 삼가 구구한 마음에 슬프고 궁금합니다.

죄하생罪下生은 망극한 날을 보름 앞두고 남은 목숨을 아직까지 이어가며 여전히 눈뜨고 살아있으니, 사람이 모질고 잔인함을 어찌 군자가 심히 미워하는 바가 아니겠습니까? 건초健初 아우가 송천松川으로 이사를 갔으니, 이런 때 동기간에 떨어져 사는 것을 더욱 가눌 길 없습니다. 봄여름 풍경이 이른바 눈에 넘쳐나는데, 도조賭租를 내라는 독촉을 한결같이 하여 그치지 않으니 말단의 형편은 어디에 귀결될지 모르겠음을 탄식한들 어쩌겠습니까?

아준阿濬은 어제 선성宣城에서 돌아와 틀림없이 여행의 피곤함이 있을 것입니다만 또 제사에 참석하고자 하니 인정과 예법이 참으로 마땅한 일입니다. 다만 그가 가는 것이 갑자기 정해져서 제사에 쓸 조그만 정성도 드리지 못하였으니 매우 죄스럽고 부끄럽게 되었습니다. 말리지 마시고 바로 돌려보내 주시는 것이 어떻겠습니까?

나머지는 정신이 없어 다 순서를 차리지 못하오니 삼가 살펴주시기를 바랍니다.

□ **또 김비서께 드리다 又**

지난번에 만났을 때 쌓인 이야기를 다 하지 못하였는데, 헤어진 뒤로 줄곧 소식이 막혀 아득하여 슬프게 그리는 마음이 더욱 간절합니다. 봄볕이 따뜻한 이때 훤위萱闈(상대방의 어머니에

---

39) 계상稽顙 : 머리를 조아린다는 뜻. 상인喪人은 죄인罪人으로 자처하므로 머리를 조아리며 죄를 청한다는 뜻을 나타내는 말로 주로 서찰 서두에 쓰는 말이다.
40) 상여喪餘 : 삼년상을 마친 뒤의 첫 기제忌祭나 혹은 기제사 날을 가리킨다.

대한 경칭)의 기체 연이어 만강하시며, 모친을 모시고 있는 형제분들도 화락하게 잘 계시고 가족들도 모두 무탈하신지요? 구구한 마음에 우러러 궁금함을 그만 둘 수 없습니다.

복중服中에 있는 저는 어리석은 모습이 과거와 같습니다만, 이장하는 일은 이미 출구出柩(이장할 때 광중으로부터 관을 들어냄)하였고 면례緬禮할 날은 점점 다가오는데, 모든 일에 두서가 없으니 애통함을 이길 수 없습니다만, 양쪽 작은 집에서 새로 장사지내려고 정해놓은 땅은 구애되는 것이 많아 아직 승낙이 떨어지지 않고 있으니 이 또한 간절히 비탄悲歎함을 어찌하겠습니까?

지난번에 돌아가실 적에 중군仲君과 서로 약속한 일이 있었던 듯한데, 갑자기 구처區處하다 보니 일이 뜻만 같지 못하여 마침내 기한을 넘겨서야 겨우 약간의 돈을 구해 중군仲君을 시켜 보냅니다. 이것은 성의가 부족한 것은 아니고 형편이 어쩔 수 없었기 때문이지만 부끄럽고 탄식함을 어찌 그만 둘 수 있겠습니까? 확인하시고 받으신 뒤에 중군과 함께 오시어 한번 만날 수 있게 되기를 바라는데, 어떻습니까? 천만 간절히 바랍니다.

이사하는 것은 제 생각으로는 시급한 일이 아니니 심력心力을 쓰실 필요가 없고 잠시 뒷날을 기다려도 무방할 듯합니다. 이것도 아울러 하량해 주시기를 천만 바랍니다. 『주서朱書』 몇 부를 얻어 오시기를 간절히 바랍니다. 한번 훑어보려고 합니다.

나머지는 중군이 말로 전할 것입니다. 다 갖추지 못하오니 정으로 살펴주시기를 바랍니다.

□ 세심헌 이규홍께 드리다 與李洗心軒圭洪

형께서는 이 지역에 오실 때마다 저희 집을 찾아주셨는데 저는 다만 이 편지도 제때에 보내 드리지 못하니 이 어찌 서로 아껴주는 사이의 정이 이렇게 다르단 말입니까? 저는 한결같이 부지런해야 함에도 한결같이 게으르니 감히 반성하고 스스로 부끄러워하지 않을 수 없습니다.

군자의 도가 자라나는 이때 공부하시는 기체氣體가 만위萬衛하시며 온고지신溫故知新하는 공부가 날로 높고 오묘한 경지에 나아가 다른 사람에게도 미치게 할 수 있겠습니까? 윤방胤房은 부모님 모시고 하는 공부가 어떠합니까? 이름만 듣고 그 얼굴을 아직 보지 못하여 아주 암연黯然하게 합니다.

저는 마음이 날로 해이해지고 공부 날로 후퇴하여 하는 일과 행동하는 것마다 남의 입에 오르내리고, 지구知舊들이 서로 안부를 물을 때마다 부끄럽고 대답할 말이 궁한 점이 많습니다. 젊은 사람들도 의지하고 바라볼 곳이 없으니 운수가 이와 같음을 어찌하겠습니까? 시사時

事는 통곡 외에 다시 무슨 말을 하겠습니까? 우리가 의리義理에 종사하여 웅어熊魚는 스스로 분별하게 되었는데,[41] 불행히도 이런 지경에 스스로 빠지게 되었으니, 어떻게 처신하여야 이 유학하는 사람으로서 도리를 저버리지 않는 것인지 모르겠습니다. 평상시 독서하신 힘이 있는 분으로서 반드시 평소 가슴에 정한 것이 있을 것이니, 만일 마땅한 도리가 있으시면 기탄없이 토로하시어 기어이 대도大道로 함께 나아가도록 하심이 어떻겠습니까?

이곳에서는 선성宣城에서 모임이 있었고 성주星州의 통지도 마침 도착하였는데, 모두 대궐문 밖에서 외치고[叫閣] 난 뒤에 물러나 더불어 담판談判한 변명을 삼으니, 이것으로 마치 대략 밝힌 것으로 여긴다면 이 또한 실재적인 일에 무슨 도움이 되겠습니까? 이 일에 대하여 감히 그대와 상의하지 않을 수 없어 이에 사람을 보냅니다. 나머지는 별지別紙에 있습니다.

다 갖추지 못하니 마음으로 살펴주시기 바랍니다.

□ 또 세심헌 이규홍께 드리다　又

반 백리 먼 길을 간 것은 순전히 존범尊範(상대방의 얼굴을 가리킴)을 만나 뵐까 해서였는데, 고헌高軒(상대방, 또는 상대방의 집에 대한 경칭)에 당도하게 되어서는 도리어 길이 어긋나 보지 못하였으니 창망悵惘함을 말로 할 수 없습니다. 그처럼 연로年老하신 근력으로 추위를 무릅쓰고 1백 리가 넘는 길에 어려운 걸음 하신 걸 보면, 우러러 기체후氣體候가 강녕하고 왕성하심을 알겠으니, 이것은 축하할 일입니다. 우리가 모두 이미 쇠년衰年이니 일을 당해서는 용기가 없음이 잘못인데, 형의 이번 행차는 참으로 만 번 훌륭하여 저속한 데에 떨어지지 않은 것입니다.

저는 지난 섣달 22일 떠나서 소회小晦(그믐 전날)에 그곳에 도착하였으니 피곤했던 모양은 번거롭게 말씀드릴 것도 없습니다. 서로 마주하고 보니 과연 마음이 맞아 쏠리게 되어 흉금을 터놓게 되었으니, 형의 편지가 도움이 되지 않은 것은 아닙니다. 다만 심연心淵은 다시 소식이 없다가 본 일이 이루어진 뒤에 내려왔으니 매우 괴이한 일입니다. 표형豹兄[42]의 인품이 혹 재승才勝에 가까워 이에 대해서도 7분分을 의심하고 3분만 믿었다면 어찌 내가 척안隻眼(애꾸눈)도

---

41) 웅어熊魚는 스스로 분별하게 되었는데 : 대의大義는 분별하게 되었다는 뜻. "곰의 발바닥과 생선을 다 좋아하지만 두가지를 함께 얻지 못할 바에는 생선을 버리고 곰의 발바닥을 취하겠다."고 한 말에서 인용한 것이다. 『맹자孟子』 「고자」.

42) 표형豹兄 : 표형은 은표隱豹 차성충車晟忠을 이른다.

갖추지 못하여 와룡臥龍(제갈양)을 알아보지 못한 것이 아니겠습니까? 우스운 일입니다. 그러나 서로 약속을 남겨 두고 돌아왔으니 이것은 그대와 더불어 충분히 의논하고자 해서이니 저는 하회下回를 두고 볼 계획입니다.

이번에 두루 방문한 것은 실로 대부분 상의한 말이 부합되었으나, 봉鳳자만 써놓고[43] 돌아감을 면치 못하였으니, 서운함은 형께서도 같으리라고 생각하니 탄식할 만합니다. 다음 달 보름쯤에 저쪽의 소식이 있을 듯하니 형께서도 이번 행차에서 돌아오신 뒤에 어떤 어려움이 있더라도 그간의 줄거리를 바로 상세히 알려주심이 어떻겠습니까? 1백리가 멀지 않은 것은 아니지만 모이기도 어렵고 시국이 점점 위태로워지니 탄식을 금할 수 없을 뿐입니다.

나머지는 몽당붓으로 다 쓸 수 없기에 이만 그칩니다. 갖추지 못하고 올릴 말씀 남겨두었으니 삼가 마음으로 살펴주시기 바랍니다.

▫ 또 세심헌 이규홍께 드리다   又

지난번에 찾아주시어 대략이나마 오랫동안 쌓였던 회포를 풀었는데, 헤어진 뒤로 아쉬움을 머금고 있자니 다시 주름이 늘었습니다. 꽃피는 계절에 경체經體 기거起居 항상 편안하시며 아드님과 조카들도 독실하게 지내고 있는지요? 삼가 우러르는 마음 이길 수 없습니다.

저는 지난달 26일에 손자를 보는 기쁨이 있었는데, 어제야 겨우 밖으로 나온 걸 보니 아기가 제법 단정하니 이걸로 요즘의 재미로 삼고 있습니다.

그 때 표형豹兄이 하루 묵고 갔는데, 헤어질 때 하는 말이 바로 형과 충분히 상의한 것이라더니 지금 과연 약속과 같이 사람을 보내주었으니 그가 분명한 사람임을 알 수 있습니다. 그러나 잘 모르겠습니다만, 홍주興州(순흥順興)에서 조처한 일도 과연 생각했던 것과 같고 식언食言할 염려는 없겠는지요? 형께서 모든 걸 접고 함께 가서 주마가편走馬加鞭이 되기를 바라오니, 셋을 세는 사이에 기어이 성사가 되도록 하시는 것이 어떻겠습니까? 이것이 여의치 못하면 우리들이 고심苦心을 말할 데가 없거니와 더구나 다른 사람에게 신용을 잃어버리게 되니 피차 낭패됨이 어찌 끝이 있겠습니까? 모름지기 극력 주선하시어 4백 리 밖의 사람들에게 실망이

---

43) 봉鳳자만 써놓고 :『세설신어世說新說』에, 여안呂安이 친한 친구인 계강嵇康을 찾아갔다가 못 만나자 문 위에 봉鳳 자를 써놓고 왔는데, 이 글자를 파자破字하면 '범조凡鳥'가 되므로 친구를 낮게 평가하는 말이다. 여기서는 만나지 못하고 그냥 오게 된 것을 가리킨다.

돌아가지 않게 하심이 어떻겠습니까? 천만번 오로지 바라고 바랍니다.

들으니 그쪽에 가지고 있는 삼씨[大麻子]가 있다고 하니 두 냥중兩重만 주실 수 있겠습니까? 관중貫衆(식물이름)은 이미 표형豹兄에게 부탁해서 지금 겨우 손에 넣었습니다. 봉정鳳亭에서 모임은 아마 내달 초에 있을 것 같은데, 따로 약속한 바에 대한 계획이 있어야겠지요.

하고 싶은 말은 한 둘이 아니지만 갑자기 다 쓸 수 없기에 모두 줄입니다. 다 갖추지 못하오니 마음으로 살펴주시기 바랍니다.

▫ 또 세심헌 이규홍께 드리다   又

중춘仲春에 헤어진 것이 지금까지 아쉽고 아득합니다. 차우車友 편에 안부 편지를 드린 뒤에 줄곧 소식이 끊어져 몹시 그립던 차에 뜻하지 않게 이 노장老丈께서 멀리 방문해 주시어 강아지풀이 무성한 이 때에 경체經體 기거起居가 만왕하시며 서사書史로 가슴을 씻는 즐거움이 날로 깊은 맛이 있고, 아드님과 여러 종형제 분들도 부모님 모시고 공부함이 훌륭함을 들어 알았으니 우러러 간절히 그리던 마음에 듣고 싶었던 소식입니다.

저는 전과 같이 어지러운데다가 그 사이 어린 아이들이 돌림병에 걸려 한 열흘 동안 정신이 없었고 새로 난 손자도 감기 기침으로 고통이 심하여 여러 가지로 마음 끊이느라 거의 미간眉間을 펼 여가가 없었으니, 시절의 고민과 탄식을 어찌 그칠 수 있겠습니까?

시대 상황에 대해서는 달리 말씀드릴 것이 없습니다. 관동關東과 영덕과 홍해 등 여러 곳에는 가끔 진을 치고 있는 무리들이 있었는데 일전에는 군대에 의해 해산되었다고 합니다. 차우車友가 떠난 뒤로 다시 들은 바가 없었는데, 오늘 이 노장을 보고 비로소 그때 과연 헛되이 돌아가지 않았음을 알았으니 다행입니다. 그 뒤에 소식이 없었던 것은 혹시 너무 멀어서 그랬습니까?

여강서원廬江書院에서는 중간에 모일 일이 있었는데, 도임道任을 임시로 없애버렸으니 그간의 사정을 다 말씀드릴 필요는 없겠습니다. 선사先師의 유집遺集을 또 근래 한 본을 등사 하신다더니 아직 다 못하셨다지요. 저도 봄 사이에 잇달아 아이들 병 때문에 한 줄도 쓰지 못하였고, 수곡水谷 어른도 아직 만나보지 못했지만, 그러나 힘을 다해 주선해야 할 것이니, 아무쪼록 경비를 들여 위촉하지 마시기 바랍니다. 이 일은 한번 만나서 공의公議를 거치지 않을 수 없습니다. 그래야 비로소 뒷말이 없을 것이기 때문이니, 하량해 주시는 것이 어떻겠습니까?

지난번 편지에서 부탁드린 삼씨[大麻子]는 혹시 잊지 않으셨는지요? 때 맞춰 뿌려야 가을에 결실도 얻을 수 있을 것이니 나누어 주시기를 바랍니다. 이 역시 그것을 사랑하게 되면 잘 살리고자 하는 뜻이겠지요. 우습고 우습습니다.

만나면 참으로 드릴 말씀이 많습니다만 멀리 편지로 다 할 수 있는 것은 아니기에, 종이를 대하니 더욱 허전하고 서글픔을 느낍니다. 다 갖추지 못하오니 묵묵히 이해하시리라 생각합니다. 후일 만일 차형이 연락하거든 바로 사람을 보내어 서로 연락하는 것이 어떻겠습니까?

□ 또 세심헌 이규홍께 드리다   又

지난달 고高 노인 편으로 부친 편지는 바로 받아 보셨으리라 생각합니다. 그 뒤에 또 한 달이 지났으니 구구한 마음에 아쉬워하며 우러르는 마음 다시 간절합니다. 주역周易 공부하시는 경체經體 기거起居 만상하시며 윤방允房도 모시고 하는 일이 화락하게 잘되고 있으며, 신전薪田의 고우高友도 역시 한결같이 잘 있는지요? 구구한 마음에 두루 간절히 그립습니다.

저는 한결같이 어지럽게 지내고 있어 말씀드릴 만한 것이 없습니다. 다만 다른 가족들이 큰 탈이 없고 어린 손자가 점점 모양을 갖춰가고 있으니 다행일 뿐입니다.

시대상황은 갈수록 더욱 흉흉해져서 우리가 하는 학문도 그 때가 아니어서 마음이 혼란스러워 가끔 어쩔 줄 모를 때가 있으니 어찌하겠습니까? 표형豹兄은 한번 간 후로 소식이 묘연하니 참으로 답답합니다. 그 날짜를 세어보니 지금은 돌아올 만한데 알아볼 방법이 없습니다. 그 쪽에서는 혹시 들은 바가 없으신지요?

의병이 일어났다는 소문이 사방에서 들리는데 마침 위에서 명령이 있었다고 하여 지구知舊들이 자주 재촉하는 것도 난감합니다. 그러나 우선 스스로 마음이 확고함이 있어 움직이지 않을 뿐입니다. 표형의 소식을 먼저 홍주興州에 알아봐서 국서國瑞가 돌아왔는지 않았는지를 물어본 뒤에 고 노인을 야남倻南에 보내어 줄거리를 상세히 말씀드리고 속히 서로 만나도록 하는 것이 어떻겠습니까? 이곳엔 심부름시킬 만한 사람이 없기 때문에 그대에게 대신 말씀드리니 범홀히 여기지 마시고 속히 실행해 주시기를 천만 바랍니다.

울적한 회포는 이곳과 마찬가지이실 테지요. 멀리 보내는 편지에 자세히 적기 어렵고, 이번에 가는 족인族人이 자세히 말씀드릴 것입니다. 많은 걸 빠뜨리고 다 갖추지 못하오니 마음으로 살펴주시기를 바랍니다.

□ 또 세심헌 이규홍께 드리다   又

지난달에 편지를 받고나서 막연하게 또 소식이 없었고, 13일 영주에서 만나자는 약속에는 비 때문에 가지 못하였으니 아마 많이 궁금하셨을 것입니다. 더위가 매우 심한 삼복에 경체經體 기거起居가 만상하시며 윤방允房도 모시고 하는 일이 훌륭하게 잘 되는지요? 송풍나월松風蘿月[44]에 씻은 듯 맑은 마루에서 경사經史를 읽으며 세상의 변화를 훑어보시며 날마다 남들이 미쳐 알지 못하는 즐거움이 있으시리니, 늘 고풍高風을 떠올릴 때마다 비루함이 자신도 모르게 사라지곤 합니다.

저는 지난달 20일 후에 금계金溪에 가서 선사先師의 유집遺集[45]을 한번 읽느라 열흘 남짓을 머물다 돌아왔는데, 더위에 지쳐 자세가 흐트러져서 전혀 검속檢束하지 아니하였으며, 근일에 보고 들은 바도 좋지 않으니 우리들이 때를 만나지 못함이 어찌 이토록 끝이 없단 말입니까? 전날 부탁하신 일은 이미 공수입公收入으로 돌려놓았고 다만 앞면을 조금 고쳤는데 미진한 듯하지만 그래도 빠진 것 보다는 나으니 굳이 다툴 필요는 없을 듯합니다.

지난번에 홍주에 갔던 일은 과연 생각대로 찾아갔으며, 그 곳 소식은 혹 들으신 것이 있습니까? 지금의 되어가는 꼴을 보니 하루하루 심해지는데, 한번 헤어진 뒤로 마침내 서로 멀리 떨어지게 되었으니 인정에 애타고 답답하지 않을 수 없습니다. 만나면 상의할 일이 많은데 양쪽 다 매인 몸이라 한번 마음을 터놓을 길이 없으니 아쉽게 한탄하며 한탄합니다.

금계의 유고는 이번에 교감校勘하였다고 할 만하니, 날이 시원해지거든 등재謄梓할 작정입니다. 형께서 그 때에 맞춰 한번 움직이시어 바로 만나 회포를 푸는 것이 어떻겠습니까?

멀리 보내는 편지인지라 가슴에 있는 말을 다 하지 못하고 오직 속히 만나기를 바랍니다. 다 갖추지 못하오니 마음으로 살펴주시기 바랍니다.

□ 또 세심헌 이규홍께 드리다   又

행차가 별 탈 없으셨으며 보신 일은 일마다 뜻대로 잘되어 큰일이 성취될 가망이 있으신지요?

---

44) 송풍나월松風蘿月 : 소나무 사이로 부는 바람과 담쟁이덩굴 사이로 비치는 달이라는 뜻으로, 운치 있는 자연 경치를 이르는 말이다.
45) 선사先師의 유집遺集 : 이상룡의 스승인 서산 김흥락의 문집을 가리킨다.

저는 이미 갈려고 하던 길인데다가 함께 간 일행이 또 자꾸 재촉하여 부득이 떠났으나 돌아갈 시기는 보름이 지나야 될 듯하니, 만나 뵙지 못하게 되어 슬프고 한스러움이 어찌 끝이 있겠습니까?

답장 편지는 써 두었다가 전해 주시는 것이 어떻겠습니까? 빈 편지는 봉하지 말라는 가르침에 대해서는 잘못된 것을 지적하시는 뜻에 감사하지 않음은 아니지만, 깊이 생각해보니 안면도 없이 처음 편지를 보내는 처지에 먼저 돈을 보내는 일은 아첨한다는 혐의가 있어서 주는 사람이나 받는 사람이나 모두 편치 않을 것이기에 우선 빈종이로 답장을 보냈을 뿐입니다. 족인族人을 함께 가도록 한 것은 오로지 심연心淵에게 안부의 인사를 닦도록 하기 위함이었습니다. 만일 다소 상의해야 할 일이 있으시면 이 족인이 돌아올 때 자세히 말씀하시는 것이 어떻겠습니까? 머물면서 회포를 나누지 못하는 것이 한스럽고 한스럽습니다. 군郡의 편지는 만일 순성舜聲씨가 하지 않으려 하거든 이 족인으로 하여금 길을 찾아 전하게 한다면 그 또한 길이 있을 것 같습니다.

나머지는 여행에서 잘 돌아오시기를 빕니다.

▫ 또 세심헌 이규홍께 드리다 又

편지를 보낸 뒤에 보름이 지났으니 우러러 그리워함이 다시 깊습니다. 서리 내리는 계절에 객지에 계시는 기체氣體가 만상하시며 하시는 일도 점차 두서를 잡아가는지요? 구구한 마음에 우러러 궁금합니다. 볕이 나서 청부靑鳧(청송)에 가서 한 보름 지내다가 돌아왔는데 아드님이 찾아주시어 만나 보았으니 그 기쁨을 알만하실 겁니다. 게다가 그 의표儀表가 단아하고 그릇과 식견이 일찌감치 성취되었으니 참으로 봉황의 집에는 범상한 새가 나지 않는다고 할 수 있으니, 아주 경하할 만합니다. 다만 약관弱冠의 나이에 멀리 나들이를 하는데 옷은 얇고 날씨는 추우니 보는 사람으로 하여금 염려가 적지 않게 하니, 바로 집으로 돌아오게 하는 것이 좋을 듯한데, 어떻겠습니까?

나머지 많은 것은 다 빠뜨리고 갖추지 못하오니 삼가 살펴주시기를 바랍니다.

표형은 근래 소식이 있는지요? 그리움이 매우 간절합니다.

▫ 또 세심헌 이규홍께 드리다   又

한번 뵙지는 못했으나 훌륭한 명성은 넉넉히 들었었는데, 지난 연말에 야남鄒南에서 일할 때 장차 뵈려니 하였었는데, 도착해보니 도리어 수하광경水下光景에 거하시게 되어 마음이 슬프고 탄식함은 세심헌洗心軒께서만 아시겠지요. 뜻밖에 먼저 주신 편지를 받아보니 속마음을 가림이 없이 터놓아 주셨으니 이것이 고인古人의 의리라, 스스로 살펴보아도 보잘 것 없는 제가 어찌 이런 대접을 받을 수 있단 말입니까? 백 번 다시 보고 외우면서 감사함과 송구스러움이 교차합니다. 삼가 서리 내리는 계절에 객지에 계시는 기체氣體의 동정이 연이어 좋으시다니 우러러 바라던 끝에 더욱 듣고 싶던 소식과 부합됩니다.

저는 지난해 양월陽月(음력 10월) 이후로 풍광증風狂症이 발병하여 가슴 속에 불길이 산처럼 솟구치는 것 같아, 살아서도 이미 아무런 재미가 없고 죽어서도 갈 곳이 없으니, 문을 걸어 닫아 걸고 사람을 사절하고 국화와 소나무를 읊으며 우선 몸을 편안히 하는 계책으로 삼고 있습니다. 그런데 집사께서는 이런 실정을 모르시고 지나치게 칭찬하는 말씀을 하시면서 심지어 적막한 도계陶溪를 남양南陽에 비유46)하시기까지 하셨으니 감히 받아들이거나 못하거나를 물론하고 군자의 어묵語默하는 실수가 어찌 작겠습니까? 그러나 이 사람의 마음이 옛날과 같이 뜻만 큰 것이 병이었는데, 한번 읽음에 눈물이 흐르고 두 번 읽음에 수염이 곤추서며 세 번 읽음에 마음이 열리고 간담이 상쾌해져서 저도 모르게 벌떡 일어났으니, 만일 집사가 은표隱豹와 함께 보았다면 반드시 참지 못하고 한바탕 웃었을 것입니다. 참으로 일을 편안히 여기고 마음을 씻는 것을 마땅히 자세히 알려드려야 겠지요.

제가 힘써 할 수 있는 것은 다만 단전丹田 반 이랑과 속에 있는 피 한 말 뿐입니다. 찾아가 뵙지를 못하고 족인族人을 시켜 대신 안부를 여쭙자니 오만함에 매우 부끄럽습니다.

다 갖추지 못하오니 헤아려 살펴주시기 바랍니다.

▫ 삼가 절하고 편지를 올립니다   謹拜狀上

생식省式하옵니다. 사문斯文이 천만 다행하여 선선생先先生의 시호諡號가 내려왔으니,47) 하늘

---

46) 도계陶溪를 남양南陽에 비유 : 도계陶溪는 도산이 있는 안동을 가리키고, 남양南陽은 한漢 나라때 제갈량諸葛亮이 유비劉備를 만나 나오기 전에 살던 곳이다.

과 같은 성은聖恩을 장차 어찌 보답하겠습니까?

삼가 경사스러운 때에 자당慈堂의 기체가 더욱 강복康福하시며 어머님 모시는 형제분들의 기후는 화락하시며 다른 가족들도 편안하시고 마을은 청정하여 장차 일하시는데 혹시라도 구애됨이 없으신지요? 모든 우리 영남의 선비라면 오늘 같은 날 누가 감사하며 손뼉을 치지 않겠습니까만, 더구나 저는 외손의 항렬에 들어 있는 사람으로서 마땅히 먼저 달려가 제사 드리는 일에 심부름을 해야 하겠지요. 그러나 몸이 살림에 메어있을 뿐만 아니라, 위로는 노인께서 감기로 겨우 한바탕 난리를 겪은 데다 아래로는 어린 아기가 병이 끊이질 않아 부득이 집의 아이를 대신 보내어 색책塞責하려 하니, 인정과 예절이 둘 다 어그러지게 되어 부끄럽고 송구함을 이길 수 없습니다. 어찌 용서해 주시기를 바라겠습니까? 오직 제사가 잘 행해지기를 빕니다.

다 갖추지 못하오니 살펴주시길 바랍니다.

자어子㛅형이 참봉에 제수된 것은 더욱 금상첨화라 할 만합니다. 마땅히 축하하는 시를 올렸어야 되는데 병으로 누워있어 그리하지 못하여 한스럽다는 뜻을 전해주시길 바랍니다.

□ 삼가 절하고 편지를 올립니다 謹拜狀上

심연心淵의 체사棣使가 돌아간 뒤에 늘 적막하게 소식이 없어 바야흐로 답답하던 차에 뜻밖에 발산發山이 진안眞安으로부터 지나가는 길에 들러주시어, 그로부터 근래 안부를 듣고 주름진 얼굴에 조금 위로가 되었습니다. 양陽이 돌아오는 때[48]에 경체經體 기거가 더욱 평안하시고, 아드님도 모시고 공부하는 것이 훌륭하며, 심연心淵은 고개를 넘어간 후에 자주 소식이 있는지요? 모두 구구한 마음에 우러러 궁금합니다.

저는 겨울 이래로 특별한 탈 없이 날마다 어린 손자와 장난으로 웃으며 세월 보내고 있습니다.

야남倻南엔 그동안 소식이 없었고 방언邦彦도 만난 지 오래되었는데, 이번 일이 또 허영虛影 (허상虛像)이 되지 않을지 모르겠습니다. 지난번의 산골의 소요는 장차 크게 일어날 듯 하다가

---

47) 선선생先生의 … 내려왔으니 : 이것은 대산 이상정에게 시호가 내려온 것을 가리킨다.
48) 양陽이 돌아오는 때 : 음력 11월을 가리키는 말로, 주역의 복괘復卦가 11월에 해당하며 맨 아래 양효陽爻가 하나 있다.

요즘은 아주 들리는 소문이 없으니 참으로 우선은 다행입니다.

우리의 모든 일은 반드시 신중하게 잘 살펴서 본분을 잃지 않음을 졸규拙規의 첫 번째 의리로 삼아야 할 것이니, 삼가 양수良遂는 이미 모두 알고 있으리라 생각합니다.[49] 만일 영외嶺外에서 소식이 오거든 바로 저에게 알려 주시기를 바랍니다. 발산이 추위를 무릅쓰고 왔다 가니 쇠년衰年의 기력이 좋음을 부러워하게 합니다.

나머지는 돌아가는 인편이 바빠 이만 간략하게 안부를 여쭙습니다. 다 갖추지 못하오니 삼가 헤아려 살펴주시길 바랍니다.

▫ 삼가 절하고 글을 올립니다 謹拜疏上

이마를 조아리며 말씀 올립니다. 지나온 이력을 되돌아보니 마치 꿈속에서 깊은 구덩이에 빠졌던 듯하여 비록 크게 다친 곳은 없으나 여겁餘怯이 아직 다 없어지지 않았습니다. 삼가 생각컨대, 빌미가 된 것이 같기 때문에 증후症候도 반드시 다르지 않겠지요. 더구나 사시는 곳이 길에서 가깝고 평소 명성이 높아 응접하는 번거로움이 더욱 감당하시기 어려우신 바가 있으셨으니 오죽 하시겠습니까? 늘 한번 위로의 글을 올려서 줄거리를 말씀드리려고 하였으나 실행하지 못하다가, 어제는 마침 이웃집에도 가지 말라는 경계를 범하여, 아랫마을의 난사蘭使[50]가 왔는데도 의례히 문자를 베껴 하는 조문도 빠뜨리고 말았으니, 정의情誼가 도타운 사이에 있을 수 없는 일이었습니다.

삼가 환절기에 복중服中에 계시는 기체氣體 동정이 평안하시며 아위亞闈(숙모)께서도 계속 강녕하시며 가족들도 모두 잘 계시는지요? 일찍이 계씨季氏형께서 오서서 상을 마주하시는 즐거움이 있다고 들었는데, 아직 돌아가지 않았는지요? 석오錫五 형의 일은 실로 꿈에도 생각하지 못했던 일로, 전에 비록 편찮으신 것이 가볍지 않다는 소식은 들었지만 타고난 기품이 아주 후하여 점차 나으시리라고 여겼는데, 어찌 이런 소식이 갑자기 오리라고 생각이나 하였겠습니까? 좌하座下께서 오랫동안 상하신 심경에 또 하필 이 달이 다 되어 이런 동기同氣를 잃는

---

49) 양수는 이미 모두 알고 … 생각합니다 : 양수良遂는 중국의 승려 이름으로, 그가 마곡화상麻谷和尙을 찾아가서 깨달음을 얻고 나서 나중에 대중들에게 말하기를, "여러분이 아는 것을 나는 모조리 알지만 내가 아는 것은 여러분이 모르리라[良遂知處 諸人不知 諸人知處 良遂總知]." 하였다는 이야기가 있다. 여기서는 뛰어난 상대방은 이미 다 알고 있으리라는 말이다.

50) 난사蘭使 : 당나라 한유韓愈의 종의 이름으로, 부고를 전하는 사람을 뜻한다.

화를 당하셨으니 이 때문에 살이 베어내는 듯한 아픔이 더욱 끝이 없으시리라 생각하니, 삼가 슬프게 우러르는 마음 간절합니다.

저 소제少弟는 여막廬幕에 있으면서 이런 흉변凶變을 만났으니, 하늘이 일부러라도 다 죽이리라고 생각하였으나 완악하고 잔인한 한 가닥 목숨이 아직도 이렇게 구차히 연명하고 있습니다. 오직 두려운 것은 배고픈 사람들이 배를 채우지 못하고 피곤한 사람이 떨쳐 일어나지 못하는 것이니, 아득한 저 하늘과 땅이여, 이 사람들에게 이 무슨 일입니까? 오직 강주江州의 많은 사람들이 모두 도랑에 쓰러져 죽는 것을 면한 것은 천만 다행입니다. 그러나 명아주와 콩잎과 같은 거친 음식만 먹다가 보니 쌀밥을 받아들이지 못하여, 먹는 대로 설사를 하여 누구하나 병들지 않은 사람이 없고, 마을에는 간간히 죽는 사람이 서로 이어지니, 슬퍼하는 외에 도리어 간절히 걱정되고 두려울 뿐입니다.

6월 그믐에 귀호龜湖 고모님 상을 당했으니 비록 오래 사셨다고는 하지만 애통함을 어찌 말로 하겠습니까? 이번에 간 부고장은 아마 찬부贊夫 형의 집으로 가는 것일 듯하니, 전해 주시는 것이 어떻겠습니까?

일간에 백씨伯氏나 중씨仲氏 중에 혹 장사藏寺에 가실 일은 없으신지요? 그 때 한번 들러 주시는 것이 어떻겠습니까? 늘어가는 정회情懷는 대부분 절친한 정의에 있는데, 하물며 각각 험한 세상을 겪고 있으니 심히 회포를 풀고 싶습니다.

나머지는 경황이 없어 다 갖추지 않으니 복차服次에서 살펴주시기 바랍니다.

□ 번포의 면례緬禮 복좌전服座前에 드리는 답장　樊浦緬服座前回納

생식省式하옵니다. 소식이 막힌 것이 이미 반년이나 되어 바야흐로 간절히 답답하던 차에 뜻하지 않게 사람을 보내어 내려주신 편지를 받아보니 감사하고 위로됨이 지극하여 마치 듣기 어려운 소리를 들은 듯합니다. 이어 살피건대, 추운 날씨에 안어른 기력이 조금 편치 못하시다가 금방 회복되시었으며, 어른 모시는 형제분들께선 잘 지내시지만, 병든 매씨妹氏가 앓고 있는 것이 아직 차도가 없다고 하니 한편 위로되고 한편 염려스럽습니다.

말에 순서를 잃었습니다. 선부군先府君 산소 이장할 날이 바짝 다가와 관화棺和(묘속에 있던 관과 유골)를 이미 밖으로 들어냈는데 옛 자리에는 또 재해가 많았으니 놀라고 애통함이 어찌 적막하게 서리 맞은 꽃을 보는 듯할 뿐이겠습니까? 새로 모실 산은 집에서 가까운 곳으로, 소가 누워 잠든 것 같은 좋은 장소로 정했으니 참으로 신과 사람 모두에게 어울리는 곳이라, 다소 마땅치 못한 사단이 있었다하더라도 차차 순조롭게 될 것이니, 어찌 지나쳤다는 우려를 하시기까지 하십니까? 다만 안주인이 병으로 누워 있어 주방廚房이 텅 비어 있는 것이 작은 문제가 아닌지라 어찌 대사를 잘 해나가실 수 있겠습니까? 아울러 간절히 마음 쓰입니다.

부제婦弟인 저는 어머님께서 두풍頭風으로 편치 않으시고 내자內子도 또 담종痰腫으로 싸고 누워 있어 요즘 애타는 일은 말로 다 할 수 없습니다. 덕초德初는 마평馬坪에다 집을 지어 가족을 데리고 갔습니다. 산골에 살며 서로 의지하던 터에 또 이렇게 헤어져 살게 되니 심정이 어떠하겠습니까? 다만 다행한 것은 공암孔巖의 부친 산소를 늦가을에 비로소 개광改壙(이장移葬)하고 가토加土하였습니다. 지난날의 어지럽던 것이 차츰 잠잠하게 되면, 이 한가지 일은 마감하였다고 할 수 있을런지요?

이장하는 날짜를 통지받았으면 달려가 상어 줄이라도 잡아드림에 어찌 속히 오라는 재촉을 기다리겠습니까마는, 추운 겨울에 큰 고개를 넘어가는데 눈이 쌓였을지도 알 수 없고, 저희 집에도 길사吉祀 날짜를 열흘 뒤로 우선 잡아놓았으나, 집안의 근심 걱정으로 날을 잡으려고 하지만 아직 날짜를 꼭 집어 알려드리지 못하겠으니, 밖에 나가 나그네가 되어 있는 사람이 말할 수 있는 것이 아닙니다. 평소 높이 우러르는 마음은 남에게 뒤지지 않습니다만 이런 일이 있는데도 한번 찾아뵙겠다는 약속을 또 이루지 못하니 참으로 부끄럽고 한스럽습니다. 내년 봄쯤에 뒤늦게라도 한번 찾아뵐 계획입니다. 산소 쓸 자리를 찾아 산역山役하는 일이 마음에 들기는 어려울 것입니다. 바라건대 반드시 극히 신중하게 하셔서 광중을 깊이 파고 단단하게 쌓아서 나중에 후회하는 일이 없게 하시기를 바랍니다.

우리 지역의 노림魯林에도 비지賁趾 남선생南先生[51]의 면례緬禮가 있는데 날을 잡지 않고 천구遷柩하여 임시로 안치安置하였다하니, 거조擧措가 매우 놀랍습니다. 유학의 영향력이 점점 멀어지고 예의가 점점 무너짐이 어찌 두려운 것이 아니겠습니까? 크게 탄식하고 탄식합니다.

나머지는 별지에 썼습니다. 큰일을 잘 치러서 멀리서 바라는 정성에 부합되기를 빕니다. 다 갖추지 못하오니 복중服中에서 살펴주시기 바랍니다.

---

51) 비지賁趾 남선생南先生 : 남치리南致利를 가리킨다. 그의 자는 의중義中, 본관은 영양英陽이며, 안동安東출생으로 퇴계의 문인이다. 중앙과 지방으로부터 뛰어난 인물로 선망을 받았으나 38세로 요절하였다. 시문이 뛰어나 「언행잡록言行雜錄」 등의 저술을 남겼으며. 노림서원魯林書院에 제향되었다.

▫ 부모님을 모시고 있는 이 생원 형제분께 드리다   李生員侍棣座執事

생식省式하옵니다. 일전에 찾아오시어 위로해 주신 것은 참으로 뜻밖의 일로 애감哀感을 다 헤아릴 수 없습니다. 다만 경계하고 염려하는 일이 편안치 못함으로 인해 돌아가시겠다는 뜻이 간절하시어 굳이 만류하지 않았으니 그 또한 저의 성의가 부족함은 아니었습니다만, 헤어진 뒤에 서운하고 그리움은 아직도 풀어지지 않습니다.

삼가 늦더위에 당상堂上의 어른 기체가 계속 왕성하시고, 집으로 돌아가신 형제분들께선 화락하게 잘 지내시며, 윤방允房의 시주侍做(부모님 모시는 일과 공부)도 잘 하고 있는지요?

말이 순서를 잃었습니다. 어느덧 중부仲府 사장查丈의 종상終祥이 다가왔으니, 우러러 생각컨대, 체효替孝52)에 슬픔이 다시 더 새로울 것인데 어찌 억누르십니까? 삼가 구구한 마음에 간절히 슬프고 궁금합니다.

저 외제인外除人은 27개월이 어느덧 다 지나갔으니, 안으로는 먹고 지내는 것이 편안하고 밖으로는 관구冠屨가 질서가 있습니다만, 당일의 망극하던 정사情事를 돌이켜 보면 차마 이렇게 담담하고 평안한 모양을 할 수가 있겠습니까? 애통하고 완고頑固합니다. 다만 요란하던 시국이 조금 진정되었고 장마 비가 간헐적이어서 농사에 크게 장애가 되지 않음이 다행일 뿐입니다.

지난번에 오랫동안 찾아뵙지 못한 것을 오늘은 다 갚아야 되지만, 겨우 담제禫祭를 마친 뒤라 형편상 직접 달려가지 못하고 아이를 대신 보내려고 하였는데, 밤에 갑자기 북쪽으로 간다는 소리가 새로 들려 경계하고 염려함이 없지도 않았고 제 아내가 간절히 만류하였으나 부득이하여, 일부러 사람을 보내어 색책塞責하려 합니다. 환란患亂한 세상에 일마다 뜻대로 할 수 없음은 형세가 그렇다고는 하지만, 인정과 예의를 다 저버리는 꼴이 되었으니, 어찌 사람이라고 할 수 있겠습니까? 부끄럽고 죄송하고 죄송합니다.

아무쪼록 어른들과 가족들이 모두 평안하시기를 빕니다. 의식과 모양을 다 갖추지 못하오니 마음으로 살펴주시기를 바랍니다.

---

52) 중부仲府 사장查丈 … 체효替孝 : 중부仲府 사장查丈은 보내는 사람에겐 사장查丈이 되는 상대방의 죽은 중부仲父를 말하고, 체효替孝는 숙백부叔伯父에 대한 효성을 뜻한다.

□ 부모님 모시는 매형 형제분들께 절하고 답장을 올립니다 妹兄侍棣案拜謝狀

해가 바뀐 지 며칠이 지나도록 소식을 듣지 못해 바야흐로 답답함이 더했는데 뜻밖에 귀성貴星이가 편지를 가져 오고 겸하여 약재藥材를 내려 주셨으니, 놀랍고 기쁘고 감사함이 깊어 사례謝禮할 바를 모르겠습니다.

새해를 맞아 당상에 계시는 안어른과 모시고 있는 형제분들의 기체가 만 번 가호加護하시고, 거처하시던 곳으로 가셨다니 조섭調攝하시던 일이 쾌복快復하셨음을 알겠습니다. 어른을 모시던 친구는 잘 지내더니 불행히도 넘어지는 액운을 당했다니 어찌 이렇게 까지 되었는지요? 아무쪼록 속히 치료하시어 응긴 어혈瘀血이 나중에 걱정거리가 되지 않도록 하길 바랍니다.

매아妹阿의 목에 난 핵核이 다시 커졌다고 하니 매우 염려됩니다. 서울 노인의 화제和劑는 아직 써보지 않았습니까? 의사를 택하는데 반드시 노인을 찾는 것은 경력이 많기 때문인데, 어째서 바로 화제대로 복용하지 않았습니까? 아울러 간절히 생각함에 매우 위로됩니다.

저 부제婦弟 복인服人은 약을 드시는 어른께서 조금도 나아짐이 없으시어, 일전에 계군季君(막내아우)이 돌아올 때 다시 한 제劑를 지어왔는데 식초에 담갔다가 건져내 달이는 제법製法이 번거롭고 힘들어 아직까지 한번 복용하시진 못하였으나, 이것은 환약丸藥이라서 삼키기가 매우 어려우실 것이니 매우 머리가 무겁습니다. 증세가 전날보다 심하지는 않지만 근력이 남김없이 빠져버리셨으니 애타는 마음을 어찌 말로 할 수 있겠습니까?

매아妹阿의 행차는 정리情理상 마땅히 그래야 하지만 큰제사가 앞에 있고 그가 고생하는 것도 우연이 아니므로 형께서 강력하게 만류하는 것도 괴이함이 없을 듯합니다. 그러나 앓고 계신 어머니께서 그가 친정에 올 뜻이 있다는 소식을 들으시고 빨리 데리고 오려고 하시니, 형께서도 이에 대해서 고집해서는 안 될 것입니다. 다만 오늘 내일 사이에 날도 잡지 않고 성급하게 오지 말고 다음 25~27일이 그에겐 천의天宜 복덕福德에 해당되는 날이니, 역서曆書(책력)를 살펴보고 출행出行해서 안 되는 날을 피해 바람이 잦고 따뜻한 날을 가려 바로 오는 것이 어떻겠습니까? 그쪽 형편을 모르니 이쪽에서 날을 잡아서 반쪽만 정하는 것이 되게 할 수는 없기 때문입니다.

큰되[大升]는 잊지 않고 생각해 주시니 감사합니다. 다만 이곳에서도 이미 중평中坪을 구해 놓았으니 우선 가져오지 않아도 낭패가 되지는 않습니다. 먼 길에 사람이 가서 공연히 신경만 쓰게 될까봐 불안합니다.

말은 내행內行을 위해 그대로 보내겠습니다. 그러나 그것이 아주 약하지만 반드시 멀리까지 가지 못하기야 하겠습니까?

계군季君이 마침 새집으로 돌아왔으니 내일쯤에는 아마 올라올 듯한데, 그도 병이 완전히 낫지 않아서 걱정입니다. 지난번 편지에 대해서는 답장을 받지 못했는데, 이 편지에도 할 말이 있을 것이나 약속한 것이 무슨 일인지 모르겠지만 아마 과거의 이야기일 것입니다. 형이라면 독실히 믿습니다.

나머지는 어지러운 중이라 길게 쓰지 못하니, 잘 살펴주시길 바랍니다.

▫ 번포에게 드리는 편지 與樊浦書

동쪽으로 구경가서 세 가지 장관壯觀에서 놀았던 일은 지난번에 드린 졸시拙詩에서 이미 말씀드렸지요. 노곡魯谷에서 헤어진 뒤에 또 한 가지 기이한 말을 생각했는데, '천리 길을 나서기는 쉬워도 백리를 전송하는 것은 어렵다.'는 것입니다. 이것은 집사의 후의에 감사하며 하는 말이지만 조만간 서로 만났을 때를 대비할 만합니다. 하하하… 그때 석포石浦에 도착하여 며칠이나 머물다가 돌아가셨는지요?

추위가 점점 매서워지는 이때, 형제분들 함께 계시며 화락하게 지내시는 기체가 왕성하시며 윤방允房의 시주侍做도 잘하고 있으며, 매아妹阿의 근황도 여전하며, 그때 같이 놀던 여러 벗들도 모두 다 편안하신지요? 아련하게 꿈속에서도 늘 고헌高軒(상대방의 집을 가리킴)을 떠나지 않는데 돌아와 누워 있는 것은 7척 몸일 뿐입니다. 사하생査下生은 덕으로 배를 불리고 마음이 만족하여 경치 좋은 곳까지 찾아 뜻이 흡족하여, 돌아오는 길에는 먼 길을 걸어오는 것이 힘든 줄도 모르다가 집에 와서야 나른하여 매우 피곤함을 깨닫게 되었습니다. 게다가 요즘은 찬바람에 몸이 상해 문을 걸어 닫고 고슴도치처럼 웅크리고 있으면서 감히 머리를 내밀 엄두조차 내지 못하니 참으로 스스로 가련합니다. 다만 어머님께서 별 탈이 없으시고 다른 식구들도 크게 아픈 사람이 없는 것이 다행일 뿐입니다.

문자文字를 교감校勘하는 일을 어찌 이런 고루한 사람이 감히 참여할 바이겠습니까? 그런데도 지난번에 간곡하신 가르침을 거듭 어기고 함부로 손을 대었던 것이 헤어져 돌아와 생각해보아도 이미 은근지실銀根之失53)이 적지 않았음을 깨달았습니다. 이것이 비록 분수에 지나친

---

53) 은근지실銀根之失 : 은銀 자와 근根 자를 구분하지 못한 잘못이란 뜻으로, 교감하는데 제대로 하지

자리가 있었다 해도 제 마음에 죄스러워 땀이 남을 그만 둘 수 없습니다. 가산佳山 어른과 다시 한번 앞뒤로 찌를 부친 곳을 살펴보시고 하나하나 잘못된 곳을 버리시어 남의 눈을 번거롭게 하지 않게 하시는 것이 어떻겠습니까?

나머지는 마침 자리가 소란해 다 갖추지 않습니다.

▫ 또 번포에게 드리는 편지 又

지역에 소요가 있은 뒤로 늘 사람을 보내어 안부를 알아보려고 하였지만, 궁벽한 산속에 살다보니 뜻대로 되는 일이 별로 없어 마음속에만 두고 이루지 못한 것이 어느덧 추운 계절이 닥쳤습니다. 그러나 늘 또렷하게 한결같이 생각함은 어찌 잠시라도 마음속에서 떠난 적이 있었겠습니까?

요즈음 당상堂上에 계시는 모친의 기체는 만왕萬旺하시고 어른 모시는 형제분들께선 건강하게 잘 지내시며, 매아妹阿도 여전하며 지난번에 앓던 데서 지금은 벗어났는지요? 가을일은 모두가 고르게 잘 되었으니, 그곳에도 역시 그러하리라 생각합니다. 산골과 바닷가에는 가끔 잔학殘虐하게 노략질하는 무리들이 출몰하는 걱정이 있다고 하는데, 근래에 혹 그런 염려는 없어졌는지요?

말이 순서를 잃었습니다. 선조이신 무의공武毅公의 신도비神道碑를 세우는 날을 가깝게 잡았다고 하니, 선조를 위하는 정성이 다른 사람보다 훨씬 뛰어남을 알 수 있습니다. 그러나 이것은 큰일로써, 소요騷擾를 격은 뒤라, 모든 것이 틀림없이 물로 씻어 낸 듯 텅 비었을 것인데 어떻게 처리할 계획입니까? 구구한 마음에 두루 간절히 마음 쓰이고 궁금합니다.

저는 어른들께서 더 심하신 것은 면했고 아이들과 다른 식구들이 우선 그만합니다만, 지금 4대의 면례緬禮를 하려고 날마다 산지山地를 구하러 다닙니다. 그러나 그 길이 어렵기가 요즘 같은 때가 없으니 뜻하는 대로 편안히 모실 수 있을지 모르겠습니다.

존가尊家의 대사大事가 있는 날에 마땅히 한번 직접 찾아뵈어야 하겠습니다만, 고개 넘고 바다건너 수백리 길에 뜻하지 않은 일이 없으리라고 기약할 수가 없으니, 마땅히 형편을 보아가며 결정해야겠습니다.

돌아가신 사장査丈의 유고遺稿는 찾아서 책상위에 둔지가 이미 오래되었는데, 이곳에 적당

못했다는 뜻의 겸사이다.

한 인편이 없어 감히 부치지 못하고 후일 믿을만한 인편이 있으면 보내드리겠습니다.

매아妹阿는 모친의 뜻이 고생스러워도 데리고 왔으면 하시나 시사時事가 안정되지 못해 감히 굳이 청하지는 못하겠고 마땅히 형세를 보아서 다시 말씀드리겠습니다.

나머지는 분요하고 바빠서 이만 줄입니다.

▫ 박낙응에게 드리는 편지　與朴洛應書

미끄럽고 눈 쌓인 먼 길을 걸려 보내고 돌아와 비록 잘 도착하였다는 소식은 들었으나 지금 생각해도 마음이 아리고 개운치 못한 것이 마치 먹은 것이 소화되지 못한 것 같습니다.

해가 바뀌어 며칠이 지났는데, 신원新元을 맞아 당상에 계시는 모친의 기체가 새해를 맞아 만왕하시며 아정亞庭(상대방 숙부에 대한 경칭)의 기후도 연달아 복되시며, 어른 모시는 형제분들 화락하게 잘 지내시는지요? 우러러 넘치는 궁금함을 이길 수 없습니다.

저는 산골에 떨어져 살며 새해를 맞아 특별히 좋은 일은 없으나 어머님께서 우선 그만하시고 생질과 누이[甥妹]가 무탈하여 작년에 비해 분주한 광경을 이곳에서 보게 되니 이 또한 다행입니다. 다만 간수병刊成兵이 아직 해산解散하지 않아 산골의 소요騷擾가 아직도 그치지 않았으니, 우선 편안한 것이 어찌 오래 보장될 수 있겠습니까? 매아妹阿의 병은 오랫동안 경험으로 봐서 모두 기氣가 허虛한 것인데, 수탉을 형의 뜻대로 여러 차례 달여서 먹여 보았지만 별로 뛰어난 효과가 없는 듯하여 걱정입니다.

지역에 소요가 일어난 뒤로 어느 하나 마음을 명쾌明快하게 하는 일이 없고 다만 가족 간에 단란한 것이 마음 쓰이는 곳인데, 형처럼 멀어서 오지 못하니 동쪽으로 바다 쪽 하늘을 바라보며 그리워할 뿐입니다. 봄날이 조금 따뜻해지길 기다려 한번 찾아오시는 것이 어떻겠습니까?

나머지는 해가 바뀌어 분주하여 모두 남겨 두고 갖추지 않습니다.

▫ 번포에게 드리는 편지　與樊浦書

해가 바뀌어 봄이 반이 지나도록 양쪽의 소식이 서로 막혔었는데, 월초에 칠성七星과 남南노인을 만나 대략 근래의 안부를 들었습니다만 그 자세한 것은 듣지 못하여 늘 향하는 마음에 어찌 빈 날이 있겠습니까?

중춘을 맞아 어른의 체력이 시절에 따라 만왕萬旺하시며 함께 계시는 형제분들은 화락하게 잘 지내시며, 사변事變이 있은 뒤로 마음이 쉽게 안정되지 않을 터인데 일이 있을 때 잊지 않고 형편에 따라 잘 대응하고 계시는지요? 구구한 마음에 우러러 궁금함을 이기지 못하겠습니다.

저 부제婦弟는 궁벽한 산중에 문을 닫고 들어앉아 바깥일에 간섭하지 않고 있으며 오직 친후親候가 그만 하시고 다른 식구들이 무탈한 것을 요즘 집에 있는 낙으로 삼을 뿐입니다.

매아妹阿의 병은 다시 더하지는 않았지만 너무 바싹 여위었다니 병의 뿌리가 아직 빠지지 않았음을 알 수 있습니다. 지난번에 만났던 남南 노인도 별다른 말이 없었지만 깊이 우려됩니다.

한번 오시겠다는 약속은 혹 가까운 시일 내에 가능하겠습니까? 시사時事를 알 수 없고 또 원근에 이름 모를 질병이 자주 있으나 머지않아 일망타진될 것 같습니다. 이런 때 출입을 감히 굳이 청하지는 못하겠으나, 선부군先府君의 유고遺稿를 이곳에 보관하고 있고, 그에 대해 이미 한 말이 있으니 이럴 때 한가한 틈을 타서 한번 서로 만나 상의하기 딱 좋으니, 부디 형편을 보아서 선처하기를 바라는데 어떻습니까?

나머지는 상주에서 온 인편을 통해 들으시고, 분주하고 바빠 이만 줄입니다.

▫ 또 번포에게 드리는 편지   又

전월前月 인편이 돌아온 뒤에 편지를 받아보지 못하여 울적한 마음을 형언할 수 없었지만 뜻밖에 춘부春府 어른의 행차에 절을 올리는 감격과 겸하여 편지를 받고 반갑게 거듭 읽으니 대면한 것과 진배없었습니다. 삼가 따뜻한 날씨에 자당慈堂을 모시는 정인鼎茵이 연이어 강왕康旺하시며 모시고 시내는 체절體節이 별고 없으신지요? 누이는 점차 소생이 되고 소소小小한 나머지 신고辛苦도 마땅히 차례로 해소 되겠지요? 어린 것은 태독胎毒이 만일 창궐하면 또한 고민스러울 것입니다. 그러나 이것이 악증惡症이 아니라면 그다지 심려할 것은 없을 것입니다. 저는 어머니의 체절이 봄 들어 별고 없으시고 두 아우와 한 아이가 모두 편안하다고는 할 수 없지만 숙병宿病은 조금 그쳤으니 다행스럽습니다. 다만 문내門內의 참혹한 상사가 한 집만이 아닌데다 낭엽廊棄 역시 죽을 염려가 있어서 마음자리가 즐겁지 못합니다. 춘궁春窮이야 상례지만 귀댁의 농장이 적탈赤脫된 이후로 더욱 심각함을 면하지 못하리라 여겨집니다. 열 식구나 되는 대가족이 어떻게 제접濟接해 나가겠습니까? 오직 연전硯田을 부지런히 경작耕作하여 날마다 풍성해 지기를 기대하면서 소절小節의 우려로 나의 마음을 고달프게 하지 않도록 하는 것이 어떻겠습니까?

해일海溢을 가지고 왜 그렇게 소동입니까? 반드시 이는 이치에 맞지도 않는 와전된 말일 것입니다. 이와 같은 상서롭지 못한 조짐 때문에 우려가 실로 작지 않습니다. 간역刊役은 이달 안에 착수한다고 들었는데 일은 거창하고 힘은 많이 드는데 어떻게 간행刊行하실 수 있겠습니까? 한 집안 간의 처지로 대신 고민스러움이 간절합니다. 각처의 문자는 뜻과 같이 이루어져야겠지만 혹 흡족하지 못한 점이 있다고 하더라도 이는 견문見聞이 미치지 못했기 때문입니다. 다음 달쯤 혹 이쪽으로 한번 오지 않으시겠습니까? 중군仲君이 장차 보름이나 20일 쯤 삼근三近에 가려 하는데 만약 뜻한대로 되면 반드시 가서 뵐 것입니다. 나머지는 다음에 문안하기로 하고 이만 줄이겠습니다.

□ 또 번포에게 드리는 편지 又

앞 서신에 회답한지 수일 만에 다음 서신이 또 오니 갖가지 기쁜 감상이 거의 무릎을 맞대고 이야기하는 것 같습니다. 만일 늘 이처럼 할 수 있다면 어찌 길이 멀다고 한탄하겠습니까? 편지를 보낸 후 또 여러 밤이 바뀌었지만 아직 여름이 물러나지 않은 이때에 자당慈堂을 모시고 형제분들 체절體節이 연이어 건강하시며 어른을 곁에서 모시고 지내는 자제분도 잘 계신지요? 누이의 산고產苦도 점차 나아지고 있습니까? 안주인이 오래 앓아 누워있어 모든 일이 두서가 없는데다 하물며 손님 접대가 많은 중에 이런 곤궁한 시절을 만났으니 아침저녁으로 밀려오는 수심이 어찌 말씀하신 것과 같지 않을 수 있겠습니까? 다만 나이 젊고 좋은 자질이 가난과 질병으로 곤핍해지면 실제로 성취하는 데에 방해가 될까 두렵습니다. 바라건대 분수를 따라 서책을 가까이하고 부지런히 하여 항상 의리義理로써 가슴을 적셔 청명淸明하고 굳센 기운으로 하여금 수심과 피로한 생각을 이겨내도록 하는 것이 어떻겠습니까? 나는 친환親患이 아직 줄지 않는데다 아내의 고통도 또한 쾌히 낫지 않아서 위 아래로 초조한 마음은 병이 나에게 있는 것 같을 뿐만이 아닙니다. 오직 다행한 것은 형제가 무고無故하고 주실 조씨趙氏 고종姑從이 내왕하면서 여름을 지낼 계획을 세웠는데, 이 사람이 풍의風儀가 높고 깨끗하며 글 짓는 솜씨도 상당히 볼 만합니다. 이즈음에 형과 더불어 자리를 함께 한다면 더욱 원만하지 않겠습니까?

새 누에고치는 말씀하신대로 시가時價에 따라 쌀 서 말로 바꾸었는데 혹 날짜가 오래되면 손상이 있을까 염려하여 고용인이 실을 삶아서 갔습니다. 그러나 온 것과 간 것을 비교해 볼 때 너무 큰 차이를 면치 못할 듯하여 매우 절실히 마음에 걸립니다. 기절氣節을 물리고 의용儀容을 도와 마땅히 조속히 의논에 부치겠습니다. 그러나 어찌 서사를 동반하지 않겠습니까? 나머지는 마음이 혼란하여 갖추지 않습니다.

저번 편지 가운데 부탁한 누이의 병증病症 기록을 잊어버리지 말고 속히 인편으로 부쳐 주시는 것이 어떻겠습니까? 춘부 사장査丈께는 앞서 혼란스러운 일 때문에 문후問候하지 못했습니다. 한스러운 마음을 전달해 줄 수 있겠습니까? 이 편지를 지체 없이 전해줌이 어떻겠습니까? 들으니 양위兩位 분 면례緬禮의 일은 이미 길지吉地를 잡았다고 하니 성심과 효성이 감복할 만합니다. 한번 둘러보라고 하신 것이 진실로 원하는 바이지마는 잗달한 걱정꺼리에 얽매인 몸이라서 벗어나려 해도 할 수 없고 하물며 보아도 평가할 안목이 없으니 또한 무슨 보탬이 있겠습니까? 그냥 있을 수 없으시다면 용절龍節의54) 득실과 산도山圖를 부쳐주는 것이 어떻겠습니까? 마땅히 힘껏 아는 바를 말씀드리겠습니다.

▫ 또 번포에게 드리는 편지   又

몹시 우러러 그리워하던 중에 해가 바뀌어 새봄이 왔습니다. 그간 새해를 맞아 안어른의 기체氣體가 시절에 따라 평안하시며, 어른들 모시는 나머지 여가에 공부는 잘되고 있으며, 누이는 한결같이 잘 지내고 있는지요? 세전歲前에 아정亞庭의 환후患候 때문에 많이 애태운 것으로 알고 있는데, 지금은 이미 회복되셨으리라 생각합니다. 삼여三餘55)가 이미 지나갔는데, 공부는 지금 무슨 책을 읽고 있으며 소득은 과연 허소虛疎하지 않은지요? 두루 간절히 듣고 싶은 마음입니다.

저는 새봄을 맞아 기쁘고도 두려운 중에 어른들의 기체氣體가 늘 편치 않으시고 못난 저도 달포동안 기침이 나더니 고질이 되어 이불을 싸고 누워 꼼짝하지 못하고 있어 도무지 사는

---

54) 『주례周禮』 지관地官 장절掌節에 "산국山國엔 호절虎節, 토국土國엔 인절人節, 택국澤國엔 용절龍節을 쓴다." 하였다.
55) 삼여三餘 : 농경사회에서 겨울은 한 해 중에 남는 시간이고, 밤은 하루 중에 남는 시간이고, 비오는 날은 시절 중에 남는 시간이라는 데서 온 말로, 한가한 기간을 가리키는 말이다.

재미가 없고, 아이들은 드러난 질병은 없으나 종종 탈이나서 걱정거리가 되니 온전하고 편안하다고 하지는 못하겠으며, 일꾼도 돌림병을 앓아 그저께 그의 집으로 보내버려서 방마다 추위에 떨고 있어 지내기가 극히 어렵습니다. 저간의 걱정 근심을 한 동이 도소주屠蘇酒[56]로 다 말할 수 없으니 탄식한들 어쩌겠습니까?

길사吉祀 택일을 3월 11일로 정하였습니다. 앞으로 남은 기간은 멀다 해도 소용되는 물건이 모두 없는 상태에서 없는 힘에 준비하려니 미리 마음이 쓰입니다. 그때 혹 손님의 자리를 빛내주실 수 있을런지요? 바라고 바랍니다.

석류와 잣과 같은 과일이 없으니, 그 쪽에 혹 구해 볼 곳이 있겠습니까? 인편이 돌아오는 길에 알려 주시면 좋겠습니다.

안생安生이 동쪽으로 가는 길이 바쁘다고 하여 간략히 안부를 전하고 다 갖추지 않습니다. 살펴 주시기를 바랍니다.

▫ 또 번포에게 드리는 편지   又

좌우左右(상대방을 가리킴)께서 보림寶林으로 이거移居하시고 나서는 이곳과 거리가 전에 비해 조금 가까워졌으니 왕래하고 편지로 문안함이 자주 있어야 하는데도 도리어 번포樊浦에 있을 때만 못하니, 한번 소식이 막힌 것이 그대로 애각涯角이 되어 버려 동쪽을 바라보며 서글피 탄식하고 있던 차에, 뜻밖에 늙은 종이 편지를 가지고 오니 놀랍고 기쁘며 상쾌함이 마치 하늘 위의 소식을 얻은 듯합니다. 더구나 서리 내리는 계절에 모친의 기체氣體 만왕하시어 비록 아침저녁으로 문안드리지는 못하지만 끊임없이 안후安候를 받들고 있으며, 형도 잘 지내심을 알게 되었음이겠습니까? 다만 누이의 고통이 한결 같아 차도가 없다고 하니 듣는 사람으로 하여금 대신 염려하게 합니다. 객지에서 외로이 사는데 안주인이 오랫동안 병을 앓고 있으니 범백凡百이 어찌 두서가 있겠습니까? 그러나 올해 같이 모두 흉년을 당한 때에 실농을 당하지 않았다니 이것은 다행입니다.

---

56) 도소주屠蘇酒 … : 도소는 풀이름으로 이 풀을 이용해 담은 술은 해가 바뀔 때 마셨다고 한다. 송宋의 소철蘇轍의 시 「제일除日」에, "年年最後飮屠酥, 不覺年來七十餘."라는 것이 있다. 여기서는 해가 바뀐 시점에 보내는 편지이기에 이 말을 썼으며, 많은 사연을 편지에 다 쓸 수 없다는 뜻으로 썼다.

저는 어머니께서 그만하시고 다른 식구들도 드러난 탈이 없으나 다만 제가 오랫동안 건강치 못하니 아마 늙어가는 소식인 듯합니다. 장부丈夫가 세상에 나서 아무것도 이루어 놓은 것 없는데 어느덧 늙는단 말입니까? 탄식을 금치 못하겠습니다.

겨울 안으로 경영하던 것을 걷고 옮길 날짜를 이미 잡았다고 하니 마음이 더욱 어지럽습니다. 더구나 탕패蕩敗한 나머지에 왕래하며 드는 비용은 어찌 마련하여 쓰겠습니까? 산중에 고요히 있으면서 마침 이 좋은 때가 왔으니, 옛날에 하던 일(공부)을 하되 이 일을 시답잖은 일로 여기지 말고 한번 용맹하게 마음을 붙이고 한곳에 굳게 붙어 앉아 3년을 독실하게 공부하여 맛은 깊어지고 희열이 생겨나는 지경까지 해나간다면 스스로 그만 둘 수 없게 될 것입니다. 의례히 하는 소리라고 소홀히 여기지 않기를 바랍니다.

나머지는 심부름 온 사람이 간다고 재촉하고 자리가 소란하여 많은 것을 주리고 이만 그칩니다.

▫ 또 번포에게 드리는 편지   又

일전에 연옥蓮玉이 올 때 보내신 편지를 받고 즉시 답장을 써서 망천輞川에 바로 전해주라고 하고는 돌아가는 인편이 착오가 없으리라고 여겼는데, 이번에 이 형을 오현午峴에서 만나보고 비로소 그가 천상川上을 거쳐 돌아가느라 중간에 지체되어 전해 드리지 못한 것을 알았으니, 아랫것들의 믿음성 없음이 이와 같으니, 참으로 탄식할 일입니다.

안부는 먼저 보낸 편지에 자세하게 썼으므로, 대체로 큰 탈은 없으니 다시 쓰지 않습니다. 지난번에 근백根伯 족조族祖께서 동도東都에서 돌아오실 때, 좌우께서 한번 방문하시겠다고 하더라는 말을 들었는데, 지금은 가을 일이 한창인데 지난번의 약속을 지킬 수 있겠습니까? 만일 가까운 시일 안에 만날 수 있게 된다면 매우 다행이겠습니다. 심히 기다리고 있습니다.

연전 길제吉祭 때 금계金溪에서 예禮에 대해 물은 편지가 본고本稿에 들어가지 않은 것은 아주 잘못된 일이니, 반드시 찾아서 첨부하는 것이 어떻겠습니까? 편지가 전해지지 않았기 때문에 그대가 의아해 하며 섭섭하게 여길 것으로 생각합니다. 집을 나와 있는 중에 바삐 쓴 편지에 그 사유를 자세히 적었는데, 먼저 보낸 편지를 언제쯤 보실 수 있겠습니까?

나머지는 바빠서 가슴에 있는 말을 다하지 못합니다.

▫ 또 번포에게 드리는 편지 又

월초에 원구元邱 편에 부친 편지는 바로 받아 보았으리라 생각합니다. 그 뒤 다시 소식이 막혀 그립고 답답함이 아주 간절한데, 서리 내리는 계절에 공부하며 지내심이 만 번 좋으시고 누이가 앓는 것은 아주 심한 지경에 이르지 않았는지요? 본 댁의 안부는 자주 들으시리라 생각합니다. 가을걷이는 득실이 어떠한지요? 그 쪽엔 심한 흉년은 아니라고 알고 있는데 작년보다 낫기는 참으로 쉽지 않겠지요. 새로 옮겨 구차히 사는 중에 더욱 염려됩니다.

저는 연로하신 어른께서 다행히도 큰 연고 없이 지내시지만 추위가 점점 닥치니 앞으로 조리하실 절도가 미리 염려됩니다. 나머지 가족들은 특별한 탈은 없으나, 이 못난 사람이 묘제墓祭 철이 되어 매일 피곤합니다. 매년 하는 일인데 올해는 한층 어려움을 느끼니 문득 이것도 늙어가는 모양이라, 탄식함을 어찌하겠습니까? 이른바 농사는 수확하고 보니 더욱 허무함을 느낍니다. 앞으로 정착할 곳을 어디로 정해야 할 지 모르겠습니다. 우선 옛집으로 돌아가려고 하는데, 날을 다음달 10일에서 동지달 3일 쯤으로 잡았으나 해마다 이사를 하게 되니 이 또한 세상에 물정모르는 일인데, 주위에 굳이 만류하는 사람들이 많아 끝내 어떻게 될지 모르겠습니다.

목에 난 종기에는 계란이 아주 좋다고 합니다. 이곳에 근래 먼저 시험해서 효험을 본 사람이 있다고 하는데, 비용이 20~30원이면 되니, 널리 친지간에 부탁해서 천 여 개를 구해 그 껍질을 깨어 초마자草麻子 한 개를 껍질을 벗기고 얇고 작은 종이로 싸서 그것을 계란 안에 넣어 찌기도 하고 굽기도 하여 밥 먹을 때 초마자는 버리고 계란만 먹습니다. 이렇게 하기를 기일 없이 하여 천 개를 다 먹으면 종기의 뿌리가 저절로 없어진다고 하니, 범홀泛忽히 듣지 말고 시도해 보는 것이 어떻겠습니까? 이쪽에 종기의 뿌리를 뽑는 의원이 있기는 하지만 그 시술이 매우 위험하여 감히 추천하지 못하겠으니, 잊지 말고 소홀이 여기지 않기를 바랍니다.

나머지는 재산才山으로 묘사 지내러 가려고 하는 중에 떠나기 앞서 바삐 쓰느라 다 갖추지 않습니다.

▫ 또 번포에게 드리는 편지 又

인사는 생략합니다. 한번 오실 날이 있을까 고대하고 있던 차에 심부름하는 사람이 편지를 가지고 왔으니, 비록 아름다운 모습을 마주하고 고아한 담론을 듣지는 못했지만, 이 또한 그에 버금가는 기쁨과 위로가 됨을 알겠습니다. 더구나 봄이 한창인 이때, 자당慈堂의 기체氣體가 변함없이 하늘의 도움으로 만안하시고 어른 모시는 형제분들도 잘 지내심을 알았으니 더욱 바라던 바에 부합합니다. 다만 홀로 산골 집을 지키며 집안일까지 겸하고 계시어 제사 받들고 빈객 접대에 주간하는 사람이 없고 농사에도 의논할 곳이 없는 형편에 그 궁색함이 어찌 보내주신 편지에서 하신 말씀과 같지 않겠습니까? 이것은 반드시 나로 인한 것이 아님이 없으므로 매우 부끄럽고 민망합니다.

복중服中에 있는 저는 어른의 탕제湯劑를 받드는 것이 이미 다섯 달이나 되었으나 백방으로 약을 써 보지만 도무지 효험이 없고, 원기는 날마다 떨어지시고 증후는 날마다 심해지시니, 이는 돌아보건대 나의 성의가 천박淺薄하여 신명神明의 도움을 받지 못함이니, 애타는 근심을 어찌 말로 다할 수 있겠습니까?

누이는 여기 온 뒤로 밤낮 애타게 근심하여 모습이 말이 아닙니다. 이 또한 평소 건강치 못한 사람이 어찌 큰 병이 나지 않고 배길 도리가 있겠습니까?

중간까지 데려다 달라는 말씀은 하루하루가 지극한 형편이 있음을 모르지는 않으나 이미 오지 않았을 때와는 사정이 달라져, 지금 어찌 할 줄 모르는 경황없는 중에 모른 체하고 훌쩍 떠나보내는 것은 실로 인정 도리가 아닙니다. 내앞[川前]의 누이도 여기 와 번갈아 간병을 하고 있어 퍽 한편으론 위로되고 한편으론 염려되는 구실이 되고 있습니다. 어제부터 막 닭실[酉谷]에서 지어온 약을 쓰고 있는데, 만일 다행스럽게 효험을 보아 일어나 앉고 음식을 드실 수 있게 되면 결코 오래 머물러 두지 않을 것이니, 그렇게 아시고 이해해 주심이 어떻겠습니까? 날짜는 아직 예정할 수 없으나 자세한 것은 독서하는 가운데 있을 것이므로 이에 일일이 적지 않습니다.

나머지는 경황이 없어 다 적지 못하니, 살펴주시길 바랍니다.

▫ 또 번포에게 드리는 편지　又

계상稽顙하옵고,[57] 원생元生이 들르게 되어 저의 뜻을 전하는 사람으로 여겼는데 과연 기한

---

57) 계상稽顙하옵고 : '머리를 조아린다.'는 뜻으로, 복중服中에 있는 사람이 편지를 쓸 때 쓰는 투식어이다.

에 맞춰 도착하여 정이 넘치는 편지를 받으니 오랫동안 소식이 막혀 바라던 나머지에 위로됨과 기쁨이 어떠하였는지 알 만합니다. 더구나 봄이 한창인 이때, 자당慈堂의 기체氣體가 만왕萬旺하시고 형제분들이 잘 계심을 알았으니, 비바람 속에서도 함께 계신 화목한 즐거움이 늘 있으시리라 생각합니다. 다만 누이의 병이 다시 심해질 염려가 있으니 매우 걱정되고 고민스럽습니다. 이미 써본 처방이 있음은 알지만 증세에 따라 조치調治하면서 병을 키우는 것은 적을 키우는 곳과 다름이 없으니, 적을 기르면 반드시 큰 화가 있는 날이 있을 것이므로 한번 사생결단하고 치료해보고 마는 것만 같지 못할 듯한데 어떻습니까?

저는 완고한 목숨을 구차히 이어가는데 3년이 얼마 남지 않았으나 슬퍼함이 법도에 미치지 못하니 이것은 시속의 변천에 감응해서일 뿐만이 아니라 다시 독감에 걸려 고생하고 있어 신음하며 한결같이 바라봄에 아직도 스스로 떨쳐 일어나지 못하고 있으며, 아이들도 모두 기침병에 걸려 콜록거리고 있어 마치 개구리 소굴처럼 되어 버렸으니, 가련해하고 탄식함을 어쩌겠습니까? 홍진紅疹은 이곳에도 번지고 있으며 집에도 기다리는 아이가 있는데 증세가 자주 순조롭지 않을 수도 있다고 하니 미리 머리가 무겁습니다.

시대의 풍조는 우선 들리는 바와 다름이 없으나, 만일 다음 달을 지낸다면 큰 장관壯觀이 있을 듯합니다. 춘궁春窮이 또 심하니 효상爻象을 더욱 미리 헤아려 본다면 백 번 생각해 보아도 잘 보존할 길이 없을 듯합니다. 좋은 방편이 있으면 그때 그때 알려주시는 것이 어떻겠습니까?

보내주신 건어물은 잊지 않고 생각해 주시는 마음에 감사드리며, 또 일을 함에 민첩하신 것을 알 수 있습니다. 하고초夏枯草는 제철이 아니라서 약국에서 구하기가 어려워 부탁의 말씀을 들어드리지 못해 한스럽습니다. 초여름쯤에 한번 만날 계획이지만 길이 멀고 시절을 알 수 없으니 다만 서글프게 탄식할 뿐입니다. 나머지는 경황이 없어 다 갖추지 않습니다.

□ 또 번포에게 드리는 편지   又

계상稽顙하옵고, 지난번엔 인편이 급하게 가는 바람에 길게 쓰지 못했는데 그 뒤 이미 여러 날이 지났습니다. 봄비가 부슬부슬 오는데 본댁의 안부는 끊임없이 들으시며, 형도 한결같이 잘 지내시며, 누이의 병은 어떠합니까? 과연 이 참봉을 만나 좋은 약 처방을 받았는지요? 그가 그쪽 군郡을 지나갈 것이라고 들었는데, 만일 길목에 있다가 맞아들여서 병자를 직접 보고 증세를 살펴 약을 쓰게 한다면 종이에 증세症勢를 써서 왔다 갔다 하는 것 보다 나을 것입니다. 원기를 돋우는데 개를 달인 물만 쓸 줄 아는데, 백도라지[白桔梗]를 닭에 넣어 달여 복용하면 좋은 효험이 개보다 더 빠르고 좋은데, 이것은 요즘 널리 구해 보았으나 구하지 못했습니다. 종기의 뿌리는 이미 고름이 나왔습니까? 병 때문에 그 사람만 고생스러움을 견디기 어려울 뿐만 아니라 간병하는 사람도 어찌 견디겠습니까? 그를 생각하면 걱정이 되어 자고 먹으면서 편안히 있을 수가 없습니다.

저는 망극하게도 상기祥期가 열흘 남짓 밖에 남지 않았으니 슬프고 아픈 마음을 말로 할 수 없습니다. 두 아우의 집에는 한창 홍진 때문에 정신이 없는데 증세가 아주 심하고, 집안엔 아직 겪지 않은 어린 것이 둘이나 있으나 병이 사방을 둘러싸고 있는데도 아직 아무 움직임이 없습니다. 만일 다음 달 초에 홍진에 걸리게 된다면 작은 걱정거리뿐만이 아닙니다.

시상時象은 근래 별다른 소문이 없으니 임시로 억지로 편안히 지내기엔 해롭지 않으나 지역에서 잘못되고 의견이 갈라지는 단서는 점점 격해질 것이니, 우리 같은 사람은 본래 문을 걸어 닫고 사는 사람이긴 하지만 한 지역에 사는 사람으로서 걱정되고 탄식함을 금할 수 없습니다. 아득히 멀리 떨어져 있어 자주 소식을 전할 수 없으니, 다만 무소식을 희소식으로 여길 뿐입니다.

종숙從叔이 한번 찾아뵙겠다는 뜻이 있었으나 근래 흉년으로 인한 걱정 때문에 몸이 빠져 나올 시간이 없으니 형세가 억지로 권할 수가 없습니다. 원우元友는 그믐 전에 이곳에 오겠다고 약속했는데, 형편이 어떤지 알려 주시기를 바랍니다.

나머지는, 병세가 날로 좋아지고 형께서도 계속 만중하시기를 빌며, 경황이 없어 다 갖추지 못합니다.

▫ 또 번포에게 드리는 편지   又

계상稽顙하옵고, 조카아이가 어제 돌아옴에 비로소 소식을 듣고 아울러 써주신 편지를 받고 보니 얼마나 기쁘고 위로되는지 헤아릴 수가 없습니다. 더구나 단양절端陽節에 본댁의 안어른께서 잘 계신다는 소식을 자주 들으시며, 타관에 나와 사는 중의 기거가 연달아 좋으시고 누이의 병이 점차 덜하며 보리농사도 풍년이 들었음을 알았으니 걱정하던 마음이 조금 진정됩니다. 근래 소식은 계속 이어졌다고 할 수 있지만 지금같이 위로되고 시원한 적이 없었으나,

다만 약재藥材를 아직까지 입수하지 못하여 병을 조리하는 절선節宣이 뜻과 같지 못합니다. 제철을 맞추어 잡아 쓰는 것도 그만 두는 것 보다는 낫겠습니다만, 새 것이 옛 것만 못하다면 비싼 값을 치루고 약을 짓더라도 도리어 효력은 더 크지 않을 듯하니, 어찌 고민스럽고 탄식할 만한 것이 아니겠습니까?

저는 미련한 모양이 전과 같습니다. 새벽에 선고先考의 휘일諱日이 지나갔으니, 슬피 사모하는 마음은 끝이 없습니다. 담사禫祀는 다음 달 초정初丁 사이에 행하려고 하는데, 비용을 다 쓴 나머지 모든 것이 두서가 없어 아주 슬픔을 금할 길 없습니다. 본동의 두 노인의 기체氣體는 여전하시고 두 아우가 사는 형편은 전과 다름없으니 이것이 다행입니다. 금계金溪의 예찰禮札은 원본을 잃어버렸다면 어쩔 수 없이 교정하여 베껴 써야겠지요. 그러나 본가에서 보는 바가 어찌 원본만큼 믿을 만하겠습니까? 이것이 한스러운 것입니다. 반묘斑猫58)는 네 읍에서 널리 찾았으나 끝내 입수하지 못하다가 금수국錦水局에서 조금 구했고, 또 새로 10여 마리를 잡아 이번에 모두 보내니, 조제 방법에 따라 볶아서 약으로 만들어 써보는 것이 어떻겠습니까? 약방에 근무하는 사람의 말을 들으니, 이것은 제철에 잡아 써도 무방하다고 합니다. 그렇다면 많든지 적든지 간에 잡아 써도 크게 낭패를 당하지는 않을 듯합니다. 내앞[川前]의 시보時甫 형이 그저께 와서 하루 저녁 묵고 갔는데, 억울하게도 산소를 쓰는 일은 아직 다른 방도가 없다고 하였습니다. 산을 구하기 어려움이 이와 같으니 집 뒤에 권조權厝할 수밖에 없겠다고 권하였습니다.

나머지는 이 뒤로 인편을 구하기가 어려울 듯하나, 원생元生이 왕래할 때 혹 서로 소식을 전할 수 있을 런지요? 늦게 일어나 피곤함이 심해 다 갖추지 못합니다.

▫ 답장 편지를 올립니다　上謝狀

편찮으시다는 소식이 있었는데 증상이 어떠하신지 자세히 알지 못해 답답하던 차에 막내 아우가 와서 보내준 편지를 받아 보았습니다. 삼복더위에 공부하며 지내시는 형제분들의 기체氣體가 만왕萬旺하시며, 미신美愼(상대방의 병환)도 완전히 정상으로 돌아오셨음은 알았으나 다만 아위亞闈의 병환이 아직 그대로 이시고 어린 아이가 간간히 체하여 설사를 한다고 하니 우러러 애타고 염려됨을 어찌 그만 둘 수 있겠습니까? 더구나 도로가 소란스러워 문 밖이 어지럽

---

58) 반묘斑猫 : 반묘는 곤충이름으로 약제로 썼다.

고 떠들썩하기까지 하여, 지금 세상을 사는 것이 이미 죽은 듯이 무지하게 살 수가 없게 되었으니, 그렇다면 어디 간들 이러함을 면할 수 있겠습니까? 다만 문을 걸어 닫고 고요하게 들어앉아 우선이나마 잠시 즐김을 지키는 수 밖에 없습니다.

저는 며칠 전에 집안 어른 장사葬事에 문상하기 위하여 수남水南으로 갔다가 그저께 집으로 돌아온 까닭으로 피곤함이 큰 병을 겪은 것 같습니다. 다만 다른 식구들이 큰 탈이 없으니 조금 다행입니다.

십제과시十題課詩59)를 촛불을 켜고 하는 공부는 어찌 그리 전념하여 독실하게 하십니까? 풍류의 넓고 크심 후배들이 보고 느끼기에 충분하니 늘 우러러 부럽습니다. 다만 생각컨대, 정신을 수고롭게 하며 아름다운 글귀를 즐기는 것은 노년에 합당하지 않습니다. 베개를 베고 자기도 하고 장기나 한 판 두다가 북창北窓에 맑고 시원한 곳으로 나아가 분수에 따라 소요하며 보내는 것이 정신을 애호하는 방법으로 삼는 것만 못할 듯한데, 어떻습니까?

한번 오라는 말씀은 참으로 너그럽게 보아 주심이니 감사드립니다. 그러나 고생스런 삶에 몸이 빠져나갈 방법이 없고 또 제가 남풍南豊의 병이 있어서 음풍농월吟風弄月하는 자리에는 합당치 않으니, 하필 더위를 무릅쓰고 순극舜極 제공諸公이 양기養氣하는 곳까지 머리 가야 하겠습니까? 우습습니다.

지산芝山의 소식을 전해 들으니, 소요에 휩싸였다고 하니 매우 놀랍고 탄식스럽습니다. 만일 건백健伯씨를 만나거든 함께 통분해 한다는 뜻을 전해주시는 것이 어떻겠습니까?

나머지는 작은 종이에 다 쓸 수 있는 것이 아니므로 모두 남겨두고 다 갖추지 못합니다. 삼가 살펴주시기를 바랍니다.

▫ 객지에 있는 막내아우 덕초에게 바삐 써 주다　與季弟德初客中忙奉

17일 시장가는 사람 편에 감영監營에 올리는 글의 초고를 엮어 올리면서 편지를 함께 자네가 묵고 있는 곳으로 보냈는데, 닿기도 전에 출발하였으니 섭섭하고 아쉬웠네. 저곡楮谷에서는 또 고대하고 있는데 오지 않으니, 이들이 믿을 수 없음이 이와 같으니 탄식을 금할 수 없네. 자네가 길을 떠났으니 아마 영저營邸에 도착했을 듯하네. 본래 건강치 못한데다 다시 먼

---

59) 십제과시十題課詩 : 열 개의 시제詩題를 놓고 시를 짓는 것으로, 시작詩作을 열심히 하는 것을 가리키는 듯하다.

길에 노고가 겹쳤으니 그 고생을 알만하네만 객지에서 먹고 자는 것은 지낼 만한지 모르겠네. 볼일은 도착 즉시 솟장을 올렸는가? 관찰사가 이미 바뀌어 윤尹씨 성을 가진 사람이 내려왔다고 들었는데, 과연 그러한가? 지난번에 참판이 편지로 통기하기를, '장張 관찰사와 서로 약속이 되었는데 이미 교체되었고, 이李 관찰사는 부탁하기도 전에 또 얼마 되지 않아 교체될 것이니, 만일 교체된다면 민閔씨 성을 가진 사람이 내려가기로 되어 있는데 그는 나와 평소 친분이 있는 사람으로 단단히 부탁해서 보내겠다.'고 하였는데, 이는 만포晚浦 아저씨가 올 때 전해온 것이라, 만일 민씨가 아니고 윤씨라면 의아한 일이다. 그러나 백번 생각해 보아도 영문營門은 다만 한 번만 지나가고 말뿐이니, 이 일은 서울로 올라가서 긴급히 주선하고 오는 것이 더 나을 것 같네. 왜냐하면, 그 관찰사의 위에도 또 상부上部가 있고, 장차 남쪽지방에는 긴절히 도와줄 길이 없기 때문이다. 자네도 이렇게 알고 쓸데없이 영저營邸에서 여러 날 허비할 필요가 없을 것 같은데, 어떻게 생각하는가? 만일 상경하여 잘 주선된다면 다시 와서 감영에 정장呈狀하는 것도 어려운 일이 아니니, 이렇게 작정하고 계산하게. 무릇 하는 일에 반드시 성공할 수는 있으나 한번 움직이는 것이 어렵다고 해서, 속히 돌아올 생각으로 초조한 마음을 갖지 말고 천천히 동정을 보아가면서 기어이 결말을 짓고 돌아오는 것이 어떻겠는가?

자네가 이번에 간 것은 이 일 하나 뿐이 아니라 헤아려야 할 것이 많기 때문일세. 조석朝夕의 식대가 날개 돋친 듯 오르는 것은 앉아서도 알 수 있으나 지나치게 절약하다가 병이 나는 지경이 되지 않도록 하게. 일에 경비가 드는 것은 의례 그런 것이니 어찌 너무 걱정을 한단 말인가?

가토加土할 날은 24일 축시丑時로 잡았는데, 날은 다가오는데 늘그막에 조치해 놓은 것은 없는데다가 장차 마령馬嶺에서는 이사해 올 뜻이 있다고 하는데, 만일 우리 집에서 곧 가토를 한다면 서로 티격태격할 염려가 있어 조금 늦추는 것이 낫다고 모두들 말하니, 나도 어찌하는 것이 좋을지 모르겠어서 우선 형세를 봐가며 할 계획이네.

우곡羽谷의 소작료 20민緡을 부쳐 보내네. 나머지 받아들일 것도 만일 곧 찾아 부칠 계획이었다면 일찍이 입수할 수 있었는데, 저곡楮谷에서 보내오기를 기다리느라고 그랬네. 저곡에서는 21일에야 비로소 송천松川으로 보낸다고 하니, 언제 받을지 모르겠네.

윤 관찰사라는 분이 혹 백사白沙의 후손이던가? 우리 집 현판에 있는 윤병정尹秉靖이 우리 왕고王考와 친분이 있었고, 윤노동尹魯東 … (이하 떨어져 나갔음)

▫ 둘째아우 건초에게 바삐 써 보내다   與仲弟健初忙奉

어제 세 노복이 돌아와서 자네의 안부를 물어보니 옛 마을에 갔다고 하므로 대소제절이 달리 사고가 없음을 알았거니와 가장 마음 쓰이는 부분은 오천烏川의 내행內行이 돌아왔는지 아니 왔는지 하는 것과 상商이 모자가 평안한가 어떤가 하는 것이라네.

이곳의 나는 변함없이 지내지만, 이른바 연례延禮가 며칠 앞으로 다가왔는데 범백凡百에 낭패가 많은 것 중에 공방孔方(엽전, 즉 돈)이 가장 낭패라 크게 맹랑할 뿐이네. 이 친구가 때마침 도착하였으니 우연 일치라고 할 만하네.

뿔[角觜]은 말한 대로 보내네. 아직 받지 못한 논 값은 그 사람이 아주 물리자고 하니, 이곳의 송아지 값과 노자路資가 모두 낭패일세. 자네가 오늘 막내아우를 가서 만나보고 강한江漢을 시켜 나누어 팔라고 하여 빨리 성사되도록 도모하여 다음 장날 안으로 입수하도록 하는 것이 어떻겠는가? 그렇게 되지 않는다면 50~60냥을 석상石上[60]에 내려 보내어 대신할 방도가 있다면 그 또한 우선 끌어 써도 무방할 것이네. 자네가 만일 갈 수 없다면 좌질佐姪(이름에 좌자가 들어가는 조카)을 내려 보내기를 또한 바라네. 이 친구는 믿을 수가 없고 돌아갈 노자를 마련할 길이 군색하기가 이와 같다네.

황어黃魚는 다시 구할 길이 없는가? 한두 마리라도 구할 수 있다면 상위에 반찬을 도울 수 있겠는데 … 자네들이 점잖게 있으니 이렇게 많은 때인데도 끝내 한두 마리도 구하지 못하네 그려. 질부姪婦는 찾아 볼 뜻이 없는가? 만약 뜻이 있다면 막지 말게. 옷을 찾아 올 사람이 있다고 하니, 재직齋直에게 부쳐 나무를 가지고 올 때 같이 오도록 하게. 자주 부리기도 매우 번거롭기 때문일세.

자네는 언제 오려는가? 좌佐를 앞서 보내게. 그 아이 형제가 같이 온다면 좋겠고, 중달仲達과 류랑柳郞 및 원元이도 동반해서 오는 것도 좋겠네. 봉성鳳城 현감은 자리를 옮긴다고 하니 재산才山의 산일이 매우 맹랑하게 되었네. 혹시 허실을 알아 볼 길이 없는가? 봉성이 상주보다 넉넉하다고 하니 혹시 그대로 있을 도리도 있을 것이네.

---

60) 석상石上 : 석상石上은 안동시 남선면 신석新石을 가리키는 듯하다.

▫ 여관에 있는 덕초에게 보내는 답장 德初旅舘奉覆

병든 사람을 객지로 떠나보내고 나서 연달아 눈이 오고 추위가 심하여 염려됨이 정히 간절하더니, 지금 두 통의 편지를 받고 객중에서 침식寢食이 아주 감손減損됨이 없음을 알았으나 다만 눈병이 났다고 하니 매우 염려되네. 잘 조리하게. 본건의 일이 이렇게 된 뒤에도 10년 동안 문을 걸어 닫고 있은 뒤이다 보니 마침내 나뭇잎이 시들어 떨어진 것처럼 된 것도 이상할 것이 없겠으나, 공의公議가 없어진 것은 역시 탄식할 만한 일일세. 오직 달경達卿 아저씨와 상의할 수 있는 것이 그나마 다행한 일일세. 그러나 끝에 가서는 결국 말한 바와 같이 된다면 매우 몹시 절박한 일일 것이니 어떻게 하면 좋겠는가?

서울에서는 가끔 소식이 있는가? 지난번에 들으니, 김 참판이 봉화의 집에 보낸 편지에서 '이미 몇 폭의 글을 얻어서 달성達成에 보냈다.'고 하던데, 이것이 자네가 출발하기 전이니, 그렇다면 보았을 것인데 생각되는 일이 없는가? 만일 여의如意치 않으면 차를 타고 가서 법부法部의 훈칙訓飭을 얻어 보는 것이 어떻겠는가? 이것이 어찌 용이한 일이겠는가? 김강후金康后씨가 삼현三峴과 자별한 사이로 한 집에 살고 있으니 일을 하는데는 방해가 될까 염려되고, 또 성래聖來가 그저께 남양南陽으로 가면서도 남쪽에서 서쪽으로 간다고 말했다고 하니 혹 외나무다리에서 맞닥뜨릴 염려는 없겠는가?

허許·이李 두 사람의 편지는 아무리해도 얻어 올 방법이 없네. 굳이 구하려고 한다면 김 참판의 편지에 의탁해서 허 참판의 편지를 얻는 것이 좀 쉬울 것이니, 이만한 것이 없을 것이네. 그러나 이것은 모두 앉아서 하는 소리이고, 자네가 형세를 봐가며 해야 할 것이네.

편지로 말한 '소입[所入]'이라고 한 것은 만일 시원하게 설치雪恥할 방법이 있다면 내가 어찌 경비를 아끼겠는가? 그러나 비용만 쓰고 스스로 욕만 돌아오게 된다면 이를 어찌 할 수 있는 일이겠는가? 만일 부득이 하다면 달경達卿씨의 지휘를 따라서 차출하여 온다면 그나마 할 만하지 않겠는가? 아무리 보아도 본군本郡에서 주선하는 것이 나을 것 같네.

연전年前에 장張·정鄭씨 사이에 시비가 크게 일어나 치강致剛 형이 본읍의 도회소都會所에 와서 통문을 요청했는데 내가 극력 주선하여 통문을 내어 그의 뜻에 맞춰 주었는데, 설사 삼현이 괄시하기 어렵다고 하더라도 다만 보복報復하는 도리가 이와 같단 말인가? 달경 아저씨는 반드시 모르고 있을 것이니, 반드시 내 말을 가지고 말씀드려서 그 일이 감영에 알려지도록 한다면 혹 생각을 돌릴 길이 있지 않을까? 중군仲君이 얼마 전에 백 위원白衛員을 보았는데,

그가 말하기를, '혹시 할 수 있는 형편이 있을 것 같은데 비용을 쓰더라도 하겠습니까?'라고 하였다하니, 이 분이 감영과 관계가 어떤지 모르겠으나 만일 시원하게 설치할 방법이 있다면 비록 비용이 들어가는 것이 있다하더라도 어찌 묘를 파내는 것과 같이 비교할 수 있겠는가? 직접 만나서 반드시 자네는 자세히 물어 볼 일일세.

자금 20민緡을 보내나 혹 부족하지는 않겠는가? 반드시 성내城內의 안동 상인商人집을 알아서 바꾸어 써야 될 것일세. 모든 일은 앉아서 생각하는 것과 직접 나서 하는 것이 다르니, 자네는 이미 짐을 졌으니, 틀림없이 자세히 생각해서 스스로 해내야 하네.

보장報狀의 초고草稿는 9일 발송했다고 하는데 어찌 이리 지체된단 말인가? 궁금하고 궁금하네. 만일 여의치 않거든 차를 타고 바로 올라가는 것이 좋을 듯하네. 비록 객지에서 과세過歲하더라도 어쩔 수 없는 일 아닌가? 잘 헤아려서 해야 하네.

이곳은 새로 난 아기가 감기로 고생이 심하여 올라가서 거의 손 놓고 있다가 오늘 오후에야 비로소 내려와서 편지를 쓰므로 일일이 다 쓰지 못하네. 자네 집에도 큰 탈이 없네. 이번에 보내는 구계九溪 이주사李主事가 상오象五씨에게 쓰는 편지는 이미 이전에 여러 번 부탁했다고 하는데, 감영에 긴밀하게 다리 놓을 수 있는 사람이 많고 또 여러 번 송사에 관여했다고 하므로 편지를 얻어 보내니, 자네가 반드시 직접 가서 편지를 전하고 그와 더불어 상의를 해야 될 것이네. 그 뜻이 가상하므로 스스로 배척하지는 말게. 그 또한 효력이 없다고 할 수도 없지 않겠는가? 장 참령張參令이 힘이 있다면 이 사람도 움직일 수 있을 것이네. 묵고 있는 집이 객사客舍 앞에 있는 전 윤봉조尹鳳兆의 집이라고 하네.

나머지는 멀리 보내는 편지에 많이 쓰지 못하니 이 점을 헤아려 주기 바라고, 일찍 돌아오도록 하는 것이 좋겠네.

▫ 객중에 있는 덕초에게 보내다　德初客中奉展

앞뒤로 서너 차례 부친 편지는 혹 중간에 부침浮沈[61]하여 실기失機하는 폐단은 없었는가? 계절이 단오를 지나 더위가 점점 심해지는데, 객지에서 면식眠食은 괜찮고 오래전부터 앓던 것은 다시 도지지는 않았는가? 봄옷을 갈아입지 못했으니 깨끗하지 못한데다 더위를 어찌 견디는가? 만일 갈아입고 세탁할 길이 있거든 비용을 걱정하지 말게. 어차피 격어야 할 상황으

---

61) 부침浮沈 : 여기서는 서신書信이 이르지 않음을 뜻하는 말이다.

로 알게. 또 먹는 것도 반드시 신경을 써서 몸에 탈이 나는 일이 없도록 하게.

김 영감은 근래 절선節宣이 일안一安한가? 아침저녁으로 상대할 것으로 여겨지는데 이번 일로 신경을 많이 쓰게 하였으니 매우 미안하네. 만숙晩叔과 면조綿祖께서는 모두 평안하신가? 모두 간절히 그립네. 사형舍兄은 이른바 고향으로 돌아온다고 하더니 도리어 객중에 있게 되었으니 고생스러움이 말 할 수도 없겠네.

본 일은 훈령訓令이 도착한 뒤 전령을 보내어 면주인面主人을 시켜 저들에게 부쳐 저들이 올렸는데 제사題辭에 … 라 하였고, 그 다음날 내가 다시 올렸더니 제사에 … 라 한 일은 지난 번에 보낸 편지에 이미 언급한 바일세. 어제 동가東家 아재가 발괄[白活]62)하여 장차將差63)를 내달라고 청하였더니, 관에서는,

"훈령 안에 대질하여 조사[質查]하라는 두 글자가 있으나 말이 매우 대수롭지 않고 치보馳報라는 두 글자가 없으니 또 꼭 파낼 뜻이 아니다. 만일 상대방측이 올라가서 재판을 하여 득실을 명확한 판결을 위한다거나 혹은 오위五衛에서 미안하다는 전교가 있다면 장교를 내보낼 수 있겠지만 그렇지 않은데 가벼이 나가는 것도 사체事體가 아니니, 어찌 깊이 생각할 곳이 아니겠는가?"

라고 하였다네. 내가 이에 다시 엄칙嚴飭해 주기를 청했더니 이를 허락하여 전령이 다시 나왔다네. 어제 저녁에 순경舜卿이 관아에 들어가니 관리가 가만히 귀에 대고 말하기를,

"이 아무개의 일은 나도 그 억울함을 알고 있으나 친하다고 도와 줄 수가 없소, 만일 다시 훈령을 받아 오되, 그 내용 중에 양 류柳씨가 완고하게 거역하는 죄를 엄히 꾸짖고 그 아래 본군 수령이 정령政令이 엄하지 않았음을 따지고 압박한다면 내가 그것을 빙자해서 발차發差하겠소. 들으니 김 참판이 편지로 이 아무개의 고종姑從이라고 하고 이 영감도 외손外孫의 반열에 있어 다시 훈령을 얻기가 쉽다는 등 운운합디다. 이것은 내가 할 말은 아니니, 말조심하시오."

하였다고 하니, 이는 진심인 듯하네. 이에 전에 올렸던 소장訴狀과 두 차례 온 전령을 뒤에 동봉하여 보내니, 이 일을 김 영감과 상의하여 맹렬하게 스스로 한번 기력을 내어 다시 엄한 훈령을 얻어 내려 보내기를 바라고 바라네. 편지 3장은 모두 훈령을 내려 보낼 때 힘이 될 듯하니, 다시 전동의 편지 한 장을 얻어 함께 부쳐 보내기를 바라네. 이번 한 번에 달렸네.

---

62) 발괄[白活] : 소장이나 진정서 등의 소지류所志類를 뜻하는 이두.
63) 장차將差 : 지방관의 명에 의해 죄인 등을 호송하는 나장羅將과 차사差使를 아울러 일컫는 말이다.

건초健初가 남쪽으로 간 것은 오로지 보고하기 위함이었네. (상대방이) 한결같이 맹서하였는데도 회제回題에는 세 번이나 이굴移掘하라는 뜻으로 왔으니, 그는 망연하여 어쩔 줄을 모르고 앉아 다만 성래性來가 내려오기만 바라고 있으니 필경 기회를 놓친 것이 이와 같은데 어제 비로소 그의 집으로 왔다고 하네. 지난 달 29일에 떠났다가 돌아 왔는데 중간에 날짜만 허비하였다고 하네. 이른바 성래는 이달 초하룻날 떠났으니 틀림없이 이미 성중城中에 도착하여 한번 본원本院에서 대질하였을 것이나, 사특하게 속이는 사람이 또 무슨 임기응변의 수를 낼지 모르겠네. 이전에 이미 이것 때문에 우편으로 편지를 부쳤는데 과연 받아보았는가? 저들이 바야흐로 원근에 떠들어 대기를,

"이런 훈령 이런 관칙官飭은 찬물이라 할 만하니 나는 두려워하지 않는다."

한다고 하니, 그들이 법사法司를 냉시冷視하기가 이와 같으니 어찌 분통하지 않을 수 있겠는가?

환표換標64) 두 장의 독촉이 왔는데 갚을 수가 없으니 고민스런 일일세. 만일 다시 훈령을 얻는다면 속히 부쳐주고 자네는 우서 며칠 머물러 있으면서 이쪽에서 통기하기를 기다렸다가 돌아오는 것이 좋겠네. 원元이는 초6일에 내려와 이곳에 있는 것으로 일과日課를 삼고 있네. 김 영감에게는 바빠서 따로 편지를 쓰지 않으니, 이곳 관청의 뜻을 자세히 전해주고 특별히 다시 훈령을 받도록 해보길 바라네.

나머지는 바빠서 다 쓰지 못하네.

5월 초8일 사백舍伯 만초가 보냄.

<추신> 만일 훈령을 얻거든 반드시 즉시 장차將差를 보내 파가라는 형지形止를 치보馳報하라는 훈령을 작성해야 한다고 청하는 것이 어떻겠는가? 김 영감에게는 호號를 물어 알아서 적어 보내게. 품계가 있는 관원에게 늘 피봉에 함자를 써 보내기가 미한하기 때문일세.

▫ 객중에 있는 건초에게 바삐 보내다   健初客中忙奉

추운 계절에 멀리 나가 있는 것이 이미 몸을 간수하는 도리가 아닌데, 더구나 어른 모시고 있는 사람이 기한이 지나도록 돌아오지 않아서 70노친老親이 날마다 문에 기대어 기다리는 수고를 하게 하는 것은 결코 도리가 아니네. 내 아우로써 어찌 아무 이유 없이 이렇게 하겠는

---

64) 환표換標 : 먼 거리의 사람끼리 편지 모양으로 보내는 지불 명령서.

가? 필시 객지에서 병을 앓고 있어 통행할 길이 없어서 그러하리니, 이 마음에 걱정됨이 어떠하겠는가?

한 해가 얼마 남지 않은 추위가 심한 이때 나그네로 어디에 머물고 있으며 무슨 병이 나서 증상은 어떠한가? 무슨 일을 하고 있는지 모르겠지만 뜻대로 되고 있는가? 다시 자세히 물을 것도 없겠지.

사형舍兄은 어머님께서 열흘 전부터 다시 숙환宿患을 앓고 계시어 탕제湯劑를 한두 번 드시고 나서야 지금 겨우 조금 차도가 있으시나 왕성하던 기력이 소진되어 남은 것이 없으시네. 나머지 어른이나 아이들도 모두 윤감輪感으로 고생하느라 방마다 앓는 모습이 위태하고 두려운데 질부姪婦는 더구나 수 삼일을 심하게 앓고도 아직도 차도가 없으니 밤낮으로 애타고 염려됨을 말로 형용할 수가 없네. 이런 중에 침랑寢郞(참봉參奉의 별칭) 숙주叔主의 부음訃音은 이 무슨 화변禍變이란 말인가? 통곡할 뿐이네. 자네도 소식을 들어 아는가? 덕곡德谷 고모부는 일전에 내방하셨는데, 자네를 보려고 우선 이곳에 머물러 계시면서 고대하고 계신 듯하니 고민일세.

병이 났거나 아니 났거나 간에 바로 돌아와 모친의 걱정을 풀어드리는 것이 어머님 생각하는 자식의 도리일세. 만일 행보를 못한다면 이 편지를 전하는 사람을 바로 돌려보내면 가마꾼을 보낼 것이니 그리 알게.

바빠서 이만 줄이네.

▫ 막내아우에게 바삐 보내다 季君忙奉

며칠 동안 서로 소식이 없어 답답함이 깊었네. 더위가 한창인 때에 자네 침식은 한결같이 좋으며 노소 식구들도 모두 평안한가? 몹시 궁금하네.

나는 여전하네만 어린 손자들이 밖으로는 손가락 종기로 고생하고 속으로는 심한 설사로 상해 있으니 가련한 모양이 견디기 어렵네. 그러나 다른 식구들이 다른 연고가 없고 질부도 잘 있으나 맡은 일이 많고 번거로워 사는 것이 매우 힘드니 민망하고 안타깝네.

읍에 가는 것은 처음에는 어제 갈려고 했는데 내가 설사기가 조금 있었고 또 스무날과 열흘에 한번 큰제사가 있어 참예하지 않을 수 없으니 멀리 왔다 갔다 하는 것을 감당할 수가 없네. 손자에 대해서는 교장에게 편지를 보냈는데 총회를 기다렸다가 미리 내려갈 생각일세. 자네도 10일 쯤에는 올라오리라 생각하는데, 그리되면 서로 만나 못 다한 이야기를 하기로

하고 나머지는 모두 미루고 이만 줄이네. 오늘 중으로 다시 보통학교에 가서 한번 살펴보는 것이 좋겠네.

▫ 또 막내아우에게 바삐 보내다   又

어제 편지를 보고 제절이 모두 무탈함을 알고 참으로 위로되고 안심 되네. 이 편지가 가면 학교 안에 반드시 행패부리고 성낼 단서가 생길 것이니 자네는 깊이 헤아려서 행동해야 할 것이고, 또 향후 조처도 반드시 숙려熟慮해서 해야 하네. 만일 내가 아무 이익도 없는데 공연히 그 학교가 탈공脫空[65]되게 한다면 매우 사리에 맞지 않는 일이겠지. 더구나 내가 그 중간에 잔뜩 비방을 받게 되는 데이겠는가? 면장회의에서는 협동학교에 무슨 좋은 방법을 강구하였는지 나는 실로 모르네. 만일 보통학교가 탈공脫空하게 된다면 협회에서 소비한 7백여 금의 돈을 가지고 저들은 반드시 죽기로 하고 말썽을 일으킬 것일세. 깊이 헤아려서 협동학교 사람들과 충분히 상의한 뒤에 처리하게.

▫ 덕초에게 바삐 보내다   德初忙奉

주경야독하는 중에 가족 모두 모두 잘 있는가? 회의소에는 날마다 왕래하리라 생각하네. 필여弼汝 형은 어제 과연 돌아왔던가? 지난번에 갔을 때 만나지 못해 서운했던 마음을 전해주게. 이李·류柳씨 사이의 송사는 어찌 되었는가? 사기事機에 따라 대응함에 자네는 틀림없이 주밀하게 하리라 보지만 염려됨이 줄어들지 않네. 내일 총회에서는 의론이 많겠지마는 참석할 수가 없으니 한탄스럽네. 두 권씨權氏를 서로 비교하지 말고 우선 그 뜻을 따라 주어 잘 인도해 함께 상의하여 드러나지 않게 일에 따라 가려 말한다면 저들이 반드시 기뻐하여 일마다 방해하지는 안을 것이니 이런 뜻을 필여 형에게 전해주게. 필여 형의 말에는 총대가 말도 하지 않고 밖으로 나간 것은 잘못이라는 생각이 있기 때문이네 류·이씨의 송사를 자세히 알아서 세밀히 알려주게. 만일 이씨가 와서 말을 하더라도 절대 내치지 말고 좋은 말로 답해주게.

---

65) 탈공脫空 : 뜬소문이나 억울한 누명에서 벗어남.

▫ 막내아우에게 급히 보내다   季君忙奉

지난 장날 인편을 놓쳐 편지를 보내지 못했으니, 자네가 틀림없이 의아했을 것일세. 요즘 조리하는 형편이 어떠한가? 근래 자네를 보니 수척함이 너무 심하니 여간 걱정이 아닐세. 다른 식구들은 모두 평안하며, 조카는 협동학교에 다니는가? 우리 집 아이는 서기書記로 가서 그곳 사무를 보는데, 우곡羽谷 생도가 또 가버려서 바로 삭제하였다고 하니, 이로부터 그에게는 아마 외롭지 않을 것 같으니 우습고 탄식할 일이네.

이곳은 다른 특별한 일은 없으나 어린 아이가 오랫동안 건강치 못하네. 감기가 어찌 그리 오래가는지, 범한테 물린 뒤라 애타는 마음을 금치 못하겠네. 도목道木 질부는 병세가 다시 더하여 전연 음식을 먹지 못하여 틀림없이 일을 당하고 말 것이라 하니, 이 말을 듣고 보니 매우 불쌍하네. 그 남편이 오지 않아 아무도 가서 돌볼 사람이 없으니, 일마다 제대로 되지 못함을 탄식한들 어쩌겠는가?

논 값은 이미 건넸다고 몇 자 편지를 써서 유사에게 건넸는가? 문중에서 나올 것은 본디 쉽지 않을 것임을 알지만 그래도 독촉하지 않을 수 없네. 고천高川에 바꿀 것은 말과 실재가 맞지 않아서 두 차례나 찾아갔으나 끝내 낭패를 당했고, 귀당龜堂에도 몇 차례 편지를 보냈는데 아직까지 뚜렷한 말이 없으니 믿을 수가 없네. 연초煙草 값을 손에 넣게 되면 혹시 수단을 부릴 수가 있는데 어찌 독촉하지 않는가? 이 달도 이미 다갔는데 어찌 전연 입수한 것이 없는가? 두 친구의 거간居間이 비록 듣기 싫다고 해도 쓴소리로 독촉하지 않을 수 없네. 만일 다음 달 열흘이 되면 일은 반드시 잘못될 것이니, 이런 점을 잘 알게. 집일은 일전에 곤경을 겪었으니 탄식하고 분한 일일세. 그러나 각서를 받고 약속을 한 것은 매우 해서 안 될 일이거늘, 어찌 그리 생각 없이 하는가? 말이 길어 이만 줄이네.

▫ 객지에 있는 아우에게 답하다   弟君旅中答奉

초4일과 8일에 보낸 편지를 연이어 받고 천 리 먼 타관에서 지내는데 별 탈이 없음은 알았으나, 본래 병자인 자네가 끝까지 건강히 지내기가 어찌 쉽겠는가? 김 영감은 근래 잘 지내는가? 송사는 이미 훈령을 받았는데, 조사措辭(용어用語)가 비록 매우 불만이지만 그래도 헛걸음은 아니니 다행하고 다행한 일일세. 마땅히 바로 파내라고 청해야 할 것이지만 이곳이 한창 고

소한 일로 골몰하고 있어, 이미 재차 산의 도형圖形66)을 그렸으나 보초報草가 아직까지 성첩成貼되지 않았으니, 관찰사가 상경하여 아직 내려오지 않았기 때문에 이렇게 늦어진 것이라네. 보초는 관청의 의사가 한 쪽에 기대지 않고 전부 작년 겨울에 작성해 놓았던 것을 사용하여 도무지 발미跋尾67)가 없다고 하니, 시내의 일을 아는 사람과 상의하니 바로 훈령을 내리는 것은 두 가지 일 모두 식어서 이로울 건 없고 손해만 있을 것이니 우선 그냥 두었다가 보고서가 출발한 뒤에 사정을 보아서 일을 하는 것이 좋겠다고 하네. 그래서 우선 덮어 두고 꺼내지 않았네. 또 생각해보니, 보고서가 떠난 뒤에는 자네도 관찰사를 따라 내려와 감영 안에서 대변對辯하여야 할 것이요, 중군仲君이 보고서를 따라 남쪽으로 갈 계획인데, 전후 송사 문서와 여러 문건들이 모두 자네한테 있으니 자네가 내려오지 않아선 안되겠네.

관찰사는 한번 상면하였는가? 비단 이번 일 때문만이 아니라 요로要路에 있는 사람을 만날 수 있는 계제階梯가 있다면 만나는 것이 무슨 문제가 되겠는가? 본군 수령은 성정이 칼로 물 베는 것 같아 도무지 결단이 없으니 형세가 반드시 파내라고 하는 판결을 기대할 수가 없으니, 오로지 김 영감께 부탁해서 상대방들이 평리원平理院에 손쓰지 못하게 해야 하는데, 이쪽에서 편지로 통한 뒤에 주선하고 돕겠다는 뜻으로 단단히 약속하고 내려왔지만 다만 남영南營의 판결을 보아가며 조용히 일을 도모하는 것이 어떻겠는가? 만일 관찰사와 본군의 수령이 바뀌는 일이 있다면 그 때도 김 영감이 직접 만나 신신 당부하여 보내달라고 부탁하는 것이 어떻겠는가?

최 참봉 병두炳斗는 군위 사는 우곡 족조族祖의 사하생査下生인데 임금의 총애를 크게 받고 있고, 또 지난겨울에 일본 갈 때 관찰사와 지극히 정분情分이 있다고 하네. 이것은 지산芝山 어른이 전해준 것으로, 자네가 이미 서울에 있으니 한번 찾아보겠는가? 그 집이 서소문 밖 합동蛤洞 65통 12호에 있다고 하네. 이 사람은 전에 우리 집에 한번 온 적이 있어 우리 아이들과 왕복이 있고 나도 그의 부친과 친분이 있으니, 만일 손이 닿는다면 틀림없이 괄시는 않을 것이네.

금산琴山 족조께서는 객지에서 평안하신가? 반드시 더불어 상의한다니 다행하고 다행한 일일세. 이곳 여러 대소가는 다른 일은 없고, 원元이는 내가 이미 불러다 당시唐詩를 가르치고

---

66) 도형圖形 : 도형이란 산송이 일어난 곳의 산세와 묘의 위치 및 묘 사이의 거리 등을 조사하고 이를 도면으로 작성한 것으로, 일명 산도山圖라고도 한다. 일반적으로 고을 수령이 좌수座首나 형리刑吏 및 장교將校 등을 파견하여 원고와 피고의 입회하에 작성해 오도록 하였다.
67) 발미跋尾 : 지난날, 사건의 원인과 정황 등을 조사하여 기록하던 의견서.

있네. 그러나 나도 이번 보초報草 일로 내려온 지 이미 보름이 되었으니 그 아이 공부시키는 일을 접게 되어 고민일세. 마령馬嶺 경팔敬八 형은 서울 가는 길에 와서 자네가 언제까지 머무는 가를 묻는데, 그 때는 자네 편지를 보지 못한 때였기에 그를 시켜 대구부에 정소呈訴하게 한 뒤에 다시 와서 서울로 가라고 하였는데, 아직까지 돌아오지 않으니, 아마 틀림없이 자네와 길이 어긋날 것 같으니 탄식할 일이네.

나머지는 먼 곳에 편지로 다 할 수 없고, 오직 관찰사를 따라 내려와서 저들이 우리보다 먼저 가게 해서 기회를 잃어버리지 않게 되길 바라네. 부족하지만 돈 20민緡을 중군이 가져갈 것인데, 형제가 돌아올 노자나 되겠는가? 교환할 길이 있거든 반드시 더 끌어 와서 행리行李가 군색하게 하지 않는 것이 좋겠네. 이른바 보초報草는 순전히 지난 겨울에 보고했던 것을 한 자도 가감하지 않았다고 하니, 비록 애써 보았지만 관청의 뜻이 확고하여 어쩔 수 없었네.

▫ 아우에게 답하다　弟君答奉

뜻밖에 편지를 받으니 천금을 얻은 듯하네. 어제 제사에 혹시 와서 참사할까 하였는데 끝내 소식이 없었으니, 혹 찬바람 때문에 그랬는가, 아니면 평소 앓던 병이 다시 도졌는가? 매우 염려되고 답답하였네. 그간 며칠 사이 어른 아이 모두 잘 있는가? 원이에게서는 잘 있다는 소식을 계속 받으며, 출出이는 공부 잘하고 밥 잘 먹는가? 두루두루 간절히 그립네. 나는 한결같이 지내지만, 새벽에 제사를 지냈으니 슬피 사모하는 마음을 비할 데 없네. 다른 식구들은 모두 큰 탈 없고, 질부도 잘 지내네. 딸아이의 반행半行은 모레 이른 새벽에 길을 떠나 아침 전에 읍을 통과하게 하려 하네, 삼사三舍의 길68)을 아무 일없이 도달할 수 있을 런지 모르겠네. 처음에는 내일 오후에 자네 집에 가서 하룻밤 자고 가도록 하려 했으나, 다시 생각해보니 자네도 틀림없이 얽매이는 회포가 있을 것인지라, 그래서 당일 바로 출발하기로 정했네. 자네가 보고 보내고 싶다면 내일 올라올 수 있겠는가? 그 밖의 상의하고자 하는 일이 많지만 만나지 않고 편지로는 할 수 없는 것일세. 비록 딸아이를 보지 않더라도 반드시 일간 올라오기를 매우 기다리겠네.

내앞[川前]은 그저께 형일馨日을 만났고 어제 응엽應燁을 만나 학교 안에 다른 일이 없음을

---

68) 삼사三舍의 길 : 중국中國에서 군대軍隊의 3일간의 행정行程. 하루 30리를 보통普通 행정行程으로 잡으므로, 삼사는 90리로 약 60㎞ 쯤 된다고 한다.

알았네. 이원일李源一은 이미 돌아왔다고 하는데, 전해주는 것이 제법 들을 만하고, 이어 많은 활동이 있었다고 하네. 하계下溪의 소장小葬이 20일에 있고 대장大葬은 24일에 있다고 하는데, 집의 아이가 외출外出하였으므로, 보내어 문상할 수가 없어 조카아이를 대신 보내려 하는데 의복이 형편없어 고민일세. 자네가 혹 한번 다녀 올 수 있겠는가? 김시보金時保가 크게 유감이 있다고 하니 인편을 통해 인사를 한번 닦는 것이 좋을 듯하네.

나머지는 바빠서 다 못 써겠네.

▫ 막내아우에게   與季君

막 조금 골치 아픈 일이 있던 차에 편지를 받으니 상쾌함을 느끼는데, 하물며 별지別紙에 물은 것이 제법 두서가 있음이겠는가? 참으로 기쁘고 기쁘네. 추운 날씨에 어려운 살림 중에 공부에 몰두하고 있으며 함께 공부하는 분들도 훌륭함을 알았으니 십분 안심되고 가슴이 시원하네. 이곳은 두 분 어른들께서 어지간히 회복되시었으니, 아마 수삼水蔘이 효과가 있은 듯하네. 다른 가족들도 모두 그만하다네. 부府에서 있은 소요에 대해서는 길게 말할 필요가 없지만 그것도 이미 진정되었네.

질문한 것에 대해서는 지금 한창 다른 일로 바빠 겨를이 없으니 내일 인편을 기다렸다가 생각해서 답을 보내겠네. 지난번에 말한 양옥陽玉에게 부탁한 일은 다시 소식이 없는가? 매우 답답하네. 동쪽 집 지붕 이는 것은 모레 시작하려고 하는데 필용必龍이네 집에 있는 짚은 바로 석백石伯이 놈에게 져오라고 엄히 분부하고, 만일 혹시 사고가 있으면 득룡得龍이 놈을 지워 보내는 것이 어떻겠는가? 필용이에게 맡겨놓은 삼태기는 내일 오는 인편에 부쳐 보내는 것이 좋겠네. 각 소작인들에게 복가卜價를 재촉하되 객지에서 아주 군색한 일이 있으면 한 두 민緡을 먼저 걷어 써도 괜찮네.

이곳에는 책 읽는 사람들이 등잔 기름이 없어 고생하는 걸 보니 매우 고민스럽던데 자네는 이런 것은 면하고 있는가? 금계金溪 장석丈席께서는 지금 향소鄕所를 맡고 오셔서 향청鄕廳에 계시면서 하루 한번 씩 가는데도 좌석이 번잡하여 조용히 상의드릴 수가 없으니 탄식할 만한 일일세.

나머지는 뒤에 다시 쓰겠네.

▫ 만성형 집사께 드리다   晩醒兄靖座執事

3월 20일에서 그믐 사이에 번갈아 아이 편지가 왔는데, 처음에는 탄식하였고 중간에는 위로되더니 마지막에는 감격하였습니다. 옛날에 손을 맞잡고 강을 건널 때 생사를 서로 함께 하겠다고 맹세한 마음은 아직 변하지 않았는데, 이제 한사람은 돌아가고 한사람은 남아있는 처지가 되고 보니 한마디 말도 서로 미칠 수가 없군요. 제 나이 이미 팔순이 임박했는데 늘 헤어져 있는 기간이 비록 매우 멀지는 않다고 해도 인간 세상에 붙어 살면서 얼굴을 다시 마주하기가 쉽지 않으니, 이렇게 되어서야 어찌 비탄하지 않을 수 있겠습니까? 형께서는 십수 대를 이어 제사를 주장하는 종손으로서 집을 비우고 조상의 산소를 떠나던 당일 뜻을 잃음이 비록 부끄러움이 없겠지만 조상의 유업遺業에 대한 책임을 생각할 때마다 민박憫迫함이 어떠했겠습니까? 지금은 향화香火에 성의를 다하시고 화석花石은 그대로 복구하시니, 그 황폐한 구릉과 패인 곳이 저절로 도랑과 골짜기가 되는 것과 비교해 볼 때 어찌 위로되고 다행함이 아니겠습니까? 노쇠하고 병들어 죽음을 눈앞에 둔 저를 위하여 멀리서 네 가지 어물과 채소를 보내시어 입맛을 돋울 거리가 되게 하셨으니, 만 리 밖에서 전해 들으신 것이 잘못되었음은 괴이할 것이 없으나, 병든 몸을 사랑하시어 살리고자 하시는 뜻을 알 수 있으니, 그 정에 감복함을 어찌 다함이 있겠습니까?

편지를 받은 지 이미 몇 달이 지났는데, 그 사이 아이의 병이 희망이 없는 지경에 놓여 있는데다 손자 병화炳華가 또 영어囹圄의 액을 당하여 밤낮으로 애를 태우고 있던 중이라 답장을 쓸 겨를을 생각지 못했습니다. 아마 형께서는 이곳의 사정을 알지 못하시니 틀림없이 의아함이 많았을 것입니다.

삼복의 찌는 더위가 깊은 가마솥에 들어 앉아 있는 것 같은 이때, 멀리서 생각컨대 시원한 마루 넓은 방에서 편안하게 지내시며, 여읜 부인께서는 좋은 반찬으로 대접하시고 슬하의 훌륭한 자제들은 맡은 직분으로 잘 공궤하고, 친척들은 날로 찾아와 정담을 나누며 단란하고 즐겁게 지내시겠지요? 서책을 늘 보시며 졸음을 쫓으시고 바둑을 두시며 여름을 보내실 수 있으리니, 이것이 모두 고국에서 맛볼 수 있는 즐거움으로 강외江外에는 없는 것입니다. 이곳은 어찌하여 산하는 옛날과 다르고 촘촘한 그물만 온 세상에 가득하여 눈을 들어 볼만한 것이 없고 들을 만한 소식이 없습니까?

부제婦弟인 저는 병든 아이가 열 달을 계속 앓고 있다가 근래 겨우 조금 나아지고 있으나 완전히 회복되기엔 아직 멀었고, 손자 아이는 그저께 비로소 무혐의로 풀려나 집에 돌아왔으나 완전히 풀려났다고 할 수는 없습니다. 담숙澹叔 형제는 화전樺田에서 길림吉林으로 이사하고 조曺서방은 반석磐石에서 길림으로 이사하여 반 년 동안을 고생하였으나 아직 쾌보快報가 없습니다. 내지內地의 국國이 조카[69]는 바로 나를 대신해서 무거운 짐을 지고 있었는데, 불행히도 원통하게 죽었으니, 작년과 올해의 집안의 운수가 비색否塞함이 극점極點에 이르렀습니다. 정신이 혼미하여 어찌할 바를 모르겠으니 탄식이 절로 남을 어찌하겠습니까?

만성 형이 나를 사랑하고 내가 형께 의지함이 잠시도 서로 떨어져 있을 수 없는 형세였지요. 이역 땅 궁벽한 곳에 붙어살 때는 각자 살기에 골몰하여 이미 한 마을에 살지 못하고 또 계속해서 방문하지 못하였으나 이 또한 사정이 어찌할 수 없는 것이었습니다. 그러나 그 마음만은 아무개가 아무 곳에 있다는 것을 은연중에 믿고 의지함이 태산이 등 뒤에 있는 것 같이 든든하였는데, 지금은 아득히 두 나라에 떨어져 사는 사람이 되어 죽기 전에는 다시 아름다운 모습을 만날 수가 없게 되었습니다. 옛 사람의 「생이별生離別」 시에 '신 매실과 쓴 움 싹정도는 달기가 꿀과 같았네[梅酸蘗苦甘如蜜].'[70]라는 말이 있더니, 바로 우리를 위하여 준비한 말인 듯합니다. 아아, 만성 형! 형도 이미 60을 바라보는 노인이니, 반드시 진중珍重 자애하여 오래토록 큰 복을 누리시고, 때로 덕음德音을 내려주시어 얼굴을 마주하는 것에 대신할 수 있기를 바랍니다. 불과 30년이면 당연히 웃음을 띠고 서로 맞이하여 다하지 못한 즐거움을 이어서 즐기며 무궁한 기간을 서로 헤어지지 않게 될 것입니다.

나머지는 눈이 어둡고 정신이 흐려서 이만 그치니 밝게 살펴 주시기를 바랍니다.

▫ 막내아우에게 바삐 보내다　季君忙奉

밤새 어른·아이 모두 잘 지냈는가? 회무會務에 대해서는 어제 필여弼汝 형을 만나 일의 줄거리를 대략 들었네. 조카아이의 어학語學은 과연 지난번에 만났을 때 말한 바와 같이 날로 일삼아 하고 있는가? 수작과 행동이 외부 사람들에게 가볍게 보이지 않도록 신신당부하게.

나는 여전하네. 편지는 잘 전해졌는가? 류형柳兄의 아우 덕명德明이 경찰청에 체포되었다고 얼핏 들었는데, 무슨 연유로 이렇게 되었는지 모르겠지만, 만일 자네와 연관된 일이 아니라면

---

69) 국國이 조카 : 이상룡의 아우인 용희의 아들 형국衡國을 가리키는 듯하다.
70) 옛 사람의 「생이별生離別」 시에 … 같았네 : 이는 중국의 백거이白居易의 시 「생이별生離別」이다.

이때 편지를 주고받으며 교섭하는 것은 매우 불필요한 것이니 반드시 내용을 자세히 알아 본 뒤에 조용히 형세를 관찰해서 편지를 보내는 것이 어떻겠는가? 그가 이미 편지로 요구하였으니 할 수 없이 나를 대신해서 한번 방문해서 기일忌日 때문에 가서 만나지 못한다는 뜻을 자세히 전해주고 잘 알아서 처리하게. 이번에 가면 권 주서注書의 서사書史를 필여에게 바로 전해 주길 바라네. 나는 12일경 내려가서 며칠을 지내다가 돌아오려고 하네. 이것은 여러 친구들의 간청이지만 다만 날씨가 너무 더워서 행사하려니 매우 머리가 무겁네.

산림 측량은 군郡의 주사主事가 마동馬洞에 통지하기를 시급하다고 했다고 하네. 3정보이내는 본군에서 증명서를 내어준다고 하던데, 과연 그런가? 이것은 큰일이고 또 이미 일을 할 줄 아는 이가 있다면, 다른 사람들이 앉아서 서울서 오기를 기다리는 것을 본뜰 필요가 없을 것이니, 자세히 알아서 알려주기 바라네.

□ 동현東峴에 우거하는 집으로 바로 전하다   東峴寓廬卽傳

일전에 아이가 돌아왔을 때 대략 근황을 들으니 대체로 한결같이 어렵던데, 며칠 사이 지내시기가 좋으시며 온 집안 식구들도 잘 지내는가? 원元이는 공부 잘하며 어린 것도 무탈한가? 양식은 어찌 이어가는가? 이미 집신執新71)한 지 오래되었으니 만일 논에서 수확이 되지 않았다면 군색함을 면하기 어려울 것일세. 아이들이 햇곡식을 먹으면 설사를 하는데, 이것이 가장 염려되네. 법홍의 두 집은 어른·아이 모두 평안한가? 두루두루 간절히 생각나네.

이곳은 누구 한 사람 멀쩡한 사람이 없으니 모두 지난날 음식을 제대로 먹지 못한 까닭이라, 민망하고 근심됨을 이루 말할 수 없네. 앞들[前坪]에는 가끔 썩는 기운이 있었는데, 나중에 큰 손실을 면할 수 있을지 모르겠네. 일전에 아이가 가더니만 끝내 헛걸음하고 5~6일을 소비하고는, 다시 보내려고 하니 고개를 저으며 듣지 않네. 그렇다면 자앞[尺前]의 가을일은 하는 대로 일임해 두려하는가? 절반을 벤 사람도 있다고 하니 더욱 마음을 놓을 수 없네. 자네가 날을 보아 반드시 가서 베는 것을 독촉하고 아이가 가는 것을 기다리지 말고 타작하는 대로 자네 처소로 옮겨 두는 것이 어떻겠는가? 술이述伊가 소작한 것을 만일 아울러 본다면 본가와 앞집에 옮겨 놓은 것도 무방하니 잘 알아서 처리하게.

---

71) 집신執新 : 조선시대에 관아에서 묵은 환곡還穀을 백성에게 꾸어 주고 가을에 햇곡식으로 거두어 들이던 일.

이곳에는 반계盤溪가 세상을 떠나 슬프고 애석하네. 이전에 석오錫五의 부음이 또 왔으니, 사방에서 오는 나쁜 소식은 사람을 두렵게 하네. 송천松川의 중군仲君은 병든 몸으로 갔는데 다시 소식을 알아볼 수 없어 몹시 답답하네. 오늘은 혹 그의 부자 중에 올 사람이 있으려나? 귀호龜湖에는 마을에 불미스러운 옥사獄事가 있었다고 하니 어느 집의 일인지 모르겠으나, 몇 곳에 마을에 걸리는 것이 있네.

▫ 조카 형국衡國은 보아라   姪兒衡國開見

편지를 보고 나서 다시 소식이 막혀 몹시 답답한데, 도곡陶谷에 그대로 머물러 있으며 면식眠食은 괜찮으냐? 주인집과 마을 사람들은 모두 잘 지내며, 포산葡山의 안부는 근래 잘 접하고 있느냐? 가을 농사는 어떻다고 하더냐? 도목道木 질부 모자는 모두 무탈하냐? 모두 몹시 궁금하구나.

이곳은 여전하다지만, 종표鍾杓씨가 종환腫患으로 이달 초3일 세상을 떠났으니 떠난 사람만 참혹할 뿐만 아니라 위로는 연로하신 어른이 계시고 아래로는 어린 아이가 있는데 이역에서 살아갈 길이 아득하니 보는 사람의 마음을 시리게 한다. 하회河回 사형査兄이 갑자기 옮겨 올 계획을 하니 과단성 있는 결정이라고 할 만하다. 이보다 앞서서는 막는 것을 일삼더니 지금은 그 가사를 옮기지 않으면 이 또한 맹랑하였는가보다. 만일 과연 그 말처럼 적실하게 한다면 길을 익히 잘 아는 이가 길을 가르쳐 줘야 중로에 군색함을 면할 수 있을 듯한데, 네가 만일 다시 건너올 뜻이 있다면 그 편을 따라 같이 행차하는 것이 피차간 편할 듯한데, 깊이 생각해서 처신하여라.

하고 싶은 말은 한 둘이 아니지만 이런 글로 다 할 수 있는 것이 아니므로 모두 줄이고 이만 그친다.

▫ 조카에게 바쁘게 부치다   姪兒忙寄

집의 아이에게 온 편지를 보고 이미 가족을 거느리고 범정帆亭에 와 있음을 알았으니, 네가 다시 서쪽으로 건너올 생각이 없음이 이와 같음을 알았다. 그것도 괜찮다. 그간 안팎이 모두 편안하냐? 상尙이는 공부 잘 하느냐? 법홍과 눌창訥蒼의 여러 족인들은 다 여전하며 포산葡山

에서는 자주 안부를 전해오느냐? 네가 이미 가족을 데리고 갔다면 내년 농사는 어찌할 계획이냐? 하상河上 류 서방은 지난번엔 감수하자城水河子로 이주할 계획이라고 하였으니, 조매祧埋는 예법에 따라 행하되 주과酒果를 약설略設하고 여러 곳에 널리 알릴 것은 없고, 특별히 이 다음에 향화香火를 할 생각할 것이요 남의 이목을 위하여 헛되이 모양만 갖추는 일은 하지 않는 것이 좋겠다. 다만 춘파春坡 본가에는 알리지 않을 수 없겠지.

성용聖容이 범상치 않음은 전에도 이미 알고 있었지만 사람을 보낼 생각은 어디서 들었느냐? 이곳에는 아직 아무 소식이 없다. 서적은 때때로 살피고 단속해서 벌레나 쥐에 상하지 않게 해라. 『심경』과 『근사록』 및 경전에서 새로 발췌한 것은 모두 한 책으로 만들어 미리 따로 두었다가 만일 믿을 만한 인편이 있거든 들여보내는 것이 좋겠다. 종옥鍾玉씨[일직一直댁 둘째 아들]의 분파分派한 세계世系를 발췌하여 보내길 바란다. 그의 분파조分派祖의 휘가 홍弘 자 노魯 자라고 하니, 대곡大谷에게 물으면 자세히 알 수 있을 것이다. 종구鍾九씨 형제는 지금 선인강회仙人講會에 있는데, 여기서 거리가 50~60리로, 올해 형제가 나란히 득남하는 경사가 있었다.

작년과 올해 두 해는 모두 농사가 잘 되어 지금은 태평하다. 종기鍾基씨의 행차는 아마 여의치 않은 듯하다. 지난번에 네 아재비에게 온 편지를 보니 무얼 요구하는 뜻이 있던 것 같던데 과연 뜻대로 되었는지는 모르겠다. 국일國一에게 보존되어 있는 서책은 틈을 보아 찾아오느라. 그 집에 근래 집행執行을 당하였다고 하니 잃어버릴까 염려된다.

나머지는 바빠서 다 적지 못한다.

◦ 형국衡國 조카에게 부치다　國姪寄

손계화孫啓華 편에 부친 편지는 받아보았느냐? 재섭在燮에게 온 네 편지를 보고서 대강의 사정을 알게 되었다. 네 부친이 군대 일을 돕다가 간부로 피선되었다 하였는데, 이 일이 참으로 다행이기는 하지만 사실이 아닌 것이 좋다. 이미 사실이라면 또한 마땅히 높은 위치에 있게 될 터이니 다소라도 창피는 면할 수 있을 것이다. 질부姪婦가 고생하는 상황은 어떠하냐? 손자 상尙이는 공부를 계속하느냐? 여기는 어른·아이할 것 없이 우선 당장은 특별한 근심없이 지내고 있지만, 혼례 날이 다가오는데도 흉년 여파로 어찌할 길이 없으니 탄식스러울 뿐이다. 요중遼中에서도 다른 소식은 없고 조카 영英이 여기 와서 머무르고 있다. 인형仁衡은 권하현權

夏鉉의 집과 혼사가 정해졌는데, 내년 봄에는 혼례를 치를 수 있을 것 같다. 박형朴兄은 올해 안으로 관가寬街로 옮겨 들어올 것이다.

의사의 처방이 과연 보여준 대로라면 앞으로는 증세가 어떻게 변하든 따지지 말아라. 병고로 인해 희망이 끊겼던 목숨인데 어찌 약이 있다는 소식을 듣고 먹지 않으랴. 다만 오로지 위험한 약재만을 쓰는 게 우려되는데, 그러나 한 제劑를 꼭 구입하여 보내도록 하여라. 시험삼아 복약하기로 하였으니 제대로 된 것이라야 효과를 바랄 수 있을 터인데, 내가 먼저 복약해서 효험을 본다면 아는 사람 중에서 나와 똑같은 병을 앓고 있는 사람들이 계속해서 적지 않게 부탁할 터, 너는 모름지기 힘을 다해서 주선하여라. 박군도 나와 똑같은 증세이니 이 사람의 약도 아울러 구해야 할 것이다. 다만, 조제법과 복약법을 의원에게 상세히 들어야 후회가 없을 것이니, 반드시 네가 직접 의원에게 듣고서 여기로 보내도록 하여라. 아무튼 일을 꼼꼼히 처리하기를 바란다. 내가 장차 너 있는 곳으로 사람 한 명을 보내려고 하지만, 그러나 이 편지가 도착하는 즉시 회답을 주었으면 좋겠다. 바빠서 일일이 적지 못한다.

▫ 동현東峴으로 옮기는 안건에 대해 묻다　東峴僑調案奉問

새 해가 밝았지만 마음은 착잡하기만 하네. 어제 중군仲君이 일찍 그대를 찾았는지라 종일 그대의 방문을 기다렸거늘 결국은 헛된 일이 되고 말아서 탄식을 그칠 수 없었네. 앞집의 종숙從叔에게 들어보니 그대가 섣달 그믐날부터 체기滯氣로 고생했다 하던데 묵은해를 보내고 새 해를 맞이하면서 묵은 병도 싹 가셨는가? 주위 사람들은 어떻게 지내고 있는가? 걱정이 그치질 않네.

나는 별 탈은 없고 나이만 한 살 더 먹어 어느덧 쉰이 되었네. 옛사람은 이 나이에 지난 49년 동안의 잘못을 알았다고 하던데, 나는 오히려 미로에 빠져 있는데도 깨닫지 못하고 그저 비탄悲歎에만 잠겨 있을 뿐이니 장차 어찌 되는지 나도 모르겠네. 다만 어린 손자가 점점 사람 모양을 갖추어 그 재롱이 여간 귀엽지 않으니 이것이 위로라면 위로랄 걸세. 마을의 전염병은 조심함으로 해서 어느 정도 진정되고 있지만 앓았던 자들이 아직도 회복이 더디고 더디다 하니 참으로 걱정일세.

새 해가 밝았다 하지만 일기가 불순하고 각처에서 들려오는 소식도 음산하기만 하니 내가 가야할 곳은 어딘지 모르겠네. 아무개 일은 과연 뜻과 같이 성취를 도모하고 있는가? 한록漢

泉이 일전에 한번 왔었는데 그의 말을 들어보니 그곳도 있을만한 곳이 못되었네. 성동城洞의 제직齊直이 어제 왔었는데 그 사람은 크게 원망하는 뜻이 없는 듯하니 조금 다행이었네. 이우약李友若이 모레 방문하러 온다면 어떻게 조처할 것인가? 부득불 사람을 그대에게 보내야 하는 건가? 이 일은 몹시 급박하고 위험하거늘 형편이 이미 이 지경에 이르렀는데, 신뢰를 잃어서는 안 되는 만큼 심사숙고해서 치밀하게 일을 진행하여 뒤탈이 없게 해야 할 것이네. 젊은 사람들 말로는 더 이상 일의 진행은 불가하다고 하는데, 그 말이 전혀 근거가 없는 것은 아니지만 일이 이만큼 진행되었으니 지금에 와서 어찌 되돌릴 수 있겠는가? 건초健初의 생각도 조금 달랐지만 그의 계획도 실행하기가 어려움이 많으니, 오직 자네 뜻대로 해나가는 게 좋을 듯하네. 다만 너무 번거롭지 않은 게 좋을 듯하네. 길안吉安에서 돌아올 때 오천梧川 당숙과 함께 일을 의논할 것인데 자네도 오겠는가? 언제로 약속하면 좋겠는가? 도곡道谷의 과실은 7일의 제사 때문이었는데 때때로 도곡을 들르는가? 계곡桂谷의 숙부께서는 어제 오시지 않았는데 무엇 때문인가? 이우약은 그대에게 사람을 보낼 생각이던데, 그대가 여러모로 불편하다면 중군仲君과 잘 의논해서 일을 처리해서 만반에 대비하기 바라네.

□ 조카 형국에게 부치다　寄衡國

작년 겨울에 마지막으로 편지를 부쳤는데 받아보았느냐? 어느새 새 해가 되었는데 너는 안팎으로 편안하냐? 포산葡山으로부터는 편안하다는 소식이 종종 들리느냐? 상尙이는 공부를 폐하지 않았느냐? 운運이는 건강이 괜찮아졌느냐? 계정溪亭은 추위가 심하여 건강을 잃기가 쉬우니 종이로 벽을 발라서 외풍을 막아야 그럭저럭 지낼만 할 것이다. 마을 사람들 및 그 외의 분들도 편안한지 모르겠구나.

너가 이제는 가솔家率을 이끌고 있으니 농사를 지어서 호구책으로 삼아야 할 터인데 올해는 어떻게 할 계획이냐? 사당 제사 날짜가 다가오니 더욱더 서글픈 마음이 드는구나. 우리나라 사람들은 대체로 정성보다는 형식을 숭상하는 폐단이 있는데, 우리집은 다른 집과 다르니 제수祭需를 검소하게 차리고, 본손本孫들이 모였으면 행례할 일이지 외손들에게까지 널리 알릴 필요는 없느니라. 다만 춘파春坡 본가만은 가까운 데 있으니 참여하든 참여하지 않든 간에 통지를 해야할 것 같다. 만약에 남의 이목에 얽매여 겉만 풍성하게 한다면 이는 큰 비례非禮이니 계곡桂谷의 숙부와 의논해서 잘 처리해야 할 것이다.

나는 찬바람에 건강을 상하였지만 나머지 사람들은 지금 당장에는 별탈 없이 지내고 있다. 금년에는 감수하자城水河子로 옮겨갈 계획인데 여기서 10리 쯤 떨어진 곳으로 그곳 학사學舍의 곁에 거처할 생각이다. 다만 사람을 쓰는 인건비가 날로 비싸져서 스스로의 힘으로 농사를 자작할 수 없는 자들은 갈수록 살기가 힘들어지니 어찌해야 할지 모르겠다.

승익承翼 씨는 우선은 강군姜君과 서로 의지하고 있다. 나머지 여러 친족들은 모두 전과 같은 상황이다. 오직 요중遼中의 식구만 올해에도 함께 단란하게 모일 수가 없는데, 그래도 영英이는 지금 여기에 와있다. 박매朴妹의 고초는 지난번의 편지에서도 말했었는데 근래 몸을 좀 움직이는 것 같지만 완벽한 회복은 기대하기 어려울 듯싶다. 당숙堂叔 형제들은 노친을 봉양하며 우선은 편안하지만 심화心火를 아직 다스리지 못하여 집안일에 뜻이 없으니 보기에 심히 안타깝다. 승훈承薰 씨는 솔가率家해서 돌아가려 하므로, 출발에 앞서 너에게 들러줄 것을 당부했는데, 그를 만나보면 이곳의 형편을 상세히 들을 수 있을 것이다. 내앞[川前]의 매가妹家와 춘파春坡의 생질甥姪, 호상湖上의 고숙姑叔과는 혹 서신으로 서로 연락을 주고받느냐? 서로 연락하면서 살아가는 게 정리인만큼 소홀함이 없어야 할 것이다.

앞 편지에서 잘 간수하라는 당부를 하였는데 그간에 그렇게 하였느냐? 그 중에는 요긴하게 여기에서 쓰일 게 있으니 승훈承薰씨에게 부탁하는 게 좋을 듯하다. 종옥鍾玉씨[우곡羽谷 일직日直 할아버지의 차자次子] 보첩譜牒은 등사해서 보낸다. 종팔鍾八씨 형제는 지금 선인구仙人溝에 있는데 이곳과는 40~50리 쯤 떨어진다. 두 해 연이어 풍년이 들어 집안이 태평하고 노인들도 편안하시다. 작년에 각자 득남하여 보기에 매우 좋다. 석포石浦 할배 세기世基 씨도 향리로 되돌아가려 하는데 사돈집으로 옮겨갈 모양이더라. 김형식金衡植은 종상終祥으로 인하여 남산藍山으로 와서 거주하여 그 조카인 정로正魯를 데리고 갔는데, 만약에 형일亨一을 만난다면 이 소식을 전하여라. 류일식柳一植 군은 여기에 온지 반년이 되었는데 지난 겨울에 두 세명의 어울리는 사람들을 따라서 상해와 남경으로 갔으므로 그의 본가에서 온 편지를 전해줄 길이 없구나. 벽객壁客은 아직도 통무소식이구나. 두 사람 중에 혹 내방하는 자가 있으면 서로 의논하는 일이 많이 있었는데 모두 꿈속의 일이 되고 말았으니 탄식스럽구나. 송기식宋基植 군과는 혹 함께 어울리는 일이 있느냐? 만나거든 안부를 전하여라. 손세영孫世榮은 작년 가을에 여기를 떠났는데 나와는 아무런 상의도 없었다.

▫ 조카 형국에게 부치다 衡國姪寄書

네가 죽음의 위협을 겪은 뒤 한 글자도 부치지 못한지 3년이나 되었는데 무심하여서라고 해도 좋고 그 반대라고 하여도 좋지만 이는 길게 말할 필요는 없을 것 같다. 네가 그 위협에서 벗어나 고향으로 향했다는 소식을 듣고 바로 편지를 부쳐야 했지만, 주소가 정확치 아니하여 머뭇머뭇하다가 지금에 이르렀는데, 그 사이 너는 마음이 매우 답답했을 터이다. 아이(아들 준형濬衡)에게 보낸 편지를 보고서 네가 도곡陶谷에 머물고 있고, 잠자고 먹는 게 다 그런대로 괜찮으며, 위협을 격은 뒤로는 나머지 해는 없고, 포산의 식구들도 모두 안녕하며, 질녀의 혼례가 이미 지나갔다는 것을 알게 되었다. 조카 운運이는 달성達城으로 가서 머물고 있으나 고초를 겪은 것이 아직은 다 낫지 않았으니 염려가 되는구나. 도목道木의 질부는 몸이 좋아졌으니 괜찮고, 상尙이는 잘 자라고 있지만 가르칠만한 좋은 선생이 없는 게 몹시 안타깝구나.

마을 사람들은 모두 평안해서 다행인데, 평리平里의 초상이 난 일은 비록 천수를 누린 것이지만 내가 50여 년을 아버지처럼 섬겼으니 영결하지 못한 게 몹시도 마음에 걸리고 슬퍼구나. 근박根泊 씨는 손자를 입양하기로 했다 하니 그나마 위로가 되는구나. 일찍이 위문하는 글을 부쳤는데 제대로 전달되었는지 모르겠다. 학안學顔씨는 그 운명이 어찌 그리도 참혹하게 되었냐. 대곡大谷은 손자를 보았으니 내 마음도 기뻐구나. 계곡桂谷의 숙부는 건강이 이전만 못하다고 하니 걱정스럽구나. 춘파春坡와 천전川前, 하회河回는 모두 편안하냐? 류랑柳郎과는 혹 상종함이 있느냐? 절기로 상로霜露가 되었는데 여러 선영先塋들을 누가 돌보고 있느냐? 생각하니 가슴만 아프구나. 너가 지금은 향리에 머무르고 있으니 이번 가을은 아마도 제사를 폐하지 않았을 것이나, 그러나 네 아버지가 꾸짖지 않더냐? 내 말 좀 네 아버지한데 전해다오, 기독교를 믿는 것은 자유지만 선조들을 굶기고 천당에 들어간다면 양심에 어찌 송구스럽지 않겠느냐고. 사동寺洞의 묘사墓祀 비용은 이미 재사齋舍에 부쳤으니 사사로이 이중으로 제사 비용을 대는 것이 무슨 의미가 있겠냐? 내 일찍이 이를 의논에 부쳐 바로잡으려 하였으나 겨를이 없었는데, 이 비용을 집안 제사로 전용하여도 아무 문제가 없을 것이나, 다만 합당한 구실이 없다면 재직齋直의 원망만 사게 되어 미안한 일이 될 터이니, 모름지기 문중에 논의를 부쳐서 처리함이 좋을 것이다.

이번 중춘仲春 말에 홍역으로 손여 하나를 잃었으나 이 달 초에 손자 하나를 얻었는데, 잃은 게 참으로 애석하긴 하지만 얻은 게 또 어찌 다행이 아니랴. 다만, 형제가 나뉘어져 살고 그 거리가 멀리 500리를 넘어 소식이 이어지지 않는게 안타깝구나. 종숙從叔 집은 일곱 식구가 도강渡江하였으나 한 노인과 두 홀아비만 남은지라 부득이 함께 살고 있다. 백종숙伯從叔은 앞 달에 겨우 돌아왔는데, 내년에는 각각 거처를 마련할 것 같다. 매형妹兄 집안 식구들은 요중遼中에 있는데 본디 바로 거기로 향하였기 때문에 미처 상면하지 못했다. 강랑姜郞과 종표鍾杓씨는 같은 마을에 살고, 종찬鍾燦씨와 정인庭寅씨 사는 곳은 여기서 10리 쯤 된다. 승일承一씨·승휘承徽씨·홍기洪基씨 형제는 모두 사는 곳이 여기서 20리쯤 되고, 종기鍾基씨·정무庭茂씨는 한 40리쯤 된다. 승우承佑씨·종구鍾九씨 형제는 한 50~60리쯤 된다. 문희文羲 만이 아직 마록구馬鹿溝에 남아있는데 여기서 백리 쯤 된다. 그 나머지 영남사람으로 함께 이웃하고 있는 자들이 많은데 모두 지금 있는 곳을 편안하게 여기면서 농사를 잘 짓고 있다. 요중遼中에 있는 식구들은 작년에는 홍수 때문에 손해를 입었고 올해는 가뭄 때문에 손해를 입었기로 내가 편지를 내서 돌아오라고 하였지만 옮길만한 여력이 없는 듯하며 문형文衡이 가서 그 집에 머물고 있다. 계오桂五는 학숙學塾에 머물고 있는데 여기서 10리 쯤 되는 가까운 곳이다.

너는 비록 고향으로 돌아갔지만 마음이 무척 불안할 것이고, 나 또한 나를 도와줄 수족手足이 없으니 네가 다시 도강渡江하려는 계획은 아주 좋지만, 하찮은 용기를 떨쳐서는 아니 될 터 신중해야 할 것이다. 전해내려 오던 저택을 지키지 못했으니 계정溪亭을 보존한들 무슨 소용 있으랴? 추秋 할배와 상의해서 처리하여도 무방할 듯 싶다.

서책은 버려진 창고에 쌓아두었으니 쥐와 벌레들에게 손상되었을 터 반드시 좋은 날을 택하여 햇볕에 쬐어야 할 것이다. 흩어진 책들은 대부분 마을에 있는데 장부에 기록한 작은 책자가 있으니 한번 훑어보면 알 수 있을 것이다. 그러나 책을 되찾은들 주인이 없다면 무슨 소용 있으랴. 이 책을 잘 관리할 수 있는 사람을 신중히 골라야 할 것이다. 내가 보았던 『청낭연의靑囊演義』 세 책, 『옥함진전玉函眞詮』 한 책, 『칠정선일법七精選日法』 한 책은 김국일金國一이 빌려갔는데 여기로 올 때 찾아오는 게 좋을 듯하다. 종이가 다해서 일일이 자세히 기록할 수 없구나. 우리 집 현판을 베껴놓은 작은 책자가 책고冊庫에 있는데 이 또한 찾아서 가지고 오너라. 그 나머지 내가 책을 보다가 초록해 놓은 것들은 이 다음에 가지고 올 수 있도록 잘 정리해 두어라.

▫ 애손哀孫 중화重華에게 부치다   哀孫重華寄

전 달 19일에 위로하는 편지를 부쳤는데 이미 받아보았을 것으로 생각한다. 세월이 흘러 봄기운이 차츰 따뜻해지는 이때 네 할아버지는 참담함 속에 제대로 식사나 하고 있는지, 너는 또 조석으로 슬퍼하다가 병이나 생기지 않았는지 모르겠구나. 참으로 걱정이 떠나질 않는구나. 이 큰할아버지는 늙었으나 죽지 않은 한을 품고 지낼 뿐이다. 네 대숙大叔의 병은 지금 어찌 손을 써볼 길 없는 지경에 이르렀고, 손아孫兒는 뜻밖에도 왜놈 주구走狗에 물렸는데, 감옥에 갇힌 칠팔 명의 사람들이 모두 초조함과 근심으로 병이 나고 말았으니, 농사를 폐하지 않으려고 하나 절로 폐하여진 꼴이니 가운家運이 도대체 왜 이 모양이며 몸의 위태로움은 도대체 왜 이 모양인지 모르겠다. 팔순八旬의 죽은 것과 마찬가지인 이 몸이 사고무친한 곳에서 별안간 죽지도 않고 이런 곤욕을 치르고 있으니 마음이 몹시도 아플 뿐이다.

앞서 문중門中에 청구한 몇 가지 일은 빨리 도모하여 성사시켜야 하니, 만약 조금이라도 늦는다면 만시지탄晩時之歎이 없을 수 없을 것이다. 일찍이 네 아버지로부터 온 편지에서는 길림성吉林省 성내城內의 만주은행으로 부치기로 약속하였으나, 지금 손아孫兒가 가서 찾아올 수 없으니 나에게로 전하는 것이 좋을 듯한데, 네 할아버지나 중부仲父가 틈을 내어 온다면 특히 좋으니 잘 헤아려보기 바란다. 노정路程은 장춘長春에서 기차를 내려 길장선吉長線으로 환승하여 길성吉城에서 내리고, 다시 길성과 돈화敦化 간을 오가는 기차를 타고 강밀봉江蜜蜂에서 내려 육로로 이도구二道溝를 거치고 대북분산大北分山를 지나서 소과전자燒鍋甸子를 물으면 된다. 서신은 속히 부치되 네 대숙大叔인 동구東邱의 이름으로 쓰거라. 네 계조季祖가 마침 와서 잠시 머무르고 있는 중이다. 마음이 근심스럽고 어지러워서 일일이 자세히 쓰지는 못한다.

▫ 姪兒伯叔聯見

汝에게 寄書를 何時에 하엿는지 記憶지못하겠으며 其間 汝 夫子兄弟의 經刲과 尙兒의 升冠과 申室의 慘報가 悲懼憂樂이 交雜하엿으나 一切 모르고 지내엿다. 吾雖老耄나 엇지그덧 忘置하랴마는 紛擾한 時節에 書字往來도 非便하니 찰아리마음만 짐작하고 잇기만 갓지못함으로 이져 一字가없엇다. 너의도 아마 짐작할듯 潦暑가 다지내고 此際新凉에 葡山安信을 種種承聞하고 汝亦 內外父子 俱勝하며 新人凡節은 已知極佳이고 姪婦所患은 점점더하지나 아니면 다행다행 勳姪은 脫出함은 幸矣나 아직 自由치 못할듯 積敗의 餘에 大病이나 生치 아니하엿나 尙兒는 工夫 着實하며 農作은 엇더한지 못니치고 法馬 及各處門族이 두루 太平인가 面面히 安間은 못하나 마음은 懇切하며 川前·河上·桃木, 及 諸處情家가 周周無故인지 알고져 한다. 伯父는 大病은 無하나 自然 나으로 조차 月異而時不同하고 兒少輩內外率이 長時不健하니 憂慮不尠이며 曺室이 生男하여 己過 三朔이고 新孩頭角이 頗奇하니 亦添滋況이며 汝叔同閈而 居에 朝夕相對하고 朴妹는 接鄰하여잇고 姜室도 相望地에 在하나 渠의 內外長時 多病하니 可悶이고 其外 諸族家가 다 無頉하며 農形은 全境이 占豊인듯하나 惟吾大小家는 不能自作이라 엇지 넉넉하겟나 水谷祖는 所遭가 그러한 後로 이곧에 모셔다 두엇더니 承年氏가 磐石縣에 가 農作을 시작하엿다고 오소하여 가셧으나 아마 고생하시는듯 민망 동낙이는 적은 집에 와 있다. 桂五의 婚說은 寧古塔 許珹氏家에 가 定하여 秋內로 成禮하려하나 路太遠하고 兩家가 俱無手分하니 엇지 치룰넌지 甚히 頭重하다. 너도 아듯기 나오 네兒의 加冠時에 婚具는 門中에서 거드럿지마는 이번은 異域에 와잇는 所謂 종가를 前例와 如히 생각할넌지 셔로 아도못하면 彼此 섭섭한지라 부러 깨치니 門內長老께 살어라 만약 무엇이 되어도 輸致할 道理가 茫然하니 네가 가지고 오던지 신실한 사람을 門命으로 보내던지 하면 엇덜고 旅費는 二十元이면 可以到此할듯하다. 悤悤不盡所言 陰七月卄二日 伯父 寄

▫ 衡國寄

十月十六日 發한 抵汝兄書를 今月望間에 비로소 入手하여 대강 살핀즉 及 此寒沍에 汝外內眠食이 連佳하고 葡山安信은 種種承聞인지 詳知치 못하나 書中에 別말이 업슴으로 顯故가 無함은 可히 默揣할지오 尙兒는 悠度나 아니하며 어린놈도 母子 無頉한듯 蘇湖叔喪은 不勝悲怛이라 萬里 異域에서 生死間 楚越로 지내다가 凶音을 聞하니 엇지 至情이라 하리오 法馬陶蒼及諸處族親節이 面面이 安迪한가 두루 못잇친다. 此間은 今春에 額穆으로부터 還巢한즉 汝兄의 病이 極重하여 萬事無念으로 지내다가 秋後는 다행이 그만하여 磐石에 볼일로 간지 一旬이나 되었으나 아직 도라오지 못하엿고 餘眷은 그냥 지내며 배지거우 汝叔의 집도 大頉은 없고 汝叔은 내 生日이 近하다하여 方在吾家이고 仁衡은 秋間一閱鬎刲後에 喪魂失魄하였으나 다른 病은 없고 東叔은 磐縣小學校에 敎師로 가잇고 前叔은 仁姪家에 安在하나 今年은 此處 秋霖을 經한 後로 農形이 判凶되여 嗷嗷狀態가 一般말이 못되는 中 우리는 汝

兄의 病으로 當初一畝地도 耕作치 못하고 姜室의게 업히여 지낸다. 許室의 安報는 드른지 오래고 曹室이는 居住가 密邇한 故로 今夕에 內外母子다와서 留한다. 汝書中 家率還故식히라함은 事勢가 甚히 難處하나 尺分一粒이 업시 凶年當한 此處에서 糊口의 策이 沒區處라 아니가고잇다하여도 明年이 또 今年과 갓치 農事못하면 溝壑의 禍는 明若觀火일듯 汝言과 如하게 보내고져하나 旅費만하여도 少不下三百五十元은 가져야 나갈터이니 그것이 어대셔 出하느냐 光色없는 異域나그네가 苟且한 말도 너무자조하기 慚愧하다마는 旣往 汝의 생각이 그러면 門內老成과 議論하여 旅費를 구획할 도리가 있거든 明年 正月晦前으로 或 準備하여 부쳐 주겠나 지금 事情이 汝兄도 病이 비록 낫다하나 아직 快히 念慮를 노을수업으니 服藥治療를 더하자면 還故하여야 區處가 有할지오 孫兒의 工夫도 內地가 나을듯하니 不得已 생각이 있으나 赤手空拳이 빈말뿐이 안될가 시푸고 나는 汝叔의 집에 가치잇지마는 世上의 事를 아지못할지라 만약 病이나나면 큰탈이 아닌가 汝兄이 此處에서 나와 同在한다 하여도 萬里遠路에 秉孫혼자 三代內眷을 다리고 갈수업스니 東叔兄弟分中에 一位가 가치가면 아마 三五는 되어야 자랠듯하다. 또 할말은 河回 柳室의 書中에 저의 시동생의 婚說을 江亭金議官家에 發코져하야 그면 面長이 吾族 리승한氏라고 내게 부탁하여 편지를 하여 달라하엿으나 승한氏가 누구인지 승자는 行列字 承인듯하나 한자는 무슨 한자인지 도모지 알 수 없고 또는 꼭될런지 알수업다. 그러나 離洲十三年에 通信도 업시지내다가 이 부탁 한번하는것을 成否間아니듯고보면 渠心에 오직 야숙하겟나 그럼으로 편지를 써셔 汝의게로 보내니 汝가 封套에 너어 皮封을 써가지고 袖往江亭하여 승한氏의게 信傳하고 아무조록 되도록 面託하여 萬里外에서 委囑하는마암을 져바리지말고 極方圖成 하라하여라 此處水谷祖도 安寧하시고 承敎氏冤逝는 慘絶慘絶이라 其他 諸族이 無故하다 文義는 昨年에 額縣新站으로 移去하엿더니 日前來此 하엿는데 다 편타하고 其子의 婚禮는 金衡植君의 末嬌와 面約되여 冬春間 成禮할듯하다 上에 言한바 還故의 計는 만약 旅費를 區劃하여 보내줄수업스면 無可奈何이니 隨所存着手하여 目前之計라도 하게하여라 柳室을 다려다가 소풍이나 식히려함은 渠가 오작답답하여 그마음을 내겟나마는 汝亦窮措라 엇지 如意하겟나 運衡은 本邑新州支社에 잇다하니 자조 相面이나하나 柳郞은 兄弟京城에와 잇다하나 저의 兄弟가 다 아직 心志를 定頓치못한듯 걱정일다 이편지본후 速히 回答하여라 柳室의 편지에 年月이 無하니 何時에 發한지 未詳이나 大槩九月間出인듯 書末에 立俟回音 이라하엿으니 아마 매우 企待할듯 吾書를 速히 傳하여 緩不及事의 歎이 無케 하여라 燈下走草不盡 陰至月卄一夜 伯父 草

□ 痛哭寄棘孫重華

重華야 汝父의 事가 眞耶아 夢耶아 眞이라 謂하면 汝父의 純仁至性으로써 壽福을 亨受함이 맛당하거늘 엇지어려서 慈母를 여희고 커서 貧病에 인하고 平生에 快樂을 不知하다가 末頃에 天閼로써 맛츠니 이것이 엇지 天理리오 夢이라 謂하면 年月日時를 的確히 記錄한 赴書가 엇지 目前에 至하엿나뇨 冤乎惜哉라 汝父는 吾家의 柱石이요 吾身의 手足이라 柱石이 頹하고 家屋이 엇지 存立하며 手足이 斷하고 身體가 엇지 支待하리오 汝父責任이 이와갓치 重大하거늘 千萬夢寐外에 놀랍고 慘酷한 急報를 接受하니 이에 對하야 吾의 情境이 엇더하겟나 昨日에 汝仲父書를 見하야 初終葬祔를 次第畢行한줄 아랏다 이제는 萬事가 그만이라 엇지 하겟나 不可不 生者 한편 化者 한편으로 處하는 外에 道理가 無하니 아모쪼록 十分勉强하야 食飲을 加進하여 上으로 汝祖의 心景을 寬慰하고 下로 諸率의 生病을 顧慮하며 汝父平日未完한 文蹟을 收拾藏弄하며 空匱無存한 産業일지라도 繼續治理하야 叩叫無益한 哀號만으로 孝思라 認치마러야 方是冥冥中의 遺意를 體承함이니라 伯祖는 一生罪孽이 殃禍를 積成하야 모진 火熖이 몬져 汝父의 身에 백이어 夭折의 厄을 致하고 汝의 大叔이 昨年七月에 宿病이 四次更發하야 八九朔을 瀕洞히 過하는바 期間에 服藥도 無限히 하고 針灸도 醫師의 식히는 대로 試하엿으나 一分效果를 得지 못하고 至今은 症勢가 極度에 達하야 米汁도 一次小飲이 二三匙에 不過하며 夜에 消燈을 못하고 時日만 束手坐待함이 발서 數旬이라 먹든 藥도 그치고 前此汝父의 製送한 四十帖도 겨우 卄四帖만 먹고 其餘는 긋치엇다 汝父의 實音도 驚恐悲哀를 過히 할가 慮하야 아직 秘不使知케 하난중일다 이것이 무슨 運數이냐 이러케 憂焦中에 今年은 小城子에 仍居치 못할 形便이 되야 不得巳四顧無親한 此處로 搬移하여 汝의 季祖는 哈爾濱聚源廠에 滯住하여 書信도 種種通하지못하고 東家叔前家叔은 距此四百里外에 住하다 糧道는 升斗의 所備가 無하고 債錢은 湊合하면 山峯을 可作인바 穀價는 昨秋에 比하여 五倍以上이오르고 債權者의 督促은 一日에 十餘人式顔面을 갈아 달려드니 如此하고야 不病者인들 잇을수가 잇나 下梢는 不知至於何境이라 찰아리 我가 몬져 溘然하야 不見不聞하고 萬事를 이즈면 좃켓것마는 그겐들 容易히 할 수 잇나 汝父在時에 汝大叔이 此를 預料하고 公私間不計하고 救助를 請한 事가 잇섯든바 汝父答書中에 云此意를 巳及於門中이라하고 그後 書幅往來에 數次加鞭한 事도 有하엿다 我는 故里에 向하야 公私事力을 깊히 짐작도 할 뿐더러 前日求助의 頻數하엿슴을 羞吝히 넉여 直接開口는 아니하엿더니 이제 당하야는 汝父

가 不在하고 汝大叔의 病勢가 이러케 急刻하니 엇질 수 업시 말하게 되엿다 汝가 이 편지를
가지고 故里로 나려가서 汝祖께 보이고 다시 平地箕山族祖께 細陳하야서 前日汝大叔의 請한
바와 갓치 三百數爲限하고 무슨 條로 周旋하던지 辦出하여서 枯魚肆에 急한 命을 從速救濟
케하고 汝도 速히 答書를 부치어 시원히 알게 하여라 把筆臨紙하매 涙水가 遮眼하여 汝祖의
게는 後次로 미룬다 陰辛未二月十八日老從祖痛哭寄

　汝叔의 通信地를 回書에 詳記하여라.

□ 제문祭文

◦ 중조 처사부군께 드리는 제문· 갑오년(1894)   祭仲祖處士府君文

아, 슬프옵니다!

덮어주고 가리워 줌에 있어 병몽帡幪(위와 둘레를 감싸주는 장막)과, 지탱하여 받쳐 줌에 있어 동량棟樑에 의지하지 않음이 없나니, 부형은 한 집안의 병몽이요 동량입니다. 부형이 계시면 자제들이 춥지 않을 것이지만 부형이 계시지 않으면 자제들이 지탱하지 못하고 어린 자식의 추위가 심해지는 것입니다. 어떻게 스스로 지탱할 수 있겠습니까? 옛날 우리 집안의 형세가 왕성하던 시절이 생각납니다. 증조부 동지중추부사同知中樞府事 부군府君께서는 아흔살의 대로大老로써 고당高堂에 임하여 계시매, 할아버지 및 중조仲祖 부군과 작은 할아버지, 그리고 아버지께서 차례로 모시어 계시고 저희 자제 여러 숙질이 선후로 '예예'하며 응답하였으니, 대개 그 한 때의 광경이 곽분양郭汾陽72)이나 만석군萬石君73)의 집안에 부럽지 않았으며 동남쪽 사대부로써 문하에 배알하는 사람들이 매양 영남의 복받은 가문으로 우리 집안을 첫째로 여기지 않는 사람이 없었습니다. 저희 자제배子弟輩들은 복의 근원에서 생장하여 남은 물결을 유영遊泳하면서도 이러한 복이 우리 부형들로부터 말미암은 것임을 몰랐습니다. 이는 마치 물고기가 물에서 노닐면서 그 즐거움이 물로부터 말미암은 것임을 모르는 것처럼, 배부르고 따뜻하며 호사롭고 편안함이 장차 만년이라도 갈 것 같았습니다.

아! 계유년癸酉年(1873)으로부터 수십 년 사이 안팎 초상은 그 형세가 흙이 무너지는 것 같았습니다. 아버지와 작은 할아버지께서 젊은 연세로 모두 세상을 버리시고 증조부께서 또 이어 돌아가시니, 문호를 보존하는 것은 한 터럭보다도 위태하였지만 그래도 할아버지와 부군께서 별고 없으심을 위안으로 삼았습니다. 저희들의 죄가 끝없어 올해 5월 갑자기 대고大故를 당하여 장례를 마치자 마자 부군께서 또 돌아가시니, 여기에서 병몽帡幪이 거두어지고 동량棟樑이

---

72) 곽분양郭汾陽 : 당唐 나라 현종玄宗·숙종肅宗 때 사람인 곽자의郭子儀를 가리킴. 안사安史의 난亂을 평정하여 분양왕汾陽王에 봉해졌으므로 곽분양郭汾陽이라고 불렀다.
73) 만석군萬石君 : 한漢 나라 석분石奮의 집안에 석분과 네명의 아들이 모두 벼슬이 이천석二千石에 이르렀는데 이를 합하면 만석이 되므로 만석군萬石君이라 불렀다.

제거된 것입니다. 대로大老가 계시던 사랑에는 약소배弱少輩들이 빈소를 지키고 한 집안 내에 사궁四窮[74]이 모두 초췌하게 되었으며, 아침저녁으로 울부짖는 소리는 듣는 사람들로 하여금 마음이 얼어붙게 하여, 일찍이 '복받은 집안의 광경이 이렇게 상전벽해桑田碧海의 세상이 될 줄이야.'라고 하게 되었습니다.

아, 슬프옵니다!

부군께서는 우리 집안의 현명한 부형이셨습니다. 효성과 우애는 자제들의 본보기가 되시기에 충분하였고, 청렴과 절개는 족히 향리鄕里의 모범이 되셨습니다. 통쾌한 언론은 시비를 가르기에 충분하였고 분수를 분명히 알아 번거로움을 감당하셨으니, 이는 남는 힘으로도 예사였으며, 정묘한 필법筆法은 금석金石처럼 썩지 않기에 족하였으니, 이는 모두 한 때의 공정한 평판이었으며 저의 지나친 미화가 아닙니다. 가령 착한 이에게 복을 내리는 것이 하늘의 보답이 틀림이 없다면 의당 높은 연세에 오르고 큰 복을 누리셔야 할 것이건만, 곧 네 벽이 쓸쓸한 가운데 차가운 이불이 마치 무쇠와 같고, 뜰에는 손짓으로 부릴 종들도 없으며 문 밖에서 응하여 대답할 아이조차 없이 10년토록 적막한 냇가에서 사시다가 마침내 천하의 가난한 죽음을 맞이하셨으니, 군자로서 이런 일을 당했다면 어떻게 논평했을 지를 알지 못할 것이어니와 저로서는 적이 이른바 '하늘은 바로 막막하기만 하여 앎이 없는 것'이라고 여기게 됩니다. 아, 슬프옵니다! 이는 실로 지극히 비통함에서 발한 격한 말입니다. 하늘이 어떻게 일찍이 막막하겠습니까. 순환하는 한 '리理'는 한 번도 굽어 펴지 않은 적이 없으니, 생전의 곤고困苦가 마침내 펴져야 할 중에서 굽은 부분이라면, 명부冥府에서 기쁘게 모실 것이니 이는 굽은 중에서 펴지는 정도뿐만이 아닐 것입니다. 가령 중조모仲祖母께서 만수무강을 누리시어 친히 경사를 만나심에 장성한 자식과 자손들이 있다면 더욱 어찌 펴짐이 큰 것이 아니겠습니까? 이는 다만 10년 미래 사이의 일로 정히 부절符節을 맞춘 듯 기다릴 수 있을 것입니다. 슬퍼할 만한 것은 제가 부박浮薄한 자질로 초상을 당하여 눈앞의 고아와 홀어미 그리고 너른 집에 힘을 보탤 수 없이 분요한 시사時事로 온전히 보존할 대책이 없는 것입니다. 그리하여 위로는 의지할 곳이 없고 곁에는 상의할 사람도 없이 빈 집에 홀로 앉아 남의 멸시와 기롱을 받고 있습니다. 이는 진실로 하늘이 혹독한 벌을 내리는 것이지만, 그런데도 저의 신세가 이처럼 한심하니 10대를 이어온 문호를 어떻게 지탱하겠습니까?

아, 슬프옵니다! 도곡陶谷의 면례緬禮는 조부께서 명하시고 부군께서 일찍이 아침저녁으로

---

74) 사궁四窮 : 네 가지 궁한 백성, 환鰥·과寡·고孤·독獨을 가리킨다.

노심초사 하시던 일이니 제가 마땅히 조만간 시행하겠습니다. 성동城洞은 곧 우리 집안이 3대 동안 혼백을 묻은 선영先塋입니다. 산의 기운이 특이하고 국면이 여기보다 너르고 평탄하므로 부군의 산소로서 거의 신리神理와 인정人情에 유감이 없을 것입니다. 통곡소리 그치매 천지가 아득합니다.

□ 족숙찬조께 드리는 제문   祭族叔纘祖文

아, 슬프옵니다!

옛날 우리 아버지와 공의 아버지와는

연치 5년 차이로 소싯적부터 서로 계합契合하시더니

불행하게도 공의 아버지가 연세 스물아홉으로 타계他界하시자

우리 아버지의 애도함이 기가 막히는 데에까지 이르렀습니다

지금 나와 공의 나이 차이는 다섯에서 하나가 빠지고

공이 세상에 있었던 날은 예전에 비하여 6년이 짧습니다

선공先公의 부인께서는 하물며 옛 발자취에 느끼어

광중壙中에 뛰어들어 슬퍼하시지만 비단 공을 곡함이 아니요

학鶴 새 늙고 난鸞 새 수척한데다 형제는 약하고 아이들 어림이라

눈에 보이는 광경은 예와 이제가 다름이 없건만

승중承重의 복을 아직 마치지도 못했는데 연이어 돌아가십니다

공이 돌아간 지 얼마 안 되어 숙부께서 이어 타계하시니

한 집에 초상이 셋이라 눈에 눈물 마를 날 없었습니다

과거가 어찌 참혹하지 않으리오만 지금이 더욱 슬픕니다

공은 오랜 옛집에서 태어났으며 천품은 심히 풍부하였습니다

기국器局은 질박 착실하였으며 풍도는 순수 진실하였습니다

이에 사업에는 주밀하였으며 실행에는 독실하였습니다

남는 여가에 문장을 공부하니 또한 이미 전일專一 정미精微하였습니다

이에 그 걸음을 떼어 놓으니 울연蔚然히 볼 만함이 있었습니다

이는 오히려 거칠고 얕은 이해이나 말 없으매 더욱 난처합니다

겸허하게 살면서 알아도 알지 못하는 것 같았으니

나는 실로 높게 여겼고 남들도 또한 칭찬하였습니다

큰 집 지탱하기를 의지하고 기량을 떨치기를 기대하였습니다

사람 집의 화복禍福은 누가 맡아서 주는 것입니까

도타운 자질은 누가 주었으며 그 생명은 누가 빼앗아 간 것입니까

이미 공을 애도함에 또한 개인적인 슬픔이 있으니

나에게 무슨 장처長處가 있기에 공은 흙과 탄처럼 좋아하여

서로 이해하고 서로 아껴 벼랑과 구릉같은 막힘이 없었습니다

산중의 정자에선 가을 달을, 강가 서사書榭에선 봄빛을 즐기며

공이 얻은 것을 내가 나누고 나의 실수를 공이 보태어 주었으니

거의 장차 백년토록 영원히 형체形體를 잊고 살리라 맹세하였더니

생각과는 달리 꽃다운 나이에 지고 말았습니다

듣는 이는 가슴이 무너지고 보는 이는 옷깃을 적셨습니다

하물며 나의 지극한 정리는 옛날을 더듬고 지금에 상심합니다

공이 돌아감으로 나의 여름 과제課題는 거두어 버렸고

나의 교유는 끊어졌으며 나의 창화唱和는 폐기되었으니

어찌 즐길 수 없음 뿐이리요 공이 생각나 견디지 못하겠습니다

세시歲時에는 시골 농막에서 윷놀고 바둑 두며

벗들이 서로 만나 재담과 웃음이 넘쳐나건만

아, 우리의 찬조纘祖씨만 유독 옛 벗이 아니었단 말입니까

불러도 대답이 없으니 오장이 다 짓무릅니다

세상사에 통달한 사람이 말하길 삶과 죽음이 남가일몽이라 하니

이로써 말한다면 정리의 세계도 또한 몽환夢幻이라

기나긴 회포를 어떻게 영위하며 긴 말씀을 어디에 부치겠습니까

마음 속 만가지 단서는 내가 말하지 않더라도 공이 이해할 것입니다

인간의 발자취는 오직 저 기린아麒獜兒에게 있어

큰 과실은 먹히지 않는 보답75)을 문서를 잡고서 기대할 따름입니다

---

75) 큰 과실은 … 보답 : 『주역周易』 「박괘剝卦」의 상구上九 효사爻辭의 석과불식碩果不食(큰 과일은 먹혀지

□ 외조모 예안김씨께 드리는 제문 · 신축년(1901)   祭外祖母禮安金氏文

아, 슬프옵니다!

제가 올 때에 어머니가 편찮으셔서 기력이 없으면서도 손수 과일과 생선 한 그릇을 싸서 조모님께 드리게 하였습니다. 저의 마음에 조모님께서는 반드시 이 정이 어린 물품物品을 받아 맛보며 즐거워하시고, 외숙은 반드시 곁에서 지켜보시며 우리 찬삼燦三은 반드시 앞에서 응대하여 우리 외족外族의 광경이 반드시 의구依舊할 줄로 여깁니다. 곧 오늘이 무슨 날이길래 외조모의 방에는 제상祭床이 차려져 있고 휘장이 드리웠으며, 외숙의 의형儀形은 영원히 보이지 않고 찬삼의 소리와 모습도 이미 아득한데, 다만 파리한 삼척동자三尺童子만이 앞에서 통곡 절통하고 있습니까? 우리 외족이 여러 대 덕을 쌓은 가문으로 어떻게 단번에 영락하여 이 지경에 이렀습니까? 아! 외조모께서 반드시 우리를 버리신 것입니다.

외조모님께서는 내외손자들에게 자상하고 인자하시어 한결같이 은혜로 감싸 주셨지만 더욱 우리 어머니를 항상 끌리듯 잊지 못하셨으니, 우리들의 마음에 감격이 되어 외조모가 아니었다면 하루도 생명을 부지할 수 없을 것이라 여겼습니다. 이제 외조모께서 우리들을 버리시니 제가 장차 어디에 의지하여 살겠습니까?

저는 집이 가난하고 정성이 모자라 맛있는 음식으로 부엌살림을 돕지 못하였습니다. 그러할진댄 세시歲時에라도 문안 배례하고 글월로 아뢰는 것이 도리에 합당하거늘, 그것도 길가에 버려진 물건처럼 일체 폐기하였다가 부고訃告를 받은 뒤에 제상 앞에서 한번 통곡하는 것도 1년이나 지나서 처음이니 인간이라 할 수 있겠습니까? 제가 이러고도 오히려 외손자라고 할 수 있겠습니까?

아, 슬프옵니다! 외조모님으로 하여금 만세토록 사실 수 있도록 하고 싶은 것은 자손의 마음으로 어찌 한량이 있겠습니까마는, 부녀의 몸으로 70여 년이면 또한 너무 일찍 돌아가셨다고는 할 수 없을 것입니다. 가령 외숙이 별고 없으시고 찬삼도 살아 있다면 어찌 대로大老의 복상福喪이라 하지 않겠습니까마는, 곧 한 집안에 빈소 네 자리가 서로 이어 있고 다만 어린 손자가 실낱같은 명맥이 끊어지지 않고 있을 뿐이니, 그 참혹 절통함은 길가는 사람들도 오히려 눈물을 떨굴 지경이거늘 하물며 지극히 사랑받던 자손의 마음이겠습니까? 저 하늘은 앎

지 않는다는 뜻)에서 취한 것으로, 즉 여러 음陰이 아무리 성해도 상구上九의 한 양효陽爻는 남아 있어 맥이 끊기지 않는다는 것이다.

이 없어 보답이 항상 어그러지지만 외조모의 혼령으로 하여금 살아계시어 창대昌大한 문호를 성취하게 할 수 있다면 저도 또한 음지에서 돕고 저승에서 도와 외조모로 하여금 강녕康寧의 복을 누릴 수 있도록 할 것입니다. 그리하여 하늘에서 모였을 때 두 집안 자손들의 성대함이 황엽黃葉의 두 집안76)에 못지않다면 외조모의 혼령이 또한 어두운 가운데서도 즐겁지 않겠습니까? 말이 여기에서 그치니 외조모께서는 말없는 가운데서도 살펴 주소서.

□ 족증조부 처사공께 드리는 제문· 병신년(1896) 祭族曾祖父處士公文

아, 슬프옵니다!

이 경술庚戌(1910)·신해辛亥(1911)년을 당하였습니다. 시대로는 예악禮樂이 무너지고 짐승의 시대가 도래한 것이요, 고을로서는 옛 풍도가 사라지고 치랍梔蠟77)이 발호한 것이며, 가문으로서는 부로父老가 모두 돌아가시고 문호門戶가 쇠미해진 것이니, 이는 진실로 말세의 어떤 운세이지만 불행하게도 저희 소자배小子輩의 몸에 당착撞着하게 되었습니다. 인하여 엎드려 생각컨대, 우리 가문은 약야藥爺로부터 우리 증조부가 돌아가신 뒤까지를 이미 석양의 광경이라 하였지만, 그래도 다행히 공公과 우리 조부 그리고 평천옹平泉翁께서 솥발처럼 건재하셨으므로 자손들이 본보기로 삼을 곳이 있어 감히 게으르지 못하고, 고을과 이웃은 두려운 곳이 있어서 감히 멸시하지 못하였습니다. 일에 임하여서는 아뢰어 처리할 바탕이 있었으며 우환에 처해서는 제접濟接의 방도가 있었으니, 저희 소자배小子輩와 어지신 부로父老의 문정門庭에 있었던 것은 비유하자면 물고기가 물에 있었던 것과 같아서, 다만 생기 찬 즐거움만 알았을 뿐 애초에 그 물이 얕아질 때가 있을 줄을 염려조차 하지 않았던 것입니다.

아, 슬프옵니다!

저희 소자의 죄가 쌓여 갑자기 갑오甲午(1894)년의 변고를 당하고 1년도 못되어 평천옹을 곡하게 되고 또 반년도 못되었는데 공께서 세상을 버리시니, 이는 장차 하늘이 우리 옛집을 싫어하여 뒤엎어 버리는 재앙을 내리려 하는 것입니까? 아니면 후생後生들의 복록福祿이 박하여

---

76) 황엽黃葉의 두 집안 : 고사古事 미상未詳.

77) 치랍梔蠟 : 실지는 없고 겉만을 꾸미는 기풍을 가리킨다. 류종원柳宗元의 고편문賈鞭文의 "옛날 어떤 부자가 노랗고 윤이 나는 채찍을 사랑하여 많은 돈을 주고 샀었는데, 뒤에 끓는 물에 닿게 되자 형편없는 본색이 드러났다. 그제야 보니 노랗던 것은 치자梔子 물을 들여서였고, 윤이 난 것은 밀[蠟]을 칠한 때문으로 가짜임을 알았다."에서 '치梔'와 '랍蠟'을 따서 합성한 말이다.

족히 부로와 문호의 즐거움을 누리지 못하는 것입니까? 간절하고도 충심에서 우러나오는 가르침을 어디에서 다시 받들며, 아름답고 질박·착실한 의형儀形은 어느 날에 다시 뵈올 수 있겠습니까?

아! 공께서 떠나시고 얼마 되지 않아 세상의 변고는 한층 더 자주 발생하였습니다. 이 변고는 진실로 가벼운 것이 아니요 목숨을 부지하는 것도 또한 큰일이지만, 선영 북쪽에 모여 살라는 지난 때의 가르침을 실제로 이행함으로써 구렁과 골짜기에서도 온전히 보전할 수 있었으니, 어찌 두 할아버지의 음덕이 도와주신 것이 아니겠습니까? 이제 다행히 광란의 분위기가 조금 가시고 연궤筵几를 옛집으로 되돌리니 연못의 연蓮과 섬돌의 대는 완연히 옛 모습을 되찾았는데, 유독 소자는 심히 어리석어 함께 돌아가지 못하고 있습니다. 공께서 만약 앎이 있으시다면 어찌 선대의 옛집이 텅 비어 버려지는 것을 민망히 여기지 않겠습니까? 앞뒤로 "너희들은 마땅히 순서에 따라 모두 집으로 돌라가라."는 말씀이 계실 것입니다.

상주가 된 영욱令彧은 정묘한 데에 장점이 있고 저는 자질이 노둔하고 지식이 얕지만, 사세에 따라 경계하고 근면히 한다면 거의 두 할아버지의 가법家法을 더럽히지 않을 수 있을 것이라 생각합니다.

▫ 평담처사 전공께 드리는 제문· 정해년 祭平潭處士銓公文

아, 슬프옵니다!
우리 일문一門의 전성기에 공께서는 방년의 나이로
모옹慕翁[78]이 큰 용광로가 되고 제야霽爺[79]가 곁에서 도우니
저 재질이 부족한 이들도 양육되어 자랄 수 있었습니다
하물며 공께서는 천품이 이미 도탑고 또 민첩한 데다
더욱 담금질에 연마되었으니 전일하고 정밀하지 않음이 없었습니다
여름 걸상에 바지가 썩어나고 겨울 공부에 눈을 먹었습니다
두텁게 쌓인 공부가 발휘되매 그 문장에 빛이 났었습니다

---

78) 모옹慕翁 : 모정慕亭 이시수李蓍秀를 가리킨다. 이상룡의 9대조 때 임청각에서 분가한 집의 후손으로 평담에게는 오종조부가 된다.

79) 제야霽爺 : 제곡霽谷 이형수李亨秀를 가리킨다. 평담의 종조부이다.

해시解試조차도 한번 응하지 않았음은 아, 시대의 운명이더이까
뜻을 굽히고 오직 자신이 좋아하는 학문學問에만 종사하였습니다
스승께서 안석案席에 계시고 벗들이 아직 박옥璞玉으로 있을 때
겸허하게 뜻을 붙여 말 없는 가운데 마음으로 이해하였으니
토담집이라 무엇을 상심하며 떨어진 옷이라 어찌 부끄러워 하였겠습니까
위기爲己의 학문에 스승이 계시고 보인輔仁의 교유에 벗이 있었으니
한 터럭만큼의 모자람에도 여러 날을 두고 마음으로 고민하였습니다
일상 생활에 있어서는 모든 것이 마땅함을 얻었고
행동함에 있어 법도를 따랐고 말하는 데는 절대 방정하였습니다
까마귀처럼 이에 효성스러웠고 봉황처럼 이에 청렴하였습니다
부모님께 대한 보은報恩은 곤충昆蟲도 그러하거늘
아름다운 소문이 퍼지매 누가 찬미하고 우러르지 않겠습니까
공께서는 도리어 만족스럽지 못한 듯 스스로 숨기기에 힘썼으나
어찌 능히 숨길 수 있겠습니까 바깥으로 광채가 드러나는 것을
이에 시골 동몽童蒙들을 모아놓고 이들을 맡아 교육시켰습니다
글에 대한 논평은 세밀하고 법도의 설명은 두루 자세하였으니
어리석은 저도 또한 우둔함을 벗어버리는 가르침을 입었습니다
이에 경전經典에서부터 정문程文[80]에 이르기 까지
의문점은 반드시 여쭈고 이해한 것도 반드시 질정하였습니다
일찍이 말하기를 초학初學은 입지立志가 요체가 된다하시고
"나는 남은 세월이 적고 너는 바야흐로 한창 때가 되었다
세월은 사람을 기다려 주지 않으니 제때에 힘쓰라." 하셨습니다
저는 머리 숙여 듣고 물러나와 반성하기를
'어떤 기대가 이보다 원대하며 어떤 경계가 이보다 깊을 손가'라 하며
오직 공께서 만년토록 오래 사시기를 바랐고
거의 이른 아침부터 밤늦게 까지 스스로 새로워지기를 기대하였습니다
그런데 무슨 연유로 한번의 숙병宿病이 고황膏肓의 빌미가 되어

---

80) 정문程文 : 과장科場의 응시자應試者가 올린 문장文章.

30년이나 이어지고 두려움에 떨고 앓기를 설흔 날 동안하였단 말입니까

다시 무슨 말을 더 하겠습니까 초혼招魂을 외치는 밤을 당하였으니

나의 지주砥柱가 기울고 나의 병몽帡幪이 철거된 것입니다

선善을 하면 복으로 보답한다는 하늘을 누가 믿을 수 있다 하였습니까

백도伯道81)는 자식을 얻지 못했고 원헌原憲82)은 오래 가난하였으니

감히 누구를 원망하겠습니까 기수氣數의 변화인 것을

오직 한 가지 일만은 저의 가슴에 한으로 맺혔으니

산곡에 묻힌 현사賢士를 포상하지 않은 자사刺史의 과오이지만

또한 무엇을 한탄하겠습니까 공께서 가벼이 수락하지 않으신 것을

아, 슬프옵니다! 공께서 병상에 계시고 제가 돌보던 어느 날

조금도 죽음으로 동요하지 않고 시로써 영결하시니

진실로 지키는 바가 없다면 능히 이러한 경지에 이를 수 있겠습니까

문인들이 염습을 하고 혜련惠連83)이 반함飯含을 하였습니다

이에 과방過房84)을 세워 잔을 올려 제사祭祀를 주관케 하였으니

공께 무슨 유감이 남겠습니까 장례와 제사의 격식에 허물이 없었네

저 송림 울창한 언덕에 아름다운 동산을 이에 점지하니

지난 일들은 꿈에 본 사슴이요 만사는 망양亡羊85)이라

유독 나머지 책 상자에 담아둔 거룩한 말씀들을

여러 공들이 영원히 썩지 않게 한다면

이 인간 세상을 얻어 태어난 것이 어찌 사소하다 하겠습니까

---

81) 백도伯道 : 진晉 나라 등유鄧攸의 자字이다. 난적亂賊을 만났을 때 자신의 아들보다 아우의 아들을
　　살렸는데, 뒤에 아들을 얻지 못해 제사가 끊겼던 고사가 있다(『진서晉書』「등유전鄧攸傳」).

82) 원헌原憲 : 공자 제자의 한 사람이다. 쑥대문을 뽕나무 껍질로 매달정도로 가난했다 한다(『장자莊
　　子』「양왕讓王」).

83) 혜련惠連 : 남조송南朝宋의 문학가文學家인 사령운謝靈運의 동생 사혜련謝惠連을 가리킨말. 여기서는
　　동생을 뜻하는 말로 쓰였다.

84) 과방過房 : 보통은 조카를 지칭하는 말로 쓰인다. 평담에게 생자가 없어서 종육대조從六代祖 시성
　　時成의 7대손 종박鍾博을 양자로 삼은 일을 가리킨다.

85) 망양亡羊 : 이 세상에서 잘 되든 못 되든 결과적으로는 모두 똑같게 된다는 말이다. 『장자莊子』
　　변무騈拇에 "장臧은 책을 읽다 양을 잃어버리고, 곡穀은 노름을 하다가 양을 잃어버렸으나, 양을
　　잃어버린 것은[亡羊] 모두 똑같다."라는 말이 있다.

나의 말은 여기에서 그치니 위안으로 삼으시되 슬퍼하지 마소서

아, 슬프옵니다!

□ 사종숙 승건께 드리는 제문 祭四從叔承健文

왕년往年에 공의 집이 우리 옛집과 인접하여 있을 때 선부인先夫人과 우리 어머니와의 정이 가장 도타웠고, 공은 또 나하고 나이가 한 해 차이로 "왜~ 왜" 울던 갓난아이 시절부터 배고프면 그 젖을 나누어 먹었으며 졸리면 포대기를 함께 덮고 잤습니다. 조금 자라서는 같은 스승 밑에서 배웠고 같은 책상에서 책을 읽었습니다. 함께 어울려 놀았고 같은 상에서 밥을 먹어 잠시도 서로 떨어지지 않았습니다. 머리에 갓을 쓰게 되어 성인成人으로서의 책무가 주어지자 부득이 각자 집을 따로 쓰고 자신의 일을 따로 하게 되었지만, 나는 습성이 게으른데다 세무世務에 소홀한 반면 공은 마음 바탕이 순실淳實하고 물정에 두루 밝았으므로 무릇 길흉사나 번거롭고 어지러운 일과 노역勞役의 출입 같은 일들을 일체 공에게 위임하되 공 또한 사양하지 않았습니다. 심지어 농사짓고 장보는 등 지극이 사소한 일상의 잡사에도 마음을 다하지 않음이 없어 손이 되고 발이 되며 이목耳目이 되고 우익羽翼이 되어 40년을 하루처럼 하였습니다.

중년에 각자의 일에 이끌리어 공은 오교午郊로 나는 도곡陶谷으로 이사하여 강을 사이에 두고 30리를 떨어져 살게 되어 비록 아침저녁으로 서로 만나지는 못하였지만 마음은 조금도 소원해지지 않았습니다. 경술庚戌(1910)년 가을 남쪽 조수潮水가 불어 넘쳐 우리 조국 강토를 삼키고 우리 겨레를 침범하니 혈기 있는 남아의 의기로 앉아 오욕汚辱을 감수할 수 없었기에 이로써 나는 모든 식솔을 이끌고 만주로 건너가 마침내 공에게서 멀어지게 되었습니다. 그 후 동쪽에서 오는 사람에게 들으니, 공께서 내가 떠날 때 보지 못했다고 하여 종신토록 큰 한으로 여겨 통곡하면서 눈물을 흘렸다고 하니 그 사정은 괴이할 것이 없을 것입니다. 나 또한 죽고 사는 이별에 즈음하여 어찌 공을 면대한 후 떠나고 싶지 않았겠습니까? 다만 떠난다는 것이 소문이 나서 중도의 장애가 될까 두려웠을 뿐입니다. 또 뒤에 들으니 공께서 매양 서리 내릴 무렵 시사時祀철에는 주과酒果를 따로 장만하여 나의 여러 대 선조들의 산소에 제사하여 약오若敖[86]의 혼령으로 하여금 의지하여 굶주리지 않게 하였다 하니 이는 거룩한 은덕

---

86) 약오若敖 : 춘추시대의 초楚 나라 사람 자량子良이 아들 월초越椒를 낳았을 때, 아우 영윤자문令尹

입니다. 하늘 끝에서 감격함이 더욱 어떠하였겠습니까? 조만간 하늘이 우리나라를 보우하사 광기狂氣를 거두어 여러 성城을 되돌려주게 하고 조벽趙璧도 완전하게 한다면[87] 공과 내가 국화주로 단란하게 모일 날도 다시 볼 수 있을 것이라 여겼는데, 너무 일찍 신선의 수레가 기다려 주지 않았으니 아, 이제는 그만인가봅니다. 가령 다른 날 마음먹은 바를 이루어 청춘을 돌려받아 고향 동산에 다시 임할 수 있다하더라도 황로黃壚[88]가 깊이 닫히고 백양白楊[89]이 말이 없으며, 어떤 강 어떤 구릉에서 '성곽城郭은 의구한데 사람은 달라졌구나'라는 한탄[90]만 더할 뿐이라면 어쩌겠습니까?

아, 슬프옵니다! 공의 연세는 이미 희수稀壽를 바라며 이 세상은 특히 낙원이 아닙니다. 귀로 들어 좋은 소식이 없고 눈에 보이느니 걸핏하면 비관悲觀이라, 우수에 차 오래 고해를 겪는 것보다는 차라리 해탈하여 진계眞界로 되돌아가고 감이 순리에 합당하도록 하는 것이 나을 것입니다. 공이 슬퍼할 것이 무엇이겠습니까? 슬퍼할 만한 것은 선부로先父老들의 풍도風度와 계책이 이미 오래되어 그 영향이 뒤를 잇는 이들에게 남아 있는 것은 오직 공의 연배에서 몇 분 뿐으로 가위 너무나 희귀하다는 것인데, 오늘 또 공을 잃어버리게 되니 후생 자제들이 장차 어디를 좇아 선세의 전형典刑을 본받겠습니까? 나 또한 이역 풍상에 상처를 과도히 받아

子文이 "이 아이의 외모가 곰과 호랑이의 상이고 시랑豺狼의 목소리이니 죽여야 합니다. 죽이지 않으면 반드시 약오씨若敖氏를 멸망시킬 것입니다." 하였는데 그 후에 드디어 약오씨를 멸망시켰다는 고사故事에서 원용하여, 이상룡 자신의 처지를 비유하였다.

87) 여러 성城 … 한다면 : 화씨벽和氏璧의 고사를 원용하였다. 즉 전국戰國 때에 조趙의 혜문왕惠文王이 초楚의 화씨벽和氏璧을 얻었는데, 진소왕秦昭王이 조왕趙王에게 글을 보내어 십오성十五城과 바꾸기를 제안하였다. 당시는 진秦이 강하고 조趙는 약하였으므로, 혜문왕惠文王이 조趙 나라에서 화씨벽을 주면 진秦 나라는 성城을 주지 않을까 염려하였다. 린상여藺相如가 말하기를 "제가 화씨벽을 가져갔다가 만약에 성城을 주지 않으면 신臣이 화씨벽을 그대로 가지고 오겠습니다."라고 한 고사다. 후에 물건이 원주인에게 되돌아는 것을 비유하는 말로 쓰인다. 『사기史記』「염파린상여렬전廉頗藺相如列傳」.

88) 황로黃壚 : 황공黃公의 주점. 벌써 고인古人이 되었다는 뜻이다. 진晉 나라 왕융王戎이 혜강嵇康·완적阮籍 등과 함께 죽림칠현竹林七賢으로 함께 노닐다가, 그들이 죽고 난 뒤에 생전에 어울려서 술을 마셨던 황로黃壚를 지나면서 옛 추억에 잠겼다는 고사가 전한다.

89) 백양白楊 : 무덤을 가리킨다. 도잠陶潛의 만가시挽歌詩에, "황량한 풀은 어이 그리 아득한고, 백양나무 또한 쓸쓸하기만 하네[荒草何茫茫 白楊亦蕭蕭]."라고 하였다.

90) 성곽城郭은 … 한탄 : 요동遼東 사람 정령위丁令威가 도道를 배워서 학이 되었다. 나중에 요동에 돌아와 성문의 화표주華表柱에 앉으니, 어떤 소년이 활을 들어 쏘려 하기에, 날아가면서 말하기를, "새여 새여, 정령위여! 집 떠난 지 천 년 만에 이제사 돌아오니 성곽은 의구하되 사람은 달라졌네. 어째서 신선을 안 배우고 무덤들만 총총한고."라고 했다 한다.

무너진 듯 칠척七尺의 단신에 없는 병이 없으니 스스로 헤아리기를 쇠퇴함이 응당 이 세상에서는 오래지 못할 것이고, 공과 반가이 만날 날도 점점 가까워지고 있습니다. 한창려韓昌黎의 이른바 '슬퍼하는 것은 얼마 안 되고 슬퍼하지 않는 것은 다함이 없을 것'91)이니 어찌 공과 내가 함께 위로 받을 곳이 아니겠습니까?

□ 종조부從祖父 처사부군께 드리는 제문　祭叔祖處士府君文

아, 슬프옵니다!

사람의 집안에 상변喪變이 동일하지 않지만 우리 집처럼 혹심한 경우는 없을 것이니, 부군께서 돌아가신 지 1년도 못되어 증조부께서 또 갑자기 소자를 버리셨습니다. 아, 슬프옵니다! 대개 병신년丙申年과 정해년丁亥年의 두 해 안에 지정至情간 노소老少의 상고喪故로 부고訃告를 보낸 것이 예닐곱 사람이니, 이는 어떤 일종의 괴기乖氣가 우리 문호門戶를 멸망코자 하여 재앙을 보태고 참화를 이어지게 하여 마치 흙이 무너지는 형세가 되도록 하는 것 같습니다. 아니 소자의 큰 죄와 지극한 악이 하늘에까지 이르러 하늘이 장차 나를 괴롭히고 나를 모질게 해치고 나의 목을 끊고 나의 우익을 제거하려는 것입니까? 그렇지 않다면 선영先塋의 산소가 불길하여 선인의 영령이 편치 못하시거나 우리 사는 땅이 아름답지 못하여 택신宅神이 안정하지 못하여 재액을 조성하는 것이 갈수록 더욱 혹심해 지는 것입니까? 그러하다면 부군의 죽음은 진실로 우리 집이 액운에 드는 것을 면할 수 없을 것이지만 재난의 빌미가 반드시 우리 부군에게 먼저 끼침은 또 무엇 때문입니까? 필시 이는 부군께서 인자·후덕·자애·성실한 품성과 개결·청렴한 몸가짐으로 일을 도모함에 있어 그 주밀함은 물을 담아도 새지 않고 마음을 단속하는 견고함은 태산처럼 움직이지 않음으로써 종원宗員들은 그 신의를 칭탄하고 노복들은 그 위혜威惠를 심복하였으니, 만약 수명을 연장하여 그 뜻을 이루게 하였다면 후일 우리 쇠잔한 문호를 부호扶護하고 나의 나머지 공업을 보조하여 소자로 하여금 백년을 의지하여 믿을 데가 있어 두려움이 없도록 하는 것이 모두 부군이기 때문일 것입니다. 하늘이 이미 소자의

---

91) 슬퍼하는 … 없을 것 : 원문은 '悲者無幾而不悲者無窮期'이니, 한퇴지가 어려서 죽은 조카를 애도하여 지은 제문 「祭十二郎文」에서 "머지않아 나도 너를 따라 죽을 것이다. 죽어서 앎이 있다면 헤어져 있는 것이 얼마 안 될 것이며, 앎이 없다면 슬퍼하는 것은 얼마 안 되고 슬퍼하지 않음은 다할 때가 없을 것이다[幾何不從汝而死也　死而有知　其幾何離　其無知　悲不幾時　而不悲者無窮期矣]."의 대목을 일부 원용하였다.

몸에 백단으로 궁액을 끼치고자 하므로 부득불 먼저 우리 부군을 빼앗아 가고 나중에 강할降[罰]의 효험을 드러내어 소자로 하여금 한없는 원한을 품고 한없는 신고辛苦를 겪어 스스로 멸망하도록 하려는 것입니다. 이처럼 소자가 부군으로 하여금 죽음에 이르게 하였으니, 소자가 무슨 말로 부군의 빈소에 곡을 하겠습니까? 장차 스스로 뉘우치고 스스로 꾸짖어 곡을 하지 않으려 하면, 덧없는 세월은 머물지 않고 돌아가신 분은 다시 살아나지 못하며 의형儀形은 날로 멀어지고 가르침은 날로 감춰질 것이기에 줄줄 흐르는 눈물이 떨어지기를 마음먹지 않더라도 절로 떨어지고 꺼이꺼이 우는 소리가 나오기를 마음먹지 않더라도 절로 나오게 되니 소자가 또 어찌 울지 않을 수 있습니까?

오호, 통재라! 부군께서 일찍이 『중용혹문中庸或問』 한 책을 손수 베껴서 소자에게 잘못된 점을 교정하게 하시고 명하시기를 "팔八이는 기질이 경망하고 재주와 바탕이 잔렬殘裂하여 족히 그 성취를 기대할 수 없다. 그러나 나는 이미 반드시 가르칠 마음을 먹었고 너 또한 소임을 저버릴 뜻이 없을 것이므로, 후일 문리가 조금 통하게 되면 반드시 이 책을 주어라."라고 하셨습니다. 소자는 진실로 마음에 감히 잊어버리지 않았습니다. 그러나 다만 그 아이에게 밴 습관이 아직 감화되지 않았고 소자 또한 그 예기를 꺾고 싶지 않았기 때문에 우선 세월이 가기를 기다려 스스로 껍질을 깨고 나오도록 맡겨두었으니, 그것이 과연 부군의 뜻에 합당한지 알 수 없습니다. 이 외 자질구레하게 영위한 일이 많았습니다마는 한번 부군께서 세상을 버리신 뒤에는 모두 깨어 흩어져 다시 유의하지 않았으니, 대개 차마 소자가 홀로 만들어 나갈 수 없었기 때문입니다.

아, 슬프옵니다! 베풀어 둔 빈 자리가 비록 부군의 진면목은 아니라 하더라도 오히려 부군으로 여겨지니 곡하는 이들의 바탕이 됩니다. 이 날이 한번 지나가버리면 장차 그 빈 자리도 모두 없어지게 될 것이매 소자는 이 세상에서 다시는 부군을 뵐 수 없을 것입니다. 아, 슬프옵니다!

종숙모 유인 광산탁씨 제문 祭從叔母孺人光山卓氏文

아, 슬프옵니다! 화목하고 온순하며 근면하고 삼감은 덕의 아름다운 항목들이라. 세상에서 여사女士로 일컬어지는 분들을 그윽히 살펴보아도, 이 네 가지 덕을 능히 겸한 이가 없었습니다. 그런데 유인孺人께서는 일생토록 겸손하셔서, 어질고 지혜로움을 한 번도 자처하지 않으셨습니다. 그러나 지내오신 날들을 자세히 살피건대 한 가지 일도 이 네 가지 덕에서 어긋나지 않았습니다. 우리 집에 오신 지 수십 년에 무한한 간난을 수없이 겪으시고 무한한 괴로움을 수도 없이 보셨으되, 그 모든 것을 당연한 본분으로 보시고 조금도 감당하기 어려운 기색이 없으셨습니다. 종조모 동서분이 연세가 높고 자주 편찮으시되 음식범절로 봉양하시고 보살펴 드리기를 하루같이 하셨습니다. 종숙께서는 세상 물정에 소활하시어서, 무릇 도모하고 경영하는 바와 심산心算에 통달하는 일이며, 아침저녁의 공양도 오로지 유인의 손만 쳐다보셨지만, 항상 화창하시고 웃는 얼굴을 가지셨습니다. 수壽는 아직 형색도 가리지 못하는데다 더욱이 잔열하고 애긍하여 차마 견디기 어려운 점도 있었지만, 사랑하고 기르시기를 몸소 낳으신 자식보다 더하셨습니다. 매양 음식 장만하며 보살피시는 일과 물긷고 방아찧는 살림살이의 수고로움에 열 손가락에 굳은살이 박이셨으나 그 수고로움을 의식하지 않으셨습니다. 가을 새벽 물레질과 겨울 밤 찬 베틀일이 지극히 절박하여 사람이 견뎌낼 수 있는 일이 아니었어도, 편안한 마음으로 대처하시며 어렵고 궁색하여 부족한 모습을 이웃간에도 보이려 하시지 않았습니다. 이런 작고 세세한 행적들이 유인의 아름다우심으로 삼기에는 부족하지만, 한 조각 고기의 좋은 맛이 온 솥의 음식 맛을 알게 하는 것이었습니다. 소요를 피하여 산으로 돌아오신 뒤로부터 계정溪亭에 옮겨 사시면서 대소가와 십수 년을 떨어져 사시던 끝에 다행히 다시 모여 살게 되면서, 비록 대단히 의지할 만한 힘은 없었지만 은연중에 서로 의지하고 만나는 즐거움이 이로부터는 적지 않았습니다. 그러나 어찌 조금도 생각지 못했던 한번 걸린 병에 문득 천고의 이별을 하게 될 줄을 짐작이나 했겠습니까. 종숙의 신세가 외롭고 쓸쓸하게 바뀌셨습니다. 아이들 남매의 외롭고 의지할 데 없어 보전하기 어려운 모양은, 길가는 이로 하여금 거의 눈물을 짓게 합니다. 그러나 조금 위로되는 것은, 장사지낼 자리가 우연히 풍수가風水家에서 칭송하는 자리이니, 과연 길한 땅을 찾는 데 이치가 있다면 앞날의 음덕이 가운家運을 크게 바꿀 수 있을는지요. 형제들이 이와 같은 것도 오늘 한번 굽혀짐이 후일에 한번 펼쳐질 조짐일 것이니 어찌 반드시 어이어이 울면서 무익한 슬픔을 짓겠습니까. 다만 산역山役의 사소한 일들이 아직 순조롭지 않지만, 바라건대 명명冥冥한 도우심을 입어 평화롭고 순편한 세계로 돌아가게 하소서.

□ 잡록雜錄

◦ 소동파 적벽부평론 및 잡론   蘇東坡赤壁賦評論及雜論

옛 사람들은 소동파의 적벽부를 만고萬古를 일소一掃하는 문장이라고 여겼으며, 보기에도 가작佳作이라고 하기에 충분하지만 모자라는 부분이 없다고 할 수는 없다.「전적벽부前赤壁賦」는 자신의 불행한 삶과 장강長江에 대한 흠모를 한 편의 주제로 삼고 있어서 모두 총령蔥嶺한 성향을 띠고 있으나, 조맹덕曹孟德의 고사를 인용한 것은 매우 적절하지 않았다고 할 수 있다. 지리지에 의하면, 적벽赤壁이 두 곳으로, 소동파가 부賦를 지은 적벽은 호광湖廣 황주부黃州府 황강현黃岡縣에 있으며, 조맹덕이 전쟁을 치룬 곳은 무창부武昌府 가어현嘉魚縣에 있다. 두 곳의 지명이 서로 같았기 때문에 옛일이 야기된 것으로 중간에 비록 '동쪽으로 무창을 바라본다[東望武昌].'는 한마디를 하기는 했지만 결국 견강부회牽强附會라는 것을 알 수 있었으며,「후적벽부後赤壁賦」는 꿈에 도사를 만난 것으로 결말을 맺고 있어서 더욱 헛되고 조리에 맞지 않다고 할 수 있다.

공민왕恭愍王 때에 목은牧隱은 척불斥佛에 관한 소疏를 올렸는데, 소에는 부처가 '대성인大聖人이다.'라는 내용과 부처를 '지성至聖'이니 '지공至公'이니 하는 부분이 있다. 역사가들은 이것을 비판하여 말하기를, "옛날 부혁傅奕이 불법의 그릇됨을 논한 것을 가지고 소우蕭瑀는 부처를 '성인聖人이다.'라고 하면서 '성인을 비난하는 자는 후세의 비판을 면할 방법이 없을 것이다.'하였는데 지금 이색李穡의 소는 이단을 물리친다고 하면서 부처를 '대성인이다.' 하며, 또한 부처를 '지성'이니 '지공'이니 하였으니 이것은 물리치는 것 같으면 실제로는 떨쳐 일으켰으며, 하나를 풍자하여 백을 보는 것과 같으니, 이는 부처에 아첨한다는 비평을 면하고자 한들 될 수 있겠는가."라고 하였다. 고려의 풍속에 의하면, 불법을 숭상하여 생사화복生死禍福의 말이 이미 사람들의 골수에 베어들어있으니, 이에 배척한다고 하는 것은 왕의 뜻을 거역하는 것일 뿐만 아니라 사람들을 놀라게 하는 것이 된다. 그러한 것이 공의 소에서 그 폐단으로 인하여 완사婉辭로 일깨워서 깨달음으로 돌아오기를 희망했던 것이지 진실로 부처를 성인으로 여기고, 우러러 믿었기 때문이 아니었다. 소우蕭瑀의 '성인을 비난하는 자는 후세의 비판을 면할 방법이 없을 것이다.'고 한 것과는 차이가 있다. 그러나 말의 뜻에서 다만 통쾌한 것이 부족하였다. 그 아래에 다시 말하기를, "정무를 보는 한가한 틈에 돈법頓法을 마음에 두면 불가한 바가 없다."고 하였으니 도리어 그것을 권장하는 것 같다. 그 점이 역사가들의 비판이 심한 까닭이다.

오행五行이 상극하는 것은 서로 이루기 위한 것이다. 오상五常이 덕스러운 것 역시 그러하다. 인仁은 목덕木德이다. 인仁은 혹 지나치게 약하기 때문에 의義로서 단정하는데, 의義는 금덕金德이다. 의義가 혹 지나치게 강하기 때문에 예禮로서 조절하게 되는데, 예禮는 화덕火德이다. 예禮가 혹 지나치게 구속하기 때문에 지智로서 통하게 하는데, 지智는 수덕水德이다. 지智가 혹 지나치게 기만하기 때문에 신信으로 바르게 한다.

천지가 처음 생길 때는 단지 음양의 두 기운만이 있었다. 그 두 기운이 갈고 갈아서 많은 찌꺼기를 만들었으며, 이면裏面에 굳어진 것이 땅이 되었다. 하늘은 밖에서 끊임없이 회전하고, 땅은 그 회전하는 가운데에서 더욱 결속되어 우뚝하게 공중에 떠올라서 떨어지지 않는다. 예를 들면, 회전하는 바람 속에서 나뭇잎이 바람을 따라 공중에 떠있는 것처럼 바람이 그치지 않으면 나뭇잎도 끝까지 떨어지지 않는 것과 같은 것이다.

대지의 위는 하늘이 아님이 없다. 한 척尺의 땅을 줄이면 곧 한 척의 하늘이 더 보태어지는 것이며, 한 척의 땅을 보태면 곧 한 척의 하늘이 줄어드는 것이다. 사람은 밤낮으로 하늘 가운데에 처하고 있으면서도 그것이 하늘인 것을 깨닫지 못한다. 마치 고기가 밤낮으로 물속을 헤엄치면서도 그것이 물이라는 것을 깨닫지 못하는 것과 마찬가지다.

천도天道는 지극히 허虛한 것을 실實로 삼는다. 예를 들면, 쇠가 부식하고 산이 무너지는 것과 같이 무릇 형체가 있는 사물은 모두 무너지고 마는 것이다. 오직 하늘만이 비어있고 형체가 없기 때문에 지극히 실한 것이다.

천하의 모든 이치는 하나의 움직임과 하나의 고요함에서 나오고, 천하의 모든 형상은 하나의 방형과 하나의 원형에서 나오며, 천하의 모든 수數는 하나의 홀수와 하나의 짝수에서 나오고, 천하의 모든 소리는 하나의 열림과 하나의 닫힘에서 나온다.

하늘을 근본으로 하는 것은 위를 가까이한다. 때문에 무릇 동물들은 모두 머리를 위로 향하고 있으며, 인류도 그러하다. 땅을 근본으로 하는 것은 아래를 가까이한다. 때문에 무릇 식물은 모두 뿌리를 아래로 향하고 있으며, 초목이 그런 경우이다. 금수의 머리는 모두 횡으로 향하고 있기 때문에 지혜가 없는 것이다.

□ **의병재거후의장단자.** 의병장을 대신해서 짓다. 병신년(1896)　　義兵再擧後義將單子 代義將作

삼가 아룁니다. 저는 유약하여 평범한 사람에도 미치지 못하는 자질로 외람되게 많은 사람들의 천거를 받았으나 도저히 감당할 수가 없다는 사실은 이미 섣달 보름에 한번 말씀 드렸습니다. 그리고 이번에 이렇게 다시 천거해 주신데 대하여 스스로 부족하게 여기는 수치를 안고 그대로 엉거주춤하고 있었던 것은 진실로 떳떳한 마음을 가지고 스스로를 의리의 밖에 두고자 하지 않았기 때문에 포병 한 부대로 군용軍容을 도와서 사세를 보고 조치를 취하여 저 때문에 실패한 일에 대한 책망을 면해보려는 생각에서였습니다. 지금 다행히도 후방의 부대가 마침내 이르러 대오가 대략 정비되고, 또한 서쪽으로부터 전해오는 소식은 애통한 은륜恩綸이 장차 내려올 것이라고 하니 이는 바로 비분강개하게 여기는 선비들이 대의를 펼치고 깊은 수치를 씻어내야 하는 때입니다. 향내鄕內를 둘러보면 덕을 갖춘 이가 숲처럼 많이 있는데 어찌 특별한 장수감이 없는 것을 걱정하겠습니까? 저와 같이 비열鄙劣한 사람은 단지 몸을 받들고 사퇴하여 스스로를 전투를 집행하는 말단의 자리에 배열하는 것이 합당할 따름입니다. 이에 단자單子를 올리오니 삼가 바라는 것은 여러분들이 급히 추려내어 바꾸는 것을 허락하시어 어리석은 본분에 편안하게 해주시고, 대사를 돈독히 하신다면 천만 다행이겠습니다.

삼가 아룁니다. 저는 유약하여 감당할 수 없는 사실을 이미 앞의 단자에 모두 밝혔습니다. 그리고 변비의 증상에 대해서는 병의 뿌리가 날로 심하여 복부는 땡기고, 하체는 무거우며, 기력이 한계가 있어 능히 군문軍門에 오래도록 머무를 수가 없을 것 같으니 병을 조절하는 것이 지금 가장 시급합니다. 이에 다시 우러러 간절히 말씀 드리오니 삼가 바라건대 여러분께서는 급히 바꾸는 것을 허락하시어 공사公私가 편리하도록 해주시면 천만 다행이겠습니다.

삼가 아룁니다. 저는 두 번이나 단자를 올려 실정을 모두 말씀드렸는데도 여러분들은 오로지 상례常例로 보시고자 하시지만, 저의 뜻은 이미 결정되었습니다. 이후에 대사가 성공하느냐 마느냐 하는 책임은 바로 여러분들에게 있는 것입니다. 다행이 저에게는 의무를 뒤로하고 일을 관망하고 있었다는 죄과罪科가 돌아올 수 있게 해 주시면 정말 좋겠습니다.

▫ 광의 廣義

큰 도의 실행[大道之行也]

대도大道라는 것은 대동大同의 도道이다. 하늘이 사람을 낼 적에는 본래 평등하였으나 불평등이 생긴 것은 사람이 그렇게 한 것이다. 대개 세계에 인류가 생긴 후부터 경쟁이 없을 수 없다. 경쟁이 있으면 강자와 약자가 없을 수 없고, 경쟁이 있으면 승패가 없을 수 없다. 이에 강하여 승리한 자는 행복을 얻고, 약하여 패배한 자는 그 행복을 잃으니 이것은 대개 자연의 이치라 피할 수 없는 것이다. 그러므로 세상의 정치를 논하는 자는 반드시 인민이 얻은 행복의 다소에 따라 문명의 차이가 정비례하여, 행복을 얻은 자가 다수이면 좋은 정치이며 행복을 얻은 자가 소수이면 좋지 못한 정치라고 생각한다. 수천 년의 세운世運을 훑어 보건대 그 행복의 범위는 언제나 투쟁이 많을수록 더욱 광범해져서 최소수의 행복으로부터 다음의 소수의 행복으로 나아가고 다시 다음의 다수의 행복으로 나아가며 다시 대다수의 행복으로 나아가며 다시 최대다수의 행복으로 나아가는 것이다. 법국法國(프랑스)의 유명한 학자 노사盧梭(루소)는 세계가 함께 숭배하는 사람이다. 그의 정치학설은 다만 ‘국민 최대다수의 최대행복’일 따름이니 곧 공자의 ‘대동지도大同之道’이다. 인류 전체의 최대행복을 목표로 삼으니 그 범위의 광대함이 더 이상 보탤 나위가 없다. 그러므로 일러 가로되 ‘대도大道’라 하는 것이다.

대도가 행해지느냐 행해지지 못하느냐는 그 시대와 크게 관련된다. 아직 때가 무르익지 않았다면 단계를 뛰어넘어 도달할 수 없으며, 이미 그 시기가 되었다면 도의 유행을 막을 수 없는 법이다. 상고의 가족 국가시대는 징험할 자료가 없거니와, 추장시대인 부족국가로부터 잘라서 춘추삼세春秋三世의 의리로 개괄하여 논한다면 첫 번째는 다군주多君主시대요, 두 번째는 단일군주單一君主시대요, 세 번째는 민주民主시대가 된다.

다군주시대의 구별에는 두 가지가 있다. 그 첫 번째는 추장酋長시대이다. 인류가 점점 늘어나던 처음에는 수레나 배 같은 문명의 이기가 없었으므로 어지간한 산과 물이 가로막아도 금을 그은 듯이 두 나라로 갈라지게 되었다. 노자老子가 이른바 '이웃 나라가 서로 마주보아 개나 닭의 울음소리가 서로 들리는 사이이지만 그 백성이 늙어 죽을 때까지 서로 왕래하지 못하였다.'고 한 말과 동중서董仲舒가 이른바 '아홉의 황제와 64민족'이라 한 말이 모두 족속을 국가로 여긴 예이다.

그 후에 강한 힘을 가진 자가 조금씩 싸움에 이겨서 그들을 병합하니 이것이 추장인데, 예컨대 장자莊子가 이른바 대정씨大庭氏·백황씨柏皇氏·중앙씨中央氏·율륙씨栗陸氏·여연씨驪連氏·혁서씨赫胥氏·존로씨尊盧氏·축융씨祝融氏·혼돈씨混沌氏·호영씨昊英氏·유소씨有巢氏·갈천씨葛天氏·무회씨無懷氏 같은 이들과, 또한 공공씨共工氏가 있어 구주九州를 석권하였고, 치우씨蚩尤氏가 있어 황제黃帝와 다투었으며, 유숭씨有崇氏와 유회씨有膾氏, 서오씨胥敖氏는 요堯 임금과 싸웠으며, 유묘씨有苗氏는 순舜 임금과 더불어 패권을 다투었다 하니 이들은 모두 추장 가운데 유력했던 자들이다. 하夏 나라나 은殷 나라 때는 비록 제정帝政을 일컫기는 했으나 사실은 추장이 병립했던 시기이다. 도산塗山의 회맹會盟에 제후로 조회하였던 나라가 1만여 국이라 하는데 이로부터 중앙의 권력이 한 단계 성숙하게 된다. 방풍防風[92]은 나중에 도착하였으므로 우禹 임금이 죽였으며, 유호有扈는 게으르며 남을 업신여기므로 계啓가 멸망시켰으며, 희화羲和는 명령을 따르지 않으므로 윤胤이 정벌하였으니, 원후元后(추장의 수장)의 권위는 군후(여러 추장)의 권위를 압도하게 되었다. 그러나 아직도 이른바 유궁씨有窮氏·곤오씨昆吾氏·대팽씨大彭氏·시위씨豕韋氏 등이 있어 한 시대의 맹주가 되었다. 은나라 말엽에 맹진孟津에서 무왕과 회맹하였던 나라가 800여 국이라 하는데 그렇다면 당우唐虞나 하은夏殷이 모두 그 당시의 가장 강성했던 추장의 부족국가였던 것이다. 서구西歐에 있어서는 아리양亞利楊(아리안)족과 슬미절瑟迷節족, 합미절哈米節족이 모두 부족이 달랐던 까닭에 싸움을 그치지 않았고, 애급埃及(이집트)의 파비륜巴比倫(바빌론)·아미리아亞迷利亞·피사彼斯 등의 나라도 번갈아 석권하며 영역을 다투어, 죽은 사람이 산야에 가득하였다. 이때가 다군주시대 첫 시기이다.

그 두 번째는 봉건封建과 세경世卿의 시대이다. 주周 나라 무왕武王이 상商을 정벌하여 천하를 통일하였을 때, 확보한 토지에 동성同姓의 귀족과 공신을 봉하여 왕실을 호위케 하였다. 이것이 봉건의 시초이다. 유일의 천자로서 여러 제후를 통제하였으니 외형상으로는 다군주시대의 모습이 아닌 듯 하지만, 그러나 봉지를 받은 제후들이 저마다 자신의 땅을 웅거하고 순수한

---

92) 방풍防風 : 고대 씨족氏族의 수장 이름. 우禹가 도산에서 제후를 모으는데 방풍씨防風氏가 늦게 왔으므로 죽였다 한다.

신하 노릇을 하지 않는 의리[不純臣之義; 공양전의 하휴 주에 보인다]를 가지고 있었다. 천자의 권위는 다만 기내畿內(국도 오백 리와 경기 오백 리)에 한정되고, 근기近畿 밖으로부터는 열국이 대치하며 저마다 정치를 펴고 저마다 싸움을 벌이는 상황이었으니 명목은 비록 제후국諸侯國, 번국藩國이었으나 실상은 역시 추장시대였을 뿐이다.

춘추 오패五覇가 발흥하자 지엽이 무성하고 근간은 미약해졌다. 겉으로는 존왕의 의리를 내세웠으나 속으로는 맹주의 권세를 떨쳐 힘써 사방을 침벌하며 닥치는 대로 병탄하니 천자의 정부는 허수아비가 되고 백성의 고통은 도탄지경에 이르렀다.

세경世卿의 제도가 행해진 지 오래되면서 이때 이르러서는 더욱 왕성해져서 주나라에는 주공周公·소공김公·필공畢公·정공鄭公·괵공虢公이 있었고 제사에 홀로 유劉와 윤尹 태사만을 단설하였으며, 제齊에는 국고최경國高崔慶이 있었으며, 노魯에는 삼환三桓의 후예가 있었고, 정鄭에는 칠목七穆이 있었으며, 진晉에는 난欒·극郤·서胥·원原·한韓·위魏·범范·순荀의 벌열이 있었고, 초楚에는 소昭·굴屈·경景의 벌열이 있었으며, 송宋에는 무武·목繆·대戴·장莊·환桓의 벌열가가 있었다. 이들이 모두 일국의 대권을 여러 대를 이어 가졌으니 서양의 전제군주가 이른바 '짐이 곧 정치의 근본'이라 한 것[寡人政體者]이 이것이다. 그들의 권력은 왕왕 군주의 권위를 초월하였는데 군주를 폐위하고 옹립하는 일이 그 권력에서 나왔다. 군주의 행위를 자신의 복안대로 전횡하였으니 예를 들면 주나라의 여왕厲王이 무도한 짓을 하다가 체彘에 유배된 것이나 등문공滕文公이 삼년상을 행하려 할 때 왕실의 부형과 조정의 백관이 모두 그를 말리려 한 것, 맹자가 '왕실의 귀척 중 대대로 공경이 된 자들이 반복하여 말리는 데도 받아들이지 않는다면 지위를 바꾸고 좇아낸다.'고 한 것이 모두 그 예증이다. 옛날에 채읍采地을 가진 자는 모두 군주를 자칭하여 그 채읍에서 벼슬을 살거나 거기 사는 백성을 모두 자신의 신민으로 여겼으므로 그들을 대함에 어떤 제한도 없는 권세를 가졌다. 그러므로 세경世卿 또한 소봉건小封建이라 이를 만하다. 서방의 경우에는 희랍希臘의 열국 중, 아선阿善(아테네)과 사파달斯巴達(스파르타)가 번갈아 맹주 격이 되었는데 그 후에 이른바 객사덕喀私德이나 애사제덕埃士梯德이라 한 것은 모두 귀족과 평민을 구별하는 계급이었다. 또 아전雅典의 원로의원元老議院이나 사백인의원四百人議院, 라마羅馬(로마)의 삼두정체三頭政體, 러시아[俄]의 의사회議事會와 영국의 현인회의賢人會議·대회의大會議 등은 모두 귀족세력을 중심으로 유지된 제도이다.

세경의 시대에는 비단 투쟁이 극렬하였을 뿐만이 아니라 조세의 가혹함이나 부역의 고통스러움, 형벌의 각박함으로 백성들이 견딜 수가 없을 정도였다. 이때가 다군주시대의 둘째 시기이니 춘추의 이른바 거난세據亂世이다.

이때에는 대도의 유행을 거론할 바가 아니나 성인께서 인민이 다 죽어가는 데도 구원하지 못함을 차마 좌시하지 못한지라 춘추에 특히 대일통大一統의 의미를 드러내고 세경을 비판한 것이다. 춘왕정월春王正月이라 쓴 것은 대일통의 의미를 드러내기 위한 것이요, '윤씨尹氏가 죽었다(은공隱公 3년의 기사).'고 한 것과 '제나라 최씨崔氏가 위나라로 달아났다(선공宣公 10년의 기사).'고 한 것은 세경을 비판하기 위한 것이다. 이어서 '숙자叔子가 빙문하였다(은공 5년의 기사).'고 하며 '조曹 세자 사고射姑가 조회하였다(은공 9년).'고 쓴 귀절은 부형 장로에 이어 자손이 (아무 공적 없이) 그 정사에 알음하는 것을 비판하기 위한 것이다.

이 두 가지 의리는 모두 다군주시대가 변천하여 단일군주單一君主시대가 되며 그에 따라서 소강의 운세가 촉진된다는 것을 밝히기 위한 것이다.

단일군주單一君主시대 또한 두 가지로 구별된다. 그 하나는 군주전제시대이다. 영성嬴姓의 진秦 나라가 패권을 잡고 남은 위세로 6국을 잠식한 뒤에 천하를 36군郡으로 나누자 이때부터 봉건의 오랜 자취가 일소되고 일군주시대의 형식과 내용이 갖추어졌으나 진시황이 사납고 거친 성격으로 가혹한 법령을 쓰자 민심이 이산하고 국록이 오래지 못하였다. 유성劉姓의 한漢 나라가 뒤를 이어 일어나서는 자신의 고단한 형세를 고려하여 다시 주周 나라의 법제인 봉건 제를 따라 종친과 공신을 안정시키려 하였다. 그러나 얼마가지 못하여 그 후예가 멸망하였으 니 차용한 제도가 봉건과 비슷하지만 봉건제가 아니라 곧 한나라 말엽의 주州와 목牧일 따름 이었다. 위진魏晉과 수당隋唐 사이에, 혹 존치하거나 혹 폐기하기도 하였으나 그 존치하였다는 것 또한 토지 인민에 대한 실권은 전혀 없고 다만 봉록만을 지급한 것일 따름이다. 당唐대 중엽의 번진藩鎭은 비록 자신의 토지를 지키고 후손에게 사사로이 세습하여 기풍이 가히 두려 울 만하였으나 한 시기를 어지럽힌 조류에 불과하여 결국 주대 열국의 형세를 이루지는 못하 였다. 송대宋代에 이르러 지방 토호의 힘이 크게 쇠하자 중앙의 권력 또한 약화하여 달리 말 할 나위도 없고, 요동에서 발원한 금金·원元은 모두 부락의 오랑캐 습속을 습용하여 대세의 변화에 관계한 바가 전혀 없다. 명明 나라 때에는 봉건의 희미한 잔재가 다시 살아나 연왕燕王 체棣가 그로써 제위를 찬탈하고, 호濠는 그로써 모반하였으나 모두 미구에 평정되고 말았다. 청淸이 삼번三藩의 난을 제압하자 봉건의 흔적은 영원히 절멸하고 말았다.

서방西方의 경우에는, 라마羅馬(로마) 제국의 해체 이후 봉건제가 극성하였다. 근세사의 초기 에 점차 봉건제후의 영지를 삭감하고 왕국을 세웠으나, 봉건제의 여운은 오히려 수백 년이나 지속되어 의대리意大利(이탈리아)의 중흥주 일이만日耳曼(게르만)의 통일 이후에야 그 유적이 비로소 멸절하였다.

세경世卿의 소헐消歇 또한 진나라에서 비롯한다. 목공繆公이 맨 처음 유여由余·백리해百里奚를 등용하여 서융西戎을 석권한 뒤로부터 계속하여 상앙商鞅·범수范睢·채택蔡澤·장의張儀·이사李斯 등이 모두 오래도록 진나라를 보좌하여 공업을 이루었다. 오월吳越 또한 오자서伍子胥·범려范蠡 등의 힘으로 중원의 맹주가 되자 이때부터 열국이 서로 다투어 이를 본받았는데, 악의樂毅·극신劇辛·추연鄒衍·순우곤淳于髡·소진蘇秦·공손연公孫衍·노중련魯仲連·염파廉頗·인상여藺相如·이목李牧의 무리가 모두 처사로서 몸을 일으켰으나 권세가 군주와 다툴 정도였다. 한고조漢高祖는 초야에서 몸을 일으켰는데 그 자신, 이미 털끝만치도 귀족의 신분을 가진 적이 없었던 데다, 소하蕭何·조참曹參·한신韓信·팽월彭越·진평陳平·주발周勃의 무리들이 모두 천류에서 일가를 일으켜 현달의 지위에 이르렀다. 그후 복식卜式은 양치기로서 어사대부가 되고, 공손홍公孫弘은 백의의 신분에서 승상이 되니 이때부터 포의가 경대부와 재상이 되는 것이 일반적인 형세가 되었다. 비록 서한西漢시대의 여呂·두竇·전田·곽霍·상관上官·왕王씨와 동한東漢시대의 등鄧·두竇·염閻·양梁씨 등은 권세가 한 시대를 기울일 만하였으되 모두 귀족으로 불리기에는 부족하였고, 조씨曹氏나 사마씨司馬氏에 이르러서는 모두 개인의 권모술수로 권력을 쟁탈하였으되 귀족과 더불어 정치에 서로 간섭할 수는 없었다. 위진魏晉과 수당隋唐 시대에는 구품九品의 서열을 가진 사람이 재상의 집안과 혼사를 맺기를 부끄러워하였다 하니, 거의 객사덕喀私德·애사제덕埃士梯德의 제도와 비견할 만하나 또한 세속에서 헛된 명성을 추구한 데 불과할 뿐, 요약하여 논하자면 진한秦漢 이후로 귀족 정치란 일찌감치 소멸하였던 것이다.

서방의 경우 중세 라마羅馬(로마) 이후 봉건제도가 난숙하여 그 사회에서 최고의 세력을 차지한 자는 모두 귀족이었다. 근세에 이르러 반동력이 일어날 때까지 수백 년간 귀족과 평민의 갈등과 승패로 점철되더니 군주와 평민의 결속이 귀족에게 좌절되었으며, 종교혁명이 또한 귀족에게 좌절되었다. 프랑스대혁명이 일어나자 귀족의 권력이 일소되고, 영국에서는 모범국회를 변화한 이후로 점차 개량하여 마침내 진선미한 국회가 생겨났다. 러시아의 허무당虛無黨 또한 귀족과 원수지간이 된 자인데 최근 일약 오랜 폐단을 씻어내자 그제서야 온 지구상을 통틀어 귀족의 잔영이 없어지게 되었다.

비록 그렇다 하나 동방에서는 봉건귀족의 폐단이 제거되자 군권이 강화되고 서방에서는 봉건귀족의 폐단이 제거되자 민권이 발흥하게 되었는데 그 까닭이 무엇인가? 동방에서는 수천 년 동안 일반 사민이 정사에 참여한 적이 없었으니 어찌 유독 그 정사만 없었겠는가? 그 사상까지도 없었던 것인데, 봉건을 일으켜 스스로를 지킨 자가 군주이며, 봉건을 폐지하여 스스로를 안전하게 한 자도 군주였고, 귀족을 천거하여 신임한 자가 군주이며, 귀족을 물리쳐 등용하지 않은 자도 군주였다. 그러므로 봉건귀족의 폐단을 씻어내자 더욱 증강된 것은 군주의 전제권력일 따름이었다. 이때가 단일군주시대의 첫 번째 시기이다.

서방에서는 희랍 이래 시민의 자치제도가 행해져서 국민의 정치 능력이 일찌감치 발달하였다. 중세에 봉건영주가 발호한 시기가 되자 남부 의대리意大利(이태리)가 맨 처음 스스로를 보위하여 독립하고 일이만日耳曼(게르만)의 여러 주에서 이어 80여 개 시민정부가 연맹한 일이 일어났다. 그 나머지 법난서法蘭西(프랑스)와 영길리英吉利(영국)·포도아葡萄牙(포르투갈)·서반아西班牙(스페인)의 여러 도시마다 근세의 이념이 발전하여 새로운 국가가 성립하였다. 이들 나라는 시민의 정부에 힘입어 일어나지 않은 곳이 없었다. 그렇다면 봉건제도를 소멸시킨 힘은 바로 시민의 힘이며 귀족을 제거한 힘 또한 시민의 힘이었다. 그러므로 그들이 끝내 능히 군중의 힘으로 정부에 대항하여 권한을 획정하고 헌법을 시행하며, 마침내 군주와 백성이 함께 주인이 되는 정치로 나아간 것이다. 지중해地中海 서쪽지역은 입헌국 아닌 곳이 한 나라도 없는데, 그 중 영국과 독일이 최대의 나라이다. 동방에는 최근 일본이 또한 헌정을 시행하고 있다. 이것이 단일군주시대의 두 번째 시기로 춘추에서는 이를 승평세昇平世라하며 『예기』「예운禮運」편에서는 이를 소강세小康世라고 한다.

이 시대의 제 일기에는 군주의 권한이 한계가 없고 백성의 권한은 너무나 미약하며, 제 이기에는 군주의 권한에 일정한 한계가 생기고 백성의 기상이 조금씩 강력해진다. 그러나 민족주의와 제국주의가 굳건해지며 사람들의 뇌리에 충격을 가하여, 사마귀와 참새螳雀가 서로를 노리듯 살기가 방장한 시대인지라, 태평太平과 대동大同의 복지를 아직 일거에 도모할 수는 없다.

민주시대의 구별에 또한 두 가지가 있다. 그 첫 번째가 총통시대總統時代이다. 시대의 변천世運이 날로 진행되고 백성의 지혜가 날로 계명하니 저 무수한 군중이 끝내 즐겨 추구芻狗(허수아비)가 되어 남의 천시를 당하거나 스스로 마소가 되어 남의 먹이가 되려하지 않는다. 또한 선각자와 위대한 학자의 학설이 생겨나 그들을 고무하고 선동한다.

노사盧梭(루소)는 민약론民約論에서 이르기를, "국민이 주인이요, 정부라는 것은 그 국민의 명을 받들어 그 뜻하는 바를 행하는 위임자이다. 국민의 주권은 다른 사람에게 양여할 수 없는 것이니 마땅히 항상 국민에게 있어야 한다. 만약 군주가 있다면 주권이 세워지자마자 소멸하게 된다.”고 하였다. 또 이르기를, “대의정치代議政治라는 것은 약간 명의 의원이 국민을 대신하여 주권을 위임한 것이다. 그러므로 국민이 자신의 의사를 발표할 기회는 겨우 투표로 의원을 선거하는 날 하루뿐이요, 그 나머지는 두 손을 맞잡고 남이 대신하는 행위를 구경하는 데 지나지 않는다. 이러한 정치체제가 어찌 진선진미한 것이겠는가?”라고 하였다. 또 “영국 사람들은 스스로 ‘나는 자유로운 권리를 가졌다.’고 생각하지만 그 어리석음이야말로 참으로 심하다. 그들은 대의원을 선거하는 날에만 자유로운 권리를 가질 뿐이다. 선거만 끝나면 어찌 노예가 아니라 하겠는가?”라 하고, 또 “어떤 정치체제를 막론하고 국민으로 하여금 현 시기와 장래에 하고자 하는 바를 스스로 행할 수 없도록 하는 것은 모두 진정한 의미의 정치라 할 수 없다. 그러므로 정치체제가 진리에 부합하는 것은 오직 민주제도의 경우뿐이다.”라고도 하였다.

이에 평등과 자유, 민족해방의 이론이 분분히 사방에서 일어난 것이 마치 봄 우뢰가 한번 울리면 온갖 움츠렸던 것들이 일제히 약동하듯 하였다. 군주 중의 지혜로운 자는 순순히 거기에 참여하지만, 어리석은 자는 거역하여 대항한다. 이것이 민주공화제가 성립하는 까닭이다. 구미歐美 두 대륙에 총통을 둔 나라가 허다하거니와 그 으뜸이 된 나라는 미국美國과 법국法國(프랑스)이다. 최근에 와서는 그 풍조가 급속히 진전하여 동방에까지 범람하고 있는데 수천 년 전제의 중국까지도 변화하여 민정체제가 되었다. 이 시기가 민주시대의 제 1기이다.

그 두 번째는 총통이 없는 시대이다. 평등이라는 것은 온 나라 인민이 그 세력과 재산을 일일이 서로 고르게 가져서 조금의 차등도 없음을 가리키는 것이 아니다. 그와 같은 것은 행하려 하나 될 수가 없는 일인 것이다. 그러나 이미 차이가 생기고 보면 부자는 더욱 부유해지고 빈자는 더욱 가난해지기 마련이다. 부유한 자는 재력을 바탕으로 가난한 자를 농락하여 그 자유권을 침탈하며, 가난한 자는 부자에게 즐겨 아첨하며 자신의 노동력을 제공하여 주인과 노예의 형세가 성립하는 것이다. 그 중 인민의 가장 많은 수를 점하면서도 가장 궁핍한 형편에 빠진 자는 노동자 농민이다. 덕국德國(독일)의 학자 맥객사麥喀士(마르크스)는 일찍이 말하기를, “현 시기 경제사회는 실로 소수가 다수 인민의 토지를 약탈하여 이룩한 것이다.”라고 하였고, 납사사이拉士棱爾(허버트?)는 말하기를, “무릇 지주·자본가는 모두가 도둑이다.”라고 하였다. 이 말은 비록 과격한 듯 하지만 그 폐단의 근원을 찾아보면 또한 그렇지 않다고 할 수도 없다.

근래에 동맹파업이 자주 일어나 자못 자본가에게 근심꺼리가 된다고 한다. 그러나 그 결과는 고용자를 약간 늘리는 데 불과할 뿐이니 한 방울의 물이 어찌 경각에 달린 목숨[涸轍之命; 수레바퀴 자국의 물에 갇힌 물고기와 같은 처지]을 구원할 수 있겠는가? 불평등이 극도에 이르면 평등을 갈망하게 되고 부자유가 극도에 달하면 날마다 자유를 축원하여 필경은 중심에 쌓인 울분이 화산처럼 폭발하는 법이다. 만국 사회당 소재의 단결이 은밀히 세력을 모으고 있으니 사회당이야 말로 곧 대동세의 새 소식이다.

최근에는 아국俄國(러시아)이 처음으로 붉은 깃발을 올리고 귀족과 부호를 구축하여 그들로 하여금 국내에 들어와 편히 살지 못하게 하고 그들의 토지와 자산을 거두어 남김없이 공유재산에 귀속시킨 후 노동자 농민의 정부를 세우니 이것이 민주세民主世의 제 2기이다. 춘추에서는 그를 일러 태평세太平世라고 하니 이제 태동의 운세가 도래하였다. 수천 년 전에 앉아서 세운의 변천을 묵묵히 추구하되 대동의 도道가 오늘에 반드시 행해질 것임을 아셨으니 공자께서는 진실로 성인일 것이다.

천하는 공공의 것이다[天下爲公]

천하란 인류가 공동으로 생활하는 장소이다. 하늘이 세력 있는 자를 위하여 이 지구를 만들지 않았다면 저들이 토지를 광점하고 부귀와 권세를 독단하는 현상은 근본적으로 이치에 맞지 않는다. 정부가 재산 있는 자를 위하여 화폐를 만든 것이 아니라면 저들이 자본을 교묘히 농단하여 시정의 이익을 망라하는 현상 또한 법리에 위배된다. 그러나 저들은 그것이 이 법에 어긋나는 것임을 아랑곳하지 않을 뿐만 아니라 오히려 그를 능사로 여겨 교만하고 사치한 짓을 거리낌 없이 행한다. 자본을 투자하여 토지를 넓히고, 토지를 거두어 자본을 증대하며, 많은 사람들의 작은 힘을 고갈시켜 자기 한 몸의 사욕을 채우니 부자는 개나 말에게도 콩과 조가 남아 돌아가고 가난한 자는 몸을 팔아 노예가 된다. 이 폐단이 고쳐지지 않으면 평등이며 자유라 운위하는 것이 모두 부질없는 말장난이 되고 인류의 행복은 끝내 하루도 바랄 수가 없을 것이다. 이에 성인이 그것을 염려하여 널리 중생을 구제하는 것을 자신의 임무로 삼았다. 정전제를 말씀한 것은 빈부를 고르게 하고자 해서이고 백성이 풍족하다면 임금이 누구와 더불어 풍족하지 않겠는가를 말씀한 것은 백성의 재산을 풍족히 하고자 한 것이었다. 지금 대동의 도리를 논한 데서 맨 먼저 천하위공天下爲公(천하는 공공의 것이다)의 이념을 내걸어 주안점을 삼은 것은 대개 토지와 자본을 공유에 붙이지 않으면 백성에게 항산이 없어지고 나라의 재용이 풍부하지 못하며, 계급이 불평등해지고 호구가 밝아질 수 없기 때문이다. 이럴진대

천하위공 네 글자가 어찌 평등한 정치의 요령이 아니겠는가? 더구나 참된 법리는 동서의 차이가 없으며 위인의 정치적 견해는 절로 합치하는 법임에랴? 예컨대 백랍도柏拉圖(플라톤)의 공산주의 학설과 맥객사麥喀士(마르크스)의 사회주의 이론은 모두 토지와 자본을 공유로 돌려야 함을 입론의 뇌수腦髓로 삼았다. 아국俄國(러시아)의 혁명이 성립됨에 미쳐서는 세계의 이목이 일변하여 비록 초창기의 제반 사무가 일일이 정제된 형식을 띠지는 못하고 있다 하나 수천 년 전제의 치하에 신음하던 민족이 이제부터 태평 인수의 복지를 누리게 될 것임은 밝은 지혜를 기다리지 않더라도 단언할 수 있겠다. 어떤 이는 공자의 대동의 뜻이 과연 백씨柏氏의 공산주의와 다름없는 것이겠는가를 의심하는데 나는 이렇게 대답하겠다. 공유의 재산을 두어 사유의 재산을 없애며 처자를 함께 하여 공유의 차이를 동일하게 한다는 것은 대개 백씨의 논리로 과격하여 이치에 위배되는지라 영격렴英格廉(Ingram)·아리사다덕亞里士多德(아리스토텔레스)의 무리가 모두 그를 반박하였다. 공자의 가르침은 평이하면서도 순조로운지라 맹자와 동자 등이 모두 존신하여 칭술하였다. 이는 성현의 이론에 대소편정大小偏正의 구별이 있어서이다. 이 때문에 사회당이 대동을 선도하는 함성이라고 하는 것이다.

▫ 이치의 바다를 조개 껍데기로 헤아려보다. 상　理海蠡測　上

오행五行이 유행함에 형체가 없는 것은 생수生數이니 1·2·3·4·5와 같은 수이고, 오행이 응결하여 형질을 이룬 것은 성수成數이니 6·7·8·9·10과 같은 수이다. 지금 시험삼아 세분하여 말해보자면 증기나 습기는 천일天一의 수水요, 소나기는 지육地六의 수水이다. 따스함은 지이地二의 화火요, 뜨거움은 천칠天七의 화火이다. 맹아는 천삼天三의 목木이요, 가지와 줄기는 지팔地八의 목木이다. 단사와 수은은 지사地四의 금金이요 강보鏹寶는 천구天九의 금金이다. 흙먼지는 천오天五의 토土요, 두터운 땅은 지십地十의 토土이다. 생수는 곧, 형이상학적인 도道이고, 성수는 곧, 형이하학의 기器이다. 기는 상象이니 상으로써 도를 점치면 그 도를 볼 수가 있다. 그러므로 주역周易의 거북점과 시초점은 오로지 성수를 쓰고 생수를 쓰지 않는 것이다.

오행의 수에는 많고 적은 것이 있다. 그 많은 수를 취한 것은 굳은 성질이 오래가며, 그 적은 수를 취한 것은 다른 성질로 바뀜이 빠르다. 예컨대 1·6은 수水요, 2·7은 화火이니 그 수가 작은 고로 형상은 있되 일정한 질質은 없어 빨리 생겼다 빨리 사라진다. 3·8은 목木이요,

4·9는 금金이니 그 수가 조금 많은 고로 그 질이 또한 조금 굳세다. 5와 10은 토土이니 그 수가 지극히 많은지라 그러므로 그 자질이 지극히 굳세다. 대개 나무가 혹 부러지기도 하며, 쇠가 혹 녹기도 하지만, 흙은 한 시도 변할 때가 없으니 이로써 사물을 관찰한다면 사물의 굳고 무른 정도와 길고 짧은 정도를 유추할 수 있을 것이다.

만물은 원元에서 비롯되어 정貞[93]에서 완성되니 원은 어미요 정은 자식이다. 이른바 정貞 아래에서 원元이 시작된다는 것은 곧 자식이 다시 어미가 되는 이치이다. 비유컨대 과실나무가 처음 돋을 때는 겨우 싹이 있을 뿐이니 이것은 원元이다. 그것이 자라고 우거져서 구름을 찌르고 해를 가릴 듯한 것은 형亨과 이利가 지극해진 것이다. 그런 후에 생장의 뜻을 거두어 열매를 맺는 것은 곧 정貞이다. 이것이 곧 원元이 어미가 되며 정貞이 아들이 된다는 뜻이다. 이 과실을 심어 다시 과실나무가 되면 자식이 도리어 어미가 된다. 그러므로 정貞이 곧 원元이 되며 원元이 곧 정貞이 되는 것이다. 순환하여 시작과 끝이 없으니 천지간의 지극한 묘리가 아니겠는가?

원元은 능히 천도天道을 통괄한다. 그러므로 원기元氣를 온전하게 품부한 자만이 생리生理에 부족함이 없다. 저 싹을 틔우되 이삭을 피우지 못하는 것은 형亨이 있으되 이利가 없기 때문이며 이삭을 피우되 열매를 맺지 못하는 것은 이利는 있되 정貞이 없기 때문이다. 형亨과 이利, 정貞은 모두 원元에 통섭되지만 사물이 능히 온전함을 다하지 못하는 까닭은 원元이 품덕을 빠뜨려서가 아니라 그것을 품수하는 사물이 스스로 원元의 기운을 잃었기 때문이다. 팽담彭聃[94]과 안염顔冉[95]의 장수와 요절은 모두 하늘로부터 품부한 원기가 치우친 것인가 온전한 것인가의 까닭일 뿐이다. 시험삼아 입하立夏 후의 죽순竹筍이 단숨에 두어 자나 자라지만 끝내 시들고 꺾이는 것을 살펴보라. 어찌 원기가 이미 새어나가 품부한 자질이 온전하지 못한 징험이 아니겠는가.

땅에서 하늘까지의 거리는 8만 4천 리里이다. 동지冬至에 양의 기운이 땅에서 솟아오를 때

---

93) 원元에서 … 정貞 : 여기서 말한 원元과 정貞은 『주역周易』 건괘乾卦의 원元·형亨·이利·정貞에서의 원元과 정貞을 가리킨 것이다.
94) 팽담彭聃 : 팽조彭祖와 이담李聃. 장수한 사람으로 병칭한다. 이담은 노자이다.
95) 안염顔冉 : 안연顔淵과 염백우冉白牛로 요절夭折하였다.

하루에 4백 6십 6리 남짓하게 오르는데, 닷새에는 2천 3백 3십 3리 남짓하게 오르니 이것이 1후候이다. 3후가 모여 1기氣가 되니 이 동안 7천 리 상승한다. 45일이 쌓이면 3기가 되니 곧 1절節이다. 이 동안에는 2만 1천 리 상승한다. 이때가 괘卦로 따지면 태泰가 되고 절기로서는 입춘立春이다. 90일이 쌓이면 2절로서, 한 계절[時]이 된다. 이 동안 4만 2천 리를 오르니 꼭 천지의 중간이다. 괘로서는 대장大壯이요, 양과 음이 똑같이 나뉘는 고로 춘분春分이라 한다. 동지로부터 1백 80일이 지나면 네 절로서, 두 계절이 되니 꼭 8만 4천 리를 오른다. 괘로서는 건乾이니 양陽이 지극히 늦었으므로 하지이며, 이 날로부터 음이 처음 발생하여 그 시일과 이수里數의 하강함이 양이 상승하는 수와 같아 상승과 하강이 한 주기를 채우면 해가 바뀐다. 사람 몸의 음양과 승강이 또한 그와 같아서 여섯 시각 동안은 양이 오르고 여섯 시각 동안은 음이 내린다. 무릇 한번 해가 천지를 돌며 음양이 상승 하강할 때 혹 시서時序가 조화를 잃거나96) 막히어 지체되면 재앙이 생기는 것과 같이 사람의 일신에 음양이 승강할 즈음에 기혈의 울결鬱結이나 폐색廢濇이 있으면 질병이 생기는 것이다.

매월 초하루는 삭일朔日이다. 달이 처음 생겨날 때에 양광陽光이 음백陰魄과 처음 사귀는데 그 괘로서는 진괘震卦이다. 초8일에 상현上弦이 되면 양이 하나 더 생겨 태괘兌卦가 되고 15일에 보름이 되면 다시 양이 하나 더 생겨 순수한 건괘乾卦가 된다. 열엿새는 기망旣望인데 음백陰魄이 처음 양광陽光을 침식하니 그 괘는 손괘巽卦이다. 23일에 이르러 하현下弦이 되면 음이 하나 더 생겨 간괘艮卦가 되고 30일에 이르러 그믐이 되면 다시 음이 하나 더하여 순수한 곤괘坤卦가 된다. 감坎·리离의 두 괘를 버리고 쓰지 않는 것은 아마도 달의 빛은 이괘离卦요 그 그림자가 곧 감괘坎卦이기 때문일 것이다.

64괘卦를 3백 54일에 나누어 배포하면 매 5일 반에 하나의 괘가 갈리게 된다. 대개 하나의 괘가 1후候를 채우기 때문이다. 동지의 복괘復卦로부터 용사用事를 시작하여 그 다음 5일 반은 지수地水 사괘師卦이고 다시 5일 뒤는 지산地山 겸괘謙卦가 된다. 이런 방법으로 미루어 나가면 괘를 가히 알 수 있다. 다시 하나의 괘로써 그 효를 분석하되 대략 날마다 한 효爻로 용사하

---

96) 조화를 잃거나 : 원문原文의 건복愆伏은 절기의 차례가 조화를 잃는 것을 말한다. 『좌전左傳』 소공 4년 조에 '冬無愆陽 夏無伏陰'이라 하고 그 주註에 '건愆은 지나친 것이니 겨울날씨가 따뜻함을 말하고 복음伏陰은 여름날씨가 추움을 말한다.'고 하였다.

면 5일 반에 이르러 여섯 효가 채워진다. 예컨대 동지 당일에는 복괘의 초효初爻로 용사하고 그 이틀째에는 이효二爻로 용사한다. 이로써 미루어 나가면 효를 가히 알 수 있다. 만약 이날에 풍뢰운우風雷雲雨의 변고를 만났다면 변괘變卦와 변효變爻로써 점친다면 그 길흉을 알 수가 있다.

　역易의 도道는 원대하도다. 역을 쓰는 자가 각각 합당한 한 가지 관찰법[察法]을 얻어 점치고 징험하면 적중하지 않음이 없으니. 경방京房[97]의 역은 진震·태兌·간艮·손巽의 네 괘를 뺀 후에 3백 60효를 하루마다 나누어 배포하고 용사하였으되 그 풍우風雨와 한난寒暖의 변화가 시절에 합당하였다. 위백양魏伯陽의 역은 그 건乾·곤坤·감坎·리離의 괘를 빼고 육십 괘를 한 달에 나누어 배포하고 용사하였으되 수화 승강의 징후가 시절에 합당하였다. 대개 역이란 해당되지 않은 곳이 없어 그 전도와 종횡이 지극한 이치 아닌 것이 없기 때문이니 그러므로 신神은 장소가 따로 없고 역易은 일정한 형체가 없다고 하는 것이다.

　바람의 물건 됨은 무형을 바꾸어 유형이 되게 할 수 있으니 혜계醯鷄[98]가 바람을 맞으면 살아난다. 유형의 것을 없애어 무형이 되게 할 수 있으니 노오老烏[99]는 바람을 만나면 감쪽같이 사라진다. 부드러운 것을 굳혀 굳세게 할 수가 있으니 돌이 바람을 얻으면 견고해진다. 강한 것을 꺾어 부드럽게 할 수가 있으니 소금이 바람을 얻으면 녹는다. 메마른 것에 불어주어 꽃이 피게 할 수 있으니 봄풀이 바람을 만나면 살아난다. 피어난 것을 마르게 할 수 있으니 가을 잎이 바람을 만나면 떨어진다. 그러므로 바람은 천지의 신기요, 조물주가 헤아릴 수 없는 가운데 묘법을 행하는 것인지라 8방의 바람이 조화로우면 천하가 다스려지는 것이다.

---

97) 경방京房 : 한나라 돈구頓丘사람. 자는 군명君明이다. 본성本姓이 이李였으나 율을 따라서 스스로 경씨京氏로 고쳤다. 악률을 좋아하고 성음을 알며 역에 뛰어났다. 그의 학설은 재이災異에 뛰어났는데 스승 초연수焦延壽가 말하기를 ‘나의 역법으로 몸을 그르칠 자는 바로 이 경생京生일 것’이라 하였다. 훗날 효렴으로 천거되어 위태수가 되었는데 과연 재이에 관한 뜻을 상소하였다가 석현石顯의 참소에 걸려 죽음을 당하였다(『전한서前漢書』).
98) 혜계醯鷄 : 벌레 이름. 술 속에서 생기는 눈에놀이. 일명 멸몽蠛蠓이라 한다. 『열자列子』「천서天瑞」에 “厥昭生乎濕 醯鷄生乎酒”라 하고 그 주에 “此 凶酸氣而生”이라 하였다.
99) 노오老烏 : 속언에 전하는 말인데 뜻은 미상. 두보杜甫의 『두견행杜鵑行』에 “君不見昔日蜀天子 化爲杜鵑似老烏”가 보인다.

역의 원리는 아홉 학파의 학설에 들어있지 않은 곳이 없으니 이괘履卦는 유가儒家의 문풍門風이요, 간괘艮卦는 불가佛家의 문풍이요, 이괘頤卦는 묵가墨家의 문풍이다. 규괘睽卦는 양주楊朱의 문풍이요, 정괘井卦는 도가道家의 문풍이다. 서합괘噬嗑卦는 법가의 문풍이며 사괘師卦는 병가의 문풍이요, 대축괘는 술가의 문풍이며 손괘巽卦는 권기가權奇家의 문풍이다. 방술을 익힐 때, 각각 한 가지 찰법察法을 터득하고서는 스스로 유가가 아직 터득하지 못한 것을 터득했다고 여기는가 하면 유자儒者 또한 그것이 유도儒道의 방외方外라 거부하여 그들이 한가지로 우리의 종사宗師에게서 나온 것임을 알지 못한다. 비유하자면 시조始祖의 대수가 이미 멀어지면 자손이 서로 알아보지 못하고 드디어 길가는 사람 보듯 하면서 유독 하나의 큰 종가大宗만을 고수하여 자신의 족속으로 치는 것과 마찬가지이다. 이 또한 속 비좁은 태도가 아니겠는가?

책상을 방 가운데 두고서 오랫동안 움직이지 않고 옮기지 않으면 먼지가 한 치나 쌓인다. 그릇의 물을 소반에 담아 오랫동안 옮기지 않고 갈지도 않으면 물이 한 치나 줄어든다. 이에 우주 사이에 땅은 날로 불어 높아지되 물은 날로 줄어 얕아지므로 구릉은 점점 높아지되 강과 바다는 물을 길어 부어도 가득 차지 않는 이유를 알겠다.

상고上古에는 오성五星의 운행이 순조로워 역행하는 일이 없었다. 주나라가 쇠할 무렵에는 혹 순조롭기도 하고 혹 역행하기도 하였다. 한나라 이후에는 모두 한결같이 역행하였다. 그 까닭은 무엇인가. 나는 오행이 제왕의 역수曆數를 따라 옮겨간 때문이라고 생각한다. 하夏 나라 이전의 역수의 수수授受는 상생相生을 차서로 하였었다. 복희伏羲씨의 목木과 신농神農씨의 화火, 헌원軒轅씨의 토土와 소호小昊씨의 금金, 전욱顓頊의 수水와 제곡帝嚳의 목木, 요임금의 화火와 순임금의 토土, 우임금의 금金은 차례로 상생相生함을 숭상하였으므로 하늘의 오성의 궤도 또한 그를 따라 순조로웠던 것이다. 주나라 이후 역수의 수수授受는 상극相克을 차서로 삼았었다. 주나라의 화火와 진나라의 수水, 한나라의 화火와 수나라의 수水, 당나라의 토土와 후주의 목木, 송나라의 화火와 원나라의 수水, 명나라의 토土가 차례로 상극함을 숭상하였으므로 오성의 궤도 또한 그 때마다 역행하였던 것이다. 대개 세대世代가 자리를 선양禪讓하면 부자父子 사이처럼 되어 상생하지만 대개 세대가 쟁탈하면 원수가 되어 서로 싸우게 된다. 사람의 일이 아래에서 변함에 천상天象이 위에서 드러나는 법이니 이것이 자연의 이치이다.

낙서洛書의 수數는 하늘의 구각軀殼이요, 하도河圖의 수는 하늘의 오장五臟이다. 사람의 구각이 또한 낙서의 수요, 사람의 오장은 또한 하도의 수이다. 사람의 꽁무니·머리·배 등은 양에 속한다. 이는 낙서의 9가 위이고 1이 아래며, 3이 왼쪽, 7이 오른쪽이 되며, 어깨·팔·다리·발은 음에 속하는데 2와 4는 어깨, 6과 8은 발이 되는 것과 같다. 신장腎臟은 북쪽에 자리 잡고 있으니 이는 하도의 1과 6이 아래쪽에 놓인 것과 같고, 심장心臟은 남쪽에 자리 잡고 있으니 이는 하도의 2와 7이 위쪽에 놓인 것과 같고, 간장肝臟은 동쪽에 자리 잡고 있으니 이는 하도의 3과 8이 왼쪽에 놓인 것과 같고, 폐장肺臟은 서쪽에 자리 잡고 있으니 이는 하도의 4와 9가 오른쪽에 놓인 것과 같고, 비장脾臟은 가운데 자리 잡고 있으니 이는 하도의 5와 10이 중간에 놓인 것과 같다. 하도와 낙서로 사람의 몸을 연구하고 사람 몸으로 천지를 추측해보면 마치 부절을 합한 것과 같다.

사람의 얼굴은 사방 여섯 치의 형체에 지나지 않지만 조화의 온전한 공효가 거기에 다 갖추어 있다. 천정天庭[100]이란 것은 하늘이요, 지각地角[101]이란 것은 땅이며, 두 눈은 해와 달이 하늘에 운행하는 것이요, 코와 입은 산과 바다가 땅에 실린 것이니 조화의 본체가 성립된 것에 해당한다. 저 탄식이나 하품은 바람이요, 눈물 콧물은 비[雨]며, 노려보고 흘겨보는 것은 번개요, 고함과 호소는 우뢰이니 조화의 작용이 행해지는 것에 해당한다. 사람이 모두 이러한 형체를 가지고 있건만 능히 조화의 묘리를 체득하여 실천함에 부끄럽지 않을 자가 몇이나 되겠는가?

사람은, 봄에는 목기木氣를 마심으로써 간장의 원기를 배양한다. 그러므로 간장은 봄에 원기가 왕성해진다. 여름에는 화기火氣를 마심으로써 심장의 원기를 배양한다. 그러므로 심장은 여름에 원기가 왕성해진다. 늦여름에는 토기土氣를 마심으로써 비장의 원기를 배양한다. 그러므로 비장은 늦여름에 원기가 왕성해진다. 가을에는 금기金氣를 마심으로써 폐의 원기를 배양한다. 그러므로 폐는 가을에 원기가 왕성해진다. 겨울에는 수기水氣를 마심으로써 신장의 원기를 배양한다. 그러므로 신장은 겨울에 원기가 왕성해진다. 오행五行의 기운이 우주 속에서 순환하고 사람이 그 속에서 호흡하는 것은 마치 오미五味를 느끼는 기관이 오장五臟에 연결되

---

100) 천정天庭 : 관상법觀相法의 용어. 이마의 한 중간을 가리킨다.
101) 지각地角 : 관상법觀相法의 용어. 턱 부위를 가리킨다.

어 있는 것과 같다. 다만 사람이 스스로 그 이치를 깨닫지 못하고 있을 뿐이다. 그러므로 주역에 이르되 '건乾의 원元은 시초의 바탕[資]이 되고 곤坤의 원元은 생장의 바탕이 된다.'고 한 것이니 '바탕이다.'라는 말은 '기른다.'는 뜻이다.

신장腎臟이 사람 몸에 있음은 마치 바다와 같다. 바다는 땅의 하류에 처하여 온갖 하천이 모여서 흘러드니 새나가게 하지 않는다면 반드시 넘칠 것이다. 새나가게 하는 데는 두 가지 방도가 있다. 하나는 아래로 귀허歸墟102)에 새나가 다시 돌아올 수 없게 하는 것이요, 또 하나는 위로 성수星宿103)에 스몄다가 다시 바다로 돌아오게 하는 것이다. 생각컨대 신장腎臟이 또한 그러하여, 우리 몸의 온갖 정액이 그리로 모여 흘러든다. 그 새나가게 하는 데에 또한 두 가지가 있으니 하나는 욕화慾火에 떠밀리어 아래로 쏟아져 다시 돌아올 수 없게 하는 것이다. 마치 바다에 귀허歸墟가 있음과 같다. 하나는 진기眞氣에 흡입되고 화지華池104)에 올라갔다가 장과 위를 적시고 온몸의 맥락에 스민 후 다시 신장으로 돌아오게 하는 것이다. 마치 바다에 성수星宿가 있음과 같다. 그러므로 양생養生을 잘하는 자는 아래를 닫고 위를 통하여 항상 순환하여 관주貫注케 하는 것이니 그렇게 하면 정신이 충만하고 혈기가 화윤和潤해져서 안으로 족히 욕화를 제어하고 밖으로는 족히 질병을 물리칠 수가 있는 것이다.

오장 중의 심장心臟은 오행의 화火에 속한다. 심화心火가 뜨겁게 타올라 제어하기 어려울 때는 다른 네 장기의 정수를 섶과 기름으로 삼는다. 그러므로 음욕의 불길이 신장을 태우면 물이 마르듯 하고 분노의 불길이 간장을 태우면 나무가 소진하듯 한다. 근심의 불길이 폐를 태우면 쇠가 삭듯 하고 연모의 불길이 비장을 태우면 흙이 타들어가듯 한다.105) 이와 같게 되

---

102) 귀허歸墟 : 발해 동쪽의 큰 골짜기.『열자列子』「탕문湯問」에 "발해의 동쪽은 몇 억만 리나 되는지 모른다. 거기에 큰 골짜기가 있어 실로 바닥이 없는데 귀허歸墟라 한다."고 하였다.

103) 성수星宿 : 성수해. 이칭으로 성수천星宿川이라고도 한다.『송사宋史』「하거지河渠志」에 "송 세조께서 학사 포찰독실蒲察篤實로 하여금 서역의 하수의 기원을 모두 조사토록 하여 비로소 그 상세한 내용이 밝아졌다. 지금의 서번西番 타감사朶甘思의 남쪽 변방에 성수해라 하는 것이 그 원류이다."라 하였다.

104) 화지華池 : 못이름. 곤륜산 꼭대기에 있다는 전설상의 못.『왕충王充』「논형論衡」에 "우본기禹本記에 하수는 곤륜산에서 나온다 운운하고, 그 꼭대기에 옥천과 화지가 있다."고 하였다.

105) 음욕의 … 흙이 타들어가듯 한다. : 오행의 수화목금토水火木金土는 오장의 신심간폐비腎心肝肺脾, 칠정 중의 욕오노구애欲惡怒懼愛와 대응한다.

면 섶과 기름이 고갈되어 생기가 다하는 것이다. 그러므로 사람의 삶은 진실로 심장에 의해 사는 것이다. 심장이 아니면 정신이 영통할 수 없기 때문이다. 사람이 죽는 것 또한 심장에 의해 죽는 것이다. 심장이 아니면 정력精力을 고갈시키지 않기 때문이다. 비유하자면 촛불의 연소가 불꽃 때문이어서 불꽃이 아니면 밝지 않으며, 촛불의 소진 또한 불꽃 때문이어서 불꽃이 아니면 꺼지지 않는 것과 마찬가지이다. 지극한 경지에 이른 사람이 지혜를 멀리하고 심사를 지나치게 쓰지 않는 것이 어찌 목석과 같아서이겠는가? 사물이 그에게 다가 올 때 본성에서 우러나오는 대로 대하며 마음으로 지어서 대하지 않으니 마치 일월이 밝을 때는 횃불을 끄는 것과 같이 섶과 기름이 항상 풍족하여 생기가 늘 왕성한 것이다.

우는 것은 반드시 입이 있어야 되는 것은 아니다. 매미는 입이 없어도 운다. 보는 것은 반드시 눈이 있어야 되는 것은 아니다. 수모水母106)는 눈 없이도 본다. 듣는 것은 반드시 귀가 있어야 되는 것은 아니다. 고기는 귀 없이도 듣는다. 걸음은 반드시 발로만 걷는 것은 아니다. 뱀은 발 없이도 걷는다. 나는 것은 반드시 날개로만 나는 것은 아니다. 용은 날개가 없어도 난다. 먹는 것은 반드시 창자가 있어야 먹는 것은 아니다. 게는 창자가 없어도 먹는다. 만물이 각각 품부한 천성이 있되 하늘이 부여한 재능은 유형의 세계에 국한되지 않는다. 그러므로 지극한 경지에 이른 사람은 눈으로만 보지 않고 귀로만 듣지 않으며, 입으로만 말하지 않고 마음으로만 알지 않는다. 정신의 조화가 무형의 세계에서도 자연 운용되는 것이다. 이런 사람이라야 하늘이 부여한 재능을 온전히 하여 기질에 구속되지 않는 것이다.

눈의 시력은 1백보를 넘지 못하며, 귀의 청력은 10리를 넘지 못한다. 군자가 당堂에서 내려오지 않고도 사해 밖을 밝게 보는 것이 어찌 귀의 청력과 눈의 시력에 의지해서이겠는가. 지백智伯은 주방장이 고기반찬을 빼놓은 것은 알아채면서도 한韓·위魏의 음모는 살피지 못하였으며,107) 한나라 원제元帝는 구리 탄환으로 엄고嚴鼓108)를 맞혀 절도에 맞게 하였으나 왕망王莽

---

106) 수모水母 : 해파리.
107) 지백智伯 … 못하였으며 : 지백智伯은 춘추시대 진晉 나라 육경六卿 중 한 사람이다. 이름은 요瑤. 지요知瑤, 또는 순요荀瑤라 불린다. 조양자趙襄子가 한韓, 위군魏君과 모의하여 지백을 죽이려고 조회를 청할 때, 가신 지백智伯 그들의 안색이 괴이함을 보고 먼저 그들을 칠 것을 간하였으나 듣지 않고 결국 패망하였다.
108) 엄고嚴鼓 : 큰북, 또는 큰북을 두드려 경계함을 뜻하는데, 『한서漢書』「사단전史丹傳」에 '원제元帝가 헌함軒檻에 거둥했을 때 동환銅丸을 떨어뜨려 북을 치는데 그 소리가 엄고嚴鼓의 절조節調

의 화를 미리 살피지는 못하였다. 그러므로 보고 들을 때 눈과 귀만을 쓰는 자는 그 범위가 한 방안에 국한되지만, 정신을 쓰는 자는 천하에 두루 미치는 것이다.

사람의 모발毛髮이 검은색에서 흰색으로 변하는 것은 무슨 까닭인가? 대개 사람이 젊고 건강할 때는 신기腎氣가 강하며, 모발은 정력으로 말미암아 나오는데 정력은 신장으로부터 나오고 신장은 오행으로는 물, 오색으로는 검은색에 해당한다. 그러므로 모발의 색 또한 검은 것이다. 노쇠할 때는 신기腎氣가 약하며 모발은 기력으로 말미암아 나오는데 기력은 폐장으로부터 나오고 폐장은 오행의 금, 오색의 백에 해당한다. 그러므로 모발의 색 또한 희게 되는 것이다. 사람의 몸은 피[血]가 영榮이 되고 기氣가 위衛가 된다. 피가 성할 때는 모발의 생장이 영혈榮血에 근거하다가 피가 쇠하면 모발의 생장이 위기衛氣에 근거하게 되니 검은색에서 흰색으로 변하는 것은 이 때문일 것이다.

천지의 변화를 궁리하고자 하는 사람은 먼저 내 몸의 변화를 궁리해야한다. 사람의 몸은 마음이 주主가 되니, 마음이 분노하면 몸에 열이 나고, 마음이 피로하면 몸에 땀이 나고, 마음이 두려우면 몸에 소름이 돋고, 마음이 놀라면 몸이 떨리고, 마음이 근심스러우면 체한다. 무릇 신병은 모두가 마음이 그렇도록 한 것이다. 사람은 천지의 마음이다. 그러므로 사람의 분노가 쌓이면 열기熱氣가 가뭄이 되고, 사람의 피로가 쌓이면 땀이 비가 되며, 사람의 두려움이 쌓이면 소름이 추위가 되고, 사람의 놀라움이 쌓이면 떨리어 지진이 되며, 사람의 근심이 쌓이면 체증이 역병이 된다. 그러므로 일신의 병을 다스리는 자는 마음을 다스리고, 천지의 병을 다스리는 자는 사람을 다스리는 것이다.

분침氛祲109)이란 천지의 병 기운이 겉으로 드러나는 현상이다. 사람이 비장을 앓으면 머리카락이 반드시 윤기가 없고, 허파에 병이 들면 음성이 반드시 가라앉고, 간에 병이 들면 눈에 반드시 황달이 오고, 신장에 병이 들면 귀가 반드시 잘 들리지 않는다. 의원은 그 안색을 멀찌감치 바라보고도 그 병의 근원을 알아내어 약을 쓸 수 있다. 대저 햇무리나 일식이나 월식이 생기고, 살별이 나타나며, 산이 무너지고 하천이 마르는 일 따위는 모두 병의 증세이지

에 딱 들어맞았다.'고 하였다.
109) 분침氛祲 : 햇무리나 짙은 안개 등 상서롭지 못한 기운. 재앙의 징조.

병을 초래한 근원이 아니니, 그 증세를 발견한 자는 근원을 살핀 연후에 병을 몰아낼 방도를 시행할 수 있다. 그러므로 '최상의 의원은 나라의 병을 고친다.'고 하는 것이다.

잠자는 자가 배고프지 않은 까닭은 기가 폐에 머물러 있기 때문이며, 동면하는 자가 먹지 않는 까닭은 기가 배에 머물러 있기 때문이다. 대저 한번 내쉬고 한번 들이 쉴 때마다 출입이 엇갈리므로 오장에 기가 생성됨은 외물 세계에 힘입지 않을 수 없는 것이다. 만약 능히 기를 품고 숨을 멈추어, 들이쉬기만 하고 내뿜지 않는다면 사시의 기운만으로도 양생이 절로 넉넉할 것이니 어찌 음식을 취하겠는가. 그러므로 수목이 외물에 힘입지 않고도 스스로 길러지며 스스로 자라는 것은 들이쉬기만 하고 내쉼이 없기 때문이다.

마음의 성질은 혈기를 부릴 수 있으며 꿈에 보는 광경을 조작할 수 있다. 예를 들건대 불을 생각하면 더워지며 물을 생각하면 차가워진다. 음식을 생각하면 먹고 싶으며 신 것을 생각하면 침이 나온다. 슬픈 것을 생각하면 눈물이 나며 부끄러운 일을 생각하면 땀이 난다. 이 어찌 마음이 능히 혈기를 사역할 수 있는 징험이 아니겠는가? 또한 예를 들건대 음란한 일을 생각하면 꿈에서 감촉하게 되고, 집을 그리워하면 귀향하는 꿈을 꾼다. 영예를 생각하면 귀인이 되는 꿈을 꾸고, 재물을 생각하면 얻는 꿈을 꾼다. 먹을 것을 생각하면 맛보는 꿈을 꾸고, 글을 생각하면 글 쓰는 꿈을 꾸게 된다. 이 어찌 마음이 능히 꿈을 조작하는 징험이 아니겠는가? 보통 사람들은 능히 혈기를 사역하지만 천지의 기운을 사역할 수는 없으며, 능히 꿈의 광경을 조작하지만 현실을 조작할 수는 없다. 오직 지극한 경지에 도달한 사람만이 혈기를 사역함으로써 천지의 기운을 제어하고, 꿈을 조작함으로써 현실을 조작할 수 있으니 이것은 다른 까닭이 아니다. 보통 사람들은 나만을 나로 여기지만 지극한 경지에 도달한 사람은 천지의 모든 일을 자신의 일체로 여기니, 나만을 나로 여기는 자는 내 몸 바깥의 일을 주선할 수 없지만 천지를 나로 여기는 사람은 나 자신 안에 포섭하고 있지 않은 것이 없기 때문이다.

정精과 기氣와 신神, 이 세 가지는 배양하기를 오로지하면 모두 천지에 통달하며 귀신에 감응할 수 있다. 시험삼아 동물로써 징험해보자. 두꺼비는 날벌레를 즐겨 먹는데 벌레가 나무 위에 살더라도 두꺼비가 땅에서 눈길을 쏘아 보내면 벌레가 저절로 아래로 떨어진다. 이것은 정이 전일한 것이다. 물여우110)는 입속에 쇠뇌와 같은 세찬 기운과 모래를 머금었다가 그것을 사람의 그림자에 쏘면 그 사람의 온몸에 멍이 든다. 이것은 기가 진진한 것이다. 말매미111)는 생각을 모으기만 해도 시해尸解112)가 되어 허물이 벗겨진다. 이것은 신神이 온전한 것이다. 보잘 것 없는 벌레도 오히려 능히 형적의 밖에 묘경을 펼치는데 하물며 영험이 빼어난 사람이겠는가? 옛날에 물속에 들어가 교룡을 만난 이가 있어 물속에서 교룡과 싸운 지 이레 만에 그것을 베고 나왔다 한다. 이는 정精의 정해진 결과이다. 어떤 사람이 있어 그의 원수에게 칼날을 가하려 하였으나 뜻대로 되지 않자 우연히 그 원수의 초상을 보고 칼을 빼어 그것을 베었는데 이 날 원수의 목이 까닭 없이 스스로 떨어졌다 한다. 이는 그 기氣의 지극함이다. 고용살이 하던 여인이 정인情人을 그리워하다가 병이 들었는데 어느 날 저녁 영혼이 그에게 가서 함께 지낸지 두어 해만에 아들 낳고 딸 기르다가 돌아갔다 한다. 이는 신神이 다님이다. 이들 세 사람의 정과 기와 신을 쓴 일은 사특한 일이나 오히려 능히 상상의 바깥에 그 이적異蹟을 드러내었거든, 하물며 도의로써 함양한 사람이겠는가? 이에 옛날 진인眞人의 능히 오행五行을 마음대로 부리고 육합六合에 노닐 수 있었던 까닭이 정과 기, 신의 작용 때문이었음을 알겠다.

사람이 쓰는 일용사물에는 조화를 본뜬113) 기계가 많다. 물을 세차게 내뿜게 하는 것은 비를 만드는 조화를 본뜬 기계요, 가죽 주머니를 만들어 풀무질 하는 것은 바람을 일으키는 조화를 본뜬 기계이다. 물을 얼리는 것은 얼음을 얼리는 조화를 본뜬 기계요, 대포에 화약을 재어 쏘는 것은 우뢰가 생기는 조화를 본뜬 기계이며, 불기운을 저장하여 수목을 심는 것은 나무를 낳는 조화를 본뜬 기계이다.114)

---

110) 물여우 : 원문의 단호短狐는 날도래의 유충인 물여우를 말한다. 역蜮으로 쓰기도 하는데 주둥이가 앞으로 길게 뻗어 있다. 모래를 품고 있다가 사람의 그림자에 쏘면 그 자리에 멍이 든다고 한다.

111) 말매미 : 원문의 강랑蜣蜋은 자전 상의 의미로는 소똥구리이나 흔히 성충이 될 때 허물을 벗는 곤충으로 말매미나 씽씽매미 등을 가리킨다.

112) 시해尸解 : 도가道家에서 온 말로, 몸만 남겨놓고 혼백은 나간다는 뜻.

113) 본뜬 : 원문은 절竊인데 '표절하다'·'본뜨다'·'흉내내다'의 뜻으로 새겼다.

114) 원문의 "蘊火以樹之 竊造木之機也"는 불기운을 저장하여 수목을 심는 것은 나무를 키우는 자연 조화를 빌린 것이다. 비닐하우스처럼 일종의 식생에 알맞은 환경을 조성함으로써 생장을 돕는 기법을 말하는 것 같은데 정확한 뜻은 미상이다.

그러나 세상 사람들은 다만 사물에서 빌려와 쓸 줄만 알고 자신에게서 취하여 이룰 줄은 모른다. 자신의 정과 기와 신을 스스로 소모하거나 배설하지 않고 전일하게 축적했다가 바르게 쓴다면 모두가 천지조화의 응변應辯하는 기운을 빼앗을 수 있다. 기를 내뿜어 비를 만들고, 기를 내불어 바람을 일으키며, 기를 응축하여 얼음을 얼리고, 기를 세차게 하여 우레를 치며, 기를 따뜻이 하여 나무를 자라게 할 수도 있다. 기가 지극한 곳에 정이 지극해지고, 정이 지극한 곳에 신이 또한 지극해지니 우주가 손 안에 있어 조화가 자신에게서 나오게 되는 것이다.

마음은 활과 같고 정신은 화살과 같아서 마음에 정신을 재어 쏘면 들어가지 못할 곳이 없다. 마음은 수레와 같고 정신은 말과 같아 정신이 마음을 몰고 가면 어디든 이르지 못할 곳이 없다. 그러나 한 화살이 두 과녁을 맞힐 수 없고 한 수레가 두 길을 달릴 수는 없다. 그러므로 마음을 잘 쓰는 자는 오직 쏘아야 할 과녁에 마음을 쏟고, 정신을 잘 쓰는 자는 옆으로 새는 갈래 길을 막는 법이다. 이것이 이른바 주일무적主一無適의 경敬이다.115)

마음과 정신, 몸과 기구가 서로 합치한 이후에야 천하의 묘기가 나온다. 윤편輪扁116)이 수레바퀴를 깎을 때나 영륜伶倫117)이 젓대를 불 때, 백아伯牙118)가 거문고를 탈 때나 포정庖丁119)이 소를 잡을 때에 그 입놀림과 손놀림이 그 마음 씀과 조금도 다름이 없었으니 이것은 정신이 몸과 더불어 합치한 실례이다. 그들의 칼과 도끼, 거문고나 젓대를 다루는 솜씨가 그들의 입과 손을 놀리는 솜씨와 조금도 다름이 없었으니 이것은 몸이 도구와 더불어 합치한 실례이다. 정신과 몸이 합치하면 몸이 곧 정신이 된 것이요, 몸이 도구와 더불어 합치하면 도구가 곧 몸이 된 것이다. 세 가지가 합하여 하나가 되었으니 그 기예가 어찌 오묘한 경지에 들지 않을 수 있겠는가?

포저蒲苴120)는 활을 잘 쏘았는데 첨하詹何121)는 그것을 모방하여 낚시를 배웠고, 공손대랑公

---

115) 이것이 … 경敬이다. : 『논어論語』「학이學而」에 "道千乘之國 敬事以信"이라 하였는데 그 주에
　　　경敬을 해석하되 '主一無適之謂'라 하였다.
116) 윤편輪扁 : 춘추시대 제나라 사람으로 수레의 명장名匠.
117) 영륜伶倫 : 고대 황제의 신하. 해곡의 대나무로 피리를 만들고 악률을 만들었다고 한다.
118) 백아伯牙 : 거문고의 명수. 지음知音인 종자기가 죽자 더 이상 거문고를 타지 않았다는 절현絶絃
　　　의 고사로 유명하다.
119) 포정庖丁 : 『한비자韓非子』「양생」 편에 나오는 도축의 달인.

孫大娘122)은 검무劍舞를 잘추었는데 장욱張旭123)은 그것을 모방하여 초서를 배웠다. 대저 활쏘기는 물속을 부침하는 기술이 아니요, 검무는 필획을 구사하는 방법이 아니다. 그러나 서로를 이해한다는 것은 그 정신을 조우하는 것이다. 그러므로 그 정신을 터득하면 사방으로 문호가 통하게 되며, 그 자취를 답습할 뿐이라면 궁량이 방안에서 담장에 얼굴을 맞댄 것처럼 좁아지는 것이다. 우주 만물 무엇에선들 낚시하는 법을 배울 수 없겠으며 글씨 쓰는 법을 배울 수 없겠는가? 첨하와 장욱은 그것을 더 늘려서 신장시키지 못한 것이 안타깝다.

이광李廣은 돌을 쏘았는데도 살촉이 끝까지 박혔고,124) 단호短狐는 그림자를 쏘는데도 맞은 자리에 멍이 든다. 돌은 본래 실물이다. 그러나 그것을 호랑이로 보면 실물이 오히려 허상이 된다. 그림자는 본래 허상이다. 그러나 그것을 사람으로 보면 허상이 오히려 실물이 되는 것이다. 이에 속이 진실하면 그 경지에 거짓이 없고 속이 거짓되면 그 경지에 진실함이 없음을 알게 된다. 그러므로 득도한 사람은 물불이 해칠 수 없고 금석이 깨뜨릴 수 없는 것이다.

주술법呪術法은 새나 벌레에서 비롯되었다. 딱따구리가 나무좀에 주술을 걸면 나무좀이 스스로 기어 나오고 백설百舌125)이 지렁이에게 주술을 걸면 지렁이가 스스로 기어 나온다. 비하沸河126)가 고기에게 주술을 걸면 고기가 스스로 뛰어 오르고 짐조鴆鳥127)가 뱀에게 주술을 걸면 뱀이 스스로 기어 나온다. 두꺼비가 날벌레에게 주술을 걸면 벌레가 절로 떨어지고 거미가 지네에게 주술을 걸면 지네가 저절로 나타난다. 이것은 모두 기를 집중하여 불러내기 때

---

120) 포저蒲且 : 『열자列子』 「탕문湯問」 편에 나오는 고대 궁술의 명인. 포차蒲且라고도 한다.
121) 첨하詹何 : 전국시대 사람으로 술수術數에 밝았다. 일설에는 낚시의 달인이라고도 한다.
122) 공손대랑公孫大娘 : 당나라 때 교방기敎坊妓. 검무를 잘 추었다. 당 현종 개원연간에 배민裵旻이 검무를 잘추었는데 오도현吳道玄이 그 춤을 보고 필세가 더욱 진취하였으며, 공손대랑이 또한 검무를 잘추었는데 장욱이 그 춤을 보고 초서를 익혔다(『명화기』).
123) 장욱張旭 : 당나라 오吳사람으로 자는 백고伯高이다. 초서를 잘하여 문종 때 삼절로서 이백의 시가, 배민의 검무, 장욱의 초서를 병칭하였다.
124) 이광李廣 … 박혔고 : 이광이 북평태수가 되어 어느 날 사냥을 나갔다. 수풀 속의 돌을 호랑이로 잘못 보고 활을 쏘았는데 화살이 돌에 적중하여 살대 끝까지 박혔다. 곧 살펴보니 돌이었다. 이상하게 생각하여 나중에 다시 쏘았지만 끝내 화살이 들어가지 않았다. 『사기史記』 「이광전李廣傳」.
125) 백설百舌 : 연작목燕雀目 격과鵙科의 새 이름. 백설조라 하며 개똥지빠귀나 때까치를 말한다.
126) 비하沸河 : 물수리. 수조의 일종으로 저구雎鳩, 또는 어악魚鰐이라고도 한다.
127) 짐조鴆鳥 : 광동성 일대에 사는 독조. 그 깃으로 술을 담그면 맹독이 되어 마시면 죽는다.

문이다. 노자가 말하기를 '기를 집중하되 부드러움을 지극히 하라.'고 하였는데 이는 대개 기를 집중하면 사나워지기 쉽고 사나워지면 넘어져 몸을 다치게 되므로 지극히 부드럽게 하려 한 것이다. 기를 부드럽게 하여 집중하면 통달하지 못하는 일이 없어 천하에 능히 막을 자가 없는 것이다.

물物의 성질은 편벽되나 사람의 성품은 온전하다. 온전한 것은 편벽된 것에 대하여 통달할 수 있는지라 그러므로 사람이 만물을 다 이해할 수 있는 것이다. 하나의 물건에 대해서 통달하지 못하였다는 것은 곧 하나의 물건에 대해 다 이해하지 못했다는 뜻이다. 우임금이 물길을 다스린 것은 물의 성질을 통달했기 때문이며 조보造父128)가 말을 잘 몬 것은 말의 성질을 통달했기 때문이다. 유루劉累129)가 용을 기를 수 있었던 것은 용의 성질을 통달했기 때문이며 기성자紀省子130)가 투계鬪鷄를 잘 하였던 것은 닭의 성질을 통달했기 때문이다. 저공狙公131)이 원숭이를 길들일 수 있었던 것은 원숭이의 성질을 통달하였기 때문이며 곽탁타郭橐駝132)가 나무를 잘 심었던 것은 나무의 성질을 통달하였기 때문이다. 성인은 통달하지 못한 것이 없는 고로 또한 다 이해하지 못한 것이 없다. 이른바 자신의 성정을 다 통하면 남의 성정을 다 통하고 만물의 성질을 다 통한다는 것이다.

쓰르라미나 씽씽매미는 종일토록 울어도 목청이 잠기지 않고, 눈에놀이는 종일토록 날아도 날개가 피로한 줄을 모른다. 이 두 가지 벌레는 그 형상이 심히 작으나 비록 길고 커서 기운 센 놈이 있다 하더라도 어느 것도 이보다 나을 수 없다. 왜 그렇겠는가? 대개 저들은 울지 않을 수가 없으니 울어도 기운이 소모되지 않고 날지 않을 수 없으니 날아도 힘이 손상되지 않는 까닭이다. 자연을 따르는 일은 피로하지 않고 성정을 따르는 일은 어려울 게 없다. 성인은 응하는 데 따라 말하지 스스로 말하지 않으므로 말이 천하에 가득해도 혀가 지치지 않고,

---

128) 조보造父 : 인명. 말을 잘 몰아 주周 무왕繆王의 총애를 받았다.

129) 유루劉累 : 미상.

130) 기성자紀省子 : 미상.

131) 저공狙公 : 『장자莊子』 제물론齊物論에 등장하는 원숭이를 사육하던 사람. 조삼모사朝三暮四 고사의 주인공.

132) 곽탁타郭橐駝 : 식목의 명수. 유종원의 『종수곽탁타전種樹郭橐駝傳』에 "곽탁타의 초명이 무엇인지 아는 사람은 없다. 병을 앓은 후 등에 낙타와 같은 돌기가 불룩 솟아 마을 사람들이 그를 곽탁타로 불렀다."고 하였다.

운세를 따라 움직이지 스스로 동작을 하지 않으므로 공이 천하를 덮어도 몸이 지치지 않는 것이다.

청각이 밝거나 시각이 밝거나 성스럽거나 지혜로운 사람은 곧 천덕天德을 통달할 수 있다. 이른바 청각이 밝다고 하는 자도 반드시 능히 침상 위의 개미가 싸우는 소리까지 들을 수 있는 것은 아니다. 다만 열 걸음 안에서는 무슨 소리든 빠뜨리지 않을 뿐이다. 이른바 시각이 밝다고 하는 자도 반드시 능히 오문吳門의 말133)을 분간할 줄 아는 것은 아니다. 다만 한 방안에서는 시야에서 놓치는 것이 없을 뿐이다. 이른바 성인이라 하는 사람이 반드시 상양商羊과 평실萍實134)을 알아야 하는 것은 아니다. 다만 뜰 안과 궤연 사이에 있으면서도 이치를 빠뜨리는 법이 없을 뿐이다. 이른바 지혜롭다는 자가 반드시 목우木牛와 유마流馬135)를 만들 줄 아는 것은 아니다. 다만 날마다 행하는 조처에도 계획을 빠뜨리는 법이 없을 뿐이다. 그러므로 말하기를 ‘도가 가까이 있으나 먼 곳에서 그것을 찾고, 일(의 해법)이 쉬운데 있으나 어려운 데서 그것을 구한다.’고 하는 것이다.

사람의 오덕五德은 하늘의 오재五材와 같다. 목木·화火·토土·금金·수水는 본시 상생의 수단이지만 잘못 사용하면 물건을 해칠 수 있다. 나무는 저촉할 수 있고, 불은 태울 수 있으며 흙은 압살할 수 있고, 쇠는 찌를 수 있으며, 물은 빠뜨릴 수 있다. 인仁·의義·예禮·지智·신信은 본시 천성의 덕이지만 베풀 때에 마땅함을 잃으면 일을 그르치기 알맞다. 그러므로 송양공宋襄公136)은 인仁 때문에 군사를 잃었고 중유仲由137)는 의義 때문에 젓 담기게 되었으며 자쾌子

---

133) 오문吳門의 말 : 공자와 안연이 노 동산에 올라 오창문吳昌門을 바라보는데, 안연이 말하기를 "한 필 명주 앞에 파란 풀이 돋은 듯한 것이 보입니다."라 하자 공자가 "백마와 꼴이니라." 하였다(『한시외전韓詩外傳』).

134) 상양商羊과 평실萍實 : 제齊 나라에 발이 하나인 새가 궁宮으로 날아와 전전殿前에서 날개를 펴고 깡충깡충 뛰므로 제후齊侯가 크게 괴이하게 여겨 노나라에 사신을 보내어 공자孔子에게 물으니 공자가, "그 새의 이름은 상양商羊이다." 상양은 전설상의 큰 새로 이 새가 날면 홍수가 진다고 한다. 『공자가어孔子家語』 변정辯政. 평실萍實은 초소왕楚昭王이 강을 건널 적에 크기가 말[斗]만 한 둥글고 붉은 물건이 왕이 탄 배에 부딪쳤는데 이를 아는 자가 없었다. 왕이 사람을 파견하여 공자孔子에게 물으니 공자가, "평실萍實이다." 하였다. 『공자가어孔子家語』 치사致思.

135) 목우木牛와 유마流馬 : 제갈량이 만들었다는 수송용 수레. 『격치원경』에 "목우는 지금의 수레 끌채 앞부분이고 유마는 지금의 독추獨推가 이것이다. 세간에서 강주차江州車라 하는데 제갈량이 파촉巴蜀의 강주江州에서 처음으로 이것을 고안하여 만들었기 때문일 것"이라 하였다.

噲138)는 예禮 때문에 나라를 잃었고 문종文種139)은 지智 때문에 자신을 죽였으며 미생尾生140)은 신信 때문에 익사하였다. 이로써 보건대 오덕은 비유하자면 오보五父의 네거리141)와도 같아 길흉과 선악이 모두 그곳으로 말미암는다. 오직 그럴 만한 사람이 있어 중정中正함을 행할 따름이니 그러므로 공자의 문하에서는 시중時中142)을 귀히 여기는 것이다.

도에는 대소의 구분이 있는데 작은 도는 삶을 해치는 매개가 되기도 한다. 무엇으로 그 그러함을 밝힐 것인가? 대저 의술이란 생명을 지키는 수단이지만 편작扁鵲143)은 그의 뛰어난 의술 때문에 죽었다. 점술은 재해를 멀리하려는 수단이지만 경방京房144)은 그의 뛰어난 점술 때

---

136) 송양공宋襄公 : 춘추오패春秋五覇의 하나. 초나라와 싸울 때 초가 진용을 정비하기 전에 들이치자는 아들의 건의에 '군자는 액에 빠진 사람을 궁지로 몰지 않는다.'하며 적이 진을 완비하기를 기다려서 싸웠다가 대패하였다. '송양지인宋襄之仁'의 고사가 여기서 나왔다.

137) 중유仲由 : 공자의 제자. 자는 자로子路. 용맹이 뛰어났으며 의를 중시하였다. 위衛 나라에 내분이 일어나자 출공出公 첩輒에 대한 의리를 지키려 하다가 공회孔悝의 난에 죽었다.

138) 자쾌子噲 : 전국시대 연燕의 군주. 역왕易王의 아들. 재상 자지子之에게 전권을 맡기고 자신은 신하가 되었다. 나라가 크게 혼란해지자 태자 평平이 장군 시피市被와 더불어 모반을 일으켜 수만의 백성이 죽고 나라가 극히 피폐하였는데 결국 제나라에 패하여 자쾌는 죽고 재상 자지는 죽어 젓 담기었다.

139) 문종文種 : 춘추시대 초나라 추인. 구천句踐이 오나라에 패할 때 오 땅을 관장하였었는데 다시 오에 복수할 때 문종의 공이 컸다. 범려范蠡가 구천의 상을 보고서 '구천은 고생을 함께 할만한 사람이지만 공을 함께 누릴 상은 아니니 떠나라.'고 권유하였으나 듣지 않았다가 모함을 입어 촉루屬鏤의 검으로 자결할 것을 명받고 죽었다.

140) 미생尾生 : 춘추시대 노나라 사람. 정인情人과 다리 아래서 만나기로 약조하고서 기다리는데 대우大雨로 물이 불었다. 미생은 약속한 자리를 피하지 않고 다릿발을 붙들고 있다가 끝내는 빠져 죽었다. 고루하게 신의를 지키려는 사람을 비유하는 말로 미생지신尾生之信의 출전.

141) 오보五父의 네거리 : 원문은 오보지구五父之衢. 항구적인 제자리가 아닌 임시로 의탁한 자리를 말함. 공자가 그 어머니 안씨顏氏의 초상을 맞아 아버지의 묘소에 합장하고자 하였으나 아버지의 묘소를 알지 못하였기 때문에 우선 '오보지구五父之衢'에 초빈草殯해 놓고 나중에 만보輓父의 어머니에게 아버지 숙량흘叔梁紇의 묘소가 방防에 있다는 것을 듣고 그리로 옮겨 부장하였다. 『예기禮記』「단궁」.

142) 시중時中 : 『중용中庸』에 "군자가 중용을 행함은 군자이면서도 모든 일을 때에 알맞게 하기 때문이다[君子之中庸也 君子而時中]." 하였다.

143) 편작扁鵲 : 전국시대 막인鄭人으로 성은 진秦, 이름은 월인越人이다. 명의로서 화타와 병칭된다.

144) 경방京房 : 한나라 돈구頓丘사람. 자는 군명君明이다. 본성本姓이 이李였으나 율을 따라서 스스로 경씨京氏로 고쳤다. 악률을 좋아하고 성음을 알며 역에 뛰어났다. 그의 학설은 재이災異에 뛰어났는데 스승 초연수焦延壽가 말하기를 '나의 역법으로 몸을 그르칠 자는 바로 이 경생京生일 것'

문에 죽었다. 궁술은 환란을 막는 수단이지만 후예后羿[145)는 그 뛰어난 궁술 때문에 죽었다. 무격은 복을 비는 수단이지만 상전桑田은 뛰어난 점술 때문에 죽었다. 지혜는 이해를 가리는 수단이지만 문종文種은 뛰어난 지혜 때문에 죽었다. 변설은 뒤엉킨 일을 풀기위한 수단이지만 소진蘇秦과 장의張儀는 뛰어난 변설 때문에 죽었다. 법형은 인민을 다스리는 수단이지만 상앙 商鞅은 법형에 뛰어났기 때문에 죽었다. 병법은 승리를 얻기 위한 수단이지만 한신韓信과 팽월 彭越은 병법에 뛰어났기 때문에 죽었다. 사람은 한 가지 뛰어난 재주가 있어도 그것으로 특이 하게 되지는 못한다. 다만 허물을 덮어 쓸 뿐이다. 그러므로 노자가 말하기를 '진실로 성대한 덕은 마치 모자라는 듯하다.'고 한 것이다.

  광狂·방放·태怠·우愚는 상서롭지 못한 덕목이다. 그러나 잘 쓰기만 하면 좋은 행실을 이룰 수 있다. 그러므로 기자箕子[146)는 광망함으로써 현명賢明함을 이루었고 우중虞仲[147)은 방종함 으로써 현명함을 이루었다. 류하혜柳下惠는 태만함으로써 현명함을 이루었고 영무자甯武子는 우직함으로써 현명함을 이루었다. 신信·용勇·지智·자慈는 아름다운 덕성이다. 그러나 잘 못 쓰게 되면 자신을 해치기 알맞다. 그러므로 미생尾生은 신의 때문에 죽었고 자로子路는 용맹 때문에 젓 담기었고 장무중臧武仲은 지혜 때문에 쫓겨났고 주보主父는 자애 때문에 협박당하였 다. 낭탕莨碭과 오훼烏喙가 반드시 사람을 죽이는 독약은 아니며 곡식과 가축의 고기가 반드시 사람을 기르는 수단인 것만은 아니다. 오직 잘 쓰느냐 못 쓰느냐에 달린 것일 뿐이다.

  측은惻隱·수오羞惡·사양辭讓·시비是非의 사단四端은 맹자께서 옳고 그른 사람 없이 모두가 가 진 마음이라 하였다. 그러나 군자의 소행 중에는 간혹 이 사단에 기인하지 않았지만 선행임

이라 하였다. 훗날 효렴으로 천거되어 위태수가 되었는데 과연 재이에 관한 뜻을 상소하였다가 석현石顯의 참소에 걸려 죽음을 당하였다. 『전한서前漢書』.

145) 후예后羿 : 상고시대 유궁有窮의 군주. 활을 잘 쏘았다. 사냥에 빠져 국사는 돌보지 않는 태강太 康을 폐출廢黜시켰었는데 그의 신하인 한착에게 죽임을 당하였다.

146) 기자箕子 : 은殷의 공자. 주紂의 서형. 주周 무왕武王의 은 정벌 후에 조선朝鮮에 봉하였다. 주의 난정에 거짓으로 미친 척하여 화를 면하였는데 왕자 비간比干, 미자微子와 함께 '은말殷末 삼인 三仁'으로 병칭한다.

147) 우중虞仲 : 주周 태왕 고공단보古公亶父의 둘째 아들. 태왕이 셋째 계력季曆에게 전위하려 한 의중 을 짐작하고 아버지의 뜻이 천하에 흠되지 않게 하고자 형 태백과 함께 아무도 몰래 오초吳楚 지경으로 도망가 그곳 풍습을 따라 단발문신하고 살았다.

에 틀림없는 것이 있다. 주공周公이 관숙管叔과 채숙蔡叔을 주벌한 일이라든지 공자께서 소정묘少正卯를 주살한 일은 측은지심惻隱之心이 없는 일이다. 우연한 허물을 부끄럽게 여겨 큰 잘못을 이루지 말라 한 것은[148] 수오지심羞惡之心이 없는 일이다. 어진 일에 있어서는 스승에게도 양보하지 않는다는[149] 것은 사양지심辭讓之心이 없는 일이다. 아버지가 아들을 위해 숨겨주고 아들은 아버지를 위해 숨겨준다는 것이나 현자를 위하여 허물을 숨겨주고 존자를 위하여 부끄러운 일을 숨겨준다는 것은[150] 시비지심是非之心이 없는 일이다.

소인의 소행은 비록 이 사단에서 기인하였지만 악행에서 벗어날 수는 없는 일이 있다. 송양공宋襄公이 아직 진용을 갖추지 못한 적을 공격하지 않은 것은 또한 측은지심이다. 도척盜跖이 먼저 나서지 않고 나눌 때 적게 취한 것은 또한 수오지심이다. 상象[151]이 가축과 재물을 부모에게 미루어 준 것은 또한 사양지심이다. 이사李斯가 선비들이 자신에게 눈 흘기는 것이 요순의 학문에 빌미가 있다고 하여 분서갱유한 것은 또한 시비지심이다.

이에 사단이란 착한 사람이든 악한 사람이든 똑같이 가진 마음이요 군자든 소인이든 한가지로 따라야 할 길임을 알겠다. 비유컨대 눈으로는 보며 귀로는 들으며 손으로는 잡으며 발로는 걷는 것과 마찬가지로 자연스러운 것이다. 그러나 군자가 이것을 가지고 바른 일을 행하면 선이 되고 소인이 이것을 가지고 사특한 일을 행하면 악이 되는 것이다.

군자는 선을 행하지만 그 선 가운데 또한 악이 있을 수 있다. 청렴은 각박함이 되기도 하고 정직은 비방이 되기도 하며 공변됨은 거만함이 되기도 한다. 명석하면 반드시 관찰하게 되고 세련되면 반드시 까다롭게 되고 고상하면 반드시 독선에 치우친다. 이것은 선 가운데 있을 수 있는 악이다.

---

148) 우연한 … 것은 : 허물을 부끄럽게 여겨 그것을 덮기 위해 변명하거나 나아가 큰 잘못이 되게 하지 말라는 뜻(『상서商書』 열명說命 중中). 그 전傳에 "과오는 우연에서 나오지만 그릇된 일은 마음먹고 하는 일[過誤出於偶然 作非出於有意]"이라 하였다.

149) 어진 … 않는다는 : 『논어論語』「위령공衛靈公」에 "어진 일에 당면하여서는 스승에게도 양보하지 않는다[當仁不讓於師]."라고 하고 그 집주集註에 "당인은 인을 자신의 소임으로 삼는 것이다. 비록 스승이라 하더라도 또한 양보할 것이 없으니 응당 힘써서 반드시 행해야 한다[當仁 以仁爲其任也 雖師亦無所遜焉 當勇往而必爲也]."고 하였다.

150) 현자를 … 것은 : 존자를 위하여 부끄러운 일을 숨기고 현자를 위하여 허물을 숨긴다[爲賢者諱 爲尊者諱]. 『곡량穀梁』 성成 9.

151) 상象 : 순舜의 이복 아우. 완악한 아버지 고수瞽瞍와 함께 항상 순임금을 해치려 하였다.

소인은 악을 행하지만 그 악 가운데 또한 선이 있을 수 있다. 빼앗기 좋아하는 자는 간혹 베풀기도 좋아하며 원한을 한 몸에 받는 자는 간혹 은덕을 심기도 하며 부드러운 자는 간혹 남을 너그럽게 용납하기도 한다. 친분을 잘 맺는 자는 남을 장려하여 힘을 빌리기도 하며 편당을 짓는 자는 남의 허물을 덮기도 하며 사사로운 정을 두는 자는 남의 잘못을 덮어두기도 한다. 이것은 악한 가운데 있을 수 있는 선이다.

선 가운데 악도 있는 일을 하는 자는 선행이 두드러져 악행은 묻힌다. 악 가운데 선도 있는 일을 하는 자는 악행이 두드러져 선행은 묻힌다. 두드러지는 일은 자신이 당대에 보상을 받지만 묻힌 일은 그 보상이 자손에게 돌아간다. 이 때문에 군자의 후대 중에 간혹 물불의 재앙으로 멸망하는 자도 있고 소인의 후예 중에 간혹 족벌의 번성을 누리는 자도 생기는 것이다. 이를 모르는 사람은 천도가 무상하다고 한다. 그러나 사실은 각기 그 보상을 취하는 것일 뿐이다.

호랑이가 비록 물지 않는다 해도 사람들은 오히려 그를 호랑이라 부른다. 전갈이 비록 쏘지 않더라도 사람들은 오히려 그를 전갈이라 한다. 소인이 비록 악행을 저지르지 않아도 사람들은 오히려 그를 소인이라 부른다. 호랑이는 물지 않아도 언젠가는 반드시 무는 날이 있으며, 전갈은 쏘지 않아도 언젠가는 반드시 쏘는 날이 있으며, 소인은 악행을 저지르지 않아도 언젠가는 반드시 악행을 저지를 때가 있기 때문이다. 이 때문에 춘추필법은 그 의도를 벌하고 그 일을 벌하지 않으며 그 종결을 미덥게 여기고 그 시초를 미덥게 여기지 않는 것이다.

처음 태어난 새는 날개를 펼 줄 모를 때도 사람만 보면 번번이 놀란다. 이것은 그 놀라는 본성이 알에서부터 이미 갖추어 있었기 때문이다. 처음 어미젖을 먹는 늑대는 피 맛을 보지 못하였을 때도 양만 보면 반드시 으르렁거린다. 이것은 그 사나운 본성이 태내에서부터 갖추어 있었기 때문이다. 사람의 성품이 강건하거나 유약하거나 선하거나 악한 것은 반드시 모두 배워 익혀서 이루어진 것이 아니라 그 태내에서부터 이미 남다른 점이 실로 많기 때문이다.

나무를 다듬어 수레의 횡목橫木(식軾)을 만들면 안정되어 편안하고, 바퀴가 되면 구르며 수고롭다. 그러나 목공은 본래 무심하다. 쇠를 녹여 거푸집에 부어 기구를 주조하여 종을 만들면 사람이 와서 치고, 술독을 만들면 사람이 와서 감싸 받든다. 그러나 야장은 본래 무심하다.

천지가 사람을 낼 때 누구는 사랑하고 누구는 미워하며, 누구는 귀하게 만들고 누구는 천하게 만들겠는가. 누구는 현명하게 만들고 누구는 어리석게 만들며, 누구는 명이 길게 하고 누구는 명이 짧게 하겠는가. 운세를 따라 이루어지는 것이 절로 같게도 되고 절로 다르게도 되는 것이다. 그런데도 반드시 말하기를 주재하는 자가 있다고 하는 것은 조물주의 마음이 목공이나 야장에 비하여 사사로운 정에 치우친다고 여기는 것이다.

만물은 각각 하늘이 정한 분수가 있다. 우리 몸으로 말하자면 눈썹이 짧고 머리카락이 길며 엄지손가락이 굵고 새끼손가락이 가는 것은 모두 태어날 때부터 이미 정해진 것이어서 사람의 지혜와 힘으로 덜거나 더할 수 없는 것과 같다. 그러므로 가래나무나 녹나무는 북돋아 주지 않아도 키가 한 길, 한 장丈에 이르며 천궁은 날마다 물을 주어도 키가 한 자에 못 미친다. 거북이나 학은 수명이 천년이나 가지만 씽씽매미는 봄가을조차 알지 못한다. 아침에 핀 무궁화는 바람이 불지 않아도 절로 떨어지지만 가을 국화는 서리를 맞고도 시들지 않는다. 하늘이 부여한 명을 어찌 인력으로 불리고 줄일 수 있겠는가. 우매한 사람은 분수를 모르고 망령되이 욕심과 희망을 일으킨다. 가난한 자는 부유하기를 구하며 천한 자는 귀해지기를 바라다가 몸이 형륙을 당하고도 뉘우칠 줄 모르니, 슬프도다!

만물의 분수에는 각각 한정이 있어, 탐하는 자가 넉넉한 것도 아니요 청렴한 자가 모자라는 것도 아니다. 호랑이는 난폭하지만 양羊보다 배부른 것은 아니니 그렇다면 강건함이 반드시 유순함보다 나은 것은 아니다. 게는 성질이 조급하지만 벌보다 몸이 안전한 것은 아니니 그렇다면 동적인 것이 반드시 정적인 것보다 나은 것은 아니다. 원숭이는 재빠르나 몸이 비루먹은 돼지보다 편안한 것은 아니니 그렇다면 재능 많은 것이 둔졸한 것보다 반드시 나은 것은 아니다. 매는 사납지만 마음이 제비보다 한가로운 것은 아니니 그렇다면 강한 것이 약한 것보다 반드시 나은 것은 아니다. 꿩은 무늬가 화려하나 수명이 참새보다 긴 것은 아니니 그렇다면 화려한 것이 반드시 질박한 것보다 나은 것은 아니다. 만물이 누리는 것은 분수가 있으니 더 많이 취할 수는 없다. 그러므로 안자晏子가 평소의 거처에 방을 바꾸지 않고 군평君平이 점칠 때 돈을 많이 받지 않았다. 진실로 분수가 어디에 있는지 알았기 때문이니 구차히 청렴하고자 해서가 아니다. 등통鄧通과 같은 사람은 동산을 희사받고도 끝내 돈으로 이름나지 못하고 아부亞夫는 통후通侯의 귀한 신분이 되고도 옥에 갇혀 굶어 죽었다. 그 분수에 넘쳤기 때문이 아니겠는가? 옛사람들은 마땅히 기량이 향수에 비해 넉넉하도록 할지언정 향수가 기량에 비해 지나치도록 한 일이 없었다.

하늘이 사람을 낼 때는 반드시 녹禄을 내려 길러준다. 그 녹에 풍부함과 인색함이 있는 까닭에 길러주는 데도 후함과 박함의 차이가 있으니 녹禄은 인색한데 길러줌이 후하면 그 수명이 속히 다하는 법이다. 그러므로 군자는 그 비용을 알맞게 하여 항상 녹禄이 길러줌보다 앞서도록 한다면 조화는 모자라는 데 그치더라도 나 자신은 넉넉한 데 머물게 될 것이다. 내가 그 넉넉함을 자식에게 전하고 자식은 그 넉넉함을 손자에게 전하여, 이와 같이 번갈아 넉넉해지고 번갈아 전하는 일이 여러 세대에 걸쳐 쌓이면 처음에 인색했던 복록이 나중에 점점 풍부해져서 자손 중에 그 쌓인 것을 후하게 누리는 자가 있을 것이다. 왜냐하면 조화는 사람에게서 반드시 그 모자라는 것을 환수한 이후에야 그만두려 하기 때문이다.

남에게 배운다는 것은 마치 물을 퍼오는 것과 같아서 종일 퍼와도 자신의 용량을 넘을 수 없다. 그래서 바가지로 퍼오는 사람은 바가지의 용량에 그치고 항아리를 취한 사람은 항아리의 기량에 그친다.

사람을 가르친다는 것은 마치 불을 나누어 붙이는 것과 같아서 종일토록 나누더라도 본체의 것은 줄지 않는다. 그러므로 열개의 등잔에 나누어 붙이더라도 그 밝음은 그대로이며 천개의 등잔에 나누어 붙이더라도 그 밝음은 여전히 그대로이다. 그러므로 잘 배우는 자는 자신의 기량을 스스로 국한하지 않으며, 잘 가르치는 사람은 그 밝음을 스스로 아끼지 않는 것이다.

지금 귀먹은 사람을 가르치고자 하는 사람이 비록 종을 치고 북을 울리며 일깨운다하더라도 오히려 그를 이해시킬 수 없다. 손으로 형상을 그려내기만 하면 이해가 빠를 것이다. 장님을 가르치고자 하는 사람이 비록 횃불을 밝히고 섶을 태워 그를 인도하더라도 오히려 앞을 분간케 할 수 없다. 소리로써 걸음을 돕는다면 그 진취가 빠를 것이다. 지혜가 가린 사람도 그 나름대로 열어주는 방도가 있고 가르치기 곤란한 사람도 그 나름대로 소통되는 원리가 있다. 그 열어주는 방도를 따라서 그 소통되는 원리를 적용해야 한다. 이로써 가르침의 원칙을 세울 수 있으니 듣고 본 것을 지식이 되게 하는 것이다. 마치 누룩으로 술을 담는 것과 같다.

누룩은 처음에는 술맛이 없으나 오래도록 숙성시키면 그때서야 술이 된다. 견문은 처음에는 진정한 깨달음이 아니지만 오래도록 깊이 생각하여 이해하면 비로소 깨달음이 된다. 요사이 사람들은 한번 견문이 생기면 깊이 생각하여 이해하기를 기다리지 않고 문득 그것이 지식이라고 여긴다. 이것이 어찌 누룩을 물에 담그자마자 숙성되기를 기다리지도 않고 대번에 그 술찌끼를 먹으려는 것과 다르겠는가? 그러므로 말하기를 '음식이 소화되지 않으면 뱃속에 쌓여 걱정꺼리가 되듯이 견문이 승화되지 않으면 흉중에 쌓여 의혹이 된다.'고 하는 것이다. 들은 것이 많을수록 의혹이 많아지고 본 것이 많을수록 위태한 것이 많아진다면 이 어찌 배우는 사람이 크게 조심할 일이 아니겠는가?

마음으로 잠을 구하지 않는 자는 잠을 이룰 수 없다. 잠을 구하는 데 집착하는 자 또한 잠을 이룰 수 없다. 오직 담담하게 잠 자체를 잊으면 평온하게 잠들 수 있다. 마음속으로 도를 구하지 않는 자는 도를 얻을 수 없다. 도를 구하는 데 집착하는 자 또한 도를 얻을 수 없다. 오직 마음을 비우고 도를 잊으면 도가 이에 축적된다. 그러므로 이르기를 '천하에 무엇을 생각하며 무엇을 염려하랴?'라 하였고 또 '집착도 아니요, 집착하지 않는 것도 아니다.'라 하는 것이다.

옛날의 학자는 한 가지 일을 배우면 반드시 그 한 가지 일이 그렇게 된 까닭을 궁구하였다. 그러므로 배움이 쉽게 이루어지지 않았으되 일단 이루어진 뒤에는 신명에 통하여 절륜해진 것이다. 춘추시대의 악관이나 직공들은 모두 제작의 의미에 능통하여 사광師曠의 악률樂律에 대한 말과 사묵史墨의 역易에 대한 말, 재신梓慎과 비조神竈의 하늘에 대한 말과 화和·완緩의 의약에 대한 말이 모두 본원을 추구하고 신성함에 도달하여 비록 노사숙유老士宿儒라 하더라도 그 정미한 영역에 미치지 못하였다. 지금의 학자들은 다만 선인의 성법成法을 좇고 따르기만 할 뿐 다시 생각을 가다듬어 그 정밀하고 깊은 의미를 구하려 하지 않는다. 이것이 학술과 덕업이 항상 옛날에 못 미치는 까닭이다.

예전에 어떤 화공이 있어 말하기를 개나 말을 그리는 것은 어려우나 귀신이나 도깨비를 그리는 것은 쉽다고 하였다. 대개 개와 말은 사람마다 모두 보았으나 귀신과 도깨비는 아무도 본 사람이 없기 때문이다. 학자가 천인天人과 성명性命의 이치에 대해 글을 지을 때 매양 종횡으로 변론을 늘어놓되 두려움도 없고 부끄러움도 없는 것은 이학理學을 귀신과 마찬가지라고 보기 때문은 아닐까? 그러나 우임금께서 구정九鼎에다 귀신과 간흉의 형상을 배열해 놓았으니 사람들이 모두 능히 보고 식별할 수 있다면 화공이 가히 속일 수 없을 것이다. 지금 이학을 육경의 정명鼎銘에 배열해 놓았으되 세상을 통틀어 아무도 정명을 보는 사람이 없으니 어쩌겠는가?

진실한 지식과 견해 없이 경솔히 논단을 내리는 자는 어리석지 않으면 망령될 뿐이다. 지금 봉황과 기린의 형상을 그리는 자가 있다면 문왕과 공자가 아니고서는 그것이 닮았는지 아닌지를 알지 못한다. 천오天吳[152]의 형상을 주조한 자가 있다면 우임금과 백익이 아니고서는 그 잘못된 점을 증명할 수 없다. 대저 성인의 가르침을 이해하기 어려움이 어찌 봉황과 기린이나 천오에 비길 뿐이랴? 그러나 마침내 사람마다 시비를 제기하고 학자마다 가부를 매기니 만약 공자와 문왕, 우임금과 백익 같은 사람이라면 보는 이마다 반드시 아연실색하여 그 어리석음을 비웃을 것이다.

여양장인呂梁丈人이 능히 소용돌이와 더불어 물속에 들어가고 솟아오르는 물과 더불어 함께 나오는 것은 그가 물을 의식하지 않았기 때문이다. 상구개商邱開가 불 속으로 들어가 비단을 취했으나 먼지를 덮어 쓰지도 않고 몸도 타지 않았던 것은 그가 불을 의식하지 않았기 때문이다. 안연이 공자를 뵙고서 위연히 탄식하며 가로되 '바라볼수록 더욱 높아 마치 선 곳이 우뚝한 듯하다.'라고 하였다. 이것은 그 도를 장애로 여겼기 때문이니 비록 좇고자 한들 어디로부터 도달할 수 있었겠는가? 그러므로 말하기를 '안자는 공자의 탁월함을 괴롭게 여겼다.'고 하는 것이다.

사람의 학문은 평범한 조예에서는 다르나 지극한 경지에 이르면 같다. 혁추奕秋와 혁추가 서로 만나면 말하지 않더라도 그 바둑 수준은 한 가지다. 예羿와 예가 서로 만나면 말하지 않더라도 그 궁술은 한 가지다. 왕량王良이 조보造父와 서로 만나면 말하지 않더라도 말을 모는 법은 한 가지다. 태산을 오를 때는 각자 한 모퉁이를 볼 수 있을 뿐이지만 그 꼭대기에 이르면 전망이 똑같을 것이다. 그러므로 모든 견해가 아직 통일되지 못한 것은 모두 그 도달

---

152) 천오天吳 : 해신海神의 이름.

한 곳이 지극하지 못하기 때문이다. 보통사람들의 다툼은 현인에게서 조화되고 현인의 다툼은 성인에게서 조화되나니 성인에 이르면 대동大同의 경지가 된다. 혹 세상에 나아가든 혹 은거하든 혹 말하든 혹 침묵하든 서로 바라보고 웃으며 마음에 거슬림이 없다면 아마도 이것이 성인의 경지일 것이다.

살펴보건대 대저 모든 물건이 탈바꿈할 때는 옛 모습에서 남은 자취가 전혀 없다. 누에가 나방이 되고 참새가 조개가 되며, 뱀이 꿩으로 변하고 말똥구리가 매미로 변하며, 배추벌레가 나나니벌이 되고 들쥐가 메추라기로 변하지만 모두 그 본래의 모습과 훨씬 판이하다. 먹는 물건이 또한 그러하다. 온갖 꽃들은 꿀이 되지만 꿀은 꽃 맛이 아니고, 찹쌀은 술이 되지만 술은 찹쌀의 맛이 아니며, 콩은 장이 되지만 장은 콩 맛이 아니다. 사람의 일이 또 그러하다. 어리석은 사내가 성현이 되며 보통사람이 신선이 되지만 모두 본 바탕과는 전혀 비슷하지 않다.

이것이 어찌 하루아침에 갑자기 변화하여 이루어진 현상이겠는가? 그만한 세월 사이에 축적하고 함양하며 서서히 이행하고 남몰래 단련되어, 그렇게 되는 줄도 모르게 이루어진 것이다. 그러므로 '대인大人이면서 백성을 변화시키는 이를 성인이라 하고, 성인이면서 알 수 없는 것을 신이라 한다.' 하였으니153) 어찌 사람에 대해 알 수 없을 뿐이겠는가? 곧 자기에 대해서도 알 수 없는 바가 있다.

허공의 화기火氣가 육합六合154)에 가득 퍼져 있다가 한번 사물에 붙으면 작아진다. 섶에 붙으면 아궁이불이 되고 촛대에 붙으면 등불이 되며 풀에 붙으면 들불이 되고 낭망狼望에 붙으면 봉화가 되어 각각 물체에 따라 내는 빛이 한정되기 때문이다. 사람이나 물건의 성품이 또한 그러하다. 밝은 빛과 영험한 기운이 천지를 비추고 온 법계에 두루 퍼져 있다가 깃드는 곳에 따라 구별이 생기게 된다. 성인에게 깃들면 그 크기가 하늘의 태양과 더불어 다를 것이 없게 되고 보통 사람에게 깃들면 작아진다. 금수에 붙으면 더 작아지고 물고기나 새우에 붙으면 더욱 작아지며 눈에놀이나 이, 벼룩에 붙으면 너무 작아 말할 수조차 없다. 그러나 눈에놀이나 이, 벼룩의 성품이 천지를 비치고 법계를 두루 살필 수 있는 성품과 다르지 않을 줄

---

153) 집대성 … 하였으니 : 『맹자孟子 「진심盡心」 하下 '大而化之之謂聖 聖而不可知之謂神.'이라고 한 데서 인용된 말.
154) 육합六合 : 천·지·사방의 모든 곳.

어찌 알겠는가? 그런 고로 지인至人은 형체로써 성품을 제한하지 않는다.

　도道는 본래 공허호虛하다. 그 공허에서 나뉘어 진 것을 신神이라 하며 신이 응축한 것을 일러 기氣라 한다. 기가 결집된 것을 일러 정精이라 하며 정이 견고해진 것을 형形이라 한다. 그것이 모이는 것이 이와 같으며 그것이 흩어지는 것이 또한 그러하다. 그러므로 형이 시들면 정이 새고, 정이 새면 기가 쇠하며, 기가 쇠하면 신이 떠나고, 신이 떠나면 공허로 돌아가, 스스로 나고 스스로 죽는 것을 운수에 맡겨 따르니, 이런 사람은 보통사람이다. 형을 단련하여 정을 돌이키고, 정을 단련하여 기를 돌이키며, 기를 단련하여 신을 돌이키고, 신을 단련하여 공허에 합치하여, 나아가게 하든 들어오게 하든 수명을 통제하는 일이 자신의 뜻에 달리게 되니, 이런 사람이 바로 진인眞人이다.

　양수陽燧는 햇빛을 받아서 불이 생기고, 방제方諸는 달빛을 받아서 물이 생긴다. 양수와 방제가 아직 빛을 받기 전에는 물과 불이 어디에 있는가?
　대개 음과 양이 서로 부딪쳐서 신묘함이 그 사이에 생기니, 신神이란 음도 아니요, 양도 아니다. 여기에 있지도 않고 저기에 있지도 않으며, 여기서 분리된 것도 아니요, 저기서 분리된 것도 아니다. 이는 마치 종마치[椎]와 종이 부딪쳐서 소리를 내지만 소리가 종마치에 있지도 않고 또한 종에 있지도 않은 것과 같다. 천뢰天籟가 스스로 종마치와 종 사이에서 울리는 것은 아마도 신의 소위일 것이다. 그러므로 음양의 조화를 헤아릴 수 없는 것을 신이라 하는 것이다.

　사람의 마음은 교감하지 못하는 것이 없어 교감이 깊으면 사물이 그에 따라서 응한다. 성인은 사람을 교감하니 그러므로 사람이 성인을 보는 것이 이롭다. 조보造父는 말과 교감하였으니 그러므로 말이 그가 부리는 대로 따랐다. 유루劉累는 용과 교감하였으니 그러므로 용이 길들여졌다. 백리해百里奚는 소와 교감하였으니 그러므로 소가 살찌고 번식되었다. 이 뿐만이 아니다. 예羿는 활과 교감하였으니 그러므로 활이 순조롭게 나아가고, 백아伯牙는 거문고와 교감하였으니 그러므로 거문고가 화음을 내었다. 의료宜僚는 탄환과 교감하였으니 그러므로 탄환이 날았고, 공손대랑公孫大娘은 칼과 교감하였으니 그러므로 칼이 뛰는 듯이 춤추었으며, 왕우군王右軍은 붓과 교감하였으니 그러므로 붓이 원만해졌다. 정신이란 중심에서 나와 사물에 주입된다. 주입이 오래면 사물과 내가 하나가 되어 그렇게 되는 줄도 모르는 사이에 그렇게 되는 것이다. 사물도 오히려 이러한데 하물며 사람이겠는가? 성인이 지나는 곳마다 교화되고 관심을 가지면 신비롭게 되는 것[聖人之過化存神]은 그 감응의 이치를 지극히 했기 때문이다.

굳은 돌은 단련에 쓰기 알맞지 않다. 그러나 회灰를 만들면 단악丹堊155)의 공효를 이룬다. 이것은 허무는 것이 온전한 것보다 나은 경우이다. 잡초는 농사에 해롭다. 그러나 베어서 퇴비를 만들면, 어린 모에 양분이 되어, 자라는 것을 돕는다. 이것은 썩는 것이 번성한 것보다 나은 경우이다. 거북은 진흙수렁에서 엉금엉금 길 때는 보기 싫지만, 껍데기를 떼어 불에 구우면, 점을 칠 때 의혹을 풀어주는 영물이 된다. 이는 죽는 것이 산 것보다 나은 경우이다. 허무는 것이 온전한 것보다 낫다면 이는 허물어도 오히려 허물지 않는 것이다. 썩는 것이 번성한 것보다 낫다면 이는 썩어도 오히려 썩지 않는 것이다. 죽는 것이 사는 것보다 낫다면 이는 죽어도 오히려 죽지 않는 것이다.

나는 다만 저 허무나 성하나 조금도 보탬이 없으며, 번성하나 시드나 조금도 도움이 없으며, 사나 죽으나 조금도 소중함이 없는 것을 미워할 따름이다.

사람이 날 때는 백魄이 먼저 생긴 후에 혼魂이 거기에 붙는다. 그리고 죽을 때는 혼이 먼저 떠난 이후에 백이 그것을 따른다. 이것이 그 상경常經이다. 그러나 만약 그 변위變緯를 말하자면 살았으나 혼과 백이 서로 분리된 자가 있으니 천녀倩女의 고사156)가 이것이다. 죽었으나 혼과 백이 서로 묶인 자가 있으니 무덤 속 여비[冢中之婢]가 이런 경우이다. 묵은 혼이 새 백을 얻으면 다시 살아날 수가 있으니 도가道家에서 탈사奪舍의 주술을 행하는 까닭이요, 죽은 혼이 생기를 얻으면 또한 다시 살아날 수 있으니 현녀玄女가 시신을 단련[鍊尸]하는 까닭이다. 혼은 갈 수 없는 곳이 없는지라 그러므로 생을 버려도 살아날 수 있고, 백은 골육에 붙는 것이라

---

155) 단악丹堊 : 붉은 칠을 하여 화려하게 단장한 집.
156) 천녀倩女의 고사 : 청하淸河의 장일張鎰이 그의 딸인 천녀倩女를 왕주王宙와 약혼시켰다가 뒤에 이를 후회하고 다른 사람에게 허락하니 천녀는 우울증이 생겼다. 어느 날 왕주는 배를 타고 멀리 떠나가는데 밤중에 천녀가 홀연히 와서 함께 촉蜀 땅으로 가서 5년을 살며 두 아들을 낳았다. 후에 친정에 왔더니 장일이 크게 놀랐는데 이는 그의 딸은 병들어 누워 있고 외출한 적이 없기 때문이었다. 병들어 누웠던 딸은 그 말을 듣고 나가 맞이하여 왕주의 아내와 한 몸이 되니 장일은 마침내 왕주에게 갔던 딸은 천녀 영혼의 화신化身임을 알았다는 고사를 이름. 『태평광기太平廣記』 권358.

그러므로 골육이 없어짐에 또한 없어지는 것이다.

    떠도는 기운이 쌓여 흩어지지 않으면 물건에 붙어 변화한다. 그러므로 황폐한 궁전이나 폐허에서는 왕왕 헛것이나 도깨비가 생기는 것이다. 요사이 어떤 사람이 모발毛髮을 잘못 삼켰는데 창자에 들어가 오래도록 나오지 않더니 혈기가 엉기고 쌓여서 뱀과 뱀장어가 되었다. 모발은 본래 지각이 없는데 형체가 무엇에서 변하였겠는가? 천지는 하나의 장위腸胃이며, 음양은 하나의 혈기이다. 정情이 없는 물건인 하나의 모발이 헛것이나 도깨비와 뱀이나 뱀장어가 된 것이니 무슨 의심할 것이 있겠는가?

    사람이 죽으면 혼백이 서로 분리된다. 그러나 현신現身의 혼과 전신前身의 백이 그 안위安危와 감고甘苦에 서로 연관이 있어, 감응하기를 마치 지엽枝葉과 근저根柢의 관계와 같다고 하니, 이는 감여가堪輿家(풍수가)의 주장이다. 옛날 황산곡黃山谷[157]이 옆구리에 병이 들었다. 어느 날 저녁 어떤 여자가 꿈에 나타나 말하기를 "저는 곧 당신의 전신입니다. 죽어 모처에 장사지냈는데 개미들이 허리뼈에 집을 지었습니다. 그 때문에 당신이 항상 옆구리가 결리는 것입니다. 만약 봉분을 고치면 마땅히 나을 것입니다."라고 하였다. 산곡이 그 말대로 하였더니 과연 효험이 있었다. 아마도 변화하여 산곡이 된 것은 곧 떠돌던 혼이 변화하여 사람의 태반에 들어온 것일 것이며, 꿈에 나타난 여자는 곧 전생의 백이 흙으로 돌아간 것일 것이다. 백이 병들자 혼이 고통을 당하고, 백이 편안하자 혼이 건강해졌다 하니, 실로 또한 일리가 있다.

    만물을 쇠살衰殺하는 것으로 얼음과 눈보다 엄혹한 것이 없다. 그러나 벼랑의 그늘진 곳과 깊은 산곡, 얼음이 겹으로 언 곳에 지렁이[蚯]가 살고, 눈이 쌓인 곳에 노래기[蛆]가 산다. 만물을 태우는 것으로 불보다 뜨거운 것이 없다. 그러나 서역西域의 화산 가운데는 화수火樹와 화계火鷄, 화서火鼠가 있어 사람들이 그 껍질과 모피를 취하여 방화포[火浣之布]를 짠다. 이는 빙설과 불이 진실로 능히 물건을 해치는 것이 아니라 물건이 빙설과 불에 견디지 못하는 것일 뿐이다. 상호桑扈[158]는 좁쌀을 먹으면 죽으며, 말은 기름을 먹으면 병들지만 어찌 좁쌀이나

---

157) 황산곡黃山谷 : 송대의 진관秦觀·조보지晁補之·장뇌張耒와 함께 소식蘇軾 문하의 네 학사로 병칭되는 황정견黃庭堅을 말한다. 산곡은 호이다.

158) 상호桑扈 : 콩새. 『시경詩經』「소아小雅」소완小宛에도 "왔다 갔다 콩새들, 마당에 모여 들어 곡식 낱알 쪼아 먹네[交交桑扈 率場啄粟]."라고 하였다.

기름이 능히 동물에 해독을 끼치는 것이겠는가? 이는 천성과 기호가 상반되기 때문이다. 그러므로 천성이 서로 부합하면 살고 서로 반대되면 죽는 것이니 무엇을 위험하다 할 것이며 무엇이 편안하다 하랴? 이러한 이치를 아는 자는 가히 만물의 세계[物境]를 똑같이 보며 옳고 그름을 같게 여기리라.

모든 동물의 눈은 낮에는 밝고 밤에는 어두우나 올빼미와 박쥐는 밤에 밝고 낮에 어둡다. 이는 사람의 눈에 어둡고 밝음이 있는 것이지, 때에는 어둡고 밝음이 없다는 뜻이다. 감옥에 갇힌 자는 하루를 길다고 여기고 높은 산을 오르는데 여념이 없는 자는 하루를 짧다고 여긴다. 이것은 사람의 뜻에 장단이 있는 것이지, 하루의 시간에는 장단이 없다는 뜻이다. 문왕文王은 창촉菖歜159)을 즐겨먹었고 증석曾晳은 양조羊棗160)를 즐겨먹었으며, 유옹劉邕161)은 부스럼 딱지[瘡痂]를 즐겨먹었고 야인野人은 미나리와 숫삼을 즐겨먹는다. 이는 사람의 혀에 달고 쓴 것이 있지, 맛에는 달고 쓴 것이 없다는 뜻이다. 위령공衛靈公은 못생기고 입술 없는 사람을 좋아하고 제환공齊桓公은 뚱뚱하거나 바싹 마른 사람을 사랑하였으며, 노나라 군주는 애태타哀駘它162)를 흠모하였고 진나라 군주는 돈흡敦洽163)과 주미雟彌164)를 총애하였다. 이는 사람의 마음에 곱게 여기거나 추하게 여김이 있지, 외모에는 고운 모습이나 추한 모습이 있지 않다는 뜻이다. 상어나 메기의 비린내를 마치 봉황기름[鳳膏]인양 사랑한 사람이 있는가하면 후세의 악명165)을 마치 난채蘭茝 등의 향초처럼 좋아한 이가 있었다. 이는 사람의 코에 향기와 악취의 구별이 있는 것이지, 냄새에는 향기와 악취가 없다는 뜻이다. 명주 찢는 소리를 듣기

---

159) 창촉菖歜 : 창포菖蒲로 담근 김치를 말한다. 『좌전左傳』 희공僖公 삼십三十에 "향례饗禮에 창촉이 있었다."한 주에 "창촉은 창포저菖蒲菹이다." 하였다.
160) 양조羊棗 : 증삼曾參의 아버지 증석曾晳이 대추[羊棗]를 즐겼는데, 증삼은 증석이 죽은 뒤 아버지를 생각하여 차마 대추를 먹지 못하였다고 한다(『맹자孟子』 「진심盡心」).
161) 유옹劉邕 : 인명. 『남사南史』 「유옹전劉邕傳」에 "옹邕이 창가瘡痂를 먹기를 좋아하여 그 맛이 복어와 같다고 여겼다. 일찍이 맹영휴孟靈休를 찾아가니 그가 얼마 전에 부스럼을 앓아 그 부스럼 딱지가 떨어져 침상에 있으므로 옹이 주워 먹었다."고 하였다.
162) 애태타哀駘它 : 『장자莊子』에 보이는 인명이다.
163) 돈흡敦洽 : 전국시대 진陳 나라의 추녀醜女. 『여씨춘추呂氏春秋』 과합過合.
164) 주미雟彌 : 진陳 나라 추남醜男. 주미雟麋라고도 한다.
165) 후세의 악명 : 환온桓溫의 고사에서 나온 말로 원문은 취부臭夫. 환온이 정사를 전제專制하고 황제의 자리를 노릴 때, 어느 날 베개를 어루만지며 말하기를 "기왕 후세에 좋은 명성을 전하지 못할 바에는 만세 후에 악명이라도 남겨볼 만하지 않으랴?"고 했던 데서 온 말이다(『진서晉書』 「환온전桓溫傳」).

좋아하는 사람이 있는가하면 당나귀 울음을 듣기 좋아하는 사람도 있다. 이는 사람의 귀에 청탁의 구분이 있는 것이지, 소리에는 청탁이 없다는 뜻이다. 슬퍼하는 사람은 노래 소리를 듣고서 울며 기뻐하는 사람은 노랫소리를 들으면 웃는다. 이는 인정에 슬픔과 기쁨이 있는 것이지, 소리에는 기쁨과 슬픔이 없다는 뜻이다. 정원사는 보검을 얻어도 아욱을 베고 맹인은 오래된 동경銅鏡을 얻어도 장독을 덮는다. 이는 사람의 활용에 귀천이 있지, 사물에는 귀천이 없다는 뜻이다. 남쪽지방 사람은 오른쪽을 숭상하고 북쪽지방 사람은 왼쪽을 숭상한다. 중화인中華人은 예의 있는 거동을 귀히 여기고 호인胡人은 엉거주춤하게 춤추는 모양을 귀히 여긴다. 이는 사람의 풍속에 존비가 있지 예에는 존비가 없다는 뜻이다. 천지의 사이는 마치 아이들의 혼잡놀이와 같아 어떤 이는 흙덩어리를 보배로 여기고 어떤 이는 섶이나 쑥을 보배로 여긴다. 여기에 모여서 다투고 저기에 모여서 욕하며, 분분히 울고 웃으며 정욕을 세차게 뿜다가 날이 저물어야 돌아가지만, 누가 옳고 누가 그른가? 깨달은 자는 곁에서 바라보며 다만 입을 막고 웃음 지을166) 따름이다.

묵자墨子는 천하를 다스릴 때 산 사람을 위해 노래하지 않고, 죽은 이를 위해 곡하지 않으며, 두께 세 치의 오동나무 관으로 검박하게 장례하되 외곽을 쓰지 않았다. 무엇 때문에 이토록 심하게 각박하였던가? 사람들로 하여금 천하가 원할 만한 것임을 보지 않도록 하려 해서였다. 부처는 삶을 다스릴 때 한 벌 납의를 입고, 한 바리때 밥을 먹으며, 친척을 떠나고 집을 나가 같은 절집에 사흘을 묵지 않았다.167) 무엇 때문에 이토록 심하게 고행하였던가? 사람들로 하여금 삶이 바랄만한 것임을 보지 않도록 하려 해서였다. 천하가 원할 만한 것임을 보지 않는다면 능히 천하를 도외하며 천하를 벗어던지기를 마치 헌신짝처럼 할 수 있을 것이다. 삶이 바랄만한 것임을 보지 않는다면 능히 삶을 도외하고 육신을 버리기를 마치 매미허물처럼 할 수 있을 것이다.

양생養生은 반드시 오곡五穀이어야만 하는 것은 아니다. 풀을 먹고 나무를 씹으며 짐승을 잡아 피를 마시는 것이 모두 굶주림을 멎게 할 수 있다. 그러나 오직 오곡이 구복口腹에 가장

---

166) 웃음 지을 : 원문은 호로胡盧이다.
167) 같은 절집에 사흘을 묵지 않았다 : 원문은 삼숙상하三宿桑下. 상하桑下는 절[佛寺]을 가리킨다. '승려는 애착을 끊기 위해 비록 뽕나무 아래라 할지라도 사흘을 묵지 않는다[浮屠不三宿桑下].'는 고사에서 비롯된 것이다(『후한서後漢書』「양해전襄楷傳」).

알맞다. 몸을 가리는 것은 반드시 베나 비단이어야 하는 것은 아니다. 가죽으로 싸고, 솜으로 묶으며, 털 담요로 두르고, 짐승의 털로 엮어도 모두 추위를 몰아낼 수 있다. 그러나 오직 베나 비단이 몸에 가장 편안하다. 나라를 다스리는 일은 반드시 유학儒學이라야 하는 것은 아니다. 명가名家나 법가法家, 도가道家와 묵가墨家, 음양가陰陽家나 계수가計數家가 모두 세상을 경영하는 학문이다. 그러나 오직 유학만이 백성에게 가장 편리하다. 성인께서 두루 알고 두루 따져보았던지라 그러므로 저들 학문을 버리고 이 유학을 취하신 것이다.

불을 낸 집이 다시 불을 피우는 것은 불난리의 허물이 불을 조심하지 않아서이지, 불 자체에는 허물이 있어서가 아님을 알았기 때문이요, 물난리를 만났던 사람이 다시 물을 마시는 것은 물난리의 허물이 물을 조심하지 않아서이지, 물 자체에 허물이 있어서가 아님을 알았기 때문이다. 탕임금이 우임금을 이어 공적을 쌓은 것과 주나라가 은나라의 예를 말미암아 예제를 성립한 것은 선대의 폐단이 법제를 운용한 자의 잘못에 있었지, 그 법 자체에 폐단이 있었던 것이 아님을 알았기 때문이다. 뱃사공이 능히 노를 저을 수는 없으나 배를 뒤집기는 쉽지 않은 것은 명색이 뱃사공인데도 노 젓기를 쉽게 생각하는 것이 유익하지 않다고 여기기 때문이다. 마부가 능히 수레를 몰지 못하나 수레를 엎기는 쉽지 않은 것은 마부이면서 말 모는 것을 쉽게 생각하는 것이 유익하지 않다고 여기기 때문이다. 진나라는 주나라의 강성한 제후들의 폐단을 거울삼아 자신의 종족을 약화시키고, 한나라는 진나라의 고립무원의 폐단을 경계삼아 자신의 곁가지를 키웠다. 한 무제는 또한 칠국七國의 화를 경계삼아 나라를 나누어 통치하였고, 당나라는 돌궐突厥을 견제코자 하여 국경에 인접한 나라를 강화하였으며, 송나라는 번진藩鎭의 세력을 견제코자 하여 그 병권을 약화시켰다. 서로 교정하고 서로 혁파한 일들이 노 젓기를 쉽게 생각하고 말 몰기를 쉽게 생각한 일이 아니었으니 지혜롭다 할 것이다.

공인은 나무를 깎아 우상을 만든다. 우상을 비치한 후에는 그 우상에 절하며 기원하는데, 때때로 감응이 있다고 한다. 대저 우상이 아직 완성되기 전에는 그 재주가 우상을 만들지만, 이미 우상이 완성된 후에는 우상이 재주를 제어하기 때문이다. 그 이치는 어떤 이치인가?
예전에 초나라 회왕懷王의 손자인 심心은 민간에 몸을 숨기고 있었는데 항우項羽가 의론을 내세워 추대하여 의제義帝로 삼았다. 임금이 된 후부터 맹약을 주관하며 항우를 통제하려 하니, 항우가 그 통제를 받아들이려 하지 않고 그를 시해하였다. 항우는 끝내 적신의 이름을 뒤집어쓰고, 초나라를 망국에 이르게 하거니와, 이것이 공인이 우상을 업신여기다 화를 입은 것과 어찌 다르겠는가?

눈은 맑고 작다. 그러므로 먼지나 겨가 들어오려 하면 반드시 막는다. 배[腹]는 넓고 크다. 그러므로 시거나 짜거나 달거나 쓰거나 받아들이지 않는 것이 없다. 사물을 거부하는 자에게는 사물이 반드시 그것을 떠나며, 사물을 받아들이는 자는 사물이 반드시 그리 돌아간다. 나는 배가 부른 것은 보았으나 눈이 배부른 것은 보지 못하였다. 그러므로 노자는 "성인은 배가 되지 눈이 되지는 않는다."고 한 것이다.

무릇 두 물건이 서로 부딪칠 때, 큰 것은 포용하고 작은 것은 양보하는 법이다. 서로 더불어 다투는 것은 매양 서로를 대적하기 때문이니, 힘이 서로 대적할 만하면 다투어 때리고, 지혜가 서로 대적할 만하면 다투어 재주를 부린다. 오직 군자만이 다툼을 일삼지 않으니, 대개 군자는 천하의 모든 사람에 대하여 항상 포용하며, 천하의 모든 사람은 군자에 대하여 항상 양보하기 때문이다. 이것이 포용하고 저것이 양보하기를, 마치 숲이 새를 대하며 못이 고기를 대하는 것처럼 하는 것이다. 서로를 받아들이기 알맞으니 어찌 다툴 것이 있겠는가? 나는 아직 어른이 뭇 아이들 사이에 처하면서 그들과 더불어 다투는 것을 보지 못하였다.

사람의 재주에는 글재주와 일재주의 차이가 있다. 글재주는 능히 천만 자를 구사하여 우리의 일꾼이 되고, 일재주는 능히 천만 명을 부려서 우리의 일꾼이 된다. 지금 조정에서 일재주를 구할 때 반드시 글재주로 그것을 헤아리는데 장차 글자를 구사하는 자로 사람을 부리게 하려는가? 곽거병霍去病은 병서를 이해하지 못하였으나 훌륭한 장수가 되었고, 곽광霍光은 배우지 않아 아무 재주가 없었으나 이름난 재상이 되었다. 가령 추양鄒陽이나 매승枚乘과 반고班固나 사마천司馬遷에게 이러한 책임을 맡겼다면 일을 그르치지 않았을 자가 드물 것이다. 그러므로 글로써 선비를 취하여 비록 천하의 기재를 다 얻었으나 아무 보탬이 없었던 것이다. 항차 기존의 좋은 문사[釘餖]를 표절하는 자들이야 더 말해 무엇하겠는가?

똑같은 지팡이라도, 절름발이는 그것으로 발을 삼고, 소경은 그것으로 눈을 삼는다. 지팡이가 능히 발이 되고 눈이 되는 것이 아니라 그것을 쓰는 사람이 같지 않기 때문이다. 똑같은 말[馬]이라도, 육로를 가는 자는 그것을 수레로 삼고, 수로를 가는 사람은 그것을 배로 삼는다. 말이 능히 수레가 되고 배가 되어서가 아니라 그것을 부리는 자가 다르기 때문이다. 그러므로 뛰어난 한 가지 재주를 가지게 되면 가히 백방으로 쓰더라도 다함이 없는 것이다. 사람을 쓰는 일도 그러하다. 잘 쓰면 한 사람이 가히 열사람 몫을 아우를 수 있고, 잘못 쓰면 열사람이 한사람의 공조차 이루지 못한다. 오나라가 초나라를 칠 때 수염 긴 사람[長鬚]을 활용하여 여황餘艎(대형 전함)을 얻었는데 수염 긴 사람이 어찌 전투를 잘하는 자여서이겠는가? 월나라는 미인계를 써서 부차를 붙들었는데 미인이 어찌 공격을 잘하는 자여서이겠는가? 오직 그것을 쓴 사람이 마땅하게 썼던 지라 그러므로 능히 그 성과를 이룬 것이니 옛사람들이 '무용無用의 용用'을 귀하게 여긴 까닭이다.

옛날 이윤伊尹이 있고서부터 후세의 임금을 추방한 자가 모두 스스로를 이윤에 견주고, 옛날 주공周公이 있고서부터 후세의 섭정을 자처한 자가 모두 스스로를 주공에 견준다. 이는 고요皐陶가 반벙어리로서 태리大理168)가 된 것을 보고서 반벙어리는 모두 고요라 여기는 것이며, 사광師曠이 소경으로서 태사 노릇을 한 것을 보고서 소경은 모두 태사라 여기는 태도이다. 보배로운 구슬이라도 하자瑕疵를 가릴 수 없지만 전부가 하자 투성이라면 어찌 보배가 되겠는가? 좋은 재목은 썩은 것이라 하여 버리지 않지만 전부가 썩었으면 어찌 좋은 재목이 되겠는가? 자신의 병폐를 고집하면서 귀하게 여기는 바에 견주는 것은 그 잘못됨이 심하다.

돼지를 음식물로 삼는 자는 고기를 기르는 것이고, 말을 타고다니는 도구로 삼는 자는 힘을 기르는 것이며, 양으로 융단을 짜는 자[羊爲罽者]는 털을 기르고, 담비로 갖옷을 만드는 자는 가죽을 기르며, 꿩으로 부채를 만드는 자는 깃을 기르고, 코끼리로 기구를 만드는 자는 상아를 기른다. 사람들이 모두 그것을 알지만, 예인藝人이 남을 위하여 기예를 기르며, 지혜로운 선비가 남을 위하여 꾀를 기르고, 변사가 남을 위하여 화술을 기르며, 투사가 남을 위하여 용맹을 기르며, 탐욕한 사람이 남을 위하여 재물을 기르는 것인 줄 누가 알겠는가? 천하에 쉼 없이 노력하는 사람이 대체로 모두 남을 위하는 자일 따름이다. 그가 실제로 스스로를 위하는 자가 몇이나 되겠는가?

---

168) 태리大理 : 옛날 형법을 관장하던 관직 이름이다.

　공업과 문장이 지금 옛날에 미치지 못하는 것은 무엇 때문인가? 옛사람은 여력餘力(겨를이 있을 때)으로 그것을 했고, 지금 사람은 온 힘을 다하여 그것을 하기 때문이다. 옛사람의 공업은 도덕의 여력이요, 옛사람의 문장은 또한 공업의 여력이다. 오획烏獲이 구정九鼎을 들어올리고, 진무秦武 또한 구정을 들어 올렸으나, 진무만 유독 슬개골이 부러져 죽은 것은 어찌 오획은 여력을 쓰고 진무는 진력하였기 때문이 아니겠는가? 대개 여력으로 어떤 일을 행하는 자는 정신이 항상 행하는 일 바깥으로 넘쳐나지만, 진력을 다하는 자는 정신이 항상 행하는 일 가운데서 고갈되기 마련이다. 지금 사람이 옛사람만 못한 것은 바로 이 때문일 것이다.

　천하의 백성을 10등분할 때 농경하는 사람은 그 중 1분이 된다. 나머지로는 선비가 1분을 차지하며, 장사치가 1분을 차지하며 공장장이가 1분을 차지하며, 군사가 1분을 차지하며, 서리胥吏와 장획臧獲이 1분을 차지한다. 또 중이 1분을 차지하며, 놀고먹는 협객이 1분을 차지하며, 부녀자가 1분을 차지하며, 노약자가 1분을 차지한다. 이 아홉 부류는 모두가 경작하지 않고 농사의 소출을 먹는 자들이다.

　경작의 소득을 10등분할 때, 농사꾼은 1분을 먹을 따름이다. 나머지로는 천시天時가 1분을 소모하며, 지리地利가 1분을 소모하며 인사人事가 1분을 소모한다. 또 부역賦役이 1분을 소모하며, 호우豪右와 이서里胥가 1분을 소모하며, 옥송獄訟이 1분을 소모하며, 교제交際가 1분을 소모한다. 또 질병에 의원 무당이 1분을 소모하며, 관혼상제冠婚喪祭가 1분을 소모한다. 이 아홉 가지의 일들은 모두 시도 때도 없이 농사를 침해하는 일이다. 밖으로 아홉 부류를 먹여 살리고, 안으로 아홉 가지 침해에 시달려야 하니 농사꾼이 비록 가난해지지 않고자 한들, 될 수가 있겠는가?

　간특한 사람이 어떤 일의 무게를 속이려 할 때 권형權衡에 의탁하지 않고 권형을 잡은 자에게 의탁한다. 대저 권형을 만든 것은 사욕을 제거하기 위해서이나, 사람은 사욕을 제거하는 수단을 가져다 자신의 사욕을 이루려한다. 이는 마치 법을 확립한 것은 병폐를 제거하기 위한 것이나, 사람이 병폐를 제거하는 수단을 가져다 자신의 폐단을 이루는 것과 마찬가지이다. 그러므로 좋은 법제가 좋은 관리만 못한 법이다.

　추위에 시달리는 자는 갖옷을 얻기를 바라면서도 불을 얻기를 바라지 않는다. 더위에 못 견디는 자는 그늘을 얻기를 바라면서도 바람을 얻기를 바라지 않는다. 불이 추위를 막을 수 없는 것이 아니요, 바람이 더위를 식힐 수 없는 것이 아니나 삽시의 사이에 지나지 않아 곧바로 꺼져버릴 따름이다. 어찌 갖옷을 얻어 그 속에서 따뜻함을 누리는 것만 하겠으며, 그늘을 얻어 그 속에서 서늘함을 누리는 것만 하겠는가? 왕자王者의 정치는 추위와 더위에 대한 갖옷과 그늘의 관계요, 패자覇者의 정치는 추위와 더위에 대한 불과 바람의 관계이다. 관자管子가 말하기를 "사람에게 재물을 주는 것이 그 농사지을 때를 빼앗지 않는 것만 못하며, 사람에게 음식을 주는 것이 그 일거리를 빼앗지 않는 것만 못하다."라고 하였으니 관자 같은 사람이야말로 가히 패자를 보좌하는 사람이면서도 왕도를 알았던 자라 이를 만하다.

율律과 도度, 양量과 형衡은 모두 몸에서 취한 것이다. 그러므로 비장脾臟은 음흅이 궁宮이며, 폐장肺臟은 음이 상商이며, 간장肝臟은 음이 각角이며, 심장心臟은 음이 치徵이며, 신장腎臟은 음이 우羽가 된다. 이것은 악률이 몸에서 나온 예이다. 중지中指의 가운데 마디를 열로 나누면 1촌寸이 되고, 1백 촌이 1척尺(자)이 되며, 10척이 1장丈이 되며, 10장이 1인引이 된다. 이는 도度(길이의 단위)가 몸에서 나온 예이다. 중지中指만큼의 기장 알갱이가 규圭가 되고, 3규가 1철撮이 되며, 3철이 1약龠이 되며, 10약이 1합合(홉)이 되며, 10홉이 1승升(한 되)이 되며, 10승이 1두斗(한 말)이 된다. 이는 양量(부피의 단위)이 몸에서 나온 예이다. 3철撮의 기장 알은 12수銖가 되고 24수는 1양兩이 되며, 16양은 1근斤이 되며, 30근은 1균鈞이 되며, 4균은 1석石이 된다. 이는 형衡(무게의 단위)가 몸에서 나온 예이다. 성인聖人은 음양의 순수한 기운을 품부한지라 그러므로 음성은 악률이 되고 실행은 법도가 되었다. 보통사람은 품부한 기운이 이미 한 쪽으로 치우친 데다 형체가 중절을 놓친지라 그러므로 성인이 황종黃鐘의 기율을 제정하여 성률을 안정시키고, 도량형 또한 이를 따라 정하였다. 비유컨대 마치 눈이 스스로를 볼 수는 없으나 거울을 빌어서 밝게 볼 수 있으며, 마음이 스스로를 알 수 없으나 거북점을 빌어서 영험해질 수 있는 것과 같다.

느긋하게 평온하여 일이 없을 때를 당해서는 터럭 끝과 같은 예禮도 태산보다 중하다. 거백옥蘧伯玉이 대궐 앞을 지날 때 수레에서 내린 것이 이 때문이다. 나라에 위급함이 생겨 일이 있을 때를 만나서는 경상의 법도가 때로 바뀔 수도 있다. 탕 임금과 무왕이 임금을 내쫓고 그 나라를 정벌한 것이 이 때문이다. 대개 예는 마치 나라의 외곽이며 집안의 울타리와 같은 것일 따름이다. 나라의 외곽이 엄중하면 외적들이 마음부터 위축되어 굳이 성城 밑에서 꺾을 필요가 없을 것이며, 집안의 울타리가 견고하면 좀도둑이 걸음을 돌려 문안에서 제어할 필요가 없을 것이다. 만약 외적이 쳐들어오고 도둑이 일어나게 되면 마땅히 투구를 쓰고 창을 잡고 주살을 쏘며 쫓아야지 어찌 다시 외곽과 울타리를 보강하고만 있겠는가? 그러므로 예라는 것은 아직 어지러워지지 않았을 때는 능히 어지러움을 막지만 이미 어지러워졌을 때는 어지러움을 이길 수 없는 것이다. 지금 사람들은 무사할 때는 그것을 폐기하려 하고, 혹자는 일이 생기고 난 뒤에 그것을 보강하고자 하니 모두 예를 모르는 사람이라 이를 만하다.

예禮를 행하는 자는 모름지기 시세를 참작하여 그것을 시행해야 한다. 시세에 순조롭다면 예는 그 전체를 써야하며, 시세에 거슬린다면 예는 그 반을 쓸 따름이다. 소공昭公의 만자제가 돌아갔을 때, 공자孔子께서 조문하실 적에 계씨季氏가 문복統服을 입지 않은 것을 보고, 또한 질대経帶를 풀고 절하셨다. 대저 질대를 풀고 절하는 것이 예가 아니나 부득이해서였다. 그러므로 예에는 여러 사람 때문에 격을 낮추[紬]는 경우가 있으며, 귀하기 때문에 낮추는 경우가 있으며, 제도 때문에 낮추는 경우가 있으며, 형세가 그러해서 낮추는 경우가 있는 것이다. 낮추고 펴는 사이에 변동이 달려 있으니 시세를 참작할 줄 모르고 예법을 바꾸지 않을 것을 고집하는 자는 다만 가르침을 부지 할 수 있을 따름이요, 세상을 경륜하기에는 부족하다. 그러므로 현인은 예를 지키고, 성인은 권도에 따라 응변하는 것이다.

성인聖人께서 의상을 만드신 것은 대개 우리 몸 안에서 그 상징을 채택하신 것이다. 웃옷 뒤에 독봉督縫을 둔 것은 독맥督脈을 본 뜬 것이요, 앞의 옷섶을 붙여서 꿰매는 것은 임맥任脈을 본 뜬 것이다. 신의紳衣(관복)의 옷깃을 네모나게[方領]하여 쌍을 드리워지게 하는 충맥衝脈을 본 뜬 것이며, 바깥 고름을 오른쪽으로 매는 것은 음유陰維를 본 뜬 것이다. 허리에 띠를 두르는 것은 대맥을 본 뜬 것이요, 두 소매 아래 솔기를 드리운 것은 두 손의 경맥經脈이 넙적다리에 이어진 것을 본 뜬 것이다. 치마(아래 옷)의 좌우가 모두 세 폭인 것은 삼음삼양의 경맥이 두 발꿈치에 이어짐을 본뜬 것이다. 맥에는 상중하의 세 부위가 있고 옷에는 웃옷과 아래옷, 버선의 세 종류가 있다. 이는 대개 몸 겉에서 볼 수 있는 것으로 몸 안의 보이지 않는 것을 가린 것이다. 사람으로 하여금 그 이치를 이해하여 성性을 보존하고 몸을 수양하게 하고자 해서이다.

도의 연고道故가 있으며 세고世故가 있으니, 도고라는 것은 전례典禮와 의문儀文 중에 고금의 성현이 함께 따랐던 것이요, 세고라는 것은 풍기風氣와 습속習俗, 기욕嗜慾과 언어言語로 비록 도에 부합하지는 않으나 그 유래가 오래된 것이다. 성현이 또한 도를 떠나지 않고 세상과 다르게 처신하지 않는다[不違異]고 하셨던지라 그러므로 묵자가 형荊을 만났으며[墨子見荊], 문왕文王이 비단옷을 입고 생황을 불었으며, 우임금이 나국倮國에 들어갈 때 나체로 들어갔다가 옷을 입고 나왔으며, 중옹仲雍이 오吳를 다스릴 때 머리를 자르고 몸에 무늬를 새겼으며, 공자께서 노魯를 다스릴 때 엽교獵較의 풍습을 함께 하였으니 대개 세상이 다 그렇게 하는 것을 유독 자신만 다르게 할 수 없었기 때문이다. 다르다는 것은 속임수라 하지 않고 반드시 한 쪽으로 너무 치우쳤다고 한다. 속임수는 천도를 어기는 것이니 천도를 어기는 자는 하늘의 재앙이 있으며, 한 쪽으로 편벽되면 인도를 어기는 것이니 인도를 어기는 자는 사람의 재앙이 있는 것이다.

남방의 풍속에 그 이를 검게 물들이는 자들이 있으니 묵치지민墨齒之民이라 한다. 그 이마에 먹칠을 하는 자들이 있으니 조제지민雕題之民이라 한다. 그 몸에 자자하는 자들이 있으니 문신지민文身之民이라 한다. 중국 사람들은 그들을 비웃어 그 천성을 갈았다고 하는데, 지금 분칠을 하고 연지를 바르며, 수염을 검게 하고 머리카락을 염색하며, 귀를 뚫고, 발을 싸매어 옥죄는 것은 유독 사람으로서 천성을 어기는 짓이 아니란 말인가? 이것을 편안히 여기면서 괴이하게 여기지 않으니 이야말로 둘이나 다섯은 알면서 열은 모르는 짓이다. 우리 풍습에 망건을 둘러 머리를 싸매는 일 또한 이와 마찬가지이다.

문장은 비록 작은 기술이나 언제나 기수氣數와 운세運勢 따라 전이轉移하면서 그 시대를 징험한다. 전모典謨의 문장은 깊고도 후하니 왕자王者의 징험이며, 서한西漢의 글은 질박하면서 천근하니 패자覇者의 징험이다. 춘추春秋의 글은 순하면서 부박하니 쇠세의 징험이며, 국어國語와 전국책戰國策의 글은 사납고 휼괴譎怪하니 난세의 징험이다. 송대宋代 말엽의 글은 느슨하며 우원하니 문약文弱의 징험이며, 육조六朝의 문장은 수려하고 화미하니 망국의 징험이다. 오직 당나라의 한유韓愈와 송나라의 구양수歐陽修가 온유 침중함이 조금은 치세의 문장에 가깝다. 그러나 왕왕 미려함에서 넘치고 사실에는 성글이 끝내 쇠세衰世의 언사를 벗어나지 못하였다. 그러므로 내가 일찍이 논하기를, "상세上世에는 말하지 않고 행하였으며, 중세中世에는 행할 바를 말하였으며, 쇠세에는 뻔한 것을 말하였으며, 난세에는 혼미한 것을 말하였다.”고 한 것이다. 지금 문장을 공부하는 사람이 누가 그 혼미한 것을 말하는 자가 아니겠는가?

글이 문장이 되는 것은 마치 나무가 재목이 되는 것과 같다. 그 처음에 연약하게 싹을 틔워 빼어날 때는 날마다 그 자라는 것에 힘을 쓰느라 능히 견실하지 못하다가 그 오래됨에 미쳐서는 다시 더 자라지는 않으나 날마다 견고해진다. 당초의 성장하는 기세가 없다면 그 기상에 도달할 수 없으며, 나중의 견고함이 없다면 그 본질을 굳게 할 수가 없을 것이다. 생각컨대 문장이 또한 그러하다. 젊었을 때에 분방한 뜻으로 필력을 펼칠 때는 기백을 크게 펼치며 말의 운치를 빼어나게 하는데 힘쓰다가, 저 만년에 이르러 화려함을 버리고 내실을 이룰 때는 언사는 깊고 그윽함을 높은 경지로 치고, 기상은 수렴하여 갈무리하는 것을 귀한 경지로 친다. 비유컨대 마치 높은 산이나 큰 못이 날카롭고 분방한 형세를 드러내지 않으면서도 다만 못과 같은 빛과 창연한 색깔이 은연중에 자구字句의 사이에서 비쳐 나오나니 이때에서야 바야흐로 좋은 문장이 되는 것이다.

글은 배와 같다. 지금 용의 무늬를 그린 큰 배가 있는데 그 외부의 장식이 비록 화려하다 하더라도 그 속에 몹쓸 사람이나 거름흙을 싣고 있다면 사람들이 아무도 들르려 하지 않을 것이다. 소박한 작은 배 한척이 그 겉은 소박하고 초라하나 고명한 선비와 금은보화를 실었다면 그것을 보려는 구경꾼이 담처럼 둘러설 것이다. 배가 만들어진 것은 처음에는 사람이나 물건을 실어 나르기 위한 것이었으므로 겉치장을 중하게 여기지 않고 안에 싣는 것을 중하게 여겼다. 세상의 글하는 자들이 대부분 비루하고 잡스러운 견해로 찬란한 수식을 입히면서 스스로 불후不朽의 성대한 업적을 지은 줄로 안다. 이것은 무늬를 그린 배에 채색의 돛을 달았으되 그 안에 몹쓸 사람이나 거름흙을 싣고 남에게 자랑하는 것과 무엇이 다르겠는가? 그러므로 금석에 문장을 새겨 오래 가게 하려는 것은 이치를 합당하게 하여 오래 가게 하는 것만 못하니 이치가 금석보다 견고하기 때문이요, 현달한 귀인에게 문장을 빌리는 것은 도리에 힘입는 것만 못하니 도리가 현달한 귀인보다 높기 때문이다.

천지 사이에 무인이 나는 것은 당세로 하여금 일이 많게 할 조짐이요, 문인이 나는 것은 후세로 하여금 일이 많게 할 조짐이다. 한 사람의 올바른 관리가 나오면 그 당세 사람이 반드시 그의 원망을 받는 자가 생기고, 한 사람의 좋은 사관이 나오면 그 앞 세대의 사람이 반드시 그의 원망을 받는 자가 생기게 된다. 한창려韓昌黎(한유韓愈)가 일찍이 말하기를, “사관이 된 자는 사람으로 인한 재앙이 없으면 반드시 하늘로 인한 재앙이 있으리라.”고 하였다. 이는 대개 자신의 뜻대로 행한 포폄褒貶 때문에 명계冥界의 혼령들이 분원을 품는 자가 많기 때문이다.

성인聖人이 포폄하신 한 마디 말씀은 천하 후세를 위하여 권선징악勸善懲惡의 뜻을 보이신 것이니 비단 한 개인을 위하여 그 공과를 밝힌 것일 뿐만이 아니다. 자로子路가 물에 빠진 사람을 구하고서 성대한 사례를 받자 공자께서 말씀하기를, “이제부터 노나라에는 반드시 물에 빠진 사람을 구해주는 이가 많아질 것이다.”라 하였고 자공子貢이 제후에게서 어떤 사람을 대속代贖해주고도 사례하는 황금을 받지 않자 공자께서 말씀하기를, “이제부터 노나라에는 반드시 어떤 사람을 대속시키는 이가 없을 것이다.”라고 하였다. 대저 성대한 사례를 받은 것은 자신의 행위를 사고 판 것인데도 칭찬하시며, 사례금을 받지 않은 것은 청렴한 일인데도 억제하신 것은 대개 어떤 결과의 이롭고 이롭지 못한 것으로 그 애초의 잘잘못을 재단하는 일이 있을까 염려하셔서이다. 진중자陳仲子의 거위고기를 토할 정도의 염결廉潔함이 어찌 사물에 해가 될 것인가? 그러나 군자는 어머니와 형에 대한 윤상倫常을 바로잡고자 하였던 고로 그의 지조를 지렁이에 비등하다 하였다. 백이와 숙제가 무왕의 말고삐를 잡고 말린 행위가 천하사에 무슨 유익함이 있었던가? 그러나 군자는 군신 간의 의리를 부식扶植하고자 하였던 고로 그 빛나는 덕을 일월에 비겼던 것이다. (공자께서) 춘추에서 제표齊豹를 도적이라 하시자 검객들이 얼굴에 땀을 흘렸고, 사마천이 (『사기史記』에서) 형가荊軻를 유협이라 하자 용맹 있는 선비들이 분발하여 팔을 걷어 붙였으니 시비를 논정할 때 가히 신중히 하지 않을 수 있겠는가?

5성聲은 소리마다 각각 5음音을 갖추고 있어 5×5는 25로, 그 소리가 완비되었다. 그러므로 비파의 현의 숫자는 모두 스물다섯 줄이다. 거문고는 본래 다섯줄로 5성을 구비하였었으나 다시 두 줄의 현을 더한 것이니, 궁宮이 너무 탁하고 우羽가 너무 가는 소리인지라 그러므로 반궁半宮과 반우半羽를 돕게 하여 커도 넓게 발산하는 소리[攄]에 이르지 않게 하고, 가늘어도 가볍게 소멸하는 소리[㴉]에 이르지 않게 한 것이다. 기문고가 간략하고 비파가 복잡한 것은 거문고가 비록 하나의 줄로 하나의 소리를 내되 현의 길고 짧음이나 느리고 빠른 소리에 5성이 구비되어 있으므로, 비파의 스물다섯 줄을 충분히 감당하기 때문이다.

우리 몸속에 자연의 음악이 있으니 비장脾臟의 음은 노래하는 듯하여 궁성宮聲이 되고 폐장肺臟의 음은 곡하는 듯하여 상성商聲이 되며, 간장肝臟의 음은 웃는 듯하여 각성角聲이 되고 심장心臟의 음은 말하는 듯하여 치성徵聲이 되며, 신장腎臟의 음은 울부짖는 듯하여 우성羽聲이 된다. 이것이 천지의 원래 소리이다. 또 후음喉音은 궁이요, 치음齒音은 상이며, 아음牙音은 각이요, 설음舌音은 치며, 순음脣音은 우이니 이것은 원래 소리의 변성變聲이다. 성인聖人은 천지의 중화中和의 기氣를 타고났으므로 온 몸이 사시四時의 절후에 응하여 기가 바깥으로 밀고 나가면 소리가 안에서 변한다. 11월의 음은 황종黃鐘에 딱 들어맞고, 12월의 음은 태려大呂에 딱 들어맞는다. 이것을 열두 달에 미루어 나가면 그렇게 되지 않는 것이 없으니 이른바 '(성인은) 소리가 악률이 된다.'고 한 말이 이것이다.

성聲과 기氣는 상응하는 것으로 소리가 나면 기운이 움직이고 기운이 움직이면 바람이 일어나며 바람이 불면 사시四時의 운용이 그를 따른다. 그러므로 악樂은 가히 팔방의 바람을 펴서 사시를 다스릴 수 있는 것이다. 그것을 사람의 몸에 징험해보면 초살焦殺의 음[169]을 들을 때에는 정신 기운이 처량해지며, 희이希夷의 음[170]을 들을 때에는 정신 기운이 화락해진다. 시비의 소리가 날 때는 기운이 지극히 처창한 느낌을 요동하여 모골이 송연해지고, 심하면 마음이 슬퍼지거나 울고 싶어진다. 화락함이 지극해지면 생각이 상쾌하며 정신이 나는 듯하고, 심하면 수족이 뛸 듯하여 춤을 추게 된다. 이런 것이 기운이 발동하면 함께 행해지는 것이 아닌가? 사람을 감동시키는 것이 이와 같으며, 사물을 감동시킴이 또한 이와 같으며, 천지를 감동시킴이 또한 이와 같다. 그러므로 맑은 청각淸角(고대의 악기 이름)을 연주하면 슬픈 바람이 불어오고, 추연鄒衍이 악률樂律을 불면 그윽한 골짜기가 따뜻해지는 것이다. 성聲과 기氣가 서로 상대를 부르는 것이 어찌 이상할 것이 있겠는가?

손을 잘못 놀려 자신의 눈을 다치면 눈을 아까워하는 자라도 자신의 손을 탓하지 않는다.

---

169) 초살焦殺의 음 : 숙살肅殺의 음. 가을 소리.
170) 희이希夷의 음 : 노자老子의 『도덕경道德經』14장에 "보아도 안 보이는 것을 이夷라 하고, 들어도 안 들리는 것을 희希라 한다." 하였다.

그 손은 본래 무심하기 때문이다. 발을 잘못 디뎌 그 몸을 다치면 몸을 아까워하는 자라도 자신의 발을 원망하지 않는다. 발은 본래 무지하기 때문이다. 성인이 사람을 다스릴 때, 생각 없이 저지른 실수를 마치 손이 눈을 다치게 한 것과 같이 보니, 그 때문에 비록 죄는 크지만 반드시 긍휼히 여기는 것이며, 무지하여 저지른 과오를 마치 발이 잘못 디뎌 몸을 다치게 한 것과 같이 보니, 그 때문에 고의로 범한 일이 아니면 반드시 풀어주는 것이다.

코끼리에게 상아가 있는 것이나 코뿔소에게 뿔이 있는 것, 호랑이나 표범에게 털이 있는 것이나 꿩에게 깃이 있는 것이며 앵무새에게 혀가 있는 것은 모두 스스로를 특이하게 하나 도리어 자신을 해치는 까닭이 된다. 꽃게[蝤蛑]에게 칼 같은 앞다리가 있는 것이나 심어[鱘魚]에게 세 자 길이의 부리주둥이가 있는 것, 상어[鯊魚]의 등지느러미[鬐翅]가 마치 창과 같은 것은 모두 스스로를 웅대하게 하는 것이나 끝내는 도살되는 까닭이 된다. 오직 올빼미는 눈이 어둡되 그물이나 주살이 몸에 이르지 않고 가죽나무이나 참나무는 옹이와 혹이 많되 도끼가 자신에게 이르지 않는다. 이에 세상에 소용이 없는 것들이 세상에서 버림받지만 스스로를 보전하며, 사람에게 쓰임이 있는 것들이 비록 아름답다고 여겨지지만 화를 면하지 못함을 알겠다. 그러므로 성인은 '유용有用의 용用'을 귀히 여기지 않고, 저 '무용의 용'을 귀하게 여긴 것이다.

낚시를 무는 물고기는 반드시 물고기 중의 날뛰는[跋扈] 놈이요, 함정에 빠지는 짐승은 반드시 짐승 중의 으르렁거리는[狼攫] 놈이다. 고기 중에 날뛰지 않는 놈은 그 먹이를 다툴 때에 앞서지 못하고 짐승 중에 으르렁거리지 않는 놈은 그 암컷을 차지할[逐媒] 때에 사납지 못한 법이다. 사람 중에 총명하고 잘 살피는 자는 그 이익을 얻음이 매양 다른 사람보다 곱절이 되되 그 재해를 얻음이 또한 항상 남보다 곱절이 된다. 눈은 밝지만 사유가 밝지 못하여 화를 부르기에 알맞기 때문이다. 그러므로 시에 이르기를, "이미 눈이 밝고도 또 사유가 밝아 자신의 몸을 보전하는구나."라고 한 것이다.

남에게 충고를 듣고서 그것을 가벼이 거부하는 자는 더불어 말할 수 없는 상대요, 가벼이 수용하는 자 또한 더불어 말할 상대가 못된다. 좋은 말을 가벼이 받아들이는 자는 또 반드시 몹쓸 말도 가벼이 받아들이니 오늘 받아들인 것을 내일 도로 거부하기 때문이다. 오직 선행을 듣기를 마치 기갈 든 것처럼 하고 악행을 듣기를 마치 토할 듯이 하는 자라야 비로소 더불어 깊은 충정을 이야기 하더라도 의심이 없으며, 말을 마음 놓고 하더라도 기탄이 없는 것이다.

　고량진미膏粱珍味를 누가 배불리 먹고 싶어 하지 않겠는가? 그러나 그것을 위장병이 있는 자에게 주면 구역질이 나서 먹지를 못한다. 수놓은 비단 옷을 누가 입고 싶어 하지 않겠는가? 그러나 그것을 더위 먹은 사람에게 주면 내던지고 입지 않는다. 대저 착한 언행이 또한 사람의 고량진미나 비단 옷과 같으나 주어도 받아들이지 않는 것은 그가 자신 속에 반드시 병통을 가지고 있기 때문이다. 그러므로 이르기를, "대인大人이라야 능히 군주 마음의 그릇된 점을 바로잡을 수 있다."고 한 것이다.

　사람의 마음이 천지에 감응하는 데는 대중의 힘으로 감응하는 경우가 있고, 한 사람의 전일한 힘으로 감응하는 경우가 있다. '삼군三軍이 근심스러워하며 원망하니 풀 한포기 없는 땅에 메뚜기가 날아들었다.'하거나 '만백성이 호소하며 울부짖으니 산이 무너지고 내가 말랐다.'고 하는 경우는 대중의 기운이 감응한 경우요, '필부匹夫로서 옥송獄訟에 묶이자 6월에 서리가 내렸다.'거나 '필부匹婦로서 원통함을 품으니 3년 동안 가뭄이 들었다.'하는데, 이는 한 사람의 전일한 기운이 감응한 경우이다. 대개 사람이 많은 경우에는 뜻이 전일하지 못하나 기운이 왕성하므로 천지 사이에 드넓고 굳세게 들어차며, 뜻이 전일한 경우에는 사람이 많지 못하더라도 정精한 기운이 통달하므로 천지에 사무치는 법이다. 활쏘기에 비유하자면 삼군이 일제히 백발의 화살을 쏜다면 맞히지 못하는 것이 없을 것이며, 양유기養由基[171]가 혼자 한 개의 화살을 쏘아도 또한 맞히지 못하는 것이 없는 것과 같다.

　하늘의 기상氣象은 구소九霄의 위에서 움직이지만 기상을 점치는 자는 그 길흉을 미리 알아낸다. 땅의 기운은 구천九泉의 아래에서 움직이지만 기운을 헤아리는 자는 휴구休咎(길흉)를 일찍 감치 보아낸다. 사람의 뜻은 사방 한 치 마음[方寸] 사이에서 움직이지만 뜻을 살피는 자는 그 향배向背를 먼저 알 수 있다. 사람이 보지 못하지만 밝기가 마치 운한雲漢과 같고, 사람이 듣지 못하나 크게 울리기가 마치 천둥과 같은 법이니 가히 두려워하지 않을 수 있겠는가? 그러므로

---

171) 양유기養由基 : 춘추시대 초楚 나라 사람. 활을 잘 쏘아 "백 걸음 앞에서 버들잎을 쏘아 꿰뚫었다[百步穿楊]."고 한다.

이르기를, "숨은 것이 비록 엎드린 듯하나 또한 지극히 밝게 드러나도다."라 한 것이다.

비록 모모娛母172)와 같은 용모를 가졌더라도 남몰래 들여다보는 거울[暗鑑]을 귀히 여기지 않는 것은 거울이 그 추한 용모를 없앨 수 없음을 알기 때문이다. 비록 난쟁이와 같은 작은 키를 가졌더라도 높직한 돌 위에 올라서지 않는 것은 높은 돌이 그 키를 늘여줄 수 없음을 알기 때문이다. 세상 사람이 허물을 저지르고도 남들이 알까 근심하는 것은 이 남몰래 들여다보는 거울을 귀하게 여기는 마음이며, 선행을 한 적이 없으면서도 남의 칭찬을 기뻐하는 것은 높은 돌에 올라서는 잔꾀이다.

어깨는 진실로 발보다 귀하다. 그러나 만약 자신의 어깨만 기르고 발을 없애버린다면 어깨가 소용이 없을 것이다. 갖옷은 진실로 고쟁이보다 화려한 옷이다. 그러나 만약 갖옷만 남기고 고쟁이를 버린다면 갖옷이 장식품이 될 수가 없을 것이다. 그러므로 귀한 것은 반드시 귀하지 않은 것이 있은 이후에 귀해지며 화려한 것은 반드시 화려하지 않은 것이 있은 이후에 화려해 지는 것이다.

공명과 세도가 있는 사람은 아마 무당과 같은가 보다. 무당에게 막 신이 내렸을 때는, 늙은 사람은 그에게 마치 자신의 조상이나 되듯이 절을 하고, 젊은이는 마치 자신의 아비나 되듯이 절을 한다. 그러나 신이 떠나고 나면 무당을 종과 똑같이 대우한다. 그렇다면 그가 절한 것은 무당에게 한 절이 아니라 무당에 내린 신에게 한 절이다. 지금 공명과 세도가 있는 사람을 모든 사람들이 떠받들고 예를 표하기를173) 마치 신명이나 되듯이 한다. 이것이 과연 그 사람을 섬겨서이겠는가? 역시 그 사람에게 있는 공명과 세도를 섬겨서일 따름이니 하루아침에 권세가 떨어지게 되면 반드시 종과 대등하게 대우하는 것이다.

사람들은 모두 명리名利를 좋아하는데, 공자께서 말씀하기를, "군자는 세상을 마칠 때까지 이름이 일컬어지지 않는 것을 미워한다."라 하고, 또 "변통하여 이로움을 지극하게 한다."라

---

172) 모모娛母 : 황제黃帝의 제4비妃로 얼굴은 아주 못생겼어도 마음씨는 매우 착했다는 여자(『전국책戰國策』 초책楚策).
173) 떠받들고 예를 표하기를 : 원문은 경기곡권擊跽曲拳. 『장자莊子』 인간세人間世에 보이는 말이다.

하셨으니 성현이 또한 어찌 스스로 이와 다르게 한 적이 있으랴? 미워하신 것은 다만 세속의
명예를 좋아하며 사소한 이끗을 다투는 것이었을 따름이다. 대저 세속의 명예는 큰 도리를
욕 먹인다. 사치를 화려함으로 알고 참람함을 영웅적인 것으로 알며, 오만함을 고상함으로 알
고 허탄함을 통달함으로 알며, 약은 수를 지혜로 여기고 난폭함을 호매함으로 아는 것 등이
바로 이것이다. 사소한 이끗은 큰 도리를 해친다. 취할 때는 많은 것을 좇고 줄 때는 적은
것을 좇으며, 몰래 계획함은 도둑질이 되고 드러나게 계획함은 빼앗음이 된다. 원망과 재물은
다 갖추고 은혜와 염치는 잃어가는 것 등이 바로 이것이다. 치욕을 명예로 알고 해로움을 이
로움으로 아니 이것이 어찌 굶주린 사람이 오훼烏喙174)를 먹으며 목마른 사람이 짐주鴆酒175)
를 마시는 것과 다르겠는가?

　사람을 마소馬牛라 하면 사람은 반드시 성을 낸다. 마소를 사람이라 하면 마소는 기뻐할 줄
모른다. 사람은 명성을 좋아하나 마소는 명성을 좋아하지 않기 때문이니 또한 성현의 아름다
운 명성을 더할지라도 그것을 꼴 한 단 던져주는 것만도 못하게 여긴다. 대저 성현의 아름다
운 명성을 기뻐하지 않고 꼴 한 단 던져주는 것을 기뻐하는 것은 실리가 거기에 있기 때문이
다. 옛날 허유許由가 요堯임금의 천자양위天子讓位를 사양하며 말하기를, "명예란 실리의 빈객
이다. 내가 장차 빈객이 되겠는가?"라 하였다. 허유가 천자로 일컬어지기를 원하지 않은 것은
소나 말이 성현으로 일컬어지기를 바라지 않는 것과 마찬가지이다.

　서캐나 이, 모기나 등에는 사람의 살갗을 집어 피를 빠는 점에서 같다. 그러나 사람이 능히
서캐와 이는 참으면서 모기와 등에는 참지 못하는 것은 서캐와 이는 가렵게 하나 모기나 등
에는 따갑게 하기 때문이다. 이득을 노리는 자가 남에게 그 아픔을 알게 하는 데는 이르지
않는 법이니 그래서야 되겠는가?
　금은보화는 사람의 삶에 이익될 것이 없으나 세상 사람들이 다 쓰는 바이니 쓰지 않을 수
가 없다. 공경과 대부는 사람의 본성에 영예로울 것이 없으나 세상 사람들이 다 귀하게 여기
는 바이니 귀하게 여기지 않을 수가 없다. 성인이 어찌 그것의 헛됨을 모르랴마는 세상을 주

---

174) 오훼烏喙 : 바곳의 덩이뿌리. 성질은 덥고 독성이 있는데 심복통心腹痛·치통齒痛 등의 치료제로
　　 쓰인다. 뿌리의 모양이 까마귀 머리처럼 생겼다 하여 붙여진 이름이다. 토부자土附子·초오草烏·
　　 오두烏頭라고도 한다.
175) 짐주鴆酒 : 짐새의 털을 담근 술. 사람을 살해하는 일종의 독약.

유하는 도리가 그러하지 않을 수가 없었던 것이다. 비유컨대 마치 헤엄을 치는 자가 박[瓠]을 끌어안으며, 등반을 하는 자가 밧줄을 매되 때가 되면 그것을 쓰고 때가 지나면 버리는 것과 같으니, 각각 마땅한 바에 알맞게 처신하되 구차히 거취를 행하지 않는 것이다.

사람들의 이른바 즐거움이란 것은 모두 다른 사물의 근심을 즐거워하는 것이다. 낚시질은 고기의 근심을 즐거워하는 것이요, 주살질은 새의 근심을 즐거워하는 것이다. 사냥은 짐승의 근심을 즐거워하는 것이요, 요리는 희생의 근심을 즐거워하는 것이다. 집을 짓는 일은 기술자의 근심을 즐거워하는 것이요, 전쟁을 벌이는 일은 만백성의 근심을 즐거워하는 것이다. 그러므로 한 사람이 웃을 때 천 사람이 눈물을 흘리며, 한 사람이 마음에 쾌할 때 천 사람이 고통스러워한다. 오직 성인만이 만물이 각각 제자리를 얻는 것을 즐거움으로 삼는 것이니 그러므로 이르기를, "늙은이를 편안하게 하고 벗을 미덥게 하며 어린이를 품어준다."고 한 것이다. 성인의 즐거움은 공변된 즐거움이니 그러므로 많은 사람들이 취하지만 금하는 법이 없다. 사람들의 즐거움은 사사로운 즐거움이니 그러므로 즐거움이 다했을 때 슬픔이 생기는 것이다.

사람이 벗을 얻을 때가 되면 원수지간도 측근이 되며, 벗을 잃을 때가 되면 친척도 적이 되는 법이다. 그러므로 백리해百里奚는 우虞 나라를 설득하기를 그만두었으나 진秦 나라에서 이름을 날렸으며, 소진蘇秦은 진나라에서 갖옷이 헤어지도록 곤궁하였으나 육국六國의 재상의 인수를 둘렀으니, 그 지혜에 이로움과 둔함이 있거나 벗함에 어울리고 어울리지 않음이 있어서가 아니다. 비유하자면 마치 배가 바람을 타면 온갖 파도가 순항을 돕고, 바람을 거스르면 숱한 파도가 그 뱃머리를 막는 것과 같다. 파도에 어찌 희로의 감정이 있으랴? 또한 만난 때가 같지 않아서일 따름이다.

자기만 못한 사람을 벗 삼지 말라는 것은 보통사람들을 위한 말이다. 만약 성인이라면 또한 자기만 못한 자를 벗 삼았으니, 성인이 진실로 자기보다 나은 자를 가려서 사귀려고 하였다면 천하에 아무도 벗 삼을 만한 사람이 없었을 것이다. 비록 자기만 같지 못한 자이더라도 또한 반드시 몸에 스승 삼을 만한 점이 있는 법이다. 예를 들자면 "씨 뿌리는 일은 농군만 못하고 밭갈이는 원두꾼만 못하며, 산에 들어가서는 나무꾼에게 묻고 물에 들어가서는 어옹에게 묻는다."고 하였으니 성인이 무엇에선들 스승 삼지 않았겠는가? 생각컨대 스승 삼지 않은 것이 없다는 것이야말로 천하 만세의 스승이 된 까닭일 것이다.

우리 사람들이 인간세계에 살되 무리를 떠나 흩어져 살 때는 각각 목숨을 영위하였던 지라 그러므로 홀로 영화롭고 홀로 시들었다. 무리 지어 함께 살 때는 함께 어울려 목숨을 영위해야 했던지라 그러므로 함께 재앙을 입고 함께 복을 누렸다. 숲을 이룬 나무는 함께 도끼날의 벌채를 당하며, 무리 지은 짐승들은 함께 그물과 함정에 빠진다. 떼를 지은 새들은 함께 화살과 작살의 해를 당하며, 무리 지은 물고기는 함께 그물과 통발에 들어가게 되는 법이다. 장평長平에서 패한 사졸들이 같은 날에 매장의 화를 입었고, 운대雲臺의 공신이 같은 날에 공훈에 봉해졌던 일이 어찌 그 징험이 아니랴? 그러므로 지혜로운 사람은 그 무리를 가릴 때 반드시 신중히 하는 법이니, 비단 서로를 살피는 데 도움이 되기 때문이 아니라 또한 화복이 함께 함을 두려워해서이다.

▫ 이치의 바다를 조개 껍데기로 헤아려보다. 하 理海蠡測 下

무릇 공간에서 형체를 가지고 있는 물건은 세 종류로 개괄할 수 있다. 동물로서는 사람과 금수, 곤충과 어별魚鼈 등이 이것이다. 식물로서는 초목과 곡식, 과일과 채소 등이 이것이다. 광물로서는 금은과 동철, 옥석, 유황과 석탄 등이 이것이다.

사물의 종류는 만 가지가 있으나 세 가지 형체形體를 [세 형태라고도 한다.] 벗어나지 않는다. 쇠와 돌, 대나무나 나무 등은 고체이며, 물과 기름, 술이나 수은 등은 액체이며, 연기와 안개, 공기 등은 기체이다. 세 가지 형체가 각기 하나의 형태를 가지지만 또한 순환하여 변화하는 것도 있다. 예컨대 물은 얼어 얼음이 되기도 하며 또 증기가 되기도 한다.

모든 물체에는 관성慣性이 [타성惰性이라고도 한다.] 있다. 시험삼아 나무나 돌 등의 종류를 안정된 곳에 놓아두면 영원히 움직이지 않는다. 위태한 곳에 놓아두면 흔들려 고요해지기 어렵다. 이것으로 물체의 성질을 멈추게 하면 움직이기 어렵고 움직이도록 하면 멈추기 어려움을 알 수 있는데 이것을 관성이라 한다.

쇠나 돌은 지극히 단단하며 지극히 굳세다. 그러나 자르면 능히 여러 조각으로 만들 수 있으니 그것이 나누어지는 성질을 가지고 있기 때문이다. 풀과 나무, 베와 비단이 또한 그러한데, 만약 이 나누어지는 성질이 없다면 사람의 일용사물이 그 쓰임새가 없어질 것이다.

초가 타면 초는 다하나 타면서 연기가 된다. 물이 증발하면 물 자체는 마르나 증발하면서 기체가 된다. 이것을 미루어 관찰하면 천하의 사물 모두가 멸하지 않는 성질을 가지고 있어 영원히 존재한다. 다만 어떤 경우에 형상이 전연 변하여 다시 초나 물이 아닌 것이 될 뿐이다.

단단하기로는 쇠만한 것이 없으나 유리로 갈면 얇아진다. 이는 유리가 쇠에 비하여 더 단단하기 때문이다. 그러나 유리는 금강석으로 갈면 또한 얇아지니 그러므로 천하의 물질 중에 반드시 금강석을 가장 단단한 것으로 치는 것이다.

유리는 지극히 견고하나 부수기는 쉽다. 강철은 지극히 단단하나 자르기는 쉽다. 그것들이 무른 성질을 가지고 있기 때문이다. 이로써 모든 물질 중 단단한 성질을 가진 것은 반드시 무른 성질을 내포하고 있음을 알 수 있다.

쇠와 주석은 가히 망치로 두드려서 얇은 잎새처럼 만들 수 있으며 구리와 쇠는 늘여서 가는 철사를 만들 수 있다. 만물이 늘어지고 펴지는 성질이 있기 때문이다. 그러나 나무와 돌은 이러한 성질이 없는지라 그러므로 길게 늘일 수 없는 것이다.

사슴 가죽은 잡아당기면 길게 늘어나다가 놓으면 줄어들어 원래의 모습으로 돌아간다. 대나무 장대는 휘면 구부러지다가 놓으면 곧아져 원래의 모습으로 돌아간다. 그 형세의 빠르기가 마치 총알과 같은지라 이런 성질을 탄성彈性이라 하는 것이다.

쇠는 처서 부수기 어려우며 나무는 휘어서 끊기 어렵다. 그것이 각각 분자의 응결력을 가지고 있기 때문이다. 이 응결력은 처음에 거리가 지극히 가까울 때는 보여지다가 이미 끊어진 후에는 거리가 이미 멀어지므로 다시 응결하지 못하는 것이다. 대개 이 응결력은 고체 상태에서 가장 크고, 액체 상태에서 가장 작다. 기체 상태에서는 전연 응결력이 없다.

종이가 물에 젖으면 스며서 젖게 되며, 나무가 기름에 들어가면 덧칠해져서 윤택해진다. 고체와 액체에는 점력粘力이 있기 때문이다. 옻즙이 물건에 덧칠되고 아교가 물건에 접착되는 것은 모두 이 점력이 그렇도록 하는 것이다. 무릇 서로 다른 물체가 서로 합해지는 것을 점력粘力이라 하고, 같은 물체끼리 서로 합해지는 것을 결력結力이라 하니 이것이 서로 다른 점이다.

집이 퇴락하면 기와나 벽돌이 반드시 땅에 떨어지고 공중을 향해 돌을 던지면 반드시 땅에 떨어지는 것은 지구에 인력引力이 있기 때문이다. 이 인력을 명명하여 중력이라 한다. 자석이 바늘을 끌어당기고 호박琥珀이 먼지를 당겨 붙게 하는 것이 모두 거기에 인력이 있어서임을 알게 해준다. 건조한 물건 중 예컨대 종이붙이를 시험삼아 마찰할 때 열이 발생하면 또한 다른 물건에 붙는다. 이로써 열기가 인력을 발생함을 알 수가 있다.

나무와 돌이 지상에서 움직일 때는 반드시 사람의 힘이 필요하다. 사람의 힘이 크면 움직임이 빠르고 그 거리가 길어지며 사람의 힘이 적으면 움직임이 느리고 그 거리가 짧아진다. 그러므로 움직이는 물체는 언제나 시간의 빠르고 느림과 움직인 거리의 길고 짧음을 보아 용력의 크고 작음을 알 수 있는 것이다.

땅에 공을 던지면 다시 튀어 오르는 것을 반동이라 한다. 무릇 던지는 물건을 받아들이는 지면이 단단하면 반동이 쉬우며 그 힘이 강하다. 반동의 기세는 항상 그 방향에 따라 변한다. 예컨대 직면으로 던지면 반동력은 반드시 직선을 따라서 튀고, 손에서 사면으로 던지면 반동력 또한 그 선을 따라서 빗겨 튀어 오른다.

땅 위의 물건을 들어 올리려 하면 어려우니 이를 일러 중력이라 한다. 무겁게 하는 까닭은 땅이 아래로 끌어당기는데 사람은 위로 들어 올리려하니 그 형세가 서로 반대되기 때문에 무겁게 느껴지는 것이다. 무릇 중력의 다소는 사물의 대소에 관계가 있으니 물질이 작으면 중력이 항상 적고, 물질이 크면 중력이 항상 크다.

구리자[銅尺]를 손끝에 올리면 반드시 양쪽이 똑같은 이후에야 안정된다. 실로 매달 때도 또한 그러하다. 이것은 구리자의 중심에 지지점이 있기 때문이다. 그러므로 모든 물체를 놓아

둘 때 그 무게중심이 지지점 안에 있은 후라야 비로소 안정되는 것이다.

의자와 탁자가 높은 곳에 있어도 매우 편안하게 느껴지는 것은 그 중심重心이 아래쪽을 곧바로 향하므로 다리가 능히 그것을 지탱하기 때문이다. 만약 그것을 밀어 그 중심이 다리 바깥을 벗어나도록 한다면 반드시 넘어진다. 그러므로 물체를 놓아둘 때는 바닥이 넓도록 해야 하니, 바닥이 넓으면 안정되며 바닥이 좁으면 안정되지 못한다.

비가 방울방울 땅에 떨어질 때 허공에서는 느리다가 땅에 다다라서는 빨라진다. 높은 곳에서 돌을 던지면 처음에는 느리게 떨어지다가 마지막에는 급히 떨어진다. 이는 중력이 끊임없이 작동하는 까닭에 점차 땅에 가까워지면서 낙하가 가속되기 때문이다.

사람이 그네놀이를 할 때 용력이 크면 왕복의 속도가 빨라지고 용력이 작으면 왕복의 속도가 느려진다. 앞으로 나아갈 때 용력이 크므로 이동의 거리가 길어지고 속도가 빠르며 뒤로 물러날 때 용력이 작으므로 이동의 거리가 짧고 속도가 느려진다. 그네줄이 길면 힘을 쓰기가 어려우므로 왕복이 느리고 그네줄이 짧으면 힘쓰기가 쉬우므로 왕복이 빨라진다. 또 자명종의 초수抄數를 기록할 때 그 느리고 빠름 또한 이 파력擺力의 대소를 따라 기준을 잡는다.

저울로 물건을 달 때 물건이 무거우면 추의 거리가 꼭지[鈕]에서 가깝다. 이것은 지렛대의 원리이다. 그러므로 꼭지는 저울의 지지점이 되고 갈고리는 저울의 무게점이 되며, 추는 저울의 힘점이 된다. 무게점과 지지점의 거리가 가까울수록 힘이 줄어들고 힘점과 지지점의 거리가 멀수록 힘이 또한 줄어든다. 베틀의 회전축으로 삼베를 감을 때 축이 크고 자루가 짧으면 무거워서 감기가 어려워진다. 회전축이 작고 자루가 길면 가벼워서 감기가 쉬워진다. 이는 그 줄어드는 힘과 지렛대가 일치하기 때문이다. 그러나 축이 크고 자루가 짧지만 용력이 많으면 또한 베를 감을 수 있으며, 축이 작고 자루가 길지만 용력이 적으면 또한 베를 감기가 어려워진다. 이는 곧 일의 효과와 들어가는 힘이 서로 알맞아야 하기 때문이다. 배에 돛을 올릴 때 항상 돛대 끝에 도르래를 매달고 끌어당긴다. 만약 두 개의 도르래를 이어서 쓴다면 일동일정에 힘이 줄어들어 효과가 곱절이 되며 여러 개의 도르래를 이어서 쓴다면 힘이 줄어들어 효과가 여러 곱절이 된다. 그러므로 모든 공예장에서 작은 힘으로 몹시 크고 무거운 물체를 들어 올릴 때는 이 방법을 쓰는 경우가 많은 것이다. 다만 도르래의 수가 적더라도 용력을 크게 하면 또한 능히 여러 개의 도르래를 쓰는 것과 맞먹는다. 이것은 효과와 용력이 서로 알맞기 때문이다.

　사람이 산을 오를 때 산이 깎아지른 듯하면 어려워지고 산이 평탄하면 쉬워진다. 그러므로 높은 고갯마루에 오르는 자가 굽이굽이 에둘러 가면 그 경사면이 줄어서 굴러 떨어질 듯한 형세가 드물며 드는 힘을 줄일 수 있다. 그러나 산이 험하면 가기는 어렵되 길이 짧아지며, 산이 평탄하면 가기는 쉽되 길이 멀어진다. 사다리를 오르는 자 또한 사다리를 돋우 세우면 오르기는 어려우나 속도가 빠르며 사다리를 비스듬히 걸치면 오르기는 쉬우나 속도가 느려지니 이 또한 효과와 용력이 서로 적당하기 때문이다.

　나무는 도끼로 쪼개면 날이 얕게 들어가고 칼로 쪼개면 날이 깊이 들어간다. 이는 칼날이 도끼에 비해 훨씬 얇고 경사면이 적어서 쉽게 들어가지만 나무를 쪼개면 뻐개는 힘이 긴밀하여[搜擠緊] 빼내기가 어렵다. 이는 도끼날은 나무에 박힌 것이 얕아 마찰력이 작으며 칼날은 나무에 박힌 것이 깊어 마찰력이 크기 때문이다. 가령 정이 길면서 가늘면 경사면이 적고 나무의 저항이 작아지므로 들어가기가 쉬우며, 정이 짧으면서 뭉툭하면 경사면이 증가하고 나무의 저항이 커지므로 들어가기 어려운 것과 똑같은 이치이다.

　나무가 물에 들어가면 뜨고 돌이 물에 들어가면 가라앉는다. 이는 나무는 가볍고 돌은 무겁기 때문이다. 그러나 가벼운 것이 뜨고 무거운 것이 가라앉는 것은 사실은 물의 부력 때문이다. 대개 가벼운 것은 압력이 작아 물의 힘을 이기지 못하므로 뜨고, 무거운 것은 압력이 커 능히 물의 힘을 이기므로 가라앉는다. 또한 어떤 물건이 뜨지도 않고 가라앉지도 아는 것이 있다면 그것은 그 압력이 물의 부력과 서로 대등하기 때문일 뿐이다.

　물이 기름에 들어가면 물은 가라앉고 기름은 뜬다. 얼음이 물에 있을 때 또한 얼음이 뜨니 기름과 얼음은 모두 물보다 가볍기 때문이다. 시험삼아 용적이 같은 물과 기름을 가져다 저울에 달면 알 수 있다. 얼음과 물이 또한 같다. 격치가格致家(물리학)에서 물체의 무게를 달 때 왕왕 물을 취하여 기준을 삼는 경우가 많은데 이를 일러 비중이라 한다.

곁에 구멍이 난 긴 대롱을 가져다 물을 채우면 처음에는 유출이 매우 급하다가 나중에는 그 기세가 점점 줄어든다. 이는 물의 깊이가 줄어들면서 압력이 점차 감소하기 때문이다. 시험삼아 찻주전자로 차를 따를 때를 관찰해보자. 뜨거운 물이 가득 차있을 때는 유출하는 기세가 매우 급하다가 뜨거운 물이 줄어들면서 유출이 점차 완만해 지니 이것이 그 실례이다.

먹물을 병 가운데 가득 채우고 코르크마개에 조금 압력을 가하면 물이 줄지 않는다. 그러나 만약 압력을 거듭하여 가한다면 병은 반드시 깨어질 것이다. 이는 물의 전달력이 병 안에 미치면서 병의 위아래 사방이 각각 코르크마개와 똑같은 압력을 받게 되므로 병이 견디지 못하고 깨어지는 것이다. 서양 사람들은 항상 이 원리로 조력기助力器를 만들어 물건을 압축하는 용도로 쓴다.

술잔 속의 물이나 독 속의 물을 관찰하면 수면이 매우 평평하여 비록 거꾸로 기울이더라도 이전의 모습을 잃지 않음을 알 수 있다. 이를 일러 수평이라 한다. 무릇 땅위의 모든 물은 종일을 흐르되 반드시 평면을 넘는 곳이라야 고인다. 강하와 계곡의 물이 이것이니 만약 그 근원이 높은 곳에 있다면 하류가 반드시 근원과 서로 평면이 된 후에야 고이는 것이다.

산 개울의 물은 유속이 매우 급하며 평탄한 곳의 물은 유속이 매우 완만하다. 대개 산 개울의 물은 경사면이 많고 아래로 떨어지는 기세가 강하니, 누르는 힘이 크고 마찰력이 작으므로 유속이 매우 급한 것이며, 평탄한 곳의 물은 경사면이 적고 아래로 떨어지는 기세가 약하니, 누르는 힘이 적고 마찰력이 크므로 유속이 매우 느린 것이다.

바닷가에 임하여 물을 바라보면 물이랑(솟은 물결)과 물고랑(패인 물결)이 스스로 비단과 같은 결을 이루는 것은 바람이 불기 때문에 그러한 것이다. 솟은 곳을 일러 파봉波峰이라 하며 패인 곳을 일러 파곡波谷이라 하는데 두 파봉이나 두 파곡 사이의 거리를 파장波長이라 부른다. 파봉과 파곡을 합한 것을 일파一波라 하며 두 파도가 서로 만나 하나의 파도가 되는 것을 집파襍波라고 부른다.

소금이 물에 들어가 오래되면 보이지 않고 물이 짠맛을 내게 된다. 설탕이 물에 들어가 오래되면 없어지고 물이 단맛을 내게 된다. 이것을 일러 용해溶解라 하는데 용해의 많고 적음은 물의 온도와 관계가 있다. 보통의 경우를 논하자면 물의 온도가 높아짐에 따라 용해의 분량이 많아지는 것이다.

유리병을 물속에 거꾸로 꽂으면 물이 들어가지 못하는 것은 병 속에 공기가 있기 때문이다. 병을 옆으로 세우면 물이 들어가면서 공기거품이 위로 올라간다. 이것은 물이 들어감에 따라 공기가 자리를 내주고 빠져나오기 때문이다. 여기서 공기 또한 체적이 있는 물질임을 알 수 있다.

동전과 종이를 동시에 던지면 동전은 매우 빨리 떨어지고 종이는 느릿느릿 이리저리 매우 느리게 떨어진다. 이는 동전은 물체가 무거워 공기가 막기 어렵기 때문에 낙하가 빠른 것이며 종이는 물체가 가벼워 공기가 막기 쉽기 때문에 낙하가 느린 것이다. 이것이 격치가格致家의 이른바 "모든 지구상의 운동체는 공기의 저항을 받지 않는 것이 없다."하는 것이다.

공기의 성질은 물과 서로 같으므로 부력이 있다. 가령 비누거품[肥皂泡]을 불면 능히 위로 뜨고, 형등炯燈을 풀어놓아도 또한 그러하다. 이는 공기에 부력이 있기 때문이다. 외국 사람들은 큰 비단 주머니의 겉면에 아교를 바르고 그 속에 가벼운 공기를 담아서 또 주머니 아래 상자를 매달고 타기도 한다. 이것을 경기구輕氣球라고 부른다.

유리병에 물을 담아 물속에 거꾸로 세우면 병 안의 물이 항상 수면보다 높아 떨어지지 않는다. 이것은 병 안의 물이 아래를 누르는 힘이 병 바깥의 공기가 수면을 누르는 힘을 이기지 못하기 때문이다. 격치가에서 고증한 바로는 지상의 공기의 압력은 매 평방 1촌寸 당 약 16근의 무게라 한다.

공기의 압력이 이와 같이 지극히 무거운데도 사람들이 그 공기 가운데 살면서 무게를 느끼지 못하는 것은 전후좌우의 압력이 같은 데다 몸 안으로부터 몸 밖을 향하는 압력이 또한 서로 대등하기 때문이다. 비유컨대 마치 물의 압력이 매우 커서 사람이 물에 들어가면 능히 스스로 살 수 없으나 오직 물고기는 마음껏 헤엄치고 놀며 떴다 잠겼다 하면서도 스스로 (물의 압력을) 느끼지 않는 것과 마찬가지이다. 전하는 말에 이르되 "고기가 물의 바다에 사는 것이 마치 사람이 공기의 바다에 사는 것과 같다."고 한 것이 이것을 말한다.

물을 끓일 때 수증기가 항상 위로 올라가니 수증기가 공기에 비하여 무거움을 알 수 있다. 갠 하늘의 공기는 수증기의 함유가 적은지라 그러므로 가볍고, 비오는 날의 공기는 수증기의 함유가 많은지라 그러므로 무거우니, 비가 오거나 날이 개일 것에 대한 소식을 미리 알 수 있다. 공기가 가벼워 상승하면 다른 곳의 공기가 유입되어 빠진 곳을 채우게 되므로 능히 바람을 일으킨다. 이것을 미루어 나가면 바람이 일 것도 또한 미리 알 수가 있다.

젖은 종이를 둥글게 뭉쳐서 대나무 대롱 양쪽에 막은 후 젓가락으로 그것을 떠밀어 압박하면 종이 구슬이 대롱을 빠져 나가면서 마치 총을 쏘는 듯한 소리를 낸다. 이는 젓가락을 밀 때 대롱 안의 공기가 압축되어 그 탄력이 반대쪽의 마개를 압박하여 튀어나가게 하기 때문에 그런 큰소리가 나는 것이다. 무릇 기체가 압력을 심하게 받으면 탄력이 더욱 커지는데 닭의 소낭膆囊의 공기주머니에 공기를 가득 불어넣고 거듭 압박하면 꽝 하고 터지는 소리를 낸다. 이 또한 탄력의 소치이다.

불을 일으키게 하는 풍상風箱(풍구)으로 풀무질을 하며 앞으로 나갈 때, 앞문이 닫히면 뒷문이 열린다. 이는 상자 안의 공기가 앞부분으로 밀려들어 갈 때 뒷부분이 바로 비게 되니 상자 밖의 공기가 허공을 타고 들어오므로 뒷문이 닫힌다. 그리고 뒤로 물러날 때는 앞과 반대가 되니 이때 상자 속의 공기가 옆으로 나있는 구멍으로 몰리어 나가기 때문에 바람이 저절로 일어나는 것이다.

물딱총을 물속에 넣고 피스톤을 빼내면 빨아들이는 물이 매우 많다. 이 원리는 풍상과 거의 비슷한데 그 피스톤을 뽑아 올릴 때면 대롱 속의 공기가 몰려나오며 바로 허공이 되므로 물이 바닥의 구멍으로부터 들어오는 것이다. 이 원리는 쓰이는 곳이 매우 넓어 예컨대 불을 끄는 수룡거水龍車나 밭에 물을 대는 수통水筒이 모두 이것을 모방하여 만든 것이다.

북을 치면 소리가 나고 거문고 줄을 퉁기면 또한 소리가 나는데, 바로 치고 퉁기는 순간에 손가락을 대보면 그 전체가 진동함을 느낄 수 있다. 대개 그 소리는 물체 각 지점의 진동 때문에 생기는 것임을 알 수 있다. 무릇 피리나 나팔 등을 불 때 소리가 나는 것도 그 이치는 모두 한가지이다.

바람을 맞아 서면 능히 지극히 먼 곳에서 나는 소리를 들을 수 있고, 바람을 거슬러서면 비록 두 사람이 마주 서서 나누는 말도 또한 듣지 못할 때가 있다. 이는 소리가 귀에 들리는 것이 전연 공기의 전달력에 의존하기 때문이다. 그러므로 담장을 사이에 두고 하는 말을 듣지 못하는 것은 공기가 통하지 않아서인데 어떨 때는 들리기도 하는 것은 틈이 있기 때문이다. 창호지 창을 사이에 두고 말하면 들리고 유리창을 사이에 두고 말하면 들리지 않는 것은 창호지는 공기를 통하고 유리는 공기를 통하지 않기 때문이다. 물과 같은 액체나 목석과 같은 고체라도 만약 공기만 있다면 모두 소리를 전달할 수 있다.

깊은 골짜기에 들어가서 고함을 치면 메아리가 들리고, 높은 담장 아래 서서 고함을 치면 또한 메아리가 들린다. 이것은 소리가 사방으로 퍼지다가 바위나 담장에 부딪치기 때문에 반사하는 것이다. 소리의 반사나 빛의 반사는 그 이치가 똑같다. 어떤 경우, 반사면의 거리가 너무 가까워 반사되는 음향과 고함이 함께 합해지면 메아리 소리가 들리지 않고 부르는 소리만 더욱 커진다. 이는 부르는 소리가 커서가 아니라 들리는 소리가 커서이다.

먼 곳에서 총을 쏘면 먼저 불빛이 보이고 나중에 소리가 들린다. 이는 공기의 소리 전달이 빛의 빠르기에 못 미치는 까닭이다. 소리는 공기 중에서 매초 영미의 자로 1천 1백 미터를 가고 빛은 한번 비치면 곧바로 도달한다. 그러므로 천둥이 치고 비가 올 때 먼저 번개가 보인 후에 뇌성이 들리는데, 사실은 번개와 천둥이 동시에 일어나지만 천둥소리가 늦게 도달하기 때문이다. 번개가 보이고서 곧바로 귀를 막으면 천둥소리가 들리지 않는 것은 바로 이러한 이치이다.

거문고 줄을 세게 퉁기면 줄의 진폭이 크고 그 소리가 세다. 거문고 줄을 약하게 퉁기면 줄의 진폭이 작고 그 소리가 약하다. 그러므로 소리의 강약은 그 진폭의 대소에 연유하는 것이다.

거문고 줄이 짧고 그 조임새가 팽팽하면 진동이 급하며 내는 소리가 높다. 거문고의 줄이 길고 조임새가 느슨하면 진동이 느리며 내는 소리가 낮다. 그러므로 소리의 높낮음은 진동의 완급에 연유하는 것이다.

해가 뜨면 밝고 해가 지면 어두운 것은 해가 모든 빛의 근원이기 때문이다. 그러나 어두운 밤에 사물이 전혀 보이지 않지만 불이나 전기, 인燐이나 반딧불은 여전히 빛을 낸다. 이는 불이나 전기, 인이나 반딧불 네 가지가 또한 광원光源이기 때문이다. 달은 비록 빛이 나지만 사실은 햇빛을 빌려 빛나는 것이니 광원이 아니다.

해나 불, 전기나 인, 반딧불은 능히 빛을 발하므로 발광체發光體라고 한다. 나무나 돌이 어두운 곳에 들어가면 빛이 없어 반드시 해나 불이 비쳐야 비로소 보이므로 이런 것들을 차광체借光體라고 한다. 유리와 물은 능히 빛을 통하게 하므로 투광체透光體라하며, 종이나 삼베 등은 빛을 조금 통하게 하므로 반투광체半透光體라고 한다. 그 밖의 다른 것은 빛을 통하지 않으므로 조광체阻光體라고 한다.

눈을 들어 사물을 볼 때면 눈과 사물이 반드시 서로 마주 대한 이후라야 보이며, 서로 마주 대하지 않으면 보이지 않는다. 혹 눈과 사물이 서로 마주 대했을 때라도 어떤 물건이 그 직선선상을 가리게 되면 물체의 빛이 곡선으로 진행할 수 없어 차단되기 때문에 또한 보이지 않는다. 물체의 빛이 반드시 직선을 따라 진행함을 여기서 알 수 있다. 햇빛이 창틈이나 벽틈을 뚫고 비칠 때 항상 미세한 먼지가 날아다니는 모습이 보이는데 이런 현상으로 광선이 직진함을 알 수 있는 것이다.

사람이 거울을 마주 보고 서면 몸이 거울 속에 서 있다. 이는 사람의 몸이 거울의 표면에 직사直射된 것을 거울 빛이 이를 반사反射하여 우리 사람의 눈에 비쳐 들어오기 때문이다. 이것을 일러 빛의 반사라고 한다. 모든 빛의 반사 방향은 소리의 반향反響과 서로 같다. 예컨대 어떤 사람이 물가에서 해를 바라볼 때 해가 물 아래 있는 듯하고, 달을 바라볼 때 달이 물 아래 있는 듯한 것은 모두 빛의 반사 때문이다.

거울로 어두운 방을 비추면 반사광이 비치는 곳은 매우 밝고 여타의 곳은 빛이 없다. 이것은 모두 거울의 면에 관계가 있다. 무릇 거울의 면이 맑을수록 반사광은 더욱 밝아지니 반사광이 한 곳으로 모이기 때문이다. 거울의 면이 거칠수록 반사광이 더욱 묽어지니 광선이 각 방면으로 흩어지기 때문이다. 낮 동안에 비록 햇볕이 쪼이지 않는 물건이라도 역시 밝은 것은 흩어져 비치는 광선이 그렇도록 하는 것이다.

몽둥이 하나를 물속에 비스듬하게 넣으면 몽둥이의 물에 들어간 부분이 마치 꺾인 것처럼 보인다. 이것을 빛의 굴절[折光]이라고 부른다. 이것은 예컨대 공기가 희박한 곳이나 물처럼 긴밀한 물체에 비스듬하게 들어가고 나올 때 먼저 나타나는 현상이다. 동전을 대접의 바닥에 놓아두면 돈은 대접의 전에 가리어 그 실체가 보이지 않는다. 그러나 (대접에) 물을 점점 채우면 동전의 모습이 대접의 얕은 바닥에 온전히 드러나는데 이것도 빛의 굴절로 나타난 현상이다.

무릇 안경의 양면이 모두 볼록한 것을 볼록렌즈[凸鏡]라 하고 양면이 모두 오목한 것을 오목렌즈[凹鏡]라 한다. 노안이 된 사람의 눈은 안구 중의 동자에 볼록한 정도가 너무 약하여 가까운 것을 보되 명확하지 못한지라 그러므로 볼록렌즈로 그를 보완한다. 근시가 된 사람의 눈은 안구의 오목한 정도가 너무 강하므로 오목렌즈로 그를 보완한다. 대개 볼록렌즈는 빛을 모으고 오목렌즈는 빛을 흩어지게 하니 그 쓰임새가 상반되는 것이다.

사람이 눈을 들어 만물의 색깔을 볼 때면 누르며 희며 붉으며 검은 것이 사방에 흩어져 있어 아름다움이 범상치 않다. 어두운 밤이 되면 능히 하나도 분별하지 못하여 등불로 밝게 비춘 후에야 비로소 보인다. 이것은 사물의 성질이 각각 다르므로 햇빛을 받으면 누르며 희며 붉으며 검은 색깔의 구별이 그제서야 생기기 때문이다.

모든 사물이 해를 쏘이거나 혹 불을 쬐거나 혹 전기에 감촉되면 일체 뜨거워진다. 또한 두 가지 물건이 서로 마찰하거나 부딪치면 열을 발생한다. 이는 해나 불이나 전기 및 마찰과 부딪침이 모두 열을 발생하는 근원이기 때문이다. 대저 열이란 물체의 각 지점이 진동하기 때문에 발생하는 것이다.

금속 막대기를 가지고 불에 구우면 열이 저쪽 끝에서부터 이쪽 끝으로 전달되어 손으로 잡기가 어려운데 포백布帛으로 싸면 능히 잡을 수 있다. 이것은 대개 금속은 열을 잘 전달하나 포백은 열을 잘 전달하지 않기 때문이다. 모든 열은 항상 열이 없는 곳을 향해 흩어지고 전달되어 열도熱度가 고르게 되기를 구하는 성질이 있다. 그러므로 얼음을 잡으면 그 차가움을 느끼니 이것은 손의 열도가 얼음에 전달되어 균등해진 것이다. 또한 화로를 만지면 뜨거움을 느끼는 것은 화로의 열이 손에 전달되어 균등해졌기 때문이다.

구리를 불에 구우면 구리가 불의 열기를 받아 발갛게 녹는다. 다시 음랭한 곳에 놓아두면 열이 흩어지고 응결하면서 원상을 회복한다. 모든 물체 중 열을 잘 받아들이는 것은 또한 열을 잘 발산하며 열을 잘 받아들이지 않는 것은 또한 열을 잘 발산하지 않는다. 검은색의 물체는 표면이 거치므로 열을 잘 받아들이고 흰색의 물체는 표면이 매끄러우므로 열을 잘 받아들이지 않는다.

무릇 금속은 모두 고체이나 열을 심하게 가하면 변하여 유체流體가 된다. 이것을 일러 용해鎔解라 한다. 대개 고체는 모두 용해되어 유체가 되기는 하되 오직 소용되는 열의 정도가 똑같지 않은지라 그러므로 얼음은 조금만 더워도 금방 녹고 은이나 철은 극히 센 열이 아니면 녹지 않는다. 어떤 물체가 용해되는 열을 용점鎔點이라 하는데, 이를 뒤집어 말하면 응점凝點이다. 만약 금속의 열이 용점 이하에 있을 때는 고체가 되고 용점 이상에 있을 때는 변하여 유체가 되는 것이다.

물은 본래 유체이나 열을 가하면 거품을 일으키며 기체가 된다. 이를 일러 비등沸騰이라 한다. 무릇 유체는 모두 기체로 변화할 수 있으나 오직 소용되는 열의 정도가 똑같지 않다. 그러므로 기름과 물을 똑같이 끓이면 물이 다 증발하지 않았을 때 기름은 다 증발한다. 이러한 열도熱度를 일러 비등점沸騰點이라고 한다. 대개 물의 열이 비등점 이하에 있으면 유체가 되고 비등점 이상에 있으면 변하여 기체가 되는 것이다.

벼룻물은 시간이 경과하면 마른다. 전지田地의 봇도랑은 오래도록 날씨가 개이면 마른다. 비록 날씨가 추울 때라 하더라도 또한 마찬가지이다. 이는 물은 열이 없어도 또한 변화하여 기체가 되기 때문이다. 모든 물은 열이 비등점에 미치지 않아도 모두 기화氣化하는 것이니 그를 일러 증발蒸發이라 한다. 평상시에 젖어있던 물건이 볕을 쏘이면 혹 날씨가 서늘한데도 능히 마르게 되는 것은 증발의 소치이다. 대개 젖은 물건이 여름날 바람 부는 날씨에 볕을 쏘이면 쉽게 마르는 것은 열기의 정도가 높기 때문에 증발이 빨라진 것이요, 또한 공기의 유동 때문에 물기가 쉽게 흩어진 것이다. 비오는 날씨에는 그렇지 못한 것이 공기의 수증기 함유가 많기 때문에 증발이 어렵기 때문이다.

땅위의 물은 항상 기체로 변하여 공기 중에 혼입되므로 공기는 반드시 수증기를 함유하기 마련이다. 다만 그 함량의 다소는 때에 따라 똑같지 않다. 그러므로 습도濕度라는 명칭이 거기서 생겨났다. 가령 설탕과 소금을 며칠 간 술잔 속에 가만히 둔다면 반드시 용해되어 유산流散한다. 이는 공기 중의 습도가 많기 때문에 설탕과 소금이 물을 흡수하여 녹아 흐르게 된 것이다. 혹 여러 날이 경과하여도 변하지 않은 것은 공기 중에 습기가 적기 때문이다. 무릇 물건 중에 공기 중에서 물을 흡수하여 용해되는 것을 명명하기를 조해潮海라 한다.

지표地表의 물체는 밤이 되면 열이 발산하여 차가워진다. 그러므로 공기 중의 수증기가 풀이나 나무에 떨어져 맺혀서 이슬이 된다. 밤에 구름이 끼면 이슬이 없는 것은 열이 구름에 가려 차가워지기 때문에 능히 흩어지지 못해서이다. 또 밤에 바람이 불면 이슬이 없는 것은 수증기가 바람에 불리어 흩어지기 때문이다. 만약 물체가 열을 발산할 때 빙점 이하로 떨어지게 되면 수증기가 응결하여 서리가 된다. 그러므로 이슬과 서리는 사실은 한 가지 물체이다.

지표의 공기가 높은 곳으로 올라가 홀연 서늘한 바람을 만나면 미세한 점 모양으로 공중에 떠 있게 된다. 이를 일러 구름이라 하는데 구름의 미세한 점모양이 모여서 큰 점이 되어 아래로 내리는 것을 비라고 한다. 만약 찬 기운이 빙점 이하로 떨어지면 눈이 되니 구름과 눈과 비는 사실 똑같은 물체에 지나지 않는다. 다만 춥고 더운 정도에 말미암아 서로 다르게 그 형상이 변한 것일 뿐이다.

부채를 부치면 바람이 생기며 풍상風箱을 당기면[抽] 역시 바람이 생긴다. 이는 공기의 유동에 말미암아 생기는 것이다. 천연의 바람은 지면의 공기가 열기로 인하여 팽창할 경우에 가벼워지고 성기어져서 위로 올라가게 되므로 사방의 찬 공기가 유입되어 그 빈곳을 채우면서 일어나는 것이다. 그러므로 바람의 실상은 공기의 팽창과 수축에 말미암아 유동하여 일어나는 것이다.

해가 돋을 때 동쪽이 개이고 서쪽이 비가 오면 무지개가 서쪽에 나타난다. 해가 질 때 서쪽이 개고 동쪽에 비가 오면 무지개가 동쪽에 나타난다. 무릇 햇빛에는 일곱 가지 빛이 갖추어져 있어 빙점에 투사投射되면 햇빛이 빙점에서 분해되어 사람의 눈에 반사되는 것이다. 그러므로 홍紅·주朱·황黃·녹綠·청靑·남藍·자紫의 채색이 생기는 것이다. 또 해가 높이 떠 있을 때는 무지개가 반드시 내려오고 해가 낮게 뜨면 무지개는 반드시 올라간다.

천둥이 치고 비가 내릴 때 항상 불과 섬광이 일어나는 것은 음양의 전기를 띤 구름이 서로 가까워지면서 서로 감응하여 전기를 방산하기 때문이니, 이것이 수목樹木에 닿게 되면 수목이 찢겨나가고, 동물에 닿으면 동물이 죽으며, 가옥에 닿으면 가옥이 무너진다. 이를 낙전落電이라 한다.

모든 전기는 구리 철사를 만나면 통과가 심히 빠르고, 유리 등의 물체를 만나면 통과하지 못한다. 이것은 물체에 전기를 잘 통하는 것과 잘 통하지 못하는 것이 있기 때문이다. 대개 전기를 잘 통하는 것은 도체導體라 하는데, 금속이나 숯, 식물과 동물, 물이나 돌 등이 이것이다. 전기를 잘 전하지 않는 것은 부도체不導體라 하는데, 유리나 실과 헝겊, 소나 코끼리의 가죽, 유황·종이·공기 등이 이런 부류이다.

전기의 쓰임새는 대단히 광범하다. 그 빛이 매우 밝으므로 전등을 만들어 밤을 밝힐 수 있으며 그 열이 매우 뜨거우므로 불 대신으로 써서 녹이기 어려운 물건을 변화시킬 수 있으며 그 진행 속도가 매우 빠르므로 전보를 만들어 통신할 수가 있으며 그 힘이 매우 크므로 힘을 도와 기계를 운용할 수 있으며 또한 그 밖의 각종 기물에 공급할 수 있다. 그러므로 격치가에서는 현재의 시대를 전기의 시대라고 하는 것이다.

전기를 발생시키는 방법에는 몇 가지가 있다. 그 하나는 기전기起電機가 있어 그것을 회전

시켜 발생시킨다. 하나는 전지電池가 있어 그것을 사용한다. 만약 강대한 전기를 얻고자 한다면 더욱 복잡한 기계를 써서 발생시킨다.

모든 사석磁石은 쇳가루나 쇠못을 끌어 당기는 성질을 가진다. 이것을 실로 묶어 아래로 늘어뜨리면 남북을 가리키고 멈추어 선다. 그 북쪽을 향하는 극단을 지북극指北極이라 하며 남쪽을 향하는 극단을 지남극指南極이라 한다. 또 같은 이름의 극단끼리는 서로 밀어내며, 다른 이름의 극단끼리는 끌어당긴다.

나침반으로 항해하는 자나 측량하는 자는 똑같이 방위를 살피는 법을 쓰는 자인데 자석침을 지주支柱의 맨 끝에 받쳐둔다. 대개 지구는 일종의 큰 자석을 포함하고 있는데 그 남극은 북쪽에 있으며 북쪽은 남쪽에 있다. 그러므로 자석을 지면에 두면 그 지남극은 지구의 남극이 서로 끌어 당기기 때문에 남쪽을 가리키고 그 지북극은 지구의 북쪽이 서로 끌어 당기기 때문에 남쪽을 가리키는 것이다.

깊은 밤이 되면 사람이 잠자리에 들고 만물이 잠잠해지지만 강하江河의 물은 흘러 쉬지 않으며 동식물은 생장을 그치지 않는다. 등불의 기름은 연소로 말미암아 마르게 되고 벼룻물은 증발로 말미암아 얼마 지나지 않아 마르지만, 지구는 자전하여 한 바퀴가 될 때 새벽이 밝아온다. 이것은 밤사이에 만물이 사람의 작동을 입지 않고도 또한 능히 변화하여 그치지 않는다는 뜻이다. 대저 움직임에는 반드시 힘이 필요하다는 것이 물리학의 정해진 통례이나 이러한 변화는 사람의 힘을 필요로 하지 않고도 저절로 이루어지는 것이다. 또한 화륜선火輪船의 경우에는 지탱해 주기를 기다리지 않고도 능히 스스로 나아가나 또한 어떤 경우에는 작동하는 힘을 받은 이후에 나아가기도 하는 것이다.

물은 액체이되 열을 가하면 기체가 된다. 이는 물의 형상이 전혀 다르게 변화한 것이다. 그러나 물이 능히 만물을 적시므로 그 기운은 증발하여서도 또한 만물을 윤택하게 한다. 만약 차가워지면 다시 그 원상을 회복하여 의연히 물이 된다. 이것은 물이 비록 화하여 그 형상이 변하더라도 그 본성은 변하지 않은 것이다. 그러니 이러한 변화는 다만 외관에 미치는 것일 따름이요 실질에는 미치지 않는 것이다. 그러므로 물리학에서 논하는 것이 모두 이러한 부류인 것이다.

초는 고체이나 연소하면 기화하여 연기가 된다. 이는 초의 형상이 전연 다르게 변화한 것이다. 그러나 초는 능히 탈 수 있지만 그 연기가 되어서는 도리어 불을 끈다. 여기서 그 형상과 성질이 모두 변함을 알 수 있다. 그러므로 이러한 변화는 화학化學의 분야에 속한다.

화학이란 만물의 체질을 연구·관찰하여 만물의 변화에 대한 이치를 터득하고 그 같고 다른 까닭을 분별하는 학문이다. 화학은 억설臆說을 내키는 대로 하는 것이 아니다. 대개 조화와 교감의 방법을 만물에 적용하여, 분리로 그 순수한 원질原質(원소元素)을 얻고 혼합으로 여러 종류의 물질을 화성한다. 이는 격치의 공용功用이다.

물질을 연구·관찰할 때 분합分合의 방법이 있다. 가령 물은 두 가지 물질을 포함하고 있어 나누면 둘이 되고 합하면 하나가 된다. 햇빛이 삼각경三角鏡(프리즘)을 통과하면 일곱 가지 색깔로 나누어지고 일곱 색깔을 다시 합하면 흰빛이 된다. 나누면 일곱이 되고 합하면 하나가 되는 것이다. 해의 광선은 하나이지만 또한 셋으로 나눌 수 있으니 하나는 빛, 또 하나는 열, 또 하나는 불이다. 세 가지를 합하면 여전히 하나가 된다. 사람을 관찰해보면 영혼과 육신이 합하여 이루어지는데 비록 두 가지를 합하였다지만 사실은 다만 한 사람일 뿐이다.

원질原質이란 물질의 순수한 형태로 다른 성질이 섞이지 않은 것이다. 예를 들면 금이나 은·탄소·유황 등과 같이 만약 단련하여 시험하더라도 더 이상 분화할 수 없는 것이 이것이다. 근세의 격치가格致家에서는 단련하여 시험한 바로 이미 72원소를 얻었다. 그러나 물질이란 무궁한 것이니 현대의 사람들이 밝힌 것이 궁극에 도달한 것이라고 단정하지는 못할 것이다. 이 72원소 중 상용하는 것은 다만 13종일 뿐이다. 동식물은 다만 양탄담경養炭淡輕(산소·탄소·질소·수소)의 네 가지 원소로 이루어졌을 뿐이다. 또한 간혹 유황硫黃이나 인燐의 두 원소를 쓰는 경우도 있기는 하나 상용하는 것은 아니다.

잡질雜質이란 여러 원소가 뒤섞여 이루어진 것이다. 예컨대 물은 양소養素(산소)와 경소輕素(수소)의 두 가지 원소가 합하여 이루어지고 불은 양소와 탄소 두 가지가 합하여 이루어지며 바람은 양소와 초석硝石(마그네슘)의 두 가지가 합하여 이루어진다. 우리가 호흡하는 공기는 양담養淡(산소·질소)의 두 가지 원소가 합하여 이루어지며 자당蔗糖(설탕)과 수교樹膠(고무) 등은 탄소·경소·양소의 세 가지 원소가 합하여 이루어진다. 식물의 꽃이나 잎, 동물의 뼈와 살, 피와 젖 등은 양경담탄의 네 가지 원소가 합하여 이루어지니 이를 일러 잡질이라 한다.

각각의 원소는 모두 미묘微渺한 것들이 쌓여 이루어진 것이다. 무엇을 미묘라 하는가? 시험 삼아 원소의 한 부분을 가지고 다시 쪼개어 더 쪼갤 수 없는 데까지 계속해보면 이 원소가 지극히 작아지니 곧 이른바 '미묘한 것'이라는 것이다. 각 원소의 미묘한 것이 지극히 작아 비록 사람의 육안으로는 볼 수가 없다고 하나 그것을 궁구하면 형체가 있고 분량이 있으며 한정이 있다. 격치가格致家에서는 그 무게를 달고 크기를 재어 털끝만큼의 오차도 없은 연후에야 비로소 물질을 생성한 공효로 삼는다. 원소의 배합에는 바꿀 수 없는 분량이 있으니 만약 그 분량을 줄이면 그 물질을 생성할 수 없고 그 분량을 더하면 물질이 생성된 후에 반드시 나머지가 있게 된다. 예를 들면 물은 산소와 수소 두 원소의 합성인데 그 분량을 살펴보면 아홉 등분 안에 수소가 하나요, 산소가 여덟이다. 다시 하늘의 공기를 예로 들면 산소와 질소 두 원소의 합성인데 백 퍼센트 내에 질소가 79퍼센트이며 산소가 21퍼센트이다. 또 설탕과 고무를 예로 들면 탄소가 12퍼센트, 수소가 11퍼센트, 산소가 11퍼센트가 함유된 것이다.

원소와 분량은 같으면서도 다른 물질이 되는 것이 있는데 그것은 다름이 아니라 위치에 차이가 있어서이다. 그러므로 하나의 위치가 다르면 곧 변하여 하나의 물질이 된다. 예를 들면 설탕과 고무는 탄소 12퍼센트와 수소 11퍼센트, 산소 11퍼센트를 함유하고 있어 원소와 분량이 같으나 끝내 서로 다른 물질이 되는 것은 그 위치가 다르기 때문일 뿐이다.

미묘한 원소는 하나하나가 좋아하고 싫어하는 성분을 가지고 있어 서로 흡인하거나 서로 거부하는 힘으로 피차 교감한다. 예컨대 같은 종류끼리는 서로 합쳐지는데 다만 작은 것이 쌓여 커질 뿐이다. 만약 쌓인 원소가 순수하여 다른 물질이 섞이지 않으면 이른바 변화가 없다. 예를 들면 유황의 원소가 응결하면 유황이 되니 이는 곧 원소가 순수한 것이다. 만약 다른 물질이 배합되어 교감하면 바로 변형되고 성분이 바뀌어 다른 물질이 된다. 예를 들면 산소와 수소 두 원소가 배합하여 물이 되는데 이 경우는 다른 물질끼리 합성된 것이다.

물질에는 견고한 고체와 유동하는 액체, 공기 중에 부화하는 기체가 있으니 모두 그 서로 흡인하거나 서로 거부하는 힘에 말미암아 그렇게 된다. 흡인력이 거부력보다 크면 굳고 딱딱한 고체가 되며, 거부력이 흡인력보다 크면 부화하여 공허한 기체가 되며, 흡인력과 거부력이 같으면 흘러 움직이는 액체가 된다. 그 서로 싫어하는 것끼리는 자연히 서로 거부하며 좋아하는 것끼리는 자연히 합쳐지게 되니 이것이 일체만물의 공통된 이치이다.

빛과 불, 전기 이 세 가지는 또한 능히 물질을 변화시킨다. 이 세 가지는 일체만물에 두루 퍼져 있다가 어떨 때는 숨겨져 있으며 어떨 때는 나타나기도 하여 성분을 바꾸며 형체를 바뀌게 하는 것이다. 예컨대 물질의 체질이 어떤 것은 굳고 딱딱하며 어떤 것은 흘러 움직이며 어떤 것은 부화하여 허령한데 열에 감응되어 그렇게 되는 수가 많다. 초목의 생장은 빛의 작용에 의해 그렇게 되는 것이다. 미묘한 원소가 분합하고 변화하거나 공간에서 굳어진 것은 전기에 말미암아 그렇게 되는 수가 많다. 만약 산소와 수소 두 원소를 유리병에 채우고 그 입구를 막아 흔들더라도 그것이 물이 될 수는 없다. 시험삼아 그 마개를 빼고서 불을 넣으면 큰 소리로 폭발하면서 물이 된다. 또 쇠 한 조각[方]을 불에 녹이면 그 미묘한 원소의 형질이 결합이 느슨해져 유동하는 액체가 되었다가 다시 불을 더 가하면 미묘한 원소의 형질이 결합이 더욱 느슨해져 상승하여 기화하게 되는 것이다.

미묘한 원소는 하는 일과 성분이 각각인데 피차 교감할 때 서로 흡인하고 서로 거부하여 물질이 된다. 그러나 만약 각각 그 마땅한 바를 얻도록 조치하는 작용이 없다면 만천 세계의 이루 헤아릴 수 없는 뭇 물질이 이 우주의 크나큰 광경을 빚어낼 수 없을 것이다. 대개 이 지구 내에 다만 한 가지 물질만 있다면 곧바로 지체하여 활발한 활동이 없을 것이나, 두 물질이 교감하며 견제·간섭하기 시작하고 그 물질이 많아질수록 교감이 더욱 빈번해지며, 모든 물질에 대한 조치가 합당하니 바야흐로 운동과 전변이 무궁하게 계속되어 그치지 않게 된 것이다. 천지 만물이 교감하는 힘이 이와 같으니 조치의 작용이 가장 긴요하고 또한 가장 절묘한 것이다.

▫ 공교미지 孔敎微旨

우리는 동국사람이다. 동국 학술의 역사를 공부하지 않고 마침내 오히려 중국 문화
사의 변천과정에 급급하듯 함은 또한 주제넘은 일이 아닐까? 그렇지 않다.

우리나라는 역사이래로 유교를 신봉하여 왔는데 중국은 곧 유교가 기원起源한 나라
이다. 우리나라는 중국에 비하여 개국開國이 늦으며, 문화의 변천 또한 항상 중국에 비
하여 늦어서 역대의 학술이 매양 중국으로부터 수입되었다. 저 기자箕子가 동쪽으로 이
주한 이후에 조선 사람들이 비로소 우虞·하夏의 문명을 흡수할 수 있었으며, [동사東史에
기자가 예악禮樂과 의무醫巫를 관장하는 사람 등 오천 명을 이끌고 동쪽으로 이주하였다고 하였다.] 부여는 서
주西周의 예법과 의절을 참작하여 활용하였다. [부여는 잔치를 할 때 어떤 사람이든 반드시 잔을
썼고 서로 권하여 의연히 향음주례의 의절을 사용하였다.]

삼국이래로 한학을 숭상하였고, 말엽에는 노불老佛의 가르침이 또한 융성하였는데
노자의 가르침인 도선道仙은 다만 고구려와 백제에만 유행하여 그 운세가 길지 못하였
으되, 불가의 가르침은 신라와 고려조까지 극성하였다. 여말에는 수隋·당唐의 사장지학
詞章之學이 성행하더니 우리 조선 중엽에 송학宋學이 도입되어 일대 광명을 발휘하였고,
오늘에 이르러서야 비로소 기상이 쇠잔하였으나 그 사이에 홍유鴻儒, 석사碩士가 줄이
어 나와 각각 논설과 저술을 내놓았으니 우리나라를 예의의 나라라 칭하는 것은 진실
로 까닭이 있는 일이다.

비록 그러하나 이 글은 곧 유교의 변천사이다. 유교가 어찌 우리나라만 신봉한 학술
일 뿐이겠는가? 중국은 곧 우리 유교의 종주인 공자께서 살았던 곳이다. 내가 밝히고
자 하는 것 또한 공자의 은미한 가르침이니 지금 그 기원에서부터 변동의 자취를 자세
히 구명하지 않고서는 그 생장·소멸의 진상을 더듬어 알 수 없을 것이다. 이에 우리나
라의 학술을 별도로 논하지 않고 중국역사에 근거하여 이 글을 대략 엮는 것이니 독자
는 양지하시기 바란다.

유교의 선비 유자儒字는 사람 인자人字와 하늘 천자天字를 합성한 것이다. [유儒는 옛날에 이侕로
썼다.] 상고시대의 학술 사상에는 대개 세 가지의 단서가 있었으니 첫째는 천도, 둘째는 인륜,
셋째는 하늘과 사람의 상호관계이다. 이러한 사상이 구성될 수 있었던 데는 또 두 가지 요인

이 있었다. 하나는 천연적天然的인 조건에 말미암은 것으로 대개 그 지리적 상황과 기상의 조건 등이 능히 원시 백성들로 하여금 상천을 대할 때 여러 가지 관념을 유발토록 한 것이다. 또 하나는 인위적인 조건에 말미암은 것으로 대개 현철한 임금이나 선각자가 민족적 특성을 계발하여 이끌 때 하늘의 일을 인간의 일에 견주어 붙임으로써 군중의 생리를 만들어 낸 것이다. 그 사상의 발생은 언제나 미신의 힘을 절실한 일로 여기도록 하는 데 의거하였으므로 그리 강하지 못하였다. 그러므로 그 하늘에 대하여 말한 것은 자못 야소교[邪敎]의 이른바 하나님[造化主]과 서로 비슷하다. 그러나 그 말뜻의 원만함과 통철함은 저들이 기적을 꾸며내고 의혹을 부풀리는 것과 같지 않다. 경전의 내용을 종합하여 보자면 대개 이러하다.

하늘이란 사람과 만물을 낳아주는 만유의 본원이며, [『시경詩經』에 '하늘이 백성을 낳으심에'라 하고 『예기禮記』에 '만물은 하늘에 근본한다.'라 하였다.] 전권과 활력을 가지고 아래세상을 내려다보는 존재이며, [『시경詩經』에 '위대하도다! 상제시여, 세상에 임하심이 혁혁하도다. 사방을 두루 살펴 백성의 아픔을 구제하시네.'라 하였다.] 자연의 법칙이므로 인사의 규범과 도덕의 기본이 되었다. [『시경詩經』에 '하늘이 백성을 낳으심에 만물이 있고 법칙이 있다.'라 하였고, 『서경書經』에 '하늘이 질서에 전범典範이 있고 예법이 있다.'고 하였다.] 그러므로 사람은 하늘을 공경하고 두려워하여, 일체의 사상이 모두 여기에 토대를 둔다.

또한 다른 종교에 비하여 특이한 점이 하나 있으니 그것은 선조를 존숭한다는 점이다. 동아시아 민족은 종족제도의 발달이 가장 완비되어 있으며 옛 규범을 지키려는 성질이 가장 강하여서 하늘에 제사하는 외에도 조상에 제사하는 것을 중요히 여긴다. 이른바 천신天神과 지기地祇, 인귀人鬼 중 무릇 귀신이라 하는 것은 모두 그들의 선조를 가리키는 것이어서 조상을 존숭하는 지극한 정성으로 항상 하늘과 함께 병칭한다. 『예기禮記』에 이르되 '만물은 하늘에 근본하고, 사람은 조상에 근본한다.'하였고, 또 이르되 '교외郊外에서 후직后稷을 제사하여 하늘에 배향配享하고, 명당明堂에서 문왕文王을 종사宗祀하여 상제에 배향한다.' 하였으니 항상 그 조종祖宗의 권능을 생각하되 거의 하늘에 버금가는 존재라고 여긴 것이다.

요약하여 논하자면 유교의 특성은 실제에 대한 숭상을 제1의 의의로 삼는 것이다. 실제를 숭상하므로 인사를 중요시하니 그것이 하늘을 공경하는 일이다. 이 두 가지 모두를 취하여 인륜의 모범으로 삼았다. [인륜을 또한 천륜이라 하며, 인도를 또한 천도라 하는 것이다.] 실제를 숭상하므로 경험을 중시하니 그것이 조상을 존숭하는 일이다. 이 두 가지 모두를 취하여 선례先例의 전형으로 삼은 것이다.

동아시아의 계급제도는 전국시대에 와서 비로소 타파되었다. 춘추시대 이전에는 항상 인도의 이른바 카스트제도나, [인도에는 사람을 4등급으로 분류하여 최상급은 '바라문'이라 일컫고, 그 다음은 '찰리'라 일컫고 그 다음은 '비사'라 일컫고 최하위급은 '두타'라 하며 통혼通婚을 허용치 않는다.] 구라파의 애사특덕埃士忒德과 같은 제도가 [구라파사람은 승려·귀족·공민·노예 등 4종류로 분류하였다.] 있어 대개 상류인사가 한 집단의 실권을 장악하였다. 비단 정치계에서만 그러했던 것이 아니라 학술 사상계에서는 그것이 더욱 요긴하였다. 더구나 문자가 미비하여 전적을 잘 갖추기 어렵고 교통이 미개하여 [배나 수레의 왕래를 가리켜 말한 것이다.] 유포할 길이 더욱 막히어 있었다. 그러므로 일체의 학술이 누구나 연구할 수 있는 것이 아니었던지라 그 권능이 오로지 최소수 귀족에게만 국한되었다.

하늘의 일을 관장하는 직책을 일러 축관祝官이라 하고 사람의 일을 관장하는 직책을 일러 사관史官이라 하였다. 축관이 분화하여 직책이 둘이 되었는데 그 하나는 제사를 담당하는 축관으로 사람의 생각을 대표하여 하늘에 복을 비는 자이다. 다른 하나는 일력日曆을 담당하는 축관으로 하늘의 생각을 추정하여 인간에 응용하는 자이다. 일력을 담당한 축관이 주관한 일은 세 가지였는데 그 하나는 4계절과 달의 변화에 조화롭게 날짜를 바르게 정하여 농사에 편리하게 하는 일이요, [『요전堯典』에 '일월성신日月星辰의 운행을 살펴 인민의 농사철을 공경히 잡아주었다.'하였고 또 '선기옥형璇璣玉衡을 살펴서 칠정七政을 다스렸다.'고 하였다.] 그 다음은 종終과 시始가 순환하여 전승傳承하는 오행의 덕을 추연하여 천명을 정하는 일이요, [『요전堯典』에 '하늘의 역수曆數가 네 차례이다.' 하였는데 후세 사람들이 '삼대三代의 천명을 수수授受한 징표는 모두 역수에 근본한다.'하였다] 그 세 번째는 별자리를 점치고 복서卜筮를 살펴 길흉을 결정하는 일이었다. [『한서漢書』 「예문지藝文志」의 구류九流 조條에는 음양가陰陽家의 술수術數에 대한 것이 대략 있고, 천문天文·역보曆譜·오행五行·시귀蓍龜·잡점雜占·형법刑法도 대략 있다.] 사관史官의 세분된 직책에는 여섯 가지가 있었는데 주례周禮의 태사太史·소사小史·좌사左史·우사右史·내사內史·외사外史로서 육경六經 중의 시詩와 [태사太史가 유헌輶軒을 타고 다니면서 채집한 것이다.] 서書, 춘추春秋 [『한서』 「예문지」에 '좌사는 말을 기록하고 우사는 일을 기록하는데 말이란 『상서尙書』를 가리키고 일이란 춘추를 가리킨다.'고 하였다.] 예禮와 악樂이 [악관을 고사瞽史라고도 한다.] 모두 그들이 주관하는 일이었다.

그러므로 학문을 구하는 자는 사관에게서 구하지 않을 수 없었으니 주나라의 주임周任[176)]

---

176) 주임周任 : 고대의 현인. 『논어論語』 계씨에 주임의 말에 "힘을 내어 관직에 나아가되 할 수 없으면 그만 둔다[周任有言曰 陳力就列 不能者止]."라 하고 그 주註에 주임은 옛날의 어진 사관이었다[周任 古之良史]라 한 것이 보인다.

과 사일史佚177)이며, 초나라의 좌사 의상倚相178)이며, 노자가 주하사柱下史179)가 되었던 일이며,
공자께서 주나라에 가서 『사기』를 살펴본 일이며, 노나라에 가서 『사기』를 본 후 『춘추』를
지었던 일들은 대개 명도학술明道學術의 원천이 모두 사관에 있었기 때문이었다.

　　사관과 축관은 모두 그 관직을 세습하였다. [옛날에는 관직으로 씨氏를 삼았으니 축씨·사씨는 세습한 직
업이 씨가 된 것이요, 한대의 사마담司馬談이나 사마천司馬遷은 더욱 현저한 예이다.] 사관의 직책이 때로는 축관
과 더불어 서로 보조한 일이 있었는데 그들이 길흉화복吉凶禍福을 말할 때는 축관은 천문에
근본하여 인문에 넓혀 나아갔으며, 사관은 조상의 일을 거울삼아 지금의 일을 처리하였다. 그
러므로 『한서예문지[漢志]』에 이르기를 '도가道家는 사관으로부터 나왔으며 음양가陰陽家와 참
위가讖緯家의 학설도 사관과 더불어 상통하는 것이 있다.'고 하였다.

　　요약하자면 고대의 학술 사상은 전적으로 천문과 인문사이의 관계에 달려 있었으되 둘 사
이의 중추가 된 것은 축관과 사관이어서 함께 권능을 가졌었다.

　　삼황시대의 문명이 진화한 흔적을 말하자니 분전墳典180)과 구색丘索181)의 책이 하나도 전승
되는 것이 없다. 황제의 글 중 『한서예문지漢書藝文志』에 기록된 것이 20여 종으로 반씨班氏(반
고班固)가 일일이 그 근거를 [지금까지 남아있는 소문·내경 등의 편목도 또한 그 중의 하나이다.] 들어 밝히고
있으나 학자들이 어디에 근거하여 찾겠는가? 그러므로 태사공太史公은 '진신선생縉紳先生조차
이에 대하여 말하기 어려우나 오직 고사에 전승되는 말 중 신빙하여 징험할 수 있는 사실이

---

177) 사일史佚 : 주나라의 사관 윤씨尹氏. 윤일尹逸이라고도 한다. 『좌씨左氏』 양공 14년 조에 성왕成王
　　　이 아우 숙우叔虞와 소꿉장난을 할 때 오동잎으로 홀을 만들어 그에게 주면서 "이로써 너를 봉
　　　하노라."라고 하였다. 사일이 택일擇日을 청하자 성왕은 "내 그와 더불어 놀이를 한 것일 뿐이
　　　다." 하였는데, 사일이 말하기를 "천자의 말에는 희언이 없으니 말하면 사관이 기록하고, 집례
　　　가 성례하며 악관이 노래로 읊는 법입니다."하여 이에 숙우를 당唐에 봉하였다. 태공·주공·소
　　　공과 함께 사성四聖으로 병칭된다.
178) 의상倚相 : 초나라의 사관. 삼분三墳·오전五典·팔삭八索·구구九丘의 글에 능하였다.
179) 주하사柱下史 : 주나라 장서실을 주관하는 관리를 주하사라 하였다. 노자가 주하사가 되었는데
　　　대개 주하사란 장서실의 기둥 아래가 관명이 된 것이다.
180) 분전墳典 : 삼분三墳과 오전五典으로 삼분은 삼황의 역사, 오전은 오제의 역사를 기록한 것이라
　　　하는데 서명만 전할 뿐 내용은 전하지 않는다. 삼황은 복희·신농·황제이며, 오제는 소호·전
　　　욱·제곡·제요·제순을 가리킨다.
181) 구색邱索 : 팔색八索과 구구九丘의 약칭. 팔색은 팔괘八卦에 관련한 내용이고, 구구는 구주九州에
　　　관한 내용을 기록한 것이라 한다. 삼분 오전과 함께 고서의 의미로 범칭한다.

다섯 가지이다. 괘효卦爻를 획정하고, 서계書契를 만들며, 역상曆象을 정하고, 악률樂律을 지었으며, 의약醫藥을 개발하기 시작한 것 등이 그것이다.'라 하였다.

요堯임금과 순舜임금 때에 관해서는 이전二典[182]과 삼모三謨[183]가 남아있어 고사를 고증하려는 선비들이 신빙할 자료를 얻을 수 있다. 예컨대 관직을 세우고 교화를 펴며, 학교를 설립하고 노인을 받든 것과 같은 일은 모두 그 당시의 진보를 상징하는 자취이고, 가곡의 발달이 농업과 공업을 하는 사람들 사이에 두루 미쳐 혼돈의 비루鄙陋함을 일소하고 찬란히 빛나게 했다.

우禹임금이 수토水土를 평정하고 제국을 성립하니, 중국 사람이 자기 나라를 가리켜 화하華夏니 제하諸夏니 하는 것은 모두 우임금의 공덕을 기념하여서였다. 이때에 정치사상과 철학사상이 점차 발생하니 우공禹貢의 제도와 홍범洪範의 이상은 모두 2천 년 전의 정묘하고 심원하며 의미가 넓고도 큰 사적史籍이 되었다.

상商 나라는 당초에 그리 큰 변동이 없었으나 탕湯임금이 백성을 사랑하는 정성으로 신명을 감동시키더니 다시 이윤伊尹같이 어진 이로 재상을 삼아 드디어 하걸夏桀을 치고 백성을 구제하여 후세에 혁명의 효시가 되었다. 이 또한 성인聖人이 매사를 조화롭게 처리하신 달도達道요, 의리에 적절하게 하신 권도權道이면서도 사상적으로는 일대의 변천이었다.

희성姬姓인 주周 나라에 이르러서는 중앙집권의 형세가 더욱 진행하여 문명이 점점 서울로 집중되었다. 문왕이 역易에 해설을 붙이고 주공이 삼왕의 제도를 아울러 관직과 예법의 체계를 만들자 시서詩書 또한 찬란히 갖추어지니 고대의 학술 사상의 정신과 조리가 여기서 대략 갖추어졌다.

춘추시대에 이르러 열국의 교통이 빈번해지고 남북의 사조思潮가 점차 서로 혼합되어 학술의 방대함과 집적集積됨이 극점에 도달하였다. 바로 이때 공자가 나시니 전성기의 운세가 도래한 것이다. 그러나 한창려韓昌黎가 말하지 않았던가? 주공 이상은 위에서 임금노릇을 하였으므로 정사가 제대로 거행되었고 주공 이하는 아래에서 백성노릇을 하였으므로 그 논설이 장황하였다.

대개 옛날에는 정치와 교화가 각각 다른 두 가지 일이 아니었다. 학문이 넉넉하면 벼슬에 나아가 정사를 행하였으므로 그 정사를 보면 학문의 뛰어남과 모자람을 알 수 있었던 것이다. 주나라 말기에는 공자와 같은 성인이라도 정사를 행할 지위를 얻지 못하여 높은 도덕을

---

182) 이전二典 : 『서경書經』 우서虞書의 요전堯典과 순전舜典.
183) 삼모三謨 : 『상서尙書』의 대우모大禹謨와 고요모皐陶謨, 그리고 백익伯益을 말한다.

한 몸에 지니고도 시행할 수가 없었다. 어쩔 수 없이 그 온축한 경지를 글로 나타내어 후세에 끼쳐 주셨으나 그 뒤로부터는 정치와 교화가 줄을 그은 듯 갈라져 각기 다른 두 가지 길이 되었다. 지금 유교 변천의 대세를 논함에 공자만을 동아시아가 공통으로 받드는 교주로 삼는 까닭이다.

공자의 가르침에는 미언微言과 대의大義가 있다. 그 대의는 시서詩書와 예악禮樂에 있으니 공자께서 평소에 하시던 말씀이요, 그 미언은 주역周易과 춘추春秋에 있으니 공자께서 몸소 지으신 글이다. 춘추의 체례體例는 은공隱公으로부터 애공哀公에 이르기까지 십이공十二公을 3세世로 분류하여 거난세據亂世·승평세升平世·태평세太平世라 하였다. 이 뜻은 공양전公羊傳에 자세히 나와 있는데 '세계가 처음 시작될 때는 반드시 거난세에서 비롯하여 점차 승평세로 나아가며 다시 태평세로 나아가게 되는데, 지금이 옛날보다 나으며, 지금 이후가 지금보다 나아질 것'이라 하였다. 이는 서방의 학자 타로오영사비생打撈烏盈士陣生씨가 주창한 진화론과 서로 비슷하다.

동아시아의 옛날 학설은 모두 문명세계가 고대에 있었다고 생각하였으니 그 지향은 이미 지난 과거이다. 춘추 3세世의 대의로서는 문명세계가 훗날에 있다고 여기니 그 지향은 다가올 미래이다. 문명이 이미 지난 과거에 있다고 생각하면 보수 사상이 생기며 문명이 미래에 올 것이라 생각하면 진보사상이 생겨난다. 그러므로 한나라 때는 춘추를 공부하는 자가 3세世의 뜻으로 전체의 글을 이해하는 관건으로 삼았다.

참으로 그러하도다, 그 관건 됨이여! 3세를 따라 순환하여 진보하니 그러므로 일체의 전장법도가 시대에 따라 달라지고 나날이 변모하게 된다. 거난세에는 거난세에 적합한 정치를 행하고, 승평세에는 승평세에 적합한 정치를 행하며, 태평세에는 태평세에 적합한 정치를 행할 일이니 반드시 고법이 일단 이루어졌다 하여 이를 묵수墨守하면서 불변할 수는 없는 것이다. 그러므로 3세의 의미에 밝으면 국정을 혁신하는 것으로써 주의를 삼아 보수와 완고의 누습을 일변할 수 있을 것이다.

춘추는 공자께서 체제를 고쳐 쓴 글이다. 공자께서 시속의 폐단을 안타깝게 여겨서 일거에 혁신하려 하였으니 그러므로 천고의 사실을 필삭筆削하고 법률을 제정하여 후세에 남기고, 중국으로 하여금 야만의 세계에서 벗어나 문명으로 진입케 하였다. 그러므로 이르되 '춘추는 천자의 사업’이라 하는 것이다.

어떤 사람은 “공자께서 체제를 고쳐 쓰고자 하였다면 왜 조목을 들어 곧바로 써서, 무슨 일은 마땅히 어떻게 시작해야 하며 어떤 정책은 마땅히 어떻게 변혁해야한다고 하지 않고 반드시 당시 사실을 비부比附(비유에 붙임)하여 후인들의 의혹을 부추겼는가?”라고 한다. 대답하되 “공자께서 일찍이 스스로 말하기를 ‘내가 부질없는 언사를 거기에 실으려는 것은 사실의 넓고 깊은 의미를 절실하고 분명하게 드러내는 것만 못하다. 그러므로 사실을 바탕으로 거기에 우리 선왕의 뜻을 덧붙여 그 지위와 이름을 가탁하여 인륜을 정하고 그 일의 성패에 따라 충순과 패역의 차이를 분명히 한다.’라고 [『춘추』 번로유繁露兪 서문에 보이고,『사기』 태사공 자서自序에도 보인다.] 하였는데 이는 성인께서 시속을 경계하고 세태를 염려한 고심의 결과이다.”라 하겠다.

춘추에 거정居正[184]을 크게 여긴 뜻이 있다. 거정이 큰 의미가 있음을 말한 것만으로도 충분했을 터이나 반드시 송선공宋宣公[185]의 일을 가차假借하여 말한 것은 정도를 따르지 못한 일의 폐해가 쟁란을 초래할 수 있음을 알게 하기 위해서였다. 춘추에 세경世卿[186]을 비판한 의리가 있다. 세경을 비판한 것만으로도 충분했을 것이나 반드시 윤씨尹氏의 일을 가차하여 말한 것은 대대로 벼슬하는 것의 폐해가 찬역에 이르고야 만다는 것을 알도록 하기 위해서였다. 대개 그가 중대하게 생각한 것은 거정을 크게 평가하고 세경을 비판하려는 데에 있었지 송무공宋繆公을 장사지낸 일[187]과 윤씨가 죽은 일에 있은 것이 아니다. 그렇지 않다면 일개 순무巡撫의 출빈出殯과 일개 경대부의 죽음이 어찌 성인의 붓대를 번거롭게 할만한 것이었겠는가?

---

184) 거정居正 : 상도를 따라서 행함.『춘추春秋』 은공隱公 원년元年 춘왕정월春王正月의 주注 “무릇 인군이 즉위하면 연호를 세워 정도를 행하고자 한다[凡人君卽位 欲體元以居正].”는 말에서 왔다.

185) 송선공宋宣公 : 춘추시대 송의 군주.『춘추공양전春秋公羊傳』 은공 3년의 기사에 “군자는 거정居正에 큰 의미를 두니 송나라의 재앙은 선공이 만들었다[君子大居正 宋之禍宣公爲之].”고 하였다. 송선공이 아들 여이與夷를 세워 임금의 자리를 넘기지 않고 아우 무공繆公에게 왕위를 잇게 하였는데 무공이 다시 두 아들 장공莊公 풍馮과 좌사左師 발勃을 쫓아내고 조카인 여의에게 임금의 지위를 잇게 하자 장공이 여의를 시해하였다.

186) 세경世卿 : 세습한 경대부.『춘추공양전春秋公羊傳』 은공 3년의 경문에 ‘夏 四月 辛卯 尹氏卒’이라 하여 대부 윤씨尹氏의 죽음을 언급하였는데 전傳에 ‘윤씨라 칭한 것은 무슨 까닭인가? 폄하한 것이다. 어떻게 폄하하였는가? 대대로 경대부를 세습한 것을 비판하였다. 대대로 경대부를 세습한 것은 예가 아니기 때문이다[其稱尹氏 何 貶 曷爲貶 譏世卿 世卿非禮也].’라 하고 그 주注에 ‘世卿者 父死子繼也’라 하였다.

187) 송무공宋繆公을 장사지낸 일 :『춘추』 은공 3년 ‘冬 十有二月 齊侯鄭伯盟又石門 癸未 葬宋繆公’이라 한 기사가 보인다. 무공繆公은 좌씨전에는 목공穆公으로 되어있다.

지금까지의 춘추를 공부해온 자는 체례體例를 말하기만 하고 공자께서 스스로 말씀한 바, '저으기 취한 그 의리[竊取其義]'를 모른다. 오직 체례에만 이끌리므로 마치 구슬은 돌려주고 함만을 사는 격이 되나, 오직 의리를 궁구하므로 지난 일을 잘 갈무리하여 다가올 일을 알게 되는 것이다.

3세의 대의가 바로 세워지면 진화進化의 의리로 경세經世의 의지를 해석하여 어느 곳에 구애됨 없이 향후의 희망과 현재의 의무로 백성을 인도할 수 있을 것이다. 체제를 고쳐 쓴 대의가 바로 세워지면 임금의 권위를 줄이고 백성의 권리를 신장하며 귀족의 권익을 깎아 평등을 숭상케 될 것이다. 안으로 다툼의 소지를 제거하여 통일로 귀착케 하며 묵은 관습은 혁파하되 법치를 숭상케 하여 어느 것도 합당하지 않은 일이 없어질 것이다. 춘추가 만세 공통의 글이 되는 까닭이 오직 이 의리 때문이며, 공자께서 만세의 성인이 된 까닭이 오직 이 의리 때문이다. 훌륭하도다, 구용句容 진입지陳立之[188]의 '춘추는 기호記號 같은 글이다.'라 한 말이여!

『예기』「예운禮運」[189]의 대동大同과 소강小康은 춘추 3세世의 뜻과 서로 표리表裏가 된다. 이른바 거난세據亂世와 승평세升平世는 곧 소강의 세상이요, 이른바 태평세太平世는 곧 대동의 세상이다. 소강의 세상에서는 군권 존중을 그 주의로 하고, 대동의 세상에서는 민권 존중을 그 주의로 한다. 그러므로 소강이라는 것은 전제정치요, 대동이라는 것은 평등의 정치다. 소강세상은 국수주의國粹主義요, 대동세상은 세계주의世界主義이다. 무릇 세계는 소강의 단계를 경과하지 않으면 대동세로 나아갈 수 없고, 이미 소강의 단계를 경과하였다면 다시 대동의 세상으로 나아가지 않을 수 없는 법이다.

공자께서는 소강의 의미를 세워 2천 년 천하를 다스리고 대동의 의미를 세워 장차 미래의 천하를 다스리고자 하였다. 소강의 가르침은 문하의 모든 제자가 다 배웠으되 대동의 가르침은 재주가 뛰어난 사람이 아니면 전수하지 못하였으니 이른바 '중인 이하에게는 상학의 단계를 말할 수 없다.'[190] 한 것이다. 천하에 중간 정도의 재사는 많으나 뛰어난 재주는 드문지라

---

188) 구용句容 진입지陳立之 : 송대 남풍南豊사람, 진종례陳宗禮. 자가 입지立之이다. 시호諡號는 문정文定. 벼슬은 도종度宗 때 참지정사參知政事에 이르렀는데 직언청절로 저명하였다(『송원학안宋元學案』).
189) 예운禮運 : 『예기禮記』의 편명.
190) 중인 이하 … 없다 : 『논어論語』「옹야雍也」 "子曰 中人以上 可以語上也 中人以下 不可以語上也"라 하였는데 그 주에 "사람을 가르치는 자가 마땅히 그 자질의 고하에 따라 고해준다면 그 말이 받아들이기 쉬워서 등급을 뛰어넘는 폐단이 없을 것임을 말한 것이다[言敎人者 當隨其高下 而告語之 則其言易入 而無躐等之弊也]."라 하였다.

그러므로 소강의 가르침을 전수한 자는 많으나 대동의 가르침을 전수한 자는 드문 것이다.

대동과 소강은 마치 불교의 대승大乘과 소승小乘이 설법에 권실權實191)의 분별을 두는 까닭에 입론立論이 왕왕 서로 어긋나는 것과 마찬가지다. 소승에 탐락耽樂하는 자는 대승의 의론을 듣고서 물러나 달아나거나 또는 자신의 편견을 고집하고 공격하여 대승은 부처의 설법이 아니라고 논란한다. 그러므로 부처가 화엄경을 설강할 때 5백 여 이름난 제자 중에 한 사람도 깨달은 자가 없었던 것이다.

유학 또한 마찬가지이다. 대동의 가르침은 소강 세상의 제자가 들어 깨달을 수 없는 것이었으니 그렇다면 그로 인하여 서로 공격하고 논란하는 것은 대개 근기根器192)가 같지 않고, 전수한 바 또한 서로 다른 까닭이다.

순자荀子는 비십이자편非十二子篇에서 말하기를 '중니仲尼와 자유子游193)가 후세 학자들을 길러냄에 자사子思194)와 맹자孟子의 학술이 사실은 자유로부터 나온 것임을 알겠다.'라고 하였거니와 순자가 비십이자편에서 중니와 자궁子弓195)을 병칭하는 것으로 볼 때 순자의 군권을 중시한 학통이 어디로부터 나온 것인지를 알 수 있다.

공자 교단의 미언微言은 곧 태평이라는 대동세상의 뜻이니 자유子游와 자사子思를 거쳐 맹자孟子에게 전해졌다. 대의大義는 곧 거난과 승평이라는 소강세상의 뜻이니 자하子夏196)와 자궁子弓을 거쳐 순경荀卿197)에게 전해졌다. 전국시대에 이 두 학파가 가장 번성하였던 고로 진한秦漢의 유학자들 중에는 맹자와 순자를 병칭하는 자들이 많았고 태사공太史公도 (『사기』에) 『맹자』, 『순경열전』을 [당송 이후로부터 비로소 공맹을 병칭하였다.] (하나의 편목으로) 남겼다. 그 처음 들은 것이 이미 같지 않았던 까닭에 그 끝의 결론이 또한 전혀 상반된다.

---

191) 권실權實 : 권도와 실상 즉, 방편과 진실. 깨달음으로 나아감에 있어 취하는 경로.

192) 근기根器 : 타고난 기품과 자질.

193) 자유子游 : 공자의 제자로 이름은 언언言偃, 자유는 자이다. 세칭 십철十哲의 하나로서 자하子夏와 함께 문학文學으로 병칭한다. 공자 몰후 위나라에서 강학을 이었다.

194) 자사子思 : 이름은 급伋. 자사는 자인데 공자의 손자로 증자에게서 배웠다. 『중용中庸』을 지었다.

195) 자궁子弓 : 주대周代의 인명으로 순자荀子의 선배라고 한다. 순자의 비십이자非十二子, 비상非相, 유효儒效 외의 다른 전적에는 보이지 않는다.

196) 자하子夏 : 공문孔門 십철十哲의 한 사람. 이름은 복상卜商. 자가 자하이다. 문학에 뛰어났다.

197) 순경荀卿 : 전국시대 조趙 나라 사람. 이름은 황況. 당시 사람들은 서로를 존경의 뜻으로 경卿이라 불렀는데 한대의 학자들은 선제宣帝의 이름인 순荀을 휘하여 손경孫卿이라 하였다. 흔히 순자荀子로 칭한다.

맹자는 춘추를 전공하였고 순경은 시례를 전공하였다. 맹자는 성선설을 말하였고 순자는 성악설을 말하였다. [대동의 세상을 말하는 사람은 반드시 성선설을 칭하는데 태평한 세상에는 마땅히 모든 사람이 평등해질 것이기 때문이다. 소강의 세상을 말하는 자는 반드시 성악설을 칭하는데 난리에 사는 세상에는 마땅히 어진 이로써 못난 사람을 다스려야 하기 때문이다. 성선性善을 칭하는 자는 반드시 확충擴充을 말하니 자유주의에 가깝고, 성악性惡을 칭하는 자는 반드시 극치克治를 말하니 전제주의에 가깝다.] 맹자는 요순을 칭송하고 순경은 후왕後王198)을 모범으로 삼았다. [요순이란 대동세상의 대표이니 이른바 천하에 공변됨을 행하여 어진 이와 능한 이를 선발한다는 것이 이것이요, 후왕이란 소강세상의 대표이니 예운禮運에 이른바 삼대의 영웅이요, 이른바 육군자六君子가 이것이다.]

다만 대동의 뜻이 전제시대에는 적합하지 않은지라 그러므로 맹자께서 제후들에게 초빙되었으나 가는 곳마다 부합하지 못하였다. 맹자께서 돌아간 후에 공손추公孫丑나 만장萬章의 무리199)가 그 짐을 감당하지 못하게 되자 학술의 계통이 중간에 끊어졌다. 다만 그 입으로 전하여 온 말이 겨우 공양公羊과 곡량穀梁의 두 춘추전200)에 나타나 있을 뿐이다. 소강의 뜻은 군권정치에 적합한지라 그러므로 패자가 절취하여 이용하였으니 한비韓非201)와 이사李斯202)의 무리는 순경의 제자로서 진秦 나라에 크게 등용되었다. 진나라의 정치는 한결같이 한비와 이사를 종주로 삼았다. 한나라의 육경고문가들은 태반이 순경의 전한 바를 모범으로 하고, 경전을 전수하는 노련한 학자들이 또한 옛 진나라의 박사들이 많았던 까닭에 한대 이후로부터 비록 공자의 학문을 크게 밝힌 것으로 이름난 자라 하더라도 실제로 전수한 바는 다만 순자학

---

198) 후왕後王 : 후세의 군왕. 흔히 선제와 함께 칭하여 요순堯舜의 2제와 우禹·탕湯·문무文武의 3왕을 가리킨다. 『순자荀子』 「불구不苟」 편에는 '百王之道 後王是也'라 하여 선대의 군왕을 치도의 준거로 삼을 수 있는 후대의 군왕이 옳다는 견해를 보인다.
199) 공손추公孫丑와 만장萬章의 무리 : 맹자의 문도를 지칭하는 말.
200) 공양公羊과 곡량穀梁의 두 춘추전 : 주周 말의 제나라 사람 공양고公羊高가 쓴 춘추전과 곡량적穀梁赤이 쓴 『춘추전春秋傳』. 『좌씨전左氏傳』과 함께 춘추삼전으로 칭한다. 공양고와 곡량적은 모두 자하子夏의 제자.
201) 한비韓非 : 전국시대 한韓 나라의 공자. 이사李斯와 더불어 순경荀卿에게 학문을 배웠다. 한나라가 쇠약해지는 것을 보고 자주 한왕에게 치국의 도리를 간하였으나 등용되지 못하였다. 이에 고분孤憤·오두五蠹·내외저설內外儲說·설림說林·세난說難 등편을 지었다. 진시황이 그 저서를 보고는 한비를 만나기 위해 한나라를 공격하였는데 한왕이 한비를 사자로 보냈으나 이사李斯와 요가姚賈가 그를 헐뜯어 옥에 갇히고, 결국 이사가 보낸 약으로 자살하고 말았다.
202) 이사李斯 : 초楚 나라 상채인上蔡人. 순경에게 제왕의 학문을 배워 진나라의 객경이 되고 진시황의 천하통일 이후 승상이 되었다. 군현郡縣의 제도를 제정하고 금서禁書의 명령을 시행하는 등 법가의 술을 펼쳤다. 진시황 사후에 조고의 꾀에 빠져 태자 부소를 복위하려다가 오히려 역모로 몰려 함양의 저자에서 삼족지이三族之夷의 벌에 처하였다.

파의 일개 지파支派일 따름인 것이다.

『주역』은 곧 신령과 혼백세계에 대한 책이다. 이른바 '원元으로써 천을 통섭한다.'하였으니 하늘과 땅의 상호관계에 대한 학문이다. 공자의 교육은 불가佛家의 화엄종華嚴宗과 서로 비슷하다. 중생은 성해性海203)에 똑같이 근원하되 중생을 버려서는 성해 또한 없어진다. 현상세계의 근원이 법계法界에 두루 구비되어 있되 현상세계를 버려서는 법계 또한 없어지는 것이다. 그러므로 공자의 교육의 대지는 세간世間의 일을 언급한 것이 많고 세간을 벗어난 일이 적다. 세간이 출세간出世間과 더불어 하나가 아니요, 둘도 아니라 생각했기 때문이다.

비록 그러하나 거기에 또한 근본이 있다. 보통의 근기와 성품을 가진 사람을 위하여 설법할 때는 '따르게 할 수는 있어도 다 알게 할 수는 없다.'204)고 하였다. 이것은 '만약 뛰어난 근기와 성품을 가진 사람이라면 반드시 가없는 지혜를 붕여해야만 곧 능히 가없는 원력을 양성할 수 있을 것이다.'라는 말이다. 그러므로 공자께서 『주역』에 계사繫辭205)를 붙여 그 혼령의 세계를 밝힘으로써 사람들로 하여금 구구한 신체는 현상세계에 우연히 나타난 데 불과하여 애석히 여길 것도 없고 미련을 가질 것도 없으므로 큰 용맹을 내어 자신을 버리고 천하를 구제해야함을 알게 한 것이니 이것이 계사繫辭의 깊은 뜻이다.

『주역』의 혼학魂學은 안자顔子206)에게 전수되어 그 묘경이 좌망坐忘에서 대통에 동화하는 경지[坐忘而同乎大通]에 이르렀었는데 요절하여 남긴 단서가 전하는 것이 없음을 애석하게 여길 뿐이다. 장주莊周207)는 곧 도가의 큰 학자로 다시 자하子夏의 문인에게서 수학하였는데 함영저화含英咀華한 바가 유독 심오한 경지이니 아마도 안자의 전하지 못한 계통을 이어받은 자일 것이다. 그러나 그 학문적 계보를 오로지 공자에 귀속시킬 수는 없다. [노나라의 모시毛詩·춘추곡량

203) 성해性海 : 불가의 말. 꾸밈없는 본래 그대로의 성[眞如法性]이 두루 가득 차 있지 않은 곳이 없어 그 모양이 광대한 것을 가리키는 말.
204) 따르게 할 수는 있어도 다 알게 할 수는 없다 :『논어論語』「태백泰伯」, "子曰 民可使由之 不可使知之".
205) 계사繫辭 : 문왕이 괘하에 지어 붙인 괘사를 계사라 하는데 여기서는『주역周易』십익十翼의 하나인 계사전繫辭傳을 범칭하는 말로서의 계사이다. 문왕의 계사를 해석하기 위하여 지은 것이기 때문에 공자가 지은 것은 원래 계사전이라 하여 단사彖辭·효사爻辭·효爻·설괘卦·설說·문언전文言傳과 함께 십익이라 하였다.
206) 안자顔子 : 이름은 회回, 자는 연淵이다. 공자의 고제로 덕행이 뛰어나 공자의 기대를 받았으나 요몰하였다.
207) 장주莊周 : 전국시대의 사상가. 흔히 장자로 불린다.

전春秋穀梁傳·춘추좌씨전春秋左氏傳은 모두 순경荀卿으로부터 나왔으니 전傳에 명문이 있다. 복승伏勝[208]·원고생轅固
生[209]·장창張蒼[210]은 모두 옛 진나라의 박사이다.]

천지의 풍토와 기상은 남북이 현저히 다르다. 그러므로 학술 사상이 또한 따라서 달라진
다. 춘추전국시대에는 남북으로 두 갈래가 보루를 마주하고 서로 대치하여 북파北派는 실제實
際를 숭상하고 남파南派는 허령虛靈을 숭상하였다. 북파는 동적인 것을 주로 하고 남파는 정적
인 것을 주로 하며, 북파는 인간사를 귀히 여겼고 남파는 세상사에서 벗어남을 귀히 여겼다.
북파는 정법政法에 밝았고 남파는 철리哲理에 밝았다. 북파는 계급을 중시했고 남파는 평등을
중시했다. 북파는 문물제도의 보수保守를 좋아하였고 남파는 파괴破壞를 좋아하였다. 북파는
근면한 노력을 주장하고 남파는 무위자연을 밝혔다. 북파는 하늘을 두렵게 여겼고 남파는 하
늘에 내맡겼다. 북파는 스스로를 강대하게 하는 것을 귀히 여겼고 남파는 겸손하고 유약한
처신을 귀히 여겼다.

공자孔子는 북파의 큰 스승이며 남파의 우두머리 격은 노자老子이다. 공자가 남파에게 배척
당한 것은 노자가 북파에게 배척당한 것과 같다. 그러므로 공자는 노魯와 위衛, 제齊 나라에서
는 가는 곳마다 모두 존숭 받았고, 송宋 나라에 이르러서는 위험을 느껴 경계하였으며, 진陳
땅과 채蔡 땅에 이르러서는 곤액에 빠졌던 것이다. 초楚 나라에 이르러서는 접여接輿[211]가 노

---

208) 복승伏勝 : 한대 하남河南 사람. 자는 자천子賤이다. 옛 진秦 나라 박사博士로 세칭 복생伏生이
라 한다. 한문제漢文帝 때 상서尙書를 교수할 사람을 찾았는데 복승이 그때 나이가 90이라
행보가 가능하지 않았다. 때문에 조조鼂錯로 하여금 가서 구술을 받아 오게 하였는데 모두
28편을 얻었다.
209) 원고생轅固生 : 한漢 제인齊人 원고轅固. 시를 잘하여 경제景帝 때 박사博士가 되었는데 두寶태후가
원고를 불러 노자老子의 문의를 묻자 "아이들의 말"이라 하였다. 이에 태후가 화가 나서 돼지우
리에 들어가 돼지를 치게 하였다. 경제가 그의 무고함을 알고 그에게 칼을 빌려주자 원고가 돼
지를 찔러 죽였는데 태후가 그 죄를 묻지 못하였다. 후에 청렴으로 청하왕淸河王의 태부太傅가
되었다. 무제가 즉위하여 그를 징소하자 학자들이 노쇄를 헐뜯어 면직되었다. 후에 공손홍公孫
弘이 징소되었을 때 대면하여 "공손자는 정학에 힘써서 말하고 곡학아세하지 말라."고 하였다.
제나라의 시로 명성이 있는 자는 모두 원고의 제자였다.
210) 장창張蒼 : 한漢 양무陽武 사람. 원래 진秦 나라의 어사御使였는데 죄를 입고 도망하였다가 한漢에
귀순하였다. 율력律曆과 도서圖書에 정통하고 계적計籍에 익숙하였다. 북평후北平侯에 봉하고 벼
슬이 효문제孝文帝 때 승상에 이르렀다. 시호諡號는 문공文公.
211) 접여接輿 : 춘추시대 초나라 사람. 성은 육陸, 이름은 통通. 접여는 자이다. 소왕昭王 때 정령이
무상해지자 머리를 풀고 짐짓 미친 척하여 벼슬에 나아가지 않으므로 사람들이 그를 일러 '초

래하여 풍자했고, 하조장인荷篠丈人212)이 야유하였으며, 장저長沮와 걸닉桀溺213)이 대놓고 비웃어, 가는 곳마다 험난하지 않은 곳이 없었으니 모두 학파의 성질이 같지 않았기 때문이다.

북방에는 세속을 근심하여 부지런히 노력한 선비들이 많아 방구들을 덥힐 겨를도 없이 잠시도 조용히 한 곳에 머물지 못하고 그 몸을 마쳤다. 남방에는 세상을 버리고 자신의 종적을 고상히 한 선비가 많아 접여나 장인, 장저와 걸닉 등은 모두 노자의 학풍에 급급한 부류였다.

노자의 가르침은 청정과 허무로써 종지를 삼고 나약과 겸손으로써 중요한 규범을 삼는다. 그 말에 이르기를 '견고하면 부서지고 날카로우면 꺾인다. 항상 사물을 너그럽게 용서하고 남에게 각박히 하지 말라. 그 강대함을 알면서도 그 유약함을 지키고, 그 청백함을 알면서도 그 욕된 처지를 지키라. 모두가 자신을 우선하더라도 홀로 남보다 나중으로 처신하며, 모두가 자신에 이익이 되게 하더라도 홀로 남에게 양보하라. 모두가 자신을 복되게 하기를 구하더라도 홀로 자신을 굽혀 온전함을 취하라.'하니 대개 그들이 지키려 한 바는 비록 몹시 격렬한 듯하나 세계 철학에서 응당 하나의 의미를 두어야 할 것이다.

나는 지나친 악담은 하고 싶지 않으나, 다만 마업魔業이 사람들의 치화治化에 영향을 끼침이 지극히 크다는 것만 말하고 싶다. 헤아릴 수 없이 많은 굳건하고 질박하며 순진하고 용감했던 백성들을 비겁하고 게으르며 위선이 가득하고 줏대 없는 존재가 되게 한 데는 다른 까닭이 없다. 노씨가 일체 파괴로 주의를 삼은 데다 음험한 심술과 궤변의 권모로써 도왔기 때문이다. 그러므로 그가 천하에 끼친 해독이 가장 심하다. 예컨대 "장차 백성을 어리석게 하려거든 밝은 백성을 비판하고, 장차 취하려 하거든 그것을 먼저 주어야 한다."고 한 말은 그들의 처세술이다. 그런데 후세 종횡가縱橫家의 말이 사실은 이로부터 나왔고 법가法家의 말류末流 또한 이러한 술수를 이용하였다. 한비자의 해로편解老篇과 같은 글을 두고 태사공은 노자와 한비의 합작이라 하였으니 그 진상을 가장 잘 이해한 말이다.

위진魏晋과 육조六朝의 사이에는 염세주의厭世主義·사리주의私利主義·은궤주의隱詭主義가 천하

광楚狂'이라 하였다. 공자의 문 앞을 지나가며 공자를 풍자한 적(『논어論語』「미자微子」, '楚狂接輿歌而過孔子')이 있었다.

212) 하조장인荷篠丈人 : 춘추시대의 은자이다. 『논어論語』「미자微子」에 자로와 세도를 논한 기사가 나타나 있다.

213) 장저長沮와 걸닉桀溺 : 춘추시대의 은자. 『논어論語』「미자微子」에 공자가 "자로로 하여금 나루터를 묻게 하였다[使子路問津焉]."고 한 기사가 나타나 있다.

를 휩쓸었다. 단정丹鼎214)·부록符籙215)·점험占驗216) 등의 속임수와 괴이함이 난무하는 학설에 이르러서는 더욱 일호一毫의 가치가 없다. 그러나 말류의 폐단이 수隋·당唐을 거쳐 수천 년이 경과하기까지 오히려 남아 있다. 이것은 모두 노씨가 만물을 추구芻狗217)로 보고 양주楊朱가 사후를 미혹케 하려던 뜻이 사회를 혼란에 빠뜨린 해독의 소치이다.

　묵적墨翟은 송宋 나라에서 태어났다. 송은 남북의 요충지이므로 그 학술은 남북 양파의 다른 점을 각각 채택하여 나름의 한 갈래를 이룬 것이다. 이 학파의 무실역행務實力行을 귀히 여기는 기풍은 실로 북파北派의 진정한 정신에서 나온 것이되 각고의 노력에 있어서는 그보다도 뛰어나다. 논법을 창안하고 철리哲理를 개발함에는 겸애兼愛218)를 힘써 주장하고 평등을 주창하였으니 대개 남파의 영향을 입은 것이다. 시험삼아 그 전서全書를 살펴보면 그 비공주의非攻主義219)는 공자의 대동大同의 참뜻과 서로 비슷하고 비명주의非命主義는 저 열자列子의 역명力命220)의 그릇됨을 공박하는 것으로 그 논지를 삼았다. 실리주의實利主義는 서방의 학자인 변심邊沁(제러미 벤담)이나 약한미륵約翰彌勒(존 S. 밀)이 고락苦樂으로 도덕의 표준을 삼은 것과 똑같다. 국가의 기원을 논한 것은 곽포사霍布士(T. Hobbes)·육극陸克(로크)·로사盧梭(루소), 강덕康德(칸트)의 낙리주의樂利主義221)의 정치와 그 내용이 서로 비슷하다. 그러므로 그 학술은 전국시대에 극히 성하여 공자와 노자의 학설과 더불어 천하를 3등분하더니 그 여파가 한나라 초기에 이르기까지도 오히려 솥발처럼 서로 우위를 다투는 형세였다. 지리와 학술의 관계가 서로 긴밀하여

---

214) 단정丹鼎 : 도가道家의 용어. 단약을 넣어두는 그릇.
215) 부록符籙 : 도가道家의 비기. 전하는 말에 황제黃帝가 서왕모西王母에게 부절을 받아 치우를 정벌하였다고 한다. 북위北魏의 문제文帝가 일찍이 도가의 단소에 행차했다가 부록을 받았는데 그 후로 위제가 이 고사를 수명의 징표로 여겼다.
216) 점험占驗 : 점의 징험. 점괘의 결과.
217) 추구芻狗 : 짚으로 만든 개 형상. 제사 때 썼던 허수아비인데 한번 쓰고 나면 아무 쓸데가 없는 물건이다. 전轉하여 용도가 없이 버려지는 실상 없는 물건을 비유하는 말이 되었다.
218) 겸애兼愛 : 춘추전국시대 묵자의 종지宗旨. 친근과 소원의 차별 없이 평등하게 사랑한다는 뜻.
219) 비공주의非攻主義 : '비공非攻'은 묵자墨子의 편명이다. 비非는 기譏의 뜻으로 비판한다는 뜻이니 공벌을 비판하는 사상체계를 말한다. 묵자의 겸애兼愛는 남을 자기와 똑같다고 보기 때문에 침공과 용병의 일을 비판하여 천하의 평화를 이루려하였다. 비공주의는 곧 겸애사상의 현실적 실천에 관계된다.
220) 역명力命 : 열자列子의 편명.
221) 낙리주의樂利主義 : 공리주의를 말한다. 공리주의는 18세기 말과 19세기의 영국 철학자이자 경제학자 제러미 벤담과 존 스튜어트 밀에서 비롯된 윤리학 전통이다.

바꿀 수 없음이 이와 같은 데가 있으니 어찌 기이하지 않겠는가?

묵자 학파의 실행의 대강은 그 요체가 생사를 가볍게 여기고 고통을 참는 데 있다. 생사를 가볍게 여기는 것도 진실로 쉽지 않은 일이지만 고통을 참는 것은 더욱 어렵다. 무엇 때문인가. 생사를 가볍게 여기는 것은 한 순간을 다투는 일이지만 고통을 견디는 것은 장구히 지속되는 일이라 도덕의 책임에 대하여 심히 밝게 인식한 자가 아니고서는 할 수 없기 때문이다. 그러므로 공수반公輸般222)이 장차 송나라를 공격하려 할 때, 묵자가 초왕楚王과 공수반을 만나서 공격해서는 안된다는 뜻[非攻之義]을 두루 진술하였다. 초왕과 공수반이 능히 논란으로 대응할 수는 없었으나 송나라를 공격하려는 뜻을 누그리지 않자 묵자가 마침내 공수반과 더불어 공격과 방어의 기법을 다투었다. 공수반이 아홉 번이나 공성의 임기응변을 설정하였으나 묵자가 아홉 번 그것을 격퇴하였다. 공수반의 공성의 임기응변 방법이 다하자 초왕이 마침내 공격의 뜻을 거두니 그 자신의 신념을 실행함이 이와 같았다. 묵학의 거장 맹승孟勝이 그의 친구인 양성군陽城君을 위하여 죽자 그 제자 중에 맹승을 따라서 죽은 이가 1백 80여 명이었고223) 후에 초나라가 송나라를 공격하자 묵자의 제자들이 위난危難에 나아가 죽은 자가 일흔두 명이었다. 이들 모두 그럴만한 다른 까닭이 있어서 그렇게 한 것이 아니다. 무릇 겸애하는 자가 자신의 주의를 실행하려 한다면 반드시 공공을 해치는 적의 장애를 미워하기 마련인 것이다. 말에게 해로운 것을 제거하는 까닭은 곧 말을 사랑하기 때문이다. 그러므로 그 유파가 유협游俠의 일파를 이루었는데 전국시대로부터 한나라 초기에 이르기까지 이러한 기풍이 극히 성하였으니 주가朱家224)와 곽해郭解225)의 무리야말로 사실은 모두 묵씨의 문도였다.

---

222) 공수반公輸般 : 춘추시대 노魯 나라의 기술이 교묘했던 장인匠人. 묵자墨子에는 공수반公輸盤으로 되어있고 맹자孟子의 이루離婁에는 공수자公輸子라 하고 그 주注에 '공수자는 노반魯班'이라 하였다. 『사기집해史記集解』와 『후한서後漢書』, 『문선文選』의 주注에는 모두 공수반公輸般으로 되어 있다.

223) 맹승孟勝이 … 1백 80여 명이었고 : 『여씨춘추呂氏春秋』에 "묵자墨子 맹승孟勝은 초楚의 양성군陽成君과 서로 친했었는데 양성군이 패주하자 맹승이 죽으니, 제자들이 그를 위하여 죽은 자가 1백 80명이었다." 하였다.

224) 주가朱家 : 초한시대의 노魯지방의 협사俠士. 계포季布는 처음에 항우項羽의 편에서 유방劉邦의 군사를 무찔렀는데 항우가 몰락하고 고조高祖가 된 유방이 그를 찾기 위해 현상금을 내걸었다. 이 때 계포는 노인魯人 주가朱家가 당대 호걸임을 알고 자원하여 그 집으로 팔려갔다. 주가가 그의 신분을 알아본 후 낙양洛陽으로 가 여음후등공汝陰侯滕公을 찾아가 며칠을 묵은 후 여음후를 통해 고조高祖에게 간하게 하여 결국 계포를 무사하게 만들었다는 고사가 있다(『사기史記』「계포

양주楊朱는 노자 학파의 적전이다. [양자는 노자의 문도임을 자처하였다는 말이 장자莊子에 보인다.] 양자의 위아주의爲我主義·종락주의縱樂主義는 실로 모두 염세厭世에서 비롯된 것이다. 열자列子의 양주편楊朱篇을 살펴보면 그 학설을 인용하기를 "인간사의 괴로움과 즐거움은 예나 지금이나 같고, 변역과 치란도 예나 지금이나 같다. 듣자마자 고치니 1백 년도 오히려 너무 길거든 하물며 삶의 고통이 오래임에랴?"라고 하고 또 "살아 있을 때 요순堯舜 같던 사람이라도 죽어서는 썩은 뼈가 되고, 살아 있을 때 걸주桀紂 같던 사람이라도 죽어서는 썩은 뼈가 된다. 썩은 뼈가 되기는 매일반인데 누구라서 그것이 다른 줄 알랴?"라고 하였다. 대개 그 염세의 극단적인 형태가 자연방임의 극단이 되는 까닭은 곧 위아주의와 종락주의를 제외하고는 다시 일삼을 만한 것이 없음을 깨닫게 되기 때문이다. 이것이 근세의 변심미아邊沁彌兒 등의 위아파爲我派와 쾌락파快樂派가 공리주의功利主義에서 생겨난 것과 외견상으로는 동일한 것으로 보이나 내용상으로는 전연 다른 까닭이다. 그러므로 남파의 양주와 북파의 묵적은 모두 양극단의 극점을 치달려 정반대의 입장에 서는 것이되, 양주가 노자에 대하여 실로 그 본체를 얻고 아울러 그 작용까지 신성화하였으니 양주의 학설이 노자의 자리를 빼앗은 것은 우연이 아니다.

『맹자』를 읽는 사람은 모름지기 맹자의 학문이 춘추春秋에서 가장 힘을 얻은 것이되, 춘추 가운데서도 그가 전승傳承한 것은 태평太平과 대동大同의 뜻이었음을 알아야 한다. 또한 거기서 말하는 무의전無義戰226)은 대동의 기점이며, 거기서 말하는 정전제井田制는 대동의 강령이며, 거기서 말하는 성선性善은 대동의 단적인 효과이며, 거기서 말하는 요순과 문무는 대동의 칭호이며, 거기서 말하는 왕도王道와 패도覇道는 대동과 소강小康의 분별임을 반드시 알아야 한

<hr>

전季布傳」).
225) 곽해郭解 : 전한 무제 때의 협객俠客으로 자字는 옹백翁伯이며 지현軹縣 출신. 신체가 왜소하였으나 호협豪俠을 좋아하여 증오하는 인물이 있으면 반드시 살해하곤 하였으나, 뒤에는 행실을 고쳐 공손하였으므로 많은 사람들로부터 존경을 받았다. 마침 그의 문객門客이 지현출신의 유생儒生을 살해한 사건이 발생하였는데, 사실 곽해 자신은 그 사건과 무관하였으나 국법을 확립해야 한다는 조정의 의론을 받아들여 자진 대역무도죄大逆無道罪로 처형되었다. 그 후 춘추전국시대로부터 유행하던 협객이 자취를 감추게 되었다(『한서漢書』 권92 「유협열전游俠列傳」).
226) 무의전無義戰 : 『맹자孟子』 「진심盡心」 하下에 "춘추에는 의로운 전쟁이 없다. (상대적으로) 이것보다 저것이 나은 경우는 있으나 정벌은 (원래) 윗사람이 아랫사람을 치는 것으로 대등한 나라끼리는 서로 치지 못하기 때문이다[春秋無義戰 彼善於此 則有之矣 征者 上伐下也 敵國 不相征也]."라 한 기사가 보인다.

다. 또한 모름지기 인의仁義의 두 글자는 맹자의 모든 학문에 있어서의 총괄적인 종지宗旨이며, 부동심不動心은 맹자 심학의 종지이며, 보민保民은 맹자 경세의 종지임을 알아야 한다. 이 뜻을 밝혀서 맹자를 읽는다면 칠 편의 깊은 뜻이 모두 대나무가 칼날을 맞아 갈라지는 것처럼 한번에 풀리지 않겠는가? 그렇다면 사마온공司馬溫公227)의 맹자에 대한 의혹이나 여은지余隱之228)의 맹자에 대한 존숭은 다만 제대로 이해하지 못하고 시끄럽게 논란한 것일 뿐이다. 초나라도 진실로 잘못한 것이요, 제나라 또한 잘한 것이 없었던229) 격이다. 아아! 맹자가 공자 교단의 적통으로서 천년이나 혼미함에 빠져 세상에 두드러지지 못하다가 공자와 맹자로 병칭된 것은 한창려韓昌黎가 창도하고부터인데 송대宋代의 유현儒賢이 이어 화답하면서 조금 광대해진 듯하다. 그러나 맹자의 경세의 대의 중에 아직도 현저하게 드러나지 못한 것은 그 부동심不動心의 뜻이다. 간혹 강론한 자가 있으나 또한 지극한 것은 아니다. 그렇다면 비록 맹자 몰후에 맹자를 제대로 존숭할 줄 안 사람이 없다 해도 실로 지나친 말은 아닐 것이다.

동아시아의 학술은 한학과 송학의 두 갈래에 불과한데 사실은 둘 모두 순경荀卿으로부터 나왔다. 순경은 유가 중에서도 가장 협애狹隘한 자이다. 지금 순자전서를 살펴보면 그 강령이 모두 네 가지이다.

첫째는, 군주의 권능을 높인다. 제자 이사李斯가 그 종지를 전수하고 진나라에 시행하여 법제로 제정하였다. 후세의 군주가 이것을 서로 인습하여 빼거나 보태니 2천 년 동안 시행된 것이 사실은 모두 진나라의 제도이다.

둘째, 이설異說을 배척한다. 순자荀子에 비십이자편非十二子篇이 있어 오로지 이설을 구축하고 배척하는 것만을 자신의 사업으로 여겼다. 한나라 초기에 육경六經을 전수하는 학자들은 모두 순경에게서 배출된 까닭에 그의 법을 습용襲用하여 문호에 물불의 재앙을 입히는 것만 일삼은 것이다.

셋째, 예의禮儀에 근실하다. 순경의 학문은 규모가 협착하여 대의를 강론하지 않고 오직 예

---

227) 사마온공司馬溫公 : 송대의 학자이자 경세가 사마광司馬光의 칭호. 사마광이 온국溫國에 봉하였기 때문에 후대에 이렇게 불리웠다.
228) 여은지余隱之 : 송대宋代의 학자 여윤문余允文. 은지는 그의 자字이다.
229) 원문은 "楚固失矣齊亦未爲得也"인데 노나라의 희공僖公 4년에, 제환공齊桓公이 초나라가 주周를 순종치 않음을 이유로 제후의 군사를 거느리고 초나라를 친 다음 소릉召陵에서 회맹한 사실을 가리킨다. 여기서는 사마온공의 맹자에 대한 비판과 여은지의 맹자에 대한 존숭이 모두 올바른 맹자 이해에서 벗어났음을 비유한 말이다.

의만을 존중하여 허물을 줄이는 데 급급하며 자그마한 절개에 사로잡혀 있었다. 송宋·명明 이후의 학자들은 모두 그 기풍을 도습한 것이다.

넷째, 고증을 중시한다. 순자의 학문이 오로지 명물 제도의 훈고만을 중시하자 한대에 시작된 여러 경학은 모두가 그들의 전수받은 바를 마디마디 끊고 나누어 조금씩 고증의 근거를 이루었는데 마융馬融230)이나 정강성鄭康成231)의 일파는 송·명대를 거치고 청淸대에 이르러 그 해독을 더욱 크게 끼쳤다. 이로써 보건대 2천년 이래 동아시아의 이른바 정치와 학술이라는 것은 모두 순경에게서 나온 것이라 다만 순경의 학문 세계라 할 수는 있을 뿐, 공자의 학문세계라 할 수는 없다.

장주莊周는 본래 노자의 무리이나 다시 전자방田子方232)에게 수학하여 공자의 대동의 의미를 전수받았다. 그 득력은 주역에서 가장 현저하였으니 그런 고로 그 학문은 형체를 도외하고 정신을 중시한다. 자연을 숭상하면서도 철리哲理에 밝고, 종사宗師를 신봉하면서도 여론을 골고루 수용하며, 평등을 귀중히 하면서도 방임放任을 위주로 한다.

무릇 이 여러 주의들은 모두가 대동의 참뜻이다. 청대의 학자 선영宣潁씨233)는 '그의 책은 중용中庸과 더불어 서로 표리가 된다.' 하였고, 장방張芳씨234)는 '공자의 대종을 전수하였다.' 고 하였는데 진실로 이치를 제대로 안 사람의 말이라 하겠다. 세상의 학자들은 대동의 의미

---

230) 마융馬融 : 동한東漢 부풍扶風사람으로 자는 계장季長이다. 동한 안제安帝 때에 교서랑校書郎이 되고 환제桓帝 때 남군南郡 태수가 되었다가 소환되어 의랑議郎이 되었다. 박학고재博學高才로 이름이 높아 그를 따른 제자가 수천 명이었는데 정현鄭玄과 노식盧植 등이 모두 그의 문하에서 배출되었다. 효경·논어·시·상서·역·예기·열녀전·이아·회남자에 주注를 하였다.

231) 정강성鄭康城 : 동한東漢의 학자 정현鄭玄. 자가 강성康成이다. 고밀高密사람으로 젊어서 향리에서 색리가 되었다가 직을 버리고 태학太學에 유학하여 경서에 박통하였다. 다시 부풍扶風의 마융馬融에게 십 년간 종유하여 수학하고 돌아와 동래東萊에서 생활하다가 당고黨錮의 화에 연루되자 드디어 은거하여 경학에 전념하였다. 영제靈帝 때 당금黨禁을 풀고 여러 번이나 징소하였으나 모두 나아가지 않으니 북해北海의 공융孔融이 매우 존경하였다. 후에 징소되어 과시科試를 주관하고 걸귀하여 건안建安 오년五年 원성현元城縣에서 돌아갔다. 향년 일흔 넷이었다. 주해한 책에 시서詩書·역易·예기禮記·의례儀禮·논어論語·효경孝經·상서대전尙書大傳 등이 있고 제자들이 그의 문답을 묶어 정지鄭志 팔편八篇을 펴내었으며 그 밖의 저서에 천문칠정편天文七政編·노례체협의魯禮禘祫義·육예론六藝論·모시보毛詩譜 등이 있다.

232) 전자방田子方 : 이름은 무택無擇. 전국시대 위魏 나라 사람으로 위문후魏文侯의 스승.

233) 선영씨宣潁氏 : 미상. 청대 사람이라 하였으나 사전에는 남제南齊 소봉蕭鋒의 자字만 나온다.

234) 장방씨張芳氏 : 미상.

를 알지도 못하면서 다만 그 책 가운데 도척盜跖235) 한 편을 보고는 마침내 헐뜯고 배척하여 공자를 모독하였다고 한다. 그러나 왕개보王介甫236)와 소자첨蘇子瞻237)은 모두 "장자 가운데 양왕讓王·도척盜跖·설검說劍·어보漁父와 같은 네 편은 후인의 위작임이 분명하다. 마땅히 삭제해야 한다."고 하였다. 선씨 또한 이 왕개보와 소자첨의 주장을 바꿀 수 없는 정당한 의론으로 여겼다.

이 도척 한 편을 제외하면 그가 공자를 존모한 태도는 지극하다. 제물론에서 '육합六合의 바깥은 성인이 실존한다고 여기면서도 논하지 않았으며 육합의 안쪽은 성인이 논평은 하였으나 가부를 의론하지는 않았다.'라 하고, 그 아래에 다만 '춘추의 경세는 선왕의 뜻이니 성인이 의론하였으나 변증하지 않았다.'라 하였는데 선씨는 '여기서 장자가 잠깐사이에도 공자를 잊지 못한 뜻을 볼 수 있다.' 하였다. 아아, 장자가 어찌 공자를 기롱하고 모독한 자이겠는가?

허행許行238) 또한 남방 학자의 한 대표이다. 다만 그 사승관계가 매우 희미할 뿐이다. 학설이 다른 책에 보이지 않을 뿐 아니라 그 성명조차도 맹자를 제외하고는 칭술한 곳이 없다. 비록 그러나 그의 지론은 자못 그리스의 백랍도柏拉圖239)의 공산주의 및 근세 유럽의 사회주의와 서로 비슷하다. 대개 북방의 '계급이 위로부터 한 단계씩 감하는 학설[階級等殺之說]'을 반대하다 보니 굽은 것을 바루려다가 과도하게 경직되었기 때문인데 그 정신이 노씨老氏(노자의 학문)에 연원을 두고 있음은 굳이 속일 수 없다. 노씨는 원시시대의 인민의 상태를 다중정치[群治]의 원칙이라 생각했다. 그러므로 "지극히 융성한 정치[至治之極]는, 이웃 나라끼리 서로 맞대어 있고 닭과 개 짖는 소리가 서로 가까이 들려도, 인민이 각각 자신의 음식을 달게 여기고, 자신의 복색을 아름답게 여기며, 자신의 풍속을 편안히 여기고, 자신의 생업을 즐겁게 여

---

235) 도척盜跖 : 춘추시대 유하혜의 아우. 척跖은 척蹠으로도 쓴다.
236) 왕개보王介甫 : 송대宋代의 학자이며 정치가 왕안석王安石. 자가 개보이다.
237) 소자첨蘇子瞻 : 소식蘇軾. 자가 자첨이고 호는 동파이다.
238) 허행許行 : 전국시대 초楚 나라 사람. 일찍이 등문공滕文公을 만나서 남방 신농씨神農氏의 말로 임금과 백성이 똑같이 밭갈고 농사지어야 한다는 논지를 폈다. 『맹자孟子』「등문공滕文公」편에 보인다.
239) 백랍도柏拉圖 : 플라톤. 서양문화의 철학적 기초를 마련한 고대 그리스의 철학자이다. 논리학·인식론·형이상학 등에 걸친 광범위하고 심오한 철학체계를 전개했으며, 특히 그의 모든 사상의 발전에는 윤리적 동기가 바탕을 이루고 있다. 또한 이성이 인도하는 것이면 무엇이든 따라야 한다는 이성주의적 입장을 고수했다.

겨 늙어 죽을 때까지 서로 왕래하지 않는 정치”라 하였으니 바로 남방 기름진 곳에 사는 백성의 이상이었다. 그러나 북방사람에 있어서는 꼭 그래야 한다는 생각이 없었을 것이다. 북방의 정치 이론은 간섭干涉주의를 위주로 하고 [보민保民이나 목민牧民이 모두 간섭이다.] 남방의 정치 이론은 방임放任주의를 위주로 한다.

이 두 주의는 유럽의 근세에 상호관계 속에서 발전하며 상호관계 속에서 승부하여 그 장단과 득실을 아직까지도 논정할 수가 없다. [18세기 이전에는 간섭주의를 중시하였고 18세기 후반과 19세기 전반에는 방임주의를 중시하더니 요사이는 다시 간섭주의로 건너뛰었다. 영국은 방임주의의 대표이고 덕국德國은 간섭주의의 대표이다. 노사魯梭[루소]는 방임주의의 종사이고 백륜지리伯倫知理[브룬츨리]는 간섭주의의 종사이다. 격란사돈格蘭斯頓은 방임주의 실행자이고 비사맥俾斯麥은 간섭주의의 실행자이다.] 그러나 허행은 방임주의의 극단적인 인물이다. 나는 그의 숨겨진 말[微言]이 묻히어 밝게 드러나지 못한 것을 심히 애석하게 생각한다.

동중서董仲舒240)의 춘추번로春秋繁露는 비록 경문 해설을 위주로 하였다 하나 천인天人관계의 원인을 궁구하여 미언대의微言大義의 참뜻에까지 연역해 나아갔으니 실로 서한西漢 학통의 대표이다. 다만 그의 재이설災異說241)이 허탄하고 망령된 이야기에 가깝다 하여 후세 학자들 중에 거기에 의문을 제기하는 사람이 많으나 특히 재이가 이미 공자가 했던 말인 줄은 모른다.

대개 공자의 소강의 의리는 이미 한 나라의 권력을 군주에게 맡기되 또한 그 권력이 무제한이 될까 두려워하여 제한할 수단을 숙고한 것이다. 이것이 곧 춘추에 특별히 나타낸 ‘하늘로써 군주를 통제한다[以天統君].’는 뜻이다. 이는 아마도 공자께서 고심을 다한 끝에 부득이하여 내놓은 방도일 것이다. 그렇지 않다면 공자 같은 타고난 성명聖明으로서 어찌 일식과 살별, 지진과 혜성, 익퇴鷁退242)와 석운石隕 등을 몰랐겠는가? 자연의 현상과 동물의 특성은 인간사

---

240) 동중서董仲舒 : 전한前漢 무제武帝 때의 학자. 처음에 강도江都의 정승이 되었다가 공손홍公孫弘의 미움을 받아 교서왕膠西王의 정승으로 좌천되고 나중에는 벼슬에서 물러나 저술에 몰두하였다. 특히 춘추春秋에 밝아 『춘추번로春秋繁露』를 저술하고 무제에 상주하여 유학을 국교를 정하게 한 것으로 유명하다.

241) 재이설災異說 : 천재지변天災地變의 자연현상은 위정자爲政者의 실정에 대한 경고나 위협이므로 위정자가 이것을 거울삼아 하늘의 뜻에 부합하는 인정仁政을 펴야 한다고 주장한 천인합일天人合一의 사상체계. 공양학파公羊學派의 동중서董重舒와 곡량학파穀梁學派의 유향劉向, 좌전학파左傳學派의 유흠劉歆 등이 춘추春秋와 홍범洪範의 해석을 중심으로 이러한 논리를 전개한 후 한대漢代에 유행하였다.

242) 익퇴鷁退 : 『춘추春秋』 희공 16년조에 “육익조가 거꾸로 날아 송도를 지나갔다[六鷁退飛過松都].”

나 정치상의 일과 추호도 관계가 없다. 공자는 소강시대의 사람들에게 종교나 미신의 관념이 아직 강하게 작용한다는 것을 깊이 통찰하였기 때문에 그를 이용하여 인군을 경계하였다. 예컨대 "어떤 재앙은 천신天神의 진노이며 어떤 이변은 지기地祇의 원망이니 이는 모두 인군의 실덕이 불러들인 일이다."라고 하여 인군 된 자로 하여금 생각과 행동을 조심하고 수양 반성케 함으로써 생민의 화란을 줄이고 늦출 수 있었던 것이다. 이것이 공자의 은미한 뜻이다.

동중서는 이 뜻을 가장 잘 알았던 사람이다. 그러므로 그가 천명과 인군의 관계에 대하여 대책을 올릴 때마다 세 번씩 심사숙고하지 않은 적이 없었던 것이다. 그 말류末流들이 점점 본의를 그르치고 잃어버리고 허탄한 장광설로 견강부회한 것은 낱낱이 따져보지 않을 수 없다. 그러나 이것은 후세 사람들의 허물이다. 동중서가 어찌 달게 그 허물을 스스로의 책임으로 돌리겠는가?

사마천司馬遷의 『사기史記』는 천고에 유례가 없는 걸작이다. 그 집필의 의도가 심원하였으므로 그 의의意義의 설정은 모두 독특한 견해로 속류俗流를 따르지 않았다. 본기의 우의寓義는 요순에서 시작하고 세가의 우의는 태백泰伯에서 시작하며 열전의 우의는 백이伯夷에서 시작하였는데, 모두 나라를 양보하고 천자를 선위한 일을 존귀하게 하여 저 백성을 해치는 불의한 군주가 온 나라의 강토를 한 집안의 사유물로 볼까 경계한 것이다. 진섭陳涉을 세가世家에 배열하고 항우項羽를 본기本紀에 배열한 것은 혁명이라는 큰 공적을 높여 성공·실패의 여부로 사람을 논단하지 않은 것이다. 공자를 세가世家에 배열하고 중니仲尼의 제자를 열전에 배열한 것은 유학의 통서統緖를 높인 것이다. 맹자와 순경의 열전列傳에 제자백가를 포함한 것은 두 종사를 현저히 하여 여러 학파의 말류末流들이 이합집산함을 밝힌 것이다. 노자와 한비를 하나의 열전으로 기술한 것은 도가와 법가, 두 학파의 관계를 밝힌 것이다. 유협游俠을 열전에 기술하고 자객刺客을 열전에 기술한 것은 상무정신尙武精神을 엄정히 한 것이다. 귀책龜筴의 점술사占術士를 열전으로 묶고 천문가[日者]를 열전으로 기술한 것은 종교의 미신을 혁파한 것이다. 재화의 증식[貨殖]에 열전을 둔 것은 생계에 대한 학술이 인도人道에 절실함을 밝힌 것이다. 그는 그 가학연원이 이미 심원 오묘한 데다 나이 스물 전후에 중국 천하를 두루 답사하였으며 공자의 학문 중에서는 유독 춘추春秋에 득력하여 남북 양파의 정화를 모두 수용하여 융화하였다. 대대로 사관을 지내며 옛 시대의 다기다종한 사상을 계승하여 광범하고도 풍부한

라 하였다.

사실을 사기 일백삼십 편 가운데 집약하여 넣었으니 태사공이야말로 진실로 한대의 유일무이한 대학자이다.

유흠劉歆은 유가儒家의 난적亂賊이다. 서한의 무제 때 동중서董仲舒가 대책을 올려 육예六藝를 표장하고 백가의 무리를 쫓아내어 무릇 육예 중에 있는 과목이 아니면 절대로 진강進講치 못하게 할 것을 주청하였다. 이때부터 유학의 존엄이 제자백가의 부류에 비하여 현저히 높아지고 하나의 사업을 행할 때마다 반드시 육예의 문장에 부합하기를 구하게 되었다.

후한 애제와 평제 말엽에 신망新莽(왕망王莽)이 정사를 전횡하면서 외척을 연줄 삼아 법도가 아닌 일[非常; 제위찬탈]을 넘보았다. 그러나 반드시 자신의 행위를 경문經文에다 끌어다 붙이니 처음부터 조정 중신의 입에 재갈을 물리기에 족하였고 옛 사람에게서 법도를 구할 때는 오직 주공周公만이 가히 부합할 만하다고 하였다.

이에 유흠劉歆으로 하여금 위경僞經을 지어 글마다 찬입竄入하게 하였으나 역량이 부족하여 옛 글을 빌어다 모방하였다. 옛 사람들은 죽간을 깎아 책을 만들고 그 위에 옻으로 글씨를 썼다. 들인 공이 심히 많으므로 전하는 책이 매우 적으며 그 비용이 너무나 크므로 가난한 집안의 선비는 책을 구득할 수가 없었다. 이러했던 까닭에 도서圖書가 모두 비부秘府를 화려하게 장식하였던 것이다. 유흠이 중서성中書省을 친히 주관하게 되자 자신의 뜻대로 평가를 하며 내키는 대로 고치고 삽입해서는 이것을 석거비적石渠秘籍이라 하였다. 민간에서 가질 수 있는 것이 아니니 누가 그것을 미덥게 여기지 않았겠는가? 미덥게 보지 않은들 또 누가 그것을 논란하였겠는가? 더구나 군주의 권력으로 추진하고 독려함에 있어서랴?

이에 홍도鴻都의 태학243)에서 그 책을 중하게 쓰며, 태사太師나 되는 것처럼 받들며, 가법家法을 보듯이 하였으니 거莒 땅 사람이 정나라를 멸망시키고[莒人滅鄭]244) 여불위의 종자가 진나

---

243) 홍도鴻都의 태학 : 홍도는 동한東漢 때 궁궐문의 이름인데 영제靈帝 광화光和 원년(178)에 학생을 모집하여 그 안에서 가르치는 제도를 처음으로 설치하였다 한다. 곧 나라에서 유생에게 과거를 보이는 제도가 생긴 것을 말한다.

244) 거莒 땅 사람이 정나라를 멸망시키고[莒人滅鄭] : 원문의 정은 증鄫의 오기. 증鄫 나라가 외손인 거莒의 공자公子를 길러서 후사로 삼았는데 『춘추春秋』에 적기를 '거인莒人이 증을 멸망시켰다.' 하였고, 가충賈充은 외손인 한밀韓謐을 후사로 삼았는데, 진수秦秀가 논박하기를 '대륜大倫을 어지럽혔다.'고 하였다. 다른 성姓을 후사로 삼는다는 예문禮文은 없으니, 이성異姓을 후사로 삼는 것은 곧 절종絶宗이라는 뜻이다. 여기서는 유흠이 유학의 경문을 교란한 후에 학문의 적전이 끊어졌음을 말한다.

라의 영성을 대신한[呂種易嬴]245) 격이다. 이때부터 선비들이 전습한 것이 공문孔門의 옛 학문이 아닐 뿐만 아니라 오히려 순자 학문의 옛 모습도 아니게 된 것이다. [금문상서는 서한 초 십회박사十回博士가 전수한 것이며 고문상서는 서한 말에 유흠이 서경을 교열할 때 뒤늦게 나온 것이다.]

　　유향劉向은 순수하고 노련한 학자였으나 당시의 음양오행의 학설에 미혹되어 능히 스스로 거기서 빠져나오지 못하였다. 저작인 설원說苑에 진술된 뜻은 극히 천근하여 거의 볼 만한 것이 없다. 양웅揚雄은 왕망王莽에게 부역한 대부로서 곡학아세하더니 『태현경太玄經』을 지어 『주역』에 비의하고 법언法言을 지어 『논어』에 견주었다. 이 사람이 족히 당시 학자의 창작력을 대표할 만하나 오직 성性을 모의摸擬하는 데 의존하였을 뿐이다. 왕극王克은 자못 궁리窮理와 찰변察變의 학문을 생각하였으나 학식이 족히 부응하지 못하여 그 쇄소한 것은 주워 모았으되 그 심대한 뜻을 놓쳐버렸다. 여항餘杭의 장병린章炳麟246)은 그를 희랍의 번쇄한 철학에 견주었으니 그 평가가 근사한 것이라 하겠다. 왕부王符와 중장통仲長統이 비록 문사가 뛰어나기는 하나 정치이론이 말류의 폐단을 지적한 데서 그쳤을 따름으로 수천 년 학술사상계에서 하나의 지위를 부여하기에는 부족할 것이다. 아아! 우리 유학의 쇠락이 한결같이 어찌 이 지경에 이르렀는가? 군자로서 이에 대하여 살펴보고서 더욱 한탄하건대 언론의 자유와 사상의 자유를 그만 둘 수 없을 것이다.

---

245) 여불위의 종자가 진나라의 영성을 대신한[呂種易嬴] : 여씨로 영씨를 바꾸다[以呂易嬴]라고도 함. 진秦의 여불위呂不韋가 조趙 나라에 인질로 있는 공자이인公子異人에게 임신한 자신의 현지처를 바치고 계략을 짜서 이인이 왕위에 오르게 하였는데 여불위의 현지처에서 태어난 아들이 진시황秦始皇이다. 여기서의 영嬴은 진秦의 성姓이다. 『통감統監』 주난왕周赧王 58년조.

246) 여항餘杭의 장병린章炳麟 : 중국 절강성浙江省 여항余杭사람으로 중국의 민족주의적 혁명지도자이며 20세기초의 저명한 유학자. 전통적인 교육을 받으면서, 청淸의 치하에서 벼슬하기를 거부하여 대명절의를 지키려 했던 명말청초明末淸初의 학자들에게 깊은 감명을 받았다. 그는 신문의 편집인으로서 중국의 당시 문제들이 만주족의 중국 지배에서 생긴다는 자신의 견해를 밝히는 등 반청적인 논조를 펴다가 1903년 투옥되고 3년 후 석방되자 일본으로 건너갔다. 일본에서는 한때 손문의 동맹회同盟會를 대변하는 글을 쓰는 중요한 논객이 되었으나 1911년의 신해혁명 이후 가장 먼저 동맹회와 관계를 끊었다가 손문의 광저우[廣州]에 새로 수립한 혁명정부에 가담했다. 1918년 이후에 정계에서 은퇴했다. 그는 혁명가로서의 활동보다는 학문적 업적으로 더 잘 알려져 있다. 중국의 윤리적·문화적 유산을 고집하여 백화운동白話運動에 맹렬히 반대했다. 그의 산문과 시는 고전적인 문체의 모범으로 손꼽힌다.

삼국三國과 육조六朝 사이에는 노자의 가르침이 천하를 휩쓸었는데 그 종파를 연 사람은 하안何晏과 왕필王弼 등이다. 『진서晉書』에 이르기를 "하안과 왕필은 노자와 장자를 조술祖述하여 천지 만물은 모두 무無를 근본으로 삼으니 무無라는 것은 만물을 열어주고 만사를 이루어주는 것으로, 가는 곳마다 없는 곳이 없다고 주장한다."고 하였다. 대개 그 지론이 유래가 있고 말이 이치에 맞아 당시 사람을 유혹할 만하였으므로 범영范寗은 두 사람의 죄를 두고 걸주桀紂보다 심하다고 하였고 변곤卞壼은 풍속을 상하고 예를 그르치며 중국을 기울어지게 한 것은 실로 이 사람들에게서 기인하였다고 하였으니 지나친 말이 아니다.

그 후에 완적阮籍·혜강嵇康·유령劉伶·왕연王衍·악광樂廣·위개衛玠·완첨阮瞻·곽상郭象·향수向秀의 무리들이 모두 현담玄談으로 일세에 이름이 높았는데 당시에는 육경 중에 주역의 이치를 제외하고는 모두 묶어 치워야 할 쓸모없는 지식으로 여긴지라 매양 남의 학문을 칭송할 때마다 반드시 노자와 주역을 정밀히 연구하였다는 것을 훌륭한 말로 여겼다.

이에 신선술과 방술을 하는 선비들이 때에 편승하여 일어나니 모두 노씨를 추대하여 종주로 삼고 연단煉丹과 복식服食으로 가히 수명을 연장할 수 있다거나 부록符籙과 도참圖讖으로 가히 운수를 빌 수 있다고 여겼다. 그 나머지 음양오행陰陽五行과 풍수녹명風水祿命·복역상경卜易相經 등의 허탄하여 정도가 아닌 학설이 분분하게 인심을 어지럽히고 빠져들게 하였다.

그 사이에 경술經術로써 자신의 사명을 삼은 사람으로 비록 왕숙王肅이나 두예杜預, 우번虞翻과 유작劉焯, 유현劉炫과 서준명徐遵明의 부류가 있었다 하나 일찍이 새로 수립한 바 없이 그저 문자나 되씹으며 장황하고 지루하게 늘어놓기만 하였다. 이 시대를 유교가 가장 침체했던 시대라 하더라도 옳을 것이다.

불교는 인도에서 시작되었다. 동한東漢 때에 처음 진단震旦에 들어와 수당隋唐 때에 크게 성하였다. 불학을 하는 데는 두 가지 길이 있다. 그 중 하나는 편의偏義이니 범부에서 추구하여 [由凡夫] 아라한과阿羅漢果를 알고, 아나함과阿那含果를 알며, 사타원과斯陀垣果를 알며, 벽지과辟支果 즉, 홀로 깨달은 사람의 지위[獨覺位]를 안다는 것이다.247) 이를 일러 소승小乘이라 한다. 또

---

247) 그 중 하나는 … 안다는 것이다 : 이른바 사과四果로 소승小乘 불교에서 정진精進하여 성과成果를 얻는 단계인데, 첫째 수다원과須陀洹果, 둘째 사다함과斯陀含果, 셋째 아나함과阿那含果, 넷째 아라한과阿羅漢果이다. 아라한의 경지에 이른 자는 출입出入·생사生死·거래去來·은현隱顯 어느 것에도 걸림[累]이 없으며, 아라한 이상 보살菩薩에 이른 자는 불성佛性을 깊이 체득하여 성도成道하기에 이른다고 한다.

한 이승二乘이라고도 하는데 성문聲聞과 제불諸佛[248]이 서로 한 단계가 떨어져 있다는 뜻일 따름이다.

두 가지 길 중 또 하나는 원종圓宗으로 천태종天台宗·법상종法相宗·화엄종華嚴宗의 갈래가 있어 이를 교하삼종敎下三宗이라 부른다. 중생을 널리 구제하는 것을 구경법문究竟法門으로 삼으므로 불가의 설법에 이르되 "자신이 이미 구제되었거든 다시 남을 구제하는 길을 향해야 하니 이것이 불행佛行이요, 자신이 아직 구제되지 못하였으나 먼저 남을 구제해야 하니 이것이 보살심菩薩心이다. 오직 보살행을 행하는 자만이 성불할 수 있으니 독각선獨覺禪을 닦는 자는 영원히 성불하지 못한다."고 하였다. 또 선종禪宗이라는 것이 있어 교외별전敎外別傳이라 부른다. 이 종파는 언어에 집착하지 않으며, 문자에 입각하지 않고, 자신의 본심을 곧바로 주목하여 본성을 보아 성불한다는 것을 교의敎義로 삼는다. 이상 네 종파를 모두 대승大乘이라 한다.

대개 그 설법에 권실權實[249]의 구분이 있기 때문에 그 주장에 왕왕 서로 반대되는 곳이 있다. 소승을 따르는 자는 대승의 주장을 듣고는 도망가며 때로 혹 그 편견을 고집하여 서로 공박하고 논란하는 데 이르기도 한다.

선종은 달마에게서 창시되었으니 이 사람이 초조初祖이며, 이조二祖는 혜가慧可이다. 삼조三祖는 승찬僧璨이요, 사조四祖는 도신道信이요, 오조五祖는 홍인弘忍이다. 육조六祖에 이르러 두 파로 갈라져 남파의 파조 혜능慧能과 북파의 파조 신수神秀였는데 [혜능은 일자무식의 머슴으로서 의발을 전수하였으며 신수는 동문 중의 수좌였으나 다시 육조를 스승삼아 끝내 대법을 깨달았다.] 그 이후로는 의발이 끊어져 전수되지 못하였다.

대저 불법은 종교로서 철학에도 뛰어난 점을 겸유하고 있다. 그 도를 밝히는 마지막의 목표는 깨달음에 있으며, 도에 들어가는 방법은 지혜에 있으며, 도를 닦는 절실한 힘은 자력自力에 있었으니, 또한 그 깊고 오묘한 뜻은 족히 유가가 본래 가지고 있던 철학적 이치와 상보관계에 있다. 그러므로 천하의 사대부가 휩쓸리듯 그림자를 따르듯 그 장점을 흡수하고 스스로 경영 수양하여 끝내는 또한 그 기질을 변화시키고 그 작용을 신통케 하여 따로 일종의 특별한 신문명을 낳았다. 송명宋明 이후의 학술에서 관찰하면 유학 부흥의 까닭을 가히 알 수가 있다.

---

248) 성문聲聞과 제불諸佛 : 불교佛敎 용어로 삼보리三菩提, 즉 성문보리聲聞菩提·연각보리緣覺菩提·제불보리諸佛菩提 중의 첫 번째와 두 번째를 가리킨다.

249) 권실權實 : 권權은 임시방편方便이요, 실實은 진실眞實인데, 법화종法華宗에서 소승小乘은 권교權敎요, 대승大乘인 『법화경法華經』은 실교實敎라 칭한다.

한유韓愈는 당대唐代의 문호文豪이다. 굉장한 표현력과 웅건한 필력으로 불도와 노장을 배척하고 유교를 옹호하였다. 그 저술 원도原道 편의 말미에 요순 이래 전해 내려온 도통을 두루 서술하고 이르기를 맹가孟軻 사후에 적전이 끊어졌다고 하여 은연 중 맹자 이후 (그 법통을 이은 오직) 한 사람으로 자임하였으니 이 얼마나 위대한 문자인가? 그러나 군신과 백성의 관계를 의론한 데 이르러서는 "임금이란 명령을 내리는 사람이요, 신하는 임금의 명령을 행하여 백성에게 끼치는 사람이며, 백성이란 곡식과 삼과 실을 생산하고 기명을 만들며 재물을 유통하여 윗사람을 섬기는 사람이다. 임금이 명령을 내리지 않으면 그 임금된 도리를 잃고 신하가 임금의 명령을 이행하여 백성에게 끼치지 않으면 그 신하된 도리를 잃으며, 백성이 곡식과 삼과 실을 내고 기명을 만들며 재화를 유통하여 그 윗사람을 섬기지 않으면 주벌된다."고 하였다.

이 말은 맹자의 "백성이 귀하며 사직이 그 다음이요, 군왕은 가벼운 것"250)이라 한 말씀과 정반대의 입장에 서서, 포악한 군주가 음란과 위세로 백성을 어육으로 만들면서도 스스로 하늘이 내린 직분을 행하는 것으로 아는 것을 돕기 꼭 알맞다. 대저 나라라는 것은 백성들이 모여서 나라의 주인이 되는 것이니 누구를 위한 것인가 하면 곧 백성이 그들이다. 하늘은 백성을 위하여 군주를 세우는 것이지 군주를 위하여 백성을 세우는 것이 아니다. 이러한 이치는 본래 매우 자명한 것이나 맹자가 몰歿한 후로부터 공자의 대동大同의 의미가 희미해져서 정치를 논하는 자들에게 현창되지 못하니 다만 군권의 존귀함만 알고 '천하는 만인의 공용이라 어진 이와 능한 이를 가려서 등용하여야 한다.'는 말251)이 무엇을 뜻하는 말인지 모르게 되었다. 이는 곧 순경荀卿이 끼친 해독인데, 마침내 한유의 해박한 지식과 고상한 인품으로도 또한 오류 가운데서 헤어나지 못하게 되었으니 탄식을 이루 이길 수 있겠는가?

주렴계周濂溪는 송대의 성리학性理學을 처음으로 주창한 사람이다. 그가 얻은 학문의 힘은 주역周易에서 가장 두드러졌다. 그가 저술한 태극도설太極圖說에서 이기理氣의 깊은 뜻을 분석하고 인물人物의 화생化生을 천명한 이론은 희랍의 위대한 철학자 아락지만덕亞諾芝曼德(아낙시만드로스)252)의 천연론天然論과 의도하지 않았으나 꼭 같다. 아씨亞氏는 무극無極이 만물을 화생하

---

250) 백성이 귀하며 … 군왕은 가벼운 것 :『맹자孟子』「진심盡心」, "民爲貴 社稷次之 君爲輕"을 인용한 말이다.

251) 천하는 … 등용하여야 한다는 말 : 원문은 "天下爲公 選賢與能"으로『예기禮記』예운편의 핵심인 대동大同의 근거가 되는 말이다. 청말淸末에 이르러 강유위康有爲가 이 말에 근거하여『대동서大同書』를 써서 정치의 이상을 표명하게 된다.

는 시원始原이라고 보아, "만물은 무극에서 나와 다시 무극으로 돌아간다. 이 무극이란 성분도 없고 모양도 없으며 차별도 없으나 오직 운동이 있어 점차 분리하여 한기와 열기를 낳는다. 두 가지가 다시 차례로 습기濕氣를 발생하고 또 나무와 불, 흙을 낳는데, 흙이 유동하는 성질로부터 점차 고정된 물질로 변하여 만물을 낳는다. 만물은 열의 힘에 기대어 진화된다."고 하였다. 태극도설과 비교할 때 비록 편전偏全과 상략詳略, 심천深淺과 정조精粗의 차이는 있으나 그 입론의 동일함은 마치 한 사람의 솜씨에서 나온 듯하다. 진리의 소재는 동서와 원근이 따로 없으니 말한 바가 저절로 그와 더불어 똑같도다!

소강절邵康節은 하늘이 낸 호걸로 영매함이 세상을 덮을 만하다. 그는 역易을 공부함에 먼저 상수象數를 탐구하여 진정한 의미에 도달하였다. 옛날에 하도河圖와 낙서洛書가 단가丹家에 숨겨졌었는데 희이希夷 진박陳搏253)이 이어서 방원方圓 두 개의 그림을 만들어 그의 사우 간에 은밀히 전수하였다. 이때 소강절이 그것을 얻고는 괘상卦象이 그로부터 나온 것임을 알고 잠심潛心 연구하였으니, 발로는 천근天根을 밟고 손으로 월굴月窟을 더듬으며254) 바람을 타고 우레를 채찍질[駕風鞭霆]하여 우주의 모든 원리를 살폈다. 위로는 사시와 일월의 순환[錯代]으로부터 아래로는 사해四瀆와 오악五嶽의 생성에 이르기까지, 멀리는 삼황오제와 왕자 패자의 치란과 흥망으로부터 가까이는 수신제가 사물의 길흉성패에 이르기까지가 추구할수록 넓어지고 분석할수록 더욱 정밀해졌다. 한진漢晉 이후로 역의 이치를 논한 학자로 그와 견줄 자가 없다. 오직 희랍의 칠현 중 천산비조天山鼻祖 필달가랍畢達哥拉(피타고라스)이 '수數는 만물의 투영'

---

252) 아락지만덕亞諾芝曼德(아낙시만드로스) : 그리스의 철학자. 흔히 천문학의 창시자, 우주론 또는 체계적인 철학적 세계관을 전개한 최초의 사상가로 불리며 탈레스의 제자였을 것이라 짐작된다. 지리학·천문학·우주론에 관한 논문을 썼고, 당시까지 알려진 세계에 관련한 지도를 만들었다는 보고가 있다. 합리주의자로서 대칭을 찬양했고, 기하학과 수학적 비례를 도입하여 천체지도를 그리려 했다.

253) 희이希夷 진박陳搏 : 송宋의 진박陳搏을 말한다. 오대五代 때, 화산華山에서 도를 닦고 살면서 곡식 대신 기氣를 먹고 한번 자기 시작하면 1백일도 넘게 일어나지 않고 잤다고 하는데, 송의 태종太宗이 그에게 희이라는 호를 하사하자 후대에 희이선생으로 일컬어졌다(『송사宋史』 권457).

254) 발로는 천근을 밟고 손으로 월굴을 더듬으며 : 천근天根은 『주역周易』의 복괘復卦를, 월굴月窟은 구괘姤卦를 가리킨 것인데, 소옹邵雍이 그의 관물시觀物詩에서 "耳目聰明男子身 洪鈞賦予不爲貧 須探月窟方知物 未躡天根豈識人 乾遇巽時觀月窟 地逢雷處見天根 天根月窟閒來往 三十六宮都是春"이라 하였다. 주자는 강절선생화상찬康節先生畵像贊에서 "手探月窟 足躡天根" 수족의 의미를 첨가하였다.

이라 하여 율려律呂의 정밀한 의미를 부가하고서 '천운天運'이라 한 것이 아마도 서로 비슷할 듯하다. 그러나 필씨畢氏의 경우 끝내 견강부회의 폐단이 있고, 소자邵子의 훌륭한 바는 기량으로도 합당한 도에 나아간 것이라 할 만하리라. 또 그가 경세經世의 뜻으로 일찌감치 글을 쓴 것이 있으나 시세에 부합하지 않아 끝내 공언空言이 되고 실시되지 못하였으니 어찌 가히 개탄하지 않겠는가?

　　장횡거張橫渠는 논설이 신중하여 격치格致와 온오蘊奧의 경지를 실증함에 새롭게 밝혀낸 것이 매우 많다. 저서인 서명西銘에서 맨 먼저 하늘을 아버지라 칭하고 땅을 어머니로 칭하며 백성을 나의 동포라 하고 만물을 나의 동류라 하였는데 이는 석씨釋氏의 "중생은 성해性海[255)] 에서 근원하였으니 일체 중생이 모두 불성을 가졌다."고 한 말이나 야소씨耶蘇氏의 "인류가 모두 동포이니 인류는 모두 평등하다."고 한 말과 같은 의미이다. 모두 위로는 진리眞理에 근원하고 아래로는 실용實用에 절실하여 널리 중생을 구제하는 데 가장 효력이 크다.

　　그의 정전제井田制 연구는 한 지역의 전지를 매입하여 거기에서 먼저 스스로 시험하려 한 것으로, 그 속에서 학교를 부흥하고 예속을 장려하며, 부세를 가볍게 하고 저축을 두터이 하며, 재난을 구제하고 우환을 구휼하여 옛 법도가 지금 세상에서도 시행할 만한 것임을 밝혔다. 비록 지향한 바를 다 이루지는 못하였으나 그 계획의 공변됨을 알 수 있다. 청나라의 학자 왕선산王船山(왕부지)[256)]은 일찍이 "나는 송나라의 학자 중에서 장자張子(장횡거)를 가장 숭배한다. 그의 학문은 마치 밝은 해와 빛나는 하늘이 아무리 외진 곳이라도 비추지 않는 곳이 없는 것과 같다. 애석하도다. 야인으로서 정절을 지켜 은거하였기 때문에 그 도의 드러남이 주소周邵(주렴계와 소강절)에 미치지 못하였음이여!"라고 하였으니 가히 그를 잘 표현한 말이라 할 만하다.

---

255) 성해性海 : 진여眞如의 성품이 무한하여 그 넓고 깊음이 바다와 같음을 비유한 말이다.

256) 왕선산王船山(왕부지) : 중국 청대淸代 초기의 민족주의 학자. 자는 이농而農, 호는 강재薑齋. 선산선생船山先生이라고도 한다. 그의 저작들은 19세기 중엽 중국의 민족주의자들에 의해 복원되었다. 명대明代 말엽에 태어나 교육을 받은 그는 만주족의 중국 지배에 대해 맹렬히 저항한 애국자였다. 그는 병사를 일으켜 명의 유신遺臣들이 이끄는 반청反淸운동에 가담했다. 그러나 1650년에 이르러 그 운동이 가망 없다는 것을 깨닫고, 이듬해 고향으로 내려가 평생을 학문에 힘쓰면서 역사·철학·문학에 관한 저술에 몰두했다. 철학사상 중국 고대 『시경詩經』·『서경書經』·『역경易經』 등에서 단편적으로 나타나는 유물사상唯物思想 및 음양오행陰陽五行에 바탕을 둔 기론적氣論的 세계관 전통의 집대성자로서, 황종희黃宗羲·고염무顧炎武와 함께 명말 청초의 3대학자로 꼽힌다.

두 정자程子의 학문은 주렴계周濂溪에서 나온 것이나 실제의 내용은 조금 변화하여 실행實行으로 기울었다. 대개 주자周子(주렴계)는 범상한 사람들이 항상 동動으로 도리를 그르친다고 보아 주정론主靜論을 주장하였다. 요컨대 정靜으로 하여금 자신의 마음을 안정시키도록 하여 스스로 주재자가 되어야 한다는 것이다. 그러나 정자의 뜻으로는 다만 정靜만을 추구하여 사물事物과 서로 교섭하지 않는다면 주정론의 실책 또한 적지 않다고 생각하였다. 그러므로 주경主敬을 언급하여 그것을 보완한 것이다. 그러나 배우는 사람이 어디로부터 손을 대어 힘써야 할지를 알지 못하면 다른 병폐를 낳을까 두려워한지라 정제엄숙整齊嚴肅과 주일무적主一無適으로 경敬을 지키는 절도로 삼았다. 이와 같은 자세로 노력을 기울인다면 바야흐로 극히 신실해져서 병폐가 없어질 것이라 한 것이다. 이에 훗날의 학자들이 그것을 받들어 바꿀 수 없는 법문으로 여겼다. 그러나 주경主敬이 곧 주정主靜의 뜻이니 주정 밖에 따로 이른바 주경공부가 있는 것은 아니다. 이천伊川은 명도明道에 비하여 규모가 조금 협소하여 반드시 예학으로써 일세를 창도하려 하였으니 이는 곧 순경荀卿의 학술 범위를 아직 완전히 벗지 못한 것이다.

주자朱子는 두 정자程子를 가장 숭신하되, 주렴계周濂溪와 소강절邵康節·장횡거張橫渠 등 여러 선배의 학설을 모두 취하여 단점을 버리고 장점을 취하며 하나의 체계로 도야陶冶시켰으니 실로 송학宋學의 집대성이다. 그의 교학 방법은 입지立志와 거경居敬, 치지致知와 역행力行을 표적으로 삼고, 자세한 설명과 좋은 비유로 사람의 재주에 따라 독실하게 양성하는 것이었는데, 글 배우고자 하는 선비[負笈之士]들이 바람에 쓸리듯 구름이 모이듯 하여 빈 몸으로 갔다가 가득 채워 돌아갔다. 이때 조정에서 위학僞學을 금하는 법령이 내렸는데 사류들이 두려워하여 감히 낙민洛閩의 가법을 말하는 자가 없었다. 그러나 선생은 조금도 위축되지 않고 개연慨然히 선철의 학문을 잇고 후진을 양성하는 일을 자임하여 무이武夷에 은거하면서 예전대로 강학하니 높은 성취를 이룬 제자들이 두루 가득하였다. 천하의 모든 사람이 주자를 높이는 것을 정학正學이라 하고 주자를 높이지 않는 것은 정학이 아니라 하여 비록 편언척자라 하더라도 감히 평론을 가하지 못하니, 신성군주제 하의 군권을 침해할 수 없었던 것과 흡사하였다. 이에 주자가 차지한 학계의 위치가 가장 높아져 거의 공자와 자리를 다툴 정도가 되었다.

비록 그러하나 전승傳承한 바는 곧 공자의 학문 중 성리性理 한 부분일 따름이요, 태평太平과 대동大同의 은미한 뜻에 이르러서는 일찍이 들은 바가 없다. [주자는 일찍이 스스로 '춘추에 대해서는 깨치지 못하였다.'고 한 적이 있다.] 또 사람을 가르칠 때, 조정의 득실이나 관장官長과 이서吏胥의 현부를 말하지 않는 것을 지켜야할 규범으로 삼자, 그 말단의 폐단이 정치와 교화를 다른 길로 여기게 되고, 몸을 단속하여 허물을 줄이는 것을 학문의 지극한 공효로 삼게 되었다. 그러나 선비가 마침내 아무 의무도 없고 책임도 없는 한낱 물건이 되어버렸으니 이 어찌 천지의 대덕에 오히려 아쉬움이 아니겠는가?

육상산陸象山은 주자와 동시대 사람이다. 그의 학문은 존덕성尊德性을 주지로 삼고 도문학道問學을 일삼지 않았다. 주자는 그 학문이 선학禪學의 의취를 담고 있다257)[帶來葱嶺氣味] 여겨 누차 더불어 논쟁하였으나 끝내 서로 화합하지 못하고 각각 자신이 들은 바를 높이는 데서 그쳤다. 명대에 왕양명王陽明의 학문은 그 줄거리가 육상산과 더불어 똑같다. 강학과 논변을 거치지 않고 곧바로 본심本心을 가리켜야 하며 또 지행합일설知行合一說을 지론으로 하여 이르되 "알지 못하면 행할 수가 없다. 알면서도 행하지 않는 것은 모르는 것과 같다. 앎의 절실하고도 독실한 곳이 곧 실행이요, 실행의 명확하고도 정밀한 곳이 곧 앎이다."라고 하였다. 두 학자의 학문은 모두 대승불교의 선종이 모습을 바꾸어 새롭게 나타난 것이므로 후세의 학파를 말하는 자는 반드시 육상산과 왕양명을 병칭한다. 명조明朝 중엽 이후로 그 학설을 따르는 자들이 극히 많아 학계의 세력이 거의 당대를 덮을 만하였는데 정주학程朱學을 숭봉하는 학자들과 문호를 표방하여 서로 비방하게 되었다. 그러나 공평한 마음으로 논하자면 중국 천년의 학술계에서 가히 새로운 세계를 개척하였다고 할 만하다. 그 말폐末廢에 이르러 광증이 자심해지면서는 한두 마디의 구두선口頭禪과 공허한 이론을 주워 모아 서로 권장하더니, '길가는 사람 모두가 성인[滿街皆是聖人]'이며 '주색과 재물이 진리에 이르는 길을 막지 못한다[酒色財氣不礙菩提路].'는 말까지 생겨났다. 비단 스스로에 대해서도 조금도 실천의 유익함이 없을 뿐 아니라 사회에 대해서도 실용을 잃어 학파 내부의 부패가 더욱 심해지자 그 형세가 혁파되지 않을 수 없었다. 이에 육롱기陸隴其나 장효선張孝先의 무리가 떼지어 일어나 그들을 배격하니 이로부터 육왕학陸王學의 명맥이 세상에서 단절되었다.

명말明末 청초淸初 때 학술사에 특색을 끼친 이로는 고정림顧亭林(고염무顧炎武)258)·황이주黃梨洲

---

257) 선학禪學의 의취를 담고 있다 : 주자朱子가 육상산陸象山의 학문을 비판한 말에 총령대래蔥嶺帶來 진호종자眞胡種子라 한 대목이 있다. 총령蔥嶺은 서역지방의 산 이름이니 선학의 기풍을 띠고 있음을 풍자한 말이요, 진호종자는 주자가 석가釋迦를 이른 말이다. 모두 육상산의 학문이 유학의 본령이 아니라 불학의 영향을 입었다는 것을 비유한 것이다.

(황종희黃宗羲)259)・왕선산王船山(왕부지王夫之)・안습제顔習齋(안원顔元)260)・유계장劉繼莊(유헌정劉獻廷) 다섯 선배가 있다.

고정림 염무는 젊어서부터 검술을 전공하더니 명말의 국변 후에 맨 처음 향리에서 의병을 일으키고 노왕魯王을 도와 국정을 살폈다. 노왕이 패망함에 이르러서는 사방을 유랑하다가 말년에는 화음華陰에 은거하며 전지를 개척하여 누천금의 재산을 이루고, 따로 그것을 저축하여 유사시를 대비하였다. 일찍이 말하기를 "천하의 흥망은 필부에게도 책임이 있다."고 하였다. 그 학술을 강구함은 맨 먼저 자신의 뜻을 행하는 데 염치가 있어야 함을 주창하여, 이르되

---

258) 고정림顧亭林(고염무顧炎武) : 중국 명明 나라의 충신. 만주족이 청조를 세우자 명의 유민을 자처하며 이에 반대하여 싸웠다. 복명에 실패하자 중국 전역을 떠돌아다니며 명이 멸망한 원인을 연구했다. 1,000년 동안 중국의 학술을 대표해 온 성리학의 난해한 공리공론과 책에서만 얻은 쓸모없는 지식을 날카롭게 비판하여 청대淸代의 새로운 학풍을 개척했다. 그의 저작은 유학의 틀 안에서 합리적 핵심을 찾아 중국의 전통과 서양의 지식을 결합하고자 하는 19세기 '중체서용운동'의 철학적 토대가 되었다. 여행과 탐구활동을 통해 얻은 실제적 지식을 바탕으로 한 『일지록日智錄』・『천하군국이병서天下君國利病書』 등 여러 권의 책을 편찬했다. 지식의 궁극적 원천으로 고전만을 일관되게 강조했기 때문에 그의 학문적 활동은 문헌고증학과 문헌비판에만 중점을 둔 무미건조한 것이 되고 말았다는 지적도 있다.

259) 황이주黃梨洲(황종희黃宗羲) : 명말청초의 학자・개혁가. 자는 태충太沖, 호는 남뢰南雷 또는 이주梨洲. 명대의 유명한 동림당東林黨 학자의 아들로 청조에서 관직에 나아가를 거부했다. 화남에서 복명주의자復明主義者들과 함께 청조에 대항했으나 명의 패망 이후 낙향하여 학문에 몰두했다. 학문적 관심이 수학・지리학・역법・문학・철학의 광범한 영역이었으나 특히 역사가로서 유명하여 역사 연구에서 개인적・도의적인 기준이 아닌 객관적 기준을 도입하고자 한 절동사학파浙東史學派의 창시자가 되었다. 저작인 『명이대방록明夷待訪錄』에서는 전제정치를 비판하고 황제의 권력을 분산시키기 위해 고대에 있었던 재상직을 다시 부활시켜야 한 조정의 구성방안 및 교육・과거・군사・조세제도 및 법률의 개혁을 주장했다. 『명유학안明儒學案』(1676)은 최초의 체계적 중국철학사로 평가된다. 그는 『송원학안宋元學案』은 미완의 초고로 송・원시대 중국사상에 대한 체계적인 연구를 시도했다.

260) 안습제顔習齋(안원顔元) : 중국 청대淸代의 사상가・교육자. 호는 습재習齋. 11세기 이후 중국을 지배한 사변적思辨的인 성리학에 반대하여 실용적・경험적인 유가 학파를 창시했다. 유학을 공부하는 사람은 성리학의 고전해석 대신에 고대 유가경전 그 자체의 연구로 돌아가야 한다고 역설했다. 1696년 장남서원南書院을 세워 자신의 교육이론을 실천에 옮겼다. 교과과정에는 역사・유교경전 외에도 수학・지리・군사전술・전략・궁술・무예 등이 들어 있었다. 그의 저작은 그의 제자 가운데 가장 뛰어난 이공의 글과 함께 안이학파顔李學派로 알려진 새로운 철학운동의 주요저서가 되었다. 주요저작에 『사존편四存編』・『사서정오四書正誤』・『주자어류평朱子語類評』・『습재기여習齋記餘』 등이 있다.

“옛날의 남을 의심한 자는 위술僞術을 행함에도 견실하였으나, 지금의 남을 의심하는 자는 위술을 행함에도 취약하다.”고 하였다. 그 종지宗旨가 어디에 있었던가를 알 만하다.

저작한 바에 일지록日知錄이 있는데, 청대 전 시기의 학술이 거기서 비롯한 것으로 친다. 『천하군국이병서天下郡國利病書』·『조역지肇域志』는 비록 모두 완성하지 못한 책이지만 훗날의 인문지리를 말하는 자는 그것을 비조鼻祖로 삼는다. 생계와 정치가 밀접한 관계임을 깊이 알았던지라 그 언설이 매우 확실하다. 그 생계학生計學은 모두 응용이 적확하고, 성음훈고聲音訓詁는 한문학계 백여 년간의 중견中堅이며, 금석문자金石文字의 이론은 금석학의 선구先驅가 된다. 오호라, 고정림은 불세출의 재주로 경세의 뜻을 품었던 사람이라 학술로 저명해지는 것을 전혀 원하지 않았다. 그러나 시세에 구박되고 제한되어 학술로나마 드러내지 않을 수 없으니 근세 학술사상의 고정림에 대한 서술은 실제 고정림의 통한이 될 것이다.

이주梨洲 황종희黃宗羲는 젊은 시절, 소매에 철퇴를 품고 서울로 가서 아버지의 원수를 갚아 기백과 절의로써 이미 당대를 울렸다. 강을 사이에 두고 청과 대치하던 때[畫江之役]에는 향리의 젊은이 수백 명을 규합하여 손가적孫嘉績261)과 웅여림熊汝霖262)을 따라 창의하였으며, 강상군江上軍이 패한 후에도 사명산四明山으로 들어가 요새를 구축하고 굳게 지켰다. 그 뒤에 다시 부풍副馮의 경제京第에서 일본에 군사를 요청하고 온갖 고생을 하며 떠돌기를 수십 년 하였으니 이때 그의 뜻이 어떠했겠는가?

이주梨洲의 학술은 견인각고堅忍刻苦를 요지로 삼고, 실천실용實踐實用을 목표로 한다. 저작에 명유학안明儒學案이 있으니 이는 일대一代 유림의 연수淵藪로서 비단 강학의 표준일 뿐 아니라 학술사에 있어 하나의 신기원이 된다. 명이대방록明夷待訪錄 가운데 원군原君과 원신原臣과 같은 글은 거의 노사盧梭(루소)의 민약론民約論의 내용과 흡사하고, 원법原法 이하의 여러 글은 완연히 법치의 정신을 싣고 있으며, 율려신의律呂新義는 이후의 법률학을 말하는 자들이 비조鼻祖로 삼

---

261) 손가적孫嘉績 : 명나라 사람으로 자는 석부碩膚이다. 숭정 연간에 진사가 되어 관이 병부낭중兵部郎中에 이르렀다. 황도주黃道周와의 인연으로 그에게 역을 배웠다. 복왕福王 때에 구강병비첨사九江兵備僉事에 기용되었으나 부임하지 않았으며 노왕魯王이 나라를 감찰할 때 여러 번 동각태학사東閣大學士에 발탁되었다. 주산舟山에 이르러 병으로 죽었다.

262) 웅여림熊汝霖 : 명말, 여요餘姚사람. 숭정 연간에 진사가 되어 동안령징급사중同安令徵給事中으로 20회에 걸친 상소를 올려 병무에 관한 일과 장수의 기용이 그릇되었음을 진술하였다. 노왕魯王이 나라를 감찰할 때, 군사를 독려하여 강을 방비하고 병부상서에 승진하였으나 정채鄭彩에게 해를 당하였다.

는다. 그 밖의 구고도설句股圖說과 개방명산開方命算, 측환요의測圜要義와 같은 여러 저작은 근세 산법 연구의 단서를 열었으니 이주와 같은 사람이야말로 일세를 미루어 만고를 개척한 석학이라 할 만하다.

만약 이주梨洲가 공을 세울만한 세상에 태어나고, 그 뜻과 학술을 펼쳐 실행할 수 있었더라면, 학술 따위로 세상을 울릴 겨를이 없었을 터이나, 생각컨대 망국유민으로서 의리상 남의 조정에 벼슬할 수 없었으므로 일신에 품은 기량을 죽백竹帛의 기록을 빌어 다하지 않을 수 없었을 것이다. 또 그가 국난을 극복하기에 분주하며 수십 년 동안 천신만고를 겪는 동안 일체의 정치와 풍속에 대해 파악한 이득과 병폐는 모두 실험과 조사에서 체득된 것이니, 문호도 나서보지 않고 천하사를 논한 것 따위와는 크나큰 차이가 있었다. 그렇다면 이주의 깊은 조예는 곧 당시의 형세가 그렇게 만든 것일 것이다.

선산船山 왕부지王夫之는 소년시절에 스스로 자신의 지체肢體를 잘라 그 아버지를 대신하여 속죄하였다. 나라의 변고가 있은 이후 계왕桂王263)을 따라서 조경肇慶·계림桂林·남령南寧 등지로 옮겨 살더니 면전緬甸(지금의 미얀마)이 함락된 후에는 학문에 뜻을 두고 종신토록 체발剃髮하지 않았다. 궁벽한 산중에 40여 년을 숨어살며 한 해에 몇 차례 씩 거처를 옮기면서도 고국의 슬픈 현실을 죽으나 사나 잊지 않았으니 더욱 이전 시대에 없던 절행이라 할 만하다.

그 학문은 경세치용經世致用을 목표로 하였는데 저작인 독통감讀通鑑, 논송論宋은 사론史論이 탁월하고 천고황서千古黃書 또한 명이대방록明夷待訪錄에 버금가는 저술이다. 국민의 평등한 주권으로 군주의 전제를 억제할 것을 주장하여 거기에 세 번이나 전심치의專心致意하였다. 악몽편噩夢篇에서는 황족黃族(漢族)의 문약文弱에 치우친 병폐를 깊이 한탄하였는데 그의 상심을 마치 눈으로 볼 수 있을 듯하다. 정몽주正蒙註와 사문록思問錄 두 책의 본은지현本隱之顯(은미한 이치에 근본하여 사물의 현상에 나아감)과 원시요종原始要終(시초를 궁구하여 결말을 알아냄)의 경지에 대하여 유양瀏陽 담씨譚氏264)는 "5백 년 이래 학자들 중에 천인의 관계에 능통한 사람은 선산船山 한 사람

---

263) 계왕桂王 : 명明 나라 신종神宗의 손자로 영명왕永明王에 봉해졌다. 성명은 주유랑朱由榔이다. 청 군에게 쫓기어 면전緬甸으로 달아났다가 오삼계에게 피살되었다(『명사明史』 권120).

264) 유양瀏陽 담씨譚氏 : 담사동譚嗣同. 중국의 근대 정치가·사상가. 자는 복생復生, 호는 장비壯飛. 호남성 유양瀏陽사람. 무술유신운동戊戌維新運動(1898)을 주도한 사람 가운데 하나이다. 순무巡撫(명·청 대의 지방장관) 담계순譚繼洵의 아들로 어려서부터 문장에 능통하고 의협심이 강했다. 1894년 조선에서 갑오농민전쟁甲午農民戰爭으로 청일전쟁이 일어나자, 중국의 허약함에 통분하여 개혁에 뜻

일 따름"이라 하였으니 이 말이 과언이 아니다. 대저 선산의 의지와 역량은 능히 천고토록 미개척된 분야를 개척할 수 있는 것이었으나 험한 산중에서 있으며 당시의 사우土友와도 상종을 끊어버렸고 문생과 제자 중에도 학문에 힘을 기울인 자가 한 사람도 없었다. 정밀한 사색을 통해 마음에 터득한 학술이 합당한 사람에게 전수되고 후세에 밝혀질 수 없었으니 이 어찌 학계의 크나큰 불행이 아니겠는가?

습재習齋 안원顔元은 산야에서 자신을 우뚝하게 일으켜 무용武勇을 숭상하고 호협을 자처하는 기상이 있었다. 평상시에도 항상 용맹이 천하 공통의 덕[達德]임을 강조하여 날마다 그 문도들과 더불어 궁사弓射265)와 기마騎馬266)를 익혔는데 달리는 말에서 활을 쏘아 여섯 곳의 과녁에 적중시켰다.

그의 학문은 오로지 인기욕忍嗜欲(극기)·고근력苦筋力(노력)을 표방하여 변함없는 법문法文으로 삼았다. 저술로 존성存性·존학存學·존치存治·존인存人 등 네 편이 있어 평생 정력을 기울인 논설이 모두 거기에 실려 있다. 일찍이 말하기를 "강독으로 도를 구한다면 그 어긋남이 천리나 될 것이요, 책으로 도를 삼는다면 그 어긋남은 만리를 벗어날 것이다."라고 하였으니 대개 습재의 학문은 회의파懷疑派267)와 매우 비슷하여 일마다 몸소 실천하고 사물마다 그것을 익혀 그로써 올바른 사실을 구하려 하였으니 실로 송명학宋明學의 일대 반동이지만 또한 청대淸代

을 두고 신학新學을 적극 제창하고 변법變法을 선전하여 스스로 강유위康有爲의 사숙제자私淑弟子라 칭했다. 저서로 『인학仁學』이 있는데, '인仁'과 '이태以太(본래 물리학용어인 에테르)'를 세계의 근원으로 보았다. 양예楊銳·임욱林旭·유광제劉光第 등과 새로운 정치에 참여하여 군기사경경軍機四京卿이라 불리고, 백일유신百日維新 중에 광서제를 도왔다. 서태후西太后가 정변을 일으켜 광서제가 실각하자 강광인·양심수·임욱·양예·유광제 등과 함께 피살되어 '무술6군자戊戌六君子'로 불리게 되었다. 『담사동전집譚嗣同全集』이 있다.

265) 궁사弓射 : 원문은 사포射圃. 공자孔子가 자로子路와 함께 확상矍相의 포圃에서 사례射禮를 행하였다는 『예기禮記』 사의射儀의 말에서 나왔다. 『예기禮記』 사의射義.

266) 기마騎馬 : 원문은 경공罄控인데 시 정풍鄭風 대숙우전大叔于田의 억경공기抑罄控忌의 주에 "말을 달리는 것을 경이라 하며 말을 멈추는 것을 공이라 한다[騁馬曰罄 止馬曰控]."고 하였다.

267) 회의파懷疑派 : 여러 영역에서 주장하는 지식에 대해 의심을 품는 철학적 태도. 회의주의자들은 이런 주장이 어떤 기초에 입각해 있으며 실제로 무엇을 확립하는지 물음으로써 그 주장의 적합성 또는 신뢰성에 도전해왔다. 고대부터 회의주의자들은 독단적인 철학자·과학자·신학자의 주장을 비판하는 논증을 전개해 왔다. 온갖 독단주의에 반대하는 이들의 논증은 철학사에 등장하는 제 문제와 그 해결책이 형성되는 데 중요한 역할을 하여, 지식을 형성하는 온갖 분야, 즉 형이상학이나 과학·의학·윤리학·종교학의 제 분야에 걸쳐 전개되었다.

학문의 시초를 연 계기가 되었다. 여항餘杭 장씨章氏(장병린)는 습재를 지극히 추앙하여 라마羅馬(로마)의 사다갈파斯多噶派(스토아학파)에 비견하였는데 바른 이해이다. 또한 순경荀卿 이후의 오직 한 사람이라 하였으니 그 말은 어쩌면 너무 지나칠 수도 있지만 요컨대 한 시대의 큰 학자라는 데 대해서는 천하의 후인에게도 반드시 이견이 없을 것이다.

계장繼莊 유헌정劉獻廷은 북방출신이다. 개보改步[268]한 이후의 출생으로 주로 남방을 유랑하며 오나라와 초나라 주변에서 살았다. 그 종적에 남이 알까 기피하듯 함이 있었으니 대개 절세의 비밀운동가였다. 저서로 세상에 전하는 것이 오직 광양잡기廣陽雜記 하나뿐이라 가히 너무 쓸쓸하다 하겠으나 이것으로 오히려 그 생애의 대략을 엿볼 수 있다.

계장繼莊이 학계에서 스스로를 가장 호방하게 만든 일은 두 가지이다.

첫째는 새로운 문자를 만든 것이다. 중국문자는 자형字形은 넘치는데 자음字音이 모자란다. 그 때문에 나랏말의 통일을 이루지 못하고 국민의 단결력이 크게 감쇄하였다. 근래의 식자識者들이 그것을 걱정한 지 오래이나 지금까지도 방책을 이룬 것이 없다. 그런데 2백 80년 전의 선배가 이미 여기에 종사하였으니 신운보新韻譜야말로 진실로 불후의 성대한 업적이다.

둘째는 지문학地文學을 창도한 것이다. 지금까지의 여지輿地에 관한 책은 대개가 인사人事에는 상세하되 천지의 본연의 모습에 관해서는 대략도 실은 바가 없었다. 계장은 마땅히 나라의 강역에 앞서 북극이 땅에서 나오는 도수와 그 절기의 선후와 같고 다른 점을 먼저 기록한 연후에야 각 지방의 산수山水의 향배向背와 분합分合을 고찰할 수 있어 그것을 자세히 나열하면 풍토의 강유剛柔와 음양陰陽·조습燥濕 등의 기미가 가히 차례대로 구명될 수 있을 것이라 생각하였다. [예컨대 연경燕京과 오하吳下지방의 물은 모두 동남쪽으로 흐르는 까닭에 반드시 동남풍이 분 이후에 비가 오며, 형형衡과 상상湘지방의 물은 북쪽으로 흐르는 까닭에 반드시 북풍이 분 이후에 비가 내린다는 유이다.] 이는 모두 지극히 정밀한 이론으로 서양의 지리학계의 학자들의 주장과 마치 한 입에서 나온 것 같다. 애석하도다, 그의 저작이 대다수 산일散佚되어 전하지 못함이여!

당주唐鑄는 만촉萬蜀사람으로 이주梨洲 황종희와 선산船山 왕부지와 같은 시대를 살았다. 저술로 잠서潛書 네 편이 있으니 해군解君과 억존抑尊·실어室語·지살止殺이다. 그의 해군解君 편에 이르기를 "천자의 존귀는 천제天帝나 큰 신명이어서가 아니라 신하나 백성과 더불어 똑같은

---

268) 개보改步 : 개보개옥改步改玉의 준말로, 전대의 폐해를 씻어 내 개혁함을 말한다.

사람이어서이다."라고 하였고, 억존抑尊 편에서는 "임금은 나날이 존귀해지고 신하는 나날이
비천해져 이 때문에 인군이 신민을 천시하되 마치 개나 말, 벌레나 개미처럼 보고 나와는 같
은 무리가 아니라 여겼으니 정치도의와의 거리가 너무나 멀다."고 하였다. 또 이르기를 "지위
가 열 사람의 윗자리에 있는 자는 반드시 열 사람의 아랫자리에 처해야 하며, 지위가 백 사람
의 윗자리에 있는 자는 반드시 백 사람의 아랫자리에 처해야 하며, 지위가 천하의 윗자리에
있는 자는 반드시 천하의 아랫자리에 처해야 한다."고 하였다. 실어室語 편에서는 "진秦 이후
로부터 무릇 제왕이 된 자는 모두가 도적이다. 한 사람을 죽여 그의 한 필 옷감과 한 말 곡식
을 빼앗는 자도 오히려 도적이라 하는데 천하의 모든 사람을 죽이고 그들의 풍부한 옷감과
곡식을 모조리 가진 자를 도리어 도적이라 하지 않을 수 있겠는가?"라고 하였다. 지살止殺 편
에서는 "천하의 군사를 뒤엎고 천하의 성을 도륙하여 천하를 가졌다면 이는 천하의 인육을
먹이로 하여 한 사람을 기르는 짓이다."라고 하였다. 맹자 이후 이처럼 통쾌한 말을 듣지 못
한 지가 오래라 진실로 명이대방록明夷待訪錄의 원군原君·원신原臣 편과 서로 표리가 되기에 족
하다. 청 건륭 연간에 이 책이 금서禁書가 된 까닭에 세상의 학자들이 다만 황이주黃梨洲와 왕
선산王船山만이 능히 민권과 공리를 주장한 것으로만 알고 파촉巴蜀 산중에 당씨唐氏가 있어 그
들과 더불어 부고桴鼓269)를 마주 울리던 사이였음은 누구 하나 아는 이가 없다.

　최근의 남해南海 강유위康有爲270)는 월粵271) 지방의 석학이다. 그 이상理想은 원대하며 담기膽

---

269) 부고桴鼓 : 전쟁 때 또는 도적을 잡거나 쫓을 때에 북을 쳐서 신호하는 것을 말한다.
270) 강유위康有爲 : 중국의 학자. 1898년의 변법자강운동을 이끈 사상가이다. 자는 광하廣夏, 호는
　　장소長素이다. 여러 차례 과거시험을 보았지만 거듭 낙방하자 1879년부터 홍콩에 거주하며 자
　　산계급의 개량사상을 수용, "중체서용中體西用(중국학문으로 몸체를 삼고 서양학은 실용에 쓴다)"의 학술을
　　창도하였다. 1891년 양계초梁啓超의 초청으로 광주 장흥리 만목초당萬木草堂에서 글을 가르쳤다.
　　이 기간에 『신학위경고新學僞經考』·『공자개제고孔子改制考』 등의 글을 저술하였다. 『신학위경고』
　　에서 강유위는 동한東漢이래 고문경학古文經學은 왕망王莽이 서한의 제위를 찬탈하기 위해 위작
　　한 것이라고 지적하면서 고문경학을 포기해야 한다고 했다. 이 주장은 변법유신의 장애를 제거
　　하는데 있어서 이론적인 바탕을 마련했다. 『공자개제고』에서는 공자학설의 참뜻이 무엇인가를
　　거론하면서 공자의 학설을 바탕으로 시의에 적절한 변화를 전개해야 한다고 주장했다. 1898년,
　　광서제光緒帝가 강유위를 궁으로 불러 변법에 대해 담론하고 그해 6월에 마침내 변법을 선포했
　　다. 변법유신기간 강유위는 정치·경제·군사·문화·교육 등 각 방면에 걸쳐 개혁방안을 제의하
　　고 실천했다. 특히 유신인사 담사동譚嗣同 등과 신정을 계획하고 무엇보다 중국을 서양의 근대
　　자본주의 방식에 따라 국가 및 사회의 제도를 개혁하고 민족을 위기로부터 구하여야 한다고

氣는 웅건하여 개연慨然히 항상 천하를 깨끗이 할 포부를 가졌다. 무술유신戊戌維新은 그 기간이 너무 짧아 실효를 거두지 못하고 끝내 좌절되고 말았으나 이 거사가 중국혁신사中國革新史의 원동력이 되었음에는 아마도 이견이 없을 듯하다. 그의 학술은 어느 하나의 학통만을 따르지 않고, 동서고금의 여러 철학자의 말을 널리 채용하되 그 장점을 취하여 흡수·소화하였다. 항상 공자와 석가, 예수의 세 성인은 한 몸이며, 아홉 학파의 가르침은 평등하다는 논점을 견지하였다.

그러나 "중국에 태어난 이상 먼저 중국을 구제하지 않을 수 없고, 중국을 구제하고자 한다면 온 나라 인민이 함께 믿고 우러르는 것으로 표적을 삼아 그 감정을 통일하지 않을 수 없다. 그런 후에야 비로소 2천 년 이래의 속박을 풀고 사상의 자유의 도정에 이끌어 들일 수 있다."고 생각하여 마침내 공자의 가르침을 복원하는 것으로 제일의 사업으로 삼았다. 먼저 『예기禮記』「예운禮運」편 가운데 보이는 대동大同의 취지를 드높여 진면목으로 삼고, 다시 여섯 개의 주의로 그것이 내포하는 성질을 밝히되, 첫 번째는 진보주의進步主義이며 두 번째는 평등주의平等主義, 세 번째는 보제주의普濟主義이며 네 번째는 세계주의世界主義, 다섯 번째는 강립주의强立主義이며 여섯 번째는 중혼주의重魂主義라 하여 각각 공자의 가르침에 근거하여 증명하였다. 이 여섯 주의에 반하는 내용은 보수주의保守主義와 전제주의專制主義, 독선주의獨善主義와 국별주의國別主義(국수주의), 문약주의文弱主義(숭문주의)와 애신주의愛身主義(이기주의) 등으로 이는 곧 순자荀子 학의 성질이니 소강小康시대에나 적합한 것이므로 배척해야 한다고 하였다.

이전까지의 춘추공양전春秋公羊傳을 공부하는 자들은 모두 범례凡例를 말하였으나 남해南海의 경우에는 그 참뜻을 말하였다. 오직 범례에만 속박되었기 때문에 궤만 사고 구슬은 돌려주었으며[買櫝而還珠],272) 오직 그 참뜻만을 구하였기 때문에 옛일을 갈무리하여 다가올 일을 알았

강조하며 그 주장을 실행에 옮겼다. 9월 21일 자희태후慈禧太后를 중심한 완고파가 정변을 발동하자 국외로 피신하여 일본에 망명한 후, 열국이 중국 내정에 압력을 가해 광서제를 구해야 한다고 일본과 영국 등에 요구했다. 1912년 중화민국이 창건된 후에도 강유위는 여전히 "군주주체"·"공화반대"·"국수國粹보존"의 주장을 고집하면서 청나라 말 황제 부의溥儀의 복벽을 시도했으나 실패로 끝나고 말았다.

271) 월奧 : 광동성의 약칭. 예로부터 "백월지족百越之族"이 거주하던 지역이며, 청조淸朝가 이곳에 광동성을 설치하여 광동이란 명칭이 지금까지 사용된다.

272) 궤만 사고 구슬은 돌려주었으며[買櫝而還珠] : 귀중하게 여겨야 할 것을 천히 여기고, 천하게 여겨야 할 것을 귀중하게 여기는 것을 비유한 말이다. 춘추春秋시대 정鄭 나라 사람이 초楚 나라 사람에게게 궤[櫝]를 사오면서 그 궤에 장식되어 있는 좋은 구슬들은 모두 본 주인에게 돌려주

던[藏往而知來] 셈이다. 제도의 개혁으로써 춘추를 언급하고 삼세三世의 진화로써 춘추를 언급한 것은 모두 남해가 밝힌 내용이다. 대저 삼세의 의미가 하소공何邵公273) 이래 오래도록 묻혀 있었는데 남해가 이것을 창도한 것은 달이문達爾文(다윈)의 진화론이 수입되기 이전이었다. 그 안광眼光의 형원炯遠함과 사상의 예리함이 이와 같으니 남해와 같은 사람은 공교孔敎의 마정로득馬丁路得(마르틴 루터)이라 할 만하다. 저술에 춘추개제고春秋改制考·춘추삼세의春秋三世義·대동학설大同學說·예운주禮運註·대역미언大易微言·공양전주公羊傳註·맹자공양상통고孟子公羊相通考·대학주大學註 등은 모두 세상에 공간公刊되지 못하였고, 중용주中庸註와 맹자대의술孟子大義述, 신학위경고新學僞經考 등은 일찍이 간행되어 있다.

『주역周易』 혁괘革卦 단사彖辭에 이르기를, "탕왕과 무왕의 혁명은 천리天理를 따라 인심人心에 부응한 것"이라 하였는데, 혁革은 변혁의 뜻이다. 변혁에는 점진적으로 진행되는 것과 갑자기 이루는 것의 구별이 있다. 무릇 모든 사회 중 일체 사물이 옛 폐단을 버리고 새 방식을 펴는 것을 모두 혁명이라 할 수가 있으니, [예컨대 종교혁명과 도덕혁명, 풍속혁명·학술혁명·경제혁명·문자혁명 등이 모두 이것이다.] 비단 정치 용어로 쓰일 뿐만이 아니다. 그 사물이 본래는 선善한 것이지만 혹 아직 완비되지 못했거나 혹 행해짐이 워낙 오래되어 그 진면모를 잃었다면 혁신하지 않을 수 없다. 이때 상하사방의 인심이 순응하여 장애될 것이 없다면, 오늘 한 가지 일을 혁신하고 내일 또 한 가지 일을 혁신하여 가히 조용하게 선으로 나아갈 수 있다. 이를 일러 점차적 개혁의 방법이라 하니, 완만하고 평이한 과정이다. 사물이 본래 선하지 못하여 군중에게 해를 끼칠 뿐이라면 그 뿌리를 뽑아 새 세상을 만들지 않고서는 이상을 이룰 수 없으므로 이 경우에는 전력을 기울여 꺾고 무너뜨리지 않을 수 없다. 그러나 혁명의 시기에 저 권력을 빙자하여 세력을 떨치는 자가 순응하지 않고 버티거나 막는다면 비록 목숨을 희생시키는 데 이르더라도 반드시 그 목적을 달성하여야 한다. 이를 일러 일거에 뒤엎는 혁명의 방법이라 하니, 급박하고 험난한 과정이다.

공자의 뜻으로는 소강시기의 말엽에 대동세상에 도달하고자 한다면 형세상 일대 혁명이

고 궤만 차지했다는 고사에서 나왔다(『한비자韓非子』 외저설外儲說).

273) 하소공何邵公 : 동한東漢 임성任城 번인樊人으로 이름은 휴休, 자가 소공이다. 사람됨이 질박하여 어눌하나 본디 심사心思가 있어 육경六經의 정연精研에 세유世儒가 따를 자가 없었다. 『공양춘추해고公羊春秋解詁』를 지으면서 17년 동안을 정사精思하며 문 밖에 나가지 않았다고 하는데 그 책이 지금까지 전한다.

있어야 한다고 여겼다. 그러나 마침내 스스로 처한 시대와 입지가 가볍게 혁명으로 사람을 가르칠 수가 없으며 또 구설口舌로써 후세에 전할 수 없으므로 부득이 『주역周易』 혁괘革卦의 단사에서 탕 임금과 무왕이 걸주桀紂를 친 일을 인용하였다. "피가 흘러 절구 공이가 떠다녔다[流血漂杵]."는 표현을 씀으로써 혁명은 끝내 그만 둘 수 없다는 은미한 뜻을 나타내 보이신 것이다.

이러한 생각은 강남해가 미처 말하지 못한 것인데, 지난해에 내가 상해에 갔을 때 상해에서 남해까지의 거리가 기차로 겨우 하룻길이라 그의 집을 방문하여 질정할 생각이 있었으나 끝내 공무에 묶이어 갈 겨를이 없었다. 그 후에 듣자하니 갑자기 고인이 되었다 한다. 동시대를 살면서 길이 엇갈려 만나지 못하였으니 너무나 한스러운 일이다.

옛날에 사람을 가르치던 법제에는 격물格物・치지致知・성의誠意・정심正心・수신修身・제가齊家・치국治國・평천하平天下의 여덟 조목이 있었으니 공자께서 강송하여 전수하신 것이다. 삼천의 문도들이 이 규모에 의거하지 않은 이가 없더니 물러나서는 자신의 제자를 가르치고 거기서 배워 성취한 자들이 또한 자신이 터득한 바로써 각각 하나의 기치를 세웠다. 이에 아홉 개 유파가 동시에 일어나고 열 개 학파가 서로 대치하여 전성시대의 대관大觀을 이루었다. 그러나 그 목적이 모두 장차 이로써 치국과 평천하의 성과를 얻으려는 것이었으므로 후세의 곡학아세하는 학자가 남의 해타咳唾를 주어모아 자신을 단속하면서 스스로 잘난 체하는 반쪽짜리 학문과는 같지 않다.

동한東漢 말엽에 당화黨禍가 혹심하여 준고주급俊顧廚及274)이 일망타진되자 천하의 모든 사람들이 도학道學이 믿고 의지할 만한 것이 아님을 목도하고는 일제히 방황하고 놀랍게 여겨 지향할 바를 알지 못하였다. 그 뒤를 이어서 조조의 위나라[曹魏]가 정사를 좌지우지하면서 욕된 명성과 비웃음을 자초하는 행실을 의식하지 않고 어질지 못하며 효성스럽지 못하나 치국용병의 술법을 가진 자들만을 구하자 이에 풍속이 크게 무너지고 인심이 일변하여 총명하고 재주있는 선비들이 다시는 실학을 연구하지 않고 일제히 사장詞章에만 몰두하였다. "술잔 마주하여 노래 부르니[對酒當歌] 인생이 얼마나 오래겠는가?[人生幾何] 비유컨대 아침이슬과 같아[譬如朝露] 날이 갈수록 괴로움만 늘어나네[去日苦多]."라 한 구절 등이 그 대표적인 예이다. 사

---

274) 준고주급俊顧廚及 : 후한後漢 영제靈帝 때 천하의 명사名士들을 일컫는 말로, 팔고八顧・팔주八廚・팔준八俊・팔급八及을 이르는 것이다.

장 또한 학술의 한 갈래이겠으나 근본에 힘쓰지 않고 한갓 말단만을 일삼으면 성령性靈이 수식에 흐르고 사회가 허세에 빠지게 된다. 위진魏晉시대로부터 오호五胡 말엽까지는 유교의 쇠락이 극도에 달하였는데 송나라 때의 여러 학자들이 일어나 기풍을 바로잡고 성리의 학문을 주창하였다. 대학大學의 글을 표창하여 1천년 이래의 부화浮華한 관습을 씻어내니 일시의 사상의 성대함이 거의 양한兩漢에 뒤지지 않을 정도였다.

그러나 송나라의 학풍에도 또한 두 가지의 병폐가 있었으니 그 하나는 논변이 지나쳐 지루하다는 것이요, 또 하나는 정치에 대해 밝힌 것이 드물다는 것이다. 이로 말미암아 마침내는 후세 사람들이 이치만을 구설에 올리고 국가의 폐단은 등한히 여기는 데에 이르렀다. 청나라 초에 이르러서는 다섯 선배가 그에 대한 반발을 힘써 일으켰다. 실천과 실용을 표준삼고 구국과 애민을 범위 삼아 전제주의를 억제하고 민권을 천명하더니 이어서 남해南海 강유위康有爲의 대동학설大同學說이 나오매 공교孔敎의 진면목이 환하게 드러나 다시 장애가 없게 되었다.

아아, 세상은 운행하기 마련이라는 학설[世運之說; 사회진화에 대한 이론]이 본래 당연하지 않겠는가? 요순 이래 5천 년의 군주전제가 일변하여 백성의 주권이 되니 이는 시세의 운행에 몰린 결과로 그렇게 된 것이다. 공자 이후 2천 년이 되도록 드러나지 않았던 은미한 말씀이 오늘날에 이르러 비로소 저명해지니 이 또한 시세의 운행이 그렇도록 한 것이다. 다섯 선배의 어진 학술이 송대宋代의 학자들보다 뛰어난 것이 아니건만 능히 군주의 위력을 억제하고 민권을 주창한 것 또한 시세의 운행이 그렇도록 한 것이다. 남해의 어진 학술이 명말청초의 다섯 선배들보다 뛰어난 것이 아니건만 능히 널리 수집하고 널리 고증하여 성인의 은미한 말씀을 천명한 것은 또한 시세의 운행이 그렇도록 한 것이다. 지금 이후로는 세계의 대동 국면이 확고해져서 장차 공교의 참된 의미가 크게 행해질 것임을 나는 아노라.

□ 만록謾錄

▫ 기자정전법 외에 여러 가지 평론 箕子井田法外各評

　기자箕子의 정전井田은 평양平壤의 함구含毬와 정양正陽 두 문의 밖에 있으며, 그것은 모두 '전田' 자의 형태로 만들어져 있다. 전은 4개의 구역이 있고, 각 구역은 모두 70묘이며, 구역의 경계를 이루고 있는 길은 그 넓이가 1묘이고, 전의 경계를 이루고 있는 길은 그 넓이가 3묘이다. 무릇 16개의 전이 모두 64구역으로 나누어져 있으며, 64구역의 밖에는 또 9묘의 길이 있다. 큰 길의 안에서 가로로 보면 4전 8구역이 있는데, 세로로 보아도 역시 4전 8구역이다. 8곱하기 8은 64이니 정방형으로 된 것이 바로 선천방원도先天方圓圖와 같다.

　맹자의 말에 의하면, "은殷 나라 사람은 한 농가구당 70묘를 분배해주고 조법助法을 적용했다."라고 하였으니, 70묘는 은나라 사람들이 전을 분배해주는 제도이다. 기자는 은나라 왕실의 유신遺臣으로 해동海東에 나라를 열고, 은나라 사람들이 행하던 은나라의 법을 행하는 것은 진실로 당연한 것이다. 그러나 은나라의 전제田制는 시기가 오래되어 전적이 분명하지 않다. 비록 주자朱子와 같은 성인으로서도 고증할 수가 없었으며, 조법助法을 논함에 있어서는 단지 주周 나라의 제도를 근거로 하여 추측해내었다. 그러니 옛것을 좋아하여 넓게 상고하는 사람들은 항상 이것을 한恨으로 여겼다. 지금 기전箕田의 경계가 완연히 맹자가 70묘를 분배해주고 조법助法을 적용했다고 논한 것과 부절符節을 부합시킨 것과 같으니 은나라의 전제는 이것을 근거로 하여 가히 단정 지을 수 있을 것이다. 고어古語에 이르기를 "중국에서 예를 잃게 되면 그 증거는 사이四夷에 있다."라고 한 것은 믿을 만하다.

　태공太公이 문왕文王을 만났던 때의 나이에 대해서는 경전經傳에 70이라고 명문화하여 말하지 않았다. 유향劉向은 『설원說苑』에서 말하기를, "태공은 70세에 주周를 도왔으며, 90세에 제齊에 봉해졌다."고 하였다. 여불위呂不韋와 한영韓嬰은 모두 72세라고 하였고, 80세라고 말하는 자도 있었다. 『공총자孔叢子』에 재여宰予와 염유冉有가 공자에게 묻기를, "태공은 근신謹身하고 고지苦志하여 80세에 문왕을 만났다."라고 하였으며, 90이라고 말하는 자도 있었다. 송옥宋玉은 「구변九辯」에서 말하기를, "태공은 90세에 영달하였다."라고 하였고, 「초사楚辭」 천문편天門篇 주에서 회남자淮南子가 말하기를, "태공은 칼을 두드리고275) 물고기를 낚다가 70세에 배우기 시작하여 책을 읽었고, 90세에는 문왕의 스승이 되었다.”는 기록이 전한다. 한시외전漢詩外傳에도 역시 말하기를, “여망呂望은 50세에 극진棘津에서 음식을 팔았으며, 70세에는 조가朝歌에서 소를 도살하다가 90세에 천자의 스승이 되었다.”고 하였다. 여러 가지 말들이 서로 같지 않으니 어느 것이 옳은지 알 수가 없다. 그러나 『설원』에서 또 말하기를, “태공은 70세에도 스스로 통달하지 못했다.”고 하였으니 70세에 주周를 도왔다고 하는 것과 서로 모순이 되고 있으니 믿을 만한 증거가 부족한 것이 분명하다. 죽서竹書의 기록에 의하면, 제신帝辛 31년 서백西伯은 치병治兵을 마치고 여망을 얻어 스승으로 삼았다고 하였는데, 역사의 기록을 고증해보니 바로 서백이 위渭에 사냥 나갔다가 여망을 만나 수레에 태워 돌아와 스승을 세운 해였다. 70세에 태공이 공부를 시작하여 독서를 하고 칼을 두드렸다고 하니 문왕을 만난 해는 80세이었을 가능성이 있다고한 공총자의 내용이 옳은 것 같다. 그리고 10년이 지나 무왕武王원년에 서백이 여상呂尙에게서 단서丹書를 받았으니 이때에는 90세이었으며, 또 10년이 지나 경인년庚寅年에 주나라가 은나라를 정벌하고 이듬해에는 주紂를 목야에서 사로잡았으니 이때가 바로 1백세였을 것이다. 「구변」에서 말한 90세에 영달했다는 말과 90세에 천자의 스승이 되었다고 하는 말은 모두 90세와 1백세에 단서를 받고 맹진盟津에서 맹세한 일들을 대략 말한 것이다. 또한 죽서에 의하면, 강왕康王 6년에 제齊의 태공이 죽었으니 계산해보면 그 해가 바로 1백 49세였으며, 주공이 성왕成王 21년에 죽었으니 태공보다 22년이 먼저이다. 그러나 『상서尙書』의 소疏에 이르기를, “성왕 때에 제태공이 죽으니 주공이 대신 태보太保가 되었다.”고 하니 어느 것이 옳은지를 알지 못하겠다.

  천하의 일은 성공이라고 하는 바가 없고 실패라고 하는 바도 없다. 진화進化의 입장에서 말하자면, 한 등급 나아가면 다시 한 등급이 또 있고, 한 단계 뛰어넘으면 다시 한 단계가 또 있다. 오늘 성공이라고 말했던 것이 다른 날에 다시 보면 만족스럽지가 않을 것이며, 한 나라의 성공이라고 하는 것을 세계적인 시각으로 본다면 오히려 많이 부족하다는 느낌이 있을 것이니, 부족하다는 느낌이 있게 되면 성공이라고 할 수가 없는 것이다. 인과의 입장에서 말하자면, 원인이 만들어지면 결과가 맺어지지 않는 경우가 없다. 전날 실패한 자도 혹 뒤에 성공할 수 있으며, 나에게 패배한 자도 혹 남에게 성공할 수가 있는 것이다. 만약 목전의 실패를 실패라고 여기고 다시 일에 힘쓰지 않는다면 마침내 완전한 실패로 귀결되어 가히 성공에 이

---

275) 칼을 두드리고 : 짐승을 잡을 때 칼을 두드리며 소리를 내는 의식의 하나.

르게 되는 날이 없을 것이다.

　서양인은 말하기를, "천하에서 커다란 죄악은 타인의 자유를 침범하는 것보다 더한 것이 없으며, 자신의 자유를 포기하는 자도 역시 똑같은 죄인이다. 모두가 자유를 포기하는 죄는 타인의 자유를 침범하는 죄보다 크다고 인식하고 있다."라고 하였다. 왜냐하면 생존경쟁은 우수한 것이 승리하고 열등한 것이 패배하는 것은 하늘의 공예公例이다. 사람들이 생존을 힘써 구하게 되면, 자신의 힘이 미치는 바를 충족하여 경쟁하지 않을 수가 없는 것이니 서로 경쟁하다보면 우수하고 강함이 열악하고 유약한 경계를 침범하게 되는데, 이것은 반드시 이르게 되는 기세의 흐름이다. 만약에 서로 경쟁하는 자가 스스로 열악한 패배에 놓이게 되는 것을 달게 여기지 않고 스스로 그 힘을 신장하여 다른 사람이 침입할 여지를 남기지 않는다면 상대가 어찌 사연肆然함을 얻을 수가 있겠는가? 이상의 두 가지 죄를 비교해보면 자유를 포기하는 자가 죄의 우두머리가 되는 것이 마땅하다.

　영웅이 시세時勢를 만든다고 논한 사람들은 말하기를, "영웅은 인간세상의 조물주이다."라고 하였다. 때문에 마틴 루터는 새로운 종교를 일으켰고 콜럼버스는 신대륙을 발견했으며, 워싱턴은 미국을 독립시켰고 비스마르크는 독일연방을 이루었다. 시세가 영웅을 만든다고 논한 사람들은 말하기를, "영웅이라고 하는 것은 때를 만나 일어난 사람이다."라고 하였다. 사람들의 무리가 쌓여서 축적되고 가득 찬 상태가 지속되면 반드시 이때를 타고 일어나 일을 이루는 자가 생겨나게 된다. 때문에 비록 루터가 없었더라도 구교는 반드시 개혁되었을 것이고, 비록 콜럼버스가 없었더라도 신대륙은 반드시 출현했을 것이며, 비록 워싱턴이 없었더라도 미국은 반드시 독립되었을 것이고, 비록 비스마르크가 없었더라도 독일은 반드시 연방을 이루었을 것이다. 나는 두 가지 설이 모두 옳다고 본다. 영웅과 시세는 마치 형체와 그림자가 서로 따르는 것과 같아서 서로 원인이 되기도 하고, 서로 결과가 되기도 한다. 영웅이 있으면 반드시 시세가 따르고, 시세가 있으면 반드시 영웅이 나타나는 것이다.

　무릇 일에는 반드시 원인이 있는 것이며, 원인 가운데는 또한 가까운 원인과 먼 원인이 있는데, 먼 원인은 원인의 원인이다. 대개 가까운 원인은 모든 일에 한 가지씩 있는 원인이며, 먼 원인은 항상 여러 가지 원인이 합해져서 하나의 원인이 된다. 가까운 원인은 비록 많이 있어도 쉽게 보이지만, 먼 원인은 비록 단순해도 알기가 어렵다. 한 가지 예를 말해 보자면, 물이 끓는 것은 땔나무를 태우기 때문이고, 사람이 호흡을 하는 것은 공기가 있기 때문이니, 이러한 것들은 가까운 원인이다. 한 걸음 더 나아가서 설명하자면, 땔나무가 타는 것은 땔나무에 포함되어 있는 석탄 성분과 공기 중의 산소가 화합하여 열기를 발생하는 것이며, 사람이 호흡하는 것은 공기 중의 산소가 폐로 유입되어 혈액의 탄소 성분과 화합하여 내쉬고 들이쉬는 것이니, 이러한 것들은 먼 원인이다. 진실로 그 까닭을 알게 되면 물이 끓는 것을 멈추고자 하려면 숨길을 잠시 중지시키고, 끓어오르게 하고자 하려면 공기의 흐름을 순조롭게 해야한다. 모든 것은 똑같은 방법으로 다스릴 수 있는 것이니 그 하나를 꿰뚫게 되면 만사를 온전히 할 수 있다고 하는 것이 바로 그것이다.

역易의 사동四動을 '길吉·흉凶·회悔·린吝'이라고 하는데, 회悔는 길吉의 근본이다. 대개 사람은 땅에 태어난 이후로부터 이목耳目으로 익힌 바가 있어서 이미 능히 그 선을 다하지 못하며, 성장함에 이르러서는 여러 사람들이 복잡하게 얽혀있는 사회에서 나쁜 습속을 깊이 받은 자는 비록 선한 뿌리가 있다고 하더라도 이를 넓힐 수가 없다. 이에 덕으로 나아가고자 생각하는 자는 구습과 싸워 이기지 못하는 것을 첫 번째 공부工夫로 여겼다. 후회는 싸워 이기는 원동력이 된다. 옛날 자장子張은 오吳 나라의 거간꾼이었고 안탁취顔涿聚는 노魯 나라의 큰 도적이었으나 후회하고 공자에게 배워 마침내 위대한 유학자가 되었고, 대가엽大迦葉과 부루나富樓那는 모두 수준 낮은 외도外道였으나 후회하고 석존釋尊을 따라 마침내 훌륭한 제자가 되었으며, 사도 바울은 처음 가장 예수를 곤란하게 했던 자였지만 마침내 마음을 돌려 귀의하여 교의敎義를 널리 퍼지게 하였으니 후회의 힘이 진실로 크지 아니한가? 후회는 내외內外 두 가지 경로로 이루어지는데, 안으로부터 발하는 것은 일반 사람들을 초과하는 지혜가 없으면 능히 할 수가 없는 것이다. 그 다음으로 혹은 독서를 통해서 생기기도 하고, 혹은 일을 하다가 깨닫기도 하며, 혹은 고인의 설법을 듣고 움직이기도 하고, 혹은 좋은 친구의 모범적인 충고로 얻기도 한다. 중요한 것은 한번 후회하고 난 뒤에 다시 후회하지 않는 것이야말로 진정한 후회라고 하는 것이다.

국가라고 하는 것은 백성들이 모여서 이루어지는 것이므로 백성이 강성하면 국가도 강성해지고, 백성이 약하게 되면 국가도 약하게 되는 것이다. 국가에 백성이 있는 것은 마치 사람의 몸에 사지四肢·오장五臟·근맥筋脈·혈륜血輪 등이 있는 것과 같다. 만약 없다면, 사지는 야위게 되고, 오장은 제 기능을 상실하며, 근맥은 기능이 단절되고, 혈륜이 마르게 되니 몸을 오히려 능히 보존할 수 있겠는가? 이와 마찬가지로 민족이 없다면, 우루愚陋·겁약怯弱·환산渙散·혼탁混濁하게 되니 국가를 오히려 능히 세울 수가 있겠는가? 때문에 그 몸을 완고完固하고 강왕康旺하게 하고자 한다면, 위생衛生의 방법을 생각하지 않을 수 없는 것이며, 그 국가의 안복安福과 존영尊榮을 원한다면, 신민新民의 도에 전력하지 않을 수가 없는 것이다. 정부가 백성과 더불어 함께하는 것은 마치 한서寒暑가 공기와 더불어 나타나는 것과 같다. 방안의 기후는 온도계 바늘 안의 수은과 더불어 그 온도가 서로 균일하며, 조금도 거짓됨을 용납하지 않는다. 국민의 정도가 낮으면, 비록 어진 정부를 얻어 일시적으로 다스려진다 하더라도 그 사람이 죽으면 그 정부도 없어져버린다. 예를 들어 엄동설한에도 온도계를 끓는 물에 두면 그 온도가 빨리 올라가고, 물이 차가워지면 온도가 전과 같이 떨어지는 것도 이와 같은 까닭이다. 국민의 수준이 높으면, 우연히 악한 정부를 만나서 일시적으로 혼탁하고 어지럽게 되더라도 그 국민의 힘으로 능히 보완할 수 있으며, 정돈할 수도 있다. 예를 들어 무더운 여름이라도 온도계를 얼음 위에 두면 그 온도가 갑자기 떨어지고, 순식간에 얼음이 녹아내리면 전과 같이 올라가는 것도 이와 같은 까닭이다.

□ 기의記疑

▫ 좌씨가 기록한 여러 나라의 주역 점에 대한 풀이의 의문점 觀左氏所載諸國筮易之繇外各疑

좌씨가 기록한 여러 나라의 주역 점에 대한 풀이를 보면, 당시 여러 나라들이 각기 역易을 가지고 있었으며, 그 역은 각기 풀이를 다르게 하고 있었음을 알 수 있다. 서로 같은 것은 오직 64괘의 이름뿐이었다. 지금의 역은 특히 주周 나라 때에 사용되었던 것으로 문왕文王과 주공周公이 특별히 주역의 해설을 붙인 것이다. 때문에 주역의 풀이에 "우리 서교西郊로부터 한다."는 말이 있으며, 또 "기산岐山에 제향을 하듯이 하면 …" 이라는 말이 있으니 이는 다른 나라에서 같이 사용할 수 있는 것이 아니다. 다른 나라의 역도 각기 해설을 붙인 것이 있다. 때문에 진晉 나라의 역을 제齊 나라에서 사용할 수 없으며, 제나라의 역을 노魯 나라에 사용할 수 없는 것이다. 예를 들면, 강姜을 정벌하는 것이 이롭다고 말한 것은 제나라의 역이 아님이 분명하고, 영嬴을 위하여 희姬를 패배시켰다고 말한 것은 초나라와 송나라의 역이 아님이 분명하며, 그 이듬해에 고량高粱의 언덕에서 죽었다고 말한 것은 오직 진晉 나라의 역임이 또한 분명하다. 이러한 종류는 일일이 다 헤아릴 수 없다. 때문에 국가마다 각자의 역이 있는 것은 마치 국가마다 각자의 춘추春秋가 있는 것과 마찬가지이다. 한韓의 선자宣子는 노나라에 사신으로 갔을 때 역상易象과 춘추를 보고 주공의 덕에 감탄하게 되는데, 이것은 선자가 처음 주나라의 역을 본 것이었다. 만약 복서卜筮의 역을 사소史蘇와 사묵史墨 등이 모두 정밀하게 정리해 놓았다면 선자가 어찌 한 번도 보지 못하고 노나라에 와서야 비로소 보았겠는가? 이미 주나라의 역이 천하에 통용되는 역이 아님을 알 수가 있다. 그러나 오늘날의 사람들은 모두 이를 근거로 하여 의문을 해결하고자 하니 이것은 서역筮易이 신령스럽지 않은 까닭이다. 지금의 천문과 상위象緯 역시 춘추시기에 정해진 것이기 때문에 12개 국가의 이름은 있지만 지금 그 나라는 이미 멸망하고 그 이름만 여전히 변하지 않고 존재한다. 주周 나라와 정鄭 나라의 성수星宿의 변고가 있는 것은 주나라와 정나라의 임금에게 해당하는 것인데 지금은 주나라와 정나라의 임금은 없으니 나는 그 재앙과 상서로움이 어디에 속하는지 알지 못하겠다. 때문에 시세가 변하면 성력星歷이 배속되는 것도 또한 따라서 바뀌어야 하는 것이다. 옛날의 성경星經

으로 오늘날의 분야分野를 정한다면 이는 마치 영광靈光의 규제規制를 가지고 미앙未央의 감천甘泉을 찾는 격이니 어찌 그릇되지 않겠는가? 때문에 역易을 잘 관찰하는 자는 괘卦를 관찰하고 사辭를 관찰하지 않으며, 천문天文을 잘 관찰하는 자는 상象을 점치고 이름을 점치지 않아야 한다.

청조淸朝의 『사고전서四庫全書』에 수록된 『상서尙書』는 모두 58권이며, 그 가운데 25권은 동진東晉 사람의 위작僞作이고, 공안국孔安國의 원본이 아니다. 이것은 이미 청나라 유학자인 염약거閻若璩와 혜동惠棟 등의 고증에 의하여 판명된 지가 오래였다. 이제 진본眞本 28편의 편목을 여기에 열거하니 이 목록 이외의 여러 편들에 대해서는 진본이라고 오해하는 일은 절대로 용납할 수가 없다. 제1편은 요전堯典으로 금본 순전舜典은 원본 요전의 하반부를 나누어서 이루어진 것이고, 제2편은 고도모皐陶謨로 금본 익직益稷은 원본 고요모皐陶謨의 하반부를 나누어서 이루어진 것이며, 제3편 우공禹貢·제4편 감서甘誓·제5편 탕서湯誓·제6편 반경盤庚·제7편 고종융일高宗肜日·제8편 서백감려西伯戡黎·제9편 미자微子·제10편 목서牧誓·제11편 홍범洪範·제12편 금등金縢·제13편 대고大誥·제14편 강고康誥·제15편 주고酒誥·제16편 재재梓材·제17편 소고召誥·제18편 낙고洛誥·제19편 다사多士·제20편 무일無逸·제21편 군석君奭·제22편 다방多方·제23편 입정立政·제24편 고명顧命이며, 금본 강왕지고康王之誥는 원본 고명의 하반부를 나누어서 이루어진 것이다. 그리고 제25편 비서費誓·제26편 궁형宮刑·제27편 문후지명文厚之命·제28편 진서秦誓이다. 금본 상서尙書 윤정편胤征篇에 하夏 나라 중강仲康 때에 일식日食이 있었다고 기록하고 있는데, 최근 수십 년 이래로 유럽 학계에서 하나의 문제가 되어 이설이 지극히 분분하였다. 그래서 한학 전문가와 천문학 전문가의 합작으로 전문서적을 저술하여 토론하였으나 윤정편이 동진東晉에서 늦게 나온 위작인지는 전연 알지 못하였다. 고문古文은 이미 청나라의 유학자인 염약거閻若璩와 혜동惠棟 등의 고증에 의하여 판명된 지가 오래되었다. 중강이라는 사람이 존재했었는지 아닌지에 대해서도 알 수가 없는데, 어느 여가에 그 때의 사적을 논하겠는가? 유럽 사람들은 이 사건을 건드리는 것이 정력을 낭비하는 일이라는 것을 알지 못하였다. 지금까지도 장황하게 논란을 하는데 내가 보기에는 가소롭고도 탄식할 만한 일이다.

『죽서기년竹書紀年』에는 계啓가 백익伯益을 죽인 일, 태갑太甲이 이윤伊尹을 죽인 일, 문정文丁이 계력季歷을 죽인 일 등을 기록하고 있는데, 이 일은 『맹자孟子』나 『사기史記』 등에서 전하는 것과 서로 상반되고 있어서 지금 사람들이 갑자기 보면 깨닫지 못하는 사이에 크게 혼란스럽게 된다. 그러나『죽서기년』은 서진西晉 태강太康 2년에 급군汲郡 사람 불준不準이 위魏 나라 안리왕安釐王의 무덤을 도굴하다가 발견하여 얻은 것으로 이른바 '급총서汲冢書'라고 하는 것이 바로 이것이다. 맹자가 비록 안리왕 때의 사관과 같은 시대 사람이기는 하지만 이미 직접 사관의 직책을 맡아보지 않았기 때문에 그 들은 바가 아마도 사관과 같은 정도의 확실함에 미치지 못했을 것이며, 사마천司馬遷 또한 진秦 나라가 불태워버린 제후諸侯들의『사기』를 미쳐보지를 못하였고 그 기술한 바는『맹자』의 설을 답습한 것일 뿐이었으니 어찌 가히 이것으로『죽서기년』을 비난할 수 있겠는가? 혹『죽서기년』이 위작일 것이라고 의심하는 바가 있기는 하지만 전혀 알 수가 없다. 무릇 거짓으로 짓는 사람은 반드시 그 시대의 심리에 부합되도록 하는데, 앞의 세 사람은 한漢 나라와 위나라 유학자들에 의해 고취된 이래로 일찍이 신성하여 가히 침범할 수 없는 사람이 되었으니 어찌 진晉 나라 때의 사람이 이러한 이설異說을 세워서 사람들로부터 주목을 받아 스스로 광망狂妄하게 되고자 했겠는가? 더욱이 상식적으로 논해보더라도 세 사람이 비록 일찍이 지위를 핍박하거나 찬탈을 도모하고자 하는 뜻이 없었다고 하더라도 계·태갑·문정 등은 스스로를 지키고 스스로의 안정을 도모하기 위하여 죽였을 것이니 또한 의외의 일이라고 할 수 없을 것이다. 그렇기 때문에『죽서기년』에 기록된 것은 비교적 고대사회의 상황에 부합된 것이니, 아마도 유가에서 전하는 설과 다르다고 하여 마침내 위서라고 인식할 수는 없는 것이다.

주周 나라 무왕武王이 붕어崩御하고 그 자리를 이어받은 이는 성왕成王이었으나 성왕이 나이 어린 관계로 주공周公이 섭정攝政을 하게 되었는데, 이것은 수천 년에 걸쳐 이미 부정할 수 없는 정론正論이 되었으니, 감히 그렇지 않다고 말하는 자가 없었다. 그러나 옛 역사에서는 무왕이 93세에 돌아가셨으며, 70세에 성왕을 나았다고 했으니 계산해보면 무왕이 돌아가신 해에 성왕은 이미 23세로 가히 어리다고 할 수는 없을 것이다. 그리고 7, 80세에 아들을 얻는다는 것이 생리적으로 반드시 불가능한 일은 아니지만 실제로는 드문 일이었을 것이다. 하물며『좌전左傳』에 의하면, 성왕은 한邢·진晉·응應·한韓 등 4명의 동생이 있었다는 것을 알 수가 있다. 성왕 본인은 이미 적장자였고 아래에 여러 동생들도 있는 상황에서 93세나 되는 늙은 아버지의 대를 이어받은 것이니 진실로 어렸다고 한다면 어찌 사리에 부합되겠는가? 또한 지극히 이해할 수 없는 것은『서경書經』의 강고편康誥篇은 강숙康叔이 위衛에 봉해진 때의 책명策命

으로 그 첫머리에 왕이 말하기를, "맹후孟侯인 짐朕의 동생 소자小子를 봉封아!"라고 했는데, 여기에서 말하는 왕은 누구인가? 바로 무왕인가? 위나라가 세워진 것은 확실히 무왕이 재위하던 시기가 아니니 그러면 그 왕은 성왕을 가리킨 것인가? 강숙은 성왕의 숙부가 되는데 어찌 동생이라고 칭하면서 소자小子라고 부를 수가 있었겠는가? 그렇다면 무왕을 이어받아 즉위한 이는 과연 성왕이었으며, 주공은 과연 섭정을 한 것인가? 아니면 섭정 이상이었던가? 의심하지 않을 수가 없다. 이에 감히 하나의 가설을 세워 말해보면, 무왕의 뒤를 이어 즉위한 것은 주공이지, 성왕이 아니라는 것이다. 그 당시에 행해졌던 것은 형이 죽으면 동생이 뒤를 이어받는 제도였으며, 아들이 뒤를 이어 즉위하는 적자계승의 제도가 아니었다. 그 예로 은殷나라의 여러 왕을 들 수가 있는데, 형제가 서로 뒤를 이어받은 것이 반을 넘었다. 주나라 초기에는 은나라의 제도를 답습했다고 보는 것은 사리에 합당하다고 하겠다. 하물며, 『사기』노魯 나라의 「세가世家」에서는 이를 본받아 형이 죽으면 동생이 뒤를 이어받은 것이 역시 적지 않았다. 그러니 주공이 혹시 무왕을 이어 즉위하고 난 뒤에 이를 다시 아들에게 돌려주며 밝은 임금에게 되돌려준다고 한 것은 특별히 만든 새로운 제도였는지도 알 수 없는 것이다.

백이伯夷와 숙제叔齊는 형제가 서로 임금 자리를 양보하여 백이는 부친의 명을 중하게 여기고, 숙제는 적장자를 중하게 여겼으니 부친의 명을 중하게 여기는 것은 인仁이며, 적장자를 중하게 여기는 것은 의義이다. 두 아들이 양보한 것은 각자 나름의 근거가 있었으나 필경은 두 사람 모두 지나치게 집착하여 종묘와 사직을 맡길 데가 없게 되자 백성들이 부득이 그 둘째를 세우게 되었다. 그 둘째의 이름은 분명하지 않으니 그 사람됨이 백이와 숙제에 미치지 못했다는 것을 알 수 있으며, 즉위한 뒤에는 역사에 전하는 바가 없으니 그 국가도 따라서 쇠망했음을 또한 알 수가 있다. 양보는 진실로 미덕이다. 그러나 양보하여 부친의 뜻을 이루지 못하고, 양보하여 적장자를 세우지 못하였으니 이는 인이나 의에 있어서 성취한 것이 없고 종묘와 사직만 쇠망하게 한 것이니, 가히 애석하지 않겠는가? 만일 백이가 재삼 양보하더라도 숙제가 뜻을 끝까지 더욱 견고하게 하여 백이를 힘써 즉위시키고 숙제가 도와서 함께 국가를 다스렸더라면, 숙제도 반드시 기뻐하며 따랐을 것이며, 이에 종묘와 사직은 영원히 안정되었을 것이니 인과 의를 어찌 모두 온전하게 하지 않았겠는가? 그 뒤에 주나라 무왕이 은나라를 정벌하려고 하니 백이와 숙제가 말머리에 매달려서 간언을 하였는데 간언을 하는 것은 진실로 옳을 것이나 간언을 하여도 듣지 않을 때는 은거하여 주나라에 벼슬하지 않으면 되는 것이지 어찌 반드시 고사리를 뜯어 먹으며 굶어 죽는 지경에 까지 이르러야 하겠는가? 고죽孤竹은 비록 작으나 조상의 나라이며, 은나라가 비록 크나 천왕天王의 나라이다. 조상의 나라를 위하여 양보하고 그 쇠망은 돌아보지 않으며, 천왕의 나라를 위하여 간언을 하고 그 목숨을 구휼하지 않았으니 어찌 한 쪽다리는 길고, 한 쪽다리는 짧은 것이 아니겠는가? 맹자 는 "백이는 협애하다."라고 하였으며, 장자는 "백이는 명분으로 인해 죽었다."라고 하였으니 엄정하고 공평하게 말한 것이라고 하겠다.

문자를 보는 사람은 생소한 전고라도 알지 못해서는 안 된다. 명대의 유학자인 하례곡夏禮谷은 일찍이 초楚 나라에서 시험을 치르게 되었는데, 그 과제科題가 바로 상象이 순舜을 죽이려 고 한 일이었다. 한 유생이 쓴 문장의 내용은 "상이 물로써 죽이려고 했을 뿐만이 아니고 불로써 죽이려고 했으며, 불로써 죽이려고 했을 뿐만이 아니고 다시 술로써 죽이려고 하였다." 라고 하는 것이었다. 막료 가운데 문장을 검열하는 사람이 크게 웃으며 열등으로 분류하려고 하자 하례곡이 불가하다고 하면서 "아마도 출처가 있는 것 같다."라고 하여 대우對偶를 어떻게 만들었는지 살펴보니 그 대우는 "순은 모친에게 호감을 얻지 못했고, 부친에게서도 호감을 얻지 못했으며, 또한 동생에게도 호감을 얻지 못했지만, 다행히 여동생에게서는 호감을 얻었다."라는 것이었다. 드디어 일등에 배치하고 불러서 물으려고 하니 그 사람은 이미 멀리 떠난 뒤였다. 마숙馬驌의 『사기史記』에 대한 풀이에 의하면, 상이 순에게 약주를 마시게 한 일이 유향劉向의 「열녀전烈女傳」에 보이고, 또한 「제왕세기帝王世紀」에도, 순의 여동생인 과수敤首는 순과 서로 사이가 좋았다는 내용이 있으며, 조군언祖君彦이 수隋 나라 양제煬帝에게 보낸 격문에, "난릉공주蘭陵公主가 간음을 당하여 생을 마쳤으니 과수의 어진 것이 도리어 제양공齊襄公의 행위를 부끄럽게 하였다."라는 기록이 있으니 육조六朝 사람들은 이미 이러한 숨은 전고들을 사용하고 있었던 것이다.

옛날 역사에는 복희伏羲와 여와女媧는 모두 뱀의 몸에 사람의 머리를 하고 있고, 신농神農은 사람의 몸에 소의 머리를 하고 있으며, 치우蚩尤는 동철銅鐵로 된 이마를 하고 있다고 하는데, 물리적인 법칙으로 세상에 어찌 이와 같은 생물의 종류가 있겠는가? 나는 복희·여와·신농·치우 등은 모두 신화 속의 인물이며, 역사 속의 인물이 아니라고 생각한다. 무릇 미개한 시대의 사람들은 환상의 경지와 실제의 경지에 대한 분별이 항상 명료하지 않았다. 때문에 어떤 민족이던지 가장 처음의 옛날 역사 속의 인물들은 모두 반신반인半神半人의 성질을 간직하고 있다. 복희·여와·신농·치우 등은 모두 고대 황족黃族들이 제사지내던 신으로 뱀의 몸에 사람의 머리·사람의 몸에 소의 머리·동철銅鐵로 된 이마 등은 환상 중에 신상神像으로, 환상과 실재가 구분되지 않은 까닭으로 구전되어 오다가 마침내는 고대에 이와 같이 다른 형상을 하고 있는 사람이 있었을 것이라고 생각하여 이를 진실이라고 여긴 것이지 오로지 진실을 거짓이라고 여긴 것이 아니었으며, 어떤 사람이 고의로 위작한 것도 아니었다.

직稷과 설契은 옛 역사에서 모두, 제곡帝嚳의 아들이요 요堯의 동생으로 다 같이 우순虞舜의 신하였다. 그러나 역사에 전하기를 요는 재위在位 한지 70년에 순을 등용하여 재상으로 삼았고 순이 요를 도운 것이 28년이라고 하였다. 이렇게 보면 요가 즉위한 것은 반드시 곡嚳이 붕어한 이후였을 것이니 직과 설이 모두 곡의 유복자라 하더라도 순이 즉위할 때에는 모두 백여 세였을 것인데 어찌 다시 일을 맡을 수 있었겠는가? 또한 요에게 이 두 동생이 있었는데도 그 어짊을 알지 못했다면 어찌 성인이라고 할 수가 있겠는가? 『시경詩經』에 의거하면, 은나라 사람들은 설을 칭송하여 “하늘이 현조玄鳥에게 명하여 강림해서 상商을 낳았다.”고 하였으며, 주나라 사람들은 직을 칭송하여 “그 처음에 백성을 낳은 것은 오직 강원姜嫄이었다.”라고 하였다. 두 시는 모두 조상의 덕을 과장한 것으로 만약에 직과 설이 확실히 황제 곡의 아들이었다면 이 시를 지은 사람들이 어찌 인용하며 중시하지 않았겠는가? 한나라의 유학자들 사이에서도 성인聖人은 아버지가 없이 하늘의 감응을 받아서 태어났다고 하는 설이 있었다. 그렇다면, 직과 설은 과연 아버지가 없이 하늘의 감응을 받은 것인가? 나는 직과 설은 아버지가 있었던지 없었던지 간에 이들은 모두 모계사회의 인물들이며 부계사회의 인물들이 아니라고 생각한다. 구미歐美의 사회학자들은 “사회진화의 계급은 반드시 먼저 모계사회가 있은 연후에 부계사회로 나아간다.”라고 한다. 때문에 고대에는 한 부락의 남자가 다른 부락 여자들의 공유가 되고, 한 부락의 여자가 다른 부락 남자들의 공유가 되기도 하는데, 이 시대의 사람들은 진실로 마땅히 어머니가 있다는 것은 알지만 아버지가 있다는 것은 알지 못하였다. 이것은 알고 싶지 않은 것이 아니라 실제로 알 수가 없었던 것이다. 때문에 설은 단지 간적簡狄의 아들이라는 것을 알 따름이었으며, 직은 단지 강원의 아들이라는 것을 알 따름이었던 것이다. 아버지가 누구인가 하는 것은 터무니없는 허황한 것들이었다. 이에 새알을 삼키고 낳았다거나 거인의 발자국을 밟고 낳았다고 하는 등 여러 가지 신화가 후세에 전해지게 되었으며, 부계사회에 이르러서는 그 자손들이 자신들의 조상이 아버지가 없다고 하는 것을 수치로 여겼기 때문에 부득이 옛 황제의 이름을 빌려 스스로를 중시했으니, 제곡의 아들이라는 설은 바로 이러한 배경에서 기인한 것이다. 그리고 구해도 구할 수가 없으면 다시 구하지 않고 하늘이 감응하였다는 것에 의탁하여 스스로를 중시하였다. 고대에 아버지가 없이 하늘이 감응하였다고 하는 것은 반드시 성인들만 그러했던 것이 아니라 대개 모든 사람들이 그러하지 않음이 없었는지는 전혀 알 수가 없다.

□ 유사遺事

▫ 선부군 유사   先府君 遺事

부군府君276)은 성姓은 이씨李氏이고 휘諱는 상희象羲인데 만주에 건너가서 상룡相龍으로 고치었고 자字는 만초萬初이며 호號는 석주石洲이다. 일찍이 길림吉林에 하나의 사회농장社會農庄을 설치하였는데 또한 임장林庄으로 부르기도 하였다.

선조先祖는 철성鐵城에서 나왔는데 고려 때 철령군鐵嶺君 휘諱 황璜이 시조이다. 6세世에 이르러 휘諱 진瑨이 계셨는데 승문원학사承文院學士로 원元 나라의 위협적인 제재를 부끄럽게 여겨 은거隱居하여 벼슬하지 않고 스스로 문산도인文山道人이라 호號하였다. 또 2세世 뒤에 휘諱 암嵒이 계셨는데 문하시중門下侍中을 지내고 호號는 행촌杏村이며 시호諡號는 문정文貞이다. 손자 휘諱 원原에 이르러 본조本朝(조선조)에 좌의정을 지내고 시호諡號는 양헌襄憲이며 호號는 용헌容軒인데 문장文章과 덕업德業이 국사에 실려 있다.

양헌공이 휘諱 증增을 낳았는데 현감縣監을 지냈고 증이조참판贈吏曹叅判이다. 영산현감靈山縣監의 관직을 버리고 처음으로 안동에 거주하였다. 현감공이 휘諱 명洺을 낳았는데 증이조참의贈吏曹參議이다. 의흥현감義興縣監의 관직을 버리고 돌아와서 임청각臨淸閣을 지었다.

의흥공이 휘諱 굉肱을 낳았는데 예빈시별제禮賓寺別提로 또한 사직하고 돌아와서 반구정伴鷗亭을 지었다.

당시 사람들이 "3세가 사직하고 고향에 돌아오니 한 집안의 명예와 절조이다[三世歸來 一家名節]."라고 일컬었다.

6대代를 지나 휘諱 후영後榮이 계셨는데 문과文科에 급제하여 병조정랑兵曹正郎을 지내고 맑은 덕과 아담한 명망으로 한 세상에 존중을 받았다. 휘諱 종악宗岳에 이르러 호號는 허주虛舟인데 문학과 경륜이 재상의 그릇으로 추앙推仰되었으나 영조英祖 임오년壬午年(영조 38, 1762)277) 이후 문을 닫아 걸고 세상의 일을 사절謝絶하고 거문고와 책으로 세상을 마쳤으니 증사복정贈司僕正

---

276) 부군府君 : 세상을 떠난 할아버지 및 아버지에 대한 존칭. 여기서는 작고한 아버지란 뜻임.
277) 영조 임오년 : 사도세자思悼世子가 영조의 미움을 사서 억울하게 뒤주에 갇혀 굶어 죽은 해이다. 곧 사도세자의 죽음을 말한다.

이다. 증조曾祖의 휘諱는 찬瓚인데 동지중추부사同知中樞府事이며 호號는 범계帆溪이다. 할아버지의 휘諱는 종태鍾泰인데 생원生員이며 호號는 망호忘湖이다.

아버지의 휘諱는 승목承穆이고 호號는 추암秋巖이며 문학과 덕행이 있었으나 일찍 세상을 떠났다. 어머니는 유인孺人 안동권씨安東權氏로 처사處士 휘諱 진하鎭夏의 딸이며 충정공충재忠定公冲齋(권벌權橃)의 후손이다. 부군府君은 단군기원檀君紀元 4191년 조선 철종哲宗 무오년戊午年(철종 9, 1858) 11월 24일 자시子時에 임청각에서 태어났다.

부군府君은 출생한 뒤에 이마가 풍만하고 둥글며 음성이 크고 우렁찼다. 증조부 범계부군帆溪府君이 기뻐하며 말하기를, "이 아이의 골상骨相이 범상한 사람과 다르니 후일 반드시 우리 문호門戶를 빛내고 성대하게 할 것이다." 하였다. 겨우 이를 가는 7~8세 때에 놀고 장난질함이 이미 대범하고 형식에 얽매이지 않으며 계책을 내고 생각을 하는 것이 이따금 어른들을 놀라게 하였다. 망호부군忘湖府君은 그 호준豪俊한 기개가 너무 지나침을 염려하여 곧 엄정嚴正으로 바로잡으며 또한 순하게 노력하여 법도대로 따랐다.

취학就學하게 되어서는 통민通敏하여 잘 이해하였다. 우리나라의 풍속은 어린 아이들을 가르칠 적에 반드시 중국 역사서를 가르치는데 넓고 많아서 두루 통하기가 쉽지 않았다.

부군府君은 관례에 따라 학과學課를 받고 그다지 깊이 전념하지 않았으나 연대의 차례와 열국列國의 치란治亂을 다 알았다. 7~8세 때에 능히 시를 지었다. 한번은 여름 밤에 우박이 내려 뜰의 오동나무를 때려 소리가 났다. 척암拓菴(김도화金道和) 김공金公이 마침 왔다가 명하여 시를 읊게 하였다. 부군府君은 곧 그 소리에 응하여, "밤의 우박은 오동나무 소리 듣고 알겠네[夜雹聽梧知]."하니, 척암공拓菴公이 크게 칭찬하여 말하였다. "말의 기상이 매우 좋으니 장래에 그 소문 명망이 있겠구나." 하였다. 14~15세에 사서四書와 모든 경서經書를 두루 통하고 문과科文 공부를 하여 점차 진취함이 있었다.

임신년壬申年(고종 9, 1872)에 관례冠禮를 하여 내앞[川上]에 장가를 들었는데 장인 김공金公이 크게 중히 여겨 여러 자제들에게 말하기를, "이 신랑은 몸은 작으나 국량局量은 크니 너희들은 소홀히 대접하지 말라." 하였다. 한번은 처가의 여러 벗과 술마시기 내기를 하다가 취하여 실수가 있었는데, 이 뒤로부터는 평생토록 술잔을 들지 않았다.

계유년癸酉年(고종 10, 1873)에 선대 부군府君(승목承穆)의 상을 당하였다. 약관弱冠에 아버지의 상을 당하여 슬퍼함이 예법禮法보다 과도하였으며, 위로 층위層闈(석주의 증조·조부모를 말함)를 위로하고 한편으로 어린 아우를 돌보았는데 모두 그 적의함을 얻었다.

집에 장서藏書가 수천 권이 있었는데, 날마다 눈을 크게 뜨고 폭 넓게 읽었다. 이를테면 천문天文·지지地誌·선기璿璣·옥형玉衡·역기曆紀·율여律呂·산수算數 같은 것을 연구·탐색하지 않는 것이 없었다. 특히 정법政法·실용의 학문에 깊이 탐구하여 은연隱然히 온 세상을 담당할 뜻이 계셨다.

병자년丙子年(고종 13, 1876)에 망호부군忘湖府君의 명을 받들어 서산西山(김흥락金興洛) 김선생金先生의 문하에 가르침을 청하여 『대학大學』을 배우고 이어서 동문同門의 여러 친우들과 풍뢰헌風雷軒에 묵으면서 의심스럽고 어려운 것을 강론하고 질문하였는데 서산선생의 장허奬許를 자주 받았다. 집에 돌아오게 되자 서산선생은 글로 권면하기를, "옛사람이 말하기를, '선비는 마음이 넓고 뜻이 굳세지 아니할 수 없으니, 소임은 중하고 길은 멀기 때문이다.' 하였으니, 그대 같은 사람은 넓음[弘]은 더 힘쓸 것이 없으나 다시 '굳세다.'는 '의毅' 자字에 나아가 공부하도록 하라." 하였다. 이로부터 더욱 수양을 가하여 한결같이 장중莊重하고 원대함을 절도節度로 삼았다.

신사년辛巳年(고종 18, 1881)에 이재頤齋(권연하權璉夏) 권공權公을 석문정石門亭에서 뵙고 『중용中庸』을 강론하였는데, 권공權公은 정심精深한 부군의 견해에 깊이 탄복하였다.

갑신년甲申年(고종 21, 1884)에 조정에서 의제衣制를 개폐改廢하는 명령이 있었다. 부군府君은 동지들과 대궐에 가서 호소하는 의논을 주창하고, 소疏의 초고 한편을 지었는데, 회중會中의 거장巨匠들이 모두 깜짝 놀라 눈을 휘둥그렇게 뜨고 바라보며 '따라갈 수 없다.'고 하였다.

을유년乙酉年(고종 22, 1885)에 중제仲第 용희龍羲(상동相東)가 등창을 앓아 위독하였는데, 부군府君이 밤낮으로 구호하였다. 종기가 터지게 되자 의원이, "빨아내는 것이 가장 신묘하다."하므로 곧 작은 대나무통[竹筒]으로 종기구멍에 대어 수개월 동안 빨아내었는데, 그 종기가 나은 뒤에야 그만두었다.

병술년丙戌年(1886) 봄에 경시京試에 응시하여 입격하지 못하고 그 길로 송경松京에 가서 유람하다가 1년이 지나서야 돌아왔다.

그리하여 층정層庭(조부모를 말함)의 엄한 꾸중을 듣고 서산선생도 편지를 보내어 경계하였다. 부군府君은 척연惕然히 뉘우쳐 깨닫고 드디어 가정家庭에 여쭙고 과거공부를 그만두고 독서에만 전력하였는데, 마음에 맞는 글을 만나면 밤중이라도 반드시 촛불을 밝혀 바로 급히 써두었다. 이에 온축蘊蓄한 바가 더욱 풍부하여 깊이를 쉽게 헤아릴 수 없음이 있었다.

경인년庚寅年(고종 27, 1890)에 살고 있는 선각先閣(임청각)에서 향음주례鄕飮酒禮를 행하고 여러 서적을 두루 고증하여 의식儀式을 만들어 사문師門(서산 김흥락)에 나아가 질정質正하였는데, 서산선생은 잘 되었다고 칭찬해 마지않았다. 뒤에 향교에서 예禮를 행할 때에는 반드시 초청하여 자문하였다. 신묘년辛卯年(1891)에 서산선생을 모시고 여강서원廬江書院에서 옥산강의玉山講義[278)를 강론講論하였다.

갑오년甲午年(1894)에 망호부군忘湖府君(석주의 조부)이 세상을 떠나자, 부군府君은 키워 주신 은혜를 애통히 생각하여 때없이 곡하고 뛰며 슬퍼하였다. 승중손承重孫의 아내 복제服制는 오랫동안 예가禮家의 의안疑案이 되었다. 문중 의논은 대다수가 '본복本服 밖에 천담복淺淡服을 착용하고 복제服制를 마치자.'고 주장하였다. 부군府君은 말하기를, "승중손의 아내도 승중손과 슬픔과 즐거움을 같이 하는 처지에 홀로 달리 할 수 없다."하고, 드디어 사문師門에 나아가 여쭙게 하여, 마침내 남편을 따라 삼년복을 입었다. 뒤에 선유先儒의 학설學說을 채집하여 변증辨證해서 의혹을 해명하였다.

이 해(1894)에 동학東學이 매우 치성熾盛하고 이어서 청일전쟁淸日戰爭이 있었다. 부군府君은 난리가 바야흐로 시작됨을 미리 예측하고, 살고 있는 곳이 부府와 가까워서 번거롭고 소요스럽다 하여, 궤연几筵을 모시고 도곡陶谷의 선재先齋로 옮겨 우거寓居하여 날마다 농사를 짓고 어린 아이들을 가르치는 것을 일과로 삼았다. 여가에는 병학兵學을 연구하였는데, 이를테면, 우리나라 사람 변진영邊震英이 창안한 연노連弩[279) 등의 법을 공인工人을 초치해 만들어내어 탄환의 발사를 실험하였다.

을미년乙未年(고종 32, 1895)에 왕후 민씨閔氏가 살해당하고 나라의 일이 날로 위망危亡에 이르렀다. 부군府君은 비분함을 견디지 못하여 밤에 잠을 이루지 못하였으며, 지구知舊에게 보낸 편지에, "초야草野의 사람들도 국난國難에 사명을 다하는 의리가 있다."는 것으로 말하였다.

이 해 겨울에 안동의 인사들이 의병義兵을 일으켜 성대星臺(권세연權世淵) 권공權公을 추대하여 대장으로 삼았는데, 권공權公은 부군府君에게 외숙부가 된다. 부군府君은 "공사公私의 의리가 중대한데 상제의 몸이라 하여 외면할 수 없다."하고 마침내 선려先廬(임청각)로 돌아와 살면서 기회에 따라 비밀히 도왔다. 권공權公이 병신년丙申年(1896)에 재차 의거한 뒤로부터, 대장직을 사양하여 갈릴 때까지 실패함이 없게 된 것은 대다수가 부군府君의 계획에서 나왔다.

---

278) 옥산강의玉山講義 : 주자가 1238년에 옥산현玉山縣에 가서 옥산현의 수령 사마방司馬边의 청으로 현의 제생諸生에게 도의 요체要諦를 밝혀 강설講說한 것인데, 사마방이 이 강의를 새겨 세상에 전하였다. 이 「옥산강의」는 유학하는 선비들의 필독서였다. 『주자대전朱子大全』 권74에 나온다.

279) 연노連弩 : 한번에 많은 화살을 쏘는 석궁.

이때 각 군의 의병이 벌떼처럼 일어났는데, 모두 인원을 파견하여 자문하였고 더러는 망지
望紙를 보내와서 의거에 참여하기를 권유하기도 하였으나, 부군府君은 모두 예법에 의거하여
엄중히 사양하였다. 그러나 의견이 미치는 바가 있으면 마음을 다해 도와주지 않은 적이 없
었다.

무술년戊戌年(광무 2, 1898)에 한 지방의 사우士友들과 매월 초하루에 향약鄕約을 읽는 규약을 설
행設行하였다. 이때 외세는 날로 급박해지고 민심은 동요되어 거의 지탱할 수 없었다. 부군府
君은 말하기를, "풍속을 돈독히 하고 착하게 하는 데에는 여씨향약呂氏鄕約280)보다 더 좋은 것
이 없으나, 고금古今의 마땅함이 다르니 참작하지 않을 수 없다."하고, 이에 퇴도退陶(이황李滉)·
한강寒岡(정구鄭逑)·창설蒼雪(권두경權斗經)이 이미 행한 절목節目을 가져다가 약간 증손增損하여 규
약을 만들었다. 매월 초하루에 일제히 향교에 모여 선성先聖과 선사先師를 배알拜謁하고, 그 자
리에 둘러 앉아서 종일토록 강론하였다. 그렇게 행한지 수년이 되자 점차 인심이 진정되고
효과가 있었다.

기해년己亥年(1899)에 서산선생의 명을 받들고 소호리蘇湖里에 가서 『퇴도서절요退陶書節要』 출
간하는 일을 참관하였다. 이해 10월에 서산선생이 별세하였다. 부군府君은 수 십년 동안 지극
히 섬겼는데, 은의恩義가 아주 특별하므로 선생을 위해 가마加麻 3개월의 복을 입었다. 그리고
유문遺文을 수집하여 성의를 다해 참정參訂하여 세상에 반포하였다.

신축년辛丑年(광무 5, 1901)에 선묘先廟의 협제祫祭를 행하였다. 가문 선대의 제례祭禮에 소략한
것이 많으므로 부군府君은 예전禮典을 원거援據하여 의식을 저술하고 문중 부로父老들에게 여쭈
어 감정勘定하여 영원토록 준행遵行하게 하였다.

임인년壬寅年(1902)에 어머니가 병이 들었다. 부군父君은 7년 동안 약을 닳이고 밤에는 옷을
벗고 자지 않았다. 상을 당하게 되자, 몹시 슬퍼하여 본성本性을 잃는 지경에 이를 뻔하였다.
겨울철 시탕侍湯할 때의 솜옷을 한번 입은 뒤에 여름철을 지나 장사지내고 나서 갈아 입었는
데, 모두 썩고 문드러졌다.

계묘년癸卯年(1903)에 큰 흉년을 만나서 문중 장로와 반진頒賑(진휼賑恤을 베품)을 설행設行하였는
데, 온 일족이 덕을 입었다.

을사년乙巳年(1905)에 일본대사日本大使 이등박문伊藤博文이 조선에 두 번 건너와서 조정을 위협
하여 5조약[五條約]을 강제로 체결하였다. 부군府君은 몹시 탄식을 하며 말하기를, "영토의 의

---

280) 여씨향약呂氏鄕約 : 송나라 여대균呂大鈞의 향리인 남전藍田에서 실시한 자치규약.

리가 소중한데 지금 어찌 오직 두려워하고 조심한만 일삼겠는가?” 하였다. 이에 여러 책들을 묶어놓고 읽지 않고 날마다 호걸들을 맞아들여 왜적을 치고 방어하는 방도를 강구하였다.

12월에 차성충車晟忠을 가야산伽倻山 아래에 찾아가서 암혈岩穴에서 일어나게 하게, 박경종朴慶鍾과 힘을 합쳐서 1만 5천 금金의 돈을 마련해 내어 그것을 자본으로 삼아 험준한 산에 기지를 설치하여 무력을 비축하는 계책으로 삼았는데, 일이 마침내 실패하였다. 동남 지방의 의사義師로서 일찍이 부군府君의 명령·지휘를 따르던 신돌석申乭石·김상태金相泰 등이 차례로 죽음을 당하였다. 부군府君은 탄식하기를, “산골짜기에 문을 닫고 앉아 있으면서 승패勝敗를 점쳤는데, 한 가지도 맞아 들어감을 보지 못하니, 이는 필시 시국에 밝지 못한 것이 있다.”하고, 드디어 동·서양의 신간서적을 구입해 보고 세계의 대세 및 적국의 병력을 소수의 오합지졸烏合之卒로 대항할 수 없음을 확실히 알았다. 그제서야 방향을 바꾸어 교육과 군중을 집합하는 일에 유의하였다.

이에 앞서, 경성京城의 대한협회大韓協會에서 편지을 보내와서 부군府君에게 일어나기를 권한 적이 있었는데, 이때 와서 답서를 써서 같은 심정임을 보이고 향중鄕中의 인사와 지회支會를 창기倡起하였다. 이때 사우士友들의 대다수가 옛날 견해를 융통성 없이 지켜 문을 닫고 들어 앉아 비웃었으나, 부군府君은 조금도 돌아보거나 꺼리지 않고 의연毅然히 그 일을 담임하여 수레에 올라 말고삐를 잡고 나서는 기개가 있었다.

기유년己酉年(1909) 2월 본군本郡(안동) 경찰서警察署에 구인拘引되었는데, 경찰서에서는, 비도匪徒와 연결하였다 하여 누차 고문拷問을 시행하였다. 부군府君은 답변이 조용하고 착오가 없으니, 경관이 단서를 잡지 못하였다. 얼마 뒤에 시민이 물결처럼 동요하고, 경찰서 문 앞에서 부르짖어 곡하는 사람이 있기에 이르렀다. 경찰서에 구류된 지 한달 남짓 지나서 석방되었다. 3월에 지회支會를 조직하였는데, 부군府君이 회장會長에 선출되었다. 드디어 출석하여 일을 보고 권유서勸諭書을 만들어, “주周 나라 왕실王室을 높인 공자孔子와 제齊 나라·양梁 나라의 임금에게 왕노릇 하도록 권한 맹자孟子, 천하구제를 위해 자기 집을 지나면서도 들어가지 않은 우禹 임금과, 누추한 마을에서 안빈낙도安貧樂道한 안연顔淵이 각각 시의時宜가 있다.”는 것으로써 군중을 깨우쳤더니, 몇 달이 못 되어 지회에 가입한 사람이 거의 수천 명이었다. 이때 적신賊臣의 무리들이 사법권을 일본정부에 양도하였다. 드디어 경성의 대한협회大韓協會에 편지를 보내어 그 침묵하고 있는 것을 꾸짖고, 또 경성의 협회가 적당賊党과 연합한 것이라 하여 위원委員을 파견하여 논쟁하였다.

경술년庚戌年(1910)에 이른바 '일진당一進党'의 합방성명서合邦聲名書가 나왔다. 이등박문伊藤博文이 군사를 거느리고 금중禁中에 들어가서 강제로 조인調印하게 하여 한국이 드디어 망하였다.

보도의 글이 끊어짐으로 인하여 합방조인合邦調印의 일이 지난 뒤에 듣고는 서병의徐丙懿·김형식金衡植을 보내어 중추원中樞院에 글을 올려 송병준宋秉畯·이용구李容九 등을 목 베기를 청하였다. 이윽고 협회도 아울러 해산하게 되자 드디어 통곡하고 산재山齋로 돌아와서 손과 벗을 사절하고, 책상 위에는 만한지도萬漢地圖를 두고 열람하며 소일하였는데, 그 뜻을 이해하는 사람이 없었다.

11월에 황만영黃萬英·주진수朱鎭壽가 경성으로부터 와서 양기탁梁起鐸·이동녕李東寧의 뜻을 전달하면서 만주의 일을 매우 자세히 말하였다. 작별할 적에 부군府君이 그들에게 말하기를, "바라건대, 제군諸君은 나를 위해 양기탁梁起鐸·이동녕李東寧 두 분에게 치사해 주게. 나도 약속대로 하겠네."하고, 인하여 만주로 건너갈 계획을 결심하였다.

만주로 건너가기 전에 가사를 처리하였는데, 논 몇 천 평을 남겨두어 누대 제사의 비용에 대비하고, 밭 몇 천 평을 떼어내어 당친堂親의 생활 밑천으로 삼게 하며, 노비문서를 다 불태워서 각각 흩어져 돌아가서 양민良民이 되게 하였다. 도동서숙道東書塾의 여러 유생들을 불러 '정신을 보존하고 학업에 힘쓰라.'고 권면하였다.

신정新正에 오락 기구를 마련하여 여러 일족들을 불러 하루 통쾌하게 놀고 이어서 「거국음去國吟」 율시律時 한 수를 읊었는데, 그 시時에

<table>
<tr><td>산하의 보장寶藏인 삼천리 우리 강토</td><td>山下寶藏三千里</td></tr>
<tr><td>의관衣冠 하는 유교문화 오백 년 지켜왔네</td><td>衣帶儒風五百秋</td></tr>
<tr><td>문명文明이 무엇이기에 늙은 적賊 매개하여</td><td>何物文明媒老摘</td></tr>
<tr><td>까닭없이 꿈속의 혼 온전한 나라 버리네</td><td>無端魂夢擲全甌</td></tr>
<tr><td>대지大地에 그물 펼친 것 이미 보았거니</td><td>已看大地張羅網</td></tr>
<tr><td>어찌타 영웅 남자가 해골을 아끼랴</td><td>焉有英男愛髑髏</td></tr>
<tr><td>고향 동산에 좋이 머물고 슬퍼하지 말게나</td><td>好住鄕園休悵惘</td></tr>
<tr><td>태평성세 훗날 다시 돌아와 머무르리</td><td>昇平他日復歸留</td></tr>
</table>

신해년辛亥年(1911) 정월 5일 이른 새벽에 가묘家廟에 하직하고 먼저 떠나 서쪽으로 향하였으

니 중도에 뜻밖의 사단이 있을까 염려해서이다. 행차가 상주尙州에 이르자 김만식金萬植이 경성으로부터 돌아와서 말하기를, "우리나라 사람이 만주에서 운동하는 것이 이미 일본 정부에 탐지당하여 김도희金道熙·주진수朱鎭壽가 함께 체포당하여 그 여파의 화가 아직도 두렵습니다." 하였다. 좌중에 "만주로 가는 일을 다시 헤아려보아야 한다."고 말하는 사람이 있자, 부군府君은 "이미 떠난 길을 사소한 험난으로 인하여 스스로 중지할 수 없다."하고, 이튿날 드디어 추풍령秋風嶺으로 향하였다. 수레를 타고 서울에 올라가서 양기탁梁起鐸의 우저寓邸에 숙소를 정하고 수일동안 머무르면서 장래의 큰일을 토의하고 이어 약속을 남겨두고 작별하였다. 경의선京義線을 타고 신의주新義州에 곧바로 당도하여 10여 일을 머무르니, 집 식구들이 뒤따라 이르렀다. 식구들 편에 비로소 경유하는 연로沿路에 행적行跡을 조사하고 이어서 장차 국경을 수색하게 되는 염려가 있다는 말을 들었다.

드디어 27일에 압록강을 건넜다. 이때 북풍은 살을 에는 듯하고 강의 하늘은 암담한데 다만 일본 경관이 언덕 위에 높다랗게 걸터앉아 사람을 만나면 행적을 따져 물을 뿐이었다. 부군府君은 비분悲憤함을 견디지 못하여 강을 건널 적에 시를 지었다.

삭풍은 칼날보다 날카로와	朔風利於劍
차갑게 내 살을 에는구나	凓凓削我肌
살 에는 것 참을 수 있으나	肌削猶堪忍
창자 에는 것 어찌 슬프지 않으랴	腸割寧不悲

또 시를 지었다.

이미 내 전지田地와 집 빼앗아가고	既奪我田宅
다시 내 아내와 자식 해치려 하네	復謀我妻孥
이 머리는 차라리 자를 수 있지만	此頭寧可斫
이 무릎을 꿇어 종이 되게 할 수 없도다	此膝不可奴

안동현安東縣에 이르러 마차를 사서 7일 만에 회인懷仁의 항도천恒道川에 이르러 집을 세내어 거주하였다. 백하白下 김대락金大洛은 같이 약속한 사람으로 먼저 왔고 참판參判 홍승헌洪承憲·

참판參判 정원하鄭元夏가 모두 피지避地하여 와서 거주하였다. 서로 더불어 여가에 찾아가서 이야기하면서 회포를 달랬다.

이상룡을 비롯한 망명인사들이 독립군 기지건설을 위해 정착한 길림성 유하현 삼원포

항도천에 있은 지 얼마 지나지 아니하여 얼음도 풀리고 눈도 녹아서 도로가 조금 소통되었다. 드디어 불초不肖(필자)를 시켜 먼저 유하柳河에 들어가서 거주할 집을 세내게 하였다. 불초가 중도에서 관병官兵에게 저지를 당하여 지레 돌아오니 부군府君이 꾸짖기를, "부형이 자제에 대하여 그 위험을 범하는 것을 염려하는 것은 상정常情에 다 같은 것이다. 더구나 의지할 만한 알음이라곤 전혀없는 사고무친지지四顧無親之地에서 위험함을 피해 들어가지 않는 것은 다행이라면 다행이다. 그러나 남자가 일에 임하여 만일 모험의 기개가 없다면 어찌 성공할 수 있겠느냐."하고, 인하여 콜롬보스[哥倫布]가 아메리카 대륙을 찾은 예를 들어 훈계하였다.

이어 그대로 떠나서 곧바로 들어가서 영춘원永春源에 잠시 머물렀다.

이동녕李東寧·이시영李始榮이 먼저 추가가鄒家街에 있다가 뒤에 오는 청년을 받아들였는데 20리 가까운 거리에서 교대로 와서 일을 계획하였다.

이때 한국 사람의 이사하는 수레가 길에 뻗치니 그 지방민들이 깜짝 놀라 서로 거짓말을 전파하고 심지어 ‘조선의 황자皇子가 경내에 들어왔다.’고 말하기까지 하였다. 이에 청淸 나라 관리가 각 군에 훈령을 전달하여 군사를 파견해서 수비하게 하고, 또 한국 사람에게 가옥을 세내어 주는 것을 절대로 금하니, 사람들이 대다수가 차가운 한데 자게 되어 병에 걸리는 자가 있었다. 이에 이회영李會榮 및 아우 봉희鳳羲를 대표로 선출하여 봉천성奉天省에 진정하여, 경내에 거주하는 것을 금지하지 못하게 하고 아울러 민적民籍에 들어가는 것을 허락해 주도록 간청하였다.

또 통화通化·회인懷仁·안동安東 등의 현縣에 여관을 설치하여 동지로 하여금 용접容接하는 사무를 나누어 관장하게 하였다. 일제히 머리를 깎고 복장을 바꾸어 지방민들과 서로 뒤섞였다. 어학강습소語學講習所를 설립하여 먼저 통하는 자로 하여금 농촌에 분산시켜 주객主客(만주인과 한국인)의 친선을 도모하게 하였다.

이 해(1911)에 손중산孫中山(손문)이 무한武漢에서 혁명군을 일으키니, 전국이 풍미風靡하였다. 정예로운 청년을 선발하여 일개 소대小隊를 편성하여 김영선金榮璿을 시켜 거느리고 유하현柳河縣에 나아가 그에게 호응하게 하였더니, 혁명정부에서 훈장을 주어 장려하였다.

관동혁명당關東革命党에 호명신胡名臣이란 사람이 있었는데, 부군府君의 명성을 듣고 찾아와서 필담筆談으로 서로 주고받고 크게 경복敬服하였다. 손통독孫統督에게 달려가 만나보고 한국 교민을 보호해 줄 것을 부탁하였더니, 이에 관리와 주민이 점차 서로 믿게 되었다. 마침 봉천성奉天省에서 회합했는데 또한 특별히 우대하는 대답이 있었다.

처음 추가가鄒家街에 경학사耕學社를 조직하였는데, 공의公議로 부군府君을 선출하여 사장社長으로 삼았다. 적의 앞잡이가 정탐할까 염려하여 대고산大孤山 속에 들어가 노천露天에서 회의를 열었다. 부군府君이 경학사에 대한 취지를 설명하였는데, 말과 기색이 강개하여 청중들은 눈물을 흘리지 않는 사람이 없었다.

처음으로 추가가鄒家街에 소학당小學堂을 설립하였다. 또 합니하哈泥河 가의 깊숙한 구역 하나를 점거하여 중학교를 설립하고, 군사과軍事科를 부설하여 일본 병서兵書를 몰래 구해다가 가르쳤다.

자치제自治制를 시행하여 민호民戶를 배정하고 구역을 획정劃定하여 정치를 행하였다. 처결하는 것이 공명公明하니 청淸 나라 백성도 문서를 가지고 와서 호소하는 자가 있었다. 교민의 생활기반을 튼튼히 하기 위하여 대사탄大沙灘에 광업사廣業社를 설립하였다.

이에 앞서 새로 입주하는 교민에게는 저렴한 지조地租를 받았으므로 모두 산의 황무지에 거주하게 하였는데, 이듬해(1912) 병이 일어나서 사망자가 잇달았다. 이에 사람을 파견하여 연하沿河의 땅을 조차租借하여 가시덤불[烏喇草]을 베어내고 논을 만들어 벼를 심었더니, 매우 풍작이었다. 드디어 모두 산에서 내려오게 하여 평야에 벼를 심고 전적으로 벼농사에 힘쓰게 하였다. 만주의 벼농사는 이때가 효시였다.

계축년癸丑年(1913)에 재정의 곤란으로 경학사의 사무社務를 폐지하고 오직 신흥학교新興學校만 존속하여 교육사업에 전력하였다. 부군府君은 암려嚴廬에 물러나 살면서 날마다 우리나라 역사를 초록抄錄하여 생도들의 교과서를 마련하였다. 불편한 거처, 험한 음식을 사람들은 그 고생을 견디지 못하였으나, 부군은 태연하게 처하였다.

서엄西崦에 수삼 마지기의 콩밭이 있었는데 날마다 가서 김을 맸다. 이웃에 사는 동포가 모두 서로 권면하기를, "사장社長 선생이 손수 호미로 밭에 가서 김을 매는데 우리들이 어찌 감히 놀며 게으름을 피울 수 있겠는가." 하였다. 이때 교민의 호수가 매우 번성하여, 봉천성 안의 한국 교민의 총수가 이미 28만 6천여 인에 이르렀으나, 각지에 흩어져 살고 있어서 방만하여 통기統紀가 없었다. 부군께서 국한문으로 경고서警告書를 만들었는데, 대개 산업·교육·권리 3개항을 강령綱領으로 삼고, 끝에 가서 다시 "이 3개항을 달성하려면 여러 단체가 단합하는 것을 가장 급선무로 삼지 않을 수 없다."하여, 거듭 경계하고 타이르니, 민심이 한층 더 분발 진작하였다. 이에 각 단체가 분잡하게 일어나서 성대하게 면목을 일신하였다. 부군은 성의를 다해 지도하여 실질적인 사업에 힘쓰는 것을 주로 삼았다.

길남사吉南社를 설립하여 동무장鍊武場으로 삼고 신성호新成號를 세워 축재소蓄財所로 삼았다. 그 중에 혹 허세虛勢만 떠벌리는 사람이 있으면 반드시 그 사람에게 금지하여 다음과 같이 말하였다. "오늘날 결핍缺乏한 것은 내재한 힘일 뿐인데, 어찌 외관만 일삼겠는가."

무오년戊午年(1918)에 무예 연습하는 것을 보기 위해 밀십합蜜什哈에 가서 머물렀는데, 김좌진金佐鎭이 서울에서 왔다. 부군이 그와 대화를 하고는 의기가 서로 계합契合하여 드디어 결탁하기로 허락하였다.

가을에 해룡海龍의 우사寓舍로 돌아왔다. 부군의 회갑이 동짓달에 있었는데, 이때 서리가 일찍 내려 흉년을 만나 잔치를 베풀 수 없었다. 인근의 동포들이 술과 안주 등으로 도와주고 막내 아우 봉희鳳義가 봉천에서 천리 길을 와 모였다. 부군은 변변찮은 술로 서로 권해가며 밤새도록 담소하고 나그네로 타국에 붙어 있는 슬픈 감회의 태도는 전혀 보이지 않았다.

기미년己未年(1919) 정월에 집안 식구를 거느리고 화전樺甸으로 이사해 들어갔다. 이 해에 세계전쟁이 끝나고 동서의 열방列邦이 법국法國 파리에서 평화회의를 열었다.

미국 총통總統 월슨[威爾遜]이 민족자결주의를 부르짖었다. 이에 우리나라의 유림儒林·종교 및 각계 대표 33인이 독립을 선언하니, 전국의 인민이 맨손으로 만세를 불렀다. 남만주의 인사들이 유하柳河의 고산자孤山子에 일제히 모여 혈전의 준비를 의논하고, 남정섭南廷燮·송종근宋鍾根 등을 전임으로 보내와서 일을 품의하고 길림성吉林省 사람이 또 김좌진金佐鎭을 보내어 공적인 예모禮貌로 부군을 초빙하여 말하기를, "남만주는 곧 우리의 애정이 모인 곳입니다. 지금 거사함을 당하여 의리상 다른 곳으로 갈 수 없습니다."하므로 드디어 유하로 돌아왔다.

남만주의 대중이 군정부軍政府를 설립하고 부군을 추대하여 총재總裁로 삼고, 여준呂準을 부총재로, 이탁李沰을 참모장관參謀長官으로 삼았다. 외면으로 자치自治를 베풀면서 '한족회韓族會'라 이름하고 옷을 만들어 입혔다. 총관總管·검독檢督 등의 직함을 두어 지방행정을 관장하게 하고, 청년을 대대적으로 모집하여 속성과速成科로 훈련시켰다. 이어서 인원을 파견하여 길림성에 가서 함께 타협할 것을 일렀다. 회인현懷仁縣에 '한교공회韓僑公會'가 있었는데 또한 초청해서 통합하였다. 그 지역의 범위는 남북이 1천 5백 리이고 동서가 7~8백리였다.

이때 급진急進 일파가 있어 날을 지정하여 전진하려 하였다. 부군은 "실력이 완성되지 못하였는데 지레 망동妄動하는 것은 옳지 못하다."하고, 그를 말렸다.

이에 앞서 이동녕李東寧·이동휘李東輝·안창호安昌浩·이승만李承晩 등이 상해上海에 임시정부를 세우고 여운형呂運衡을 보내어 함께 타협하기를 요청하였다. 남만주 군정부의 여러 사람의 의논들은 대다수가 듣지 않으려 하였다. 부군이 말하기를, "내 의견으로는 정부를 세우는 것이 너무 이르다고 여긴다. 그러나 이미 정부를 세웠으면 동일한 민족인데 어찌 두 정부가 있을 수 있겠는가. 또 바야흐로 준비하는 시대에 있으니 마땅히 단합을 도모해야 할 것이지, 권위權位를 마음으로 삼는 것은 옳지 못하다."하니, 대중이 기뻐서 복종하였다. 드디어 임시정부와 손을 잡았다. 이로부터 군정부軍政府을 고쳐 군정서軍政署로 하고, 독판督辦의 제도를 채용하였다.

성준용成駿用·강남호姜南鎬 등을 보내어 안도현安圖縣의 내도산內島山281)에 가서 병영兵營을 설치할 땅을 살펴보게 하고, 이청천李靑天을 시켜 희용義勇 1대대를 거느리고 먼저 들어가서 주둔하게 하였다. 이청천이 안도에 이르러 백산白山의 나무를 베어 영루營壘를 크게 개설하고 광복군光復軍 홍범도洪範圖·이동주李東柱 등과 서로 결합하여 성세聲勢가 되었다. 이때 왜적이 호자

---

281) 유두산乳頭山. 연길에서 백두산천지로 가다가 이도령二道嶺을 지나 광명임장光明林場인 항일유적지를 말한다.

髥子의 무리와 몰래 통하여 백산 부근에 침입하였다. 안도지사安圖知事가 우리 군대의 정예로움이 중국 군대보다 우월한 것을 보고 이청천을 임용하여 토비사령討匪司令으로 삼아 방어하게 하였다. 이청천이 그 일을 결정하지 못하고 일부러 와서 보고하므로 드디어 그를 허락하였다. 1개 소대를 거느리고 나아가 호당髥党을 쳤더니 호당이 무너져 흩어졌다.

경신년庚申年(1920)에 왜적이 3로路로 나누어 군대를 전진시켰다. 한 부대는 흥경興京으로부터 신개령新開嶺을 넘어 영춘원永春源으로 들어오고 한 부대는 철령鐵嶺으로부터 산성자山城子를 경유하여 유하현柳河縣을 치고, 또 대군으로 훈춘琿春·연길延吉 등의 현으로 곧장 향하였다. 왜적이 지나가는 곳마다 한국 사람의 촌락이 잔멸殘滅하여 거의 다 없어졌다.

남만군서南滿軍署가 먼저 유동流動하였으나 김필金弼·곽종목郭鍾穆 등은 뒤떨어져서 잡혀 죽었다. 이청천李靑天이 5단團의 군사를 통솔하고 왜적과 청산靑山에서 만나 크게 승첩하여 수백여 명을 죽이고, 두 번째 봉오동鳳梧洞에서 접전接戰하여 적을 살상한 것이 매우 많았다. 이때 중국 사람들에게는, "일본 군사 1인이 중국 군사 10인을 당할 수 있고, 한국 군사 1인이 일본 군사 10인을 당할 수 있다."라는 말이 있었다. 그 이튿날 또 동강東崗에서 교전하였다. 왜적은 우리의 군사가 정예롭고 용감하여 당해낼 수 없음을 헤아리고 군사를 파견하여 보급로를 가서 막았다. 우리나라 군사가 수일 동안 먹지 못하고 밀[密蠟]과 나무 껍질을 먹으면서 배를 채웠으되 오히려 사력을 다해 싸웠다.

얼마 뒤에 왜적의 후군後軍이 대대적으로 이르러, 뒤에서 불의에 습격하니, 우리 군사가 드디어 무너졌다. 방향을 바꾸어 아라사俄羅斯의 영지인 자유시自由市로 들어가는데 혁명군을 만나 무장을 해제 당하였다. 이에 제1막幕이 마침내 실패로 돌아갔다.

이때에 왜적의 정탐꾼이 사방에 흩어져 있었는데, 한국·중국의 무뢰도無賴徒가 다 왜적의 앞잡이 노릇을 하였다.

동성신보東省新報가 부군의 성명을 여러 차례 싣고, 거액의 현상금으로 체포한다는 말이 있으므로 사람들이 모두 부군을 위태롭게 여겼다. 부군은 태연히 개의치 아니하고 오직 고군孤軍이 얼고 굶는 것을 매우 우려할 뿐이었다.

겨울에 성준용成駿用이 북경에서 와 말하기를, "박용만朴容萬·신숙申肅 등이 바야흐로 '군사통일회軍事統一會'를 열어놓고 매우 간절하게 요청합니다."하므로, 부근은 말하기를, "군정軍政의 일을 통일하는 것은 나의 숙원이었던 바이며, 또 북진北進하던 장사들이 많이 그 뜻에 젖어 있으니 어찌 다행이 아니겠는가."하고, 드디어 개인의 명의로 가셨다가, 다시 이진산李震山·송호宋虎·성준용成駿用을 대표로 선출하여 회의석에 참여시켜 '진공進攻', '준비準備' 두 항목을 결의하게 하였다. 그리고 한편으로는 합당한 지점을 심사하여 중국에 있는 재향군인과 현역군인을 모아 일정한 곳에 주재하지 않고 출몰出沒하며 기회에 따라 왜적을 치게 하였다.

이에 앞서, 이승만李承晩이 미주美洲에 있으면서 통치를 위임하는 일로서 미국 정부에 청원하였다. 상해의 인사들이 그것을 가지고 공격하여 점차 갈등이 생기고, 연경燕京(북경)의 여론도 크게 불평을 품어 퇴직을 권고하는 논의까지 나왔다. 부군은 측면에 있으면서 몸가짐을 진중히 하여 듣지 않고 마침내 회의를 주최하는 여러 인사들과 장래의 방침을 약정約定하고 이어 단호히 돌아왔다.

돌아오는 길에 길림성吉林城에 체류하면서 편지로 여준呂準·이탁李沰·김동삼金東三 등을 불러 액목額穆에 군사 주둔하는 일을 의논하였다.

이탁李沰·김동삼金東三 두 사람을 파견하여 영안寧安에 들어가고 송호宋虎를 파견하여 안도安圖에 들어가서 살펴본 뒤에 지점을 준비하게 하였다.

이때 포귀경鮑貴卿이 길림독군吉林督軍이 되었다. 이어 통날通剌를 하여 예를 갖추어 만나보고 필담筆談으로 주고 받았다. 먼저 중국과 한국 두 나라의 지리, 역사관계가 밀절密切함을 말하고, 다음에는 조선이 형세를 잃게 된 원인은 중국이 단송斷送(후원을 끊음)한 까닭에서 말미암았음을 말하고, 이어서 한일합병韓日合倂 뒤에 한국 민족의 상태 및 중국에서의 한국 교민의 사정 형편과 중국이 한국 교민을 대우하는데 있어서의 실책을 말하였다.

이어서 '민적民籍에 편입하는 것[入籍]', '황무지를 개간하는 것[墾荒]', '자치自治를 행사하는 것[行自治]', '공자孔子의 가르침을 설행設行하는 것[說孔子]', '무예를 연습하는 것[習武藝] 등 5개 조건을 인허認許해 줄 것을 요구하고, 최후에 다시 이 요청을 듣고 듣지 않는 이해利害에 대해 말하여, 잇따라 수천마디 말이 있었는데, 두 나라의 사정에 절실히 맞는 것이었다. 포귀경鮑貴卿이 크게 공경하며 감탄하였다. 이에 길림성 안의 각 현에 비밀히 신칙申飭하기를, "한국 교민의 행동이 진심에서 나왔으니 모름지기 특별히 비호해 주고 다시 곤액困厄을 당하지 않게 하라." 하였다. 그 길로 곧바로 우거寓居로 돌아왔다.

이때 아우 척서尺西(이봉희)가 요동遼東 지방으로부터 가솔家率을 거느리고 전전하여 송강松江의 동암東岸에 이르렀다. 대소가大小家의 식구가 다 모여 함께 농사를 지으며 같이 살았다. 부군이 기뻐하며 말하기를, "이러한 생활이 바로 내 의사에 맞는다."하고, 한 자리에서 같이 이야기하고 웃고 즐기며 나날을 보냈다.

이해(1920) 봄에 임강臨江의 의용대장 신광재辛光在의 부음을 들었다. 신광재는 병학兵學에 통달하고 사람을 거느리는 재능이 있어 중진의 관방장이 되었는데 이때 와서 진중에서 병들어 죽었다. 부군은 슬픔이 심하여 글을 지어 사람을 대신 보내어 제사지내고, 백광운白光雲으로 그 소임을 대신 맡겼다. 뒤에 김창환金昌煥을 보내어 그 군사를 통령統領하게 하였다.

이때 왜적의 군대가 갓 지나가서 인심이 풀어지고, 직원이 사방에 흩어졌는데 오직 여준呂準·이탁李沰 두 사람이 몇 십 명의 청년을 거느리고 액목額穆의 둔장屯庄에 머물러 있을 뿐이었다. 액목은 화전樺甸에서 4백리 거리에 떨어져 있어 남과 북에서 서로 바라보고 다만 서신으로 연락할 뿐이니 정체되고 장애되는 일이 많았다. 이에 남상복南相復·최명수崔明洙 등을 시켜 각지에 돌아다니며 효유하니 사람들이 점차 모여들었다.

신유년辛酉年(1921)에 눈길을 밟고 황강黃崗에 들어가서 군정서를 개설하고, 결원을 선출·보임하는 일을 의논하고, 그대로 같이 머물며 살면서 공농公農사업을 살펴보았다.

황학수黃學秀가 북경에서 박용만의 미주국민군美洲國民軍 소속으로 와서 투탁投托하였다. 그대로 황강에 머물러 있으면서 군사조련의 사무를 관장하였다.

이때 북진하던 이청천李靑天의 군대가 영안寧安으로 물러나 주둔하였는데 군정서가 액목에 옮겨와 있다는 말을 듣고 차차 병영으로 돌아오므로 모두 농병農兵으로 편입하였다. 여름철을 당하여 점심밥을 먹을 적에 이탁은 밥을 지고 여준은 장을 들고 부군은 술병을 메고 밭머리에 나가서 위로하니 모두 감격 분발하여 피곤을 잊어 버렸다.

계해년癸亥年(1923)에 불초 준형濬衡이 영안寧安에서 자식의 초례醮禮를 치르고 돌아오는 길에 병을 얻어 매우 위독하였다. 드디어 화전의 우거에 돌아와서 모든 직원들을 찾아 화전에 모였다.

이에 앞서 상해의 인사가 분규紛糾가 일어남을 조제調劑하기 위하여 국민대표회의를 제창함을 보고 군정서 또한 그 의논에 찬동하여 대표로 이진산李震山·김동삼金東三·배천택裵天澤 등을 회의에 참여하게 하였다. 그런데 회의를 개시하게 되어서는 임시정부의 창조刱造와 개조改造에 관한 문제로 여러 날 동안 논쟁論爭하여 필경에는 분열하여 파하였다.

부군은 말하기를, "단합을 도모하려 한 것이 도리어 어그러지고 갈라지게 되었으니 본지本旨를 크게 잃었으므로 침묵을 지키고, 구차히 따를 수 없다."하고, 드디어 국외局外에서 중립하겠다고 선언하여 편벽되게 기울어진 뜻이 없음을 보였다. 그로 인하여 사표를 내어 면직되기를 청하여 허락을 얻고, 집안 식구를 거느리고 반석盤石의 동쪽 호란하呼蘭河 가에 이주하였는데, 아우 척서尺西 또한 식구를 거느리고 따라왔다. 부군을 위해 조대釣臺를 축조하고, 날마다 부군을 맞이하여 형제가 같이 낚시질 하면서 밤이 늦도록 돌아오는 것을 잊어 버렸다.

을축년乙丑年(1925)에 상해의 이유필李裕弼이 정부의 사명을 띠고 만주에 건너와서 만주에 있는 단체와 협의하고 출마하기를 간절히 청하였는데 부군은 쇠노衰老한 몸이라 하여 사양하였다. 얼마 뒤에 의정원議政院에서 국무령에 피선되었다는 전화가 있었다. 노성老成한 동지들이 모두 "시론時論이 갈라지고 사업이 정체되었으니 잠시 나가서 정돈하는 것이 대국大局을 위해 매우 다행합니다."하므로 억지로 길을 떠났다.

영국 함정艦艇 '애인호愛仁號'를 타고 산동해山東海를 건너갈 적에 회오리바람을 만나 갖은 어려움을 겪고 상해 호滬에 이르렀다. 조카 문형文衡(광민)이 모시고 갈 적에 현기증으로 쓰러졌으되 부군은 조금도 초췌한 빛이 없고 담소가 자약自若하니 상해에서 맞이하는 자가 모두 감탄하였다.

바로 달려 들어가서 국기 아래에서 경례를 하고 취임식을 행하였다. 바야흐로 재야在野의 명사를 불러 각원閣員을 조직하려 하였는데 마침 정부의 조류潮流가 다시 변하여 신구新舊의 양파가 각립해서 파랑波浪이 날로 일어나고 심지어 당파를 지어 격투하는 일이 있기까지 하며, 정의부正義府는 객당客黨에게 빼앗겨 점거당하여 정부를 이탈하려고, 결의하는 것이었다. 부군이 수 개월 동안 조용히 관찰한 뒤에 탄식하기를, "내가 쇠퇴한 몸으로 허영虛榮에 몸을 굽히는 것은 사뭇 평소의 기대에 어그러지는데 그래도 한번 움직인 것은 오직 조제調劑 진정하여 통합하기 위한 것뿐이었다. 이것이 이미 희망이 없으니 어찌하여 지체 하겠는가" 하였다. 드디어 국무령의 직을 버리고 산으로 돌아가겠다는 뜻으로 중외中外에 성명聲明을 내고 물러나 북경으로 돌아왔는데 난리를 만나 중도에 체류하였다.

이듬해(1926) 2월에 호란하呼蘭河의 우거로 돌아와서 다음과 같은 시를 읊었다.

가을달이 사람 청해 가벼이 집 나서게 했다가	秋月要人輕出戶
봄바람이 벗이되어 좋이 집에 돌아왔네	春風作伴好還家
산도 꾸짖고 물도 성내는 시기猜忌 많은 판국에	山嗔水怒多猜局
웃는 얼굴로 맞는 것은 홀로 너 꽃뿐이네	笑面相迎獨爾花

이 뒤로부터 시사時事를 일체 말하지 아니하고 청유淸儒 선영宣潁이 주석한 『남화경南華經』

한 부를 가져다가 교감校勘하여 손수 써서 읽었다.

무진년戊辰年(1928) 서집창西集廠 파려하玻瓈河 하구로 이주하였다. 이해 중국에 있는 청년동맹이 손자 병화秉華를 기용하여 간부의 직임을 담당시키려 하였으나 집에서 손님을 응접하는 사람이 없는 것으로서 어렵게 여겼다. 부군이 말하기를, "사회에 헌신하는 사람은 집안 일로 정신을 분산되게 하는 것은 마땅하지 않다. 사소한 곤란은 내가 스스로 인내할 것이니 갈지어다." 하였다. 동맹원同盟員이 내방하여 일을 의논할 적에는 사람이 집안에 가득차고 혹 잠자리가 불편할 지경에 이르렀으되 태연히 여기고 시름겹게 여기지 않으셨다.

얼마 뒤에 중국 관헌이 한국 사람의 결사結社에 의심을 가져 검거가 잇따르고 부군에게까지 미치는 염려가 있기에 이르렀다. 길림吉林 북쪽이 산은 그윽하고 토지는 기름지며 약초를 캐고 고기를 낚기에 모두 적합하다는 말을 듣고 드디어 옮겨갔다. 처음에는 세린하細鱗河 언덕에 주재하다가 이듬해(1929)에 소과전자燒鍋甸子로 이주하였다.

길림성 서란시 소과전자촌 (1932년 5월 12일 이상룡이 이곳에서 서거하였다)

8월에 일본이 만주에 군사를 출동하여 봉천奉天과 장춘長春을 연달아 함락하고 얼마 뒤에 길림마저 수비하지 못하고 함락되었다. 한국의 지사志士들이 마침 길림에서 회의하다가 길림이 함락되었다는 변고 소식을 듣고 사방으로 흩어졌다. 부군은 그 때문에 답답하여 근심하고 분개하여 잠을 못자는 병환이 되어 병상에 누워 계셨다. 얼마 뒤에 중국 패병이 집 근처에 다가와서 소란을 피워 마지않고, 또 "한국 사람이 일본의 앞잡이가 되었다."고 생각하여 더욱 괴롭히고 침해를 가하였다.

그 지방사람 장영경張永慶은 부군에게 평소 흠모하는 성의가 있었는데 장령將領에게 달려가 만나보고 부군을 위해 사정을 말하되 비유를 써가며 조용히 말하여 물러나게 하고 또 산속의 조그마한 집을 빌려 주어 이주할 수 있게 하였다. 열흘 남짓 동안 조용히 조리하였으나 증세가 점차 위독해지므로 부득이 철수하여 예전 살던 우거로 돌아왔다. 이 뒤로부터 약물을 물리쳐 가까이하지 아니하고, 미음을 드시는데 음식을 드실 적에 반드시 부축해 일으키게 하여 드시되 일정한 수량을 어기지 않았다. 병환으로 고생하신 것이 전후 5개월이 되었으나 아프고 괴로운 빛을 나타낸 적이 없었다.

중제仲弟(이상동)가 병환의 소식을 듣고 만리 길을 와서 위문하고 막내아우도 아성阿城에서 위험을 무릅쓰고 달려왔다. 부군은 손을 잡고 위로하고 이어서 말하기를, "인생은 다할 때가 있는 것이니 무슨 개의할 것이 있겠는가. 다만 피에 맺힌 한을 풀지 못하였으니 장차 어떻게 선조의 영혼에게 사죄하겠는가." 하였다. 이진산李震山이 와서 뵙고 울며 말하기를, "나라일이 그지없으니 선생은 어떻게 가르쳐 주시렵니까" 하니 부군은 "변변치 못한 사람으로서 외람되이 제군들의 추천을 받아 조그마한 공로도 없었는데 병이 이미 이에 이르렀으니, 마침내 눈을 감지 못하는 귀신이 될까 두려우므로 참으로 마음이 아프네. 원컨대 제군들은 외세 때문에 스스로 기운을 잃지 말고 더욱 면려를 가하여 늙은 사람이 죽을 때의 소망을 저버리지 말게. 우리 사람들이 귀중하게 여기는 것은 성실뿐이네 진실로 참다운 성실이 있으면 목적을 달성하지 못함을 어찌 근심하겠는가." 하였다. 불초에게 명命하기를, "너도 쇠병衰病이 점차 심해지니 모름지기 과도히 슬퍼하여 옛사람이 말한 효도를 상傷하는 경계를 범하지 말도록 하라."하고 또 말하기를, "초상·장사는 인자로서 마땅히 스스로 극진히 해야 하는 것이지만, 가난이 심하면 예를 치를 수 없으니 모름지기 성약省約을 주로 하고, 그 정결을 다하면 족하다. 내가 평시에 항상 중국복을 입는 것은 그 중국에 동정을 얻기 위한 것이었다. 좋아서 입은 것은 아니다. 심의深衣는 옛날 예복이다. 그러나 우리 오늘날의 처지로는 국제國制를 귀중히 여기느니만 못하다. 모름지기 현시 통행하는 주의周衣를 상의上衣로 삼아 쓰는 것이 좋겠다."하고 또 "국토를 회복하기 전에는 내 해골을 고국에 싣고 돌아가서는 안 되니 우선 이곳에 묻어두고서 기다리도록 하라.”하고 이어서 불초에게 붓을 잡게 하고 누워서 유계를 불러 병화秉華에게 부쳐주고 혀가 굳어져 다시 말씀하시지 못하였다. 임신년(1932) 5월 12일 사시巳時에 중화민국 길림성吉林省 서란舒蘭의 우사遇舍에서 세상을 마치시니 향년이 75이다. 하늘처럼 그지없는 은혜를 어찌 차마 말하겠는가.

부음이 나가자 중외中外의 한족이 거리에서 곡하고 시장에서 조문함이 천리길에 서로 이어졌으며, 경성京城·봉천奉天과 일본의 각 신문이 모두 이력의 시말을 기재하여 통고하였다. 불초가 서란현舒蘭縣이 외진 것을 혐의롭게 여겨 길림성 근처에 임시 모실 계획으로 널을 싣고 남쪽으로 향했는데 중도에서 마적馬賊을 만나 약탈을 당하였다. 마침내 되돌아와서 우거하던 집 뒤에 장사 지냈는데 곧 중국사람 백씨白氏의 산이다. 7년 뒤 무인년(1938)에 종제從弟 문형文衡(광민)이 하얼빈 동취원창東聚源昶에 있으면서 3무畝의 토지를 사서 이장移葬하고, 표석을 세웠으니 곧 계부季父 및 재종조부의 묘소와 함께 세 무덤이 한 줄로 모셔졌다.

1938년 조카 이광민이 취원창으로 이상롱의 유해를 옮기기 위해 기차를 탔던 군령역

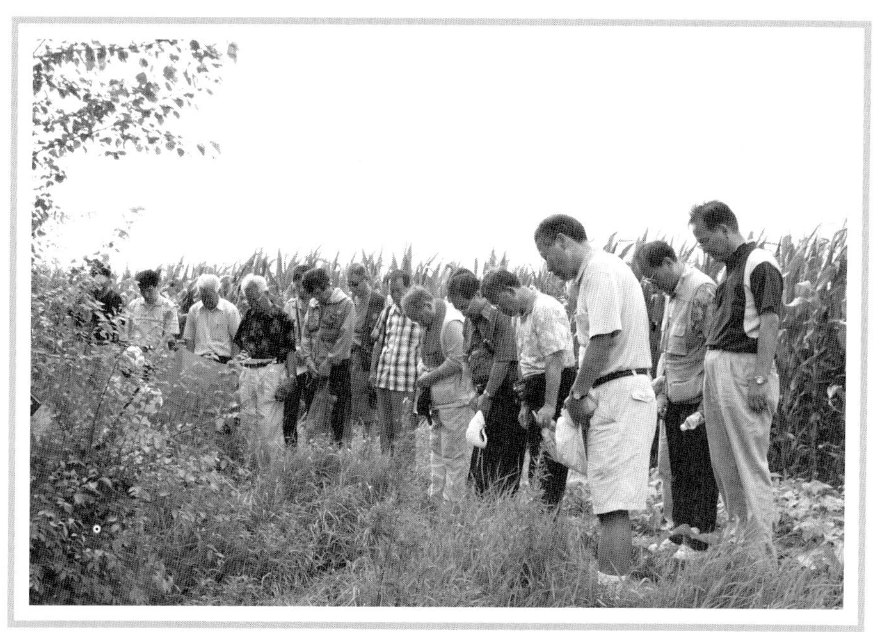

흑룡강성 하얼빈 아성시 취원창, 이상룡 묘소가 있던 자리

　배위는 의성김씨로 운천선생雲川先生(이름은 용용(龍涌))의 후손이며, 도사都事로 호가 우파愚坡 위휘
진린鎭麟의 따님이시다 정순貞順하고 자혜慈惠로 왔다. 무릇 부군의 지업志業에 도움이 있는 것
은 아무리 어려운 것이라도 반드시 행하였다. 부군보다 3년 뒤에 고국의 선려先廬에서 세상을
떠났다. 아들 하나 딸 하나를 두었다. 아들은 곧 불초 준형濬衡이고, 딸은 출가하여 강남호姜南
鎬의 아내가 되었으며, 천성과 행실이 단정하고 개결하였는데 불행하게 일찍 죽었다.

　준형은 아들 하나를 두었는데 병화秉華이고, 딸 셋을 두었는데 맏이는 류시준柳時俊에게 출
가하고 다음은 허국許堉에게, 막내는 조원묵曹源默에게 출가하였다. 강남호의 아들은 용구龍求
이고, 딸은 손경린孫景麟에게 출가하였다. 병화는 아들 다섯을 두었는데 맏이는 도증道曾이고,
나머지는 어리다. 류시준은 아들 둘을 두었는데 정하正夏·인하仁夏이다. 허국은 아들과 딸이
어리고, 조원묵도 아들과 딸이 어리다.

　아! 부군은 풍채가 의젓하고 기국器局이 크고 깊었다. 성품·도량은 관대하고 온화하면서도
엄하고 굳세었으며, 의지는 곧고 확실하면서도 고체固滯되지 않았다. 총명하고 식견·사려가
있어 일을 당하면 능히 앞일을 예견하고 먼 장래를 헤아렸으며 번극煩劇한 것을 다스리되 어
지럽지 않고 위태로움에 임하여도 두려워함이 없었다.

소시에는 기절이 너무 지나침을 근심하였으나, 점차 공부와 수양을 하여 만년에는 순수하고 노련하게 되었다. 기백이 보통사람보다 훨씬 뛰어나서 학문에 뜻을 두는 15세 때부터 곧 천지사이의 크나큰 사업으로써 스스로 목표하였다. 경서經書·사서史書와 제자백가를 두루 보고 깊이 생각하였으나 베껴서 듣고 말하는 자료로 삼으려 하지 않고, 반드시 종지宗旨의 바탕 위에서 깊이 연구하여 수용에 대비하였다. 그런데 도학이 높은 장석丈席282)에게 집지執贄하여 바로잡게 되어서는 우리 유학의 실지를 힘쓰는 공부가 평이하고 절근한 데에 있다는 것을 듣고, 다시 거두어 돌려서 요약要約으로 돌아옴으로써 나타내지 않고 묵묵히 수양함을 절도로 삼았으나, 또한 일찍이 죽은 법을 융통성 없이 지켜 소절小節에 구애되고 외식을 숭상하지는 않았다.

중년 이후로 시국이 번복飜覆된 것을 보고는 대의大義로 결단하고 광복光復의 일에 헌신하여 국외에서 갖은 풍상風霜을 겪으며 일생을 마쳤으나 후회하지 않았다.

그 시설施設하고 영위營爲함에 이르러서는 항상 장원長遠하고 유구한 것을 마음으로 삼고 협착狹窄하고 단소短小한 데에 그치지 않았다. 그러므로 당시 만주에 있던 사람은 모두 백발청년으로 일컬었다. 그 힘은 꿀리고 형세는 막히어 만사가 와해하게 되어서는 비록 평범한 사람, 어리석은 아낙네라도 모두 다시 가망이 없음을 알았는데도 그 뜻이 조금도 꺾이지 않아 한 가지 생각도 나라를 위한 것이 아님이 없었고, 한 마디 말도 나라를 위한 것이 아님이 없었다. 그리하여 노성한 사람을 만나면 조화·진정하여 통합할 것을 말하고 장년의 사람을 만나면 무武를 숭상하여 용감할 것을 말하고, 농부를 보면 농사에 힘써서 국가에 힘을 다할 것을 말하고, 문사文士를 보면 역사의 원류를 말하였지, 한 번도 타락한 말을 하지 않았고 한 번도 화평한 얼굴을 잃지 않았다.

일본이 만주에 출병하던 날을 당하여 그때 서란에 계셨는데 청년 김현金賢이 달려와서 뵈었다. 부군은 문밖 눈 속에 서서 그와 작별하며 "백번 꺾어도 굽히지 않고, 때를 기다려 다시 일어나라."는 뜻으로 그를 권면하였다. 대개 그때 우리나라 사람은 만주에서 이미 발을 들여놓을 땅이 없었던 것이다.

부군은 효도와 우애가 천성에서 나왔다. 조부모를 모시되 뜻을 편안하게 하는 양지養志와 음식 봉양을 잘하는 양례養禮의 도리가 지극하였고, 상을 당하게 되어서는 몹시 슬퍼하며 그 예를 다하였다.

---

282) 도학이 높은 장석丈席 : 서산 김흥락을 말한다.

그리고 제사를 받듦에는 한결같이 정성과 공경을 주로 삼았다. 기진忌辰이 여름철에 많았는데도 만주는 어물魚物이 극히 귀하였다. 그리하여 반드시 기일에 앞서 손수 낚시질하여 말리어 비치했다가 썼다.

제수는 청결하게 하기를 힘쓰고 제사를 받들 적에는 그 사려思慮를 정일精一하게 하였다. 제사를 지낼 적에는 반드시 제사지내는 의식을 강구하고 다른 말을 하지 않았다.

두 아우를 대함에는 아버지를 일찍 여의었다 하여 불쌍히 여기고 사랑함이 더욱 간절하여 이끌고 타이르고 인도해서 성취함이 있게 하였고, 가사의 간검看檢을 전적으로 위임하고 그 남고 모자람을 묻지 않았다.

선조를 추모하는 일에 심력을 다하였다. 조부·증조부 두 대의 가장家狀을 지어 병필가秉筆家에게 찾아가 묘갈을 받아 간직하였다. 시조 이하의 기일 및 묘소를 첩자帖子에게 정밀히 써서 효람孝覽에 편리하게 하였다. 족고조族高祖 제곡공霽谷公(이형수)이 편집한 행촌선조杏村先祖(이암)의 연보를 가져다가 자료를 널리 수집하고 규모를 더욱 넓혀 실기實紀 1책을 만들었다.

행촌의 유허가 고성固城 송곡松谷에 있었는데 여러 종인宗人들과 돌을 다듬어 비석을 세우기를 의논하고 안본按本을 갖추어 금계金溪의 사문師門(서산 김흥락)에 친히 가서 비문을 청하고 또 한석봉의 글씨를 구득求得하여 손수 모사摹寫해 내고, 그것을 새겨 세웠다. 종선조從先祖 망헌선생忘軒先生(이주)의 입조일록立朝日錄을 베껴서 비장秘藏하고 있던 것을 마음을 다해 교감·조사하고 교정을 자세히 하여 간직하였다.

가정 안에서는 사랑하고 어루만지며 참고 침묵하는 것을 주로 삼아 말을 하지 않아도 위엄이 행해져서 감히 법도를 어기는 사람이 없었다. 종들을 다스리는 데에는 맹위猛威보다는 차라리 관대하게 하여 죄가 있으면 경고 징계를 약간 가할 뿐이고, 너무 심한 데에 이르지 않았다. 불초가 혹 성질대로 지나치게 다스리면 곧 불쌍히 여겨 경계하시기를 "도형주陶荊州283)의 '이들도 사람의 자식이다.'라는 말을 생각하지 않아서는 안 된다." 하였다. 옛집이 안동부와 아주 가까워서 행랑의 종들이 이따금 몰래 모여 도박을 하였다. 부군이 그 말을 듣고 조용히 문밖에서 한번 기침을 하면 모두 놀라 허겁지겁 흩어져 도망하였고, 일찍이 곧바로 현장에

---

283) 도형주陶荊州 : 도형주는 진晉의 명신 도간陶侃을 말한다. 그러나 도간은 광주나사廣州刺史·형주나사荊州刺史를 지내며 근면하고 근신하며 치적이 있었다. 뒤에 벼슬이 태위太尉에 이르렀다. "종도 사람의 자식이다."라고 말한 것은 도간의 후손인 도연명이 팽택령彭澤令으로 있을 적에 아들에게 일꾼을 보내면 "이도 사람의 자식이니 그를 잘 대우하라." 하였다(『소학小學』「선행善行」).

들어가 함부로 매를 때리지 않았다. 이로 말미암아 하인들이 더욱 감복하여 두려워하였다.

부군은 누대의 종손이 되어 지하支下의 일족이 매우 많았으나 두루 사랑하여 다 환심을 얻었다. 빈궁하여 의지할 데가 없는 일족을 더욱 불쌍히 여겼다. 혹 혼인과 초상 장사에 때를 놓치면 방편을 베풀어 구제하였다.

향읍鄕邑 사람과 처함에는 느긋하게 그들과 같이 어울렸고, 스스로 달리하는 것을 고상함으로 삼지 않고, 또한 소홀 간략하게 함으로써 의리를 해치지 않았다. 남과 접촉함에는 즐겁고 편안하며 화하고 후하게 하고 비록 속마음을 가벼히 드러내지는 않았으나 덕스러운 의사가 훈훈하게 감싸서 사람들이 절로 심취하였다.

만주에 있을 때에 개성 사람 장한순張翰淳의 대인공大人公(남의 아버지에 대한 존칭)이 죽을 적에 그 아들에게 이르기를 "다시 모선생某先生(석주를 가리킴)의 담화를 듣지 못하는 것이 유감이다." 하였다. 이로 인하여 그 아들이 그 말을 외며 특별히 관곡款曲한 뜻을 전하였다. 대개 장한순의 아버지는 옛날 대부大夫로 그 아들을 따라 압록강을 건너와서 서로 접촉하였으므로 다만 한담閑談으로 서로 주고 받았는데도 오히려 죽을 때까지 잊지 못한다고 일컬었다. 선산善山사람 김지형金持瀅이 만주에 들어와서 부군을 뵙고 다음과 같이 말하였다. "선부先父가 죽을 적에 저 지형에게 말하기를 '내가 평생에 이석주 선생을 한번 뵙지 못한 것이 유감이 된다.' 하였습니다." 부군은 체구는 작으나 음성은 우렁차고 수작은 조용하고 느릿하였다. 앉으면 응결凝結된 것 같고 서면 꼿꼿이 세운 것 같으며, 걸음걸이는 단정하고 침착하였다.

큰 일을 경영할 적마다 반드시 묵묵히 요량하고 마음속으로 헤아린 뒤에 의견을 참작 채택하고, 이미 정해지고 나서는 일찍이 동요되어 고친 적이 없었다. 비록 뜻밖의 장애가 있더라도 일찍이 뒤에 뉘우치는 일이 없었다. 일찍이 불초에게 경계하기를, "너희들은 일을 할 적에 헤아리지 않고 가벼이 시작하고, 이미 시작하고 나서 또 뉘우치기를 마치 아낙네와 어린아이들처럼 하니 그와 같이 하고서 장차 무슨 일을 이룩할 수 있겠느냐." 하였다.

부군은 아량이 있었다. 한번은 여름날에 손님과 마주앉아 있는데 어린 여종이 뜨거운 국수를 올리다가 잘못하여 자리 앞에 엎지르니, 온 좌석이 모두 놀라 법석을 떨었다. 그러나 부군은 천천히 말하기를 "그것을 걷어내라."하고 조금도 개의하지 않았다.

깊이 연구하는 데에 소장이 있어 비록 은미隱微하여 오묘奧妙한 문자라도 한번 보면 곧 해석하였다.

만주 집안현輯安縣에 고구려 광개토왕릉이 있었는데, 그 비문이 비비람에 씻기고 닳아져서 자획이 부서지고 이지러졌으며, 또 문체가 고벽高僻하여 거의 구독句讀을 떼지 못하였다. 부군은 두세 번 살펴보고는 보철補綴하여 어구語句를 만들었다.

선부군(승복)이 일찍이 제곡공霽谷公(이형수)에게 글을 배웠으므로 매양 기일忌日을 당하면 반드시 생선과 과일을 가지고 가서 제사에 참여하였으니, 그 돌아가신 아버지에게 효도하고 그 아버지가 섬기던 스승에게 미친 것이 이와 같았다.

부군은 사회가 쇠퇴함은 가족제도의 부패에서 말미암았다고 하여 족친동지와 가족단을 설립하였는데 기관 조직은 일체 사회신식社會新式에 의거하였다. 서언敍言을 지어 취지를 설명하고, 조례를 만들어 시행하려 했는데 나라를 떠나 만주로 건너감으로 인하여 실행하지 못하였다.

소시에 산놀이로 인하여 사리동仕里洞에 갔다가 봉분이 뭉개지고 끊어진 비석이 엎어져 있는 어떤 큰 무덤을 보고 그 비석을 뒤집어서 보니 장흥고부사長興庫副使 남공南公(경인敬仁)의 무덤이었다.

남공은 일찍이 선조 참판공參判公(증增)과 함께 우향계를 결성하였는데 오늘날까지 계가 존속된다. 부군은 초연愀然히 절하고 돌아와서 본손에게 통지하고 계중契中에 의논을 돌려 자금을 내어 그 묘제를 돕게 하였는데 자손들이 오늘날까지 감사한다.

인재를 통솔하는 데에 우수한 활법이 있었다. 군정부의 임시 위치가 유하현의 다화사多花斜에 있었다. 부군이 여러 달 일을 보다가 잠시 휴양할 계획으로 화전의 우장愚庄으로 떠나 삼원포三源浦에 이르자 각 기관의 직원이 미리 와서 기다리고 있다가 한결같이 머물러 있기를 청하므로 부득이 하여 휴양가는 길을 그만두고, 군정부로 돌아왔으니 그 은혜와 신의가 두루 흡족했던 것을 알 수 있다.

만주 각 성省에 사는 우리 교민僑民이 수십만 호였는데 평일 면식이 있고 있지 않은 것을 물론하고, 부군에 대한 말이 미치면 반드시 표호를 들어 "아무 선생"이라 호칭하고 감히 이름을 가리켜 부르지 못하였다. 그리고 일인이 한인과 말할 적에 반드시 "아무 선생이 편안하시냐." 라고 묻고, 어떤 사람은 말하기를 "수수밥을 잡숫고 어떻게 견디어 내시는가." 하였다 한다.

경술년(1910) 합방된 뒤 불초가 아침마다 일어나 문안을 드릴 적에 보면 이따금 눈물 자국이 베갯머리에 젖어 있었는데 병환 중에 한숨을 쉬며 탄식하기를, "내가 10년만 더 살면 사회를 다시 진작시키고, 군사를 정예롭게 훈련시켜 기회를 타서 한번 거사할 계획을 할 것이고, 만일 그렇게 되지 못하면 만주의 호걸들과 연합하여 한 덩어리로 합치는 것이 또한 다음 계획인데 지금은 마침내 이에 이르렀으니 어찌 슬프지 않으랴.” 하였으니, 그 뜻한 바의 일과 범위를 여기에서 대강 헤아릴 수 있다.

문장은 초년에는 기건奇健함을 숭상하였는데 만년晩年에는 훈고訓詁를 오로지 주로 하였고, 시율詩律은 백향산白香山(당의 백거이) 작품을 몹시 좋아하여 초록抄錄한 바가 매우 많았다.

이를테면 『사칠답의四七答疑』는 망실하였고, 『예의집람禮疑輯覽』·『추요만록荽蕘謾錄』은 완서完書를 이룩하지 못하였으며, 『심의집석深衣輯釋』·『종복변증從服辨證』·『공교미지孔敎微旨』 등의 책은 집에 간직하고 있다.

아! 불초가 가훈을 떨어뜨려 여지가 없게 되었다. 지금 병들어 죽게 되어 정신이 흐리멍텅하여 사적을 백에 하나도 기록하지 못하니 오직 병필군자秉筆君子는 채택하고 어여삐 여겨 주기를 천만번 간절히 바랄뿐이다.

불초고不肖孤 준형濬衡 읍혈근록泣血謹錄
재령후인載寧后人 이정섭李廷燮 역譯

찾아보기

◦ **단 체 및 사 건**

국역 석주유고 참여자 약력   (가나다순)

연구책임자
▫ 김희곤 : 경북대학교 사학과 문학박사. 현 안동대학교 사학과 교수·안동독립운동기념관장.

공동연구원
▫ 강구율 : 경북대학교 국어국문학과 문학박사. 한국국학진흥원 객원연구원. 현 동양대학교 교양학부 교수.
▫ 김윤규 : 경북대학교 사범대학 국어교육과. 동 대학원 문학박사. 현 한동대학교 글로벌리더십학부 교수.

역자
▫ 김명균 : 안동대학교 국어국문학과. 성균관대학교 국어국문학과 문학박사. 세명대학교 국어국문학과 강사.
▫ 김승균 : 안동대학교 한문학과. 동 대학원 석사 수료. 한국국학진흥원 고전국역자 양성과정 수료.
▫ 오덕훈 : 민족문화추진회 부설 국역연수원·한국국학진흥원 고전국역자 양성과정 수료. 안동대학교 안
　　　　　동문화연구소 연구원.
▫ 이성호 : 건국대학교 중어중문학과. 성균관대학교 중어중문학과 문학박사. 현 인천시립전문대학 겸임교수.
▫ 정의우 : 국립대만사범대학 문학박사. 현 안동대학교 중어중문학과 강사·한국국학진흥원 전임연구원.

교열자
▫ 권경열 : 한국학중앙연구원 부설 한국학대학원 문학박사과정 수료. 현 한국고전번역원 고전번역연구소
　　　　　연구원.
▫ 권영대 : 단국대 동양학연구소 연구위원·민족문화추진회 국역위원. 현 고려대학교·성균관대학교 강사.
▫ 이동환 : 고려대학교 석사. 고려대학교 국문학과·한문학과 교수. 한국한문학회장·한국실학학회장·연세대
　　　　　학교 용재석좌교수 등 역임. 현 사단법인 퇴계학연구원 부원장·이사·고려대학교 명예교수.
▫ 이정섭 : 동국대학교 교육대학원 수료. 현 한국고전번역원 자문위원·전통문화연구회 이사 겸 기획위원·국
　　　　　립중앙도서관 고서위원장.
▫ 장재한 : 민족문화추진회 국역연수원 연수부·상임연구부 졸업. 국역연수원 교수. 현 사단법인 유도회한문
　　　　　연수원장.

해제·교열 (역사)
▫ 김기승 : 고려대학교 사학과 문학박사. 현 순천향대학교 어문학부 국제문화전공 교수.